單讀

One-way Street

I FEAR LIFE
01　ALWAYS OFFEND THE AUDIENCE

我害怕生活
01
必须冒犯观众

李静
○
著

上海文艺出版社
Shanghai Literature & Art Publishing House

图书在版编目（CIP）数据

我害怕生活 / 李静著 . -- 上海：上海文艺出版社，2022
（单读书系）
ISBN 978-7-5321-8341-8

Ⅰ . ①我… Ⅱ . ①李… Ⅲ . ①文艺—作品综合集—中国—当代 Ⅳ . ① I217.2

中国版本图书馆 CIP 数据核字 (2022) 第 096390 号

发 行 人：毕　胜
责任编辑：肖海鸥
特约编辑：赵　芳　节晓宇　罗丹妮
营销编辑：高蒙蒙
书籍设计：李政坷
内文制作：李俊红　李政坷

书　名：我害怕生活（全 5 册）
　　　　（01《必须冒犯观众》, 02《捕风记》, 03《王小波的遗产》,
　　　　04《致你》, 05《戎夷之衣》）
作　者：李静
出　版：上海世纪出版集团　上海文艺出版社
地　址：上海市闵行区号景路 159 弄 A 座 2 楼　201101
发　行：上海文艺出版社发行中心
　　　　上海市闵行区号景路 159 弄 A 座 2 楼 206 室　201101　www.ewen.co
印　刷：山东临沂新华印刷物流集团有限责任公司
开　本：1230×880mm　1/32
印　张：45.75
字　数：765 千字
印　次：2022 年 9 月第 1 版　　2022 年 9 月第 1 次印刷
ISBN：978-7-5321-8341-8/I.6583
定　价：268.00 元（全 5 册）

告读者：如发现印装质量问题，影响阅读，请与出版社发行部门联系调换。

《我害怕生活》总序

I 中年来临，做过一个梦：人头攒动一望无际的考场里，考官给每人发卷子，边发边说："每个人的题都不一样哈，好好答，不许错，错一道就罚你！""罚"字刚落，就有滚雷的声音。我恐惧，开做第一题。总觉做不对，就重做，还觉不对，又重做，如是往复，永无休止——做不完的第一题。忽听考官说："还有最后三分钟，抓紧时间哈！"往下一看，卷子无限长，不知还剩多少题没答。反正已经来不及，我就不再动笔，坐以待毙。铃声大作，卷子收走。惩罚的结局已经注定。滚雷的声音再度响起。脚下土地震颤，裂开口子，我坠落，向无底深渊坠落，挣扎，呼喊，却喊不出，也不能阻止这坠落，于是惊醒。仔细回味这梦，感到主题过于直露的尴尬。

此即你手中这五本书的由来——来自我总也做不完的"第一题"。在契诃夫剧作《没有父亲的人》里，主人公普拉东诺夫对他的邻居们说："哈姆雷特害怕做梦，我害怕生活。"我呢，我因害怕生活而害怕做梦——害怕了大半生，直到只剩最后三分钟的时候，猛然惊醒。

因此，这几本小册实在是煎熬的碎屑与逃离的祈祷。之所以还敢示人，乃是由于作者被这一理由所说服：它们或可成为某种镜子与安慰——有一个人，在生活中经历了漫长的贫乏与胆怯，却在断断续续挣扎不休的写作里，看见了一丝亮光，保住了一点真心。至于这真心能否安慰你，我也说不准。我自己，倒是愿意听从古人，那人说："不可使慈爱、诚实离开你，要系在你颈项上，刻在你心版上。"（箴言3：3）

这些文体驳杂的字写于1995年到2022年。有的作品因为一些缘故没有收进来，但大部分也就在这里了。时间跨度如此之长，规模厚度却如此有限，这是我写作之初没有预料到的——我没有预料到，写作竟如此之难。但我也没预料到，写作竟如此意义重大——它是一条道路，借着一束光，将一个困在囚笼里的灵魂，引向自由与爱之地。诚然，写作本身并不是光。但写作只要是诚实不虚的，必会遇见光。光在人之外、人之上，是切切实实存在的。光引领我们实现生命的突破。

这五本小书,按照文体和内容辑成,分别说明如下:

《必须冒犯观众》是一本批评随笔集,收入了一些关于戏剧、影像、文学、泛文化现象的散碎议论和自己的创作谈。它曾于2014年出版,此次再版,篇目做了大幅调整和增删,并按论域重新编排。

《捕风记》是一本文艺专论集,收入了对若干位戏剧家、小说家和批评家的集中论述。它曾于2011年出版,此次再版,篇目亦做了较大调整,所论者是:契诃夫,彼得·汉德克,林兆华,过士行,朱西甯,木心,莫言,王小妮,止庵,林白,王安忆,贾平凹,林贤治,郭宏安。

《王小波的遗产》是关于作家王小波的回忆与评论文章的结集,断断续续写于1995至2022年。总成一书,表明一个受他深刻影响的写作者的记念。

《致你》是一本私人创作集,写于1996年到2021年。之所以用"私人"二字,是因为它们不成规模,自剖心迹,与其说是作品,不如说是一些写给知己的信,最能表明"业余写作"的性质。尤其诗歌,从未发表,完全是自我排遣的产物,以之示人,诚为冒险之举。写小说曾是我的人生理想,但至今畏手畏脚,留下一两个短篇在此,微微给自己提个醒儿。一些散文,是某种境况中的叹息;还有些散文,被写者已经作古,使我的心,如同一座墓园。《致你》是本书里写作最晚的文章，表明我如今的精神光景。近日搜百度，才知2016年已有一首同名流行歌。奈何我不能改。这里的"你"，来自马丁·布伯《我与你》之"你"，是永恒之"你"，充溢穹苍、超越万有之"你"。这是我写给"你"的信，此对话将一直延续在我未来的旅程中。

《戎夷之衣》是完成于2021年的话剧剧本，借《吕氏春秋》里的一个故事，叩问人心中的光与暗。戏剧创作是2009年以后我所致力的事。虽收获不多，至今完成的只有《大先生》《秦国喜剧》《精卫填海》《戎夷之衣》四部剧，且每一部的构思都极缓慢，上演亦很艰难，但写作过程却极喜乐——那种负重而舞的喜乐，是其他体裁的写作所无法给予的。何故？因戏剧是一种最有攻击性也最能凝聚爱的灵魂对话。这么说，不完全由于戏剧是对话体，更由于这种艺术天然地蕴含一种可能性，将一个时代最本质、最疼痛的问题，化作象征性形象之间直接的精神冲突，抛却末节而切中要害地，袭击并拥抱读者/观众的心。戏剧写作是我中年的礼物，使我得以"菜鸟"身份返归青春。这真是奇妙的事。

整理这套书稿，即是整理二十多年麦子与稗子拥挤共生的时光。由于自我的更新变化，从前的有些观点，如今亦已发生变化。但既然已经写下，已经发生，就仍抱着客观的态度，放在这里。

因此，这套小册绝非一个写作者的"成就"之总结，而仅仅是另一探索的萌芽与开始。此生或许只余剩"最后三分钟"，但仍可卸下惧怕，满怀盼望地写作，如此，才能彻底从噩梦中醒来，去就近光。

李静

2022年6月10日

目录

I 《我害怕生活》总序

甲　辑

003 唯有爱与美不想征服，却永能征服

011 图米纳斯对歌德的"背叛"

017 关于死亡的不朽之诗

022 当人想成为神

027 在这残酷的世界，看一次大师的小憩

031 《枕头人》：故事的"罪孽"

038 必须冒犯观众

042 跟时代较劲的舞台诗

047 重寻"大写之人"

053 李六乙的契诃夫

060 《备忘录》：从0/134到136/136到n/m……

064 当"最小成本"是自己时

070 纪念莎翁的另一种方式

077 一场琴瑟异趣的"婚姻"

081 2004年看的戏

092 为什么读剧本?

101 两个大帝,一悲一喜

113 读剧札记

121 让死者交出未来

125 两个人的"众声喧哗"

131 戏剧如何对真实说话

乙 辑

145 情热

152 《色,戒》:人性战胜国家

158 《梅兰芳》的精神分裂

163 《五加五》的轻与重

167 把药裹在糖里

174 伯格曼二题

丙 辑

181 幽默与药

192 关于"幽默"的随感录

199 浩瀚的灵魂

205	精神的自由与地上的面包
208	法国小说札记二则
215	艺术家还是哲学家？
223	没有一个人是一座孤岛
229	阳光下的羞惭
232	《非攻》的动词及其他
242	《倾城之恋》的底牌
247	红楼解梦人
255	别样的民国文学地图
260	在地铁里读北岛
264	"在路上"的北岛
268	往事的锋刃已刺穿其心
273	阎连科反对阎连科
277	秘语者董启章
282	敞开和幽闭的沉默
288	源泉来自内心之中
293	时代无须戴镣而舞，可我愿意
298	情不知所起，一往而深
302	序《千秋关》
306	晓宇的功课

丁 辑

- 313　文学批评的精神角色
- 317　文学批评的"不之性质"
- 322　卑从的艺术与自由的艺术
- 325　"耳朵"与缪斯
- 329　媒体批评与学院批评
- 336　我所看到的2004年中国随笔,兼及随笔的条件和赌注
- 345　关于2005年随笔的随笔
- 354　随想随写
- 360　文学与意见
- 366　反熵的精神
- 372　长篇小说的关切与自由
- 380　文学:动荡世界的精神方舟
- 393　发现者和行动者的文学
- 404　"文学与底层"?
- 410　良心的疾病

戊 辑

- 431　"个人"的精神成熟与"中国文艺复兴"
- 437　"那是些肮脏的事情!"

441　恋父文化
446　《不得已》新篇

己 辑

455　我为什么这样写"鲁迅"？
460　鲁迅，戏剧创作的"百慕大三角"
465　关于鲁迅的几条思絮
476　写作的灵魂想象力
479　一个戏剧菜鸟的"鲁迅"编造史
494　不会笑的人及其他
500　当"话语"成为戏剧的素材
508　从复仇到拯救

519　首版后记
523　后记

戏剧如何对真实说话?
—— 忠实于我所历,我所见,我所思,我所是。

甲辑

唯有爱与美不想征服，却永能征服

芜杂的生活忍受一次就够，灵性的诗篇却令人沉湎。对比平日"不忍再见"的多数戏剧，里马斯·图米纳斯导演的《叶甫盖尼·奥涅金》令我发此感慨。2017年乌镇戏剧节邀来俄罗斯的瓦赫坦戈夫剧院于10月19至21日上演此剧，使我们得以现场品读这首触痛心灵的舞台诗。

对北京的戏剧人来说，去年某种程度上已是"里马斯·图米纳斯年"。他导演的《三姊妹》《马达加斯加》《思维丽亚的故事》《假面舞会》先后上演，使俄罗斯"幻想现实主义"导演艺术在中国不再止于教科书中的"幻想"，而是以轻柔如梦的剧场诗意，真切地取走了观众的心。

此次《叶甫盖尼·奥涅金》的魅力更加强劲。她的原力来自普希金。这部诗体小说不只是俄罗斯文学的珍珠，在中国、在全世界都遍布痴心的读者。图米纳斯的戏剧版本并不另起编剧炉灶，而是直接剪裁原著。他小心翼翼地保留和提取她文学精神的光华，将其化作舞台上纷披的诗句——那是演员、音乐、舞美、灯光、道具诸要素和文本相融相生的综合编织。

1

《叶甫盖尼·奥涅金》原著是诗体小说，除了少量对话，多数篇幅由一位与作者普希金高度重合的叙事人来顺序叙述。图米纳斯将此作品剪裁为戏剧文本，做了如下工作：（1）确定戏剧主题；（2）基于原著叙事，设定人物角色；（3）改变结构：将顺叙的诗体小说，改为由第一主人公叶甫盖尼·奥涅金倒叙的叙事体戏剧；（4）依本剧主题，量体裁衣地将原作诗句作为台词分派给角色，少量台词因主题的相关性而取自普希金其他诗作——由此可见导演对普希金的熟稔。角色台词基本取消了对话性，而成为各自面向观众的独白。

剧中人物分三种：（1）原著已有的；（2）从原著里化出的——本剧的另一位叙事人"退休的骠骑兵"，即原著叙事人"我"；（3）图米纳斯"凭空"创造的人物。

看完此剧第一念是：它不该叫《叶甫盖尼·奥涅金》，而该叫《达吉雅娜》。奥涅金是游移模糊若隐若现的，而达吉雅娜则血肉饱满牵动人心。后来看资料才知，这是里马斯·图米纳斯有意为之：他同意陀思妥耶夫斯基的观点——《叶甫盖尼·奥涅金》或许应改名为《达吉雅娜》。图米纳斯说："普希金无论多么努力地想把奥涅金塑造成英雄——一个时代英雄，一个文学英雄，他没有成功。奥涅金迷失了，我们还在寻找他。他是不是一个英雄？我认为他不是。主要的英雄应该是达吉雅娜，她是俄罗斯的灵魂，是良心，是荣誉，是高贵、纯洁、本性。我认为整部演出都和达吉雅娜有关。她是舞台上的英雄。"全剧所有人物关系围绕达吉雅娜而设，支点是她，而非叶甫盖尼·奥涅金。达吉雅娜是永恒的女性，奥涅金却是时代之子。他只是她的梦，她的经验，她的毒酒和命运。达吉雅娜却能从自己的灵魂中炼就解药。

诚然，普希金从未如图米纳斯所说，真的试图把奥涅金塑造成英雄。毋宁说他是在讽刺性地书写一个行动与愿望相分离的人，一个浪费天赋和辜负使命的人，一个被爱神所宠幸，被魔鬼、毒蛇和表面之物所引诱的浪子。他的开明思想仅够蔑视庸众，他的忧郁魅力专供碾压纯洁姑娘的心。他见多识广，却没有强韧的意志去做精神的创造，推进社会的改良。他虚无孤独，却对真挚的爱情和灵魂的召唤无动于衷。在漫长的游历之后，他依然是个凭本能

唯有爱与美
不想征服，
却永能征服

生活的人，没有自我反思的理性，分不清"爱情"与"情欲"的区别，唯有美丽神秘、拒绝征服的"经验之身"方能唤起他的情热。叶甫盖尼·奥涅金是"多余人"的始祖。从普希金开始，到莱蒙托夫、屠格涅夫、陀思妥耶夫斯基直至契诃夫，这个"多余人"家族人丁兴旺，风情独具，令人断肠。他们是19世纪俄罗斯贵族传统与民主浪潮相激荡的结晶，在21世纪的今日，"多余人"具体的社会关怀已成陈迹——这也正是图米纳斯将原著主题做减法之处。被他保留的，是爱与冷、纯真与经验、天使与魔鬼、心灵的激情与肉身的欲望之间难解的纠缠。

2

图米纳斯的剧场艺术是表现性的——不模仿生活，无日常细节，以反日常的诗意、怪诞和隐喻逻辑，呈现事物的本质，外化内心的投射。

舞台的主体被设计成一间舞蹈教室，有一面正对观众的巨大镜子，一根从左至右贯穿舞台的长长把杆。这是一个多重隐喻、多种功能的空间，年迈黑衣高冷的舞蹈女教师（导演"凭空"创造的角色）——冷漠、经验、魔鬼、男权的化身，奥涅金灵魂本质的一个方面，规训着那些沉默、无辜而纯真的舞蹈女孩（她们也是导演的创造，有时象征达吉雅娜纷乱的灵魂，有时是邻居、女伴）跳出指定的舞步。这一场景作为与剧情无关的段落，犹如交响乐的动机，重复、变奏地出现，既凸显象征意味，又营造全剧的节奏。到了结尾，这位黑衣老太太在成熟的达吉雅娜面前死去，意味着奥涅金灵魂中的权力意志在达吉雅娜面前的死亡和屈服。

此剧中，那些"凭空"创造的象征性和氛围性角色虽无台词，却极重要。黑衣女教师，还有身着芭蕾白裙的女子——静谧、纯真、天使的化身，达吉雅娜的灵魂外化，在两幕的开场，都以轻盈欲飞的姿势静坐着，营造诗意而透明的氛围。还有小丑——蓬头而褴褛的流浪女乐手，第一幕她始终在台上，无言地演奏古老的弹拨乐，用关切的眼神和滑稽的举止，安慰最伤心的剧中人。小丑来自古老的民间滑稽戏传统，是图米纳斯的舞台精灵（《假面舞会》中，小丑也举足轻重），是他的态度和价值观的形象化，意味着无条件的温暖、抚慰、原谅和接纳，将滑稽与凄婉，怪诞地融合在一起。

怪诞的处理还体现在超现实、反逻辑的并置。比如，奥涅金和拉斯基都由中年和青年两个演员扮演，且总是同时出现——当下和从前、生命状态的苍老与年轻，同时并置，相互对话。

演员的表演，是基于内在"体验"之上的外在"表现"性的表演。反自然主义，不模仿生活。角色之间交流有限，若即若离，演员面对观众说出台词，有时宛若呼告上苍。印象最深的场景，莫过于达吉雅娜面向虚空，对心中的奥涅金倾诉衷肠——那是她写给他的信，被里马斯化作舞台上的少女那娇羞的勇敢、忧郁的炽烈、喜悦的眼泪和莽撞的柔情。这一场景是此剧的种子，也可能是导演构想的核心画面，其他一切均围绕这一诉说而生。世界文学史上最著名最动人的信，找到了最恰切的舞台形式。

音乐是图米纳斯戏剧的灵魂和诗意的酵母，同一旋律的种种变奏，从头至尾从无间歇，既是主人公精神形象的音乐化，又参与象征化、舞蹈化和情景化的无词表演。

表现性的默剧式表演占了全剧极大的篇幅。它迅捷直观地交代情节，表现人物的内在世界。比如，当达吉雅娜袒露灵魂的信，得到的却是奥涅金居高临下、语重心长的拒绝时，她在强劲的旋律中如受难的耶稣，背负沉重的长椅，跳起挣脱的舞步，然而不能挣脱，最后成为一个凝固的十字。这种无声胜有声的表演，将普希金的诗意挥洒得酣畅淋漓。

象征性意象和物件常能以一当十地传达深意。比如那根象征着精神控制权的手杖，最初由自负的奥涅金所执掌，剧终时，被达吉雅娜从容夺走，她的背影也不再是第一幕那个纯真青涩的少女，而是坚定果敢、心怀痛楚的女武神。再比如"熊"的意象——被讲述的达吉雅娜梦中的熊，是痛苦、厄运的隐喻，先是在达吉雅娜的命名日宴会上，拉斯基作为礼物送给她一只小的，在剧终，大熊赫然直立滑向她，她与之勇敢共舞，吃力地控制着它，驱使着它，最终与它拥抱，泪流满面——那是她不得不与自己并不热爱、心怀恐惧的命运共舞，并学会接受它。

3

《叶甫盖尼·奥涅金》只是里马斯·图米纳斯的一部作品。每看完他的戏，都想再看一遍，或者咂咂嘴说，看不到这一部，看看他别的作品也好呀。我们依恋他，就像依恋温暖的怀抱。我们可以把自己放心地交给他，不必担心被责打，也不必害怕受教育，不必忏悔，也不必哭泣，可我们却忍不住想要哭泣，并知道他会捧住我们的每一滴泪。这就是里马斯·图米纳斯。

"在生命的危急时刻我找到了自己的原则：我不斗争但是我也不会放弃斗争。我不是一个本性好战的人。很久以前我已经意识到斗争的真谛和矛盾：你必须对抗不公，但不是用枪，而是用艺术，用爱与美。从长远看这是更有价值的，因为你可以更客观地评估形势。斗争不是我的领域。"

他的这段话里隐藏着一把钥匙，一道源泉。

也因此，他能令观众变得软弱，不想对世界挥拳头。变得敏感，能听见灵魂深处最轻柔的音乐。变得宽容，能

唯有爱与美
不想征服，
却永能征服

够原谅他人和自己。变得慷慨，乐意赞美。

唯有爱与美从不渴望征服，却永能征服。这是里马斯·图米纳斯用作品告诉我们的。

2017年10月11日

图米纳斯对歌德的"背叛"

没有一部西方作品会像歌德的《浮士德》这样难以被中国观众理解,即便"剧场之王"立陶宛导演里马斯·图米纳斯率领中国演员做出的版本(2020年1月9日至12日,北京保利剧院上演)也不例外。歌德的《浮士德》主题是普世的,但它所依托的人物、故事、典故,以及典故背后的文化习俗—宗教神话背景,却与中国人隔着千山万水。难上加难的是,图米纳斯的《浮士德》并非忠实的改编。此剧文本虽剪裁自歌德原著,却如将一条盛大的礼服裙裁剪成一件风骚的苦行衣(没错,就是这么"对立统一")——材料还是那个材料,衣裳却不再是那件衣裳，且是用途相反的衣裳：主题改变了，且改到了完全与之相反的一面。而主题作为戏剧的核心驱动力，恰恰是文本、导表演、舞台呈现的第一因。近年来我们热衷于观察和描述舞台手段，而将戏剧的思想分析抛在门外，于是渐渐成为目迷五色、不明所以的一群——只知一部戏如何呈现，而不知其为何如此呈现。但是，正如梅耶荷德所招认的："统率每一部作品各种元素的是思想。""只要这个作品中没有一个思想在贯穿着，就还是要归于失败的。"观众—戏剧人能否捕捉到一部戏的思想，能否评价这一思想及其舞台呈现的方式与程度，也决定了一次观赏—批评的成败。

我们知道，歌德的诗剧《浮士德》是披着"顺服上帝"外衣的"异教"作品，表明启蒙主义者对人类权能的无限野心与信心，对上帝权威的强烈怀疑与挑战。这部写了六十年的鸿篇巨制，融汇基督教、古希腊神话和彼时的社会—历史素材，将作家自身丰盛的人生隐喻投射在这位16世纪的炼金术士身上。他让浮士德先后经历"小世界"和"大世界"——枯坐书斋的衰老、魔鬼再赋的青春、引诱少女的罪恶、辅佐王政的虚无、海伦之恋的迷醉和自由王国的狂想，在结尾，浮士德双目失明，以为邪灵给他掘墓的声音是人们填海造田的声浪，展望人们在他的王国里自由生活的前景，不禁说出"真美呀，请你停一停"。此言终结了这个自认为"永不知足"者的生命，但他的灵魂并未如他和靡菲斯特所打赌的那般被后者收去，而是被上帝派遣的众天使接走。此结尾暗示着歌德的观点：人不是靠"基督的救恩"，而是靠自身的自由意志与博爱之心，得以永生。浮士德说："我就是神。"这一"至高无上的人"的观念一度成为人摆脱神权与王权、获取自由与尊严的理据，自文艺复兴运动以来被全人类普遍接受，中国人亦是如此。它的背后，是人类科学与理性的高度成就带来的骄傲。

但图米纳斯的《浮士德》并未高扬"人之骄傲"。相反，他反思的对象正是它——人类欲望的膨胀与理性的自大——所导致的终极虚无。导演删繁就简，借歌德酒杯浇自己块垒，圆融可爱的剧场美学之下，是对歌德彻底的"背叛"。

这一"背叛"如何实现？通过对歌德原著的取舍——"取"来的部分，以狂欢化的表演和丰盛的舞台手段，将其"扭曲"、强化与改写。导演放弃了原作中浮士德经历的"大世界"——诸如辅佐王政和海伦之恋等情节，而聚焦于主人公的"小世界"——浮士德与平民女孩玛格丽特的情欲故事，之后，他起伏壮阔的生涯只是透过约略的口述而并未展现，就来到死亡的终局。这是此剧的"主旋律"。还有两支未必不重要的"副歌"——他的助手瓦格纳和一位学生的故事。这两个抽象的故事，只有对称的四个场景：瓦格纳在戏的开端陪浮士德散步，临近结尾，他为用化学方法在玻璃瓶里造出智能小人儿荷蒙库鲁斯而狂喜疯癫；"学生"在戏的开端将靡菲斯特误认为浮士德而向他问学，临近结尾，又向他误认的"浮士德"夸耀自己所得"真知"可以取代造物主。

这两支"副歌"在歌德原作中并不重要且别有所指，但被图米纳斯单拎出来，以角色起始的苍白浮夸、呆气十足和终局的癫狂自大、心智失迷的表演，表现"人"由膜拜知识到妄称上帝的疯狂状态。这是两个形而上意味十足的段落，与作为此剧主体的浮士德引诱玛格丽特的故事相得益彰，演绎着人类在对肉身、知识与权力的无穷欲望和无尽追求中，犯下的罪孽，收获的虚无。浮士德最终执迷不悟，死于自义，没有被天使接走；靡菲斯特收割灵魂，没有成功，无力地慨叹虚无。如果说歌德的《浮士德》是一曲人类自我崇拜的赞美诗，那么脱胎于此的图米纳斯的《浮士德》，却是一部关于人类罪性的忏悔录——以黑色喜剧的形式呈现。"反思人的罪性与自大"这一主题，在人类经历了20世纪的两次世界大战之后，在科学发达到了人造智能人几乎将要取代人，而人类的愚昧残暴与苦难却丝毫未减的今日，尤其发人深省。

戏剧主题暗黑深邃，舞台呈现却摇曳生姿。空旷的舞台上，始终矗立一个巨大而倾斜、插满古旧书籍的书架，在转动与移行之间，喻示一个知识—理性世界的倾颓。这书架三面是书，一面是图米纳斯的固定配方——镜子，兼具功能与隐喻。演员有时攀爬其上，用作身体的支点；有时对镜自照，营造反思和神秘的氛围。音乐作为全剧的灵魂性因素，将表演纳入山间溪水般变幻无形的节奏中，赋予舞台以滋润人心的灵性，居功至伟。

在导演的设计中，浮士德和靡菲斯特都是丑角，这一构想是天才的。尹铸胜饰演的学者浮士德像是中国戏曲中的文丑（方巾丑），当他咬着后槽牙字正腔圆地说出深沉悲观的心声，当他对玛格丽特情欲难耐却做着高雅严肃的谈吐，那个正典中辉煌伟大的探索者形象，在此沦为可笑而又可爱的灵肉战场。廖凡饰演的靡菲斯特像是武丑，一会儿身形矫健似犬，一会儿步履稳重如山，在灵犬、魔鬼、仆从、军人的角色之间无缝切换，在狡黠、揶揄、顺从、谋算、敷衍、怅惘的情绪间自如游走，他是全剧黑色幽默的灵魂。刘丹饰演的马尔特，在悲伤与狂喜、欲火焚身的期待和佯装淑女的克制之间夸张往返，有力地推动喜剧气氛。所有演员都如脱胎换骨一般，演出了反自然主义的狂欢性，身体的舒展和解放，是写实戏剧不能给予的。

若说此剧的瑕疵，我以为主要在文本结构而非表演。每个角色的形象线索是清晰的，只有能否更深切地挖掘角色潜台词和更有力地传递全剧意图的问题，没有"方向全错"的问题。文本结构却有失衡之处：玛格丽特死后，浮士德的"大世界"历程被删除，只透过他与靡菲斯特的交谈，得知他改造世界、造福人类的雄心。这对浮士德形

图 米纳斯对歌德的"背叛"

象和全剧主题的呈现是不完整的——只有肉体和知识的探求与贪欲,没有权力和自由的行动与失措。再加一小时的戏也许完美?也许对中国观众的信心不足?无论如何,瑕不掩瑜,图米纳斯的汉语版《浮士德》让我们看到了中国演员的潜力,以及重释经典的魅力。

2020年1月

关于死亡的不朽之诗

幕启，舞台里部仍有一层黑色幕布，上面缀着金色繁星。音乐起，身着褐衣的希伯来女人拉开黑幕，从舞台左侧缓缓走向右侧——星夜渐尽，曙色曦微，明亮的天幕露了出来；一个黑衣女人手擎一只天鹅线偶，走出，操纵着那只孤单的天鹅振翅飞翔，也从台左缓缓走向台右。一天开始了。

舞台地面是个土质斜坡。一个做棺材生意的行将就木的老头嘟囔着上场，抱怨这个偏远小镇老人们老也不死，好不容易有个重病的还死在了异乡，到手的生意飞了，真是个惨痛的损失。他抱怨自己命运不济，现在只好住在一座破房里，和一个蠢婆娘生活一辈子，多么失败的人生啊——说着，他的房子和婆娘也上场了。老太婆穿着破旧的白袍，畏畏缩缩；房子是一个男人扮的，他有一张悲伤的脸，头戴一个小木屋顶，足蹬两把椅子（椅座向前），踩高跷般笨重地走上台；一个抱着各种道具的褴褛男人跟在后面。老太婆病得很重，但是她在丈夫面前不敢休息，她绕着房子狂奔劳作，每转一圈就变魔术般换一样劳动工具，它们都是那个"道具男人"躲在"房子"身后换给她的。最后她累倒在椅子上，快死了。丈夫此时才忧悟，他一生都没有善待过这个一直敬重他的女人，他懊悔，他要赶紧给她治病，他带着她坐上马车去看病。

衰老的马车夫一星期前死了儿子，他老想好好跟人谈谈这件事，但是没人听。他的马也是人扮的，两条牛仔裤腿破着大洞，头上戴着一个象征性的马笼头，脚上的烂鞋厚跟在前，如同马蹄，屁股后吊了根尾巴。他也有一张悲伤的脸，疲敝地在台上奔跑着，看了让人想哭。

老头求了医也没拦住老太婆的死。天使收走了她的灵魂。他把她埋葬。他孤独地走在路上，算计着死亡是一笔好生意，不用吃饭、喝茶、上税，就可以过上千百年。

他碰上了一个抱着婴儿的贫穷、绝望而年轻的母亲。他陪她坐上挤着妓女的马车去看那医生。一样没有救。天使收走了婴儿的灵魂。他帮她埋葬婴儿。他求她哭一哭，也许她会好受些。她说不，哭的话，只会让世界好受些，她不想哭。老头说，设想你站在人生的十字路口上，你不知该往哪里走，难道你不想哭吗？她摇头，说她从来没有站在过十字路口，她永远只有一条路，一直走到这里；如果说她碰见过十字路口，那就是现在——她到底哭还是不哭。她选择不哭。她不想让这个世界这样轻易地解脱。她说每个人的命运就是排着长队等待发到手里一把糖果，而她没有等到。

孤独的老人走着，他说人生如果是另一种过法，那一定是不同的景象：他的老太婆、年轻母亲、老车夫、妓女、醉汉都欢笑着手拉手，围着他歌唱跳舞，老太婆从没有这样灿烂地笑过……

但是也一样。他仍然孤独地死去。天使收走了他的灵魂。舞台上空无一人。

黑衣人的提线天鹅从台右缓缓飞向台左。褐衣人拉起缀满繁星的黑幕从台右缓缓走向台左——余晖将尽，夜幕垂临。一天结束了。生命结束了。

我无法不复述这部名叫《安魂曲》的以色列话剧。我无法不对它伟大的编剧、导演哈诺奇·列文奉上我由衷的敬畏、热爱与感激。对于它，我只想体验和追忆，而感到评论是粗暴的。这部用舞台完成的不朽诗篇，足以灼伤任何一个与它相遇的灵魂。它是最高意义上的戏剧，超越了社会、历史、地域和文化的一切界限，而直击人类心灵最深处的悲怆。那是"一种可怕而蓄意的空缺，一种我们会被吸入进去的宇宙虚空"（哈罗德·布鲁姆形容《李尔王》语）。在浩大而诗性的无能为力中，我们愿意沉下去，沉下去，打开灵魂的每一个毛孔，迎接宇宙和命运的抛掷。

可惜列文此时只能在天国倾听颂赞。写作和导演此剧时，他已知死神将近。没有人能比坐在坟墓边的他更好地表达对死亡的看法，哪怕它的原作者契诃夫。《安魂曲》是根据契诃夫三个短篇小说《希洛德的小提琴》《苦恼》和《在峡谷里》改编而成，其实只是取了它们的人物关系。去掉具体的时空背景，"死亡"的主题被诗化和形而上化。地点高度简约——老头的家，路上马车里，卫生员的象征性诊所，柳树下。全剧为了保持情绪的均衡，老头、年轻母亲和马车夫奏响的"死亡"主题，总是被坐车的妓女、醉汉的讽世闹剧节奏性地打断。闹剧也不是白给的，妓女关于"从前的玩意儿"和"今天的玩意儿"的笑骂，鞭打着这个灵魂凋零的物质时代。

透过临终之眼，这位伟大诗人以《安魂曲》昭告他所看到的世界：什么都无法拯救一个即将赴死的人，什么都无法慰藉一个失去亲人的人，无论是上界的天使，还是尘世的医生。孤独是每个人最终的宿命。然而人却在对此宿命的领略中走向悲悯与和解。剧中的天使褴褛、善良而卑微，他们的温暖拯救不了母亲的绝望；剧中的医生瞌睡、冷漠而无奈，他的粗暴是在掩饰自己无能为力的愧疚。剧作家如此观照这个无可依傍的世界，并非让人陷入悲观绝望之中，而是在显现人类精神能力的强大尊严。

　　演员的表演是介于"演"与"不演"之间，他们的面容在静默中便已表现了一切。场景转换是以人物的叙述性台词简洁地完成，与中国戏曲的方法相似。舞美、灯光都只为烘托一个诗意而素朴的灵地，极为简约；人扮布景朴拙童真，既令人感到新奇，又四溢着人性的体温。剧中人全着波希米亚流浪人的传统服装，哀伤、褴褛而永恒。现场演奏的音乐如此动人，女歌者的嗓音纯净甘冽，抚慰着现场每一个悲伤的灵魂。

2006年3月31日

当人想成为神

英国戏剧电影《弗兰肯斯坦的灵与肉》有两个版本，演员本尼迪克特·康伯巴奇（"卷福"）和约翰尼·李·米勒轮流饰演科学家弗兰肯斯坦和他创造的"恐怖怪物"。2013年在首都剧场、2014年在北京电影资料馆上映，上座率奇高，成了北京文青中的一桩盛事。这部由尼克·迪尔编剧、丹尼·博伊尔导演的舞台剧由于使用了多机位的现场拍摄，使无缘亲临现场的观众看电影也能深度体验剧场效果，这种传播方式算是给世界各地的爱剧人提供了望梅止渴的安慰。

《弗兰肯斯坦》是英国女作家玛丽·雪莱创作的文学

史上第一部科幻小说，自1818年出版以来，已有近二十部影片改编或脱胎于它。《弗兰肯斯坦的灵与肉》是这一序列的特例——对它而言，电影是载体而非本体，它承载的是一部充满当代精神的戏剧。此剧对小说原作删繁就简，强化和延伸局部主题，变换叙事视角，从"恐怖怪物"的角度（原作是从他的创造者——科学家维克多·弗兰肯斯坦的角度），讲述了有关爱与知、知与罪、创造与毁灭的悖论式悲剧。

虽然台词相同，本尼迪克特·康伯巴奇和约翰尼·李·米勒饰演的"怪物"也都缝着相似的"肉补丁"，但两个版本的同一角色却因两位演员气质的不同，而被赋予了迥异的个性和意味。本尼迪克特·康伯巴奇饰演的"怪物"看起来是个智慧和体力都优于人类的卓越造物，他的被驱逐被嫌恶的悲剧处境因此看起来更不公平，更凸显出人类的卑劣和平庸；与他对手的约翰尼·李·米勒饰演的科学家弗兰斯肯坦则被塑造成一个对自己的造物和造物带来的恶果感到良心负疚的感伤人物。米勒饰演的"怪物"气质上则是个天真无辜的孩子，他的被驱逐被嫌恶的处境因此看起来更辛酸孤独，更凸显出人类的冷酷和偏见；与他对手的本尼迪克特·康伯巴奇饰演的科学家弗兰斯肯坦则被塑造成一个自负、冷漠、不负责任而又悔恨交加的天才。后一版本的对手戏显然更富张力——"怪物"和弗兰肯斯坦在情感与理性上的争辩较量，都有道理，都有困境，高下难分，天平两端一直在剧烈的颤动中保持着平衡。前一版本的对手戏则显得有些张力不足——天平一直倒向康伯巴奇的"怪物"一端，他的强烈与强势，使"怪物"与弗兰肯斯坦的争执较量胜负立判，结论分明。

两位演员置换角色的表演，使他们能换位思考地理解角色本身，也使他们饰演的两个角色都打上了自身气质的烙印——卷福的"怪物"和科学家都有酷、冷、天才而智性的神采，米勒的"怪物"和科学家都散发着温暖、柔软、感伤而脆弱的气息。这使人不禁想到，这部戏本身也是一场"弗兰肯斯坦"式的实验——同一个灵魂被置入境遇相反的肉身里，会是怎样的呢？就是舞台上呈现出来的样子吧。因此，善与恶、爱与恨、美与丑、谦卑与骄傲、追责与失责、求知与禁忌……都不再是一个人灵魂本质的表征，而只是其现实处境的结果——一切都成了相对的，偶然的。在这些相对的选项之上，则出现了绝对的困惑：人的求知欲有无边界？人在越来越洞悉生命的奥秘和自然的法则之后，能否扮演上帝的角色而随心所欲地创造人，毁灭人？人一旦取代了上帝而成为"人神"，会产生怎样的后果？人应当为了避免可怕的后果，而给无限的智慧探索设置禁区吗？人是否"知"得越多，"爱"得越少，"罪"得越深？在"知""爱"与"罪"之间，有着怎样的伦理纠葛？这些问题把观众带回到《圣经·创世记》：上帝将偷吃了分辨善恶树果子的亚当夏娃逐出伊甸园，究竟何意？人应当屈从于上帝的禁制吗？"人"究竟是一种怎样的存在？在研制出了克隆羊多莉的英国，在克隆人和人造智能人呼之欲出、面临伦理困境的今天，《弗兰肯斯坦的灵与肉》向观众提出的这些问题，有着令人错愕的当代意义。

显然，此剧用人物的命运给出了自己的回答。维克多·弗兰肯斯坦是个缺少情感、单纯被好奇心驱使的科学家，他创造了一个人，却因为"它"恐怖丑陋的面目而弃之远去，也就是说，他把自己的造物当作了"物"而非"人"。他一面为自己拥有了"神"一般创造生命的能力而沾沾自喜，一面逃避神对人、父对子的责任——爱。他使"怪物"在孤独无依中、在人类的嫌恶和驱逐中成长为具有恶意和破坏力的人，他也为自己对自己造物的冷漠和失责而接连付出了道义与亲情的惨痛代价：一个三口之家被"怪物"烧死——因为"它"被年轻夫妻的驱逐所激怒，实施了报复；自己的弟弟被"怪物"杀死——因为"它"知道只有这样，才能找到自己冷漠的创造者，自己的源头；未婚妻伊丽莎白被"怪物"强奸之后杀死——虽然她善良地对待"它"，但既然科学家对"它"背信弃义，毁掉了许诺给自己的伴侣，"它"也要奉还给他同样的痛苦。

此剧表现了"无爱之知"带来的罪过。弗兰肯斯坦毫无愧疚地对"怪物"说:"你是我最伟大的实验。但是一个错误的实验。一个必须被毁掉的实验。""你不过是个等式,一个定理,一个待解的谜题。"言语之间充满理性的自负。"怪物"却用不可控制的反抗一次次回敬了弗兰肯斯坦,渐渐让他明白:"它"是个"人"。"人"远非数学法则可以支配,他/她是一种不可实验、充满神秘、有无数可能性的自由存在。即使人知道了如何用科学来创造人,也无法用科学来预见和控制这些人的行动及其未来。人的外部宇宙和内在宇宙永远是无限的,永远有着无法被完全认知的神秘地带——正是这种无限性的存在,以及无限之中冥冥主导着世界的道德法则,被有限的人类视为"上帝"。以有限之躯占据无限之位,便是"渎神",用伊丽莎白的话说,是"自大"——"你想做上帝的事,结果不小心出了错","你违背了自然法则,带来了麻烦"。

弗兰肯斯坦毁灭于这种自大。在他与他的造物同归于尽之前,他喃喃自语:"我不知道什么是爱……每一片人性的温暖都被我撕碎。我只感到仇恨。"天幕处大门洞开,二人向舞台深处蹒跚而去,一声巨响,一片火光。说到底,《弗兰肯斯坦的灵与肉》是一个关于爱的故事。它让人们看到:无爱的探索和创造,即使高明得碰到了上帝的衣角,也依旧会毁灭。

在这残酷的世界，
看一次大师的小憩

彼得·布鲁克最终没能现身"林兆华戏剧邀请展"，引得国内剧人憾声连连。好在他的作品《情人的衣服》（英文名 *The Suit*，直译应为《西装》或《衣服》，下文简称《衣服》）总算在12月6至9日在国家博物馆剧院上演，聊慰观众的期待。此剧改编自南非黑人作家康·塔巴的同名短篇小说，法语版诞生于十二年前，英语版重写了这个故事，依据当下时事增删了背景内容（彼得·布鲁克方法："戏剧即当下"），于2012年4月首演。北京是该剧亚洲巡演的第一站。

古云"大道至简"，彼得·布鲁克一直寻求用最少的演员和道具，在一个"空的空间"里实现意义和活力的最大化，《衣服》一剧也不例外。这部叙事体戏剧讲了个"小故事"：丈夫某日撞见爱妻与她的情人躺在一起，情人仓皇逃离，他的西装留在了这个家里。曾经待妻子如待女王的丈夫从此用这件衣服对妻子无情地报复，直到她自杀，他才陷入深深的懊悔中。但包裹这个小故事的，是一个"大世界"——它不被戏剧化地呈现，而只出现在叙事人的台词和动作中，正如饰演马菲克拉的演员在开头所说："我要讲的这个故事不可能发生在别处，只有在南非，在种族压迫的铁腕下。"

叙事人是多个而非一个——丈夫菲勒蒙，妻子玛蒂尔达，丈夫的朋友马菲克拉。马菲克拉的功能是提供大社会背景和菲勒蒙的行动理由。在这个表面的婚恋悲剧中，除了开头，还穿插着三处种族压迫的背景描述，都借马菲克拉之口说出：第一次是在早班公交车上，马菲克拉对心里装满柔情蜜意的菲勒蒙说，他想进教堂"跟我们的上帝说句话"，却一处是"黑人与狗不得入内"，一处把他锁在教堂顶上小房间里不许出来；第二次是在小酒馆里，马菲克拉告诉发现奸情心灰意冷的菲勒蒙，镇上发工资这天简直就是魔鬼的生日，有三个人在火车上被盗后又被扔到窗外摔断了腿，所有人都被偷得裤子上只剩一个破洞；第三次是在菲勒蒙宣布玛蒂尔达要举行家宴之后，马菲克拉跟他说，镇上的一个吉他手被警察剁去五个手指、射击三十四枪后死去，他们居住的这个索菲亚镇也将被强拆。

在这样的背景中，观众才能理解这个惩罚偷情的故事何以不纯粹是一个私人故事。1950年代南非的索菲亚小镇，在黑白、贫富的等级压迫和穷人之间的相互倾轧中，家是菲勒蒙最后的灵魂栖息地。妻子背叛的消息使他感到"这不像一颗毁灭性的炸弹爆炸，倒像是一个无限精巧的机关，此刻决定性地崩塌"。接下来他对妻子展开的没有暴力而胜似暴力的报复，会让洞悉人性弱点的观众产生和玛蒂尔达一样的感觉："她受的惩罚过于严厉，相对于罪行的恶劣程度来说。她试图把惩罚当作一个笑话。"但惩罚不是笑话，在丈夫当众羞辱了妻子——让她和西装共舞一曲——之后，妻子自杀了。

社会环境和丈夫虐妻的因果关系，没有在剧情中有机化，而是以叙事人的叙述，暗示菲勒蒙生活在怎样一种屈辱不公的大环境中。起初他用对妻子的崇拜和爱来净化自己的空气，抵御这种窒息；发现真相之后，他既无力抗争社会和制度施加给他的屈辱与不公，更无从获得原谅和遗忘的空间与热能，为了得到尊严的替代品，他以自己受辱的证物来羞辱妻子，从她的受辱和服从中获得征服的快感与存活的动力。以自虐来施虐，以施虐来统治，在这样一个践踏的链条中，处于最底层的女人玛蒂尔达被碾碎了。她的死揭示了整体性残酷的根本秘密。不知为何，这竟让我想起中国社会新闻里那些失意丈夫虐杀妻子、无良凶徒为害无辜的他人孩子的故事——动因相同，只是我们的情节更粗粝更骇人罢了。

此剧的演员实在优秀。他们在叙述和表演之间转换微妙——当用第三人称叙述自己扮演的角色行为时，肢体和表情却与该角色合一，叙述人和角色双重而同时地共存于一个演员身上，鲜活自然、行云流水而毫不生硬。女主角的歌声醇美，三个白人乐手的伴奏极美地烘托氛围、控制节奏。不到九十分钟的演出，就这样浓缩了一个深刻的故事。

但我也忍不住感到些许遗憾：它太流畅，太轻盈，轻得像大师的小憩，以至于男主人公疯狂而悲伤的内心只如清风浅浅掠过。如果在某些沉默的时刻，他肯停下来呢？如果他肯露出灵魂冰山的狰狞一角呢？我想它的分量会有不同。

我不知这是我的口味，还是我的思想。

2012年12月13日

《枕头人》：故事的"罪孽"

五年多前的版权大战硝烟已散，马丁·麦克多纳的《枕头人》终于在北京上演。时值4月底，地点鼓楼西，前八场饰演作家卡图兰的是赵立新。正是2010年他在蓬蒿剧场的一次剧本朗读，在我心中种下了《枕头人》的瘾。如今解铃系铃，总算一纾"瘾"痛，从剧作到表演，都有了机会对照观瞧。

这部暗黑寓言剧，整体上遵循了三一律：地点始终在一个独裁国家的警察局审讯室里，剧中时间与演出时间等长——警察讯问、拷打直至枪毙作家，构成整个戏剧过程，每一幕都以卡图兰叙述的故事场景收尾。演出将剧作第一幕第二场《作家和作家的哥哥》放在全剧开头，作为交代卡图兰前史的序曲——大概是出于缩短时长、加快节奏、演员换装的考虑吧，但也略微减弱了戏剧悬念。第一幕中，删去了卡图兰"最满意的故事之一"——《路口的三个死囚笼》，它讲的是一个遭到万众一心的憎恶、被关进死囚笼却不知自己犯了什么罪的汉子，最后被强盗射杀的故事。删除这一"没有谜底的谜"，倒像是为它找到了一个不证自明的谜底。剧作第二幕第一场中《枕头人》的故事由兄弟二人的对白讲述，在演出中改为多媒体叙述。第二幕第二场的《小基督》故事，在演出中挪至第三幕，改为多媒体和警察埃里尔的交错叙述。除此之外，演出都忠实于剧作。全剧有一悬疑推动力——即求证作家所写的虐童杀童故事与实际发生的虐童杀童罪行之间，究竟有何关联。这一动作主线暗示了该剧的核心主题：艺术创造与现实结果之间，那些悖论迭出的紧张关系——诸如艺术与大众，艺术与自我，艺术与道德，艺术与政治，等等。

如何外化这一抽象而复杂的主题？马丁·麦克多纳的方法是"道成肉身"——将当代社会的群体存在或人性深处的不同维度化为人物角色，并赋予这些人物角色以圆融强烈的个性、血肉和情感，以此达成含混的象征性。比如我们可以说：作家卡图兰既象征着揭穿真实、不事教化的精英艺术家，又象征人的精神—心灵自我；傻哥哥迈克尔既象征智力不足而又苦难深重的普罗大众，又象征人的物质—肉体本我；冷血警探图波斯基既象征着自命全能、独断反智的权力机器，又象征人的理性超我；暴躁警察埃里尔既象征着自居正义的道德法则，又象征人的道德超我。每个人物既本乎个体又超乎个体的双重象征性及其相互纠缠，揭示出人类社会与内在自我的重重现实：苦难深重的普罗大众（受尽父母毒打的傻哥哥迈克尔）既是精英艺术（天才作家卡图兰）的体验来源又是其天真观众；艺术家向其汲取养料，加以转喻（卡图兰从哥哥的惨叫声中汲取灵感，写出惨虐的黑童话），也出于同情之爱助其反抗压迫（卡图兰杀死了虐待哥哥的父母），最终创造出旨在艺术审美和真实认知的作品（卡图兰："讲故事者的唯一责任就是讲一个故事。"）。当他的精神浅层与天真大众的意愿重合时，会产生皆大欢喜的结果（傻哥哥模仿《小绿猪》的故事，给哑巴女孩带来了快乐）；当他对现实黑暗揭示得越深刻，只有浅层思考力的天真大众越厌恶这种真实的镜像，甚至与其主旨背道而驰，将"黑暗的真实"现实化（迈克尔模仿《小苹果人》和《河边小城的故事》杀害两个孩子，但他认为这是卡图兰的责任："如果你没告诉我我不会干的，所以你别装得那么无辜。"）。在以全能自命的权力机器看来，艺术家（泛言之，一切文化精英）的才智与真诚既是一种难以控制的威胁，又是一种令人不悦的优势，他们对真相的揭示动摇人心，四处添乱，因此即便无罪，也要从肉体到精神将其消灭（图波斯基对卡图兰："我们喜欢处决作家……处决作家，那是一个信号，你明白吗？"明知卡图兰没有虐杀孩子，明知他杀死父母是为拯救兄弟，杀死迈克尔是为让他免于恐惧，这两项谋杀皆情有可原，可他依然枪决了他）。在严苛正义的道德法则看来，知识精英理所当然是淳朴大众的教唆犯，因此埃里尔毫不手软地拷打卡图兰；好在他有一颗淳朴善感的心，在剧终，他没有遵守图波斯基焚烧手稿的命令，而是贴上了封存五十年的封条。

若搁置这些复杂的象征，只把他们当作四个性格怪诞的人，剧情依然成立。但这四个人物已非中国观众熟悉的"自然人"，而是重新经过文化编码的"人造人"。对《枕头人》的演员来说，如何将这种"人造人"塑造得浑然天成、真实可信，是最大的困难。

赵立新出色地克服了这一困难。这位瑞典国家话剧院的前演员如今虽然主要活跃在中国内地的影视领域，一旦登上舞台仍不免成为王者。他身上有着其他中国男演员不具备的东西——那种西方现代艺术孕育出来的介于绝望与自嘲之间的气质张力，那种在反英雄的灰色地带浸淫日久而形成的自觉的荒诞感，那种近乎本能的精致微妙的哲学味，那张瞬息之间转换万语千言的复杂面孔。显然，这位演员有着储量惊人的精神情感库存，随时等待与之匹敌的深邃角色将其引爆，可惜有此品质的本土原创影视角色尚未诞生。话剧舞台不同。戏剧经典的高难角色给他足够辽阔的驰骋空间，也唤醒他的各个侧面——《父亲》《备忘录》《婚姻场景》《审查者》《男左女右》中难以言喻的男主角被他掌控裕如，此次《枕头人》又给了他释放能量的酣畅出口。他恰如其分地将弑父弑母弑兄、写作血腥黑童话的卡图兰塑造成带有现代疏离感的"弱者型作家"——一个揭示上帝离去的废墟真相，但出于写作的专业主义拒绝出示谜底的"卑微"天才。演员掌握了这个角色的三个心理支点：对写作、对创造超越生命的痴迷，对傻哥哥全情投入无保留的爱，对残酷世界冷静悲观却不吝祝福的意识。他面对傻哥哥时的温情、童挚、震惊和决断，他在暴力刑讯之下的敏感、诚实、柔韧与敷衍，他的所有行为与结局，皆出于此。只有理解了这个角色的精神意图，才能如此精准地扮演他。

田蕤饰演的图波斯基也很成功。这个极权体制内嗅觉灵敏、思维缜密的警探，其个性人格与其工作融为一体。他表面通情达理，循循善诱："我允许你绝对地说真话，哪怕这话会伤我的心。"诱出真话之后却将其视作对自身权威的冒犯："现在我收回我让你实话实说的许可，你很幸运我没赏你一个大头耳光。"待对方不识相地跟他讨论他的创作得失，他便忍无可忍："我已经收回我让你泼我脏水的许可，对吗？我的故事要好于你所有的故事。"绝不容许平等和挑战，这就是极权的本质。田蕤非常准确地把握了这个角色城府甚深、表里不一的层次感，同时，也细腻地奏响他内心深处人性的泛音：当他称赞卡图兰的《枕头人》是个好故事时，眼睛无法控制地湿润，却故作没那么回事——他想起了自己坠水而亡的小儿子。

吴嵩饰演的傻哥哥抓住了角色的童性，塑造出这个杀童凶手无辜可爱的一面，这是成功的；但他没能表现出"肉体性人格"的另一复杂面——那种浑浑噩噩的混沌之恶，这种人格也有掩饰性，没有表面看起来那么单纯。李虹辰演出了埃里尔暴躁暴力之下的那种喜剧性，称职地把现场气氛不断推向紧张和高潮，但埃里尔发现卡图兰没杀孩子之后的情绪落差和心理变化，表现得微欠火候。

《枕头人》的舞台设计很有匠心——一个转动的铁盒子便是全部的空间；铁盒旋转，其侧壁、其断面则承担多媒体投影和换景的功能。低矮逼仄的天花板，狭长如银幕的横切面，惨烈的灯光，无情的镜子，逼真的刑具，牵动人心的档案袋——既构成窒息残酷的刑讯室，又成为密不透风的极权社会的隐喻。

无论卡图兰故事中的人物，还是剧中的四个实体人物，都是在父母虐待的环境中长大，此种"巧合"绝非偶然。虽然卡图兰声称他的故事和人物什么都不代表，可剧中的"父母""虐童"绝非就事论事："父母"作为权威与环境的象征，对"孩童"施虐；"孩童"作为纯真与无辜的象征，饱受权力的踩躏——这是整个人类犯罪与受罪的缩影。这种罪孽陈陈相因，难以改变，但总有一丝爱的光芒明灭在废墟之间——就像是松软的枕头人的泪水，善良而虚空，悲伤而温暖。

2014年5月

必须冒犯观众

当泥塑木雕般的众人仰望着建筑大师索尔尼斯从高楼坠落，小陶虹饰演的希尔达却兴奋得涨红了双颊，狂喜地呼喊着："可是他究竟爬到了顶上！我还听见空中竖琴的声音呢。我的——我的建筑大师！"静默。剧终。戏，便如此地成了。《建筑大师》，这部易卜生晚年极难索解的作品，在从不安分的中国导演林兆华手里，获得了它的灵魂与呼吸。

需要向林兆华、濮存昕和易立明们致敬！他们把一位躁动不安的艺术家对上帝、艺术、生命和责任的彻悟与困惑、幻灭与热爱、恶意与温存，表达得如此空灵深邃，别具一格。从表演到舞美，从灯光到音乐，无不简扼精约，在"空的空间"里，观众得以心无旁骛地观察剧中人神秘复杂的精神运动。

此剧的表演方法无疑是冒犯观众之欣赏习惯的。它因涵容了多重意蕴而给观剧带来了一反常态的智性难度，却绝非毫无道理的一头雾水。演员尽可能的"静止雕塑式的表演，和冷静疏离式的传诵台词"，逼近了林兆华所追求的"静态话剧"意图。舞台设计也服从此一目的：空荡荡的黑白两色几何空间，一把带脚凳的火红色单人沙发，一张活动玻璃几，一个容纳次要角色的出人意料的凹间，就是全部。空间转换完全依赖观者的想象。在高潮时刻，几何挡板打开，舞台后部一架寒光闪闪的漫长阶梯直逼台顶，等待着建筑师索尔尼斯头晕目眩的攀登。

濮存昕的表演证明了他是深具形上理解力的中国男演员。他饰演的索尔尼斯慵懒地卧在沙发上，直面观众，时而对白，时而独语，毫无动作，这个姿势几乎贯穿全剧始终，但精神的波澜却在他吞吐台词的微妙节奏和表情眼神的轻柔控制中得以传达（如果他再内敛些就更好了）。这样的表演，意在把整个戏剧过程归结为建筑大师索尔尼斯的意识流联想，这是导演林兆华对易卜生原作最大的更动——现在进行时的动作呈现演变为过去进行时的叙述和回想。

相对于濮存昕的"静"，小陶虹的希尔达则如跳跃的火红音符。二人虽然在言语上直接对话，但形体上却是半呼应、半面对观众的。剧中其他角色的交流方式亦是如此，总之，动作均极其微小，惟有语言的激流如同音乐一般在舞台上或独奏、或变奏、或多声部合奏，以此使剧中人的焦虑、欲望、孤独与迷狂得以裸裎。此种表演颇得中国戏曲表演法之神髓：演员"既在角色之中，又在角色之外"——即演员的表演有一种先验的"面对观众"的对话特征，由此摆明了演员是在"扮演"角色，而非戏剧化地"融入"和"体验"角色；同时，演员的内在自我则又必须成为一个如此丰富而开放的存在，以至其台词和动作竟像是"他／她自己"的"下意识流露"。这是一种极具悖论的表演方法，林兆华所谓"不演地演"恐怕就是此意。而实际上，"不演"是更不露痕迹的"演"，它对演员要求极高，非成熟演员绝难解此奥义。这也是此剧的次要角色为何过于相形见绌的原因。不成熟的演员先得知道如何以"演"摆脱自身的物质化自我，才能走向下一步的如何成熟地演那个"不演"。否则，他／她的"不演地演"，就真的成了其贫乏自我的笨拙照搬了。

"不演地演"对于戏剧及其观众有何"意义"？为了在品种学上增加一套新的表演方法？为了获取一种新鲜的观剧体验？然，亦不尽然。我以为它根本的意义，在于解除了戏剧化表演加之于剧作的"着重号"。不自然的着重号一经删除，演员以既是自己又是角色的"日常"面目示人，那角色所秉有的冲破日常逻辑的精神声响反而会得以加倍放大,并渗透性地震动观者的心灵。这时候,习惯于"故事"和"抒情"的观众当然会无所适从,但唯有毫不妥协地冒犯观众的积习,艺术才能长进其自身。

2006年7月

跟时代较劲的舞台诗

古希腊悲剧作家索福克勒斯的《安提戈涅》，是李六乙导演"中国制造"计划推出的第一部戏。2012年11月23日晚，首都剧场，当舞台的天幕和地面被一袭纯白所统治，当身着白裙的安提戈涅和她的妹妹伊斯墨涅沉默、疏离而节奏微妙地走上这洁白之地，当一触即碎的白色寂静在戏的开端控制剧场达五分钟之久，我就知道，一部跟时代较劲的舞台诗，成了。

时代驳杂喧嚣，《安提戈涅》单纯静穆。时代黑白难分，《安提戈涅》洁白耀眼。时代是非不辨，《安提戈涅》追问天理。时代苟且偷安，《安提戈涅》挑战强权。显然，李六乙导演是想用《安提戈涅》的"天神"，批判时代的"魔鬼"；用《安提戈涅》的"存在"，质疑时代的"虚无"；用《安提戈涅》的"诗性"，抚慰时代的"焦灼"；用《安提戈涅》的"文明之根"，弥补时代的"失根之窘"。演出说明书里有一句恰切的话——"重拾剧人对世界的态度和责任"，可见此剧所做的一切，都是自觉的——自觉地站在中国经验与西方经典的交汇处，与时代和世界对话。

除了个别词句的强调性重复，李六乙版的《安提戈涅》原样使用了罗念生译本，连欧化的书面语句式都没做口语化处理。在导演为王、剧本沦为材料的时代，索福克勒斯或可为此松口气罢。他可以看看，21世纪的这些中国人是怎么演绎他的剧作，怎么借他的酒杯浇自己块垒的。两千多年来，西方哲学家围绕《安提戈涅》所做的关于"存在"，关于"人的技艺与罪性"，关于"人权与主权"，关于"自然法与实证法"之类的阐扬引申，不都是这种"酒杯块垒"的勾当么？

《安提戈涅》剧情单纯，冲突强烈——但凡源头性的杰作莫不如此，这样才能让内在的复杂性拥有空间。冲突因一具叛徒的尸体和国王的一纸禁令而起——安提戈涅的哥哥波吕涅克斯的尸体（他带领外邦人攻打自己的城邦，被其兄刺死，曝尸荒野），国王克瑞翁的禁令（禁止公民掩埋其尸，以惩罚他的背叛，违者处死）。国王的充满爱国主义的禁令看似有理有据，却是违背神律的——神要求任何死者的尸体必须得到掩埋和祭祀，未被埋葬者，其灵魂是不洁净的，会得罪冥王哈德斯和天上众神。此神律意味着：在人类的群体利害之上，有一绝对尊严属于任何个体之人——无论他生前有何种善恶功过，此一尊严都不可褫夺。这是一种永恒的正义。它很崇高，但是毫无实用价值。到底是服从永恒正义而抛弃现世的生命，还是服从强权的命令而遭受无法证明其存在的永恒的惩罚？这是索福克勒斯抛给观众的问题。这也是任何时代的观众——尤其我们——都要面对的问题。他让伊斯墨涅、守兵、歌队表达了对强权的恐惧、对现世的留恋，这正是我们可能会有的态度；同时让安提戈涅与之相反：她执意遵守神律，埋葬哥哥——为正义而挑战强权。此时国王克瑞翁面临一个选择：是自我约束，向安提戈涅的永恒正义低头，还是为了权力的坚固而忤逆天意，处死安提戈涅？这又是一个我们熟悉的命题……

导演李六乙动用多种手段表现这种持续的冲突与抉择。舞台背景、所有演员的服装皆是白色，演员皆赤足，以反生活化的方式表演。整场演出没有间断，以灯光的变幻和演员复杂微妙的走位与上下场，维持涟漪重重的舒适节奏。这种极简主义的处理，刈除了所有视觉的枝蔓，而使舞台表演趋向仪式化、内在化和诗化。同时，主要角色与歌队之间的表演风格互有参差——安提戈涅和克瑞翁，乃至伊斯墨涅、海蒙、预言家和欧律狄刻，都是角色化、个性化的表演；而歌队和守兵、报信人，则是符号化、朗诵式的表演；歌队长的表演则介于个性化和符号化之间。歌队的功能是多重的：一方面抒发慨叹，扮演洞穿世情的观看者，一方面烘托氛围，外化主要角色的内心真相——比如他们作为表现国王克瑞翁残暴刚愎的道具，时而两头相碰无语身亡，时而在他拂袖之际接连倒下。

林熙越扮演的敞胸露怀的克瑞翁令人印象深刻——既演出了暴君随心所欲的骄恣和遭受报应的惊痛，同时又表现出演员自我对这一强权角色的嘲讽和批判，这是他思想自觉的表征。卢芳扮演的安提戈涅强大而柔弱，高度精神化，是中国戏剧传统里一个陌生的女性形象。

安提戈涅的表演，我只有一处心存疑义：当她被捉到克瑞翁面前时，两人暧昧而相拥地说着对抗性的台词。此种处理在林兆华导演的《理查三世》里曾经有过——王后对理查三世的台词咬牙切齿，动作却是讨好挑逗，以此外化她既憎恨又谄媚的心理。安提戈涅如此表演，也传达出动摇和恐惧的信息，看似增加了角色的复杂性，却损害了她精神逻辑的一贯性。这也许是导演的"中国经验"使然，惜在此刻与古希腊精神几无交集。

但不管怎样，李六乙版《安提戈涅》与时代的诗性较力,最后是胜利了。整个剧场从始至终的屏息沉默,便是明证。

2012年11月

重寻"大写之人"

近日,李六乙导演的《哈姆雷特》在国家大剧院(2018年11月28日至12月5日)自不量力地上演了。说他"自不量力",是因为此剧的呈现方式给人一种强烈的"堂吉诃德"感。堂吉诃德你懂的,这位老骑士生活在梦里,以不合时宜的庄敬之心,为子虚乌有的杜尔西内娅四处征战。李六乙也生活在梦里,以不合时宜的庄敬之心,欲将已被当代思想和当代美学颠覆了几十年的哈姆雷特形象,再颠倒过来,重塑那位曾经的"自由的自我艺术家"(黑格尔语)。

在当代文艺中,从来"立"比"破"难,"美"比

"丑"难，"整合"比"单一"难，"均衡"比"极端"难。或者可以说，前者几乎是不可能的——它因举世难寻而被视为"虚假"；后者几乎是必须的——它因遍地皆是而似乎"真实"。后者只取一端，把这一端做成极致，就足以成功。算起来，几乎每年都会看到至少一部或中或西不同版本的《哈姆雷特》，印象中有三个版本最出色，它们都是以"极端""颠覆"取胜：

卢克·帕西瓦尔的德国塔利亚剧院构作改编版——剧中哈姆雷特苍白虚弱的脑袋从肥胖自私的老王幽灵的肚皮上钻出，形象丑陋歇斯底里，篡位国王克劳狄斯则仪容齐整相貌堂堂，三人均头戴王冠，暗示其地位和灵魂的同质性，以及哈姆雷特父子真正属意之物。

奥斯卡·科尔苏诺夫的立陶宛OKT剧团版——整部戏犹如发生在化妆间的屠杀犯罪现场，哈姆雷特手上的血污一点儿不比篡位国王少。

托马斯·奥斯特玛雅的德国邵宾纳剧院版——全剧以黑色电影风格、人物形象的黑帮化、哈姆雷特的肥胖和不作为，完成"剧作基本忠于原著"之下的精神颠覆。

这些版本都从颠覆哈姆雷特古典完美的贵族形象入手，质疑王子复仇的正义性，追问和呈现权力之罪恶（"王子"地位的原罪），以及人性本身丑陋异化、无能为力的绝境。这是战后欧洲民主思潮渗入莎剧舞台的结果——哈姆雷特扭曲面庞的背后，是一颗政治正确的忏悔之心。

莎剧诞生时，是五脏俱全、立体复调的。"莎士比亚作品中一个普遍的基本特质是多元文化性。""莎氏独特的伟大在于对人物和个性极其变化多端的表现能力。""莎士比亚的人物容纳多种观点。"（哈罗德·布鲁姆）但是进入当代之后，莎剧舞台上的人物正在失去这种"多元文化性"，失去这种"变化多端"和"容纳多种观点"的能力。由于各种政治正确、各种社会思潮的介入，以及艺术对普遍人性的悲观结论，致使每一部当代版的《哈姆雷特》，都只取莎翁原作精神之一维，且只取那些"黑暗"之维，用以呈现人类破碎、丑陋、衰落、绝望的面相，简言之，呈现"人的危机"。

当颠覆日久，就到了一个追问的时刻：还要继续颠覆下去吗？还要只揭示莎翁的一个边角吗？我们何时回归他的整体，在一个更大的视域里，呈现"人"的更丰富的可能性，和人类更复杂深远的境遇？"大写的人""高贵的人"，应被判处永久的死刑，还是应在这荆榛遍地的时代复活和归来？

"即使被关在果壳之中，我仍自以为是无限宇宙之王。"

这是哈姆雷特的一句至关重要的台词。可以说李六乙版的舞台呈现，是围绕这句话进行的。我更喜用"李六乙的舞台写作"来形容他的艺术实践——李六乙的剧场作品，带有极强的作者性，极强的写作性。作家的写作语汇是文字，导演李六乙的写作语汇则是舞台所能提供的所有要素——剧作、表演、舞美、灯光、音乐、服装、造型。他调动所有这些要素，锤炼、编织、晕染、组合，描摹他的心象，书写他的诗章，传递他的观点，谱写他的交响乐。每个要素不能剥离其他要素而存在，它们彼此交融共生，形成一个精致微妙、回味悠长的织体。

李六乙不采用容易取得观众共鸣的排演路线：比如给名著设置一个炫酷的当代故事情境，写实化舞美，体验派表演，等等。相反，从"古希腊悲剧三部曲"开始，他即采用超时空的极简美学和仪式化表演，某种程度上与日本导演铃木忠志一脉相承——舞台的极简和象征，表演的反生活化。但又不止于此。在《哈姆雷特》中，他的演员表演融合了"体验"和"表现"，在仪式化之外呈现细微自然的情感表达。在没有任何生活细节的舞台上，这种细微自然如琴弦的轻轻拨弄，平添微妙颤动的音色。

此剧舞美是一个巨大的隐喻：一个大的白色钢线球半悬空中——那惨白的太阳；一个赭石质地、不时晃动的圆形平面——那血色斑驳的托勒密式地球；灯光明灭排列如星辰，环绕着"地球"，同时也成为舞美的一部分。这是倾斜、动荡、叵测的孤独星球，哈姆雷特故事在此空间恒久上演，明示它是超时空的全人类缩影。演员们在这虚空的"地球"几乎徒手上下，无所依托，唯凭声音、面容和身体的表现力完成使命。角色们纠结，恐惧，爱，恨，心碎，发疯，欺骗，背叛，忠诚……恢复了"变化多端"的能力，恢复了人类美丑的本来面貌，不再时髦而后现代地沉入垃圾场化的颓废。濮存昕分饰老王的幽灵和篡位的克劳狄斯，将后者良心的歉疚和篡位者的狠决的双重性，饱满地刻画出来。李世龙成功地饰演了自作聪明而又饶舌可悲的波洛涅斯，苗驰饰演的霍拉旭戏份不少（导演很理解莎士比亚安排这个角色的良苦用心），将这个文学史上著名的"朋友"塑造得体贴殷切而富内在的激情。胡军一向以饰演勇武英雄著称，选择他饰演哈姆雷特，是导演李六乙兵行险着。事实证明，虽然"英雄式"的哈姆雷特开场有令人耳目一新之感，但这个人物的复杂根性，的确与阳刚果敢的胡军犯冲。他的哈姆雷特看起来太果决、太雄强、太有行动力，而哈姆雷特内在的犹疑、恐惧、愤怒、神经质、撕裂的痛楚、爱恨交加的扭结……这些精微丰富的层次，则有付之阙如之憾。

此剧的灯光着实精彩。当需要宏观全景的时候，这些灯盏排列如星辰，散发着孤光。当人物之间发生生死攸关、张力强烈的对话，灯盏缓慢而静默地聚集，从不同方向聚焦角色的脸。那些从不同方向射来的光线，应和着幽咽的京胡、角色的声音、表情和形体，也成为这部交响乐的一个绝妙的声部。甚至可以说，灯光本身就是一部交响乐，它们的明暗、移动、聚光方向的改变，扣人心弦，有机而精准。音乐出色，京胡是唯一的乐器，有一种画龙点睛的东方神韵。九九的人声凄怆苍茫，令人动容。从始至终的时钟走针声是死亡倒计时，是无时不在危机之中。李健鸣的译本轻盈、口语而又不失文学性，适合舞台表演。

李六乙的《哈姆雷特》，人物身着唯美而无年代的宽袍大袖，在这晃动不安、危机四伏的地球上，以舒展诗性的姿态，走过复杂深邃、矛盾重重的精神旅程。这是重寻"大写之人"的努力。这种努力非常烧脑，非常微妙，也非常卓绝，是这个世界不折不扣的异数。愿这种超越性的精神之力永远存在，而不被轰轰烈烈的"接地气"之声所淹没。

2018年12月

李六乙的契诃夫

1888年，二十八岁的契诃夫给他的朋友写信："我们要竭尽全力进行斗争，以使戏剧从小市民手中转移到文学家手中，否则，戏剧是注定要完蛋的。""现代戏剧是麻疹，一种城市里的恶病。应该铲除这种疾病，喜欢它是不正常的。"

2015年1至2月，中国导演李六乙执导的《万尼亚舅舅》在首都剧场上演。此时他所面临的戏剧状况，跟1888年的契诃夫是如此相似，以致他对"毫无节制的平庸所装饰的舞台"也发出了悲叹："舞台四面楚歌，戏剧岌岌可危。"

1898年，为铲除"戏剧麻疹"而写戏的契诃夫已写出了《没有父亲的人》（第一部作品，生前未发表、无标题，逝后被编辑作此标题，后多以《普拉东诺夫》之名上演）《伊凡诺夫》《林妖》《海鸥》和《万尼亚舅舅》，他写信给莫斯科艺术剧院的创始人聂米罗维奇-丹钦科："你们的成功再一次证明，无论是观众还是演员都需要知识分子剧院。"翻译家童道明先生指出：俄文里"剧院"与"戏剧"是同一个单词，因此也可以译为"知识分子戏剧"。可以说契诃夫创造了俄罗斯的"知识分子戏剧"——不仅因为他的戏剧主人公多是知识分子，更由于他以知识分子超越性的反思方式，呈现出诗意与无力、激情与奴性并存的俄罗斯灵魂的迷人与病态。他的每部剧作都兼具现实主义的饱满血肉和象征主义的恒久隐喻，这种魅力，一百多年来吸引不同时代不同国族的导演去演绎不同样式的契诃夫，每一样式都在契诃夫剧作的基石上，表达了该导演对人性、社会、历史和本民族精神现状的看法。李六乙执导的《万尼亚舅舅》亦是如此。

不幸的是，我们这里无人提出"无论是观众还是演员都需要知识分子戏剧"。是我们真的不需要"知识分子戏剧"？还是创作者、经营者和观众没有意识到这种需求？还是我们不敢产生和鼓励这种需求？有一种消费理论认为"需求是被创造出来的"。环顾本土戏剧，有人创造了对于"爆笑剧"的需求，有人创造了对于"减压剧"的需求,但是,无人创造对于"知识分子戏剧"的需求。一旦有这种戏剧诞生,就会被视作不合时宜的恐龙。情感、思想和精神的自由、微妙与深度,在我们这里"不是生活必需品,不是奢侈品,而是废品和危险品"(引自一位网络作者语)。这就是李六乙导演《万尼亚舅舅》时所面临的中国语境。

《万尼亚舅舅》讲述的是徒然梦醒而因循依旧的悲喜剧。契诃夫喜欢强调他的剧作是"喜剧",意在抗拒人们对其隐含的悲伤进行过度严肃、泪雨滂沱的解读,相反,他呼吁导演、演员、观众和读者以更为硬朗和超越的态度,来理解、演绎他笔下缓慢的荒谬与致命的丧失,并从中产生觉醒与改变的意志。他认为,那些最优秀的作家作品不但能让人们"看到现实生活,而且还能感觉到应该怎样生活",他深信:"当我们把人们的本来面目展现在他们自己面前的时候,他们是会变好的。"但同时他亦指出:"俄国人害怕自由。"

在2015年的李六乙版本中,导演显然在有意识地开掘"自由及其敌人"的主题,并对"万尼亚舅舅"这个围绕着无价值的核心辛苦操劳、虚度一生的人物,做出感同身受的理解和呈现。

剧作中,万尼亚舅舅和他的外甥女索尼娅是一对精神双胞胎,象征俄罗斯人两种逆来顺受的精神面相:一种是醒悟愤恨于无意义的自我牺牲,但依然无力自由,因循旧迹（万尼亚舅舅）；一种是怀着崇高深沉的宗教感情沉浸在天国的幻梦中，奉献自身，不愿醒来（索尼娅）。在他们周围，徜徉着自私自怜、名不副实、剥夺他人而不自知的谢列勃里雅科夫教授，美丽慵懒、无所事事而又自觉自省的教授妻子叶莲娜，勇猛精进、头脑清醒而又放纵本能的阿斯特洛夫医生，迷信权威、放弃思考、丧失自我意识的教授岳母玛丽娅，善良懦弱、忍辱含垢、沦为食客的破落地主捷列金，虔诚盲目、慈祥宽厚、安于忍从的老奶妈玛丽娜。一种令人迷醉的精神病毒——这种病毒在剧作《伊凡诺夫》中被称为"灵魂的惰力"——弥漫在所有人物的意识和行为中，以至于他们沉浸其中动弹不得，除了进行互不听见也互不理解的"独白式对话"，几无行动。与生活本身的"非戏剧化"形态相仿，剧中人物的存在形态是状态性的，而非事件性的。不同人物的台词、动作及其戏剧进程，各有其微妙弧线，最终交织成一个音乐性的结构。

  李六乙版《万尼亚舅舅》最精妙之处，在于它以极简而隐喻的空间，以演员对话的"无交流性"和反戏剧化的状态性表演，呈现出了契诃夫戏剧独有的音乐结构。舞台删除了具体的时空提示物，在一个强调了"舞台假定性"的"空的空间"里，以椅子在数量和高度上的变换与叠加，隐喻一个等级秩序和驱逐灵性的世界。椅子高度工业化的棱角特征，将舞台情感降至零度。它们所分隔出来的空间，功能性和隐喻性兼具。灯光的色调与节奏微妙繁复，氛围营造出色，将契诃夫指喻的那种令人沉迷的精神病毒、昏昏欲睡的灵魂惰力，直观地渲染出来。

全体演员整场演出都在台上，犹如一部交响曲的全体乐手始终在演奏—停顿—演奏。每个角色负担一种人格、一道轨迹、一重命运，在有限的戏剧时间里，演奏着独属于他／她的旋律。旋律的编织不是遵从故事逻辑，而是出于诗性逻辑与主题逻辑的结合。而主题，则一方面出自契诃夫对俄罗斯民族性的揭示，一方面出自李六乙对中国社会历史和精神现实的观察。

与以往苏联版本出于阶级论而贬抑"懒惰的资产阶级女性"叶莲娜的呈现方式大异其趣，卢芳饰演的叶莲娜在此剧中成为第一小提琴手、整部剧的价值核心，美丽夺目，光焰四射，她的真诚自省、严肃正直的一面被强调，而剧作中无所事事、无法自控地玩赏自身诱惑力的"美人鱼"一面，则被消弭。她是渴望露出真性、追求自由人格的化身，对人物双重内涵的这一削减，体现出导演的叛逆精神，但也减弱了她的复杂性。濮存昕饰演的"万尼亚舅舅"主要时间里都偏居舞台右侧，不是斜倚台柱心不在焉，就是老躯横陈昏昏欲睡，对于靠他和索尼娅供养却全无真才实学的教授，心存"被榨取被浪费"的怨恨，是一个悔于消磨、欲望难息的形象。他的怠惰昏沉的身体语言，暗喻这个角色自暴自弃、逃避自由的精神面貌，及其悲剧命运中的个体责任。濮存昕的表演松弛自然，全无做作的话剧腔，惜乎有时未能把握"松弛"和"松散"的界限。

阿斯特洛夫医生也是个双重性的角色——既有心系未来、舍己牺牲的使徒一面，又有放浪形骸、心藏恶意的冷漠"林妖"的一面，牛飘的表演强调后者而省略了前者，殊为遗憾。索尼娅则是个虔诚、淳朴、自卑、热忱的女孩，可她所有的美德，又都建立在她的自由意识空缺之上——孔维的表演时有大放光芒之处，但有时失之于喀。

像契诃夫所有成熟时期的剧作一样，《万尼亚舅舅》中重要人物的灵魂都是双重性的，复调的，美丽与丑陋、健康与疾病并存，且对立项的强度几乎相等，而非有绝对主控的一方。这一点上，契诃夫与陀思妥耶夫斯基相仿，只是前者用半音程，后者用全音程。比较遗憾的是，此次《万尼亚舅舅》的演员们没能体现出人物的这种双重特质，而更像是做出了某种单向度的选择——比如叶莲娜是"理想"的，万尼亚舅舅是"灰心"的，阿斯特洛夫医生是"冷硬"的，等等，对于形成角色张力的另一面，没能完成。这大概与中国传统的一元论哲学之影响有关，人物必须在善恶、好坏、冷热等等二元对立项中做出选择，而难以理解和表现上帝与魔鬼集于一身的那种双重复调特征。

舞台上，现代戏剧会呈现为一种没有结论的疑难，所有人物也无一能给出主张，承载理想。但在这部戏的开头，李六乙导演用理查德·施特劳斯的交响诗《查拉斯图拉如是说》，宣告"上帝已死，人即上帝"；结尾处，让饰演叶莲娜的卢芳吟诵索尼娅的台词，以传达"得救"的理想；让一直娓娓弄琴、委曲求全的捷列金摔烂吉他，出了口鸟气。这是导演李六乙面对沉闷平庸的现实，不再按捺热血的愤怒涌动，亦不在乎现代艺术的含混法则，而选择以行为艺术的方式明晰地说话。但平心而论，这种直接宣泄的热血之举，恰恰泄掉了观众郁积于心的情感能量。其"主张化"的呈现方式，也遗憾地限制了全剧的开放性。

即便有此白璧微瑕，李六乙版的《万尼亚舅舅》依然是当下时代值得尊敬的出色作品。以卓异高蹈的导演美学抗拒粗糙低智的戏剧流俗，这是艺术家李六乙的存在方式。

2015年2月

《备忘录》：从0/134到136/136到n/m……

剧作家过士行说，他要导一部"看不见导演的戏"。看完《备忘录》，我觉得这事成了。

《备忘录》是法国作家让-克劳德·卡里埃尔写于1968年的舞台剧，角色只有一男一女——男人叫让-雅克，女人叫苏珊，场景单一封闭——一直在男主角的家里。这部戏看起来是关于两性关系的，但不是情感剧；思量起来是富有哲学意味的，但并非萨特式的"境遇剧"。它的荒诞与惊警流淌在毫不变形的日常情境中，两个角色的碰撞纠结如两股难以逆料的溪流之汇合——水质、温度、水生物不同，愚钝的肉体很难感知汇合之后水之变化，须借助心灵的化学设备,在暗流变幻中实时监测分析。面对如此剧作,导演、表演的过度风格化势必会损害作品的精神流动性与复杂性,而沦为僵硬的图解;相反,唯有导演和演员之"我"隐匿、消失,这部杰作才能真正"活"在舞台上,唤醒我们的惊愕。

惊愕什么呢?诚然,让-雅克的备忘录是非同寻常的——在不速之客苏珊走进他家之前,他已经记录了134个和他做过爱的女人。苏珊会成为他的第135个吗?她怎样成为他的第135个?然后彼此是爱,还是厌弃?顺着这种国产电视剧的思路,你将永远无法抵达《备忘录》。实际步骤是这样的:1. 苏珊费尽心机想在让-雅克家里多待会儿,后者则不遗余力要把她赶出去——此时的她是令他恼火的入侵者,在他的世界里占据着0/134的位置。2. 让-雅克在和第135个女人过夜后回到家里,他们开始彼此交流。苏珊欲擒故纵。他们互表爱意。他向她求婚。她成为他的136/136,他的唯一。3. 让-雅克声称已按苏珊的意愿辞去工作,隔绝外界,在他的单身公寓里让她完全拥有他。苏珊恐惧,意欲逃离,让-雅克把她留下,自己离去,称会常来看她。至此,他们彼此或许成了对方的一部分,对方的n/m。

此剧的最难点在于它全盘的不确定性。人物关系不确定——苏珊到底是让-雅克·费昂的一个旧情人,还是陌生人?从台词的蛛丝马迹看,我们可以理解为前者,这样此剧就带有悬疑性质，我们的注意力会仅仅集中到男主人公生命状态的惊愕和批判上；但由于男女主人公的台词真真假假、自我颠覆，我们又会否定这个相对低级的猜测，而倾向于同时接受这两种关系选项。这对女演员的角色把握是个考验——不能完全不带前史地表演，但又不能完全沉浸于这种想象的"前史"之中，她的模糊的神秘性，和她清晰的说谎、撒娇与努力，必须相得益彰才行。郑铮的表演虽稍嫌吃力，但对此分寸的把握还是相当适度。

此剧的主旨更是不确定的：它要说什么？男女之间爱与自由的悖论？——当你是他的"0"的时候，你追求成为"1"；当你真的成为"1"时，你感到责任的束缚和失去自由的恐惧，又飞速地逃向"0"？却不尽然——从人物的只言片语中，从他们的眼神和表情中，我们还能看到加缪的格言"我们要活得更多，而非更久"已被反讽性地实践，看到马克思的预言"一切坚固的东西都烟消云散了"已化作存在的现实，更看到现代人致命的疾病——生命的虚无，主体的瓦解，自我的中空，灵魂的孤独，最要命的是——虽然我们心里只有"我"，但其实我们已没有灵魂，没有自我……但是，但是尽管如此，剧作家卡里埃尔仍欲以让-雅克和苏珊之间最终的温情，呵护人类自我救赎的一粒微火——好像那是迟迟不来的上帝之火……

现在，此种生命体验对国人来说已不陌生，但将它形诸作品的时刻尚未到来。借卡里埃尔之笔，帮助我们发现和理解内在的迷津，是"新锐导演"过士行的苦心。他的意愿达到了。

男演员赵立新的表演游刃有余，令人惊叹。他有一张高度精神化的面孔。一切皆空，一切皆有。很不中国。极为自然。这张面孔疲惫，混沌，好心，心不在焉，敏感，轻率，滑稽，神经质……他的反戏剧化的平淡表演隐藏着强大的张力。面对观众，他是难以控制和难以预料的，因而是富有震慑力的。这力量使双人舞台成为茫茫剧场的绝对重心，引起了观者对复杂精神世界强烈的好奇，与陌生的敬意。

2008年10月

当"最小成本"是自己时

这个小兵痞已经死到临头,已经被捆在行刑的电椅上,只要他对审判者说"我错了,战争中我错杀了无辜的人,我请求原谅!",就可以取消他的死刑;在忍上几年的刑期之后,他就可以迈开他那该死的双腿,继续到世上寻欢作乐去。可他就是不。他坐在那个将要送他上西天的刑椅上,左摇右晃口沫横飞地表示:去他妈的请求原谅!不错,我杀了人,但不是我要杀人,是这个国家、这个国家的军队让我这个士兵杀人,我不杀人,人就杀我!战争结束了,却又装模作样地审判起我们这些不能自主的小兵来!那些掌权者呢?那些大人物呢?应该负责的是他们，不是我！要我死就他妈的死吧！甭想让我忏悔！甭想让我请求什么原谅！哈！要说我想什么，我就想临死前和我的女朋友再干一次！

这时候，一个阴郁衰老的灰衣妇人走进牢房，让他做一选择：要么跟她走，一切听她的；要么，他就去死。在用不甘心的讥嘲笑骂表现一通自己对死亡和审判的蔑视之后，他还是选择了跟这老妇人走⋯⋯

这是一出只有两个人的话剧，它有一个平常的名字——《纪念碑》。回顾2000年的北京话剧舞台，我认为它是一部最值得记住的作品。时隔月余，我仍能清晰地回忆其充满张力的剧情，这剧情就在小兵痞和掌握了他生杀予夺之权的老妇人之间展开：老妇人梅加想要这小兵痞斯特科说出"真相"，战争的真相——想让他说出他杀了哪些人。但是斯特科不干。他不认为世间有什么"真相"，他还认为即使有，说出来也没有用。更重要的是，他想忘掉那个自己作为刽子手的"真相"。他认为复述那个"真相"比让他服任何苦役都痛苦万分。更更重要的是，他认为这件杀人勾当是他"不得不做"的事，对此他并不负有责任。也就是说，他和我们这些正常人一样认为：出于"趋利避害"的熵增本能，人类在面临生存选择之时，一定会支付对自己损失最小的成本，而对于成本大小的判断，则依它与自己的生死之关联程度而定——当他面临"要么别人死，要么自己死"的选择时，他的"最小成本"是别人；当他面临"要么你疼，要么你死"的选择时，他的"最小成本"是疼痛；只有当他除了死一无选择时，他才会选择自己去死。因此可以说，斯特科之杀人只是他为了生存而支付的"最小成本"；在他开枪的时刻，他只是个为了逃避自己的死亡而自我保护的弱者，却说不上是一个罪犯——如果"罪犯"专指"有意作恶者"的话。由此我们可以推而广之：所有的斯特科们都是弱者，都不是罪犯，都可以被原谅。可是，那些死在斯特科们枪下的魂灵怎么办？那些惨遭生离死别的"幸存者"们怎么办？死去的人们如何复生？生者的创痛谁来抚平？仇恨和愤怒如何化解？罪恶怎样被原谅？

这也是困扰着梅加和斯特科的问题。让我们看看梅加是怎样做的。她惩罚他。她折磨他。她被他愤恨而无奈地称为"你这个疯女人！"。她使他时刻处于"要么死，要么受罪地活"这两种选择之间。每一次，他都屈从于后者：他系上狗项圈，像狗一样睡在梅加屋外的露天地里；他像牛一样套着犁耙在田间犁地；他必须拿大石块砸自己的脚；他必须忍受饥饿……这个杀过人、给他人带去过致命疼痛的身体，为了免于身体的死亡而不得不选择让自己的身体疼痛。当斯特科因害怕疼痛而拒绝拿巨石砸自己的脚时，梅加喊道：那么那些姑娘是怎样忍受你的杀害的?!椎心的疼痛伴着刺心的责问，使他一次次体验到被自己残害的人们所遭受的苦难——这是"最小成本"

支付在自己身上时，由身体传达给灵魂的最重要的信息。

　　两人经过拉锯般的冲突和较量，斯特科实在无法违抗梅加的意志，终于带她来到自己当年制造的屠场兼坟场。梅加让他挖开坟，他假装找不到。梅加说："要么你挖开她们的坟，要么挖你自己的坟。"他只好挖开姑娘们的坟。他抱出、拖出她们的尸骨，已经面目全非的尸骨。她让他说出她们的姓名，说出他是怎么杀死她们的。他不肯。梅加说她看见了他的女朋友，她被人掳去，被人强奸，被人杀害，被人碎尸。他大喊"不可能"，但是他已经感到，这些死在他枪下的姑娘们，和自己的女友是一样的；那可能施加在她身上的残暴，已经由他施加在她们的身上，这是他永远无法挽回的罪孽。无论什么样的地狱等着他，他都必须说出她们，因为他的身体已经感受到自己的罪孽。他强忍住撕裂的痛苦，一一地说着。最后，他说到一个美丽的姑娘，"长着一双牡鹿一样的大眼睛"，想当哲学教师，相信人性的善良，恳求他不要杀她。他说他也不愿她死，他说他痛饮了她那含苞待放的身体，那时温暖的夕阳就在身后，而青春的激情也汹涌在胸中。但是，恐惧猛然攫住了他：他似乎听见了迈动军靴的脚步声，他似乎看见黝黑的枪口对着他，他似乎感到自己血肉横飞的肉体在空中翻卷——那是军队在惩罚他对这姑娘的柔情，惩罚他的"背叛"。不，他不要死，他只有二十岁，他还想活着回家和女友去寻欢作乐。于是他闭上了眼睛。他想，如果我没有打到这个女孩，我就放了她。于是他扣动了扳机。嗒嗒嗒——毫无防备的、寂静的舞台在他的叙述中突然爆发出轰然致命的枪击声，四周一片黑暗的死灭，惟余一束血红的追光照在这苍老的妇人和惨痛的士兵身上。梅加再也无法忍受这一切，她撕心裂肺地大喊了一声，一下把斯特科击昏在地。他说的是她的女儿。她宁可自己被强奸，被杀戮，宁可自己的身体被挑开，被踩碎，只要她的女儿活着。但是她死了，被这个肮脏的小兽杀死了。仇恨点燃了梅加，仇恨使她想要了他的命。

但是她没有。等他醒来，她疲惫地对他挥挥手：你可以走了，你走吧。

但是他要留下来，他要陪伴他，他要赎自己的罪。

她拒绝了。她不想复仇，也不想原谅，更不想他的赎罪。毕竟，这罪是无法赎清的。

他眼望苍穹和眼前的尸骨，眼望着自己深如汪洋的罪孽，哭着说道："对不起，梅加，我请求原谅！"

梅加凝固如雕像，悲恸、疲惫和想要原谅的努力熬干了她的躯体。她似乎想做一个赦免者，但是奔腾的母爱淹没了她的意志，她只有哭泣着喃喃低语："对不起，斯特科，我不知道怎样原谅你。"

一个是无法原谅地原谅了，一个是无法忏悔地忏悔着。斯特科终于理解：梅加执拗地寻找"真相"，是因为她爱她的女儿，爱所有和她女儿一样死去的、无法出声的未名人。当胜利者掌握了书写历史的权力，要在大地和人心中为自己竖起伟大的纪念碑时，她要用这"真相"与当权者抗争：历史不应仅仅记载着你们的光荣，还应记载这些无辜的、如花的牺牲！纪念碑应为她们而立，而不是为你们！只有做到这些，她才能平静于自己的爱。同时，这一"寻找真相"的行动也指向了所有的斯特科，所有的"被动犯罪者"，所有可能、正在或已经将生存的"最小成本"支付在他人身上的人——我们自己。当斯特科以自身的疼痛重温了他施加给他人的苦难时，他终于明白：其实他可以做另外的选择的，虽然那选择是将利刃对准自己。

在斯特科举起屠刀之前，他会认为"将利刃对准自己"的想法只是个道德高调；当他犯下无法挽回的罪孽而又狂想着挽回时，他却改变了看法：人类趋利避害的本能并非不可逆转，相反，在历史的危难关头，人类的得救完全取决于自己能否"反熵"——哪怕反掉了自己的生命，只要能免于罪孽，他也在所不惜。

2001年1月

纪念莎翁的另一种方式

不管这个十六七世纪的英国人是否跟你有关系,反正2016年中国戏剧界的一大盛事,就是纪念莎士比亚逝世400周年的各种演出。前有欧洲名导盛大出场——格雷戈里·道兰导演、英国皇家莎士比亚剧院演出的《亨利四世》和《亨利五世》,奥斯卡·科尔苏诺夫导演、立陶宛OKT剧团演出的《哈姆雷特》,托马斯·奥斯特玛雅导演、德国邵宾纳剧院演出的《理查三世》,后有即将到来的北京国际青戏节的集束狂欢——十二部莎翁名剧,会被中国青年导演们以各自方式改编排演。莎士比亚跟我们有何关系?无论如何,只要重排他的剧本,就是在以他的作品为镜，映照我们的时代。但直接以他本人为镜——或者说，以莎翁本人为主人公——的原创剧，目前只有一部，那就是台湾剧作家纪蔚然编剧、大陆导演陈大联执导、福建人民艺术剧院出品的《莎士比亚打麻将》。不久前，此剧已在福州的福建人艺剧场上演。由此，我们看到纪念莎翁的另一种方式。

1

《莎士比亚打麻将》本是纪蔚然随笔集《误解莎士比亚》里的一篇文章，借莎翁和易卜生、契诃夫、贝克特打麻将的虚拟场景，谐评"四大剧作天王"的艺术特性。此文被陈大联导演读到，遂约作者以此为题写一部戏。纪蔚然何许人也？台湾剧场的代表性剧作家，台湾大学戏剧学系教授，著有《愚公移山》《夜夜夜麻》《拉提琴》等剧作十七部、小说和评论集若干本。纪氏虽博学，剧作却严厉杜绝理论的入侵，而直接着眼时代人心的错乱荒谬，时时发出赤子柔肠的冷嘲热讽。这么一位谙熟剧作法和戏剧理论的剧作家兼戏剧学者，写这么一部"关于戏剧的戏剧"——里面不但有莎士比亚，还有易卜生、契诃夫、贝克特，不但有他们，还有他们创造的主人公哈姆雷特、娜拉、妮娜、幸运儿——实在最合适不过。

不过……这样一来，对普通观众来说，这戏还能看吗？还能看得懂吗？还能看得动吗？加上向以实验剧场立身的陈大联执导——两位高难高冷的戏剧人，"生"下的孩子得多"难看"啊。

怀着悲观的心情，去看《莎士比亚打麻将》。边看边等观众们一个个知难而退，愤怒离场。但是没有等到。福州观众看得专注。在我以为只有"熟读经典的戏剧人"才会发笑的地方，他们也大笑了起来。这是福建人艺大剧场，不是中戏黑匣子，专业观众不会超过二十人。这意味着，这部"关于戏剧的戏剧"（"元戏剧"）并非封闭的自嗨型作品，它具有充分而自然的能量，与现场观众发生化学反应。

让我们看看它讲了什么：爱打麻将的剧作家程浩，到了编剧和牌技都陷入困境的"人生中途"。一个似梦非梦的夜晚，他经常乞灵的莎士比亚突然出现在家，跟他喝啤酒，抢电视看。原来此公是带着哈姆雷特来参加本市的"好编剧"大赛的。贝克特带着幸运儿、契诃夫带着妮娜、易卜生带着娜拉也陆续前来。这些剧作家创作的角色，是参赛"主人"的仆佣。他们在都市里各自经历了励志哲学的鼓噪、"高科技"的异化和资本人的傲慢。不思进取的贝克特忽然不想参加剧作比赛了，四大天王遂搞起了麻将大赛。这是全剧的高潮华彩段落：方城战酣，四大剧作家明里比拼牌技，暗里比拼剧力；明里"麻坛"术语，暗里评戏说戏——处处是双关语义，时时玩文字游戏。

剧终，牌技大开大阖、"输得内裤不留"的莎翁，令程浩感到醍醐灌顶。

可以说，《莎士比亚打麻将》是一部意识流—叙事体戏剧——剧作家程浩既是叙事人，又是这场意识流的"主人"；也是一部复调剧——不同角色的话语彼此争执，对立并存，谁也没有说服谁、统一谁；还是一部评论剧——作者把莎士比亚们召唤出来，让这些深邃、庞大、永恒的灵魂与这个反深度、碎片化、即时性的当下世界照面、打闹、对话，一个个动作性的寓言—喜剧场景，即是文豪们迸发如珠妙语的机会——以此表达对我们时代及其精神状态、生命状态的评论。

实际上，这是一部自我拆解、美学混搭的"杂烩剧"。它看起来是悬浮结构，没有中心事件，每个片段都呈自主状态，其实有很强的双重故事线分合隐现——一条是程浩和莎翁们的漫游，一条是"四大天王"的角色们在都市里的遭遇。它看起来狂欢、驳杂、反深度、卡通化，却通往一个沉思、纯粹、深度、复杂的价值世界。它看起来处处是反讽、不满、俏皮话和冷典故，却饱含对人类和世界的深情。它看起来是由成熟的技巧所造就，其实却是精神的成熟催生出作品的成熟——而精神成熟，最为大陆剧作者所欠缺。

这样一部剧作，是导演的一道难题。导演陈大联一反常态地应对：洗尽铅华，无为而为，将"自主状态"还给演员。对这位极其风格化的导演来说，这是一场艰难的自我克服。2013年，由陈大联改编、导演的实验剧场《雷雨》震惊了中国戏剧界：剧作改为叙事体；空旷的舞台上，八面大小不一的鼓分列两厢；演员既是剧中人，又是叙述人，还是击鼓／敲钵的歌队，角色转换迅速而复杂。内向化的台词处理，对中国戏曲表演美学和空间美学的化用，把这个繁复熟稔的故事变得直指人心，神秘空灵。2014年，为纪念莎翁诞辰450周年，他执导了蔡福军编剧的《我们的麦克白》，创造另一种震惊——舞台是一座屠宰场，在血淋淋的"肉林"中，屠夫装扮的男性"麦克白夫人"和女性"麦克白"，在战栗与恐惧中杀戮、狂奔、呓语。人物众多、波澜壮阔的莎翁故事，变为三个演员、惝恍迷离的"麦克白夫妇忏悔录"。

截然不同于上述两部风格强烈的剧场作品，也一改他执导纪蔚然另一剧作《夜夜夜麻》时的"用力过猛"，此次陈大联将力量用于演员的自我解放，而非强势的意图给予。去风格化的自然主义和夸张松弛的漫画化表演风格相融合，将剧中角色举重若轻的幽默感释放了出来：莎士比亚夸张华丽的热幽默，契诃夫不动声色的冷幽默，易卜生咋咋呼呼的"土"幽默，贝克特沉默拧巴的酷幽默，哈姆雷特时而忧郁时而励志的"二"幽默，精神病人一本正经煞有介事的"装"幽默……为加强与观众的对话性，演员们不时以方言"翻译"台词，于是易卜生满嘴的福州话沸腾了观众席，契诃夫的四川话果然"笑话很冷"，山西话、东北话不甘寂寞，整个剧场胀满欢乐。

舞美沿用了《我们的麦克白》（两剧舞美设计师均为马连庆）风格化和寓意化的空间方式。舞台空间是一座框架结构的废墟，墙框上贴着荒凉的台词纸，地上摞着不再翻开的大书，写满字的纸条铺满舞台波翻浪涌；正中一间透明的玻璃房可随滑轨移动，功能多变。一个寓意强烈的文明崩毁的世界。所有人物在此出场、动作、发生故事。导演的调度充分使用了空间的立体性和多义性。

3

感到白璧微瑕有三：一是剧作高度清晰自觉，而少了点难以名状之物；二是表演的自主松弛、去方向感、去风格化，与高度风格化和强烈指涉性的舞台之间，未能势均力敌，前者有点被后者压住了；三是"方城之战"本是剧作最高的华彩段落，在舞台表演中却低了、冷了下去，那种诙谐自由的游戏感，被过多的严肃所挤占——也许导演深知这是全剧戏眼所在，因此态度分外凝重。然而精神成熟之要义却在于：愈是性命所系，愈要大笑和游戏。

但无论如何，《莎士比亚打麻将》可说是近年华语原创戏剧中的佼佼者，一个盛开在边缘地带的奇迹。台湾剧作家纪蔚然和福建导演陈大联的组合，有种惺惺相惜高山流水的味道。在纪念莎翁逝世400周年的戏剧浪潮中，此剧提醒了另外一种纪念的方式：要像莎翁本人一样不拘一格，大开大阖，摆脱重力愁苦，扔掉亦步亦趋，用汉语自身的想象力和创造力，抵达能够抵达的最高高度。正如剧中人程浩所悟到的："生存或死亡，从来不是问题，如何过活才是重点。一个人除了呼吸，若还有意识，总该试着活出有限的不朽。"

2016年8月

一场琴瑟异趣的"婚姻"

田沁鑫编剧和导演的话剧《红玫瑰与白玫瑰》,依偎着张爱玲的同名小说火爆上演了。这场"田张配"看上去鼓乐喧天,其实却是琴瑟异趣的。

小说原作写了一个男人和两个女人的故事:男主角佟振保,英国海归,兢兢业业的小户人家子弟,婚前泡上了大学同学风骚贪玩的妻子王娇蕊。待娇蕊改了随便的心性,学会认真去爱,欲与豪阔丈夫离婚嫁他,他却因顾虑前途而退避三舍了;娇蕊顷刻间认清真相,决然离去。这是他的"红玫瑰"。经过理性权衡,他娶了美丽、顺从、寡淡的传统女子孟烟鹂。但这枝贤德的"白玫瑰"并未照着祖传唱本编排的剧情给他脸上增光,相反,现代都市家庭已不是自我中空的古板女子的舞台,她只能"帮"这位雄心勃勃的失意郎君,向更为沦落的深渊滑去。

小说以轻快的反讽和摇曳的笔触,讲述了背离"真我"者遭受命运之罚的故事,是一部杰出的轻喜剧。"自我"之"真""伪""空",对应着三个主人公:全盘西化的王娇蕊,外西内中的佟振保,全盘传统的孟烟鹂。借着这三人,张爱玲完成了一张中国传统人格的心理学画像——即佟振保式的功名至上、不见本心的"伪",和孟烟鹂式的生命委顿、心智停摆的"空"。支配此种人做出生命选择的,是利害权衡、他人目光和传统陈规等外部规定性,此规定性已内化为一种自动化的心理人格,使人无法生成真实、个性的自我,亦无法拥有真实、自由的生活。此一主题鲁迅先生曾多所触及,但张爱玲与他的方式和用意迥然不同:她是花,鲁迅是药;她只为呈现人性之谜而绽放,鲁迅则为疗救国民的劣根而生长。但是,花未必不能入药,药也未必不能开花。写作者的初衷和阅读者的领会,往往并不一致,但也未必乖离。此正是两位小说大师的技艺超群之处。

张爱玲的天才骇人之处,一在语言,一在视角。语言是小说的肉体,而她的"肉体"就像王娇蕊溅在佟振保手背上的肥皂沫,"小嘴"一样吮着人的灵魂,活色生香之余,在在泄露着微妙而全息的意识。张爱玲视角的独特,则在于她作为一个主体性充盈、神秘早熟地领略了前世今生和文明本质的个人化作家,对人世既入乎其内地"懂得",又出乎其外地旁观,并能以诡异至极的方式使用"本我"和"超我"(依弗洛伊德概念)。看上去她是单依任性的"本我"写作的,实则她是以小说家的"自我"意志,缝制了一件"本我"为表、"超我"为里的衣裳。这种内衣外穿、外衣内穿的写法,与"正常"作家的路数截然相反。可以说,饮食男女、心理分析、文明批判,是文学天才张爱玲的三支杀手锏,少了任何一支,都不是张爱玲——尤其最后这支,如同一件难以启齿的隐私,最为她所秘而不宣,由此可见她与一般业余作家兼职业道德家的判然之处。也因此,人们多以为她只关心饮食男女,不在意善恶是非,殊不知在饮食男女和心理分析之上,张爱玲是从不放过"真伪智愚"的价值维度的。而此一维度,正是她笔下从饮食男女到风俗社会的"纵贯线","人"的生命质地,无不借此彰显。

话剧《红玫瑰与白玫瑰》将原作的心理分析和文明批判维度滤除了,只保留了"饮食男女"的部分——即小说的人物关系、故事框架乃至人名发音,反转了主人公的性别,置换了故事发生的年代和环境,填充以当代生活的热门信息和尖端场景,以此达成剧场与观众的"对话"。对话显示出局部的成功:视听效果的当代感,以及对职场生存焦虑和当代人普遍存在的情感多角关系的触及，引起了观众的共鸣。但由于改编者自身的精神立足点并未确立，而只忙于原作与当下故事的对位和合理化，遂使这种改编流于生活现象的平面堆积，而成为一部关于"多角恋"的庸常情节剧。由此可见，如何对文化传统和当代现实做出既基于个性主体，又深味世界之总体性的精神观照，实在是艺术创造者共同的难题。

2010年4月

2004年看的戏

2004年,北京戏剧舞台上值得回味的剧目、现象和事件可谓多多——无论话剧还是戏曲,无论严肃戏剧还是商业戏剧,也无论是原创剧、改编剧还是"引进剧",都是如此。在五色杂陈的纷纭表象下,一个由来已久的主题浮现了出来,那就是:2004年的戏剧,依然徘徊在人文与市场的紧张关系之间。戏剧作为艺术和思想的载体,其本性具有天然的形而上诉求,这种诉求愈强烈,则其人文情怀愈纯粹,市场利害愈不在其自然的考虑之内;然而作为一种文化产品,戏剧又必然被要求得到文化市场的接受,以实现投资人和创作者的"利益最大化"。此二者是一对永远的矛盾，本年度的戏剧舞台就在这种矛盾中挣扎和徘徊着，其平衡与失衡的状况，将在下文中得到简单的梳理。

引进剧：重要的是大开眼界

得向所有引进了优秀的国外戏剧演出的团体致敬，是他们使北京的爱剧人在今年得以大饱眼福：在"国际戏剧演出季"里，我们看到了爱尔兰原汁原味的荒诞派戏剧代表作《等待戈多》，挪威易卜生剧院恢宏华美的《培尔·金特》，德国黑森州剧院扣人心弦的《生日宴会》；在"永远的契诃夫"戏剧季里，我们还看到了以色列卡美尔剧院悲悯诗意的《安魂曲》，国立莫斯科青年剧院"斯坦尼"体系的《樱桃园》，加拿大幽默新奇、富有创意的《契诃夫短篇》；在"英国戏剧舞蹈节"里，英国兰登舞蹈团的《美丽迷惘》《极地无限》，F/Z剧团的《喉咙》，站台之家剧团的《天花与热狗》和芭比·贝克的《盒中故事》，则让我们领略了成本低廉而深具探索精神的英国小剧场的风采。这些严肃戏剧有经典也有原创，除了《培尔·金特》和《樱桃园》有点排场之外，都造价不高，舞台简朴，然而多是寄意遥深、演技精湛之作，令人看罢久久不能平静。此外，一些商业演出如美国音乐剧《猫》、西班牙舞剧《莎乐美》等也自有令人欲罢不能的魅力：音乐、表演和制作的精良，想象力的丰富和精神内涵的健美，无不给人以感官的愉悦和心灵的抚慰，而这些是商业戏剧走向市场化道路的前提。

毫无疑问，对一些人来说，《等待戈多》和《安魂曲》这两部不朽之作的上演，使首都剧场成了他们的精神生活中最值得纪念的地方。《安魂曲》的剧中人以希伯来语的如诗唱诉，向上帝苍天呼喊出生存的悲愁、命运的捉弄、绝望的诅咒与灵魂的和解，其巨大的力量洞穿了所有观者的情感堤坝；而舞台的简约、童真与诗意，音乐和歌唱的优美、苍凉与纯净，也无不令人心醉。惜乎该剧编剧、导演哈诺奇·列文已乘鹤西去，如此悲天悯人匠心独具的大师，不知世间可会再有？贝克特的《等待戈多》由他的故乡人在北京上演，也同样是今年最值得记忆的文化事件之一。演员们在这部戏里的演出，就好像是直接从贝克特的剧本中走出一样，或者说，似乎是贝克特照着他们写出的剧本。一切都如此浑然天成。戈戈和迪迪永无穷期的废话与等待，波卓和幸运儿没完没了的奴役与服从，牧童对于戈多即将到来的永不兑现的预言与承诺，勾勒出现代人在背弃上帝之后，灵魂最深处的孤独、脆弱与绝望，以及欲哭无泪的哭泣，欲爱不能的爱。五个演员，一棵树，一个月亮，就是《等待戈多》全部的舞台。什么都不需要，只需要丰富的情感和深刻的理解力——无论演员，还是观众。这是今年上演的两部伟大作品所要告诉我们的真理。

联想起国内动辄耗资百万、精神贫弱的话剧大制作，我不知道该说些什么。

《厕所》：人文与市场的双赢

以"闲人三部曲"享誉剧坛的剧作家过士行在沉默六年之后，与林兆华导演合作，再次以话剧《厕所》征服了观众——这是中国当代原创话剧的罕见胜利，也是2004年北京话剧舞台上值得大书特书的一笔。两轮共计二十四场演出，场场爆满，票房一路飘红，一部集冷峻的批判精神和睿智的幽默气质于一身的上乘之作得以持续上演，并取得了如此圆满的观赏效果，至少说明三件事：1.我们的社会正日益走向开放、宽容与多元；2.观众的眼睛是雪亮的，他们有能力认出并欣赏与他们的真实处境有关的艺术杰作；3.在话剧舞台上实现人文与市场的双赢是可能的，但它要求剧作家、导演和演员具有高度的艺术才能和张弛有度的幽默感。

围绕《厕所》而来的争论也是今年饶有趣味的文化事件。争论的焦点，在于该剧的"脏话过多"、草根风格以及"仿《茶馆》的结构"。否定的一方认为剧中脏话粗鄙，少儿不宜，过于黑暗，虽然照搬《茶馆》结构然而比《茶馆》差得远；肯定的一方则认为脏话乃是剧中人身份和个性的要求使然，是民间狂欢精神的产物，不如此不足以传神，剧中人的真实困境显现出剧作家强烈的社会责任感，其艺术和思想的高度堪与《茶馆》比肩。和任何争论一样，这场争论也无果而终，然而它为我们思考艺术与现实、戏剧的人文诉求与市场的大众心理基础、黑色幽默的笑与沉思之后的泪之间的复杂关系，提供了一场有益的思维训练。

改编剧："名著"的双刃剑

今年有四部大戏改编于"名著"——国家话剧院改编自雨果同名小说的《九三年》，广州话剧团改编自刘斯奋的茅盾文学奖同名获奖作品的《白门柳》，上海话剧艺术中心改编自王安忆的茅盾文学奖同名获奖作品的《长恨歌》，和李龙云改编自老舍同名作品的《正红旗下》。名著效应对于赢得话剧市场是有利的，会有不少观众因为喜爱小说原著，而前来观看改编的话剧——这是改编剧的重大卖点，甚至是该剧诞生的起因。话剧《长恨歌》和《正红旗下》尤其因此受益，而《九三年》几乎没有因此占到便宜，因为知道这部小说的人毕竟不多，好在国话改编它也不是因为雨果的难以成立的卖点，而是由于认识到这部巨著伟大的精神价值。从艺术品质和精神高度来说，《九三年》远远胜过其他三部改编剧，然而悖谬的是，它的市场认可度也远远不敌后三部。什么原因造成了这种反差？大概一是"革命与人道"的主题离中国普通观众的精神感受力距离较远，他们很难为不直接与自身处境有关的东西产生共鸣——虽然目下一些弱势群体的人道处境的确堪忧，而关于"革命"，只要稍有历史常识和预见力的人都应进行思考，但是认为自己就是相关者的人恰恰为数极少；二是《九三年》本身的舞台缺陷、导表演缺陷削弱了它的观赏亲和力。

与《长恨歌》和《正红旗下》相比，《白门柳》可说是一部显示出思考意愿和创造意愿的话剧，它体现出来的历史观与文化情怀，它的本土、空灵而贴切的音乐，华美的舞台效果，都有可圈可点之处。而《长恨歌》对原作的亦步亦趋，《正红旗下》下半场与上半场的判若两"剧"，都暴露出"名著"对于改编剧的"双刃剑"效应：它既为改编者提供了现成的精神起点，又是改编者的精神枷锁。如果剧作家本身无力超越和俯瞰原著，并找到自身的创造生长点，这把剑必会将他刺伤而陷入艺术的失败。那么，即便赢得了市场的成功，那成功也是残缺和虚幻的。

搬演国外剧：精神的提升与表演的操练

对国外剧作的直接搬演仍然层出不穷。其中林兆华戏剧工作室演出契诃夫的《樱桃园》，国家话剧院演出

《普拉东诺夫》，北京人艺演出法国剧作家勒内·福舒瓦的《油漆未干》，上海话剧艺术中心演出美国剧作家雷伯德·杰希原作的《蝴蝶是自由的》和法国雅丝米娜·雷札的《艺术》，林兆华戏剧工作室演出赫尔穆特·克劳瑟尔的《皮脸》，是众多搬演剧中较为成功的。在优秀原创剧本匮乏的情况下，搬演外国戏是较为稳妥的生存之道——既在观众中信誉良好从而保证了票房，又为演出团体提供了很好的精神提升和训练表演技巧的机会。然而能够在导表演上到位很难，创新就更不易。

林兆华导演的《樱桃园》属于创新之作。从对剧本的删节和强化，到剧场和舞台出人意料的构建方式，直到演员的表演方式，都是富有冲击力的。剧场的简约、废弃与褴褛之感，演员"叙述"和"体验"之间的跳进跳出、以现代舞为手段的气氛营造，将契诃夫剧作的隐含之义放大给了观众。这是对契诃夫"欲彰弥盖"的含蓄手法的反动，现实主义的外壳被撕碎，集束的意义之流直接轰击观众的灵魂。这种做法恰当与否乃是见仁见智的事，至少大导天马行空的艺术想象力，由此可见一斑。

即便是搬演，京派和海派也能看出风格的不同。任鸣导演的《油漆未干》稳重淳厚，上海话剧艺术中心的《蝴蝶是自由的》和《艺术》则精致轻灵。《蝴》剧的火爆暗示出：富于悬念的故事＋轻盈快捷的节奏＋纯真美好的情感＋若隐若现的情色＝走红市场的戏剧。

商业剧：投市场所好与戏剧的小品化

一个发育正常的戏剧文化市场，一定是严肃戏剧和商业戏剧各有空间的市场，而不应是由一种品类取代另一品类的市场。因此，商业戏剧应当有其理直气壮的存在空间，以满足那些有钱有闲到剧场寻找快乐和轻松的观众群。当然，也不能据此僭越，认为唯有自己的生存模式才是戏剧发展的唯一出路。应当说，严肃戏剧和商业戏剧的评价标准是不同的，二者不能混为一谈。今年初的贺岁喜剧《想吃麻花现给你拧》和年末的贺岁"M剧"《翠花快乐六人行》被媒体称作"叫座不叫好"，大概就是把两种标准混为一谈的思维在作祟。"叫座"是市场好，意味着能满足大众欲望，带给大众快感；"叫好"是指得到严肃戏剧领域的价值认同，即被认为在艺术创新和思想深度方面达到了较高水准。试想，如不是非常的例外，商业剧能如此"脚踏两只船"吗？

除了声称"与话剧决裂"的"三花"——"翠花""麻花""韭菜花"——之外，大型相声喜剧《饱暖生闲事》、根据法国剧作改编的《波音·波音》、儿童魔幻剧《迷宫》，改编自池莉同名小说的《生活秀》，改编自石康小说《支离破碎》《晃晃悠悠》和棉棉小说《糖》的"小说戏剧"《门背后》，也是今年较有知名度的商业剧。这些商业剧的引人之处除了明星和品牌效应之外，其与现实生活相对话的直接性与表面性也是受到欢迎的重要原因。调侃明星、广告、臭大街的影视作品及其导演，揶揄娱乐生活里的伪精英与伪权威，为沉默的大众出一口小气，既是其叙事策略也是其道德合法性的根基所在。这种信息轰炸般的现实反应模式类似小品杂文，大家不屑为，而年轻的主创者虽然功力尚嫩，仍受欢迎，可见快乐是多么可贵，又多么稀少啊。

昆剧热：知名作家的点金术

在白先勇的青春版《牡丹亭》登陆之前，人们也知道《牡丹亭》和《长生殿》是昆剧名作，北京的戏院里也上演北昆的《牡丹亭》，但是反应平淡，未成潮流。而白氏青春版《牡丹亭》一成媒体的宠儿，则它也立刻成为大众的宠儿，昆剧因此在今年受到前所未有的关注与钟爱，一时成为时尚之选。这是一位著名作家利用自己的知名度为这个社会和这个民族所做的贡献。对许多因慕白先勇和叶锦添之名而第一次观看《牡丹亭》或者《长生殿》的人来说，这第一次的魅惑或许种下了终生的热爱。这是文化的种子，精致之美的种子，借助媒体和市场，白先勇将其播下。为此也要感谢市场和媒体的存在——虽然对古典之美的疏远也是源于繁忙的市场。当然，最要感谢的是点石成金的白先勇，若昆剧真能长久地复兴。

其他：波涛汹涌的戏剧暗流

2004年值得盘点的戏剧现象还有很多：一些经典剧目和具有市场号召力的作品的重排，如《雷雨》《青春禁忌游戏》《天下第一楼》《生死场》《恋爱的犀牛》《天上人间》等；实验话剧与戏曲的联姻，如《花木兰》《弘一法师》《他和她》和《秋天里的二人转》等。话剧和戏曲的互渗显示出戏剧人良好的继承与创新欲望，但少有成熟的作品。剧作才情匮乏，传统—现代嫁接牵强，古典韵味欠缺，现代意识又不够，暴露出两难的窘境。

5月份由全国十几家院团参演的"小剧场演出季"和七八月间的"大学生戏剧节"都在北兵马司剧场举行。虽然没有什么留得下的剧目，但是地方院团和大学生们强烈的戏剧冲动还是给人留下了深刻的印象。除了北京和上海，话剧在内地的其他地方恐怕几乎是没有市场的，一个院团能上演一部话剧已属不易。话剧的市场空间为何如此萎缩？如此萎缩的空间里创造性何从产生？这是些无奈的问题。

校园戏剧与市场无缘，却应因此而更纯粹，在精神的探索中应走得更远。然而事实有些令人失望。对社会的想象性焦虑占据了青年学子们的心。许多作品展现出了精神向度更加单一的亚社会。也许是因为年轻，因为无力，也因为生存的严酷已提前进入大学生们的视野，总之，做戏的踊跃激情和作品内涵的单一乏力呈现出极大的反差。但愿随着莘莘学子的精神成熟，一种生机盎然的戏剧格局会随之产生。

2004年12月

为什么读剧本?

戏剧是外部的行动。戏剧是内心的隐语。戏剧是狭小有限的。戏剧无所不能。一旦你领教了戏剧的魔力,就不愿跳出她的手掌心。

这是有过美妙的剧场经验者共同的体会。但是,当剧作 —— 尤其当代剧作 —— 以书的样貌出现时,却会面临微妙的尴尬。它们不会像小说、诗歌、散文那样被当作自足的读物、文学体裁的终极形式,也不会像古希腊悲剧、莎士比亚、易卜生、契诃夫和贝克特那样,得到"经典文学"的加冕而不再被怀疑阅读的资格。不,它们会被认为是一种半成品,剧作家画出的施工草图,一如作曲家写出的交响乐曲总谱——除了作曲家、指挥家和演奏家,谁有必要去读交响乐总谱呢?同理,除了剧作家、导演和演员,谁有必要去读戏剧剧本呢?读者大多认为,剧作作为一本书,是"未完成"的,是舞台呈现的前一阶段,他们没必要去看一副没有血肉(由演员活色生香的表演构成)的骨骼。即便博雅如哈罗德·布鲁姆,也难免要说:"某种意义上,戏剧艺术也是一种文字创作,但有时它的确更适合表演而非阅读。"

果真如此吗?

作为一名剧作者,我要说:真的不。

剧场演出的确使剧作"形象可见",但它不是剧作的终极形式。剧作的终极形式,只能是剧作本身,它不折不扣是文学体裁之一种。它最完整的呈现,是在读者的阅读之中,而非剧场的舞台之上——舞台剧只是剧作的变形或局部。在这个"导演中心制"时代,人们普遍认为,导演的创造性主要体现在他/她对剧作的"改写"或"背离"之中;假如他/她"完全忠实于"剧作,会被认为只完成了一场剧本朗读,实属无能。因此,一部舞台剧与其说呈现了剧作家的剧作,不如说呈现了剧作家与导演之创作的最大公约数。莎士比亚的同一部剧作,会有成百上千个主题不同、长短不拘、面目各异的舞台版本,那是导演们借莎翁之酒杯浇自己之块垒。你若想知道莎翁本人是怎么想的,他究竟创造了怎样的世界,只能读他的剧本。

当代剧作也在面临同一命运。

这也就是为什么要出版剧作和阅读剧作。

作为文学的戏剧，还有一层意思：有些内心的声响、灵魂的动作，唯有戏剧方能为之，诗、小说、散文则无法抵达。它是文字的真正的复调音乐。这是戏剧作为一种文体的独立性所在。巴赫金曾探讨陀思妥耶夫斯基小说的复调性质，那正是因为，陀翁的长篇小说无限趋近于长篇戏剧。也因此，当一部剧作被阅读，会对读者提出其他体裁未曾提出的要求：除了明了每个人物说了什么、掩饰什么，还要动用空间、视觉和声音的想象力，在虚空中"指挥""看见"和"听到"这灵魂的交响乐。这是一个想象中的三维时空游戏，它要求每个读者都是剧作绝对忠实的导演。这比读小说累得多。但据我个人的经验，这种读剧之乐，也是读小说所不能取代的。

如果小说是"只对一人倾诉"的孤独文体，那么戏剧则是"灵魂当众诉说"的共享文体。由于戏剧是在公众观看的舞台上"言说的行动"（皮兰德娄语），它的公共性是不言而喻的，但与全透明的公共演讲、讯息发布和时政言论迥然不同：它半透明，有着难以穷尽的多义性。剧作家心中的舞台，带有古老的祭坛性质，要面对心中隐蔽的神灵；同时它也是社会论坛，召唤人们在这静默共处的空间里，凝神于共通的困境，交换暗涌的能量。

因此可以说，戏剧是一种宏观的感性，直觉的形而上，它更要求"意义"的承担，更具"革命性"。所谓戏剧的"革命性"，非指现实层面的行动力，而是指它作为一种文类的激进特征——总在求变，且随时可能在每个要素上发生变化。戏剧进入当代，早已不再是那个"讲好故事，塑造人物"的文学体裁，而是无所不包、无所不为地打破自身与其他艺术样式的界限，吸收其表达方式：有的剧作也用叙事人，这原本属于小说；有的剧作台词含混独语，这原本属于诗；有的剧作喷射抽象思辨而又怪诞不羁的长篇大论，这原本属于论文；有的剧作人物同时说话，角色安排如同重奏与交响，这原本属于音乐……一切手段，均被剧作家运用于想象的方寸舞台之上，吁请共享者的倾听和注视。

这套"剧场与戏"丛书——《山羊：阿尔比戏剧集》《迈克·弗雷恩戏剧集》《萨拉·凯恩戏剧集》《枕头人：英国当代名剧集》和《怀疑：普利策奖戏剧集》，集聚了当代英美剧作的精华，也是我个人私淑的写作导师。七年前，当我在文学批评和戏剧创作之间摇摆不定时，读到了胡开奇先生翻译的马丁·麦克多纳的剧本《枕头人》。这个关于作家遭受审判和处决的故事——更具体点说，一个信奉"讲故事者的唯一责任就是讲一个故事""没有企图，没有什么用意。没有任何社会目的"的作家遭受审判和处决的故事，既深刻又佻达，既烧脑又炽情，既暗黑又轻快，既怪诞又自然，绝妙地探讨了艺术创造与现实结果之间，那些悖论迭出的紧张关系——艺术与大众，艺术与自我，艺术与道德，艺术与政治……至今仍记得读罢掩卷时的狂喜与战栗，和它传递给我的魅惑与召唤。只有在戏剧中，才能如此诗意、直接、强烈而变幻地探讨这些令我魂梦系之的主题，这是一种多么迷人的创造。中蛊一般，我吞下它的魅惑，响应它的召唤，笨拙决绝地开始了写作的第二次出发——戏剧创作。

因此，对于这套丛书，我私心里深存感激之情。当严搏非先生邀我为它们的再版本作序时，心中雀跃而又愧不敢当——我哪有资格在这些良师面前说三道四呢，我所能做的，只是约略说出这些杰作带给我的震撼而已。

爱德华·阿尔比具有伟大的冒犯性，他的戏剧集《山羊》里的三部代表作——《欲望花园》（1967）、《山羊或谁是西尔维娅？》（2002）和《在家在动物园》（2008）足以为证。这些剧作虽创作时间跨度久远，却显现同一特质：以"性"为支点，以深具内在威胁的戏剧行动为杠杆，撬动人性—社会的幽深真相。三部剧作无"性"不成戏，不碾轧观众的道德边界不罢休，非为拓展已成陈词滥调的"性解放"疆域，而是把它用作测量社会病态与人之孤独的敏感试纸。显然，在这张试纸上，早年阿尔比（写作《在动物园》和《欲望花园》的时期）侧重显影整体社会的道德危机，愈到晚年（写作《山羊》《在家在动物园》之第一幕的时期），愈着迷于显现个体人的内在本性——那隐藏于人性和神性背后的兽性，并召唤人们发现、正视和理解自我深处的这只野兽。人的孤独，正来自最亲密者在最亲密的行为中，对"我"的内在野兽的压抑——这也是阿尔比如此频繁地从"性"角度建立角色关系的原因。但是，人真的可以在自身打开"人"与"兽"的栅栏吗？真的可以为了探索神秘未知的生命暗地，而抛开救生船深入百慕大吗？剧作家没有给出答案。他只以古希腊悲剧般的酷烈，抛出"困兽"的哀嚎，其余的决定，交给有教养的观众—读者自己去做。

与长于搅动幽暗本能的爱德华·阿尔比相反，迈克·弗雷恩是一位有着"巨脑"的剧作家。《迈克·弗雷恩戏剧集》中的《哥本哈根》和《民主》，显示他对艰深素材与错综历史的思想家型的驾驭力和思辨力，以及源源不绝的戏剧想象力和形式创造力——这种浩大深邃的智性才能和超越目光，对中国剧作家尤有启示意义。在他这里，思索科学伦理、政治哲学、历史正义和个体心灵，是戏剧创作的前提与源泉。剧作家首先要成为知识分子。剧作家是知识分子—艺术家。而艺术家，则意味着发达的想象力和感性才能。成为迈克·弗雷恩是难的，难如一粒如琢如磨璀璨多面的钻石。

萨拉·凯恩是一个永远流血的伤口。这位生于1971

年、自杀于1999年的英国剧作家，是否死于对上帝天堂的惊鸿一瞥和对地狱秘密的深度知晓？无人有权评说。她的剧作，身体的暴力快感和道德的绝对追求总是相伴而生，从无过渡。这是青春对于"绝对"的渴念。这种渴念，这种焚身以火的终极之光，绝对主观的激情，几无可能在需要交流的客观艺术形式——戏剧中实现，但萨拉·凯恩做到了。在《4.48精神崩溃》中，她发明了"独奏交响乐"。这是一个灼人而炫目的生命在毁灭与升华中找到的艺术形式。这是超越了戏剧的戏剧。如同目击一场永不落幕的献祭，阅读这部《萨拉·凯恩戏剧集》时，着迷、敬畏和难以言喻的拒斥并存。死亡已参与萨拉·凯恩的所有写作。这使活着的人们永远无法以平常心对待她的作品。

英国当代名剧集《枕头人》和普利策奖戏剧集《怀疑》这两部多人合集，无一不引人入胜。马丁·麦克多纳的《枕头人》、安东尼·尼尔逊的《审查者》、约翰·尚利的《怀疑》和尼洛·克鲁斯的《安娜在热带》（2017年在中国上演时改名为《烟草花》），我都曾看过它们在北京剧场的汉语版演出，有些剧目曾引起相当大的轰动。重读这些剧作，深感杰作的意义和形式是不可穷尽的。

这个书系新收录的《爱尔兰戏剧集》，则跳出了英语戏剧观众熟悉的视野，聚焦于偏居一隅却举足轻重的爱尔兰当代戏剧。

在世界文化的版图上，爱尔兰是不折不扣的戏剧大国。从王尔德、萧伯纳、叶芝、贝克特，到格雷戈里夫人、约翰·辛格、肖恩·奥凯西……巨星闪耀，夺人眼目。到了当代，我们对爱尔兰的戏剧状况开始语焉不详，《爱尔兰当代戏剧集》打开了一个窗口。本书收入了年代跨度很大的三位剧作家的作品，呈显出不同时代爱尔兰戏剧的不同风貌。

享誉世界的布莱恩·费利尔（1929—2015）的成名作《费城，我来了!》首演于1964年，已显示他日后被称为"爱尔兰的契诃夫"的诸多特质——弱情节，状态性，独属于爱尔兰人的那种生冷怪酷的反抒情的抒情性。剧作写的是一个没有出路的爱尔兰小镇青年要去美国费城投奔他姨，在离家前夜，思绪翻涌，口非心是，对父亲、乡邻、故土表面的嫌恶诅咒之下，难掩依依别情。剧作家让主人公的显隐人格分角饰演，以此二角色之间的张力关系，将当下情境与意识流的过去交织，将一个小人物的悲欢与整个爱尔兰的困境相映。

生于1964年的女剧作家玛丽娜·卡尔的《猫泽边》首演于1998年，以古希腊悲剧《美狄亚》为框架，讲述了一个爱尔兰气质的遗弃与复仇的故事。生于1967年的剧作家恩达·沃尔什的《沃尔沃斯闹剧》首演于2006年，以频繁转换的角色扮演显现人物闪烁不定的过去，以极致的戏剧假定性和极端的闹剧形式，上演一出发生在英国伦敦沃尔沃斯大街上的爱尔兰移民家庭的悲剧。

这三部剧作横跨四十年，手法和气质各不相同，却有着醒目的共通之处：暗黑的伤痕感和幻想性，狂欢式地聚焦小人物，以小见大地透视爱尔兰人的族裔归属和精神认同问题。一位青年读后感慨道："他们如同流离失所四处游荡的孤魂野鬼，对这片土地的坚持更甚于那些利用土地的农民，在一地鸡毛的故土和空中楼阁的远方中间，在不肯接纳的过去和无法逃避的未来中间，无法义无反顾地走，也无法心甘情愿地留。"信然。

所以，为什么读剧本？

剧本是创造。读剧本是一种再创造。诚如严搏非先生所说：从这些剧本中，你可以读到现代生活最深刻的困难，读到自己隐秘的灵魂。去面对这些吧，读者诸君，你们的理智将由此而清明并强健。

（本文为"剧场与戏"丛书序）

2017年5月30日写毕

2019年底增改

两个大帝,一悲一喜

1944年,加缪创作了四幕悲剧《卡利古拉》,那一年他三十一岁。1948年,迪伦马特写了"非历史的四幕历史喜剧"《罗慕路斯大帝》,时年二十七岁。如果现在的你是一个严肃的写作者,最好别看这些天才的创作年表,否则你会为自己的晚熟和愚钝惭愧无地。但是你不能连他们的作品都不看了,否则你的读者会为你的不长进惭愧无地。因此明智的表现是:面对这两部剧作,好好琢磨一下它们何以形成。

《卡利古拉》和《罗慕路斯大帝》的主人公虽然都是古罗马历史上有名的君主(前者是著名的暴君,后者是末代皇帝），但它们显然是戏剧美学截然不同的两部戏。《卡利古拉》和加缪其余的剧作一样，实践着他一直力图达到的"现代悲剧"美学，如他所说："我主张悲剧，而不主张情节剧，主张全部投入，而不主张批评态度。认同莎士比亚和西班牙戏剧，不认同布莱希特。"《罗慕路斯大帝》相反，它是"喜剧"，是表达"批评态度"的，是有些布莱希特化的。前者的主人公是一个陷入重重迷阵不知所之没有答案的人，后者的主人公是一个表面荒唐内心坚定手握真理的人。《卡利古拉》探索的主题——"人寻求不可能之事"——所开放的是一个充满矛盾的无限空间，而《罗慕路斯大帝》的主题——"毁灭不义的国家"——则指向了一个确定的精神地点，当主人公一层层脱掉他荒诞的外衣，裸露给我们的却是一个以不作为和自我毁灭来成就其良知预谋的伟大英雄，以及他对于邪恶国家的道德审判。

加缪和迪伦马特都是仁智双修的作家，这一点对我有特别的吸引力。现在，在经受了一轮伪崇高的统治之后，我们似已认定："仁"，或者说道德，简直是蠢货和伪君子的专利；与"智"，或者说才能，根本不能相比。这种想法在加缪和迪伦马特的作品面前，露出了浅薄简陋的外貌。在艺术的世界里，对人和宇宙万物的真实关切即是道德，它是艺术创造的最有力的推进器，是"智"的世界得以展开的原动力。但这种道德力化身为艺术时，只有双身时才美：一身是真理，某种天使光辉的集合，一身是荒谬,某种魔鬼本能的恶作剧。天使和魔鬼如何跳出出神入化的双人舞,是艺术创造的秘密所在。《卡利古拉》和《罗慕路斯大帝》分别提供了两种有效的范本。

加缪自己这样解释写作《卡利古拉》的创作动机:"《卡利古拉》是一个高级自杀的故事,这是谬误的最富人性的、也最悲惨的故事……追求不可能的事情,对剧作家而言,这个研究课题,和贪婪或通奸具有同样的价值。表现这种追求的疯狂,揭示它的破坏力,突出它的失败,这就是我的写作计划。"这个自我解说虽然很准确,但却比剧作本身令人失望得多,原因在于它告知给你的是一个你已了然的真理,而那些使一部作品既生机勃勃又灵光闪耀、既超乎想象又合乎情理的"荒谬"却被过滤得无影无踪了。而你知道,最终使这部悲剧伟大的不是直白的真理,而是源于剧作家的心灵搏斗之力的荒谬。

《罗慕路斯大帝》写了一个以诙谐和毁灭而伟大的人,但迪伦马特说,他的目的不在于展示一个诙谐的人,而是由于他受到这样一个主题的吸引:"不是让一个英雄哪年哪月毁于时代,而是让一个时代毁于一个英雄。我在为一个祖国叛徒正名。"他还说:"我请大家尖锐地观察国家,直至每个指头,而不要指头看得仔仔细细,却不见国家……面对国家,大家固然应该像蛇一样聪明,但谢天谢地,不要温驯得像一只鸽子。"他的人物的荒谬虽然个性十足,但归根结底却十分单纯——那只是一件外衣而已，罗慕路斯的"搞垮不义的罗马帝国"的伟大良心是个深藏不露的静态事物，二十几年从未改变。而你也明白，使这部喜剧摇曳生姿的不是罗慕路斯大帝的内心真相，而是包裹着真相的末代皇帝的荒唐无行。

加缪天才地总结出悲剧的格式是："人人都情有可原，谁也不正确。"当两种同样情有可原的对立力量发生冲突，一种永恒的界限被打破，导致那挑战者的惨败时，悲剧便发生了。《卡利古拉》的伟大之处在于这个作恶多端的主人公不仅是罪恶和谬误的化身，更在于他的罪恶和谬误来源于一种每个人心中都可能存在的"实现不可能之事"的欲望，只不过别人把此欲望只当作虚幻的狂想，而卡利古拉却是这狂想的一以贯之的实践者而已。卡利古拉的所作所为所思所想，代表了人对自身有限性的彻底轻蔑，这是一种意味隽永的自虐。这自虐的实行过程，以卡利古拉"灵感迭出"地残害他人为特征，但卡利古拉自己从中收获到的却不是泯灭人性的欢乐，而是一场又一场血腥梦魇的清醒折磨。他以一种彻底的逻辑、健全的人性以及对这人性的明知故犯的冒犯来忍受、理解和玩味这折磨。他出其不意地杀人，不为任何利害，只因为那些杀人情境在印证他实现了"不可能的事"——绝对的自由，为此他甚至连最爱他的情人卡索尼娅也不放过。杀她之前，他这样夫子自道："你瞧，我是没有托辞的，连一点点儿爱情、一丝忧郁的辛酸这样的借口都没有。今天，我比前几年更自由了，我摆脱了记忆和幻想。我知道什么也不会长久！领悟这个道理！纵览历史，真正得到这种验证，实现这个荒唐的幸福者，只有我们三两人而已。""没有这种自由，我本来会成为心满意足的人。多亏这种自由，我赢得了孤独者的非凡洞察力。我生活，我杀戮，我行使毁灭者的无限权力。比起这种权力来，造物主的权力就像耍猴戏。所谓幸福，就是这样。这种不堪忍受的解脱；这种目空一切、鲜血、我周围的仇恨；这种盯住自己一生的人绝无仅有的孤独；这种不受惩罚的凶手的无穷乐趣；这种把人的生命碾成齑粉的无情逻辑，这就是幸福。（笑）卡索尼娅，这种逻辑也要把你碾碎。这样一来，我渴望的永世孤独就会最终完善了。"

然而这个悲剧人物之所以是悲剧人物，在于他自身的彻底性内部会突然产生自觉的分裂，这分裂使他质疑和否定自己，是这自我否定而不是臣属的谋反这种外部的原因导致了他的毁灭。这自我否定之声所蕴含的椎心悲恸，使这"谬误"终成为"最富有人性的"，正如本剧的最后一场，卡利古拉扼死卡索尼娅之后，来到镜子前对自己所说："卡利古拉！你也一样，你也一样，你有罪呀……我得不到月亮了。可是，自己本来有道理，又不得不走到末日，这多叫人辛酸哪！我确实害怕末日。兵器撞击的声音，那是无辜的人在准备取胜。我多么希望处于他们的地位呀！我怕。原先鄙视别人，现在却感到，自己的心灵也同样怯懦，这多叫人厌恶哇！不过，这也没什么，恐惧同样不会持久，我又会进入那巨大的空虚，这颗心将得到安息。""一切都看似那么复杂，其实又那么简单。如果我得到月亮，如果有爱情就足够了，那么就会全部改观了。可是，到哪儿能止住这如焚的口渴？对我来说，哪个人的心，哪路神仙能有一湖水的深度呢？（跪下，哭泣）无论在这个世界还是在另外一个世界，没有任何东西能与我等量齐观……只要不可能的事情实现就成。不可能的事！我走遍天涯海角，还在我周身各处寻觅。我伸出过双手，（喊）现在又伸出双手，碰到的却是你，总是你在我的对面。我对你恨之入骨。我没有走应该走的路，结果一无所获。我的自由并不是好的……噢，今宵多么沉重！埃利孔不会回来：我们将永远有罪！今宵沉重得像人类的痛苦。"

说到底，卡利古拉的所有伟大和荒谬，在于他是个反对一切的人，包括他自己——他的"反对"不是出于对利益的追求，而是出于将"绝对自由"的逻辑一以贯之的"实验热情"。这种"实验"的失败，是由于挑战人类的有限性而导致的失败，是神奇之不可能而导致的失败，是因为人类乃是不可被实验的动物这一特性导致的失败。正因如此，暴君卡利古拉才得以成为不折不扣的悲剧主人公。悲剧主人公必得引人悲悯和同情，而"谬误的化身"从理论上是不可能获得人的这种感情的，这是加缪写作此剧时最核心的难点。因此，为实现"悲剧"的目的，他做了如下设计：1. 使卡利古拉和他的对手——诗人西皮翁与贵族舍雷亚——完全精神化和超功利化，他们的思想、言语和行为，都不折不扣地围绕"实现不可能之事"这一精神探讨来进行。2. 赋予卡利古拉、西皮翁和舍雷亚等人以超越是非和功利判断的人性深度与精神理解力，这样人物关系才能时时产生出人意料的互动，而潜入到人类精神最深邃和高贵的层面。3. 每一场迫害、每一个戏剧冲突，都与人性的卑下弱点有关，比如恐惧，以及由此而来的怯懦、愚蠢、奴性、说谎、言不由衷等等。于是出现了这样的情形：卡利古拉对臣属们的冒犯固然可恨，以至于完全损害他们的尊严——比如他当众把穆西乌斯的妻子叫走享用，比如他扮演神灵要求众人的礼拜和供奉，比如他命令诗人排队作诗，比如他花样翻新地杀人……但是受辱者软弱屈服的可鄙程度，恰与卡利古拉的可恨程度成正比。因此，在加缪让卡利古拉作恶的时候，我们不会很感到暴君的十恶不赦，反倒是还"有点道理"似的。对于西皮翁和舍雷亚这两个无畏而真实的人，卡利古拉自始至终未动毫发，而是一直与他们进行着精神哲学与诗学的交锋，也就是说，整部戏一直保留着高级精神体之间的神奇碰撞，以使全剧成为一种不折不扣的"醉"的写作。"醉"渗透在暴君卡利古拉、诗人西皮翁和贵族舍雷亚之间，每个人超越己身的理解力是使他们散发光辉的酶。这神奇的酶消融了世俗的刚性原则，从而形成精神世界的空气与水流般的蒸腾、涡旋与奔涌。这就是悲剧的创造之境。这时，悲剧作家须跳出静态的价值评判视角，沉入到每个角色之中，寻找他们各自的合理性，然后，将这些各自合理的、已然获得了呼吸的生命，彼此以同一精神主题的不同侧面相冲突，直至高潮，直至主人公最后的毁灭。

悲剧让人深入到精神和命运的宇宙中，她是水波般的，变动不拘的，无解的，诉诸全面的精神体验的，但更偏重情感的体验。喜剧，尤其是哲学批判性的喜剧，则相反，它是向外的，从社会群体境遇出发的，有一个固定的参照平面的，更主要地诉诸理性观照的，因而会对世界产生批判的欲求。但是批判归批判，既是要写成"剧"，就必得形象饱满，因此喜剧的难度在于观念的清晰和形象的浑成之间的紧张。

《罗慕路斯大帝》的好，在于它极其精到地克服了这种紧张。迪伦马特擅长塑造"蛀虫"，罗慕路斯大帝就是他塑造的最出色的蛀虫之一（《天使来到巴比伦》中的乞丐阿基也是一条蛀虫）：心怀叵测，忍辱负重，外表荒唐无稽，内心清醒坚定，最终把罗马帝国这个嗜血不义的庞然大物蛀空，将其拖进坟墓。"蛀虫"以反英雄的方式成为英雄，这是迪氏喜剧的常见情况。而英雄罗慕路斯之所以要以蛀虫的面目出现，固然是为了美学上的曲折——欲彰弥盖，掩人耳目，出其不意，攻其不备，那种教人瞠目的效果，实在过瘾。但它还有更深层的精神缘由——即构成此剧核心的是一场有关"国家"的论辩，论辩一方是人们约定俗成的"爱国主义"情感和未经理性审视的"国家"观念，它是"正统"的，在美学上体现为爱弥良式的"一本正经"；另一方是弱者的正义和个人的权利对于庞大国家与绝对权力的质疑，它是"边缘"的，在美学上则体现为罗慕路斯式的"没个正经"。"一本正经"与"没个正经"的论辩不是以直接的方式进行的，而是经过了化装的，化装的油彩，乃是由私人化的情感构成，但这私人情感常由观念的思辨来牵引。比如罗慕路斯对他的决定为了"祖国"而牺牲爱情的爱女蕾娅说："只要你在你的身上哪怕保留一颗爱情之火的火星，那这火就不能把你同你的爱人分开。即使他抛弃你，你也留在他身边，即使他是个罪犯，你也坚持留在那里。但是你可以同你的祖国脱离。如果它变成杀人犯的巢穴和刽子手的屠场，你就从你的脚上抖一抖尘土，因为你对它的爱是无力的。"只知养鸡和卖古董的昏庸皇帝突然成了颠覆性的政治哲学家——没正经的人突然露出了真诚的脸，无为的蛀虫突然龇出锋利的牙，罗慕路斯的形象发生了突然的逆转，喜剧便开始积累自己的高潮，向肃然之境进发。"佯装"和"逆转"是迪氏喜剧的主要修辞法。

这"佯装"也是要一点点累积的——他周围的爱国者的焦灼救国之举，和他沉迷于卑琐小事的种种荒唐无行，整整两幕剧罗慕路斯都是在胡闹中过来的。当他将佯装的荒唐累积到了孤家寡人的地步，所有人包括他的妻子（罗慕路斯大帝本是一个贵族，是因为娶了皇帝的这位女儿他才登基的）都要离他逃亡时，两人之间却发生了这样的对话：

> 罗慕路斯　我并不怀疑国家的必要性，我怀疑的仅仅是我们国家的必要性。这个国家已经变成一个世界帝国，从而成了一种以牺牲别国人民为代价，从事屠杀、掳掠、压迫和洗劫的机器，直到我登基为止。
>
> …………
>
> 尤莉娅　这么说你娶了我，仅仅是为了摧毁罗马帝国。
>
> 罗慕路斯　没有别的原因。
>
> 尤莉娅　从一开始你所算计的无非就是罗马的灭亡。
>
> 罗慕路斯　没有想到过别的。
>
> 尤莉娅　你是故意破坏拯救帝国。
>
> 罗慕路斯　是故意的。
>
> 尤莉娅　你装作玩世不恭和饕餮不止的丑角，都是为了从背后给我们插一刀。
>
> 罗慕路斯　你也可以这样来解释。

....

尤莉娅　你是罗马的叛徒！

罗慕路斯　不，我是罗马的法官！

至此，外表荒唐昏庸的罗慕路斯才裸露出他的本质和使命。他对他的女儿更进一步表白了自己的意图："我牺牲罗马，通过牺牲我自己。"这时的罗慕路斯已与耶稣基督相仿。他的圣人面目既已无疑，他的观念也令观众没有异议，该剧至此似已无事可做。可是不然。他判给自己一个毁灭的前途，期待着日耳曼人来将它实现，然而未能。与他相会的日耳曼皇帝鄂多亚克竟和他一样，反对自己的民族以征服弱者为务，反对"一将功成万骨枯"的英雄主义信条，然而他却受到他的"英雄主义"侄儿和臣属的威胁。他需要以日耳曼尼亚对罗马的归顺，来阻止日耳曼帝国的称霸和杀戮。正如罗慕路斯对鄂多亚克所说："我把罗马处以死刑，因为我害怕它的过去；你把日耳曼尼亚置于死地，因为它的未来使你战栗。"这时此剧已近尾声，而罗慕路斯关于死的请求还未得到许可，他的永远安息的愿望不知能否实现——此时他最爱的女儿蕾娅和女婿爱弥良已葬身海底，唯有一死才能使他获得极乐与解脱。然而最终，又一个突转来临：两个追求人性的皇帝，最后决定通过不人性地对待自己，来成就一桩合乎人性的伟业：彻底摧毁反人性的庞大国家机器——不喜欢做国王的鄂多亚克做了意大利国王，帝国解体了；不喜欢继续活下去的罗慕路斯活了下来，开始他每年领取六千金币的退休生活。至此，伟大的蛀虫罗慕路斯显现了他全部的尊严，一个众人嬉笑的对象成了背影高大的英雄。

迪伦马特在风趣幽默与严肃思辨之间大开大阖回转自如的语言天才固然成就了他的喜剧，但他广阔无垠的思维力却无疑是他创作的核能。说到底，他写戏剧不是"为艺术而艺术"，而是为了在尽可能完美的艺术中，引起公众对于现实世界的思索。迪伦马特在《罗慕路斯大帝》1949年的"作者后记"中说："此事有时庶几可以推荐别人去仿效。"若干年后，苏联在戈尔巴乔夫的领导之下走向解体。

2004年2月

写作此文一年后，我从剧作家过士行那里听说，他曾就"戈尔巴乔夫是否看过《罗慕路斯大帝》"请教过迪伦马特的译者叶廷芳先生，叶先生回答说："戈尔巴乔夫是个迪伦马特迷。"

2005年6月14日补

读剧札记

易卜生

易卜生的"培尔·金特"是堕落、反讽版的浮士德，挪威版的阿Q，中庸、利己主义者的讽刺史诗。易氏的戏剧纯然产生于精神的内面，他的戏剧与哲学的关系最近，一部戏往往是多种哲学相互驳诘的交响乐，这个艺术样式的精神能量因此被发挥到了极致。

《培尔·金特》的主题是《布朗德》的反面。《布朗德》表现了一个追求彻底神性的人（人神—神人的复合体）的毁灭，说的是人性与神性的冲突。《培尔·金特》则讲了一个被布朗德所唾弃的那一类型人的成长历程及其最后的得救（被爱所救）。这是什么类型的人呢？他的格言是"为自己就够了"，他的做不到的口头禅是"保持自己的真正面目"，他的自救之道是永远对自己的所作所为理直气壮、为自己的当下谱写赞歌，在犯下罪过的同时做些好事，在靠近魔鬼的同时礼赞上帝——走到哪儿都给自己留条后路，并认为通往天堂的路也可以这样买到手。这是现代人灵魂的画像。

这是一个漫游结构的戏，但是首尾相应。培尔·金特青年时代出发之地，也是终老时回归之所。中间每一遭遇，每一场景，都隐喻人类的一种带病的品行，都是培尔·金特的一次堕落。这些嬉笑怒骂的喜剧性的堕落人物个个是格言警句的大师，振振有辞，发人深省。

多沃瑞山妖大王："为你自己就够了。"

勃格：你要绕道而行。（即绕开原则而行。）

在此人生哲学武装下，培尔·金特离开深爱他的女天使般的索尔薇格，纵浪于人人为己的凶险之途：成为富商，结果被和他信奉同样人生哲学的同伴骗个精光；到沙漠里当"先知"，企图诱拐女奴，反被女奴以他所宣称的神圣理由拐去所有钱财；当半吊子学者胡说八道，结果来到了实现他的胡说八道的疯人院；晚年的培尔·金特雇船回归故乡，结果遭遇了沉船，他把与他争夺救命筏的大师傅推入海底。这一场戏颇具存在主义味道，但显然易卜生已知存在主义是人类精神的毒药。

上岸的培尔与他早年遭遇的人物一一相遇。全剧最精彩之处从第五幕第六场开始。主人公内心已有但从未展开的可能性，借线团、落叶、叹息、露珠、折断的稻草之口唱出。那是些可以让他得救的品行，但被培尔以"自我"之欲扼杀掉了。

"铸纽扣的人"出场，令对白哲思迭出，这一形象的性质和功能与《第七封印》的死神相近。他让培尔·金特出示自己美德的证明，或者罪恶的证明，他要在下一个十字路口等着拿到，否则就把他的灵魂和随便别人的灵魂混在一起铸成新的纽扣。

培尔·金特与索尔薇格重逢，在她爱的赦免中，铸纽扣的人离去了。

当代社会再也产生不出如此伟大的作家作品了。易卜生看见了上帝和人，当代作家眼里只有人。

萨拉·凯恩

人在表达最后的绝望时，语言总是力不从心的。力不从心而依旧竭力喷涌，人所能见到的是黑色的血，疯狂，心脏一块一块被呕出。旁观者旁观不下去了，被这诀别的诉告卷了进去。看完，好像经历了一场死。这就是萨拉·凯恩的《4.48精神崩溃》。

这位英国女剧作家生于1971年2月3日，自杀于1999年2月20日伦敦金斯大学医院的卫生间里。她是用鞋带把自己吊死的。此前两天，她已自杀了一次——吞食150粒抗抑郁药片和50粒安眠药片，被邻居发现及时送往医院抢救活转。但是两天后，在护士离开她的90分钟里，她迫不及待地结束了自己的生命。

她有五部剧作存世，生前已声震欧美。她的剧作给人极大的开启性和自由感。这是个让我感到亲切的人——真实得凶狠，对地狱图景拥有发达的感受力和想象力，但她之凶狠书写，非为讨好罪恶，而是为阻止地狱在现实中的降临。她死于对地狱秘密的深度知晓。她被称作"唯一具备古典艺术气度的当代剧作家"。胡开奇的译笔极富诗哲之力。我注意到他为中国剧坛输送了不少当代佳作，《枕头人》《民主》《哥本哈根》《求证》等都为他所译，真令我深深感激。

海纳·米勒

德国剧作家海纳·米勒（1929—1995）说过："马克思谈到过去世纪人的梦魇，本雅明谈到解放过去。死人在历史中并未死去。戏剧的一个职能就是召唤死者——与死者的对话不能停止，直到他们交出与他们一起被埋葬的那部分未来。"

在《哈姆雷特机器》中，过去、现在和未来同时存在，一个人物同时既是他自己又是他的对立者，甚至可以成为所有人。在第四场，扮演哈姆雷特的演员否定了自己的角色，"我不是哈姆雷特"，撕毁了作者的照片，自责于自己的特权，要回归到自己的血液和粪便里，回到死亡之中。这种精英的自我屠杀，是对"历史正义"的弥赛亚式解决的形象化。之后，他又穿戴上哈姆雷特的服装和面具，穿上他的幽灵父亲的铠甲，用刀劈开三个国际共运领袖的脑袋，暗示叙述人又回归到先前的权力和理性秩序之中。

统观全剧，所有角色参与的只是一场又一场的生命、性别、社会、历史角色的循环和转化。死亡与新生、大粪和血液随时可以互相转换，历史的一个瞬间既是此时，又是彼时，但最终都呈现为海纳·米勒恶毒的诅咒。诅咒的背后是他对人类一切可能凝固为权力的事物的高度警觉。这是作为剧作家的海纳·米勒的艺术解决方式，它作用于单个观众的意识中，而不期待被纳入群体性的历史。

海纳的精英自我屠杀，与鲁迅的急于自我牺牲、"从速消灭自己"，其本质是一样的。世界上的左翼艺术家，都是迪伦马特式的"罗慕路斯大帝"，以自我权力的自我摧毁，来表达平等的理想。这是一种从未实现的理想，最终为左翼政治家所背叛。

维托尔德·贡布罗维奇

昨天鬼使神差想起来看贡布罗维奇的剧本《伊沃娜，柏甘达的公主》，才知道此日（8月4日）正是他的诞辰105周年。就算冥冥中有缘纪念了他一回吧。这个作家我说不出为何如此喜爱。也许因为他天才，骄傲，苦命，幽默且恶作剧。可惜目前只能看到他的长篇小说《费尔迪杜凯》和这个剧本（台湾唐山出版社，陈众廷译）。他的长篇小说《横渡大西洋》《淫书》《宇宙》，戏剧《婚礼》《轻歌剧》，像纪德日记一样浩瀚的他的日记，以及短篇小说集、文艺批评集、文艺对话集等等，都没有中文译本。我问高兴老师这是何故？他答：译者难找，销路难保。我说：您就不能呼吁一下这事么？《世界文学》就不能译点他的短篇和剧本么？他悲愤地答道：这些事我早就做过了。你太不关心我了。我们该好好谈谈了。

唉，罪过罪过。不过我泱泱大国，财大气粗的出版社多多，难道它们的头头像我一样不读书不看报不留神高兴老师做过的事么？真是成何体统。

《伊沃娜》的女主人公是个众人皆嫌的丑女，沉默，淡漠，恐惧，混沌，柔弱，迟钝，没精打采，但是"她拥有一种对所有魔鬼的害怕"。她是宫廷中的国王、王后、王子、达官贵妇们所有弱点的镜子。她是以丑陋而非美丽让人愤怒的，她是人类丑陋和弱点的能指。每个人都从她丑陋而沉默的存在联想到了自己的不堪。但是她什么也没说，什么也没做。她就是以一种绝对的被动与坚持，保持自己毫无个性但又独一无二、令人不安而又安之若素的存在的。

贡布罗维奇把人类潜意识深处的这种丑陋无力状态命名为"伊沃娜"，如同他把人的"不成熟"状态命名为"费尔迪杜凯"一样，这种精确的捕捉真是神奇至极，鬼斧神工，只能说他是一个魔性的心理医生。他没有把这种潜意识"翻译"成常人能懂的语言，而是直接运用了"潜意识语言"本身。伊沃娜形象让我想起高中时代的自己。我清楚地记得那种因积重难返的心理封闭和迟钝无知而产生的"对所有魔鬼的害怕"（那时的内心是如此混沌无力，一切正常和不正常的恶意对我而言皆为"魔鬼"，我的心是一个因畏惧而敏感于"魔鬼"的雷达，并且因为畏惧而时时战栗），以及不知所措的死一样的沉默和自卑。那时候，所有同学都嫌憎并且习惯我的沉默——这种沉默不是一种高高在上的冷傲，而是一种由于自认一切意义上的"不配"而产生的噤声失语。有一天，当他们突然听见我挣扎而出的不自然的声音时，全体流露出了惊讶、恐怖和替我无地自容的神情。这神情把我锁进了更卑微、迟钝和没有意义的沉默里。但奇怪的是，在我沉默和自卑的同时，我的确感到了周遭人们——无论同学还是大人们——那种家长里短的世故中，让我不知所措的无意义。

我渴望融入这种无意义，但不得其门而入。我自己则是另一种无意义。于是这种无能的沉默里隐含的对他们之"无意义"的映照、这种映照形成的冒犯，的确激怒了我前后桌的女生。

《伊沃娜》让我毫无防备地想起了高中时代。因此我大概是读懂了它——它不是讲述关于专制与自由的故事，而是揭示了一个人心灵深处的丑陋无力，以及这种丑陋无力与他人之恶产生的化学反应。

2009年8月5日

让死者交出未来

"爱丁堡前沿戏剧展"常给观众发福利，这次是在东宫举办的香港话剧团的一场剧本朗读——《都是龙袍惹的祸》。"编剧潘惠森"五个字告诉我：此福利不可错过。果断跑去听。

信任潘惠森并非因为他是"香港最重要的剧作家"，而是出于自己的经验。几年前曾在北京听过他的剧本朗读《在天台上冥想的蜘蛛》，那种对灰色生存的怪诞呈现，既锐利又伤感，既质朴又风格化，印象很深。后在香港看他编剧和导演的《示范单位》，发现另一迥然不同的黑色幽默路数：极小的空间，极小的人物，极小的故事，渐渐弯曲、变形、漫漶直至倾覆，生生演化成对"兵法人格"及其孕育温床的"阴暗传统"的酣畅反讽——那感觉如在立锥之地掘井，却掘出一片汪洋。

《都是龙袍惹的祸》又与前两作不同，这回是历史剧、清宫戏。历史剧是中国话剧的大门类，而又以历史正剧为多。与莎士比亚式的历史剧不同，中国式历史剧往往以国族历史逻辑取代戏剧逻辑，在政治—社会层面借古喻今，其人物塑造不以心理、性格、人格等人性／个性因素为生发点和推动力，而是按国族、阶层、权力关系、文化传统等整体性和历史化因素分派人物的形象和寓意，因此剧中人总像是穿着厚硬的铠甲，用约定俗成的"正统历史腔"说话与行动，并最终成为某种历史观的注脚。

香港人潘惠森声称自己"历史很差"，于是他在自己的剧作里解放了历史。他以人物的心理深度和个人化／非历史化的戏剧情境，重构了"太监安德海之死"的"历史"，而直接参与未来。毋宁说，是未来意识（它要"意识"到的是：我们应拥有怎样的未来？）而非历史观决定了剧作家的历史剧写作。亦毋宁说，没有未来意识的历史观不能称其为历史观，没有未来意识的历史剧亦不能称其为历史剧。中国素有"历史大国"之称，但鲜有带着未来意识的历史叙事，这也是吾土吾民老要"鉴往知来"而又老是不能的原因。由于历史叙述总是被绑架未来者所绑架，天长日久，历史叙述者和历史剧作家都不知道：我们该拥有怎样的未来。缺少对于未来的图景和意愿，人就会随着历史的重力一起下沉。于是我们多有为历史殉葬的历史剧，而少有参与未来的历史剧。关于戏剧、历史与未来，海纳·米勒谈得透彻："对死尸的爱就是对未来的爱。我们必须把死者当作对话伙伴或对话捣乱者来感受——未来只会从与死者的对话中出现。"

"召唤死者"，并让"他们交出与他们一起被埋葬的那部分未来"，这一意志贯穿了《都是龙袍惹的祸》全剧。它的表层像一则宫廷秘闻，不乏帝后王公和社稷重臣围绕"能否诛杀安德海"而展开的争斗权谋，但争斗权谋只是一层薄纸，纸下每个人物暗流汹涌的心理世界才是重点——它们透露了他们之所以是"现在这个人"的成因。每个人物虽然地位和情境不同，心理创伤和生存境遇却有着惊人的同构性——都处于"致命的丧失"之中，都被剥夺了生命中最宝贵的东西——无论权力至高的慈禧太后，还是愤恨其压制的同治皇帝、跟她面和心不和的慈安太后与恭亲王奕䜣，也无论集万千耻辱和慈禧宠信于一身的太监安德海，还是一心置他于死地的太子少保、山东巡抚丁宝桢。这是一个人人被囚禁、人人被剥夺的结构。此结构是在剧中人不经意间吐露的心曲、在即使暗相勾连也人人自危准备退路、在主人公撕破虚伪面纱赤裸独白时，渐渐显现的。

剧作家在塑造人物时，跟历史的定论用反劲儿。对于果敢锄奸、美名流传的丁宝桢，剧作偏要写他之所以要杀安德海，是基于后者使他仕途受挫的私怨；对于受到慈禧压制的同治皇帝及其帮手奕䜣、慈安，也表现他们对付慈禧时使用欺蒙和狡计。对于慈禧和安德海这两个"坏人"，则写出了他们最令人同情的部分——悲苦无告的底层人要想过上"人"的生活，只能爬到高位；要想爬到高位，则只能牺牲自己的纯良和尊严。安德海这个人物十足立体。他被丁宝桢所俘，竟是"自找"的——为了他的"夫人"、同样出身贫苦的女伶马小玉想吃德州扒鸡，为了成全这贫苦女孩令人鼻酸的"吃鸡"嗜好，他故意铤而走险，踏进明知想要杀他的丁宝桢辖地，煊赫招摇。他果然死在丁宝桢的刀下。死前的安德海没有一丝忏悔，而是宣示：我不过是行了人们敢想而不敢行之事罢了，我不过是所有人欲望的镜子罢了，我才是真正的男人。作者如此塑造人物，非因他服膺道德相对主义，而是意在揭示：在这样一个人人被剥夺、人人是囚徒的权力结构里，善也会转为恶，而恶则衍生更多的恶——无尽的剥夺，更大的丧失。

《都是龙袍惹的祸》一剧就是在这样的追诘里，让观众在"历史"中找寻未来，一个拒绝剥夺与丧失的未来。自由的未来。

2014年5月

两个人的"众声喧哗"

台湾剧作家纪蔚然是那种典型的知识分子艺术家。右手写戏剧,左手做研究。严肃与幽默并济,生命与理论齐驱。不过,当代知识分子愈来愈致力于繁复缠绕的理论表述,与社会批判渐行渐远,纪蔚然则相反:他的批判意识无时不隐藏在剧作和文章中,擅长将繁复理念做简明表述,把理论话语变成"活人的语言"。看起来学术研究并未成为他创作的负担,反倒点燃了创造的核能,使他高产:他已出版和上演《愚公移山》《夜夜夜麻》《黑夜白贼》《影痴谋杀》《倒数计时》《乌托邦Ltd.》《拉提琴》《莎士比亚打麻将》等舞台剧作近二十部,《嬉戏》《误解莎士比亚》等散文集多部，以及长篇小说《私家侦探》、电影剧本《绝地反击》《自由门神》、戏剧专论《现代戏剧叙事观：建构与解构》等。2017年，他出版了专书《别预期爆炸》，把法国哲学家雅克·朗西埃（也有译作洪席耶）的著作讲解得如侦探小说般好看。在此研究期间，他写了剧作《衣帽间》。

《衣帽间》是一部两人饰多角的舞台剧，曾由福建人艺的陈大联导演，大陆演员赵玉明和台湾演员姚坤君联合主演，2018年12月初在北京国话先锋剧场上演。七十分钟的时长，两位演员分饰十二个角色，有一种变戏法般谐谑缤纷的智性愉悦。如今重读剧本，我们可以细看其丰富层叠的意蕴和技巧。

故事发生在过渡型城市"千竿市"一家美术馆的地下衣帽间，一对分手多年的恋人因艺术家陈彼得的作品"衣帽间"而重逢。在二人的交谈中，被谈论者由他俩分别扮演并情景再现：从艺术家陈彼得的展览，延伸到艺术家的赞助人"总裁"的发迹史和诡谲的家变史，从一个熙来攘往的衣帽间，延伸到被资本权力所毁坏的自然—社会生态以及谋求救赎的人心⋯⋯

《衣帽间》共有十二个角色，演出说明中规定"由两位男女演员饰演"，决定了此剧的样貌。一般而言，叙事体戏剧中的叙述人，要么只担任叙述人（比如布莱希特戏剧中的歌队），要么扮演剧中某个固定角色，并以此角色的视角来叙述故事（比如彼得·谢弗的《伊库斯》里的心理医生）。而《衣帽间》的形式融合了场景剧和叙事剧的体式，开场出现的女主人公何琦和男主人公许彬，既是全剧的贯穿性角色，也是其他故事的叙述人。当二人出现的时候，处在故事进行中的时空，而非一个超然叙述的回忆时空；当他们叙述的时候，立刻通过道具和服装的变换，扮演被叙述故事中的角色；其讲述瞬间变为场景再现，被再现的场景则是碎片化的，只呈现讲述者需要的信息片段。需要注意的是，两个演员是分别以剧中一个"固定角色"的身份，去扮演"被他／她讲述的另一个角色"——这是一种双重扮演；同时，二人的叙述和扮演，也是正在发生的故事进程的一部分。这种"固定角色／叙述人／多个被叙述角色"瞬间跳进跳出的组合方式，是戏剧中较少采用的（独角戏除外）。比如，当女主角何琦告诉男主角许彬，她来这个地下的山寨版衣帽间，可不是为了跟他"偶遇"的，她是受艺术家陈彼得的嘱托，来看看这个衣帽间有无侵权的嫌疑。这时，许彬手拿一个道具，瞬间变成艺术家，何琦则去衣帽间里换了件公务员外套，变身为美术馆馆长。当何琦说她看到了艺术家和总裁谈话时，何琦扮演总裁，许彬扮演艺术家……在全剧的高潮，这场扮演游戏也进入高潮，角色的变化速度瞬间加快、数量也加大：许彬扮健身男、总裁儿子、总裁、艺术家，何琦扮存骨灰瓮的老妪、总裁新夫人、美术馆馆长、爱用形容词的警官。当总裁原配失踪案水落石出时，许彬何琦回到原来身份。

二人分饰多角的意义何在？只是为了节省演员吗？不，二人扮演强化了"故事被讲述"的虚拟性与反讽性，创造了全剧的游戏感和轻盈感，将严肃沉重的批判性议题，以"众声喧哗"的轻喜剧形式呈现出来。这种轻与重、少与多的辩证，正是以"二人分饰多角"来实现的。任何艺术形式都隐含道德意味，对此剧而言，意味着"轻"对"重"的克服，也是柔弱之"善"对强悍之"恶"的"得胜意志"的外化。

《衣帽间》不是一部以核心人物、核心事件来结构的"中心化"戏剧，而是一部以固定地点为托盘，将不同群组的人物和事件松散并置的"去中心化"喜剧。一个松散的结构如何产生戏剧性，也就是说，如何激发观众看下去？靠若隐若现的悬念。此剧看似东拉西扯，漂浮无根，实则埋下了三条悬念线索：1.男主角许彬和女主角何琦的关系悬念——二人分手多年相见不欢，剧终会怎么样？2.艺术家以"全人类的衣帽间"为主题的观念艺术展览，到底会发生什么？其中说到当地百姓什么都存到衣帽间，有个老妪还把她先生的骨灰瓮存在这儿，她的用意何在？3.展览的赞助人"总裁"的原配失踪案和原配情人被杀案，真凶是谁？三条线索并驾齐驱，相互交织，直到剧终，一切真相大白。观众的解谜欲得到满足，剧作的主旨也得以彰显。

《衣帽间》的时空、人物与场景设置并不直接来源于"一片生活"（焦菊隐语），而是来自剧作家对纷繁现实的整体性判断与想象力重构；也绝非对现实生活样貌的写实性再现，而是颇为人工的怪诞变形与象征化呈现。

剧中有两个最具象征意义的人物：艺术家和总裁。艺术家一方面声称他的作品意在"打造没有阶级分野、属于全人类的衣帽间""用意就是让观众亲近艺术品，不用把艺术看得太神圣"，一方面对参加开幕式的尽是普通市民感到不满："我以为都是经过筛选的社会名流。"他的"作品"无非以政治正确的光鲜观念重新包装庸常的生活，却得到社会的隆重加冕；他声称的"平等"观念与他的势利人格表里不一，他的艺术只是做戏与谋利。

总裁在剧中是资本权力的象征，作为"瓜子大王""千竿首富"，他使原本竹林遍布的千竿市，竹林销蚀，瓜子田遍地。"竹子"是中国传统的隐逸、诗意、超功利意象，"瓜子"取代"竹林"，热爱竹林的总裁原配失踪，隐喻资本权力败坏自然生态和传统诗意，将大地变为单调的逐利之所。而总裁对原配和她的情人犯下的命案，又是罪上加罪。

就是这样的艺术家和这样的企业家"相看两不厌"——成为体制性力量，成为时代的中心与骄子。在边缘，是因良知尚存而不得志、但也不得不寄生于体制的副研究员许彬与制作人何琦，以及要与老公的骨灰瓮共舞的痴情老妪，喜欢滥用形容词的警官，担惊受怕的总裁儿子和新任夫人……

当边缘人凝聚自身所有的能量反抗既定秩序，不公正的中心即告瓦解——这是《衣帽间》结尾，总裁王国覆灭，传递给观众的信息。"解放的契机在于所有能力的结集（没有人被排除在外），共同注入异识（'异识'是与'共识'相对的概念，指的是可感的重组——李注）场景之中。它运用了所有个体的能力，包括那些被认为素质不够的人。"（纪蔚然：《别预期爆炸》）这是剧作家研读朗西埃后得到的结论，他将其实践于这部剧作中。

2019年2月

戏剧如何对真实说话

1

美国戏剧家罗伯特·科恩曾经谈到,一部好剧本需要具备七要素:(1)可信并引人入胜;(2)可说性、可演性、流畅性;(3)丰富性;(4)人物塑造的深度;(5)严肃性和相关性;(6)集中、洗练和强烈;(7)赞美。

你若问我的看法,我认为这七要素是的确的,但在性质上有所分别。第一、五、七要素是价值性的,第二、三、四、六要素则是技术性的。第一要素最迫切,也最关键,是戏剧之为戏剧的基础。我们很容易对一部谈论

"大事情"的"深刻"剧作肃然起敬,可是读完却可能沮丧地发现,自己除了被正颜厉色地教育了一番,一无所获——就是因为它既不可信,也不引人入胜。仅有严肃高尚的创作动机,不能造就一部好的剧作。

当然,也会出现这样的情形:我们被一部高潮迭起、构思精巧的剧本吸引,读罢,却感到它意义匮乏,令人空虚——这是因为它缺少严肃性和相关性;我们也可能为一部戏说出了自己的苦恼愤懑而击节,可略一回味,却发觉它除了倾倒垃圾,无所给予——这是因为它缺少赞美。至于台词的可说性、可演性、流畅性,语言材料的丰富性,人物塑造的深度,以及戏剧性的集中、洗练和强烈,都是好剧本散发魅力的技术要件,只要剧作者有足够的写作经验和艺术感受力,终会达成。在这里,最不易理解和抵达的要素,是"赞美"。

关于"赞美",罗伯特·科恩的意思是:好的剧作是赞美生活,"仅仅对平凡生活进行冷酷无情的描写不会对艺术形式做出多少贡献";但也不是粉饰生活,而是"个人对生活充满激情的想象,而且执着地表达着生命的奋斗和光辉";戏剧从根本上讲是一种肯定,它赞美人类的存在、参与和共享;戏剧不是虚无主义的表达手段,即使最悲凉的现代戏剧也散发出固执的希望之光,甚至还有喜悦,就像塞缪尔·贝克特《等待戈多》里的那两个流浪汉……

这些意见无疑是启示性的。但我还想继续提出一个建议，那就是将赞美的视线渐渐升高，从人类生活与可见世界，转向它们的光源——那不可见的意义源泉。我们或许不知道这源泉来自何处，遗忘或不信祂的存在，但我们与生俱来的超越性、道德感、审美力和不可言喻的价值信念，都在一一昭示祂的临在，无可推诿。我们需要对这不可见的神秘存在虚席以待，心怀赞美。在赞美中，我们学会站在"世界之外的一个点"（克尔凯郭尔语），暂离人类的自我中心和自我加冕，获得在戏剧中揭示真相的能力——不但看到人性和世界的美善，更看到人性和世界的败坏，并且不被这败坏魇住和征服。诚如美国作家弗兰纳里·奥康纳所说："去观察最糟糕的事物只不过是对上帝的一种信任。"没错，真实、热诚而得胜地揭示败坏，正是赞美之一种。它是对造物主所赐予的爱与关切能力的赞美。是对人在穿越灵魂的死荫幽谷时，所获得的诚实、忍耐与信心的赞美。是在觉察人的有限性之后，对那无限而绝对的意义源泉的赞美。在这赞美中，剧作家摆脱了将人与现世视为绝对存在、于肉身之中寻求绝对正义的道德虚谎，亦即，剧作家不再将相对之物偶像化为绝对之物，也不再将绝对之物矮化成为相对之物，而获得了如实审视和表现的自由。是的，我以为，当代戏剧的穷途或兴起，都取决于这件事：你能否，以及如何，赞美那当受赞美的。

由此，你也就回答了这个问题：你能否，以及如何，在戏剧中对真实说话。

2

以上念头，是因我的朋友、诗人、剧作家张杭拿来的一摞剧作而起。它们的作者多是"80后""90后"剧作家，作为年长他们许多的"70后"同行，我深切感到这些剧作迥异于其他世代的强烈特征：那种对伪理想主义和伪英雄主义的本能抗拒；对不确定性和非自主性的敏锐意识；对碾压性的庞然大物的沉默无言；对闪闪发光的细微之物的轻轻低语。曾经充满华语戏剧的道德高调的人物、完整清晰的故事、明亮铿锵的主题、难以兑现的承诺——那种对不当赞美之物的赞美，在他们的剧作中消失了，取而代之的是飘忽不安的叙事、含混犹疑的形象、幽微内在的声音。剧作者们不再作持续数十年的群体性和外在性舞台叙事的囚徒，各自发展出了释放内在声音的技巧，来表达他们所见的真实——我们所处的世界。

个人化、内在化、精神化的叙事，一直为当代中国戏剧所匮缺。作为文化生态的一种后果，戏剧多是英雄事迹的颂歌、宏大历史的注脚、社会现象的折射、娱乐减压的阀门。个人的心灵褶皱不被凝视。个体的漂浮境遇无处安放。意味深长的沉默没有一席之地。"社会—历史—现实"只作为一种非人格化的嘈杂之音而存留。几个世代普遍的不安与孤独，在中国当代戏剧中难以找到发声的方法。但是在这些剧作里，它们出现了。

3

居于创作主流、曾经在先锋戏剧家那里声名狼藉的"现实主义戏剧"，在富有才华的青年剧作家手中重新发光。这些作品似在说：不是"现实主义"错了，而是你们看待现实的眼光错了。作者们精巧地使用线性结构的写实手法，不再躲闪、美化，浮于庞然大物的表面，而是将目光探入现实与人心的毛细血管之中。

一个醒目的现象是：当代生活中最本质的关系——"家"的关系，在他们的笔下被疼痛地解剖，并由此逼近更深广的象征。这些剧作往往出现昏聩而寡爱的父母，多思而无力的儿女，彼此之间既深渊般地脱节，又无法摆脱地纠缠。父母与子女之间这种隔膜而疲惫的精神关系，或直接构成人物关系，或成为剧中人物性格和人物关系的前传。父母因令儿女衣食无虞而自认功莫大焉，儿女则觉得父母欠自己的债——爱的债，智慧的债。一代新人像是缺少浇灌行将枯萎的嫩芽，一直渴水。像缺奶的婴孩，一直抱怨和哭泣。实际上，父母们又何尝不是如此——他们也是衰老而缺爱的婴孩。"父母的匮乏与欠账"是一根绵延不绝的链条，一个难以停止的隐喻，尖锐地指向匮乏与欠账的总根源——那不眠不休的攫取性力量。它在我们之外，在我们之上，也在我们之内——隐藏于每个人的罪性深处。

朱宜的《杂音》有着轻快酣畅的节奏和骤然出神的诗意。以一个中国精英家庭在美国的遭遇，活色生香地勾勒中美两国精英阶层各自的欲望与机心，揭示"政治正确"之下，人性深处似异实同的虚伪和无人买单的真诚。女主角的境遇，隐喻普世存在的虚无主义危机。

张杭《月亮的南交点》有着佳构剧的谨严结构，貌似书写了一个阴郁的私人事件，却掘开一道审视中国社会—历史—精神的逼仄深渊。一个创伤少女的背后，埋藏着多少麻木无察的加害、怯懦沉默的屈从、拒绝忏悔的罪恶、进退两难的道德？作者绘出了一幅难以救赎的沉痛图景，人物心灵的细腻纹理和家国历史的庞大畸影，均得隐现。

祁雯的《困兽之斗》散发淡淡的契诃夫味道，四个（舞台出现两个，对话中隐含两个）不幸福的孩子，六个不懂孩子为何不幸福的家长，在貌似平淡无事的场景中，铺展出各自生存与灵魂的苦痛困顿。

张在的《三月天，娃娃脸》以越轨的笔致，书写越轨的情事，人物真切可感，台词洒脱乖觉，不伦之恋的进退维谷与椎心之痛，写来犹如婉转的杀戮。

叙事体戏剧已成当代戏剧的主流样式，但在中国戏剧创作中，发育并不成熟。在这些青年剧作者的作品中，我们则能看到它的花样运用，它观照现实的能量和自由感。它们斑驳陆离的叙事手法，隐藏着向外关怀的心事。

王昊然《游戏男孩》将电子游戏的叙事逻辑创造性地延展在舞台之上，叙述与场景、虚拟与现实、数字与人性、过去与当下、爱与孤独的边界，随时消泯和建立。游戏时空、男女主人公相遇的时空、男女主人公各自的当下时空、男女主人公的回忆时空……在人物叙述和场景表演中，多重时空自如转换，角色意绪自由流淌，主人公的大段独白具有微妙的光暗效果。轻快明灭的都市感，数字化社会中两性、亲子、职场、游戏伙伴之间如影如风的虚幻关系，酿成一种新的美学。

胡璇艺的叙事剧《捉迷藏》技艺娴熟，透过女大学生和青年女工之间的友谊与龃龉，窥看了虽然只得浅尝却令人牵念于心的苦难世界。角色的分身扮演、跳进跳出、场景呈现，在台词的叙述与独白中自由实现。年轻的剧作者试图在角色的轻盈个性和社会议题的沉重开阔之间取得平衡，雄心可贵。

20世纪以来，局部摹写现实生活的写实主义戏剧不再独尊，戏剧试图本质化地揭示人类存在的整体性状况，于是向哲学与诗靠拢：人物符号化、非个性化，不再有具体连贯的情节，舞台行动抽象地直喻人类的本质性境遇……这种"反戏剧"的戏剧，被评论家冠以表现主义、象征主义和荒诞派戏剧之名，雅里、斯特林堡、奥尼尔、贝克特、尤奈斯库、品特、阿尔比、彼得·汉德克……诸巨匠汹涌而来，其深度与形式令后来的观众和创作者生畏。他们的剧作悬念不在于"将发生什么"，而在于"这是什么意思"；不是促使观众关心人物和情节，而是触动他们反思人类的生存状态。由于这种戏剧难以自然地"可信并引人入胜"，本质主义的创作手法亦多有雷同，如今在世界范围内已不再兴盛，只是化身为某些怪诞元素，潜入千变万化的写实和叙事性戏剧之中。但是"反戏剧的戏剧"的有益的形而上冲动，几乎未能在中国戏剧中结出多少果子。难能可贵的是，在这几部青年剧作里，我们看到了它的成果，其对我们生存境遇所做的整体性审视，格外发人深省。

何雨繁的《黑色冰山》是近年华语戏剧的惊艳之作：跨越全球的空间视野，各自独立的板块式结构，每"块"各依其事件空间而组织戏剧风格，看似互不相属，却有一条强劲的信仰之线贯穿始终——发生在香港、东京、柏林和某地的场景，都在这双信仰之眼的注视下；却并不说教地提供救赎的答案，只是决绝地显现人类罪性与苦难之间的因果。通俗剧与表现主义、市井言语与诗性话语、写实空间与象征空间混搭并置，勾勒出时代—社会—人心的暗影，并以此决绝的勾勒，指向那得救的光耀。

刘天涯《那边的我们》有着尤奈斯库式的怪诞超然与黑色幽默，我们生活里习焉不察的规训和异化，在蓄意的乏味与重复中得以彰显：人们徒然辗转于生命的本能与社会的网罗之间，相噬，相蚀，无可解脱。这种绝对几近"无聊"的逼视，显示这位年轻剧作家的巧思与勇气。

陈思安的《冒牌人生》想象奇诡，三个主人公寻索真我的过程，也是作者安放其"拯救"的乌托邦理念的过程。

6

——戏剧如何对真实说话？

——忠实于我所历，我所见，我所思，我所是。

这是年轻同行们的回答，也是戏剧所当做之事。

可以说，这些剧作是一代新人的群雕：有点软弱，有点伤感，有点公义，有点冷淡，有点温暖，有点颓丧，有点期待，有点绝望……却充满人性和世界的诚实真相。

心灵的变化，带来感受力和想象力的变化，直至出现表达技巧的变化。宏大叙事的虚假承诺再也不能蛊惑他们，取而代之的是敏感细腻的心灵肌理，微妙精致的轻轻叹息。作为一个创作代际的美学进展，这是令人惊喜的。

但是，关于戏剧，我们也许还当有美学之外的关切。这关切不愿只把戏剧看作艺术小花园里一朵娇滴滴的花，还把戏剧当作一个器皿——里面盛满灵性之酒。当观众／读者举起它倾倒口中的时候，这酒进入他们的身体，成就美好的事：自身的恶被觉察，却想趋近善；自身的贫乏被觉察，却想趋近丰饶；自身的怯懦被觉察，却想趋近勇敢；自身的刚硬被觉察，却想趋近温柔；自身的奴性被觉察，却想趋近自由；自身的冷酷被觉察，却想趋近爱……

这种貌似对立的心灵运动，来自创作者隐于作品背后的东西——他／她的愿力。那是对一个更好世界的想象。这想象则来自他／她对意义和自由的体认，对绝对之物与相对之物的判明。是否承认和面对那个"绝对"，决定了创作者能否获得"世界之外的一个点"，分得这个"点"的视野和洞察力。若不能，则我们既无从审视和表现那黑暗败坏绝望否定的一极，亦无从审视和表现那光亮美善信心肯定的一极，更无从观照这两极的中间地带。我们可能只会不好不坏不冷不热地表现人性和世界。这不是说，我们获得了表现这不好不坏不冷不热的人性与世界的能力，而是相反，我们会失去这丰富真切的表现力，只让习焉不察的灰色地带显得相似。因为我们自己与这不好不坏不冷不热的灰色地带相似。我们不承认高悬于我们之上的超越性的绝对，因此也就不能陌生而特异地表现这不好不坏不冷不热的相对。我们轻车熟路地生活在道德相对主义的世界中，相信得救之不可能。一种后现代的懒洋洋的绝望。和现代主义的彻骨的绝望都相去甚远。但出于同一个母亲：成熟于20世纪的"绝望的形而上学"。

对于戏剧和任何艺术创作来说，表达绝望和接受沉沦都不是目的，相反，肯定的道德动机和拯救的意愿是第一要紧的。若无此，则艺术创作只能如鸣的锣、响的钹一般，成为顾影自怜的薄情之物。何为"肯定的道德动机"？我实在喜欢别尔嘉耶夫的这句话："无私的和牺牲的爱才应该被认为是肯定的道德动机，这爱是对上帝的爱，对生命中神圣事物的爱，对真理和完善的爱，对肯定价值的爱。这就是创造伦理学赖以建立的基础。"

当此时代，关于何为"上帝"，何为"生命中的神圣事物"，何为"真理和完善"，何为"肯定价值"，都充满了争议，遑论"爱"她们。

但真正的创造者，自有确信，自有选择，自有赞美——对那当受赞美的。

7

写下这些字的时候,国内新冠疫情正隐隐重新发动攻势。中国之外,肆虐日甚。人类被迫中止全球化的极速跨越,按下暂停键,重新面对自身。对艺术家来说,这是最容易绝望的时刻,也是最该反思"绝望的形而上学"的时刻。因为它夸大恶的力量,击打人仰望上帝的头颅,嘲笑信心,制止赞美。

现在,到了用"信心的形而上学"取代"绝望的形而上学"的时候。

这时,会有意义与自由的源泉涌流,赞美与得胜的歌声响起。

这绝非不可能。

谨以此语,赠予年轻的戏剧创作同行。

2021 年 1 月 8 日 于北京

在最高的意义上,"信"比"疑"往往更难。

乙辑

情热

陈丹青的《局部》

《局部》播完了。在最后的第十六集,陈丹青感谢大家原谅他一路念稿子,他要回去画画了。

去吧。去画画吧。我这不愿离席的观众,蓦地想起塞尚写给左拉的信:"我跟毕沙罗学习观看大自然时,已经太迟。但我对大自然的兴趣依然不减。"

在陈丹青的目光开启下看画,对我亦已太迟。但是被他点燃的观看热情,却不会稍减。倘问《局部》系列对公众有何意义,这感受或可作一注脚。

这是画家陈丹青第一次通过视听媒介,连续谈他的"观看之道",从中表明他放弃整体叙述、独陈一己所见的当代立场。视频节目的好处是，它能让我们观看陈丹青的"观看"。每一幅被他谈论的画，我们都可尽情看其"局部"——中景，近景，细节特写……（啊，可惜不是原作）没看清，就暂停，想看多久看多久，兼以配乐，兼以他手拿稿子，有时照念，有时笑嘻嘻对着镜头闲聊——那是一个老辣纯真的耽溺者一边摩挲爱物，一边分享他的迷醉。那爱物，便是他在谈的画。

而他又不仅仅谈画。若不借题发挥，弦外有音，那就不是陈丹青了。若刻意如此，也不是他。一切皆出于天性——那慷慨而专注的情热。

于是有了他的目光，他的关切，他的取舍。略过艺术史上被过度瞻拜的名胜，他的目光停在"次要画家"的精妙作品或著名画家的"次要作品"上。十六集下来，我们看到了一张与正统艺术史截然不同的版图：王希孟的《千里江山图》，布法马可的《死亡的胜利》，蒋兆和的《流民图》，巴齐耶的画，瓦拉东母子，民国女画家关紫兰、丘堤，康乾《南巡图》的宫廷作者徐扬，威尼斯的卡帕齐奥，俄罗斯的苏里科夫，佛罗伦萨的安吉利科，古希腊的派格蒙群雕——几乎都是冷僻的面孔。对每副面孔的解读，都融合了这位画家独自的心得，他的热血、澄明、欢欣和痛楚。只有两个"名人"做了单集——梵高和杜尚。对梵高，陈丹青拿他早年的一幅无名小画做由头，通篇聊他的"憨"，聊现代绘画的"未完成"特质；对杜尚，则只讲他那划时代的决定——放弃画画，并以此终结自己在《局部》的谈画。

"他总是越过故事主角的肩头，张望远处正在走动的人。"这是他评说卡帕齐奥画作的"景别"，也是他自己的艺术史方法论：偏离中心，"张望远处正在走动的人"——那些不抱入史意图的素心天才，被历史聚光灯忽略或灼伤的寂寞高手，时代漩涡之外的美妙浪花，艺术史上别有洞天的"次要讯息"。

他爱这些"次要讯息"。谈论ta们的时候，他的歆享同命之情溢于言表。只有发自深心的爱才能产生如此神情。在视频时代，"神情"是艺术批评的真实维度，也是感召力的源泉，超越语言。

陈丹青喜欢"离题"。这是过于活跃热烈的心智难以安于一点的表征。他的思维因此不是纵深掘进的，而是平面跳跃的。这可能会是他的弱点，却被他发展成一项风格，一种陈丹青式的"复调批评"——谈艺术、谈画道的同时，也谈别的。那"别的"是什么呢？——个体，社会、制度，文明，总之，常识之中"人"的境遇。犹如一部音乐中的两股旋律，并行不悖，相互交织。不仅品评艺术，更要动乱生命。这是对鲁迅谈艺方式的延续——既庞杂，又纯粹；既辛辣，又优雅；既热肠，又冷静；既粗暴，又柔情。

在这样的复调里，他以"次要讯息"的方式，传递他至为看重的观念。比如：

与一个艺术阶段的全盛时期相比，他更关注早期，因早期作品一定面对两个历史任务——开发新主题，使用新工具，因此最有原创力。

他很少孤立地谈一个现象、一位画家、一幅作品，而是将其作为活泼错综的生命体，置入最初发生的土壤中观照品评，并从这土壤跳出，作古今中西的纵横比较——既还原观照对象的存在景深，又提醒公众反省自身的文明、制度境况。因此，在批评奥赛美术馆的"不舒服"时，他谈到欧美一流展馆如何不惜重金，布置接近作品原生环境的展出环境；他以西方艺术中直面死亡的主题，对照中国讳言死亡的传统；他分析西方的透视法可能启示了摄影，接着，困惑于我们的"旷观"传统，为何止步于长卷。

最有趣的是，陈丹青时常使谈论对象与我们的当下语境相互"穿越"：十八岁就画出《千里江山图》的王希孟，看到跟他同龄的孩子循规蹈矩读高二，会作何想？梵高若拿出他憨拙的素描参加艺考，百分之百考不上；安吉利科的资格可作佛罗伦萨的市委书记，可他宁愿关在小禅房里，安静地画画……

一个撩拨人心而点到即止的行家。他明明在召唤不安和不满,热血与热诚,却像在跟观众谈恋爱。待他谈罢,不知会有哪些被击中的灵魂,默默出发。

艺术终归是他的至爱。他曾以为画道只是二三知己轻声交流之事,这回,他要对着观众略略公开。他拒绝提供放之四海而皆准的观点,而坚持艺术,乃至欣赏艺术,是种种未知的个体经验。

贡布里希早就警告那些以阅读展品目录代替看画的欣赏者:"必须具有一颗赤子之心,敏于捕捉每一个暗示,感受每一种内在的和谐,特别是要排除冗长的浮华辞令和现成套语的干扰。由于一知半解而引起自命不凡,那就远远不如对艺术一无所知。"

陈丹青则从创造者的角度更进一步:"艺术顶顶要紧的,不是知识,不是熟练,而是直觉,是本能,是骚动,是崭新的感受力,直白地说,其实,是可贵的无知。"他对安吉利科简朴、刚正、"愚忠"的神性五体投地,对梵高的"诚恳、狂热、憨,无可企及的内秀"垂涎三尺,对瓦拉东"茁壮的雌性"激赏有加……他与中国的艺考制度和性灵枷锁是如此势不两立,以至于时刻标举那些与生俱来、不可学习之物,不惜让自己所有的讲述沦为废话。

同时,他尊崇理智与均衡。他称赞巴齐耶组织场景、群像构图的才华,喜欢杜尚置身事外、独往独来的艺术态度。没有这冲淡明哲的一面,陈丹青的批评风格,恐怕会烧得一塌糊涂。

或许这就是艺术家的自由本能和均衡本能——摆脱任何应然观念和先在意愿，唯以纯真之眼，观照创造者和创造物的"自相"，并以那"自相"本身的生命规则和可能性，判断创造的成就。这是艺术自身的复杂微妙之处——社会批评家陈丹青绝不僭越艺术家陈丹青半步，而"圣愚崇拜者"陈丹青，也绝不进犯绘画巧匠陈丹青分毫。

但也未必全无挣扎。

"有一次，列宾看到一幅意大利绘画，赞不绝口，说：艺术之所以是艺术，最最重要的是'美'。不久，他看到一幅俄罗斯无名小画，画着贫苦的女孩，老头子哭了，喃喃地说，哎呀，艺术最最重要的是善良和同情。"（《俄罗斯冤案》）

他说的不是列宾，是他自己。

在六十多岁的年纪，他需要面对跟列宾同样的撕扯：艺术是为了实现美，还是实现爱？是通往智，还是通往仁？是自渡，还是渡人？是要"自己的园地"，还是"无穷的远方，无数的人们，都与我有关"？极而言之，是要成为自我完成的艺术家，还是满腔情热的义人？

这是一个问题。

而我忘不了《局部》第三集，他讲蒋兆和的那一刻。

坐在报社的餐厅里，周围人来人往。我看着手机里的他，穿黑衣，老老实实坐在书桌前，讲述蒋先生柔软的心肠，伟大的画作，屈辱的命运和不堪的记忆。

"请诸位看看蒋兆和先生的照片，一脸的慈悲、老实，一脸的苦难、郁结。抗战胜利后，他在自己的祖国当了几十年精神的流民，后半辈子一直低着头过日子。原因无他，就因为他画了《流民图》。"

那一集在这段话中结束。我坐在笑语声喧里痛哭。冲动地写了一条短信："为知道并记住了蒋先生，永远感激你。"还是忍住了，没有发。

（陈丹青《陌生的经验》序）

2015年10月2日完稿

《色，戒》：人性战胜国家

　　上个月在香港看了全版《色，戒》，走出影院，大脑塞得满满，茫然失措失语。近日内地放映删节版，看到海内外五花八门的评论都汇拢来：有人骂它是民族虚无主义的"汉奸电影"；有人却说它是表现男女因性生情的心理电影；有人看出它表达了一个男人的"中年危机"；有人觉得它的主角不是人，而是旧上海；有人认为电影"背叛"了张爱玲，背叛的效果很好；有的则相反，认为背叛的效果差极，尤其是女主角的选择完全背离了张爱玲的设计；有人认为床戏无助于叙事的深入；有人则说床戏是影片意义得以展开的核心……尽管艾柯有言："艺术品是一种根本上含混的信息,即多种所指共处于一种能指之中",但是一个外表中规中矩的电影却被看出如此风马牛不相及的"所指",还是令人吃惊。忍受不了判断悬空之感,我只好再度钻进影院。这一遍,倒使我得出个斩钉截铁的结论:《色,戒》是一部秉心纯正、微言大义的杰作。

"大义"者何?恐怕和中国传统的"大义"指向截然相反。这是一个只有冷静超越本土语境的宏大阴影、又无时不对这阴影的杀伤力深怀关切的导演,才能领悟和呈现的"大义"。它表面上似乎是以男女情色消解国族大义,其内里,则是既质疑将国族大义无条件置于个体生命之上的道德逻辑(所谓"为达道德之目的可用不道德之手段"),又剖析了任何一种作为最高律令的庞然大物(影片中,"庞然大物"既现身为易先生所寄身的血腥残酷的汪伪特务机关,又体现为王佳芝所投身的以正义为目标却冷酷无情的间谍组织)对"人"的戕害。影片周密从容的叙事、心态迷离的人物、意味深长的细节和幽暗苍凉的色调,都是在此思想底色之下徐徐展开的。它在发出"每个人都是历史之人质"的喟叹同时,也涂抹出"人性救赎"的亮色。如果我们无视影片张扬人性、反整体主义的潜主题,很可能无法完整领会李安的这部电影。

和李安电影里家国政治与男女之情的双向互动不同,张爱玲的小说《色,戒》,家国政治着着实实只是一个隐约的衬景，王佳芝和易先生在此种衬景下本能的"性心理"与"情心理"，才是小说真正的核心。张爱玲天性孤绝，家国变故、意识形态只能从外部影响她，却是一点也进入不了她的内心；她笔下的人性，也是有利害无善恶、不具道德情感维度的灰色地带，《色，戒》就是张爱玲在这灰色地带中，对家国与人性双重的绝望与绝情。电影故事未改，但主题却一变而为"人性的救赎"，却是李安对张爱玲原作的根本背叛。

在影片最后，王佳芝为了那点飘忽不定的"爱"，不惜背叛大义和组织；易先生却是为汉奸政权和自己的生存，不惜背叛自己那点飘忽不定的"爱"。如此残酷结局，何谈"人性救赎"？

恐怕需要影片的点滴细节来证明。在这部有着福楼拜式严谨的电影中，王佳芝一开始就和信念明确的热血青年邝裕民、赖秀金们不同，她被设计成一个敏感真纯（张爱玲的王佳芝却几乎是不带感情的）、身世飘零、被动承受大时代的女子，她因为对邝裕民的爱慕之情，参与了热血青年们的间谍暗杀计划。她对易先生的感觉，从开始的接触就埋下了"动摇"的因子——第一次见面，王佳芝回到公寓，和邝裕民们淡淡地说："他和我想象的不太一样。"（和想象的恶人形象不太一样。）在香港和上海的寂静无人的餐馆，虽然王佳芝只是做戏地说些寂寞女人的家常，易先生只是将信将疑地半吐心曲，但是从二人对视的眼波里，已埋下"大义除奸"的使命和"异性相吸"的天性之间微妙的交战。之后，就是内地观众无缘得见的激情戏。其实，三场激情戏虽足够"劲爆"，却并不令人沉迷，它们是表现人物内心之扭曲痛苦的核心段落：窗外是警犬、侍卫与枪林，杀机四伏的寒秋；室内，是两个囚禁在对立使命中的孤独男女，以接近身体极限的交欢，来忘却孤独和恐惧，发泄寒冷和绝望，体会存在的真实。害怕国人看完"学坏"的大人先生们可以放心了：此处的"性"毫无色情撩拨之用，相反，我倒是觉得它太苦痛骇人，如在第三场里稍加暖色，也许能更好地完成二人因"性"生"情"的递进。

在"男特务头子"和"女间谍刺客"的人性触角渐渐舒张之际，各自投身的组织却日见其冷酷非人的气息：街头喋血，刑讯枪杀，是易先生操控的特务组织的"杰作"；将牺牲个体的一切（包括王佳芝的贞操和青春，以及邝裕民们的生命与自由）视作必要的代价，却不必对个体负责，是王佳芝投身的间谍组织的"原则"。深爱王佳芝的邝裕民对她保证道："我不会让你受到伤害的！"但是他的保证，在上级吴先生面前立刻化作虚妄——组织是不会考虑王佳芝的安危的。组织不是王佳芝身心的归宿。

由如此内外因素的交相铺垫，才会有王佳芝在接过易先生温柔赠予的那一枚华丽钻戒时，在看到他温柔的目光、听到他温情的话语时，陡然升起的足以背叛自身使命的"爱"。值得注意的是放走易先生之后的细节：王佳芝跑到街上，坐上三轮车。车夫问她去哪儿，她说"福开森路"——那是易先生给她置办的公寓。车夫问："回家？"她轻轻地点头："诶。"——她已把易先生当作自己的家了。她从领口取下一枚药片——那是上级吴先生给她的，以备败事自裁之用——但是她没有吃。她心头还存着"回家"的痴想和好好活下去的希望。至此，人性私情对组织律令的凌越，在王佳芝这里得以完成。

但结局是：王佳芝的情梦，被由她所救的易先生破碎了。她被他判了枪决。她后悔了对组织的背叛吗？答案是：没有。在她临刑之前，在与她一同赴刑的邝裕民身边，她脑海里回想的是她大学时代初演爱国剧之前的一个瞬间：她不知所措地走在台上，听到身后上方的呼唤——是邝裕民、赖秀金们在远远的二楼召唤她。这一空间间隔，是她和他们从始至终的距离，她终于知道，她从未属于过这个只有信念、没有自由的群体——其实她在香港目睹邝裕民们把想要告密的同乡，一刀刀刺成血葫芦时，就应该知道的。内地版删去了这一段血腥镜头，其实它对揭示缺少自省的"组织信念"所必然包含的暴力性质，对理解王佳芝最后的背叛，十分重要。

易先生呢，他的万劫不复的身份和求取生存的本能，让他以行动背叛了王佳芝最后的爱；但是他的意识却背叛了他的身份和行动：影片结尾，易先生回到家中，坐在王佳芝睡过的床上，听晚十点的行刑钟声敲响，无尽怅恨，不禁潸然。这绝非给一个汉奸戴上人性的面具，而是以意识对行动的背叛，呈现柔软人性对暴力律令的悄然瓦解。至此，可以说：《色，戒》是一部表现"人"被"绝对国家"所挟持的悲剧。在此悲剧的终局，则又以罪恶者的悔恨暗示最后的救赎。在人们的想象中，老道的张爱玲一定会嫌李安的结尾过于天真，迹近媚俗——似乎绝望永远比救赎深刻，无情永远比有情成熟。但是我们应当知道，无论世故还是天真，无论幻灭还是拯救，也无论无情还是有情，都无高下之分，它们仅仅取决于创作者自身在信疑之间的选择。而在最高的意义上，"信"比"疑"往往更难。

可以说，从张爱玲到李安，是文化精神的本质变异。张爱玲还是一个异类但地道的中国人，她走到了中国虚无文化的尽头，那里既无家国祖先的慰藉，又无上帝与人性的拯救，她是因文化性格和身世际遇而丧失天真、无处安放的孤独游魂。李安则是中西合璧的文化产物，西方文化血统使他清醒秉持个人主义，中国血脉则令他离上帝的光辉较远，而离"人性"的暖意更近。

2007年11月

《梅兰芳》的精神分裂

陈凯歌的《梅兰芳》讲述了一个天生胆小的男孩如何通过不断喝汤来克服恐惧、长大成人的故事。这个"人"虽然是举国皆知的京剧大师,但看起来艺术世界并不是他的重心——成年以后,他的心思全被弘扬国粹、保持国格、提高戏子地位等事关大义的事情占据了。电影在表现一个鹤立鸡群的爱国者、道德家的道路上渐行渐远,以至于我不禁感到,梅兰芳周围的那些人实在多余,而他本人也不该唱京剧——他最该从事的职业是圣徒或者政治家,虽然此二者的距离如南北极之远,但南北两极也有最大的相似之处:冷。

电影《梅兰芳》的冷感是创作者精神层面的幽闭与刻奇（"kitsch"，米兰·昆德拉曾对这种情感方式一再嘲讽）的产物。"幽闭"既体现在主人公与他人乃至整个外部世界的精神关系上，也体现在这部作品的精神气质上，典型意象就是那个"纸枷锁"；而"刻奇"，在影片中则表现为一种自我崇高、自我感动、自我怜惜、自我膨胀的精神形态，它看起来像是梅兰芳人格的自我完善，实际上却是创作者通过技巧性的粉饰煽情，来助长潜伏于观众无意识深处的偶像崇拜欲与群体自大狂。它的精神后果是观影之后的廉价激情与狂欢效应，而这或许正是主创者所期待的——因为设若如此的话，影片精神之核的苍白贫乏就可以瞒天过海了。

看起来，这部受到梅家人干预的传记故事片，其核心动力是把这位京剧大师送上道德的宝座。虽然一个携带了真实的时代气息、富有人格杂质和精神矛盾的艺术家形象更具魅力，但在利害攸关方和主创者看来，道德的保险系数无疑更有诱惑力——这种回避真实的"圣贤主义"价值观的直接后果，就是影片《梅兰芳》"精神"与"肉体"的分裂。具体地说，就是该片的"三突出""高大全"的精神主旨，与其作为电影艺术的活色生香的"肉体要求"之间的分裂。

为了在表面上弥合这一分裂，就需要一些制造波澜的手段。大体说来，手段如下：一是给伟大的主人公寻个

《梅兰芳》的
精神分裂

无伤大雅的小毛病——比如软弱胆小、想当"凡人",但这毛病最终还是通过喝汤、静坐、回忆孟小冬母亲般的叮咛等功课,给克服了,主人公是"想做凡人而不得";二是敷衍出一些炫人眼目的"传奇",以增添影片的"中华文化神秘性",并突出主人公"神乎其技"的超人才能——比如已被戏曲专家证伪过的"梅兰芳PK十三燕"一幕;三是以不露声色的"反衬法"垫高主人公的道德基座,这方面的技巧就多了——比如让主人公的困境更艰难(赴美演出居然需要他抵押十万家产)、敌人更凶狠(想想日军的杀人不眨眼)、朋友更背信(好友邱如白劝他置民族大义于不顾,为完成"艺术"而为日寇演出)来提高主人公的道德难度;以渲染主人公的文化重要性(他是否为日军演出已成为中华民族是否降伏的象征)来佐证日军对他的极度重视和威吓的必要性,并以此种雷霆万钧的威吓之举,来突出主人公"大无畏"的民族气节……总之,无论外部世界如何地动山摇,主人公总是适度被动、以静制动,这样,他高尚的道德形象虽然看起来过于封闭、静止和缺少发展,但由于总是以低调出之,尚能显得既优雅又"自然",从而表面上避免了以往"高大全"叙事中,因主人公过于高亢直露的道德表现反使其显得更加虚伪的毛病。因此,说电影《梅兰芳》为完善"三突出""高大全"的宣传艺术做出了巨大贡献,当不为过;但它是否能算一部成熟精到的艺术作品,则另当别论。因为成熟的艺术使人直面真实，而《梅兰芳》却走向个人与民族的自我神化。

如果一部影片号称传记故事片，那么不管它的虚构空间多么大，总得"是"这个人，"是"他的时代，在这个基本前提下，编剧、导演才好去提炼主题，塑造人物，不能因为用了一些属于主人公的似是而非的佚事，就说这就是主人公了。翻齐如山（影片邱如白的大大走样的原型）《梅兰芳游美记》，才知梅氏访美乃银行家冯耿光、学者齐如山等"梅党"士绅、司徒雷登等美国友人以及许多中外文化人义务襄助、捐资促成，张罗耗时七八年，其目的除了让美国人认识中国剧，更是真正去学习考察西洋艺术，此事确能体现民国人物开放的文化襟怀和时代风气。一代名伶在中西文化艺术的碰撞中，会遭遇何种精神地震，会如何审视自我与他者，一定会上演十分有趣的剧情。

但影片显然无力呈现如此复杂的精神主题，相反，它的价值取向不是开放而是封闭的：梅兰芳被塑造为一个孤胆英雄，他去美国演出是为了向美国人扬我国粹，从而提高梨园艺人的道德地位。为了这个"崇高的目的"，他一拍脑门，痛下决心，抵押家产，背水一战。一代民国文化人主体性丰盈的精神寻路之旅，在影片中被廉价降格为梅兰芳一人的道德功劳簿。这种安排，是由影片的"三突出"创作原则所决定的：一个英雄不可有与他平等的其他主体，他不可开放和学习，他只需放射光芒、拯救人世就够。所有其他人物，都为了陪衬他的道德、技艺和魅力而存在。但这一创作原则的结果，只能使主人公在精神上处于幽闭的"原子"状态，人物关系也只能在一种低级夸张的戏剧性中展开，它最终所收获的，也只能是一些莫名所以的观众的莫名所以的群体性自大而已。

九十年前，鲁迅先生曾经说过："中国人向来有点自大。——只可惜没有'个人的自大'，都是'合群的爱国的自大'。这便是文化竞争失败之后，不能再见振拔改进的原因。"不幸的是，鲁夫子在九十年前痛加挞伐的毛病，至今依然发作在中国艺术家的作品里。

2008年12月

《五加五》的轻与重

他是司机,也是侃爷。警察认为他开的是黑车,扣了车要罚他万把块钱。他认为自己做的是堂堂正正的事业——"为艺术家服务,让世界了解宋庄"——写在夏利车发动机盖上的这句"主旋律",看来并不能作护身符之用。谁让他的服务对象,恰恰是让人感到最不"安全"和"放心"的群体呢?车上签满了艺术家的大名。这小车因此被他认为是一道门槛——他看不上的,才不让签呢;他看得上的,别人不许说他坏话。他风雨无阻随叫随到,艺术家喝醉了,下飞机了,半夜三更一个电话他就出现。他看起来热爱艺术。他有时被画家要求评论几句。他的最高评价是"有个性",偶尔也用些专业语汇——"具象""抽象"。当民工兄弟惊诧于眼前这些光屁股、出怪相的家伙时,他热情洋溢而讳莫如深地解释道:"他们在搞'行为'。""什么?""行为!"兄弟们更糊涂了。

他和宋庄有头有脸的艺术家很熟,熟到了好意思开口要画的地步——画家觉得不太好的画可以送他,他不嫌弃。有一次为了让画家彭渊认识到送画给他是一件多么双赢的事情,就即兴描绘了一幅光芒万丈的前景:办一个"老金当代艺术不花钱大展",把所有送他画的大腕都请来,栗宪庭当主持,大家伙儿要红红火火地互动起来,热闹得"像舞厅一样";谁敢不来,他车上的签名就打一黑框,表明这人"已经死了"。话音刚落,我们发现他遭遇了车祸。人没事,车的前脸撞瘪了,那些签名和警句只好成了收藏品。换好新发动机盖的那天,不少艺术家跑来重新签名题字。有一位语重心长地写道,"1+1=老金"。说老金是个二货,这可有点没面子,他急中生智,把"1+1"改成"5+5"——这就十全十美了。老金露出了满足的笑容。

纪录片《五加五》最近慢火于江湖,诙谐风趣的"宋庄老金"也几乎成了媒体红人。这是作品魅力的一个证明。该片导演徐星、老安,摄影和剪辑老安。这两个名字注定了作品成熟的另类气质。徐星1980年代蜚声文坛,后低调如隐士,写作的同时拍摄纪录片,最著名的片子是

《我的文革编年史》，可惜很少有人看到。意大利艺术家老安，本名 Andrea Cavazzuti，旅居中国三十年，作品很多，技艺精湛，擅用摄像机譬喻象征、揭示心灵，但不少人知道他，是因为他乃唯一一位访问并拍摄了自由作家王小波的纪录片导演——镜头里的王二不修边幅，妙语如珠，不知多少波粉会感激他。

宋庄是纪录片工作者的富矿，也是难题——这个居住着五千多个艺术家的村落，正是泥沙俱下的转型时期充满激情、浮躁、妄想和幻灭的中国心灵的缩影，猎奇的素材和庸常的表象比比皆是。但《五加五》避免了这两个面相，而表现出一种无可救药的趣味主义——节奏轻快，高度浓缩，富于悬念，风格幽默，并贡献出了荒诞得令人愉快的主人公和宋庄片段。一般而言，"令人愉快"是中国独立纪录片的大忌，至少它意味着"分量轻""不严肃"。但我以为此片包含着最大的严肃性，无论是它揭示的现实，还是艺术性本身。

实际上，诙谐的"老金"不仅是主人公，也是线索和视角，借着他的行迹和目光，创作者自然而内在地呈现宋庄各阶层艺术家或风光或屌丝的生存与精神状态，他们饱受羁绊的文化和社会环境，以及普通民众艰困挣扎的生存及其对当代艺术懵懂困惑的态度，等等。这一层分量更厚重，线索也更复杂，但它们含蓄地包裹在老金的笑容之下。

据创作者自述,这部八十八分钟的片子成品和素材使用比例是1∶80,拍了一年,拍摄时不做任何预设,任何偶然的事件和人物都可能进入镜头,其中有不少艺术家汪洋恣肆地宣讲了自己的艺术观。但在剪辑时,任何的宣讲、说教以及交代性的镜头都被放弃,一切只用行动和暗示去呈现。小川绅介曾说:"从一个镜头跳跃到另一个镜头如果不能激发人的想象力的话,就是失败。"《五加五》的剪辑坚决杜绝了这一失败。

2012年10月

把药裹在糖里

我不知道日本青年导演SABU标榜《倒霉的猴子》为"不合逻辑娱乐片"是什么意思，可能就是不太光滑，且由偶然和超现实因素来推动情节的娱乐片吧？因为标准娱乐片是逻辑光滑而必然的，合乎人们表面的理解力和想象力的，没有精神难度的。而SABU的《倒霉的猴子》却挣脱了这种娱乐片模式。

影片的情节是这样的：青年人山崎打算和朋友抢银行。他们戴上面罩下车的时候，恰巧另一个和他们戴着同样面罩的抢劫犯已抢了8000万日元出来。此人和山崎的朋友都被车撞死，装着钞票的皮包被撞飞，最后落入山崎的怀中。山崎戴着面罩抱着包拎着刀狂奔而逃，恰巧在拐弯的时候撞到一个女人，刀也非其所愿地插入她的腹中。情急之中山崎撇下女人拔刀逃跑，途中把面罩扔进了路边的垃圾筒。夜晚，山崎来到郊外，从皮包里掏出一摞纸币，然后把包深埋地下。他做完这一切，沉浸在巨大的恐惧和自责中。

花开两朵各表一枝。失去组长后势力削弱的暴力团"村田组"的两名成员找到另一个派系的头头立花商谈生意，这时候第三名"村田组"成员头戴从垃圾筒里捡来的面罩，举枪推门而入。他本想开个玩笑吓吓大伙，不巧立花却头磕桌上，被吓身亡。三人只好深夜驱车郊外，把面罩套在立花头上，埋掉灭口，其位置恰好在山崎埋钱的地方。

犯了案的山崎四处躲藏游荡，心中祈愿那个受伤的女人不死。他看到警察堵在路口，便躲在一伙愤怒的社区人群中，被挟裹到一个会场里。一场极富政治隐喻和讽刺色彩的话语战争／游戏在此展开。对阵双方是社区居民和一家排放污水的大公司。居民指责公司不处理污水，导致空气污染。公司的一位技术人员便宣读一份晦涩难懂、术语泛滥的技术报告，试图以其莫测高深蒙混过关。这种话语策略被居民识破，受到了大家的激烈抗议和咒骂。公司发言人这时背水一战，反守为攻，转而指责每一个居民也都是从不净化废水的废水污染制造者，这样的人还有什么道德优势指责公司不处理污水呢？凭什么他们可以不净化污水而公司却必须净化污水呢？他越说越理直气壮，越说越俨然正义的化身，他在会场里踱来踱去逼视着每一个人，而全体居民则被问得哑口无言。他嚣张地揪起山崎的衣领，让他回答自己说得对不对。山崎起初还嗫嚅不已，但是随着语流的打开，他变得雄辩滔滔——从工业文明对自然的掠夺，说到环境被破坏后各类污染的后果，从大气层的酸雨说到非洲的饥民，从个别现象升华到普遍真理，从普遍真理中又得出对个别现象的义正词严的批判，直把这个公司的所有代表说得都目瞪口呆，威风扫地，而社区居民则山呼海应，占尽上风。在这段辩论中，双方似乎都有"正义"的话语根据，双方也都将"正义话语"作为打击对方的致命武器来使用，而"正义"本身除了作为每个人为自己谋利益的借口之外，并没有人真正关心它。最后社区胜利了，或者说，社区的话语策略和话语力量胜利了，山崎被大大地夸赞了一番。在狂欢晚会上，山崎看到桌上的一张报纸，报道了被他刺伤的美容店女服务员已经死亡的消息。山崎陷入自我辩护和犯罪感的交互撕扯之中。这个过程体现为这位主人公的陀思妥耶夫斯基式的灵魂搏斗，以及导演对恐怖效果的创造性运用之中。关于灵魂搏斗，SABU用山崎的一长段战栗的独白来表现，而这段独白是他为了战胜恐惧和负疚而作的。创造性运用恐怖效果的例子则更多。比如山崎晕倒在夜雨中的山路上，被好心人抱进汽车里，醒来以后，他发现旁边的老妇人抱着一个骨灰盒，坐在前面的人抱着一个相框。在寂静无声的车里他细细端详，发现那相框里的照片正是被他杀死的那个女人。山崎毛骨悚然，大叫停车。下车以后，他看见身边经过的另一辆汽车里也坐着那个女人。女人的脸孔无处不在……在这里，"恐怖"不仅是作为感官刺激的手段而存在，同时它还揭示了一种深层的心理机制：一个杀人者会为杀人而负疚，而"负疚"这种良知的残留物较间接（或曰较少）地源于道德，较直接（或曰较多）地源于一个人内心深处的本能恐惧。在最后的时刻，本能恐惧和道德的界限模糊不清，或者说，也许道德本身就是一种本能恐惧的产物。山崎几经流转和思量，终于精神崩溃，割开了手腕寻求解脱，但终是无法死去。

与此同时，"村田组"被立花同伙派人追杀。追杀者也是一个颇为有趣的荒谬家伙，他见人就问："你是杀人犯吗？……哲学家说杀人者和没杀过人的人生活在两个不同的世界里，你觉得是这样的吗？"他没有杀死"村田组"，结果却被"村田组"所杀。"村田组"在酒吧的门口将要上车逃跑之际，发现了倒地的山崎和他的一摞纸币，于是两个人争夺起来（第三个人已被追杀者射伤喉管，一直坐在车里发出滑稽的"喉——喉——"的喘息声）。山崎说他可以带他们找到8000万日元，但有一个条件：杀了他。"村田组"答应了，于是他们来到郊外埋钱的地方，挖坑找寻。这时立花的一大群同伙赶到，断定"村田组"是在埋尸灭迹。"村田组"说不对，我们是在找钱，不信我挖给你们看看！这时精彩的奇迹发生了——这是导演兼编剧SABU创造的灵感奇迹——他们挖开土，拽呀拽呀，拽出来的却是死死攥着装钱皮包和一把手枪、头戴面罩的立花！立花直挺挺地立着，摘掉面罩，"复活"为名副其实的行尸走肉和杀人机器。他举起手枪，见人就杀，打死了"村田组"和自己从前的同伙。山崎无比渴望地把立花的枪口对准自己的脑袋，以求速死。但是，立花扣动扳机，却没有子弹射出。而他转向别人，手枪立刻又能继续开火。

求死不得的山崎来到警察局门口准备自首。这时他看见警察们已拘捕了人赃俱在的"罪犯"——攥着手枪和装钱皮包的"行尸走肉"立花。最后的赎罪通道都已堵死，山崎感到荒谬异常，万念俱灰，他跌跌撞撞，横穿着车来车往的公路，但是没有一辆汽车撞倒他。

这部影片提示了这样一种卓有成效的创作手段：一定要把观念变成人物的行为、事件和命运，节奏和类型越参差多态越好，外在化的信息发散得越紧凑越好。它使我们相信：把严肃的社会批判和自我审视思想拍成娱乐形态的电影是完全可能的，关键在于创作者是否有充足的机智、想象力、幽默感以及综合的创造能力。现在，人们对电影（其他艺术，比如小说，恐怕也是如此）的首要期许是"娱乐"，想要领略轻松、悬念、趣味的世界以忘我；至于"教育性"——其中包含一切想要唤起欣赏者之道德紧张感的企图——只能算创作者暗中夹带的"私货"，这种"私货"能否夹带成功，完全取决于欣赏者是否愿意看下去。这样，"私货"和"娱人"目标之间便必然存在强烈的紧张关系。在许多人那里，这种紧张最后变得水火不容，分道扬镳。秉持"教育性"（"道德性""艺术性"）人文立场者可能会摒弃一切重要的娱乐手法，而变成紧绷、枯燥的说教者；秉持"娱人"立场者可能会彻底摒弃一切人文蕴含，而变成油滑、冷漠的艺术商人。《倒霉的猴子》却成功地以"娱人"的面目夹带了SABU的"私货"——用王小波的话说，就是成功地在貌似"熵增"的过程中实现了"反熵"。所谓"熵"，就是狼吃兔子、兔子吃草、水往低处流、苹果落在地上这种自然的消耗过程，用在人身上，就是人天生喜欢搞笑、刺激、不费力的好故事，而不喜欢社会批判、灵魂拷问、忧国忧民之类跟自己过不去的道德紧张。"让自己省力"是人的自然要求，是为"增熵"；"跟自己过不去"是人在充分文明化以后才会产生的超越之想，是为"反熵"。三流的艺术家往往是在"反熵"中"反熵"，或在"增熵"中"增熵"，结果是把深刻的主题搞得乏味，或者把有趣的娱乐变得无聊。而电影作为工业艺术是拍给大众看的，创作者不能要求他的观众都能作"反熵"的超越之想，他只有在承认和迎合了人们的自然要求——比如快乐、刺激、好故事——之后，才能有机会让人们不设防地、心甘情愿地接受快乐、刺激、好故事下面暗藏的思想。

其实，这些所谓"暗藏的思想"表述起来非常简单枯燥，具体到《倒霉的猴子》，可以说它是在探讨"罪"意识：犯罪（虽然主人公是无意间犯罪的）——试图洗脱罪责——洗脱不成，谋求赎罪——已有替身，无法赎罪。影片虽然是一个极其个人化的故事，但是这种"罪"的主题却有着深厚的历史蕴含和广阔的能指。谁是罪犯？谁来赎罪？能否赎罪？这些严肃的思想融汇在警匪、搞笑、恐怖的娱乐手段中，便于被人愉快地接受和体验。

现在已经是这样一个时代：任何艺术作品如果直接逼迫人去"冥思苦想"，都会失去自己的立锥之地。"快乐原则"从未像今天这样被人类忠实地遵守，以致太多被制造出来的"快乐"只能反证人间的冷酷。富有良知的艺术家现在必须具备这种才华：把苦涩裹在大笑里面，正如把药裹在糖里面，这样，"笑"不仅会成为人类最贪恋的本能，而且也会变成对邪恶最具杀伤性的力量。

2001年5月

伯格曼二题

旁观

英格玛·伯格曼的《第七封印》里，倾力自省的主人公瘦骑士是个冷眼旁观的角色，这一设计绝非出自伯格曼的下意识。

骑士想求证上帝之有无，关心灵魂的得救，但是面对"巫女"的无故受刑，他还是"顺从地点点头，走开了"，因为修道士对于他们之所以这样做给了一个似是而非的理由："人们相信使我们深受其苦的这场瘟疫是她引起的。"

在巫女的火刑堆旁边，他一面平静地观看她受难，一面沉思她灵魂的归属。

在这些场景之前,他已经告诉死神他对自己的看法:"我想开诚布公地和你谈谈,但我的心灵是空虚的。""这种空虚是一面镜子,它正对着我的脸。我看见镜中的自己,我感到恐惧和憎恶。""由于我对待我的伙伴们冷漠无情,所以他们都离开了我。现在我生活在一个幽灵世界里。我被禁闭在我的梦和幻想里。"

这种"冷眼旁观",既源于消极自由的冷漠,也源于求知欲,"知"之所以带有罪孽的性质,便是为此。同理,创造与道德的自我完善不能两全,也是为此。这是伯格曼最高尚的真实。他从未给创造者营造无辜的假象。创造者是有罪的,因为他是一个对他人的痛苦冷眼旁观的人;惟其在对罪孽的辨清和承认中继续自己的创造,才能最终把自己有罪的灵魂交给上帝,将它洗净。

微光

《第七封印》和《野草莓》一样,是个漫游的结构。人物在瘦骑士的漫游中随时加入、离开、复现,最后汇合,如同音乐动机的回旋往复。

人物象征着现实世界的不同角色:

瘦骑士:怀疑论知识分子;

随从延斯:有行动能力的唯物论者;

杂耍演员约夫和他的妻子米娅、儿子迈克尔：纯朴的信仰者和得救者；

教士和窃贼雷维尔：信仰体制的寄生虫，代表伯格曼对宗教体制的嘲弄；

形形色色的群众。

四处都是饥荒和死亡，但瘦骑士受到了贫穷美丽的米娅的热情接待——一碗野草莓，牛奶。喝了口牛奶，望着笼罩在美丽晚霞中的一家人，以及爽直的延斯，曾经冷漠无情的骑士对米娅说道：

"我将记住这一刻。这寂静，这暮色，这一碗草莓和牛奶，晚霞映照下的你的表情。迈克尔的安睡，约夫和他的里拉琴。我要努力记住我们的谈话。我要小心翼翼地用双手捧着这记忆，就像捧着满满一碗鲜牛奶一样。（他转过脸去，望着大海和灰暗的天空）这将是一个好兆头——对我来说，这就够了。"

瘦骑士通过和死神对弈，使约夫一家逃脱了死亡。

上帝是否存在？伯格曼始终没有找到答案，但是愿意给这问题一道微光。在他的《第七封印》和《野草莓》中，"野草莓"是纯朴的虔信者无需心机和劳作即可得到的自然的馈赠。耶稣说："不要为生命忧虑吃什么，喝什么，为身体忧虑穿什么。生命不胜于饮食吗？身体不胜于衣裳吗？""你们需用的这一切东西，你们的天父是知道的。你们要先求他的国和他的义，这些东西都要加给你们了。""野草莓"象征着伯格曼对此福音的理解——那是耶稣基督的诺言及其无言的兑现。

因此,把伯格曼定义为个人主义导演是不准确的,他只是真实地描述了个人主义者灵魂的困境而已。

这是一段他的自白:

> 有一个古老的故事,说卡尔特大教堂怎样遭到雷劈而被烧成平地。好几千人从四面八方赶来,像蚁群般汇合在一起,在原地重建大教堂。他们一直干到把教堂最后建成。这些人中有建筑师、艺术家、工人、乡下人、贵族、教士和自由民,但他们的姓名都无人知晓,至今没人知道是谁建造了卡尔特大教堂。
>
> 抛开我个人的信仰和怀疑不谈,因为这是无关紧要的,我认为一旦艺术和信仰分离,它就失去了根本的创作动力。它切断了自己的命脉,不能传宗接代,而是自生自灭。在从前,艺术家把作品奉献给神的光辉,自己却默默无闻。艺术家无论在生前还是死后,都不会比其他匠人更为重要;"永恒的价值""不朽性"和"名著"这些词句,对他们是不适用的。创造的才能是天赋的。在这样的世界里充溢着坚定的信念和自然的谦卑。
>
> 今天,个人已经成为艺术创造的最高形式和最

大毒害。自我受到的最微小的创伤或痛苦，也会被放在显微镜下仔细琢磨，好像它的重要性是永恒的。艺术家视自己的主观、孤独和个性为神圣。于是我们最后都聚集到一个牢笼里，站在一起为自己的孤独哀鸣，既不互相倾听，也意识不到我们正在相互窒息。每一个人都盯着对方的眼睛，却否认对方的存在。我们在原地打转，如此地陷入自己的愁苦之中，以致不再能分辨真与伪，分辨暴徒的狂想和纯洁的理想。

因此，如果让我回答我拍片的总目的，我要说，我希望成为建造那矗立在广阔平原上的教堂的艺术家中的一员。我想用石头雕出一个龙头、一个仙子、一个魔鬼或一个圣人。做什么东西并不重要，重要的是我从中获得的满足。不管我是否有信仰，不管我是否是一个基督徒，我愿在建筑教堂的集体劳动中贡献自己的一份力量。

充分发育过的"个人"的自我超越，和从未深刻认知过"个人"的集体主义，词句的表面多相似！其意义却完全相反。

2009年4月29日

当文学拒绝表达任何内在与外在的"意见",
文学就会成为自身的杀手,而沦为平安的无聊。

丙辑

幽默与药

1

现代汉语的"幽默",是林语堂先生以现成的古词,对英文"humour"所作的音译,有"风趣""谐趣""诙谐风格"等意。古词"幽默"大概最早见于屈原的《九章·怀沙》:"眴兮杳杳,孔静幽默",系"寂静无声"之意。屈子创作《怀沙》时,正当悲伤绝望、"怀抱沙石以自沉"的前夕,那心情是与humour毫不沾边的。假设屈子有一点点humour的话,我们今天就不会过端午节,我们所读到的他的作品,也完全不会是《离骚》《九歌》和

《九章》了。但林语堂仍以"幽默"译"humour",他的理由是:"凡善于幽默的人,其谐趣必愈幽隐,而善于鉴赏幽默的人,其欣赏尤在于内心静默的理会,大有不可与外人道之滋味,与粗鄙显露的笑话不同。"(《幽默杂话》,载1924年6月9日《晨报》副刊)因此,逗笑而婉曲,是幽默最起码的条件。

"humour"的古拉丁语原型humeurs一词,系医学用语,意思是"体液、情绪"。体液理论乃由古希腊的希波克拉底医生所创立,认为人类有四种体液,分属于四种"本原":黄胆属火(热),黑胆属土(冷),血液属风(干),黏液属水(湿)。人也基本分为四种体质,谁究竟属于何种体质,取决于他／她体内四种体液中占优势的那种。

正如法国文学社会学家埃斯卡皮先生所介绍:体液理论经2世纪古罗马的盖仑医生推进,到16世纪为法国的让-费尔纳尔医生(他与拉伯雷处于同一世纪)所修正,后被英国伊丽莎白一世王宫中的重要人物、与喜剧作家本·琼森(1572—1637)生死同年的罗伯特·弗拉德医生所接受,他在欧洲思想界掀起了一场有关"体液"的论战。在16世纪末的整个欧洲,"体液"这个词是颇为时髦且语义含混的,人们在日常使用时,多强调体液混合物的不稳定和不规则因素。在英国,"humour"则获得了古怪、怪癖、举止乖张之意。琼森是首位把"滑稽"怪癖与

"幽默"进行语义联姻的剧作家，并借用"humour"一词创立了自己的"癖性喜剧"。这一幽默与笑的联姻，开辟了"幽默"的新时代。如今我们所领略的幽默艺术，其引人发笑的成分中仍活跃着怪癖、夸张、不规则、不稳定的意味，正表明了"幽默"的"体液说"血统。

琼森的癖性喜剧揭示了人具有双重性格这一事实。18世纪，"幽默"——伤感的乐观主义和快乐的悲观主义，这双面的雅努斯神——被认可为英国的一种民族特质，一种源于英格兰灵魂深处的传统。这一传统的伟大之处，在于它能将绝对化的仇恨悲哀转移至相对地带，而报之以悲天悯人的宽宥和戏谑自嘲的轻逸。我最叹服埃斯卡皮对幽默之于阶级暴力的解毒作用的分析。他指出，在中世纪末的英国，小资产者和农民联合起禁欲主义改革者罗拉德派，共同反对亲法国的金雀花王朝的最后几位统治者，可怕的阶级矛盾酝酿着流血的激情。但是代代相沿的"英国灵魂"，能够辩证地包容各个矛盾倾向，人们渐渐演化出对立互补的政治集团及其各自的性格基调：中世纪"快乐"的保皇派和天主教骑士与"忧郁"的平民阶层，到18世纪演变为英格兰教绅士的完美乐观主义与卫斯理的热情庄严。时至今日，工党政策仍带有忧郁的卫理公会教义色彩，而保守派则继续"快乐英国"的古老神话。诚如埃斯卡皮所言：

"相互矛盾的力量在英国却体现为琼森式的幽默，体现为这样一些人：他们颇具象征意义地集政治道德态度的全部怪异性于一身，并以某种礼仪喜剧式的礼节替代历史斗争的尖锐激烈。这些人若担任政府首脑，便成为英国政治中的出色配对，例如：以冷漠的格莱斯顿抗衡易怒的迪斯累里，以斯代福·克利普斯先生的严肃伤感抗衡温斯顿·丘吉尔先生的固执血性。

"在这个民族中，暴力的酝酿或许甚于任何一处地方，而对于幽默这一循环游戏的喜剧性意识，正是针对这种暴力的一帖最佳解药。

"由此，sense of humour作为文艺复兴以来的英国教养所传授的一笔弥足珍贵的财富，便演化为一种折衷的基本条件，而英国人民的整个生活也正是建立在折衷的基础之上。一个出色的误解（指本·琼森对'幽默'一词的误解。——李注），促成了一个是非难定的领域，那里有如一处迷阵，循规蹈矩与奋起反抗共存，微笑与苦涩共存，认真与猜疑共存，同样，怪异情态也与正常心理共存。"

2

加拿大幽默作家里科克有言：马克·吐温的《哈克贝利·费恩历险记》是一部比康德的《纯粹理性批判》更伟大的著作，而查尔斯·狄更斯笔下的匹克威克先生在提高人类素质方面，要比纽曼主教作的颂诗《慈祥的光辉引导我们走出黑暗》贡献更大——纽曼只是在悲惨世界的阴暗中召唤光明，而狄更斯却把光明给予了我们。

同样，一部伟大的幽默作品也胜过一千本幽默理论，因为幽默理论只是在解释幽默，而幽默作品则把幽默直接给予了我们。正如E. B. 怀特所说："幽默固然可以像青蛙一样被解剖，但其妙趣却会在解剖过程中丧失殆尽。"因此之故，若要编一本理解和领会"幽默"的书，对幽默作品的择取一定会多过幽默理论。

如前所述，幽默是一种被文学所孕育的智慧。西方的幽默文学传统始于古希腊喜剧。喜剧出身低微——用亚里士多德的话说，它起源于宴乐游行之类"下等表演"的序曲，因此除了在极少数"爱笑之士"那里，喜剧从未获得过和悲剧同等重要的地位。直至今日，幽默文学仍居于文学传统的边缘，其原因仍在于，它看起来不够严肃和深刻。另一个原因却是隐而不彰的：幽默乃是一种极少数人才能拥有的天才——最宝贵的事物总是数量最少，因此声音最弱。这才是人类的不幸。

在幽默的历史中，古希腊的阿里斯托芬创造了一个灿烂的开端，他辛辣的讽刺笑谑检验着一个城邦对自由的理解，《鸟》的奇思至今令人惊绝。自由和智慧使人在笑中反省，继古希腊喜剧诗人之后，古罗马的卢奇安、奥维德、阿普列尤斯、普罗图斯也纷纷加入笑者的行列。中世纪似乎是禁止笑的，但研究表明，民间狂欢节释放了被禁止的能量。文艺复兴时期若干文化精英的涌现，把中世纪的民间诙谐修成了正果，"笑"变得意味深长：薄伽丘编织《十日谈》，以"人"的解除禁忌的身体驱逐不会笑的神；伊拉斯谟疾书《愚人颂》，为人类的非理性狂欢和泛滥的热情正名；拉伯雷用《巨人传》跟教会捣乱，拿人类的片面严肃性开涮；塞万提斯在《堂吉诃德》里假装被劣质骑士文学所激怒，实则对脱离现实的僵硬理想性做了绵长的反讽……这一时期的喜剧顶峰是法国的莫里哀，《伪君子》和《愤世嫉俗者》最被尊重，但是要在极短篇幅里领略他的幽默天才，《强迫的婚姻》已足够。幽默在英国文学里的流淌自然最是浩荡：莎士比亚的幽默不但活跃于他的喜剧中，也渗透在他的悲剧和历史剧里；至于乔叟、本·琼森、康格里夫、斯特恩、菲尔丁，直至近世的狄更斯、萧伯纳……无不是制造各式笑声的里手，含笑的泪与带泪的笑、言语的尖酸与内心之温软的二重奏，萦回后世，不绝如缕。19世纪后半叶，马克·吐温之名响彻美国和世界，标志着"幽默"这一"英国灵魂"产生了更茁壮的变体。20世纪，两次世界大战摧毁了西方人的理性信念和上帝信仰，现代主义的绝望幽灵与产生于智慧之自信的"笑"，发生了化合反应：荒诞派戏剧应运而生，贝克特托起一轮"喜剧世界的黑太阳"，尤奈斯库可笑的废话散发着不安的气息。"黑色幽默"虽然由法国人布勒东和艾吕雅率先命名，但是它的成熟却在美国——

约瑟夫·海勒、库尔特·冯内古特、品钦的作品让笑容变得沉重。好在还有伍迪·艾伦，电影大师的游戏之笔反倒带来了纯粹的智慧之乐。

对饱受专制之苦的民族而言，幽默则呈现出别样的色彩和力量。它不只是一种轻逸的趣味，更意味着精神的解放。19世纪开始，感情深挚的俄罗斯民族被幽默之光所照耀——果戈理的辣手，契诃夫的温情，布尔加科夫的怪诞……让这个民族在悲伤的泪水中逐渐感知笑，以及笑带来的勇气与理智。在中欧与东欧，悖谬的现实孕育了哈谢克、贡布罗维奇、赫拉巴尔、哈维尔、克里玛们的幽默。捷克人把藐视荒谬、以幽默面对暴力、用装傻来消极抵抗的方式，称作"哈谢克式的"。这一传统滋润下的捷克人，其"十一月革命"的手段是和平而非流血，其主要武器是巨大标语上的轻快讽刺。正如作家伊凡·克里玛所说："布拉格居民给他们所鄙视的统治者的最后一击不是一刀，而是一个笑话。"

可以看到，幽默文学传统在外向的想象力中，始终对禁锢和荒谬施以笑刑，而对自由与仁慈虔诚守望。幽默理论对此种本质进行了多重探讨。这种探讨还涉及幽默的诸种外延——喜剧，滑稽，诙谐，反讽，笑……克尔凯郭尔之于反讽，康格里夫、里普斯之于喜剧与幽默，柏格森之于笑与滑稽，弗洛伊德之于幽默的心理机制，巴赫金之于诙谐和自由的关系，昆德拉之于幽默与欧洲文明的关联，以及埃斯卡皮和克里奇利之于幽默的历史与哲学的研究……在幽默理论的历史中皆占有重要席位。解剖幽默固然缺少妙趣，但是它能让我们了解幽默与人类的精神根基之间的血肉关联；没有对幽默的解剖，我们很可能把它当作人类智慧无足轻重的小小饰品，从而犯下忽略的"罪行"。

3

20世纪以来，"幽默"开始成为中国人的哲学问题。五四先贤因饱受皇权礼教的窒息，所以十分明了：幽默乃是人类智慧、自由和仁慈皆有余裕的产物，同时它也孵育和反哺它们。一个美妙的双向循环。正因如此，他们才要输入幽默的空气，以图改变这个民族专制蒙昧的精神结构。林语堂先生说得恳切：幽默的机能"与其说是物质上的，还不如说是化学上的。它改变了我们的思想和经验的根本组织。我们须默认它在民族生活上的重要。德皇威廉缺乏笑的能力，因此丧失了一个帝国……独裁者如果非装做愤怒或自负的样子不可，那么独裁制度里一定有什么别扭的地方，整个心性必都有错误……当我们的统治者没有笑容时，这是非常严重的事，他们有的是枪炮啊……""幽默的人生观是真实的、宽容的、同情的人生观。幽默看见人家假冒就笑。所以不管你三千条的曲礼，十三部的经书,及全营的板面孔皇帝忠臣,板面孔严父孝子,板面孔贤师弟子一大堆人的袒护、推护、掩护、维护礼教,也敌不过幽默之哈哈一笑。"

西式的幽默便是这样被作为礼教的敌人而引进国门的。于是现代中国有了鲁迅式的幽默,然而它沉郁有余,轻逸不足;有了老舍式的幽默,然而它失之油滑,不够质朴;有了张天翼式的幽默,然而它太过单调,缺少色彩;有了钱锺书式的幽默,然而它流于尖刻,不见暖意……幽默的内在双重性还未被现代中国作家所领会,他们能够做到的只是单面的讽刺、逗笑与滑稽。幽默在中国真正的成熟,是在当代作家王小波身上——他把笑与绝望、智慧与荒谬的对立共存表现得如此酣畅,堪为马克·吐温的精神嫡裔。

幽默是假正经的天敌。当一个民族的僵硬礼教在笑声中消亡,寄身于它的假正经却仍可能金蝉脱壳,以其他形象从事更别致的统治——套话、决议、号召、禁令、欢呼表态、苦情感恩、道德典型、媒体明星……随着传媒时代的来临,假正经更要尽可能占据公共的和私人的、官方的与民间的一切空间,强化人的童稚状态,压抑人的怀疑精神,维系禁忌与恐惧的威力,由一群不会笑的人操纵和塑造另一群不会笑的人。

后人须得感谢拉伯雷在《巨人传》中创造了"agélaste"这个词——"仇恨笑、不会笑的人"。这是西方赐予"假正经"的不朽称谓。神权时代,"假正经"体现为神权和教会的绝对权威性,但在受到法律保护的民间狂欢节上,民众却拥有肆意嘲笑教会权威的神圣权利。这就是西方的智慧——统治者懂得"笑"与"假正经"的能量守恒定律,也懂得对威权的屈从若不释放为周期性的公开嘲谑,便会转化为不定期的暴力流血。《巨人传》是纸上的狂欢节。拉伯雷用高康大、庞大固埃、巴努日们变幻的身体、荒诞的经历、放肆的言笑和佯谬的探讨,消解神权和教会的假正经。这是一种受到准许的放肆权,然而自由的魔瓶虽以臣属的礼节打开,却再也无法以臣属的礼节封闭。自由的笑声一如空气,弥漫于整个欧洲,弥漫于后来的一切世代,弥漫于东西方智者的强大肺叶里,并经由他们,启示那些不安的民族之魂。这是幽默诙谐的拉伯雷所散发的无力之力。

巴赫金曾如此评价诙谐的伟力:诙谐不仅把人从外部的书刊检查制度中解放出来,而且首先从正宗的内部书刊检查制度中,从数千年来人们所养成的对神圣的事物、对专横的禁令、对过去、对权力的恐惧心理中解放出来。诙谐是对恐惧的胜利,使人的意识清醒,并为他揭示了一个新世界。

其实,不自由的人们原本知道,诙谐,幽默,喜剧,笑……并非专为捍卫自由而生,它们不过是自由意志的自然产物而已。不自由者将其视作武器和良药,或者相反——将其视作虚饰和麻药,均有乖离之处。如果"幽默"能够说话,我猜她宁愿声称自己是一种哲学或美学,一种艺术和人生的态度与趣味。她敏感于世界的无可解救的对立、不谐与荒谬,却超然地报以谑笑与同情的双重感情。幽默家的超然绝非由于他/她不在此境遇之中,相反,他/她深陷其中且深味其苦,但却仍能冷眼旁观,跳出局外,诱使他人发出忧郁而开怀的微笑。这种哲学式的超脱正是幽默的高超之处——她既浓烈又无力,既严肃又滑稽,既深植于个人意识之中又超越于个人哀乐之上。我毫不怀疑她是人类智慧的最高成就。她不可被我们指望去直接改变人类的处境,却能够在人类意识的漫长的化学反应中,发生难以觉察的效能,化解愚蠢的暴行。

当一个国家被无可救药的愚蠢所统治,它的国民最应当做的也许不是愤怒,而是学会热血和冷静、微笑与泪水相交织的幽默。幽默使人们看透荒谬,皈依智慧,不自觉地结成自由而自省的精神共同体。当所有人都步入这一共同体之中,那个禁锢而专断的外壳也就形同虚设了。

2007年9月10日

关于"幽默"的随感录

梦醒之后幽默亡

人得一半梦,一半醒,一半希望,一半幻灭,一半温情,一半冷峻,一半酸楚,一半欢快,一半怪诞,一半真实……才会有幽默。幽默产生于智慧的盛年,其时人对丑恶深有认知,然对拯救尚怀期待。一旦拯救之梦完全破灭,幽默也必随之沦亡。马克·吐温和冯内古特都在晚年目睹现实社会无可挽救的堕落之后,成为完全的悲观主义者,再也幽默不起来了。

唉,笑,真是人世间最脆弱珍贵的花朵。

命运幽默

里普斯区分了命运悲剧与性格悲剧、命运喜剧与性格喜剧、命运幽默与性格幽默。"其一，悲剧主人公所遭遇的灾难是无辜的、为命运所施加的祸殃；其二，灾难是由主人公本身的邪恶招惹出来的。我们称前一种为命运悲剧，后一种为性格悲剧。这种对立，我们可以推及一般。一切'不应有'，或者是附着于一人一物本身的'不应有'，即此人此物的属性或者规定，或者是此人此物所遭受的损害或者否定。前一种情况是性格问题，后一种情况是命运问题。喜剧性也是一种'不应有'或者否定；它在我们看来是一种化为乌有。同样，这种否定也能存在于一人一物本身中，或者也能为命运施加于此人此物身上……前一种可以称为性格喜剧，后一种可以称为命运喜剧。"（里普斯：《喜剧性与幽默》，刘半九译，《古典文艺理论译丛》第7辑，人民文学出版社1964年，89页）

"假如在一个人遭遇的命运的喜剧性中，这个人身上的一种人的重要性或者相对的崇高性得以显现，并且通过喜剧性提高了它的感人力，那么这时候，可以谈到命运幽默。另一方面，假如和一个人的品质有关的喜剧性或者可笑性，显豁地说明了这种品质的人的重要性，或者使一种人的重要性正在它本身中显现出来，那么这时候，就可以谈到性格幽默。"（94页）

"命运幽默、即讽刺性命运幽默的特点是这样的：幽默的承受者遭到喜剧的命运，他被嘲笑了，所以从表面看来，是被喜剧地否定了。但是，他以他对于善良与理性的意识、以他的正直与能干和喜剧命运相对立。他仍然保存他的本色，坚持凭借自己的正确和嘲笑相抗衡，并在内心显得比喜剧命运更强大；在他被嘲笑的时候，我们反而更爱他了。"（95页）

王小波小说的主人公王二、李卫公诸人呈现出来的幽默，即为命运幽默。其含义比里普斯所言更为复杂，同时含有"隐嘲性幽默"的成分。

萧翁的肉麻处

不知是因为看的时候太困，还是确实如此——萧伯纳《巴巴娜少校》第三幕结尾处巴巴娜（又译巴巴拉）和她男友柯森斯的对话，让我感觉有点肉麻。

彼时巴巴娜对"救灵魂"的事业和解脱生存困窘的罪恶事业之间的悖论恍然大悟，支持柯森斯继承自己父亲的军火生意，而她将不再"一手捧着《圣经》，一手举着面包"去救穷人的灵魂——穷人在承认得救时也许只是为了面包而已——而是要到她父亲治下的那个丰衣足食、灵魂饥渴的人们中间，继续她真正救灵魂的事业。

巴巴娜和柯森斯的这段思辨看来是萧翁自己的真实想

法，被二主人公和盘托出。最后军火大王找到了继承人，巴巴娜和柯森斯找到了世俗与灵魂的救赎之路。大团圆结尾。真叫人受不了。萧翁的刁钻挖苦迷人至极，一旦他把解决之道善良地裸给观众，就难免让人难为情。

萧伯纳和迪伦马特都是行动派作家，认真要为人类社会寻求拯救之道，且对自身之道颇有自信。艺术和行动的誓不两立便在这里：作家愈把自己的"办法"端出来画上一个确信的句号，他的艺术愈让人遗憾。

迪伦马特好得多。他也探究解决之道，但他的作品在悖论面前敬畏地止了步。萧翁相比之下哲学头脑差强人意，也天真些，所以他长寿到了九十四岁。

幽默作家的科学嗜好

"谁敢说在数学和理智的运用当中就没有激情？了解数学是人类最高贵的才能！说数学没有灵魂，说它是死的、无人性的机械东西之类的胡诌完全违反了人生和历史的最基本的事实！试问有什么曾比数学的预见力把人的思想推进得更远？……"（萧伯纳：《波扬家的亿万财产》，转引自王佐良《萧伯纳戏剧三种·译本序》，人民文学出版社，1963年）

可惜我此生恐怕没有时间学习数学了，只能对数学和科学表示景仰而已。

近日乱翻幽默作家的生平作品，发现他们对科学技术或发明创造有着共同的嗜好。萧伯纳如此礼赞数学，间接回应了人们对他"只有智慧的头脑，没有火热的心肠"的批评。马克·吐温穷小子时期发明过背心上用的自动纽扣、设计过获得专利权的剪报夹，有钱之后又投资到蒸汽发生器、新式海上电报、表厂之类，还资助一个发明家研究自动排字机，结果血本无归。拉伯雷是个医生。斯特恩胃口庞大地扩展他的土地面积和耕种品种，不过他的收入总是抵不上投入。罗素算不上幽默作家，可是他对尼采的评述算是幽默的经典——他的数学和逻辑哲学造诣至今难有人及。冯内古特学生物学出身。王小波工科毕业，写作之余发明书写软件，之所以没被软件公司购买版权，据说是因为它的使用难度有点大……

这现象真有趣。幽默是人类的高级心智，只有自由往还于主观世界和外部世界之间的人，对宇宙和人类永存好奇之心的人，才可能具备此种心智。对外部世界无能为力、一无所知也无探索兴趣者，是不可能理解幽默的。若要医治这种虚空感，罗素建议去学习"客观的知识"。他自己就是从学习数学开始，遏制了自杀冲动的。

人们都喜欢幽默，但是又贱视幽默，以为它是人类智慧的小小饰品。我却以为它是人类的高尚智慧登峰造极之时，溢出的含蓄的讯息。

《万世魔星》里的喜剧段落

看了一个好碟——英国喜剧电影《万世魔星》,拿宗教搞笑的片子,讲了一个普通男人因为偶然参加反罗马的地下组织而被犹太人误认为弥赛亚、最后被施以绞刑的故事。嘲弄一切假模假式的政治狂热(现在流行说"kitsch",现译"刻奇")、大众盲从、自我圣化的统治术。颇多好笑细节。

譬如,一个前麻风病人追在男主角身后要钱,向他抱怨耶稣给他造成的损失:"我本来是个麻风病人,每天乞讨可得稳定收入。耶稣来了,未征得我的允许,就摸我一下治好了我,从此我却失去了饭碗……请你给我这个前麻风病人一块钱吧。"

一个四人组织总是在密室里开会,批评大众没有行动能力,缺少反抗精神。官兵来了,他们立刻分别藏在布单底下,变成衣架、椅子、雕像之类。官兵一走,他们继续开会,继续批评大众没有行动能力,缺少反抗精神。

诸如此类,不一而足。英国喜剧实在是很迷人的。对一切有可能将人煽呼为"蠢货"的意识形态,它的理性和幽默是很好的解毒剂。它本身衍生的想象力,能给人出乎意料的清新和惊喜。

马格利特打趣上帝

看见雷尼·马格利特的这幅画忍俊不禁,画名:上帝不是圣人。画的是:一只鸽子(圣灵)落在一只高跟鞋上。

2007年8月4日

浩瀚的灵魂

不言而喻，中国诗人对波兰同行切斯瓦夫·米沃什的关注和热爱里暗含着某种境遇的自况——同样拥有复杂而痛苦的生活经验，同样写诗，这位诗人在诗歌中处理自身经验时所运用的技巧与方法，所呈现的道德勇气、艺术智慧与难以捉摸的不确定性，为他们提供了可堪追索的范本。因此，在米沃什于波兰时间2004年8月14日中午逝世于克拉科夫的家中之后，中国媒体对他的缅怀与致敬声浪甚高，米沃什自撰的回忆录《米沃什词典》（西川、北塔译，三联书店2004年6月出版）一时之间也备受瞩目，并在年底成为《新京报》"华语图书传媒大奖"的初选图书之一。这一切都是值得和恰如其分的，阅读这本译笔庄雅的《米沃什词典》，使我们更直接地理解和走近了这位卓越的诗人。

此书英文书名为 *Milosz's ABC's*（米沃什ABC），"某某ABC"是入门书的叫法，译者北塔认为米沃什对该书如此自称是谦逊的表现，我却暗自觉得这是他骄傲的标志——一本如此浓缩、庞杂和深邃的书却仅仅是他米沃什的"ABC"而已，意味着还有更茫无际涯妙不可言的世界未曾展现，你说这是他的骄傲还是谦虚？但无论如何，这本词典还是泄露了米沃什足够多的生命密码，既网状地勾勒了他漫长浩瀚的生命历程，又对他曾经历和沉思过的人与事、时与地、文明与历史进行了独有的命名。

整合一下该书与他身世有关的词条，我们知道：米沃什1911年生于立陶宛首府维尔诺郊区的塞特依涅（Szetejnie）地区，是个庄园少爷，少儿时代生活优裕，这是他一生心智健康自由的基础。青年时代他留学过巴黎，后毕业于波兰维尔诺大学。1940年开始，他在华沙参与反对纳粹的地下活动。由于懂俄语，曾差点被纳粹当作间谍枪毙。"二战"期间米沃什写了大量痛苦的诗歌，后来结集为《拯救》。自1945年起，他从事了几年外交工作。1951年，他在波兰驻巴黎文化外交官任上突然出走，从此生活困窘。期间他写出了主要的散文体作品：《被禁锢的头脑》《故国》《伊萨谷》。《被禁锢的头脑》使他在西方世界声名鹊起，却惹恼了他的祖国人民，他被剥夺了国籍，无法回国。经过对美国签证的漫长等待，1960年，他得以去美国加州大学伯克利分校教书，并且一直在那担任教职。在美国的波兰同胞中间他一直是个备受争议的人，在"词典"中看得出他对此十分介怀。

在美国，米沃什坚持用波兰语写诗，但他的诗歌既无法在祖国出版，也无法引起西方世界的注意，椎心的孤寂几乎令他绝望自尽。直到1973年，他与美国的诗人和翻译家合作，把自己的部分诗作译成英语，其诗才为人所知。1978年，他荣获诺斯达特国际文学奖（Neustadt International Prize for Literature，有小诺贝尔奖之称）。1980年，"由于他以不妥协的、敏锐的洞察力，淋漓尽致地描述了人类在激烈冲突的世界中所暴露的种种现象，以及他的著作的丰富多样、引人入胜和富有戏剧性"（获奖评语），米沃什直取诺贝尔文学奖。1989年冷战结束，米沃什也才结束了他在法国和美国接近三十年的流亡生活，回到波兰，定居在古都克拉科夫，直到他去世。

在中国，米沃什常被读解为一位反抗专制的异端诗人。是的，这一点有其诗为证："在畏惧和战栗中，我想我会完成我的生命，／只当我促使自己提出公开的自白书，／揭示我自己和我这时代的羞耻：／我们被允许以侏儒和恶魔的口舌尖叫，／而真纯和宽宏的话却被禁止；／在如此严峻的惩罚下，谁敢说出一个字，／谁就自认为是个失踪的人。"(诗:《使命》)但是人们往往忽略,这一身份只是他生命的一部分,一个他宁愿其暗自存在而并非如标签般时刻示人的部分。我猜想真相也许是这样:米沃什的生命是用来追寻一种包罗万象的自由、多致、智慧与美,以及在此之上的神性之光——一种终极存在。当其中的一项美好之物遭遇剥夺和损害时,他都会出于人的本然尊严前去反抗。这时的他,从顺民的角度看是一个坚硬、黑色、狭隘、虚无的否定性的道德家,从统治者的角度看是一个不守秩序的捣蛋分子,从同志的角度看则是一个政治正确富于良知的反抗者,他应当永远如此就像一面旗帜,他应当永远发出批判和斗争的声音就像一部反复播放同一支进行曲的留声机。但他自己不这样看,他知道这只是他一丝不苟的一个阶段:"我用几本书履行了我的义务,但随后我告诫自己:'够了',便再未继续往前走……如果我变成了一个政治作家,我就会使自己的可能性变窄,变枯竭。"(《基谢尔日记,1968—1980》,第148页)他知道将人类的丑行钉在历史的耻辱柱上不是人类的最终目的,人类的最终目的是灵魂的无限丰富、自由与生长,以及与最高之美的汇合。这是他一生的使命,也是他心中的正义。

因此,你就不难理解为何这部"词典"的词条是如此发散,其视角又如此多变:六岁的初恋对象,某个贵族的毫无自我保护能力最后悲惨死去的女儿,某个预言了苏联解体、生活潦倒藉藉无名的历史学家,加缪,弗罗斯特,库斯勒,波伏娃,天使性态,美国,教堂,生物学,好奇心,红杉林,不确定性……各种事物、各种不同词性派生的名词,漫无边际地都成了这本"词典"的词条。由此,米沃什表达了他对这个世界既变动不拘又始终如一的态度——否定那使世界趋向于否定和死亡的意志,对人类的美德怀抱感恩之情。因此,他在"生物学"词条中称此学问为"科学之中最邪恶的一门。它削弱了我们对于人类的信念,妨碍人类去追寻那更高的召唤……正是他(达尔文)拆毁了人与兽之间的栅栏……从这时开始,相信一个不朽的灵魂,好像就变成了一种僭越之举"。

在"好奇"一条中,米沃什对人类的这一趋向永恒探索的伟大天性奉献了全部的赞美,我宁可把它认作是全书的主题:"我们独自上路,但同时也是参与了全人类共同的事业,参与了各种神话、宗教、哲学、艺术的发展,以及科学的完整。驱策我们的好奇心不会满足。既然它不会随着时间的流逝而稍减,它便是对于死亡趋向的有力的抗拒。不过,说实话,我们中的许多人在步入死亡大门时同样是怀着巨大的好奇期待,急切地想去了解生命的另一面究竟是怎样一个世界。"在此条的末尾,他说:"七十岁的威廉·布莱克去世时唱着赞美诗,他坚信——不只是相信,而且还知道——他将被载向永恒的智力猎区,再不会浪费能量或想象力。"而我则坚信,九十三岁的米沃什在离开人世之时，也将奔赴布莱克的灵魂前往之地，那个"永恒的智力猎区"。想到这一点，艳羡之情不禁油然而生。

2004年12月

精神的自由与地上的面包

在《陀思妥耶夫斯基的世界观》里，别尔嘉耶夫探讨了精神自由的问题。

他认为，基督教思想是关于精神自由的思想。也就是说，人的精神自由包括选择善的自由，也包括选择恶的自由。有理性的自由，也有非理性的自由。要理解这世界既然是上帝创造的，为何还存在罪恶，只能从"非理性自由"这一点来理解。上帝需要人自由地选择。人不能被强制从善。人只有经过自己的自由选择，才能走向真实的善。陀思妥耶夫斯基反对通过剥夺人选择罪恶的自由，而获得世界整体的和谐。但自由因此有一个悖论：自由地选择恶，必然会导致取消自由本身；只有自由地选择了善，自由才可能真正存在。因此自由可能因为自身的特性而吞噬自己。

但即便如此，人类也唯有通过这种极其危险的方式获得自由。而自由地选择了善和爱，就意味着承担一切自由的责任与苦难，这责任与苦难以被钉在十字架上的耶稣形象获得隐喻。黑暗中找到的光明，才是真正的天堂。因此自由之路是苦难之路。因此，基督的本质是爱与自由的思想。他拒绝任何强制性的尘世权力——这种权力能带来威压和诱惑，以迫使人们跟从他的善。但是这种可能性受到他最彻底的拒绝。人类凭借耶稣基督被钉在十字架上的形象，而确认精神自由以及自由的责任。"信仰精神自由的人，看到的是为了圣名的蒙难者的复活；不信的人——因看得见的世界而惊讶或沮丧的人，只能看到木匠耶稣可耻的死刑，只能看到自以为代表上帝真理者的失败和死亡。基督教全部的秘密就隐藏于此。"

但是别尔嘉耶夫完全否定了那种把"恶"看作丰富个性、获取智慧的必要手段的想法。他认为这是一种浅薄的奴隶才具有的乐观主义。恶就是恶。它是一种精神的贫乏，它只能毁灭人的存在根基。选择它的人需要经历地狱之火的淬炼，经历人的内在良心的惩罚，才能摆脱恶，而走向善的自由。那种一边作恶一边沾沾自喜地认为自己在体验成长和求知的人，不会得到救赎，也不懂得自由。恶与痛苦和良心的挣扎联系在一起。人需要为自己的这一选择付出代价。这是自由的代价。

人类的劣根性在于：人会为了地上的面包而舍弃精神自由。包括以所谓精神事业为职志的"知识分子"，包括作家们。我这样说绝不将自己排除在外。国人对当代作家普遍持谴责态度，不是因为他们技艺不好，而是因为他们不能在精神上影响自己。他们自安于工匠的身份，丧失精神生活的渴望和精神自由的意识。有自由意识的作家是决不会满足于当一个工匠的。工匠的技艺只是作家素质之一——作家需要将内在精神塑形而成为作品，当然需要工匠的形式能力，但一个全然的工匠绝不可能成为好作家。从这一角度上看，中国作家总是自称工匠绝非谦虚，而是对自身的恰切认识。但自满于成为工匠，则无疑是作家精神的真正丧失。

因此可以得出一个结论：精神先于艺术。艺术不应成为最高的宗教。艺术只有用于探索精神自由时，才有意义。而人的这一行为，只有和上帝之爱结合在一起时，才是真正的自由。否则"自由"就会走向奴役和贫乏，顶好的结果，就是走向一个和谐的、只为地上面包而奔忙的蚂蚁窝。

现下的艺术主流，就是关于地上的面包和蚂蚁窝的艺术。

2008年7月

法国小说札记二则

杜拉斯的《情人》

杜拉斯,这个不可一世又自嘲自讽的女王,如你所知,她的《情人》性感至极。这种销魂的性感,是以冷酷而灼人的态度完成的。然而高妙的是,一切远不止此。

小说并非如电影所展现的,单单是20世纪30年代,一个贫穷的白种少女和一个有钱的中国男人之间欲望的故事。它极其广大,敞开了重重难以言喻的空间,罗织如许暧昧纠缠的关系:有关自由放任而无师自通地获得了个性意识的人,与个性意识被囚禁于秩序规定性的不自由的人之间的关系；有关一个已被贫穷、厌倦、仇恨与绝望浸透的残酷灵魂，与她所经历和打量的人世情感之间的关系；有关主宰与被主宰、统治与被统治的关系；有关爱与欲望、爱与不爱、爱与恨的关系；有关兄妹之间隐约可见的不伦之恋及其与自由、死亡和永恒的关系……两个天悬地隔的文明世界作用于几个绞缠不清的个体身上，其间诞生的痛入骨髓的人间悲剧，《情人》悉数写出。

杜拉斯因自由而黑暗，因伤痛而残酷，她耻笑"温情是最平庸的东西"。"爱"在她那里，绝非温情的抚慰，而是强烈的暴力。这个远离上帝的女人，她超越了人间的道德律，以她独特的文学，抵达了不朽的荒蛮。

纪德的《伪币制造者》

每读安德烈·纪德的《伪币制造者》（盛澄华译），都惊叹不已。技术上的匠心是好领会到的——众多的人物由预设的各种关系所连接，一个作家往还穿梭其间，观察他们，参与他们的生活，并感受他们各自的疼痛、没落或邪恶。拉贝鲁斯老人是这里面最痛苦的角色。小说透露着这个时代及其文化的变迁的气息，这是一个破坏者（巴萨房伯爵，斯托洛维鲁，日里大尼索，乔治·莫里尼哀……拉贝鲁斯称之为"魔鬼"）逐渐渗透和主宰世界的时代，往日的优雅和谐的文明、人心中优美肯定、虔信上帝的气质遭到破坏者的围剿和戕贼，已无立锥之地，拉贝鲁斯和他死于非命的孙子小波利就是这往日文明的承载者，是这强大的破坏者的牺牲品。

当这虔信者按着他所领会的上帝的旨意生活和教导他人时，他所得到的只是嘲笑、落寞、隔绝与欺蒙。他已无法再进入和跟上这个时代，他觉得这个时代粗陋、野蛮、肮脏、不可理喻，他已彻底地落魄和失败。

纪德借拉贝鲁斯老人谈论音乐来揭示一种新的时代精神和旧的时代精神之间的差异，并在他感觉着旧的事物的柔弱和易毁的同时，也暗示着这新时代精神之令人可怕和可厌之处，它极有可能像打开的潘多拉之匣，魔鬼和精灵一同放出，在给人类带来新鲜的认识和智力的空间的同时，也会摧毁已有的美丽、柔弱、高贵和极有价值的文明与人性。纪德在感慨那旧事物的无力的同时，也怜惜和叹赏她的不可取代的价值。在所谓的强大的新事物—破坏者面前，他竟然是更寄同情和爱于前者。而在后者面前，他也有力量和自信不败给他们。他觉得破坏者的滚滚向前只会给这世界带来无尽的垃圾，如同那种描写夜壶的诗篇。他鄙弃这些貌似强大的"前卫"群体。他甚至觉得如果世界是由他们来主宰，只能是一幅更令人绝望的前景。因此拉贝鲁斯老人的悲哀被他描写出来时，就如同他的感同身受。

拉贝鲁斯老人与爱德华谈音乐：

"您可注意到近代音乐最大的努力,即在使往日我们认为不调和的谐音听来可以忍受,或者竟使人感到某种愉快?"

"对呀!"我说,"最终一切都应转入和谐。"

"和谐!"他耸耸肩重复我的话,"在我看,这只是使人习惯作恶。以后感觉也迟钝了,纯洁也不要了,反应也差了,一切都容忍,接受……"

…………

"我想至少您并不主张把音乐减作唯一表现沉静的工具?如果这样的话,一个谐音就成,一个连续的纯谐音。"

他握住我的双手,出神地,目光消失在礼赞中,几次重复地说:

"一个连续的纯谐音,是的,正对,一个连续的纯谐音……"可是又黯然加上说,"但我们整个宇宙却正在不谐和的淫威之下。"

当拉贝鲁斯的孙子被日里大尼索捉弄,开枪打死了自己以后,他绝望地对作家爱德华说:

"您有否注意到,在这世间,上帝总是默然无言?说话的惟有魔鬼。或者至少,或者至少……"他又说,"……不拘我们如何专心,我们所能听到的永远只是魔鬼的声音,我们的耳朵不配听到上帝的语声。上帝之道,您曾否问过自己这究竟能是什么?……啊!自然我不是指常人言语中的'道'……您记得《福音书》上那第一句:'太初有道。'我常想'上帝之道',即是指整个创造。但魔鬼霸占了去。如今他的喧嚣淹没了上帝的语声。啊!告诉我:您不相信最后一个字仍须归于上帝?……而如果人死后'时间'已不存在,如果从此我们立刻踏进'永恒',您以为到那时我们能听到上帝吗……直接地?"

……

"不!不!"他慌乱地叫喊说,"魔鬼与上帝原是一样东西;他们狼狈为奸。我们竭力想把世间一切的丑恶信为是由于魔鬼,因为不然我们如何能再有力量去原谅上帝。上帝捉弄我们,正像一头猫捉弄着老鼠一样。……而这以后他还希望我们感谢他。试问可感谢的是什么?是什么?……"

然后又靠近我说:

"而您知道他做得最狠的是什么?那就是牺牲了他自己的儿子来拯救我们。他自己的儿子!他自己的儿子!……残忍!这是上帝的第一种面目。"

纪德语录:"影响通过相同点而发生作用。影响可比

作镜子,它照出的并非是我们的真模样,而是我们潜在的形象。"(纪德:《感想集》,《论文学中的影响》)

张若名在《纪德的态度》里论纪德,说得极清晰深入,摘引如下:

> 纪德不甘忍受非常确定的存在,他的生命消沉在了解他人的生活之中。但了解也是一种占有形式,在占有中消沉意味着重获新生,耶稣教义的一条箴言这么解释:凡要保存性命的反要失掉它,要失掉性命的反要得着它。从他对陀思妥耶夫斯基的研究中,也可看出纪德像陀思妥耶夫斯基一样,深受耶稣教义的影响:基督教的谦逊以及放弃自我深入他的灵魂,打下了不可磨灭的烙印。他远非把基督教的这种态度视为弱点,而是从中发现了战胜个人主义的秘诀。在他看来,放弃个性,自我才完善。真正的个人主义包括生命的个体性和宇宙性。一方面,表现出某种人格的个人的存在构成了个人的价值,另一方面,这种存在是按逻辑序列组合起来的,因而也具有宇宙价值。包含个体性和宇宙性之个人主义人格的形成与小我(moi)和大我(je)的分离相一致,因为小我与大我在行动中一开始就交织在一起。大我表现为行动的小我的一种内在的思想。但

随着大我变为一种沉思，小我与大我之间也就产生了矛盾；然后这样的沉思不断变化，变得公正起来，它抨击小我，最后发现了支配小我以及小我的同类的规则；而后这种主宰了自私之我的沉思把小我作为人类的一面镜子，使小我变得高大起来。它逐步以牺牲小我取胜；与拒不服从它的惩戒的那个任性反抗的小我斗争。当这种公正的沉思权力至高无上时，服从它的小我远非失去自身，反而充实强大起来。纪德解释道："个人主义的胜利在于个性的放弃之中。"这也是基督教的态度："要失掉性命的反要得着它。"他把这种深入他灵魂的态度推向极端，创作了《伪币制造者》。在这部作品中，他消沉在对社会生活的了解中。并且消散在被他创造的人物里。他既是一也是多，作为思维主体他是一，作为那些行动的人物他又是多，因此他的人格高大无比，绚丽多姿。

2003年5月

艺术家还是哲学家？
由黑塞的《纳尔齐斯与歌尔德蒙》说开去

十年前我上大学二年级，我和我的同学们总对一个问题若有所思：是当个哲学家呢还是当个艺术家？万一是块艺术家的料，一朝选择不慎，却掉进了哲学家的泥坑，岂不冤枉？反之亦然。总之，我们很怕自己被浪费了。当然这种想法只能憋在肚子里，在外面，大家一直是没有声响的老实人。正当此时，赫尔曼·黑塞的《纳尔齐斯与歌尔德蒙》从别的宿舍传到了我的宿舍，看完之后我认为，自己的人生有了一个答案。

十年之后，我并没有一往无前地沿着那个答案走下去，但是我仍然觉得，当年的那个答案没有错，只是自己错了。所以我认为，把对《纳尔齐斯与歌尔德蒙》的印象写下来，也许有点意思。

情节

《纳尔齐斯与歌尔德蒙》把故事和人物安排在中世纪：自幼失去母亲的修道院学生歌尔德蒙立志侍奉上帝，他的老师和朋友纳尔齐斯却劝说他放弃苦修和戒条的束缚，回归母亲赋予他的本性之中，成为灵感充沛的人。于是歌尔德蒙听从了他的劝告，开始流浪的生涯。自从爱欲被一位吉卜赛女郎所唤醒，歌尔德蒙的身体和灵魂就经历了无数次爱情与背叛，争夺与死亡，浸透了红尘的气味，也烙下了许多细微、优美而沧桑的感触。直到有一天，他被一座圣母像的美所震撼，激起了他创造的欲望。于是歌尔德蒙师从雕刻家，沉潜到雕塑艺术中。历经千回百折，他又回到自己的挚友和师长纳尔齐斯的身边，两人分别以灵感和理性启发对方，终于使歌尔德蒙掌握了化瞬间为永恒的艺术法则，雕出了以他的恋人丽迪亚为原型的完美塑像圣母马利亚。在艺术创造的过程中，不羁的天性仍然驱使他远离静态的生活，去追逐"不道德"的艳遇，去放逐自己的躯体，直到它衰老、死亡，直到它已穷尽世间的所有奇遇，直到自己不再渴求任何幸福。歌尔德蒙死在理性的兄长纳尔齐斯身旁，死在对"母亲"和"死亡"的大彻大悟中，虽然他没有完成对夏娃母亲的雕塑，但是他没有任何遗憾。

主题

文学有很多"永恒的"主题，不只是"爱"与"死"。比如这部小说，它讨论的主题是：一个人如何完成和实现自己？如何无限接近上帝（即完美）？如何拥有一个没有限度的人生？如何让瞬间的生命与永恒结合？这些主题有足够的力量令人躁动，因此也足够永恒。

选择之难

纳尔齐斯和歌尔德蒙是两个人，也是人的两种天性——理性和感性；也是人的两种生活方式——书斋的和浪游的；也是人的两种把握世界的方式——知识的和艺术的；也是人的两种矛盾和极限，两种不完整——那以智性与永恒作伴的人感到生命的干枯，那经历丰富多彩的人却怅惘于生命的速朽。人的两种欲望——拥有至高的永恒和拥有丰饶的生命——永远都是不可能同时满足的。我相信黑塞之所以写这部小说，是因为他被这个"不可能"所深深地灼痛。

但是那灼痛毕竟是一种高级的疼痛了。对于那尚未成形的个人而言，更痛苦的是拿不定主意当青灯作伴冥思苦想的纳尔齐斯，还是作游荡四方破破烂烂的歌尔德蒙；是选择抽象的思维生活，还是选择灵感的艺术生活；是要沉静，还是要放浪。

这就不是文本问题，而是人生问题了。对一个一无所长却无比贪婪的人来说，这个选择的难题，无异于让一个优柔寡断的人面对满桌珍馐——他简直不知从何下箸，结果你知道：他被饿死了。许多人就是在这种犹豫中，既没有弄哲学，也没有搞艺术，既没有坐进书斋，也没有四处游荡。他（她）只是空着大脑和四肢，多年以来呆若木鸡，就像我。

那是因为纳尔齐斯和歌尔德蒙在体内撕扯，早一天决出胜负对这人是无上的解脱。

歌尔德蒙之快乐与纳尔齐斯之痛苦

歌尔德蒙的动荡生活对于修道院院长纳尔齐斯永远是刺激、启示和反观自身的一面镜子，因此在歌尔德蒙和他再度重逢、又再度分手的日子里，他想道："像歌尔德蒙式的生活也许不仅要纯真一些，合乎人性一些，而且，不是清清白白地过一种超尘出世的生活，营建一座充满和谐的思想之园，在它的精心栽培的花圃之间毫无罪孽地踱来踱去，而是投身到残酷的生活洪流和一片混沌中去造孽，并承担其可怕的后果,归根到底恐怕是更需要勇气和更伟大的吧。也许穿着破鞋在森林和大道上流浪,日晒雨打,忍饥挨冻,享受声色之娱,然后又以吃苦作为代价,可能是更艰难、更勇敢和更高尚的吧。"

"造孽并承担其可怕后果"是歌尔德蒙的生活方式,也是最令纳尔齐斯向往的。他向往,因为他不敢。对于歌尔德蒙来说不需要思索和犹豫的事情,对纳尔齐斯却在极限之外——他已经习惯于仅仅透过思维的屏障去认识和接触这个世界,他失去了不通过任何中介直接进入世界的能力。纳尔齐斯的肉体是用来隔离思维与外部世界的,歌尔德蒙的肉体却是用来了解和介入外部世界的;纳尔齐斯的肉体只是承载他思维的工具,歌尔德蒙的肉体却是他思考的源泉;纳尔齐斯的肉体用以苦行,歌尔德蒙的肉体用以享乐;纳尔齐斯的肉体逃避行动,歌尔德蒙的肉体却永远在行动。

因此,歌尔德蒙的快乐在于他一生顺从了肉体和血液的呼啸,纳尔齐斯的痛苦在于他从初始就扼杀了它们,并对这种扼杀怀抱惋惜之情。

但是当歌尔德蒙游荡于远方时,痛饮爱之甘醪时,举起尖刀犯下杀人的罪孽时,将自己毕生的体验都融进雕塑作品中时,最后身心俱疲、回到纳尔齐斯身边安息时,纳尔齐斯终于知道,人生在世仅仅献身于灵智是不够的,仅仅徜徉于书斋是不够的,仅仅默对上帝的训条、沉湎于抽象的思考是不够的，那残缺、枯寂、苦行的一生，比放浪但丰饶的生命距离上帝更远。这是因为，"完满的存在即为上帝……当我们从潜力变成行动，从可能走向实现的时候，我们也就参加了真实的存在，也就进一步接近了完满与神性"。纳尔齐斯深深知道这一点。

歌尔德蒙临终前问道："可你将来想怎样死呢，纳尔齐斯，你没有母亲？人没有母亲就不能爱，没有母亲也不能死啊。"可以想象，这个问题将使纳尔齐斯的后半生无法平静。他不会再听任自己的一生继续分裂和残缺下去。

纳尔齐斯之快乐与歌尔德蒙之痛苦

纳尔齐斯基本上是不快乐的，因为他对世界和自身一直用着一双火眼金睛。这种冷静的智慧总是妨碍他感受"快乐"这种酒神（用尼采的话说）才有的沉醉情绪，他属于日神，他的存在方式是"冷静旁观"的。

歌尔德蒙不具备这种预见和自我分析的能力，无法自觉地为生命找到方向，所以最初他为自己身心的分裂感到痛苦。此时纳尔齐斯为他指点迷津，将他和自己的生命类型比较一番："你们的出身是母系的……你们的故乡是大地，我们的故乡是思维。你们的危险是沉溺在感官世界中，我们的危险是窒息在没有空气的太空里。你是艺术家，我是思想家。你酣眠在母亲的怀抱中，我清醒在沙漠里。照耀着我的是太阳，照耀着你的是月亮和星斗。你的梦中人是少女，我的梦中人是少年男子……"

与梦中人相遇，是纳尔齐斯唯一的快乐。这梦中人当然就是美少年歌尔德蒙。他不只是美少年，他代表的是纳尔齐斯失去的另一半天性，另一个无法实现的自己。当歌尔德蒙不再年少，带着满身风尘重回纳尔齐斯的身边时，他又意味着整个外面的世界，整个人类的完整生活，整个世间缤纷的色系和光谱。他活生生地出现在自己的面前，使纳尔齐斯停滞多年的血液开始震荡和流淌。

而快乐的歌尔德蒙，他最后的痛苦是没能完成慈母夏娃的雕塑。夏娃意味着这个世界展现给他的所有秘密——生活，爱，恐惧，欢娱，疼痛，宇宙深处的声音……不完成是注定的，因为完成是留给死亡降临的那一刻的。这是人类共同的命运。

活着的使命与获得知识的方式

《纳尔齐斯与歌尔德蒙》使人想这个问题：怎样活着？也给了这样一个答案：无限度地打开生命，让世间声色和思想全部进入自己的身体和灵魂。穷尽表象，穷尽智慧，是人生在世的唯一使命。

这无疑是一个妄念。但这无疑是生命最有力的发动器。它的另一个解释是"超越极限"，超越自身固有的恐惧和自认的宿命——以行动，以身体。对于行动者来说，只需要解决"我想要什么"这个问题。于是世界对他就不复存在一个客观的知识系统，没有什么是可以被外界强迫他"必须"知道的，没有一个他必须掌握的"知识的秩序"——就像所有书斋里的纳尔齐斯们所认定的那样。这是歌尔德蒙获得知识的方式——顺从着生命自身的冲动和疑惑去获取知识，而知识一旦为这生命所获得，便化作那血与肉的创造，无须说教、规范和条条框框的、从自己的身体里生长出来的创造，通向自由、飞翔和永恒的创造。

除了这种创造，人不会更希望别的什么东西了。

2000年5月17日

没有一个人是一座孤岛

　　《柠檬图书馆》是英国女作家乔·科特里尔的一部儿童长篇小说（静博、张兴军译），讲了一个女孩如何经受创伤，又如何得到疗愈的故事。这一故事类型的作品很不少，今年热映的电影《奇迹男孩》就是一例。不同的是：在《奇迹男孩》中，小主人公的痛苦来自外界——同学们对他外表的歧视和欺侮，疗愈他的是睿智的母亲和温暖的家庭；《柠檬图书馆》则相反——小主人公的痛苦来自家庭，疗愈她的是朋友的友爱和外部的世界。《奇迹男孩》彰显了家庭之爱的力量，《柠檬图书馆》则揭示了与家庭之外的"他人"建立爱与联结的拯救性价值。对孩子们来说，这种价值的建立，也许是更需要习得的一课。对大人们来说，这本书给予的启发则更多。

故事听起来不复杂：十岁的小女孩卡吕普索和爸爸相依为命，过着一种早熟而独立、大人孩子关系颠倒的生活——因为妈妈在她五岁时就病逝了。她照顾自己，也照顾爸爸——做饭啦，购物啦，收拾家里啦，都是她的事儿。家里一贫如洗——汽车是破旧嗡嗡响的，衣服是几年前小得快穿不下的，没有地毯，没有充足的食物。她老要提醒爸爸家里没吃的了，他也答应买了可到时候就是忘了，因为他在忙一件人生大事，这件事看起来比照顾女儿重要得多——他在写一本关于柠檬历史的书。他给女儿一个酷酷的人生指导：你不需要交朋友，你要成为自己的朋友，不要害怕孤独，内心强大的人不需要任何人。女儿喜欢读书，遵循爸爸的人生指导行事，与书为友，不交朋友。但是有一天，一个同样爱看书的女孩梅走进了她的世界，于是慢慢地，一切从此又颠倒过来：卡吕普索发现，自己从前所不屑的爱、友情、分担、人与人的精神联结……其实竟是她无比渴望的；从前深信并深爱的爸爸，竟如此陌生，难以理解……

《柠檬图书馆》触及这样一个问题：如果一个孩子的原生家庭不能给她应有的呵护和力量，那么她的获救之路在哪里？

儿童文学不同于成人文学的根本点是：好的成人文

学提出的问题，是一种没有答案的终极困惑，如有答案，那么这种作品必是肤浅的；儿童文学则不同。它除了提出问题，还要给出回答——诚然不是标准答案式的回答，但却一定是在某种理想主义价值观之下的治愈性回答，或者更准确地说，是充满温柔爱意的拥抱式回应。因为儿童读者的心智柔脆易感，尚未成熟，正在寻求生命的光源和道路，还没有强大到可以荒野寻路，直面否定、怀疑、黑暗和死亡的强刺激。正如德国心理学家阿尔诺·格鲁恩指出的，家长应避免孩子受到过强过多的刺激，"以支持孩子发现内心和外部新事物的愿望"。因此，孩子的理想读物应是温柔美好不狰狞的作品。

于是在这里，创作者产生了困惑：既然儿童文学要有治愈性，既然儿童不能受到强刺激，那么我们为了避免失手，是不是应该从源头就断掉所有的刺激——哪怕是温和的刺激？我们是否不要置小主人公于某种真实的痛苦、困境和考验之中？是不是制造一些虚假不走心的波澜比较妥？是不是应该只写轻松、甜蜜、天真、道德的人物和故事，不要出现有真实弱点和阴影的人——即使这种故事怎么编都不好看，也豁出去了？总之，为了亿万儿童的健康快乐幸福成长，我们是否无论如何都不要刺痛他们柔弱的小心灵？

让我们看看《柠檬图书馆》的做法。显然，它的作者不这么想。作家忠实于生活的本来面目，让十岁的卡吕普索经历她那走入迷途的爸爸能带给她的所有痛苦。只是作者不让痛苦狂暴地倾泻,而是运用心理学和故事悬念,将痛苦呈现为可承受的涓涓细流——那种"温和的刺激"。"所有生命都具有面对温和刺激的能力","决定生命进化的恰恰是温和的刺激和接受这些刺激,而不是回避具有干扰性的刺激"。(阿尔诺·格鲁恩:《同情心的丧失》)也许对儿童文学来说,这一心理学原理是十分重要的。

全书最大的悬念在于:卡吕普索的父亲究竟是怎样一个人?他为什么是这样的人?他最终对卡吕普索会造成怎样的影响?这些问题的揭谜过程,也是卡吕普索在痛苦中跌宕沉浮直至最终"获救"的过程。故事是用卡吕普索的第一人称叙述的,从孩子的视角和心理,步步惊心地揭示了这位神秘的父亲:从最初那个特立独行、埋头写书、不太照顾女儿生活的可爱爸爸,到开始对女儿的交友和创作不予支持的奇怪爸爸,到居然用自己种的柠檬取代了书架上妈妈的书的可怕爸爸,到因出版社退稿而精神崩溃的可怜爸爸,直到最后,在女儿的不离不弃中反思了自己孤立隔绝的人生观的"重生"爸爸。

在主人公一步步走向痛苦低谷的过程中,爱与善意时时到来,创造心理的平衡——这是儿童文学理想主义原则的体现。作家给卡吕普索安排了一个受她吸引、善解人意的好朋友梅,和她爱心满满的妈妈爸爸——我们知道,在现实世界中,这样天使般的一家人是很难遇到的。现实和理想的平衡,使这部小说既为孩子揭开了生活真实面目的一角，同时，也让理想和爱的光辉照耀了进来。这种光辉并不虚伪苍白，而是体现为人与人之间真诚质朴的相爱相依的关系：不只是卡吕普索需要梅的安慰和梅妈妈的援手，梅也只有和卡吕普索在一起时，才能一起创作故事，享受心灵的共鸣和激情；不只是卡吕普索的爸爸需要梅一家的温暖照应，梅的全家也需要他渊博的知识和美味的柠檬……梅的一家没有同情怜悯的居高临下，卡吕普索父女也没有自怜自卑的被动求援。在故事的终点，每个人都既是给予者也是接受者，既爱着也被爱着，每个人都对他人张开热情的怀抱：来吧，我需要你。这是每个人的"获救之路"。《柠檬图书馆》暗示了人与人相处的健康关系与姿态，也自然而然地传递了一种爱与联结的价值观，它是一个人走向成熟的标志，也是公共精神的基础。正如故事的结尾，卡吕普索所悟到的："一直以来，我总以为内心的力量是需要自己去寻找。现在我明白了，那些内心坚强的人都是懂得爱别人，又得到了别人的爱。有一句话是这样写的，'没有一个人是一座孤岛。'我想我完全理解了其中的含义。如果你拥有了强大的内心力量，可没有人去爱，又有什么用呢？"

而我们呢？我们周围的孩子们呢？他们被灌输的是："你有的，我也要有""你强，我比你还强"。争强好胜已是成年人和孩子们共同的价值观。很少有人允许孩子去体会、直面和接纳自己的痛苦，因为这会损害父母的成功感。也很少有人认为共情、分享、爱、与他人建立真诚温暖的精神联结是重要的，因为他们怕自己的孩子会"吃亏"。因此，去问问孩子们：你们幸福吗？你们快乐吗？如果他们沉默，那么请反思一下：我们是否早已走进了卡吕普索爸爸的误区，而且错得更远。

2018年8月

阳光下的羞惭

一位穷画家住进旅店以后,先在庭院里洗了个冷水澡,然后给老板娘画了幅素描,递到她跟前,谦卑地说:这幅画略表我们卑微的敬意,同时也证明您那毫不吝啬的好客之心。这就是说,他和他的同伴——一位拉手风琴的盲乐师,将凭着这幅一文不值的画儿,在这家旅店白吃白住。旅店老板看见了这幅素描,大喊一声:我的钱哪!抄起一根棍子就朝两位艺术家追去。但是在半路上,他想起青年那被水冲洗过的粉红色的身体、自己小院子里的阳光和悠扬的手风琴声,不由得一阵惭愧,就丢下手中的棍子,回家去了。

这是苏联伟大作家伊·埃·巴别尔（其作品被禁二十年）的不朽之作《骑兵军》里的一个细节。很多故事都忘掉了，但老板在阳光下的那一阵羞惭，那只扔下棍子的结满老茧的手，我却时时记起。

现在，我在灯下玩味着它。这时我已经和所有真正的成年人一样，步入生存的挣扎之中。我心甘情愿地抛弃自己无用的爱好，绞尽脑汁赚几个额外的小钱。我也学会了漠然地听人讲述一个老人的病与死，目睹一些人的危难，旁听一个孩子无助的哭泣。我还能聪明地追究一件善行背后的私欲。我学会了做这一切事情而毫不动情。我手里攥着几张钞票，对这个世界说：我终于看清你啦，从今天开始，咱谁也甭涮谁！

然而，有一天，我从一个宽阔的地下通道走过，被一个倚在墙角的老乞丐拦住了。他递给我一只脏兮兮的小兔子，对我说："这是我唯一放不下心的，我活不了多久了，你看起来面善，麻烦你替我照看它吧。"这时候，我哭了，却没有信心接过兔子，只掏出身上的钱，塞进他肮脏的棉袄里。等我转身回望时，我发现很多人停留在那，送给乞丐食物和钱。

现在，我想着老乞丐和他的小兔子，也想着巴别尔捕捉住的那只扔掉棍子的手和那个人在阳光下的羞惭，我终于能把它们合而为一，并说出感动我的东西是什么了：在艰苦而无情的生活里，能够让坚硬的心灵屈服于美好

230

而轻柔的事物。是的，感动我的，正是这种屈服的力量。因为她，我们才至今仍能作为人，不失光亮地生活在世界上。

1997年8月

《非攻》的动词及其他

我敢打保票：鲁迅先生的《非攻》是世界上动词最多的小说——我是指用于描述主人公的动词字数与全文字数的百分比。我从来没有见过这样的人物，他从一出场就一直处于匆匆忙忙的行动中，直到全文结束，一刻也没有歇息。为什么会这样？下面我将在引文的时候给有意味的词句下面画线，还会在括号里做些算不上恰当的解析。我以为非如此便不足以贴近鲁迅的这篇充满温暖的爱与笑的作品。

当然，任何对鲁迅的言说，都不如将自己还原为赤子状态，开放着，静默地阅读他的文字更能达成对他的理解。而对他的理解，与其说需要诉诸理性的头脑，不如说更需要诉诸敏感而热烈的心灵。鲁迅先生的挚友许寿裳曾说，鲁迅之为鲁迅，"就在他的冷静和热烈双方都彻底。冷静则气宇深稳，明察万物；热烈则中心博爱，自任以天下之重……鲁迅是仁智双修的人。唯其智，所以顾视清高，观察深刻，能够揭破社会的黑暗，揭发民族的劣根性，这非有真冷静不能办到的；唯其仁，所以他的用心，全部照顾到那愁苦可怜的大众社会的生活，描写得极其逼真，而且灵动有力。他的一支笔，从表面看，有时好像是冷冰冰的，而其实是藏着极大的同情，字中有泪的。这非有真热烈不能办到的"。

"仁智双修""中心博爱，自任以天下之重""全部照顾到那愁苦可怜的大众社会的生活"这些话如果当面送给鲁迅先生，也许他不会表示同意，但是如果送给他笔下的《非攻》里的墨子，我猜想他一定是没有意见的。也许他还会说："对的，这就是我想要的墨子了，这就是我想要看到的行动者了。"这位在鲁迅笔下诞生于1934年8月的"行动者"墨翟先生，与鲁迅以往的小说里孤独、彷徨、忧愤、绝望的"先觉者"不同——全无感伤的性格，只是一味地做事。这个"行动者"不是一个深陷于麻木不仁的冥顽大众、冷漠傲慢的"体面人"的冷眼和冷焰灼人的黑暗虚空之间痛苦而怀疑的虚无主义者，而是一个纵身跃入"强凌弱、众暴寡"的不公正世界，竭尽自身的仁与智去制止和减轻其野蛮、残酷、相交煎、相离散对于弱者之伤害的大爱者。这位"行动者"脱尽了"先觉者"由于智力和道德上无可争议的优越而产生的合乎自然的知识者的孤高，彻底地低下去，让他的不暇更换的破衣衫和烂草鞋裹着的身影，融入到黄土弥漫、苦人遍地的世间，沉默地尽力，"不以圣人自居而做圣人之事"地做事。这时候，主人公和世界之间的关系也发生了微妙的变化：世界不再意味着不可改变、不可交流的隔绝的高墙，而是可以通过赤诚的努力得以改善、得以交流的人间。与此同时，这位"行动者"也并没有"向劳苦大众学习，彻底改造自我"的"知识分子式的原罪感"，虽然完全平民地生活着，行动却只依循来自智慧和道德本身的理性的律令。这样一个单纯透明、有建设性的人物，在鲁迅先生其他的作品里是从未出现过的；而用来描绘他和他的世界的那种明亮诙谐、充满信心的笔调，也是在他的所有作品里独一无二的。更明显的是，作者一反以往小说里大段的内心独白，很少赋予主人公以心理活动，只去描述着他的行与言。在一个个滚滚而来的动词的运动之中，"行动者"墨子就这样站立和奔走起来了。

"子夏的徒弟公孙高来找墨子，已经好几回了，总是不在家……"小说是这样开头的，一个"忙"的印象便给予了我们。找了四五回终于在门口遇见，他们便就战争

234

与和平的问题进行了讨论。公孙高对墨子的主张"非攻"很不以为然,指出"猪、狗尚且要斗,何况人……"

"'唉唉,<u>你们儒者,说话称着尧、舜,做事却要学猪、狗,可怜,可怜!</u>'(一句话,便把儒家的'伪'与'恶'点破。)墨子说着,站了起来,<u>匆匆地跑到厨下去</u>了,一面说:'你不懂我的意思……'

"……到得门外的井边,<u>绞着辘轳</u>,汲起半瓶井水来,捧着吸了十多口,于是放下瓦瓶,抹一抹嘴,忽然<u>望着园角叫了起来道</u>……"原来是他的出去找工作的学生阿廉。他温和地责备了阿廉因为报酬不合意而放弃了做有益之事。

"<u>一面说,一面又跑进厨房里,叫道</u>:

"'耕柱子!给我和起玉米粉来!'

……

"'先生,是做十多天的干粮罢?'他问。

"'对咧。'墨子<u>说</u>。'公孙高走了罢?'(可见墨子没与公孙高多费口舌,也可见他不太讲'待客之道'。因为一是他知道他与自己价值观根本两样,无法说通,二是他实在没有时间浪费在虚与委蛇上,他还有许多事要做。)

"'走了,'耕柱子笑道。'他很生气,说我们兼爱无父,像禽兽一样。'(儒家是通过等级的区分来确立人们之间的伦理关系和情感关系的,与墨子'平等地爱'相反。)

"墨子也<u>笑</u>了一笑。(对于一切误解,'行动者'只是一笑置之，继续做事。大概是他把人们之间观念的差异看作自然之事，所以不会因为自己的'话语权威性'遭到否定就暴跳如雷了。)

"'先生到楚国去？'

"'是的。你也知道了？'墨子让耕柱子用水和着玉米粉，自己却取火石和艾绒打了火，点起枯枝来沸水，眼睛看火焰，慢慢的说道：'我们的老乡公输般，他总是倚恃着自己的一点小聪明，兴风作浪的，造了钩拒，教楚王和越人打仗还不够，这回是又想出了什么云梯，要怂恿楚王攻宋去了。宋是小国，怎禁得这么一攻。我去按他一下罢。'"（要长途跋涉去说服公输般，是因为对弱小宋国之百姓的怜惜之情烧灼着他。在一般道德家看来，公输般唆使强凌弱，实在是罪大恶极，但墨子批评"老乡公输般"的话却平平淡淡，只把他看成个有毛病的常人，绝无慷慨之士任何时候都丢不下的那股大山临盆般的"浩然之气"。轻轻一句"我去按他一下罢"，就指代了自己的意欲给宋人带去拯救与福祉的重大行动。我们应该注意到，鲁迅在文章的每一个字里行间，都在极力地消去一位道德实践者所可能散发出来的任何一点"道德高调"的颤音，以免主人公变成他最讨厌的"道德家"。所以，他笔下的墨子便是一个有常情、重常识、做实事的"经验的理想主义者"，他恪守着行动与道德的高贵和生活与言语的低调，或者说，他根本没有考虑过这个"高"与"低"的问题，他只是为了方便做有益于人的事。)

　　接着墨子就回到自己的房里,"摸出一把盐渍藜菜干"和一柄"破铜刀","找"了一张"破包袱",把蒸好的窝头"打成一个包裹","衣服却不打点","只把皮带紧了一紧,走到堂下,穿好草鞋,背上包裹,头也不回的走了。从包裹里,还一阵一阵的冒着热蒸气"。(想象墨子后背的包裹"一阵一阵的冒着热蒸气",是一个有着巨大喜感的情景,而它的原因只在于墨子先生实在使自己太忙了,连等窝头凉下去的时间都没有。这一段描写让我想起许广平回忆鲁迅先生给她的最初印象:"当鲁迅先生上课的瞬间……在钟声还没有收住余音,同学照往常积习还没有就案坐定之际,突然一个黑影子投进教室来了……褪色的暗绿夹袍,褪色的黑马褂,差不多打成一片。手臂上衣身上的许多补丁,则炫着异样的新鲜色彩,好似特制的花纹。皮鞋的四周也满是补丁。人又鹘落,常从讲坛跳上跳下,因此,两膝盖的大补丁,也掩盖不住了。一句话说完,一团的黑。那补丁呢,就是黑夜的星星,特别熠耀人眼。小姐们哗笑了:'怪物,有似出丧时那乞丐的头儿。'他讲授功课,在迅速的进行。当那笑声没有停止的一刹那,人们不知为什么全都肃然了……钟声刚止,大家还来不及包围着请教,人不见了。那真是'神龙见首不见尾'。"这墨子行动迅速的作风,以及衣着上的过于粗放,看来很有鲁迅先生自己的影子。)

当耕柱子问他几时回来时,"'总得二十来天罢。'墨子答道,<u>只是走</u>"。(鲁迅先生简洁传神的功夫,"只是走"三个字便让我们领教了。一个劳形苦心、扶危济急、"愚鲁迅速"、仁爱素朴的行动者就是这样的——无暇说,"只是走"。)

这是小说的第一小节,共千来字,时间是从墨子回到家到蒸完一笼窝头的工夫,一切都在迅速地进行——争论"非攻"、喝水、开导学生、说明去楚国找公输般的原因、蒸窝头打包裹、出门。每个以墨子为主语的句子里都有若干谓语动词,动词的宾语表明这位墨子先生一直过着清苦的平民生活——因为动作的对象不是厨房、水井、瓦瓶,便是火石、艾绒、枯枝、火,以及盐渍藜菜干、破铜刀、破包袱、窝头、草鞋,等等,总之是"破"字当头。

后来的行程中动词仍是密集,仍是辛苦。比如他刚找到公输般,以"义"说服了他之后,便要去说服楚王。般劝他吃饭,他"<u>不肯听</u>,<u>欠着身子</u>,<u>总想站起来</u>,<u>他是向来坐不住的</u>"。般只好答应引他去见楚王,拿出一套自己的衣裳和鞋子诚恳地请他换上,"'可以可以,'墨子也诚恳的说,'我其实也并非爱穿破衣服的……只因为实在没<u>有工夫换</u>……'"从见到公输般,到说服楚王放弃攻宋,到最后从公输般家告辞出来,这些"大事"都做完也只是吃了一顿饭,他便又"走"了。而归途虽是走得较慢,但

"比来时更晦气：一进宋国界，就被搜检了两回；走近都城，又遇到募捐救国队，募去了破包袱；到得南关外，又遭着大雨，到城门下想避避雨，被两个执戈的巡兵赶开了，淋得一身湿，从此鼻子塞了十多天"。这些大半是被动语态的动词表明：这位默默给人带去好处的无名英雄，既承担着为弱者做事的义务，也承受着那不知自己曾被他帮助过的弱者的推搡，却并未得着一点尊崇。这虽然荒谬，却也是情愿——毕竟由于他的尽力，他们已经脱离了即将临头的苦难，相比之下，算是过上了比以前较好的生活，而这是他唯一希望的。

因此，我以为《非攻》里接连不断地出现的动词，乃是鲁迅先生塑造一个"实干、苦干、硬干"的"行动者"形象所使用的有力的艺术手段，同时它们也是这位"行动者"的生命态度的含蓄象征：虽然他的道德近乎完美，他的智慧难有匹敌，但是他从未因自身的美而作纳喀索斯式的临水自照，也从不因自己的智而作公输般式的效命王侯；他的胸怀里是广大世间的贫瘠、号寒、无言的饥饿，以及无辜的人们牺牲的血，胸中总盛放着这些，以及对这些的无条件的悲悯之爱，他就只能"总是匆匆地走"。因此，这个意志坚决的老好人，其实就是鲁迅在其他场合描述过的一种理想的知识者："这些知识者，却必须有研究，能思索，有决断，而且有毅力。他也用权，却不是骗人，他利导，却并非迎合。他不看轻自己，以为是大家的戏子，也不看轻别人，当作自己的喽罗。他只是大众中的一个人，我想，这才可以做大众的事业。"毫无疑问，这位墨子先生，就是鲁迅心中"做大众的事业"的人物模型。

这样的分析下来竟使我相信：鲁迅先生在晚年所认同的价值和所期待的理想人物，由《非攻》里的墨子——这时刻也不停歇的"行动者"形象——完全地表现出来了。或者也可以说，在《非攻》里，鲁迅先生给自己作了一幅幽默的自画像。或者还可以说，鲁迅先生在这小说里给自己创造了一个同路的友伴，以他的辛劳、热情和爱，鼓舞着自己奉献与爱的生涯。但是我这么说却没有"鲁迅先生是个自恋狂"的意思，我只是顺便表明了这样一个观点：一个人的实际存在，或多或少都是他自身理想的产物。如此而已。

附记：但是《非攻》里墨子做的一件事让我不能释然：公输般拿出一只木头和竹片做成的喜鹊给他看，说它可以飞三天而不落。墨子瞧了瞧，便说："可是还不及木匠的做车轮……他削三寸的木头，就可以载重五十石。有利于人的，就是巧，就是好，不利于人的，就是拙，就是坏的。"谈完天，送墨子走后，公输般想了一想，"便将云梯的模型和木鹊都塞在后房的箱子里"。把云梯收起来我没有意见，可是那消失的木鹊呢？"不利于人的，就是拙，就是坏"吗？无益于多数人的生存，但是有益于少数人的愉悦的优雅无害的事物，对于温饱尚未解决的多数人而言，其存在在伦理上似乎是有问题的。但有多少美丽的事物，是消失于这样一种伦理之下呢？这消失，又使人类的文明已经和正在减少了多少丰富性呢？在终极的意义上，这对人类的全体也是不利。怎样解决"关怀弱势群体的伦理"与"文明丰富性的伦理"之间的紧张关系呢？当这种选择落在一个人的身上的时候，他怎样才能既不违背自己的良心，又不折断文明的链条呢？或者，文化在发生学的意义上根本就是"阶级的产物"？有些文化必然地会随着一种阶级的消亡而消亡，不能将它"纯化"，脱离历史地单独保存？如果一种文化的存活必须仰赖一种历史，而这历史又有违平等和人道的原则，那就应该毫不留情地让那文化与那历史一道消亡？也就是说，古老的"阶级论"在今天并未过时？若如此，那又如何才能让人类的文明向着更卓异的方向迈进呢？……恐怕鲁迅先生的墨子也难以解答这些问题罢？

2001年9月17日

《倾城之恋》的底牌

港人真是单纯,张爱玲的《倾城之恋》何其灰涩,愣是被他们改成一部深情款款的爱情剧搬上舞台。可内地人也太厚黑,非要把小说读作一个精刮世故的迟暮美人卖得一笔好价钱的故事才算完。其实这并不奇怪。这部小说恰如庐山面目,从哪边看都会得出各自不同的结论。博雅如傅雷先生,在他1944年写的那篇著名的《论张爱玲的小说》里,对《倾城之恋》的评价也难说到位——"尽管那么机巧,文雅,风趣,终究是精练到近乎病态的社会的产物。好似六朝的骈体,虽然珠光宝气,内里却空空洞洞,既没有真正的欢畅,也没有刻骨的悲哀……仿佛是一座雕刻精工的翡翠宝塔，而非莪特式大寺的一角"。傅先生是热烈而沉重的人，能理解壮丽宏深的悲剧，而对"几乎无事的悲剧"，说到底缺乏感应。他只把范柳原看成"饱经世故，狡猾精刮的老留学生"，把小说本身当作"笼统的感慨，不彻底的反省"，在他期待张爱玲深入和用力的地方，张偏偏蜻蜓点水般掠过，他为此而不满足。

这只能怪傅先生和张小姐的思维本在两股道上。前者对待事物的态度是单向、端严、不食人间烟火的，后者则复合、游离、胃口大开。张爱玲乃凡俗中人，因此对尘世中的白流苏和范柳原持有一份同情与爱怜，并不单把他们当作批判和解剖的对象；同时她又是跳出三界、俯瞰人间的"非人"，因此能无情裸裎他们源自人性局限本身的诗意和劣根，对其不抱脱胎换骨、进为天使的希望（她对谁都不）。正是这"人"与"非人"的双重目光，造就了《倾城之恋》的双声部世界。所以照我看，其实张爱玲是站在高处写的这个故事，我非常赞成止庵先生的观点——张爱玲写出了鲁迅用曲笔没有写的东西。是的，她用繁复的工笔铺排尘网中的人事，这是鲁迅所不做的；但他们最后的指向却同一——即真实深切的文明反省与人性质疑。

这是"过度阐释"张爱玲吗？我不以为。她的这些命意，都已丝丝入扣地藏在白流苏和范柳原这两个形象里。对白流苏，作者用从外到内的心理透视法，对范柳原则一直从外部和侧面描写他。

白流苏在黯淡破落、七嘴八舌的白公馆出场，暗示着她即是这种窒息人之真性与创造力的老大文明的被动产物——她有梦一般美丽诗意的外形，以及在内外交煎的环境中磨炼出来的、对世界的理解止于利害算计的干燥灵魂，孤苦，无辜，人情练达，技巧性的风情。她的全部世界，她的价值观，都是不自觉地实用和形而下的，她的终极目标，即是要找到一个可以栖身的丈夫。她的表象和内里的歧义，才造就了范柳原对她美丽的误解，以及日后越来越有趣的剧情。在英国长大的范柳原是西方文明的乳儿，这个看上去玩世不恭的花花公子本质上是个"诗人""赤子"，对于人世，他采取双重的态度——既谙熟功利和形而下的生存之道，又持着审美而形上的观照："你是什么样的人，我就拿你当什么样的人看待，准没错。"这话，我相信他不仅用于白流苏。他魂牵梦萦于想象的故国之美，他的目标，就是要寻找一个"真正的中国女人"。两个灵魂不同、目标不同的人相遇，猛然发现对方即可能是己之所求，于是开始追逐，开始交流，开始错位。《倾城之恋》最精彩处，即是对这种"错位交流"形神毕肖的呈现。

怎样的错位呢？一个是诗人在随时发作他的胸臆——谈着关于"爱"，关于"中国之美"，关于孤独渺小的个体面对终极命运时苍茫的不能自主……说这些的时候，他是在吁求着另一个诗人从终极之端伸来一双温暖而慰藉的手，然而她没能；一个是急于栖身的女人煞费苦心地算计着——如何既提防自己的肉体被占了便宜，又要刻刻施展魅力维持他对自己的兴趣，在这有苦难言的焦灼时刻，她是在渴望一个安顿肉体的生活归宿，然而他不给。由白流苏这一形象，张爱玲含蓄地揭开了我们的文明那种绰约其表、无趣其里的实质：只知道生存，只盘算利害，只执迷物质，自然奔放的真情，被死气沉沉的宗法秩序异化打磨成了为人处世的技巧。面对"西化诗人范柳原"的精神放电，"中华文明者白流苏"时时"短路"，因为她的词典里虽有范柳原的那些词汇，却没有他的那些义项。于是，二人之间经常发生同一词语在词意上的针锋相对、南辕北辙，这种参差，犹如没有音阶交叉的双声部合唱，散发出了不动声色的喜剧效果。

他俩只有那么一瞬间的交融——那是在劫后的香港，夜晚的屋中，白流苏听着窗外的悲风，想起了"地老天荒"的那面墙，她突然悟到，"在这动荡的世界里，钱财，地产，天长地久的一切，全不可靠了。靠得住的只有她腔子里的这口气，还有睡在她身边的这个人。她突然爬到柳原身边，隔着他的棉被，拥抱着他"。只有这一刻，白流苏被生存烦恼所占满的心，才迸发出了一丝"交出自己"的朴素真情。这一刻被范柳原等到了，抓住了，珍惜了，于是，他们结婚了。

范柳原的形象显然是超现实的，却有股勃勃生气，承担着两种对立的功能：他既是一种超人间的纯精神视角，审视着白流苏式的生存逻辑，又是一个秉承了人性弱点的凡俗中人，怀疑着那个"超人间的纯精神"。"柳原现在从来不跟她闹着玩了。他把他的俏皮话省下来说给旁的女人听"。一句话，解构了那个曾经如此神秘高贵的情圣——虽然他有一腔的爱，满心的诗，虽然他是赤子、诗人，什么都能看透，然而诗意的花朵总会此开彼谢，一如爱的热度不能永恒。人性本来如此。

这就是张爱玲式的审视与怀疑：她能看透人类一时一地的错谬，她也站在绝对的高度批评那错谬；但她也调转头来，用人间的目光打量那绝对，于是"绝对"也露出僵硬不实的惨象。但她不是相对主义者，不会混淆"人间"和"绝对"各自的好处与糟处，她也知道，它们的确是各有各的好处与糟处的——整个世界就是这样一个缺陷的存在，既奥妙无穷，又如此而已。这一切，她全部知晓，全然领受，孤独无援，徒呼奈何！

2006年5月8日

红楼解梦人

舒芜先生的《红楼说梦》属于那些以平常心和赤子心喜爱《红楼梦》的人。这本2004年得以再版的书初版于1982年，之所以今日读来仍让人兴味盎然，大概正因此点。这与舒芜先生的"读者观"有关。他认为无论写小说还是研究小说，都必须诉诸"普通读者"的自然体验："试想，当日曹雪芹于悼红轩中，披阅十载，增删五次，呕心沥血写出这部《红楼梦》，是为谁写？写给谁看的呢？难道他预知或者期望将来有一门'红学'，特地写出来以供专家钻研的吗？""最广大的普通读者对作品的正常理解和健康感受，永远应该是任何专门的小说研究的出发点，又是归宿点……一切专门的小说研究，凡是或多或少能够昭阐文心、裨益读者的，必然都是没有离开这个出发点和归宿点的；反之，凡是歪曲原意、贻误读者的，究其原因，不是没有从普通读者的正常理解和健康感受出发，就是没有归宿到那里去……对一切小说研究来说是这样，对'红学'来说也是这样，不管它多复杂多深奥也没有什么特殊的地方。"所以他说这本书"只想记录一点《红楼梦》普通读者的谈论，又怕记不好"。

与他息息相通，英国女作家弗吉尼亚·伍尔夫有一本书就叫《普通读者》，说的是她自己对一些文学作品的批评与感受。我们总把这个标题理解为作家的自谦，现在想来，其实它未尝不在表明作家的一种"读者观"与"写作观"。写作者究竟应把"普通读者"视作与自己在心智和经验上平等交流的对象，还是把他们看作根本不可能理解和感应自己的庸众与"刍狗"？随着现代主义的滥觞，许多严肃作家选择后种立场。究其因，盖与精英文化传统的单向发展直至自我封闭有关，于是"精英文学"日益成为"独白式的"，文学的对话精神随着对"庸众"的唾弃而日渐丧失。好在曹雪芹写《红楼梦》的时候，"小说"还未变味成一个炫耀智力优越感的场所——他既不必担心自己的高致才情被愚蠢的大众所误解和玷污，而把自己的作品弄得只有他一人能懂；也不想迎合所谓村野百姓的

"低级趣味"或担心书不好卖，而把小说写得滥俗弱智。在这一点上，舒芜先生和曹雪芹先生的立场接近——归根到底，他们都是把读者（不论多寡）和自己同等看待，与自己同情共契，趣味相投，既不过高，也不过低，而是为某种共通的体验喜怒歌哭。相反，那种关闭沟通之门的写作，在本质上与"迎合读者低级趣味"的弱智滥俗写作有一点是相同的，那就是对"普通读者"的经验、智力和感受力的蔑视与怀疑，就是"不爱"。一个心中无爱的写作者的作品恐怕是可疑的。

因了这个"普通读者"的出发点，作为普通读者的你对《红楼梦》的诸多疑问，就可以期待从这本《红楼说梦》里找到他特有的答案。比如，《红楼梦》里的主要人物都是怎样出场的？为什么他们中有的人刚刚出场，我们就好像已经很熟悉了，这种感觉是怎么来的？贾宝玉到底是个怎样的人？他的"玉"到底有何玄机？为什么黛玉和宝玉老是吵架，吵了多少次架？黛玉什么时候开始不和宝玉吵架了？为什么和宝玉"同领警幻仙姑所训之事"的女子是"可卿"和袭人，而不是他所爱的黛玉和所敬的晴雯？为什么宝玉不爱读书？他真的什么书都不读吗？在礼教森严的宗法社会，男孩子贾宝玉和众女孩居然能在一个大观园里无拘无束地生活了一两个年头，如此超现实的事情，怎么会发生？而且让人感觉发生得如此自然？《红楼梦》后四十回的艺术成就到底怎么样？难道真是完全由高鹗续作吗？怎么看最终的宝玉出家、兰桂齐芳的所谓"大团圆"结局？它真的那么违背曹雪芹的原意吗？……

这都是些有趣味的问题，《红楼说梦》里的回答都十分精妙。它说，林黛玉的出场最早，不是一下子站到舞台的中心，而是从远远一个角落，一步一步移近，最后亮相在贾宝玉痴迷的打量中，她的出场，"由于'木石前盟'的神话，由于冷子兴和贾雨村的谈论，先已形成了一种诗意、哲理和神话式的气氛"；宝玉是在一片惊奇、误解、嫌憎、议论所造成的"悬念"中出场的；薛宝钗是在没有任何"悬念"的情况下，极平凡极现实地出场的，作为花花太岁薛蟠的妹妹、溺爱不明的薛姨妈的女儿、皇商家庭的小姐，她的出场"没有美，没有诗，只有封建主义的最粗恶最鄙陋的一面"；凤姐的出场则是"先声夺人"式的；湘云的出场太迟，为了弥补这一缺陷，小说在后来的回目中"经常用追忆补叙的方法，来丰富她的形象"；赦、政、珍、琏出场皆迟，但读者之所以似早已熟知其人，是因为他们此前"都曾在抽象笼统的叙述中，在陪衬的地位上，在别人的对话里出现过，少的两次以上，多的十多次……作者于此，是苦心经营过的"，并且精确列举了他们分别是在哪一回因何事被人提起，或他让下人带了句什么话，等等，破了解弢的"文章化工，不易效法者也"的神秘化解释……这些拆解的段落，真是庖丁解牛，若不把《红楼梦》倒背如流,从整体到局部到毫发完全了然于胸,断不能剖析得如此细致入微,出神入化。读者看了这些,不但加深对《红楼梦》的了解,对于小说的写作艺术,也会有不少领悟。

给我印象特深的还有几处。在《晴雯为什么"枉担了虚名"?》一节,作者问:贾宝玉有着与封建道德截然不同的恋爱观婚姻观女性观,他尊敬女性,为什么却会在第五回和第六回里先同"可卿"后同袭人"同领警幻仙姑所训之事"?而且此事"不能理解为一般的男女之间的性的关系,它是有着明显的社会意义,专指那种相互玩弄(主要是玩弄女性)的淫乱关系"。他的分析是:宝玉是个封建末世的"新人",同时也是个贵族公子,男女关系上也有庸俗的一面,他"虽是笼统地认为'女儿是水做的骨肉',但实际上女儿当然决不是一律的,其中也尽有'泥做的骨肉'的。当他遇着'泥做的骨肉'的女性时,'肉'的诱惑也就在他身上起作用"。作者分析道:秦可卿和花袭人都是"泥做的骨肉"者——袭人直接劝宝玉读书上进,秦可卿则通过一系列的细节暗示她也是讲究"世事人情"的"学问文章"的人,和袭人是同调,她卧房里的对联"嫩寒锁梦因春冷,芳气袭人是酒香",已暗暗将此二人连接起来。她们是封建基业和封建道德的维护者,而"封建道德的理想,当然是禁欲主义……在禁欲之先、之后或者更多的是同时,总要有纵欲来相随伴……转移的关键，在于情欲极端放纵之后的必然衰退，又在于极端玩弄女性之后必然归于彻底憎恶女性。这就是所谓'由色悟空'，所谓'红粉骷髅'。封建贵族子弟年轻时沉湎酒色，成年后收拾心神，立德立功，齐家治国，这就叫作'浪子回头金不换'。宁荣二公委托警幻仙姑对宝玉进行的教育，就是'由色悟空'的教育，先做彻底的浪子然后彻底回头的教育"。由"可卿"和袭人对宝玉进行这样的教育，当然最恰当不过。"而对于真正是'水做的骨肉'的女儿，他始终是爱惜尊重，所以才能够同晴雯'亲昵狎亵'而又终于保持了'各不相扰'的关系。"然而正是这种魂梦系之的真情和个性觉醒的意志——而非物质结合的肉欲满足——才是对"封建主义秩序"的真正背叛与瓦解，才为贾母王夫人所不容，这就是宝黛爱情之所以成为悲剧的原因。这样的剖析，需要发现者的火眼金睛与学问家的合理联想。

此书对于《红楼梦》后四十回的评价，与胡适以来的红学观点大相径庭。作者"甚至相信程伟元、高鹗确实是得到八十回以后的曹雪芹原作的残稿，他们又作了不少连缀补充，由于他们的思想和才力与曹雪芹的差殊，所以今本后四十回才会这么不统一，好的地方太好，坏的地方又太坏，不可能是出自同一人之手笔"。在《冲破瞒和骗的罗网》里，作者又以种种例子，申说他的这个观点。因了这个缘故，我耐下心来把后四十回读完，愈往后愈觉得"雪芹残稿"论大为有理。我没有作者的功力去逐一考证，只凭阅读直觉，深感从第105回"锦衣军查抄宁国府，骢马使弹劾平安州"开始，已接上前八十回气脉。有几处只有曹雪芹才会有此奇笔：比如第115回"惑偏私惜春矢素志，证同类宝玉失相知"里，贾宝玉和甄宝玉各以己心为对方之心，相互揣摩、试探、错位直至鄙弃而散一节，写得真令人忍俊不禁，奇趣横生；第119回"中乡魁宝玉却尘缘，沐皇恩贾家延世泽"里宝玉告别一节，肃杀悲凉，百感交集；第120回"甄士隐详说太虚情，贾雨村归结红楼梦"里，宝玉身披大红猩猩毡斗篷在茫茫雪地里向父亲遥拜告别一节，袭人出嫁一节，以及最后余下人等的去处各做交代，以雪芹和空空道人对白收场，以"说到辛酸处，荒唐愈可悲。由来同一梦，休笑世人痴！"作结，若非雪芹之笔，断不能写得如此从容不迫，力透纸背。历来学者以结局的大团圆"殊不类茫茫白地，真成干净者矣"，作为后四十回不是曹雪芹所写的依据，但若以了却尘缘的贾宝玉眼光来看，"兰桂齐芳"于他有什么价值和意义呢？他既已蓬头赤脚跟了一僧一道走向茫茫雪地，回归大荒，贾家的"天恩祖德"就和他没有关系了，那个世界，也是一个毫无价值和意义的死去的世界了。因此舒芜先生说"他在'家业复振'之时毅然出家，这样的安排，真正写出了他的最大的决绝"。这是深有体会的说法。

然而，世界死去又能怎样呢？人解脱于爱恨情愁，因无情而自由，又能怎样呢？可见《红楼梦》的最后，终于导向了一个没有意义和价值的世界，导向了寂灭与空无，这是曹雪芹最大的彻底，最大的残酷。而这些，是舒芜先生最后也没有忍心道破的，空余我们这些尘网中人，遍尝爱与痛、甘与苦，在悟与执迷不悟之间，辗转挣扎，妄揣想。

2004年8月

别样的民国文学地图

　　文学史是一项不折不扣的地图绘制工作。不同的旅行者手持不同的地图，沿着不同的路线走去，会经过不同的风景，遇到不同的人，攀谈不同的话语，抵达不同的终点，最后，因这不同的旅程，而长成了不同的心灵。

　　由于最后的结果是如此重大，我一直视文学史的书写者为特权人物。出于对此种人物敬而远之的习惯，自从大学毕业，就很少看各种内地版本的中国现代文学史——之所以单提内地的中国现代文学史，是因为我并非无端地觉得，这一时空的文学史书写乃是特权中的特权。

　　但《民国文学十五讲》（以下简称《十五讲》）这本

书，我却好好地读了一遍。原因无他，只因它是讲谈而非宣教的，是片段而非体系的，是"民国文学"而非"中国现代文学"的，更重要的，它是孙郁先生的作品。这位以《鲁迅与周作人》《鲁迅与胡适》《鲁迅与陈独秀》《鲁迅忧思录》《周作人和他的苦雨斋》等著作反复打量周氏兄弟的学者，会怎样勾勒整个民国文学的轮廓呢？这是我好奇的。

读罢，明白了这是一本手绘的文学地图集，并不依循统一的意识形态度量衡，比例关系随作者的文化价值观而定，因此画得莺飞草长，很不规则，以呈显丰盛多姿的民国文学生态为务——深渊，峻岭，小丘，溪流，树木花草，鸟虫走兽，希腊小庙，草根军营……一应景物都带了绘图者的诚恳，一种耐人寻味的文学观贯穿始终。

什么文学观呢？艺术本位，多元主义，智慧，自由，个性，宽容，拒绝强制和单一，态度却是温和的——对所有文学现象和作家作品，都报以同情的理解。以此为圭臬，作者还原民国文学的源头和发展，做出发乎本心的选择、叙述和评说。

因此，《十五讲》做了件重要的事，就是突破内地现代文学史叙事一贯遵循的唯"新"（革命）是从、泛道德化和"小说独大"框架，对当年新文化运动主将出于策略考量而宣判"死刑"的旧体诗词、旧派小说、旧戏曲、"旧"文化，以及因"不正确"的政治履历而难以"翻身"的诗人、作家，进行意识形态祛魅和文学价值重估；对所有文学体裁一视同仁，尤重"文章"对读者意识的影响力，并引入"文章学"视角衡量广义的写作。诚然，从夏济安、夏志清一辈开始，海外学人早已超越新／旧、左／右等二元对立，而从文学本体和哲学本体层面进行文学史探讨，但考虑到纠缠而单一的内地文化语境，这种突破仍意味着某种冒险。况且在文学史框架内，该书对有些论题确属首次触及。

作者把民国文学视为一个有机生命体，对其萌芽、发生和发展，做渐进而非激进的解读。因此开篇即谈"清末民初的文学生态"，将数千年的文言文学和新时代白话文学之间的过渡图景勾勒出来，指出：白话文学时代并不单是靠几位文学革命家"革"出来的，而是经由魏源、黄遵宪、梁启超、章太炎、王国维、陈季同、辜鸿铭等几代文人的文章观念的变化，以及《圣经》的翻译和严复、林纾、鲁迅、周作人、苏曼殊、钱稻孙诸人的科学和文学译介，而打开视野、更新观念、培植新式文化土壤并开花结果的。在探讨"新文学的起点"时，作者抓住了最重要的语言问题，对新文化运动彻底否定文言文学、婴儿脏水一同倒掉的一元论思维，提出异议："白话文被单纯化时，汉语内在审美的机制被抑制了……胡适在提倡白话文的时候，还没意识到白话文自身的限度。"通过梳理从清末韩邦庆的《海上花列传》到民国周瘦鹃等人的鸳鸯蝴蝶派小说，作者强调："鸳鸯蝴蝶派不是不关心社会，他们只是视角不同，不用道德的话语讲话而已。""他们将古文和大众口语结合起来，形成了新的白话体。""新文人……把旧派小说的价值低估了。"该书还辟专章评述旧体诗词，对陈三立、林纾、郑孝胥、王国维、鲁迅、郁达夫、黄兴、汪精卫、柳亚子、苏曼殊、陈寅恪、吴宓、秋瑾、沈祖棻等各路诗家的诗词成就，作为民国文学的有机构成，予以尊重的评价。对周作人（作者称其随笔为"学林中的妙品"）、梁实秋（既赞其温润，又不满其"布尔乔亚式的安宁"）、朱光潜（推崇其"文学上只有好坏之别，没有什么新旧左右之别"的观点）、钱锺书（赞其不事体系）、谢无量（赞其"从中国文化特点理解文学，有文章家见识"）的学人随笔，以及齐如山和翁偶虹的旧戏写作，亦分别有专章论述，且后者恐怕是各版本中国现代文学史的独有之举——这是因为作者看到："齐如山的写作有文艺复兴的野心""京剧的改良最为得体，固有之精神未能失去，又不后于世界的审美思潮"，由此，出现了"话剧民族化和旧剧现代化"的良性艺术结果。

《十五讲》在评述作家作品和文学现象的比例分配上，与正统版本的中国现代文学史完全不同。专章论述的单个作家是鲁迅、老舍、曹禺、沈从文、萧红和张爱玲，而非以往的"鲁郭茅巴老曹"，体现出作者追求参差多态、文学本位的史家立场。而对鲁迅这位受到既过多又不当的解读的文学家，作者从"鲁迅的暗功夫"这一旁逸斜出的视角，引领读者探寻"鲁迅之所以为鲁迅"的文化构成，并得出深具启示性的结论："懂西学的人才能真正了解中国文化传统。"

通读全书，感到作者的写作，有一种对于当下时代的营养学目的，这是一位温和人文主义者沉默的道义选择。文学史书写说到底是一种文学观、历史观乃至价值观的实践，它不只勾勒已然存在的文学风景，更会参与现在和将来的文学地貌乃至精神地貌的构建。也是在这个意义上，我认为孙郁先生的《民国文学十五讲》是一本值得尊敬的书。

2015年8月

在地铁里读北岛

在地铁书摊见到《北岛诗歌集》时，我惊讶已极。想不到多年的销声匿迹之后，竟会与这位诗人在此相逢——诗集周围层层叠叠着小资白领中产读本，诗集的装帧本身也在尽可能的素朴之中透着纤柔的样貌。它待在那儿，似乎宠辱不惊，似乎等着一位记忆复苏的知音，似乎暗示着平静的能力和勇气，就这样北岛重又走进了我们的生活。

就这样，我在地铁的轰鸣声里断续读完了这本诗集——据说它是1990年代以来北岛在内地印行的第一部诗集。在地铁里我读过几本诗，这个地方几乎帮我建立了判断诗好诗坏的标准:那好的诗总能把我带进暗流汹涌的寂静中,而忘掉身边嘈杂的人群;不好的则相反——觉得地铁吵,诗更吵,情绪会因此变糟。在地铁里读北岛的时候,心情不糟,但是复杂,蜿蜒的铁轨无端地沉重,似是一条时光隧道,带我跨越三十年的时空。

是三十年的时空。不明白诗集为何抹去了每首诗的写作时间,这是个不可原谅的错误。好在我能够大体知道,它收入了北岛从1972年到1998年间的重要诗作。现在读这本诗集,使我突然清晰地意识到,北岛那些在70年代末80年代初震撼了他的同代人的诗,经由他们的传递,也早已在我这个"70后"心里烙下了印痕,尽管我对它们的初次阅读,要等到好几年之后的80年代末。那时狂飙突进的启蒙时代行将结束,人们的心头吹拂着惘然的悲风,历史的层层叠叠的血痕,淤积在年长者的眼中,而我们这些一无所历的后来人,只在缄默无语的空气中抽象地猜测着来路。在沉默的抽象生涯里,我们感到了《回答》《太阳城札记》《一切》《宣告》《结局或开始》的能指与所指。我们听到了其间血液的呼啸。我们体会到它们所言说的热和冷,绳索与自由,爱情与正义,死亡与真理。是的,我们在以审美与传说的方式,读懂北岛,欣赏北岛。这是"70后"一代的宿命:依稀的童年和青春记忆与北岛一代接壤,但是这种蒙童般的旁观经验却很难形成清晰的意识和有形的言语;它们涌动在我们的生命内部,虽无法发声,难以命名，却成全了一种跨时代的理解力。因此，北岛从经验中诞生的早期诗歌，到我们这里则需靠对记忆的参与性想象来达成对它们的理解（并不费力地）。我们自认为能够理解，因这些诗本身清楚易懂，刀锋向外。我们曾痴迷和感喟，为这些诗的血性的质地和铿锵的韵律。但同时，我也知道北岛的语言不属于我们——历史的亲历者和旁观者、先到者与迟来者永远不可能使用同样的语言。"迟来者"与"旁观者"，这就是我所认为的可悲的"70后"。或许只是我自己如此。我对早期的北岛抱有无限的怀念和无尽的诘问，而怀念和诘问的理由却无不堕入经验的虚无中。我不知道，晚生于我的"80后""90后"们，乃至之后的无穷世代，对北岛的早期诗歌会有何种认知。

也许北岛对此早有意识，因此他对自己的早期作品批判得比所有人都严厉。在一篇访谈里，他说："现在如果有人向我提起《回答》，我会觉得惭愧，我对那类的诗基本持否定态度。在某种意义上，它是官方话语的一种回声。那时候我们的写作和革命诗歌关系密切，多是高音调的，用很大的词，带有语言的暴力倾向……这些年来，我一直在写作中反省，设法摆脱那种话语的影响。对于我们这代人来说，这是一辈子的事。"

北岛90年代以后的诗，的确与早期有极大的不同。技艺更圆熟。声音更内敛。是他独自的低语。有时似自己对镜交谈。寂静与孤独时而对他构成威胁和敌意，时而引起他对往昔自我的反讽与自省。这些诗有着佯装的平静和易碎的紧张，随时准备像火山爆发。时有妄念。幻觉焦躁。前生的光荣一直如影随形，干扰着诗人蜕蛹和新生的自我。竭力谛听此岸自我的真实的声响，竭力与昔日的荣耀和惯性的渴求做斗争，竭力沉入现在之中，是这些诗传递给我的朦胧而晦涩的信息。90年代以后的北岛不再易懂，在多年的海外漂泊中，在对母语环境的疏离与反观中，北岛变成了一个更为内在的诗人。他不再是伤痕累累的雕像般的"我们"，他只成为了他自己。

但是，如果没有《回答》，没有《一切》，没有《宣告》，没有《结局或开始》，北岛还是北岛吗？即使他现在写了无数更娴熟更完美的《第五街》？无论如何，在喑哑的年代里，那根最深沉的喉管里爆发出的最疼痛的声音，是永远最值得人们追忆和感念的。作为后来者，我对此深怀敬意。

2003年

"在路上"的北岛

北岛的《青灯》写了他记忆里的人和事。十万字的薄薄小书，一张摊开的精神地图，我们能从中看到这位诗人眷恋的故乡，行旅的路线，经停的驿站，途中的侣伴——有的交厚情长，有的擦肩而过，有的在继续书写人生，有的已踏入另一世界……此书多少能满足读者对北岛其人的好奇心，因为这里的他除了严肃、崇高、拘谨，还有幽默、毒辣、家常的一面，这在他的诗歌里是很少流露的。但作者本人恐怕意不在此。这位十九年前去国难回的"国际流浪汉"，此番很想做一次耐心的导游，让读者跟他一起，用"脚"认识这"小小寰球"上的诸多角落、各色人等——无数"他者"的碎片,乃是我们自身的镜子;游动不安的视野,终要指向隐秘的根系。

可以说,北岛的目的达到了。这很得益于他的写法。无论多么事关"私我"的叙述,总有他的"超我"把视点升高再升高,直到视线里同时出现了众多的他人,无边的远景,纵深的历史,驳杂的当下——才算了事。这一戒不掉的习惯,是时代美德的馈赠。也许它与时下自我中心、炫人眼目的"青春主旋律"代沟深深,但总有一日,青年长成,沧桑阅尽,会念及父兄一辈温暖的遗产:除了自我,还有他人;除了门前雪,还有全世界。这种极难极深的爱,绝非自我迷失的廉价情感所能相比。

书中的五篇悼亡之作,是我最喜读的部分。五位逝者,有的名满天下,但其人其心不甚了了;有的籍籍无名,然其个性命运令人唏嘘。早听说诗人蔡其矫是个放浪不羁的性情中人,但从北岛的《远行》里才"亲眼目睹"他有多性情:华侨富商之子,为实现公正投身革命,开蒙于惠特曼,一生爱诗,爱美,爱自由。1962年,当人们放弃自我讴歌时代时,他以《波浪》一诗背对阳光:"我英勇的、自由的心啊/谁敢在你上面建立他的统治?……/波浪啊!对水藻是细语/对巨风是抗争……"禁欲主义的革命,却禁不住他对美丽"水藻"的轻柔"细语"——1964年,他因"破坏军婚罪"被开除党籍,坐牢两年。后来艾青问他:你为女人坐牢,后不后悔?他曰:无悔,这里有代价，但也得教益——当面对一个爱你的女人时，你要勇敢……1970年代中期，北岛把他引入北京离经叛道的地下沙龙——除了交流写作，那儿更是聚会郊游酗酒吟唱谈情说爱的所在，漂亮女孩不时出没，蔡老的相机镜头如影随形。"大家当面恭敬，一口一个'蔡老'，背后叫他'蔡求蜜'……"如此细节，不胜枚举，不但主人公形象呼之欲出，更顺带呈现了那个贫瘠压抑的年代里，丰饶而冒险的另类生活。这些地下乌托邦的参与者，实是中国前卫艺术家最早的先驱，他们站在路边，挥舞着挂满毛主席像章的手绢，以图贿赂司机，搭车远行；为了捍卫自己三十三转密纹的德国立体声唱片，他们不惜鸡飞狗跳，大打出手，直至被关进局子，痛写检查；痴情诗艺的他们虽乳臭未干，却常和潦倒落难的冯亦代、艾青们平等过从，悄悄啜饮西方文学的甘醴……讲述这些往事的北岛是得趣和生动的，宜于站在"文学正史"的"留白处"，为他和同代人的时段复活体温与呼吸。

除了写人，那些记录见闻游历的文章也很有意思。我怀疑它们是北岛根据日记整理而成，初看像流水账，像记者本分如实的报道，可读进去才发现，它们偷偷借用了信息时代"网络点击"的呈现方式行文——每篇文章以时空推移为线索，每经一地、遇一人、听一事，只要有精神浓度，作者即驻足，将那名字"点击"进入，深探其里，端出其今生前世，应和其长歌浩音。文章的信息量是充盈饱涨的，显现出游历四方的诗人在全球化时代的全球性视野。但与时下流行的知识炫卖文风迥然不同的是，北岛的信息给予方式暗含着他对中国与世界历史现实的观照意图，因此选择性强，节制而冷峻。

也因此，《智利笔记》不只让我们知道他去了哪儿见了谁，更让我们了解到帕拉的诗，聂鲁达的人，皮诺切特的军事政变，殉难总统阿连德的高贵从容，以及美国的利益与智利的政治、智利的国运与诗人的命运之间，斩不断理还乱的关系；《革命与雏菊》也不单写尼加拉瓜的诗歌节，它更愿意告诉我们有关桑地诺的反抗，索摩查的独裁，左派组织"桑解"成员的诗歌与革命，革命与腐败；至于《忆柏林》，亦非想要复述他与汉学家顾彬的交谈，而是给我们讲述这座德国都市的沧桑变迁，它与中国命运千丝万缕的隐喻关联，德国"集体户"奇妙的生存方式，以及安放德国人良知与歉疚的柏林大屠杀纪念碑……

《青灯》里的北岛，就这样携一卷汉语的行李，穿越遗忘的藩篱，平静地追忆那些"一年里睡过一百多张床"的往事，如一位永在路上的旅人。

2008年4月

往事的锋刃已刺穿其心

《半生为人》是徐晓的第一本书,一本她写了十年的自叙传性质的书,不,如果从里面写作时间最早的《我的朋友史铁生》(1987年)算起,这本书写了十八年。喜欢徐晓文章的人——其中包括我——望眼欲穿,总算等到她的文章结了集,从中我们也终于能看到,围绕着1970年代末中国最重要的民间刊物《今天》(它是"朦胧诗"真正的发祥地)出现的那一批理想主义者的真实肖像——既有周郿英、赵一凡、李南、刘羽这些不写作只做事的"沉默的极少数",也有北岛、芒克、史铁生这些日后声名赫赫的写作者,更有徐晓自己悲欣交集的片段人生,可说是一部个人化的"《今天》传"。此书出来时，徐晓当真半生已过，多少沧桑埋在这个看似平淡家常的书名里。

当然，她不是"十年磨一剑"地写作此书，而是"两月打鱼，三年晒网"地写。对此，徐晓本人有一番言之凿凿的"终生业余写作观"给自己撑腰，大意是说：写作者只有立志于"终生业余"，才能保证她（他）写作的精神纯粹性，才能排除因作者的名利诉求带来的"注水"可能，才能确保写出来的东西真正是"不能已于言"的产物。在这样的写作观驱使下，徐晓写得是如此之少，又如此苛刻和谦逊，以至于我在她面前都算得上大言不惭的"高产作家"了。

然而谁又敢把自己文章的血液浓度和徐晓的相比？我是不敢。恐怕百分之九十九的写作者都不敢。锥心刺骨的痛楚、永难消退的炽爱、无法弥散的芬芳汇聚于此，令人读罢唯有静默。疼痛的真实如同刀剑的丛林，作者纵身其上，微笑、宁静地婆娑起舞，舞姿优雅轻盈，如风行水面，而我们知道，往事的锋刃已刺穿其心，天空中内心之血凝成的花朵盛开得惊魂动魄。

这花朵令我唏嘘，然更多歆羡。羡慕徐晓和她的爱人与友人曾经如此酣畅地生活过，叛逆过，自由过，痛苦过。羡慕他们拥有如此之深的记忆。羡慕他们能如此之真地体验到自己的存在本身。如同一条塑料管羡慕会受伤、能流血的真血管。如同拒绝长大的孩童奥斯卡忽然羡慕起能成长也会衰老的家人。这是一个生于1970年代的人对生于1950年代的理想主义者的羡慕和爱敬。这是一种真实的审美情感。其中夹有若许矫情和虚伪的成分——虽然羡慕和爱敬,但并不敢亲尝徐晓式的酣畅沉重的人生。

徐晓似乎本能地深谙"沉重"与"轻逸"、"浓烈"与"清淡"、"崇高"与"低调"、"残酷"与"温柔"、"奇特"与"平常"之间的辩证关系,并在这些两极对立关系中穿梭转换自如。或者毋宁说,在这些语义对立的词组里,徐晓的禀赋气质天生地属于后面一组,然而她的际遇、她的命运、她的生活给予她的,却偏偏是前一组。她以自己的天然迎接这一切,不躲闪,亦不逞强;不夸饰,亦不淡忘。她只将自己所历所感娓娓道来,绝不作"惊天地、泣鬼神"之状。回忆青春时代的牢狱之灾,她偏谈其中的"日常生活"——在残酷黑暗的背景里,她喜欢让我们记住的是善良的女狱警"墨绿"温暖动人的微笑,狱友们克服千辛万苦给她做的棉背心,一位童话般美丽的女囚一闪而过的身影,一位始终谨记"上帝爱世人"的坚忍安详的天主教徒……回忆《今天》杂志同人,她极少直接表现北岛、芒克这些尽人皆知的人物,却将刻画的笔触伸向那些沉默付出、不事写作的幕后英雄——比如兼具圣徒意志和史家意识的资料搜集者赵一凡,隐忍宽厚、意志惊人的周郿英,一生助爱他人、淡定超脱的李南,一直在早期的受害阴影中挣扎、手术昏迷中仍大叫"警察来了,

270

不要抓我！"的悒郁而终的刘羽……徐晓的视角是独特的，目光是毒辣的。她的心魂、她的同情、她的立场总在边缘，然而她又无时不与时代的核心保持着自然而密切的感应；她并不回避承担与厄运，然而在书写中，她从未因此自赋一点儿对他人的道德优越感和优先审判权——就像有些道德激进主义者无意中所做的那样。

正是这样的人，当她陷入对逝去的爱人周郿英的痛悼与诘问，陷入几近自虐自戕的自我拷问和自我质疑，陷入逝者和上帝均不接收的孤独、思念、遗憾与忏悔时，那种撕裂的疼痛是连鬼神都要落泪、是我们无法分担亦无法承受的。她至今无法释怀在重病缠身的丈夫离世时，从来恪尽守护之责的她居然不在场，她如同一个上穷碧落下黄泉的痴人，死死追究着这样一个问题：

> 他是否呼唤着我的名字死去？在他弥留之际，是否想亲口对我说出他一生都没来得及说的话……我相信，或者说我宁愿相信，如果我在场，哪怕他已奄奄一息，但只要一息尚存，我一定能如愿以偿。或许他的声音微弱得让别人听不清，但我能听清。
>
> 几年来，我常把自己幻想成一个沙漠中的旅人，用近乎自我欣赏的目光，自作多情地看着一个落寞、孤独而又自信的女人，在最美好的季节里凋散。她无时无刻不在破碎，不在七零八落，不在死亡。她

往事的锋刃
已刺穿其心

以全部身心期待着，相信总有一天能在共同的自我毁灭中达到完美，在创造自身中得到升华。事实上，这是我仅有的心事，这是我惟一的隐私。

没有人比他更加深谙无言之美好之深刻之高妙，对一个视沉默如金的人来说，什么都不说比说什么都更好。

但那不是沉默。他死了！……

每当我读到《永远的五月》中这样的句子，都禁不住潸然泪下。

陀思妥耶夫斯基说："我不能成为没有别人的自我。我应在他人身上找到自我，在我身上发现别人。"毫无疑问，也可以这样描述徐晓，以及与她同时代的生死与共的友人。正因如此，徐晓所叙述的人和事，便不只是与她一人有关的人和事。那是整整一代的人和事——一代并未因功成名就、俗世浮嚣而退隐其精神光芒的人和事。惟因其闪耀着精神之光芒，那逝去的一切才有理由传递至我辈的手中，成为在这个任何事物都可能瞬间化为乌有的"日新月异"的国里，弥足珍贵的生命记忆。我为分享了这样的记忆而深怀感激。

2005年5月7日

阎连科反对阎连科

十年之间，阎连科有四部长篇小说问世，却朝着两个背道而驰的叙事路向奔跑。《日光流年》《受活》和《丁庄梦》是一个，《坚硬如水》是另一个。前者是诗化的、悲剧的、本质化和绝对性的叙事，后者是杂语的、喜剧的、表面化和相对性的叙事。如果以巴赫金的杂语理论来看，显然《坚硬如水》更切近小说的自然本性，但是阎连科几乎没有沿着这条阳关道走下去；另外三部小说则是"反小说"的，但是阎连科却在这条险路上愈行愈远。小说家阎连科为什么选择了反对自己的道路？这到底是怎样一条路？这条路对于小说本身来说，得失如何？这些问题是很有意思的。

在《日光流年》《受活》和《丁庄梦》里，权力、创伤、遗弃与死亡的主题贯穿始终，小说放弃写实地经营人物和故事，而以大写意的绝对主观性叙事完成长篇建构。这种主观性不仅是一种文体和风格，更是阎连科对他所理解的宇宙、命运和人间本质的极端化概括与呈现。这种写作如果一定要有一个名称，我称之为"绝对叙事"。它有这么几个特点：

1. 空间的绝对封闭与独异。《日光流年》发生在人人活不过四十岁、为世人所遗忘的三姓村，《受活》的故事发生于全村皆是残疾人的受活庄，《丁庄梦》的地点则在艾滋病村丁庄，并主要集中在关满了艾滋病人的一所小学。这些绝对封闭、畸零和特殊的地点所散发出的假定性和象征性，使小说的叙事不必遵循客观世界的常情逻辑，"信口雌黄"因此得到了完全的合法性。

2. 时间的绝对静止和循环。历史的背景或者说时间的向度在这三部长篇里是形同虚设的。人物与环境的苦难性质并不随着历史的变更而稍有改变。苦难与死亡已成超时间的必然之物。因此有了第三个特点：

3. 宿命的无可抗拒。司马蓝和他的前任们带领三姓村人，对夭折命运的抗争是坚韧的，最终归于徒劳。《受活》和《丁庄梦》，命运的面孔也如此。

4. 完全被世界所遗弃的主人公，主人公被塑造和呈现的方式是草芥和棋子式的，受到叙事人的绝对支配。就如同"上帝说要有光，于是有了光"一样。

5. 本质化的情节编织和世相营构。即是说，作品的情节和世相呈现，是作家对世界、命运与人世之本质概括的直接表象化。正是本质的表象化，成为这三部长篇的构造力和叙事法。

三部作品看起来是超政治的，但同时更是政治性的。它是一个作家代替那些卑贱者、被剥夺的人、被遗弃在世界之外的畸零者，所做的不平的呼喊和绝望的复仇。他的起点是伤痛与爱怜，终点却抵达了愤怒与诅咒。诅咒这世界与这些卑贱者一同消亡，什么也不剩。或者，与其说这是诅咒，不如说这就是作家的认识。在他意识的终极之处横亘着死亡和虚无，人类在它们面前必然失败，因为没有人曾将它们战胜。

也正因如此，这三部作品的悲剧性显得怪诞——悲剧的本质，是人类试图以否定命运而肯定自身，然而终归失败；但失败也无改人类无悔地肯定自身的尊严。人与命运的永不和解的张力，构成了悲剧的核心。阎连科的小说则活跃着表里不一的双重声音：从表象上看，是主人公对自身意志之肯定和对不可抗的命运之否定，但作品本质性的叙事基调，却呈现着相反的声音：那是抗争失败的人由于对失败结果的明了，而达成的对自身的否定与放弃，以及对命运的肯定与服从。这是一种源自中国传统精神的顺应与放弃。而这种传统的致命之处在于：它总是把历史性的事物当作永恒的宿命。总是把相对之物当作绝对之物。在这种传统精神中，人与命运的张力趋向于松弛和消失。因此我们这个民族至今仍是一个匮乏悲剧的民族。

由于这个民族的个人生命意志持久不得伸张，历史的正义迟迟不来，民族之魂里蕴蓄着恒久的悲情，愤怒和哀伤吞噬了小说家。这是一种端凝的、无心游戏的、趋向于中心的精神状态；而小说天生是杂芜、游戏、消解和游离中心的思维方式，它的本质是杂语。西方小说和中国古典小说的叙事精神莫不如此。因此我的不成熟的意见是：就叙事生命力而言，也许阎连科《坚硬如水》的道路，才埋藏他更丰富的可能性。因为，小说家只有自己解放自己，才能解放小说。正如我们只有解放自身的精神，才能解放历史。

2007年11月

秘语者董启章

董启章的样子像个理科生,眼镜片后的目光是单纯、中立而思维不停的。但脑后扎起的短辫则暗示,他的职业大概并非在实验室里处理数据。他处理什么呢?那是些无法计算的东西:百感交集的幻想,稍纵即逝的经验,意识的迷宫,可能性的世界……尽管如此,他还是煞有介事地把这些飘忽之物贴上科学史和博物学的标签,以诸如"一个不存在的物种的进化史""地图集""衣鱼简史""自然史三部曲"之类的冰冷名目,让抒情主义者望而却步,让科学爱好者一见如故。而你若看在他是香港小说家的分儿上,买了他的书坐上飞机以图消遣,那么可以想见,你捧起书不到一分钟就会恼羞成怒。

但"香港小说家"的头衔确会让人和商战、科幻、言情联系在一起,少数严肃作家,则让人联想到精致小巧的盆景。可见香港"国际商业都会"的地域身份,对文学家是很不利的。因此,当我被董启章的小说所惊后,就忍不住问他:香港环境于你,到底意味着什么?心里纳罕的是:香港这个忙忙碌碌的大卖场,怎么会产生如此"卡尔维诺"的小说家呢?在一封信里,他好脾气地回答我:"香港的确是个功利的社会,并不重视文化培养,但香港也是一个开放的社会……在香港这样的社会'三语并用'(广东话、汉语书面语、英语),我们较少固执于一种语言一种文化的习性。对于西方文化传统,虽未至于娴熟,但也没有隔膜,能较为自如地视为人类共同文化来领受。另外,香港从来不乏另类的传统。香港文学本身就是一种非商业非主流价值的边缘活动。虽然人数肯定很少,却从来没有断绝过……当然香港并不算一个真正的多元城市,主流价值是十分单一的,占去了大部分的条件资源。可是,人生存不单靠物质,也不单为了物质。拥有精神自由和自主的人总是存在的。也许是由于长期生活在商业社会里,我们反而对金钱产生了免疫力。我有时候想,香港文学作家比内地作家更不顾虑市场,所以在这前提下,创作也更自由,更独立自主。这样做是不是很艰苦呢?我已经不觉得了。能这样下去,是幸福。"

若不了解董启章"职业作家的无业生活"曾经陷入何等困顿,你是不会懂得信中最末那句话的苍凉味道的。而如果你没读过他的小说,也不会知晓他的写作"不顾虑市场"到何种地步。现在,他虽是坊间所称"著名作家",仍需每年上学期在三所大学教香港文学和写作课("我从不教自己的作品。"他告诉我)——那点长篇小说版税是不够自己糊口的。

其实董启章出道甚早。1994年他二十七岁,以中篇小说《安卓珍妮:一个不存在的物种的进化史》获台湾"联合文学小说新人奖",从此步入文坛。这篇作品的复杂样貌是今日内地拒绝长大的青年作家想象不到的。小说是双声部结构:一个绝望于家庭生活的女人在香港深山里的行动与独白为一声部,该女子写作的关于"斑尾毛蜥"的隐喻性学术片断为另一声部。它感同身受、技巧纯熟地探讨了女性的绝望,评委在揭榜之前还以为作者是个女生。董启章超越自我的"复调"才能由此初显。

不过这种罕见的能力在他近年的鸿篇巨制"自然史三部曲"中(第三部《物种源始》尚未完成),方得以酣畅施展。第一部《天工开物·栩栩如真》(台湾麦田出版,2005年)也是双声部小说,第一声部为叙述者虚构的女孩"栩栩"的"人物世界",这是"当下香港"一个偏僻的精神横切面;第二声部为叙述者不断写给"栩栩"的信,此信以收音机、电报/电话、车床、电视机等日常生活中

"物的更迭史"为线索，讲述董姓家族从祖父至"我"辈的精神情感历程，这是"历史香港"的精神纵切面。此书绝非"再现性史诗"的写法，作家的雄心也不在为"香港"立传，而是以香港场景为触媒，直接切入人物的内在生活，做"可能世界"、自由时空的无限探索。

第二部《时间繁史·哑瓷之光（上下）》（台湾麦田出版，2007年）的此种探索更变本加厉，发展成"三声部小说"，每声部标题用不同语种文字标识——在中英文天文学术语作章节标题的"第一声部"里，笔名"独裁者"的作家在采访者维真尼亚、看护兼画家卉茵的促发下，追认与妻子哑瓷的情感历史和新生可能，这是一个当下的时空；在希腊字母作章节标题的第二声部中，药品店售货员恩恩在作家"独裁者"不断的书信"骚扰"之下，渐渐步入了"婴儿宇宙"，这是业已过去的时空；在表示时间的拉丁单词作章节标题的第三声部，永远十七岁的少女维真尼亚独守荒凉的图书馆，每天清晨为胸口里的机械心脏上弹簧，等待名字叫"花"的少年穿越五十年的时空来访——她是第一声部的"维真尼亚"死去的同名姐姐，"花"是"独裁者"和哑瓷死去的儿子，这是发生在未来的亡灵的时空。三个声部、三种时空平行而又交叉，人物用广东话袒露自己的精神世界，虽有点语言障碍，却别有一番滋味……

董启章的小说，旨在编织"无限可能性的世界"。在这世界的中央，站着一个滔滔不绝的人，他的自我被无限"分身"，去扮演无数"他者"的心灵，即便如此，他仍幻想通过自我的崩解，而走向无我的"大情感"。恐怕很少有人能明白他为何如此。于是，他成了他所命名的"婴儿宇宙"的秘语者——那是一个任何事物都成"初识之物"的所在，那是诗与惊奇的诞生地。若要听清这秘语者的声音，我们需得和他一样，逃离自我中心的习惯，以及对现实唯一性的信仰。

2008年4月

敞开和幽闭的沉默

寥廓的新疆孕育沉默的人，刘亮程是一个，李娟是另一个。李娟的沉默通往世界和他人，在那里一切都新奇，一切都盈满；刘亮程的沉默则通往幽闭的心门，在那里一切都相似，一切都荒败。

这真是令人惊讶的对比，当李娟的《冬牧场》和刘亮程的《在新疆》摆在一处的时候。两书的作者都以旁观者的身份写新疆兄弟民族的生活侧面，但情貌殊异。李娟用白描，刘亮程玩文字魔术。李娟像鼹鼠，一点点掘进哈萨克人冬牧生活的深处，力求同情地理解；刘亮程像蜻蜓，飞临水面时只照见自己的倒影，飞过之后蜻蜓依旧是蜻蜓，水依旧是水。李娟历尽悲苦而依旧是孩子，刘亮程在孤独之中凝固了心灵的活力。李娟手捧不竭的爱，与天地和众人不歇地对话；刘亮程则带着恒久的哀伤，在陌生的世界中寻索熟悉的事物，于是新的也成了旧的——世界未因探求而扩展，相反，在一颗虚空之心的镜照下，世界也虚空、沉闷，百无聊赖。

李娟的《冬牧场》与之前的作品《我的阿勒泰》《阿勒泰的角落》等不同，它是"体验生活"的命题作文。这种写作最易走马观花，声腔空洞，但竟没有。李娟毕竟是李娟。她随着哈萨克老主顾居麻一家扎进古尔班通古特沙漠的冬窝子，结结实实同吃同住同劳动了三个月。她在被嫌弃中启程，在玩命干活中被接纳，在竭力交流中了解彼此，在隔膜的多余感中伤怀……因此她笔下的冬牧生活，有主人公，有循序渐进的过程，有孤独一人时的轻轻感喟，有难言的遗憾与无奈。这书如沙漠里的植物，虽只浇了三个月的雪水，却已生根。但显然她自己并不满意："这是我第一次写约稿，第一次坐下来有计划地创作。不是很习惯。无论是文字还是心意，都感到粗糙而匆忙。很不安……""冬牧场的荒寒之气渍透了这半年来的喧嚣世事。每到心浮气躁的时候，总算还有磐石镇放胸间，总算不至于迷惘。"空茫大地，浩荡云天，牧人们在酷烈自然中坚韧求存的意志和尊严，艰辛生活里小小的希望花朵，悄然凝成她写作的道德律。她文字的诚实和清澈，情怀的开敞与活力，都有这一精神的核能垫底。

李娟有"新疆的三毛"之称，其实除了面对大漠都有一股谈笑从容的劲头，两位女子没有太多相似之处。三毛的情怀是精英式的，她目光的终点、她的主人公永远是她自己——大漠蓝天，爱人邻居，生活里不时编织的美丽花样……都是表现她"非凡之我"的舞台。她的写作，是变换了各种视角的"我"之恋。李娟相反。她没有精英意识，万物平等，躲避滥情，少有自赏，多有自嘲："我想，是时候了，抱怨一下腰的事情吧。但还没来得及开口，就见嫂子从口袋里掏出一长串东西——塑封的去痛片。她像分糖豆一样，给大家一人分了两粒。大家像嚼糖豆一样嚼嚼吞了。又是一阵沉默。我也沉默了。"

但这沉默的女子绝非没有自我意识，只是这意识更谦逊、辽阔和包容罢了。当一个人的心中有一高于自我的神灵，她便强韧，无边，虚席以待，随时让万物和他人进来，演出他们各自的戏剧。她的舞台与大地齐平，正合适他们的单纯与强烈，而她却是轻轻、清清的，因为她敏感，珍惜，善解人意："有时她绣着绣着，会轻轻地唱起歌来，又甜又糯，像小女孩的嗓音一样。我深深听着，头也不敢抬，怕打扰了这美丽脆弱的声音。"

李娟写人，不靠世故，靠情热。写动物，植物，天地，不靠知识，靠心——最终牵挂的还是人。于是，寥寥几笔，即可传神。比如写精力过剩的男主人居麻，爱臭美，到无人的大漠里放羊，也要穿最漂亮的衣裳——给谁看？"给绵羊看！给山羊看！它们看了都说：'咦，这是谁？不像昨天那个人了嘛？'然后都围过来看，再也不到处乱走了……听话得很，听话得很！"他就是这样靠着自我戏剧化，战胜生活的漫长单调而绝不哭丧着脸；他精力过剩，不放羊的时候把家里的一切都修个遍；自负，逞强，不听劝，生气了就摔猫，却听老婆的话；爱幻想，累了一天回到家，盯着餐桌上的大号油饼愣半天神，忽然双手握起它如握方向盘，左右扭动，嘴里不停打喇叭……他一直梦想有一辆汽车。

写人，她便感同身受着他们的艰辛和病痛，他们的寂寞和茫然。他们寂寞地向往着现代的世界，但这世界又是多么辜负他们啊——当他们热切地看电视的时候！他们整夜地看，饥渴地听着她的翻译，得知着轻率荒唐的剧情，不以为然地嚷嚷"换台换台"，可每个台都是如此，可仍旧要看……这真是一幅寓言性的场景：在屏幕的两侧，并列着两种截然相反的现实，平实稳妥的寒暑岁月，正向轻率荒唐的现代生活轻轻迈进……不这样又能如何呢？

这时，李娟的思考进入了最艰难的阶段："荒野主人"最后的归宿会是怎样？在政府的安置下，哈萨克人即将定居——这样可以减少辗转流徙的辛劳，孩子都能得到稳定的教育，失衡的生态环境也可能恢复。但是——"荒野终将被放弃。牧人不再是这片大地的主人。牛羊不再踩踏这片大地的每一个角落,秋天的草籽轻飘飘地浮在土壤上,使之深入泥土的力量再也没有了,作为它们生长养料的大量牲畜粪便再也没有了,荒野彻底停留在广阔无助的岑寂之中……荒野终将被放弃。""今年是羊群进入冬窝子的最后一年。这些最后的情景正好让我遇见……我不认为这是我的幸运。"可以说,《冬牧场》是作家李娟献给哈萨克游牧生活的一曲挽歌。她的感伤,触摸到哈萨克人"新生活"的悖论——在生存的方便和效率,与哈族传统、人与自然关系的延续之间,何去何从?民族文化的独特性,如果失去独特生活方式的支撑,是否还会存在?或者把问题再翻一个番儿:难道民族文化的独特性,只能靠对自然意志的顺从来维系吗?如果不是,那么人的智慧还能做些什么呢?她没能继续这些追问。这是李娟式的写作注定的——她写的是诗,不是"思"。思需要哲学和知识的工具——比如吉尔伯特·怀特的《塞耳彭自然史》和梭罗的《瓦尔登湖》,它们是诗,也是思,自然被当作客体而认知,而那孜孜求索的主体,由于有了工具而多么丰厚结实。李娟呢,赤手空拳。赤手空拳地颠倒众生。但是美的。

刘亮程也赤手空拳。《在新疆》的主体是对南疆生活的观察,但最好的文章却是与观察无关的《先父》——它从作家的命里长出,它是作家自我的一部分。其余的呢,那些库车的铁匠，剃头匠，古币商，木卡姆艺人，小贩，贼，驴车，坎土曼……它们只是一些名字、身份、工具，过着同样的日子，怀着同样的隔膜，带着同样的悲观厌倦、昏昏欲睡或黯然安命的表情，传递着同样的思想："我们为何改变？"刘亮程的心中有固执的初民情结，恋旧，怜贫，渴望回归母体，没有好奇心。当这情结焕发出本能的诗意和悲悯的道德感时，他能写出最温暖动人的诗篇；当他被未知的世界、未知的人所"压迫"时，他宁可封闭心门，将其强行笼罩在现代主义的绝望和乡土主义的暮霭之中。作为李娟的文学前辈和伯乐，我不认为刘亮程会止步于此。

至于这两位作家究竟会走到哪里去，会走多远，谁也不知道。我们只会在这喧嚣划一的世界里，期待更加幽深而迷人的沉默。

2012年8月

源泉来自内心之中

读完刘春的长篇小说《半边人》，好似大热天站在了强冷风口，直觉得过瘾。联想起前几天看到的一篇著名作家专访，该名家在里面痛心地说："现在的中国文学在梦游，根本不清醒，不是按照自己的想法和意念去走路。"本人喜欢危言耸听的说法，所以对此深表赞同。那么何以如此呢？他分析道，现在中国处于物欲横流的时代，作家从生活中找不到可能产生思想和精神的素材，在生活中采集不到火种，所以无法燃烧起来。看到这里我就十分绝望——那岂不是说，在无法预计其长度的将来，我们将不可能看到由中国人写出来的好作品了吗？因为"物欲横流的时代"不知道啥时候才能结束呢,这时代不结束,作家同志在生活里就采集不到"思想的火种";采不到火种,那肯定就写不好东西;为了作家同志写好东西,不来个"存天理,灭人欲"我看是不行;可如今这年代,民主潮流浩浩荡荡,顺之者昌,逆之者亡,不经全体人民同意就去"灭人欲",不是冒天下之大不韪吗?思来想去,有生之年我是看不到中国人的好作品了,身为文学青年的我,是多么悲痛啊。

好在刘春的《半边人》把我从悲痛中拯救了出来,我真不知该怎样感谢她才好。获得了精神安慰,再回头去看该名家的说法,忽然觉得他这好像是在给广大作家同志推卸责任——明明是自己没有"思想和精神"了,却说是生活没提供给他。我"不禁要问":生活又给刘春额外提供了什么呢?她却写出了如此奇妙的《半边人》,她却能讲述如此平凡却充满奇思异想的故事!兴奋之下,我忍不住要把这个故事转述一番:

毕业于北大外语系的南昌女孩小白年近三十了,仍是单身。她在北京上班,玩,为了能够结婚,每半年结识二至三个三十岁以上的单身汉。目前的这个叫鲁宾,北大毕业的社会学者,两人用一种社会学研究的方式谈恋爱——录音,做笔记,有时要进行一些和爱情有关的理论探讨。正当这时,小白的父亲生了脑病,她只好回南昌和家人一起照顾他。从此,一切精彩都展开在病房里：这位右半边莫名亢奋而左半边瘫痪不起的父亲，由于脑部生病而进入怪诞的谵语状态，他与小白和家人之间以一种超乎现实的语态和逻辑进行交流与纠缠，言语里变形地流露出大量的历史记忆和个人经历。父亲的那些来源于革命暴力时期的话语和思维，以现在进行时状态，混进了他的因患病而失去了理性管束的原欲冲动里。扭曲、赤裸、灵异而无能地，这位父亲横陈在90年代末的一间脑科病房里，横陈在他的女儿、妻子、护理员和医生之间，成就了一道充满幽默、烦闷和深思的奇观。小白一边照顾着父亲，一边和前来探望的鲁宾继续着社会学式的恋爱，继续着大段大段的独白式倾诉。由是，在小说的结尾部分，小白的"审父"与"自审"融为一体，最终使整部作品成为一个孤独的社会女性梳理自己生命之谜的残酷旅程。

《半边人》实际上探讨了"父亲形象式微"给女性带来的生命影响，这是由深刻的个人体验引发出来的非个人化的精神命题，是一种尽人皆知的"生活"，但是只有刘春对此加以表现。她还以举重若轻的灰色幽默手段探讨了父亲是"何以式微"以及"如何式微"的——父亲的那些令人捧腹的胡言乱语，是他的精神已无可救药地遭到暴力革命阉割的表征——革命话语甚至已成为他的潜意识。以反讽性的"笑"来表现这一悲剧性真实，以及这一真实给"女儿"一生造成的性别确认与自我确认障碍（"女儿失去了观照对象,这给她们今后的生活,造成了很大不便,她们只好盲人摸象一样寻找男性偶像。"小白轻描淡写地对鲁宾倾诉道),使《半边人》已远远超出一个女人对个人境遇的探求,而进入到一种具有强烈自我意识的开放的"社会性对话"之中。而长篇小说的"对话性",正是巴赫金所指认的这一文学体裁最可赞美的特性,也正是当前中国文学最稀缺的品性。

那么,这部小说里到底有些什么生活呢?无非是一间病房里的一个胡说八道的病老头子,和一个对自我的存在时时保持着敏感反思的"老姑娘"罢了。题材狭窄,单调,边缘。专门关怀时代大潮的主流作家看不上——太小,反映不出问题;专写酒吧和床的另类作家更看不上——灰秃秃的,不够"炫",到哪表现个性和奇迹呢?然而,这就是杰作的特征:它完全不依赖任何外在的"生活",其光芒只来自作家内在精神的独特与开放。好的作家不是拥有过很多生活的人,甚至也不是"善于从生活中采集火种"的人,而是其内心深邃广大、遍布谜案、对自我和世界的关系有强烈的追问内驱力的人。其作品里的"生活",不过是其内心追问的外在化罢了。如果作家内心疲弱,精神贫乏,作品里的"生活"再花花绿绿充满奇观也是于事无补。(当然,文本必须"生活"细节扎实、不犯常识错误等等,又是另一个话题了。)

从这一点上来说,《半边人》真是新生代文学值得庆贺的果实,而这一果实,恰恰是作家本人忠于内心且才能卓异的结果。

2002年7月25日

时代无须戴镣而舞,可我愿意

在曾是古宅的一所废弃小学里,有一座保存完好的礼堂;在礼堂的舞台上,垂着苍松野鹤的幕布;在幕布的前方,打下一束顶光;在顶光之下,有一艘搁浅的旧船;在旧船的里面,躺着一位青春将逝、赤身裸体——唯有双脚穿了白线袜——的女艺术家;在女艺术家身体的"关键部位",摆放了月饼和寿桃;这些月饼和寿桃,一小块儿一小块儿地被到场嘉宾陆续吃掉……这是一场名为"美器"的行为艺术,中场休息时,一位男宾对女艺术家发表了评论:"这哪儿是什么'美器',倒像是马王堆的出土文物!知道她为什么穿袜子吗?脚是最能暴露年龄的啦!……"

将《美器》里的一个场景复述于此,当然是因为感到它的隐喻性质。那个投机而山寨的艺术圈,那位几乎输掉所有、奋力最后一搏的女艺术家,那个只做生物性解读的粗率看客,组成一幅喧嚣时代的滑稽缩影。

但我想说的不是这些。我想说:它还隐喻了另外的东西。虽然韩晓征的小说穿了一层又一层精心织造的内衣、衬裙、礼服、外套,但无疑,穿得越精心,内里越赤裸——这是成熟写作的基本特征。但这种趋向成熟、内心赤裸的写作之于这个崇拜年轻、热爱表面的时代,意味着什么呢?它所要遭遇的,会比这具"美器"已经历过的,美妙多少呢?既然如此,那么它的精心,它的虔诚,它的赤裸,它的疼痛,又所为何来呢?

我担心地望着它那注定被辜负的创作者。她是我见过的最怕写小说的小说家。早年小说《夏天的素描》写于1985—1986年,晓征还是个高中生,才华横溢,名满天下,在文气稀薄的辽西小城念初中的我,其时正手捧刊载晓征文章的《作文通讯》,孜孜研习作文秘笈;但此后三十年,她产量稀少。从这少之又少的作品中,她精选出五个中短篇,结成自己第一部小说集。无论如何,此一举动隐含的"对写小说的害怕",也令我害怕。也因此,晓征要我干什么,我就干什么。比如现在,她命我写序,我就乖乖坐在书桌前写序,也不管自己行不行。

依着写作的时间顺序，读完了这些作品。我有点明白晓征"怕"从何来。她所写和想写的，都是难以捕捉之物。稍有粗放不慎，就会不准确，不微妙，失了初衷，因此，需得花费很长的时间和很多的子弹，瞄准，放枪，打偏，再打偏，直到击中——在很远的地上，躺着一只颤动的蜂鸟。

这一摸索过程是漫长的。在《夏天的素描》这部著名的"校园文学"里，她瞄准的还是某种共通的事物——出身各异的少年主人公，带着今日同龄人视为传说的沉重背景，在历史的暗影、家庭的残破、阶层的挤压和未来的召唤之间，奔波、沉思并做出选择。没有青春的娇嗲，只有成人礼式的节制和冷峻。那种对社会—历史—人性—心理含而不露的洞察和描摹，显示出超越年龄和性别的宽广与锐利。此后的写作岁月，晓征则逐渐偏离其宽广，而采取自觉的女性视角，继续锻造她那含而不露的锐利了。这也许与她的阅历有关——走出大学校门不久，她就相夫教子，当起了职业主妇。

写于1992—1994年的《橘子》令我惊讶：它和王小波《革命时期的爱情》写作时间相近，不约而同地触及了"革命时期的虐恋"隐秘。只是晓征潜入女童视角，含蓄低语，点到即止，以"我"对"坏女孩"橘子的追忆怀念为线索，全息而写实地映现"性变态"的时代与"性觉醒"的女孩之间的交互作用，由此揭示时代政治和个体悲剧之间微妙的因果与互振。

晓征曾与我谈及小说家对笔下人物必尽的一种责任,那就是其言动要与其身份相符,关于这一点,她自己是锱铢必较的。《美器》写当代艺术家,《妙色》写一位古典文学教授和他的忘年交少妇,人物生活和穿梭于他们的行当里,并以该行当的语汇来思维和行动,极富质感,而这一切是以晓征自己的当代艺术、古典文学和佛学修养垫底的。由此,女艺术家的尴尬、孤绝和焦躁,老教授的爱欲、情色与悟空,才有了结实可信的依据。而两部作品对人类情性深处的烛照,愈是娴熟优雅,游刃有余,愈见痛楚荒凉,血色淋漓。

但真正吓到我的,却是两万多字的文言小说《换头》。这是戴了百公斤的镣铐跳舞,却舞姿风流,情真意切。小说以蒲松龄《陆判》里书生妻子被换头的情节为生发点,偷天换地,扭转主题,演绎出一场两性之间、女性自身灵与肉之间的婉转战争。在白话文运动百年之后,以如此之长的文言写小说,意欲何为?她曾自答:为了跟蒲松龄做游戏。此话,但凡创造欲强的写作者当然会心,却也不能满足。我宁可理解为:她确有那么一段生命、一汪心境,唯有此种语言与之相契相融。

于是我忽地释然,不再担心她以及跟她同样呕心沥血的写作者,被这薄情的时代所辜负。因为创造本身那花样百出的欢乐报偿,便已足够。

晓征,你说呢?

(韩晓征小说集《美器》序)

2015年5月18日,于北京

情不知所起,一往而深

挚友陈芳,少爱诗,多感怀,敏于文而有洁癖,编辑为业十余年,资历眼界深广,却不自肆其笔,情动于衷方作文章。断续煮字二十年,拣选合乎己意者,集成此书,名之曰《感子故意长》。读者或可从这流转的心迹中,结识一位悄悄特别的陈芳。

人与人的相识,实出于偶然;但若由相识而为友,则冥冥中又有些必然的神秘了。陈芳与我,一个在香港,一个在北京,相识十五载,谋面六七次,即便见面,也常未及深谈便匆匆作别,但那份相互的觉知与默契,却是日见其深的。记得十几年前的初见,不啻是一场噩梦——

虽然已经互通邮件不短的时间，见面仍如两只不知所措的蜂鸟，还未及看清彼此羽毛的颜色，便紧张得各自飞逃、寻一树枝喘息定神去了。二人性格都羞怯内向若此。陈芳是典型的林妹妹，身材娇小，步履轻轻，凝神屏息方能听清她柔弱的声音，稍一鲁莽，这小瓷人儿恐怕就摔碎了。我当时暗想：这女孩哪儿像效率至上的香港人？分明是古书里走出来的。此念一动，便永沦为怜香惜玉的角色，眼看她一日日放下温婉的面具，渐渐示我以尖利、刚率和顽皮的一面。当然啦，这也是"林妹妹"的题中应有之义，不必意外的。更不必意外她那轻藐世俗、秉持原则的决绝品格。有时，这决绝之刃天真锋锐地迎面劈来，会令我感到，"黛玉陈"对于自己的真理不能抵达的地方，着实缺乏同情的理解。但更多的时候却是钦佩：人世间的扰攘势利之气，竟伤不着她，亦污染不了她。自有一种不可褫夺的尊严静气在她身上，使一切虚荣浮名显得寒伧。

慢慢才知，陈芳的"林妹妹"气质实有深因。其父乃印尼华侨，青年时代受左翼思潮影响，回归故里热血报国，在福州上大学，当教师，娶了妻，生了女，但因革命时期身份"可疑"，满腔赤诚却从来不蒙接纳。陈芳十岁时，国门已经开放，这位郁郁不展、满腹华章的书生，遂举家移居香港，最后以看更之职退休。此种童年身世，养成陈芳敏感多思的性格，亦助长她对诗词歌赋的沉湎。台大中文系毕业后，她愈发乐而忘返于古典文学的江湖。古中国诗章，对陈芳而言不只是趣味爱好，更是生命故乡和深情所托——祖辈漂泊南洋，父亲故国受伤，自己谋生香港……放眼望去，实体世界无不动荡无常，安妥灵魂之地，唯有纸上故国的缕缕馨香。因此她的文章有这样的话："只有一种幸福，我深信不疑，那便是'中文人'的幸福。与书为伍，使微不足道的生命丰润圆满。其他一切，无不让人感到矛盾困惑。"

在幸福与困惑的二重奏中，陈芳的写作避开了当代的熟路，而走上古典的僻径。这么说并非因为她喜欢在文章中援引古诗——窃以为有些援引反倒显得稚气了，而是由于她整体性地运用古典文学的思维感受方式，传达一个现代香港人的生命经验。香港／古典。一个是如此纷繁细密的现代空间，一个是如此空灵萧疏的恒在世界，二者之间如何焊接呢？陈芳全然不用焊接，心远地自偏而已。一颗敏感的诗心，时时好奇，时时开敞，时时羞怯却时时勇敢，感应着匆忙城市中一株沉默的树，一本钟爱的书，一个逝去的人，一些孤单惶惑却必须惜取的时光……节奏是轻缓的，心思是厚朴的，意象是结实的，目光、情怀与香港空间的反差，是强烈的。因其强烈，所以得趣；因其得趣，所以是诗人。

顾随先生曾言："诗人有两种：一为情见，二为知解。中国诗人走的不是知解的路，而是情见的路。"又言："诗中最要紧的是情，直觉直感的情，无委曲相。一切有情，若无情便无诗了。"一语道破"情"在古典诗学中至高的位置和价值，亦可以此解释陈芳作品中"情"的分量为何如此之重。对她来说，"情"是生命的意义所在，是心灵的又厚又暖的被子，更是她与世界之间，唯一的联系方式。当她在黄昏雨中得知吴冠中先生过世的消息，心想"难怪下了一整天雨"，翻出先生旧书，救助那椎心的思念；当她清明节走在南丫岛上，见蝴蝶飞上衣襟，想起雷叔叔曾说"蝴蝶是人的魂变的"，深信他此刻就在自己身上；当她仰头望见擦洗玻璃幕墙的男工在吊篮里劳作，暗问"他们做工时聊几句吗？头上的阳光是不是太灼热，吹在汗水淋漓身体上的风从哪里来？"当她发现花槽里又栽下树木，暗念"不大有人计较或估量那是不是从前的树木吧，鸟虫的想法更无关紧要"……涉世深者或会叹道：这些大学女生式的婉转心绪呀！我却觉得，汤显祖写出"情不知所起，一往而深"之句时，触发他的没准儿就是这样的女孩心灵——手捧一掬洁净无目的的深情，孤单站在人世的崖岸边，永远祝福宇宙间一切过往的生命。

这样一颗真挚的诗心，无论怎样书写都是好的。作为她的友人，我只愿陈芳从此愈发大胆和壮健，在生活与文字的旅程中，收获更加辽阔浩瀚的风景。

（陈芳作品《感子故意长》序言）

2013年2月4日于北京

序《千秋关》

当宗匠名叫宗芳斌的时候,他是我北师大研究生时期的师兄。记得初次见面时,研究生复试已结束,我们知道将来就要同门了,三位师姐妹和这位师兄之间,便彼此好生打量了一番。同为外貌协会的积极会员,大家对一个赏心悦目的学习环境还是挺在意的,而眼前这位浪迹江湖的帅哥,似乎很知道自己经得起女生的打量。面对三位本科还未毕业的青涩师妹,他甩了甩乌黑的鬈发,闪了闪迷离的双眸,用苍凉的语调低声说道:"我是安徽人,以后你们等着吃我做的徽菜吧。"

嘿,二十年过去了,北京的天都灰了,我们也没等到他做的徽菜，却等来了这本《千秋关》。它们写于1991到1995年，正当作者读研之前和读研期间的二十啷当岁，该算是不折不扣的"校园文学""青春写作"了。同学时他未曾提起，二十年后才给看，可见此君低调的性格。当然啦，或许他觉得师兄妹之间的智商相差二十年也说不定，现在给我看其少作，正当其时哩。

带着偷窥的兴趣，读完了这位"90年代青年"的"青春写作"。但是没看到青春。相反，看到的是衰败、死亡、贫穷、爱欲、道德的两难与枷锁，生存的挣扎与倾轧……句子瘦硬，笔调枯冷，时空不明，只有绝望的乡野和无路的孤魂隐现其间。想想当今这个年纪的男孩女孩在写什么、想什么，对比他们在笔调、色彩和美学上的差异，不禁感到，短短廿年，似乎过去了两世纪，两个时代的青年，真像是两个完全不同的物种。"90年代青年"背负着沉重的历史债务，想象的重心多在乡土；而今的年轻人却好似历史从未存在一般，专注于当下的多维空间，叙述的重心多在都市。一重一轻，判然两分，虽各有胜场，但何以在两个世代的青年之间，"历史"的呈现状况如此天差地殊？其中缘由，颇堪玩味。

宗匠写这些故事的时候，文坛正流行"新历史小说"。当时的一批先锋作家，闯入历史时空而又超越历史逻辑，写出了不少风格化的作品。对历史时空的处理，不求实证的严谨，只是借用过去式语态，将作家对自我、人性、国族、传统的审视和想象，做得更有"包浆感"。显然，宗匠的这些作品承续了新历史小说的余韵，但他更着意的是：将内在自我的痛楚和纠结，投射到寓言化的历史传奇里。因此我常常感到，与其说是在看一部作品，不如说是在看一个人——一个突然陌生起来的熟人。

宗匠生于安徽宁国的乡村，一如整个乡土中国的农家子，是在艰辛困窘的家境中长大。记得读研期间，读过他的一篇海子诗论，其中有个观点记忆犹新，大意是说：海子的诗浸透了他对乡村故土被抽血、被剥夺的痛感，以及一个农家出身的知识分子因物质窘迫、无力反哺而生出的绝望负疚，正是这种负疚，促发了海子的自杀。现在读他的小说，想起他当年的海子诗论，才蓦然发觉，他的青春时代一直在小说和论文的交互书写中，演绎着夫子自道，诉说着共同的主题——秩序的不公，生存的磨难，老爷们气定神闲，底层人相争相杀，而传统逻各斯对凡常人性的压抑与戕害，总是无处不在……这些主题，随着互联网时代的到来，伦理观念的更迭，看起来颇有精神化石之感——它们连结着古老世界的幽灵，剖露着悲伤不忍的心迹，创作者似乎总是想要承担得重些，再重些，而完全忘记了未来，也忘记了自己青春的年纪。

如今，那个曾经困扰于生存之苦的乡村少年，已成国内幼童教育和出版的翘楚。在勤于正业之余，仍不能忘情文学，便把当年的作品付梓，邀我这不成器的师妹作序。

无论如何，这是一个文学人再出发的起始，我这词难达意的短序，就算是献给师兄的祝福吧。

2015年6月28日，于北京

晓宇的功课

晓宇和我做过四年的邻居。她搬走后,我怅惘了好一阵——早知道为邻这么短,就多和她坐坐聊聊啦。她可是个引人入胜的谈伴,头脑风暴的好搭档,不折不扣的一座富矿。她能彻夜不重样地给你讲活色生香的故事和林林总总的人,有时我听进去,会生出一种她替我活过看过的酣畅移情之感。有时我会从脑子里掏出个小本儿来,悄悄存起有趣的人物和细节。虚构者是下意识的小偷——随时偷来他人生命的碎片,准备嵌进自己的诗篇,还美其名曰"用功"。

晓宇的用功是另一种。我有点知道《海胆》这本书里的文章是怎么来的。有一阵子，晓宇常来我家做客，坐上几小时，聊聊她的采访，她的心事，她的经历，她的童年，说到动情处，会哭一鼻子。她跟我聊李安。她经常跟我聊李安。我深信李安作品的内在世界和她的深层自我之间，有一条神秘的通道。他的电影她全看过，而且不止十几遍。他写的书、别人对他的采访，她都读过，说起他来，细节栩栩，就像与生俱来的亲人。她把自己对他的采访录音听上好几遍，打字整理出来，再看上三四遍。然后，她站远，用心理学去分析他，还竭力寻找哲学意味的关键词，想要穿透他。李安的《卧虎藏龙》被她发展成解释自我的模型。不只是她的自我。是所有人的。她问刘若英：你觉得自己身上是玉娇龙多一点还是俞秀莲多一点？她也拿侯孝贤的聂隐娘跟李安的玉娇龙相比，她的结论：是玉娇龙而非聂隐娘，才真的"一个人，没有同类"。她也拿这两个女人分析自己——她的玉娇龙如何让她无法安稳，而她的俞秀莲又如何令她不能恣意。她就是这么投入。

晓宇对李安的爱引起了我的警觉，使我怀疑自己是不是忽略了什么。然后我去影院看了《比利·林恩的中场战事》。看着看着，我也哭了起来。为什么呢。我问自己。为什么李安能把你的心揉皱了呢。为什么他能把主人公孤绝残酷的境遇冷然尽现，还能让你心底柔软，软到化了，并且放心地让自己化了化了，哭死哭死呢。好像有一个恒久温柔的怀抱能接纳你所有的煎熬和痛苦，好像——用晓宇的话说——好像回到了母亲温暖黑暗的子宫，在那儿，一切都真实无比，一切都得到应许和安慰。

看来，通过李安这条管道，晓宇找到了自己的生命密码。她又试图以自己为管道，解开李安的密码。由此她写成充满激情和发现的《和李安一起午餐》。这是一篇"越界"的文章——越了记者的中立之界，想要突入李安生活和创造的深处。文章很长，但是被转疯了。读者的留言又多又长又激动，他们说从未见过有人这么写李安。

后来我注意到，也有读者在晓宇的其他文章下面这么留言：从未见过有人这么写朴树。从未见过有人这么写刘若英。从未见过有人这么写刘晓庆。从未见过有人这么写秦怡……

这是记者雷晓宇的成功——她赢得了读者的心。她的成功在于，她几乎每篇文章都违反了记者应当恪守的"中立"律条，而成为爱的、介入的、拥抱的，或疏离的、审视的、反讽的。在她这里，"疏离"不是中立，而是一种评判态度的表达。你没法在她这儿找到没态度的文章。你也没法不感到她强烈的个性和奔放的心跳。如果你是个高冷的人，可能会嫌她太富侵略性，但你没法否认她的敏锐度和创造力。没办法，天蝎座美女嘛，"要么一切，要么全无"。她的情感和意志无时不在，像不知疲倦的探照灯。她观察采访对象，捕捉转瞬即逝却可能自我出卖的细节，提出击中要害或出其不意的问题，进行棋逢对手或推心置腹的对话。她看起来是主观的，但毋宁说她是明心见性和善于共情的。个性吸引个性。敏感响应敏感。智慧激赏智慧。正是因此，这些久经沙场的人物，愿意跟她平等地说话，尽量地敞开。也因此，你只有在晓宇的文章里，才能看到某人物的某一面。

一些非常出色的人物记者和非虚构作家，致力于人物观点的呈现。雷晓宇不同，她更在乎呈现一个"人"。这个人——不管ta有多少光环与神话，她平视ta，盯住并显现ta的困境，挣扎，矛盾的心态，无能的时刻，尴尬的瞬间，混沌无察的悲剧，破茧而出的畅痛……读读《Hello，朴树先生》，那是又一部爱的样本。读读《秦怡的纸枷锁》，那里有同情和反讽的复调，穿透历史荒谬的阴翳。读她的文章真像看一部戏，涌动着痛快淋漓的张力。剧中人不只是被采访的那个ta，还有她，书写者雷晓宇。

看出来了，晓宇是在通过与他们对话，而与自己对话，与自己生命最深处的情结和欲望对话。她与被书写者的精神关系，先是跋山涉水我注六经，现在，则颇有气定神闲六经注我的味道了。这样的非虚构写作，正在接近写作行为的本质——一种自我探究。作家的终极之地，即是在不断的创造与重构中，时时与自我重逢，并刻画出独一的自我的肖像。

所以，我甚至希望有一天，晓宇写自己，或者，去虚构。因为她人世的功课已做得如此充足，《海胆》便是一例。

（雷晓宇采访集《海胆》序言）

2018年8月13日 于北京

"文学批评"是什么呢？我以为它不折不扣乃是艺术之一种。自由的而非卑从的艺术。

丁辑

文学批评的精神角色

在广受瞩目的"华语文学传媒大奖"整整十岁之时,我站在这里,接受她慷慨馈赠的荣誉,深感惊喜和羞愧。这完全不是谦辞。由于对写作本身难以克服的恐惧,我的若断若续的批评生涯虽说可算严肃其事,但毕竟成绩甚少。由衷感谢提名评委和终审评委,感谢你们注意到这微薄的果实,并以此方式,肯定了一种对文学批评的理解。在这文学的荣耀和重量不再煊赫的时代,将文学作品的"形式真实"和"精神本体"放在"注视"的中心位置,已不是文学批评的流行做法;建基于自由哲学的审美判断,已逐渐被整体性的社会学方法所取代。在学术体制化的道路上，文学正在变成一种知识，一个物，而非一个生命。如果这是一个历史潮流的话，那么此次颁奖即在嘉许一个逆潮流而动的写作者，她曾写出的所有批评文字，都只为回应文学前辈乔治·斯坦纳的一句朴素之言："文学批评应该出自对文学的回报之情。"我想再也没有什么比这句话，更能确切描述文学热爱者从事批评写作时最本真的动机。从这一动机出发，文学批评家探寻文学之美，也探寻自己的精神角色。

那么，这是一种怎样的角色呢？我至今没有改变曾经表达过的看法：文学批评家"在个人的超功利创造力与人类社会的功利目的之间，应扮演一种至关重要的角色：他／她应以揭示创造力的隐秘，绘制其美景，激发生命力的闪电，投身精神的冒险，来对当代社会的功利偏颇提出异议、发出警告，并'探寻能够超越一时之社会需求及特定成见的某种价值观'（哈罗德·布鲁姆语）。这是文学批评在此功利时代，不可替代的精神使命"。在当今中国文学的卑微处境中，指认这一使命，仿如痴人说梦。但假如文学批评家拒绝思考和承担这一使命，拒绝回应人们在时代生存中发生的普遍困惑，那么文学批评必将沦为一种贫乏狭窄的知识生产，而堕入"赘物"的命运。在此两难中，文学批评者现在所能做的，或许是一项充满张力的工作：一方面，辨认和呼应那些自发的、真实的、富有冒险精神和艺术创造力的文学写作；另一方面，将关于文学作品的审美判断，与对意义和自由的探讨结合在一起。

在这里，我愿意强调一句貌似武断的话：意义和自由乃是衡量一切精神创造的价值标尺，文学创作和文学批评尤为如此。不从这种价值源泉中汲取力量，则文学创作就不能成为"个人真理"的忠实见证，那个"站在墙的一边还是蛋的一边"的选择题，也将只有一个羞耻而怯懦的答案。文学批评虽是关乎"美"的判断，但"美"却诞生于爱与自由的道德；唯有毫不退却地持守和实践这种道德，在对形式真实和精神本体的品尝中浸润这种道德，文学批评才能真正成为创造的助产士和推动力，进而成为创造本身。

1990年代以来，在公众的白眼和嘘声里，中国当代文学几已成为"不冒险"的体制化写作的代名词。经过二十多年自生自发的创作与阅读的淘洗，一种新的文学感受力和创造力正在形成。它翻检着扭曲而负重的良心，书写着疼痛而荒谬的经验，它的沉默苴壮的诗意，在呼唤公正贴切的认知。这是当下文学批评需要清点的财富，在清点之时，批评者将其引向语言、生命与哲学的视野，引向意义、自由与爱的维度。

最后，在这篇感言即将结束时，我要向主办方《南方都市报》表达深挚的敬意——这份报纸践履了新闻人的理想和良知，又以这一独立而公开的奖项，提醒和标举中国文学的自由精神。同时，也向此次同样受到提名的、我深为感佩的同行师友表示敬意，向所有曾经帮助过我的恩师、友人、出版家、编辑和读者表达感激。此刻是文学的嘉年华会，我们每个人都在感受着文学的恩泽与力量。我们都深深相信：能真正影响人的灵魂的，不是权力，不是教条，而是一个故事，一首诗。愿我们的文学批评也能成为真实而自由的诗篇，融汇到增进公众精神成熟的漫漫旅程中。

（第十届"华语文学传媒大奖·2011年度批评家奖"受奖词）

2012年4月13日

文学批评的"不之性质"

"全媒时代的文学批评"这个题目似乎隐含着这一问题:在阅读媒介从纸质扩展到网络、手机、手持阅读器等各种移动终端,阅读行为无时无处不可以发生因而也日趋即时化和功用化的时代,文学批评当如何从事?

对我而言,答案不是文学批评者要调整自己,以一个始终立于不败之地的观念供货商的身份,为此瞬息万变的时代量身定制其所需要的一应货品;而是相反,在如此"意义蒸发"(耿占春语)的时代,文学批评需要强化和发展的恰恰是为她自身所独有、而为此时代所忽略的那部分——即在文本批评的过程中,持续不断地表述对美、真实、意义与自由的体验，对心灵形式和精神生活的个体性与复杂性的探索。意义意识与自由意识是文学批评的前提，它们先于且高于一切知识，在这高度体制化和威权化、生命能量急遽衰减的时代，尤其如此。如果文学批评者放弃这一前提而有所退让，那么我们所有的批评行为终将只是自欺欺人的游戏。

对严肃的中国文学批评者而言，除了精神前提的长久失落，其困境还来自批评对象的价值问题——文学精神的侏儒化和艺术形式的粗陋化是中国当代文学的普遍疾病。到底是贫乏的创作衍生了贫乏的批评，还是贫乏的批评催生了贫乏的创作？二者之间到底是鸡生蛋，还是蛋生鸡？巴赫金曾经这样谈起艺术和生活的关系："艺术和生活不单必须互相负责，还应该互相承担罪谴。诗人必须记着：生活的鄙俗平庸，是他的诗之罪过；日常生活之人则必须知道，艺术的徒劳无功，是由于他不愿意对生活认真和有所要求。"文学创作和文学批评之间，亦应如此地相互负责和承担罪谴——安全低智的世故写作、饭碗写作和趋时写作，是因为得到了发表机制和批评机制旷日持久的庇护鼓励才发展壮大，而文学批评的乏善可陈，则是由于文学创作的才华短缺与精神贫乏。既然文学创作已不能深刻地介入人们的精神生活，那么以此为对象的文学批评当然亦复如是。

为什么会是如此？恐怕与我们的知识阶级顺应时势的

精神遗传有关。没有谁像我们这里的知识分子／文学家这样依赖"时势"。只有在文学家和批评家失去"时势"而依然独立，敢以个体的自由真理去揭示时代的荒谬与热病、以自我的内在光芒去追问生存的罪孽与信仰时，中国文学才能迎来自己的成熟季节。当然，这样的文学、这样的作家和批评家不是没有出现过，而是出现了也得不到接受和拥抱。这才是中国文学的悲哀。

毋庸讳言，当下中国的创作者、批评者和文学传媒还没有形成独立于权力和自身利益的关于意义、自由与创造力的价值共识。我们对自己所置身的生活，对我们已经扮演和能够扮演的角色，对其美与丑、真与假、功与过、罪与罚，都缺少彻底的反观。当然，指出这个问题，现在已是不识时务的多余之举。批判性话语已成为最受批判的话语。价值理性已成为最无价值的理性。"自由"二字已因其没有"知识含量"和"学术价值"而沦为最不自由的空洞词语。如果一个批评者还对牢笼以及牢笼内的生活持有异议——如果他／她竟敢指认自己的生活为一种牢笼，如果他／她竟敢将自己的写作和自己的生活真实地联系在一起，那么他／她就应当被取消批评的权利。这就是弥漫在我们生活中的精神氛围。知识者在此氛围中悠然从事着自足自洽的学术生产，在这一行为之上，是我们对被设置的生活的同意。

在如此精神背景中，文学批评正经历着一场语言的蜕变。那种批评与作品之间的"我—你"关系在渐渐淡出，而代之以"我—它"关系。文学批评不再是两个主体之间休戚相关的精神对弈，而是主体对客体的单向指称。作品正在沦为"物"，沦为他者，沦为一个个概念大厦的零部件，而失去了作为完整生命的存在资格。文学批评与所谓"跨学科研究"相杂交，其分析工具也由个体自由的精神哲学转向不再探究个体价值和创造力的整体性的社会学。单个作家的创造行为和创造结果不再位于注视的中心。批评家不再试图对创作和阅读的感受力层面直接施加影响。关于艺术形式和"真理内容"（本雅明）的探讨，因其不具有学术时尚意义而变得没有意义。这种学院化的文学批评其实是一种为学术体制而非文学生命而存在的批评。它自身是学术体制内之"物"，拒绝复活为生命，也不再向自身之外的生命迈出一步。相反，它致力于将"物"外的生命拉进门来，也将其化为"物"。

但是，"正如尼采和海德格尔曾经道破的：'强力意志'的本质是创造，是'有意识地遭受存在之进攻'，是故意对抗大于己身之物以求生命能量的提升和转变，是反对生命的自我保存和固守——因为简单固守便意味着衰竭。所以，创造的本质必然包含着对一切压抑生命的朽败能量的摧毁和否定，包含着在正统秩序看来某种行为和意识的不端与挑衅，包含着强劲的'不之性质'（海德格尔）"。(李静：《保存与牺牲——论林白》，有生以来的第一次自我引用,此为记。)——在我看来,人类的任何意志行为都是如此,文学批评也不例外。

2010年10月28日

卑从的艺术与自由的艺术

我一直觉得弗吉尼亚·伍尔夫对阅读的建议挺有道理："当我们阅读时，如果我们能摒弃所有预置的想法，那就算得上很好的开端了。不要对你的作者专横跋扈，而应当尝试着去适应他，成为他的创作伙伴和助手。如果你阅读伊始就畏缩不前，持保留和批评态度，那你实质上就是在阻止你从阅读中获取最有价值的东西。但如果你能敞开心扉，那你一开始就会从跌宕起伏的语句中体味其几乎难以察觉的精妙之处，并将你带到一个卓尔不群的人的面前。"

我想象这位善良温文的女作家以此态度走进了我们的当代文学。我看见她在大量的作品前停了下来，眉头微蹙,羞红了脸庞,喃喃自语:错了,哪里是卓尔不群……

尽管如此,对于我们的当下文学,我还是乐意忠实履行伍尔夫女士的遗嘱。因它确能保障我不辜负真正的杰作,对失败的作品,亦能大致明了其故障所在。而那些入场之前即已在理论上全副武装严阵以待的人,恐怕福分不会有如此之多。

阅读之后,"批评"方始。"文学批评"是什么呢?我以为它不折不扣乃是艺术之一种。自由的而非卑从的艺术。自由的艺术何意?卑从的艺术又何意?凡是为知识之认知目的而提出的艺术,皆可称为自由的艺术;如是经由行动为功利目的而提出的艺术,则称为卑从的艺术。你知道我是在重复亚里士多德的教诲。抱歉,我在如此短文内惊动了两位伟人。可有什么办法呢?他们恰恰说出了我最想说的话。

由于自己那点烧灼难忍的痴心热肠,我曾经赋予文学批评以一种"伟大的功利目的",或者说,我确曾把它视作一种"卑从的艺术"——一件伸张正义、干预社会的言论武器,尽管它过于秀气,不太趁手。好在我不是个勤奋的人,还没来得及在这条路上扔下太多的土制炸弹,就被片面道德主义和政治功利主义的浮嚣僵化倒掉了胃口。封闭独语的文学在"现实关怀"的批评声中走向了"现实关怀",然而又怎样呢?文学依旧无"文"。人心依旧如铁。文学所能给予人类的情感教育,不可以政治和道德的功利主义置换分毫。在极端的失望中，我拾回早先对"自由的艺术"的尊敬。

文学批评作为一种"自由的艺术"，意味着它把文学以及与文学相关的世间万物都当作认知的对象，并从中发现有关创造力或反创造力的精神结构。文学批评家面对的不只是那几个作家，那几位同行，那些前设与后设的知识规范，那些学院评估标准，那些市场买卖行情。不。他／她面对的应当是无边的世界，漂泊的生命，沉思的灵魂，寻寻觅觅的心。他／她与批评对象之间，交流的是对"世界"的精神态度与智慧方式，他／她试图激发对方尚未觉醒的意识，他／她也努力从对方那里获得更辽阔的感知。这样，文学批评就成为批评家和作家之间角逐与砥砺创造力的场所，由此结成的精神果实，消融于增进人类精神成熟的旅途中。

正是通过这种持续不断的超功利认知，文学批评探索着艺术的谛旨，亦寻求着建基于"成熟个人"之上的温暖、微妙而充满智慧的价值观。"置身于这大片成堆的毁灭和分崩离析中，我们必须为生活和成长说话。"（原谅我，D．H．劳伦斯先生，您是这篇短文所打扰的第三位伟大的人。）对我而言，这才是作为"自由之艺术"的文学批评，最根本和最恒久的道德。

2006年7月27日

"耳朵"与缪斯

有极少的批评家，他的文章你读了就不会忘记。在他的解剖下，作品的轮廓愈发清晰，原来目光未及的地带也一一浮显；你对杰作的感应如难言之痒，却偏偏被他搔中；更重要的是，你发现他的观念不是木乃伊，而是跟作品一样有着摄人魂魄的肉身美感……为何如此？乔治·斯坦纳谈到过"耳朵"问题——批评家是否卓越，取决于他是否拥有能领悟某些"根本调性"的"耳朵"。但如何能将"耳朵"听到的音乐转告他人？库切在评论布罗茨基的批评随笔时，矜持地答道：要写出它们来，"恐怕还得有缪斯授予的灵感"。

读完学者许志强的新书《无边界阅读》（新星出版社2013年8月出版），我对斯坦纳和库切的说法有了更深的体会。这是一本外国文学批评集，品评海明威、凯鲁亚克、茨威格、纳博科夫、毛姆、奈保尔、库切、萨义德、村上春树等作家的各种写作，解析果戈理、陀思妥耶夫斯基、布尔加科夫、卡夫卡、福克纳和马尔克斯的创作线索，也谈他自己对笛福、麦尔维尔、维特根斯坦、阿兰-博尼埃和拉什迪的翻译心得；同样值得注意的是该书的两部附录——它们由两篇沉思札记、两篇对诗人木心的评论组成。这些文章，我早先从《书城》等杂志上几乎都读到过，而今作为许志强的作品合集重读一遍，感到它们的启示性能量并未衰减：那些对杰作的哲性与诗性肌理的透视，那种对文字音乐的敏感撩拨，完全不是批量制造论文干菜的纯学院路数。看得出，这位批评家有着中年诗人的智性才赋，出于命运的安排，他一边手执教鞭，将他体验到的文学力量和艺术信念传递给青年学子，一边独坐书斋，在诗的生命火焰与学术的规范镣铐之间寻找平衡，沉重起舞。因此，他的文字有着"用脑过度"（他评论奈保尔等人时爱用的词）的智性硬度，细细咀嚼之后，却让人感到蓬勃蓊郁的生命回甘。他追迹的不是新批评、新马克思主义、新历史主义、后殖民主义、解构主义和符号学，不是德里达、萨义德和詹明信——他们总试图用自己的解码活动覆盖文学杰作；相反，他追随的是"作家批评""主题批评"和"老式批评",是纳博科夫、哈罗德·布鲁姆和乔治·斯坦纳——他们深信,"文学批评应该出自对文学的回报之情"。

后面列举的三大师,晚年对强势的后现代学问不时冷嘲热讽,为立足于文学价值的"辨味"批评再三辩护,此行为本身已表明文学批评的审美传统在学术界处境危殆。作为风尚,这种危殆当然毫不缩水地在中国的文学研究界蔓延开来——解析杰作早已沦为次级才智,或者说,成了"不学无术的书评人"的事业;学者的伟业在于把文学研究转换到与文学意蕴无关的历史化领域,以满足这个实用主义时代对可见事物与宏观"实学"的渴求。对此,许志强在批评萨义德以粗鲁的政治评判取代精微的文学感知的《批评的抵制》一文中,这样表达自己的观点:"文学包含哲学、宗教和社会学的不同维度,但文学不是哲学、宗教和社会学的信息交易所。批评的职责仍是评断作品的艺术价值,指明其创作特性及风格内涵,包括作家的精神倾向、作品所蕴含的思想启迪及艺术上特殊的愉悦感。"

实际上,对"第三世界"的文学人而言,选择从事文学政治学、文学社会学和文学历史学还有一个不便明言的原因——外国文学的审美批评比上述学科更是一场虚无的精神冒险,因为批评家既要在西方同行的批评积累上有所创见,又要在本土读者的文化盲区中打通隔膜,更要抵御日趋严重的"文学冷漠症"——那种"对精神生活的敌意"。显然许志强无惧这场冒险的虚无性质，这使他的批评写作注定充满高难动作。他像一个机警的侦探，指出布尔加科夫《大师和玛格丽特》中"大师"的人物设置和迟迟出场，与果戈理《死魂灵》遗留的"如何从长篇喜剧过渡到浩瀚史诗"的文学史难题之间，隐秘复杂的因果关系；面对库切宏富的创作，他轻手轻脚，小心翼翼，极力与作家意图合为一体，如同几乎贴于水面的飞行，又似抽丝剥茧的医生——他把库切藏在作品中的那个"本体"尽量一个细胞都不少地剥离出来，捧给读者……如此独具慧眼的文学热情，当然不会错过对本土文学真正原创力的鉴别和标举。他的《论木心》和《木心的文学课》作为这本书里唯一的中国作家论，私意以为，是对诗人木心的文学成就触点最密、最富才情和洞见的评论。

真是这样的吗？当然，我无法向你证明我是对的。说句不好意思的话：就像乔治·斯坦纳无法证明他有一双不凡的"耳朵"，库切也无法证明布罗茨基的批评写作得到了"缪斯授予的灵感"一样。

2013年11月17日

媒体批评与学院批评

前一阵,我听到一些记者同行雄心勃勃地宣称:"要用媒体批评取代学院批评!"问他们为什么,他们说:"你没发现吗?学院批评假深沉,不说人话,老百姓谁能看得懂啊?看不懂,就没有存在价值!"这就是"强势群体"的派头:时刻把老百姓挂在心上,还随时准备判定别人的生死。

最近我又听到一拨学院派批评家朋友在发牢骚:现在的读者啊,简直不知道什么是好,什么是坏!没人愿意静下心来好好看看真正的批评家文章,以明白点学理,得到点知识,熏陶些思想,只知惟传媒是听!遥想十七八世纪，欧洲哪一个家庭不是在静夜里，壁炉旁，度过宁静美好的阅读时光！哪一个家庭里的小姐不能够和绅士探讨深邃的艺术和政治！可你瞧瞧现在的小姐，开口就是"你请我去哪儿吃饭呀？"顶不错的，也就是跟你聊聊浅薄无比的美国大片！都是媒体教的！依鄙人之见，媒体批评可以休矣！

以上虽是截然相反的意见，可有一点却是相同的：只要自己有条件，就先把对方灭掉。也就是说，某些"大众传媒从业者"恨不得全世界只有"小报"这一种文化，哪怕你中国人能读懂德语的《存在与时间》，你也得成天到晚只学习他们的版面；而有的"学院派批评家"则暗自希望所有的传媒都是《××学报》或《××评论》，这样老百姓的文化素养想提升也得提升，不想提升，你还得提升。

所以，这种"××该不该取代××？""××该不该存在？"恐怕都是些伪问题。下面这两个问题虽然简单，却有可能是真问题："媒体批评"和"学院批评"的真正区别在哪儿？为什么当下的"媒体批评"和"学院批评"都不能令人满意？

区别是显而易见的：首先，它们的载体有着本质的不同，而这一不同则决定了两者之间所有其他差别的存在。我先后做过一家老牌文学杂志和一家报纸的文艺副刊编辑，并且现正在该报编辑着，对此感触尤深。我不便说出我工作过的那家杂志的发行量，但是按照刊发理论文章的文学杂志的普遍状况，订户两三万该算是极好的业绩，以中国10多亿人口之巨，比例之小，令人嗟叹。不过，据刊物的读者调查显示，这些订户的文化素质相对来说也是精而又精的：他们大约70%具有大专以上文化程度，对于文学艺术有内行的审美眼光，对理论问题有思考、表达的兴趣与能力，相当一部分读者具有专业水准或本身就是专业人士。他们对于自己所阅读的杂志有"理论预期"，如果没有有分量的理论文章，他们会觉得这本杂志的文化品位不高，没有"灵魂"。而我如今所在的这家报纸，在北京的发行量就有30万份左右，读者从小学生、退休工人到机关干部、知识分子，范围广阔，趣味各异，文化程度参差不齐，你只要能认1000个左右的汉字，基本就能读懂这张报纸。为了最大限度地争取报纸的发行量（也就是争取"广告份额"），也由于它的周期更迭很快，因此编辑、记者在确定文章难度时就基本采取"向下看齐"、绝不吓跑读者的策略。他们时常要设想：一个弱智能读懂什么样的文章呀？那么他就写或编那样的文章。天长日久，一个完全投入的记者或编辑就多少有些弱智——尤其和"学院派批评家"相比；他们发表的文章——自然包括"媒体批评"在内——就一定具有浅易性和时效性。除此之外，生活、时尚类媒体为了使自己鹤立鸡群炫人眼目，又常会在不威胁自身安全的前提下，在"耸人听闻，触目惊心"上下功夫；而掌握"大局观"的媒体出于稳重之考虑，其批评文章则显现出"真理在手，胜券在握"的特征。

因此，"媒体批评"和"学院批评"的所谓载体不同，实质上就是它们的受众面不同，也就是说，它们各自的"定位"不同。前者的载体是大众传媒，它允许受众对它所发布的信息不具有"专业储备"；后者的载体则是专业媒体——主要包括专业性的报刊、网站等，它要求其受众必须具备进入这种话语空间、知识体系及操作规范的文化储备和思维方式。也就是说，"学院批评"的受众应当是一些专业人士或有专业素养和兴趣的人，这种人在任何一个地方都是少数。由此，就决定了"媒体批评"和"学院批评"在文字风格、深度、功能、知识背景等几个方面的本质不同。如果我非要把说大白话的"媒体批评"发表在专业媒体上，而把严谨规整的"学院批评"搁在大众传媒上，文章恐怕会没人看。同样，如果你这个杂志的总体设计、文章内容、文字风格具有极强的专业性，却预期它能像大众报刊那样一纸风行，或者相反——本来就是一份生活杂志，却期待知识分子像捧着《尤利西斯》一样研读不已，都是不可能的。这时候可不能抱怨：这些知识分子，端什么臭架子！或者：这些老百姓真是不可救药，那么好的东西他们竟然不知道欣赏！当然令人遗憾的是这种现象：有些文章用的是"深入浅出"的法门，虽然比一般"媒体批评"深刻独到，比一般的"学院批评"明白晓畅，可因为它们既不像大喇叭一样大煽其情，也不去掉书袋故作高深，其影响力反倒逊于"大喇叭"和"掉书袋"。不过在此浮躁喧嚣的传媒时代，这样的现实实属正常，何况天长日久，质量稳定的作者终归会拥有质量、数量都很稳定的读者。

说了半天，这些好像都是"媒体批评"和"学院批评"外围的问题。但是许多争论恰恰是由"外围"引起的。比如有学院派批评家认为媒体批评"肤浅片面"，因此"容易误导读者，不具备对文化艺术现象发言的资格"；以及有大众传媒中人认为学院批评"枯燥温吞"，因此"不但老百姓看不懂，而且很无趣"。做出这种判断的原因有二：一是可能发表空间错位，或以自身的价值标准来衡量对方；二是的确有不少很不称职的"媒体批评"和"学院批评"，即使完全是从本专业的"质量标准"来衡量，也是如此。这后一种情况，最值得考量。

就说说"很不称职的媒体批评"。一篇"媒体批评"的功能就在于向大众传播某位记者或编辑（他／她往往代表他／她所在的媒体）对某一文化艺术现象的即时性判断与分析，它的风格是直截了当和简明扼要的——如某某话剧最近上演，好，还是不好；好在什么地方，不好在什么地方；有无出新之处，"新"在什么地方；同时还需将该作品在艺术上的"深奥"之处转换成"浅显"的语言，以延伸读者（观众）的理解力。总之，好的"媒体批评"会是一座架在文化和大众之间的有效桥梁，读者走过去，抵达的是真知的所在；而坏的"媒体批评"则是一座纸桥，没有判断力的、奉媒体如圭臬的读者当真走上去，就掉进了谎言的渊薮。更要命的是，这样掉下去的读者不会是少数，也就是说，坏的"媒体批评"将培养出无以数计的"拿珍珠当泡沫，拿泡沫当珍珠"的糟糕观众（读者）。这就是"媒体批评"的威力。

而"媒体批评"能否称职，除了取决于媒体从业者的文化判断力和表达力以外，更取决于他／她的"诚实和忠直"的程度，后者的重要性绝不亚于前者。道理是不言自明的：当下市场化的文化产业与新闻媒体之间是一种"互动与共生"关系，所谓"炒作"就是文化产业与媒体"合作"或曰"交易"的结果，这种"交易"达致产业与媒体的"双赢"：产业给媒体记者付费——当然是用"合理"的名目，媒体记者则在自己的媒体上发表热烈的"媒体批评"以造声势；结果是受众听信了炒作，掏腰包去购买产品，使该产业大赢其利。在这场交易中，受众是真正的付出者。他付出得值不值，就看该产品（不管它是一本书，还是一场话剧，还是别的什么）是否如他所相信的"媒体批评"所说的那么好了。如果没有那么好，如果消费了之后发现它实际上是一堆垃圾，这个受到蒙蔽的读者的损失来源于哪里呢？可以说是来源于媒体记者的唯利是图和诚实的丧失。这种利益驱动下的几乎惯例化、制度化的"产业行贿"与"媒体受贿",恐怕是当下"媒体批评"丧失其公正性与真实性的最重要的原因之一。

当然,还有一现实必须正视:那就是思维禁忌的无处无时不在,致使传媒在有限的空间里会以极其夸张和扭曲的方式经营它的自由。由此可以解释"媒体批评"现在何以泡沫太多。

即便如此,为什么大众宁可看让他们多次上当的"媒体批评",也不愿去阅读看起来相当纯粹的"学院批评"呢?——有时大众媒体上也会刊发一些学院批评家的学院式批评的,可它们的读者就是少。最重要的缘故当然是"文字风格",是受众的惰性。但是还有一个缘故,那就是"批评家也是靠不住的"——他们同样会对一部三流的作品献上一流的谀辞,只不过他们的言说要比"媒体批评"庄严、正经、渊博得多。反正都是假话,为什么不拣容易懂的去听呢?大众们如是想。

2001年3月

我所看到的2004年中国随笔，
兼及随笔的条件和赌注

1

编完这本随笔年选，我就暗自打算在序言里好好阐述一下我的随笔观。但是在看过郭宏安先生的文章《随笔再探——文学随笔：一种自由的批评》（原载《外国文学评论》2004年第4期）之后，我忍住了喧哗的冲动，觉得多引用一下他的文字，比我自己在此喋喋不休对读者诸君有益千万倍。下面我就决定这样做，以收事半功倍之效果。

在此篇文章中，郭先生写道："中国的随笔一直以'细、清、真'为主体风格，以'说些不至于头痛的道理'

为正宗。"对于这个根深蒂固的传统,他感到极不满足,认为"如果不破掉'以不至于头痛为度',我们的随笔难以有光辉的前途"。为了论证随笔的力学价值,他介绍了瑞士文学批评家斯塔罗宾斯基对"随笔"(Essai)一词的语源学考证:

> 随笔(Essai)一词,原意为检验、试验等,出现在12世纪的法国,来源于中世纪的拉丁语Exagium"天平",有度量平衡之义……蒙田率先将他的著作题为"检验",是具有深远的含义的。如今"检验"在西方成为一种文体,我们把它译作"随笔"。蒙田在他的徽章上铸有一架天平,同时还镌上那句著名的格言:"我知道什么?"斯塔罗宾斯基认为,这种"独特的直觉"表明,"l'essai(随笔)的行为本身乃是对于天平梁的状态的检验"……从语源学上看,最好的哲学是在检验的名目下得到展现的,也就是说,随笔是哲学的最好的表达方式。

那么,究竟什么是现代的随笔呢?郭先生归纳了斯塔罗宾斯基的四种观点:

> 一、随笔既有主观的一面,又有客观的一面,其工作就是"建立这两方面的不可分割的关系"。随

笔既是向内的,注重内心活动的真实的体验;又是向外的,强调对外在世界的具体的感知;更是综合的,始终保持内外之间的联系。

二、随笔"具有试验、证明的力量,判断和观察的功能"。随笔的自省的面貌就是随笔的主观的层面,"其中自我意识作为个人的新情况而觉醒,这种情况判断判断的行为,观察观察者的能力"。因此,随笔具有强烈的主观的色彩和个性的张扬。

三、随笔既有趋向自我的内在空间,更有对外在世界的无限兴趣,例如现实世界的纷乱以及解释这种纷乱的杂乱无章的话语。随笔作者之所以感到常常回到自身,是因为精神、感觉和身体紧密地结合在一起。

四、"话有一半是说者的,有一半是听者的",因此,蒙田的随笔展示了人和世界的三种关系:"被动的依附,独立和再度掌握的意志,认可的相互依存及相互帮助"。所以,斯塔罗宾斯基说:"写作,对于蒙田来说,就是带着永远年轻的力量、在永远新鲜直接的冲动中,击中读者的痛处,促使他思考和更加激烈地感受。有时也是突然地抓住他,让他恼怒,激励他进行反驳。"

所以,斯塔罗宾斯基说:"随笔是最自由的文学体裁。"随笔所遵循的基本原则其实就是蒙田的两句话:"我探询,我无知。"斯塔罗宾斯基指出:"惟有自由的人或者摆脱了束缚的人,才能够探询和无知……强制的状态企图到处都建立起一种无懈可击、确信无疑的话语的统治,这与随笔无缘。""随笔的条件和赌注乃是精神的自由。"

我引用郭宏安先生,郭宏安先生引用斯塔罗宾斯基,斯塔罗宾斯基引用蒙田,蒙田引用古希腊和古罗马先贤,古希腊和古罗马先贤引用……征引的线索愈来愈通往一个辉煌幽深的去处,好像在告诉我:你除了是在从事一种偷工减料的行为,在借他人之酒杯浇自己之块垒,你还应知道,任何一种阅读和写作,都联结着一个根深叶茂的价值体系。你选择哪种阅读与写作,其实就是对哪一种价值体系的皈依与承诺。

2

所以你就会明白我编的选本怎么是这样的面貌。没有非常光滑的文章。决不"以不至于头痛为度"。那种舒服如精神按摩的文字,那种顺应沾沾自喜的安稳欲望、导致"熵增"的文字,我予以排除。相反,我力求选择那些有着"天平梁"品质的文章。不同的"天平梁"从不同的方面,"检验"着我们所处的真实世界,其真实的程度与智力的难度如果是令人"心痛"和"头痛"的,那也正是我所期待的。

既然是"天平梁",必然存在度量的砝码,而不会像一些片面的文化相对主义者那样,对一切都取消观察的尺度和判断的依据,结果是最终找到了护短自辩的尺度和依据。这天平的砝码明朗清晰而又难以言说,老生常谈而又时时更新,若说出来就是 ——"在我之上的星空和居我心中的道德法则"。一个被反复念叨了二百多年的联合词组。它似乎早已陈旧,经历了数代的背叛,以至于今天看起来像是一只不合时宜的恐龙。然而其实它是阳光和水,现时代的荒寒枯干,皆因它的缺席而起。而人类的得救,又未尝不有赖它的重临。

这似乎是些大而无当的话。砝码总是沉默的,不适合被大声诠解。

那么就说眼前。就说这本随笔年选里的文章。请你别怪我东拉西扯,从心脏直接跳跃到毛细血管,应该是被允许的。

3

对"人"的存在境遇的真诚关注是本书选文取舍的第一标准。不自觉地,与真实相应地,"记忆""伤痛"和"诘难"占据了很大的比重。似乎,这不是一个健全选本应有的风貌。就像深邃忧郁的男低音伊凡·里波夫和浪漫明媚的男高音安德烈·波切利是男声魅力的两极一样，在文字表达的领域，伤痛的追问与幸福的陈述、流泪的双眼与含笑的嘴唇、严正的反思与幽默的反讽，只要是好的，就都应有其位。然而这个选本看起来却并非如此，前者的体积几乎已把后者淹没——亲爱的读者，并非我在选择过程中有意"抑笑扬泪"，而是因为说到底，在这个与所多玛城日益相像的世界上，悲悯的泪水远比自得的笑容更真，更美，也更富于道德的勇气；同时你得承认，荒诞幽默的笑的写作，其难度要远胜过庄严肃穆的直抒胸臆；仁智双修的幽默作家，也总是比高尚纯粹的正剧作家更难寻。对于随笔这种用于"检验"的文体来说，若不是由心怀大爱的幽默天才来驾驭，合乎人性的笑一定很难实现。

因此我们只能面对创作的实际状况，说：表达真实复杂的思想认知，远比制作精美自足的语言织体更为重要。如果两者能达到高度的平衡，那就再美妙不过了。如果仅仅是后者，如果后者的灵魂干瘪苍白，宁可不要。

4

历史随笔、回忆随笔、阅读札记、学术随笔、情趣随笔，是这本书的基本构成，带有很强的智性特征。它们流露出写作者"对外在世界的无限兴趣",在对这种兴趣的描述、拆解和沉思中,为阅读者提供一片意想不到的去处,勾勒一个他难以遇到的人,讲述一段他不曾拥有或已经遗忘的历史,展现一种魅力独具而可感可信的品格……这是生命的体验、内心的焦虑、历史的真相和观念的冒险的集合,自我疆域的拓展,精神成熟的增进,与此类事物有关。

一些篇章给我留下了极深的印象:傅国涌的《沈从文的1949》写到了沈从文,这位敏感柔弱的先知,在新纪元尚未开始之际即已预知"旧世界"的命运,他的如同赤裸的婴孩般的恐惧与战栗,挣扎与呼告,绝望与善念,煎熬与屈从,凄怆惨怛令人动容;刘方炜的《理性和良知让人如此美丽》复活了一个已踱进历史深处不为人知的极具魅力的人——洪业;虎头的《永远的白玫瑰》讲述了"二战"时期以高贵的尊严和罕见的勇气面对纳粹屠杀的一对不朽兄妹;丁林的《汉娜的手提箱》则以一个执着得感人的故事娓娓提醒人们,以怎样的方式教育本民族的幼小一代汲取历史的残酷教训,才是智慧和人道的;而高尔泰的《画事琐记》,则满足了热爱其文字的人们对他充满传奇的生命历程的好奇;孙郁的《读读想想》是真挚、谦逊和坦诚的心史;刘建平的《根据知识思考——化解人权与主权之间的紧张》则是以真知驳斥谬见的力作……

随笔的"业余现象"值得关注。就是说，现在好的随笔往往是不以随笔为业的人们写就的——他们或者是某一领域的学者，或者是画家、小说家、诗人，像筱敏这样只写散文随笔而能在思想艺术上一直保持高水准的作家极少。吴冠中、高尔泰是画家，过士行是剧作家，北岛、翟永明、贾晓伟是诗人，王小妮诗歌和小说兼擅，林白、叶兆言和李洱是优秀的小说家，蓝英年、郭宏安、陈众议、程巍、李长声是外国文学专家，王得后、林贤治、孙郁、崔卫平、王彬彬、朱大可是现当代文学研究者，丁林、王怡治法律研究，肖雪慧是伦理学家，雷颐、刘建平是历史学者，徐晓是编辑家……对自身的研究领域和艺术领域的深厚沉浸，使他们写作随笔时举重若轻，左右逢源，因各据独特的视野而言之有物，因着迷于独自的探索而自由无羁。"随笔的条件和赌注乃是精神的自由。"懂得精神的自由者，莫过于从事着独立的精神创造的人。

在众多的随笔作家中，傅国涌和止庵的写作堪称独树一帜。此二人一热一冷，互不搭界，但都弥合了学问家和随笔家的界限。傅国涌的观照对象，往往是中国近现代史上那些身份和心态都高度复杂的知识分子，其在历史转折当口的处境、选择与命运。叙述他们的时候，他总将庞杂的史料钩沉与高度的现实关切水乳交融，平静的史家调子里，暗涌着壮怀激烈的焦灼与隐痛。他使用史料的方式是轻柔自然的，没有学问家的卖弄和僵硬；语言也是节制温暖的，以确切为限但绝不粗陋。止庵则是另一路数：古今中外，杂学旁收；科学艺术，深知三昧。他对经典智慧的钻研和倾心是著名的，他的读书随笔和艺术随笔的致密、思辨、博学、冷涩，堪为一家。

…………

再多说也是饶舌，一切的评判，还是由读者诸君自己做出的好。

(《2004中国随笔年选》序言)

2004年11月29日

关于2005年随笔的随笔

去年编随笔年选，收获到瑞士文论家斯塔罗宾斯基的一句妙论："随笔的条件和赌注乃是精神的自由。"就为这一句话，我也要恨斯氏一辈子——他剥夺了我的思考权，他使我不用思考，就明白了我们当下随笔写作——乃至所有写作——的整体状况为何如此不尽人意。为了我辈评论者能继续敷衍长篇大论，我看像这样一竿子插到底的文论家，还是越少越好。

现在，我只好顺着这"斯"的话往下说：由于敢下"斯式赌注"的写作者少，因此我们的随笔佳作很是难寻——单把随笔当花来绣的多，单当作载道工具的也多。

前者无魂,后者狰狞。然而也不是一团漆黑。若数落今年随笔的成绩,我们先得把报刊撇开,翻翻这几本书:陈丹青的《退步集》,徐晓的《半生为人》,李零的《花间一壶酒》,林贤治的《午夜的幽光》。它们的印行或许能使随笔爱好者感到"不虚此年"。这些文字的力与美,惟经苛刻的修辞家和严厉的思想者的双重砺炼方能达到。看他们的书,知道这样是好的:直面着现实,同时照着美的虚无之镜——诗与真必得相伴而行。

还有一些散见于报刊和网站的篇什也是好的,我就从自己所见中挑选一些,集在这本书里。待到编完才发觉:此书仍是一个探讨着若干精神主题的声音的集合。

知识分子

鲁迅 陈丹青的《笑谈大先生》,是他在北京鲁迅博物馆的演讲全文,今年影响深广。鲁迅,这个多年以来被塑造成不会笑的、只知批判和斗争的"凶老头",在陈丹青眼里却是"一百年来中国第一好看好玩的人物"。他先用占全文三分之一的篇幅来形容鲁迅的外表,真应了王尔德的那句话——"惟浅薄之人才不以外表来判断。世界之隐秘是可见之物,而非不可见之物"。然后,他用三分之二的篇幅描述鲁迅的好玩,最后得到这样的结论:鲁迅"激愤,同时好玩;深刻,然而精通游戏;挑衅,却随时自嘲；批判，忽而话又说回来……鲁迅作文，就是这样地在玩自己人格的维度与张力"。潇洒形容出鲁迅精神结构的复调性。陈丹青的语言是一种民国气质的汉语，暗旧的儒雅，辛辣，痛楚，微带暴力。似乎，他要借着这语言的味道，拒绝当代的粗陋、喧哗与无趣。与此同时，他也要挥霍掉他作为画家的过剩的洞察力和思辨力，画布承载不完，只好漫溢到文字里，于是文字也有分外强烈的形象感，伴以一剑封喉的思想。

徐炳昶 孙郁的语言亦有儒雅的民国风，深受周氏兄弟濡染。他在《十月》的"民国人物"专栏，是今年随笔的重要收获。那些湮没在历史深处的民国文人，在他温润感性的笔墨中重获了呼吸：鲁迅、陈独秀、苏曼殊们的狂，《新青年》同人的写作和办杂志，徐炳昶、袁复礼们和斯文·赫定一起的西北考古……披露了许多不为人知的趣人趣事，由此，他复原了民国时期斑斓多姿的文化空间，以及自由放诞的文人风貌。尤其是《古道西风》一文，首次触及"民国考古队"这一独特的知识群落，为中国现代文学研究史所无。他走进了刘半农、徐炳昶、袁复礼诸人的精神世界——他们是一群竭力挣脱古中国耽于空谈、混沌封闭的传统沉疴的知识者，他们虔诚追寻着西人重视实践、探索未知的科学理性，热切地以之建构中国新的、健康的精神文化。以此种视点观照中国首批考古学者，孙郁此文尚属首例。他对史料的掌握广泛深细，但却从来以"非史料化"的文学方式用之,且由一以贯之的价值关切所统领,那就是:对自由多元、人文璀璨的精神世界的痴迷与尊重。

左拉 郭宏安先生的《左拉百年祭》作于2002年左拉逝世百年之际,发表于今年。左拉,《我控诉!》的作者,"知识分子"一词因他和他的支持者而生。"左拉是一个小说家,是一个'痛恨政治'的小说家",但是,"他爱公正更甚于爱秩序,而没有公正,则会出现更大的混乱;他爱真理更甚于爱'国家利益',而在国家利益的幌子下掩盖着多少令人发指的悲剧啊"。此文虽然客观勾勒左拉伟大的一生,但作者深隐其中的现实关切,也已完整地传达出来。

自我·他人

底层 我无法不被他们的文章打动。夏榆的《临终的眼:杨家营纪事》《在黑暗中行走的人》和《自由的试金石》把我的视线强行拉到如不亲临便永不会信其有的真实面前。贫穷、剥削和不受制约的权力给最底层者造成的灵魂扭曲与伤害,是比任何极度的物质贫瘠更摧人心肝的怆然图景。然而这图景却是被平静、节制而优美的语言所描述的,作品的震撼力因此而倍增。《南方周末》记者夏榆,作家夏榆,漆黑忧伤的矿井是他曾经的劳作之地,亦是他写作的源头。在患难兄弟们惨酷的生存面前,作家的审美责任感使他遏止了绝望的哭腔，而无力改变的不幸现实，则加重了他良心的歉疚与情感的伤痛。其文字的悲悯热力，皆由这歉疚和伤痛而来；而这歉疚伤痛，实源自超越己身的温柔大爱。与亲历者夏榆的"装作"冷静不同，王小妮对乡村的关注来自旁观者的真的冷静。夏榆的冷调里藏着痛哭，王小妮的冷静里则埋着轻轻的叹息和尖利的警告。这位诗人、小说家用三年的时间，和她的丈夫徐敬亚一起，驱车走访中国东北、西南和中原的广袤乡村，归来写作此文——《安放》："安放那些孩子／安放那些老人／安放那些女人／安放那些流人／安放那些灵魂吧"，深怀"安得广厦千万间"之意。一些信手拈来的细节，暗示出这大地和人群深重的生存与精神危机。

逝者 感时伤生之文以道德力量动人，而痛悼怀人之作则莫不以深情之美将人击垮。高尔泰《没有地址的信》寄给他永别的女儿高林，徐晓《爱一个人能有多久》追怀诘问他去世十年的丈夫周郿英，野夫的《别梦依稀咒逝川》祭奠他的故友李如波。读它们，让我深深沉没在无语的哀伤里，不仅为了被悲悼的主人公，也为吞没了主人公的残酷的时代与世界。不，这么说是不对的。哀伤，其实就是为了这些被悲悼的主人公本身，因为时代和世界可以重来，而高林、周郿英和李如波却永远都不会再有了。这世间还会有多少我们永不知其名的失踪者默默而不该地死去？还会有多少高贵而沉默的生命遗失在风尘浊世里？在我们的世界中,生命的存在和精神的价值何时能获得绝对的尊重?……没有答案,唯有疑问。

自我　在世界的喧嚣中关切他人是高贵的,而能直面"自我之深"者,亦同样地好。作家林白、周晓枫、李浩和电影导演王超都以文章做出此种永不枯竭的探索。"自我"从来都不会是单纯的"私我",而是心魂与世界的对话之处,这是周晓枫《穿过我青春所有说谎的日子》的潜台词。此文闪现的文体的新意、语言的微妙和情怀的真挚,使它如同精致而炽烈的丝质长袍,披在身上,先是凉滑,之后必有烈火焚身。苏联话剧《青春禁忌游戏》的若干台词,连缀着作者关于当下自我和周遭世界的灵魂道白,戏剧情景和现实体悟之间交错对话,双声部探讨着叶莲娜和作者均感困惑的问题:在这个信仰倾颓、物质至上而实用功利的世界上,是否还应该坚持高尚而纯净的生存?对于信仰者,这是一个粗鄙的问题。但是对信仰成为问题的人来说,这却是他／她一生都要面临的选择。叶莲娜以死完成了她的承诺,而周晓枫则在这篇文章中穷尽表达了她对高尚的难以忘情和对世俗的斤斤计较,她受煎于这两者之间,不得平静。恰恰是这种真实的张力,带给她的文字以幽深的绝望、独特的细腻、歹毒的敌意和善感的哭泣。周晓枫此文,可算是提高汉语敏感度的有益试验。

道德困境　自我之搏斗,往往是事关道德困境的搏斗。学者何怀宏的《同一根绳索》和崔卫平的《通过思考追求道德生活》，都以讲故事的方法，让我们思考道德的主题。都是西方人的或虚构或真实的故事，但是如何在生存受到威胁时仍能追求道德生活，却是非常重要的"中国问题"。崔卫平的结论是："通过思考"。"所有人类曾经有过的道德规范突然失灵，数个世纪若干代人们积累起来的道德实践统统被说成错误不堪，诸如不杀人、不说谎、不做伪证这样一望即知的伦理道德已经被轻易越过，正在流行的是对于其他人类同胞的大肆屠杀、遍地告密或者谎言盛行，在这种情况下，个人的思考的努力、由于思考带来的瘫痪就显得尤其可贵和必要。思考将我们一分为二，可以自己观看自己、审视自己。""通过思考追求道德生活"又可叫作"仁智双修"，"仁"（道德）和"智"（思考）如果分别被孤立地强调，可能的结果将会分别是伪道学和真犬儒。

博雅

博雅已是当代国人的精神生活中久违的品质了。很难说，在这片被破坏得七零八落的土地上，还有多少"博雅"遗存。古人已远，五四先贤不再。但断壁残垣之上，只要爱美者存在，对"博雅"的创造和追求就不会消失。总会出现新的博雅的书写者，他们的有趣文字，可作当代人心灵的一片绿洲。这些文字真是养人的。李零《硬道理和软道理》虽语涉宏观，却用笔轻消，深得四两拨千斤之妙；李长声的《日下散记》散淡悠然，内藏讥刺，非杂学旁收、别有怀抱者不能为；陆建德《烈焰的火舌》有英式随笔的从容优雅举重若轻；殷力欣《旧闻记趣》深得黑色幽默之精髓；李敬泽《问中国之心》造就了一种古今对话的小品文，游刃有余的诮刻和羞涩含蓄的正直水乳交融；李大卫《恐龙是这样变酷的》则把他的文化关怀，隐藏在东拉西扯、亦庄亦谐的贫嘴之中……这些文章，学问、怪论、情趣、怀抱无一不有，可让浮躁干渴的当代心灵获得滋养与慰安。应当说，一个文化空间如果没有博雅美文，只有道德文章，壮则壮矣，却不够多元，也不够美好和健康。

纪念日

2005年是个纪念日之年：郑和下西洋六百周年，电影百年，世界反法西斯战争和抗日战争胜利六十周年……纪念往日乃是为思考今日，所以立足此点的纪念文章往往能启人深省。张纯如的《〈南京暴行：被遗忘的大屠杀〉导言》、范泓的《四十年前的一场"中西文化论战"》和王纪潮的《郑和下西洋的正面意义有多大？》即是如此。关于南京大屠杀，关于郑和下西洋的实质意义，关于知识分子在专制制度中，如何以理性、客观和宽容的态度相互合作、影响社会、拓展言论空间，而非以意气用事的论战乃至"诉讼"了结彼此的歧义，终至一损俱损，两败俱伤……都是与今天的我们息息相关的重大问题，实有了解之必要。

以上所列，是我对所看到的好文章的一些观感。而今年随笔写作的问题和缺憾，仍一如既往：缺少汉语之美；匮乏清明的理性和敏锐的直觉，既缺少对世界的整体观照，又没能勘探到自我的深处；理性的自负太过强烈，以致形成了独断的语气和文风；道学气过剩，失去了真诚、自然与节制；"媒体气"和"网络气"过浓，"私人对话"语态常能让人感到旁若无人的自恋，或者硬套近乎的唐突……显然，由于我的目力有限，即便是在我的评判尺度内，也未能将今年随笔的优秀之作"一网打尽"，这是需要请读者诸君原谅的地方。

真正理想的随笔是什么样子呢？无疑，它应是一种增进人的精神成熟的文字。世上已经存在过无数篇这样的文字了，但我还是照样期待那样的随笔：它的胃口无限大，什么都能消化，而它的质地又无比精致、无比之美，如同人类在天真烂漫之时，对自己的智慧和身体所期许的那种美。

（《2005中国随笔年选》序言）

2005年11月17日，北京稻香园

随想随写

1

五年前,学者刘建平提着一袋山东老家产的淡黄色小米来到我家。他一边阻止我端出花花绿绿的小食,一边对我和我的丈夫、他的朋友设问道:"你们觉得未来中国的最大危机是什么?"

"是什么?"

"我们这个民族将没有东西可吃。"

我们把感激的目光投向他带来的小米,但对这个形而下的结论还是相当失望,于是只好用中国庞大的粮食储备安慰他。但是他摇头："我不是说饥荒，我的意思是，如果现状永远是这样的话，不久的将来，中国将因为所有领域的假冒伪劣而导致所有人吃的所有东西都是有毒食品，时间久了，我们必然会吃坏了脑子，沦为一个人人可欺的智障民族。到那时，什么都晚了，什么改革，什么发展，全晚了，因为我们的智力已经瘫痪，不再能进行自我反思了。"

听完他的话，我含蓄地表示，我对他的国际政治学和中国现当代史研究向来钦佩，但是他刚才提出的主题，似乎应由一位科幻小说家来完成。他也不争辩，径从背包里掏出一篇文章塞给我们，标题是——"社会冷战论：在政治史、社会史研究中理解中国"。

读罢文章，我才明白关于有毒食品的忧虑只是他诸多忧虑的末端，是他所命名的"社会冷战"——此系指一种全民性的相互欺瞒坑骗现象——的人人有份的后果之一。至于"社会冷战"从何而来，他未从社会道德维度加以考察，而是在当代中国的政治史和社会史中找到其发生根源和运行逻辑，也探讨了逃离这一陷阱所需的政治条件。

辗转四年多以后，此文得以发表（我替读者谢谢《阴山学刊》了）。五年多以后，中国爆发了举世侧目的"毒奶粉"事件，千万中国孩童为成年人的罪愆承受病苦，人们突然陷入什么都不敢吃的食品恐慌之中。在媒体纷纷叩问事件背后的深层原因之时，再读此文如醍醐灌顶，我被它的理论解释力和预见力所深深震惊。读者可从本书中看到这篇不那么"随笔"的文字（题目已被作者改为《冷战社会的历史与社会冷战的逻辑》），同这位从真实中汲取知识和思想的学者一起，理解更深刻的中国现实。

2

2008年的天空飘荡着太多"深刻的中国现实"——既盛放过"改革开放三十年"、北京奥运会、"神七"发射成功的焰火，亦降下了汶川大地震，"毒奶粉"事件，冰灾，水灾，雪灾，建筑、医疗、医药事故，全球性金融危机的寒霜。历史跌宕的幅度在这一年是如此之大，以至于我们如不想法麻木神经，就无法安顿自己的生命。

麻木的效果是成功的：惊魂甫定，回首刚刚过去的惊天往事，竟然恍如隔世，宛若闲谈。时间是多么无情的雕刻家，遗忘是多么称职的麻醉师！把我们从时间和遗忘中救出的，安慰我们的灵魂、赋予我们以经验、释放我们的道德焦虑的，是诚实记录现实面目和深切观照精神真相的文字。在这本年选中，我们能读到学者秦晖回望"三十年"时的公正立场与逻辑魅力，钱理群剖析孔夫子当代命运时的忧患胸襟与警觉眼神，何光沪反思"毒奶粉"事件时的信仰关怀与制度关切，陶东风批评中国大学之病象时的金刚怒目与赤子情怀……关于汶川大地震的巨大悲剧，我们能看到记者李宗陶摹写"映秀伤痕"时的严冷锐利，胡赳赳疾书"震灾叙事"时的慷慨热肠，以及诗评家徐敬亚对"悲痛中总是饱含激昂，丧事中总是夹带锣鼓"的庸俗诗学的愤怒。这些文章非为"随笔"而作，但却天然地秉有随笔的灵魂——对精神责任的自由担荷。

3

有几位作家的文体意识和精神气质是十分醒目的。这里要先谈谈并未出现在今年年选中的缪哲和薛忆沩（见2007随笔年选）。缪哲治中国美术史，兼译一些妙趣蕴藉的英文随笔，如《瓮葬》《塞耳彭自然史》《钓客清话》等。随笔只是他学术研究的余墨，却无一篇不精，其语言雅涩佻达，充满灵智，味近周作人，而有周氏所无的冷峭、炽情与傲慢。若寻这味道的来源，或可溯至他的反愚谬与求平等的道德意识，这使他的小品亦透辟辽阔。薛忆沩是低调而出色的小说家，近年在《随笔》《读书》等杂志发表了不少人物随笔和阅读随笔。他善于以小说家的敏感，抓住人物命运中脆弱易碎的部分，以之击中读者的良知；亦善于在读解文学作品时，高度精确地捕捉其诗学细节，彰显其哲学意味。他的文字饱蘸体恤慈悲，散发诗之光芒，对柔软灵魂的呵护凝视动人不已。

在今年的年选里，我们亦可看到不少妙笔。批评家周泽雄的文章博雅雄辩，时有古风，其锐利的谈锋来自其思想之忠直，其勃发的文采来自其美感之丰沛。他的文学批评、读书随笔异于常道，宜于品鉴，偶对公共事务发表意见，亦是立足于文化本位的立场，言必有据，剀切内敛。小说家李大卫的随笔则有另一番风光：博识，多闻，幽默，恶作剧，顽童式的反讽中暗藏自由意识的观照，其近年为《财经》杂志开设的专栏是汉语写作中的上乘小品。诗人、乐评家贾晓伟的音乐随笔、电影随笔和美术随笔光华独具，他的诗性判断无时不统领其技术分析，每一论断与犹疑，皆是对上帝之"在"的求告与遥望。学者许志强的外国文学随笔则深入作家精神生活的腹地，游刃有余地揭示其含混幽暗之处，其言语姿态与其说是客观的研究者，不如说是参与和介入的知己。此外，青年学者杨早从容、舒徐、隽厚的文史随笔，青年作家刘春率性、偏至、俏皮的性灵随笔，也是我们在今后的阅读中大可期待的。

4

在今年发表的文章中，刘再复先生的《"五四"理念变动的重新评说》、李零先生的《读〈动物农场〉》和耿占春先生的《话语中的熵》分量厚重，引人深思。

总而言之，一年的汉语文章浩若烟海，编选工作更像一场披沙拣金的战斗。对编者而言，收入本书的每篇文字皆有其不可替代的意义，但因眼界和篇幅所限，遗"金"之罪势所难免，只期待未来的工作能有所进步。

(《2008中国随笔年选》序)

2008年11月21日

文学与意见

1

九年了,常有读者询问这个选本的选文标准。他们疑惑:何以有些文章是酣畅的美文,有些读起来却简直累煞人?

如你所知,随笔是文学体裁中表达意见最直接的一种。"文学"的魔术性与"意见"的直接性构成这一文体最内在的紧张。那些以极大的张力"统一"了此二种对立属性的篇章,便成为随笔中的佳品 —— 它们既是"诗"的,又是"真"的。更多的时候,"文学"与"意见"分道扬镳。"文学"视"意见"为难以背负之物。"意见"视"文学"为虚文多余之物。由于时代问题的迫切性,"意见"常常脱掉诗性的外衣,以更加质直的语言表述出来,并呼吁将其变为行动,且这种意见的表述本身也成为行动之一种。

当文学拒绝表达任何内在与外在的"意见",文学就会成为自身的杀手,而沦为平安的无聊。"观照无聊"的作品或许会有好的,但是无聊本身却不。因此,本书的编选原则是美与真实。这意味着某种危险。而危险是随笔必备的要素。

2

在本书中,作品按题材分为六类:

(1)**境遇随笔**。这是些言说当下存在与思想境遇的作品。今年有两位诗人的心血之作——任洪渊的《汉语红移》和耿占春的《沙上的卜辞》——引人瞩目。任洪渊《还是那个太阳》(《汉语红移》导言)将一位诗人哲学家的书写野心展露无遗。他与一切对话。从帕斯捷尔纳克的暮霭到戈尔巴乔夫的黄昏,从杜尚的"物与废物的艺术装置"到巴勒斯坦的"人体的死亡装置",从人的"姓、名、氏族的记忆"到克隆人的"型号、序号的记忆"……自然现象与人类事件超越了各自的界属,在他反历史化的生命意识中重聚、重生,化作新的意味与命名。言说者无视宇宙和文化的熵增法则,拒绝人类精神的虚无与衰老,依旧悍然宣布"仅有一身,一生"的"人"必须更新生命,"重新发现人"。这种不灭的童真乃是一个"文艺复兴人"的生命态度,其间涌动的诗与思,极尽意象的联想和跳跃、能指的发散与汇聚,文体独异,不留余地。

耿占春《沙上的卜辞》则是另一番风景。这部十八万字的作品(本书仅节选)以无序断片的形式,呈现了一个诗性主体当下感知的世界悲剧。没有统一而坚固的结构,其随想随写的碎片形貌全息地呼应着外部世界的瞬时样态,同时,与之对立的却是言说者从始至终的精神同一性。可以说,这部作品是一个末代诗人、一个意义信徒、一个无人聆听其预言的预言家在大地根基动摇之际,对世界乱象和根基毁坏者的判词。言说者对自己的悲剧身份早已了然,但始终与言说对象保持着从容的距离,即便在表达金刚怒目的主题时亦是如此。而悲剧的力量恰恰产生在这里 —— 再也没有比诗与意义的信仰者一览无余地目睹和描述意义蒸发与诗意毁灭的过程,更令人痛楚的了。而这是整部作品隐含的唯一场景。

(2)**经验随笔**。此种作品风格化地讲述主人公"我"的亲历经验,余音袅袅之际,读者自能领会文章的言外之意、题外之旨。在《父亲那场永不止息的战争》中,台湾历史学家王明珂以文学家的笔触,描述了眷村父辈在"大历史"阴影下的个体生活史,其苍茫辽阔的人生况味令人动容。今年突然"冒"出地表的旅美作家王昭阳以《新世纪周刊》上的随笔专栏吸引了众多读者的敏感目光——他在系列文章里高浓度地"压榨"自己浪游欧美的日常传奇，貌似漫不经心、玩酷耍帅，实则不说理地说理、反抒情地抒情，从文明批判到个体内省均有触及。

（3）**诗学随笔**。这是些关于文学、音乐、电影等等的艺术探讨，非为学问，只关心灵。台湾小说家张大春的文字总是同时饱含感怀与谑意，如同黛玉眼泪与猴子捣乱的奇妙混合。在随笔《偶然之必要》中，随扫随生的典故和驳杂另类的经验穿插其间，密度与速度齐飞，热闹共冷清一色。在回顾了自己三十余年的创作历程之后，他说出一个凄怆的心得："在这个世界上根本没有原创这回事……一旦透见个人创作只是众多凌乱足迹之一瞬，作者除了置身于荒江野老屋，自成素心人之外，夫复何求？"写作过程的竭虑殚精与写作结果的速朽本质，乃是一个作家必须承受的悖论。

文学评论家敬文东在《夜晚的宣谕》中对"失败的偶像"鲁迅的默契解读，音乐评论家李皖在《过了二十年，无人来相会》里对中国摇滚乐的精神追问，亦是响鼓重锤，令人难忘。

（4）**历史随笔**。如果一个地方不能随便谈论当下，那么品评历史定是一大热门。诗人刀尔登的读史随笔令人拍案叫绝。这些短小专栏以举重若轻的春秋之笔，直刺中国历史的腐朽心脏，并将其翻转为当下自我的认知之镜，从中不难读出历史循环的悲哀,却也默示打破循环的信念。

以"事件史、现象史、问题史"的方式研究中国当代文学史的李洁非,近年推出了两部厚重之作《典型文坛》和《典型文案》。在《告密》一文中,他延续了此种追踪方式,提出这一问题:何以新中国的知识分子纷纷成为"告密者"?他的结论是:"'五四'前后中国式的启蒙,存在两大失误:一是单纯引进新知、新学,而忽视引进现代的精神原则、精神立场;二是只讲开启民智、疗救国民心灵,而不开展知识者自我建设,明晰知识者的应有之义,树立和完成对知识者角色、身份、本质的认识。这个工作的匮乏,造成现代中国人文精神的巨大空缺;此后各种弯路、悲剧、迷失乃至堕落,无不植根于此。"他不无悲观地感叹:"也许直到今天,我们知识者对于自己将近一个世纪的蹉跎,仍未取得根性的觉悟。"——呜呼,若还不觉悟,我们就没有时间了。

(5)**思想评论**。批判地援引西方资源,为国人的选择提供更多精神参照,乃是这种随笔写作的目的所在。何光沪的《信仰与自由》、金雁的《〈路标〉百年》和徐贲的《人文教育和民主政治》,尤为启人深思之作。

(6)**社会批评**。此种随笔是公民社会自觉发育、知识分子公共参与的产物。它们探讨的焦点多集中于公权力的限制与公民权的伸张,肖雪慧、邓晓芒、于建嵘、周泽雄、田松、张绪山等学者的文章,对此问题多所触及。

一些青年学人／作家的崛起令人刮目。若以年龄段划分，则可看到"70后"女批评家张念锐利奢华的文化批评，女作家刘春坎普老辣的谈艺随笔，"著名教师"罗永浩放诞幽默的经验随笔，电影评论家王小鲁富于行动性的电影批评，文学评论家朱航满知人论世的读书随笔……"80后"学人／作家群亦颇可观：范昀和张定浩融政治批评于文学评论之中，羽戈寓现实关切于历史描述里，杨不风的学术随笔则时时隐含着知识分子的价值选择，韩寒的社会批评以"坏小子"形象嬉戏禁忌于有口难言之中，消解了庞然大物的恐怖威力……

可以说，青年作家的随笔已渐渐呈显出别样的质地——智性更轻盈，语言更放松，视角更个人化，言说者对精神使命的承担更少沉重的严肃性，更多自在和游戏的成分。与其将这一现象解读为新式青年膂力变弱的信号，不如将其视作精神解缚的表征。因为自由与意义的表述在他们的书写中并未消失，而是在以另外的身姿飞舞延续。

（《2010中国随笔年选》序）

2010年10月12日

反熵的精神

1

编定了这部书稿,就上网。一条消息在微博上反复传送:小悦悦凌晨死去。看了看屏幕右下角的日期:2011年10月21日。不知明年此时,是否还会有人记起她的名字,记起这件事,记起我们共同的羞耻。这个刚刚来到世上两年零四个月的小女孩,10月13日下午在广东佛山一个小镇上横过马路时,被汽车撞倒,碾压,肇事司机开车逃逸,陆续经过她身边的三个路人视若无睹;后又有第二辆车从她身上轧过,逃逸,路人依然无视,直至第十九位路过者——拾荒阿婆陈贤妹看见了她,将她救起。但为时已晚。数天抢救之后,死神还是带走了这无辜的小孩。有网友用小悦悦的口吻写了首悲伤的歌:"爸爸妈妈,我走啦,以后打工别太辛苦啦,女儿来世再报答;陈阿婆,我走啦,谢谢您没让我被车子第三次碾压;叔叔阿姨们,我走啦,看好你们宝宝吧……我走啦,我走啦,我去帮十三亿人,去寻找,中国的良心,在哪?!"

最惨酷的悲剧,莫过于让孩子成为牺牲。今天是小悦悦,"723"动车事故时则是小伊伊。小伊伊的父母已在天堂,留下这一身伤痛的孩子孤单走过人世。等小伊伊长大,我们将会把一个怎样的世界捧给她?

…………

无数孩子的稚气面孔从眼前飘过,又消失在生命的深渊里,让坐在书房敲打键盘的成年人,坐立不安。九十多年前,一个成年人曾借疯子之口高喊:"救救孩子!"这声音传到今天,依然是未能执行的遗嘱。看着堆在面前的书稿,电脑里的文档,那些卓异的人们用心写出的文章,自己将写未写的序言……这个无能为力的写作者,不知在一个怎样的秩序中安放这一切。

2

于是只能回到写作的原点——文字是钉子,钉于意识之墙，固着着那些不愿被遗忘的事物。至于这钉子有多粗、多长，钉于何处，钉得多深，全取决于写作者自己。一本书，是钉子及其固着物的集合，从中我们可以一窥它们形成的图案。那是一个时代小小的精神侧面。

3

从此书中可以看到，诗人、小说家王小妮如何将她学生的点点滴滴记录下来，采撷他们朴质而沉重的诗意，折射出人间的悲辛与生机（《我的学生们》）；音乐学家常罡在革命时代里，怎样演出他爱乐、寻乐的悲喜剧（《依依韶华旧乐》）；批评家吴亮在他的1970年代，又是如何目睹了一对坚忍不拔的基督徒父子的传奇（《仰望星空》）；以《人有病，天知否》一书享誉文坛的作家陈徒手在沉默十年之后，今年厚积薄发，用严谨的档案爬梳和节制的史家笔墨，将若干知识分子在新中国的"改造"历程一一呈现，收入本书的《俞平伯：1954年思想批判运动中的抵制和转弯》和《傅鹰：中右标兵的悲情》可见此工程之一斑；而发展咨询专家徐小平则用一个贫困姑娘的励志故事，指出摆脱了国家崇拜的个体获得自由出路的可能性（《贞楠姑娘》）……

一些思想随笔深具启示性。景凯旋的《向生而在》从鲁迅和胡适政治观的表面分歧中，看到他们同样受制于中国传统的"向生而在"的生死观——即精神世界中都不存在超越现世的彼岸的、绝对的精神维度,其意义源泉只能来自"未来"和"社会群体"这种相对之物,因此他们都未能建立起一个自由的意义世界。这也可以解释,何以鲁迅这样"一个崇尚个人绝对自由的人,最终却主张社会的平等优先,赞同苏联的集体主义体制,这其中蕴含着多少现代知识分子的思想悖论"——因此鲁迅"给我们提供的是自由的美感,不是自由的路径";同时也可以明白,为何强调个体自由和法治宪政的胡适"反对各种专制,却又力主维持现状;同情革命,却又拒绝任何反政府的行动"——因为他是功利主义自由主义的信徒,但"在一个东方专制社会,首先要解决的是如何建立个人本位,实现自由,这需要一种争取自由的道德决断和勇气,而纯粹的功利原则有时却会出于国家、民族或集体利益,认可对个人自由的限制",因此"胡适是能维护自由的人,却不是开辟自由的人"。但无论鲁迅还是胡适,"为了寻求自由,他们都尽了各自的最大努力。他们的心路历程值得我们寻味,因为他们的局限,也是我们的局限"。

而耿占春的《沙上的卜辞》、崔卫平的《人在做,天在看》、莫枫的《我们处在爱恰恰可能之处》、金雁的《俄国历史上的"第三种知识分子"及其社会实践》、许志强的《纳博科夫镜中的果戈理》、薛忆沩的《与马可·波罗同行》、王晓渔的《"清纯"的政治学》、刀尔登的《读史六则》、李洁非的《谈谈明末》……或以诗人之眼,或以史家之手,或以哲人之心,各自进行了一次从知识现象到精神本体的穿越。

4

这些文章是由于一种"反熵的精神"而聚在一起的。《辞海》:"熵的大小是自发实现可能性的量度,熵越大的状态,实现的可能性越大。"意即,越容易发生的事情,其熵越大。

比如说,在地球重力之下,"水往低处流"的熵要远远高于高压水枪灭火产生的熵;同理,在一个没有制度保障的社会中,倚强凌弱的"熵"也远远高于"以弱抗强"的"熵";在一个鼓励惰性的知识评价体系中,炮制一部学术时髦、东拼西凑的八股著作的熵,更是远远高于写作一部个性饱满、洞见迭出的灵智之作的熵……这貌似亘古不变的自然世界,终将会因"熵"的累积而走向热寂和消亡;而这个貌似强权无敌的人类社会,也将因每个人都追求最大程度的安全感和胜算率——最大的"熵"——而迎来与自然世界同样的结局。

但人类似乎总会闪现一些得救的希望……中午时分,另一条消息蹦入眼帘——统治利比亚四十余年的独裁者卡扎菲被俘。是呀,独裁者不会长久,这是人类历史已被反复证明的"反熵真理"……但转瞬之间,一缕血腥的空气渗进了欣慰的呼吸中——又一条消息:卡扎菲被一士兵击毙,死相很难看。

(《2011中国随笔年选》序)

2011年10月21日

长篇小说的关切与自由

如今,也许不该再指控"文学脱离现实"了。当下文学已将现实的石头狠狠砸在了自己的胸口。翻阅近年国内的长篇小说,我能感到现实之砸痕深深浅浅,真真假假,时常令人窒息。一方面,某种现实自觉与道德焦虑开始回归,"文学不应自我边缘化""作家应表现出明确的价值立场"的呼声鹊起;另一方面,也有人呼吁作家应停止对"现实"与"历史"的矫枉过正的追逐,回归个人独语才是文学正道。是否文学只能摇摆于公共化的"现实"与个人化的"独语"之间?文学的意义是否只在于给公共领域的认知结论提供一个个感性的注脚——比如"三农"问题，腐败问题，司法问题，环保问题，全球化问题之类，并以此表明作家是正义的好人、社会的良心？或者文学的价值只在于给一个个孤独的个体提供"个性秀"的舞台？我以为这问题的提出，暗示了一种非此即彼的思维习惯。把文学看作改造社会现实、表达价值观念的手段，是一种并无新意的"文学工具论"，带有一厢情愿的色彩。它有存在的权利，但是并无"统一作家思想"的权力。甚至，我以为它也不应成为一种主流的文学观，正如"私人化写作"同样不能成为主流文学观一样。文学与政治相关，但绝不是政治。文学与道德相关，但也绝不是道德。政治的价值尺度是利益，道德的价值尺度是实践，而文学的价值尺度，则是艺术的创造力如何。也许这种创造力来自作家对政治、道德或其他领域的独特洞察，但它必定是一种将洞察力化为"有意味的形式"的艺术能力，而非某种简陋的直抒胸臆。一部文学作品如果没有创造力，则任何道德的高调或行为的标新立异都属白费。因此，我不认为把作家的道德姿态放在首位是文学的福音。同样，我也不认为回归"私人化写作"有助于文学的繁荣。由于我们现在讨论的是长篇小说，那么下面我就把焦点集中在它的上面。

从我有限的阅读来看，不少作家在他们的长篇小说中已体现出直面复杂悖谬之历史现实的真诚与勇气：莫言在《檀香刑》中以可怖的刑罚意象，透视了极权、恐惧、驯服与蒙昧的四边关系，在《四十一炮》中，则以一个精神孩童荒诞不经的讲述，勾勒了没有灵魂、困于物欲的当代国人动物化与残酷化的精神过程；贾平凹的《秦腔》工笔重彩，以他的故乡为摹本，写就了一部中国乡村之传统崩溃与精神离散的寓言；林白在《万物花开》和《妇女闲聊录》中，出人意料地将眼光放在她极少涉足的苦难乡村和无助农人身上，那主人公浑然无觉的狂歌欢吟和悲惨破败的真实生存之间令人心碎的张力，被她挥洒于无形；阎连科的《受活》以异想天开的地点、人群和故事，揭开了"新时期神话"下辽阔的乡村被掠夺和被摧残的不公本相，以及权力对人的诱惑、规驯与异化；格非的《人面桃花》以另类的视角，观照了"暴力革命"及其思维逻辑对世道人心的割裂与损毁；李洱的《石榴树上结樱桃》，试图于纸上建立一个在日常生活中学习民主的"新人"的国；艾伟的《爱人同志》以平淡而正统的叙事，揭示了无形的国家权力是如何入侵和占有普通个体最隐秘的私人生活的……焦灼的现实关切弥散在这些长篇小说中，庞大的主题直接产生于作家与当下现实的正面遭逢。其中的一些作品，表现了权力者给卑微者带来的不容喘息的羞辱。它已成为一些作家既形而下又形而上的存在难题，它是他们哽在咽喉的刺，是既无法下咽又无法吐出的痛苦，是沉默者得以发声后的复仇。复仇的方式，就是在虚构中不厌其烦地羞辱自己的替身——那些卑微的主人公。因此这复仇是自虐性的。我在莫言和阎连科的作品中无数次目睹这样的复仇，从中我能感到这两位乡村之子如此凶猛的力量来源。可以说，"权力的羞辱"作为理解传统中国的钥匙，已经牢牢握在这些中生代作家的手中。

然而问题也随之出现——当然，是就我肤浅的认知而言。对"极权"与"权力"——这种支配世界、人及其生活与行为的异己力量，作家们倾注了极富道德价值的控诉与批判，然而令人遗憾的是，这种批判本质上总是带着绝望的哭腔和宿命的失败感。也许，这是难以避免的。这是一种微小个体必然被庞然大物化为齑粉的恐惧。权力在这里是"恐怖巨兽"，而非"滑稽怪物"。"恐怖巨兽"意象流露出创作者挥之不去的内心阴影。这是作家们从生存的体验中积累下来的潜意识。一种真切的"中国经验"。它们得自作家的血肉皮肤。它们显现出作为一种"集体无意识"的精神无力感。对文学来说，这是一种极富价值的观照与呈现对象。但是，要达到有力而有趣地呈现，既需要与观照对象休戚与共，又需要毫不动情地从那对象的绝望困局及其运转逻辑中跳出，从那种困扰着我们整个民族的精神无力感中跳出，以超越"恐怖巨兽"及其运行逻辑的异质精神，作为起飞的地面，创造出别样的世界，发出天外的声音。

正因如此，一部伟大的作品除了是真实困境的呈现，往往还会启示某种崭新的精神可能。这是我们的文学所亟需的新意。但遗憾的是，当下的作家们还未长出与这只"恐怖巨兽"完全异质的精神力量，而是相反，精神无力感与虚无感使他们的作品呈现出精神和语调的单极性，形成了某种"宿命之障"。作家们更多以"万念俱灰的老人"心态完成自己的揭示，而不是以"天马行空的顽童"精神实现对恐怖巨兽的颠覆；习惯于哭着控诉，而不是笑着反讽；沉浸于单声道的思维，对复调的智慧缺少意识。而当下悖谬的现实又是多么需要复调的智慧啊！不同的世界、不同的价值观、不同的生命状态与体验同时并存、彼此颉颃，各说各的理——那个能呈现和探索如此种种混乱的作家在创作之时，必须是一个精神自由、解脱于世俗恐惧的创造者。这个创造者，应集严肃与游戏、哀悯与幽默、圣徒与流氓、成人与顽童于一身，任何的单面性，都会导致其作品的乏味与乏力。

当然，文学不是一种直接探讨意义的创造活动，相反，在作家明了意义之后、进行创作之时，最要紧的是让意义的怪诞部分融进自己的血液之中，然后忘掉和逃离意义的因过于公共和端正而不能融化的部分；在将意义"去重力化"的过程中，让生命呈现自身的沉痛与幽默，而非生造形象，使其成为意义的牵线木偶。然而精神的单面性会不自觉地鼓励作家创造一个个意义裸露的形象世界，于是便会出现意象空疏、意思重复、意图明显的问题，不等看完全书，就能猜到作者要做什么。一个"必然"的世界是不够撩人的。即便一些公认的佳作,也很遗憾地不能幸免于此。

因此可以说,长篇小说由于它的体积特征,对作家所选择的题材、作家观照世界的眼光、想象力和叙事方法,以及作家自身的精神力量等,都有独特的要求。它是一种对枝蔓和驳杂欢欣鼓舞的文体,也是一种对失重和悖谬敞开怀抱的文体;是一种对游戏的狡智和繁复的想象力贪得无厌的文体,也是一种对精神的层次和心灵的质地明辨秋毫的文体。一部长篇小说就是一场文学的马拉松,它不仅考验作家的耐力和体质,更考验他/她创造一个人所未见的奇异世界的能力。这需要作家兼具顽童的游戏智慧和成人的毒辣洞察力。一部作品如果只复制了一个我们耳熟能详的意义世界,或者说一个按照日常逻辑运转无二的现实世界,那么它的艺术价值就大可存疑——无论它是"现实关怀"的,还是"个人独语"的;一部作品如果创造了一个我们不曾见过、但其自身却生机勃勃的世界,那么它的创造性则大可期待——无论它是"现实关怀"的,还是"个人独语"的。这里所谓的"不曾见",是指摆脱了公共意义的重力和惯性、让生命呈现自身时的那个自由和想象的世界。在作家的独特眼光的魔力下,一切旧有的、习惯化的事物,都变成了陌生的东西,进入了别样的轨道,他/她的文本因此变成了一种由心智所重构的现实。在此我要对林白的《万物花开》表示特别的敬意。此书以诗人之笔，开启了一个人所未见的乡村世界。作品有大悲悯，然而作者好像羞于知道自己有此情怀，她的道德判断始终延期，价值立场永远缺席，叙述人退到了无善无恶但万物有灵、无真无伪但皆大欢喜的混蒙状态中，他对自己的苦难境遇浑然不察，他对万物花开充满欢欣，他的幸福感越充溢，笑容越灿烂，则其无可拯救的生命之痛对我们的撞击越强烈。

当然，写作也可能会出现这样的情况：一部长篇小说，它呈现了一个意象奇异的世界，但是通观全书，却发现在精神内质上，它仍又回到了现成的人性积习或社会结论中去，一切的陌生化，都只是单纯的手段而已，并无精神的新。这无疑是令人遗憾的。因为对这样的作家来说，其天赋的才华极其丰赡，但是超越性的精神准备不足。纯真无惧的精神顽童和沧桑多情的成年人尚未同时生长在他／她的体内，世俗虚无主义的态度和准则主宰着他／她思考和表达的无意识，这阻碍了他／她像一个真正的宇航员一样冲向现实的外太空，实现自由的精神太空行走。为世俗虚无主义所主宰的作家，因为相信恶与无意义将最终胜利，而使自身对黑暗的揭示也同样归于黑暗。这真是十足可惜。

的确，文学产生于心灵与现实的无法和解，因此不满的精神是文学的灵魂。但是我却愿意相信，在文学的不满精神之上，居住着一个我们永远无法对之完整认知的绝对存在。它是一个永不熄灭的光源，它是无拘无束的创造的孩童。当它向人世播撒悲悯与爱意时，也播撒欢笑与自由；当它启示我们对现实世界的否定之心时，也是为了让我们无限接近那最高之美。

2005年10月3日改定于北京稻香园

文学：动荡世界的精神方舟

12月4至8日，香港浸会大学"国际作家工作坊"邀请的九位访问作家——包括七位伊斯兰地区作家以及两位华语作家（中国内地小说家曹乃谦和中国台湾报告文学作家、小说家蓝博洲）——来到北京师范大学文学院，与数位内地作家、评论家和北师大师生作文学交流。工作坊今年的主题是"了解伊斯兰世界及其作家"，从而成就了近年来规模最大的一次伊斯兰作家北京之旅。在此之前，我已应邀到香港浸会大学文学院采访了这七位伊斯兰作家，此行如同一场有关当代伊斯兰文学和现实状况的突击补课，虽浮光掠影，仍震撼非小。

文学的主题

由于中东地区环境动荡,作家极少从事不问世事的象牙塔写作。他们的目光直接投向本民族最迫切的现实与精神困境,从而形成了其独特的题材和主题:

占领与颓败。穆罕默德·舒卡尔是居住在耶路撒冷的巴勒斯坦作家,他的经历曲折,身经战乱、坐牢与流亡,他的小说题材甚广——常常以巴勒斯坦农民、工人、难民为主人公,书写他们为了自己的身份认同而挣扎的故事;他也写过探讨人类情感和两性关系的作品。近五年来,他转向写作黑色幽默风格的讽刺小说,其主题触及两个方面:一个是关于占领,一个是关于颓败。在这些小说中,一些世界性的政治、体育、娱乐明星进入了虚构的巴勒斯坦平民生活,我们会看到拉姆斯菲尔德、安南、迈克尔·杰克逊、罗纳尔多、夏奇拉们以各种方式和巴勒斯坦人发生关系,从而产生种种令人啼笑皆非的荒谬情景。

比如,短篇小说《留给罗纳尔多的座位》就讲了这么一个故事:出租车司机卡特姆·阿里崇拜足球明星罗纳尔多,他周围的人却对足球漠不关心,甚至连罗纳尔多的名字都叫不准。自从阿里和罗纳尔多通上了电子邮件,罗纳尔多说未来一两个月内,将要来看他,阿里就一直把副驾驶的座位留给罗纳尔多,谁也不能坐那儿。于是传来各种风言风语:先说他空着座位是为了勾搭一个女孩,后来见他把罗纳尔多的照片挂在车上,又有人猜他庇护与以色列当局有瓜葛的"嫌犯"。自从以色列兵捣毁了当地的三间民房,还抓走了十四名邻居,他们对此更加深信不疑,甚至成立了一个针对阿里和罗纳尔多的"不要口号只要行动"的组织,该组织称:"得让这个叫波纳尔多的知道,我们决不容许任何人在我们中间挑拨离间,然后撒下不和的种子,再将我们各个击破。"一个深夜,阿里遭到七个蒙面人的毒打。但他仍一如既往地给罗纳尔多空着座位,连全体族人都为此遭到了压力,一起气势汹汹地来到他家,拳打脚踢逼他交代"谁是科纳尔多",阿里仍不理会。第二天,阿里出车,一个本地人想坐在副驾驶位子上,阿里断然阻止:"这是留给罗纳尔多的座位。"

舒卡尔为什么想到把世界名人带入自己的小说中呢?他回答说:这是因为巴勒斯坦人没有自己的私人生活,我们只是艰难地生活在被占领土上,借用这些名人来当作巴勒斯坦的现实,反映出我们渴望过上正常生活的愿望和复杂的耻辱感。因此,这些带给人苦涩微笑的黑色幽默小说,本质上是政治小说,一种严肃的文学种类。

一个如此困窘而痛苦的社会,为什么能产生幽默?舒卡尔说,阿拉伯人有一句谚语:"更糟糕的事情反而让人发笑。"巴勒斯坦社会是严肃和沉重的,暴行、苦难太多,整整百年的痛苦,终于在近二三十年来孕育出了玩笑和幽默。幽默是困境的反映,巴勒斯坦人可以把幽默作为武器，反击统治者的压迫与暴行，以此告诉他们，面对暴行，我们依然能够微笑。

流亡与自我。好像巴勒斯坦作家没几个不曾流亡过的。五十一岁的加桑·察滩四岁即随父离开巴勒斯坦故乡，生活在约旦难民营里。好在父亲是位诗人，流亡途中一定要带上两样东西：书和孩子。因此他从小有书读，潜移默化地写诗。大学毕业后，他曾在约旦、叙利亚、黎巴嫩、也门、塞浦路斯和突尼斯等国流浪和工作，当过教师和记者，参加了巴解组织，直到1994年巴以签署和约，四十岁的他才结束流亡返回祖国，目前他是巴勒斯坦文化部的文学及出版总监。尽管他是官员，也写小说、剧本，拍纪录片，但是他介绍自己时这样强调："我是一个诗人，我不是巴解组织的诗人，我是诗人。"即便他从事其他写作时，他也是作为诗人去完成它们。"对我来说，到底是作为一个政客还是作为一个诗人而存在，二者一直是分裂的。当我是巴勒斯坦难民时，不陷入政治运动是不可能的，因此，我的诗歌主题，就是怎样在流亡生活中寻回我自己，怎样做我自己，以及揭示流亡生活给人造成的心理创伤。"

"盐涩的日子真难以置信——／坏得像种下的坏种，／／所以现在都抛掉了／扔在深渊。／／当我们又一次爬起来时／（不爬又能做何选择？）／／那些日子都溜到后面／沉入忘川／／像我们深色的皮肤／像我们彻夜难眠／／……可是，我们的名字别号／却都老得那么古远，／／我们的口音露了风／说我们是外人，永远……／／盐涩的日子真难以置信。／可现在连它们也不值得想念。"(《战壕》)几十年来，察滩一直书写着关于流亡与自我的诗歌。"有时我甚至觉得我喜欢上了流亡的生活，"他微笑着自嘲道，"我已回国十年，必须重建我与祖国的关系，因为流亡生涯中关于祖国的想象，多是从上一代人那里继承而来，它和现实的祖国是不同的。"

国家与战争。哈桑·达欧德希望他能生活在1975年以前的黎巴嫩，因为那时它还是一个美丽宁静的国家。但是从1975年开始，长达十五年的内战使这里的人民彻底丧失了安全感，他们至今仍生活在战争的阴影中，恐惧着它的重临。"当你处于漫长的十五年的战争环境下，你一定会产生这种愿望：非得写一部关于这场战争的伟大的书不可。"达欧德说。他的第一部长篇小说《玛蒂尔德的房子》即是以内战时期贝鲁特的一座公寓为背景的。两年前，他又出版了一本小说，写的是在一场导致许多人死亡的爆炸事件中，一个幸存下来的、从脖颈到胸口留下许多伤疤的黎巴嫩女人的生活。在宏大的战争背景中关注普通人和边缘人的生活与精神状态，是他作品的特点。

达欧德说，在上世纪七八十年代，黎巴嫩每三年有一本小说出版，90年代以来，各种小说层出不穷，因为男女老少都有关于战争的想法和故事，于是纷纷形诸笔端。过去黎巴嫩文学并不为人所知,但是现在,由于战争文学与日俱增,黎巴嫩的文学以及那场战争本身都越来越受到关注。在小说中,每个作家都必须思考这样的问题:国家对我们而言有何意义?为什么我们的国家这样脆弱?为什么它会受到国内外这么多因素的摆布?达欧德思考的结果是:一个好的国家是必要的,如果没有国家,人会吃人。"当然,我希望生活在强大而自由的国家里,萨达姆时期的伊拉克是强大的,但是我可不愿意生活在那里。"

以讽刺诗歌闻名的伊拉克女诗人敦亚·米卡埃尔在美国已经生活了九年。九年前,她在伊拉克出版了她的诗集《海浪的日记》,这是她一生的转折点——她因为在诗中以宙斯神影射和批评萨达姆,而不得不离开她的祖国。此组散文诗以神话象征的笔法,对伊拉克战争的双方——伊拉克和美国——都进行了谴责。最近,她又在美国出版了颇受关注的诗集《这场战争多勤奋》,不再使用象征(因为没有必要),而直接用讽喻手法批判战争中平民的加害者:比如《一个急切的召唤》批评了美国女兵虐囚事件,《一代白骨》则是在控诉萨达姆的大屠杀。"我的诗歌只是反对某些行为,而非反对某些人。不管是谁,只要他给平民造成了灾难,都是我反对的对象。"生活在美国的敦亚现在密歇根州作中学教师,用阿拉伯语写诗,有了一个四岁的女儿。"远离伊拉克会让我以更健康的心态看待那里的事情,距离太近反而不会很理解它。"她说。

历史与忧愁。生于1965年的印度尼西亚诗人、小说家西多克·司雷格奇已写了四部历史小说：《锻炼飞鸟》以1965年印尼大屠杀为背景，写了一个爪哇村落的故事，三部曲《库替尔》则是关于1946年爪哇人民革命的。《锻炼飞鸟》以当地村民为视角，展开了类似于"现代"与"传统"的冲突，表现了爪哇人的循环世界观和宇宙观是如何被突如其来的现代暴力所打破的，作者选择村民视角，是因为这种视角能容纳更多神秘主义的东西。司雷格奇介绍说，在印尼，小说写作技巧发展很快，历史题材的作品也有各种不同的风格，比如最新的"元小说"类别，即是混合了现实和虚构的一种创作手法。作家们之所以钟情于历史小说，是因为历史只有一种僵化凝固的解释是不够的，人民需要对他们的生活和历史进行多元的解释，每个作家都可以参与到对历史的多元解释之中。

和历史小说相比，司雷格奇似乎更偏爱纯小说，他说历史小说是faction（事实），而纯小说是fiction（小说），最近他正在写的《一杯消愁汤》即是纯小说，在写作手法上进行了大胆探索：小说各章的主角、时间、场景、故事都不同，相互也无关系，联结它们的只是小说的主题——忧愁，以及一个每一章里都会出现的小角色——Alias Estu。他对自己的这部作品很有信心。

和小说相比，司雷格奇则更看重他的诗。"小说创作可以选择题材、主题、语言和风格，诗歌却不可以选择。

你可以创造小说,但不可以创造诗。写诗时,我只是一个中介,因为诗来源于内心。是内在的强烈的冲动,推动我把它写出来。"

日常的平民生活。埃及作家艾哈迈德·艾拉迪在七人中间最年轻,生于1974年。他的长篇小说《成为阿巴斯·阿布德》讲述了埃及底层年青人的生活和精神状态,以其花样繁多的语言试验受到瞩目。他说,埃及的优秀作家很多,老一代作家如诺贝尔文学获奖者马哈福兹的影响力只在上世纪五六十年代,后来又出现了许多新作家,比如优秀的政治小说家何曼萨(音)写的《伟人的死亡》和《关于鬼魂》,批判政治黑暗与社会弊端,写得十分出色。年轻一代作家则更关注自我,关注底层生活的小小事件,当然也关心宏观的政治与现实。"作家不仅要关心大事件,也要关心小事物。"他说。

阿拉伯的儿童世界。生于1951年的约旦儿童文学作家泰格雷德·纳贾尔至今用阿拉伯语写了30本儿童绘图故事,读者对象是3—11岁的孩子,其中一本被译成英、法两种语言,另有一本被改编成阿拉伯版的动画片《芝麻街》。同时,她还是以出童书为主的阿尔萨瓦出版社的社长兼教育顾问。她的作品以系列化童书为主:比如她的第一个系列是"最好的朋友",主要处理人与动物如何交流这个主题,里面充满阿拉伯本土特色与场景;第二个系列则写了一个小女孩在日常生活的看电视、交朋友、和小兄弟之间的误会、嫉妒与和解中成长的过程。纳贾尔说，阿拉伯儿童文学在形态上和西方儿童文学基本相同，只是主题、题材和侧重点不大一样，前者有较浓的说教特色和宗教色彩，力求在讲故事的过程中，教会孩子如何成长和生活。比如她的《小羊藏到哪儿去了？》就讲了这样一个故事：一个小女孩和一只用来献祭的小羊建立了亲密的友情，但是宰牲节来临，家人必须杀掉它，女孩焦急心痛，向爷爷求助，爷爷答应了她的请求，建议家人留下这只小羊，又给妈妈一笔钱另买一只小羊去献祭，但是要求她：以后不要再亲近被选定为祭品的小羊了。她满怀感激地遵从。这个故事就有两重含义：一是激发儿童天然的爱心，二是告诫孩子遵守宗教的礼仪。除此之外，作家还有意识地把阿拉伯民间文学遗产吸收到儿童文学中来，增强它形态的丰富性。

在约旦，"儿童文学"的范围很宽泛，任何为儿童而作的故事、戏剧、歌曲、动画、电影乃至手工纸制品等，都是"儿童文学"，现在的问题是，以10—18岁青少年为受众的儿童文学作品缺失，正在成长的孩子没有作品可读，纳贾尔为此担忧。好在越来越多的约旦孩子学习英语，他们能直接看来自西方和日本的儿童书和动画片，"哈利·波特"英文系列很受孩子欢迎，但是阿拉伯语译本质量一般，孩子们不太喜欢。有人问怎样看待哈利·波特的魔法对孩子的影响？她说，孩子其实更有想象力，能够分辨真伪，经过一段迷恋时期，他们自然会回到理性状态，不会把魔法和真实世界混为一谈。若想要孩子长成智慧的人，就不要低估他们的智力和理解力，轻率设限。

作家的生存与文学的境遇

一个令人忧虑的普遍现实是：由于电视的普及、环境的动荡和经济的紧张，读者在减少，因此这些严肃作家几乎完全不能靠文学创作维生，他们必须做一份其他职业，也就是说，就时间而非水平而言，他们的创作是不折不扣的"业余写作"。许多作家是媒体人，既以之谋生，又行使着干预社会的权利。舒卡尔每周给约旦报纸撰写专栏，年轻的艾拉迪是埃及一家报纸的记者，还给一家周报的政治漫画专栏执笔。达欧德现在贝鲁特一家报纸的文化副刊担任主编，他对阿拉伯世界发生的政治事件和文化活动的评论，常被欧洲报章转载。"在黎巴嫩，每天都会同时发生许多逻辑混乱、彼此矛盾的事件，我的评论就是用我自己的逻辑，使这些事件看起来清晰。"他忧虑于战争会随时爆发，因为黎巴嫩有各种社团，由基督徒、穆斯林或其他成员组成，而穆斯林又存在着不同的流派，每个人、每个团体都厌恶战争，但是他们之间彼此也相互厌恶，都想让自己得到更多，这是战争随时爆发的潜在原因。"黎巴嫩人民需要形成共识，以保障和平。但是文学能在寻求共识中起到什么作用呢？我怀疑它能起什么作用，一个战乱、动荡的社会环境，已无文学、文化和制度可言。"达欧德悲观地说。

谈到出版，身为巴勒斯坦出版总监的诗人察滩说，他们有委员会决定可以从国外引进哪些书，然后以报纸形式将其出版，免费发行2.5万份。国内作者，包括他自己的书，有时也采取报纸发表、免费发行的形式流布。

对纳贾尔来说，约旦儿童文学出版也不容易。因为这种书需要更好的纸张，比普通图书成本要高，加上阿拉伯人有着聆听故事的民间传统，人们不习惯阅读。好在现在政府兴建图书馆，可以购买一些书籍，免费开放给孩子们阅览。事情在朝着好的方向发展。

在埃及，年轻作家要想出书得自己掏钱，写得好的可以得到出版社大量的赠书，这是传统。小说家不算正当行业，一个成功的作家并不意味着富裕。"在埃及，你得有许多本事才能生存，我希望有一天，小说家这个职业能够被尊重。"艾拉迪说。他开过出版社，结果亏本，因为盗版严重。但是他发现盗版使穷人有条件阅读，后来他甚至很高兴自己的书被人盗版了，因为会有更多人看到他的作品。而在印尼，文学著作是很难卖的，一是书太贵，一本书够六餐饭钱；另外，印尼2亿人口，大部分人不怎么读书，国内发行量最大的报纸KOMPAS只有10万份。作家的写作几乎无法获得经济利益。

为什么写作？

每个作家都被记者问到这样的问题：既然文学不能赚钱，为什么还要写作？本以为会得到许多激情澎湃、道德崇高的答案，但是没有：

穆罕默德·舒卡尔："写作能使我发现自己。我已经写了四十五年，想停下来可不容易。"

加桑·察滩："我生活在难民营时，总感觉生活不完整，只有漫长的等待，总得做点什么吧，于是重操了父亲的旧业。"

哈桑·达欧德："现在，打开一张报纸，只有总统、总理、政治家的身影，你看不到人民，你不知道普通人的所思所想和日常生活，但是文学却能让你看到这些。对我来说，这就是文学写作的意义。"

敦亚·米卡埃尔："我似乎从出生就开始了写作。我喜欢写作。我的头脑里没有目的性读者，但我并非不关心他们。"

泰格雷德·纳贾尔："我的写作开始于联合国宣布为'儿童年'的1979年，那时约旦几乎没有儿童文学，就这样写下来了。"

西多克·司雷格奇："别无选择，总有人做这件事吧。不过我一定要把作家的使命和公民活动分开。当我尽公民之责时，绝不会让诗歌成为现实活动的工具。我不想让写作成为写作之外某种事物的工具。"

艾哈迈德·艾拉迪:"有些东西,仅仅作为记者无法深入思考和表达,但是小说家非得深入思考不可。这很有意思。"

我终于懂得,对诗性和创造力的单纯热爱,促使了这些作家在动荡的社会环境中坚持不懈地创作;文学对他们而言,乃是帮助抵抗心灵之死的精神方舟。文学因此而不死。

2005年12月

发现者和行动者的文学

多日前,去香港浸会大学文学院采访"2007国际作家工作坊",却在别一场合结识了香港小说家董启章先生,得赠他的长篇小说《天工开物·栩栩如真》。小说序言引了苏联文论家巴赫金一段论文,真让我深思不已:

> 艺术家和个人幼稚地,通常是机械地结合于一身;个人为了逃离"日常生活的困扰"而遁入艺术创作的领域,暂托于"灵感、甜美的声音和祈祷"的另一个世界。结果如何呢?艺术变得过于自信,愚莽地自信,以及夸夸其谈,因为它无须对生活承

担责任。相反，生活当然无从攀附这样的艺术。"那太高深哪！"生活说。"那是艺术啊！我们过的却只是卑微庸碌的生活。"

当个人置身于艺术，他就不在生活中，反之亦然。两者之间没有统一性，在统一的个人身上也没有内部的相互渗透。

那么，是什么保证个人身上诸般因素的内在联系呢？只有责任的统一性。我必须以自身的生命响应我从艺术中所体验和理解的，好让我所体验和理解的所有东西不至于在我的人生中毫无作为。可是，责任必然包含罪过，或对谴责的承担。艺术和生活不单必须互相负责，还应该互相承担罪谴。诗人必须记着：生活的鄙俗平庸，是他的诗之罪过；日常生活之人则必须知道，艺术的徒劳无功，是由于他不愿意对生活认真和有所要求。

艺术与生活不是同一回事，但应在我身上统一起来，于统一的责任中。

此次工作坊的主题是"海洋与水岸写作"，但是与受邀作家的交流，却让我感受到巴赫金所说的"艺术与生活的责任统一性"这个更为有力的问题。此问题翻译成内地文学圈的行话，就是"纯文学的困境""为何当下纯文学缺少活力"之类的疑问。这些作家的写作和思考，颇可为内地文学提供参照。

今年工作坊邀请了中国大陆作家邓刚、中国台湾作家廖鸿基、澳大利亚作家亚当·艾特肯（Adam Aitken）、希腊作家阿纳斯塔修西斯·维斯托尼提斯（Anastassis Vistonitis）、波兰女诗人玛珊娜·基拉尔（Marzanna Kielar）、爱尔兰摄影家和作家谢伊·芬内利（Shay Fennelly）、印尼女作家纽基拉·阿玛尔（Nukila Amal）、越南作家海文锦（Van Cam Hai）和巴巴多斯女诗人玛格丽特·吉尔（Margaret Gill）。他们都生活在海边，海洋经验深切，都曾写过意象或题材与海洋有关的作品。更重要的是，他们的人生和写作具有强烈的外倾性，他们的文学，是发现者和行动者的文学。

行动忠于写作

行动的作家认为世界绝非牢笼，自身亦绝不可与世无关，无所作为。他们的作品因此可分为两种类型：一是携带了行动经验，但仍以诗性观照为旨归的文学作品，一是脱离了文学目的、为改变世人观念而作的"功利性"文本。

爱尔兰的谢伊·芬内利先生在受邀作家中显得另类——他的主业是摄影，他的写作恐怕属于上述分类的第二种。芬内利早年以采蚝、采蚌为生，后来成为天然资源保护论者和新闻摄影师,足迹遍布欧、美、非三大洲。对海上自然和陆地社会,他同样好奇和关切。1987年,他与五位同行乘一艘六米长的快艇,从爱尔兰出发航行六天,来到苏联的列宁格勒(今圣彼得堡)及波罗的海诸国,此次旅程被拍成了电视短片《西经40度》(*40 Degrees West*)。我问他为何会有航向列宁格勒的想法?他反问:"你会游泳吗?你就会懂得由恐惧水到享受水的过程。当时,西方人恐惧苏联和苏联人。我想克服这恐惧,想要了解他们;另外,我们还想说服戈尔巴乔夫实施开放政策。我以为列宁格勒不会准许我们上岸,因为东德就是如此。但我错了,我们顺利获得许可,来到这个城市。我看到苏联人和西方人没有什么不同——一样的友善,微笑,乐于交流。在共同的人性面前,那些看似巨大的鸿沟其实并不存在。"

多年的海上生涯,让他感到万物皆为一体。"地球80%的氧气来自海洋,如果人类把海洋当垃圾场,就不只是在毒害海洋生物,更是在毒害自己。海不只献给我们氧气和食物,还有精神的粮食。如果你来自内陆,那么站在海边,海的声音会唤醒你。"环保的意识和服务的热忱已成为他的本能。走到哪儿他都要调研一番——工作坊请他在香港生活一个月,他说要好好了解一下中国香港和内地的渔业渔民。他已经对看到的事情忧心忡忡了:"香港的船只,外底部都涂着油漆,这很伤害海洋生物的健康。"他也写诗——有一首诗竟是用恋爱中的水獭口气写的,但他更多的文字事关海洋保护,为阻止人们对海洋犯错而写。

和芬内利同样是"讨海人"出身,中国台湾作家廖鸿基的写作则一直恪守着文学本身的界范——虽然他也同样是海洋保护的活跃践行者。廖先生三十岁左右开始出海捕鱼,1991年起陆续发表讨海人与海洋之关系的作品,把这一人群、渔村、海洋,大规模推进台湾民众的视野。几年后,他因参与"花莲海域鲸豚调查"计划,写作《鲸生鲸世》结案报告,转向海洋生态、生物的文学记录。廖先生性格羞涩,不善言谈(除非谈到海),但与海洋的频繁接触,竟使他在台湾勇担"海洋代言人"的角色——1997年,他在花莲石梯港推出台湾第一艘赏鲸船,亲自担任海洋生态解说员,实践人与自然真实接触的"生态教育";1998年,他创设"黑潮海洋文教基金会"并任创会董事长,举办各种以关怀海洋环境、海洋生态及海洋文化为宗旨的研习活动,培训优秀的海洋生态解说"种子部队"。2001年底,他随台湾远洋鱿钓船赴南大西洋,航行六十余日,归来后写成《漂岛》一书——远洋渔业、自然科学知识与文学书写在此融合无间,不仅跨越文体界限,更呈现出他的海洋环境伦理观的新视野……现在,廖鸿基每年都做与海洋相关的科学调研,每年写一本关于海洋的书。"您太高产了。"我不禁感叹。"不,我还嫌我不够勤奋，关于海洋的话是说不完的。"他微笑。

廖鸿基的笔调忧郁多思，与其题材的野性浩瀚形成了强烈的反差。正是叙述人的这种"在场"方式，使他的海洋叙事令人亲近，并潜移默化读者与他一同超越人类和陆地中心主义，把比陆地辽阔得多的海洋，视作人类生命的别样向度、机遇和家园。他是这样写的，也是这样做的。"出海越多次，离岸越远，越觉得有必要谦卑和朴素。"他说。

直面真实经验

1971年出生的印度尼西亚女作家纽基拉·阿玛尔，在摩鹿加群岛北部一个名叫加莱拉的小渔村度过童年，邻居们温暖和善的笑容至今犹忆。但是1999年到2000年间安汶岛爆发暴力事件，迅即演变为种族和宗教冲突，她的故乡加莱拉也不例外——一夜之间睦邻变仇敌，相互残杀。几年后，她回故乡探看，痛苦地思索人们何以如此？思索的结果是她的短篇小说集《拉卢巴》。《拉卢巴》这篇，以第二人称叙事，是一个怀胎八月的母亲为免遭蹂躏仇杀而蹈海自尽前，向腹中胎儿的喃喃低语。通篇基调平静而悲怆，感受绵长而纤微，种族仇杀只作为隐约背景，却直接呈现它对个体生命、情感所造成的毁灭创痛，更能引人冷静反思暴力事件中"信仰"的迷误。

"我的作品不是历史记录,而是要读者去理性思考周围的事——在这种暴力事件中,参与者到底是受到了以宗教为名的挑拨,还是双方真有什么深仇大恨?我要让读者知道:一切并非如他们所听信的那么理所当然,印尼人应当学会用自己的经验、常情和头脑,去独立地判断现实。"她说。印尼过去是伊斯兰国家,现在情况变化,禁忌大开,于是女作家写性和身体的书最为畅销。阿玛尔说她的书卖得一般,"因为里面很少写性,因为我发现了更有趣的题材——那就是广阔的历史和现实。不过我不直接表现大历史和大政治,而用个人视角和隐喻表现深层的精神世界"。

波兰女诗人玛珊娜·基拉尔是佛教徒,轻声细语,沉静美丽,十四岁开始写诗,十六岁开始获文学奖,那时她兴趣广泛——文学、历史、生物学、医学……都喜欢,高考前终于面临学医还是学文的选择。她问自己:今生真正想做什么?内心的回答是:写作。于是报考华沙大学哲学系——哲学能为写作打下结实的思维基础。现在她是华沙特殊教育学院的哲学教师。写诗对她来说,并非惬意的自我抒发,而是和词语的艰苦搏斗。她挑剔,写一首诗要反复修改,结集时更是毫不留情——诗作稍有遗憾便予以剔除。写作三十年,她只出了《神圣的对话》《原素》和《独白》三本诗集。

"对我来说,写诗即是发问,即是从词语和意义的混乱黑暗中抽身。开始是几个词，它们自己产生空间和意义，引领我深入探寻，形成一个句子、一小节、一首诗、一个世界。因此，写作是一种辨识行为，总是试图揭开那些未名的、只在我的内部闪耀的图景。诗歌是一条道路，一件形塑和建立自我的工具，它使我感知存在，感知爱与死，这一切比政治和意识形态更让我感到真实和有趣。理想的诗人往往违背自己的想法，让世界在她的身上自然繁衍。理想的杰作是通往真实的道路。"她说。

和同来的其他作家相比，内地作家邓刚较少哲学语言，但他却意识到哲学思想的重要："中国文学的怪现象是：作家不以哲学思想来划分（因为没有哲学思想），而以年龄段来划分。可是，文学的价值恰恰在于它能超越年龄和时代。怎么超越？就是要面对自己最真实的体验。"邓刚生于1945年，因父亲被打成"历史反革命分子"，他十三岁辍学进大连的工厂，工余无论冬夏，作"海碰子"赤身下海，捞海参贴补家用。他的中篇小说《迷人的海》驰名文坛，正是"海碰子"经历的沧桑结晶。后来的《白海参》《山狼海贼》《浪漫的悲剧》等作品亦多取材于这段刻骨铭心的经验。"我所写的海，丰饶的、游着海豚的海现在已经消失，我写她是出于留恋。我写海洋生物的爱情，是悲哀于人的世故肮脏。文学的本质是悲观主义。和同代作家受俄罗斯文学影响不同，我的文学启蒙老师是美国的杰克·伦敦和马克·吐温，他们让我明白，表达悲哀的有力武器不是眼泪,而是笑声与幽默。"

对于众说纷纭的"80后"作家,他坦承:"我喜欢他们的语言——活跃精彩,厚颜无耻,所向无敌。他们作品的主人公没有一个可爱的人,这是他们的真实之处,却也是这代人的悲哀——因为他们不相信美好。可世界终归是美好的。"

"去关心一切"

对纯文学的琐碎化,港台有"肚脐眼文学"之说——意谓作家视野狭窄,精神轻薄,只看到"肚脐眼"那么远。在此问题纷纭的时代,严肃作家如何面对文学和自身的"不能承受之轻"?

——"去关心一切。"玛格丽特·吉尔说。这位巴巴多斯女诗人热情奔放,富于磁性的嗓音来自她的非洲血统。她的国家是个加勒比海的热带小岛,二十六万人口,英式议会民主制,国民生活水准很高,医疗和教育终生免费——大学教育也免费。"对诗人您而言,您的国家是不是太小了?"我开玩笑。我的意思是:诗人只有面对极复杂和困难的世界,才能产生伟大的诗啊。她大笑:"哦不,国家小也有足够的问题——环保,台风,地震,女性境遇,国计民生……越来越多的人喜欢美国式的电影和小说,这对严肃作家也是个挑战。你总得什么都关心,什么都思考，你的写作才能富于变化和力量。"

对四十七岁的澳大利亚诗人亚当·艾特肯来说，文化身份和文化混杂问题是他一直关注的主题。这来自他最痛楚的童年经验。母亲是泰国人，父亲是英国人，他八岁来到澳大利亚，一上学就自卑——彼时澳大利亚尚存种族歧视，而他有一张半东方的面孔。同学们来自意大利、荷兰、英国……老师让每个人画出象征自己国家的图案，却让他画日本——好像亚洲国家只有日本才有资格存在似的。童年的创伤使他成为一位跨文化的写作者和多元文化的支持者。

"现在，澳大利亚人最大的问题是没有价值观上的共识，其实全体国民应当共享文化、文学、美学的观念和视野，但是现在情况并非如此——澳大利亚人并不认为这些很重要，大学里甚至没有正式的文学课。此外，虽然种族歧视政策不再推行，但隐性的文化歧视依然存在。"艾特肯最近住在柬埔寨，他对那里的佛教和历史极感兴趣，对柬埔寨人在贫穷中保持的坚韧之美深怀敬意："对人类来说，同情心和乐观是最为重要的。西方人生活在无痛苦的痛苦中，已经忘记人生的意义。佛教会对这种境遇大有帮助。"被甩落在秩序之外的灰色而不安的异质存在，是艾特肯的诗所关注的对象。

生于1972年的越南诗人海文锦在受邀作家里年纪最小，是越南电视台的记者和编导，2005年去伊朗、巴基斯坦和阿富汗采访过塔利班。他对佛教禅宗深感兴趣，用英语对我们三个华人记者说："要想了解历史上佛教和伊斯兰教的冲突，你得去新疆。"他骄傲于自己诗作的叛逆性和现代性："无论是作为诗人，还是作为记者，我都试图把新的、世界性的理念带给越南人，我要尽我所能给他们打开一扇看见外面世界的窗口。"

希腊作家阿纳斯塔修西斯·维斯托尼提斯有一副南欧人的慵懒神气，写诗、散文和论文，四海为家，当过记者，翻译过唐代诗人李贺的诗集，做过2004年雅典奥运会申办报告的总编辑。我只记住他说的一句耐人寻味的话："小心那些过分严肃、不会笑的人。"对虽然"关心一切"却容易自我崇高的人来说，这句话还真是一味解毒剂。

这些作家，我只看了他们很少的作品，只和他们交流了很短的时间，尚无法判断他们的文学成就究竟如何。但是我至少得到了这样的印象：这是一些以写作来发现和行动的作家，他们不缩身在世俗之内，也不逃避于世界之外，广大的外部世界与他们的"自我"真实地息息相关。这是一种心灵的开放和勇敢，是艺术与生活的相互负责。在文学要么沦为纯粹文化商品、要么成为人类精神赘物的今日，这种写作的伦理尤堪珍惜。

2007年11月

"文学与底层"?

先说三个和"底层"无关的花絮。

1813年,德国正在遭受战争,歌德写道:"我在运思的过程中,我必须把自己的心思集中在极特殊的一点之上……在全世界都受到威胁的时候,我把心思集中到与实际政局全不相干的一件事情上……我全心全意地研究中国事物……我写 Essex '结尾'(*Epilogue*)的那一天正是莱比锡克(Leipsic)战事发生的同时。"

1933年10月7日,林徽因在《大公报·文艺副刊》发表《闲谈关于古代建筑的一点消息》,写道:"在这整个民族和他的文化,均在挣扎着他们重危的运命的时候,凭你有多少关于古代艺术的消息，你只感到说不出的难受！……不幸我们的国家多故，天天都是迫切的危难临头，骤听到艺术方面的消息似乎觉到有点不识时宜，但是，相信我……这也是我们当然会关心的一点事，如果我们这民族还没有堕落到不认得祖传宝贝的田地。这消息简单的说来，就是新近有几个死心眼的建筑师，放弃了他们盖洋房的好机会，卷了铺盖到各处测绘几百年前他们同行中的先进，用他们当时的一切聪明技艺，所盖惊人的伟大建筑物，在我投稿时候正在山西应县辽代的八角五层木塔前边。"

2005年11月，我到香港浸会大学采访伊斯兰世界的作家，印尼诗人、作家西多克·司雷格奇给我印象深刻。他是该国著名的尤坦·卡宇社区中心的发起人，该中心最初致力于提升印尼人的政治意识，他曾因此多次被警方抓捕。但是这样一位作家，却这样对我们谈起他的文学观："我把作家身份和公民行动彻底分开。作为公民，我可以去街头抗议，但是作为作家，我不会让诗歌作为表达政治观点的工具，我不想让写作成为写作之外任何事物的工具。"当我问他，他认为什么样的诗歌是好的？"那些修辞手法富于创造性的、诗背后蕴藏着深邃哲学的、能触及神秘存在的作品。"他说。

请原谅我说了半天看起来与"底层"主题毫不相干的话。这只是因为，"文学与底层"这个庞大的论题，让我想起文学艺术与世间所有庞大事物之间复杂微妙的关系，以上三人在处理这种关系时，都选择了在庞然大物面前保持精神的丰富性、独立性与异质性，唯其如此，当那庞然之物成为历史时，那些诞生于同一时空的文学艺术，才能依旧参与人类精神智慧的绵延建构。当我们探讨"文学与底层"的关系时，这一异质性的视角不妨作为我们思考的参照。

中国当代文学总是以"风潮"的形式演进自己的历史，作家们极少能置身局外者。若真的选择局外的独立表达，则可能必须忍受寥落的命运，或戴上"文坛外高手"的冠冕。当"伤痕文学""反思文学""改革文学"一波波涌动时，几乎所有作家都是现实关切者；当与社会"绝缘"的先锋文学成为主潮时，置身现实之外又成为作家们的主流姿态；现在，我们的文学似乎醒悟到精神的封闭乃是穷途末路，于是又杀了个回马枪，重返对现实的关切，"底层写作"就是其中的一个潮流。这样连续不停的一窝蜂，使我分外感到一个真正的文学人与文学主潮和社会主潮保持独立与疏离的重要性。这样，当我们把"文学"与"底层"联系起来时，就需要审慎思考：为什么会出现"文学与底层"这样的讨论？这样的联合词组？如果一定要讨论，那么该如何建立此二者之间的关系？让文学返回到"新时期"初期的"社会属性"？作家成为"底层代言人"？或"作为底层阶级的一分子"说话？或无视底层苦难的真实存在，继续"不及物纯文学"的精神封闭之旅？

恐怕这些都不是理想的选项。"社会属性"如果能取代文学的艺术属性，那么文学自身的存在理由又在哪里呢？如果单单要描绘底层的苦难，那么新闻报道就可以了；如果要为底层争取公平与正义，那么参与社会行动就是了；如果要研究当下中国何以会有底层存在，他们如何存在、又将如何演化，那么从事社会科学研究不就成了吗？如果把以上的功用诉求完全加诸文学，那么除了让文学越来越远离"文学性"，还能有什么更好的结果吗？

其实世界文学已积累了丰富的"底层叙事"传统：狄更斯和马克·吐温的温暖智性的幽默讽刺，契诃夫真挚狡黠的"含泪的微笑"，雨果悲悯博爱的良心审判，陀思妥耶夫斯基上帝与魔鬼纠缠搏斗的"复调叙事"，加缪冷硬炽热的哲学追问，马尔克斯混沌奇诡的"魔幻现实"，卡尔维诺不无刻毒的流浪汉体小说……无不是将自己的形上生活融入叙事对象，"真实"的精神思考与"游戏"的叙事谎言双管齐下。

而我们当下的"底层叙事"从整体上看，却呈现出相反的艺术征象：精神思考缺少真实性，而叙事方式则缺少游戏与智慧。我们似乎越来越看重中国现代文学史上的左翼文学传统。但据我的观感，如果要追寻文学价值，它们并不是最优的范本。它们可以提供社会思想史的研究对象，但它们无法提供用之不竭的艺术源泉。

中国当下文学远未深入开掘"文学"本身的精神潜能。对她的丰富与单纯，真诚与玩笑，沉重与轻逸，束缚与自由，作家们远未贡献出自己独特的理解与创造。真正的文学建立在对个体灵魂的微妙而浩大的探寻之上，而非建立在对某种外部群体、外部题材的不断消耗中。如果我们在这一点上享有共识，那么对于"底层写作"与"底层叙述"，也应作如是观。我们就应把"底层写作"从"底层"这一巨大的社会阶层概念中解放出来，从前设性的道德姿态和苦难嗜好中解放出来，从已有的现实主义左翼文学传统的美学定势与思想定势中解放出来，而把它归还给文学的自由、智慧与个人性。"底层"在文学写作的领域，是一个题材，是众多现实的一种，它既不应成为一个弃儿，也不应变成一种宗教——对于这个词，我们的文学先前视而不见，现在又满脸肃然，泪水盈眶，这都是令人匪夷所思的。"在当下文学的上空，徘徊着不会笑的新阶级论的幽灵。"我曾在一篇文章里这样说，现在，还没有足够的文学事实改变我的这一看法。如果情况总是如此，借用作家李浩一句精辟的描述："大家集体讲述倒霉蛋的故事，一场声势浩大的'比惨'运动正在展开"，那么如此的"底层写作"还不如尽早结束。当我们的国家政策都在声称解决"三农问题"与"社会不公"的时候，那种诉苦和"比惨"式的"底层写作"该到哪里寻找自己的独特价值呢？

因此，文学之于世界的价值，不是她能够实现某种具体的社会目标，而是她能使人的灵魂更丰富、微妙和诗意，使人更能领会自由、智慧与爱的真谛。至于别的道德期许，我们只合在积极有力的行动中去加以实践。

2006年4月

良心的疾病

1

1996年初,我还是个在京城寻觅工作的焦虑不安的研究生。除夕前的一天,我磕磕绊绊地闯进了《北京文学》杂志社那套幽暗憋闷的半地下室里。在模糊一团的光线中——大概一场欢宴刚刚结束,亮的灯都已被醉卧者关闭——我对一个正在整理稿件的棕色人影怯生生地说:"我找章德宁社长。""我就是。"一个同样怯生生的声音回答,同时,那个棕色的人影抬起头来,看着我。我看见了一张带着羞涩表情的美丽的脸。这真是出乎意料。

几个月后，我开始和这位表情羞涩、高挑纤瘦的领导共事，有四年之久。之后，我离开了《北京文学》。在这段时间里，我翻过一些旧刊，也听她讲过不少往事，没想到都在今天派上了用场。

几年下来，我得出个结论：1976年踏进《北京文学》、在此工作至今的章德宁，是位不折不扣的"力量型"编辑家。这与她的纤柔外表恰成对照。我读过她责编的不少小说，比如方之的《内奸》，王蒙、林斤澜、张承志、史铁生、马原、洪峰、韩少功、李杭育、张宇等作家的作品，都是力运千钧、力透纸背的类型。这些作家绝大多数是80年代精神氛围的产物，那时，也是章德宁作为文学编辑最为活跃的时期，也可算是她最"顺应时代潮流"的时期吧。"潮流"这种一波一波瞬时性的东西，在80年代初的中国文学中体现为一种反省性的"现实主义"，80年代中期以后则是实验性的"现代主义"。在水流湍急的时代潮面前，章德宁的审美具有稳定性，看起来更忠实于她个人的经验和感受力，这一个性她坚持至今：第一，她认为作品"有力度"比较好，因为它能在强烈的错愕之感中把人震醒，她看重"醒"的价值，这肯定和她在"文革"时期刻骨铭心的痛苦经历有关；第二，与"现实性"并重地，作品必须是"艺术"的，这是她那时看重张承志、陶正、史铁生、马原、李杭育等作品的原因。她不认为摆脱了现实关怀的"纯先锋"作品是好的，同时也不认为粗糙的"现实性"作品是好的。她倾心于一种属于文学的、在人道和唯美之间既对立又同一的均衡。这大概是她发掘新作者的一条"潜规则"。

从70年代末到整个80年代，是章德宁高度实现编辑价值的黄金时期。她责编的不少作品，比如方之的《内奸》、母国政的《我们家的炊事员》、林斤澜的《头像》、陶正的《逍遥之乐》、李杭育的《沙灶遗风》、邹志安的《支书下台唱大戏》等都获得了全国优秀短篇小说奖。在那个时代，这个奖的确具有一种认同性的光荣。她也写过小说，据说不错。不过她主要还是编辑。她认真地告诉我：那时她除了大量阅读其他刊物、寻找中意的作者去约稿之外，她不放过每一份自然来稿——迅速鉴别稿件优劣是一个编辑的基本功。马原、韩少功、洪峰、李杭育、张宇等就是这么从自然来稿中走到她面前的。"那时编辑和作者的关系和现在真不一样，"她说，"很密切，一个作品，你需要和作者探讨怎么改，编辑得出主意——人物啦，情节啦，细节啦，要和作者详细地讨论，总是热气腾腾的。那个热烈劲头有点像什么呢？有点像现在的侃电视剧。"

2

1990年代的《北京文学》，我想应将其放在90年代的整体人文背景中去考察。

风暴过后的1990年代前期,一种反智主义趣味主导着中国的文学艺术和社会科学领域。但从1990年代中期开始,一种基于公共关怀和现实责任感的知识分子精神又在潜滋暗长,《东方》《方法》《战略与管理》《南风窗》《书屋》《中华读书报》《南方周末》等公共论坛性质的人文报刊兴起,公众对与社会现实密切相关的政治、哲学、经济、法律、历史、社会学问题表现出强烈而紧张的探讨兴趣。这些迹象表明,在这个社会里,少数知识精英圈子之外的成熟的思维群体正在形成,并日趋扩大,他们构成着潜在的公民社会的基础,也是严肃人文期刊的潜在读者。与此同时,通俗文学和时尚消费类报刊也在逐渐拥有大量读者,这些刊物主要被人们作为解除疲劳和郁闷的消遣之物来对待,1980年代那种几十万人同看一份严肃文学期刊的时代一去不返(我宁可把这种现象看作是数千年"诗礼治国"传统在中国百姓精神生活中的一种惯性延续,市场降临,惯性遂破)。相反,纯文学期刊90年代以后遭遇了前所未有的寒流,一些名刊的订数由几十万下降至一两万、几千份。这种阅读的分化,当然是由公众的文化趣味、生活方式、职业爱好和年龄经历等因素决定的,但对文学期刊来说,以上因素以及"纯文学曲高和寡"之说并不是解释自身萧条的最有力的借口。

因为反证总是存在,以《北京文学》之外的其他读物为例：1996年《天涯》改刊，一反纯文学期刊只刊发文学作品和文学评论的路数，"文学"只是该刊的栏目之一，其主打栏目"作家立场""民间语文""特稿""艺术""研究与批评"等则涵盖了人文社科的几乎所有领域，其文化视野遂由单一的文学写作扩展到广阔的社会文化现实，撰稿者也由作家扩展到国内外各人文学科的专家——虽然该刊事实上必须遵循一些铁律，但整体格局至少开放了文化观照的多种可能。这样一份其阅读难度大大提高、看起来甚是阳春白雪的刊物，在大多数纯文学期刊门可罗雀的时候，发行量数年来却由几百份上升至现在的数万份，其编辑副产品——由该刊文章精华组成的多种丛书，也是精英类图书的畅销品。另外，比如1998年由邵燕祥和林贤治主编的《散文与人》丛书、2002年由林贤治和章德宁主编的《记忆》丛书等，也同是以国内外优秀文学作品为主体的文学丛刊性质的读物，其深刻和优美绝对"小众"，却一直常销不衰。

那么，怎样解释1990年代以来绝大多数纯文学期刊的萧条现状呢？

纯文学期刊过多，市场份额同时也被其他类期刊所瓜分自然是一个理由。但恐怕不是根本的理由。我认为根本的理由在于：90年代以来，绝大多数纯文学期刊主动取消了自身与社会文化现实之间真实而深入的对话——一方面，它们恪守自己"纯文学"的专业定位，拒绝其他人文领域探讨的大幅渗透，另一方面，其主体——纯文学作品本身，真实含量越来越低，内心关怀的半径越来越窄，作家不再认为自身的情感和思想与生存着的广大人群、人群中挣扎着的每一个个人息息相关。纯文学作品成了承载一个个孤僻个人的生活碎屑的无意义的孤岛，它们的情感、智力、信息元素由于封闭了与社会的精神性对话而日渐贫乏。正是这种精神贫乏，这种对于公众的"不给予性"与"不及物性"，成为90年代以来纯文学期刊受冷落和被淘汰的根源。文学不敢与广阔的真实生存照面，不能将形形色色的现实诉诸引人深思的形象，文学于是就吞噬了自身生命力的基础，而成为公众精神生活中的赘物，那么承载这些赘物的纯文学期刊，自然无容身之地——正如人与人之间的关系一样，如果你不真诚对人，你与人相处时只是要些"名士风度"之类的鬼把戏，需要你挺身站出来的时候你却跑得无影无踪，谁还会跟你做朋友呢？他可能一两天之内会被你的个性姿态所吸引，可他能一生都欣赏你的姿态空壳吗？遗憾的是，为数众多的纯文学期刊在90年代以来就一直是以姿态空壳的形式存在着："先锋文学"，都市话题，物质生活镜像……时尚焦虑（物质生活时尚、技巧潮流时尚）促使刊物频频更迭旗帜与话题，而真诚恒久勇于担当的精神性却普遍地缺失。创造者似乎不愿正视自己脚下的泥土，不愿呼吸自己四周的尘土与血腥相交织的空气，他们也不愿意知道，无尽的力量源泉就在自己的真实生活中，就在对这种真实的打量、感知和思考中，就在对我们不幸命运的直面与承担中。最卓异的想象力和最动人的情感力量，一定诞生在对真实生活与命运的真切体验与升华之中。承担着这一切的文学期刊，会真正为公众所需求和认可。当然，这需要编辑人承受极大的压力与风险。成功与风险共存，这条商业社会的庸俗铁律在一个半封闭社会的文化市场内同样风行。

从根本上来说，以上所述涉及了文学与政治的关系——这是中国作家和中国的文学期刊十几年来一直竭力避免与之产生瓜葛的一种关系。因为历史的教训已经不少，正是在对教训的规避中，产生了90年代以来技术主义的纤柔的"轻"的文学和文学期刊。敏感的作家和编辑们知道，政治不只是这个世界宏观的权力关系，政治无处不在，大到国际国内事件，小到身边的现实，都是政治的延伸。文学期刊和作家们自认了文学对政治的无力，于是采取了不约而同的策略：在创作中，将现实成分滤到最低，然后才让它进入到文字之域。于是，作家和文学期刊的自我意识也随着时间的流逝发生了化学变化：意识再也看不到粗粝的、己身之外的辽阔的真实了，真实真的被从文学这里"做掉"了。这样，安全是安全了，但"安全"的作家和文学期刊也便成了不被公众所需要的了。

人们似乎没有从另一角度认真思考文学与政治的关

系，而日本评论家竹内好在1943年写就的《鲁迅》一书就已说道："文学对于政治无力，这是由于文学本身要疏远政治，是通过与政治的对立而形成的。与政治游离的不是文学。由于在政治中看到自己的影子，而去破除那个影子；换句话说，由于自觉无力，文学才成为文学。政治是行动。因而，与其对立的东西也应该是行动。文学是行动，而不是观念。不过，那种行动是由于与行动疏远而形成的行动。文学不是在行动之外，而是在行动之中，就像旋转的球的轴心，集一身的动于极致的静的形式中。没有行动的话，文学无法产生，但行动本身并不是文学。因为文学是'余裕的产物'。产生文学的是政治，而文学从政治中筛选出自己。因而，革命'可以改换文学的色彩'（鲁迅语，其上下文的大意是：文学对于革命是无力的，但革命可以改换文学的色彩。——李注）。政治和文学的关系不是从属关系、相克关系。迎合政治或白眼看待政治，都不是文学。真正的文学，是在政治中破除自己的影子。就是说，政治与文学的关系是矛盾的自我同一的关系……真正的文学不反对政治，只是唾弃由政治支配自己的文学……产生文学的场所常常为政治所包围，这是使文学之花盛开的酷烈的自然条件。虽然它不能培育出纤弱之花，但秀劲之花却可以得到长久的生命。"[1]在"酷烈的

---

1 [日]竹内好:《鲁迅》，李心峰译，浙江文艺出版社1986年第一版，第139—140页。

自然条件"中，1990年代的中国文学和文学期刊选择了进驻温室，这使文学的生机勃勃的"秀劲之花"无从开放。

但事物总有例外。那些不安于温室之虚假平静的灵魂，总意欲冲进烈日暴雨中，总想让自己的肩膀负重。在1990年代市场化的社会表象下，做出这种选择的人已经不多。不幸和万幸的是，章德宁就是其中的一个。

3

一本杂志，固然是一个编辑集体的智慧集成，但它最后定型的样貌，则在一个决定性的程度上是主编或执行主编的意志的体现（主编或执行主编的权力受到外力极大干预和制约的时候除外），这恐怕在任何一个国家都是如此。正是因此，我认为评论某一时期的一本刊物，实际上就是在评论该时期该刊物的主编（执行主编），对于章德宁，下文采取的就是这个方法。

1996年，章德宁被任命为《北京文学》的社长兼执行副主编（其职能与通常的"执行主编"相同）。在1997年夏的《作家通讯》上，章德宁发表了《〈北京文学〉开明办刊》一文，文中写道："人们都说，《北京文学》就该有北京特色。何谓北京特色？我们认为，北京特色不该仅仅是京味，更不是表现小市民；作为文化古都，北京特色应最具有传统文化的深厚底蕴；作为现代中国的大都市，北京特色应最先感受和传达出现代思潮的气息；作为一国之都——政治文化的中心，北京特色就应最大气、最大度、最宽宏、最有包容性，最能容纳百家，因而也就最气象万千。因此，深厚的文化性，思想意识的现代性，能容纳各种风格流派的宽容性，才应是《北京文学》的特色，据此，才能不辜负首都文学期刊的特殊地位。"

文化性、现代性和宽容性，是她的办刊思想，而落实在《北京文学》上，则是一年一年一点一点实现的——这"一年一年"，也仅仅是"1年＋1年＋1年"而已，一个短暂的"小阳春"。之后，就不再有那么多的"一年一年"给她实现一个文化的理想了。在那些她还颇有空间的时日里，章德宁的改刊是渐进式的，而非疾风暴雨一步到位的，这大概是为了符合"首善之区"的行为规范。

这种渐变，从《北京文学》每年刊登的标志语上可见一斑：

1997年，刊物每期封面有这样的句子："展示一流文学，召唤一流作家，面向一流读者"，纯文学本位，对"一流读者"的强调使它看起来颇为挑剔。

1998年内文目录页的句子既晴朗又铁面："展示开放的文学 迎接开放的世纪 《北京文学》开明办刊 拒绝平庸 拒绝僵化 拒绝媚俗 拒绝浮躁"。一方面是对现代文明的"开放"，另一方面是对庸俗时风的"拒绝"，显现出《北京文学》柔韧之中有所守持的性格。

1999年目录页标志语更加明朗："读好看中国文章　请看好《北京文学》　平民立场　高贵品格　集思想锋芒与极强可读性于一刊"。这是《北京文学》第一年也是唯一的一年为自己"批判性的思想者"形象做广告。这一年的读者反馈最热烈，以邮寄方式向各地一些文化书店零售的期刊册数也最多。

2000年封面和目录页标志语发生了微妙的变化："读好看中国文章　请看好《北京文学》　平民立场　高贵品格　极强可读性"。其他句子与上一年相同，只是关键的"思想锋芒"一词不见了。从这一年开始，《北京文学》不再发表任何"纯文学"以外的社会思想评论。"纯文学"的"无害性"，大抵由此可见。

大体说来，纯文学刊物的问题存在于内外两个方面：一是在文学本身——文学作品缺乏精微的美和深刻的力，文学批评则缺少直言的坦荡和准确的洞见；二是在文学之外——活跃的社会思潮与丰富的人的现实，在纯文学期刊中没有体现，这使它们呈现出令人遗憾的封闭性，苍白，羸弱，营养不良，缺少想象力。

1996—1999年的《北京文学》，先是在文学的内部有所作为，后渐渐扩展到面向整体的社会文化现实说话，大有进军整个人文领域之势。这是一种"人的文学"或曰"大文学"的实践。诚如五四一代知识分子所言：文学乃是为人生的。而人生又岂是那纯而又纯的技术主义的文学所能涵盖的？又岂是一个有热血的人所甘愿无所知无所思的？所谓"为人生"，不就是要人生得有尊严，有智慧，有独立的思想，对己身和外界有透彻的了解，有负责任的行动么？一本杂志，其要义不在它属于何种专业，而在于它能够给活的人生以清醒坚强的助力，以及精神生活所匮缺的营养。总之，在中国，杂志的要义在于它有助于人成为"人"。章德宁的办刊实践，我想正是基于对这一切的体认。

对于文学本身，章德宁时期的《北京文学》有不少领风气之先的举措。

先值得一提的是"短篇小说公开赛"。1996年第7期《北京文学》刊登了公开赛启事，第9期开始了正式的"赛程"，"短篇小说公开赛"持续了两年多的时间。自1990年代短篇小说式微以来，《北京文学》是第一家提出"重振短篇小说雄风"的文学期刊。它是在小说创作越来越市场化的前提下，《北京文学》重寻文学的艺术精神的一个举动。章德宁说："我们提倡加大作品的社会容量、心理容量和审美容量；提倡运用更加丰富的手段去拓展更加复杂的艺术境界和空间，以创造出经得起文学与历史不断再思考和审美再创造的形象。"公开赛还首次一改以往以字计酬的方式，实行稿酬从优的以篇计酬。参赛者有著名作家也有未名作者，著名作家林斤澜、王蒙、王小波、马原、刘恒、刘庆邦、苏童、铁凝、阎连科、迟子建、徐小斌、韩东、李冯等均有作品参赛,一时之间,短篇小说的创作和讨论成为文坛热点,短篇小说也赢得了90年代以来文学界最广泛和强烈的关注,这种关注至今未减。

还有关于"好看小说"的提出、讨论与实践。1998年第9期,《北京文学》刊登了编辑部文章《我们要好看的小说》,在文学界首次提出"好看小说"的观念。文章指出:"现在的小说不好看。因为它们沉闷,乏味,缺少真实感和表现力,甚至还不如生活本身的新奇和宽广。我们要灵肉饱满、生命广阔的杰作,不要精致狭窄、无病呻吟的空壳。""好看小说"的提法引起了文坛的争论,以至于惊动了海峡彼岸的小说家张大春先生,他在文章《要谁好看?》里对这一说法提出了异议。实际上,"好看小说"的针对对象不是文学创作的探索性实践——相反,真正的文学探索仍被视为"好看"之一种——而是针对数年来内地小说写作的贫乏化、惰性化和缺少对话性的现实。遗憾的是,这一讨论没有对"好看小说"的观念进行严格限定和深入的拓展。现在,"好看小说"在出版市场和文学期刊中已成了一个招徕性的旗号。

"当代中国文学最新作品排行榜"是1998年第1期《北京文学》首次提出的。它也出自章德宁的创意。它既有让当下文学创作引起媒介和公众注意的意图,又欲以其上榜作品提出自己的一套文学价值标准。从上榜作品来看,其品位是杜绝了商业性的"好"的文学。此后,全国各类"文学排行榜"层出不穷，竟成了大众文化消费的一个热点。

富有锋芒和针对性的文学批评与文化批评，也是章德宁在《北京文学》所力倡的。1996年第6期，在"百家净言"栏目首次亮相之际，刊出了章德宁起草的题为《呼唤净言》的编辑部寄语，其语调带有知青一代人特有的炽烈。这个耿直的栏目先是唤来了一些直言不讳或备受争议的文学批评，比如王小波批评陈染小说的《〈私人生活〉与女性文学》（1996年第9期）、肖夏林批评"现实主义冲击波"的《泡沫的现实和文学》（1997年第6期）、崔卫平、丁东等评论王小波文学价值的专题（1998年第9期，是文学期刊中最早评论王小波的专题）、朱文发起和整理的《断裂：一份问卷和五十六份答卷》（1998年第10期）等；后来则扩展到发表思想文化批评，如夏中义的《谒吴晗书》（1998年第3期）、秦晖的《灰烬中的火凤凰，还是无救的寒号鸟？》（1998年第10期）、《素质教育与应试教育》（1999年第9期）、余世存的《我们对于饥饿的态度》（1998年第10期）等。看起来宁静如水的章德宁，终审时却偏爱点到痛处的文章。她的标准极其清楚：但凡尖锐明晰、个性鲜活、言之有物、现实感强、有担当的文字，她立刻拍板通过，并在版面上占据显要位置。她拒绝含混其辞、绕来绕去、隔膜僵化的"经院派"，也拒绝拉帮结派、不讲道理、见识浅陋的"江湖派"。在批评的文体上，她主张一针见血而清新理性的文风。她认为，文章乃天下之公器，其意义在于清明人的理性，增进人的智慧和美感，而不应为某个小圈子的趣味所左右。她的坚持，使1996—1999年的《北京文学》站立出一个清新而正直的形象。

设立于1996年第6期的"世纪观察"是《北京文学》另一个大文化栏目，题材、体裁不拘一格，社会、历史、哲学、经济、文化、政治的重大热点问题，都在此栏目有所反映。1997年第11期开始的"忧思中国语文教育"专题讨论，在全国掀起了语文教育改革的潮流，并取得实质性成果。钱理群、王晓明等文学教授甚至领衔主编了《中学新语文读本》，给初高中学生建构了一套真正贯穿"立人"思想的文学课外读物，这是文学期刊成功干预现实的一次范例。而1998年第9期的反思"文革"专题，1999年第8期刘再复的《百年诺贝尔文学奖与中国作家的缺席》专题等，也在文学界引起深思。

1999年，预热了两年多的《北京文学》准备向思想界敞开大门。栏目格局可见出其强烈的现实反思色彩：首页"声音"，刊登锋芒毕露的短小文章；文学作品通通归入"今日写作"一栏；"思想"栏目容纳了更多的文化现实思考，如第二期的"哈维尔专辑"，后来成了新锐批评家和文学青年反复引用的文本，这位身体力行"道德的政治"的荒诞派剧作家、捷克总统瓦茨拉夫·哈维尔，今天已作为一种精神原则在中国知识者心中扎下根来，而在1999年，《北京文学》对他的介绍算是相当超前。"记忆""旧文新读"和"世纪留言"栏目,皆由章德宁创立,这是些向后看、回头看的栏目,历史的新旧血痕淤积于视野之中,提醒着来者。还有哪本杂志专辟栏目给遇罗克的《出身论》、李大钊的《危险思想与言论自由》、王实味的《野百合花》吗?还有哪本杂志专辟栏目给周舵的《自杀研究》、给刘自立怀想和剖析他的"文革"期间坠楼而死的《父亲》吗?还有哪本杂志向海内外华人约稿,让他们专门写几句"20世纪留言",来告诉21世纪些什么吗?——只有《北京文学》,这本用心灵编辑的杂志。章德宁写了"世纪留言"的征稿启事。我想她一定对此暗自寄予了深深的激情。我没有问过,她希望人们以20世纪的经验,告诉21世纪些什么?她一定有她自己的答案。但她没有说起过。她也没有写下她自己的留言。因为她认为自己就是一个编辑。对于历史,她只是沉默地尽着一份过来人的责任——做一些事,以期它能永远地、真正地成为历史。我想这大概是她作为一个经历过"文革"的受伤者,一个文学编辑人,心头最沉重的祈愿。它的分量是如此之重,大概在她那里甚至超过了文学。它已成她的心结,她的疾病,她的良心的重负。她背负着它,不在乎任何的不合时宜,任何的"落伍"。

"思想"栏开至1999年第5期就停止了,"世纪留言"则开至1999年第10期。

李大钊在《危险思想与言论自由》中说:"思想是绝

对的自由,是不能禁止的自由,禁止思想自由的,断断没有一点的效果。你要禁止他,他的力量便跟着你的禁止越发强大。你怎样禁止他、制抑他、绝灭他、摧残他,他便怎样生存、发展、传播、滋荣,因为思想的性质力量,本来如此。"这些话应该早就失掉了生命力,后来发现并不如此。

这里述及的章德宁是如此不全面,以致几乎没有提到她在办刊之外的任何其他编辑工作。其实她与她的丈夫岳建一一起主编了不少和知青题材有关的书,仅就其文献价值而论,就是对"文革"史料和知青文学的重要贡献。她和林贤治共同主编的《记忆》丛书,则是2002年国内人文出版最闪耀的亮点之一。

现在,章德宁是《北京文学》的社长,主编着《北京文学》的选刊版《中篇小说月报》。这本选刊显现出了章德宁式的独特的选家眼光——正直的社会关怀,深厚的人道情感,精微的艺术取向。该刊主体为中篇小说栏目"羊年好看",其选载方向注重题材的丰富性、手法的多样性和艺术品位的纯正性,对于具有心灵震撼力的作品,以及体现出作家审视现实的独到眼光和批判意识的作品,该刊均对读者做出强力而有效的推荐。这个栏目的版式编排饶有趣味,值得一提:在重点篇目的正文旁边,载有"我说""他说"的小栏目,"我说"乃该篇小说作者的夫子自道，他对于写作的心得及其艺术观，"他说"即批评家对该作家写作特征的概括与评论，三言两语，言简意赅，不经意间，读者在读了一位作家的一篇作品的同时，还从理性的层面把握了该作家的艺术个性和他的创作理念。"文本典藏"栏目收取的作品，既力求其艺术的经典性，又注重其作品迸发出来的悲悯与良知给当代中国读者可能带来的精神参照。

该选刊还杂有其他体裁："人物与事件"侧重揭示一些别有意味的历史人物和事件，它们与我们的当下现实之间显性或隐性的隐喻关系，引人深思。"东张西望"选载的信息也无不贯穿着这样的现实参照。

在我看来，章德宁一直在担当着一个营养师的角色，在她可能负责的任何范围里，尽其所能地为文学读者，提供其可能匮缺的精神养分。这种养分很简单，很质朴，很平常，但似已引起一片嘘声——它的学名叫良知。我很想知道，现在谁能说自己比它更高贵。

2003年6月19日

精神成熟的个人时代将在中国开始了吗?
如何开始?

戊辑

"个人"的精神成熟与"中国文艺复兴"

有关"中国是否需要文艺复兴"的探讨，目前已变成到底中国需要"个人觉醒运动"还是需要"社会复兴与道德重建运动"的论争，"文艺"暂且被放在了一边。刘军宁和崔卫平二位先生选择前者（但也并未排斥后者），认为可借助文艺达致国人对"个人尊严"的觉醒；秋风先生选择且只选择后者，认为中国"放纵的、原子式的和物质主义的个人"及其文艺已经过剩，因此无须"文艺复兴"，相反，倒是需要一场"让个人学会与他人共同生活"的社会复兴与道德重建运动，以形成保护个人尊严的"元规则"，这才是当务之急。

"空荡荡的个体"？

秋风先生的《道德重建、社会建设与个体尊严》一文让我感到困惑之点有二：1. 他批判了欧陆启蒙主义运动的"建构论唯理主义"，推崇"以英格兰普通法传统为经验基础的英国个人主义传统"，但是他给中国问题所开的"社会复兴与道德重建运动"的药方及其论述方式，却是"建构论唯理主义"式的。2. 他关于"个人""个体"的描述和想象只局限于人类的动物性或物质性存在，因此一谈及"个性解放"，就是对个人"动物性欲望"的完全放纵，这是他反对"中国文艺复兴"的道德基础；而他所提供的唯一救赎之路，就是"让个人学会与他人共同生活"，"让每个人具有在与他人的互动中生成此类规则的能力（'规则'指的是道德规范、法律规则、商业惯例、文化习俗等等——李注）。这种能力在**空荡荡的个体**身上是无从发现的"。我注意到，"个人"一词在上述引文中皆为宾语，它被祈使动词"让……学会""让……具有"牢牢夹住，暗示出"个人"在秋风先生观念中的完全被动性与可灌输性；而"空荡荡的个体"这一描述，更表明秋风先生对"个体"内涵的意识空白。这种关于"个人""个体"的言说方式，恰恰也是"建构论唯理主义"式的，而非"经验论个人主义"的。

"个人""个体"到底意味着什么？是否张扬"个体"

就必然导致个人与公共生活的脱节，而使人陷入原子化和动物化的境地？在当下中国，精神成熟的个人尚未普遍长成之前，由无数不成熟的个体所参与的"社会复兴与道德重建运动"（假设这种运动果真能够来临的话），可能结出成熟的果实——健康公正的"元规则"吗？

问题的关键，我以为不在西方的文艺复兴运动和启蒙主义运动功过如何，以及西方的"个人""个体"概念究竟怎样，而是在于我们对自身困境的症结如何认知，以及解决路径如何寻找。也正因此，刘军宁先生提出的"中国文艺复兴"命题显现出价值，因为他切中了中国"个人"精神不成熟的要害。

爱与好奇的"个人"

中国文化传统以宗法秩序为价值核心，没有完整的"个人"观念。"五四"知识分子虽曾高扬"个性解放"的旗帜，也是以"光大宗邦"为旨归，并无成熟的"个人"意识。及至当下，人文学者虽借镜西方自由主义，提出"个人优先"观念，亦是出于建立"宪政框架"之必需，因此对"个人"内涵的探讨，单单侧重社会——历史的物质功利层面，而对其超越性的精神审美层面，殊少观照。由此可以解释，为何当下知识分子在制度干预的道路上一旦遭遇挫折，就会对中国现实的改进感到完全无能为力——这是"知识功利主义"的必然结果:既不相信个人的精神存在、精神建设之意义,又无力改变国人的物质存在状况,于是知识者只能陷入思维和行动的虚无与停滞之中。

因此,这种"个人"的精神不成熟状态,首先应当用以描述中国的知识分子自身;而中国若果真会有一场"文艺复兴运动"(姑且这么叫吧),则首先应当是知识分子的自我成长与精神健身运动,在此一过程中,他们与公众分享精神成长的经验,并共同走向成熟。

诚然,成熟与不成熟都是相对的,但对于"精神成熟",本文愿意遵循一条近乎悖论的界定:爱与好奇的能力。这超乎天然的热忱童真,恰恰能引人走向精神的成熟。苏格拉底饮鸩之前对看望他的伙伴们说:"我请你们思考的是真理而不是苏格拉底。""请记住,无论生死,邪恶不会伤及善人。"他的第一句话证明了人类的智慧之爱超越物质生命欲求的真实性,第二句话则启示了信仰的全部真谛,而致生命于自由之境。这是"精神成熟的个人"的极端范例。无庸置疑他太特殊,也太难了,但他所昭示的生命价值观却不难实现。正如文艺复兴巨匠达·芬奇所言:"知与爱永成正比。知得越多,爱得越多;爱得越多,知得越多。"

爱与好奇建立起个人与世界之间外向的超功利关系,"个人"因此既不是封闭而空空荡荡的,也不是纯物质性和动物性的,而是开放、快乐且奔淌着精神之溪流的超功利主体——尽管他也从事物质功利的生存,但这种生存是为了更好地探寻"万物之理",探寻自身与整体性存在的真切关联,在此种行为中,个人确认生命的意义。无论何种时代,这都是"精神成熟的个人"的题中应有之义。从古希腊的德尔斐神谕"认识你自己",到文艺复兴时期蒙田的家族徽章"我知道什么?",再到康德建议的启蒙运动口号"敢于知道——开始罢!"(引自贺拉斯的诗句),直至19世纪末尼采的"重估一切价值",都提醒着这一真理:把超功利的智慧认知,视作个人最深刻的道德和增进精神成熟的基础。

虽然多年以来,中国关于"个人""个体""主体性"的哲学著译已汗牛充栋,但是我们从未像现在这样,对"爱与好奇的个人""精神成熟的个人""超功利的个人"萌生出如此普遍和自觉的探索欲求。精神成熟的个人时代将在中国开始了吗?如何开始?

文艺:审美的拯救

哈罗德·布鲁姆说过一段著名的话:"莎士比亚或塞万提斯,荷马或但丁,乔叟或拉伯雷,阅读他们作品的真正作用是增进内在自我的成长。深入研读经典不会使人变好或变坏,也不会使公民变得更有用或更有害。心灵的自我对话本质上不是一种社会现实。西方经典的全部意义在于使人善用自己的孤独，这一孤独的最终形式是一个人和自己的死亡相遇。"但经典艺术家并不因此是被动的，他／她的"增进内在自我的成长"的作品，对人类而言乃是一种审美的拯救。这是比任何社会—历史的短暂得救更永恒的救赎。它们构成人类精神的故乡。

当代中国的文学艺术，有多少作品可给人精神还乡之感？可"致人于善美刚健"，出人于精神之"荒寒"（鲁迅语）？有多少作品可让我们感知爱、智慧、信仰与自由，让我们感到自己与存在本身的血肉关联？有多少作品让我们感到生命的深刻肯定性？创作者富于力量和启示的主体性？他／她的观察世界的超越日常的澄澈目光？他／她的神性与诗性，他／她的爱欲与苦痛？他／她对生命之无限与不朽的真切体验与接近？……

当这些精神吁求纷纷落空于当下的创作实绩时，我感到中国的文艺家和我一样，需要一场自我成长与精神健身运动。但它必得有别于以往的那种口号泡沫式的思想文化运动，而是一场立足于精微深远之域的哲学和文艺实践的漫长旅程。而它之所以被作为"运动"提出，仅仅是因为，对自我和世界的肯定之爱与超功利认知，对个人之精神成熟的深广探索，需要获得创造者们更普遍的共识。

2007年1月

"那是些肮脏的事情！"

我曾有一个女友，虽然兰质蕙心，可年过而立仍是单身——我是说，不只是没有结婚。原因全在她的父亲：女友从十四岁她的母亲去世那天起，就和父亲相依为命，发誓要一直守在他身边，直到他的百年。她父亲精神有点问题，作为孝女，她不放心把他送进精神病院，也不放心把他交给训练有素的保姆，甚至她都不放心买个相对独立的两代居，让他离开一会儿自己的视线——她自己照顾他，下班之后永远形影不离。她父亲的症状是这样的：打开电视，一看见男女拉手、接吻、上床，他就会倒地一滚，惨叫一声："那是些肮脏的事情！对我影响不好！"

看见女主持人穿得少一点，他也这样。最过分的是有一次我和我先生一起去她家，老头的目光一落在我先生的身上，就立刻脸色惨白地倒在地上，一边蹬手蹬脚一边喊了起来："那是些肮脏的事情！对我影响不好！"其音高亢凄楚，无休无止。起初我不明白为什么，只见女友不时看看我先生，面露为难之色，我才恍然大悟，赶紧拽着他离开她家。门刚关上，叫唤声就停止了。

后来我才得知，她父亲每当病情发作，就回归童稚状态，重复他在十四岁偷窥别人时父亲教训他、让他背诵的话："那是些肮脏的事情！对我影响不好！"这位纯洁的父亲，一见男人出现在女儿面前，就会疯病大发，以致那些对我女友心仪的男子，最后都不得不落荒而逃。有时我觉得女友自己也有责任：她完全可以让父亲在一个时间段内与自己分处两个空间，她不，那么她就只好当修女。

之所以讲这个故事，是因为我感到自己就置身于此故事之中。近日以来，打开电视、报纸和网络，我都被告知：为了加强未成年人的思想道德建设，现在的电视荧屏正在展开"净化工程"——涉案剧23点以后播出，不得有"过于"暴力、血腥和恐怖的镜头，删除不健康的"涉性"内容，主持人的着装、发型、发音、头发颜色、言行与表情"不得过于标新立异"，等等，等等，对未成年人的感官和思想，进行了全方位、全时段的呵护。这是一个非常善良的愿望，只是"度"实在不好把握——最头疼的莫过于判断何者为"过于",何者为"涉"(不健康的"涉性"内容)。对此,大体有两种立场。

其一,心智成熟者的立场。对这种人来说,由于他对人性的光辉和弱点都有深刻的洞察,他很难觉得有"过于"和"涉"的存在。当然,为了给未成年人一块净土,他赞成"分级制",就像我的女友可以和他父亲分住两代居一样。成熟立场要求文化领域——包括电视领域——的政策制定、价值取向与行为方式,以能够增进人的心智成熟或便于心智成熟者求知与创造为目标。就是说,让世界尽可能地开放,而非尽可能地封闭;让人们尽量多地了解,而非尽量多地禁忌。持此立场者相信:人是自主、自由和独立的,人类可以通过求知获得智慧,扫除蒙昧。智慧可以抵达善,以及一个更文明的世界;蒙昧则导致恶,以及一个更野蛮的世界。

其二,心智未成年者的立场。对这种人来说,由于他对世界和人性了解甚少,看见什么他都会觉得过分,同时,为了避免那些"杂七杂八的人"对他们施加坏影响,任何文化产品都不能有"分级制",就像我的女友认为自己必须和他父亲住在一起一样。未成年立场要求文化领域——包括电视领域——的政策制定、价值取向与行为方式,以能够培养"思无邪"的接班人,或在理解力和创造力上迁就心智未成年者为目标。就是说,让世界尽可能地封闭,而非尽可能地开放;让人们尽量多地禁忌,而非尽量多地了解。持此立场者相信：人是一个整体的零部件，一个有待驯养的生物，一个随时会贼性大发的作乱分子，人类决不可以通过求知获得智慧，扫除蒙昧。因为智慧导致恶，并颠覆一个秩序安稳的世界；蒙昧则导致善，以及一个驯顺平静的世界。

鉴于我们在文化上有迁就智力弱势群体的传统，在判断何者为"过于"和"涉"的问题时，多半会采用第二种立场。那么如何量化"过于"和"涉"，就是一个问题。说到这里，我忽然发现自己立功的机会到了：量化标准是现成的，那就是我女友她爸。只要请他坐在电视屏幕前，只要他发出一声尖叫："那是些肮脏的事情！对我影响不好！"我们就可以将该节目判定为"过于"和"涉"，那些平静地通过老人家视线的节目，则可以放心地定为广大未成年人的精神食粮了。

这真是个好主意，我立刻向女友家走去。可是邻居叹息着告诉我：那个对父亲百依百顺的孝女，不知为何近日得了和她爸爸一样的病，要找他们，你现在只好去精神病院了。

2004年7月

恋父文化

近来偶翻旧书,发现《世说新语·德行》里有一则关于"二难"的典故,让我颇感困惑:说的是东汉名士陈寔,有长子元方,少子季方。季方有一次在人前论其父功德,很给陈寔争得了面子。后来,元方的儿子陈群和季方的儿子陈忠,有一回也各论父亲功德,二人相持不下,最后找他们的爷爷评理去。陈寔捋着胡子慈祥地说:"元方难为兄,季方难为弟。"是为"二难"。这件事是作为"德行"载入《世说新语》的,可见歌颂父亲功德,自古以来都被视为最堪嘉奖的品性。后来《红楼梦》里贾政骂宝玉贾环也是"二难",是难以教训的"难",盖是因为宝玉不但不颂父德,还像耗子躲猫一样老躲着他。我困惑的是:何以我们的祖先如此重视儿子对父亲的歌功颂德,以至顶礼膜拜?他们不嫌肉麻吗?

前些时又看了上海话剧艺术中心演出的话剧《正红旗下》,发现该剧对"父亲"的膜拜,又远胜于"二难"。这是北京剧作家李龙云根据老舍先生同名未完成自传体小说改编的。老舍本意以此刻画可悲可悯的"八旗人格",怎料浩劫降临,先生含屈自尽,此书便未能完成。改编后的话剧上半场还好,因为有原著可依;下半场是李龙云的续写,不知为何就改变了方向,变成一支八旗子弟振奋精神、抵抗外侮、保家卫国的颂歌,恍惚间像是出自一位义和团大师兄之手。其中令我尤其困惑的是这场戏:老舍的父亲在抗击八国联军的战役中于南长街米店身负重伤,将要牺牲,临终前问福海哥道:你说,圣上此时若像我这样,会对你说点什么?福海摇头。舒先生端坐在米袋之上,对福海哥做了个苍凉的手势:他会说,福海啊,跪安吧。言罢凛然微笑,从容死去。此时悲壮的音乐隆隆响起,三声呼喝伴以长长的回音:"跪——跪——跪——"福海大行臣子的三跪之礼,以助这位老实的长辈在对至尊之位的意淫中,心满意足地死去;同时在另一光区,作为叙述人的老舍先生(焦晃扮演)也由站立转为长跪不起。这场"跪戏"持续了大约七八分钟之久,是下半场的高潮。我的困惑之处在于:为什么要在舞台上，把"跪拜"这一放弃自我地表达孺慕之情的动作，强化到如此地步？再定睛一瞧，原来他跪的是父亲、皇帝、"民族大义"，真可说跪出了我们传统的正根儿。在这个传统中，孺慕者愈跪，跪拜对象——父亲、皇帝、民族——便愈崇高和壮伟，我们心中那股唯我独尊（这个"我"，该是指我们的民族）的"浩然之气"便愈盛。最后，由于长久的俯伏，我们会感到"自我"已在战栗和狂喜中消亡，而"父亲—民族"的图腾却深深融化在血液里。只要外敌来犯，血液里的民族义愤便一点即燃，一致对外，所有"家丑"便都不作数，堆积如山的问题亦大可不必追究和解决。此一心理过程，或可称之为"恋父"。

现在，"恋父情结"的"父"已超越了它的个体指涉范畴，无限扩展到我们的公共空间，而升华成一种权力文化心理——它体现为对族群、国家、传统、威权等集权价值的激烈认同与强悍护守，以及对个体权利、个性与自由的先验轻蔑。秉承这种文化性格的人——尤其是一些学者——对我们的民族和国家总是抱有超乎寻常的责任感，《新京报》7月16日刊登的韩毓海先生专访《韦伯：怀着悲壮的心情投身学术》，就体现出这样的责任感。韩先生嘉许韦伯，乃因为他认同韦伯这样的观点——我不懂德语，不知道韦伯是否确曾如此说过——"德国学术和德国经济学必须服务于德意志民族复兴的根本利益，而不是帮助民族的敌人去瓦解和出卖本民族的长远利益"。他还赞赏韦伯的研究中"充满了对于德意志民族的深切关怀,从德国现实出发的强烈使命感、以德意志文化自豪的强烈自信心"。按说这些看起来都没什么问题,但我只是对韩先生没论及的几个问题颇不放心:

1. 如果一个民族国家内部存在严重的制度弊端,普通公民的个人权利时常遭受侵害,人们是否有权力以公民的名义,审视、批判和改变之?是否有人一旦审视、批判和要求改变了,他就是"帮助民族的敌人瓦解和出卖本民族的长远利益"了?批判的方向究竟应主要指向自身的缺陷,以求其改进和更新,还是把矛头向外,把危机的产生归咎于"民族敌人的侵略",然后"安内必先攘外"?

2. 一个民族的文化传统中如果存在反人性和反自由的因子,是否可对此文化传统进行反思和批判?是否一旦冷峻地反思和批判了,他就被视作"没有文化自豪感"而成为"汉奸"或其他的什么"奸"了?

3. "民族的伟大复兴"到底何意?是立足于这个民族的每一个体成员的公正与幸福,还是不考虑甚至牺牲每一个体成员的公正与幸福,以成就一个民族面对其他民族时显现出来的庞大规模与威慑力?这三个问题实在是我这个无知老百姓的心病,如今憋在这里,也不知去问谁。

在那篇访谈的结尾处,韩先生引用了卡夫卡的话:

"人们只应该读那些刺痛和伤害他们的书。"我倒深以为然。如果一个民族长期生活在歌颂祖德的恋父阴影中,那么检讨本民族、本国家之有限性与不健全性的书,无疑是富于"刺痛和伤害"的;而一本老是称颂己身伟大光荣的书,则只会使少数心怀忧思、热望改进的人感到"刺痛和伤害"。不知韩先生所称道的"刺痛和伤害",究竟是指哪一种。

2004年7月

《不得已》新篇

有些事情，发生一两次不奇怪，如果此起彼伏、步步升级，就会显得离奇。比如说，母亲节这日我看到了两条新闻：四十多位政协委员联名吁请设置中华母亲节，且拟定亚圣孟子的诞辰为正日子——不为孟子，只为他"三迁择教"、因他而著名的娘亲；湖北竹山县举行女娲公祭大典，两百人共拜东方圣母，为此该县还投资了一千五百万建设"女娲文化"景观，并"考证"出当地特产绿松石即是当初女娲补天用的"五色石"——至于为何"五色"变"一色"，消息里未作说明。我以为这些都是别致有趣的新闻，可留作茶余饭后的谈资。

但是又蓦地想起，关于节庆和纪年的较劲已经不止一次了：去年底，有博士联名呼吁抵制西方圣诞节；几个月前，有学者建议中国废弃公元纪年，改用轩辕纪年；不久前，某大学校长在人代会上提案，为增强国人的民族认同，缩短"五一""十一"长假，延长春节假期……

至于纪念女娲，此前早已有甘肃天水、山西万荣、河北邯郸、陕西临潼等各地版本，且每一地都认为自己的女娲才是正版。有位古典文学学者在某地考察研究后指出，"中华之母——女娲"确有其人，她身上集中体现的"聪明智慧、勇敢无畏，忍辱负重、自强自立，无私奉献、不计名利，胸怀宽广、博爱慈悲，勤劳刻苦、维护正义，热爱和平、造福人类，厚德载物、生生不息"的"女娲精神"，构成了伟大"中华民族精神"的核心内容。这位母亲的伟大，已远远超过"三迁择教"的孟母和"刺字示儿"的岳母，尽管后两位也值得当代中国母亲学习，但更值得学习的还是女娲，因此他不赞成把中华母亲节定在孟子生日，而认为定在女娲诞辰较妥。当然，女娲确切生日很难查考，并且究竟是否实有其人还真说不定，但不妨碍我们把该日子定在民间传说的"娲皇圣诞"——农历三月初十这一天……

说起"公祭"，也是近年一大热门，各地政府牵头，不但祭黄帝、炎帝（神农）、伏羲、女娲、尧、舜、禹等诸神大帝，还祭孔子，祭屈原，祭伍子胥……凡够得上当地一传说的，都有被"公祭"的可能。我正等着我的故乡小城某日传来公祭袁崇焕和菊花女的消息——前者是抗清英雄，在我故乡打了最后的英勇一仗，后者是本地民间传说的女主角，正以村姑的形象屹立在渤海之滨……

既然写到了炎帝神农，就不能不说起另一则新闻：最近，来自全球的五百多位中医药界人士齐聚广州"炎帝神农中医药发展论坛"，并首次共同发表《中医药发展宣言》，坚决反对任何形式的废除、排斥、歧视中医药的言行。有人马上议论道："中医所蕴涵的学术价值是比价值连城的文物国宝还要价值无比的国粹……中医之道表面上看是治病之道，事实上也是政治、军事、文化、教育、科学等领域必须遵循之道。因此，那些轻言废除中医的人，说轻点是对中华文化的无知，说重点是这些人别有用心……力挺中医，就是力挺中国文化。"

既然提到了孔子，那就更是说也说不完啦：前有孔子标准像轰轰烈烈的确立，现有《于丹〈论语〉心得》的走红，更有十博士联名（又是博士联名）抵制于丹，大声呼唤国人对圣贤经典的"敬畏之心"……

既然说到了于丹，那就不能不提央视"百家讲坛"，这个坛对于培养吾国吾民的"传统文化热""国粹热"，以及确立于丹老师经典诠释的正统地位，做出了巨大贡献。若干天前，在李零先生新作《丧家狗——我读〈论语〉》的研讨会上，我有幸一睹该坛总策划某某先生的风采，并记住了他振聋发聩的一句话:"各位学者还别忙着这么早给于丹下结论,到底谁对谁错,历史自有定论。"回想起于丹老师关于"民无信不立"和"支离疏的故事"等等前无古人的讲解,我不禁对此君指鹿为马的气概和稳操胜算的信心仰慕不已。什么叫话语权?这就叫话语权——不问是非对错、只按我的需要给"历史"定稿的权。至于"我"是谁,我不知道,但我知道肯定不是我。

…………

照这么扯下去,我的文章就不该登在报纸上,而应发表于《故事会》,所以只能就此打住。这些事离奇归离奇,却有一个共同的主题,即"复兴中国传统文化"。从字面上看,这是一个良好的意愿,凡华夏儿女炎黄子孙,都不该有意见——是啊,中国作为大国,在物质文明上已经"崛起"了,文化上不为人类做出点独特的贡献来,说不过去。从以上列举的事实来看,此种文化潮流的"独特性"毋庸置疑,但能否算得上"贡献",我就没有把握了。让中国人不过西方节,只过中国节,不用西历,改用黄历,对人类有何贡献?或者,调门别那么高,就说对咱中国人自己,有何贡献?我暂时看不出来。

但是经过冥思苦想,我终于看出了一样好处——有利于让每个和中国人打交道的外国人,都成为一个历法演算专家。如今世界是个地球村,中国人和外国人少不了有各种交往约会,如果我们用了轩辕历,预约时间就足以动用一番脑筋——洋人说约会时间要在公元2008年5月23日上午10点，我说不行，得在轩辕四千七百零五年十月初八寅时，由于双方都停留在自己的纪年里，为了明白对方说的时间到底距现在多久，就需要进行一番历法演算。为了保持国格和增强民族自信心，我们是坚决不能把轩辕时间换算成公元时间的，那就等他们换算成我们的。但计算仪器又发生了问题：洋人用的是西方霸权主义的科学仪器推算历法，我们是用数千年前黄帝时期仁爱和平的中华传统仪器推断历法——至于这种仪器是怎么找到的，自有提倡轩辕历的专家负责——洋人怎么能找到同样的仪器，以便推算时间呢？那就让他们进口吧，顺便学习学习我中华民族悠久伟大的传统文化。但可恶的是，洋鬼子都是些唯利是图、趋利避害的动物，他们经过一番成本核算，觉得和中国人打交道的时间成本、物质成本以及脑细胞成本太高，性价比太低，就不和我们玩了。同理，阿拉伯兄弟、非洲兄弟都会遇到这一障碍，有些兄弟的民族自尊心比咱们还强，更不和咱玩了。最后，我堂堂中华终将孤家寡人，悠然独处，其乐陶陶，不亦快哉？

这一思路，正与三百年前"我大清"的一位官员不谋而合。该人名杨光先，当官期间主要和一个叫汤若望的德国传教士叫板，留下了一部名为《不得已》的文集。该文集有两大闪光点需被后人牢记：一是指摘新历书封面不该用"依西洋新法"五字；二是留下了一句名言——

"宁可使中夏无好历法,不可使中夏有西洋人",用现在的话说,就叫"回归中华文化本位"。皇帝也害怕文人的意识形态,背不起"数典忘祖"的罪名,在杨大人坚持不懈的上书下,汤若望终被判罪,杨大人也终于坐上了汤教士钦天监监正的位子。只可惜,天朝道统并未因杨大人的维护而免于崩溃,反倒是故步自封的愚昧,加速了一个大国的衰亡。

七十多年前,鲁迅先生曾说:"杨光先的《不得已》是清初的著作,但看起来,他的思想是活着的,现在意见和他相近的人们正多得很。"现在重温此语,我恍如进入了一架时光轮回机之中,感到实在离奇。王小波认为,从一个错误的前提出发,经过周密的逻辑运算,最后会得出千奇百怪的结论;因此如果我们的生活太过离奇,就多半不是好兆头——它表明此种生活的前提一定出现了错误。根据以往的经验,社会生活中错误的前提所导致的现实结果,比纸面上的错误演算可怕得多,因此还是尽早纠正这些错误的前提比较好。

2007年5月17日

任何创作,都是作者对意义的选择与承担。

我为什么这样写"鲁迅"?

我声称要写话剧《鲁迅》(即2016年上演的《大先生》,2013年1月在《天涯》杂志发表时,题为《鲁迅》,后文中的"《鲁迅》",都与《大先生》是同一剧作——李注)至少三四年了,一直干打雷不下雨。朋友们渐渐把它当作了一件可以原谅的事,安慰我说:"没关系,鲁迅从离世那天起就有人要写他,不是一直没人写出来吗?你不是唯一的倒霉蛋。"其实不是的。萧红在鲁迅先生逝世五年后就创作了默剧《民族魂鲁迅》,日本剧作家井上厦在1990年代也写出了诙谐风趣的《上海月亮》。只能说,1949年之后的中国剧作家还没有足够幸运的时机和灵感,来自由地呈现这位天才而复杂的作家。2012年2月，我不敢相信摩挲了三年的话剧剧本《鲁迅》，真的在我手中完成了。

朋友们看完，有激动赞赏的，有不以为然的，更多的是有些惊讶："你为什么这样写他呢？"的确，我的《鲁迅》不是预期之中的历史剧，也没有示人以耳熟能详的"斗士和导师"面目，而是从鲁迅的临终时刻写起，用意识流结构贯穿起他生前逝后最痛苦、最困惑的心结——那是一个历史夹缝中备受煎熬的形象，我试图让他成为一面破碎的镜子，同时照照我们的历史和现在。他逝后的事怎么出现在意识里呢？是呀，这个技巧我想了很久，此处就卖个关子吧。

鲁迅先生的伴侣许广平有篇回忆文章《最后的一天》，作于1936年11月5日，落款注明"先生死后的二星期又四天"，里头写到一个细节：10月19日零时——那时距先生辞世只有五个多小时了——许先生给他揩手汗：

> 他就紧握我的手，而且好几次如此。陪在旁边，他就说："时候不早了，你也可以睡了。"我说："我不瞌睡。"为了使他满意，我就对面斜靠在床脚上。好几次，他抬起头来看我，我也照样看他。有时我还陪笑的告诉他病似乎轻松些了。但他不说什么又躺下了。也许这时他有什么预感吗？他没有说。我

是没有想到问。后来揩手汗时，他紧握我的手，我也没有勇气紧握回他了。我怕刺激他难过，我装作不知道。轻轻的放松他的手，给他盖好棉被。后来回想：我不知道，应不应该也紧握他的手，甚至紧紧的拥抱住他，在死神的手里把我的敬爱的人夺回来。如今是迟了！死神奏凯歌了。我那追不回的后悔呀。

这段话如同一个伤口，使我在构思过程中不时感到疼痛。这个人的勇毅和脆弱，炽烈和敏感，沉默和爆发，克制和缠绵……时刻对立共存在他矛盾的天性中，直到最后一息，仍彼此纠缠欲说还休。在那生死交界的时刻，爱人未能给他默契的回握和陪伴。他孤单地踏上了无法回归的旅程。我不知许广平先生如何挨过那些心碎自责的日子。我只知，我的《鲁迅》必须从临终这一刻开始——它是一口沸腾的深井，吸引我跳进去。

跳进去之后，最要紧的是选择——让哪些场景进入主人公的意识中？意识流的好处是自由，坏处是容易飞散，飞散不好，观众就会打哈欠——这一点，戏剧着实和小说不同。彼得·布鲁克早就警告过："戏剧这种形式是多么脆弱而难以维系，因为这小小的生命火花得点燃舞台上的每一分每一秒。"对剧作者来说，点燃火花的实验室在其自心。在浩如烟海的鲁迅著作和相关回忆录中，我生平第一次以窥视癖的嗅觉和冷血，搜寻他的痛苦、纠结、迷误和软肋，从中提炼我需要的火花。我要写的不是领袖敕封的"圣人"——所谓"伟大的思想家文学家革命家"和"空前的民族英雄"，也不是大众追捧的"凡人"——所谓最有人情味的"好儿子好丈夫好父亲好师长"。不。我要写的是一个复杂而本真的心灵。他的伟大和限度，创痛和呼告，我不想辜负。

鲁迅的平生，有三大伤心——早年不幸的婚姻，中年兄弟失和，晚年与全心扶助的左翼力量闹得不愉快。他的身后，则留下了一个谜团，这谜团他若地下有知，一定更其痛苦——若干年后，《鲁迅全集》成为"文革"时期唯一公开出版的伟人全集，一个用当时的意识形态注释和语录改造包装出来的横眉冷对、痛打落水狗的"棍子"形象，使伤痕累累的人们唯一想要对他做的，就是厌倦和逃离。时至今日，关于"鲁迅为何被利用"的问题，在中国学术界依然争论不休。

我决定以我的方式，在剧作中触及这一切。并非因为这些事件是鲁迅人生中最有争议、最赚眼球的内容，而是因为，它们最能显现他贯穿一生的精神逻辑。这个逻辑，既是鲁迅精神复杂性的成因，也是作为戏剧主人公的他，精神戏剧性之核心所在。这个逻辑是什么呢？

说来话长，归结起来便是"爱与自由的悖论"。这里的"爱"，不是爱情，而是牺牲之爱，舍我之爱，类似十

458

字架上的耶稣之爱。不同的是：耶稣为彼岸的天国而牺牲，鲁迅为地上的天国而舍我——他太爱那些无依的灵魂，放不下弱者的眼泪，他希望自己加入的战斗能给他们现世的超度和安慰。因此，"眼泪"是这部剧作的核心词。但先生的经验和理性尚未认识到：凡以"地上天国"之名建造的，莫不是人间地狱；在这过程中，崇高的牺牲者托举起来的不是众生的自由，而是"人神"的僭越。但他自由的天性却已预感到这种危险，因此他最终的选择是：左右开弓的独自"横站"。

从私人生活到公共生活，鲁迅一生都往来奔突于律令般的"爱"和天性的"自由"之间，以自我牺牲始，以逃离桎梏终——直到生命的尽头。这个孤独伟大的悲剧人物，他的悲剧性永远属于现在进行时，其烈度不因时代变迁而稍减。望着他寂寥的背影，我感到如果再不走近他，就永远走不近他了。对他的负心已久，我只想以我的《鲁迅》，稍稍减轻自己的亏欠。

2013年1月

鲁迅，戏剧创作的"百慕大三角"

自2009年初我接受林兆华导演的约稿，到2012年2月完成，话剧剧本《鲁迅》经历了三年多的孕育期。2013年1月，《天涯》杂志打破从不刊发剧作的惯例，将其全文发表，此事在文本阶段才告结束。

有人问：你为什么花这么长时间写一部不到三万字的《鲁迅》呢？想了下，时间长当然是因为自己思致愚钝、准备不足，而这么长时间却没放弃，则是为了对鲁迅的爱与好奇，为了他与今日之"我"的相通——他当年反对的事物，至今依然是我们获得幸福的最大障碍——这样一个灵魂，用三年时间寻找一个呼应他的方式，在我是值得的。还有一个不想放弃的原因，便是它的难度。早有前辈警告过："鲁迅题材可是个百慕大三角啊，搞创作的没有不在他这儿翻船的，你要小心！"果真如此吗？那更要一试。在我的"船"出发之前，翻检了一下先行者的航线，不由得倒抽一口冷气：果然是表面风光无限，海底暗礁重重！

电影演员赵丹1980年临终时发表过一篇文章《管得太具体，文艺没希望》，里面有一段牢骚："像拍摄《鲁迅》这样的影片吧，我从1960年试镜头以来，胡髭留了又剃，剃了又留，历时二十年了，像咱们这样大的国家，三五部风格不同、取材时代和角度不同的《鲁迅》也该拍得出来，如今，竟然连'楼梯响'也微弱了。"其实，他的付出可不只是"胡髭留了又剃"，自从周恩来1960年拍板决定做传记故事片《鲁迅传》上下集，他请缨出演并获准之后，就开始常年模仿鲁迅的生活习惯——比如抽烟抽到根，用小酒盅喝绍兴黄酒，用鲁迅爱用的那种"金不换"毛笔写字，家里的写字台上摆放着鲁迅当年使用的那种墨盒、八行红格纸、糨糊、竹条、瓦片之类，并学着像鲁迅那样亲手装订图书和画册、补裱残旧古书……疯魔若此，只为了形神兼备地饰演他挚爱的鲁迅先生。

也难怪赵丹如此投入，单看当时的主创阵容，就足以亮瞎所有的眼睛：陈白尘、叶以群、柯灵、杜宣等集体编剧，陈白尘执笔，于伶任历史顾问，陈鲤庭执导，赵丹饰鲁迅，于蓝饰许广平，孙道临饰瞿秋白，蓝马饰李大钊，于是之饰范爱农，石羽饰胡适，谢添饰阿Q……此外，还有沈雁冰、周建人、许广平、杨之华、巴金、周扬、夏衍、邵荃麟、阳翰笙、陈荒煤等组成的庞大顾问团。如此群星灿烂，《鲁迅传》自然万众瞩目，还没等剧本停妥，友好国家就来订购影片拷贝了。

但结果是：这部本来计划1961年献给建党40周年的电影，最后没有拍成，只有层层审核、屡次修改的《鲁迅传》（上部）文学剧本留存于世（剧本修改后的第三稿发表于1961年《人民文学》第1—2期，又多次修改后，1963年3月上海文艺出版社出了单行本）——不但主人公鲁迅面目全非，艺术上也烙下"两结合"（革命的现实主义与革命的浪漫主义相结合）的印记，这是"政治挂帅"的必然结果。

正如学者李新宇在《1961：周扬与难产的电影〈鲁迅传〉》和学者谌旭彬在《电影〈鲁迅传〉流产始末》两篇文章中所揭示的：《鲁迅传》不是纯粹意义上的文艺作品，而是一个意识形态"形象工程"。在剧本创作开始前，即已被定调：要塑造一个符合时代要求的鲁迅，要以毛主席在《新民主主义论》中对鲁迅的评价为纲。剧本为了突出鲁迅的"高大形象"，只好虚构史实，遮蔽细节：比如第一次约鲁迅给《新青年》写稿的不是钱玄同，而成了李大钊；即使多次有鲁迅北平家中的场景，也坚决不让他的妻子朱安和他的二弟周作人出场，以免他们给伟人"抹黑";鲁迅南下厦门不是为了爱情,而是因为听从李大钊"到南方看看革命形势"的号召;鉴于陈独秀的"历史错误",他不能出现在影片中,但他的儿子陈延年是个没有污点的烈士,因此便被安排在广州引导鲁迅投身革命。

即使这样意识形态化的鲁迅形象,也不能获得领导人的一致通过。由于鲁迅晚年在上海与若干"左联"领导发生过公开的冲突,而这些人在新中国的文艺界又身居高位,那么如何在影片中叙述鲁迅和他们,就成了一个问题。(这一问题至今创作者也不能全无顾忌。)据李新宇推测,这是《鲁迅传》流产最重要的原因。但这也只是一个推测。一个浩大工程不了了之而无任何交代,在那样的年代里并不稀奇。

1980年,旧梦不死的赵丹找到陈白尘,希望他修改当年的剧本,被陈先生拒绝,称"曾经沧海难为水"——他已没有力量抹掉涂在鲁迅先生脸上的金粉,恢复他的本来面目了。读到这份资料,我忍不住想:所谓"鲁迅被权力利用",也只能做到有限的断章取义;鲁迅形象在彼时之不可呈现,已在在表明他与他的"利用者"之间,隔着无可跨越的天堑。

2005年,由刘志钊编剧、丁荫楠导演、濮存昕主演的电影《鲁迅》上演,这是第一部以鲁迅为主人公的影片。它以鲁迅的最后三年为素材,融合各种生活片段和作品意象,力求表现他"金刚怒目,菩萨低眉"的性格。

戏剧舞台则一直不乏改编自鲁迅小说的作品,如梅阡的《咸亨酒店》、林兆华的《故事新编》和李建军的《狂人日记》等。但以鲁迅为有机主人公的戏剧,新中国一直付诸阙如。反倒是1940年,曾有萧红创作的默剧《民族魂鲁迅》上演,该剧选择鲁迅少年、青年、中年、晚年的几个片段加以动作铺排,最后归于"伟大的民族魂"主题,体现了当年的时代色彩。到了21世纪初,导演张广天借鉴活报剧形式作话剧《鲁迅先生》,将先生的言行口号化,用以义愤填膺地批判美帝国主义对中国的戕害。

这个中国人耳熟能详、叙述最多的人物形象,为何却一直不能在银幕和舞台上被完整而真实地呈现?除了非常时期的历史原因之外,更重要的缘由是:无论电影还是戏剧,都面临一个难题——鲁迅精神世界的强烈和复杂,难以外化于他的人生经历中;以写实手法表现鲁迅,总有捉襟见肘、貌合神离之憾。

窥看了前人的探索和牺牲,我在创作话剧《鲁迅》时,便避实就虚地营造了一个恍惚迷离、生死交界的空间,以此呈现鲁迅先生波涛汹涌的内在世界。但是究竟呈现得怎么样,会不会同样葬身于百慕大三角,实难自知,一切交由读者、观众和时间去裁判罢。

2013年2月3日

关于鲁迅的几条思絮

该怎么谈你呢,先生?

先生,你虽然一生主张科学和进步,但你本质上是个感情用事的人。是感情决定了你一生的路向。如果你知道柔石们之死的真正原因,你还会选择那条道路吗?那么,你的后半生将会完全是另外一个样子。

那么你将失去你的精神立足点。如果你不去支持这个受苦民众的组织,那么你支持谁呢?

你就不能谁也不支持,而只是你自己吗?你为什么不能全部沉入到你的天才的病态之中,从你自我感知的鬼魂的魅影中完成你的文学？

因为你觉得文学并不是一件最紧迫和最重要的事。虽然你的文学天才旷古无匹，然而你觉得，与改变黑暗的现状和众生的苦况相比，文学是什么也做不了的。

你因此放弃你的文学。你投身到带有政党意味的文学斗争中，是因为那是政治，而非文学。你觉得在这样一个时代里成就自己的文学，是一种道德的罪过。而以文学来行动，则能达到你良心的安宁。

这一切，只因为你一些根本的误会——你对民众、对政治逻辑的一厢情愿。你不是个政治人。

你那些貌似深思熟虑、老于世故的言说，其实都缘于你极其感情用事的天真烂漫。

爱是最最非理性的行为。

你的个人主义和天才论，与你的人道主义和马克思主义，是多么矛盾啊。

先生，我们的后代还能看懂你吗？

我周围二十多岁的孩子，他们也有他们的痛苦，这种痛苦与你的不同。你能够理解吗？

你们彼此能够理解吗？

孩子们痛苦什么呢？

——生存。你说：第一要生存，第二要温饱，第三要发展。

但是和你的时代劳苦大众的生活相比，现在的孩子并未到那种不能生存的程度。他们多数是家中的娇宠，衣食无忧地长大。他们的焦虑就是工作，挣钱，买房，买车，结婚，生子。或者不结婚，不生子，但是要消费。各种品牌，各种物件。一个不断"升级"和"进化"的世界。他们要跟上这"进化"的步伐。先生，您不是相信"进化论"吗？现在没人记得生物进化论和社会进化论了。进化论体现在商品上。人是附属在"商品的进化"链条上生存的。跟不上这个链条，人就被淘汰。不能消费的痛苦成为绝大部分人类的最大痛苦。那是被世界抛弃、沦为低等人的痛苦。

在这样的世界里，你还能被理解吗？你还能理解这个世界吗？

诚然，这世界还有你魂梦系之的那种人，那种连最基本的生存都无法实现的人。那些远在天边不被看见，也看不见我们的孩子们。他们赤着脚，生着冻疮，捧着被翻烂的课本，冬天在没有窗户的教室里上课——我们偶尔在媒体上能看见他们。但是在这个疲于应付的世界上，他们是多么不该出现啊。他们出现也白出现。我们自顾自还顾不过来。我们和他们的距离，比两个星球之间还要遥远。我们和他们，我们和我们，我和他，我和我，彼此不能沟通，相互隔膜。你说得对：甚至自己的手都不能感知自己的足。

你痛恨相互隔绝的世界。你以为只要相互的隔绝消除了，人们相互之间懂得爱了，这世界就好了。哦，这世界看起来是比你的时代好了，好得多了，可是人与人的隔绝还是没有改变。它甚至以更精致的形式长存。

那是你没有想到的形式。

你的时代，人还知道向往自由。现在，孩子们不向往自由。他们向往幸福。孩子们的幸福王国是一个物天堂。在那里他们统治它们。他们借助它们的等级和数量实现自己对他者的优越和不平等。你所追求的平等，他们不需要。

你所呐喊的"人类最好是不隔膜，相关心"啊，"救救孩子"啊，愈发像是疯子的梦呓了。先生，在这个世纪里，你依旧是个不折不扣的疯子呢。

所以，该怎么谈你呢，先生？

看，这个人

鲁迅从尼采主义转向马克思主义，看似一百八十度大翻转，其实他经历了一个并不矛盾的思想过程：

1. 早期他追求精神的"发扬踔厉"，即个性自由的发展，个人意志的伸张，个人才能的发挥和成长，以此成全"人国"之建设。但是精神卓异的追求必得在众生权利平等的条件下才能进行。这是因为，追求精神卓异者乃是良心健全者，他／她从起点即不能忍受人类的畸形存在。精神卓异的目标即是真善美，而众生苦况乃是最违背真善美者。因此，追求精神创造力之无尽成长的起点，必须是全人类的权利平等。当这种平等问题成为最妨碍人之健全存在的问题时，鲁迅必然走向——

2. 追求个人权利的平等。这种权利既包括物质权利，又包括精神权利，即每个人都有自由的肉身和精神存在的权利，二者必须同时共存。这也就是鲁迅为何为大众的物质权利、教育权利、言论自由权利而战斗的原因。他在理性认知的层面，从未迁就和迎合大众的精神水平，而强调知识分子的"教育者"功能。但是他因此而疏远了那些高蹈精英派单单指向自我完成的精神探索。他要的是担荷众生苦的精英艺术与思想文学。这是他作为艺术家的选择。他不必为其他选项做定位式的价值评估，因为他不是学者。他晚年的"为人"意志战胜了"为己"冲动，这是他的种种精神选择和褒贬尺度之成因。而他的"为人"意志太切，使他以过于迁就和现实的态度选择同路人。他遂选择了声称"为大众谋幸福"的政党。这是与他的阅历分不开的——他接触的共产党员，从陈独秀，李大钊，瞿秋白，冯雪峰，柔石，一直到那些沉默就义的无名者，都是德行高洁之士。

一个主张"超人"存在的天才，何以最后与"弱者"站在一起？逻辑过程就是如此。

我想把鲁迅绘成怎样的形象？暂且列出几样来：

——一个为"白心"幽鬼（民众的冤魂）复仇的义人。他一生的主题是正义和自由。为了正义的实现他自愿牺牲部分的自由。但是当他发现自由的牺牲换来了新型的奴役时，他同样起身反抗这种以"正义"为名的新奴役。他承担复仇的直接动力和精神源泉，是他对数千年来无辜冤魂的负疚感。他的柔情体现为酷烈的爱和对恶的"不宽容"。

——一个以"背德者"面目出现的道德家。他的新道德因遭遇了"前现代的变形"而成为被下一个时代的压迫者所利用的工具。这是他最大的悲剧。

——奴隶价值观的摧毁者。这种价值观以儒教形式统治数千年，创造了奴隶／奴隶主的世界，人与人不但身体不能相通，连精神也相互隔绝。它将人的价值囚禁于"身份"之中，成为人唯一的意义源泉。而"身份"的本质，只是现世的物质利益和人在资源控制上的等级分布。

——一个被"不信上帝者"所冷漠的先知。但是这个先知拒绝自己的预言成为取代"上帝宝座"之物。

——自感匮乏、拒绝获救的拯救者。绝望的反抗绝望者。他的精神源泉从未想过从超越性的"上帝"那里获得。他害怕被遗弃。他的源泉只能是自身的良知。"自己审判，自己实行"。

——一面要直面真实，一面攥住自欺的希望。这是鲁迅深刻的自我矛盾。与左翼结盟，是他向人群的"求助"。他拒绝向无形的上帝求助。因为他的下意识里害怕单独。他拒绝"先知"的命运，像一个普通人一样自迷于现成的希望，一个热闹的旅程。

那么需要明了这几个问题：

a. 历史给予鲁迅及其同时代人的选项，都是不对的：选择容忍，会成为助纣为虐者；选择反抗，则成为以暴易暴者。历史不给他提供健全选择的机会。这是他的命运。他伟大的人格与他的命运的较量因此显出悲壮。

b. 因此，鲁迅的故事，就是**一个英雄死于爱的故事**。由于他在两难中不能不选择日后被证明是错误的一方，他的爱之初衷与爱之结果相背离。

c. 统治者破坏规则，反抗者也以破坏规则来反抗，于是乎形成恶的循环。不破坏规则会成为鱼肉，破坏规则就会与反抗对象同质。

d. 恶的循环导致人的相恨、隔膜与虚伪，鲁迅试图以诚与爱打破这循环。但是诚必须诉诸真实，而真实让人寒冷，让人难以爱，于是爱变成恨。诚与诚的初衷相悖离。

e. 这个民族的昏乱思想，导致他们盲目地在自己的毁灭中享受对别人的压迫。

f. 如果我们只有此生，我们的反抗必然是以暴易暴；

可是，如果我们有来生，用什么来证明呢？

g. 鲁迅的精神遗产体现为巨大的道德、情感和审美能量，而非一种抽象而经久的学说。他的思想是易被误读和扭曲的思想，是一种脱离了具体历史语境即告错误的言说。

致X. D.

X. D.：

关于鲁迅的思考有不少，因为不耐烦举证论证，所以什么文章都没写。你提醒得好，也许我会为了书的厚度写几篇，呵呵。

这个戏之所以困扰我这么多年，是因为经历了如下阶段：一、鲁迅太复杂，主题定不下来；二、因此形式定不下来，看各种样式的剧本越看越乱；三、主题定下来了，找不到合适的形式；四、拿不准是否应该在一个戏里容纳这么复杂的主题；五、决定不简化主题；六、决定向斯特林堡《一出梦的戏剧》借鉴整体形式，向海纳·米勒借鉴形式的细部——比如角色转换和大段故意理论腔的独白，以容纳这些庞杂的主题。

对我来说，这一过程就是"内容决定形式"，高蹈的"形式先行"或"形式即内容"是根本做不到的。在你看来也许这个剧本还未成其为形式，在我，已经竭尽全力了，首先就是要在剧本里说话。也许它说的话应该分别在好几个戏里形式化地说出来，但我想，即便它只是一个总纲，也要都说出。我憋不住了，呵呵。

你说"幼稚与成熟的混合"，可能是说戏剧形式经验的幼稚，和思想内容的相对成熟吧。这实在是没办法。每一种戏剧语言和形式，都是由其要表达的内容和生命体验决定的。语言的突破，是一个剧作家成熟的标志，对我来说，路还长着呢。

我无历史具体知识，但有基于现实体验的历史感，这个戏是一种历史感的非历史化表达。我感到在中国语境中，不及物的超历史的戏剧不是亟需的，或者说，不是我想做的。但那种照猫画虎的"历史化"，我也不想做。

我的戏剧野心非常不专业，只想"说话"，以及为每一个戏找到适合这个"话"的形式。也许写多了，才会知道怎样建立自己的戏剧语言。

李静　2013年6月16日

致L.J.M.

亲爱的L.老师：

下边写的，是为了跟您交流，也为了我自己能捋一捋思路。

这次修改，我的主题增加了一个分支：那就是历史给予鲁迅这代人（不只是那代人，至今也如此，历史包袱没消化的地方，都会是如此）的合理性或者说"正确道路"的可能性，几乎是没有的，在这种条件下，鲁迅凭着良知和情感的力量走了一条明知可能没有结果的路，甚至可能是有毒的路。我所感念于他的，就是他舍己的爱力，即使这种爱客观上帮助了撒旦。既然他不能不爱那个遭受欺凌的群体，不能不爱公正，他就不能不这样做。因此，无论鲁迅，还是胡适，都没有问心、问脑都无愧的"正确"道路可走。对党派无兴趣的个人主义者周作人，也不能维持自身的清高。这是历史的、环境的悲剧。这次写的鲁、胡、周三个男人戏，是想表达这一主题。可它实在太沉重和复杂了，篇幅有限，我写得就太简陋了。

这场戏衔接朱安那场戏，也是因为有这句话相连结："我的眼前漆黑一片，没有一条路通往对的地方。"这是鲁迅和朱安婚姻的写照，也是他一生的写照。这个婚姻是历史加在鲁迅个人生活上的无法选择的选择（鲁迅的母亲和朱安两个女人，几千年男权社会欠她们的债，她们全盘转移到儿子或丈夫身上，这不是有意的，而是只能如此的）。在这个悲剧境地里，无法摆脱包袱的鲁迅，也使用了他作为男人的权力——对朱安的冷暴力。因此朱安也是非常痛苦和无辜的。这就是人性和历史的乖谬之处。

无爱的婚姻——三个男人三条路，这两场戏之后，鲁迅和许广平的戏是一支轻松的幕间曲。接下去是鲁迅与革命的主题，实际上是三个男人戏主题"在历史不给正确可能性的条件下，良心的选择及其悖论"的延续和深化。

到最后，鲁迅对观众独白，邀请观众对自己的境遇做出选择。历史是由每个个体的选择组成的，如果每个人都能对自己和后世负责，自会用微弱的力量寻求自由和意义，涓滴成海，走出历史的死结。这是我个人的希望和幻想。即便不能实现，也要对自己和他人负责、尽力。我觉得，鲁迅也一定这样想过。

总的来说，这是我创作过程里断续形成的想法。寄存在您这儿，我也轻松了好多。

您的剧本写得咋样啦？

想念。祝好！

李静　上　2013年6月18日

写作的灵魂想象力

写来写去,觉得作家最重要的素质还是灵魂想象力。为何不叫"精神想象力"?因为"精神"是普泛的,"灵魂"是个体的。创作时,对笔下人物的想象,主脑不在如何想象他们的性格和故事,而是想象他们一个一个拥有怎样的灵魂。灵魂有了,性格和故事就都有了。

但是"灵魂"这东西,对中国人还是挺陌生的。我们从小到大、从古典到今典、从小说戏剧到电影电视剧,主要讲的都是"事";人物或有性格和所思,可多脱离不开物质世界那点人际关系和利害盘算。不是不能写这些,而是多数作家想象力展开的根基,还是物质性和事务性的,缺少能激动深层意识的能量。《红楼梦》是个大异数，里面的灵魂图谱包罗万象，虽然人物关系网络错综复杂，物质生活描写巨细靡遗，但它们是作为灵魂的衬景、肉体和象征物而存在的。

近日看了俄罗斯大师留比莫夫执导的话剧《群魔》，二十几个人物的台词几乎全摘自陀思妥耶夫斯基的同名原著，没读过小说的观众既一头雾水又被深深吸引。实际上，不必弄清谁是谁，只看只听人物们说什么做什么就足够了——那是一个个色彩斑斓的灵魂，超越时空，直接向我们挣扎呼喊。他们是"多"，也是"一"，都来自陀氏自己的心灵，诚如他的夫子自道："我不能成为没有别人的自我。我应在他人身上找到自我，在我身上发现别人。"

从功利角度看，作品人物的复杂灵魂是永不贬值的流通货币。但铸造这种货币，却需要作者有一颗超越功利、关怀人类的灵魂。这种高调听起来很讨厌很陈腐，却是多年来阅读和写作的真实体会。

灵魂常以观念的形态存在，在作品中，需要赋予它们肉体和情感——抑或观念／灵魂本来就是肉体和情感的。陀思妥耶夫斯基说："我能感觉到思想。"这是文学或戏剧创作最根本的方法论。我总以为，戏剧要表现的核心，不是"一片生活"，而是生活表象之下灵魂的饥渴和斗争。

说易行难，自己就费劲儿写了个话剧剧本《鲁迅》

（上演时将名为《大先生》）。里面既有真实存在的历史人物，也有神神鬼鬼路人甲乙，无情节，意识流。很少触及鲁迅的具体经历，着重铺陈他与周围人物的灵魂纠葛——人道主义者、自由主义者、个人主义者和激进革命者之间，各有道理，各有绝境。这些"主义"在我不是纯观念，而是各种人格、激情和痛苦，各种灵魂。当然，因为太看重灵魂了，剧本给读者和导演演员出了不少难题。有人问我干嘛这么写，我用今年出来的自己的一本批评集名字回答他——戏剧嘛，还不是《必须冒犯观众》的？当然啦，除了冒犯观众，还得冒犯剧作家导演演员等一切强势智识群体，这样，不同作家的写作，才能越来越强劲，越来越有趣。

2014年

一个戏剧菜鸟的"鲁迅"编造史

我从小就"立志创作",可一直因为太在意而恐惧,因恐惧而一直只敢围观和搓手,于是"创作"只好一直处在"志"的阶段。这悲惨的结果,便是时断时续的文学批评,以及电脑里一堆夭折的小说和剧本——就像暗恋一个人,天天围着他转,可人老珠黄了也没敢说句"我爱你"。

2009年初,林兆华导演忽然打电话给我:"想做个话剧鲁迅,你就给写了呗。"慢悠悠无所谓地,仿佛这事跟买大白菜一个性质。我立刻被催眠,打起了自己的小算盘:鲁迅这个人,我既感兴趣又不甚了了,正好借此机会既圆了创作梦,又把他从里到外打探个透,岂不两全其美呢？况且一出手就跟大导合作，听着也体面呀。于是不打磕巴地答应了。凭这口头的君子之约，一头扎进鲁迅的汪洋大海里。

我给自己定的期限是一年：半年看书，半年写作。可越看书，越心虚，越觉得以前了解的鲁迅并不是鲁迅，越要看更多的书。《鲁迅全集》那是绝对不够的，虽然里头的书信已很有料了。《许广平文集》也必看，关于鲁迅的日常生活日常言谈日常情感得从这儿找啊。他的兄弟，挚友，学生，对头，同志，跟他有来往的女人，跟他感情很好后来又翻了脸的人，他的外国朋友……眼里的他是怎样的呢？这些人的回忆录也得看呀。鲁迅传记更是少不了的，朱正先生《一个人的呐喊》是长年的案头书，已被翻烂。这是他的血肉层面。他的精神层面呢？除了自己对他的理解，也得看看专家如何剖析他的哲学吧？除了国内专家，西方和日本专家的观点也得了解吧？那么评传、专著、论文集……也得啃哪。

超量阅读的大脑像晕头转向的雷达，觉得每个信息都有用，又不知怎么用。那股认真劲儿，跟《喜剧之王》里"死跑龙套的"尹天仇堪有一比。一位剧作家前辈说得好："知道得越多，越没法写。"有经验的作家对待素材，会采取比较节制的态度：先了解个大概轮廓，然后确立主题，设计人物、情节和结构，再根据设计，有方向地补充素材。我不成，因为胆小。总觉得历史人物的塑造，首先得"是"这个人,不敢说形神兼得,也得对他形神兼知吧,然后才能在"知"的基础上确立形式,展开想象,塑造出既独特又经得起推敲的主人公,同时,说出自己对时代想说的话。这就得忌肤浅,忌大路货,忌一叶障目的边见,先把该人吃透,再找缝儿"下自己的蛋"。怎么算"吃透"呢?当然没法把大先生的每个时辰都摸透,但对他的一生行迹、个性细节、情感逻辑和内在痛苦,起码得做到既贴心贴肺又冷眼旁观吧?

贴心贴肺用了一段时间——这时段读《死火》会哭,念《故乡》和《社戏》会哭,翻《写于深夜里》会哭,看他给曹白、萧军、山本初枝的信,更会哭……当然也笑,他的杂文和信,常常是很逗的,但我感到不如哭来劲,不哭不足以发泄我对这性感小老头痛到骨头里的爱恋。

冷眼旁观又用了一段时间——这时段专挑他毛病:对待朱安,他那是典型的家庭冷暴力吧?二弟周作人跟他决裂,除了"经济原因还是男女原因"的谜案无解,恐怕也因为受不了他的"道德强迫症"吧?选择向左转,认为可以牺牲知识分子及其贵族文化以成全底层人的正义,起码表明他的"个体意识"不彻底,受到了整体主义政治哲学的蛊惑吧?……

经过这一热一冷,干木耳一样薄脆的心智浸在材料的深水里,已发得又软又韧又大又亮,可以炒菜了,可以跟鲁迅专家小心翼翼地聊聊他了。可是一年半的时间也就过去了，自己的日程表只能无限推延了。在这期间，前鲁迅博物馆馆长王得后先生和孙郁先生都快被我烦死了，一摞摞的书被凭空抱走不算，还要不时承受我的电话骚扰之苦——解疑答惑之后，他们例行怜悯一番：还没写出来哪？啊，别急，鲁迅不好写，需要慢功夫，不过你……你这是在创作还是在研究啊？

问得我欲哭无泪。我是想创作，可我得在创作中学习创作不是？我一个连情节剧都没写过的人，怎么能一上来就写一个反情节话剧？一位好莱坞大编剧说得好：对那些没尝试过《夏夜的微笑》就想写《沉默》和《假面》的编剧新手，我只能深表同情。此话击中了我的软肋。同理，一个没写过《朱莉小姐》的戏剧菜鸟，能一上来就写《一出梦的戏剧》么？我十分没底气。

有人问了：干嘛非要写一个反情节的《鲁迅》呢？写一部小情节话剧不好吗？我的回答是：小情节话剧或能表现鲁迅人格个性的某些特质，或精神哲学的某个点，却无法说出我要说的那些话。

我要说些什么话呢？念头太多，像噗噜乱飞的蝴蝶。于是建了个文档，如一枚枚大头针钉住蝴蝶：

《鲁迅》需要观照的几个方面：

一、他的性格：

  1. 真诚，沉毅，公正，自卑，同情弱小，爱打抱不平，拒绝虚与委蛇，因此有领袖欲（也许下意识地真有那么一些）和脾气坏的骂名。他爱青年如母鸡护小鸡，但非常在意受者的反应。他哀怜感恩者，提醒他们吸取自己对母亲的教训："不要太过感激。感激于你是有害的。"而一旦被辜负或被对方认为理所当然，他又十分受伤。

2. 爱众生，亦爱自由，而二者是矛盾的。为帮助大众，他加入左联并甘当梯子。为保有自由，他拒绝服从组织不合情理的编派，拒绝头衔，与他认为的荒谬公开论战。

3. 孩子气。增田涉回忆，鲁迅几次对他说："我爱月亮和小孩，我讨厌说谎的人和煤烟。"他看自己肺部的X光照片时，脸上是孩子气的好奇神情。

4. 敏感，深情，幽默，自嘲。在北京，雪夜坐黄包车，车夫不小心滑倒，他从车上摔下，撞掉了门牙。他满口是血地边进家门边说："世道真的变了，靠腿吃饭的，跌伤了腿，靠嘴吃饭的，撞坏了嘴。"弄得全家哭笑不得。在厦门大学教书时，他和许广平鱼雁传书两地相思，路上他看见猪吃相思树叶，遂与该猪决斗。别人问他何故如此，他笑答："这话不方便告诉你。"

5. 报复心。他的学生和挚友接连被杀害，使他对自私的体面人和杀人的权力者的罪恶，无法忘怀，

以笔复仇，因此他拒绝与他们结成抗日统一战线。同时他深知战斗和复仇对自己的伤害——"这使我的灵魂粗起来。"（李霁野回忆）

6. 意志力。临终，他忍着窒息之苦，给内山完造写字条，麻烦他代请须藤医生来自己家——让许广平把字条带过去，而不是叫她捎口信。

7. 永处在两难的道德困境中。"三一八"惨案后，他绝食数日痛不欲生——青年们因他的文章而生发勇气去请愿和斗争，惨死在枪弹之下，他自己却安然活在世上，他认为自己负有蛊惑的罪责。但他同时感到，如果沉默，任国人浑浑噩噩，也一样负罪。

8. 在他的私生活里，有某种前后不一的逻辑。理念上，他尊重女性及其独立性。但对他不爱的妻子朱安，几乎一直是冷脸不说话，并不在乎这会对她造成怎样的内伤。他曾决定"为她做一世的牺牲，还掉四千年的旧账"，许广平的到来打破了这个承诺。与许广平结合后，许要出外独立工作，他不允，要她做助手。

二、他的思想：

1. 关于"胡适还是鲁迅"的争论。

胡适说：你要想有益于社会，最好的法子莫如把你自己这块材料铸成器,方才可以希望有益于社会。真实的为我,便是最有益的为人……现在有人对你们说:"牺牲你们个人的自由,去求国家的自由!"我对你们说:"自由平等的国家不是一群奴才建造得起来的!"

鲁迅说:在自由之前,应当先求平等。人类最好是彼此不隔膜,相关心。

有关"个人本位"和"自由优先",鲁迅的确没想透,这是他哲学的短板。但胡适与权力的关系暧昧不清,也不能实现他的自由主义理念。

不是他们二人有错,而是历史根本不给他们以"正确"的机会。在错的时间,错的地点,他们想做对的事而不得,只能退而求其次地做出权宜的选择,于是一切都像是不对似的。

2."向左转"。出于对大众苦难的感同身受,早年信奉尼采超人哲学的鲁迅选择与左翼青年和弱者政党联合。这种"向左转"是发乎人道热肠,而非组织原则,因此当他感到"组织"的异化和逼迫时,不惜跟组织领导翻脸。

3."代价论"思想。他认为,为了被压迫者的解放,毁灭知识分子及其文化是必要的代价——包括毁灭他自己,也是这心甘情愿的代价的一部分。但同时,他译的又多是苏联的"同路人"的作品。此中暗含他精神上的大矛盾。

4. 对国民劣根性和专制政治的批判。

5. 鬼气。他一直想创作一部有关人与鬼的剧本，结尾是一个人死的时候，看见鬼掉过头来，在这最后一刹那，他发现鬼的脸是很美丽的。（高长虹：《一点回忆》）

6. 人格主义、人道主义与马克思主义的矛盾，唯物主义与宗教式情感的矛盾。他有超人般的能力和精神，同时怀着对弱者的忘我深情。极富人情味，极软的心肠，却痛感书生无力，呼唤革命的"血与剑"。其实只是咬牙切齿地发狠而已，实际上他做不到。

7. 鲁迅"被利用"的问题。他的思想与他的利用者之间，真有某些同构性吗？这涉及他的哲学短板。此问可与问题1相互参照。

三、与鲁迅关系密切的人物之命运：

1. 许广平。初为青年反抗者，后成鲁迅的助手和伴侣，鲁迅逝后是其遗产守护人。1949年后，称"鲁迅是毛主席的小学生"。1968年，鲁迅手稿被江青夺走，她惊吓焦虑至极，心脏病突发而逝。

2. 朱安。一只无爱的爬不动的沉默蜗牛。

3. 周作人。本来兄弟怡怡，都是五四风云人物。因日本妻子羽太信子的缘故（真正原因已成谜，是否在戏里写出自己的猜测，再看），与鲁迅反目。自此彻底皈依个人主义。后在汪伪政府中任职，抗战胜利后以"汉奸罪"坐牢。1949年后被剥夺选举权和著作署名权，译书，写关于鲁迅的回忆录，始终未改语言风格。1967年抑郁而终。自嘲"寿则多辱"。

4. 新中国成立后，跟鲁迅过从甚密的：胡风，"反革命集团案"祸首；冯雪峰，"反革命"；瞿秋白，被挫骨扬灰。被鲁迅讨厌的：胡适，毛对他发动了一场缺席大批判；周扬，被批为"反革命黑线"。全被打倒。

四、鲁迅与当下的相通之处：

1. 知识分子与权力的紧张关系。
2. 人道热肠与自由意志的矛盾。

思路捋完，发现一个令我绝望的难题：鲁迅的现实人生场景，根本无法承载他的精神戏剧性和复杂性。而一部戏如果不表现主人公复杂深刻的内在世界，只表现他表层的性格／人格，有什么意思呢？

求助于前辈巨匠，也没得到办法。已有的历史剧主人公个个富有行动戏剧性，看看莎士比亚的《亨利四世》，毕希纳的《丹东之死》，斯特林堡的《奥洛夫老师》，彼得·谢弗的《上帝的宠儿》(《莫扎特传》)，主人公的思想与其戏剧性行动之间都有极强的因果关系。但鲁迅没有。鲁迅一生的大部分时间在书桌边，仅有的那几次行动，比如校务会上反对因"清党"而压迫学生啦，参加杨杏佛葬礼不带家门钥匙以示赴死的决心啦，为了躲避追捕而隐姓埋名住在某家小旅馆里给不知他是谁的工人代写家书啦，等等，只能表现他的某种德行，但他的《野草》式的精神世界怎样表现？上面列出的那些思想纠结怎样表现？无解。

只好找传记电影看。《三岛由纪夫传》和《卡夫卡》都是作家主人公，一定也感到了我的难题，它们的处理办法是：把作家的人生和他的一些小说场景融合在一起。我不能学这一招——早在1941年，萧红的默剧《民族魂鲁迅》已经这么做了。

不知怎么办，就先任由自己写一些片段。最初只会写那种写实的场景。比如鲁迅和儿子海婴在一起玩的场景，这是脱胎于他的一封信和许广平的回忆录：

〔四岁的海婴手上蘸了墨汁，拍在鲁迅的稿纸上，然后撕之。鲁迅怒，把报纸卷成空筒，轻打海婴。

鲁迅 臭弟弟，今天不打你是不行了！

488

周海婴 （惊吓多于疼痛）爸爸不打！爸爸不打！

鲁迅 （停手，板脸）下回还撕爸爸的稿纸么？

周海婴 爸爸，下回不敢了。

［鲁迅放下纸筒，继续摆弄海婴的钢模型玩具。海婴什么都不做，气鼓鼓地沉默片刻。

周海婴 我做爸爸的时候，不要打儿子的。

鲁迅 如果儿子坏得很，你怎么办呢？

周海婴 好好地教他，买东西给他吃。

鲁迅 （被逗笑）弟弟，你的心肠倒是好极了！比你爸爸的好。

周海婴 那当然的。（悲愤地）这种爸爸，什么爸爸！

这样的片段有不少，但是不知派何用场，只当练习台词和熟悉鲁迅性格了。

有一天，看一本叫《黑色电影》的书，脑子里忽然闪出两个男人：一胖一瘦，身穿黑风衣，头戴黑礼帽，瘦子精明阴沉，胖子蠢得可爱。最初，我设计他们是跟踪鲁迅的两个特务，在他家对面租了房子监视他。鲁迅一家出去的时候，俩人就潜入他家看他写的手稿，还偷走他以前写的书，看完偷偷插回他的书架。慢慢地，二人发生了微妙的变化。可后来发现三谷幸喜的《笑的大学》已用了类似情节，只好作罢。

在另一天，瘦子和胖子的角色发生了变化：他们成了地府使者，要接鲁迅到自己的国度，帮他们摆平一些事。一个黄昏，我忽然想到，这两个角色也可以出现在鲁迅的梦境里，化身为他曾经的"左联"同志，该同志无姓名，符号化——瘦子叫"威严的中年人"，胖子叫"不笑的青年"，于是，我让他们和鲁迅发生了一场理论腔的对话：

鲁迅　您说，每个个体等于零？

威严的中年人、不笑的青年　对！等于零！

鲁迅　（走）无数个零加起来还是等于零。（站住）这样的话，我们忙什么呢？

威严的中年人　鲁迅先生，您的数学是反动阶级的数学，它的原理是两千年前的奴隶主阶级制定的。我们新兴阶级要有新兴的数学——个体，等于零；无数个体的总和，等于无穷大！这就是我们的信念。我们的数学建立在信念之上。这种信念与体积相连。试想想，当你一个人被扔进广袤的沙漠，是不是等于乌有？但是我们亿万个人站在沙漠上，沙漠就不再是沙漠，而是人类！每一粒沙子都将被我们相互之间的连接所征服。这就是空间的魔术。空间将战胜时间。总有那么一天，地球上的每一个空间都将站立着我们的人,所有人挽在一起的手臂将统治整个世界!到那时,时间必将消失,永恒之国必将降临,一个尘世的天堂必将出现,末日的审判也会到来。一切的不公不义都要在这场审判中现出原形,接受惩罚!未来的新人会代表所有坟墓里的受害者,惩罚那些双手沾血的罪人,鞭笞加害者的尸骨!那将是一个血流成河的天国,善与恶分列在血河的两岸!

这个段落让我感到:似乎找到了这部剧作的某种声音。但我还看不见全体,它也只能先存着。

由于没经验,我先后写了内容完全不同的两稿。这时不知"结构"为何物,形式看起来是写实剧、幻想剧和寓言剧的不得章法的大杂烩,间杂着如上段落,怎么看都是四不像。

第三稿又另起炉灶,想起心心念念的一个细节:鲁迅临终时,紧紧握着许广平的手,似乎有话对她说,但许广平怕太过热烈的回应惹他难过,就松了,走开了。没多会儿,鲁迅孤单长逝。我在另一篇文章里讲过,真正的成稿,是从这个细节开始的。

这时我才感受到意识流的气息。戏剧时间确定在鲁迅的弥留之际,自称来自天堂的瘦子和胖子要来回收他的影子,带他走,但总是带不走。总有他最惦念的人与他相会。我列了内容清单：朱安、鲁瑞，周作人夫妇，许广平，"左联"同志，之后转入"天堂"。"天堂"里的事儿，观众比鲁迅更清楚，这个原因你懂的。

此时我的学习榜样非常集中：一个是斯特林堡的《一出梦的戏剧》，它教我如何结构一个"梦"；一个是海纳·米勒的《任务》，它教我如何突破具体时空的逻辑限制，将复杂的思想转化为富有张力的超时空戏剧动作。

梦剧结构能把不相干的内容组合在一起，摆脱了情节重力的强制，看起来像太空漂浮物一样自由自然。而这些表面不相干的内容，我用一个主题来统领，那就是"爱与自由的悖论"——从他的私人生活到公共生活，都是如此。这时，两年半过去了。

于是慢慢写。写到朱安来找鲁迅，把他勉强的笑脸撕下一层来，声称要带回到北平的家里，挂在墙上。二人正纠结，朱安一转身，变成鲁迅的母亲鲁瑞。这个转身，使我感到剧中所有女性角色都可用这种方式，由一个女演员承担，并由此推动戏剧的运转。心里明白：这一稿写完，就不必推翻啦。

写完，又进行了三次局部修补。2012年2月，第六稿终于完成。就这样，三年时间，留下这近三万字。2013年1月，《天涯》杂志发表了它。2013年3月底，才华横溢的演员赵立新导演并主演了《鲁迅》的情景朗读。这使我发现不少问题，又重写了三分之一。至此，算是最终定了稿。如果一切顺利的话,赵立新演绎的鲁迅将会以《大先生》之名出现在舞台上。我想,电脑里因我的笨拙而阵亡的那些字——总得有十几万吧,或许可以瞑目了。

2014年8月7日

不会笑的人及其他

拉伯雷在《巨人传》中创造了"agélaste"这个词，意思是"仇恨笑、不会笑的人"。自此，笑，还是不笑，让不让笑，会不会笑，什么样的笑，笑谁，成为哲学问题。它关乎自由与反讽，以及人的自我解放和自我反观的能力。"不会笑的人"，是永远在灵魂里穿着制服的人。他不笑别人，也不笑自己，更不许别人笑自己。在不笑的生活中，他决断人的生存与毁灭，正确与错误，道德与败德，有罪与无罪。这种人所建立的文化，是一种紧绷的审判庭式的文化。这种文化一旦制度化，就会僵死，乃至流血，乃至流不出血，乃至血管里只剩下水。

《大先生》中，有两个角色叫"威严的中年人"和"不笑的青年"，即是对"agélaste"这一伟大洞察的小小回应。他们的命名，小有深意。

《大先生》结尾，鲁迅对观众说出了长长的独白。剧本中，椅子被烧成了灰。舞台上，巨像头脑里的椅子被鲁迅拽了下来。貌似一场一劳永逸、浮浅乐观的胜利。

其实，戏并没有完。在剧本中，最后一句舞台说明并非无意："一种阴沉恐怖的声音伴随着时钟走针声由远及近。收光。"

舞台上，鲁迅定格在他最后的反抗动作中，大幕渐渐拉合。不祥的黑衣傀儡操作师回到鲁迅的躺椅前，说出："他可真瘦。""是啊，一把骨头。"立即收光。

此种安排，小有深意。

为何《大先生》的后半部分，瘦子扮演的"威严的中年人"和"持鞭的男人"更加喋喋不休，而鲁迅却常常失语？

翻翻历史，看看现实，就知道了。

有些时刻，让主人公沉默，比让他开口更有深意。

陀思妥耶夫斯基的《群魔》已经预言：虚无主义的"人神"取代上帝之后，将要建立的黄金世界会是一个蚂蚁窝，而非他们所声称的"地上的天国"。人将在声称的平等之下，只为面包而生存，精神、上帝、自由，都将成为违反法则之物。

鲁迅会忽略这一"陀思妥耶夫斯基问题"吗？他会看到，否定了基督信仰的"黄金世界"，在中国早已存在了几千年。只不过中国的"人神"，尚未经过精致的"上帝化"教义的包装而已。它作为秩序的前提，从未被质疑；它也将在新教义的包装下，成为"人神"的升级版。

在《失掉的好地狱》里，先生隐隐窥见了这图景。

争夺椅子的正义之战，最后仍将归结到椅子上去。

精神世界的鲁迅早已直觉到虚妄，而现实世界的鲁迅却无法停止行动的脚步，因为捧住苦痛者的眼泪，是他的誓愿。

于是他的灵魂分裂，挣扎，自己反对自己，自己讽刺自己。

于是我让黑衣青年对他说出这样恶毒的话：

> 关上你高得过分、远得没边儿的天空吧，鲁迅先生。遮上盖子，竖起栅栏，平均给每人三尺见方就够，鲁迅先生。和他们联手造个完美的蚂蚁窝吧，鲁迅先生。和所有工蚁一起，齐心协力去搬运面包渣吧！快去！别浪费你的力气，也别误闯蚁王的宫

殿！去和亲爱的可怜的让你魂牵梦萦的工蚁们融为一体吧，鲁迅先生！不要犹豫！不要回头！

不错，这个黑衣青年，他的精神母体——尼采，恰是"人神哲学"的始作俑者。尼采本人带着对上帝的刻骨思念，判处了上帝的死刑；而他自己，其实是耶稣另一版本的仰慕者，将发展人的创造力作为他的唯一使命。

他不知道，"上帝死了"这种话，是只能被他的同类听懂的。被不该听的人听到，会酿就极大的祸事。祸事一旦来临，他即被追认为教唆犯。

这是另一版本的《枕头人》故事——作家卡图兰依据自己的生命体验写了虐童杀童小说，傻哥哥迈克尔依据这些小说去虐童杀童。警察判作家有罪，枪毙了他。

尼采和鲁迅，即是卡图兰。

傻哥哥迈克尔是否因为读了卡图兰，才去虐童杀童？哦，原来傻哥哥虐童杀童是因为卡图兰写出了这样的故事，而非因为傻哥哥是傻的。

那些判尼采和鲁迅有罪的人，与《枕头人》里的警察无异。

《大先生》里的"鲁迅"，以及他周围的世界，是片段和破碎的。不消说，这个"鲁迅"来自原型而又并非原型。鲁迅从如此带有"训诂"意味的朱安、鲁瑞那里，走向越来越符号化、政治化和当代化的世界，其中的统一性逻辑在哪里？心理线索又在哪里？

在此，我愿意抄几句关于立体主义绘画的话：

> 画家们将不同状态及不同视点所观察到的对象，集中地表现于单一的平面上，造成一个总体经验的效果。综合的立体主义不再从解剖、分析一定的对象着手，而是利用多种不同素材的组合去创造一个新的母题，并且采用实物拼贴的手法，试图使艺术家接近生活中平凡的真实。

戏剧与绘画，并不隔膜。

塑造人物性格，表现人物命运，建构统一的逻辑，隐藏而非直露思想……这些艺术法则都是好的，适用于古典的艺术结构。但对于《大先生》来说，古典结构不足以完成它的艺术任务。

那么《大先生》的艺术任务是什么呢？

动笔之初，犹疑于两个选择：是写一个"全新的鲁迅"，塑造一个"复杂立体的个性化形象"，揭示"人性的幽暗之处"？还是以鲁迅为镜，表现当代国人的普遍境遇，表达一个剧作者的救赎态度？

这涉及剧作是隐喻的，还是直喻的。

二者是可以两全的吗？或者，二者是同一的吗？

起初，貌似可以的；但走到一定的深度，二者便不能两全，无法同一了。前者求真，后者为爱——在某个契合点之后，二者必会分道扬镳。

探索人性的幽暗、个性的极端，必得直逼"这一个"最独特遥深的角落，步入他人无法步入之地。此一领地，"普遍境遇"和"救赎态度"已无从置喙。

表现当代国人的普遍境遇，表达创作者的救赎态度，必得有极大的爱力、极深的痴愿——荒谬必须被指出，堕落必须被阻止，人必须得救。此一痴愿，"幽暗的人性""极端的个性"已无可补益。

"真"所要求的，"爱"无法抵达。

"爱"所要做的，"真"无能为力。

当此十字路口，"爱"之迫切战胜了"真"之骄傲，不再回头。

得耶失耶？

不再重要。

我承认，爱是最最非理性的行为。

2016年5月7日

当"话语"成为戏剧的素材

1

战国末年的秦国咸阳,有一部喜剧家喻户晓,一票难求。它是如此火爆,以至惊动了秦王的红人、客卿韩非。他把此剧调进秦宫,请秦王嬴政和大臣李斯一同观赏。于是戏班班主和他的弟子们,跟秦王和他的权臣们之间,发生了一连串的事……

如你所知,这是个胡扯的故事。战国末年中国的戏剧并未成形,秦王嬴政和韩非李斯也无从去看这么一出子虚乌有的戏。他们更不会这么说话:

韩非　同一个故事,有人听了会笑,有人听了会哭,有人听了犯困,有人听了想杀人……端看听众是什么人,他站在什么位置上。

墨离　接受美学。这门课你当年可没我成绩好。

韩非　不,是接受政治学。在我的倡导下,秦国已不存在美学而只有政治学了,这你都不知道?

墨离　不知道。久不在学术圈,我可真是落伍了。

这种写法,鲁迅已在他的小说集《故事新编》里玩过,王小波的"青铜时代三部曲"则走到了极致。戏剧呢,迪伦马特的《罗慕路斯大帝》早就以此颠倒了众生。

那么,干嘛还要这样写一部戏?

一个无法释怀的主题折磨着我。没错,此剧是先有主题,后有人物和故事。先有灵魂,后有承载它的肉体。

2

《秦国喜剧》的主题得自我青年时代以来的经历。经历这东西,有时很具体,有时很抽象。有时向你的身体迎面击来,有时只是一段致命的阅读。对我而言,某些经历刻骨难忘,一直翻涌着,呼吁一个呈显它的形式。十几年后,形式诞生,看上去已令"经历"面目全非。只有那些匿名的时日和魂灵,会从字里行间认出自己。

那时，我刚从北师大研究生毕业，到一家文学杂志当编辑。那是文学没落而思想上升的时期——自由主义呀，"新左派"呀，新儒家呀，新权威主义呀，文化保守主义呀，民族主义呀……派系繁多，交锋激烈，大概念与大批评齐飞，思想味共火药味一色。与不痛不痒的文学风景不同，这些学说击中了现实的敏感部位，吸引了媒体和公众——其中就有我——的注意。于是，时常漫游在那些思想争鸣的报刊和网站之间——《南方周末》《读书》《东方》《方法》《书屋》《南风窗》《粤海风》，"思想的境界"网站，"世纪中国"网站，天涯社区"关天茶舍"……它们各有立场，各领风骚，我也由此结识了不少师友。我有个观点：1990年代以来，是媒体而非高校，成为培养公众自由思想的大学——作者是教师，编辑是教务，无论教师还是教务，皆有不少仁智双修、诚勇担当之士。之所以会用"诚勇担当"四个字，原因你懂的。多年以后，当我对现在的年轻人说起某些报刊和网站，他们的脸上便会现出茫然的神情："有过吗？"可见，生存还是毁灭，究竟曾有什么生存什么毁灭，不过是一个个仿佛没有发生的故事罢了。"时间永是流驶，街市依旧太平。"鲁迅先生老是这么毒舌。

但也只"仿佛"没有发生而已。它们还是慢慢在我的心里发生了。我是这些故事的旁观者，也是一个边缘的参与者——一个受到思想之潮的拍打，但毕竟更爱文学,更期待文学能爆发精神力量的小编辑。文学的力量不够怎么办?把心仪的作家和学者请来,给我的杂志撰稿。两三年后,这家文学杂志以其另类的力度和关怀收获了读者,不久,也收获了指令:"只能发表纯文学作品和纯文学批评,停发一切思想评论和社会评论。"以"纯文学"覆盖"思想",足见前者是多么无害,而后者是多么可恶了。

但是,总有例外。有一位作家的纯文学,从不在"只能发表"之列,而是屡遭删削或退稿。不是他写得不好,相反,他的小说太过有趣和恶毒,总要激起我的狂笑——越笑得厉害,越发表不了。渐渐地,我只能做他作品打印稿的读者,无法当他的责编,直至他去世,都是如此。他的名字叫王小波。我曾写过一篇题为《王小波退稿记》的文章,记录了他的长篇小说《红拂夜奔》在我的央求下,由他删节两次、仍无法在我刊发表的经历。此事成为我编辑生涯中无法挽回的羞耻和歉疚。它是一则寓言,时时啮咬着我,其含义远远超出这件事本身。

多年以后,我也开始了自己的戏剧创作。回望这位精神兄长屡遭摧折的创造旅程,有些竟已和自己的经历渐相重叠,将来,可能还会在我的写作后辈那里继续重叠下去。这种感受,令我想要写一部戏,将它表达出来。

于是，尝试着表达。大体而言，创作过程是这样的：（1）确定主题，琢磨主人公的性格和内心；（2）有一天，读一位历史学家的文章《反智论与中国政治传统》，他对法家思想家韩非的评论令我豁然开朗，于是闪电般确定了此剧的另一主人公——韩非，且确定了此剧的时空——战国末年的秦国，顺便也"生下"了秦王嬴政和大臣李斯的形象，而第一男主角的身份也倒推着确定了——一个名叫墨离的戏班班主，他既是剧作家也是演员；（3）从当代思想界的话语场中继续提炼和丰富剧中人的思想性格，以及整部戏的精神氛围；（4）确定大体的故事线；（5）想出戏中戏；（6）开写；（7）写完，确定剧名为"秦国喜剧"。

过程说起来很顺当，写时却是磕磕绊绊。其中人物形象的设定，最是费工夫。剧中韩非，是历史上的韩非和当代知识分子的混合体。韩国宗室出身，结巴，提出"君道一体"学说，建议消灭"五蠹"，受宠又失宠于秦王嬴政，最后被李斯毒死，都来自历史；至于其他——比如他由于卑屈的母亲而不招人待见的出身，他阴郁狠辣而又老实矜持的性格，他一织上毛衣就口齿流利，他满口的西式哲学话语……就全是编的了。之所以锁定这个人物，乃因为他是杰出的心理学家，消灭自由的高手，中国两千多年政治传统和政治生态的缔造者。他用自己的学说，为人间的君主设计了通往上帝宝座的道路——那就是利用人类贪生怕死的弱点，造就反智和恐惧的机制，以达成君王对子民的完美塑造。他是千秋万代的"哲人王"——虽然他的肉身之死经过了秦王的同意，但他是后者的精神导师啊。时至今日，韩非的遗产依然主宰着我们的生活，定义着知识分子的身份。有趣的是，依然有那么多知识分子背叛自身，而追随他的脚步去做"王者师"——虽然他们口口声声言必称卡尔·施密特、列奥·施特劳斯等等，但他们真正呼唤的，却是法家韩非子。因此，剧中人韩非，其实是"历史上的韩非+卡尔·施密特+某些当代知识分子"。他的许多独白，是我对"哲人王"型知识分子的灵魂窥视与想象。美国学者马克·里拉说得好："知识分子的亲暴政思想……原本是我们灵魂的一部分。倘若我们的历史学家真的想要理解'知识分子的背叛'，那么他要去检视的地方就是——内心世界。"[1]我不是历史学家，而是个戏剧作者，但我认为"检视内心世界"这种事，也许戏剧更在行。

与韩非相对的第一主人公墨离，是最不好写的角色——因为他是个"好人"。好人难寻，坏人却怎么写怎么有彩——比如嬴政吧，耍流氓，说脏话，胸有城府，

---

[1] 马克·里拉：《当知识分子遇到政治》，新星出版社2010年，第157页。

不可一世，还挺有文化水平，个性很容易跃然纸上。好人呢，很难写得可信；可信了，也很难好看，因为"好看"需要变化多端——"坏人"就变化多端，而"好人"总要持守一个不变的准则。那么墨离怎么办？只好凉拌——让他做个灰调的人，而且有自己的秘密，有曲折的前史，有儿女情长。他是个信仰自由的艺术家，可是胆小，心软，品貌看着不端正，为了戏班的生存，不惜在权贵面前服软儿。但服软儿有个底线——绝不说违背良心的话。如果一定要他在背叛良心和舍弃性命之间做一选择，他只好选择后者。借助墨离这一喜剧作家形象，我也想探究"笑"的命运——爱笑的人和仇恨笑、反对笑的人，究竟谁的生命更长久。

4

对此剧而言，当代中国纷纭喧哗的话语场自然是最重要的参照。从学者们的主张和争论中，可以看到形形色色、活灵活现的人——天真赤子表里如一的，义形于色表里相悖的，杀气腾腾狐假虎威的，自我崇高自我感动的，渴望统治为虎作伥的，迂阔乡愿死于句下的……他们成为《秦国喜剧》最丰富的素材，以各种变形的方式，进入了这部剧本中。

之所以这样做，是基于这样的观察：往往是话语、教条和思想,而非"一片生活",决定了我们的命运。

因此,如果我们不想在预定的命运中毁灭,那么就只好在自己的戏剧中,尽可能地诚实。

2016年12月6日

从复仇到拯救
我怎样写《精卫填海》

完成于2019年8月的歌剧剧本《精卫填海》,缘起于国家大剧院的约稿。原始故事出自《山海经·北山经》:

> 又北二百里,曰发鸠之山,其上多柘木,有鸟焉,其状如乌,文首,白喙,赤足,名曰"精卫",其鸣自詨。是炎帝之少女,名曰女娃。女娃游于东海,溺而不返,故为精卫,常衔西山之木石,以堙于东海。

人物是一个:炎帝小女儿女娃。情节有一翻:女娃在东海游泳，被淹死了；她就化作一只鸟，发出"精卫"的叫声，每天叼着西山的木枝石块，去填东海。

一只小得几乎看不见的鸟，一片大得望不到边的海。但这微小的鸟，却要填平那大海，因为它曾不公正地吞噬了自己的生命。这故事带有强烈的复仇意味，求公义的意味，显然徒劳无功，偏要不死不休，其极端气质跟中正和平的儒家教训迥然相异。

少年时代听到这故事，就觉有一股冤气，令我敬而远之。大概骨子里还是软弱的人吧。但又被莫名吸引，就像小孩子对一个越怕越想看的东西，那种奇怪的兴趣。

因此接了这约稿。私心里，想给这故事涂抹一点别样的色彩。

这么短的故事，如何敷演出一部至少一个半小时的歌剧呢？又如何在这个被创造出来的长故事里，表达原故事显现的主题呢？

虚构大忌：生编硬造。

但不编造也不行。编造，得合乎原故事的气质和色泽，所用材料，要属乎同一质地。只能将目光投向整部《山海经》，以及和"精卫填海"背景相关的历史—神话传说。

精卫鸟的前生是炎帝小女儿，名叫女娃。便寻查炎帝。炎帝又称神农氏、连山氏、魁隗氏等。史载神农"不望其报，不贪天下之财，而天下共富之。智贵于人，天下共尊之。以德以义，不赏而民勤，不罚而邪正，不忿争而财足，无制令而民从，威厉而不杀，法省而不烦，人民无不敬戴"。其舍身尝百草的形象，深具道德魅力。于是一个灵魂性的人物定下来——女娃的父亲，他叫"神农"而不叫炎帝，他是一个父性盈满、仁爱自由的部落首领，而非一个帝王。

神农是五弦琴（神农琴）和五音律的发明者。这一传说，为此剧的核心意象插上了翅膀——"琴""音乐"，在本剧中将不只是艺术手段，更是一个"角色"，是精神、心魂和激情的象征。诗与乐，本是中国古典文明的核心，在此剧中，成为神农部落超越性的精神价值的承载者，也是它区别于蚩尤部落之处。

于是主人公"女娃"，被设定为神农部落里最善弹琴作曲的女子。歌剧需编剧与作曲家协同创作，本剧作曲乃是赵季平先生，他建议女主人公手持的乐器由弹拨乐改为笛子，一是，笛子在表演时轻盈好看，二是，他已想好女主角由哪位女歌唱家扮演，这位歌唱家也是笛子演奏家。于是，女娃的乐器改为笛子。

这部歌剧事先即已确定，不取解构性和无调性的现代主义或后现代主义歌剧样式，而是古典样貌的正剧或悲剧。古典歌剧，爱情永远是第一主题，也是故事的主体。我想将"精卫填海"从一个复仇故事，转化成"爱情+复仇"故事，极难，却也是最吸引我的一个挑战。

女娃须有一个恋人，此二人须经历生死之爱。

——她和他该是怎样的人，才能彼此吸引？

——必得是，一见钟情而心相知。

凡常生活中难以如愿的事，大可在神话故事里如痴如狂。

女娃既已被确定为一个音乐精灵，她的恋人姜栩（炎帝部落姓姜，因此男主人公姓姜，"栩"字忘了怎么想出来的，就觉得这个字有振翅欲飞、难以羁束之感，女娃会爱这样的灵魂）必是她贴心贴肺的知音，他迷恋她的笛音——她的心魂，以至生死相许。笛音是男女主人公爱情的基石。"知音"，是一对恋人牢不可破、最有说服力的爱情连结。蓦然想到一个怪主意——二人初相见，即同时喊出"精卫"二字，称呼对方。这是他俩重生的名字，合一的象征，爱情的印记。

姜栩形象是纯然虚构的，没有传说支撑。遂用女娃的目光，将他塑造成值得恋慕的青年——深情，勇毅，敏感，有难以愈合的创痛和游历四方的经验。

女娃溺于东海，延伸出"东海神"禺虢的形象。禺虢是在《山海经·大荒东经》里出现的："东海之渚中，有神，人面鸟身，珥两黄蛇，践两黄蛇，名曰禺虢。"他是一个两耳戴着小黄蛇、两脚踏着小黄蛇的神。不知为何是小黄蛇。但它们对这个形象的塑造很有用处——给禺虢以神秘叵测的气质和权力感。就使用了它，在最后一场戏里发挥功能。

女娲和禺虢之间若建立足以支撑一部戏的力学关系，需要一个大事件。筛来选去，这事件就确定为炎帝和蚩尤之间的部落战争。

据史载和传说，在炎黄部落联盟战胜蚩尤部落的涿鹿之战前，蚩尤曾征伐炎帝部落，并将其打败。原因是：炎帝部落尚处于新石器时代，劳动工具和武器皆为木石器；而蚩尤部落则已学会冶炼之术，能造青铜兵器和农具。

于是，故事的开端即设在这个当口：温柔和平、使用木石的神农部落，受到骁勇扩张、使用青铜的蚩尤部落的侵略，并将面临毁灭。唯有东海神禺虢能拯救神农部落——他会满足神农的祈求，但有一个条件：女娲作他的新娘。

禺虢为什么能救神农部落？因为他是海神。剧中设定神农部落和蚩尤部落均临海，神农在北，蚩尤在南。（据传说，蚩尤部落在东南沿海，而神农部落曾定都曲阜，该部落可能在今山东境内的沿海地带生息。）禺虢可以涨潮淹没蚩尤全部落，也可退潮，让出土地，给神农部落繁衍生息——神农部落原来的土地则割让给蚩尤。我将神农塑造成有悖常理的英雄：他祈求禺虢施行后一方案。因他既要为神农部落求存，又不想消灭蚩尤部落的全体人民——这人民是被首领蚩尤胁迫卷入战争的,他们和自己一样,是人。

但本部落的平安,就要建立在对少女女娲的牺牲之上吗?

剧中自由仁爱的神农部落民,不同于历史上以和亲换和平的任何王朝之人。他们反对女娲以牺牲自己的"小我",成全部落的"大我"。他们主张肩负责任,抵抗到底,哪怕死灭。

面对如此顾念她的乡邻,女娲决定舍己。这是出于她的爱,也是出于父亲的遗命。我给她的此刻写了首歌词——《我知道了爱的含义》。在舍身尝百草而溘然长逝的父亲神农身旁,面对部落即将毁灭的未来,女娲唱道:

> 啊,父亲
> 我知道了爱的含义
> 爱就是
> 你的生命与我附体
> 爱就是
> 心之所向万死不惜
> 爱就是
> 背负邻人的伤痛悲喜
> 爱就是
> 纵身跃入舍己之地

金色的童年在我心头浮起

爱我和我爱的人都在这里

精卫啊别生气我永远爱你

但我必须走向那深蓝海底

她的自我牺牲，必包含她的恋人姜栩——此二人已在精神上连为一体。爱情毫无公平可言。爱情只有甘愿。

女娲、姜栩和禹猇的三人戏码，才最终通向"精卫填海"。

还有三个配角的名字也是从《山海经》中来，他们的存在，丰满了故事的色泽和质地。

一个是女娲的乳母孟槐。这个名字取于《山海经·北山经》："谯明之山，有兽焉，其状如貊而赤豪，其音如榴榴，名曰孟槐，可以御凶。"孟槐是一种样子像豪猪、有赤色棘刺的御凶辟邪的山兽。在剧中，她是女娲的守护者，慈爱刚烈，不畏邪恶，真像带了"赤色的棘刺"一样。

还有两个调节气氛的丑角——狓狓和䮘䮘。他们是禹猇的弄臣，他们的人生观是"服从强者，识时务者为俊杰"。

狓狓之名来自《山海经·东山经·东次二经》："硾山，有兽焉，其状如马，而羊目、四角、牛尾，其音如嗥狗，其名曰狓狓，见则其国多狡客。"狓狓是不祥之兽，出现在哪个国家，哪个国家就奸佞当道。

514

䟨䟨之名来自《山海经·东山经·东次二经》："空桑之山，有兽焉，其状如牛而虎文，其音如钦，其名曰䟨䟨，其鸣自叫，见则天下大水。"䟨䟨兽是洪灾的预兆。

　　为什么要在《山海经》里找人物名字？名字非小事，它塑造一个灵魂的色彩、个性和命运。因此，我们才在生活中费尽心思给孩子取名；在戏剧中给人物命名，也同样。

　　编织故事的过程，即是勘探意义的过程。神话故事的再创作，乃是寓言性的大叙事，意在展现不同价值世界的冲突，回应现今之人内心的争战，寻求"人"所能依傍的意义磐石——这意义，是现代社会貌似深刻的文化悲观论和肤浅乐观的放任主义，所拒绝承诺的。

　　"精卫填海"本是一个因徒劳无望而更显意志不屈的复仇故事。它的表层是仇恨与报复，它的深层是对正义的呼求——虽然我弱小，但我有活着的权利，大海你凭什么剥夺我？

　　大海笑了：真是岂有此理，谁让你来我这儿耍？你若有本事驾驭我，会死吗？

　　听起来都不错：一个是权利（正义）逻辑，一个是能力（权力）逻辑。

　　虽然我已定意将精卫填海的故事改写成爱情故事，但原故事蕴含的逻辑较量必须考虑在内——这是爱情故事的意义背景，它也需要饱满才好。

于是将这意义背景以人物、情节铺张开来。女娲和神农的意义维度既已确定,神农部落作为一个"国度"所象征的价值,也明晰起来。作为"国度"张力的另一极,蚩尤部落、禺貌统帅的海底世界所象征的价值——实际上是我们所熟悉的这个强力世界的真实面貌——也随之建构完成。

这想法,在第一幕第一场戏和第二场戏之间的幕间曲说明里已经表明,可要难为作曲家了:

> 这场部落战争(神农部落和蚩尤部落之间)幕间曲,有着超历史的人性意味:两个部落是两种价值、两种人类国度的象征。这是一种纯粹的艺术创造,并非"还原"历史。

> 神农部落是自由、平等、仁爱而公正的诗乐之国(神农作为神农琴和五音律的发明者、舍身尝百草的最早的医生,他是爱、美、自由与良知的源泉性力量,这一点十分重要),它象征人类那种易碎而美好的文明,那种至为珍贵、如梦如幻、温暖轻柔的爱与诗的价值。一种超功利的优美精神性。自觉而淳朴的良知灌溉着每一个部落民。理想之国的缩影。

> 蚩尤部落是丛林价值的象征,拥有强力,也信仰强力,是物质性、刚性力量的化身。是人类对武

力、权力、物质之膜拜的缩影。

神农部落与蚩尤部落之战，其象征意义犹如雅典与斯巴达之战。

女娲后来舍己投身的禺虢海族部落，与蚩尤部落是同一性质的价值国度。

再创作的"精卫填海"爱情故事，就在这样的价值冲突中展开。

女娲、姜栩——两个"精卫"，是何结局？他们和禺虢最后如何收场？两个国度，最后胜负如何？

这里就卖个关子吧。

只想说，这是一个有关爱与拯救的故事，它诞生于正义与复仇的母胎。

如果你想告诉我"这故事听起来太假了，它只是你未经证实的信仰的道具而已。这世界如我所见，一切坚固的东西都烟消云散了，包括曾经坚固的爱与拯救"，那么我只想问：你能担保你未来看见的，不会是相反的景象吗？你若相信你的眼前所见能延续到未来，直到世界的末了，那么，这也同样只是你"未经证实的信仰而已"哦。

任何创作，都是作者对意义的选择与承担，《精卫填海》也不例外。

2022年1月24日

首版后记

迪伦马特是我喜爱的作家，关于文学和批评的关系，他有一套幽默的见解："文学与文学批评的直接联系是微乎其微的，就像星球与天文学一样。星球的存在可以不依赖天文学。而天文学却不能没有星球。天文学家要研究星球，而不是批评星球。有的评论家在我看来，就像某些天文学家一样，只容忍太阳存在，而去诅咒那些未知的星球。因为他们不理解，就认为不可能。"

为了验证他老人家的说法，十几年来我尝试着做批评，搞创作，包括操练他的老行当——写话剧，终于得到了一点近乎废话的体会：创作和批评确是两种完全不同的活计。创作的第一驱力是作家生命的原始情结,它黑暗,无解,汹涌,自我中心,虽然知识和理性可以助益其表达,但其核心处于知识和理性之外;批评的第一驱力是批评家的真理意志,它光亮,博识,澄澈,理解他人,虽然激情和偏见的修辞会令它不同凡响,但其本质是对激情和偏见的克服。创作是作家通过一次次的"创世"行为,逐步开掘自我天性的过程,"天性"是其作品形式和主旨的真正上帝;批评则是批评家在博览了几乎所有类型的作品并生成自己的哲学观念之后,对批评对象做出的审美和真理评判,"博识"是批评行为的前提条件。作家是花掉大量时光去跟原始情结做自我搏斗和认知的人;批评家是较早克服了原始情结而将心智轻快地转向外部世界的人。作家阅读自我,虽然这一"自我"也容纳他人;批评家阅读他人,虽然那些"他人"也映射其自我。作家的工作方法是"演绎",从一没有感应的"共相"出发,营造千变万化的"殊相";批评家的工作方法是"归纳",从千变万化的"殊相"里,寻求切中本质的"共相"。但作家和批评家中的伟大者,却会消弭这两种行当的边界,共同趋向对"精神本体"的呈现,只是表达方式不同罢了——作家用形象,批评家用观念。作家的形象含混多解,批评家的工作往往像是"转译"和"导览"——将含混形象转译成普遍理性可以理解的语言,指给读者去看其视野未及之处,揭示作家如何用肉身的魔术指喻"本体"

的实相。但这仅仅是针对杰作而言。批评家的另一面目对作家可就不太讨喜——即挑剔者,不买账者,意义宣教者。对意义匮乏和审美平庸说不,是批评家的权力;说"不"的依据是其广博的阅读经验和丰富的知识参照系。

行文至此,便要说到自己。经过十余年的批评写作,我才确切地知道自己并不适合批评写作。批评家需要轻盈、博识和系统知识,我的视线却沉重、集中,缺少对系统知识的兴趣。那么收在本书里的文字是些什么呢?只能说,它们是一个写作者的一己偏见,源于持续不断的执拗注视。这种偏见不是建立在广博丰富的知识参照系之上,而是建立在自我探究的价值选择之上;这种注视亦不是发乎学理的冷静旁观,而是自我投入的主观凝视。对于注视对象,其态度不是"酒逢知己千杯少",便是"话不投机半句多";作为报应,读者对于本书,恐怕亦会如此。

这本集子里的文章陆续写于2003年到2013年,多是关于文学和戏剧的散碎议论,偶尔触及电影和泛文化议题,也是出于文学人的立场。贸然采用编年体例,虽有东施效颦大人物之嫌,但考虑到它的诸多好处——比方说,免于分类的生硬,方便事情的回想——也就顾不得许多了。书名定为"必须冒犯观众",出自责任编辑陈卓先生的卓见,颇与此书的鲁莽气质吻合,在此致谢。并深谢他对此书的青眼,以及充满创意的劳动。

在修订书稿的过程中,仿佛重温了十一年荒废而又慷慨的时光。感谢多年来一直给我勇气和陪伴的家人。感谢那些招我读书、看戏、写稿、切磋，从而减轻我的荒废之罪的师友。也感谢新星出版社和本书的读者。但愿它没有太过辜负你们的热情。

2013年12月27日于北京

后记

《必须冒犯观众》曾于2014年由新星出版社出版。此次增订，挪去了关于王小波的文字（归入另册），删掉了一些如今看来有点仓促的东西，增补了几篇于我有纪念意义的早年短文，以及2014年后写的若干文章，重新编排，说明如下：

甲辑是剧评，分享了我的一些观剧经验和剧本阅读的经验。虽然戏剧乃小众艺术，有观剧习惯的读者朋友恐怕不多，但仍将这束剧评编在前面，是基于对此时代的强烈感受：现在，人与人的关系几乎不再是人格性的"我—你"关系，而渐变成物格化的"我—它"关系，活生生的他人，已沦为网络彼端的音视频讯号。时代愈如此，剧场艺术愈显其珍贵和重要，以致它竟成唯一一种具有"共同体"意味的艺术样式——观看者不辞劳苦从四面八方汇聚而来，与激情排演了数十日的创作者共处于同一实体空间，彼此感应，彼此交通，彼此叩问，彼此改变。独一性的灵光存留于此种"原始"艺术。爱与真理格外怜恤不怕成为少数的愚拙人。我实在找不到哪个时代比今天更需要戏剧。我用这种编排方式表明这一看法。这不仅仅因为我是一名剧作者。相反，因为感到这种迫切的呼召和吸引，我才在中年之际成为一名剧作者。

乙辑是几篇影像作品观感。丙辑是些具体文学作品的书评、书序或札记。丁辑则是关于文学批评、随笔、小说和文学杂志本身的话题性探讨。戊辑是几篇社会批评或曰文明批评。己辑是我的几部戏剧的创作谈。

这版《必须冒犯观众》，有二十几篇文章是旧版所无，当然，旧版亦有三十多篇文字，不在这里——这是我要对可能的老读者作出交代的。八年时间改变了许多东西，包括改变一本书。

李静
2022年6月25日

單行道
One-way
Street

I FEAR LIFE
02　CHASING THE WIND

捕风记

我害怕生活
02　捕风记

李静 ○ 著

上海文艺出版社
Shanghai Literature & Art Publishing House

图书在版编目（CIP）数据

我害怕生活 / 李静著 . -- 上海：上海文艺出版社，2022
（单读书系）
ISBN 978-7-5321-8341-8

Ⅰ . ①我… Ⅱ . ①李… Ⅲ . ①文艺—作品综合集—中国—当代 Ⅳ . ① I217.2

中国版本图书馆 CIP 数据核字 (2022) 第 096390 号

发 行 人：毕　胜
责任编辑：肖海鸥
特约编辑：赵　芳　节晓宇　罗丹妮
营销编辑：高蒙蒙
书籍设计：李政坷
内文制作：李俊红　李政坷

书 名：我害怕生活（全 5 册）
　　　　（01《必须冒犯观众》, 02《捕风记》, 03《王小波的遗产》,
　　　　04《致你》, 05《戎夷之衣》）
作 者：李静
出 版：上海世纪出版集团 上海文艺出版社
地 址：上海市闵行区号景路 159 弄 A 座 2 楼　201101
发 行：上海文艺出版社发行中心
　　　　上海市闵行区号景路 159 弄 A 座 2 楼 206 室　201101　www.ewen.co
印 刷：山东临沂新华印刷物流集团有限责任公司
开 本：1230×880mm　1/32
印 张：45.75
字 数：765 千字
印 次：2022 年 9 月第 1 版　　2022 年 9 月第 1 次印刷
ISBN：978-7-5321-8341-8/I.6583
定 价：268.00 元（全 5 册）

告读者：如发现印装质量问题，影响阅读，请与出版社发行部门联系调换。

目录

甲 辑

003　良心的交响乐
　　　——关于契诃夫和他的戏剧

021　附:"哈姆雷特害怕做梦,我害怕生活"

025　内在世界的外在世界的内在世界
　　　——关于彼得·汉德克的戏剧

034　附:正义是温暖流动的微粒

041　自由的美学,或对一种绝对的开放
　　　——论剧场导演林兆华

071　悖谬世界的怪诞对话
　　　——从过士行剧作看严肃文学共享性的扩展

乙 辑

121　他让我们久违地想起"重要的事物"
　　　——论朱西甯的《铁浆》《旱魃》

131　"你是含苞欲放的哲学家"
　　　——论木心

159　附:最后的情人已远行——木心先生祭

163 不驯的疆土
　　　——论莫言

197 海明威的中国姊妹
　　　——论王小妮的短篇小说

206 附：人心的风球挂起来了

213 科学的激情与诗歌的耐心
　　　——论止庵的《受命》

227 附：《喜剧作家》是止庵的"《坟》"

233 保存与牺牲
　　　——论林白

267 不冒险的旅程
　　　——论王安忆的写作困境

307 未曾离家的怀乡人
　　　——论贾平凹

丙 辑

327 道德焦虑下的反抗与救赎
　　　——关于林贤治的知识分子研究

343 当此时代，批评何为？
　　　——郭宏安的《从阅读到批评》及其他

357 首版后记
361 后记

戏剧本身即是一种多声部的文学体裁，
与其他文学种类相比，戏剧的对话性和公共性更强——
因为它直接面对聚拢在一起的活生生的公众。

甲
辑

良心的交响乐
关于契诃夫和他的戏剧

"我被您的戏揉皱了"

1898年，三十岁的高尔基给素不相识、大他八岁的契诃夫（1860—1904）写信倾诉衷肠："前不久我看了《万尼亚舅舅》，哭了，哭得像个女人，尽管我远不是个有善德的人。回到家里，惘然若失，被您的戏揉皱了，给您写了封长信，但又撕掉了……我看着这些剧中人物，就感觉到好像有一把很钝的锯子在来回锯我。它的锯齿直达我的心窝，我心紧缩着，呻吟着……""在这里，现实主义提升到了激动人心的、深思熟虑的象征……别的戏剧不能把人从具体生活抽象到哲学概括,您的戏剧能做到这一点。"

2015年是契诃夫诞辰155周年,1至2月,李六乙导演、北京人艺演出了这部《万尼亚舅舅》。在戏的结尾,看着辛劳孤独的索尼娅祈祷般地劝慰心如死灰的万尼亚舅舅,我也忍不住像并不喜欢的高尔基那样哭了起来,为他曾那样写信给契诃夫而喜欢了那样的他,并深深感到,自己也被这部戏无可救药地"揉皱"了:

> 万尼亚舅舅,我们要活下去,我们要度过一连串漫长的夜晚;我们要耐心地承受命运给予我们的考验;无论是现在还是年老之后,我们都要不知疲倦地为别人劳作;而当我们的日子到了尽头,我们便平静地死去,我们会在另一个世界里说,我们悲伤过,我们哭泣过,我们曾经很痛苦,这样,上帝便会怜悯我们。舅舅,亲爱的舅舅,我们将会看到光明而美丽的生活,我们会很高兴,我们会怀着柔情与微笑回顾我们今天的不幸,我们要休息……我们要休息!我们将会听到天使的声音,我们将会看到镶着宝石的天空,我们会看到,所有这些人间的罪恶,所有我们的痛苦,都会淹没在充满全世界的慈爱之中,我们的生活会变得安宁、温柔,变得像轻吻一样的甜蜜……你不曾知道在自己的生活中有

过欢乐，但你等一等，万尼亚舅舅，你等一等……我们要休息……我们要休息！（童道明译）

很久以来，汉语读者对小说家契诃夫耳熟能详，对剧作家契诃夫则不甚了了。人们兴奋地谈论雷蒙德·卡佛、村上春树们对他的钟情，但此钟情似乎不包含他的戏剧。这个致命地影响了曹禺和焦菊隐戏剧观念的俄罗斯人，这位在"古希腊戏剧时代—莎士比亚戏剧时代—契诃夫戏剧时代"的西方戏剧史分期中，让戏剧真正步入现代时期的剧作家，这位至今依然被西方剧作家和电影作者不断咀嚼、师法和改编的戏剧巨人，焦菊隐早在1943年就如此介绍他："在他的天才成熟、世界观通彻的时候，他开始写剧本……小说是他通往创造之极峰的过程，只有他的戏剧是最高的成就。"但这不妨碍我们继续忽视他的剧作。理由是：我们缺少戏剧生活。

这种境况随着契诃夫的一个个纪念日在慢慢扭转。2004年契诃夫逝世100周年，中国国家话剧院举办了"永远的契诃夫"戏剧演出季，当时不少记者问"为啥要给一个小说家搞戏剧季"，等看完受邀的五部戏，这个问题就永远地消失了，一个共识取而代之：不但契诃夫的戏剧是"永远"的，连根据他的小说改编的戏剧也会是"永远"的。其中以色列戏剧家哈诺奇·列文根据契诃夫三短篇《希洛德的小提琴》《苦恼》和《在峡谷里》编剧、导演的《安魂曲》最令话剧迷痴狂——以本人为例，就去剧场看了三回，剧本读了十遍，肠断数节，夜不能寐。2014年契诃夫逝世110周年，上海译文出版社首次推出了译笔精良的《契诃夫戏剧全集》，第一批分四册出版：李健吾译的《契诃夫独幕剧集》、焦菊隐译的《伊凡诺夫·海鸥》和《万尼亚舅舅·三姊妹·樱桃园》，以及童道明译的《没有父亲的人·林妖》。2015年1至2月，除了先有《万尼亚舅舅》在首都剧场上演，后有童道明编剧、杨申导演、以契诃夫恋情为题材的《爱恋·契诃夫》在中国国家话剧院小剧场上演之外，商务印书馆还出版了童道明编、译、著的《可爱的契诃夫——契诃夫书信赏读》，恳挚精约地呈现契诃夫其人和他的戏剧生活。一时间，微信公众号上出现了大量的契诃夫台词、契诃夫评介、契诃夫演出剧评，其中一个标题深得我心，"我们欠契诃夫一句感谢"。

取道"中庸"的特立独行

安东·巴甫洛维奇·契诃夫的戏剧生涯远不像他写小说那么顺利。这位二十八岁获得普希金奖的小说家，十七八岁就写出了首部无标题四幕剧，遭到大哥严厉痛贬，使他将其雪藏终生——不知何时誊抄的手稿于1923年在他妹妹玛丽雅·契诃娃的银行保险柜里被发现，编辑将其定名为《没有父亲的人》，作为遗作发表。人们认为此剧的誊抄工作可能断续若干年，已非当初他的大哥亚历山大·契诃夫所见的面貌，其长度相当于一部长篇小说，全部演出下来，不含幕间休息需要八个多小时，惊人地深刻、成熟、勇往直前，是他后来所有剧作的"发源地和出海口"；20世纪下半叶，该剧以《普拉东诺夫》之名热演于欧洲各大剧院。1887年，他的第二部剧作《伊凡诺夫》（契诃夫称其为"戏剧处女作"）在莫斯科首演，获得了小小成功，影响平平。1896年，《海鸥》在彼得堡首演，遭遇惨败，给他烙下终生难愈的耻辱创伤："剧场里呼吸着侮蔑，空气受着恨的压榨。而我呢，遵着物理学定律，就像炸弹似的飞离了彼得堡"，"即或我活到七百岁，也永远不再写戏，永远不再叫这些戏上演了"（契诃夫致聂米罗维奇-丹钦科的信）。1898年，《海鸥》由斯坦尼斯拉夫斯基和聂米罗维奇-丹钦科以全新的美学执导，新成立的莫斯科艺术剧院首演，获得巨大成功，自此契诃夫的剧作才大放异彩。但直到生命的最后一年，写最后的剧本《樱桃园》时，他仍感到："写剧本真是一件过于庞大的工作，它使我恐惧，我简直无能为力。"（契诃夫1903年10月致妻子、莫斯科艺术剧院女演员奥尔加·克尼碧尔的信）

如此痛苦，为什么还要写戏呢？法国作家亨利·特罗亚的分析很有道理："戏剧艺术使他能和公众保持直接的，几乎是血肉的联系。他认为戏剧创作是一种力的较量，一方是隐藏在人物后面的作者，另一方是观众……这是一场争取人们心灵的搏斗，思想的共鸣将充满整个大厅，这比小说家孤独地关在书房里所能体会到的难以捉摸的快乐更加令人心醉。"

但是这场"争取人们心灵的搏斗"因契诃夫剧作难以捕捉的标新立异，"共鸣"得异常漫长和艰难。以托尔斯泰为例，这位文学巨匠无保留地称赞写小说的契诃夫是"用散文写作的普希金"，但始终对他的戏剧不以为然："莎士比亚的戏写得够糟了，你的戏比他的还要糟。"（关于托翁恶评莎士比亚和贝多芬，柴可夫斯基是这样看的："他在滥用一个伟人的权力。"）"你笔下的那些主人公，你想把他们带到何处去呢？他们躺在沙发上，呆在堆放杂物的房间里，这样来来去去。"托翁的批评具有代表性，也传神地概括了契诃夫剧作的基本样貌——静态内向的非戏剧化戏剧。在惯用外部冲突构造戏剧性的19世纪戏剧人看来，契诃夫属于不会写戏、不知所云、不讲趣味的剧作家。直到20世纪60年代，他才被追认为现代派戏剧的源头，其最著名的继承人是萨缪尔·贝克特和哈罗德·品特。

契诃夫剧作的认知过程之所以如此漫长，乃因为它们是些穿着改良旧衣的特立独行者，不似奇装异服的现代主义作品那样易于辨识。契诃夫本人就是所有意义上的改良主义者而非革命者——从政治态度、精神信仰到艺术实践。

政治上，契诃夫处于保守主义和激进主义的中间地带，认为救国之路在于让沙皇政权缓慢地变为开明的自由主义。他既不赞成沙俄政府的暴力统治和言论管控（一个著名的例子是：1902年，为了声援被剥夺科学院荣誉院士称号的高尔基，他主动辞去了自己的科学院荣誉院士称号），又不赞成高尔基彻底颠覆社会秩序的无产阶级革命主张（他致信高尔基谈论俄罗斯民族性："他们的心理状态像狗一样，如果你打它，它就哀嚎乞怜，钻进狗窝，如果你亲它，它就躺在地上，四脚朝天，摇尾献媚"，这样的人群需要在既有秩序内接受长期的理性训练，否则只会拥戴新的暴君），尤其反对平民革命逻辑所隐含的"向下拉齐"的文化观念（"应该做的不是把果戈理下降到平民的水平，而是要把平民朝果戈理的水平提高"），更反对革命者为达目的不择手段的斗争哲学（"如果我们的社会主义者当真要利用霍乱来达到自己的目的，那我就要鄙视他们。用恶劣的手段达到美好的目的，这会使目的本身也成为恶劣的……如果我是一个政治家，我绝不敢为了未来而羞辱今天"）。他不参与政治论战和表态，只相信觉醒之个人的身体力行对公共社会的日益改善，即使被骂"冷血""淡漠"，也从不拿自己的善行去自我辩解和训诫他人。这位以写作生存养家的作家—医生，"从未有过一件价格超过五十卢布的冬大衣",却亲自出资、筹款并设计建造了三所学校,终生免费医治病人(他积累的病历卡显示:他平均每年医治一千多病人,并免费发放药物),搭建霍乱病房,独自穿越西伯利亚去萨哈林岛考察流放犯的生存状况,登记了一万张犯人卡片,给他们成批募捐书籍,根据调查结果写成的《萨哈林岛》一书促使当局改善流放犯的生活条件,给故乡塔甘罗格图书馆捐书,帮助建立雅尔塔肺病疗养院……"一切都做得十分委婉,带着一种淡淡的幽默和怜悯……在我们面前的是一种新人的模型……安东·契诃夫只有一个。"(约翰·普利斯特列)。

关于信仰,契诃夫在福音书和科学之间采取了绝非折衷的理性态度,此态度最典型地体现在他与托尔斯泰的关系上。他敬爱托翁,钦佩他的小说艺术、道德魅力和强大无私的公益救助能力,但对他攻击科学、蔑视艺术、赞美农民的贫穷和蒙昧的福音主义绝不苟同。"理性和正义告诉我,电和蒸汽机比贞洁和拒绝肉食更能体现人类的爱。"(1894年契诃夫致苏沃林的信)医科出身使他深知科学思维和尊重事实对一个作家的重要性,同时,他也并不神化科学和否定上帝:"现代文明不过是为了远大前途而进行奋斗的开端,而这种奋斗或许要持续几万年,其目的是为了在遥远的将来,人类能学会了解真正的上帝的现实性,即不要到陀思妥耶夫斯基的书本中去猜想,去寻觅,而要像二加二等于四那样明确地了解这种现实性。"(1902年契诃夫致谢尔盖·佳吉列夫的信)"在'上帝存在'与'上帝不存在'之间有着广袤的空间,真诚的智者在其间艰难跋涉。俄国人只知其一端,因为他们对两极之间的事物是不感兴趣的。"(《札记》)

一个如此取道"中庸"的特立独行者,他的戏剧艺术也处在现实主义与现代主义之间——时空、人物和事件沿着自然主义逻辑缓慢展开,但是,作为传统剧作法之核心的关键情节和有效对话却被省略,而事件的余波和人物之间隔膜荒诞、互不理解的独白式对话,则成为重中之重。这是流淌着现代主义孤独血液的现实主义,是对话的戏剧与独白的诗歌的中间形态。它们交织着抒情与反讽、希望与绝望,既是一个时代的社会意识和俄罗斯民族根性的隐喻,又是弃绝当下、弃绝交流的永恒孤独的象征。如同封闭之前最后的敞开,分裂之前最后的聚合,抽象之前最后的具体,巨响之前最后的安谧——契诃夫戏剧,是一种"临界点"的艺术。

揭示人类灵魂的惰力

这种"临界点"不是一个个孤立静止的点,而是趋向行动和改变的点,这是契诃夫作为现代派戏剧的源始者,迥异其后辈之处。与贝克特、尤奈斯库、品特们"非理性、分裂化和经常绝望的世界观"(阿伦·布洛克语)相反，契诃夫只把"非理性、分裂化和经常绝望"当作观照对象，而不当作"世界观"。

他的戏剧主人公固然都是些灰心愁闷的人（《没有父亲的人》里的普拉东诺夫，《伊凡诺夫》里的伊凡诺夫），默默忍从的人（《万尼亚舅舅》里的索尼娅），无尽等待的人（《三姊妹》里的三姊妹和哥哥安德烈），脆弱易碎的人（《海鸥》里的青年作家特利波列夫），徒然梦醒而因循依旧的人（《万尼亚舅舅》里的万尼亚），空谈工作而幻想未来的人（《三姊妹》里的屠森巴赫），穷途末路依然挥霍善感的人（《樱桃园》里的柳鲍芙），说出真理而无力实现的人（《樱桃园》里的特罗费莫夫）……但这不表明他认为世界"只能如此"或"会如此"，而只表明世界"现在是如此"。这些人物的特质如用一句话概括，那就是《伊凡诺夫》里主人公的夫子自道——"我的灵魂被一种惰力给麻痹了"。"灵魂的惰力"是契诃夫对俄罗斯精神病态的总体诊断，正如同是医科出身的鲁迅用"奴性"一词给中国人的精神病态做出了总体诊断一样。契诃夫以医生的精确冷静，来呈现"惰力"的细微症候；又以诗人的哀感热忱，将此症候置入销魂蚀骨的诗意氛围中。于是，观众一边沉溺于诗意的引诱，对这"灵魂惰力"的感染者充满同情的理解；一边畏惧那病症的深重和生命的无望，想要起而改变。或者毋宁说，这是契诃夫期待于他的观众的："当我们把人们的本来面目展现在他们自己面前的时候，他们是会变好的。"这种信念，使他与他的现代主义后辈判然两分——后者将人类的绝望处境形而上化，并认为这种绝望是不可改变的唯一现实。

这种对于"人类灵魂惰力"之揭示，在契诃夫的戏剧探索中贯穿始终。在早期剧作《没有父亲的人》和《伊凡诺夫》中，契诃夫致力于刻画"多余人"式的灰心愁闷者，那些没落贵族出身的知识分子。普拉东诺夫（《没有父亲的人》的主人公）和伊凡诺夫有着相似的轨迹：大学毕业后，由着良知的驱使，担负起过多过重的社会责任，因环境的吞噬而迅速失败；于是厌倦，疲惫，孤独，面对生活的实际问题无能为力，又为自己的冷漠和他人的受苦而负疚；受到女人的爱怜，但爱情不能拯救他，反使他沦为有毒的唐璜角色；只有死亡能了结他自己和他予人的痛苦——前者死于女人的枪下，后者开枪自杀。在这两部剧作中，契诃夫有意识地突出主人公典型的俄罗斯特征——炽热，舍己，直率，伤怀，易冲动，易负疚，易厌倦，易毁灭。这是一种不受理性控制、无力自我认知和自我完善，却极有审美魅力的灵魂痼疾，契诃夫以超善恶的态度刻画了它，无法获得当时戏剧界的理解。

经过喜剧《林妖》的过渡之后，契诃夫写出了四部不朽剧作：两部正剧——《万尼亚舅舅》和《三姊妹》；两部喜剧——《海鸥》和《樱桃园》。

《万尼亚舅舅》中，在万尼亚认清他的半生奉献毫无意义、试图开枪射杀他的攫取者——庸碌的教授妹夫而不成之后，他选择了回到从前的生活，继续给这位妹夫提供给养，索尼娅继续虔诚而无望地操劳，母亲继续崇拜这位平庸的姑爷，庄园又继续了生活的原样——一个循环闭合的结构，微妙地象征了激情澎湃而又因循怠惰的俄罗斯性格。

《三姊妹》则相反：戏剧开头的一切——庄园主安德烈的教授梦想，三姊妹的青春年华，他们共同的"回到莫斯科去"的夙愿，伊里娜想要摆脱娇小姐的空虚而去工作的冲动，屠森巴赫对她的爱情和关于工作与奉献的真理，军官们对三姊妹的依恋……到了结尾皆为泡影——安德烈娶了庸俗的妻子并受控于她，赌光了兄妹四人的家产，他们再也没钱回到莫斯科去；三姊妹青春不再，伊里娜厌倦她无意义的工作；屠森巴赫依然空谈工作的理想，却怀着未得呼应的爱情死于决斗；军官们也永远离开了三姊妹的城市……这是一个关于人与其愿望相分离的故事，也是关于人受制于天性和环境的惯性而无法新生的故事。在昏昏欲睡、静如止水的氛围中，绝望的生命悲剧习焉不察地轰然发生。

《海鸥》和《樱桃园》为何被契诃夫标注为"四幕喜剧"，至今困扰着全世界的戏剧人，也给了戏剧人阐释其"喜剧性"的无限空间。虽然两部戏的喜剧元素非常醒目——《海鸥》里咅薔自恋的女明星阿尔卡基娜,《樱桃园》里娇小姐和贵少爷做派的仆人杜尼雅莎与雅莎,都是活宝,但故事主体却非常悲伤。在《海鸥》中,忧郁而热衷于形式探索的青年作家特利波列夫开枪自杀了;他热恋的妮娜被名作家特里果林始爱终弃,创伤累累;玛莎默默扼杀自己对特利波列夫的爱情,嫁给畏缩自卑的小学教员郁郁终生。在《樱桃园》中,没落的女贵族柳鲍芙最终失去了满载记忆的樱桃园,它将在农奴出身的富商罗巴辛手里变成一片实用的别墅区;贵族们黯然离开,忠诚的老仆费尔斯被遗忘在旧居中默默死去;剧终响彻樱桃树的砍伐之声,一个交织着优雅与罪孽的贵族时代结束了。

这两部感伤抒情的、死了人的戏——且死去的不是"反面人物",而是令人同情的角色——能被称作喜剧吗?

这里触碰到契诃夫喜剧的双重性。一重是古典的喜剧性,即喜剧作为"春天的神话",是一个扬弃旧物、走向新生的象征性历程——《海鸥》里的妮娜历尽折磨之后,成为一名懂得背负十字架的真正演员;《樱桃园》里的贵族安妮雅和她的母亲柳鲍芙挥别负载祖先罪孽的樱桃园,走向了"新生活"。另一重是现代的喜剧性,即,主人公扭曲的微笑融入了荒诞、孤独、隔膜、断裂的生命体验——自说自话的对白、浓郁节制的伤感和怪诞偶然的死亡，与剧中隐含的形而上对话者（"宇宙的灵魂""上帝"或"人类的未来"）之间，形成一种冰冷、悬殊、无动于衷的对比关系；这种有限与无限、偶然与必然之间的对比和挣扎，这种无法胜利的挣扎所透露出来的滑稽与哀婉，正是契诃夫喜剧中最具现代性的成分。契诃夫喜剧，是一种残酷喜剧。

契诃夫的七部四幕剧为帝俄时代最后的黄昏存照，并显示出他先知般的洞察力：它们一再讲述俄罗斯的旧精英阶层如何在祖先幽灵血腥罪孽的阴影中（《樱桃园》里特罗费莫夫有段著名的台词："安妮雅，你的祖父，你的曾祖父和所有你的前辈祖先，都是封建地主，都是农奴所有者，都占有过活的灵魂。那些不幸的人类灵魂，都从园子里的每一棵樱桃树、每一片叶子和每一个树干的背后向你望着……啊，这够多么可怕呀。"），在世代相传的养尊处优所形成的天真无能中，在良心的煎熬和乌托邦的狂想中，任凭生命沉沦、因循、枯萎、消逝而无力自拔；这种病入膏肓的灵魂惰力所凝成的不祥乌云，预示着天倾地覆的雷暴。

契诃夫貌似不知道柳鲍芙和安妮雅们离开樱桃园之后，将开始怎样的"新生活"。他让她们发出了欢快的呼喊。但是，他那不愿明言的悲剧预感，已借由砍伐樱桃树的粗鲁之声痛楚地说出：若干年后，柳鲍芙和安妮雅们的"新生活"，就是那躺倒的樱桃树。就是流亡、监禁和枪毙。就是尸横遍野的古拉格。

戏剧的交响曲

如要形容契诃夫剧作的创造性，那么可以说：他是用作曲——作交响曲——的方法写戏。不同功能的人物组成各自的"器乐组"——主要角色组，"反面角色"组，喜剧角色组，荒诞角色组……人物间的对白与沉默，并不用以营造传统戏剧所需的事件性张力，而是建立起另一种关系——类似交响乐队中，不同器乐组在节奏、力度和调性等各方面进行的对比、展开和收束。这种内向的台词和微弱的动作交织而成的意义织体，不引诱观众追逐故事与结局，而是施展诗意的魔法，让他们悬浮于人物的瞬间体验中，纵身其精神命运的旋涡中，最终，以纤毫毕现的写实形象，达到强烈有力的哲学象征。由此，契诃夫戏剧逃脱了多数现代派戏剧因过于直白抽象的形式主义，而早早透支其生命力的宿命。

如何以细枝末节的写实达到哲学性的象征？首要步骤是人物设置。契诃夫的戏剧人物是依主题需要而设的，每个人物承担主题呈现的不同功能。大体而言，有以下几类：

主要人物——契诃夫戏剧往往没有第一主人公，而是好几位主角，无论男女，他们都是知识分子式的没落庄园主，有着复杂微妙的心灵褶皱，无可救药地感染了灵魂的病菌并与之疲惫地战斗，他们是俄罗斯精神状态的标本。

反面人物——不是道德恶人，相反，往往是道德高调的口号热爱者（比如《伊凡诺夫》里的里沃夫医生），以及因外皮过厚、神经粗糙而与灵魂病菌绝缘的人（如《三姊妹》里精于算计、控制欲强的娜塔莎，《万尼亚舅舅》里学问平庸、浪得虚名的谢列勃里雅科夫教授）。

使徒式人物——筚路蓝缕的孤独苦干者，但绝非圣人，很可能会冒出恶意，放浪形骸的（比如《万尼亚舅舅》中的阿斯特洛夫医生）。

喜感人物、尴尬人物和荒诞人物——这是契诃夫戏剧交响乐队中的色彩乐器组，戏份不多，画龙点睛，是荒诞味、现代性的修辞来源，也是他那主题沉重、节奏平缓的剧作至关重要的调味品。喜感人物负责创造轻松嬉笑的气氛（如《樱桃园》里的仆人杜尼雅莎和雅莎）；尴尬人物外化并调侃人自感卑微的不自由状态（如《海鸥》中的小学教师麦德维坚科）；荒诞人物神秘怪异而又意味深长（如《樱桃园》里的不知自己来历的德裔家庭女教师夏洛蒂，《三姊妹》里耳聋的老人费拉朋特）……

这些人物既有自己的日常轨迹，又承担精神性的象征功能。他们总是处于"几乎无事"的状态，其对话是佯装的，每个人接过别人的话茬，只为说出和表现自己；但其实并没有人关心他/她这个"自己",说着说着,就成为无人应答也不指望被倾听的独白。这种表现隔膜和孤独的独白式对话手法,一直为后世的剧作家所用。

而剧中人的"几乎无事"也是剧作家营造的假象——所有决定主人公命运的事件、所有事件的高潮部分,都发生在幕后,它们或被省略,或在台词中轻轻带过,位于戏剧主体的,是事件发生之前和之后主人公的精神状态。这种"省略"之法,也为后来的现代小说和戏剧做出了典范。

有人说契诃夫的戏剧有着散文式的随意,其实"随意"亦是伪装——一切都经过精密的设计。当人物的结局突然来临,敏感的观众才意识到其开头早有暗示,只是在一句台词或一个动作中一闪而过罢了。比如,在《三姊妹》第一幕,脾气拧巴的索列尼对屠森巴赫说:"说不定两三年后……我发起火来,就给你脑袋里装进颗子弹去呢,我的天使。"在第四幕结尾,屠森巴赫果然与索列尼决斗,死于后者的枪下。

但是所有的技巧,都埋藏在契诃夫的诗意之中,以至于像是没有技巧。人物沉浸在精心设计的抒情逻辑中,说着貌似毫无意义、实则别有深意的台词。我永远无法忘怀屠森巴赫在启程决斗之前,对他心爱的伊里娜的告别语:"我快乐。就仿佛,这些松树,这些槭树和这些桦树,是我头一次才看见似的……这些树木多么美丽啊,住在它们的阴凉下边,生活又真该是多么美丽呀!我得走了,时候到了……你看,这棵树,已经死了,可是它还和别的树一样在风里摇摆。所以我觉得,如果我要是死了,我还是会参加到生活中来的,无论是采取怎样的一个方式。再见了,我的亲爱的……"

啊,再见了,我亲爱的契诃夫。你的确一直参加在我们的生活中,以你不朽的方式。

2015年4月26日完稿

附

"哈姆雷特害怕做梦，我害怕生活"

契诃夫的第一部四幕长剧《没有父亲的人》(初作于1878年前后)，瞄准了这样一个对象：

普拉东诺夫是位贵族出身的中学教师，一个受到民粹主义影响而"走向民间"的心灰意冷的二十七岁青年。他是美丽聪慧的将军遗孀安娜·沃依尼采娃的座上宾。安娜的庄园客厅里坐着一些高谈阔论的左邻右舍，看起来像是她亲密的朋友，其实都是债主。地主老格拉戈列耶夫对普拉东诺夫的谈论可算点题："普拉东诺夫是现代不确定性的最好体现者……他是一部很好的但还没有写出来的现代小说的主人公……我理解的不确定性，就是我们社会的现代形态……非常糟糕的小说，冗长，琐碎……也不智慧！一切都是那样的混沌，混乱……"与此相呼应，此剧长度的确等于一部长篇小说，不含幕间休息的完整演出需要八个多小时，人物意识和行动捉摸不定，可谓"混沌、混乱"世界的戏剧外化。

安娜和普拉东诺夫是此剧的两个核心人物，如同一个椭圆的两个焦点——都是良知敏锐、灵魂诗意的人，精神上相互爱慕着，但各自濒临绝境而彼此无法援手。因为亡夫留下的债务，安娜的庄园和矿山随时可能被侵吞，老格拉戈列耶夫做出帮她摆脱债务的姿态，实欲以娶她为妻来交换；普拉东诺夫在平庸无聊、物质至上的外省环境中，完全无法作为，唯有用言语冲撞那些诗之敌人，来发泄自己过剩的正义感和精神性。剧作没有勾勒他从热血喷涌到灰心愁闷的变化过程，而只是呈现他"灰心的状态"——时而负疚痛悔、良知发作，时而萎靡背德、自毁毁人。他清醒地自责："罪恶在我的周围游荡，它玷污了大地，它吞噬着我精神上的兄弟，而我在一边袖手旁观，像是从事了一项繁重的劳动之后，坐着，看着，沉默着……"他沉痛地自问："我们为什么不能像我们所应该的那样生活?!"他无情地自省："不受贿，不偷窃，不打妻子，思想纯真，但……是个坏蛋！可爱的坏蛋！不一般的坏蛋！"他有力思考而无力行动（"哈姆雷特害怕做梦，我害怕生活。"），于是他那过剩的能量在痛切自省之后，瞬间就转化为唐璜式的放浪形骸。女人们都爱他，他却挨个毁掉她们，作为自己沉沦的祭品。最后，他终于被其中一个忍无可忍的"祭品"——索菲亚——枪杀，死在爱他的安娜的怀抱中。安娜和周遭人等的境遇依然没有改变。

契诃夫的这部秘密处女作祖露了他最关切的主题——一颗高贵的精神种子，如何在贫乏庸俗的反精神土壤里变成自我溃烂的毒瘤。

这是一部人与环境、人与自我相冲突的现代悲剧，而非表现"人与人的外在冲突"的传统戏剧。剧作一出手就背离了经典的剧作法则，而运用了契诃夫独有的构造方式，他此后所有剧作，都是对此方式的完善和光大：不设计针锋相对的对峙人物，不设置剑拔弩张的外在矛盾，没有善与恶、真与伪、上帝与魔鬼、自由与奴役之类判然两分的道德选择（一如易卜生的张力模式），悲剧的根源也不再能归于具体的他者；但所有人物也绝非如中国人惯于想象的那种模糊扁平、无是无非的角色，而是相反——每个人都有着复杂的人性光谱和强烈的情感，各自生活在自己的正义之中。主人公普拉东诺夫的敌人并非显性的罪恶势力——他们之所以被他视为敌人，乃因为他们是诗意世界的蔑视者，自身财富心安理得的食利人，对苦难人间毫不负责毫无能力的废物，对蒙昧大众残酷无情不讲规则的流氓无产者式的强盗……这些人跟他是熟人，像朋友，相互之间说笑逗趣，但他们的冲突却隐含在忽然话不投机的对白里，如同潜流一般，显示出这是两种不会引发任何外部动作，但会引起灵魂战争的微妙的价值冲突：

> 小维格罗维奇：有诗人，很好，没有诗人，更好！诗人作为一个情绪化的人，大多数是寄生虫，个人主义者……歌德，尽管是个诗人，但他难道给过德国的穷人一块面包？
>
> 普拉东诺夫：老调子！年轻人！够了！歌德没有从德国的穷人那里拿过一块面包！这是重要的……

契诃夫以全息的手法结构剧作，将主人公的自我斗争和软弱倦怠，与周遭环境的平庸窒息和无意义感，同时呈现出来。但是他避免因主题的重大而形成响鼓重锤的音色，相反，他云淡风轻。普拉东诺夫死前最后一句话是谐谑的，他指着送信人马尔科，叮嘱朋友替自己兑现承诺："给他三个卢布！"将沉重之物化作轻逸，是契诃夫从始至终坚持的手法。

2015年3月

内在世界的外在世界的内在世界
关于彼得·汉德克的戏剧

没有一个梦

能够让我看到

比我所经历的事还要陌生的事

也没有什么草

是为了打破宁静而生长

——彼得·汉德克《不理性的人终将消亡》

中的布鲁斯歌词

戏剧到了彼得·汉德克的手里,已纯然发育为诗。这不是歌德《浮士德》、拜伦《曼弗雷德》意义上的分行叙事剧诗，而是不分行不叙事的反抒情诗。诗的思维逻辑。诗的意象方式。尤其是，诗的语言。每个人物的台词都悬浮，自在，含混，独语，拒绝有效的交流，不指向情节和结局。每部剧作都会在反复的阅读中，让意义的不确定性成倍增殖。由于"人"的悲观境遇，当代欧洲戏剧持续着一种"无言之言"的诗之冲动，彼得·汉德克是这一趋势中的最杰出者。正如2014年"国际易卜生奖"致彼得·汉德克的授奖辞所言："如果说易卜生是尚未结束的资产阶级时代的剧作家典范，那么彼得·汉德克无疑是戏剧领域最著名的史诗诗人。"以"史诗"形容他的作品，诚为解语。只是该词之于这位剧作家，溢出了布莱希特"史诗剧"之"史诗"所指代的"叙事性"。汉德克的剧作是有着诗之韵律的超现实之梦，它们整体性地隐喻了破碎悸动的当代世界——正是由于剧作与宏观历史的隐喻关系，它们可被视为"史诗"。

1966年，彼得·汉德克二十四岁，处女作"说话剧"《骂观众》首演（该剧连同《自我控诉》和《卡斯帕》一起结集为《骂观众》，于2013年在中国翻译出版）。这部叛逆之作令他一举成名：没有角色，只有演员；没有布景，只有空的舞台和打着灯光的观众席；没有故事，只有演员向观众直接喷射冒犯之语。他曾自述："组成'说话剧'的语句所呈示的不是世界的形象，而是有关世界的观念。"与之相比，新近在中国翻译出版的剧作集《形同陌路的时刻》[收入两部话剧《不理性的人终将消亡》（1973）、《筹划生命的永恒》（1997）和一部默剧《形同陌路的时刻》（1992）]，已算是"回归传统"之作。它们所呈示的既有"世界的形象"，又有"关于世界的观念"——剧中人物是社会意识和幽暗人性的人格化，却绝非"有血有肉"的写实形象；戏剧情节是当代历史进程的寓言和预言，却并非观念的图解。它们是扭曲的梦境，不祥的启示录，显示剧作家整体性、内在化地观照和呈现世界的能力。对惯于就事论事、以外在世界为检验艺术的唯一标准、以舞台上的"一片生活"为最高追求的中国戏剧人来说，这种整体性和内在化的精神能力，是一种陌生而匮缺的艺术钙质。

如何达到整体性和内在化？或可用彼得·汉德克的一部诗集名来概括，"内在世界的外在世界的内在世界"。不错，汉德克是在呈现他置身其中的"外在世界"，但这充满不确定性的"外在世界"乃是一个摆脱了客观法则、被他的主观精神和"内在世界"所重构的现实；对于这重构的现实中的每个角色，他则致力于表现他们精神内面的世界。这种双重的内在化，赋予他的舞台形象以不遵从客观逻辑的自由。

在这种自由中，汉德克的剧作放弃了连贯完整的故事、性格立体的人物、确定凝固的场景和强烈外在的戏剧冲突。他的戏剧人物和空间，依高度抽象的主题需要而设——每部剧都是一个完整社会结构的灾变性的缩微景观，每个人物都有着高度含混而分裂的自我意识。汉德克的主题发展和戏剧形式，在这部横跨二十多年历程的剧作集中，可见一斑。

出版于1973年的剧作《不理性的人终将消亡》，表层是一场"商战悲剧"：资本家赫尔曼·奎特与他的企业主朋友们，为阻止自由竞争带来的利润受损，订立价格和产品的卡特尔；卡特尔挤垮了小企业而独大，奎特却违背游戏规则，使他的合作伙伴全部破产；他的廉价劣质商品掌控并恶化了人们的生存，在这了无生趣的恶之胜利中，奎特撞向了岩石；剧终，水果箱滚落，里面群蛇舞动——现代的毁灭场景，与人类古老的原罪意象相呼应。由此，"商战悲剧"转化为资本主义世界的《卡利古拉》悲剧。

可以看到，汉德克笔下的资本寡头奎特与加缪笔下的古罗马暴君卡利古拉一样，自我意识复杂而分裂，只是这位主人公不再拥有经典形态的悲剧故事。一方面，他是诗之敌人，有着强悍冷血的行动理性，以使用廉价劳动力、破坏游戏规则而成为最大赢家，以他的廉价商品帝国，把世界变成以"日常性"为"唯一性"的永恒垃圾场；另一方面，他的诗意理性异常发达，随时诗神附体般喋喋于转瞬即逝的微妙感受和破碎记忆。这种诗意起初被他用作卖弄和暗示的工具："那些像诗句一样的话语，对我们而言是历史的一种形式,也是一种交流方式。难以想象,没有诗歌,我们将如何做生意?"最终那残存的诗性反噬了他自己:"我听到了一种声音……是电影名字、大字标题、广告口号。'雨点敲打着窗户',这声音时常在我的脑海里回荡,可是在我和别人拥抱的时候被另一个声音打断:'你猜,谁要来吃饭?'或者'这里不让吸烟……'我敢肯定,今后我们这些狂人只能听到这些声音,再也听不到高度文明的超我之声:'好好认识你自己'或者'你要尊敬父母……'一批妖魔鬼怪刚被解除魔法,另一批就已经站在窗前打嗝儿了。"他知道,唯有诗可不朽。而事实是:他营造的日常垃圾场取代诗而占有了永恒。于是他忍无可忍,只有自杀。奎特既是一位撒旦—诗人—资本家,又是抽象的"资本理性"的人格化。以"理念"本身为主人公,源自中世纪的道德剧传统——那些以"死亡""明辨""知识""忏悔""善行""财富"等为主人公的说教性戏剧,经过20世纪现代主义美学的发酵,潜入当代戏剧的营养谱系中。

因此可以说,《不理性的人终将消亡》不只是一部"批判资本异化"的作品,更是一部表现人性之恶在资本条件下,将产生何种精神后果的幻想剧。布莱希特抵达了制度批判,彼得·汉德克则审视恒常的人性恶及其结痂——这种恶,即是有限速朽之"我"妄图占有和统治永恒的那种古老贪欲。人类徒然探索着幸福之路,却总被这贪欲所支配的各种魔鬼带入歧途。先是专制、神权的魔鬼，后是资本扩张导致的"超越性精神"丧失的魔鬼。有形、暂时的制度之恶可以死去，无形、永恒的人性之恶却无法消除。

彼得·汉德克的这种审视世界的目光，始终带着诗性和哲学性的惊讶。而惊讶导致艺术表达的陌生化。再也没有比默剧《形同陌路的时刻》更能汪洋恣肆地表达剧作家感到的惊讶了。这是一部由形体和舞台写就的无字长诗，取消了传统默剧对生活情境和事件的形体模仿。街头常见的各色人等，与《圣经》、神话和经典文学中的主人公在舞台上并存，衍生出连绵不绝的意义波纹。舞台人物的神情、动作、停顿、象征性道具和形体关系构成的隐喻，形成了戏剧张力与推动力。此剧在说什么呢？孤独，疏离，形形色色的形同陌路，对人类之爱的犹疑召唤……"有时每个人都恨每个人。所有的人都被追逐，也包括那些追逐者。人与人形同陌路，但同时又对此毫不惊奇。每个人都自成一派，不计其数。"在话剧《筹划生命的永恒》中，女叙述者的言语或可为此剧作注。毋宁说，这是汉德克贯穿一生的主题之一。

"占据永恒"的主题，则在《筹划生命的永恒》中得到了更复杂的发展。这部时空虚置的"国王剧"，是一首无法穷尽其意义能量的伟大长诗，一部弱小民族的精神史寓言，从中可看到剧作家私人经验的影子。

汉德克有深厚的"南斯拉夫情结"。他的母亲是斯洛文尼亚族人，出身寒苦，经历坎坷，1971年在他二十九岁时抑郁自杀；他的两位未曾谋面的舅舅在德国纳粹入侵斯洛文尼亚时是游击队员，被捕后被强行送往苏联战场，为希特勒送了命；大舅曾在南斯拉夫的马里博尔（现为斯洛文尼亚的城市）学习农学。汉德克多次到塞尔维亚旅行，得自亲见亲闻的政治倾向，令他1990年代以来颇遭诟病：他同情溃散的南斯拉夫，将塞尔维亚也归入巴尔干战争的受害一方。2006年，他参加了米洛舍维奇的凄凉葬礼，是一枚不折不扣的"抚哭叛徒的吊客"——鲁迅会喜欢他的，但媒体反应激烈，他的一些剧作演出被取消，杜塞尔多夫市则拒绝支付授予他的海涅文学奖奖金。2015年2月3日，总部设在海牙的联合国国际法院裁定，塞尔维亚在20世纪90年代初期的巴尔干战争中未对克罗地亚犯下种族屠杀罪行。

这是后话。汉德克的私人经验和政治态度，已融入到1997年的《筹划生命的永恒》中。两位舅舅的身影时隐时现，化作剧中人象征性的家族背景；科索沃的民族对立和纷飞战火，似已成为"飞地王国"的原型及其精神史的线索。但剧作就是剧作，它总要从现实的原型起跳，而抵达理念的原型，并将其人格化、戏剧化和诗化。

《筹划生命的永恒》是一部史诗剧，共十三节，时间跨度几十年，结构呈对称的U字形。人物依主题演绎所需的观念部件而设。比如，我们可以认为："外祖父"是飞地民族复仇意愿的人格化；两个女儿是飞地民族屈辱磨难的人格化，其中"姐姐"是"恨"，"妹妹"是"爱"；姐姐强悍阴郁的儿子"巴勃罗·维加"是权力意志（权力是恨之子）；妹妹的儿子"菲利普·维加"是诗性意志（诗是爱之子）；"人民"就是人民，在剧中只有一个；"白痴"是飞地人古老的乌托邦梦想；"年轻貌美的漫游叙述者"是飞地人新兴的民族主义意识形态，她与巴勃罗结婚——权力统治与意识形态岂非地造的一双么；"女难民"是苦难与失败，她与菲利普结婚——诗与苦难失败岂非天生的一对儿么；"空间排挤帮"是世界强权，其中的"首领"与巴勃罗极其相似。

这些人物在不变的地点——"飞地"，出场，行动，建立关系。可以看到，剧作表层是关于一个民族英雄在抵抗和复仇的过程中，逐渐变质，走向极端主义和威权统治的故事。对主人公巴勃罗而言，权力的本质，便是一个血肉之躯想要成为神，想要战胜死亡、为时间重新立法，从而占有"永恒"的那种疯狂欲望。剧作语言是如此晦涩而诗性，完全略去任何外在的事件性过程，而是直接、跳跃、反讽而繁复地展露每个人物的形上世界，伴随着冷冽而间歇性的幽默感。人物独白动辄几页长，完全以现代诗的语言方式进行："春天的第一只蜜蜂掉入山湖中。它的翅膀在阳光下旋转，四处平静的湖面上唯一的运动……

我母亲冻红的双手。外祖父复活节之夜的披风。正在融化的草原溪流。垂死的蛇在十一月的星空下爬行。夏天满月时乡村池塘里蝙蝠的倒影。沙丘坟墓里和冻原石堆下母亲的兄弟被撕烂的身体……故乡该死的绿色。"这是菲利普念他记录的"历史"。

忍不住将汉德克与契诃夫做一比较。同为反情节反戏剧性的剧作家，他们却在戏剧的两端相向而行。契诃夫作为现代戏剧的始祖和俄罗斯戏剧的翘楚，是感性的，太感性的，他将人类生活和心灵的毛细血管呈现在舞台上，最终达到整体性的象征。汉德克作为当代德语戏剧的代表性作家，则是理念的，太理念的，以理念本身为主题和主人公，专写无情之物，却最终爆发出强烈的悲剧力量。这两种戏剧可能性都极伟大，但显然契诃夫更易被接受。汉德克剧作的这一嶙峋特征，来自德语民族独有的"民族性"——那种哲学的本能，那种将理念的骨骼化作创造之血肉的本能。或许它会引起其他民族欣赏者的不耐与不适，但它却分明抵达了"只谈家常"的"真佛"空自承诺而无法抵达的灵魂雪峰。

2016年4月

(附)

正义是温暖流动的微粒

让我戏拟《试论疲倦》的文体来谈谈彼得·汉德克的这本书吧，正如他戏拟《宗教问答》写了这本书。

为什么戏拟这个文体？你要做的可是谈论这本书哎。

这文体可以四处游走。还有什么比随意溜达的文体更合适谈这本精骛八极、离题万里的自由之书呢？

你打算怎么溜达？

溜达是不可计划的。一切要听从偶然的意愿。比方说，我想起十天前见到汉德克本尊时，他说的一句话："现在的作家都没有本雅明所说的'灵光'了。如果我说我是一个有灵光的作家，我就是在说谎。但我确信灵光的存在。"你觉得他是什么意思？

他想说的是：他知道何谓灵光。他也自信曾被这灵光照耀过。只是他不这么说。你还记得本雅明怎么说起灵光的吗？

灵光是对"遥远之物的独一显现"。

何谓"遥远之物"？显然，本雅明在暗指神，或某个我们永远无法抵达、却会照耀我们的终极之物。在希伯来语中，"神"是复数。这或许意味着神有无数面相，"遥远之物"有无数形象，它化身大自然的万千面影。

你不觉得汉德克的写作里，"遥远之物"一直在场吗？在他的《缓慢的归乡》《圣山启示录》《去往第九王国》，和这本书里的每一篇，都横亘着远方的荒野，主人公在荒野里踽踽独行，经历着独自的内在生活。这图景是一个象征——彼得·汉德克有可能是文学史上最后一个真实的荒原客。在他之后，真正的大自然，被写作者深刻体验过的大自然，作为他生命和灵魂的延伸的大自然，可能就在文学中关闭了，消失了。这才是真正的"灵光消失"。悲哀吧？

再说"独一"。这是汉德克贯穿一生的情结。他要求他的存在是独一的，他的写作是独一的，他的每部作品相互之间无论形式还是主题都参差不同，都穷尽自身最大的精神可能性，都是独一的。在每部作品内部，对于他的叙述对象，他都保持着"独一性"的洁癖。在《试论点唱机》中，他憎恨那种规模化格式化、将曲目一网打尽分门别类印刷成册的点唱机，他称它为"点唱机黑手党"；他竭力寻找个别存在的、哪怕是破烂、普通、曲目表是"机打和手写的大杂烩"的点唱机。拒绝复制和人为的整一性，寻求一切原始经验。他之所以在1990年执着于这样一种行将消失的过时物件并不厌其烦地叙述它，是因为"他只是想要在它从自己的目光中消失之前牢牢地把握住它，承认一个东西对一个人会意味着什么，而且首先是从一个单纯的东西里会散发出什么来"，这句话泄露了他的写作的一个重要方法论。就像史诗围绕英雄散发的东西而写，他的《试论点唱机》围绕点唱机"散发出来"的东西而写，于是他可能写的是一部关于点唱机的史诗。于是他看到它周围"被忽视的身影"："在黄杨树旁的板凳上睡着一个人。在厕所后面的草地上有一大队士兵安营扎寨……在开往乌迪内的站台上，有一个强壮的黑人靠在一根柱子上……从后面郁郁葱葱的松林间，有一对鸽子在空中盘旋，一只紧跟着另一只……"可以说，彼得·汉德克是一切"独一"的"被忽视的身影"的搜集者。

这微小而温暖的"独一性"的反面，是千篇一律的"历史见证者"童话。1989年临近岁末时，一个德国熟人激动地邀请"他"一同启程见证柏林墙的倒塌。当"他"想到"第二天一早,在那家承载着国家使命的相关报纸上,便会刊登出那些诗意的历史见证人提供的首批诗篇,当然连同照片一起并且体面地夹着边框,而在之后的早上,又以同样的方式,会为之刊登第一批颂词",他就一口回绝,来到"这个遥远的地方,在这个荒原和群山环抱的、对历史充耳不闻的城市里……试图琢磨起一个像点唱机这样举世陌生的玩意儿来……"至今依然灵光闪耀的《试论点唱机》(1990年)和现在已平庸无奇的柏林墙——还有比这更好的对比吗?还有比这更好的关于文学之力量的象征吗?

可是,汉德克本人并没有你描述得那么彻底。在你刚才那段引文之后,还有这么一段呢:"他那小小的打算好像与发生在他夜间最深沉的梦境里的东西发生矛盾……在梦境深处,他的规则显现为图像……一部波及世界的史诗:战争与和平,天与地,东方与西方,血腥谋杀与镇压,压迫、反抗与和解,城堡与贫民窟,原始森林与体育场,失踪与回乡,完全陌生的人与神圣的婚姻之爱之间胜利的统一……他感到远远在自身之外那个节奏在大幅震动,他似乎要用写作来追随它。"他依然渴望与中心世界的中心图景保持联系,甚至成为这图景的叙述者。也因此,他称自己为"史诗诗人"吧?

这就是彼得·汉德克的灵魂戏剧性——一个为了"独一性"而偏离中心的顽童,和时刻意识到生活之整体性的史诗诗人之间的张力。顽童是他的天性,史诗是他的信仰。此处所说的史诗,是卢卡奇意义上的——一切事物都在史诗世界的内部被完整化,达到自我完善和同质,并相互关联。

你知道吗,他的"五试论"就是在对"独一之物"的发现和"离题"中,在难以言喻的灵魂曲线和意象纷披的诗性句群中,暗暗走向史诗的精神聚合。这冒险旅途的终点,是五个对世界的祝福:

《试论疲倦》(1989年)——从童年的痛苦疲倦,到这个民族成员中"大屠杀—小伙子和小姑娘"的"不知疲倦",到"真正的人的疲倦",直到"上帝的疲倦"……作家在诉说对人类的兄弟之情,从局部触摸到整体时的彻悟和喜悦。

《试论点唱机》(1990年)——一切"他"经历过的点唱机,与之有关的地点、人群、场景的回忆,一次盛大的命名。

《试论成功的日子》(1991年)——不是世俗的成功,而是上帝的成功。使徒保罗的书信作为回旋曲不断奏响。

《试论寂静之地》(2012年)——谈的是厕所,厕所里的寂静。作家写它的起因是:当他身处无话可说的人群中,关闭意识大门的时刻,作为远离其他人的手段,他独自与厕所和它的几何形态为伍。一到这寂静之地，沉默的冰河解冻，语言和词汇的源泉生气勃勃地迸发。"新的词语！伴随着新的词语觉醒。心没有受伤。实实在在地活下去……惊奇就是一切。你们接受我吧。"在远离人的地方，他爱着人，渴望融入人。

《试论蘑菇痴儿》（2013年）——写的是"少年时代的朋友"，全身心爱着野生蘑菇也具备最多蘑菇知识的采菇能手，实是作家的另一重自我。对待蘑菇，他有一个原则："只有野生的东西才算数"。显然，"蘑菇"是完整、原初、创造性的人性象征。既是律师又是蘑菇痴儿的主人公，作为作家的自画像留在了这部作品中——一个既出世地关切人、研究人、呈现人，又入世地为人的存在权利辩护的人。在这篇"试论"的结尾，历经炼狱的"蘑菇痴儿"与他失踪的妻子重逢，和"我"，和一个年轻人，在"通向圣杯的小饭馆"里共进晚餐，在"太阳升起的地方"下榻。一个童话式的结尾。作者确信无疑地写道："童话最终必然拥有它的位置。"

听起来像是正义已经实现。

诗的正义。微粒状的正义。微小，轻盈，穿透一切，最终停驻在那些无名无姓但独一无二的时光和事物之上。作家凝视并叙述着这些哑言而独特之物，将它们从死亡和遗忘中解救出来。如果没有他，没有他的叙述，它们将从未存在。但是在他的叙述之光照耀下，它们获得了"永生"。对彼得·汉德克而言，正义只能是温暖流动的微粒，只能存在于诗。正义的体积一旦大起来，就会变成砸在胸口的石头。唯有勘察粒子级正义的诗人，才能走向终极的正义。这是汉德克的这本书教给我的。我已很久没能从文学里学到什么。一旦学到，便是致命的，终生不忘。

没有用。我听不懂你这些梦话。

"那个被关押在罗马的保罗一再这样描写着冬天：'加快步伐吧，赶在冬天之前过来，亲爱的提莫西亚斯把我落在卡尔波什附近的特罗斯大衣给我带来吧……'
——那件大衣现在在哪儿呢？"

（在和合本《圣经·新约·提摩太后书》里，"提莫西亚斯""卡尔波什""特罗斯"，被译为"提摩太""加布"和"特罗亚"——引者注）

彼得·汉德克化身使徒保罗，这样问。

其实，他自己早已手捧厚厚的冬大衣，站在保罗的狱门外。周围环立着狱卒、信徒和看热闹的群众，他全然不顾。

那被他改变的读者，也会如此。

2016年11月

自由的美学，或对一种绝对的开放

论剧场导演林兆华

总体艺术与语言悖论

"话剧导演"林兆华孜孜以求的，或许是一种叫作"总体艺术"的东西——那种将戏剧、音乐、现代舞、装置艺术、行为艺术……融为一体，贯通直觉和理性的剧场艺术。2007年9月，德国现代舞大师皮娜·鲍什（Pina Bausch）访华，他向她表达了无以复加的敬意："（她的艺术）正是我想要的……我愿意做她工作坊的学生。"她的艺术的何种元素让他如此痴醉？此问题或可打开一扇对这位导演的理解之门。皮娜·鲍什，新舞蹈的勇气之母，永远的现代先锋，把舞蹈、哑剧、戏剧情节、严肃歌曲和场景结合在一起，打破一切艺术的界限，只为涉入灵魂真实的极境。我曾看过一场她的《穆勒咖啡馆》和《春之祭》，有点明白为何全世界都被她的总体艺术所征服——她开掘了身体表现的无限内在性，并将其与超时空的日常情境结合在一起，创造出超越语言而抵达哲思的剧场诗意。当我不久之后重新欣赏林兆华导演的契诃夫《樱桃园》影碟，并忆起2004年该剧的现场演出带给我的战栗狂喜时，蓦然感到他与她的作品在气质和形式上的共通之处——那种艺术语言的直接与极端，那种孤独荒凉的现代感，那种反抒情的诗性，那种肢体、场景和音乐尖利精准的组合方式……相对于舞蹈家皮娜·鲍什，林兆华的探索更具悖论色彩：他是"话剧导演"，却偏偏倾心以"反语言"的方式呈现语言文本——不是说他取消剧本，而是他在演员的台词表演之外，愿意把更多的剧场空间交给身体、音乐、影像和舞台装置，以便演员和观者都能通过身体和环境的媒介，产生"大于语言"的真实感知，"复原"一部语言作品的"前意识"。

正是因此，与其称他为"话剧导演"，不如称他为"剧场导演"。"话剧"是台词中心或语言中心的，但对不断试验的林兆华而言，台词渐渐不再具有精神优先性，而是被视作与舞台、音乐和形体并列的元素，或者毋宁说，台词更多地被作为音乐或动作的一种来使用。由此，我们或可看出他对语言的态度是暧昧而犹疑的：语言的既虚伪又诚实、既遮蔽又昭示的双重性，它对复杂性的无与伦比的表达力和对直觉自由的强大侵犯力，都让他亦喜亦惧。因此他愈来愈致力于在剧场中破除语言文本的所指边界，而无限延展其直觉和隐喻的意指空间。于是，剧场在他这里不再是一个"表义"系统，而是一个"总体感受系统"。林兆华愈到晚近，这"总体感受系统"愈显出"空"的欲望——那是超越时间和空间，无所说而无所不说，因含混而抵达无限，由特殊而及于普遍的欲望，它潜藏着林氏的"总体艺术"诉求与语言逻各斯之间无休止的亲昵与背叛。

一种语言之外的玄机，时时激动着这位周旋于话剧文本之间的导演，终于使他在2000年创作了无文学脚本的剧场作品《故事新编》。关于这部名副其实的总体艺术作品，本文将有专节论述。但除此之外，林兆华的工作仍是在"言"中接近"得意忘言"，在"声"中寻求"大音稀声"。他之所以没有取消"言"与"声"，没有弃语言文本而彻底转向非语言的剧场艺术，盖因他的剧场需要一种层次更为繁复的秩序——需要语言作为路标，指向人类意识的浩渺之地；若取消这路标，让剧场成为纯直觉的榛莽丛林，则会牺牲更多的复杂性。

但语言的份额在林兆华的剧场里发生了巨变。在传统的话剧处理方式中，语言（包括戏剧冲突，演员的表演）如同摄像镜头中的近景或特写，占据了剧场的绝对空间，成为观众意识的中心；在林兆华的剧场里，语言则如镜头远景中的一个点，亦如一滴晶莹之水，落入无边空寂之中——通过弱化戏剧性、"无表演的表演"、增强形体和环境因素，他大幅缩小了语言文本与剧场空间的比例关系。此手段暗含一种辩证法：剧场作为隐喻的宇宙缩微景观，语言与剧场的比例愈小，剧场的隐喻空间和观众的视境愈大，它的意识层次愈丰富。但这里有一个前提：表演对语言意指之复杂性的呈现不可降低，如此，这一"缩微景观"才能保证不是一个简陋而化约的模型，而是微妙精神性的扩展。

历史之痛与反历史化

极简，隐喻，人工性，反稳定，反历史化，对含混与直觉的崇拜……林兆华的剧场意识，并非被现代、后现代的主义和形式所建构，却是为它们所激发。他与它们各自走过不同的历史，在20世纪80年代一朝相遇，于是一见如故，一拍即合，同时，亦各执一词，各怀心事。

中国的现代剧场探索是从林兆华导演、高行健编剧的《绝对信号》开始的——内容未脱"现实主义"范畴，形式已先行一步。讽刺的是：虽然不无敏感的艺术批评家兼法西斯主义领袖阿道夫·希特勒曾攻击现代主义艺术是

"政治上布尔什维主义的精神准备",但布尔什维主义国家封闭时期的艺术伦理却与他的某些观念高度一致:"戏剧、艺术、文学、电影、新闻、广告和橱窗展饰都必须清除一切表现我们这个正在堕落的世界的东西,使之服务于道德、政治和文化观念。"[1] 1982年,《绝对信号》以晃动的车厢和主人公有限的不安,给"文革"后的中国戏剧界带来了第一丝真实的"堕落"气息,这是林兆华出离"服务于道德、政治和文化观念"的"社会主义现实主义"创作方法的开始。

将人物、情节和主题置入一个具体的社会—历史空间,或者说,将表达内容"历史化",将叙述本身视为世界整体的"转喻""反映"与"缩影",是现实主义艺术的基本手法。用无产阶级意识形态支配这一"历史化"空间,则是社会主义现实主义的基本手法,它绝对统治了新中国文艺三十年,一切不合尺寸的精神性与形式感悉被扼杀,艺术创造力毁灭殆尽。80年代,"社会主义现实主义"式微,出现了十来年短暂的艺术本体探索,但未及"个人"意识发育成熟,文学戏剧主流复又被出于或隐或显的意识形态动机、从社会—历史层面叙述"人"之状况的"主旋律""新现实主义"乃至"底层写作"等各色现实主义潮流所占据。近四五年来,在官方和市场双重压力下,戏剧的

---

[1] 转引自[美]弗雷德里克·R.卡尔:《现代与现代主义》,北京,中国人民大学出版社,2004年8月。

故事化、写实化回潮更剧，纯粹基于艺术动机的戏剧探索已无人埋单，曾经的先锋导演们纷纷转向主旋律与商业化。"历史化"的幽灵和隐身其间的意识形态规训，在新中国文学戏剧历程中几经浮沉，仍成为最顽强的统治者。

正是在此背景下，林兆华出发于《绝对信号》、日趋自由放诞的"反历史化"剧场探索，获得了历史性的深意。作为现代主义的一个特征，"反历史化"有终结时间、中断传统、排除社会——历史性、反意识形态、将"人"的主观世界绝对化、宇宙化之意。林兆华的"反历史化"与西方现代派之不同，在其"反"的背后隐藏着深刻的历史之痛——几十年意识形态陷阱导致的人间惨剧和创造力衰竭，以及由此显现的中国精神文化传统的缺陷，是他艺术探索中片刻未忘的反向参照。他的"反历史化"，意味着不给"陷阱"以寄生空间，并与这"反向参照"保持从未消歇的对驳与质疑。因此，无论他执导的剧本属于"写实派"还是"现代派"，在他的剧场中皆被消除了封闭确定的时空属性与历史身份，主观性与象征性凸显，精神基调趋于怀疑省思而非讴歌陶醉。这一特征我们可从他执导的原创剧和经典剧中一目了然。

因剧场艺术与现实的关系分外直接，故表达现实观照的原创剧对戏剧导演格外重要——这与艺术手法的"现实主义"分属两个论域。戏剧创作者唯有在三个现实层面——个我，公共与形而上现实——之间自由真诚地往还，方能构筑健全的戏剧艺术。但对中国戏剧人而言，公共观照的禁忌性质多年来成为戏剧创作的最大障碍，对付障碍的手段有三：1. 将戏剧目光自限在个我、私人和"无害"的公共领域，多数商业剧皆属此列；2. 综合地观照现实并以寓言、怪诞、象征等超现实手法表达真实意旨，过士行作品皆属此列；3. 在历史叙事中寻求精神对应性，《白鹿原》《赵氏孤儿》等皆属此列。

剧作家高行健和过士行先后是林兆华最主要的合作者，前者与他共同开创了中国现代剧场的新形态，后者的黑色喜剧则是迄今为止中国剧坛最睿智和尖锐的灵魂拷问——说林兆华"催生"了这位天才剧作家，一点也不为过。

但是能在话语钢丝上自由翻转的剧作家毕竟可遇不可求，中国原创剧对"真实"的表达要么辞难达意，要么拘泥于有限的历史性，源自现实而又超越现实的精神性叙事，始终难觅。林兆华对经典剧作的选择与呈现，正是基于对这种精神空缺的补偿愿望。因此他的经典剧二度创作，乃是他的现实情怀与艺术探索目的相交织的产物，是相对完整和成熟的剧场作品。而这正是本文的论述重点。

西方经典与中国经验

如果历史认定一部作品为经典，就意味着它不是一个凝固的历史现象，而是一种生生不息、时时更新的常数现实。那个"常数"乃是经典的精神之核,是对人类恒在境遇的卓异揭示。当经典被形诸舞台时,必得与当代现实照面并做出回应。它不是历史博物馆的陈列品。它的生命呼吸有赖当代生活的唤醒,并被赋予新的形式;它也以己身的智慧,对当代生活做出自己的观照与判断。正是这种经典与当代的不断对弈,造就了经典存在与重排的意义。

林兆华排演西方经典的具体手段每部都不相同,但又有些大同之处:所选作品皆与他的"中国经验"深有感应;舞台都是极简和隐喻的;角色外形都是当代化的;表演方法都是反"体验派"的;所传达的舞台意味都是比文字剧作更含混不定的……在这些之上,是他对剧作的一个根本性处理方法:寻找隐喻,重建能指。诚如艾柯所言:"艺术品是一种根本上含混的信息,即多种所指共处于一种能指之中。"

对于西方经典剧作,他的导演手法和风格是步步累积、日渐强烈的。1986年,他执导布莱希特的《二次世界大战中的帅克》尚属探索初期,对剧本的演绎忠实遵循布莱希特的导演方法论——假定性舞台,演员与角色处于间离关系,引导观众旁观和判断而非进入和体验。1992年排演迪伦马特的《罗慕路斯大帝》时,他对剧作主旨的"不忠"倾向已露端倪——舞台的中心凭空增添了牵线偶人,这是对迪氏作品背道而驰的曲解和改写,是导演自身历史观的体现,在舞台上,它与迪氏历史观构成复调。在这部假扮小丑的英雄以自我废黜而废黜作恶帝国（负负得正）的喜剧中，迪氏传达了一种反决定论的自由历史观；林氏则以一边是角色表演、一边是代表该角色的偶人被舞弄操纵的舞台呈现，暗示每个人的命运都被冥冥之力所支配，不存在能独力改变历史和命运的自由之人——即便剧作中改变历史的主人公罗慕路斯和鄂都亚克亦复如此。这是一种宿命论的历史观，它为《罗慕路斯大帝》打上了悲剧色彩。林氏以宿命论的"剧场能指"覆盖迪氏的反决定论的"剧作所指"，后者则以演员的台词泄露自身，反抗这种覆盖，林版《罗慕路斯大帝》就这样成为两种历史观相互对话、诘抗与辩难的悲喜剧。

相比而言，还是莎士比亚作品最能唤起林兆华的创作灵感，这是由莎翁对宇宙人世广阔的观照幅所决定的——他的精神是如此普遍又如此特殊，总有作品能呼应不同时代、不同地域的人们不同的存在境遇。林兆华对莎剧的选择别有深意，其处理方式分两步走：1. 提取和强化莎剧里最击中国人现实感的"所指"，也就是说，将莎剧的精神主旨"历史化"；2. 以极简、含混和隐喻的舞台、演员的非"体验派"表演等现代性因素，扭曲和遮掩剧作的具体指涉性，或者说，将剧作的实在性"非历史化"。如此，他欲使观众获得源于中国经验但超越中国经验的精神观照。

1990年，林兆华搬演《哈姆雷特》。舞台上低垂着灰色的帷幕，放有一把类似理发馆用的高背靠椅，主体由纵横交错、齐腰高的钢梁和钢梁上悬吊的几要触碰地面的几组风扇构成——一幅时间终结的现代图景。在此废墟氛围中，演员们的表演强化了阴谋与杀戮、真相与谎言、道义责任与责任恐惧、行动的软弱与良心的不安等主题。被害国王的冤魂向哈姆雷特诉说真相的声音，是那种广场喇叭传送的音质，并伴以突兀的枪击声，这一神来之笔在整部戏中，既脱离了剧情时间，又刺破了舞台暗示的"时间终结"的光滑平面，闪电般撕开国人刚刚发生、竭力掩埋的风暴记忆。"历史性所指"就这样突然入侵"非历史性的剧场能指"，毫无预兆地爆发之后，又余音袅袅地隐没，装扮成这个现代剧场里诸多隐喻性元素的一种。

林版《哈姆雷特》还有一大创举——主要演员在舞台上瞬时性地互换角色。比如，濮存昕扮演的哈姆雷特和倪大宏扮演的国王克劳狄斯一段对话刚毕，倪大宏即变成哈姆雷特退场，濮存昕变成克劳狄斯继续；梁冠华扮演的波洛涅斯与濮存昕扮演的哈姆雷特对话刚毕，濮存昕即变身波洛涅斯，梁冠华变成哈姆雷特，二人继续对手戏……如此角色互换的游戏所为者何？

自上世纪80年代以来，林兆华便在探索一条极端自由的表演之路，后来他称此为"无表演的表演"（此说法可追溯到安德烈·塔可夫斯基，他曾如此评价布莱松影片的本真表演："这样的表演方式是不可能过时的，因为其中没有任何可以称之为形式的东西。可能过时的只是积极性和假定性的程度。"）：他从中国戏曲的表演形式中汲取方法论，要求演员瞬息之间出戏入戏，一边在扮演角色，一边意识到自己在扮演角色，不排除演员在表演中表现对自己所扮角色的价值判断。他反对完全进入角色的体验派表演方法，理由除了如布莱希特所言"反对把戏剧变成遗忘现实的迷药"，还因为他反对演员因专注于角色的"纤毫毕现"，而忽略对整部戏的精神主体的把握。布莱希特表演理论的背后是"批判和改变现实"的行动目的论，它要求"理性"全部占领人，且认为理性是人类获得自由的唯一力量；林兆华更相信精神的综合性，相信非理性与不确定意识对人的"习惯理性"的矫正作用，他的戏剧意欲唤起的是一种迷醉和反思的双重状态——以混沌的剧场能指将观众引入前意识区域，通过顿悟来超越语言的定向性，进入对生命本体的深层反观。在《哈姆雷特》中，他让演员在一瞬间，把所扮角色从哈姆雷特转换为他的仇敌叔叔，其实是一种让演员摆脱"体验派"表演方法的极端训练。将训练手段直接搬上舞台而成为角色扮演方式，则产生了令人震惊的象征意味：人类存在的无限相对性，不确定感，人性的多重性……在演员的瞬间变身中得以直接呈现。

2001年，莎剧《理查三世》豪华上演。此剧"无表演的表演"的实验性更为激进，角色完全取消个性——表演极度单一化和动作化，台词被演员平面化、无表情念诵；着装高度一致，除了"理查三世"着黑色大氅，余皆穿黑色的长西装肥腿裤。"剧作所指"被导演置换成行为艺术与多媒体艺术相交叉的"舞台能指"——理查三世与王后和众大臣的"老鹰捉小鸡"游戏、抢椅子排排坐游戏，让人直观领略"专制统治下，大众仍在做游戏"的主题；前王后们一边说着痛斥理查三世的台词，一边轻抚他的身体，表现她们既痛恨仇敌又谄媚权力的心理；在情境相合的英文歌曲伴奏中，舞台银幕映现着富有强烈象征性的影像——纷乱爬动的蚁群：彼时剧情正是众人麻木卑怯之际；被剁掉的巨大鱼头列队成行：彼时剧情正是理查三世大行杀戮之秋……从多媒体的运用到演员的表演，皆直接指向《理查三世》的核心主题：权力与欲望，阴谋与同谋，杀戮与就戮，专制与屈从，野心的舞蹈与良心的挣扎，人间不义的暂时获胜与正义女神的最终复仇……这是探索"超语言"之路的林兆华与语言巨匠莎士比亚的一场角力，结果天平倾向莎士比亚一边——舞台动作和多媒体的表义性过强，"所指"支配"能指"而丧失了含混性，"无表演的表演"完全取消角色的心理深度，以致角色面目不清，台词成为单一音符的轰鸣，致使该剧成为滤去"水分"的观念之作。但它的实验意义深远，为林兆华的"总体艺术"探索了一道边界，也为"无表演的表演"方法求解出了对待语言的最低阈值：经典剧作若保留其语言形态而演出（而非完全转化为非语言的其他艺术形式），无论其"超语言"的艺术诉求多么强烈，在表演上也不能抽干台词的心理空间和全剧精神结构的纵深性；同时，舞台上的"超语言成分"与全剧主旨的相关性不可过强（已有台词担当此任），甚至它应以表面的"非相关性"干扰主旨的呈现，直至剧终才与"相关性"因素聚合，而释放出呈几何级数增长的精神热能。这一问题，在他后来执导的《大将军寇流兰》等剧目中得以超越。（见个案一）

莎士比亚之外，林兆华对契诃夫的演绎也颇多灵感。1998年，他突发奇想，将契诃夫的《三姊妹》和贝克特的《等待戈多》组合一体，上演了褒贬不一的《三姊妹·等待戈多》。与契诃夫的"生活流"形态相反，《三姊妹》被林兆华寓言化处理，姊妹三人被"拘"在一个相框式的高台表演区里，坐着，以回忆语气叙说台词，作完全静态的表演。两位男演员时而是"等待戈多"的爱斯特拉贡和弗拉第米尔，在"相框"外的"旷野"上相互抱怨和安慰，时而是《三姊妹》里的男主角与姊妹们交谈。三姊妹"到莫斯科去"的梦想和丧失行动力的"等待"，与戈戈和迪迪对意义赐予者"戈多"的"等待"互为参差——前者的"等待"隐含了契诃夫对改变现世的积极呼吁，后者的"等待"则是对终极意义消失的不甘绝望；前者的尽头便是后者，后者再走一步便又跌入了前者，二者之间是一种隐晦的循环关系。两者的拼贴是一个绝妙的创意，惜乎其

精神关联未能有力呈现。更成熟的契诃夫演绎要等到2004年。(见个案二)

个案一:《大将军蔻流兰》

2007年12月,莎士比亚争议最多、在西方演出最少的剧作《大将军蔻流兰》(朱生豪译本作《科利奥兰纳斯》)由林兆华执导上演。此剧有嘲骂人民群众、抨击民主政治的"政治不正确"嫌疑,听听悲剧英雄蔻流兰的台词:"这种反复无常、腥臊恶臭的群众,我不愿恭维他们,让他们认清楚自己的面目吧……""身份、名位和智慧不能决定可否,却必须取决于无知大众的一句是非,这样的结果必致于忽略了实际的需要,让轻率的狂妄操纵着一切……赶快拔去群众的舌头吧;让他们不要去舔那将要毒害他们的蜜糖。"可以说,这是一部对立双方毁灭于各自之可憎弱点(这种弱点既难以容忍又其来有自)的悲剧,如果用政治学眼光来看,亦可说是表现"自由与民主之矛盾"的悲剧:战功赫赫的大将军蔻流兰坚执贵族价值观,厌恶"民主程序"的卑屈(为了讨好选民,需要在竞选时到市场上去展览征战的伤疤以表效忠),认为让平民参与政治既反智又效率低下,结果他冒犯公众,亡命天涯,为了报复驱逐他的祖国和人民,他叛国投敌,率军进攻罗马;"人民"一方呢,生活困窘、智勇匮乏、一叶障目而易受蛊惑,他们因窘困而要求公平,因公平诉求迫切而被言论上政治正确、实际上自私弄权的护民官所煽动，赶走了顽固的精英蔻流兰。但"人民"有能力让贵族低头，却无能力昂首卫国，在蔻流兰的强大攻势面前，"人民"终得借助于蔻流兰之母到儿子面前请求容恕，放过罗马。最后，蔻流兰答应了母亲的请求，却被一直嫉妒他的敌首所杀。

此剧上演后，评价趋于两极，争论焦点皆集中于全剧主旨与当下现实之关系上——赞美者或认为对中国而言，这是一部提前了五十年的民主政治预言，或基于"文革"时期"人民群众专政知识精英"的历史经验，指出这是对"群众崇拜"意识形态的有力反思；反感者则认为，在强势集团崛起、草根处于弱势的当下中国，上演这样一部嘲骂大众、讽刺民主、为寡头政治辩护的戏，在艺术伦理上是说不过去的。

但两极都对演出形式少有异议。导演抛出两大舞台手段，取得了出乎意料的震撼效果：一是起用百位民工登台扮演罗马平民；二是使用摇滚乐队作台词伴奏和幕间演唱。其实此二手段皆非首次使用。2006年导演《白鹿原》时，林兆华第一次起用数十位民工扮演陕北农民，并动用戏曲"老腔"渲染全剧粗朴浑然的色彩——原生态元素赋予舞台以磅礴的生命力，极大缝合了剧作的不足。《蔻流兰》中的民工则全部身着褐色麻衣，无表演，只需肩扛棍棒从舞台上下各方蜂拥出场，以自然身姿静立台上。在摇滚音乐伴奏下，这种数量造成的威压与不安之感是十分强烈的。但是，与剧中所需的"暴民"气质不同，群众演员自然散发出来的质朴、驯良与懵然，使他们承受蔻流兰凌厉的台词时显得无辜。这大概是反感者的感性依据。

摇滚乐队第一次出现于林兆华的舞台上是在1994年上演的《浮士德》，彼时它只起到序曲和将经典"当下化"的作用，未构成全剧的有机成分。《大将军蔻流兰》中的摇滚除了"活化"经典、赋予全剧以追问和不安的气质之外，其运用方式还借鉴了戏曲伴奏，从而装饰戏剧冲突，增强台词效果。若将摇滚更加内化到叙事之中，真不知此剧会产生何等爆炸性的力量。

为什么《大将军蔻流兰》在艺术上获得了普遍肯定，其思想意义的评价却截然相反——尤其值得注意的是，双方都基于自身的现实历史经验而做出各自的判断？这恰恰是中国现实多面性的反应。短短三四十年的时间，中国人经历了从"文革"的"群众神话"时代（其实质是"护民官神话"）到后新时期的"权钱神话"时代的巨大变迁，"蔻流兰""护民官"和"人民"们还未理解自身的境遇，地位与角色就被颠倒再颠倒——"群众崇拜"的意识形态中毁坏文明的逻辑还未充分遭到清算，新时代巨大的社会不公就使被剥夺者缅怀起它的庇护与温情；与此同时，"群众神话"时代迫害知识精英的历史记忆直至今日亦未得到彻底的祭奠与安放，因此那个时代的副产品——"群众崇拜"的意识形态便成为历史亲历者、同情者和精英价值论者反对的目标。这是一个旧账未销、又欠新账的时代，对《大将军寇流兰》的两极评价，正是历史与现实创伤在艺术评论中的双重反应。

但是，如果仅只纠缠《大将军寇流兰》的政治寓意，这部作品就不应上演——毕竟"民主"乃是今日普世价值，对现代观众而言，寇流兰式的精英政治观已成陈迹，失去了价值观念上的挑衅性。在当下世界，此剧的生命力在其深刻的文化隐喻：自启蒙时代至今，"文化寇流兰"与"文化护民官"之战从未止息，愈演愈烈——如果说政治平民主义带来了一个政治上相对公正的世界，那么文化平民主义对人类文明的侵蚀却正在成为一种灾难。在平民政治取得胜利之后，怀抱"护民官情结"的人们转移了战场：他们将政治平等逻辑推进到文化、文学和艺术领域之中，认为一切文化艺术都是阶级、性别、种族、国家利益的产品，必须在颠覆不平等的社会秩序同时，先颠覆它的罪魁祸首——那极少数天才构筑的人类文明的塔尖。文化护民官们以正义和公平的名义，以社会苦难的名义，以文化必须服务全人类的名义，给伟大的"文化寇流兰"们判罪，因为他们对改进社会状况无益，丧失了"人民性"。从这点来看，莎士比亚的《寇流兰》正是对他自己数百年后的命运预言，也是对精英文化（这是一个多么

"政治不正确的词"啊）在人类历史中的命运预言——丰富、伟大、不是人人都能理解的莎士比亚们，必须为他们的创作无法消除人类的苦难而悔恨，也必须为自己不能娱乐大众而羞耻。这就是文化护民官及其"平民"们的逻辑。现在，这种逻辑正泛滥在从西方到中国的文化和意识形态领域，而成为创造力的真正敌人。在如此背景下看这场《大将军寇流兰》，我既无法认为它与我的现实无关，也无法感到它不合乎道德。在文明的前景普遍遭遇威胁的今天，我们必须重新界说道德的定义。

个案二：《樱桃园》

2004年，林兆华导演的契诃夫《樱桃园》在北京北兵马司剧场首演。整个观演场所设计即是一件杰出的装置艺术作品：舞台占据整座剧场的三分之二，气势汹汹不由分说把观众席逼到三分之一处——观众坐在五十年前老影院里才有的那种斑驳暗旧、阶梯式排列的连排硬板椅上俯看演出；舞台地面由钢丝构架，经常防不胜防地打开一个个缺口，供人物出其不意地从地底"冒"出；逼仄的舞台天棚皱巴柔软到几可碰触人的脑袋，真有"历史的夹缝"之感；塑料布拉起的侧幕，人物可以随时隐藏和出入；一株株瘦小枯枝代表了美丽的樱桃树……在废弃而简约的现代主义气味中，舞台与观众席是一个整体的"感受—表义系统"，隐喻着一个即将倒塌、别无选择的旧世界——不仅是演员，连观众也置身于这样一个世界里。在如此氛围中，人物各自以出人意料的方式出场：罗伯兴带着东北口音，从塑料侧幕里滚出；柳苞芙刚一亮相就隐入地底，而后从另一地面缺口款款走出；大学生彼佳则从天棚的破洞里只往下露出半个脑袋……这些显示出一个艺术顽童异想天开而稚拙可掬的想象力。

若把契诃夫的《樱桃园》原封不动搬演下来，需要三个多小时，林版《樱桃园》不到两小时。在剧作上林兆华没有大动，只是删掉了管家叶彼霍多夫和家庭女教师夏尔洛塔两个人物，一些台词语速较快，有时以"多声部"形式由剧中人同时说出，这使整部戏的节奏快了许多，结构也不再漫漶。在文学的层面，林兆华强化了商人罗伯兴和大学生彼佳两个形象，他们与蒋雯丽扮演的柳苞芙构成此剧鼎立的三足，这是对含蓄的契诃夫意图的有效强调。实际上，契诃夫虽为现代戏剧先驱，《樱桃园》的叙事仍是在时间之内的，或者说，是历史化的——它是一部关于三种人、三种文明及其历史出路的预言。现在，由于这预言已经或多或少地成为业已发生的往昔，林兆华遂从多个角度入手，将契诃夫剧作转换成"反历史化叙事"：舞台完全反自然、隐喻化、功能化；演员着当代衣装，表演介于"体验"与"跳出"之间，舞台动作夸大，融入动荡激烈、大开大阖的现代舞成分，以动作的外在性泄露契诃夫台词的隐含义，在感官的"动"与精神的"深"之间，形成了恰当的张力。

在意义层面，林兆华放大了柳苞芙、罗伯兴和彼佳的声音，强化了他们之间的紧张感：柳苞芙是即将死亡的贵族阶层的象征，她风情万种，心地善良，柔弱无辜，富有教养，但是"原罪"深重——她的"所有的祖先都是占有活的灵魂的农奴主"（彼佳语）。养尊处优的积习使她无力行动，无法自救，最后只好卖掉世代居住的樱桃园还债，黯然离开。她的退出似乎是一种补偿，一种了结，一种应得的历史报应。蒋雯丽的表演朴素自然，较为静态，这是"没有行动能力的贵族"角色的内在规定性使然。罗伯兴则象征着新兴的实干家阶层，他出身卑贱，行动力强，最终买下了樱桃园，为他的农奴祖先雪了耻。为了盖更多的别墅，赚更多的钱，他叫人砍倒只有审美价值没有实用价值的樱桃树，那刺痛人心的"吱嘎——"声，是樱桃树在倒下，也象征着秉有原罪然而温厚优雅的贵族文明在倒下——她被民主人道但是粗鄙实用的平民文明所取代，对此文明的悖论，历史的胸腔怎能不发出困惑的长叹？大学生彼佳是一个纸上谈兵的新型知识分子的化身，他对这场平等取代压迫、粗糙取代优雅、"用"取代"美"、"物"取代"神"的历史巨变既有所预感，又盲目乐观；既同情富有人性的贵族遗民柳苞芙们，又人道地站在平民立场，同意历史的"补偿"和"了结"的判决；既欣赏平民实干家罗伯兴们的活力和勇敢，又预感到其使文明粗糙化的可能，因而忠告他"不要浮躁！丢掉这浮躁的恶习"。彼佳凌空蹈虚的夸夸其谈与罗伯兴急功近利的"行动性"恰成对照，二者在舞台上的表演便充满了疾速剧烈的奔跑和呼喊，有时则出现反讽意味的戏仿。把灵魂的飓风直接外化为形体动作，并与柔弱静态的柳苞芙互为参差，舞台的气象骤然辽阔。

除此三人之外，舞台上还有诸多灵光闪现——杜尼雅莎和雅莎的"活宝化"处理增添了该剧的喜剧性；柳苞芙的舞会，用演员们从侧幕伸出双脚有节奏地敲击地面来借代性地表现；第四幕的"搬家现代舞"别出心裁，音乐的"事故性中断"和众演员在中断中的"凝固"身姿，极有新意；结尾处费尔斯从地底发出声音，而非像其他版本的《樱桃园》那样走到舞台中央，便更加意味深长……音乐用俄罗斯手风琴曲，为全剧打下了轻盈而忧郁的基调；灯光的运用堪称一绝——明暗与色彩的节奏变幻如一首韵律微妙的诗。音乐和灯光的抒情性，与整个剧场装置和演员表演的反抒情风格之间，构成了美妙的张力。与契诃夫剧作散点式结构相应，舞台表演也是多中心或无中心的——不同的人物组，会同时围绕不同的事件做各自不同的表演，致使舞台空间一如生活常态般散漫自然，体现出一种"无设计的设计感"。导演对演员台词的运用一如协奏曲，而非如一般话剧所做的，演员台词乃是"主调音乐"，其他舞台因素皆围绕台词而设。

由此，林兆华版《樱桃园》成为观众的多重感官与判断力交融的场所。在这里，剧作的"历史化"与剧场的"反历史化"（其中首要因素是演员的表演）形成强烈的反差。这一剧场呈现并非"剧作之再现"，而是对"历史化"的剧作在现代人精神世界中之"映像"的表现性呈现。演员对角色的表演并非"扮演"，而是与隐喻的舞台一道，对观众所做的"示意"。导演在剧场里不是复现剧作家的意图与视像，而是直接裸露他自身对剧作、时代和永恒之交互作用的理解，这一理解是有缺口的，未完成的，无标准答案的，有时甚至是与剧作家背道而驰的，但也因此是充满活力的。

对林兆华的绝大部分西方经典呈现，我都作如是观。

《故事新编》与"形式即意义"

首演于2000年、取材于鲁迅短篇小说集《故事新编》的同名剧场作品，是迄今为止林兆华导演唯一一部没有文学脚本的剧场作品。对这位导演而言，《故事新编》显现出他更多的艺术可能性。

演出场所在一间废弃的、四处漏风的电焊厂房里，舞台主体是一座煤堆（耗煤70吨），左右两侧安放着做蜂窝煤的机器、做煤球的机器、传送带、烤白薯的炉子，炉上放一摞蜂窝煤，舞台后部两侧各矗立着一个钢制起重架，幕墙空荡，供多媒体投影之用。对中国精神传统的批判态度，被这个颓圮的空间形象化。最原始的物件与最当代的器物"魂灵化"地并置，观众一入此处，多重隐喻信息即被加诸感官。

这是话剧、哑剧、京剧和现代舞的组合作品，由四位话剧男演员、两位京剧男演员（小生和武生各一）和三位现代舞演员（一男二女）表演。导演把表演的形式和内容交给演员自己决定。每位演员通读了小说《故事新编》后，选定自己要表现的篇目：话剧演员选择了《铸剑》《出关》《理水》《非攻》《采薇》等篇，择取字句片段贯穿起来，成为打碎逻辑脉络的独白体台词；京剧和现代舞演员选择《奔月》和《铸剑》等篇，以唱腔和形体加以表现；《补天》和《起死》的表现较少。导演负责最终对练习片段的择定与组合。

这是一部纯粹以形式法则建构的作品，意味极为含混，其"能指"结构方式犹如交响乐，节奏张弛有度而又变幻于无形。

开场如第一乐章的"呈示部"：苍凉的音乐起，舞台暗，静场，舞台右侧有三处微光，只照出三位演员的脸，鬼气弥漫。蓦然灯亮，幕墙放映多媒体投影默片，是导演和演员说戏的镜头。舞台上，所有演员拖着铁锹从不同方向走上煤堆，铲煤，同时开始众声喧哗，各自朗诵出自《故事新编》不同篇目的台词，但演员音量语速各有不同，其中《铸剑》的声音最高，"中板"语速："眉间尺……"，是为全剧"主部主题"；其他篇目有如"副部主题"，其中《非攻》音量较大，声音故意拖着长腔："凡有益于人的就是好的，无益于人的，就是坏的……"，《采薇》的音速犹如"慢板"，《理水》如"快板"，语速机关枪一般……扰攘声中，不知谁突然一嗓子"时局不好啦——"，众人作震惊状，在巨大音乐声中，众主题汇聚为疯狂铲煤的刺耳声响。

全剧只有《铸剑》的故事由一位话剧演员用"说书"方式完整讲述，起到结构主线的作用——在故事的不同阶段，它被不同的"插部"所打断。在"展开部"，"说书人"语速越来越慢，讲到眉间尺与黑衣人相遇时停止，静场。在京剧小生时徐时疾的击钹声伴奏下，京剧武生和现代舞男演员随伴奏韵律移步至舞台中央，武生以木棍代剑，男舞者以柔条代剑，二人开始对舞。武生程式化的刚劲身段和男舞者无程式的柔软形体相互召唤，"武""舞"难分，节奏由徐而疾，由疾而徐，舞（武）姿随"剑"赋形，出神入化。完全异质的中国京剧身段与源自西方的现代舞相碰撞，不是彼此相克，而是相生相融。

说书人继续讲述，同时幕墙上放映剧组成员切磋研磨的镜头。说书人讲到黑衣人收下眉间尺的头颅要替他报仇，唱起歌来："哈哈爱兮爱乎爱乎……"京剧小生接腔唱道："岁月流转……"即将进入《奔月》的主题。众人聚拢到煤堆上，蹲下身来一起吃烤白薯，听说书人边吃边接着讲故事。《铸剑》的血性刚烈的思想，以如此麻木猥琐的形式呈现，很与鲁迅另一短篇小说《药》里，刽子手康叔对麻木不仁的酒客们讲述烈士就义的情状相仿佛。京剧小生和武生不动声色地移至前台，待说书人讲到小太监向大王举荐黑衣人前来解闷，说"他有金龙，金鼎"时，小生开腔念白"金——丹——"，借助语词能指的重叠，过渡到《奔月》主题的表现。武生伴舞，同时与小生以京剧唱腔作二重唱"乌鸦炸酱面——"，蹲食白薯的众人齐声叫好，作看客状。当小生念白："嫦娥，我的金丹呢？"舞台后区灯光突亮，但见现代舞女演员坐在圈椅里旁若无人地吸烟，椅子缓缓上升，直升至剧场屋顶，灯渐暗，"嫦娥"吸烟的酷姿未变。这时，众人站起，将吃剩的白薯乱扔一地。这一动作对国人恶习的讥刺意味甚浓。多媒体投影又起，是导演在说戏，如同进入"第二乐章"。

在这一部分，《铸剑》《理水》和《采薇》三主题被并置表现。当说书人以"中板"速度接着讲述《铸剑》时，表演《采薇》的二位男演员（指代伯夷、叔齐）沉默地环绕舞台踽踽而行，表演《理水》的男演员则演哑剧；当《采薇》演员以"慢板"速度，绕场边走边老态龙钟地絮语时，讲述《铸剑》的"说书人"呆立，表演《理水》的演员仍演哑剧；当表演《理水》的演员以"急板"速度，机关枪扫射般把台词大段"爆发"出来时，演《铸剑》者呆立，演《采薇》的男演员与一位现代舞女演员表演哑剧——女舞者向地掷物，表现《采薇》中"阿金姐"对伯夷叔齐的讥讽："'普天之下，莫非王土'，你们在吃的薇，难道不是我们圣上的吗！"

与此三重主题同时，女舞者"嫦娥"和京剧武生、男舞者之间的对舞仍在继续，异质的形体语言相互试探、对话、征服、融会，缓慢而顿挫，如互搏，如挑逗，千变万化，妙趣横生。

《理水》的疾速独白是全剧的华彩段落。话剧男演员模仿文中所涉各种角色情境及其言语——大水之中，众学者在文化山上开会，谈论遗传，谈"禹是一条虫"；众学者向巡视官员汇报：百姓有的是吃的，别为他们操心；百姓畏惧见官，推举民意代表……这时台上其他演员慢慢聚拢，朝着他看；他停止讲述，与他们对视；众人慢慢靠近他，次第走到他跟前看着他，发出一个介于"说""唰""杀"之间的声音，嗤之以鼻地笑着离去。他又接着讲，众人又聚，又重复如上动作，离去；他仍接着讲，讲到辛劳治水的大禹如乞丐一般出现在宴乐闲谈的众官员面前时，众人发出哄堂大笑；他沉默，与他们对视，众离去；他又接着讲述苦干而沉默的大禹，暂停，众人终于聚拢来再不散去，围住他，逼他蹲下，指着他齐喊"说！说……"，犹如"文革"时期的批斗场面。灯渐暗，音乐声中幕墙上又投出多媒体影像，那是一组平民生活蒙太奇：一个老头木然地坐在熙来攘往的路边躺椅上，扇着蒲扇；一个正在打气的自行车；一个路边的正在理发的老者的光头……与《理水》中畏于见官、不敢申诉苦境的百姓形象相呼应。众人以慢动作抱作一团，灯光由暗转明，犹如进入"第三乐章"。

"说书人"接着讲述《铸剑》，讲到大王头被黑衣人砍下，入鼎，与眉间尺头在鼎中撕咬，黑衣人自刎，头颅入鼎，助眉间尺之头对抗王头。这时京剧小生高声念白："一个月亮，一个太阳，是谁上去，又是谁下来……"同时男女舞者对舞。其他众人慢慢向舞者聚拢，双手高举空中，犹如托起一轮明月，静场。"说书人"继续坐在烤薯炉前讲故事，众人倾听——黑衣人头和眉间尺头一起，将王头咬得眼歪鼻塌，满脸鳞伤，最后一声不响，只有出气，没有进气了。灯渐暗，犹如进入"第四乐章"。

幕墙放映多媒体有声投影，是剧组成员在切磋谈戏。同时，舞台上又开始众声喧哗，每位演员一边孜孜于拣煤块，一边各说各的，声音高低、语速各有顿挫，最后渐拢于"说书人"的声音——臣民欲葬大王，却分不清鼎中面目模糊的三个头，哪个才是王的，只好三头与王尸同葬。静场。灯渐暗。传来悠然鸟鸣。一如开场，舞台右侧亮着三点微光，只照出三位演员的脸，鬼气弥漫。苍凉音乐起，幕墙上映出半张人面。停顿。人面拉近，特征愈来愈鲜明——是一双女人的眼睛。两行泪水从眼中无声流下。定格。京剧小生的清唱声起，灯暗。剧终。

这是一部在一个空间里几乎运用了所有艺术形式的"总体艺术"作品，其意味由此达到了混沌的极限。鲁迅先生的《故事新编》并非这部作品的"实质"内容，每篇小说其实是作为这部有着无调性交响乐般结构作品的"舞台动机"来使用的。之所以复述它的结构（因记忆模糊之故，恐有许多不准确的地方），是因为对这部作品而言，结构即意义。也就是说，它的意义是从每个形式元素的隐喻意味及其组合方式中诞生的，而这些形式元素——语言表演、京剧、现代舞、哑剧、音乐、多媒体影像、装置艺术……的碎片，是从文化隐喻与身体直觉的双重方向上发生作用的。导演的力量体现在对这些元素的巧妙撷取和大象无形的组合方式上，这组合使剧场真正成为一个超越语义中心的多元、立体的"总体感受系统"。它有勾魂摄魄、难以捉摸的节奏，有朦胧灰暗、宛若废墟的色彩，有麻木委琐的丑，有欲仙欲死的美，有无家可归的危机，有苟且健忘的安谧……这非语言所能道尽的一切，凝成这个关于中国人精神形象的批判性象征体。

结语：对一种绝对的开放

或是现场，或是碟，看过所有能看到的林兆华作品后，我感到自己在与一位永不衰老的艺术顽童相逢。在他的戏剧中，没有因袭，没有套路，没有因屈服于商业目的而削减艺术的难度，没有为取悦于权力而牺牲艺术的独立。这是一位因敏感卓异的审美判断而保持思想之清醒的创造者。他的作品要么成功，要么失败，要么予人狂喜，要么令人生恨，但从不让人昏昏欲睡。颠覆艺术定式、冒犯常规禁忌已成为他的思维习惯和创作起点。

他力求多变，每部作品的艺术手法都令人难以逆料。这种源头活水般的创造力，得之于他的心灵对一种绝对的开放——那是一种对"自由的美学"的开放，只把局限和定法挡在门外。这样的心灵不受训诫，亦不施训诫，而直接近于"太初之道"。这样的心灵最好奇，多动，搜集世间一切关乎本质的讯息。当艺术创造的吁求骤起，这些讯息便倏然而至，奔涌到他的眼前等待筛选和组合。因此我们看到，伟大的艺术家其实都是伟大的组合家——是形式组合的卓绝匠心诞生的巨大热能，成就了全新的作品。这一过程无法被理性言喻，只能诉诸直接领悟的心——正如爱因斯坦所言："直接领悟的心乃是上帝赐予的礼物，理性只是它的仆人。"仆人绝非无所不能，我们不必为其局限痛心疾首。

关于经典剧作，林兆华对艺术语言和表演方法的探索更新了人们对作品内涵、对生命本身的理解。他似乎有种玄学的本能，可将作品引入时间之外的虚无之境。他的"反历史化"的艺术，始而令人静观和抽身于生活之外，

自由的美学，
或对一种
绝对的开放

终则唤醒生命之敏感和理性之怀疑。因此，说到底，他是一位现代悲剧导演——他的艺术世界在不确定性中弥漫着悲凉之雾，他的精神指向穹苍之上的"一"。

但是林兆华的创作环境显然是有些捉襟见肘的。他的表演方法需要一个稳定的演员团队与他协同探索，他的奇思异想需要一个不完全被商业所操纵的演出机制来培养成熟的观众，如此，他的创造力才能释放最大的可能性。在这一切准备不足的前提下，我们看到了他灵感四溢、有些却似未完成的作品。它们暗示了一个天才在此地的境遇。在中国戏剧界，还没有谁比他探索得更遥远，更无忌，更痴心，更游戏。无论是先锋戏剧炙手可热的当年，还是商业戏剧热火朝天的今日，他的先锋本色从未更改。这个做着自由之梦的人，天真的孩童，无所顾忌的实验者，他拒绝一切稳定性和非独特性，对世界的复杂性与生命力保持着绝对的开放与好奇。在愈益保守的艺术氛围中，我们需对这样的灵魂保持永久的敬意，因为倘不如此，我们就是在反对自己，反对自己的成长与活力。

2008年3月14日完稿

悖谬世界的怪诞对话
从过士行剧作看严肃文学共享性的扩展

我们的权利就是喜剧。

——迪伦马特

楔子

2004年6月底,我看了中国国家话剧院上演的话剧《厕所》。过士行编剧。林兆华导演。观众们欢畅的会心的黑色的笑声穿过了整场演出,临到终场之时,凝成一片悲欣交集的静默。然后是经久不息的掌声。身着黑衣的演员们雕像般侧坐在不规则排列的现代抽水马桶上,接受着观者的致敬与狂喜。已经多年没看到这样酣畅有力的原创话剧了,接下来的结果是:《厕所》上演两轮共计28场,场场爆满——这还要考虑禁止北京媒体宣传该剧的因素。在这部作品面前,专家和普通观众达成了罕见的共识。上溯1990年代,过士行的《鸟人》《棋人》《鱼人》和《坏话一条街》上演时,也是观者如云,一票难求。如此票房效应当然与导表演的功力有关,但是过士行剧本确是全剧的灵魂,其台词的爆炸性、其剧本本身给人带来的阅读快感,是极其强烈的。在一个经历了现代主义的分裂体验、不再相信文学艺术"雅俗共赏"之可能、主流严肃文学又几已"自绝于人民"的时代,"过士行现象"提醒了这样一个事实:我们必须承认"有趣"和"对话"的价值正当性,是它们的原始魔力将严肃文学从孤独的咒语中解放出来,扩展了其"共享幅",并使其向人潮汹涌的"民间广场"奔泻而去。在本文中,我杜撰了"共享性"这一概念,用以指涉严肃文学的美好特质与接受者的精神能力之间的积极关系——也就是"作者"可共通的精神创造性通过"作品"在"读者"那里激发的精神愉悦,以及此种精神愉悦在文学创作—接受领域中的互动与扩展,简言之,就是创作者和接受者对共通的创造性智慧的接近、抵达与欣赏。关于严肃文学的共享性特质,自由作家王小波是这样描述的(虽然他未如此命名):"从某种意义上说,严肃文学是一种游戏,它必须公平。对于作者来说,公平就是：作品可以艰涩（我觉得自己没有这种毛病），可以荒诞古怪，激怒古板的读者（我承认自己有这种毛病），还可以有种种使读者难以适应的特点。对于读者来说，公平就是在作品的毛病背后，必须隐藏了什么，以保障有诚意的读者最终会有所得。考虑到是读者掏钱买书，我认为这个天平要偏读者一些，但是这种游戏决不能单方面进行。尤其重要的是：作者不能太笨，读者也不能太笨。最好双方大致是同一水平。假如我没搞错的话，现在读者觉得中国的作者偏笨了一些。"[1]我还想补充一句：但是中国的作者却往往在预设读者比自己笨的前提下写作。在此前提下，作为"庸众"的读者势必永远不可能理解"精英"作者，因此，道德高尚的作者决定教育他们，性情孤傲的作者决定不理他们，于是大家都关起心门来幽闭地写作——即使写的是"广阔天地"，其精神关怀也是封闭的。因此，当下纯文学是如此缺少"有趣"和"对话"，以至于纯文学作者之外的普通读者几乎不再阅读它们。纯文学成了圈内人自娱的游戏，这种情形真是十足无趣。

当然，必须把"有趣"和"对话"与创作者为了适应受众的智力惰性而投其所好的"挥刀自宫"区别开来，前者实是某种汁液丰沛、开放敏感的不安分创造力自然外溢的结果。——联想到纯文学界近年来为改善门可罗雀的处

---

[1]《王小波文集》第4卷，《〈怀疑三部曲〉后记》，中国青年出版社1999年出版，第336页。

境而提出并被曲解的"好看小说"的救市概念,强调这一点分外重要。现在看来,"好看小说"的写作实践多是把沉闷不及物的内倾性纯文学,改造成保持了纯文学"精神沉闷性"的半通俗小说而已,可说是故弊未除,又添新恙。

在我看来,纯文学"共享性"丧失的原因大致有二:

1) 1970年代末至1980年代,文学界尚未在现代人文主义思想中深深浸淫,尚未在精神层面完成"文化现代性"的本质性转化,便已开始对西方现代主义进行"剥离技巧"式的临摹吸收,那些从"上帝已死"的语境中诞生的表达人类破碎体验的技巧,与源自中国前现代传统的虚无体验生硬地结合,从而形成了蔚为大观的"新潮文学",其封闭性和崩解性的语码系统与国人千百年来的自然艺术传统发生断裂。文学作品既不再能陶情冶性消烦解闷,也不再能成为想象性介入国运民瘼的移情之所,而是成了各种"颓败体验"的会聚地,普通读者的快感期待受到毁灭性挫折——这种快感期待有多大价值可以讨论,同时我们得承认,它也未能得到严肃文学更有价值和更富魅力的导引。而且,随着现代自由意识在公众中的日渐生长,严肃文学不但未能参与这种精神成熟的培育过程,相反,它在整体精神上仍处于停滞的未成熟状态,而被现代公众精神成长的脚步愈甩愈远。

2) 1980年代后期以来,"现代主义孤僻个人"的内倾独白模式逐渐居于中国严肃文学的价值制高点，本体论意义上的孤独、绝望、虚无被确认为静止的真理，它将人的内部世界与外部世界割裂开来，于是作为呈现对象的"内部世界"逐渐成为丧失了外部世界原始动力的枯竭之水（回忆一下易卜生《培尔·金特》那个撕洋葱头的譬喻吧，个性如洋葱头之芯，非本质的经验之皮层层剥开，最终的内里空无一物）——这除了是现代主义思维的逻辑结果，同时也是作家们积累经年的意识形态—社会现实厌恶症的病理性发作，写作主体在历史的暴力面前多陷入打击—逃离的简单条件反射模式，而未发展出有力整合分裂体验和悖谬现实的新的艺术智慧。

于是，在文学中存在了无数世代的驰走于民间广场的活泼有力的"对话性"，自此猝然死去，文学共享性的精神纽带也随之消亡，严肃文学"门前冷落鞍马稀"也便成为自然之事。正如秘鲁作家马里奥·巴尔加斯·略萨所说："如果小说不对读者生活的这个世界发表看法的话，那么读者就会觉得小说是个太遥远的东西，是个很难交流的东西，是个与自身经验格格不入的装置：那小说就会永远没有说服力，永远不会迷惑读者，不会吸引读者，不会说服读者接受书中的道理，使读者体验到讲述的内容，仿佛亲身经历一般。"[1]

---

[1] 略萨：《给青年小说家的信》，上海译文出版社2004年出版，第31—32页。

现在，纯文学界似乎在从两个方向上重寻文学的"对话性"，于宏观上便也显现出两种隐忧：一是"现实关怀"的表面化，关于弱势群体的生存叙事、与当下处境暗相对位的历史叙事渐成主潮，与之相应的问题是叙事技巧的陈旧化（好像现代主义经验和技巧从未发生过似的）和精神肌理的道学化、民粹化与粗鄙化，在"苦难""悲悯"和"正义"的上空，徘徊着不会笑的"新阶级论"的幽灵；二是世情叙事的半通俗化，坏就坏在这个"半"字上，即它残留着纯文学孤冷的修辞姿态，却秉持着世俗人功利的精神境界，而纯文学奇思高蹈的精神和通俗文学酣畅通达的优点却未留下。总之，是中国文化的反智传统在文学领域里的泛滥。"智慧"和"有趣"仍然是最稀有之物。"对智慧问题的关注在当代文学中只扮演着一个很小的角色。在我们这个时代最敏锐的那些人中，大多数只停留于描绘混乱状态，超越这一状态以期达到某种智慧，一般来说已不再是现代人的做法。"这是玛格丽特·尤瑟纳尔当年对法国当代文学的看法，挪用到我们的当下文学上来，也依旧合适。

正是基于此，我认为过士行作品的广泛共享性具备探讨的价值——它们是由其有趣性和对话性（而非肉麻性和封闭性）激发欣赏者的认同的，而这对于增进普遍的精神成熟有益。由过士行的创作探讨严肃文学之共享可能的问题，可能会引申出对严肃文学在价值层面上的片面深刻原则和反趣味主义的怀疑与颠覆,而这也许正是本文最终的目的。

其实在严肃艺术的共享性问题上,比过士行更显著的例子是文学领域里的王小波和电影领域里的周星驰——因为智慧和有趣,前者由"精英的殿堂"冲向"大众的广场",后者由"大众的广场"迈进"精英的殿堂"。过士行戏剧并未被如此铺天盖地地共享,但这并不妨碍其作品的精神特质所潜藏的强大的共享可能。

1. 对话与冒犯

过士行1952年12月12日生于围棋世家,其祖父过旭初和叔祖父过惕生是我国20世纪20至60年代的围棋国手,围棋界当年有"南刘北过"之说,"过"指的就是他的叔祖父过惕生。他当过知青、车工、记者,后成为中国国家话剧院的专业剧作家。1989年他创作了第一部话剧《鱼人》,之后至今又写了《鸟人》《棋人》(此三"人"被称作"闲人三部曲")《坏话一条街》《厕所》和《活着还是死去》(又名《火葬场》),最后一部尚未上演。纵观其作品可知,过士行是一位在每部话剧里都对这个世界进行"怪诞"的整体观照的剧作家,而不是对局部世界进行现实仿真和是非判断、或者以形式符号的无限能指运动覆盖存在真实感的剧作家:《鱼人》探讨人的自由巧智和征服意志与自然的和谐延续之间无法调和的矛盾；《鸟人》思考人的无人可以幸免的"异化"问题；《棋人》探究"天才"与"生活"之间你死我活的对立；《坏话一条街》追问文化的发生、保存和扬弃与人的灵魂塑造之间纠缠不清的关系；《厕所》以人之心灵的荒芜沦落质疑"发展"和"进步"的神话；《活着还是死去》则直捣当下社会道德体系的核心病灶——公平、正义和真实的缺失。总之，这是似假还真的情境、变动不拘的氛围、放诞鲜活的人物和黑色幽默的气质构筑的难以言说的形象世界，这个世界与我们生活其中的现实世界之间，构成了一种强烈而复杂的对话关系。

A."独白"与"对话"

借用巴赫金的观点，文学与世界之间存在着"独白"和"对话"两种基本的关系——他是以譬喻的方式来使用这两个词的，因为除了《旧约》中的亚当，没有任何人能真正地"独白"，即能"始终避免在对象身上同他人话语发生对话的呼应"（巴赫金语）。当作家在作品中称述对象世界时，他总是要与其他触及了这一世界的作品与观点相逢，他总是要与已有的话语发生直接或隐性的交流——"同意一些人，驳斥一些人，或者与一些人汇合交叉"，于是"对话"便开始了。但是对话态度本身又有明显的区分：那种仅仅在自我话语的核心深处运动，而把与其话语向心力方向不一的其他现实与杂语摒弃在外的话语方式，即是"独白"——比如用以实现"文化、民族、政治上的集中化任务"的意识形态性诗歌和小说，不及物的、只有"自我"的腹语式现代派作品，等等。意识形态独白（包括官方意识形态独白、反官方的意识形态独白、宗教和准宗教色彩的道德训诫等）的排他性表现在它是以自身权力的方向为方向的；现代主义独语的排他性则体现在另外的维度，即对个性内心之外驳杂"不纯"的社会、世界和宇宙的排斥，它倾向于把人类的内心封闭为一个自给自足的小宇宙。当某种"独白"话语成为主宰性力量时，它"只能消灭语言和思想，兼并真正的个性，或阻碍其发展"（赵一凡语），因而不能建立艺术与世界之间的健康关系。

相反，那种既指称着自我和外部世界，同时又与其他主体的话语相呼应的交流方式，即是"对话"。对话的文学是一种交响着不同精神意识的开放的文学，它在写作者、接受者和整个世界之间，架起了体验、同情与认知之桥，它不认同存在的终极虚无性，相反，它是在深切领悟了存在之荒诞的同时，仍对改善世界的新可能性和人类存在的精神价值表现出坚韧的信念。正如瑞士剧作家迪伦马特所说："诚然，谁认识到这个世界的无意义，无希望，谁就会完全绝望。但这一绝望并不是这一世界的结果。相反地，它是个人给予世界的回答；另外的人的答复可能会不是绝望的,可能会是个人决定容忍这一我们生活于其中的世界,就像格利弗生活在巨人之中一样。他也实现了时间的距离,他也退后一两步来测定他的敌人,准备自己和敌人战斗呢还是放他过去。这仍然可以显示出人是个勇敢的生物。"[1] 这是未被虚无吞没的现代作家面对世界的一种态度,它导致作家承担世界并与世界的复杂性进行不懈的对话。

在对话的文学中,作者放弃了全知全能的"独语的上帝"角色,而成为与"他人的真理"平等交流的人,以及各个不同的"他人真理"的"中立"的呈现者,在不同真理的碰撞和冲突中,作品呈现出没有答案的终极困惑。正是这种困惑,唤起人对存在的真实而诗性的感知。如果说文学有其"功利目的"的话,那么这种精神感知的唤醒即是。这时的作者是一个多重世界、多个他者的汇聚所,就像陀思妥耶夫斯基所说:"我不能没有别人,不能成为没有别人的自我。我应在他人身上找到自我,在我身上发现别人。"[2] 也正因如此,他笔下的人物"不是无声的奴隶,而是自由活动的人物,他们与作家并肩耸立,非但会反驳自辩,而且足以与之抗衡"。

由是观之,对话的文学实是自由精神的产物,同时也

---

[1] 张昌华、汪修荣主编:《世界名人名篇经典》(六),"迪伦马特"篇,北方文艺出版社2005年出版,第1417—1418页。
[2] 转引自赵一凡:《欧美新学赏析》,中央编译出版社1996年9月出版,第64页。

是自由精神的孕育者与传布者。阅读过士行的剧作，更加深了我对这一观念的体验。众所周知，戏剧本身即是一种多声部的文学体裁，与其他文学种类相比，戏剧的对话性和公共性更强——因为它直接面对聚拢在一起的活生生的公众，它的艺术呈现只有直接击中观看者的现实处境和精神处境，才能在剧场中产生共鸣。也正因此，在一个健康自由的社会里，戏剧才拥有了"社会论坛"的功能，人们才在这里直接交流和自由呈现对于政治、社会、艺术、宗教等的看法和体验。也正是由于此种特性，戏剧在我国难以发达，因为若要在严格的话语禁忌中游戏，必得具备更高超的表达智慧和更顽强的道德勇气，否则，不是剧作无法上演，就是上演的尽是些无关痛痒的虚饰之作。不幸的是，这也正是我国当下戏剧的主体状况。不幸中的万幸是，还有一个明显的例外，那就是过士行。过士行如同技艺超群的走钢丝者，在那根纤细摇晃的话语钢丝上翻转腾挪，酣畅嬉戏，在我们以为他会跌入禁忌深渊之地，他奇迹般地凌空而起，在我们认为他将脆弱无力之处，他总能当胸给我们重重一击。在当下有限的话语通道上，他以敏捷的身手与这个世界进行着多个层面的精神对话，并在对话中释放着他冒犯性的精神动能。

可以说，"对话与冒犯"是过士行的写作姿态。对话，是他与世界在社会现实层面和精神本体层面的对话；冒犯，则是他对一本正经的冠冕谎言的冒犯，对"唯生存准则是从"的民间劣根性的冒犯，对僵化停滞的艺术惰性的冒犯，对凝固不动的"唯一真理观"的冒犯……在众声的交响中，他服从的既非"草根的正义"，亦非"官方的道德"，他追求的既非"先锋戏剧的形式快感"，亦非"现实主义的生活气息"。他在对话与冒犯中表现出来的精神独立性与艺术创造力，有时是令人惊讶的。

B. 社会现实对话性

我们可以逐层分析他的对话性。先说最表层的"社会现实"对话性。这是过士行戏剧受到公众欢迎的主要原因之一，也是中国剧作家在当下语境中最难实现的一个方面。过士行的独得之秘在于，他掌握了"边缘"与"中心"的微妙平衡——他的戏剧人物及场景是极其边缘的，然而内涵所涉却触及公众关注的精神核心；所涉是公众关注的精神核心，然而观照方式和表达姿态却是自我边缘化的，即不采取黑白分明的"道德冲突"与"真理激辩"模式（就像阿瑟·米勒所做的那样），而是在是非不明的灰色地带进行"多重真理"的含混多义而又机锋迭出的立体呈现。

这种"边缘性"直观地体现在过士行对戏剧场景的安排上。与其开放的对话精神相应，他的场景永远都是"交往领域的世界"，即社会各色人等交流聚集的场所；然而这交往之地又与趋向中心的官方性的堂皇地带毫不沾边，而是自由散漫无法"收编"的民间场所，它带有拒绝升格、放浪不羁的"粗俗"气质；《鱼人》是在钓客云集的湖边，《鸟人》是在养鸟家云集的鸟市，《棋人》是在光棍棋人何云清的家里，这个家已不具备私人性质，完全成了棋迷们的对弈场；《坏话一条街》不消说是一条充斥着流言蜚语和刁钻顺口溜的平民街巷；《厕所》剑走偏锋，是在上世纪70、80、90年代人出人进的公共厕所；《活着还是死去》则将"偏"推向极致，索性让各色人等来到火葬场悼念室接受死亡的拷问。

与场所的民间边缘性相匹配，人物也都处于权力中心之外的边缘地带：沉迷于个人嗜好的社会闲人（钓鱼能手、养鱼把式、退休将军、教授、经理、不得志的京剧演员、心理医生、鸟类学家、孤独的围棋国手），民谣搜集者，精神病人，胡同大爷大妈，厕所看管人，小偷，同性恋者，自由撰稿人，摇滚歌手，殡仪馆老板，魔术师，含冤而死的艾滋病感染者，壮志未酬的足球运动员，歌厅小姐……人物数量庞大，身份庞杂，居于聚光灯下的主人公最是位于社会"阴面"的冷僻角色，不但不承担主流价值观的象征功能，相反，其存在本身倒是对"阳面表述"的映照、质疑与反讽。然而过士行戏剧的人物覆盖面也有一个衍变的过程：在"闲人三部曲"里，是清一色的民间闲人，人物之间的紧张关系是由"超社会性问题"所导致；到了《坏话一条街》中，人物的民间色彩一如既往，然而多了一个异样的角色"神秘人"及其规训者"白大褂","神秘人"前半部分像是民间舆论的监视者,后半部分又现身为拼死维护文明遗产的先知,他与胡同居民的紧张关系实是超功利的"文明"与功利的"生存"之间的紧张,然而先知即是世人眼中的狂人,于是终归要被象征着日常秩序的"白大褂"拘拿而去;到《厕所》和《活着还是死去》中,主要人物仍是游荡于社会主流之外的边缘人,但是和"神秘人"色彩相近的人物在这两部戏中有了变异性的延续——那就是《厕所》里的"便衣"和《活着还是死去》里的"侦探"("神秘人"的另一半变身为"侦探"的对立方"楚辞"),此二人色彩诡异,犹如阴沉天际的隐隐雷声,又似一部交响曲中的黑色音符,总是作为"中心意志"的象征代理人出现,每当民间世界发出摇撼了僵化秩序的旁逸斜出之音,他们的身影便会幽灵一般应声而至,成为"监控者"的谐谑化身——过士行戏剧的社会对话性因此一形象的诞生而增加了张力与深意。值得注意的是,监控者的幽灵最终都如"化身博士"一般隐遁而去——舆论警察"便衣"在市场经济的90年代,成了出身于小偷的防盗门厂老板"佛爷"的跟班,始终代表义愤填膺的秩序真理的"侦探"直到剧终"白大褂"登场,才让我们知道他原是精神病院里逃出的病人。对"恐怖力量"进行这样的轻逸化处理,乃是创作主体对自由之敌的祛魅与戏谑(在其他作家的叙述中,"自由之敌"形象要么缺席，要么是将其巨灵化和恐怖化，两种情况都是严酷现实作用于创作主体所产生的内在精神恐惧的变形投射）。在《活着还是死去》的结尾，一副手铐从空中缓缓落下，与"侦探"的魅影渐相重叠，黑色的禁锢意象是作家对我们真实处境的冒犯性命名。

就这样，一群边缘人在边缘性的民间汇聚场所，以层出不穷的变幻样态触碰着现实社会的真实核心。这种触碰不是义正词严一本正经的，相反，它是亦庄亦谐和恶作剧的，它通过人物的爆炸性台词，将虚伪光鲜的现实地表炸得千疮百孔。

不妨现举一例。在《活着还是死去》里，第六场下半场是一群小姐追悼一个跳楼自杀的姐妹，变身为"化装师"的楚辞主持追悼仪式。在他准备赞美她们的"真实"之前，先询问一番众小姐在干这一行之前都是做什么的，于是有了下面的对话：

> 众小姐　（七嘴八舌）我学花样游泳的，我学音乐的，我学外语的，我学耕耘的……
>
> 小姐甲　什么耕耘，不就种地吗？
>
> 众小姐　是呀！种地的最不值钱，卖完粮食拿的都是白条，提这个干什么！
>
> 化装师　种地的就应该拿白条，因为我们从来提倡的就是只问耕耘，不问收获。好啦我们不要再

纠缠细枝末节了。我要说的是你们才是最真实的。

小姐乙　我们这里有人二十六了老说二十一，有人得了性……

小姐甲　SHUT UP！

化装师　无伤大节。当我们去医院输血得了艾滋病的时候，当我们耕耘的是假种子的时候，当拦河大坝用了标号不够的水泥引起渗水的时候，当我们的战士在战场上用了劣质子弹打不响的时候，当高考题泄露的时候，当会计做假账的时候，当处女都被定为嫖娼者的时候，当药都是假的的时候……什么还是真的？

众小姐　哎！什么还是，什么还是？

化装师　这个世界还有真的！那就是你们！你们是真的，你们的血是真的，你们的肉是真的，你们出卖的肉体是真的，你们的青春是真的！那是真正青春年华的肉体，那是学过美术、音乐、播音、花样游泳、外语，哦，还有耕耘等等本领的肉体。你们用自己的青春满足了大规模流动人口的生理需要，换回了无数良家妇女的人身不受侵犯。当房地产业，大中型企业给国家造成大量不良贷款的时候，你们不要国家一分钱，百分之一百的空手套白狼……

恶毒的嘲谑和悲悯的关切、尖刻的冷眼和炽热的襟怀、没心肝的爆笑和摧心肝的狂怒交融在一起，如同难以化合分解的灼人液体。过士行剧作就是以这样不拘形迹的方式，实现其艰难而酣畅的社会现实对话性的。"你说的一切与我们有关。"——这是其作品的公众"共享性"的基础。

C. 精神本体对话性

然而更深层的共享性则存在于作品与世界在精神本体层面的对话之中。那些轰动一时而事后湮没无闻的作品，就是此一层面的匮乏导致其艺术生命的短暂的。而过士行戏剧的独异性也源于此：它们是剧作家对世界进行怪诞的**整体性**观照的产物，同时，他与他的对象世界之间的关系也是醒目的——那是一种若即若离、既外且内的关系。应当说，"是否和如何对世界进行整体观照"以及"作家在对象世界面前位置如何"这两个问题，对于作品的精神品格意义重大。如果作家对世界不作整体观照，而是精神活动的起点—过程—终点始终附着在局部现实的形而下碎片上，并且作家与其对象世界之间并不拉开"超我"的审美距离，而是其"自我"或"本我"总在其中利害相关，则该作品将很难具有精神的纯度，而势必染有世俗的杂音。这是当下所谓严肃文学烟火气重、精神混浊的一个原因。相反，若作家是在对世界作独特的整体观照前提下表现对象世界，且既与对象世界拉开"超我"的审美距离，同时又能潜入其内部揣摩和表现每种存在的相对合理性，则他（她）的作品必会抵达一个晶莹浩瀚的世界，通往无限幽深之处。

与一些当代作家的精神观照越来越微雕化和物质化不同，过士行与世界的精神本体对话是大开大阖、自由往还的——他的每部剧作都揭示出人之存在的一种悖论状态。所谓悖论，即意味着事物的任何合乎逻辑的一面都存在着与它正相反对的同样合乎逻辑的另一面，此二者相生相克，互为"生死之因"，互为不可解决的绝境，因此，世界本质上即是由各种悖论所构成。对过士行戏剧而言，"悖论"的呈现本身又经历了阶段性的变化。

在"闲人三部曲"中，过士行专注于探究人之存在的超社会—历史性悖论。《鱼人》揭示的悖论在于：人的自由意志与智慧冲动（它由"钓神"代表）必将驱使人征服自然以致破坏自然与人的和谐；而自然（它的意志由"大青鱼"和"老于头"代表）若要被认知，则又需要人的自由意志与智慧冲动。"人"与"自然"的相生相克关系，在"钓神"和"老于头"惺惺相惜、双双死去的结局中得以寓言。《鸟人》揭示的悖论在于：人终是自身欲望的囚徒与病人，但正是这些并不体面的欲望支撑起一个参差多态的世界——在此剧中，"鸟人"有驯鸟欲，"心理学家"有规训鸟人的窥阴欲，"鸟类学家"有对鸟标本的占有欲，洋人查理有监督欲，他们的欲望背后都有难以启齿的病态动因。但是，人们若要根除其"病"回归"健康",则势必也会失去生命的基本动力而沦为空壳,这个参差多态世界,也势必变成只有一个正确答案的单一世界,其空荡无聊,就如同《鸟人》最后,众人被三爷审问得哑口无言、曲终人散一样。《棋人》揭示的悖论在于:天才(此剧中,"天才"由孤独棋人何云清和青年病人司炎所象征)若要追求智慧的极致,必将纵身跃入智慧的黑洞而损害"生活"的逻辑("生活"由司慧所象征),这是一个"反熵"过程;"生活"若要达成自身的圆满,则必要人遵循日常的逻辑而离开对极端之物的追寻,这是一个"熵增"过程。此剧的司炎实是死于人类"反熵"与"熵增"运动对他的争夺与撕裂,而何云清与司慧的落寞则暗示了"反熵"与"熵增"运动各自隔绝所导致的枯萎。此三种悖论超然于特定的社会—历史规定性之外,是过士行戏剧与"放之四海而皆准"的隐蔽"真理"之间的对话,而非与具体的此岸世界的对话,他的对话姿态是暗带讥讽而又冷眼旁观的,非介入性的。

在《坏话一条街》里,过士行半步踏进社会—历史之维,半步踱进超越之门,揭示出人之存在的文明悖论:在一个培植"恶"的文明传统中,文化保守主义者出于文明的焦虑若要保存这文化,则该文化族群的人性劣根亦势必被保存下来(文化保守主义者"耳聪"费尽心机搜集民谣,"神秘人"千方百计阻止拆迁,却反被"槐花街"居民所闲话和围攻。这里"民谣"和"四合院"是文化传统的象征）；若要消除劣根，清洁人性，则势必要斩断该文明的传统之根，使人找不到自身的来路（文化理想主义者"目明"以消去"耳聪"磁带里充满"坏话"的民谣，来实现其"清洁人性"的目的，在"耳聪"看来却有"倒脏水弃婴儿"之憾）。这一文明悖论自"五四"以来一直是中国知识分子纠缠不清的梦魇，竟然在过士行这部发生于平民胡同的"贫嘴剧"中得以呈现，实是奇迹。

在《厕所》和《活着还是死去》中，过士行实现了对以往的"超越性观照"的超越，他终于从一个不涉是非、本乎个人的超社会—历史的精神空间，毅然迈进是非缠绕、沉重浑浊的社会—历史空间，将他本乎内心的道德感，与天赋而来的复调智慧相结合，揭示出后极权社会里"个人尊严"（自由，平等，生命，爱情，荣誉，真实的认知权利，必要的生活条件……）与"整体秩序"（安定，驯服，可规范，可预料，"思无邪"，任宰割……）之间的悖论关系——个人一旦产生尊严吁求并身体力行，秩序必会发生惊悚的松动并动员自身的反作用力，阻挡和摧毁尊严的实现（比如《厕所》中，史老大刚愤怒地说出这个国家在"作"，"便衣"就立刻应声而至，将其带走）；秩序一旦膨胀自身的权力意志，则寻求尊严的个人就会决意抗争，直至遭遇无理性的禁锢与毁灭（比如《活着还是死去》中，象征着秩序意志的"侦探"一叫嚣："我们活着就是要清理社会的各个角落，把那些垃圾都打扫干净，让整个社会都生活在无菌环境里"，象征着秩序不稳定因素的"楚辞"就要落个被推进火化车间的下场）。这是具体时空中发生的限定性悖论，由此一悖论的呈现，观众或阅读者得以追索和认知支撑这一悖论的无形而野蛮的悖谬力量。这种颠覆性的认知导引，乃是文学对现实世界所能做出的有力而富创造性的冒犯。

纵观过士行戏剧，虽然它们在精神本体层面尚未达到精微深邃的境界，其群体性的社会现实情怀尚未转化为个体性的精神存在本身，但是，它们呈现的精神世界却超越了中国文学中习见的伦理道德领域和私人生活领域，也超越了惯常的善恶对立模式与家长里短模式，以一种智性的"悖论"模型，将人之处境的复杂、含混和多元寓言了出来。可以说，这是他在精神对话层面给中国当代文学的独特贡献。

2. 怪诞悬念与诙谐思想

实际上，推动观众或读者把一部戏剧从头看到尾的，不是该剧所谓的深刻思想和善良的意图——纳博科夫有言：在文学中，所谓深刻的思想，无非是几句尽人皆知的废话而已——而是戏剧的悬念、节奏与趣味。这要通过戏剧动作、人物台词和戏剧情境的变化来实现。戏剧的被接受取决于悬念，"它可以由各种问题来表达，如：'下一步将发生什么事？''我知道将要发生什么事，可是它将会怎样发生呢？''我知道将要发生什么事，也知道将怎样发生，但是X将对此怎样反应呢？'或者是完全另外一种问题：'我所看到的是怎么一回事？''这些事仿佛都是按一定形式发生，这次又会是什么形式呢？'等等"。[1]过士行戏剧本质上属于让观众自问"我看到的是怎么回事？"这种情况，也就是说，他的作品表面遵从生活的外壳，而内里却按照自身的离谱精神一意孤行，最终让观众疑惑于自己所看到的。之所以产生此种效果，是因为过士行的戏剧乃是由"怪诞"悬念所支撑，而怪诞的背后则是一种消解片面严肃性的诙谐思想。

何谓怪诞？Л.Е.平斯基认为，"艺术中的怪诞风格化远为近，把相互排斥的东西组合在一起，打破习惯观念，近似于逻辑学中的悖论。乍一看去，怪诞风格只不过是奇思妙想，滑稽可笑，然而，它却蕴涵着巨大的能量"[2]。巴赫金则指出："在怪诞世界中，一切'伊底'（即支配世界、人们及其生活与行为的异己的非人的力量。——引者注）都被脱冕并变为'滑稽怪物'；进入这个世界……我们总能感觉到思想和想象的某种特殊的、快活的自由。"[3]过士行戏剧中的怪诞，正是如此。

---

[1]［英］马丁·艾斯林：《戏剧剖析》，中国戏剧出版社1981年出版，第39页。
[2] 转引自《拉伯雷研究》，巴赫金著，河北教育出版社1998年出版，第38页。
[3]《拉伯雷研究》，第58页。

这位剧作家"把相互排斥的东西组合到一起"的手段是变幻不定的，现举几例：

A. 超现实元素与现实元素的自然交融与并置。《鱼人》里，一个寻常的北方秋天的湖畔和一群寻常的钓鱼者和养鱼工，与神乎其技的钓神和那条神秘的大青鱼自然并置；《鸟人》里，鸟人们自然而然的鸟市生活，被现实生活中不可能存在、却在剧中"自然而然"建立起来的"鸟人精神康复中心"取代，而三爷审案一节，亦是既超乎现实又毫不唐突；《棋人》中，何云清和棋迷的世俗生活与阴魂对何云清的造访（两次出现：先是以一束光形象出现的司炎之父，后是已经自杀的司炎）自然并置；《坏话一条街》中，"互相说人坏话"的现实情境与民谣的形式化奔泻、神秘人的出没（尤其是神秘人将花白胡子打晕，摘下其须，与花白胡子表演双簧一段）、妞子奇迹般的痊愈等超现实情境自然交融；《厕所》中，极度写实的厕所生活，被某夜史爷窗外无迹可寻的"夜半歌声"划破，结尾多名黑衣人在戏仿电话转接台的"超高级马桶"使用说明声中默然静立，也是超现实的黑色幽默之笔；《活着还是死去》中，追悼室里闹哄哄的现实氛围，与魔术师楚辞戏仿现代弥撒超度死者，及死者短暂复活参与生者对话的荒诞情境的混合与并置……超现实元素对现实世界的侵入，使惯常的世界出现间歇性的短暂静场，那些唯有从歪斜刁钻的视角才能发现的真理，由此无声地泄露。超现因素出现在过士行戏剧的自然进程中之所以并不显得突兀和不可信，与其戏剧主题都是与世界的整体性对话有关，表达大困惑，唯有依靠大变形和大偏离才能达到，拘泥于生活的日常逻辑，就没有足够的空间容纳荒诞古怪的精神追问；同时，还与营造氛围、从开始就敞开超现实的可能性、叙事空间运行逻辑的首尾一致等多种技巧的运用有关。

可以说，过士行戏剧不是由日常想象力所支撑，而是由变形与偏离的想象力所构建——那是一种由诙谐思想带动的变形与偏离。利希滕贝格指出："把真实的各种微小偏离现象看作真实本身，乃是整个微分学的基础，这一巨大技巧也是我们的诙谐思想的基础，如果我们用一种哲学的严谨性来看待各种偏离现象，那么我们这种诙谐思想的整体常常就会站不住脚。"[1]这段话也可以视作过士行戏剧的方法论。"把真实的各种微小偏离现象看作真实本身"之所以会产生诙谐，是因为"偏离"给人造成的错愕和"看作真实本身"所表现出来的若无其事之间，存在着巨大的张力，这种张力的直接后果导致"笑"，以及举重若轻的从容气度。同时，诙谐的真实观打破了拘泥于事物常相的单调逻辑，建立了一种自由奔放、充满意外和欢乐的想象力，将人从常规的价值观念和等级观念的囚禁中解

---

[1] 转引自［瑞士］迪伦马特：《老妇还乡》，外国文学出版社2002年出版，第3页。

放出来。这是诙谐思想的价值所在。

B. 情境与语言之间的"错位"。最集中地体现在《坏话一条街》里。此剧将文明批判（也可说是国民性批判）的意图化为"耳聪"采集民谣的动作线索，于是民谣在各种情境"借口"下如泡沫一般飘向空中，其貌似不搭调的"错位感"强化了情境的诙谐。可以随便举出一段：耳聪把她所崇拜的神秘人藏在了自己屋子里，郑大妈循声察看，神秘人躲到床下。郑大妈坐在床上，问耳聪为什么屋里有声，耳聪声称自己在背民谣。郑大妈每欲弯腰，耳聪都抢上前去背上一段，由正常地背，变为"咬牙切齿地"背，进而"一步抢上，与郑大妈并肩而坐，搂住郑大妈"地背，直至"急跪在郑的面前，抱住郑的双腿"，"如泣如诉地"背："山前住着崔粗腿，山后住着崔腿粗，两个山前来比腿，也不知道崔粗腿比崔腿粗的粗腿，也不知道是崔腿粗比崔粗腿的腿粗。"[1]

《厕所》第一幕则更为典型：70年代的公共厕所，外面已排起了等待的长队，里面排便的人们则一边四平八稳地蹲坑，一边有声有色地交谈：

张老　对待尼克松的态度就是不冷不热，不卑不亢。

---

[1] 过士行：《坏话一条街——过士行剧作集》，中国国际广播出版社1999年出版，第273页。

胖子 （关上半导体，唱京剧）他神情不阴又不阳。

　　张老　文件上不是这句话。

　　胖子　基辛格喜欢肚皮舞。

　　张老　你从哪里听到的？

　　胖子　《参考消息》。

　　张老　要看他的主流，他对我们中国还是友好的嘛。

　　胖子　您是说肚皮舞不好？

　　张老　这是一种下流的舞蹈。

　　胖子　下流在哪儿？

　　张老　用肚皮……

　　英子　肚皮舞非常性感，并不下流。

　　胖子　非得看了才能知道。

　　张老　那得到中东去。你是去不了了。

　　胖子　那我就光看肚皮，舞，再说啦。

　　英子　是这样的……

　　英子学肚皮舞。

　　三丫儿　别扃我这边儿嘿。

　　厕所是物质—肉体生活的"终端"场所，"接受排便"是其天职，但是人们却在这里交流着中国的外交、张伯驹的命运、公费医疗、社会风气和未来前景，精神活动与下体活动滑稽地难分彼此，这种滑稽感对那个时代压抑滞重的精神氛围形成了无言的反讽，这种错位之感也产生了特有的过氏诙谐效果。

C."自我废黜"的形象。这是过士行为中国戏剧创造的独有形象，也是极具超现实色彩和形而上意味的形象，他们是《鱼人》里的老于头和《活着还是死去》里的楚辞。老于头为了守护自然的生生不息与天人和谐，在劝阻钓神失败、眼看他要钓起大青鱼之际自毁生命，偷偷跳入湖中"替大青鱼和钓神玩耍"，结果二人为了各自的生命追求双双瞑目。楚辞作为"阴面"世界（无权者的世界）的一个不安分的抚慰者，在火葬场追悼室——这个阴阳交界之地——以致悼词的方式，为那些在"阳面"世界（按照权力者逻辑运行的世界）遭受不公平对待的阴魂实现了带有"冥币"性质的替代性公平，虽然只是"冥币"，也仍被秩序的象征者"侦探"认为是扰乱了阳面世界的金融秩序，因此他向楚辞发出了推进火化炉的"判决"，以看看他的存在到底是"真实"还是"虚幻"，楚辞没有反抗，戴上手铐躺在停尸床上被推了进去。

老于头和楚辞都是以自我废黜——虽然他们可废黜的只有自己的生命——来阻挡"阳性世界"对"阴性世界"之侵毁的形象，这与迪伦马特创造的"自我废黜"形象有异曲同工之处——迪氏剧作《罗慕路斯大帝》中的罗慕路斯以自己对罗马帝国的怠工和最终的被黜使异族人民免于自己统治的帝国的荼毒,《物理学家》里的默比乌斯则由于意识到自己的发明将给世界带来毁灭而把自己关进了疯人院。过氏与迪氏的不同在于,迪伦马特人物的"自我废黜"是为了不使自己成为毁灭世界的"伊底",过士行人物的"自我废黜"是倾全部微力反抗"伊底"对世界的占据。两者的选择都是勇敢决绝的,只是前者的形象散发出一个主体性丰饶的人自由的光辉,后者的形象则充满了柔弱者飞蛾扑火的无奈,由此可见东西方文化性格的差异和现实生活给予作家的不同暗示。

D. 民间俗文化的运用。对民间俗文化的使用给过士行戏剧注入了奇气。过士行精通钓鱼,养鸟,喂虫,下棋,谙熟民间俚语、里巷之事,当文化记者时看过上千部戏,采访过上百位表演艺术家,在他还不知道自己将要写作的时候,侯宝林们就已把自己醇厚幽深的艺术世界掀开了给他看。与民间俗文化有关的交往生活是他生命的一个自然部分。在过士行的戏剧里,民间俗文化不像有些"京味作家""民俗作家"那样成为表现目标本身、并最终"物化"作品的精神活性,而是作为人物交往和戏剧动作的起点:《鱼人》《鸟人》《棋人》里的人物交流是以钓鱼、养鸟和下棋的常识为前提的,《坏话一条街》是以民谣作语言主体的,它们提供了一系列特殊的生活空间和人物群体,因此有力避免了当代生活表层经验的雷同化(这种趋势在当下文学中愈演愈烈),并赋予表层经验以形象独异性和精神丰富性。

在过士行剧作的关节处，那些关于鱼、鸟和棋的精湛知识会成为营造高潮的推动力和塑造人物的血肉——至于骨架和神经，就由作家的思想去承担了——没有它们，"钓神""三爷"和"何云清""司炎"就不可能塑造得如此神奇可信，如同凝结了天地奇气的精灵：钓神和老于头在大青湖边关于垂钓的半韵文体的问难对答，胖子、百灵张与三爷关于"啾西乎跺单，抽颤滚啄翻"的养鸟禁忌和"全套百灵"内容的交流，棋人何云清以"走天元"开始的与少年天才司炎之间的生死对弈……都不是表面敷衍能够完成的。《棋人》在日本上演时，围棋大师吴清源作为观众在场，棋局按照过士行的设计在舞台上一丝不苟地进行，力求每一步棋都经得住他的评判。对于这些"梓庆"式的人物而言（《庄子·达生篇》："梓庆削木为鐻，鐻成，见者惊犹鬼神。"以形容那些神乎其技者），他们的"技艺"已成为他们形象和个性的一部分，作家对知识的掌握稍有闪失，形象的可信性就会土崩瓦解。而这些特殊知识在剧中的自然流溢，则给作品带来了极大的活力和共享快感。尤为可贵的是，作者没有停留于对"技"的炫耀性展示，而是抱着平常心，将"梓庆"和芸芸众生一道放在现代自由人文思想的光照下冷静审视，以"技"背后的文化精神隐喻为旨归，实现了题材特殊性和主题普遍性的"对立统一"。

然而对这位怪诞剧作家来说，更重要的是民间俗文化的形而上影响——很大程度上，是这个"俗民间"赋予了他"思想和想象的某种特殊的快活的自由"。过士行戏剧的"非集中化"结构和广场狂欢气质，我以为很大程度上得自于民间俗文化的生命状态对他的天然暗示。"应知世间盖天盖地奇书，皆从不通文墨处来。"[1]"不通文墨处"，意味着逃离了思维规训的文化处女地、泥沙俱下本真粗粝的市井民间、承载真实体验但没有话语权力的"沉默的大多数"……由于民间俗文化形成于"权威缺席"（包括世俗权力的权威和精神文化的权威）的语境中，它天然秉有平等精神、自由感受和狂欢气质，与物质—肉体生活联系紧密，与官方世界和官方文化迥然有别。"一个世界是相当合法的，官方的，用官衔和制服组织起来的，表现为对'都城生活'的想往。另一个世界则是一切都极可笑而又极不严肃，这里唯有笑是严肃的。这个世界带来的怪诞荒谬，原来恰是真正能从内部连接一个外在世界的要素。这是来自民间的欢快的荒诞……"[2]欢快和荒诞的民间敞开怀抱迎接一切生命的参与和观察，当别具慧眼的精神天才与它相遇，肉体—精神完美结合，最富活力和奇思、包孕着最丰饶的生命信息的作品便会诞生。莎士比亚的戏

---

[1]《金圣叹批评水浒传》，第十四回，齐鲁书社1991年版，第273页。
[2] 巴赫金著、白春仁等译：《文本·对话与人文》，河北教育出版社1998年，第16页。

剧，拉伯雷的《巨人传》，薄伽丘的《十日谈》，便是从这"不通文墨处"来的。它们带着得自民间的诙谐精神，解放了禁锢于神权的心灵。进入现代以后，物质／精神的分化隔绝导致大众／精英、俗／雅的僵化对立，肉体—精神的自然循环被阻断，精英意识的绝对化使现代艺术成为自循环的产物，其精神观照的封闭化和人工化造成活力和共享性的减弱。而一些文学艺术的实践表明，物质—肉体化的民间因素一旦介入，精英艺术的孤僻症状便会重新消失，那种源自理念推导的形而上恐惧感，会被从大地上获得的诙谐无畏所消解。这是民间俗文化对过士行戏剧最大的恩惠。它的不受拘管、天马行空和朴素低调的精神，暗示剧作家去超越"非此即彼"的高调思维，以及对"伊底"的恐怖性想象。"恐怖，是诙谐所要战胜的那种片面而愚蠢的严肃性的极端表现。只有在毫不可怕的世界中，才有可能有怪诞风格所固有的那种极端的自由。"[1]

过士行戏剧的民间俗文化世界，正是这样一个"毫不可怕的世界"。游戏精神主宰着这个世界，无论是形而上的追问，还是冷峻的社会批判，都在这种半真半假、面带坏笑的游戏中"顺便"完成。

E. 向心力与离心力并行。向心力是指一部作品在情节、结构、语言、形象等方面向着一个意义核心集中而去

---

[1] 巴赫金：《拉伯雷研究》，第56页。

的倾向；离心力则是指在这些方面与意义核心背道而驰的那种分散化倾向。西方戏剧的经典传统基本是一个"向心力"的传统——它的典型体现是时间、地点、人物高度集中的"三一律"。而中世纪的笑剧、愚人剧、18世纪意大利的即兴喜剧，以及20世纪以来的荒诞派戏剧等形成的"边缘传统"，则呈现出意义和形象的离心倾向。离心力是对向心力的干扰和解构，在过士行戏剧中，两个方向的力则共存并行，正如巴赫金对"杂语"所描述的那样："与向心力的同时，还有一股离心力在不断起作用；与语言思想的结合和集中的同时，还有一个四散和分离的过程在进行。"[1]

这个特点在过士行所有剧作中都有体现，然而最突出的是《鸟人》。过士行自己说，这部戏是一个禅宗公案的结构。精妙至极。禅宗公案是"向心力与离心力共存并行"的极端表现。在一些禅宗公案中，曾有一些关于"佛是什么？"的有趣对答，禅师们的回答千奇百怪："土身木骨，五彩金装。""朝装香，暮换水。""猫儿上露柱。""龟毛兔角。""火烧不燃。""三脚驴子弄蹄行。"……荒诞不经，不着边际，似在恶作剧。这是因为禅反对自语言形成以来即已开始的"中心化"思维，以及由此种思维造成的生命枷锁。因此，从精神世界的庞然大

---

[1] 巴赫金著，春仁、晓河等译：《小说理论》，河北教育出版社1998年，第50页。

物开始,直到它里面最微小的团块,都是禅要消解和粉碎的对象,这是"禅"获取精神自由的一种途径,也是禅宗问答总是风马牛不相及的原因,以及它总是以"离心力"的方式出现的原因——因为符合日常逻辑的对答本身就是在接受"中心化"的思维枷锁。

然而悖论的是,禅师们在"反中心"的同时,其回答本身也有他自己的侧重,自己的"中心",而不是全无中心的"百物不思"——"若百物不思,当令念绝,即是法缚,即名边见。"(《六祖坛经》)禅所反对的"中心",是那种由于人类陈陈相因的默认而严重僵化、不被质疑的"真理",或曰存在已久的意识深处的"大一统",它如死亡的磁石,将生的碎屑吸附其上,于是"生"也一同死亡。禅的目标是让这些易被吸附的轻飘碎屑产生自身的力,产生飞翔的翅膀,变成生命的蜂鸟或鲲鹏,最终实现存在的自由。因此,可以说"禅"是一种以"说"来否定"说"、以"思"来否定"思",并通过这种否定,来达到对无限真理的无限言说与沉思的方式,或者说,禅是一种以对"腐朽中心"的离心运动,来达成对"无限新奇"的无限种向心运动的思维方式。

《鸟人》正是这样的方式。此剧中有四种人,四条精神线索:鸟人(以失意的京剧名角三爷为首),他们的"养鸟经"是反自然、反自由的"驯化"与"恋父"的中国文化传统的象征;精神分析学家丁保罗,他是一个把任何事都归结为"弑父娶母"模式的以己度人的教条主义窥阴爱好者；鸟类学家陈博士，他以鸟类研究为名将世界上最后一只褐马鸡制成了标本，是一个研究生命却走向生命反面的工具理性主义者；国际鸟类保护组织观察员查理，他一方面认为鸟人们的驯鸟是残酷和违反鸟权的，另一方面却给杀死褐马鸡的陈博士颁发鸟人勋章，是一个在逻辑上自相矛盾的监督癖患者。这四种人、四条精神线索是对这个充满矛盾和悖论的世界的反讽性隐喻，每一种人都是一种片面真理的体现者，都有将自己和自己的真理绝对化的倾向——认识的迷障就是由相对真理绝对化所造成，破除这种"绝对化"凝成的僵硬团块，将它的荒谬和有限性彰显出来，这是《鸟人》的野心。禅宗公案的结构使它在很大程度上实现了这一野心：当鸟人（三爷和胖子等）、丁保罗、陈博士、查理在以动作和语言表达自身时，既是在消解其他的三种片面真理，也被其他三种片面真理所消解。这就是"向心力与离心力共存并行"的意思。丁保罗用他的听起来荒诞不经但又不无道理的精神分析消解了鸟人三爷的绝对权威；三爷以京剧审案的方式，揶揄了丁保罗的精神分析、陈博士的鸟类研究和查理的鸟类保护监察，"而那样地处理京剧，京剧本身也被消解了"（止庵语）。没有一种人得以"全身而退"，其对待自身的那种郑重其事的片面严肃态度最终无不以可笑的面目走向终结。然而这种对绝对化的片面真理的消解，并不导致一个虚无漂浮的相对主义世界的诞生,而是相反,这种时刻不停的否定意识,乃是基于对某种更加饱满和无限的"绝对"的朦胧体认。这是禅的方式,它在过士行剧作中润物无声地运行,给过士行的"怪诞"增添了独异的色彩。以我有限的阅读,还没找到任何一部与此剧结构相似的作品。

如果说那种高度集中化的戏剧结构是"集权政府",那么过士行戏剧处处"离心"、枝蔓横生的"非集中化"结构,则是一种"民主政府",那些旁逸斜出的小角色的无关大局但是机智幽默的动作和对白,就像民主政府里与总统意见不一的议员,张扬着"公民不服从"的权利。表面看似乎扰乱了富有效率的前进大方向,而真正的自由意志恰恰就蕴涵在这与整齐划一截然相反的杂音式动作里。这是怪诞的文学虽然拉拉杂杂却能给人带来无尽快感的"潜政治学"原因。

3. 悲剧意识与喜剧精神

巴赫金这样论述陀思妥耶夫斯基小说的复调特征:"众多独立而互不融合的声音和意识纷呈,由许多各有充分价值的声音(声部)组成真正的复调——这确实是陀思妥耶夫斯基长篇小说的一个基本特点,在他的作品中,不是众多的性格和命运属于一个统一的客观世界,按照作者的统一意识——展开，而恰恰是众多地位平等的意识及其各自的世界结合为某种时间的统一体，但又互不融合。"[1]评论过士行剧作，或可借用这段话，虽然其人物主体性的深刻程度无法与陀氏相比。在众多人物"地位平等的意识"组成的复调之上，还有一个大"复调"——悲剧意识与喜剧精神的复调：在他每一部剧作诙谐浑然的喜剧气氛中，最后总有一股黑色的悲剧性弥散开来；在苦涩的悲剧意识里，最后总有无法压制的笑声响起，如同疑问，如同冷嘲，通向若有若无的自由。格雷格说："笑并非出于欢乐，而是对痛苦的反击。"克尔凯郭尔则说："一个人存在得愈彻底、愈实际，就愈会发现更多的喜剧的因素。"怀利·辛菲尔也指出："现代批评最重要的发现或许就是认识到了喜剧与悲剧在某种程度上的相似，或者说喜剧能向我们揭示许多悲剧无法表现的关于我们所处环境的情景。""我们对喜剧的新的鉴赏源于现代意识的混乱，现代意识令人悲哀地遭到权力政治的践踏，伴随而来的是爆炸的残迹，恣意镇压的残酷痛苦，劳动营的贫困，谎言的恣意流行。每当人想到自身所面临的窘境，就会感受到'荒诞的渗透'。人被迫正视自己的非英雄处境。"[2]过士行的诙谐怪诞剧可以纳入喜剧范畴中，

1《巴赫金文论选》，中国社会科学出版社1996年，第3页。
2［英］怀利·辛菲尔：《我们的新喜剧感》，载《喜剧：春天的神话》，中国戏剧出版社1992年7月出版，第183页。

但是这种喜剧的精神核心是一种对于时代、社会、人的痛苦感受。一种既分裂又交织的悲剧意识和喜剧精神共存于他的戏剧中。

可以看到，过士行与社会现实和精神现实的对话程度愈深，其悲剧意识愈深沉，其喜剧精神也愈高扬，悲剧与喜剧共存于一体所产生的张力愈大，于是形成我们所常说的"黑色幽默"。这种张力更强烈地体现在他的近期剧作《厕所》和《活着还是死去》中。

《厕所》的表面结构是三个时代里一群人各自不同的命运变迁，由此暗示着中国的时代变迁，而这一变迁集中展现在"厕所"这一粗俗的环境里。我们可以看到该剧在物质和精神两个层面的复调性呈现：从"厕所"的形貌上，可以看到从70年代人们相互打量和聊天的简陋"便坑式"厕所，到80年代有隔板的冲水收费厕所，直到90年代豪华宾馆的抽水马桶免费厕所，厕所硬件装备的与时俱进隐喻着中国社会的物质日益繁荣。但人物命运所揭示的中国人的精神境遇，却并未随着物质生活的"进步"而改善，而是由70年代的压抑窒息、80年代的困惑犹疑，演化到90年代的荒蛮虚无；更意味深长的是，人与人的关系由70年代的"工人阶级领导一切"，到80年代的"知青返城"，直到90年代又分出了"新的阶级"，一切都是"物非人亦非"。物质生活的表面"可喜"与精神生活的深层"可悲"在剧中同时行进。

这些人物的境遇变化是富有意味的：70年代游手好闲的三丫，到90年代成了深刻意识到"现在又有了阶级"的体面的建筑商；70年代的扒手"佛爷"，80年代是经营小本生意的警察眼线，90年代则成了程咬金防盗门厂的老板，即便如此他还要"拳不离手，曲不离口"地随时偷点东西，富有哲理地声称自己的使命"就是要教育人防盗。我用行动来给人以教训。那些个盗人钱财的被人所不齿，而盗去人灵魂的人却受人尊敬。我是宁肯偷钱包儿，也不去偷人家的心"。颇有迪伦马特笔下人物之风。老实本分的厕所工人"史爷"在三个时代一直与厕所相守；他暗恋的美丽善良的丹丹，70年代是幸运的文艺兵，80年代因去云南前线慰问军队踩上自家的地雷失去了双腿，丈夫也在"对越自卫反击战"中牺牲，90年代与"堕落"的女儿靓靓决裂；靓靓80年代还是个净如水晶的乖女孩，90年代则成了颓废绝望骇人听闻的"害虫"乐队女主唱。在第三幕，史爷看不过靓靓的"颓废肮脏"，把她拉到茶座进行了如下对话：

史爷　咱们搭帮吧？

靓靓　你功夫怎么样？

史爷　什么功夫？

靓靓　床上。

〔史爷低下了头，俄顷，又抬了起来。

史爷　我说的不是这个意思。我是说咱们能不能跟《红灯记》似的?

靓靓　什么红灯记?你什么意思?

史爷　就是,以父女的名义生活在一起?

靓靓　你干过她吗?

史爷　谁?

靓靓　还有谁,我妈呀。

史爷　你,怎么说话呢!

靓靓　多老的马我都敢骑,可就是不能乱伦。你说实话,我是不是你亲生女儿?

史爷　你这副德行,对得起死难的烈士,你的父亲吗?

靓靓　别那么悲壮。现在咱们跟越南又哥们儿了,他那烈士,以后还真不好提了。

有评论认为靓靓的形象如此极端和脸谱化,是由于作家不真正了解当下新人类的缘故。但实际上,作家并非意在表现"新人类"这种人物类型,而是要以靓靓的"无耻堕落"和嬉笑怒骂,追问当下国人精神荒芜的现实根源。靓靓最后那句喜剧性台词引来观众的哄笑,但这笑声背后,却是对非理性的庞大意志草率播弄个体生命的沉默抗议。公理不在,正义难寻,父亲的牺牲和母亲的残废都只是变化无常的政治战略的微不足道毫无尊严的牺牲品，在直接的经验中，靓靓不可能找到自身尊严的存在源头。她——同时也是我们——所置身的世界，乃是一个没有亘古长存的价值根基的世界，一个权力的巨手可以随意分派无理厄运而不受惩罚的世界，一个是非不分、善恶颠倒、惟凭"实力"说话的遵循丛林规则的野兽世界。不是靓靓堕落，而是现实的悖谬让人无法找到纯洁的方法。弗洛伊德说："当幽默使嘲弄直指通常不会遭到社会批评的'神圣'领域时，幽默便成为'穷人'反对'富人'的武器。"[1]从佛爷、三丫儿、便衣和靓靓等反讽性形象看来，的确如此。

《活着还是死去》的悲喜复调更强烈，也更狂欢。此剧以火葬场追悼室为场景，以魔术师楚辞的行为为线索，是火车车厢式结构，就是说，链条松散，每一节都可以随意装上或卸掉，节数可以无限增加，也可以减少。每场的主人公除了楚辞和时隐时现的"侦探"，就是那些蒙冤含恨、尸体不肯离去火化的死者——其中包括因在医院输血感染艾滋病而死的小伙子、眼睛因被老师指使的流氓打伤而找不到工作最后绝望自杀的青年、为了考职称劳累而死的古典文学副教授、因自摆乌龙不堪球迷激愤含羞自杀的足球运动员、因父亲与自己断绝父女关系而含羞自尽的卖淫小姐。批判的锋芒指向黑色荒诞的

---

[1] [美] 梅尔文·赫利茨：《幽默的六要素》，载《喜剧：春天的神话》，第269页。

社会现实和文化传统的方方面面，然而其表达方式却是喜剧狂欢的。在第四场，楚辞以译成白话的楚辞《招魂》为死去的古典文学副教授招魂，屈原作为声音出现，吊唁者则作为"群众"出场：

> 屈原　来来往往的人们追求的是私利，
>
> 　　　我为此而万分焦急。
>
> 　　　衰老渐渐来临，
>
> 　　　怕美名来不及建立。
>
> 楚辞　这是屈原的声音！他本来应该讲湖南话，但是为了推广普通话，我们不准他使用方言。
>
> 死者　我的正高职称！
>
> 学生甲　这是我们先生的声音。
>
> 群众　我们除了擂鼓还有什么任务？
>
> 楚辞　你们可以旁听，也可以退场。
>
> 群众　我们不退场，我们看到底。
>
> 楚辞　现在已经进入非常专业的祭祀阶段，请没事的群众退场。
>
> 群众　我们要关心历史，我们要积极参与！
>
> 楚辞　你们没有耐性，也不认真，三天打渔两天晒网，以群众运动出现的方式会带有很大的盲目性。
>
> 群众　谁说我们没有耐性！从街头的吵架到

最后一个电视节目播完,哪次我们不是把观看坚持到底。

这一场将楚辞《招魂》翻成长长的白话,是对文化传统之贫乏的反讽;此段关于"群众的盲目性"的借题发挥,则反映出作者对于"乌合之众"的警惕和不信任。在《坏话一条街》中,"乌合之众"的另一名称叫做"人民":

耳聪　你这是不相信人民。长城就是人民修的。
神秘人　长城也是人民拆的。……这里的长城的城砖都被人民拆回去砌猪圈了。
耳聪　我不信,拆长城的砖多麻烦呀。
神秘人　你不了解人民。人民是不怕麻烦的。

过士行戏剧的民间精神和他对"民间"的实存——"人民""群众"这一庞大空洞、难以指认的群体所抱有的怀疑与厌憎,存在着一种有趣的矛盾。"人民"在历史中表现出来的驯服、盲从、毁灭力与非理性,是过士行对之取反讽态度的原因,然而作家的人道立场又使他必须站在权力的对立方说话。这真是一个复杂的悖论。

喜剧狂欢的风格总是东拉西扯、没个正经的,在《活着还是死去》的第六场,楚辞为自杀的足球运动员安魂,对于"足球"这一纠缠了太多现实体制问题和文化心态问

题的"国耻",作者没有让楚辞从常规角度进入,而是先振振有辞地从"床上与场上的辩证关系"说起:

> 楚辞 (吟诵) 没有美丽的海伦,就没有特洛伊战争;没有玛丽莲·梦露,杰奎琳干吗嫁给希腊大亨;西施成就了越国,没有任盈盈就光剩了令狐冲。要先发展足球宝贝,然后再提高足球水平!床上不能得分,场上焉能破门;(死者的下部瘪了下去)英扎吉可以抢夺维埃里的女友,你们为何不向科斯塔库塔的爱妻进攻。(死者的下部再一次鼓起)没有女人世界杯有何成功!(队员们跳跃,做比赛热身)甲A联赛要保存实力,配合黑哨挣钱为主。(队员们应和:对!)世界杯要请外国教练,出不了亚洲由他承担。但是我们自己的教练也要积极参与,不然真的拿着名次岂不笑我中华无能。他要求的我们不能全听,他要的球员我们决不答应。他说的阵容一定要集体商定。但是责任要由他负,让他一辈子都记住,中国人的钱不好挣!(队员们:不好挣!不好挣!)……

《活着还是死去》是一部黑色喜剧,那些令人爆笑处,正是现实世界令人最感悲哀和荒诞处。正如迪伦马特所说:"我们可以从喜剧中获得悲剧因素。我们可以显示出使人惊怕的一瞬间，如同突然裂开口的深渊。"[1]这部戏中，"突然裂开口的深渊"出现在剧终那副手铐从天而降的瞬间，它如同禅宗的棒喝，让我们在离席散去之际参悟自由与禁锢的真谛。

过士行戏剧使人着迷之处在于：它们的命义无不严肃，而它们的过程却无不幽默。但是"严肃"并不意味着它们只在道德领域打转，而是意味着对这个世界的真实与荒诞进行毫不回避的智慧有趣而敏感有力的探究；"幽默"也绝不意味着油滑，而是意味着"它尤其模棱两可，它是价值的真空地带，在这个真空地带中，道德与暴力在捉迷藏，微笑同苦涩在捉迷藏，严肃同怀疑在捉迷藏以及怪癖与道德平衡在捉迷藏"[2]。具有幽默感是难的。"幽默感首先是自己人格中的一个知觉……事实上，这是一个良心或更为准确地说，这是一个自我尤其敏感的知觉，人们在别人的目视下才具有这个知觉，这一知觉可看成胆怯。实际上，它是一种廉耻。它既不排除恶意、戏弄，也不排除放肆，还不排除勇气。这就是一个拥有幽默感的人的姿态，就是一个后来被人们称之为幽默家的姿态。"[3]

诚然，过士行戏剧并非无可挑剔——在一些作品中，

---

[1] [瑞士] 迪伦马特：《戏剧的问题》，载《西方剧论选》，周靖波主编，北京广播学院出版社2003年出版，第599页。

[2] [法] 罗伯尔·埃斯卡尔皮特著，卞晓平译：《幽默》，商务印书馆2004年出版，第27页。

[3] 同上，第28页。

其黑色幽默的最终对象乃是有限有形的现实社会，黑色幽默的主人公乃是带有群体化痕迹、表义功能过于明显的个人，因此他的黑色喜剧空间，还未能成为一个深邃无形的精神之海，他的戏剧主人公，也还没有成长为具有精神穿透力的自由精灵。他的戏剧尚处于形而下与形而上的交界处，还需要一个从天而降的契机，一场神秘无语的参悟，来把他推入无限之门。

但是不管怎样，在过士行已经显现的可能性中，我们已经看到了一位怪诞诙谐的剧作家以其充沛的才华和超越的心胸，创作出的给人带来强烈欢乐的怪诞戏剧。这是他敞开心灵与这个充满悖谬的世界进行真诚而狡黠的对话的结果。敞开的对话引来共享者无数。这不是向公众的智力局限投降，而是与具备认识能力的知音一起狂欢酣醉，共同探索世界的隐秘核心。"需要还给读者笑的能力，而痛苦剥夺了读者的这种能力。为了了解真理，他应该回到人的本性的正常状态。……斯宾诺莎的座右铭是：不要哭，不要笑，而要去认识。对于文艺复兴时期的思想家拉伯雷来说，诙谐就是要从模糊生活认识的感情冲动中解放出来。诙谐证明并赐予明显的精神成熟。喜剧情感和理智是人的本性的两个标志。真理本身在笑，使人处在安详、快乐、喜剧的状态中了解真理。"[1]对于剧作家过士行来说，

---

[1] 平斯基：《文艺复兴时期的现实主义》，转引自巴赫金《拉伯雷研究》，第161页。

真理的样子的确是一张笑脸。对于我们来说，恐怕亦复如是。

结语

1980年代后期以来，中国严肃文学逐渐成了写作者自身之事，许多作家相信，写作与读者无关。起初，这是一种拒绝媚俗的直率姿态，但是很快它便成了媚俗本身——它使写作者逐渐遗忘了文学乃是一种主体与世界之间创造性的精神对话这一事实。一些人把文学当作欣赏自身怪癖的场所和宣布"生命无聊"的讲坛，一些人则把它看成展览"精神脱水"之人的精致蜡像馆，一些人把它当作教育人民、宣扬政治或道德诫命的工具，还有一些人则把它看作承载民生疾苦、为民请命的容器。前两者使读者感到，自己对文学的围观是自讨没趣的，因为作者全部的心神都只在己身的痛痒，他根本没打算和你说话；后两者使读者感到，自己再围观下去就等于承认自己是个需要教育和拯救的傻瓜，因为作者如此捶胸顿足、涕泪交流全都是为了你。这种"严肃文学"的写作者在精神上是如此迟钝、贫乏、武断和封闭，以至于他们很难发现自己不熟悉、不习惯的未知事物并对之加以新鲜的探究，或者，他们很难站在不大喜欢、不想知道然而却真实存在的事物的立场上思考和想象。他们似乎正在成为自己之"有"的牺牲品。他们已不能像一个成长的孩童,总是抱着明净好奇之心面对无尽的世界。他们的经验、思想、感受力和想象力正在逐渐老化,逐渐停滞,然而却在老化和停滞中继续勤奋地生产。这种精神产品看上去是追求深刻、追求意义、追求道德的,是不会笑和反趣味主义的。这种文学认为:"趣味"会使人玩物丧志,"笑"则是堕落、放肆与恶意的标志,而文学应使人纯洁虔诚,道德高尚,或者应使人绝望深刻,杜绝幻念,换句话说,人应当心无旁骛地自我教育和自我改造,直至成为一个正义真理或末日真理的体现者或祭坛上的牺牲。应当说,这种"片面载道"的文学观窒息了人向未知进发、实现自身创造力的无限可能,它忘记了人最终的目的是成为无限丰富和智慧的人本身。这种文学过分严肃的面孔让我想起王小波的一句话:"最严肃的是老虎凳。"老虎凳文学让人在心智和情感上饱受煎熬,无法共享,无怪乎一派天然的普通读者离之远去。

其实对中国当下的严肃文学来说,致命的问题已不在于"道德的文学"(在此仅指道德高调的文学)和"犬儒的文学"的分歧——在都不具备"精神共享性"这一问题上,两者现在已惊人地一致——而是在于"有趣的文学"和"无趣的文学"、"智慧的文学"和"无智的文学"、"爱的文学"和"无爱的文学"的分歧,一言以蔽之,是"有创造力的文学"和"没有创造力的文学"的分歧。显然，后者的规模远远大于前者。这是中国文学的悲哀。对严肃作家来说，"创造力"是一个综合问题，既不只关乎道义良知，又不只关乎写作技巧，而是关乎智慧、有趣和想象力，关乎爱、幽默与笑的能力。诚如爱尔兰剧作家沁孤所说："在滋润想象力的一切营养中，幽默是最需要的一种，要限制或毁掉幽默是危险的。波德莱尔把笑称作人类邪恶成分中最大的表征；而当一个国家失去了幽默，正像某些爱尔兰城镇正在发生的那样，就会出现精神病态，波德莱尔的精神就是病态的。"[1]王小波、周星驰、过士行，以及一切懂得"笑与良知的辩证法"的中国写作者的存在表明，这个国家的精神病态还未入膏肓。因为这些写作者知道，文学不是实现任何具体功能的工具——甚至连表达正义的工具都不是，如果文学一定要有一个最终的目标，那么她的目标就是：建立一个人类之美、智慧与自由的共和国——创造力的共和国。

2005年5月7日完稿

---

[1]［爱尔兰］约翰·密灵顿·沁孤：《西方世界的花花公子》，载《西方剧论选》，第550页。

对于"人生",保持辽阔而热诚的观照,
但将此"观照"转化为"艺术"之时,
则虔诚服从艺术自身的律令。

乙辑

他让我们久违地想起"重要的事物"
论朱西甯的《铁浆》《旱魃》

1

朱西甯先生的小说,表面像铜绿斑驳的古镜,内里却是透射人之五脏的X光机。朴旧、中国、严正而温柔,却又现代、普世、精准而酷烈。

《铁浆》和《旱魃》看起来似曾相识——一个个乡土上的故事,一个个黄土胎的人。但若从现代汉语书写脉络里寻找,却又找不出与朱西甯完全处于同一线索的作家。鲁迅的乡土小说对国民性格的刻画,与之有重合之处,但二者的精神归处却截然不同。沈从文的湘西故事里洋溢着爱之温热，似与他同调，但朱西甯的小说却无桃花源式的曦光。至于最为朱西甯所崇仰的张爱玲小说，他在叙事笔触上或有借鉴，但整个的精神走向，亦是迥异。在台北初版于1963年的《铁浆》和初版于1970年的《旱魃》（理想国、九州出版社2018年10月于北京出版），亦尚未受到胡兰成中国文化本位观的影响。这两本小说，纯然是一个虔诚的中国基督徒作家站在信仰的绝地里，透视亘古长存的中国文化和民族性格，而画出的既写实又超越的中国人精神肖像，救赎的愿力隐驻其中。

这位小说家是一位成熟的父亲。这并非指他是著名的朱氏三姐妹的好爸爸——虽然这也并非完全不重要；而是说他的精神气质，他的文学力量，具有成熟炽热的父性。他是在负重中实现美。他创造的小说世界，是为了淬炼和引升人的灵魂。正如朱西甯的同道、作家司马中原所说："我们不敢企求文艺为人类服务，至少，作为一个文学艺术家，应在心灵深处时时关心人类的前途。"（司马中原：《试论朱西甯》）

在艺术至上论者看来，这种"关心人类前途"的文学观是过时而刻板的，它会让艺术沦为工具。为艺术而艺术的文学拒绝任何父性与母性，而成了"为自己"的独身者。这种传统或可追溯至福楼拜。从这位"风格即一切"的作家开始，文学渐渐从宗教、政治和道德的负累中解脱出来，而致力于书写人类的无所事事。由此，文学赢得了自由。但也自此,文学渐渐患上了精神贫血症和知觉麻木症,不再与人类生死与共。这并非福楼拜的初衷,怎奈他的身后追随了太多不肖的信徒——无论西方的,还是中国的。批评家詹姆斯·伍德(James Wood)一针见血地指出:福楼拜冰冷的风格是为了"避免多愁善感",但他"严格的回避态度流传到今天,往往变成了一种愚钝,一种不假思索也没有表情的文学,为无力(而非不愿)去感受而沾沾自喜,把文字捣碎成小块的纯感官描写,其实不过是对生活的剽窃"。小说由此陷入了"琐碎空洞的危险命运之中","重要的事物却消失了"[1]。

朱西甯的小说,在俘获我们的同时,却让我们久违地想起了"重要的事物"。

2

最重要之处在于:他为中国小说贡献了一种全新的东西——关于"爱—牺牲—救赎"的肯定性叙事。在他之前,最激动人心地触及此一主题的文学家是鲁迅。鲁迅的叙事态度则是否定性的。

鲁迅笔下的爱与牺牲具有形而上的启蒙意味,是孤独的先驱—精英为了将暗昧的社会整体引入光明之地而献

---

[1] [英]詹姆斯·伍德:《臧否福楼拜》,黄远帆译,《破格》,河南大学出版社2018年版。

出生命。朱西甯笔下的爱与牺牲发生于相互平视的个体之间，是一个混在平凡人中的平凡义人，出于朴素的良心而舍己。

鲁迅的救赎，是欲将天国实现于地上，将正义秩序实现于权利层面。朱西甯的救赎不在现世争位置，而是让那被救却不领情的人在某个瞬间，突然看见牺牲者所处的"世界之外的一个点"（克尔凯郭尔语），这个"点"令他获得新的视野，良心悄然复苏，而成为与从前不同的人。

鲁迅的小说告诉读者：对真的人而言，爱与牺牲是必须且当行的，但由于国人的社会—文化—政治传统和民族性格的深重缺陷，其结果极可能是辜负与背叛——这种对救赎的绝望姿态，既是为了"引起疗救的注意"，也是怀疑和矛盾态度的真实反应。

朱西甯的小说则告诉读者：爱与牺牲乃是神恩，是良心的本然，因此不存在背叛与辜负，或者说，背叛与辜负不被牺牲者视为不幸。他的作品往往以被救者灵魂的变化与良心的不安，昭示救赎已然实现。

因此，鲁迅是以宗教之心，行怀疑之实，这种对人性真实的呈现，最切中小说的本质。

朱西甯则是以宗教之心，行陶冶之实，以他的小说开辟另一条精神道路：爱、肯定和信心的道路。这道路并不以现世的改进为依归，而是致力于将一切人性关系变为良心的关系，变为灵魂的自由与新生。这种良心关系渗透了内部和外部的世界，世界亦由此得以重建与更新。这是属灵之爱的力量——"这爱是从清洁的心，和无亏的良心，无伪的信心，生出来的。"(《提摩太前书》)

作家秉持这爱与信心，站在"世界之外的一个点"，书写万千人世，描摹"属血气"和"属肉体"的人物在尘世之罪中竭尽全力的沉浮挣扎，得救或拒绝得救。这是以文学做见证。这不是写实的乡土文学——写实仅是笔法，那个写实风格的乡土世界，是作家灵明世界的显形，是比方，是寓言。

作家的根在天空，不在大地。

3

于是，他讲了这么个故事：

在老黄河边的一个万姓村庄，一对族人兄弟——大春和长春——因为四十亩地结了仇。不是他俩之间争这地，而是长春因为给一个弱势族人主持公道，使得本来要分给大春的地，归了那个弱势者。自此大春怀恨长春，各种斗气使性，报复的雪球越滚越大。一个夜晚，大春引来马匪劫掠长春的家院，以借刀杀人。怎料急公好义的长春家被盐帮兄弟牢牢把守，匪徒未能得手，一怒之下反把大春绑于旷野树下，凌割了他的脸之后扬长而去。大春惨痛呼号，长春循声救下，却在毫无防范时被大春以利刃刺透胸口。大春自此杳无消息。长春被弟弟永春救回家，不治而逝。临终前，他对弟弟谎称，是马贼杀了他。

十九年后，大春成了一个面目全非的疯老头，回到故乡的锁壳门下，受尽戏弄。族人都认不出他，叫他唱一段，他就唱："悔不该哎……图财害命……把那天良丧，现世作孽哎……哎……现世报……不等阴地府走那么一遭哎……咚呛一个咚呛……"

永春为给大哥报仇四海追凶，却找不到仇人。当他疲惫地归来，被大春误认为是长春时，最动人的一幕发生了：

> 这疯子颤巍巍地扶着树干站起，仍不住地猛摇脑袋，斜瞄着永春胸口。那只被割去的耳朵，正对着永春。
>
> "你……你没有挨……杀死？长春？"
>
> 藏在乱须里的嘴巴咧了咧，眼底现出一丝儿笑纹……
>
> 一只手像腐朽的树根一样，伸上来，战战索索地摸弄着永春胸脯，脸也几乎要凑到上面。只听他呜呜咽咽地念着什么，仿佛又是一种快乐的呻吟。"长春……啊，这就好……长春呀……"这样呜咽着……
>
> "嗡嗡……长春……老天爷搪住啦……嗡嗡……老天爷……"

那个曾以长春之死为人生目标的大春,在经历漫长的良心谴责之后,为长春的"复活"而欢喜呜咽——可惜是个错觉。此场景勾画出一个血气罪人所受的最重的折磨,所做的最深的忏悔,其力量与布尔加科夫《大师和玛格丽特》中彼拉多的梦相仿佛:彼拉多处死耶稣后,总梦见自己在月圆之夜,与耶稣一起走在月光路上,快乐地探讨哲学问题。可是每当他醒来,都发现自己凝固不动地坐在秃山上,带着洗不掉的罪,坐了两千年。

永春此时才懂得长春临终为何说是马贼杀了他——"那一脸温厚深远的天生的笑容"的他,不想冤冤相报,他已原谅那个杀死了自己的血气兄弟大春。

若干年后,当大春只剩一口气时,已是族长的永春去探望那裹在芦草里的残躯:

"也曾是一条生龙活虎的汉子,一生里抓打啃咬,总想多给自己争得点儿什么。想要的不多,得到的很少,这样就是一生了。""抓打啃咬,总想多给自己争得点儿什么",这是大春的精神肖像,也是亿万血气凡人的戾气写真,它穿越时间,于今尤甚。

超现实地,大春活下来了,百病缠身,折磨历尽,却被诅咒般地永远不死。族人供养着他,孩子们叫他"老疯子",向他丢石子。老祖母教育孙儿们:"好人不长寿,恶人活万年。"这句话不再是谴责苍天无眼,而是恶人受罪受不完的意思。老疯子进入孩子们的梦里,把他们吓醒。

褂兜儿里装进石头子儿，孩子们重又睡去，"梦见疯老头被他们打死了"。

这是中篇小说《锁壳门》——一个中国版"亚伯与该隐"的故事。长春如蒙上帝悦纳的亚伯，大春如因嫉妒而杀弟的该隐。作品讲述善恶冲突，更具体地说，讲述灵性人物（长春）的"爱之本性"与血气人物（大春）的"戾气品性"的冲突。这冲突不发生在社会—阶级层面，而是发生在一个大家族的内部，但却并非家庭伦理剧，而是古希腊式的天人悲剧——灵性人物的牺牲导致血气人物的天罚，令人震悚，予人净化。从人物结局的安排，可以看到作家对爱—牺牲—救赎的信心，对"道"的信心。这是作家朱西甯区别于传统中国文学——无论古典传统还是五四传统——的独特之处。年代不明的时间，风沙弥漫的旱湖，凝固不动的锁壳门，无始无终的黄河故道，心如婴孩的仁者，永远死不了的罪人，田地，赌局，盐商，马匪，家境和脾性各异的族人……作家之笔在栩栩如真的写实和放诞不羁的超现实之间自由往还，直抵象征之域。这种自由的动力，源自作家心中广大无边的意义空间。小说的形色，乃是意义的外化。这是《锁壳门》的特点，也是小说集《铁浆》和长篇小说《旱魃》的整体特点。

4

　　朱西甯小说中可以直接看到"爱的做工",这是它们抚慰性力量的源泉。小说集《铁浆》中的《贼》并不是贼,而是代人受过的朴素义人;《刽子手》里的刽子手也无法铁石心肠,他感到被他斩杀的汉子"惹人佩服,就在他杀人杀到是处",于是在酒馆里和老伙伴为其大鸣不平(从人物和场景设置来看,完全是对鲁迅《药》的反写——鲁迅的主题是启蒙失败,刽子手—看客之残忍和牺牲者的徒劳);《红灯笼》里的老舅为救落水小孩而危病复发,令懵懂的"我"真正懂得了惦念与焦虑的滋味……在朱西甯这里,蒙受牺牲的"爱者"与周围的人群不是隔绝和辜负的关系,而是发乎真心的微妙回应组成"爱之链条",嵌入人世。其间心理—精神能量的转换与补偿,对读者影响至深。

　　爱的另一端,是冷静审视"最糟糕的事物"的那种能力。张爱玲称赞"《铁浆》这样富于乡土气氛,与大家不大知道的我们的民族性,例如像战国时代的血性,在我看来是我们多数国人失去了的错过的一切"。这"血性",在朱西甯的小说里是戾气,是执着于物质—肉体欲望的疯狂意志,是灵明之敌人。这是鲁迅所批判的"奴性"之外,另一具国民性格幽灵,它在当今的城乡愈发游荡——敛财无度的贪官,高铁上的霸座狂,向幼儿园的孩子们伸出屠刀的"失意者"，碰了下肩膀即破口大骂的路人……人人心中憋着无名火。这强直的火气、血气、戾气，在《铁浆》和《旱魃》里触目皆是，形神毕现，深具象征意味。它毒化孩子的世界，小小年纪即从生活细节开始"瞒和骗"，养成长幼尊卑，歧视欺压"低等人"；"低等人"自己，也安于被欺压和瞒骗，坚定不移地景仰着榨取和瞒骗自己的阔老爷（《捶帖》）。这肉体—物质之欲是如此非理性地强烈，已经到了活的得不到、死了也要奸尸的骇人地步（《出殃》）。为了福荫子孙，甚至不惜打赌喝下铁浆，以致命丧黄泉，尸如焦木（《铁浆》）。平素从未照拂过基督徒邻居的乡民们，天旱无水，却到唯一有水的这家水井边吵嚷抢水；又执于迷信，竟掘坟验尸以寻旱魃（长篇小说《旱魃》）……

如此富有也擅写救赎之爱的作家，为何亦能将戾气疯狂写得如此之广、之深？因为作家站在了"世界之外的一个点"。用美国天主教作家弗兰纳里·奥康纳的话说："去观察最糟糕的事物只不过是对上帝的一种信任。"唯有深刻体验了至善无伪之爱，方能刻写形形色色的罪与恶。

这是自由写作的法门。感谢朱西甯先生的小说，引领我走到这里。

2019年3月21日

"你是含苞欲放的哲学家"
论木心

> 获得审美力量能让我们知道如何对自己说话和怎样承受自己。
>
> 文学研究的最终目的,即探寻能够超越一时之社会需求及特定成见的某种价值观。
>
> ——哈罗德·布鲁姆

个人

迄今为止,木心在内地还只是出版现象,而非文学现象。内地文坛尚未做好准备来接纳这位八十岁的"新作家"。或者说，木心的文学不符合内地文坛长期形成的精神尺寸——我们文坛的精神尺寸是怎样的？木心的文学又是怎样的？显然，第一个问号如此庞大，无法详加探讨。第二个问题，我愿意给出自己的答案。

目前，内地只出版了木心的散文集《哥伦比亚的倒影》、随笔集《琼美卡随想录》和短篇小说集《温莎墓园日记》，他的诗集《我纷纷的情欲》《巴珑》《西班牙三棵树》《会吾中》《雪句》和其他散文随笔集《素履之往》《即兴判断》等只在台湾出版过，内地也将陆续出来若干。

对这位陌生的作家，我们现在只知道他不多的信息：1927年生于浙江乌镇的富商之家，青年时期在上海美专和杭州艺专习画，新中国成立后曾任上海市工艺美术中心总设计师。他的写作生涯始于青年时代，"文革"伊始，他暗自写下的二十部书稿毁于"萨蓬那罗拉之火"，他亦因言获罪，两次入狱。1982年，55岁的他以"绘画留学生"身份赴美，自此长居纽约。1983到1993年间，他在台湾和美国华语报刊陆续发表作品。此后笔耕不辍，但作品很少在大陆面世。直至2006年初，他的弟子陈丹青在内地将其高调推出，"木心"的名字始被这片孕育他的大陆所知晓。现在，他是被美国博物馆收藏绘画作品最多的华裔画家，他的一些文学作品也被列入美国大学的文学教材。

木心的作品远奥精约，是"五四"精神传统充分"个人化"之后，在现代汉语的审美领域留下的意外结晶，却与当代中国写作的普遍套路毫无瓜葛。纵观木心的写作，可以看到他文学传承的一条完整线索，那是一份融合着中国狂士精神和西方人文主义传统的清单。以下的话，恐怕任何中国作家都不曾这样想、并这样表白过："欧罗巴是我的施洗约翰，美国是我的约旦河，而耶稣就在我的心中。"（木心：《鱼丽之宴》）陈丹青认为，木心乃是"将这一大传统、大文脉作为个人写作的文学资源和自我教养，在书写实践与书写脉络中始终与之相周旋，并试图回馈、应答"的，实为中肯之评。

我们可能需要在当今的汉语语境中，来面对木心秉承的西方人文主义传统——这是一种"人"的价值、尊严与完整性占据核心地位的传统，它对人类的智慧、自由和美感抱有无限的野心，主张超功利地探索宇宙和自我的种种奥秘。从古希腊的德尔斐神谕"认识你自己"，到文艺复兴时期蒙田的家族徽章"我知道什么？"，再到康德建议的启蒙运动口号"敢于知道——开始罢！"（引自贺拉斯的诗句），直至19世纪末尼采的"重估一切价值"，这一传统对人类心智和本能做了全方位的发现与解放，并不断增进着人类内在自我之成长。"智慧"，成为人类道德之基础。独立、自由的"成熟个人"通过自我引导摆脱了奴役和蒙昧状态。对整体性存在的时时发问、探索与应答构成人类浩大而精微的自我意识。此乃人文主义传统的伟大果实。中国现代作家曾以"立人"的使命自我期许，即是意欲横移并接续这一传统及其果实。鲁迅、周作人、沈从文诸人的文学实践已初露端倪,然而被救亡焦虑直至建国以后、"新时期"之前的集体功利主义文学所长期阻断。以自由价值为基础的"成熟个人"在中国大陆的文学、思想领域至此迟迟难以成型。那些爱智、爱美、爱人类、爱自由、为探寻人之无限可能而历险和成长的主人公,以及以此为叙事态度的作家,在此一文学秩序里未曾完整而舒展地生长。这是汉语文学在价值层面的先天缺陷。

"新时期"打破了国人的文化封闭,但中国文学如上所述的先天缺陷并未补足,自由价值远未充分内化为中国作家的自我意识,"成熟个人"依然待立,就开始了剥离西方现代派技巧及其破碎体验的"本土现代派"文学之旅。在文学传承的链条上,1980年代的中国新潮文学是以卡夫卡、乔伊斯、艾略特、马尔克斯等现代主义大师的作品为摹本的,然而本土作家显然并未意识到,这是由否定性哲学支撑的新传统。

"如果肯定的时期已过,他便是一个否定者。"尼采借查拉图斯特拉之口,惋惜地说起肯定者耶稣。但他一定知道,未曾经历充盈"肯定"的人,他的"否定"也是衰颓的。对中国新潮文学来说,命运便是如此。在这里,苏格拉底、莎士比亚、蒙田、康德、伏尔泰、孟德斯鸠们"肯定"人之价值与尊严的人文传统还未及扎根就被翻页了。

现代主义的"非理性、分裂化和经常绝望的世界观"[1]与中国式的世俗虚无主义结合,形成了中国当代新潮文学"洋得太土"(木心语)的基调与窘境。这种文学,其精神源头不能回答"存在"的根本问题,其精神质地不能承受来自外部世界的纷扰与撞击,其浮面的"现代性"注定其精神探索无法行远,其精神果实,便是1990年代至今日趋保守而又物质主义的文学实践。"五四以来,许多文学作品之所以不成熟,原因是作者的'人'没有成熟。"木心此言,一语中的。

在这样的汉语背景中审视木心的创作,可以发现他与中国当代主流作家的强烈差异:后者选择的写作素材多是集体性、物质性和地域性的,前者选择的写作素材则是个体性、精神性和世界性的;后者处理素材的态度多是社会化、客观化和参与性的,前者处理素材的态度则是高度诗性、主体性与超越性的。中国主流作家习惯于探究和叙述微观世态与个体私我,回避并遗忘了对宇宙、社会和人生做出根本性的思考与判断。("私我"和"自我"有何不同?——前者是大地上被禁锢的植物,它只与自己的物质存在有关;后者是"人",除了自己的物质存在,他/她的意识关乎世界之总体性。)木心与之相反。他着迷于赤裸面对世界和自我的根本问题,他从不回避对

"你是含苞欲放的哲学家"

1 [英]阿伦·布洛克著,《西方人文主义传统》,董乐山译,北京,三联书店1997年,第203页。

整体存在和自我境遇作出独异的描述与判断,并且,他的观点纯然出自个体,与所谓民族、东／西方、社会、阶级等群体／地域概念无涉。这是他作为人文主义之子必有的观点——那种努力超越历史、国族和私我之局限的自觉的"世界人"观点:"我挂念的是盐的咸味,哪里出产的盐,概不在怀。"[1]

人文主义者历来存在着人到底应"积极生活"还是"消极默观"的争议。表现在艺术观上,便是"为人生而艺术"和"为艺术而艺术"的争执。诗人艾略特在追悼诗人叶芝时说:"他竟能在两者之间独持一项绝非折衷的正确观点。"这也是木心深以为然的观点[2]。这意思是:对于"人生",保持辽阔而热诚的观照,但将此"观照"转化为"艺术"之时,则虔诚服从艺术自身的律令。

母语

汉语曾经是一种多么优美繁丽的语言!它无所不能至,无所不能形,只要你足够贪婪强壮,想要得到的美都能满足。此种美景直到20世纪上半期还在盛放——那时的白话文可以毫无窒碍地从古汉语和外国语那里获取支

---

[1] 木心:《鱼丽之宴》,台北,翰音文化事业股份有限公司,1999年。
[2] 木心:《素履之往》,台北,雄狮图书股份有限公司,1993年,第34页。

援，正在蓬勃壮大成既美且善的万能系统。

可是突然，一场翻天覆地的语言变局随政治变局而来——先前的语言方式，因其贵族阶级的血统而成为有罪的；综合了马列译著、工农口语和传统民间俗语的新白话，自此一统天下。此一语体，捣毁了那个正在成长的既美且善的万能系统，中国古典雅文化和西方文化的蓊郁之树被连根拔起，于是汉语沙漠的地面上，布满沙棘草似的"新白话"。它是如此贫乏干枯，以致无法以这种语言确切描述复杂的人心与世界。反向地看，由于语言对人之思维的塑造作用，此种新白话孕育下的中国写作，几乎无法表呈无穷微妙的生命感受。有限的字词——它们随着《新华字典》的逐年改版而愈加减少——正在使国人的思维与感受力向简单弱智的方向飞速"进化"。由此也可以解释，何以当下中国的荒诞现实层出不穷，却未能有一部穷形尽相、震撼人心的荒诞文学作品。有一种观点认为，这是由于现实生活的丰富性超过了作家的想象力，此系不具文学常识的无稽之谈。想象力的功能，不在于他／她能想象出稀奇古怪的事体，而在于他／她能在有限"世相"的空间里，表达出异常敏感的微妙体验。"微妙"是无边之海，滋养万物人心。没有它，人心将为木，为石，渐入麻木残暴之境而浑然不知。而微妙的心灵符码由复杂的字词组成，或者说，唯有把微妙的心灵诉诸言辞，心灵才能脱离晦暗不明、无以名之的潜在状态，而成为存在。

正是在这一意义上,木心繁复微妙的语言乃是对当代汉语文学的挽救式的贡献。木心作品的词汇量巨大,生僻字词极多,且频频用典,有论者称"读其书手边需备好一本字典"。但《新华字典》殊不宜。试以古代题材短篇小说《五更转曲》的几个生僻字为例:

> 黄昏时分,应元与明选驾马车,循西门,分送酒浆肴果,招呼道:
> "再唱一夜吧,五更转曲都会唱了,都来唱!"
> 顿时城上歌咢大作,金铁皆鸣,街坊闻知应元明选之意,于是全城百姓引吭放声,那些个素擅丝竹的,急切检出弦琴箫管,咿咿呜呜满街边行边奏,梵刹击鼓撞钟以为应和,声传三里,勒克德浑步出营帐,对着月光,叹道:
> "汉人之心如此!"

此处"歌咢大作"的"咢",音"饿",为徒手击鼓之意,现代汉语几已不用此字,也没有哪个常用字能表达"徒手击鼓"的古意,故"咢"虽难认,在此处却属不得不用。

> 那天,曙色迟迟不明,大雨滂沱,近午时,有赤光起土桥,直熛城西,墙垣俄陷,清军从火焰雨

眚中蜂拥进城……

此处"熛",音"标",有三义：1. 迸飞的火焰；2. 闪动；3. 疾速。在此上下文中，可将三义合并，理解为"迸飞的火焰疾速闪动"，此含义常用单字无法承载，若换成字串，则无法与下文"墙垣俄陷"音律对仗，亦失清简鹘落的神采，因此亦属不得不用的生僻字。生僻字若可与俗字互换而不失义理辞章之美，或可称作者卖弄。

此处"眚",音"省",有四义：1. 眼睛生翳，引申为日月蚀，灾异；2. 一种病名；3. 疾苦；4. 通"省"，减省。"雨眚"的"眚"当取第一义的比喻义，意为眼翳般的雨，既为凝练，与"火焰"一词对仗，又富有表现力——阴雨如眼翳般遮住了清军的视线，这意思只用"雨眚"二字即得以表达，多么经济。

贝勒眴左右，传卒横枪刺应元小腿，骨折，扑地血流如注。

此处"眴",音"顺",即"以目示意"，一个字表达瞬间的暗示动作，很传神。

晼晚，雨住了，担解应元至栖霞禅寺，锁于空堂柱上。

此处"晼",音"晚",指太阳将下山的光景,喻年老。不用此字,换作"晚上,雨住了",意思未变,但从本篇叙事的时代气质和人物风神所要求的来看,质木与直白会对作品形质造成双重的损伤。

至于中外典故和文言词汇在作品中的随手运用,更是不胜枚举。

木心作品冷僻字、文言词汇和用典的功能在于:1. 行文简炼高贵,音调和谐精微,在字面的背后,发散大量本文之外的历史和审美信息,虽然简单字词可约略替代其意,但音调、韵律、容量、气质和确切度必大受影响。2. 文学如欲超越,必得触探独异幽微之境,而这是非得用同样独异幽微的词语才能做到。木心寻返久经失落的古典词语,藉以拓展思维、感受和想象的边界,由此,他创造了一种真正成熟、华美、丰赡而高贵的现代汉语,它有"五四"遗风,但其"个人化"和"世界性"气质却又超越了"五四"。

木心的这种语言形态,需追溯他与文化传统的关系。木心是中国当代罕见的一位与中国古典传统和西方文化传统建立双向、平等、亲密和个人化关系的作家。因超脱于本土非此即彼、剑拔弩张的文化环境,他在中文书写里面对中国古典传统的姿态是自由的、个人化的,并无"五四"先贤和当下内地知识分子基于"国家进步"和"平民救赎"的"伟大功利目的",而对"旧文化"所抱有的意识形态紧张感。此种紧张感有其历史和道德的理由,但我们亦应超越历史,站在爱智爱美的自由个人之立场上,看到其相对和权宜的性质,从而捡回连同脏水一齐被倒掉的婴儿——母语传统中的美学精华和诗性精神。"中国曾经是个诗国,皇帝的诏令、臣子的奏章、喜庆贺词、哀丧挽联,都引用诗体,法官的判断、医师的处方、巫觋的神谕,无不出之以诗句,名妓个个是女诗人,武将酒酣兴起即席口占,驿站庙宇的白垩墙上题满了行役和游客的诗……中国的历史是和人文交织浸润的长卷大幅……我的童年少年是在中国古文化的沉淀物中苦苦折腾过来的,而能够用中国古文化给予我的双眼去看世界是快乐的,因为一只是辩士的眼,一只是情郎的眼——艺术到底是什么呢,艺术是光明磊落的隐私。"(木心:《鱼丽之宴》)

以色列哲学家马丁·布伯(Martin Buber)曾把人与世界的关系概括为两种——"我—它"关系和"我—你"关系,英国历史学家阿伦·布洛克(Alan Bullock)借此指出,现代人的疾病即在于把人与人、人与上帝间个人的、主体间的"我—你"关系,降格为一种非个人的主体与客体的"我—它"经验,从而导致"人"的孤独与荒芜。将这一观点在中国现当代文学的领域加以发挥,我们看到,当代作家文化根脉的失落,即是由于现代以来中国知识分子以非个人的、客体化的"我—它"视点对待母语和西方传统,从而失去了认知和体验作为**个体灵魂之化身**的文化传统的能力。木心则相反,他的全部写作,都是他与古今中西一切经验的"我—你"式相逢——他将畴昔文明和自我经验复活为一个个血肉之躯的"你",从而展开无数个"我—你"之间精神还乡式的灵魂晤谈,从而使"我"因"你"而成为更丰赡的"我","你"因"我"而成为更"现在"的"你"。这也是木心写作的常用方法。比如《琼美卡随想录》中的《嗫语》《呆等》对古今艺术家的品评("别再提柴可夫斯基了,他的死……使我们感到大家都是对不起他的。"),《素履之往》里许多段落对哲学艺术的探讨,一些散文(比如《遗狂篇》《爱默生家的恶客》等),一些古今对话的诗(《致霍拉旭》:"霍拉旭啊/床笫间的事物/不只是哲学家所梦想得到的那一些")……都是显在的例子。哈罗德·布鲁姆说:"蒙田面对古人时并没有后来者的感觉",而木心说:"像对待人一样地对待书……"(《鱼丽之宴》)这种"我—你"关系的建立,不仅是一种写作的修辞学,更重要的,它乃是一种启示性的写作伦理学。

这种"我—你"关系,本质上是一种爱,一种想象力,一种对诗性世界的深切乡愁。这个诗性的世界,是以母亲、童年、故国山川、旧友仇敌、人类"从前的生活"、往古的圣哲罪犯之面目出现的,木心以全副的投入,与它们作"我—你"之相逢。这种相逢的深邃玄奥和纯然虚拟的性质,呈现孤独,亦萌发召唤;令人心碎,亦散发慰藉。那是一种母语的慰藉。那不单单是母语的慰藉。

忤逆

这是巧合吗?木心竟在博尔赫斯的背面:博氏皓首于"永恒",木心竭诚于"瞬息";博氏出离于情感,木心酣醉于爱欲;博氏的小说乃其随笔评论的变体,木心的小说则是其叙事散文的演绎;博氏根在西方,却遥借东方的神秘衣履,木心根在东方,却汲纳西方的强健精神……然二者俱显诗人本色,哲人头脑,兼擅散文、诗、小说、评论,尤擅短章,思维方式亦皆跳跃明灭、不事体系。只是,同样认为"没有上帝",虔诚的博尔赫斯终是"被迫承认",如同一个绝望的弃儿;顽劣的木心则甘之如饴,有如无悔的逆子。

但木心却是人文主义的虔诚子孙,他须臾未离对于"人"在宇宙中的位置,以及,"个人"之价值、使命与卓异可能性的形上思索——这是一种对整体性存在的思索,也正是中国当代主流作家的无意识之处。后者关注的是一种局部性存在,"宇宙"对于他们来说太大太远,"个人"对他们而言又太小太近了。可人类心灵恰恰是在观照这种大而远、小而近的深邃存在中获得充盈饱满的自我意识,并成其为人。

对于使"人"陷入丑陋无知的幽暗力量，木心怀抱警惕与否定。以成熟个人的智慧瑰美和幽暗力量作自觉的较量，是他的文学的精神支点，用他自己的词，这一支点叫作"忤逆"。

"生命的现象是非宇宙性的。生命是宇宙意志的忤逆……去其忤逆性，生命就不成其为生命。"（《大西洋赌城之夜》）这个"忤逆"序列，从作为存在之根本的宇宙和生命出发，在木心的文学里持续延伸——生命是宇宙的忤逆，智慧是生命的忤逆，怀疑是宗教的忤逆，信仰是功利的忤逆，记忆是贫乏的忤逆，创造是衰退的忤逆，痛苦是麻木的忤逆，爱是死的忤逆……忤逆是一种"反熵"现象，一种"存在"的雄心，一种充盈的自我意识，一种对于文明没落的忧患之思。木心以"智慧"成就其忤逆，"智慧至上观"统驭着木心的价值世界，以至于他认为："真正的黄金时代不是宗教与哲学的复活节，那是人类智慧的圣诞节……地球再迟十万年冷却，也许就能过上这智慧的圣诞节的黄金时代……"（《大西洋赌城之夜》）智慧的重重忤逆构成木心作品变幻无尽的风光，而最终，则也体现为他对文体界范的忤逆。

正是这"忤逆"使木心解放了散文。他把它变成一种万能的文体，并将诗、小说和评论理所当然地融于其中。《哥伦比亚的倒影》和《遗狂篇》是这种探索的极端。《哥伦比亚的倒影》取意识流小说手法，全篇万余字，没有分段，没有句号，一"逗"到底。但这就是陈丹青称其为"伟大的散文"的理由吗？它真的"伟大"吗？是的，伟大，但其伟大不仅在于文体之奇，更在其精神探讨的包罗万象。此文通篇看来似乎意绪飘忽无迹可寻，但其实山重水复皆有章法——意念的流动皆依赖叙述者行为动机的驱使、空间视点的转换、意象的营造与联想、词语的重叠与岔路……繁缛的哲思诗思已把文体的外壳涨破，四处流溢飞散，翩飞之间，传达出灵魂的浩大声息。可以说，此篇散文几乎涵括了木心作品的所有主题——对生命感衰退的忧虑（"心灵是蜡做的"），对昨日世界的乡愁（"我绝不反对把从前的生活再过一遍"），对极权之憎恶（"太阳嫉妒思想"），对"不见而信"的信仰（"为了使世界从残暴污秽荒漠转为合理清净兴隆，请您献出一茎头发"），对庸众的怀疑（"赫胥黎向我举起一个手指，'记住，他们一无所知'……才明白我原先的设想全错了"）……最后，在孤独漫游者自我反讽的悲剧性的喜剧感中，所有声部汇成一个恢弘的主题：对完整之"在"的信仰，对功利而衰竭的历史潮流的忤逆。

"智慧至上"是西方文明的价值基石。"道德至上"是中国文明的价值基石，这一基石之在今日中国，演变为官方和民间知识分子的泛道德化意识形态，前者导致道德的崩解，后者使知识分子把一切中国问题归于"道德问题"，所有争论终以知识分子相互攻讦"道德堕落"而收场,这种"道德至上"并未增长我们对世界的认知和建设。面对道德和智慧之在中国的相悖,木心素来属于后者:"世俗的纯粹'道德'是无有的。智慧体现在伦理结构上,形成善的价值判断,才可能分名为道德。离智慧而存在的道德是虚妄的,如果定要承认它实有,且看它必在节骨眼上坏事败事,平时,以戕贼智慧为其功能。"(《素履之往》)

"智慧"在木心作品里演绎着纷纷剧情,《7克》是我所见最玄妙而透辟的散文之一。"释家、道家、基督家都明白智慧与生命的不平衡是世界苦难的由来。他们着重思考生命这一边……而今是否可以着眼观照智慧那一边呢。"木心用智慧与生命的"数字进位法"观照智慧这一边,关于生命的"1克"与智慧的"10克""3克""7克"之关系,弹拨得不可思议而妙趣横生——如此抽象而具体,又如此具体而抽象,凭这,他已达到他所心仪的智慧之境!他如何达到了这"7克"?这是一个令人着迷的谜!

《尖鞋》探讨了智慧与痛苦之关系,又是另一番不可思议:"我"在积水的地牢里,撕开旧衬衫为自己做鞋。这时,幽囚孤独的他竟在这时,想:现在外面的鞋子流行什么式样?他做成了尖型。几年后,他透过囚车的缝隙,看到大街上时髦男女的鞋子都是尖型。他得意了——十字架、金字塔尖、查理曼的皇冠、自己的尖鞋,

"是一回事中的四个细节"。与木心的这个"我"同质的主人公,在世界文学里我至少见过三个:奥威尔《1984》里的诗人,他为诗行能够押韵用了犯禁的"god"一词而锒铛入狱;尤瑟纳尔《苦炼》里的科学家泽农,他在死亡的过程中仍研究和记录自己死之感受;卡尔维诺《树上的男爵》里那位强盗贾恩·德依·布鲁基,他在绞架前仍惦念里查森小说《克拉丽莎》主人公的结局。这些人物的共同之点,是以智慧欲求超越生命痛苦而企及神性,智慧已内化为坚定的人格,致力于自身的丰富美好而无视绝境。此种气质的主人公在中国文学里,只有小说家王小波创造过。而木心是真实的存在,不是小说中人。

强弱

当下中国作家写小说时,多从社会、政治、历史和生存等集体性、物质性的层面展开叙事,木心则相反:他的小说始于个人而终于个人,皆从微观边缘处落笔,呈现人类微妙难言的心灵角落,体积纤小,声音轻细。你无法从所谓"主流现实状况"(无论中国的还是美国的)推知木心作品的状态,但如果你对当下"普遍性的存在感"有所体味,当能会心它们何以形成。《七日之粮》《五更转曲》是写中国古人的吧?可这些古人深醇多致的"信"与"义",却隐然反照出"当代生存"的薄情寡味。《SOS》

"你是含苞欲放的哲学家"

以沉船时刻医生助产孕妇的义举,捕捉人类死生之际的神性与徒劳;《静静下午茶》从一对英国夫妻纠缠了四十年的无谓隐私,透视人类无以名之的心灵尴尬;《芳芳NO.4》由一个女子气质面目的四次变化,勾画人性的翻覆无常;《西邻子》写法不新,但格外摇曳着"敏感""犹豫"和"无用"的魅力……

与力量型作家解剖现实生活主动脉的做法不同,木心善于潜入人类心灵的毛细血管之中,以微观指喻整体,于殊相隐含共相,其妙不在证明公理,而在揭示幽微,由是,精神之翼才可摆脱重力,不可见者方能可见——此种特征,浓缩在他的短篇小说《温莎墓园日记》里。它是我读过的最含蓄节制、最富奇思与哲思的爱情小说之一。但它不是爱情故事,而是"存在境遇"普遍爱情的观照——对于"人类20世纪之爱情"的观照。

如此抽象的命义,怎样完成?木心的才能就在于以感性的铺张,达至形上的境界:"哈代曾说'多记印象,少发主见'……现在我用的方法是'以印象表呈主见'。"(《鱼丽之宴》)诚然。如标题所示,此篇小说采用日记体(作为引文,也镶嵌着书信,其结构因此兼具了自语的封闭性与对话的开放性),隐蔽地并列伏下三条线索:

一是常到纽约一座无名墓园散步的"我"与远在瑞士的女友桑德拉平淡的情感关系;

二是借两人通信谈论华利丝·辛普森的首饰之去向

（她是20世纪"最后一对著名情侣"中的女主角，温莎公爵爱德华八世为她放弃了王位，他花去重金献给她的爱之礼物，在她故世之后却只能被零星拍卖，变回为商品），痛悼爱情的沦亡；

第三条线索设置之平常而奇异，令我惊讶木心冷僻超拔的想象力，犹如针尖上跳出的宇宙之舞：小说进行到三分之一时，"我"偶然在一墓碑上发现了一枚生丁硬币，于是散漫的叙述悄悄移到了焦点——这生丁从此被"我"和一个未曾谋面的陌生人轮流翻面，日复一日，由无意而有意，以致"我"逐渐感到这种默契"已与爱的誓约具有同一性"，如果中断这种交流，就是"背德的，等于罪孽"。为了在此守誓，"我"无限延宕了与女友相会的时间，直至一个冬雪之夜，"我"抱着"轮回告终的不祥之感"奔赴墓园探看生丁，终于和那个冥契者相遇。

如此千回百转的爱情独角戏，在我的阅读经验里是第一次遇到。

小说中的墓园明明是无名的，标题却冠以情圣温莎公爵之名，既在形上的层面隐喻着20世纪的爱情之死，又暗示了这座墓园乃是主人公深沉奇妙的爱情诞生地。"往过去看，一代比一代多情，往未来看，一代比一代无情。多情可以多到没际涯，无情则有限，无情而已。"（《琼美卡随想录·烂去》）《温莎墓园日记》同时给我们看到了两个世界：何谓"多情多到没际涯"，何谓"无情而已"。

由此，他把人与世界的"情"的关系，上升到了本体论的高度。佛家将世间生命呼为"有情"，以"情"为"如梦幻泡影，如露亦如电"的脆弱死门，吁请众生超越而达彼岸。可对木心而言，此如露如电之物即是彼岸，即是心灵的深度、广度与速度，即是瞬息万端、浩瀚无尽的自我意识。也正因此，"自我"在木心作品里既繁复柔弱，又不可褫夺，它于我们是如此陌生，竟似一种隔世的尊贵与傲慢。

有"情"即有痛苦。"极大的痛苦，痛苦到了无痕迹，中国的艺术是这样的。"在《散文一集·跋》里，木心借一个罗马女人之口说。其实，这就是他自己，以及他的艺术。于木心而言，对痛苦的敏觉和观照是自我意识的同义词，是存在的源头与深渊。"一个来自充盈和超充盈的、天生的、最高级的肯定公式，一种无保留的肯定，对痛苦本身的肯定，对生命一切疑问和陌生东西的肯定……这种最后的、最欢乐的、热情洋溢的生命肯定……"（尼采:《看哪，这人》）

然而"痛苦"的体积在木心作品里却被压至最小，最弱，最细，不动声色，难以觉察，甚至相反，它看着有点淡漠，有点喜剧，有点甜，直至它被我们当作甘美之物吞咽，慢慢地，那椎心大恸始告袭来。这种由"弱"渐"强"所构成的阅读张力，使木心作品难以被一次耗尽，相反，它潜在而深藏的磁场会召唤阅读与感受不断重返其中，一遍遍一层层体悟存在之味——爱，情欲，苦难，记忆，衰老，乡愁，文明的没落，生命的浓淡……

"我至今还是不羡慕任何出于麻木的平安。"（木心：《出猎》）此即木心对"丰富的痛苦"之认同。《同车人的啜泣》和《空房》是这种"麻木的平安者"遗忘和背叛"痛苦"的故事。《空房》尤巧，作者设置了一个谜面：为什么一对生死恋人的信被抛弃在空房中？"我"似乎穷尽排列了种种的逻辑可能性，每种可能性都不能回答这个问题，于是小说结尾是"答案的空缺"。然细心的读者会发现，答案其实就藏在"我"认为绝不可能的第三种可能性中——"要说梅先死，死前将良给她的信悉数退回，那么良该万分珍惜这些遗物，何致如此狼藉而不顾。"然而根据上下文，只能是"良"并未"万分珍惜这些遗物"，才致死者情书狼藉遍地的。但此时作者并不明说，而是悄悄分身为二：一是那个直至暮年仍不得解的痴心人"我"，一是暗暗把无味的答案递给我们、看透了人性浮薄并貌似无动于衷的作者本人。

《笔挺》《圆光》《童年随之而去》《草色》《爱默生家的恶客》等篇则探讨了种种痛苦的质地。《圆光》是我极爱的作品，因为它的四两拨千斤的智慧、一叶一菩提的精妙和全抛一片心的挚诚。文章截取了三种"圆光"，举重若轻地揭示出人世间三大苦境：基督和佛陀像头顶滑稽虚夸的圆光；弘一法师圆寂前对人吐露挂念"人间事，家中事"的真声时，在"我"心中焕发的灵犀之光；十年浩劫中，监牢的墙面被众囚犯的头颅天长日久磨出来的"佛光"。作者不议论，只叙述，间以"不明飞行物"之类不相干的轻松闲笔将苦涩弱化稀释，直至终篇，沉厚的痛楚才一齐释放出来。

最直接最强烈的痛苦与快乐，莫过于爱欲。木心是情诗圣手。我想强调他之于这个"世界"的"情人"身份。一个敏感多情、挑剔刁钻、捉摸不定的情人。正如他所自称，看这世界时，他用的"一只是情郎的眼，一只是辩士的眼"。我们目前能看到的木心情诗皆是他六十岁以后所作，其炽烈瑰美如天际盛放的焰火，证之于这样的年龄，真可称是"才华化作生命力"的奇迹。

"尤其静夜／我的情欲大／纷纷飘下／缀满树枝窗棂／唇涡，胸埠，股壑／平原远山，路和路／都覆盖着我的情欲／因为第二天／又纷纷飘下／更静，更大／我的情欲"。（《我纷纷的情欲》）繁复炽烈的主题，却外化为天真简短的音节和绵长飘洒的意象。

在木心诗歌中，分量最重的当属表达"昨日乡愁"和"文明反省"主题的作品。"上个世纪的人什么都故意／……／人是神秘一点才有滋味／世俗如我，暗里／明白得尚算早的／无奈事已阑珊／宝藏的门开着／可知宝已散尽"（《还值一个弥撒吗？》）"世界的记忆／臣妾般虿拥在／书桌四周／乱人心意的夜晚呵"（《夜晚的臣妾》）"童稚全真的假笑耆翁偶现的羞涩／南极落难的青年梦中的花生酱／宫廷政变老手寥寥数句的优雅便笺／……／每有所遇，无不向我殷勤索证"(《索证者》)……木心的诗在表达文明忧思之时，并不使用抽象的句子和铿锵的音调，而是以可见可感的细节意象的参差罗列，借代或暗喻整体性的意念与判断；同时以轻盈飘逸的语调，传达沉重痛苦的叹息。此种强与弱、重与轻、抽象与具体、宏观与微观的辩证法，构造了木心诗歌精微而恢弘的品质。

"生命的剧情在于弱／弱出生命来才是强"。这是木心在《KEY WEST》里献给硬汉海明威的诗句，恐怕也是他自己生命和写作的美学。的确，只有把握了生命最细弱微妙的呼吸，文学才能显现其无量伟大与仁慈。

惊奇

木心的文学充满"惊奇"。这恐怕是他与当代中国主流文学的本质差异之一。后者的本质是什么呢？借用德国哲学家约瑟夫·皮珀（Josef Pieper）的说法，是文学的"无产阶级化"与"布尔乔亚化"。

"无产阶级化"何意？它指的是"将自己束缚于工作历程之中"，"也就是将自己束缚于'效益'的历程里，而且，由于此种束缚方式，工作人类的整体生命内涵因此而消耗殆尽。""无产阶级主义无异于是'卑从的艺术'领域

"你是含苞欲放的哲学家"

中狭隘的存在和活动方式——不论这种狭隘是出于缺乏自主性、工作至上动力的驱使或是精神上的贫乏。"[1]中国文学的"无产阶级化"始于1920年代末开始的左翼文学，历经延安时期、"十七年"、"文革"直至现在大部分的"底层写作"，是一种将平等主义的政治伦理混同于艺术评判标准的文学。

"布尔乔亚化"何意？它"指的是一个人以既坚固又紧密的姿态附着于他所生存的环境（由当下生活目标所决定的世界），他把这样一个行为当作一种终极价值看待，因而一切与经验有关的事物不再显得透明，同样，一个更宽广且更真实的本质世界似乎不再存在。总之，再也没有'惊奇'，再也无法感受'惊奇'，他的心灵变得平凡庸俗，甚至麻木不仁，他把一切事物看成'不言自明'……他无法摆脱日常生活的迫切需求"。当代文学的"布尔乔亚化"是上世纪90年代开始的事，以"身体写作""都市写作""另类写作"之名风靡文坛，其作品弥漫着"无法摆脱日常生活的迫切需求"的焦虑，也是此类作家私我的焦虑。

"无产阶级化"和"布尔乔亚化"有一种相同的性质，即灵魂的"懒惰"，它是一种"软弱的绝望"，是一个人"绝望地不想做他自己"。这样的灵魂，不领会何谓

---

[1]［德］约瑟夫·皮珀：《闲暇：文化的基础》，刘森尧译，新星出版社2006年，以下所引皮珀语句皆自此书。

"惊奇"。惊奇是"一种怀抱希望的结构，而这正是哲学家和人之存在特有的本质。我们是天生的'旅行者'，我们一直'在路上'风尘仆仆，却'尚未'抵达那里"。"在平凡和寻常的世界中去寻找不平凡和不寻常，亦即寻找惊奇，此即哲学之开端。"

木心的文学正是从这一角度获得了哲学的深意，并由此成为当代中国文学真正的"惊奇"。在他的作品中，世上的人、事、物，被解开了日常理性的粗壮枷锁，而被他置于婴孩和老者的双重目光之下，经由语言的中介，并连同他的语言本身，发散出寂静、晶莹、多面而豁然的光辉，如同雨后空谷里四处洒落的钻石。

在汉语文学中，再也没有比木心的俳句更善于和适于揭示世界之惊奇的了。这种借鉴于日本俳句的语体，是木心的一大发明，乃是一种高度"莫名"的单句——或仅是一个词组，或是一个句法完整的句子，或是不时断裂、没有标点的语句，中间的空格作为语词的休止符，时时激起意蕴的回响。在这种句子中，木心通过意象、意义、声音的或突兀、或对立、或跳跃、或超现实的组合，把汉语的诗性爆发力和意义涵容量推到了顶点（但愿不断有更高的顶点），也把"作者"主体视点的束缚与自由发挥到了极端，由此而引发一阵阵感知的骚动。

这是最典型的句子："寂寞无过于呆看恺撒大帝在儿童公园骑木马"。句子如同层数繁多的精致套盒，"寂寞"

是最外一层，"呆看"在第二层，"恺撒大帝"在第三层，第四层，愕然奇观出现了——"恺撒大帝在儿童公园"！这是能够联结在一起的人物和地点吗？盒子继续打开到第五层，更大的震骇来了——"恺撒大帝在儿童公园骑木马"！这是这样的人物在这样的地点可以做的一件事吗？至此，一种唯有用这些意象这样组合才能表达的意绪，得以表达——"恺撒大帝"是"权力者""征服者""罪恶者""伟大者"的借代，"骑木马"作为儿童的戏耍，是世间最微末最天真最无辜最被动之事的借代，二者跨越时空的对立组合，意象清晰可见，但其苍茫寥落的况味，却不是"退休的布什在儿童公园骑木马"可堪比拟的。而如此寂寞的景象，还有人从旁"呆看"，那人的寂寞自然更胜一筹，那是真的"无过于"了。

这样的句子是如此之多：

首度肌肤之亲是一篇恢弘的论文

生命树渐渐灰色 哲学次第绿了

颤巍巍的老态 从前我以为是装出来的

公园石栏上伏着两个男人 毫无作为地容光焕发

日日价勤于读报的厌世者呵

平民文化一平下去就再也起不来了

现代之前 思无邪 现代 思有邪 后现代 邪无思

论精致 命运最精致

无知之为无知 在其不知有知之所以有知

红裤绿衫的非洲少年倚在黄墙前露着白齿向我笑

紫丁香开在楼下 我在楼上 急于要写信似的

……

这样的句子有何意义呢？没有什么意义。它们不去担当什么，也不去依附什么，它们只是温柔盛开之灵魂的安谧的游戏罢了。"神性的智慧一直都带有某种游戏的性质，在寰宇中玩耍绕行不止。"（《圣经·箴言篇》）但是，不要轻视灵魂的安谧："在我们的灵魂静静开放的此时此刻，就在这短暂的片刻之中，我们掌握到了理解'整个世界及其最深邃之本质'的契机。"（皮珀）

木心作品，就其全部来说，即是一个时刻对凡常生活保持哲学之惊讶的人的故事。先哲有云："哲学是灰色的，生命之树常青。"但是对于怀抱存在之雄心的人而言，不能领会世界之总体性的生命，不配称其为"生命"；正如不能绽放生命之花朵的哲学，不配称其为"哲学"一样。那么，哲学和生命啊，你们可怎么办？那怀抱存在之雄心的人呀，你到底是什么？你是——你是……"你是含苞欲放的哲学家"。（木心俳句）

2006年7月28日写毕

2008年3月24日修改

㊟

最后的情人已远行
木心先生祭

听到木心先生辞世的消息，呆了片刻，轻轻对世界说：你最后的情人已经远行。你的物，你的色，你的生命，你的文明，你深情的往昔，你薄情的现在，你迷惘的未来，将不再被那双脉脉含情、敏感刁钻的眼睛时时凝望，也不再有他专注而佻达、热狂而柔静的声音与你对语。你将更加寂寞地运行，而他为你留下的爱意与方式，将成为世间的孑遗。

但也许我说错了。也许他留下的不是孑遗，而是种子。种子不死，因为爱是不死的。他曾有言："艺术是一种爱的行为／爱'爱'的行为"。这爱因他的逝去而突然裸裎，如同一个无对象的遗嘱，长留在灵犀相通者心中。

但也许直到此时，我们也未真正意识到他留给我们的究竟是什么。"你爱文学　将来文学会爱你"。许多俳句他用第二人称，其实是孤寂之中写给自己的信。可被他言中了。只是他没有足够的耐心更长寿些，等待那不负其爱的爱前来叩门。

但我们能够知道，他对世界用情是如此之深，以致他毕生追求自我与世界的相等。他的诗，俳句，散文，小说，无不既是他与世界的对话，又是他与自我的对话，这对话如此浩瀚、内在、微妙而恢弘，如同我们自身深处早已遗失忽被寻返、若不相遇便将沉睡的永恒记忆。他创造的不只是美好的汉语，更是与人的自我——只要他／她醒着——息息相关的诗意生命。他不断书写对诗意存在的无尽乡愁，唤醒的却是我们自身对更好的自我、更广大的精神、更深沉的爱的思念。

正是这思念，促使诗意尚存的汉语心灵重新思考：如何建立艺术与生活之间的同一？诚如巴赫金所说："艺术和生活不单必须互相负责，还应该互相承担罪谴。诗人必须记着：生活的鄙俗平庸，是他的诗之罪过；日常生活之人则必须知道，艺术的徒劳无功，是由于他不愿意对生活认真和有所要求。"对木心先生而言，艺术与生活乃是同一件事，笔下的每个字都事关重大。他将自身生命虚化、升华、戏剧化，而无时无刻不生活在审美判断、修辞思维之中，无时无刻不在与词语和句子悠游嬉戏，又无时无刻不在用他的词语和句子表达对世界的整体判断。"不入象征主义非夫也，出不了象征主义亦不是脚色。"在他手中，诗、俳句、散文和小说莫不出于象征，每个意象都关联着他心中的"世界模型"。他是真正的诗哲，而非单单的美文创造者。美是他至高的准则，在此准则之下，深藏他自身对宇宙的终极解析。这位哲人惊警于文明与生命的退化，守护古典时代的遗产，捍卫"人"的神性形象——从他自我的生活与艺术开始，直至自身成为一件不可磨灭的作品。

现在，如要为木心先生绘制一幅肖像，我愿他横站在各种事物的交界处：现代与古典的交界处，西方与东方的交界处，诗与哲学的交界处，自我与世界的交界处，信仰与忤逆的交界处，微妙与恢弘的交界处，知与爱的交界处，热与冷的交界处……他的艺术与生活在这多重交界的跨越中蓊蓊郁郁，生生不息，却从不逾度，从不偏其一端，只因他恪守"美"之准则。在这轴心轰毁、碎片飘飞的年代，此一恪守使他的身影愈发孤独，竟像是一个错误。人们习惯性地以为在如此时代，文学艺术只能提供混乱的生命潮流之对应物，如有其他，则必是虚假，必是逃避。此种执念或可解释20世纪以来世界为何荒败若此，人却无法出世界于荒败。人们遗忘了纪德、瓦莱里、博尔赫斯、卡尔维诺、尤瑟纳尔们提供的可能性——即精神秩序的胜利，胜过世界的混乱。这种可能性延伸出一个以现代融通古典、以秩序观照混乱、以审美表达审丑、以神性透视人性的精神谱系。"世界乱，书桌不乱"。木心是此一谱系的精神后裔,并将以他穿透古今中西的诗与美学,开辟中国当代文学一个新的传统。

这到底是轻率的颂词,还是真实的预言?行文至此,忍不住想起加缪所作《卡利古拉》的一句台词:"我们历史上见。"

2011年12月28日

不驯的疆土

论莫言

二十多年的写作生涯后,小说家莫言仍是一个叛逆的少年。他的作品天马行空,变化无穷,似皆源自一个顽劣精灵对禁锢和衰竭的促狭与敌意。什么都难以阻止他自我更新的冲动,他斜睨悖谬的狂癫,他柔弱善感的诗意,他嬉戏禁忌的童真。这位本性多嘴好动、却因家庭出身而在早年饱受压抑的作家[1],终于在小说中安顿了他大逆不道的判断与梦想。那是一个和荒诞的真实模型相同,却与乏味的现实面目相反的世界。一个拒绝归化的"野"的世界。

---

[1] 见叶开:《莫言评传》,《当代作家评论》2006年第一期;莫言:《月光斩》之《恐惧与希望(代自序)》,北京十月文艺出版社2006年。

当我走进这世界的腹地，目睹西门闹、司马库、孙眉娘、"我爷爷"、"我奶奶"们生龙活虎的胡作非为之时，心中不由得涌起一只家猪对一只野猪的绝望的妒意。鲁迅先生说："真的猛士，敢于直面惨淡的人生，敢于正视淋漓的鲜血。"同理，一只有追求有理性的家猪，亦应敢于直面"家猪"的现实，忘掉绝望，按捺妒意，对这只野猪之"野"，做出细致的端详与分析。

"赭红色的孩子"

在莫言的短篇小说《拇指铐》（1998年）里，快要失去母亲的孩子阿义，提着从药铺哀求来的中药飞奔回家，却在途经墓园时突然被一对男女捉住，小巧的拇指铐把他铐在了一棵大树下。往来的人们对此或视若无睹，或无能为力，他们只顾低头耕田。一场冰雹从天而降，母亲的药零落于泥，人们则为老天毁了自己的麦子而痛哭。可是，从昏厥中醒来的孩子阿义，却听到了颂赞麦子的高亢歌声。"歌声就是月光，照亮了他的内心。"他勇气焕发，咬断手指，拇指铐脱落，大树不再能将他阻挠。他奔跑，却头重脚轻地栽倒了。这时，他看见一个小小的赭红色的孩子从体内钻出，挥舞双手，收拢散药。他撕一片月光，包裹了药，如同飞鸟展翅般回到母亲的身边。"他扑进母亲的怀抱，感觉到从未体验过的温暖与安全。"

这篇作品的前六分之五极尽黑暗，后六分之一则极尽挥洒月光之温柔，最后，无助的孩子在童话式叙述中冲破绝境，实现了心愿。当然，此结尾同时也可理解成：孩子与母亲双双死去，唯在死亡前的幻象中，他才感到温暖与安全——由此反证人间的冷酷。这一包含两个截然相反之意味的奇妙结尾，同时蕴蓄着作家激愤的谴责和深情的祝祷。这里，担当主人公境遇转折功能的元素是：

1）"冰雹"，它秉承上天的意旨，以毁灭麦子来惩戒不义的人们（此处与基耶斯洛夫斯基的电影《永无休止》异曲同工：影片中，拒绝施助的驾车人却在求助者的不远处突遭车祸，看似因果报应的情景安排，实则暗含了"人类乃一命运共同体"的神秘主题）；

2）"歌声"，它对麦子的热烈颂赞驱走了遍地的荒凉和内心的颓败（在一篇访谈中，莫言说："老是这样悲观，宿命，也不行……我们那里，有一个穷人，过年时家家都接财神，他却到大街上去喊叫：穷神啊穷神，到我家来吧，我们一起过大年！好玩的是，这个穷人的日子从此竟发达起来。这故事中包含着很多意思。我的小说里也有这种东西。"[1]）；

3）"赭红色的孩子"，他让不能挽回、无法实现的事得以挽回和实现，以无条件的善意，出人于绝望之中（在

---

[1] 莫言：《十三步》之《写小说就是过大年（代序）》，沈阳，春风文艺出版社2003年，第8页。

《丰乳肥臀》《生死疲劳》等多部作品里，总有"红色的孩子"作为补偿和慰藉的形象出现——他们从不现身在阳光下，从来都蹦跳于月色里。关于莫言的"红色的孩子"的来源，作家阿城《闲话闲说》所讲可聊备参考："八六年夏天我和莫言在辽宁大连，他讲起有一次回家乡山东高密，晚上近到村子，村前有个芦苇荡，于是卷起裤腿涉水过去。不料人一搅动，水中立起无数小红孩儿，连说吵死了吵死了，莫言只好退回岸上，水里复归平静。但这水总是要过的，否则如何回家？家又就近在眼前，于是再蹚到水里，小红孩儿们则又从水中立起，连说吵死了吵死了。反复了几次之后，莫言只好在岸上蹲了一夜，天亮才涉水回家。这是我自小以来听到的最好的一个鬼故事，因此高兴了很久，好像将童年的恐怖洗净，重为天真。""天真"一词用得极好，亦可用以形容莫言小说驳杂之下的洁净精神）。

"赭红色的孩子"柔弱虚幻但无可摧毁，或可看作是莫言作品中"诗学正义"之化身——面对强权主宰、罪谬遍地的国，莫言的写作即是以这"孩子"的逻辑，在虚构世界里呈现、诅咒、嘲讽和颠倒"强权之意志"，将沦落于现实和历史之外的公平、诚实、温柔与自由，一一收拢和包裹在月光里。可以说，莫言的小说世界，即是一个

"诗学的正义,法律的正义与历史的正义"[1]相互龃龉的世界。以否定的形式揭示这龃龉的荒诞,撕破纯文学在生活与政治面前贫瘠苍白的轻,彰显人性之中难以实现却不可征服的善——此种精神欲求,乃是小说家莫言隐秘的写作伦理。

"天堂"里的声音

长篇小说《天堂蒜薹之歌》(1988年)构筑了一个由官僚垄断和警察枪杆所统治的地域模型——"天堂县"。数千农民用身家性命养育的蒜薹,因当权者的渎职,几日之间变成了臭气熏天的垃圾。乡民不堪欺弄,起而抗争,惨痛的故事由此上演。在第十章,怀孕的金菊陷入了绝境,腹中的胎儿却急于降生。这时,在金菊和胎儿之间展开了一场令人心碎的超现实对话,其诗性结构如同一首"生命向往与人间冷酷"纠结吞声的回旋曲:

> "让我出去!让我出去!你不放我出去,你算个什么娘?"
>
> ……
>
> "孩子,你看,那遍地的蒜薹,像一条条毒蛇,

---

[1] 王德威:《跨世纪风华:当代小说20家》之《千言万语,何若莫言》,台北,麦田出版2002年,第258页。

盘结在一起,它们吃肉,喝血,吸脑子。孩子,你敢出来吗?"

男孩的手脚盘结起来,眼睛里结了霜花。

……………

男孩又蠕动起来,他眯着眼睛说:

"娘,我还是想出去看看,我看到了一个圆圆的火球在转动着。"

"孩子,那是太阳。"

"我要看看太阳!"

"孩子,不能看,这是一团火,它把娘的皮肉都烤焦啦。"

"我看到遍野里都是鲜花,我还闻到了它们的香味!"

"孩子,那些花有毒,那香味就是毒气,娘就要被它们毒死了!"

"娘,我想出去,摸摸红马驹的头!"

她抬手打了枣红马驹一巴掌,马驹一愣,从窗户跳出去,嗒嗒地跑走了。

"孩子,没有红马驹,它是个影子!"

男孩闭死了眼,再也不动。[1]

---

[1] 莫言:《天堂蒜薹之歌》,海口,南海出版公司2005年,第134—135页。

"枣红马驹"（这个形象与胡安·鲁尔福《佩德罗·巴拉莫》里马驹的表现方法与功能相近，然已有它自身的生机）和"赫红色的孩子"一样，是一个虚幻的精灵、慰藉的形象，然而在这里，它消逝了。生命完结了。莫言在表现弱势者的苦痛绝境时，是一位毫不含糊的"超现实主义+人道主义诗人"。

莫言的诗意总在人物的言行中、在看似不经意的自然景物描绘中、在诗性的韵律中温柔绽放。然温柔之后必有残酷，绽放之后必有祸殃，此种张弛强弱的节奏安排，赋予叙事以魅人的张力。在小说第十四章，善良的顺民高羊和硬心肠的四叔驱着牲口赶夜路送蒜薹，作者写到月亮、树叶、蝈蝈，月光由幽暗而微明，由微明而在高羊感恩的心里激起希望：

> 月光其实还是能够照耀到这里的，难道那灌木叶片上闪烁的不是月光吗？蝈蝈翅膀上明亮如玻璃的碎片上难道不是月光在闪烁，清冷的蒜薹味里难道没掺进月光的温暖味道吗？低洼处有烟云，高凸处有清风，四叔唱道——不知是骂牛还是骂人：
>
> "你这个～～婊子养的～～狗杂种，提了裤子你就～～念圣经～～"[1]

---

[1] 莫言：《天堂蒜薹之歌》，第192页。

温柔的月光和暴虐的太阳是莫言作品中醒目的隐喻意象，暗示着两个对立的世界，两股相反的力量，两种相互背离的价值观（对月亮的颂赞一直延续到他的近作《生死疲劳》里）。一段温馨诙谐的"月光曲"刚刚唱罢，残酷的命运闻声而至——由醉鬼开着的乡长汽车"像座大山一样向他们压过来"，四叔死于轮下。

《天堂蒜薹之歌》构造了一个多声部的世界，每个人物都有自己的个性和声音：无奈的顺民高羊劝勉四叔认命想开、说服自己自我满足的声音；四叔对待女儿和邻人的凶狠冷漠的声音；大哥二哥贪婪而奴性的声音；高马和金菊炽烈而挺拔的声音；村干部高金角和杨助理员官官相护、为虎作伥、恫吓百姓的声音；瞎子张扣贯穿全书的不平则鸣的声音："说俺是反革命您血口喷人／俺张扣素来是守法公民；县政府广场上，损失惨重的百姓们愤怒声讨渎职官员的声音，居高临下的小官僚无视百姓、打着官腔的声音；法庭上，青年军官为百姓的无辜与公民的权利高声辩护的声音；审判长威胁恐吓、压制言论的声音："你……你要干什么？你是在煽动！书记员，记下他的话，一个字都不要漏！"……

在小说的末尾，《群众日报》以标准的"新华腔"，宣告权力操纵下的"法律正义"的胜利——渎职者只受到象征性的处罚，抗争失败、家破人亡的农民却变成了"打砸抢的少数违法分子"。

莫言曾说,《檀香刑》写的是声音。其实,上溯十多年前,他自谦为"和报告文学差不多"的《天堂蒜薹之歌》已开始写"声音"——生民之痛与怒,化作了瞎子张扣唱词的声音。只不过从形式感上,《天堂蒜薹之歌》的声音尚是"单弦",到了《檀香刑》,则壮阔为满堂大戏。

《天堂蒜薹之歌》发端于莫言看到的一则关于"蒜薹事件"的新闻报道,愤怒使他放下正在写作的家族小说,用三十五天写成了这部急就章。因此,"天堂"里的声音,散发着义愤之作必有的道义紧张感与现实对抗性,但是它摇曳多变的视角和人称、生机勃勃的人物与意象、残酷中的诗意、惨苦里的幽默,却造就了文学表达柔韧而必要的审美弯度,由此,它避免了作家的道义感僭越文学的本体界范,而成为"社会正义"被动单一的传声筒。

"《天堂蒜薹之歌》使我明白了,一个作者的创作,往往是身不由己的。在他向一个设定的目标前进时,常常会走到与设定的目标背道而驰的地方。这可以理解成职业性悲剧,也可以看成是宿命。当然有一些意志如铁的作家能够战胜感情的驱使,目不斜视地奔向既定目标,可惜我做不到。在艺术的道路上,我甘愿受各种诱惑,到许多暗藏杀机的斜路上探险。"[1]

---

1 莫言:《天堂蒜薹之歌》,《自序》。

人间的情怀与艺术的律令,二者之平衡是难的,但却是必须的。

"日月星辰,丰乳肥臀"

莫言是感官的天才,我必须向他元气淋漓、狂放不羁的想象力致敬。这是一种背离日常逻辑与僵化真理的想象力,它令心灵和感官酣醉起舞、交合繁殖,由此创生出一个个恣肆汪洋的叙事宇宙,亦由此解放那些受缚于"习惯性强制"的被动主体。此宇宙深具强烈而挑衅的肉身性——易见、易触、易嗅、易啖却又难以承受……将主体判断反讽性地形诸感官化和意象化的叙事,乃是莫言展开其个体神话、外化其想象力的重要方式。"天上有宝,日月星辰;人间有宝,丰乳肥臀。"[1]这种想象力的体量之巨大与感知之微敏、形象之怪诞与质感之真切,在中国当代作家中堪称独步。

充盈的视觉性(或曰易见性)乃作品质感的关键,莫言深谙此道,尤以历史题材和乡村题材的作品为佳。《丰乳肥臀》里有一段空间描写,堪称视觉性之典范:第二十三章,司马库的还乡团和众乡亲被独立纵队十七团关在司马家的风磨房里,曙色熹微中,以上官金童徐徐

---

[1] 莫言:《丰乳肥臀》,北京,中国工人出版社2003年,第450页。

移动的视点,用一千七百字,将大磨房里的情态从容描画:从司马亭开始,依次写到老鼠,司马家兵,斜眼花,独乳老金,身材似蛇的女人;由她过渡到了一条铜钱花纹的"柠檬色的大蛇",以老鼠的反常行为烘托这蛇的凶猛可怖:"老鼠们'喳喳'地数着铜钱,身体都缩小了一倍。一只老鼠,直立起来,举着两只前爪,仿佛捧着一本书的样子,挪动着后腿,猛地跳起来。是老鼠自己跳进了蛇的大张成钝角的嘴里。然后,蛇嘴闭住,半只老鼠在蛇嘴的外边,还滑稽地抖动着僵直的长尾"。交代了空间的凶险,又继续勾勒人——司马库、二姐、巴比特、六姐,最后的目光落到最先出场的人身上:"在那扇腐朽大门的背后,一个瘦人正在自寻短见。他的裤子褪到腔下,灰白的裤衩上沾满污泥。他试图把布腰带拴到门框上,但门框太高,他一耸一耸地往上蹿,蹿得软弱无力,不像样子。从那发达的后脑勺子上,我认出了他是谁。他是司马粮的大伯司马亭。终于他累了,把裤子提起,腰带束好,回过头,羞涩地对着众人笑笑,不避泥水坐下,呜呜咽咽地哭起来。"[1]视点落回司马亭,表明金童已将这个杂沓纷乱的空间扫视了一整圈,历历可见而又超乎现实,似乎已经碰到了读者的眼睫毛;而寥寥一百六十字即写透自杀不成的司马亭滑稽中的凄绝,莫言开阖自如的张力可见一斑。

---

[1] 莫言:《丰乳肥臀》,第159页。

卡尔维诺说得好："有一段时间，个人的视觉记忆是局限于他直接经验的遗产的，是局限于反映在文化之中的形象的固定范围之内的。赋予个体神话以某种形式的机会，来源于以出人意表的、意味深长的组合形式把这种回忆的片段结合为一的方法。"[1] 莫言作品的奇崛，即在于他能"以出人意表的、意味深长的组合形式"，将所需的存在与不曾存在的视觉形象结合为一。

除了视觉性，触觉、味觉、嗅觉、听觉连同五脏六腑神经末梢，都是莫言的感官叙事抚慰或蹂躏的场地 ——花的臭气，大便的芬芳，人尿引子的高粱酒，炸得金黄的婴儿宴，遥远但却轰鸣的昆虫振翅，切近但却微弱的凶狠戾骂，冷冻的尸体五脏和脂肪，一揪就撕裂流脓的耳朵，扒皮抽筋的酷刑已是小儿科，还得看喉咙进肛门出欲死不能的檀香刑……扭曲，变形，夸张，亵渎，直至用酷刑叙述挑战神经极限，莫言感官叙事的刺激强度已超过西方虐恋经典《O的故事》。

如何理解这种逾越感官极限的酷刑叙事？是否确如一些论者所说，一切皆缘于作者的病态趣味与病态玩味？我以为否。如果说《红高粱家族》的扒皮之刑还是酷刑叙事的牛刀小试，那么1993年《酒国》里的"烹饪课"和婴儿宴、2001年《檀香刑》里的檀香刑，则表明莫言的酷刑

---

1 [意]卡尔维诺：《未来千年文学备忘录》，杨德友译，沈阳，辽宁教育出版社1997年，第65页。

书写已获得民族省思意识的坚强支撑和独特的心理学感受力。莫言是鲁迅先生的精神追随者，鲁迅对国民奴性与吃人文明的尖锐批判，在他的写作中得到了自觉的延续，此种延续绝非盲目因袭——今日之中国，虽然物质进步日新月异，却依然是禁锢与蒙昧杀机四伏的残酷丛林。鲁迅曾经呐喊的"救救孩子！"，曾经冷嘲的"看客心态"，一无本质改观，只是换成另外的头脸罢了。在莫言的笔下，这些批判性判断一一演变为叙事动机，推动着作家的感官化叙述，由此所构造的形象世界、所伴生的神经折磨与古怪快感，不啻为批判对象的某种形态对应物与"后果示意图"。正是基于此种理念，《酒国》才得以隐喻权力腐败与"婴儿筵席"之关系，而《檀香刑》亦得以极端地揭示专制极权与"施刑／受刑／观刑"铁三角的因果链。

莫言曾经在一次聊天中谈起过《檀香刑》的创作动机：鲁迅先生写过受刑者（革命者）和观刑者（看客），只没有剖析过"施刑者"。施刑者究竟是何种心态？那个割开张志新喉管的人，是一种什么心态？那个往林昭嘴巴里塞上膨胀球以防止她呼喊的人，那个把子弹射向她的身体、还向她的母亲索取子弹费的人，是一种什么心态？"假设当时让我去干这件事，并且告诉我这一切都是出于组织的信任、革命的需要，从此革命大家庭将对我永远敞开怀抱，否则我将永远被打入另册，我会不会去干？十有八九会的。每个人心里都隐藏着一个赵甲。他的残忍，是出于奴性，也是出于恐惧。他是专制社会的必然产物。"（引自笔者与莫言的一次谈话。）《檀香刑》里的赵甲形象，因隐喻了国民性格中的"施刑者"成分而获得了普遍的深意，他创意卓绝、技艺高超、残忍可怖的施刑过程，亦由此化身为一场让人寝食难安的另类反讽。由于"酷刑"描述使用了戏曲化的"间离"方法，呈现施刑过程的同时也为阅读者创造了审视与反思的空间。

鲁迅先生在翻看了诸多记录残杀酷刑的中国野史后，叹道："有些事情，真也不像人世，要令人毛骨悚然，心里受伤，永不痊愈的。残酷的事实尽有，最好莫如不闻，这才可以保全性灵，也是'是以君子远庖厨也'的意思。"[1]莫言非君子，他偏偏以"令人毛骨悚然，心里受伤，永不痊愈"的残酷叙事，冒犯正人君子的"莫如不闻"和卑躬健忘，此系莫言之倔强与忠直。

感官叙事呈现出嬉戏禁忌的解放与狂欢，而银河泻地般的酣畅语言本身，也构成勇往直前的狂欢节奏，一如《酒国》里侦察员悍猛的行进："从电光照亮烈士墓碑那一刻，一股巨大的勇气突然灌注进他的身体，像病酒一样的嫉妒，像寡妇酒一样的邪恶软弱，像爱情酒一样的辗转反侧、牵肠挂肚，通通排出体外，变成酸臭的汗，腥臊的尿……他吃一口红辣椒，咬一口青葱，啃一口紫皮蒜，

---

[1] 鲁迅：《且介亭杂文・病后杂谈》，见《鲁迅全集》第六卷，北京，人民文学出版社2005年，第172页。

嚼一块老干姜，吞一瓶胡椒粉，犹如烈火烹油、鲜花簇锦，昂扬着精神，如一撮插在鸡尾酒中的公鸡毛，提着如同全兴大曲一样造型优美的'六九'式公安手枪，用葛拉帕渣（Grappa）那样的粗劣凶险的步态向前狂奔……这一系列动作像世界闻名的刀酒一样，酒体强劲有力，甘甜与酸爽共寓一味，落喉顺畅利落，宛若快刀斩乱麻。"[1]语流的跌宕、语速的峻急形成大开大阖、幽默斑斓的语言效果，此种能力与趣味实为当下国内作家所罕有。

莫言解放性的想象力创造出了许多不拘形迹的主人公：《红高粱》里的血性汉子余战鳌，《红耳朵》里的自我共产型地主王大千（他用故意赌输自己全部财富的方式，在巴山镇均了贫富），《神嫖》里的疯狂奉献型败家子季范先生（他雇来全县最好的五个裁缝不停地给自己做衣服，也不够他出去分给叫化子的。他总是"光光鲜鲜出去，赤身裸体回来，寒冬腊月也不例外"。"在季范先生的时代里，高密城里穿着最漂亮的往往是叫化子。"），《野种》里的匪气连长余豆官（他夺了病号连长的兵权后，民夫连"由死气沉沉的中年人变成邪恶而有趣的男孩子"，克服重重险阻抵达终点），还有《丰乳肥臀》里的滑稽英雄汉司马库（他既勇敢又好色，既霸道又好奇，既热心肠又好显摆，既热爱生命又好汉做事好汉当）……这些显现

---

[1] 莫言：《酒国》，海口，南海出版公司2000年，第259页。

出狂欢美学风范的主人公,源于作家对"个性和自由"的神会,以及对"强制与禁锢"的敌意。

从长篇小说《红高粱家族》《丰乳肥臀》《檀香刑》《生死疲劳》等可知,莫言的狂欢性想象力与时空辽阔、体量巨大的怪诞历史叙事暗相匹配。此处"历史"绝非事实性和公共性的时间概念,而是一个赋予怪诞的过去时想象以合理性和赦免权的空间。莫言的历史叙事有两个独特之点:1. 由创伤记忆和对话意识支配的悖谬抗诉;2. 怪诞、繁复、密集、不断膨胀和增殖的叙事空间。前者乃其精神推动力,后者乃其美学形态,二者融会为一。

怪诞叙事是一种化远为近、把相互排斥的元素组合在一起的艺术风格,它打破习惯观念,近似于逻辑学中的悖论。[1]在西方文学传统中,以拉伯雷的《巨人传》为怪诞叙事的集大成者,后来渐渐分化:一是从浪漫主义到现代主义的怪诞,因与感伤和绝望世界观紧紧相连而向纵深独语的方向发展;二是与讽谕、对话和幽默精神密切相关的怪诞,体现为怪诞现实主义(如布尔加科夫、贡布罗维奇的作品)、魔幻现实主义(如胡安·鲁尔福、马尔克斯的作品)、黑色幽默(如约瑟夫·海勒、库尔特·冯内古特的作品)等,多用以揭示外部世界之荒谬。在民间故事中长大的莫言与怪诞现实主义和魔幻现实主义有天性的

---

[1] 参见巴赫金:《拉伯雷研究》,河北教育出版社1998年出版,第38页。

亲近，同时，那种绝望气息的现代主义怪诞也与他有不绝如缕的联系。

以体量最为巨大的《丰乳肥臀》为例。这是一部与悖谬说谎的正史书写进行巧妙对话、驳诘、讽谕和抗诉的鸿篇巨制，一部以诗学正义追究历史正义的智勇之作。小说设计了庞大的人物谱系——母亲和她的八个女儿、一个儿子，以及各自的情债孽缘和不肖子孙，横跨了五十多年的历史时间，由此衍生出一个繁复巨大、枝蔓横生、质感细密的结构。二十五个主要人物，每个人都有他／她神奇而合理的个性、遭际与命运，最后，所有人都被历史洪流一一毁灭——只剩下那个丧失了阳刚血性的终生恋乳癖患者、世人的弃儿上官金童，苟活于世。作品宛如一幅荒野大地的四季长卷，从暮春的繁殖勃发（抗日战争时期，上官玉女、金童出生，大姐、二姐、三姐各有情事），到短夏的茂密葱茏（解放战争时期，司马库带来了高密东北乡短暂的欢乐），再到寒秋的萧瑟肃杀（从土改、"大跃进"到"文革"，四姐、七姐、八姐都悲惨地死去，连积极进步的五姐也自杀身亡），直至严冬的寒凉死寂（物质繁荣、精神荒芜的"新时期"，上官金童已完全不懂如何成为一个有尊严的人，母亲在对金童的彻底绝望中孤独死去，金童的侄辈亦纷纷因贪奢而死而刑）。这幅从春到冬的生命图景，镌刻着作家自身与整个民族挥之不去的创伤记忆，它的过程叙事生龙活虎，神采飞扬，它的终极意味却深沉苦痛，如临末世。

这部小说的每个人物都是漫画形象与饱满个性的统一体，此系怪诞叙事的重要特征。作家为何安排主人公们一一死去，世界唯余荒凉与颓败？为何安排上官金童终生恋乳，永远长不大？这位叙事人，与后来的《四十一炮》里成人身体、孩童心智的罗小通，《生死疲劳》里孩童身体、历经数次轮回的大头儿蓝千岁一样，都在"不成熟的童性"与"衰败的历史性"之间怪异不祥地游荡，都在小说的终局，成为一个荒凉凋败世界中的孤独诉说者。这是作家自觉的设计，还是无意识使然？无论如何，这狂欢之后的寂寥、怪诞之下的衰败，实可看作是对"遍被华林"的"悲凉之雾"神秘的"呼吸与感应"。

"我不是一头多愁善感的猪"

"说实话，我不是一头多愁善感的猪，我身上多的是狂欢气质，多的是抗争意识，而基本上没有那种哼哼唧唧的小资情调。"[1] 显然，过分的自我表白并未损害西门猪的可爱形象，相反，就像该书另一饶舌人物"莫言"自我辩护"极度夸张的语言是极度虚伪的社会的反映，而暴

---

[1] 莫言：《生死疲劳》，北京，作家出版社2006年，第246页。

力的语言是社会暴行的前驱"[1]一样,都有一种煞有介事的睿智诙谐。

诙谐修辞在《生死疲劳》中是如此重要,以致我愿意它优先于这部作品所有其他的要素。这部以反史诗的形式和意涵追求史诗体量的小说,把中国乡村五十年的世态历程,用民间"六道轮回"的故事模型予以架构(此书的"六道轮回"更像是对佛教"六道轮回"在字面上的无厘头戏仿:佛教所谓六道轮回,乃指天、人、阿修罗、畜生、饿鬼、地狱等六道众生,都是属迷之境界,不能脱离生死,这一世生在这一道,下一世又生在那一道,总是像车轮一样在六道里轮来转去,无法解脱,所以叫作六道轮回。《生死疲劳》的"六道轮回",是被枪毙的地主西门闹的灵魂在人界、畜界和地狱之间六次轮回往生),如果没有广场说书式的诙谐,整部作品恐怕会窒息于主旨的沉重。同时,诙谐亦不只具有修辞功能,它以"笑"解放了紧绷的脸庞与僵化的意志,而向着更辽阔的自由意识奔去。

作品中,诙谐修辞有时体现为滑稽抒情:比如西门驴见到前生妻子白杏儿时,情动于衷,想发人言而不能,"我只好用嘴去吻你,用蹄子去抚摸你,让我的眼泪滴到

---

[1] 莫言:《生死疲劳》,第261页。

你的脸上,驴的泪珠,颗颗胖大,犹如最大的雨滴"[1]。"驴子"形象在古今中外的文本里,禀有草根式的笨拙而自嘲、褴褛而智慧的品性,多愁善感的"泪珠"发于此种生灵,且以"胖大"形之,着实令人喷饭。

诙谐还来自叙述人物行动时,正常语序中异峰突起的一两句评书骈体叙事——比如说起蓝解放喂猪路上连跌两跤:"一跤前扑,状如恶狗抢屎;一跤后仰,恰似乌龟晒肚。"[2] "突然的可笑"间离读者视点,改变叙事节奏,其不时闪现的说书人语态,勾起久远记忆,亦赋予作品以民间广场生机勃勃的粗粝气息。

更多时候,诙谐效果起因于叙述人的理性与历史之荒谬的反差。如西门驴在讲述1957年"大炼钢铁运动"时,戏拟《旧约·创世记》"有晚上,有早晨,这是头一日。……有晚上,有早晨,是第六日"句式,勾勒高密东北乡大炼钢铁的"大兵团作战"场景:"在那条最宽的道路上,有牛车,有马车,有人力车,都载着一种名叫铁矿石的褐色石头;有驴驮子,有骡驮子,都驮着一种名叫铁矿石的褐色石头;有老头,有老太太,有儿童,都背着一种名叫铁矿石的褐色石头。"[3] 以"创世记"的庄严音调、排比复沓的齐整句式、巨细靡遗的"认真"罗列,讽

---

1 莫言:《生死疲劳》,第74页。

2 莫言:《生死疲劳》,第251页。

3 莫言:《生死疲劳》,第70页。

喻全民投入的历史蠢行，寓荒诞意味于无声之中。

莫言还善于用信口开河不知所终的夸张语流激扬文气、冲决主干，让本来秩序井然的叙事蓦地陷入无政府状态。在第十七章，蓝解放对大头儿描述集市上游斗陈县长的浩大声势："大喇叭发出震天动地的声响，使一个年轻的农妇受惊流产，使一头猪受惊头撞土墙而昏厥，还使许多只正在草窝里产卵的母鸡惊飞起来，还使许多狗狂吠不止，累哑了喉咙。""'大叫驴'的嗓门，经过高音喇叭的放大，成了声音的灾难，一群正在高空中飞翔的大雁，像石头一样噼里啪啦地掉下来。大雁肉味清香，营养丰富，是难得的佳肴，在人民普遍营养不良的年代，天上掉下大雁，看似福从天降，实是祸事降临。集上的人疯了，拥拥挤挤，尖声嘶叫着，比一群饿疯了的狗还可怕……这场混乱，变成了混战，变成了武斗。事后统计，被踩死的人有十七名，被挤伤的不计其数。"[1]此种貌似逻辑谨严、实则荒诞不经的胡说八道，其"现实相似性"唤醒了人的历史记忆，其夸张怪诞引发的"笑"又将人从历史的悲哀窒息中解救出来，并得以用新鲜视角理性反观历史本身，大有拉伯雷描绘巨人族的风采。

到了第十八章，又出现了无赖杨七在风高雪猛的大街上叫卖劣质皮衣的场景，他巧舌如簧的推销辞占了满满一

---

[1] 莫言：《生死疲劳》，第133页。

页半，完全是"信口开河"的大炫技："听一听，看一看，摸一摸，穿一穿。一听如同铜锣声，二看如同绫罗缎，三看毛色赛黑漆，穿到身上冒大汗。这样的皮袄披上身，爬冰卧雪不觉寒！……我担保您在家里坐半个时辰，您家房顶上那厚厚的雪就化了，远看您家，房顶上热气腾腾，您家院子里，雪水淌成了小河，您家房檐上那些冰凌子，噼里啪啦就掉下来了……"[1]杨七虽是次要人物，他如何卖皮袄也无关全书大局，但如此沉酣于卖弄嘴皮子的段落，却使狂欢与快活本身即是目的。

杨七还要继续口沫横飞，红卫兵头目蓝金龙已带着"四大金刚"闪亮登场："我哥蓝金龙在前雄赳赳，'四大金刚'两旁护卫气昂昂，后边簇拥着一群红卫兵闹嚷嚷。我哥腰间多了一件兵器，从小学校体育教师那里征来的发令枪，镀镍的枪身银光闪闪，枪身的形状像个狗鸡巴。'四大金刚'也都扎着皮带，用生产大队里那头刚刚饿死的鲁西牛皮制成……那些喽啰们，都扛着红缨枪，枪头子都用砂轮打磨得锃亮，锋利无比，扎到树里，费很大的劲才能拔出来。我哥率领队伍，快速推进。大雪洁白，红缨艳丽，形成一幅美丽图画……"[2]兵器象征的"神圣"意味和兵器来路的可笑不堪，统一在虚夸的语气里，滑稽立现。

---

[1] 莫言：《生死疲劳》，第153页。
[2] 莫言：《生死疲劳》，第155页。

零星散落的亮点不时释放着莫言的诙谐才能。第三十一章，写到1976年为了配合高密县"大养其猪"运动，猫腔团长常天红创作猫腔《养猪记》："调动了他天马行空般的想象力，让猪上场说话，让猪分成两派，一派是主张猛吃猛拉为革命长膘积肥的，一派是暗藏的阶级敌猪，以沂蒙山来的公猪刁小三为首，以那些只吃不长肉的'碰头疯'们为帮凶。猪场里，不但人跟人展开斗争，猪跟猪也展开斗争，而猪跟猪的斗争是这出戏的主要矛盾，人成了猪的配角。"[1]常天红还为剧中主角猪小白编写了唱词："今夜星光灿烂，南风吹杏花香心潮澎湃难以安眠，小白我扶枝站遥望青天，似看到五洲四海红旗招展鲜花烂漫，毛主席号召全中国养猪事业大发展，一头猪就是一枚射向帝修反的炮弹我小白身为公猪重任在肩一定要养精蓄锐听从召唤把天下的母猪全配完……"[2]"人的逻辑"讽刺性地置换为"猪的逻辑"，不笑都难。正如弗莱所说："讽刺具有两种不可或缺的东西：一是机智或幽默，其基础是离奇的幻想，或对古怪荒唐的现象的感受；另一是具有攻击的对象。缺乏幽默地攻击，或单纯进行指斥，构成讽刺的一条界线……要对某件事进行攻击，作家与广大读者必须对其可理解性达成共识，即是说，大量讽刺作品

---

1 莫言：《生死疲劳》，第305—306页。
2 莫言：《生死疲劳》，第307页。

的内容是建立在一个民族的爱憎，对势利、偏见的不满上的，而个人的怄气是经不起时间考验的。"因此，"讽刺家通常都遵循一种很高的道德准则"[1]。

《生死疲劳》的一大幽默源泉，还在"莫言"身上：这个与作者同名的人物讨人嫌，爱显摆，多嘴多舌，奸懒馋滑，生性好奇，想入非非。顽童之时，就伙同一帮小屁孩骑着树杈、眯着眼睛、举着喇叭对蓝脸家打攻心战，编顺口溜，即便被蓝解放的弹弓"击落"在地，还要额头鼓着血包坚忍不拔地回到树上，继续喊话："蓝解放，小顽固，跟着你爹走斜路。胆敢行凶把我打，把你抓进公安局！"待他长成青年，到养猪场喂猪，又以热爱科学、独立思考的精神，想要通过延长食物在"碰头疯"肠胃里的停留时间，治好它们光吃饭不长肉的毛病：他先是要在猪的肛门上装一个阀门，后来则将草木灰搅拌在食物里，吃灰无效，又尝试着往饲料里添加水泥，"这一招虽然管用，但险些要了'碰头疯'们的性命。它们肚子痛得遍地打滚，最后拉出了一些像石头一样的粪便才算死里逃生"[2]。在西门猪眼里，"莫言从来就不是一个好农民，他身在农村，却思念城市；他出身卑贱，却渴望富贵；他相貌丑陋，却追求美女；他一知半解，却冒充博士。这样

---

1 ［加拿大］诺思罗普·弗莱著、陈慧等译：《批评的解剖》，天津，百花文艺出版社2006年，第326页。
2 莫言：《生死疲劳》，第303页。

的人竟混成了作家，据说在北京城里天天吃饺子……"[1] 光阴似箭，日月如梭，随着"莫言"境况渐好，他又进城向县城书店女售货员卖弄自己的语言才能，"他喜欢把成语说残，借以产生幽默效果，'两小无猜'他说成'两小无——'，'一见钟情'他说成'一见钟——'，'狗仗人势'他说成'狗仗人——'……"[2]。"莫言"的"生性好奇，想入非非"，是莫言新近作品才出现的人物气质，似乎，一个正待成长的开放而天真的肯定性空间，将要冲破他否定性的精神底色，而在今后的写作中徐徐展开。

在这部作品中，"莫言"是作者和读者打闹开心的中介，每到故事沉重沉默处，"莫言"就被揪着耳朵来给看官解闷，调节气氛，控制节奏，他偶尔也溢出本文空间，和作者莫言的现实际遇谐谑地对话，以达成趣味性的"个人讽喻"。直到小说的最后一部，"莫言"才终于真正地不可或缺，担当起叙事人的角色。"莫言"进入文本的游戏，早在《酒国》中就已玩过，有另一番趣味幽默。这种写法，给过于坚实的结构打开一条轻松的缝隙，使游戏本身成为目的，着实可喜。

《生死疲劳》本是一部沉重的作品，叙述一群乡人五十年间的欲望浮沉——他们先是在"革命"政治时期

---

1 莫言：《生死疲劳》，第302页。
2 莫言：《生死疲劳》，第404页。

各显其态，后在"利益"政治时期各自终结，最后只剩下衰老疲惫的蓝解放和西门闹转世的大头儿蓝千岁，在西门屯孤零零地讲述各自的沧桑往事。这部作品的主题有一个二重奏结构——在宏大方面，讲述了政治对人之生存与心灵的摧残；在微观方面，则诉说了贪欲对每个"人"的无情吞噬。如此黑暗的批判性主题，因借用了西门闹转世投生的"畜生"视角，而有了诙谐、幽默、讽刺的外貌。"重"在智力的作用下转化为"轻"。

诙谐，幽默，讽刺，三者疆域不同，但有巨大交叉，即，都产生笑。根据柏格森的分析，人只有在毫不动情地冷静观照事物时，才会发笑；而人在极其细腻动情的投入状态中，是不会笑的。[1] 此外，人在恐惧、仇恨、激愤的剑拔弩张中，也不会笑并讨厌笑，这时的人会在敌人的谬误中确认自身的真理，并将此"真理"与"谬误"一同绝对化，却未意识到，在无限的"最高存在"面前，世间一切谬误与真理的相对性与未完成性。笑，是理性的产物，是解放性的自由力量，是超然于自我和世界之外的智慧之果，它产生于"对扭曲的洞察力"（尼采语），它祛除恐惧对象的恐怖威力，而使之沦为毫不可怕的"滑稽怪物"（巴赫金语）。无论中国社会还是中国文学，长久以来都缺少这种智慧而无畏的笑容——鲁迅这样笑过，只

---

[1] ［法］柏格森：《笑》，徐继曾译，北京十月文艺出版社2005年，第3页。

是悲愤的拥趸未能看懂；王小波这样笑过，可惜稚嫩的后生只学了皮毛。中国文学里多巧笑，媚笑，诒笑，苦笑，冷笑，油滑的笑，皮笑肉不笑……在这些难看的笑脸中，莫言带着诞生于民间深处的厚道诙谐，在一个沉闷窒息而又虚假狂欢的世界里，发出了他朴质无畏的笑声。

巴赫金曾指出"中世纪诙谐"的三个特征：包罗万象性；与自由不可分割的重要联系；与非官方真理的重要联系。[1]《生死疲劳》的诙谐分享了此种品性——它对中国当代生活林林总总的触探，它的从"底部"打量和评述世界的目光，它对政治荒谬与灵魂腐败所做的毫不妥协的对抗与冒犯，表现出作家强烈的自由意志和对"非官方真理"的自觉意识。虽然这诙谐尚未抵达自由精神的形上核心，但却开启了通往它的可能之门。

"那一亩六分、犹如黄金铸成的土地"

莫言的力量源于一种怪诞的对抗性。这种对抗性或隐含在无所羁束、不可摧折的自由叙事态度中，或寄托在一些倔犟不屈、放诞自主的主人公身上，《生死疲劳》里的蓝脸即是典型。

蓝脸的脸皮肤色是蓝的——"蓝"这种冷淡理性的颜

---

[1] 巴赫金：《拉伯雷研究》，石家庄，河北教育出版社1998年，第103页。

色，与那个时代沸腾癫狂的"红"恰成对立——蓝脸从形貌上，即被赋予了奇异的象征色彩。

显然，"全中国唯一坚持到底的单干户"蓝脸，是独立的个性人格与政治态度的化身，在全书庞杂的人物谱系中，惜乎他因自身的"正确性"而少有妙趣横生的表现——沉默，自尊，坚实，一直捍卫信仰般捍卫着"单干"的权利。但蓝脸单干的精神动机，却是全书的意志之核，作者一点点逐层剥开这个核：

初时，蓝脸面对要求入社的集体压力，倔驴似的进行着自由主义式的合法抗争："……命令是'入社自愿，退社自由'……我要用我的行动，检验一下……"[1]

光阴流转，一起单干的儿子蓝解放因无法忍受被孤立的境地，哭喊着问他："你一人单干下去，到底有什么意义？"蓝脸的回答已颇具朴素自由主义者的权利自觉："是没有什么意义了，我就是想图个清静，想自己做自己的主，不愿意被别人管着。"[2]这位单干户的生命意志是如此之韧，竟然叫嚣："想要我自己死，那是痴心妄想！我要好好活着，给全中国留下这个黑点！"[3]

在铁板一块的时代，蓝脸的单干最后已成为"个性主义"的行为艺术，只是这艺术要以身家性命为道具：

---

[1] 莫言：《生死疲劳》，第101页。

[2] 莫言：《生死疲劳》，第171页。

[3] 莫言：《生死疲劳》，第174页。

"我就是喜欢一个人单干。天下乌鸦都是黑的,为什么不能有只白的?我就是一只白乌鸦!"这个与人民公社潮流顽抗到底的人,连生活节奏都坚持与潮流相反,只在月色下劳作:"他把瓶中的酒对着月亮挥洒着,以我很少见到的激昂态度、悲壮而苍凉地喊叫着:'月亮,十几年来,都是你陪着我干活,你是老天爷送给我的灯笼。你照着我耕田锄地,照着我播种间苗,照着我收割脱粒……你不言不语,不怒不怨,我欠着你一大些感情。今夜,就让我祭你一壶酒,表表我的心,月亮,你辛苦了!'""在万众歌颂太阳的年代里,竟然有人与月亮建立了如此深厚的感情。"[1]在莫言作品中,"太阳"象征刚性、强制、灭杀个性的合法化世界,"月亮"则象征着母性、温柔、宽容异端的边缘世界,"月光与蓝"是《生死疲劳》的一个隐性主题。

到全书的最后,蓝脸和西门狗,以及西门—蓝氏家族和与这个家族亲近的所有死者,都葬在蓝脸一生独自耕耘的"那一亩六分、犹如黄金铸成的土地"[2]上。是什么珍贵的事物,使那土地"犹如黄金"?是何种决然的愿望,使那里成为共同的归宿?至此,蓝脸这个现当代中国小说里前所未见的形象,得以勾画完成。他是一个以永不屈服

---

[1] 莫言:《生死疲劳》,第287页。
[2] 莫言:《生死疲劳》,第512页。

地捍卫私产权来反对被设置的生活、捍卫"自我"之根基的倔强农民,他强韧的行动力与意志力,他的"独立本身即是目的"的尊严意识和个体自觉,彰显了中国文学从未赋予此一阶层的一种新型道德。

回望中国农民的文学形象史,可以看到"蒙昧者"形象(如鲁迅的作品),"被侮辱与被损害的"形象(如鲁迅、萧红的作品),"革命者"与"落后者"形象(如丁玲、赵树理、周立波的作品),"小农意识"形象(如高晓声作品),"改革者"形象(如贾平凹早期作品),"衰败者"形象(如贾平凹90年代以后作品)……这种形象的被动性与非个体性,乃是时代精神及其内在焦虑的对应物。莫言反其道而行之:他不图解"自由乃不可能"的时代焦虑,他偏让笔下人物一步步穿越遍地荆榛,在"不可能自由"的现实境遇中,创造和实践"自由之可能"。蓝脸形象,与王小波的《一只特立独行的猪》形成了精神的呼应——"我已经四十岁了,除了这只猪,还没见过谁敢于如此无视对生活的设置。相反,我倒见过很多想要设置别人生活的人,还有对被设置的生活安之若素的人。因为这个缘故,我一直怀念这只特立独行的猪"[1]。同样反对"被设置的生活"的蓝脸,可说是这只"特立独行的猪"投生为人的日常生活版。这是莫言以决绝之手抒写

---

[1] 王小波:《一只特立独行的猪》,见《王小波文集》第4卷,第160页。

的意志之歌。

此种决绝,来自莫言对历史荒谬的清醒判断与对抗。但是,"对抗"并未钙化作家心中温暖轻柔的爱意,亦未片面升华为咬钉嚼铁的"仇恨政治学",而是让"爱"与"和解"成为意义的最后栖息地。在第五十三章,亲者与仇者纷纷死去,蓝解放和庞春苗则有情人终成眷属:"我们搂抱在一起,像两条交尾的鱼在月光水里翻滚,我们流着感恩的泪水做着,身体漂浮起来,从窗户漂出去,漂到与月亮齐平的高度,身下是万家灯火和紫色的大地。"礼赞爱情的语言,而无一丝嘲讽。而当西门闹的"狗道轮回"结束,要求阎王把他投生为人时,阎王说了番意味深长的话,恐不只对上下文有意义:"这个世界上,怀有仇恨的人太多太多了……我们不愿意让怀有仇恨的灵魂,再转生为人,但总有那些怀有仇恨的灵魂漏网。"[1]由此,小说试图由社会—历史性的问诘投入,朦胧走向宗教性的精神超越。

前文说过,《生死疲劳》是一部以反史诗的形式和意涵追求史诗体量的小说——时间跨度五十年,空间贯通阴阳界,故事线索纵横交叉,人物关系繁复庞杂,它对历史现实的独特叙述,对人与土地之关系的深沉观照,极富史诗的奇思与想象。但由此我也感到些微遗憾:"史"字

---

[1] 莫言:《生死疲劳》,第512页。

伤害了这部小说。从建立新中国到2005年的历史脉络，国人心中都有一套公共的剧情——"土改"、合作化、人民公社、大跃进、"文革"、改革开放到如今；在批判性知识分子的观念里，也有对此一剧情的共同价值判断，它们构成民间历史叙述的观念核心。《生死疲劳》的叙事安排和价值判断与这一观念核心靠得太近，以致人物行为和故事进程不时给人过于"必然"之感，文学想象的自由、意外与惊奇因此而受损。同为他的史诗性作品，《丰乳肥臀》却无此问题。台湾小说家张大春曾言：小说是另类知识。意即小说乃一摆脱了公共言说的重力而向精神外太空飞去的轻逸之物。《丰乳肥臀》虽然也按公共历史时间安排叙事，但它是心灵和感官的作品，人物和故事因此拥有足够的原始力量，与核心观念的吸附力相抗。显然，《生死疲劳》是一部由"头脑"写就的小说，它对历史现实的审视思考更为明晰自觉，更具公共性，然而恰恰是它的明晰自觉与公共性，伤害了小说应有的混沌和复调形态。艺术从困惑、悖论、各自有理、互不相让的精神疑难中获得生机；而固化的结论和立场，哪怕它们再正经正确正义，都有使艺术陷入单面与贫乏的危险。

那么，小说应当与历史现实和思想观念无关吗？小说家不应有自己的思想和价值判断吗？我以为否。也许，作家须得在拥有思想并忘记思想之后，再去写作。他／她不必亦步亦趋地追随历史和思想的脚步，但他／她必得深味人类前世今生的"存在感"。虚构唯有建基于这精微浩瀚的"存在感"之上,才能达致自由而热诚的境地;小说写作,亦才能最终成为一种游戏而严肃的形上生活。

不得不承认,评说莫言是难的。这位创造力卓著的作家,以汪洋之作表达着他对无限世界的尖锐意识,对复杂形式的本能狂热,对现实悖谬的冷峻洞察,对民间袤野的忠直之爱。莫言的小说世界,乃是自由意志所垦殖的不驯的疆土。这片疆土遍布着荒谬与不幸、大笑和哭泣,亦遍布着无数可能,无数岔路。"在全部可能汇聚而成的十字路口,荒谬和不幸在它们本身之外指出了另一种法则,并使我们产生赋予它生命力的、难以抑制的要求。"[1]而这,也许是直面荒谬的写作所能提供的最后、最美的救赎。

2006年9月30日写毕

---

1 [法]罗杰·加洛蒂:《论无边的现实主义·论卡夫卡》,吴岳添译,天津,百花文艺出版社1998年,第174页。

海明威的中国姊妹
论王小妮的短篇小说

1

《1966年》。这个书名会让你想起什么呢？标语，口号，语录歌，红海洋，天安门上挥舞帽子的领袖，金水桥边激动得昏厥的红卫兵，各种血肉横飞的武斗，各种山呼海啸的批判，各种不忍卒睹的伤，各种酷烈惨痛的死……一场灾难，一个噩梦。当然，也可能想成这样的：标语，口号，语录歌，红海洋，天安门上挥舞帽子的领袖，金水桥边激动得昏厥的红卫兵，各种高手如云的武斗，各种公正过瘾的批判，各种英勇无憾的伤，各种罪有应得的死……

关于1966年的文学和历史叙述，以上两种版本堪称主流。后者初被视为笑谈，现已不容小觑，因它进口于欧美"新马"，又有本土学者精心润色，在青年学子中行情看涨。鉴于当今中国的大学讲坛倡导积极和谐的学术观点，"灾难噩梦说"显然不合大势，那么"伟大实验说"将最终胜出，便几乎无疑了。

但，"作家总是在发明新的方法，来质问我们对公共空间的分享"（雅克·朗西埃）。在上述两条粗壮的话语轨道之外，诗人王小妮的短篇小说集《1966年》（初稿于1999年，修改于2013年）不动声色地出了轨。这部作品，语言不冷不热，感情不远不近，眼光不高不低，人物不好不坏，叙事态度疏离淡漠，叙事过程低开低走，一切宛如故事的发生地——中国北方的那座城市，安静，飘雪，天地茫茫，隐匿了致命的线索。

但每篇小说却在细节、氛围、人物心理和行为的刻画中，泄露了那个时代最重要的线索——彼时，普通个体的生命状态如何？

恰恰是普通个体而非极端个体的生命状态，成为历史真相最有力的证词，也成为当下之人体察未经之事的隐秘通道——在"非常"历史中，"正常"人如何生活？如何以可理解的心理逻辑行事？这样的行事将导致何种结果或遭遇？由此结果或遭遇，折射出怎样的历史境况与人性光谱？此种折射，会形成何种诗学效果？……引发这些问题的写作，是一种"叙事还原"的写作，它悄无声息地为当下之人铺就一条重返历史之路。同时，它也不仅仅是"叙事还原"的写作——它还显示文学的雄心。它所铺就的也不仅仅是一条重返历史之路——它还通往未来。

2

小说集由发生在1966年的"11段短故事"（作者语）构成。段者，没头没尾是也，亦正是这些短篇的形态：主人公思绪不定，行为合理，故事细节精准，气氛传神，却总在无结果处戛然而止——人物面临着选择，或处于未知状态，看得让人惦念，心里豁开了口子，流血，疼，期待抚慰，但作者走开了。这就是诗人写小说的后果。可回头看去，那字句分明是恬淡柔和的。

十一个短篇，主人公都没有名字，只以身份呼之——比如"父亲""母亲""女孩""老太太""戴眼镜的人""不戴眼镜的人""男孩""戴棉帽子的人"……此可暗示他们的故事绝非特殊，而是普通又普遍的。这些普通人，从事各种行当，背负各种历史，在这个人人自危之年的某个临界点，他们的生活发生了身不由己的改变——这改变不是轰轰烈烈的生死抉择，而是灰色地带的沉浮明灭，人性的斑斓底色由此彰显：

一个因受过伪满日式教育而不被信任、自身难保的医生，在工作组调查他当年老师是否特务时，陷入回忆，决定为他辩护（《钻出白菜窖的人》）。

供销社两个阶层不同的卖货姑娘对革命形势浑然无觉，进城看电影不成，反被铰了辫子，回家时，地位高的姑娘之父已成革命群众的斗争对象（《两个姑娘进城看电影》）。

在1966年新土豆进城的时节，一个院子里的三户人家收割了各自不同的命运——做过国民党军队的"更倌"逃匿了踪迹；做过妓女的"老太太"埋掉了记载她历史的首饰，她的丈夫"收废品老头"因为当过阔少而无言地失踪，"老太太"因此而被批斗了半年；叔叔做过伪官吏的"男教师"先是夹着尾巴做人，后来当了战斗队头目（《新土豆进城了》）。

一个高干家庭的小男孩，父母被抓走，他最爱的哥哥越境而去，无助的他每天到火车站等哥哥，偷东西；"戴帽子的人"以组织的名义默默给他钱，照顾他，告诉他要当个好人；他用这钱买了彩色的粉笔，在屋外墙上画了一幅巨画：一个神气的火车头，上面坐着他骄傲的哥哥（《火车头》）。

一个水暖工，他的爸爸是耀武扬威的革命头目，他自己也有随心所欲的暴力倾向，他想做个爷爷描述过的精致棋盘；棋盘千方百计也没做成，却有人上门要逮捕他的爷爷和爸爸——经调查，他的痴呆爷爷就是他们一直搜寻的"汉奸"刘课长(《棋盘》)。

……

小说笔调极简，硬朗，隐藏之物多于可见之物，王小妮无疑是海明威的中国姊妹。二人更大的相似还在于：他们都是诗人。诗的思维使王小妮的短篇脱离了小说致密的物质性，而成为触点密布、意味漫溢的海绵体。它们取消交代性的历史景深，放弃完整的故事轮廓，开门见山地特写，直截了当地感觉，片段化地转换视点，进行时地叙述局部——这些局部是货真价实的1966年出品，出自作者对彼时"气味、声响、色彩，和不同人的心理"（前言）的记忆。在此记忆之上，作者还原、提炼、再造、组接，谱成峻冷、自然而又怪诞的"1966年"组曲。

3

或可把这些故事的写法归结为一个词——"反陌生化"。何意？"陌生化"是将日常经验反常而怪异地呈现，以此反思存在之平庸；王小妮《1966年》的任务和方法与此相反。她要做的是：将打上了"怪异反常"标签的"文革"经验还原为切近平常的个人经验，以之转喻个体内在心灵和众生外部历史的双重世界，由此打破历史、政治和神话化的文学叙述竖起的感觉隔栅。这种面对"反常"历史时波澜不惊的"日常"神情,即是"反陌生化",实是对刻板的"'文革'怪异叙述"的"陌生化"反拨。

举个例子。首篇《普希金在锅炉里》这样开头:

> 有这么一家人都坐在双人大床上。一个男人,一个女人,四个孩子。两个大人的脸上不好看,陈年老土豆的气色。就在这一天以前,孩子们爬上父母亲的这张大钢丝床,总忍不住要互相推撞蹬脚蹦跳。今天,他们都老实极了,圆黑的眼睛望望父亲再望望母亲。

这一场景与我们的当下经验没有距离感,并非特别的、只有1966年才有的。而那些1966年特有的事物,则是换算成我们的日常经验来呈现的,比如"大字报"她不直呼大字报,而是这样写:"很多整张整张的大纸,黄黄绿绿地糊满了玻璃窗,一层压一层。纸上写满了字,带着墨汁的臭味,有时候来几个看热闹的,把纸上的内容大声读一段。这一家人的餐厅变成了谁都不想停留,又躲避不掉的地方。"叙事人站在历史空间的外部,用普适性的语言、情感和思维,去讲述那桩似乎"正在进行"的既往之事。

小说从"自力更生烧锅炉"的家庭动员会开篇,慢慢向炉中物"普希金"靠拢。拆解开来,可以发现它倒着讲了这样一个故事：一个青年，因教师家庭出身不能考大学，只好当锅炉工。他爱文学，嗜读俄语名著，在本子上抄写了普希金的一首"色情"汉译诗——在1966年的冬天，这一切足以置他于死地。"罪证"必须烧掉。但他住在阶级警惕性特高的铁路工人大杂楼里，没有卫生间和厨房，不敢举火。于是他来到曾经服务过的一对高知夫妻家，给他们义务烧锅炉。他把装着"罪证"的书包藏在这家的储藏间，准备陆续烧掉。家里情窦初开的十二岁女孩出于对青年朦胧的依恋和好奇，偷看他的本子，读到那些诗句，万分惊恐——除了童话，大人的书她只看过《红岩》，因此认定那些字句是可怕的。她报告了父母。父母惊恐万状——他们的知识分子身份已够罪过了，"他这是想害死我们？"连夜把普希金们扔进锅炉里烧掉。第二天，他们赶走了年轻的锅炉工。这青年欢快地回家了——多么好，那些"罪证"不经他手就化为了灰烬。

整篇小说以全知视角叙述，依着时间的流动，视点先后落在"父亲""女孩"和"年轻的锅炉工"身上。视点的每次聚焦，都呈显一个小世界——父亲恐惧和"原罪"的世界，女孩纯情和遐想的世界，青年锅炉工幻灭和无奈的世界。这种呈显貌似袒露无遗，实则有所隐藏，谜底直到小说将近结束——"年轻的锅炉工"轻盈欢快地跳上公共汽车时——才揭晓。啊，那个急于埋葬精神宝藏的年轻人，他欢愉的解脱多么令人悲伤！那个对他有着隐秘依恋的小女孩，纯真和蒙昧如此浑然一体！她如履薄冰的父母，从此将生活在坚硬的石头里，因为一切柔软和善良，都会给他们带来祸殃……一个个小世界的叠加，最后拼贴成一个大残酷：在1966年北方的冬天，忧郁真挚的普希金竟成一群羔羊的噩梦；当羔羊们成功粉碎了噩梦的威胁，他们身上最温润的珍宝亦随之粉碎了：女孩成为萌芽状态的告密者，她的父母出演见死不救的角色，锅炉工沦为"嫁祸于人"的险恶之徒，只是未遂罢了——幸亏普希金被及时扔进了锅炉里。这不是一出家破人亡的惨剧，而是在家破人亡的恐惧中，心灵之死的悲剧。一曲关于历史悖谬与人性软弱之间相互消长的悲歌，就这样在悬念和趣味性中展开，在诗意和审视中收束。冰冷的颜面下，潜藏着作家沉厚的哀怜与深情。

4

这种激活生命同情的"反陌生化"手法，其深意值得玩味再三。由于遗忘教育的多年遮蔽，"文革"往事已渐渐失真，在青年人眼中愈来愈像一则抹黑的谣言，一个可疑的传说。这种经验感的断裂比理念的鸿沟更可怕。因它从直觉和情感的层面拔除了历史意识，拔除了后来者对既往之事移情和体验的可能，因此，也势必切断"绝不让惨痛历史重演"的路径。《1966年》以当下之人的感知方式还原彼时的生命经验，即在弥合经验感的断裂，其对抗遗忘的审美与道德力量是润物无声，难以抵挡的。

我们需要探究这力量的来源。它不只来自作家对社会—历史—人性的批判意识和叙事技艺，更来自她的爱与自由的意志，她的生命与道德的自觉，她的内与外、热与冷、善与恶、姱与丑的辩证法，更重要的是，来自她的诗之光耀。在王小妮的故事中，诗之光芒照耀孩子，也照耀大人；照耀良知本能无法磨灭的人，也照耀为历史浊流增添泥沙的人；照耀面目全非的教堂，也照耀喊喊喳喳的杂院；照耀自杀和失踪，也照耀依恋与诺言……一切对空间、氛围、人物角色的设计和勾画，皆源自作家对世界整体的诗性认知和隐喻。因此方寸之间，生命之奔流无休无尽。它有着坚硬的柔软，也有如雪下的火焰。

2013年11月3日

(附)

人心的风球挂起来了

看王小妮的《很大风》,我的心理经过了如下历程:1.怀疑作家的诚意——它写得实在像一部电影脚本,一个场景一段,场景频繁转换。按照昆德拉的说法,小说应当写得没法改编成电影,那才是地道的小说;而它却是怎么像电影怎么写,完全不在意小说文体应有的独立性。2.然而又被它的细部吸引住,叙事语言的质感所体现出来的精微的洞察力、它的诗思维的跳跃性,令人叫绝,是影像不能传达的。3.从第三节兔子人开始,我被它攫住,因为一方面,小说的结构开始展开,秘密开始泄露;另一方面,人心的乱象开始逐步显现它的整体,我迟钝地意识到,这篇小说很大。4.读到终了,我感到大欢喜和大悲恸——欢喜于看到了一篇直指人心的小说,悲恸于王小妮绘就的当今之世人心真相的荒凉破败,真如一场巨大台风,在短暂的平静窒息之后,毁灭之神登陆,最终物毁人亡。小说里说到"风球"——一种预告台风的事物，我觉得，《很大风》就是一个关于世道人心的风球，它高高飘起，貌似平静，而内心焦灼暗藏。

小说的人物关系是一个三角，三个角分别是：广告设计师阿进，有闲阶级、专职太太小兰，在豪门酒店门口扮"兔子人"的农民工老刘和小张。阿进这个角因为空间的同一性，总是和一个从未露面却总被人想起和谈论、已经"堕楼"而死的"黄先生"重叠在一起，小兰、老刘和小张与阿进发生关联，起初是因为这个"姓黄的人"。在这些人物关系之外，大家都受着一个巨大无常的力量的拨弄——一场台风。这是个运动三角，第一推动力是：阿进想从一个东北大客户那里接到有生以来最大的一笔订单，为了给自己的微型公司装门面，租了一间大写字间，只租两天。由此展开阿进的世界，于是扯出两条线：一条是他在和瘦子屋主去写字间的路上，被老刘和小张拦住，一个问要不要雇工，另一个问他是不是姓黄，把阿进当成了那个堕楼者，这是老刘和小张第一次露面；一条是阿进来到写字间后，接到小兰电话，小兰把他当作那个偶然结识的"黄先生"，问他要不要和她一起看台风，小兰从此也露面了。接着小说分别展开了小兰和老刘小张的世界。三个世界齐头并进，对于每两方发生碰撞的时刻，都从每个当事人的视角重新叙述一遍，这是我们熟知的"罗生门"手法。文学不像音乐，可以在同一时间里以不同旋律表现不同的主题，否则我们就会同时看见不同的空间里阿进、小兰、老刘小张的生活。现在，这段同一时间里的不同生活，只能随着文字的叙述次第展现。

三种生活可以说代表了三个社会层面：小兰是中产太太，阿进是个一门心思要赚大钱的"个体工商业者"，老刘小张处在社会最底层。不够有钱的阿进和极其没钱的老刘小张都为同一件事紧张：钱。没钱程度越高，焦灼奔忙的程度越高——在大台风天，小张还要穿上他的兔子袍，站在豪门酒店门口蹦蹦跳跳招揽生意，直至霓虹灯架被台风吹倒砸死了他，那个从堕楼的黄先生身上捡来的手机还紧紧贴着他的身体，真真是"人为财死"。小兰是中产阶级专职太太，似已从没钱的烦恼里解脱出来，但是无所事事心无所系，所以她要做一件有情调的事：到海边看台风登陆。然而天气路况使她有心无力，终是没看成，还差点撞了小张，只好心惊肉跳地逃回了家。小兰的形象富有中国中产阶级的特征：具有有限的主体意识，只关心与自己有关的事，自命不凡但是脆弱无力。

小说用极简风格叙述，全知视角，零度语气，很残酷——对谁也不爱，也不恨，也不同情，却有点鄙夷："老刘一点也不在意兔子人小张，骂他臭他也不在意。他把眼前的事情过滤得干干净净。世界上只有他和钱。老刘到这城市里挣钱，钱寄回家乡去。他关心那些悬赏布告，寻人启事，有时候还捡报纸看。眼前的所有人，全城上千万的人，只要不是从口袋里给老刘数钱，对于他就是没有意义的。"鉴于这样的句子很多，表明小说没能"零度"到底，也表明鄙夷是失控的结果，源于一个抱有既定价值信念的旁观者的情难自已。但它划开小说的一个裂口，关怀和意义之流由此溢出，由此，作者泄露了她要勾勒怎样的人心，怎样的世界——一座即将因物欲横流、金钱异化、道德沦丧、灵魂失所而走向毁灭的"所多玛城"。她不用地动山摇的方式描绘她看到的世界，相反，她轻描淡写地从微观入手。于是悲凉之雾，遍被危城，然呼吸而领会之者，独"黄先生"而已。

"黄先生"在小说里没有正面出现过，他只作为种种痕迹，出现在偶然相遇的人们的谈论和回忆中，由此我们知道：他是个生意人，本想请小张做他的"活动广告人"；他平常忙得看不见天空，但是喜欢看台风登陆，他还约了偶然在音像店碰上的小兰和他一起看台风；然而小兰约他时他已跳楼死了，谁也不知道为什么；他凌空跳下时带着一个颇为高级的手机，落地后被眼疾手快的小张捡走了；老刘踊跃地替警察把他的尸体背上车，以为能拿到点赏钱，却分毫没有；黄先生曾租过的房子，现在又租给阿进装门面了。小说写黄先生堕楼一幕时，叙述语气是平静超然漫不经心的，然而其揭示灵魂的荒凉麻木，却达到了残酷冷峻、触目惊心的效果：

天很快热了，那个人跳楼当时是下午，有人还在困倦中迷糊。一件看起来并不很大的东西直落下来，酒楼的师傅保安后来都回忆说，当时都听见那人身上手机还唱歌，铃声带和弦的。他们说，可惜了那手机，不知道唱歌声是摔出来的，还是有人正好给这个跳楼的人打电话。他们都叹气说：人落在地上，手机却没见到。小张捡手机的动作没人注意，当时他们都在喊：试试那人喘气不？

没有人对一个生命的毁灭表示发自灵魂的哀悯与关切，人们关心的是他身上唯一还有利用价值的东西——手机。这个细节，是对生存至上主义的激烈反讽，非心藏大爱又心狠手辣者不能写出。

小说就这样从容不迫地编织着：毫厘不爽的细节，暗藏包袱的情节，看似多余无意实则百发百中的闲笔，看似松散断续实则精致严谨的结构……总之，看似一个作家懵懂才情的偶然产物，实是她的清醒判断力与文学才华相伴而生的必然结果。由是，我们看到了一个世界的漂浮乱象：它无根，破碎，垃圾化，没价值，没来由也没去处；它里面的每个人都孤独，疏离，紧张，殚精竭虑地想钱（"谁不是赚钱揾食呢，先生？"），相互挤压（"有时候看见骑摩托车抢包的。看见汽车抢道互相擦碰的。看一团人追着公交车门推搡拉扯。"），相互都是陌生人，相互的关系都偶然而不真实（"瘦子说：也许他姓黄，也许不姓，也许是用的假身份证，谁知道！现在有什么是真的，我不是想故意瞒你，他又不是在我的屋出事。"）。这是个历史与价值的生命之流被忽然斩断的世界，它似乎年轻，似乎在重新开始，但其实已是一座即将倾圮荒蛮破败的危城。它没有聚合力，没有方向感，没有善恶是非，没有灵魂抚慰，没有爱，没有敬畏与禁忌。对于生活其中的人，它是一个永远冰冷陌生的他者，一个随时暗含杀机的异乡。每个挣扎其间的人，都是惶惶不可终日的异乡人，无限的世界在他们心里的投射，从未如此单一，贫乏：只是钱，只是物，只是活命。人，这万物的灵长，已和一切没有灵魂和情感的生物无异。单一贫乏得如同死亡。

因此可以说，《很大风》所表现的核心，是关于一个价值真空的世界里，人的灵魂失怙、心无所皈导致的存在危机。那么，究竟是什么力量斩断了历史、价值和信仰之根？它们为什么被斩断？这根系被斩断之后，导致了怎样的后果？人的精神状况，将因此发生怎样的异变？让我们追踪问题的根源，想想价值之根为何被斩断——那只是因为，真实而永恒的价值一旦深入人心，必会发生个人尊严的普遍觉醒与社会公义的普遍共识，它必顽强生长，必因心无所惧的价值持守而构成对那宰制性力量最有效的颠覆与瓦解。也正因此，那宰制性力量在摧毁旧价值的同时，更阻挡任何被重新认识到的永恒高贵的价值的重建，它宁可空心，宁可对全民物质行贿，宁可让灵魂腐烂荒芜，也要阻挡这价值的生长，阻挡良知的苏醒与回归。

这是我看到的真实。《很大风》以它独特的方式，又让我重新感知。在小说里，王小妮怀抱深刻的价值关切，但绝不采取道德主义姿态。她运动、呈现、反讽，绝不静止、评判、控诉。她直接呈现"是什么"，潜在地追问"为什么"，但从不回答"怎么办"，从而显现出其真实独特的文学立场——既忧思深广，又柔弱无力，不充当道德家和政治家，但是把这一切尽收眼底。由此，一个作家在喧嚣纷乱的世界中，才能最终保持她痛苦而无限的活力。

(中篇小说《很大风》，王小妮著，

发表于《当代作家评论》2004年第6期。)

2004年11月

科学的激情与诗歌的耐心
论止庵的《受命》

1

　　止庵的长篇小说《受命》写了一个当代的复仇故事。无论从文本的力量还是文体的艺术来看，它都是汉语写作的意外之喜——作者完成了一个几乎不可能的任务。但正如"受命"二字所暗示的，止庵写出这部作品，亦未尝不是出于对悬置已久的历史呼召的顺服，并终于不辱使命。

　　小说的开端，平淡里藏着奇崛：1984年的一天，文学青年、口腔科医生陆冰锋从记忆力正在衰退的母亲那里得知,父亲在浩劫年代自杀,乃是因被今日高官、昔日同事祝国英逼得走投无路。他从夹着父亲遗书、划有指甲印的《史记·伍子胥列传》字句上,接收到父亲的遗命:复仇。自此,冰锋的人生停止了向前的脚步,而立定心志往后看——他生命的意义,悬在为父复仇之上;与此同时,他酝酿着一部以伍子胥——历史上的替父报仇者——为主人公的诗剧……

此开端预示了作品看似对立却并行不悖的两个特征:1.严肃文学的语言、主题、笔法和细节;2.类型小说的叙事招数和推动力——尤以冰锋发现父亲在《史记》字句上留下指甲印一段,最见端倪。这个决定了主人公生命方向的情节/细节既戏剧化得扎眼,又紧贴人物的绝望处境,平实得几乎不露痕迹。之后,过于巧合的人物关系又成为叙事的支点——冰锋的生活中出现了令他情愫渐生的女主人公叶生,她恰好是复仇对象的女儿,若非靠着她,他绝无机会接近祝国英。作者对此巧合的处理方式一如其前:都是将"扎眼的戏剧性"处理得平实而几乎不露痕迹;同时,还让它发生方向相反的作用力——这巧合既为主人公的复仇提供了条件,同时也成为他致命的道德阻力、一再延宕的缘由。

我们知道,巧合在类型文学中既是情节的助推器,又是一个游戏;而在严肃文学中,它在推动情节的同时,可能会成为一个寓言,或者用止庵的话说,成为"命运"

的一种喻示。这是《受命》在文体上的独特之处——意义的渐深渐远与悬念的渐近渐强的融合。意义和悬念绝非各行其是或强行扭结的无机之物，而是相互助力、彼此养育的有机之体，这使得小说的进展犹如一个灵命的生长——有立足之地，有骨骼，有血肉（遍布着敏感的神经末梢和毛细血管），有呼吸，有灵魂，直至个性成熟。

2

《受命》显示出纳博科夫式的"科学的激情和诗歌的耐心"（思量一下，纳氏为何不说"科学的耐心和诗歌的激情"），这是汉语小说极其稀缺的品质。"科学的激情"，可见于作品对1984—1986年北京人文地理和文化生活的考古式复现——主人公走过的街巷，坐过的公交，吃过的饭馆，去过的书店，看过的电影、戏剧、展览，穿戴的衣着……都是那个年代确曾存在的（为了人物的这些舞台布景和道具，作者使出考据功夫，查阅《北京日报》《北京晚报》《精品购物指南》上所有相关讯息，以及当时的各种北京地图集，还透过微博向网友求证某一地点在当时坐落着什么店面）；人物闻过的花香、赏过的花树，其开谢枯荣的真实景况也与作品中的四季流转不差分毫（作者招认，他为此写了一年的北京植物日记）；至于对主人公职业行为的精确叙述，更令从医者无话可说（显然，作者把自己口腔科医生的经验储备大量移用在了冰锋身上）……这种对物质细节的精密查究，若无"科学的激情"，绝难做到。

何必如此呢？这就涉及纳博科夫说到的另一点——"诗歌的耐心"。出于风俗史兴趣而来的考据癖是一回事，出于某种一丝不苟的诗学旨趣，一定要让笔下人物生活在实存而非臆想的空间里，是另一回事。这后者，就是"诗歌的耐心"。当作品人物的性情、目光和经历，一点点渗透进其历史性几乎完全真实、如今却已杳不可寻的社会—历史—物质空间时，那平凡、消逝、朽坏的昨日世界，在诗之光耀中成为独一、永恒和不朽。这就是挽歌，就是"诗史"。由此，人物与环境，犹如水草与水，一起成为可信而诗性的生命体。

"诗歌的耐心"还醒目地表现于作品的丰盛细节和复调叙事中。丰盛的细节，不止建造小说的质感，而且更稳健地加强叙事的推动力。

作品如回旋曲一般，多次写到冰锋来到父亲自杀的那个半地下室——"他觉得这里是距离父亲最近的地方"。冰锋将两份报纸放在原来父亲摆床的位置，躺下来，看到"从高处的窗户里射进一团光，照到脚前不远的地上，而他在黑暗中看到的，就是父亲看到的世界最后的光"。冰锋竭力使自己成为亡灵的管道，让父亲的目光从自己的眼中射出，让父亲的绝望从自己的心里漫过——以此将"复仇"二字，刻进命里。其实作者写作此书，将"与己无关"、未曾亲历的历史苦痛化作息息相关、感同身受的肉身经验，亦未尝不是运用此种心理机制。对某种作家而言，所谓创作，就是凭着深广而悲悯的移情能力，让自己成为古往今来无名无声的亡灵们的管道，为他们遭受的不义施行"象征的复仇"。鲁迅的写作是如此，止庵的《受命》亦是如此。

回到细节。焊死冰锋复仇决心的，是自杀的父亲最后留给他的形象细节："他枕的荞麦皮枕头被咬了个口子，洒了一床一地，脸上也沾了好些。桌上有个窝头，都放馊了。据街道主任说：你爸爸一脸荞麦皮，那模样真逗人。单位的人见到母亲和冰锋，同样边笑边说，既然服毒，何必绝食呢？忍不住饿，不能吃充饥的，用这根本不能消化的荞麦皮填补肚子，还把自己弄得像个怪物。"

最残酷的悲剧，莫过于悲惨得失去了悲剧的资格，而变为滑稽。街道主任的"一脸荞麦皮""那模样真逗人"，单位人的"边笑边说""像个怪物"，如同永不消逝的皮鞭，抽在冰锋的心上。如此不动声色的笔触，显示小说家笔力的毒辣。冰锋的复仇之念，不仅来自父子间血缘之义的连结，更来自这永难磨灭的细节记忆带给他的耻辱感。在他日后愈发宏大的观念辩证中，"复仇"虽然愈来愈跟"正义"的普遍价值发生关联，但这段细节所彰显的那个独一的生命所遭受的独一的不公、毁灭与羞辱,则是他拒绝背叛、复仇到底的绝对理由,也是令读者与冰锋共情的最有说服力的基础。

至于复调,则是止庵小说写作的一个新进展。他三十多年前的出色作品《喜剧作家》立体地呈现了每个痛苦人物的意识流,唯有两个凡庸人物的内心被取消了显现的资格——假如他做到了后者,便是真正做到了复调。三十多年后,他在《受命》里做到了。

作品主体虽是紧贴主人公冰锋——一个敏感多思的医生——视角的第三人称叙事,但《尾声》则以铁锋——一个感受力与价值观与他的哥哥冰锋截然相反的人——的第一人称叙事来完成。而在冰锋视角的叙事中,芸芸、铁锋等"物质人"(为表述方便,姑妄称之)未被降格,冰锋本人、叶生、Apple、杨明等"精神人"亦未被高举,贺叔叔这样的道德相对主义者说话合情合理,祝国英这个逼死他父亲的人,出场时也是个懂得养花经的沉稳老干部……所有角色都被平等、自洽、不受褒贬地显现和叙述——各自的声音彼此独立,彼此抗衡,互不淹没,互难说服,这就是复调的精神,也是"诗歌的耐心"之一种。由此,作者立场貌似消隐,或者说,作者在修辞上有意采取了超越于人间各方的"天道无亲"的立场,让人物自己说话,作为呈堂证供。

《受命》伪装成毛茸茸的"日常生活"的样子，成功掩盖了主人公冰锋的异质性——在作品所触及的历史时空里，这样的人物并不存在（就像王小波《黄金时代》里的王二在"文革"期间并不存在一样。诚然，虚构人物都是不存在的，但此处的"不存在"，是指冰锋和王二的人格形态在彼时并不存在），他纯粹是作者观念的肉身化，因"作者的人格，或在更深意义上作者的生活向人物内部的渗透"（T. S. 艾略特语），而获得了可触可感的生命。由此，"陆冰锋"成为《受命》贡献给中国现代以来小说人物长廊的一个独特角色。

这个角色的独特处在于：就意义而论，他成为"记忆还是遗忘""向后看还是向前看""要历史正义还是要现世安稳"这一旷日持久而又暗流汹涌的道德激辩的直接承载者，此种内涵的人物是当代汉语小说此前所未有的；就叙事而论，冰锋精神生活的内容与过程成为小说的有机部分，且成为叙事的可见动力，且此过程—动力是以质朴白描的传统形式而非更繁复西化的"现代"手法来呈现，这在当代汉语小说中是罕见的（当代汉语小说更多见的是关于日常生活的"动作片"与"大事记"，无论人物身份是市井中人还是知识分子，其精神生活的内容与过程往往付诸阙如）；就美学而论，一个既烙有中国传统"死士"印记又受到西方自由思想浸淫、既渴望行动又思想过剩的1980年代"复仇者",其超越现实而又有根有基的形象与色彩,是独一的、惟中国才有的,这效果部分得自小说的语言——一种滤去了翻译腔、新华腔和方言土语的纯正汉语,带有自然的古意,却并不模仿民国,似乎只来自人物本身的行事和思维方式。

冰锋是宴之敖者气质的眉间尺,以伍子胥自命的哈姆雷特——这是作者赋予人物的独特个性,某种程度上,或是作者人格的分身与变形。冰锋个性初显,是在母亲告诉他,父亲自杀乃是由于祝国英的逼迫时——他没有作出惊诧、愤怒、退缩、软弱等可以预期的正常反应,而是:"他想起过去那些年,自己无论上大学,还是工作,都是乏味不足道的人生,此刻才突然有点光亮了。"这种在"生命不能承受之轻"中突然得到"负重特权"时如愿以偿的反应,在如今趋利避害、严禁"贩卖焦虑"的识趣之士看来,真是病得不轻。作品就是这样,一点点累积冰锋那平静的不平常。

勾勒描画冰锋形象的手段还有许多:以他的视角展开的第三人称叙述,其冷静疏离的语调所隐含的这个人物敏感微妙的观察方式、情感悸动、心理过程和锐利嗅觉;他对伍子胥故事的解读参照、构思创作和自我投射(作者作为读书家和作家的思维方式,内化在冰锋的思考过程中);他对复仇对象、复仇意义、复仇时机的再三考量;

他对叶生既克制又依恋、既沉溺又警醒、既难以挥别又不得不别的温柔与残酷；他对芸芸的俯就、体恤、审视与漠然……凡此此种机关算尽的形象建构，使冰锋这个脱胎于作者观念的"理念人"，成为有血有肉、可触可感的独一的"活人"。

4

《受命》透过一个复仇故事，叩击每个人都或多或少思考过的一个无解之问：对于未被追究的历史罪责，人们究竟应该遮蔽、遗忘、"放下包袱向前看"，还是记忆、追究、向后看清楚再向前看？当历史正义并未正确地抵达，则无论个体的追究，还是集体的遗忘，其人性与道德的后果分别会是怎样？

主人公冰锋就是一个思考这问题，且欲以个人的复仇行为唤醒人们一起思考这问题的人。冰锋的声音之外，同时交织着其他不同的声音，他与他们相互拮抗，彼此问难：

一个是老干部"贺叔叔"的声音。在他身体还好的时候，他是道德相对主义者，对追责的立场是消极的。一生的惨痛经历使他认为：不存在所谓正义，一切都是已经和潜在的恶，因此没有施害者与受害者之分，只有"来得及害"和"没来得及害"之别——冰锋父亲属于后者，祝国英属于前者，若假以时日，冰父未必不会成为祝国英。谁也不比谁高尚,谁也不比谁无辜和冤屈,因此不必追责,更不必复仇。

(冰锋的回应之音:我们应该只看事实,拒绝假设。历史不能总是这么不了了之。重要的不是发生过什么事,而是这些事不能白白发生了。历史不能总是一笔糊涂账,个人也必须承担相应的责任。)

一个是祝国英的声音。他在收到冰锋的复仇匿名信后声称,他这一辈子,无论做什么,首先考虑的都不是自己的利益,他问心无愧,没有什么要忏悔和被宽恕的。

(冰锋内心的回应之音:真正的凶手是他那些想法。必须向他宣布罪行,然后做出判决,并予以执行——这将具有一种警世作用,就像伍子胥对楚平王的复仇一样。如果他寿终正寝,或者无所察觉地被杀死了,那些想法将毫发无损地更换一个载体继续活下去。)

一个是铁锋和芸芸的声音,他们是遮蔽、遗忘、"放下包袱向前看"的代表。芸芸对冰锋说:"上一辈的事管他干吗?还是忙咱们自己后半辈子吧。"关于父亲的自杀与冤仇,铁锋对哥哥说:"这件事我不太清楚,也不想多打听。"

(冰锋回以沉默。)

一个是他所怜惜的叶生的声音:"我想做世上第一个乐观的人,最后一个善良的人。""那个年代的人,都是从集体的而不是个人的立场出发去考虑问题,去付诸行动的……所以他们即使犯过什么错，说到底也是可以被原谅的吧。"

（冰锋的声音："你真的是很乐观，说得跟人类的历史和现实拥有一种自愈能力似的。"）

似乎冰锋的每一个回应之音都充满了道德的雄辩。果真如此吗？

5

除了司马迁的《伍子胥列传》、鲁迅的《铸剑》和莎士比亚的《哈姆雷特》，《受命》还明显地隐含着一个故事型——莎士比亚的《罗密欧与朱丽叶》。冰锋和女主人公叶生之间，有着罗密欧与朱丽叶式的情感关系，不同处在于：1. 罗密欧与朱丽叶先相爱，后知道彼此为仇家后代；冰锋明知叶生为仇家之女，却仍情难自已地陷入不愿承认的爱恋。2. 罗朱无视两家冤仇，执意追求爱情；冰锋为了给父亲复仇，舍弃了这不愿正视的爱："即使她再可爱，对他再好，也不能因此而放过她爸爸。" 3. 罗朱这对恋人的毁灭，带来仇家的和解；冰锋的仇人寿终正寝，既粉碎了冰锋复仇的人生目标而使他的生命垮塌，更终结了两人的情爱。

两个故事最根本的不同，在于前提：罗密欧和朱丽叶两个家族的仇怨，是自由主体之间的仇怨，二者的和解，亦是各自出于自由意志的和解；冰锋之父和叶生之父的仇怨，则是一个不自由之人借助权力，剥夺另一个不自由之人而结下的仇怨，受害者公平追责的自由被剥夺，施害者拒不忏悔，那么双方出于自由意志的和解便不可能，于是祸及后代，爱情化作灰烬。

因此，这个复仇故事，这个以个人之力追寻历史正义的故事，其实是一个死人"剥夺"活人的故事，或者说，是活人追寻死人的正义，放弃自己的生活，也毁掉别人生活的故事。纯洁真挚的叶生是这场"正义复仇"的不正义的牺牲品。无论冰锋复仇成功与否，叶生都已被他所毁，这就是冰锋的不义。（就像伍子胥对楚平王复仇不成，杀虐强暴他的后妃和臣属的亲眷。站在这些女人的立场上，此举就是伍子胥的不义——却被冰锋视为合理，其中即已隐伏现实悲剧的线索。）这不义会比祝国英对他父亲犯下的罪孽更轻吗？这不义会因为它出于"正义的动机"，只是毁伤了一个女孩的心而不是命，就自行消解了吗？冰锋"正义复仇"的bug在于，他以自己为超然的审判者，似乎所有的不义都被他尽收眼底，却忘记了唯一的盲点——他自己，一个同样会伤害、会不义的毫不例外的"罪人"（绝对的意义上）。他以为没有在肉体上占有叶生，就是对"不能带着负罪感去了结一件有关罪责的事情"的完美践行了。这是唯物论者冰锋（作品第一部第二章特别提到，冰锋是个唯物论者）的道德盲点。

因此《老子》第七十四章有言："常有司杀者杀。夫代司杀者杀，是谓代大匠斲。夫代大匠斲者，希有不伤其手矣。"所谓"司杀者"，就是天道。在人间，"天道"对罪责的审判与追究，须以国家机器代行，以公正公开的方式发生。若此公义不彰，个体之人欲以复仇代行天道，就是"代大匠斲"——代替木匠砍木头，没有不伤手的。叶生，就是被冰锋斲伤之"手"。冰锋自己的人生何尝不是。

因此《罗马书》有言："亲爱的弟兄，不要自己伸冤，宁可让步，听凭主怒；因为经上记着：主说：'伸冤在我，我必报应。'"这是一神论者"勿以恶抗恶，勿为恶所胜"，拒绝个体复仇、以爱化解恨的神学基础——有末日审判，有公义的终极，因此作为受造物的"个人"，没有为自己的正义而审判他人的权柄，也没有为自己伸冤而杀人的权力。

但冰锋是唯物论者。他只有今生，此身，他为父亲寻求的正义，只有在此生实现才算数。若为了与仇人之女的爱情，放弃为父亲的复仇，则父亲的正义谁来寻求？他的良心如何安放？

这就是作品最深刻之处：它揭示了唯物论主人公所身陷的道德悖论——无论他复仇与否，都是错，都是罪。这悖论指向了人类罪责不明、公义不彰、违背天道所造成的人性灾难；它使所有人都成为负罪背德之人——无论追责和记忆者（冰锋派），还是遮蔽与遗忘者（铁锋芸芸派）。后者的罪孽在于道德的失敏，良心的亏缺。在尾声，铁锋的叙述传来了新时代既得利益者那兴致勃勃、人情练达、善恶不明、是非不分的声音，它交代了所有人的结局——旧事已过，新人崛起，灯红酒绿之中，普遍的"灵死"已然来临。

作品用整本书酝酿冰锋的复仇，但是当他终于采取行动时，那行动的高潮却被彻底略过。只在尾声借铁锋之口，隐约交代冰锋和叶生的现状，让读者在惊心动魄的空白中，去想象那过去的高潮及其崩解。这就像我们看一部赛车向深渊加速的影片，最后的加速之后，却没给看临渊一跃，只给我们看到阳光下一地的残骸。读者难免有临空失脚之感，但那想象空间的多义性，却更迷人。

《受命》里，文学评论家杨明写信给冰锋，高屋建瓴地谈道："中国当代文学……第一次浪潮主要是意识形态上的反拨，那些作品已经结束了使命，与此同时，自己的生命也结束了。第二次浪潮则需要作家创作出那种既直达人类灵魂的幽微之处，又直达历史与现实的幽微之处，真正拥有强大而持久生命力的作品。"

止庵不大可能意识不到，他自己就写出了这样的作品。至于是不是存在"中国当代文学的第二次浪潮"，也许并不重要。

2021年5月11日写毕

附

《喜剧作家》是止庵的"《坟》"

以前读止庵的书,觉得他属于运笔枯涩的老熟型作家:寓意图于故实之中,不渲染,不铺排,尽量不用形容词,甚至是,假如能用引文,绝不自己开口说话。他的《周作人传》几乎是周作人自述和别人的旁证,作者不得不出场时,也只露一小脸,说一两句,声音很轻,但砸在心上,很疼。他推崇或强调的作家,从周作人到废名到谷林,都属于"冰泉冷涩弦凝绝"一路,深谙"此时无声胜有声"之道,与中国当代文学的主流风尚格格不入。这也使我有点疑心:对"枯涩"的标举,是否隐藏着标举者自己天性和才能上的类型与限度。

读他别的文章,又觉得似不止此。他用力最著的张爱玲,心景一派萧瑟,才华却繁花着锦,止庵论起她来,洋洋洒洒又箭中靶心。中西方的整座文学万神殿,他几乎跟每位大神都相交不浅,而他对他们的言述,又并非出于学者之心，更像是来自一位创作同行的体察。这也使我好奇：这位"专业读者"究竟曾有怎样的创作经历，才能如此长驱直入大师们的肺腑；又有怎样的心性，使他并不对言述对象自矜自雄——就像许多博学之士所做的那样。我曾在偶然的场合，亲见他如初学写作的少年，向自己早年钦佩的作家羞涩地表达敬意，全不顾旁观者"您也是个人物，何至于此"的愕然。自尊而有敬畏，这是真的文学人付与文学的深情。也因此，我对这位学者—作家自身的创作才能，更加好奇。

读完止庵新出的小说集《喜剧作家》，这好奇有了着落。此书收入他精挑细选地写于1985至1987年间的三个短篇《世间的盐》《墨西哥城之夜》《姐儿俩》、一个中篇《喜剧作家》和一部未完成小说《走向》。除了未完成的《走向》，其余皆曾发表，只是作者当时署名"方晴"。从时间顺序看，这些小说的叙事气质和语言经历了明显的变化：从心潮翻涌的感伤诗意，到不动声色的冷眼旁观。写于1987年的《姐儿俩》，是"方晴"和"止庵"之间的连接点，已经露出枯涩促狭、笔法纯熟的"止庵"的端倪。也就是说，1987年，写小说的王进文开始找到了自己，但他突然不写了，而是把笔墨转向了别人——去平视地读解那些遥远而硕大的灵魂。

在读了多年"大师写的"之后，用阅人无数的眼光重审"自己写的"，且将它们筛选和出版，这本身即是批评家止庵的一种批评行为——既指向1985年前后的中国当代文学史，也指向他自己。我们知道，1985年是个原子弹爆炸式的文学史年份——各种文学流派在这一年诞生，众多日后赫赫有名的作家在这一年的前后发表了最重要的成名作或代表作："寻根文学"生长着莫言的《红高粱》、王安忆的《小鲍庄》、韩少功的《爸爸爸》、阿城的《棋王》、李锐的"厚土"系列、史铁生的《命若琴弦》，"先锋文学"闪耀着刘索拉的《你别无选择》、徐星的《无主题变奏》，以及马原、洪峰、余华、苏童、格非、孙甘露等先锋作家目不暇接的文体实验。那是文学的"极端年代"："文革"结束刚刚十年，极端的精神废墟、历史创伤和生命经验，呼唤极端的文学语法——这些作品乃是应时而生。作家们急切地"拿来"西方现代主义，开掘传统血脉，虚无、颓败、反情感、反意义的绝望世界观和世纪末情绪成为主导性的真理，审丑、不及物、反情节乃是叙事美学的最强音。它们拓展了汉语文学的感受力和表现力，但是，也摒斥了别样的文学可能性——那种对更精微内在、更有意义和生机的精神生活的探寻。正如彼得·汉德克评论达达主义时所说："在那一刻，呐喊或嘶叫很重要，但仅仅是那一刻。"当社会生活回归常轨，文化艺术走向纵深时，文学的那种戏剧化的极端性便沉潜下来，要么进入博物馆，要么化作更精致微妙的精神纹理，进入下一轮的艺术循环。

这也是我们今天才得以好好阅读止庵这些小说的缘

由。它们在发表的当时寂寂无闻，否则也不会在今日引起惊讶。它们是这样一些作品：社会—历史维度浅淡，人物汹涌的内在世界被置于中心地位——他们像是跟作者共处已久，只是他们的只言片语偶然被作者传到读者的耳朵里罢了。每篇小说都讲述了"几乎无事"的剧痛与破灭。人物的外部动作极微，精神纹理极细，故事性极弱，而情感的浩渺和觉知的磅礴，又与那动作之微和纹理之细形成强烈的反差。几乎每篇小说里都有一个精神上敏感丰盈而行动上无能为力的文人气质的男主人公，他或者失败于或者受煎熬于一个（或一群）擅长世俗生活、肉体生命力旺盛的行动者。此一情结，与契诃夫戏剧对优柔无能的"多余人"的同情、对精神外皮过厚的"强者"的奚落，颇为同调。止庵小说的主人公痛苦和"失败"的源头，看起来不在外部世界的现实性障碍，而在于他敏感柔脆的内心美景随时坍塌于他者的坚硬粗粝或曰"美学的格格不入"。整部书，一言以蔽之，可以说是敏感的完美主义者的失败奥德赛。在无时不在的风刀霜剑和心之凋零中，作家凸显了"诗与敏感"作为"使人更像人"之物，在日常生活中的悲观境遇和精神生活中的神圣价值。此一主题的叙事，不但在1980年代的中国文学中是陌生的，即便走到今日，依然是稀有而重要的。

说到"奥德赛"，便不能不想到乔伊斯。理查德·艾尔曼指出，这位《尤利西斯》的作者"在作品中所作的最基本而又最有决定意义的裁决，是判定平凡的价值……乔伊斯是第一个作家，使一名无足轻重的城市居民表现出了崇高的意义"。"他那些出人意料的融合手法，也实现在美与其对立面之间……在乔伊斯看来，二者并存是自然而然的。"但在1980年代的止庵看来，美与丑、高贵与庸俗是水火不容的。他出色的作品《喜剧作家》立体地呈现了每个痛苦人物的意识流，唯有两个凡庸人物的内心被取消了显现的资格——假如他做到了后者，便是真正做到了复调。诚然，好作家是各自文化境遇的营养师。面对肉体／精神二分的西方传统，乔伊斯选择了融合。面对重实利轻精神的中国传统，止庵选择了站在精神的一边。但成熟的写作者终将走向理解一切。这一使命，想必作家会在未来的作品中完成。

1926年，鲁迅忽然发现了几乎被他忘掉的写于二十年前的四篇文言文，于是他把它们连同其他一些早年文章，编成影响深远的文集《坟》，算是给自己"前世"的写作生涯一个纪念。也许每个作家都有一本自己的《坟》，藏着早年才华与思想的萌芽，区别只在于敢不敢拿来示人、还有没有生命力罢了。《喜剧作家》是止庵的"《坟》"，它还有如许蓊郁的生命，可欣慰的不只是止庵，还有对汉语文学寄予梦想的所有作者和读者。

2017年2月

保存与牺牲
论林白

> 创造具有十分强烈的个性特征,但同时它又是对个性的遗忘。创造总是以牺牲为前提。创造总是自我克服,超越自己的个性存在的封闭界限。创造者常常忘记拯救,他所想的是超人的价值。创造完全不是自私的。出于自私的心理无法创造任何东西,不能专注灵感,不能想象出最好的世界。
>
> ——尼古拉·别尔嘉耶夫

童性

在孩子的眼中,"人"的地位和宇宙间的其他事物并无分别。支配它们的,乃是同一种她竭力理解、但无法理解的力量。人间事还不能成为她注意的焦点。相反,那种琐碎日常的面目让她厌烦,远不如大自然里的风雨草虫更神奇有趣。能够进入她的视野的,只有那些最不同寻常、匪夷所思的人和事,而它们也只是她的"大自然"的一部分而已。"天地不仁,以万物为刍狗",其实小孩也是如此。因为小孩和天地自然是同质的——她的世界是一个万物相连、浑然不分彼此的世界,一个没有感情、利害、善恶,只有好奇、精灵和梦想的世界,一个生命郁勃、永不终结的游戏世界。在这个世界里,生命本身得到了放任、肯定和解放。如果让她来叙述它的话,她一定急着把眼里最重要的事情告诉你,而她所取的"重要原则"和成年人全然不同——那些在后者看来至关重要的事情,被她视而不见;后者感到无关紧要的细节,在她那里却是顶顶要紧的,关乎她整个世界的意义。她的表情专注、痴迷而懵懂,讲述的语调时缓时急,叙说的顺序东鳞西爪,你听得似懂非懂,却不能不从她描述的意象、气味和声音中,隐隐看到发生在社会—历史空间中的成年人的悲剧。但是,此悲剧却被平静地包裹在这孩子杂草丛生、万物相连的宇宙里,参与着它生生不息的循环。社会—历史悲剧不是这个宇宙的终点。

不错,我说的是林白早期的一些作品。以上印象,得自她那些发表于1980年代末、1990年代初的中短篇小说《裸窗》(1989年,后更名为《北流往事》)、《晚安,舅舅》(1991年)、《大声哭泣》(1990年)、《日午》(1991年)、《船外》(1991年)和一本名叫《青苔》的朴素的书(写于1990至1992年,前面所列篇目中的一部分也被收进此书里)。在这些作品中,叙述者"我"遥望她童年的故乡——那个名叫北流的广西边城,城里的沙街、街上那些角色边缘、命运坎坷、行状怪诞、死因不明的男女。它们是林白写作之初最迫切的谜团和最煎熬的痛苦,她自我底色的一部分,一直呼唤着她的超度。但她直到成年也无力做到——既无能解谜,也无法遗忘,她只有"记下"。徘徊在懵懂孩童和成熟女子之间的叙述视角,赋予她的追记遥望以"宇宙自然"和"社会—历史"的双重维度。后者隐蔽在前者之下。孩子般非理性、非社会化的感知和逻辑方式,使钙化的历史罪孽变得混沌磅礴,充满令人不安的印象主义色彩。

因此,从写作伊始,林白的世界即向外开敞,散发着难以归化的童性气息。它是万物杂处、阳光照耀、雨量滂沛、风雷交作的旷野,而非纯一、幽闭、神秘、自恋的房间。这旷野亦有其神秘之处,但它拒绝被传奇式地讲述,只期待被本真地呈现。

非正统的诗性想象力

在这片旷野中，闪烁着某种空气和水一样难以捕捉的东西，恰恰是它，赋予林白的作品以一种召唤性的结构，一种开启灵性的能量。这种东西是什么？它该如何被认知和描述？思虑再三，我暂且将它命名为"非正统的诗性想象力"。概念的麻烦出现了。既有"非正统"，那么何谓"正统"？我不准备掉进概念的陷阱，只愿诉诸当代人某种心领神会的经验——即那种建构和巩固国家、阶级、族群、性别、家庭、身份等一切现存功利秩序的组织制度、社会习俗、精神文化及其价值观。"正统"不是一种固态的存在，而是一个随时代社会的变迁而自我调整以求稳定的大秩序。由此观之，则"非正统"即是与这种功利、稳定的价值系统意趣疏离的精神存在，它的气质是阴性的，态度是弹性的，它与正统秩序的精神统治保持距离，但也未叛逆到"反正统"的程度。而"反正统"的价值指向是明晰的，其对正统秩序的叛逆是公开和彻底的，其气质是阳性的，态度是刚性的。"正统""非正统"与"反正统"的价值观进入文学领域最重要的表现，便是作用于想象力——因为作家在作品中构造的世界，即是他／她对此在世界之态度和愿望的显形。

文学艺术作品并非天然秉有"反正统"和"非正统"的性格，它依文学艺术家的天性、经历、处境、审美趣味、道德信仰等状况而定。那种或多或少意在辅助功利秩序、"有益世道人心"的文艺，才是从古至今、从东到西的主流，且永远受到正统社会的大力提倡。反正统和非正统的诗学则是个体生命与正统社会和正统文艺相对峙或相游离的产物，它是反对功利秩序对个体生命之压抑的诗学，拒绝"死之说教"（尼采语）的诗学，张扬个体生命之完整和自由的诗学。

反正统的诗学想象力在当代中国作家那里往往呈现为狂欢、反讽和思辨的类型，如王小波、莫言、过士行等作家作品所显示的；而非正统的诗学想象力在有的作家那里，则体现为远离正统秩序的酒神式的狂欢、抒情与诗性的编织，林白的想象力类型即属此种。

强力意志与自我保存

反正统和非正统诗学的发生，与其说是出于特定作家的政治和道德本能，不如说是出自其艺术的"强力意志"——这是艺术作为社会压抑力量之反叛者的形而上起源，当然，这起源终会将作家引向某种政治和道德的选择。正如尼采和海德格尔曾经道破的："强力意志"的本质是创造，是"有意识地遭受存在之进攻"，是故意对抗大于己身之物以求生命能量的提升和转变，是反对生命的自我保存和固守——因为简单固守便意味着衰竭。所以，创造的本质必然包含着对一切压抑生命的朽败能量的摧毁和否定，包含着在正统秩序看来某种行为和意识的不端与挑衅，包含着强劲的"不之性质"（海德格尔语）。

在文学创造中，这种"不之性质"体现在作家对其置身的社会、历史、文化和精神生活的审视、想象与再造。在这一视域中阅读林白的作品，我能感到她的艺术的"强力意志"与她个人的"自我保存"倾向之间潜在的斗争。每当前者高扬奋发之时，她的作品便饱满酣醉；每当后者占据上风之时，她的作品便流于浅表。从中我们能看到一位中国自然诗人创造之路的升腾与下降。

诗小说

说林白是"中国自然诗人"，并非意指她的作品与"源远流长的中国自然诗歌传统"之间存有某种传承和对应的严谨关系。相反，她的写作是无视知识的。此处的"自然"，系指她所虔诚师从的，乃是天性而非经典——自我的天性，万物的天性。她从它们的密码中汲取灵性的源泉、书写的素材乃至作品的形式，不为意义世界的规范和文学史的督促，去驯化自己的写作。"生命"被她置放在凝视与想象的中心位置，而近乎她的宗教。它的每一细节、呼吸、感念、悸动，每一饱满而痛楚的瞬间，无不受到她热狂的礼赞。她的作品是血液之歌，生命的欢乐颂，有时，是酒神的附体。在初民式的郑重和喜悦里，她呼喊生命过往中的每一颗微粒——在语言的魔法中，它们旋转而微醺，意欲化作一颗颗独一无二的巨大星辰。

由此，林白以小说实现诗的功能。或者毋宁说，林白的小说即是漫漶的诗篇。它们的力的运动不是纵深、曲折和节制的，而是平面、飞散且铺张的。它们的进行不似通常小说那样，带给读者客观的过程，世故的发现，纤毫毕现的事实，以及最终的谜底。相反，林白的小说毫无事件性的悬念，其开始便是历程的终结，"为存在命名"是其叙事的唯一动力。它们的展开完全依赖叙述人回忆的声调与节奏，情愫的流转与爆发，意象的联想与跳跃，痛感的震颤与平息……叙述人"我"的"内在体验"是作品永恒的主角，客体性的人、事、物，在"我"的凝望感怀中转换为无数"我—你"关系的相逢与对话，一切外物皆被染上"我"之色彩。言说主体的绝对在场，心灵图景的白热化、音乐化、气体化，乃是诗的本质，也是林白小说的本质。

关于诗，有许多有趣的说法。诗人哲学家乔治·桑塔亚纳（George Santayana）指出，诗与宗教同一，当诗歌干预生活时即为宗教，而当宗教仅自生活孳生出时便是诗歌。加斯东·巴什拉（Gaston Bachelard）则以为，诗是"安尼玛"（拉丁文Anima音译，阴性词，即心灵）的结晶，是梦幻的显形，而梦幻使人产生对宇宙的信心。女作家格特鲁德·斯坦因（Gertrude Stein）则说：诗歌是名词，散文是动词——当然，这里的散文包括小说。苏珊·桑塔格对此句进而发挥道：诗的特殊天赋是命名，散文则显示运动、过程、时间——过去，现在和未来……

但是，在梦幻显形的宁静核心，常隐藏着酷烈的醉意，它是让生命破碎、汹涌和重聚的能量，唯有经历过此种能量轮回的诗篇，才是蕴含生命之强力的。在林白的诗性小说中，一些作品或作品的局部即隐含着这种力。

概括起来，林白小说大致涉及三种内容：一、故乡往事，一些作品由此引申出对"文革"时代的独特观照，如中篇小说《北流往事》《回廊之椅》、系列小说集《青苔》、长篇小说《致一九七五》等；二、"自我"的成长，由此扩展为一种共通的女性身心经验与创伤的探讨，这是被评论界阐释最多且给她带来巨大声誉的部分，如中篇小说《我要你为人所知》《子弹穿过苹果》《瓶中之水》《致命的飞翔》，长篇小说《一个人的战争》《守望空心岁月》《说吧，房间》《玻璃虫》等；三、社会底层的生存与灵魂境遇，如短篇小说《去往银角》《红艳见闻录》《狐狸十三段》，长篇小说《万物花开》《妇女闲聊录》等。在这些小说中，林白创造了一种感官化的主观叙事。

感官化的主观叙事

以"自我"和"爱欲"为主题的主观叙事，是法国女作家玛格丽特·杜拉斯的拿手戏。而叙事的感官化，中国当代作家莫言则是一个极端的例子。在这两个方面，林白与他们有表面的相似之处——她和杜拉斯一样，用多部作品解释自我，喜以"我"的视点为圆心进行叙述，喜欢碎片地结构作品，拒绝明晰而坚固的故事形态和思维形态；她和莫言一样，一切叙说皆诉诸视觉、嗅觉、味觉、听觉、触觉……且这种感官叙述是夸张变形的，是以意识范畴之外的经验来反射作家的"意识"本身。

不同之处在于：杜拉斯的自我探究乃是纵深向内的，一直掘进到主人公的无意识区域；她的目标是以文字还原深层欲望的骚动结构，恢复"爱欲"的真实面目；那些触及文化、社会、政治、历史层面的内容，被有意稀释到最低浓度，而作为若干音色被织入作品的"无意识交响曲"里；其作品的形式本质是音乐，是震颤而快意的"醉"。林白的自我探究则是飞翔而向外的，她的语言激流是为了逃离重力世界的刻板包围，为了赋予她的记忆和想象以饱满的视像与灵觉，简言之，为了给生命的存在造像；她拒绝把"个体"作为文化、社会、政治、历史等整体秩序的附件来叙述，也无意让"个体"与宏大的整体秩序相隔离，而是以"宇宙万物一体"的浑然态度，让整体秩序的碎片进入个体存在的光谱中，将其作为个体主人公生命痛楚的来源和美学形象的衬景来处理，"整体"的碎片与"个体"的遭际相互映射，互为焦点；其作品的形式本质是绘画，是醉意漩涡旁波动而宁静的梦幻。

林白的感官叙事与莫言的不同在于：莫言的感官渲染出自审丑的美学，它以唤起读者的震骇、厌恶和尖锐的不适感，来释放作家对历史之恶的恶意，其狂欢、怪诞和夸张的修辞乃是其社会——历史批判的子弹。林白的感官叙事则出自审美的诗性，它以既源于又大于真实之物的强度和美感，来呈现其意象、气味、声音和触觉；以唤起读者的沉醉、开启和飞腾之感，来释放她对宇宙和存在的颂赞；其狂欢、唯美和夸张的修辞乃是其反历史化的诗学想象的果实。她的自然的、感官的诉说最后汇聚于心灵的入口，而非如一些晚生代作家那样，仅仅将身体曲解为一个"单纯的自然物体"。"我们身体性地存在。这样一种存在的本质包含着作为自我感受的感情。……感情是我们此在的一种基本方式，凭借这种方式而且依照这种方式，我们总是已经脱离我们自己，进入这样那样地与我们相关涉或者不与我们相关涉的存在者整体之中了。"[1]

这也是林白作品的有趣之处：在她极其"个人化"的书写中，我们却经常窥见"存在者整体"。

---

[1] ［德］海德格尔：《尼采》，孙周兴译，商务印书馆2003年，第108—109页。

肉体的真理

一个典型疑问是：何以写出极端"自我"的《一个人的战争》的林白，还能写出与她完全"无关"的《万物花开》和《妇女闲聊录》？当人们祝贺这位"幽闭的女作家"终于脱胎换骨道德高尚告别了"自我的牢笼"走到广阔天地去大有作为的时候，该女作家又返回到"自我"之中，端出一部长篇散文体小说《致一九七五》来，何故？

其实，在她第一部真正成熟的作品《北流往事》中，我们即可看到，她的"魂灵上是有这么多的"（借自鲁迅：《铸剑》）。也许，这魂灵在后来还减少了一些负累。我不敢说这是一件好事。《北流往事》看得出《阿Q正传》式的启蒙态度及其文体影响，甚至可以说，这是林白所有作品中最具精神超越性的一部，尽管它的形式是混沌而感官化的；小说的结构也完整有力，显现出作家的得胜的意志，而尚未出现后来随顺自然的碎片化倾向。《北流往事》之后，这种精神的强光并未得到作家的自觉淬炼和文坛的热忱鼓励——叙述的身体性被保持下来，而那种对整体世界俯瞰和不满的尖锐态度，则被后来的"局部性专注"所代替。

现在读来，《北流往事》依然保持着形式和内涵的强大生机。它以一个名叫瓦片的北流男孩在"文革"期间某个下午的所见所感和意识流动为结构线索，织进了若干色彩斑驳的人物：蔷薇的父亲，下放到沙街农业局的城市知识分子，某日突然自杀；蔷薇，美丽的小女孩，瓦片的暗恋对象；郑婆，瓦片的外婆，祖传秘方的迷信者和制造者，沙街的主流居民；老青，郑婆的邻居，当年的名妓，现在是被主流居民歧视嘲讽的对象，暗恋蔷薇之父；王建设，六指儿，沙街上的"诗人"，革命形势的跟风者和沙街的"革命先驱"；渔家女，曾与王建设偷情而被瓦片看见，将瓦片推到水里使其变哑；沙街上闻风而动的各色男女……除此之外，还有一个奇异的象征形象——躺在芭蕉树干里、从背带河上游漂来的美丽男婴的尸体。在男婴尸体出现之前，则写到了郑婆看见背带河上游飞来大片大片黑压压的虫子。"这是沙街一次划时代的事件，多年以后，当人们提起蔷薇父亲自杀、上游漂下一个婴儿的尸体以及刮了一场龙卷风等等不幸的大事都是发生在这一年，人们说起这一年的时候，总是说发虫的那一年。"

小说行笔至此，已从逻辑怪诞的日常生活场景自然转向超现实的象征情境——在作品的结构中央（第七节，全篇共十三节），安排了小城居民焚烧婴儿尸体的一幕：一颗橘红大星悬于夜空，人们在背带河河滩边搭起高高的木架，砍倒柚加利树，铺上树叶，婴儿尸体被置放其上。人们点燃火柴，扔在婴儿的肚脐上，"一股异香从柚加利树叶的气味和烤猪蹄的焦香中脱颖而出,像雾一样弥漫沙街"。不同的人们对异香的反应是不同的,小说的这一叙述被赋予了深长的隐喻意味:河滩上的焚婴者闻不到香味;沙街上闻到异香的熟睡的人们说不出这是什么气味——或说是玫瑰花瓣香,或说是发饼发酵的气味,"玫瑰和发饼实在相差太远,毫无共同之处,于是互相都有点不以为然"。之后的身体叙述,隐喻了人们发乎天良的怜惜之情和麻木自保的逃避心态:"这天夜里凡是闻到异香的人都不同程度地感到了心口疼,像蚂蚁在咬,大多数人只疼了一夜就好了,少数人则疼了三五天。疼痛很轻微,而且是间歇性的,因此并不碍事,大家该干什么还干什么。""只有老青心口疼得最厉害,时间也最长。"叙述人对这位饱受奚落的前名妓持隐晦的赞赏态度,以诙谐的笔调赋予她最敏感的神经和最准确的品味。(在林白的其他作品中,也能看到她对妓女、姨太太、女流氓等"不端女性"的友好叙述,执着于她们的体貌气度之美,这是她的"非正统的诗性想象力"使然。)

在这具完全没有抗争能力的美丽婴尸面前,人们还是对自己的暴行本能地感到了不安:"烧火焚尸的人们同时听到了一声骨头断裂的声音,明亮尖厉,让人觉得身上忽地一灼,马上又凉了下来,全身起满鸡皮疙瘩。于是觉得事情似乎应该结束了,沙滩上的沙都湿漉漉的了,大家纷纷走散,剩下没有烧尽的树杈零零星星地亮着。"但良心的不安很快被遗忘和掩盖所代替:"第二天天还没亮郑婆就到河滩去,看到河滩上干净平整,连那根硕大的芭蕉树独木舟也看不到了。"

这个美丽的婴尸出现得突兀,消失得缓慢,是这部含混的小说的意义核心,象征着历史浩劫中高贵、洁净、美丽、天真的人性之死。人们狂热的焚尸场景,以及不同人等对尸体异香的不同态度,则隐喻了浩劫的参与者、帮凶者和旁观者混沌蒙昧的精神面貌。实际上,林白在用诗歌的方法构造她的小说——一切形象既是象征意象,又是日常实体,皆遵循隐喻的逻辑自主运行,完全不顾忌"客观生活"对小说家的逻辑规范。在小说的其余部分,叙述者从孩子瓦片的视角,把沙街正统居民的日常生活描述得神经兮兮、歪歪扭扭、鬼鬼祟祟、难以理喻——在王建设们鹦鹉学舌式的革命口号声中,始终飘荡着郑婆的蚯蚓内脏和隔夜茶水的气味;自杀焚尸的惨剧,在俚俗而叵测的氛围中波澜不惊地进行,并被无聊和健忘所吞没……此种人物塑造和氛围烘托,乃是对人的下降、盲从和无灵魂状态的肉身化隐喻。正是这种"人的无灵魂"状态,成为《北流往事》的叙述焦点,也是作家林白对"文革"悲剧和"国民性"的尝试性解释。

美丽婴尸的被焚,可以在《青苔》里的短篇小说《若玉老师》那里找到"本事"。小学音乐老师邵若玉,时常成为女孩"我"好奇仰慕的窥视对象——因为她美。但也正因为她洁净如婴、不同流俗的美和坦荡自然的恋爱,她成为1966年北流街头的革命群众批斗的"破鞋"。这对"我"是毁灭性的打击:"我无依无靠地站在街上,孤独得要命,邵老师已经变成了一只破鞋,我觉得我无处可去。"这只美丽脆弱的"破鞋"听到肮脏的人群在喊"脱她的衣服",而向往着死:"死亡就像一张巨大柔软、洁净舒适的漂亮床单,在她面前舞蹈着,这张死亡的床单一边舞蹈着一边散发出香气,这香气奋力穿越又黏又厚的汗臭悄悄地进入了她的鼻孔、她的心脏……她看到人群对她的即将得救一无所知……她不为人所觉察地天真地笑了一下。"在满月的晚上,天真的若玉老师投水自尽,尸骨无存,只有一只白色的塑料凉鞋留在沙滩上,"显得孤独、突兀、不安"。

《青苔》一书共十一章,以"文革"自杀者为主人公的短篇小说占了四章。其余的三章中,《日午》写了美丽的女舞蹈演员姚琼在风言风语的舆论中莫名所以的自尽,《花与影》则是关于女同学冼小英的精神恋情被同学告发、被老师"帮教"后死于"生产事故"的故事,《防疫站》则讲述了一个孩子眼中的"科学狂人"迹近疯癫的实验及其孤独畸零的死。这些故事中,主人公并不处于绝对的焦点;作家以"散点叙事"的方式伸出无数触角,杂沓无章地穿插着主人公怪诞飘忽的形象、"我"的懵懂切肤的体验以及故乡人散发出的幽暗混沌的物质性氛围,主人公最后的死因往往是一个无法明言的黑洞。如欲穿越这黑洞，阅读者必须带上自己的理解：这些自杀者实是死于律令式的物质性存在对微弱的精神性存在的敌意，死于以"革命的多数"面目出现的集体习俗对独异个体的窒息。而此一主题，却是通过作家的感官化书写透露的——所有人物都被抽掉了"必需"的深度意识活动，而单纯呈现为视觉、触觉、味觉、嗅觉、听觉和幻觉的形象。这些带有大地的病态狂欢气息的肉体化形象，使主人公的毁灭在闪现刹那的悲剧性之后，立刻消融在生生不息的宇宙自然之中，参与到顽强无情的生命循环里。这种灰调的感官叙事避免了米兰·昆德拉所一再嘲讽的"刻奇"（Kitsch）之可能，而偏至地彰显着生命真理的肉身一面。

私我

一个悖论出现了：当林白以感官化的主观叙事来讲述"他人"和"世界"，"我"只是这世界的一部分和见证者时，这叙事方法因其揭示出生命真理的肉身一面而熠熠生辉；但是，当它的聚光灯对准作家的想象性自我，当这个"自我"既是叙述者、又是叙述的终极时，那种华美诗性之下"私我"的有限性，却令人遗憾地暴露出来。有趣的是，恰恰是后种作品为她在中国文坛赢得了巨大的声誉——随着长篇小说《一个人的战争》等作品的发表，她被视为"开身体写作之先河"的"中国女性主义代表作家""女性经验最重要的书写者",而成为文坛重镇。但我不认为此类作品是林白对其前期写作的超越。相反,在她的"私人化写作"风格确立和成熟之际,却经历了精神视境的下降与窄化。

"私人化写作"的说法源自日本的"私小说",这种文学样式在日本鼎盛于1912—1926年。日本作家石川啄木在《时代窒息的现状》中分析了它的社会成因:大正年间的日本军国主义政权对外侵略扩张,对内压制民主,人民几无言论自由。特别是1910年"大逆事件"和自由民权运动失败之后,一些有正义感的作家陷入彷徨、迷惘之中——他们无法批判和暴露现实社会之弊,只能把视线从广阔的社会空间拉回到个人狭窄的生活圈子里,甚至潜到个人的内心世界深处,创作出一批描写暗淡无光的现实和小人物之不幸与苦闷的作品。[1]

1990年代盛行于中国文坛的以女性身心经验为题材的"私人化写作""身体写作"、以琐屑凡庸的日常生活为题材的"新写实""新状态""新都市"等叙事潮流,其社会—历史成因与日本的私小说有极大的相似,文学权力机制渗透性地决定着一个时代的文学气候。因此,这一时期的中国文学主潮绝然斩断了其与社会—历史—精神

---

[1] 据宫琳:《浅析日本私小说的成因及其特点》,《时代文学》2008年第2期。

的真实对话，或专门探讨封闭状态下的"孤独个人"百无聊赖的"私性"存在，或以"伪对话"方式造作出符合国家意志的集体叙事，"纯文学"由此而成为"精神无害"的代名词。

针对后一种创作潮流，林白如此阐释她的写作："个人化写作建立在个人体验与个人记忆的基础上，通过个人化的写作，将包括被集体叙事视为禁忌的个人性经历从受到压抑的记忆中释放出来，我看到它们来回飞翔，它们的身影在民族、国家、政治的集体话语中显得边缘而陌生，正是这种陌生确立了它的独特性。作为一名女性写作者，在主流叙事的覆盖下还有男性叙事的覆盖（这二者有时候是重叠的），这二重的覆盖轻易就能淹没个人。我所竭力对抗的，就是这种覆盖和淹没。"（《记忆与个人化写作》）这段话表明，林白更愿意将自己的写作姿态定义为抗争而非隐逸，更强调"个人化写作"而非"私人化写作"。

"个人"与"私人"有何区别？正如法国社会理论家戈德曼所言："我曾稍稍改动过一下帕斯卡的话：'个人必须超越到个人之上'，意思是：人只有在把自己想象或感觉成为一个不断发展的整体中的一部分，并把自己置于一个历史的或超个人的高度时，他才能成为真正的人。"由此可见，"个人"是一种向无限世界开放和给予的存在。"私人"则相反，他／她绝不超越于个人之上，他／她缩在自身生存的内部，以私我的情感、原欲和利害为其全部世界，社会、历史和精神性被封闭在个体生存之外。因此，"个人化写作"和"私人化写作"也是不同的：前者将个体自我的强力意志投入到对整体性世界的精神观照之中，寻求精神表达和艺术形式的全面突破；后者遵循"私我中心"的原则，寻求与"私我呈现"相称的个性化形式，热衷于有限生命的自我保存和固守。

在林白书写"女性经验"的作品中，中篇小说《我要你为人所知》（1990）、《子弹穿过苹果》（1990）、《回廊之椅》（1993）和长篇小说《守望空心岁月》（1995）的局部，继续秉持着早期"个人化写作"的超越精神。虽从女性视角出发，但更注重将私我经验压缩、变形、转喻和升华，在创造性的形式里，探讨性别矛盾、性与政治以及个人与时代精神气候的关系等普遍性主题。其中，《我要你为人所知》真正是一首痛彻肺腑的母性的哀歌。此处"你"是叙述人"我"的不复存在的胎儿。一个未能成为母亲的女人在实现她绝望的权力，无告的救赎。在这篇双声部结构的小说中，作家意味深长地赋予胎儿以女性的身份，唯有如此，她才能向她倾诉，她才听得懂她。这是"我"经历了来自男性的彻骨伤害后做出的选择。于是，"我"向"你"讲述了自己的母系家族——旧时代的新女性、会撑船会接生热心助人的外婆，很少在家、永远在乡间奔波接生的医生母亲，自幼孤独长大、焚身于爱情却不被恋人允许生下孩子的"我"。这是一个男性缺席、自私或逃责的残缺世界，但诗性的叙述创造了一个梦想的结构，它把男人和女人"从要求权利的世界中解放出来"（巴什拉语），从现世人生的是非争执中解脱出来，生命的创痛被置于来自尘世而超越尘世的诗性观照之下，心灵的灼热与开敞令人动容。

随着中篇小说《瓶中之水》（1993）、《飘散》（1993）、《致命的飞翔》（1995），长篇小说《一个人的战争》（1994）、《说吧，房间》（1997）、《玻璃虫》（2000）的陆续发表，林白对"私我经验"的使用不再节制，一种自觉的女性意识主导下的"私人化写作"色彩愈益浓厚。作品更加松弛、随意、"好看"，不再孜孜于对经验材料的提炼、转喻和升华，而止于表层的嫁接、变形和挪用；也不追求将经验转换为"超我"的意义结构、做出形式的剪裁与整合，而是模仿生活本身的碎片结构，止于去叙述过程性的私我经验本身。可以说，彼时的林白在向文坛绽放她独异的才华之时，却未能独异于彼时文坛流行的价值论上的相对主义——不存在超乎自我之上的意义源泉，每个人都是"造物主"，人的任何经验都具有同等的叙述价值；世界的形象是破碎的，写作唯一的目的即是对此破碎形象的模仿。诚然，林白与此种价值虚无论有所不同——她膜拜美，有独特的美学观念，审美价值是她判断自身和世界的唯一尺度。她的"私我叙事"致力于将"我"的生命岁月呈现为具有美学理由的存在——基于这一信念，她才能真实而风格化地诉说"我"贫困的童年、早萌的性欲、混沌的青春、失败的恋情、粗粝的品味、边民的底色……但这种"美"的意识还仅仅是现象性的，局限于生存的个别方面，尚未抵达形而上学的范畴。

文学不是哲学，文学所表现的就是现象世界和生存的个别方面，为什么还需要它的"美"抵达"形而上学"的范畴？这是因为，文学乃是借助现象来隐喻本体、借助有限去抵达无限的创造行为，如果作家不能意识到形而上的世界图景，如果她所创造的"个别的美"不能从存在的最高质、从生存的最高成就中汲取源泉，那么她的美便是飘散的、暂时性的，不能激动人的深层体验。"关于美可以说，它是斗争的间歇，仿佛是参与神的世界。但美是在黑暗的和被剧烈斗争所笼罩的世界里获得揭示和创造的。在人们的心灵里，美可能被吸引到对立原则的冲突之中。"[1] 林白曾经说过，她的美学是"强劲"，这与别氏所揭示的"对立原则"多么接近。然而遗憾的是，彼时她对强劲之美的领悟，尚是一种造型意义上的理解，一种偶像崇拜式的狂喜，一种美学风格的表象，那时候，她不愿想到：唯有让自我破碎、消融，参与到真实剧烈的精神斗争之中，才能创造这种强劲。因她太敏感柔弱而习于自我

---

[1] 别尔嘉耶夫：《神与人的生存辩证法》，张百春译，上海人民出版社 2007 年，第 397 页。

保护，且太珍惜己身之"有"。关于"有"的叙述，若没有浩瀚的精神宇宙作衬景，会愈发显出"有"的贫乏与有限。因此，在我看来，对私我经验的无距离叙述，实际上降低了林白叙事的精神水平面。

内外

把林白的短篇小说《长久以来记忆中的一个人》（1994年）、《大声哭泣》（1990年），与长篇小说《妇女闲聊录》（2005年）对读，是一种有趣的体验——内倾与外倾、主观与客观，在同一位作家身上的反差会如此之大。前者直入心灵最深处的黑暗、不安、凛冽和孤绝，并将之幻化为神秘可畏的精灵，它成为自我本真的一个镜像，混合着羞耻、弃绝和自我肯定的意志。后者则客观到了完全放弃作者身份的地步，呈现了一个辽阔驳杂的"外面的世界"。长篇小说《万物花开》和短篇小说《去往银角》《红艳见闻录》《狐狸十三段》则处于两者之间——叙事方式依然是第一人称的主观狂想，但那主人公已全然不是和作家本人几无距离的"我"，而是完完全全的底层人物——脑子里长了五个瘤子的十四岁乡村少年，下岗女工，妓女，京漂。

《妇女闲聊录》是林白"由内向外"的极端之作，是一个作家的良知对现实的惊愕。此时，"作者"消失，化为无形，任由敏于痛苦和好奇的心灵触角，去触摸、发问、记录、取舍、加工和组合。正是这些决定了作品的内容和面貌。林白自称这是一次"纸上的装置艺术"，虽然与它的内在严肃性相比，这命名听起来轻飘飘的，但就其形式的本质而言，确是如此——正如蔡国强的"草船借箭"借用古船残料和巨大箭镞的组合，来隐喻开放的中国与西方力量之间的微妙关系一般，林白以一个湖北农妇对故乡生活巨细靡遗的陈述的断片组接，向我们转喻了一个疯狂溃乱的乡土中国。其间的意义，如果仅就"文学""艺术""手法""故事"来讨论的话，未免失之冷血。我不倾向于把《妇女闲聊录》视作纯粹的"文学作品"——它的文学创造性和艺术性虽有，却是单一和重复的——而倾向于将其视为21世纪初叶的新"国风"，一如两千多年前的中国文人，采民间歌诗以知民瘼、以入《诗经·国风》一般。它对读者的要求是"认知"——由文本而及于社会真相，而非"审美"——由文本而及于心灵的形式。这是林白唯一一部吁请我们关心她"说什么"甚于"怎么说"的书。她所说的一切，是可怕的，而非"有趣"的；她的内在态度，是哀恸焦灼的，而非"眉飞色舞"的——"木珍"的叙述越眉飞色舞，轻描淡写，则其所呈现的社会真相越荒凉麻木，病入膏肓，此种文本修辞术，乃是作者唯一的狡计，遮掩着她唯一的心事。

那心事是多么沉重！在《万物花开》的后记里，林白曾经写道：

> 二皮叔和大头做好了高跷和翅膀，他们在王榨的上空飞起来了，当然这不是真的。但如果他们不飞，抓着了就会被罚款，私自杀一头猪要罚六千元，若给乡里的食品站杀却要交一百八十元钱，这里面包括地税、定点宰杀费、工商管理费、个体管理费、服务设施费、动物免疫费、消毒费、防疫费、卫生费，国税二十四元还要另外自己交，这一切让人难以置信，但却是真的。我反复求证，这些数字就是真的……
>
> 我没有别的办法。
>
> 一个人怎么能不长出一双翅膀呢？人活在大地上，多少都是要长出翅膀的吧……
>
> 愿万物都有翅膀。

感同身受的苦痛，无能为力的哀悯。正是这苦痛与哀悯促使她超越一己的痛痒，去写王榨。如果民不聊生而不得不生，"民"会是什么样子？他们的精神存在状况如何？——这才是《万物花开》和《妇女闲聊录》的重点所在。后者是前者的前传和"本事"。《闲聊录》不再乘坐少年大头的脑瘤里生出的翅膀，不再驰骋林白式的越欢快便越悲伤的想象力，不再铺陈乡村少年饥渴而斑斓的性幻想，不再虚构私自杀猪的村人们狂欢游击队般对"公家人"的成功逃避……这次的叙述人是木珍，一个在王榨村长大、到北京作保姆的农妇。她虎虎生风，坚韧不拔，对待自己讲述的事实，采取满不在乎、谈笑自如的态度。每讲完一件事，她便表示她要"笑死"。于是，在她的笑声中，我们能看到这个村的妇女们一天到晚打麻将、不做饭、不管孩子的情景，因为孩子饿了是能自己走五里地到外婆家吃饭的；看到孩子带饭上学，中午却要去抢饭盒、不抢就活该饿肚子的情景，因为维持秩序、保障公平这种事，学校是不管的；看到村人们把偷情、性乱、作二奶当作家常便饭的情景，因为几乎家家都有这样的人，没什么稀奇的；看到人们不再种粮、养鸡，渴了就去邻村偷西瓜的情景，因为种了、养了也是要被偷的；看到乡书记的父亲死了，村人们半夜把老头的棺材挖出、尸体扔掉的情景，因为这书记为了强制执行火葬，就是这样命人挖出老百姓的尸体当场烧掉的……

这位湖北农妇毫无价值判断和痛苦感的讲述，却让我们看到一幅难以言喻的痛苦图景：广袤的乡村已沦为道德崩解、交相欺害的榛莽丛林，手无寸铁的人们若不能如野草，如毒菇，不能心如铁石，醉里偷生，便不能存活。是的，这些被欺凌和被侮辱的，已和损毁他们的力量一同腐朽、烂去，难分彼此。这是此时此地所发生的最可怕的事。如不从根本处扼止溃烂，终有一日，整具躯体将无药可医。这是中国的卡珊德拉的警告。但特洛伊城仍在酣睡。人们蒙了双眼、捂着双耳，不肯听见。也有耳力较好者，称赞这披头散发的女人嗓音悦耳，旋律别致，至于她喊了些什么，则不愿深究——因为在目前的特洛伊，咱们尚属衣食无忧、前程大好的一族呢。

《妇女闲聊录》就是这样，将最令人悚然心惊的现实及其深因，揭示于云淡风轻的闲言碎语之中。可以说，它是一位挚诚作家的道德越界，一场不可重复的"重复"之旅。唯有一颗文学的心灵，才能做到这件事。但是它带给文学的教益，却是超出文学以外的那些。

自然的，太自然的

经历了心灵的炼狱之后，贫瘠、流离而不安的生命，终于与煎熬着她的生活和解。《致一九七五》（2007年）即是一本表达"生命之和解"的书。林白既往小说中许多人、物、场景的原型，团聚于此，以"生活本身"的面目出现：我们能辨认出《青苔·一路红绸》中的宋丽星（本书中的罗明艳），《青苔·防疫站》中的立京、立平和山羊（本书中的张英树、张英敏和山羊），《青苔·日午》中的姚琼（本书中的姚琼），《菠萝地》里和湛江人发生肌肤之亲的女孩（本书人物安凤美可看作她的"后传"），

《船外》里哑女孩提着道具灯混进工会礼堂的场景（本书中由"我"和"姚琼"再现了这一幕）……小说乃是一种"无中生有的创造"，但是《致一九七五》看起来却不像创造物，而是一个"本来就在那里"的自然界，被生长于斯的土著所描述。全书三十四万字，完全的散文结构。上半部"时光"偏以空间位置为线索；下半部"在六感那边"则是生活的分类学。那些只能被"标准小说"用作边角余料的素材，在此成了整部作品的主体。全书没有情节推动力，没有牵一发而动全身的人物关系，甚至没有林白以往小说里那些本已不按常理出牌的、最基本的"小说元素"——紧张纠结的心理动能。

当小说的最后部分煞有介事地排出一个"总人物表"，将叙述人李飘扬提及过的所有女友、同学、老师、街坊、文工团员、医院杂役、插友、老乡、通信男友等137人珍珠般罗列其上时，我感到了作家守护自己生命的根部、颠覆一切价值等级制的强烈愿望。这些"微不足道"的人，连同那"微不足道"的沙街、学校、暗恋、友情、灯光球场、文艺会演、露天电影、炒柚子皮、脆酸萝卜、插队、农事、鸡、猪、菜……皆被她流连咏叹，洒上神话的光辉，组成自足的宇宙，其价值态度与曹雪芹面对其笔下的宝黛之恋无异。看得出，这部小说意欲建立的，乃是一个万物皆贵、万物皆美的平等之国，透过它，作家意欲实现个人记忆对虚无与消亡的反抗：

> 再次回到故乡南流那年,我已经四十六岁了。
>
> 南流早已面目全非。我走在新的街道上,穿过陌生的街巷,走在陌生的人群里。而过去的南流,早已湮灭在时间的深处。
>
> ……………
>
> 一切陌生茫然……一个过去的故乡高悬在回故乡的路上。

随着故乡的陌生和消失,生命的记忆已无处安放——这是不容抗拒的外部世界对个体存在的残酷否定。《致一九七五》以记忆之海完成了对这一否定的反抗,并以此肯定生命本身。这一行动不借助任何哲学、故事和叠床架屋的编织手段,而只凭直觉、追忆和直观的想象力;不掺杂任何塑料、钢筋、水泥,只凭血肉之躯的温暖与柔软。在百感交集的诗之回望中,卑小残缺的往昔意欲摆脱自然和历史的重力,向着丰饶、永恒和唯一性飞去。

《致一九七五》并未实现如其书名所暗示的一种可能性——对"革命时代"的批判与反思。相反,它更倾向于让记忆非社会化和非历史化,寻求个体生命在革命时代日常生活中的"存在之惊讶"——"即从孩子眼中看去的原初的存在,即全部不可认识者的总和"。(巴什拉语)这种"惊讶"是透明的,轻盈的,自由的,梦想的,是存在于一切世代且永远不会被自然和历史的车轮碾碎的那种精神气体。它弥漫在孙向明老师非同寻常的"梅花党"故事里，颤动在他的少女学生们暗恋的心房上，徜徉于懒人安凤美神奇的公鸡、武功和男友的头顶，漂浮在芭蕾舞鞋、腐殖酸氨、作为实验品的山羊和作为补品的胎盘上……

《致一九七五》就是这样，在回忆之流中"还原"和"再造"一幅幅生命的碎片，并将召唤性的内在体验融会其中，因此，它们能够从日常物质性的封闭中解放出来，也从社会—历史性的公共想象中超越出来，而以"自然""自在"的灵性面目出现。在这里，我们能够看到叙述者"我"与她所追忆、狂想、讲述和渲染的事物之间，情谊深重的"我—你"关系——无论"我"所书／抒写的是人，还是物，是时间，还是空间，是往事，还是梦想，它们全部被人格化，而一一成为叙述人"我"的直接对话者"你"，于是，"我"与外部世界之间的主—客体关系发生了改变，而成为主体与主体之间的凝视与倾谈，表现为"我"对"你"的思念与召唤。这是《致一九七五》最基本的创作方法，也是它作为小说作品最为独特之处。同时，我们还可看到，这种"我—你"对话最大化地缩短了每个叙事单元中角色之间的关系距离，从而使那些在常态小说中势必发展成一个个完整故事的角色关系，得以最俭省、直接和并不完整的叙述，甚至常常是，叙事刚刚萌芽而尚未发展，就在对某种独特场景或主观心绪的点染中戛然而止。

这样的例子在书中比比皆是——比如"我"和"我"的女同学们暗恋物理老师孙向明的故事，美人雷红、雷朵、安凤美的故事，怪人陈真金、赖二的故事，"我"和通信男友韩北方的故事，生产队长念叨着"人都是要吃盐的"暗示知青们不要狠批庆禄的故事……等等，都是可以大编特编的好故事。之所以并未展开，是因为林白的叙事依赖"材料"对她内在热情的真实唤起，她所能言说的也只是这种"真实的内在热情"，而非纯智性的客体化想象力，因此对那些公认的具有"社会重要性"的材料，公认的可以发展为好故事的材料，她往往由于它们不能触及她的皮肤和感情而相当淡漠。但恰恰是林白的断片、直接、拒绝完整和发展的叙事，能相对完整地表达出她感知与创造的原初性，原始的热力与激情。何故？此正应和了别尔嘉耶夫关于创造的入木三分的论断："发展和展开是创造的死敌，是创造的冷淡和源泉的枯竭。任何创造热情的最高点完全都不是其作品的展开。创造热情的最高峰是最初的创造的萌发，是创造的萌芽，而不是创造的完结，是创造的青春和童贞，是创造的原初性……创造的发展、完善、展开、完结，都已是创造的恶化、冷淡、下降和衰老……发展、展开、完善的本质在于，它们掩盖人的观念和感觉的原初性、直觉的原初性，封闭了这些原初性，用次要的情感和社会积淀窒息了这些原初性，并且使得这些原初性的复归不可能。"[1]

这一创造的悖论与悲剧也在这部作品本身得到了验证。与汁液饱满的上部相比,《致一九七五》的下部呈现出明显的冷淡和衰竭。追忆和感怀的能量在上半部已经耗尽,新的精神动能却未在下半部产生。花样迭出的叙事方式看起来兴致勃勃,却总有强颜欢笑、为完成而完成之感,更像是省力的、就事论事的自然记录。叙述人看起来全然陶醉于现象的特殊性之中,而迷失了"现象"和"本体"之间连通的道路。

显然,这部作品的命意和结构受到了普鲁斯特《追忆似水年华》的影响。但是,后者洋洋七卷而无枯竭之感,前者却走到一半即告空乏。原因为何?伍尔夫曾如此评价普鲁斯特:在他的这部小说中,"每一条道路都毫无保留、毫无偏见地敞开着……普鲁斯特的心灵,带着诗人的同情和科学家的超然姿态,向它有能力感觉到的一切事情敞开着大门"。[2]这是创造的最根本的秘密——心灵的开放程度决定了感受力和精神性的密度与广度。

何谓精神?"精神是自由,而不是自然。""相对于自然界和历史世界而言,精神是革命的,它是从另外一个

---

[1] [俄]尼古拉·别尔嘉耶夫:《论人的使命》,张百春译,上海人民出版社2007年,第146页。

[2] [英]弗吉尼亚·伍尔夫:《论小说与小说家》,瞿世镜译,上海译文出版社2000年,第272页。

世界向这个此世的突破，它能够打破此世的强迫性的秩序……精神不但是自由，而且还是意义。""获得精神性是对世界和社会环境的统治的摆脱，仿佛是本体向现象的突破。"[1]精神之光谱的丰富程度是无穷尽的，它的源泉来自上帝——或者说，来自超越一切个性和自然的终极存在。精神性的艺术家分享了这一源泉的丰富性，因此他所观照和叙述的世界，是一个有着无数精神光谱的世界。作家精神—意义的源泉愈饱满丰富，则作品呈显的"现象"森林愈元气淋漓，无法穷尽。所以，一部文学作品的胜利，说到底是"精神的胜利"。

因此可以说，《致一九七五》后半部的衰弱迹象，正缘于作家心灵未能向精神宇宙无条件地开放。看得出，创作者停滞于精神的自然与初始状态，满足于自我之"有"，并陶醉于对底层事物的价值激情——那是林白自我肯定的意志与道德立场的微妙混合。她赋予纯朴、粗粝和简陋的生命根部以强烈、唯美而奢华的气质，她全力拥抱它，将其作为唯一、全部、最高的世界来描述，作为存在的意义源泉和价值尺度来描述，这种隐蔽的民粹倾向是林白的自觉，也是我与她的分歧之处。把有限、不完善但却生死与共的"此在"作为感激和礼赞的对象，是文学的自由，但是把它当作意义的源泉，当作至高的善，则必会导致作

---

[1] ［俄］尼古拉·别尔嘉耶夫：《论人的使命》，张百春译，第389—390页。

品的贫乏，以及道德能量和创造能量的弱化。能够成为意义源泉和价值尺度的，既不是底层的存在，亦不是贵族的存在——尘世间的一切存在都不能成为意义源泉和价值尺度，只有精神，只有超越此在的无限的"存在本身"，才能担当这一使命。

阿波利奈尔评价画家卢梭说："他绝不让任何事，尤其是基本的事，听凭自然。"纵观林白所有的作品，可以说她的遗憾恰恰在于太听凭自然——听凭身体、感官和物质世界的自然牵引，听凭能力的自然状态，听凭内心的灵火时燃时灭于宇宙虚空之中，而很少呼唤精神之强力增高那火焰。精神的自我丰富、自我挑战的要求在沉睡。精神对于尘世之有限性的不满和不安在沉睡。这是因为她太顾惜自己，太紧紧抓住己身之"有"，因此一些叙事会下降为财富清点式的回望和对于痛痒利害的焦虑。

这位自然的精灵，天赋的作家，她的才华和纯朴已让她摆脱了弥漫于当代中国作家的市侩主义，但是她尚未达到她的生命与创造的最高可能。诚然，这一精神的攀升之旅是充满困苦的，但必得如此。因为，我们不得不服从这样一个悖论式的真理："牺牲自己就是对自己的忠实。"（别尔嘉耶夫语）

2009年3月8日夜完稿

不冒险的旅程
论王安忆的写作困境

> 只有当形象活生生地驳斥既定秩序时,艺术才能说出自己的语言。
>
> ——马尔库塞《单向度的人》

在庞大的中国当代作家群中,王安忆被认为是卓然独立、成就非凡的一位——高产,视野广阔,富有深度,艺术自变力强,尤其是汉语的美学功能在她的作品中被愈益发挥得夺人心魄。本文尊重王安忆的创作成就,但更侧重于从她的文本缺憾中揭示她的写作困境,以图探讨中国当代文学所面临的一个关键问题。

在王安忆的作品中,有两个因素从未改变:一是时代政治被有意淡化成单纯的叙事背景,二是人物的私人化的生存世界占据着小说的绝对空间。无论是王安忆的长篇小说,还是她重要的中短篇小说,这两个因素一直醒目地存在着。虽然各个时期的小说主人公各具身份和背景,但是,他们的不同仅止于人物的"生态学",其真实的涵义仅止于作者自身对人物的理性规定。而这种人物规定性,虽然不是马尔库塞所批判的那种极度商业化社会中的"单向度的人",却是另一种历史情境下的"单向度的人"——一种历史在其中处于匿名状态的不自由的人。

看得出,王安忆在主流意识形态和商业文化的重重包围下一直做着可贵的突围努力而逐渐走向经典化,但我却认为她成了一个"逃避者"。为什么会是如此?

被毁坏的相对性空间

在一篇对谈录中,王安忆雄辩地说:"是谁规定了小说只能这样写而不能那样写?难道不是先有这样那样的小说然后才有了我们关于小说的观念吗?谁能说小说不能用议论的文字写,用抽象叙述的语言写?……其实,小说之所谓怎么写,标准只有一个,就是'好'。"并且说,

"我不怕在小说中尝试真正见思想的议论"[1]。

的确如此。小说无定法。伟大的小说一定是在"不得不如此"的形式结构中表达它对存在的勘探,形式的"反常"乃是表达的驱迫使然。《包法利夫人》的"纯粹客观"手法基于福楼拜"任何写照是讽刺,历史是控诉"的认识,那是进入存在真实的痛苦中心时的静默无言;《战争与和平》在叙事场景之外却常见论文式的有关历史、宗教与道德的议论,这是因为托尔斯泰把小说本身当作承受他这一切思考的载体,而不是一部单纯的"艺术"作品(当它被当作小说看待时,这些冗长的思考恰恰被作家们认为是最不足取的地方,并且他们认为,真正的现代作家不会这样写作);米兰·昆德拉则永远是在人物行动的"定格"时刻响起他充满疑问的狡黠声音:在某种境况中,此人是怎样存在的?他相信,"世界是人的一部分,它是他的维度,随着世界的变化,存在也变化"[2]。(而不是:虽然世界变化,可存在是永远不变的。)……但是,在这"无定法"之上,却一直存在着一个隐含的"法"——小说应有的相对性空间。

所谓"小说的相对性空间",是这样的一种东西:思想的不确定性、疑问性或潜隐性;作品的情节逻辑与精

---

[1] 王安忆、郜元宝:《我们的时代和我们的小说》,《萌芽》1994年第7期。
[2] 米兰·昆德拉:《小说的艺术》,孟湄译,三联书店1992年6月第一版。

神隐喻的二元化;叙述的张力和空白,等等。

小说中的"思想"究竟是怎样的形态?它应当像哲学一样,给人们对世界的疑问一个绝对的确定的答案吗?小说的本质是否和哲学一样,是对世界的结论式认识,其区别只在于小说家将其认知形象化?

如果我们求助于艺术的演变史,会发现答案是否定的。"深思在进入小说以后,改变了自己的本质,在小说之外,人们处在肯定的领域……然而在小说的领地,人们并不做肯定,这是游戏与假想的领地。"[1]而王安忆小说在艺术上最明显的缺陷,我认为就在于小说应有的相对性空间被毁坏。她的大部分小说几乎都是她的世界观的阐释:有的是以客观故事的面目出现,如《叔叔的故事》之前的作品,那是她在抽象了人类关系得出理性概括之后,对这些结论做出的形象性印证与演绎;《叔叔的故事》之后,王安忆跃入"思想文体"的写作,《纪实和虚构》《伤心太平洋》是这种写作的代表之作。这些作品或是生动地展现生活场景与人物形象,或是亮出睿智精彩的思想议论,使人们获得阅读快感。但是,它们却没能让我们的灵魂发出战栗和冲撞,让记忆在此驻足,永不磨灭。它们似乎只是牵引着我们的心智在文本中走完一段生命历程,得到对于"生活"和"世故"的纯经验式了解,完成一次

---

[1] 米兰·昆德拉:《小说的艺术》。

推理。为什么王安忆的作品取得的是如此平静而超脱、绵密而隔膜的艺术效果？我以为，这是由于她的作品总是呈现为一个个闭合的空间，它们常常只发散出单一的意义，而这意义则是以一种特殊的（而非普遍存在的）、确定无疑的、不再发展的姿态存在着。

以长篇小说《米尼》和中篇小说《我爱比尔》为例。它们之间有惊人的相似性（或可谓重复性）：题材上，都是关于一个女孩如何走上"犯罪道路"的，甚至连她们犯罪的原因——"爱情"——都是一样的；手法上，都采用白描性的叙述语言，都把叙事动机归于事件的"偶然性"，因而也构成了米尼和阿三的"命运形式"的相似性。一位作家总是写作"相似的作品"，至少表明她的思维已陷入一个固定的模式，而这个思维模式便成了作家所面临的自我困境。

《米尼》讲述了一个一生都被各种偶然性所决定的黑色人物的故事：米尼是插队知青，相貌平常而聪敏幽默，在回沪探亲的船上被机智英俊的上海知青阿康吸引，二人交好。阿康上街行窃，被判刑五年。米尼出于对阿康的思念和对他的体验的好奇，也开始行窃，从未失手。她为阿康生下一子。但阿康出狱后，诈骗挥霍，放浪形骸，米尼在绝望之下和阿康及其周围男女开始群居生涯，并带着长大的流氓儿子到南方合伙卖淫。阿康被捕，在米尼即将赴港与父母团聚时供出了她。

这部小说反映出王安忆的这样一个信念：人的灵魂、行动与经历是可以被日常理性完全理解并解释的，人的日常理性可以穷尽一切，言说一切。它还和王安忆的其他作品一样显示出她所坚信的一种不可逾越的美学规范：文学表现方式及其对象必须体现为可以被精致、细腻、敏感和唯美的灵魂所接受的与己同类的存在。这两种东西是王安忆的写作意志。不言而喻，在这样的意志下，她奉献出了大量的符合规范的优美作品，但这也使她止步于一大片神秘、幽深、黑暗而粗野的人性荒原。她在保持作品和自己作为"人"的纯洁个性的同时，牺牲了许多为这片荒原命名的机会。因此我们看到的盗窃和卖淫犯米尼就像一个女知识分子。她所有的罪恶都是出于外界因素的偶然作用与她自身在凄凉伤感境况中了悟式突变的合力。一切进行得平静自然。即便米尼陷入最肮脏的卖淫中时，我们的阅读也一样冷静隔膜——我们目睹着一个女孩"走向深渊"的"合理化"过程，它太"合理"了，与我们在"生活"中自动接受的日常情理毫无二致，以至于看起来像是一个侦破性的事实还原，紧贴着日常生活的逻辑地面——在情节设计和精神世界两个方面。《米尼》让人看到了一个好故事，却没能使人获得一种划破"日常理性"的震惊，而正是这种震惊，才闪耀出普遍性、共通性的真实的光亮。它可以穿过叙事掩盖下的板结的理性成规、闭合而单一的意义空间和特殊的偶然事件，直抵人的灵魂深处。可以说，从小说的思想形态角度看，《米尼》以其固态的理性观念和审美观念覆盖了小说思想应有的疑问性、假定性与潜隐性。此处的"思想"，既指小说直接呈现的思想内涵，又指小说用以显现其内涵的艺术方式和作者的写作意志。

再看看《米尼》的逻辑推理特征。对于小说尤其是长篇小说来说，逻辑推理是它的物质框架，承载着小说的各种元素。王安忆自1988年开始进入职业化的写作探索，并主要致力于小说的逻辑推动力研究。她的主要观点是：西方小说之所以多伟大的鸿篇巨制，乃因为西方小说家发展了坚固、严密而庞大的逻辑推动力，它与严密宏伟的思想互为表里。一个故事的发展是由环环相扣的情节动机推进的。中国人了悟式的思维传统，恰恰缺少这种坚固而严密的逻辑推理能力，因此中国现代长篇小说总不成功。现在她意欲着手弥补这一源远流长的缺陷。

《米尼》及其之后的中长篇小说在情节推理上确实有很大的进步，在《纪实和虚构》与《长恨歌》中，王安忆的逻辑推理才能攀上了一个高峰。其成功之处在于：故事发展的连贯性、不可预料性、不可逾越性；故事元素组合的浑然一体；故事发展动机的有机性、自然性、不可替代性。这也是一部优秀长篇小说的必要条件。

但是，也许这个看法是不无道理的：在一部"大"的小说中，作为逻辑推理的情节与作品整体的精神隐喻世界应是二元分立而又互相连结的，周密有趣的情节逻辑本身不能成为伟大作品的全部。那么它与隐喻的精神世界之间的连结点是什么？是文本的暗示性元素——它具备成为故事的具体角色（或环节）和发散多重隐喻性涵义的双重功能。关于这一点，在塞万提斯的堂吉诃德身上，在《红楼梦》的几十个形象鲜明的人物身上，在无数杰作的主人公身上，我们都已耳熟能详。王安忆小说中缺少的正是这样的双重功能性元素——人物的经历只构成情节上的因果链，并不具有精神隐喻意义。作者太专注于她的情节逻辑了，致使她那严密的逻辑推动力除了担当小说的物质功能（情节）以外，无力担当小说的精神功能，从而使小说的精神世界趋于贫乏，硬化了小说应有的不断变幻的精神空间。

小说的相对性空间还包含一个至关重要的因素——叙述的张力和空白。因限于篇幅，这里无法给一种抽象的小说修辞手段下定义做阐释，而只能诉诸其美学效果：即与小说意义相对应的小说结构的立体性与多重性，必要的意味隐含性与不可言说性，由于语句或段落的意义断裂造成的意义空间扩展，等等。

王安忆对小说叙事方法做过多年研究与实践，其结果是：她自1988年以后的所有小说都运用一种标准的白话文，不再戏剧性地摹仿方言土语；时常采用主观视点，作为叙述者的"我"时时出入于文本的议论与叙事之间，以表达作者自己的思考，或者采用全知视点（如《米尼》《流水三十章》《长恨歌》《富萍》《上种红菱下种藕》等），完全运用"叙述"的方法展现场景与对话，并使之情调化；叙述语言绵密浓稠，叙述节奏急促地向前追赶，由于她对自己的理解力和思想储备充满自信，她的小说充满汪洋恣肆的议论。这是王安忆小说基本的修辞特征。

但是，通读过王安忆的小说之后，阅读者会有一种漫长而纤细的疲惫之感。无论我们眼前晃动的是张达玲，还是米尼，抑或风华绝代的王琦瑶，或者是木讷笨拙而又敏感坚定的富萍，也无论我们领略的是香港的情与爱，还是荒山之恋小城之恋，抑或"叔叔"的那些似是而非的恋情，或是新加坡人那些暧昧难明的情愫，我们都无法摆脱无处不在的"作者意志"，我们总听到相似的声音附着在这些理应不同的角色和场景上。我们在观望这些纷纭杂处的红尘景象时，常常试图让我们自身的主体性、我们自己的智力和情感驰骋其上，可是它们在出发的途中就被作者的选择、判断和权威迎面挡了回来。当然，这种感觉还可以做进一步的区分。在《长恨歌》之前，王安忆文本较多地显现为：一以贯之的"叙述"方法，无时无处不在的"作者意志"、过于密集的叙述语言及其形成的过于急促的叙述节奏，拒斥了接受者对应有的文本空白所做的想象性填充，割断了阅读者和文本之间的对话关系。在《富萍》《上种红菱下种藕》阶段，王安忆较多地借鉴了中国传统笔记小说和文人画的表现方法，修辞上恬淡、留白和收敛得多，但在关键的地方，她则会当仁不让地嵌入强有力的价值暗示，让人领会她的回归传统人伦道德与东方生存价值观的意图。

于是，王安忆的这种缺少空白的叙事使读者成了隔岸观火者——观看她鸟瞰的图景和概括的思想。一部作品如果不是"呈现"，而是"指引"，那么它就容易导致一种独断的"单向性"。对阅读者来说，一次话语接受的过程就变成一次"语言强制"的过程，也是一次意义消耗的过程。消耗的结果，就是小说应有的通往开放和未知之途的"相对性空间"的丧失。

消解焦虑的乌托邦

王安忆小说"相对性空间"的被毁坏，既缘于她的形而上阐释冲动与模糊的乌托邦情结，又缘于她对日常生活逻辑着魔般的迷恋与遵循。这里拟先分析前者。

以《小鲍庄》为起点，王安忆的写作走的是一条精神超越与世俗沉入的双轨道路。热衷于世俗生活表象的复制和摹仿，使她写出诸如《好姆妈、谢伯伯、小妹阿姨和妮妮》《逐鹿中街》《妙妙》《歌星日本来》《香港的情与爱》《文革轶事》《米尼》《长恨歌》《忧伤的年代》《青年突击队》《新加坡人》《富萍》《上种红菱下种藕》……这是一条世俗生活史的线索；执着于精神超越的理想化追求，又让她写出《神圣祭坛》《乌托邦诗篇》《叔叔的故事》《伤心太平洋》《纪实和虚构》……这是一条寻求精神归宿的道路。

《小鲍庄》和其他优秀的"寻根文学"一样，是一个关于我们民族即将失名的预言。这里要略占篇幅，说说"寻根文学"。"寻根文学"的初衷，是要"理一理民族文化的根"，寻找本民族肌体深处尚未被"儒家文化"侵蚀的"野性而自然的"生命力和创造力，企望在这个起点上重新铸造民族的灵魂。这是一次负载着现实功业和精神超越的双重期待但注定无果而终的运动，因为作家们所乞灵的是一块虚妄的"人类理性的处女地"——超乎寻常的野蛮与自然之力在人身上的显灵。它是一种被中国人无限憧憬地名之曰"血性"和"仙风道骨"的东西，它的反抗秩序的美学外表被罩上种种富于魔力的光环：力的舞蹈，无羁无绊，征服一切，行侠仗义，自由自为，出神入化……归纳起来，便是山林精神、道家风骨和人伦温情，它们是寻根的作家们所追索的"根"，是我们这个古老民族的边缘文化传统。寻根派作家们似乎没有意识到：山林精神的"血性"蛮力与其说是勇气的结果，毋宁说是对"强力征服"的潜意识信奉；与其说是个性意识的高扬，毋宁说是理性缺席的混沌不分。至于棋王王一生式的"道家风骨"，与其说是因雄守雌以柔克刚，不如说是对压抑而无奈的生命做了美学与哲学的美化；与其说是悠游天地得大自在，不如说是作家成功地规避了个体生命必须直面的外部与内心的真实困境与冲突。而"人伦温情"，如果它不是从个人对世界、他人和自我的深刻了解中产生，如果它仅仅产生于某种血缘与地缘的自然联结，如果它竟成为人们在陷入原子化的孤立境地时唯一的救命稻草，那么它又折射出多么可悲叹的一种现实境遇而非一种可赞美的"文化特异性"呢？

因此，"寻根"所寻到的无声结论是：在我们的民族传统中无法找到理性、独立与自由的主体性力量，我们不曾存在过这样一条可资汲取力量的、源远流长支撑人心的"根"。作家们虽然塑造了一个个富有美学魅力的人物形象——健壮如"我爷爷""我奶奶"，飘逸如棋王王一生，龙行虎步如土匪陈三脚，仁义动人如少年捞渣……但是这些子世遗民绝无能力繁衍子孙，他们仅仅是一些美丽的文化标本而已。作家们找到的这些最为灿烂的形象失去了后代，那么活在世上的是些什么样的人呢？

让我们看看王安忆的回答。在《小鲍庄》里，她塑造了一个天然的善性化身——少年捞渣。在他的坟墓之上，他的亲人们享受他牺牲生命带来的甜蜜果实。捞渣的自然美德在一年一度"文明礼貌月"的宣传中被扭曲成说教的榜样。村人们在日益物质化的生活中日渐遗忘了那个善良孩子的真面目。在这部作品中，王安忆追索的是我们民族的道德存在原型。纯真自然重义轻利的道德范式遗失了，道德虚伪和物质欲望却疯长起来。这是《小鲍庄》所揭示的发人深省的精神景观。

令人遗憾的是，如此清醒无畏的精神光亮，在王安忆后来的作品里竟杳不可寻。有时，她沉浸在世俗生活的表象之中，以摆脱她在向精神腹地掘进时焦灼不安的虚无之感。而在她津津乐道于张长李短市民琐事的同时，她的超越渴求又驱使她寻找永恒精神的归宿之地。这种精神超越冲动，使她写下诸如《神圣祭坛》《乌托邦诗篇》《叔叔的故事》《伤心太平洋》《纪实和虚构》等作品，出示了一个否定既定秩序的艺术向度。

正如马尔库塞在其著作《单向度的人》中所指出的，艺术的使命在于达到"艺术的异化"："马克思的异化概念表明了在资本主义社会中人同自身、同自己劳动的关系。与马克思的概念相对照，艺术的异化是对异化了的存在的自觉超越。"[1]这种艺术的异化一直"维持和保存着矛盾——即对分化的世界、失败的可能性、未实现的希望和背叛的前提的痛苦意识。它们是一种理性的认识力量，揭示着在现实中被压抑和排斥的人与自然的向度。它们的真理性在于唤起的幻想中，在于坚持创造一个留心并废除恐怖——由认识来支配——的世界。这就是杰作之谜；

---

[1] [美]马尔库塞：《单向度的人》，重庆出版社1993年，第51页。

它是坚持到底的悲剧,即悲剧的结束——它的不可能的解决办法。要使人的爱和恨活跃起来,就要使那种意味着失败、顺从和死亡的东西活跃起来"[1]。

在王安忆的精神超越的作品中,我们找到了那种接近于"艺术的异化"的东西——心灵乌托邦的构筑与栖居。她在小说集《乌托邦诗篇》前言中说过:"当我领略了许多可喜与不可喜的现实,抵达中年之际,却以这样的题目来作生存与思想的引渡,是不是有些虚伪?我不知道。我知道的只是,当我们在地上行走的时候,能够援引我们,在黑夜来临时照耀我们的,只有精神的光芒。"这种光芒在《乌托邦诗篇》中是一个朦胧的信仰与人性的温情良知的混合体,它象征了王安忆的全部精神理想和存在的意义,倾注进她发自肺腑的诗意祈祷和存在自省:"我只知道,我只知道,在一个人的心里,应当怀有一个对世界的愿望,是对世界的愿望……我心里充满了古典式的激情,我毫不觉得这是落伍,毫不为这难为情,我晓得这世界无论变到哪里去,人心总是古典的。"

在王安忆的精神超越之路上,浓重的焦虑之感始终包围着她。《乌托邦诗篇》是个诗意的例外,它直接出示了一种理想情境,尽管这理想如此模糊而漂移。在其他作品中,王安忆将超越的欲望直接诉诸令人不满的现实本身。

---

[1]〔美〕马尔库塞:《单向度的人》,第51页。

相对于完美而永恒的理想真实而言，现实永远是不真实的、片面的、腐朽的存在。王安忆难耐现实的围困带给她的焦灼，以致她无暇塑造她的理想幻象，直接诉诸对现实的残缺性的认识来化解她的焦灼。

在《神圣祭坛》中，她借女教师战卡佳和诗人项五一之口揭开作家痛苦的自我意识——一个不健全的、缺少行动能力的精神痛苦的贩卖者，一个"侏儒"。这"侏儒"却是美好艺术的创造者。创造者与创造物之间丑与美的矛盾，是王安忆自身最醒目的存在焦虑之一。说出焦虑即完成了他者与自己分担的仪式，在分担和倾诉之中，焦虑被消解开来。

在《叔叔的故事》里，她以"审父""弑父"的形式做了一次精神的自审与救赎。"叔叔"既是"我"的父辈，又是"我"自己的一部分。这篇充满言论的故事透彻地描述了当代中国作家的尴尬处境：其命运在政治的波涛中不能自主地浮沉，其写作的实质是对自身经验的背叛性和虚假性的利用；作家由于写作这一目的而使自己的人生非真实化和非道德化。正是在倾诉这种自我意识的过程中，王安忆精神超越的焦虑得到化解。一面在揭发自己的致命局限和"鬼把戏"，一面毫不懈怠地在此局限中耍自己的"鬼把戏"，这种道德意识和其实践吁求是相互矛盾的。当道德不是作为一种实践而是作为一种言说的时候，连言说者本身都会感到不安。但是当这种不安的声音被放大到公众能够听到的时候,这种不安也就得到了解脱。

王安忆在寻求超越的道路上,"技术化"的倾向也在加强。这个问题集中在颇受好评的《纪实和虚构》里。在这部长篇中,王安忆系统地构筑了自己的乌托邦。她从自己的生命欲望出发,从虚构祖先的金戈铁马强悍血性中,满足她作为一个作家虚构自己的共时性(存在)和历时性存在的创造欲望。王安忆试图在这种虚构中抗拒都市的贫瘠、狭隘与归化,抗拒现代人生命力的委顿,抗拒永恒的"孤独与飘浮"。作品以单数章节叙写"我"的人生经历——出生、成长、写作经验和"我母亲"的片断身世;双数章节是从"茹"姓渊源开始的漫长寻根活动。"我"的生活世界被描写得狭小晦暗却充满质感,"我"的家族史则由壮丽瑰奇的语言建构成一个虚构感很强的历史乌托邦,它虽然充满具体的情景,却总被"我想""我确信"之类的插入语纳入一个纯粹的假想境界,强化它的虚空不实。描绘现实世界时多用实体性物质性语汇,密度极大,意象凡庸,家长里短,描绘历史的想象世界时大量挥洒诗意幻觉性词汇,意象稀疏、鲜艳、雄伟、空灵,由此产生出强烈的对比效果,现代人生存的窘迫和无奈跃然纸上。对乌托邦式的"历史"图景的描绘,成为王安忆背向现代都市的一次理想逃亡。

在这场逃亡中,"祖先"符码意义单纯,代表作者的理想真实——野性、自由、广阔、英雄气概。他们在名目不同、面目相似的战争中，拖着一长串古怪的名字，横枪跃马，景象壮观，却意义单一而重复。这些祖先仅仅作为一些过程性的血缘链，为了"科学完整"地将最初无名祖先的血缘传递至"我"而存在。这样，"我"的"横向的人生关系"和"纵向的生命关系"的建立和描述就缺少一个发自血肉和心灵的生命追索贯穿其中，而仅只成为一种处于生命核心外部的知性探求，和一种单一的"叙事技术"的操练。王安忆未能从往事经验的叙述中提炼出照亮今天的存在体验。而对"我"的人生经历中一幕幕表象化的生活场景的热衷，则遮蔽了其内在灵魂的贫乏，从而使现实生活叙述和"祖先"叙述一样，成为旁观性的而非沉入性的表达。

王安忆的这句话道出了她构筑这个精神乌托邦的初衷："我们错过了辉煌的争雄的世纪，人生变得很平凡。我只得将我的妄想寄托于寻根溯源之中。"[1] 在这场向乌托邦的逃亡中，技术化的智力运作转移了她真实的存在焦灼，而仅仅将其转化为生存性的写作焦虑。随着写作的高速行进，随着对乌托邦理想的不断强调性描绘，这种写作焦虑（"怎么写？写什么？"的焦虑）被化解，根本性的存在焦虑亦烟消云散。

---

[1] 王安忆:《纪实和虚构》，人民文学出版社1993年，第173页。

王安忆自1988年以后多次强调文学写作和文学批评多搞些机械论、实证论的工作，虽然于整个文学界有合理性和必要性，但是于她自己却有矫枉过正之嫌——其结构的严谨缜密与血肉丰满的存在关怀之间，一种深刻的裂痕在逐渐加深。究其原因，大概和作家精神资源的贫乏有关。尽管王安忆在小说的物质逻辑层面能够层层推进，超越了了悟式的一次性完成的简陋思维，但是她的精神思考和价值体系却仍是一个单线条的、非纵深和缺少精微层次与深刻悖论的存在，因此其小说会呈现出与强大的逻辑性不相称的精神的简陋。小说说到底还是精神格局的外化，"逻辑推动力"等物质形式只是精神格局的产物之一而已。小说家在学习域外杰作的过程中，如果不扩展精神的广度与深度，而只在物质形式上打转，恐怕就会上演现代版的"买椟还珠"。

于是，王安忆那种属于"艺术的异化"的成分——那份存在焦虑，就在滔滔不绝而又隐讳躲闪的倾诉中，消解了。

焦虑被消解的结果是：艺术创造对既定秩序的遵从——遵从现实的"合理性"。

固化的社会生物学视角

对王安忆而言，精神超越之路表现为一种带有乌托邦抒情色彩的倾诉，这种倾诉的精神脆弱性导致作家最终对现实"合理性"的遵从；与此并行不悖甚至互为因果的是王安忆对世俗叙事的痴迷。随着写作经验的积累，精神超越的线索逐渐隐没在世俗叙事的线索之中——越到后来，对世俗生活画卷的精细描摹在王安忆这里越上升到价值性的高度，而对个人精神维度的追寻则越最大程度地退隐。

王安忆的世俗叙事就题材而言，都是市民生活的"边角料"，那种以宏大事件为题材的宏大叙事不是王安忆的风格。在这种叙事中，王安忆展现人类关系和生活表象本身，将精神意义"悬置"了起来。于是这些"边角料"便具有了生物学意义的永恒性质。对这种永恒性质的人类关系的描述和占有，就是对永恒的占有。这也许是王安忆充满虚无之感的写作生涯的潜在慰藉。我们甚至可以将王安忆文本中的"时代生活"挖空，总结出几种基本的人性关系：

1）情爱与性爱。在纯粹的物质关系（性）中，人与人之间能走多远？《小城之恋》《岗上的世纪》从两个相反的方向做出了探索。情爱是什么？《锦绣谷之恋》说，情爱就是一个更新自我的舞台，等到这幕"婚外恋"的布景撤去，重回到往日的生活秩序时，一切又如春梦了无痕。《荒山之恋》因为主人公们的性格，得出这样的认识：爱情产生于"在这样的时间、这样的地方，遇到了这样一个人，正与她此时此地的心境、性情偶合了"；爱情其实是"对自己的理想的一种落实，使自己的理想在征服对方的过程中得到实现"。《香港的情与爱》把一个地点"香港"设定为这场情爱的性质，于是在这个漂泊不定的地方，"情爱"由"物物交换"的关系（男人要求女人的性和陪伴，女人要求男人的去美护照）逐渐变成愈来愈深的恩义亲情，这全是同为天涯漂泊者的共通心境使然。

2）"追求者"。"追求者"在王安忆文本里完全是被嘲讽的对象。从王安忆早期作品《冷土》中农民出身的女大学毕业生，到《妙妙》里的时尚守望者妙妙，再到《歌星日本来》中追求成功的无名歌星山口琼，最后到她的新近作品《新加坡人》里的周小姐，我们可以看到一个有趣的"追求者"形象系列。在《新加坡人》中，王安忆把"周小姐"这个可怜的北方女孩奚落得好狼狈，让心地宽厚的人不忍卒读：她败在上海摩登女孩的光辉下；她穿着细高跟鞋逛博物馆；她化着浓妆穿着睡裙闯进新加坡人的房间做最后的"肉搏"而未遂；她占便宜般地挥霍宾馆里的服务，把它记在新加坡人的账上，然后和一班新认识的法国人扬长而去……"追求者"形象使我们发现，王安忆虽然只是旁观人世，却真正是揣摩人情世故的专家。从她对于这些"追求者"的叙述语态和评判立场上看，这时候的王安忆已不能像处理其他主题的王安忆看起来那样具有文化姿态和超拔精神了，她的揶揄是刻薄和毫不留情的,她的目光是世故和充满优越感的,她的立场是站在成功者和强势者一边的,她的同情是倾向于"新加坡人"们的。"追求者"是一个意愿自我与实际自我相错位,并在追求中对此毫无察觉、直至成为物质欲望和个人弱点的牺牲品的族群,王安忆对她们的刻画虽然惟妙惟肖,其意味却无非是一个"有身份的人"嘲讽那些"没身份的人"不够"安分守己"而已。这种处于世俗经验层面而非精神象征层面的意味,触目地表现出王安忆精神境界的有限性与物质性。

3)民间日常生活。王安忆把放眼全人类的目光收回来,落在她的城市上海和上海市民身上。她认为任凭历史怎样前行,民间的人性精神总是变化不大的。在都市高速飞转的经济生活边缘,在无数鸡毛蒜皮家常琐事之间,在心机算计眼色口角衣着饮食之上,是上海人几百年来稳定的脾气性格。《好婆和李同志》《悲恸之地》《好姆妈、谢伯伯、小妹阿姨和妮妮》《鸠雀一战》《逐鹿中街》等对上海的"市民性"做了种种精微的描摹。

在王安忆的短文章里,她曾经表达过对上海物质化的精神气质的不以为然。但是,《长恨歌》的问世,表明她已从这种评价中走出,找到了另一个观察和体验上海的角度——她试图刻画一个风华绝代而又满怀沧桑、多情善感而又寡情善忘的上海魂。正如罗兰·巴尔特用他的符号学话语阐释了日本一样(《符号帝国》),王安忆用她的作家话语阐释了上海。她把上海的灵与肉抽象起来，再重新赋予上海每一块肌体以提炼过的精魂。她把精魂分给上海的弄堂、流言、闺阁、鸽子、片厂，又从这些东西里面提炼出一个完整的魂、上海沧桑的背负者——王琦瑶。王琦瑶的一生是上海生活史的见证和上海性格的化身。她周围的一切人物都象征了上海的一点内容：李主任是权力，他使王琦瑶做了女寓公；程先生是上海宁死不屈的一点优雅、绅士、摩登与钟情；康明逊则是上海典型的小开精神，中看不中用；王琦瑶的女儿薇薇代表了一个崭新的摩登时代，盲目新潮又粗制滥造；薇薇的女友张永红则是新一代的王琦瑶，虽然先天不足却秀外慧中，她是上海千变万化表象下的一点不变的魂魄，因为她的承传，苍老的上海永远不死；老克腊象征着这个失去历史的时代的病态的自觉，但是回归历史之路却是那么肮脏可怖——和一个衰老的女人交欢使他感到沮丧恶心；长脚则是这城市这时代的"虚假繁荣"的化身，一旦支撑台面的东西失去，就露出贪欲和杀人的本性来。王琦瑶死在长脚手中。王琦瑶之死宣告了一个城市古典的摩登时代的终结，一种文明的终结——它虽然在本质上虚荣浮华而又卑微低贱，但是站立出来的毕竟是一个风姿绰约、精致迷人的形象，因此她的逝去是那么令人扼腕叹惜。

陈思和先生认为这部作品的深刻之处在于："《长恨歌》写了家庭和社会的脱离。事实上，除了官方的、显在的一个价值系统,民间还有一个相对独立的价值系统。几十年来,上海市民的生活实质没有多少改变,它有自己的文化独特性,《长恨歌》写出了这种独特的生活规律。"[1]它同时也可以解释王安忆所有世俗叙事的价值动机。王安忆认为,上海人活在生活的芯子里,穿衣吃饭这些最琐碎最细小却最为永恒的活动,最能体现本质的人性。她写这些生活,便是在写人性的本质。我们也发现,的确,王安忆叙写的人性本质不但在她描述的当代背景中成立,而且即使换到遥远的过去与虚设的未来,这一切也会一如既往。

让我们审视一下这种"民间的相对独立的价值系统"和"永恒"的实指——它实际上指的是民间生活的"日常性",即与人的日常生活相关的那些基本稳定的生存常态。这种常态里的确隐含着它自身的价值观念——维系生存的物质至上观,和指导行动与价值判断的利益至上原则。它当然与官方的意识形态至上观有着基本的不同,并往往在冷酷的环境中显示出顽强而温馨的生命亮色。但是当国家对社会拥有绝对权力时,"民间价值系统"本身的脆弱特性便呈现出来,它立刻会变为一张驯顺无声的白纸,任凭权力随心所欲地涂写,而那种所谓的"生命亮色"也只能降低到生物学的水平。关于民间个人的生活习

---

[1] 转引自祝晓风:《王安忆打捞大上海,长恨歌直逼张爱玲》,《中华读书报》1995年11月1日第1版。

性、情趣爱好在"文革"间仍然谋求顽强存在的情形，王安忆的《长恨歌》和杨绛的《洗澡》均有所表现。不同在于：杨绛侧重这种个人空间被损害后的残缺性，王安忆则侧重个人空间在被挤压中的相对完整性。杨绛的"残缺"是因为主人公的精神人格独立诉求遭到摧折与毁灭，因此其伴随物"情趣存在"也残破凋零；王安忆的"完整"是因为主人公根本没有这种精神人格的独立诉求，因此作为其全部生命内容的"情趣存在"如果能保持完整，就意味着生命保持了"完整"。可以说，《长恨歌》写了一个专门为物质繁华而生的族群。因此，所谓"永恒"的、"相对独立"的"民间价值系统"实际上是滤掉了终极性的精神之维后的人的"物质形态"，它既"独立"于国家意识形态，又"独立"于自由个人的精神价值。它超越了历史，而展现为一种社会的"生物学"。

王安忆的世俗叙事表现的正是这种社会生物学图景，同时，也展现出王安忆观察和解释历史的社会生物学视角——虽然从时空背景上看十分广阔，但是其精神意蕴却十分单一。作家们在处理历史与人物的关系时，大体有两种视角。一种是"从历史到个人"——将复杂的历史境遇（或曰存在境遇）作为人性动作的舞台、人性形成的原因和人性内容的一部分，从人的存在境遇的瞬息变化来推动复杂多变的人性变化，这是许多小说大师经常采用的方法。因为历史情境总是千变万化不可逆料的，所以由之而引起的人性变化自然也就带有不可逆料的性质，正是这种不可逆料性产生了创造活动的冒险般的魅力，因此这种作家更像是历史的"不可知论者"和人性的"怀疑论者"。另外一种方法是"从个人到历史"——这种方法隐含了一种"人的'本性'是历史发生的根源所在"的观点，也就是说，这种观点把"人性"看作一种静止定型的事物，并以"万变不离其宗"的意识展现世界的图式。持此观点的作家用归纳法总结人性的模式，又用演绎法推导臆想中的该人性模式影响下的历史，因此这种作家更像是一位"全知全能者"，其笔下的世界是一个必然的、沿着作家的预设前进的、不会发生意外的世界。王安忆是属于后面这种类型的作家。

王安忆选择了一种社会生物学的视角来构造她眼中的世俗世界，世俗世界则以她的社会生物学逻辑来展开。这里"社会生物学"是个比喻的说法，是指作家在描述个人时采取离析具体历史情境对个人的影响的办法，而只表现其人与历史无关的稳定特性。也就是说，在王安忆的观念中存在着一种超越于具体历史情境之外的"原子人"，他／她不受任何力量的制约和影响，而能够单纯完整地表现出自己的"本性"。这是作家观念所虚构的神话。当然，问题不在于它的虚构性，而恰恰在于这种虚构导致一种意义的匮乏，导致了个人与世界的关系在文学作品中的简化，和一种顺天应时的虚无主义认识。我认为这是王安忆世俗叙事的一个最大问题。社会生物学视角一旦固定化，就阻止作家对其描述的世界进行超出该视角之外的丰富、深入而真实的思考，历史存在情境为个人的丰富性所提供的无限可能也难以进入作家的叙述。这样，作家对个人和历史的叙述就陷入一种僵化的困境。

可以说，王安忆的世俗叙事无意之间表现了民间个人在历史中的失名状态。这种"失名"，首先是由"历史"的禁忌性导致的——它不允许自己被真实地讲述，也就是说历史本身是"失名"或曰被"伪命名"的；其次，"个人与历史的脱节"是"个人失名"的真正原因。这种"脱节"，这种个人对历史的逃离，本是不自由的个人上演的不得已的惨剧，也可被看作一幕幕椎心刺骨的悲剧，但终究不是自得惬意、自我选择的喜剧。遗憾的是王安忆的《长恨歌》所流露的恰恰是最后一种含义。

从这一点上说，王安忆是一位虚无的乐观主义者，她把个人对历史的忍耐力——而不是个人在历史中的创造力——看成人的最高实现。"忍耐"，它并没有作为一个明确的主题出现在王安忆的作品中，但是在她把以人情世故为本体的叙事赋予不可抗拒的美学感染力时，也就自然而然地把它转化为对现世情状的悠然把玩，而这恰恰是另外一种形式的"忍耐"，对历史侵犯力和异化力的忍耐。在一个特定的历史语境中，这种忍耐是致命的无力。

不冒险的和谐

无力而无意识的忍耐精神，使王安忆的近年小说呈现出一种"不冒险的和谐"面貌。由于她的叙述语言秉承了母语的美感，甚至可以说秉承了准《红楼梦》般的语言格调，这些作品的"和谐之美"便很容易被认为是对中国古典文化传统的承绪与光大。对于导致这种表层美学效果的深层精神成因，我愿意运用"冒险"这一极具魅力的文化概念，加以审慎的辨析。

这里"冒险"并非一个封闭的文化概念，正如哲学家怀特海自始至终所强调的那样："没有冒险，文明便会全然衰败。""以往的成就都是以往时代的冒险。只有具有冒险精神的人才能理解过去的伟大。"[1]它主要指涉的是：在一个其合理性、公正性和创造性已日渐耗尽的秩序中，那些挑战这一秩序的安全、常规与边界的创造性思想与行为。当伪现实主义的僵化文学样式、瞎浪漫的"革命"思维模式统治着中国文坛的时候，80年代的一些先锋诗人和小说家展开的"形式革命"与"微观叙事"就是一种生机勃勃的冒险，是创造性的艺术实践；但是，90年代以后，当形式修辞与私人生活领域的禁区实际上已不复存在，而在社会思想领域却雷区密布、公共关怀遭遇阻碍、绝对权力导

---

1 [英]A. N. 怀特海：《观念的冒险》，周邦宪译，贵州人民出版社2000年10月第一版。

致的社会不公与苦难真相被强行遮蔽的时候，艺术上不触及任何群体或个人的真实险境的"形式革命"与"微观叙事"则不仅不是"冒险"，不是创造性的艺术实践，而且恰恰相反，它们充其量只能算"取巧"而已，对于整个文明说不上有什么贡献。因此，在这种语境下，在艺术作品中表达"自我"对"真实"的观照与创造，以及"真实"对"自我"的影响与穿透，才是真正富有生命力的冒险。

当然，何谓"真实"，又是一个纠缠不清的概念，我更倾向于一位纪录片工作者对"真实"的界定："形而上的真实也许是深不可测的黑洞，无法被现实的光穿透。或许，为了理解的方便，我们可以和应该用另一个问题来表述：我的真实是以什么样的方式建立起来的，是基于什么立场上的对真实的调查？说到底，真实是一种叙述方式，它必定要把藏在它背后的叙述者暴露出来，不管它是以什么样的方式隐藏着或躲避着，因为它一定是存在着的。那么，于此存在的就是叙述者的立场、观点和方法，所以真实其实是一种价值判断，它是基于价值立场上的叙述，它本身就是对价值立场的建构。"[1]对于作家来说也是如此。选择何种价值立场，便意味着选择何种"自我"，何种"个性"，何种"真实"，何种叙述。在当下我们所身处的权力—市场化空间里，强势集团对公共利益强行掠夺所造成的社会

---

1 吕新雨：《什么是记录精神？》，《东方》杂志2002年第10期。

不公正氛围，弱势群体由于几无容身之地而产生的生存与精神危机，从整个社会的畸形生态中生长出来的实利主义与蒙昧主义相结合的价值取向，使良知尚存者耻于站在权力者一边。站在无权者、被剥夺者的一边，站在"沉默的大多数"一边，是渴望真实的写作者真正的冒险。

是的，站在沉默的大多数一边，对"真实"进行忠直的描述与勘探，在真实判断之上反对愚蠢、无趣和谎言，进行勇敢的智慧、反讽与想象力的实践——如此底线性的写作立场，竟然是我们这个社会的一种精神冒险。这种冒险不仅仅是对"责任感""使命感""道德感"等存在于生命本能之外的伦理吁求的遵从，更重要的是，它是一个自由、健全而广阔的生命自我对于难度和有趣的必然要求。渴望有趣就会渴望难度，渴望"反熵"。在一个良知、真实和智慧均受到挑战与否定的社会中，最有"难度"、最"反熵"的事就是反对愚蠢、无趣和谎言，就是追寻良知、真实和智慧；只有这种负重而冒险的行动才会诞生自由生命的真正张力，才会在人类文明的链条上接续自己无愧的一环。那种把"有趣""冒险"和"创新"局限于修辞领域的主张，实际上是一种盆景价值观的产物，其结果是对自由广阔的个体生命之域的人为贫窄化。相反，若把反对愚蠢、无趣和谎言的精神冒险实践于文学创作的意义层面，则作家在思想和创造力的自由与解放中发出"真实之声"的同时，必会带来真正的修辞领域的创新。

但同时,道德主义的教条化则也可能给"精神冒险的文学"带来禁锢与伤害。如果"良知写作""草根写作"有朝一日蜕变为苦难与不公的平面展览、愤怒与凄苦的廉价呼号,它也就失去了一切的文学价值。文学是作家对世界的心灵介入,他／她须首先了解的是自己的丰富的心灵,而非越过自己的内心,转向对外部世相的博物学搜集。他／她只有以自身丰富的内心体验来描述自我与他人的世界,作品才会有"心的探讨""生的色彩"与"力的表现"(顾随语),他／她才会写出真的文学。"如何始能有心的探讨、生的色彩?此则需要有'物'的认识。既曰心的探讨,岂非自心?既曰力的表现,岂非自力?既为自心自力,如何是物?此处最好利用佛家语'即心即物'。自己分析自己探讨自己的心时,则'心'便成为'物',即今所谓对象。天下没有不知道自己怎样活着而知道别人怎样活着的人,不知自心何以能知人心?能认识自己,才能了解人生。"[1]把"自我"作为"客体""对象"来探讨,而非拿它当作自恋、自足的戏子来表演——并在对自心的深刻认知之上,延伸作家对整个世界的体认与表现,这是文学的魅力所在。在对自我和世界的真实而无遮蔽的"心的探讨"中,我们这个充

1《顾随全集3·驼庵诗话》,河北教育出版社2000年12月第一版,第5页。

满禁忌的精神虚弱的世界，必将对此探讨设置重重阻碍与困境，许多真实的思想必被禁止说出，许多真实而刁钻的形象必被列为非法，许多汪洋恣肆的想象必不可以浮现。但是，也只有这种冒险性质的探讨才是这个世界的精神精华，它们必须浮现。回避这种冒险，一切皆在现有的规范框架内进行的文学，实际上违背文学的真正伦理与真正的精神。

以此维度考察王安忆的小说写作，我无法不产生一种深深的失望与遗憾之情。虽然从她的近年作品中，我们能看到她写作技巧的纯熟、对东方之美的敏感、把握人情世故的精准和捕捉生活细节的神通，就如同一位炉火纯青的大内高手，或者一位技艺精湛的音乐家，意到手到，绝无力不从心之感；但是，在这些技术表象之下，一种真正禁锢创造力的"远离冒险"的保守情结已凝聚为她作品的灵魂，换句话说，王安忆作品呈现出来的"不冒险的和谐"面貌，瓦解了她的写作本身的价值。这种"和谐"，借用怀特海的话说，就是"在相对缺乏高级意义客体的经验中的那种性质上的和谐……这样……派生出的和谐是一种低级的和谐类型——平淡、模糊，轮廓和目的都不突出。在最好的时候，它只能以一种陌生感激动起来，而在最糟的时候，它便凋零为无意义的东西。它缺乏任何能激动深层感觉的强烈而兴奋的成分"[1]。

"在相对缺乏高级意义客体的经验中的那种性质上的和谐……它缺乏任何能激动深层感觉的强烈而兴奋的成分。"——这句否定性的话语虽然不那么中听,但我个人认为它的确适于评价王安忆近年文本的"和谐"特性:她近年小说的主人公,其个人主体性被极大地弱化,其灵魂世界不被呈现,其行为严格遵循日常生活的机械生存准则,在《长恨歌》《富萍》《上种红菱下种藕》《新加坡人》等小说中,"日常生活的机械生存准则"被提升到存在本体论的地位,并以一种"东方奇观"的形态出现在读者的视野之中——这一切不能不说是缺乏"意义"和能激动深层感觉的成分。同时,在作家对人物和环境的叙述态度里,则隐含着她无处不在的"世俗规范性"思维,隐含着她对中国传统的自然价值观的回归,这种意愿无声地体现在她营造的"浑然"与"和谐"的美学意境里,构成一种对深受西方都市文明濡染的现代人(包括东方的与西方的)而言十分陌生的"东方情调",以及由这种"情调"而引起的沉浸和迷醉,但是却不能引起局内之人对此种充满"物质性"或曰"精神贬抑性"的文化的必要省思。更值得指出的是:王安忆自《长恨歌》以后所写作的长、中、短篇小说,其精神内涵、写作手法、结构方式、语言

---

[1] [英]A. N. 怀特海:《观念的冒险》,第329页。

形式等方面的单调重复，几乎是显而易见的——作家似乎已形成一套关于"东方平民生存方式与价值观"的表达语法，她近年的所有小说几乎都是这种"语法"的变体。她的写作寄身在这个无论是官方／民间还是精英／大众都没有异议的"语法"里，在其合理性已日渐耗尽的现实秩序和文化秩序中显得既和谐又安全，没有给沉睡的文化文学空气以任何清新的刺激。对于一个被经典化的作家而言，这可以说是令人遗憾的。

或许会有论者认为：王安忆的这种"不冒险的和谐"恰恰是对我们这个地域、时代和社会的一种高度写实，正如罗伯-格里耶所表现的"人的物化"也是该作家的"高度写实"一样。关于罗伯-格里耶式"高度写实"的写作，索尔·贝娄引用康拉德的话表达了他的批评态度，在此也可用以表明我对"王安忆式的写实"的批评态度：艺术家所感动的"是我们生命的天赋部分，而不是后天获得的部分，是我们的欢快和惊愕的本能……我们的怜悯心和痛苦感，是我们与万物的潜在情谊——还有那难以捉摸而又不可征服的与他人休戚与共的信念，正是这一信念使无数孤寂的心灵交织在一起……使全人类结合在一起——死去的与活着的，活着的与将出世的"[1]。

如果文学是一个无法进行价值判断和价值选择的领

---

1 [美]索尔·贝娄:《赫索格》，宋兆霖译，漓江出版社1985年7月第一版，第479页。

域，那么我就应当对王安忆式的写作和康拉德式的写作同样地尊重；但是，如果让我进行价值选择，那么我就会毫不犹豫地站在后者一边，并说出对前者的不满足感。

最需要强调的一点是：在《长恨歌》之后的创作里，王安忆的弱化主人公精神主体性的倾向有增无减。这或许可以解释为：作家的小说写作已跳出创造"个性人物"的狭小目标，而让小说中的一切元素——包括人物——服务于她的表达文化观念的需要。在这方面，同样以表达文化观念为使命的赫尔曼·黑塞的长篇小说《玻璃球游戏》，在人物塑造上与王安忆恰成对照。为了寻求人类精神的"共同的公分母"，黑塞创造了约瑟夫·克乃西特这个玻璃球游戏大师的形象，他没有太多的个性，因为他是个为了服务于人类精神之成熟和美好而自愿消除表面个性的人，他的"消除个性"是在已经高度发展了自我精神主体性之后而采取的有意识的牺牲行为，是"精神主体性"的理性果实，由此，黑塞赋予了他一个如宇宙般广阔的灵魂，随时准备启程前往新的生活领域。

王安忆笔下的主人公们——譬如沪上名媛、普通市民、女大学生、富商巨贾——也都是些"没有个性的人"，但却是被"日子"所裹挟的人，是精神主体性尚未发育、由"物质世界"决定其精神存在的人，也是没有灵魂空间的人，他们服务于王安忆的表现东方平民生存价值观的目的，而这种所谓的"东方平民生存价值观"——我暂且这样概括吧——与其说是现实地存在并为王安忆所"反映"的,不如说是王安忆自身对"东方平民"想象的产物。问题不在于它是一种想象,而是在于王安忆对这种"东方平民生存价值观"所取的文化态度——它带有文化建构的意味,带有文化相对主义的意味,它以一种"记忆"和"记录"的面目呈现,似乎在给一切跨文化的当代观察者提供一个个具有"文化特异性"的奇观文本:我们东方人、我们中国平民百姓就是这样子生活和思想的,我们没有那些形而上的焦虑,没有那些戏剧性或悲剧性的冲突,我们对那些天下大事不感兴趣,我们就是生活在物质里、琐屑里,我们就是这样一个族群,我们就是这样一种文化,我们在这种文化里生活得很悠然,我们这种文化有一种独特的优点,因为她的这种优点,她是可赞美和应当长生不死的。现在,她遭遇到"现代性"这个强大的敌人,她被逼到了末路,而这一切是极可哀惋的。我以为这是王安忆小说文本的潜台词。

具体来说,《长恨歌》写的是19世纪40年代至19世纪80年代沪上名媛"王琦瑶"及其相关者的日常生活,《富萍》写的是六七十年代"奶奶""富萍""吕凤仙""舅父""舅妈"等上海底层市民的日常生活,《上种红菱下种藕》写的是八九十年代市场化转型期的浙江乡镇人家的日常生活,《新加坡人》写的是当下上海新贵及其周围人等的日常生活……值得注意的是,王安忆把这些"日常生活"的广阔时空裁剪为单一的"物质生活"的一角。对于她笔下的人物，作家不表现他们任何带有"精神主体性"的情感悲欢，不揭示任何现实历史带给他们的精神与物质生活的变故，不触及任何"日常生活"里蕴藏的丰富而复杂的内心生活和灵魂戏剧。当然，所谓的表现、揭示和触及"他们的精神主体性"，其实正是作家自己的精神主体性。作家在小说中放弃了对"自心"与"他心"的探究，而选择了从"物"（其中，"规则"是"物"的一种）的角度、非智力化与非精神化的角度，若即若离地揣测和解释世界的秩序。

于是，底层如富萍们、小康如照顾秧宝宝的李老师一家、资产阶级如"新加坡人"，他们触摸的是物，思考的还是物：简陋的物——账本、布头、饭菜、家务、邻里关系……繁华的物——酒店、饭局、俱乐部、摩登时尚、阶层社交……在叙述这一切的时候，作家的秩序意识——或曰"世俗规范"意识——时时流露出来，有时是无形的流露，有时则是流露在行文里，流露在那种中产阶级式的、"规则掌握者"的优越感语调中："那两个小妹妹都有些呆，做梦人的表情。这是年轻，单纯，生活在小天地里，从来不曾接受过外人馈赠的小姐。所以，对自己得不着的东西想也不敢想的。这就是本分。别看这城市流光溢彩，繁华似锦，可那千家万户的宝贝女儿，都是这样的本分人。其实是摩登世界磨炼出来的，晓得哪些是自己的，哪些是人家的，不能有半点逾越，这才能神色泰然地看这世界无穷变幻的橱窗。""到底是自知没有骄人的青春，很识相知趣，一点不放纵任性。"[1]"虽然在上海生活了三十年，奶奶并没有成为一个城里女人，也不再像是一个乡下女人，而是一半对一半。这一半对一半加起来，就变成了一种特殊的人。她们走在马路上，一看，就知道是个保姆。"[2]"本分""识相知趣""一看，就知道是个保姆"……虽然这些只是一种认不得真的叙述语调，但是它们表明王安忆观察人与外部世界的角度——阶层标志、世俗规范已成为她晚近作品的核心内容。如果说文学的重要价值之一，就在于打破世俗等级规范加诸人类的物质羁束，代之以只有在上帝面前才会有的精神平等与灵魂自由，那么王安忆的近年作品则表明她已放弃这一价值路向，转向了对世俗规范和现实秩序的认同。如果追溯得远些的话，王安忆的这种认同，可以说是对"绝圣弃智"的道家自然主义传统和"长幼有别，尊卑有序"的儒家等级传统的回归。在一个权威主义和国家主义盛行的时空里，一个经典化作家选择此种价值立场是令人扼腕的。

作为一个成熟的作家，王安忆在小说里从不直接出示她自己的价值判断，但是她的灵巧之手编织出来的一帧

---

[1] 王安忆：《新加坡人》，《收获》2002年第4期。
[2] 王安忆：《富萍》，湖南文艺出版社2000年9月第一版，第5页。

帧细节图景,她的温婉疏淡不动声色的语调,会导引你走向她认定的去处。在长篇小说《上种红菱下种藕》中,她似乎是在讲述一个浙江乡镇小女孩眼里的世事人情,但最终,她是要为即将逝去的"乡土中国"及其相应的生存方式和伦理体系唱一首挽歌。在小说的结尾,秧宝宝随父母离开乡镇到大城市去,一声叹息在秧宝宝的身后悄然升起:"这镇子渐渐地抛在了身后……它是那么弯弯绕,一曲一折,一进一出,这儿一堆,那儿一簇。看起来毫无来由,其实是依着生活的需要,一点一点增减,改建,加固……它忠诚而务实地循着劳动、生计的准则,利用着每一点先天的地理资源……你要是走出来,离远了看,便会发现惊人的合理,就是由这合理,达到了谐和平衡的美。也是由这合理,体现了对生活和人,深刻的了解。这小镇子真的很了不得,它与居住其中的人,彼此相知,痛痒关乎……可它真是小啊,小得经不起世事变迁。如今,单是垃圾就可埋了它,莫说是泥石流般的水泥了。眼看着它被挤歪了形状,半埋半露。它小得叫人心疼……"[1]可以说,《上种红菱下种藕》表达的是一种文化的忧思。在王安忆的叙述中,这个江南小镇的居民为了获取利益而经商,而投身到内地大都市或者国外去,逃离和背叛了他们的乡土中国,他们的人伦亲情。一种极其"合理""谐

---

[1] 王安忆:《上种红菱下种藕》,《十月》2002年第1期,第224页。

和""平衡"的文明,就这样被逐利的世道人心吞没了,这是王安忆的含蓄的哀伤。

这种文明的哀伤,从一种旁观者的视角来看是可以成立的,或者借用王安忆文本中的话——"你要是走出来,离远了看"——是可以成立的,正如公子王孙在烈日当头之时感叹"农家乐"是可以成立的一样。但是,如果你"走进去"呢?如果你就是这片乡土中国上的一个辛劳而无收益的"农家"本身呢?如果你一年的艰辛还不够交税,更不能给爱子以求学和成人的未来,自己的晚景也无法保障呢?——你还能哀惋人们对乡土的逃离和对这种文明的背叛吗?还能赞叹这种文明的"谐和平衡的美"吗?那些生长在乡土上的人,他们为什么远离了故乡?他们为什么孜孜于对财富的追逐?他们心灵的荒芜起因于何?他们承受着历史和现实强行加诸他们身上的多少重负与困境?他们在重重困境中杀出一条血路,需要犯和被犯多少罪孽,需要忍受良知与情感的多少创伤?……这些疑问,或许不是没有价值的,但是我们没能在王安忆俯瞰式的叙述中找到她对此种精神命题的思考。在她的叙述与真实生存的人们之间,有着一层牢不可破的隔膜。

因此,如果说赫尔曼·黑塞式的写作是致力于寻找东西融合的路径,致力于探求人类精神"共同的公分母",那么可以说,王安忆式的写作则致力于建构一种因"特异"和"不可通约"而被观看、而重要的文化，致力于制作各种固态的文化标本。黑塞式的写作是过于艰难了：在法西斯主义横行的年代里，他以人道和自由为底线的寻求人类文化之新可能性的探索，实在是危难丛生的精神冒险。但是，王安忆式的写作又是过于容易了：在这个以实用功利主义和蒙昧主义为价值导引的权力—市场化社会，在这个人道和自由的底线渐趋模糊的时代，一个被经典化的作家作为沉默而模糊的一份子，为这个社会贡献出与它的时尚趣味相一致的精神产品，毕竟是没有任何"风险"可言的——它既不必激发自身的不安，也不必激发他人的活力，一切是如此平静而安全。

当然不能说，作家必须要成为"冒险家"或曰"捣蛋鬼"，但是，一个对自身的创造力和文明的更新力抱有责任感的作家，却一定在某种程度上是某个僵死秩序的"害群之马"（米兰·昆德拉语）。他／她会以自身的才华、智慧与道德的勇气，剔下陈腐文化秩序上的沉渣朽肉，在仍有活力的传统之躯上，生长自己健壮的骨血与肌体。挑战外部的与自我的边界与局限，这是写作的最具魅力的冒险。

1996年5月初稿，1999年修改
2001年3月以《失名的漫游者》为题发表于
"世纪沙龙网"与"诗生活"网站
2002年10月据王安忆近年新作最后改定

未曾离家的怀乡人
论贾平凹

1

卡尔维诺在《〈奥德赛〉中的奥德赛》一文中提出了"遗忘未来"的主题:"尤利西斯从枣莲的力量、塞喜的魔药与赛伦的歌声中所拯救出来的,不只是过去或未来。记忆的确很重要——对于个体、社会、文化来说都是如此——不过它必须将过去的痕迹与未来的计划结合在一起,让一个人可以去行动,却不忘记他先前想做什么,让他可以成为,却不停止保持他现有的存在,让他可以保持现有的存在，却不停止成为。"[1]这段话读来拗口，但我喜欢它的意思。自由的元素。创造力的起舞。肯定思维与否定思维的螺旋交织。互为助力的过去、现在与未来……实际上，它是作家卡尔维诺对"生命意志"的重申。这位极富男子气概的伟大作家终其一生看重行动并不亚于看重写作，且他把必将形成某种精神结果的写作看成人类的严肃行动之一种。也因此，写作在他这里不能仅仅记忆和见证，而是更要开启未来的精神之门，成为"有根之人"经由"现在"的行动创造"未来"之美好可能性的动力和养分。

那是一种理想的境况。在历史失真、未来无着之地，记忆过往和见证当下却不得不被赋予绝对的意义——它变成一份崇高的道德，一种艰难的伦理，即便在文学的虚构领域，其价值观也是如此。但是，记忆和见证一旦被绝对化，便斩断了其通往未来的生命之路。创造力先前被"谎言"所腐蚀，现在又被"真实"所挟制。在绝对而封闭的记忆和见证中，我们精心收藏的，可能只是过去和现时的风干的尸体，而非奔赴未来的血肉之躯。

---

[1] 卡尔维诺：《为什么读经典》，李桂蜜译，台北，时报文化出版企业股份有限公司，第12页。

"高老庄"是一个污泥浊水、世故纷繁的村庄。在贾平凹的笔下，这个虚构的村庄石碑遍地，树碑年代从宋至清，碑文关乎劝桑养蚕、修桥救荒、水道争讼、剿匪安民、孝子节妇、官僚商贾……今天看来，净是些喜剧色彩的鸡毛蒜皮、日常流水，但在当时祖先眼里却是惊天动地的功业馨德，堪可勒石立碑，以成不朽。现在，这些意欲占有未来的碑石，已失去"未来"之人的任何敬意——它们不再巍巍乎矗立以供仰瞻，而是倒伏在猪圈里，斜趴在茅厕旁，变成了搁放盆罐的石桌面，或东倒西歪的拴马桩……那些碑文，除了被一个名叫西夏的女人带着考古学兴趣记录下来，已不再与后代村民发生任何关联。

于是，颓败的石碑在《高老庄》里成了醒目的象征物，在身材矮小、猥琐世故的高老庄人中间，传递着祖先的文明业已死去的消息。一种标准的"遗忘未来"的文明。一种妄想通过给"当下"自我加冕以"霸占未来"的文明。一种妄图驱遣"未来"和"过去"以归化"现在"的文明。一种一切只为"当下之我"却冠以"列祖列宗"和"千秋万代"之名的文明。

然而也可以换个角度看待这些碑文。不妨把它们看成一种写作。它们只是一些对未来的可能性缺乏想象力和责任心的人们的写作。写作者只对自己眼前的事情感兴趣，并且相信，只要把眼前事记录下来，立此存照，对未来就有永久的价值。

但是未来告诉他们，不是这样的。

因此也可以说，《高老庄》里石碑的命运，是遗忘未来的"立此存照"式写作之命运的寓言。

这寓言的结局是否会落到贾平凹本人的头上？无论肯定还是否定，都为时尚早。然而贾氏小说的当下情怀中缺少未来意识，却是真的。

3

"未来意识"何意？

即意识深处无时不埋藏着这一问题：我们意愿拥有怎样的未来？

这不是政治家的蓝图绘影。

也不是道德家的虚伪规范。

这是创造者为自己、为自己的造物在挖掘生命泉。

这是一条双向奔涌之泉——经由过去、现在，流向未来；同时，它也从对未来的冀望出发，流经现在，并重塑过往。

在小说里，贾平凹完全沉默。我是说从《废都》开始的贾平凹。他几乎是亦步亦趋地传承了明清世情小说的叙事技法，借以不厌其烦地描摹世道人情。但他野心大极，绝不满足于"娱心"与"劝善"（鲁迅：《中国小说史略·第十二篇》），而是想要勾勒一个个多义象征的"中国图式"。这位工笔艺匠懂得如何达成他的目的。他让作品中的形象极其原生实在，作者声音则完全消隐，故而它们的意蕴更其含混难言。这份观感，也许正与贾氏的追求吻合——"我的小说越来越无法用几句话回答到底写的什么，我的初衷里是要求我尽量原生态地写出生活的流动，行文越实越好，但整体上却极力张扬我的意象。"（《高老庄·后记》）

传统世情小说邀人赏玩，贾平凹的笔法使其小说也具备当代文学少见的可赏玩性，但归根到底，他有更严肃的命意——"我的出身和我的生存环境决定了我的平民地位和写作的民间视角，关怀和忧患时下的中国是我的天职"。（《高老庄·后记》）"我决心以这本书为故乡树起一块碑子。""我是作家，作家是受苦与抨击的先知，作家职业的性质决定了他与现实社会可能要发生摩擦，却绝没企图和罪恶。"（《秦腔·后记》）放眼《废都》之后的贾氏作品，说他对现实世界一直毫不退却地持守着见证和批判的写作伦理，当不为过；说他是中国当代文学写实传统的集大成者，亦属应然。

5

贾平凹的写作，表面看起来有着互为对立的双重性：既主流又特别，既中式又西化，既严肃又放荡，既写实又"超现实"，既丑又美……贾氏与其他主流严肃作家最大的区别在于：他是一位最自觉于"中华本位"意识的作家。此种自觉，既可见诸其语言、技法，亦可见诸其整体的文学观、文化观、历史观乃至宇宙观。"如果在分析人性中弥漫中国传统中天人合一的浑然之气，意象氤氲，那正是我新的兴趣所在。"（《病相报告·后记》）

如是，既要"分析人性"，又要"天人合一"；既要"审恶审丑"，又要"意象氤氲"；既要展露现代意识，又要恪守"国族身份"；既要向西行去，又要徜徉于故园……整体看来，贾平凹是"中学为体，西学为用"在文学上的实践者，是一位还未离家就开始想家的精神怀乡人。

6

90年代以来贾平凹的七部长篇小说，所涉主题皆庞大深厚，极易落入空泛。然而贾氏深知规避之道：他勾画"时代的图像"时，从来都绕开"正""巨"之途，而走"偏""细"小径。叙述模式常常是：一个歪七扭八的社会边缘人，混迹于并不起眼的一个偏远地（即便故事发生在"西京"，也要发生在带着"流民"气质的边缘人群中），身不由己地裹进那纷纷扰扰的世事网络中，经历了一段失魂落魄的尴尬事——此小网连结着一个无边巨网，此处一琐碎泼烦的事情，即是那无边巨网之中心震动的回声，由是，贾平凹意欲转喻性地呈现此一时代的精神样貌。在向此目标行进的途中，贾平凹的叙事绝无声如洪钟、正襟危坐之时，而是一个蓬头垢面的羸弱汉子，捧着糙碗，蹲于地下，和你一边吃着饭一边东家长西家短地低声嚼着舌头根。他的样子是憨厚而没出息的，内心是狡黠而有追求的。因了这，你连他荒诞不经的鬼话都信了。

《废都》之后贾平凹定型了他的叙事语言和风格。有时他用传统说部的文白间杂的叙事语，比如《废都》《白夜》《高老庄》；有时他用商州方言土语，比如《秦腔》；有时他也用当代标准语，但会吸收前两者的语言风格，比如《土门》《怀念狼》《病相报告》。当他使用这种语言叙述当代生活时，其观照目光既不来自当代，更不来自未来，而是来自古老中国的幽灵；新的、无根的当代生活，由此也变成了旧的、生根的历史往事的延伸，从而使过于日常习见的当代人、事、物，得以陌生化。

《废都》集中了贾平凹在此方面的尝试，从中可以明显看到他从《红楼梦》《水浒传》《金瓶梅》等说部偷来的手艺。开篇的"贵妃土生奇花""天有四日"，与《水浒传》开篇相近；唱歌谣的老者与《红楼梦》的"一僧一道"功能相同；孟云房给周敏讲说"西京四大名人"，简直就是在克隆《红楼梦》的"冷子兴演说荣国府"。至于书中女性一律被称作"那妇人""女人"，人物对白的句末喜用"的"字，无不来自说部遗韵；而整部书的情色描摹与《金瓶梅》的师承关系，则已多有评说。但更本质地表现出《废都》与古典说部传承关系的，是整体上的叙述视角、气质和节奏；那种日常生活本身即是目的、排除一切形上空间而沉迷其中的叙事态度，实是一种前"五四"的说部态度。随便举出一段：

> 妇人在草丛中小解，无数的蚂蚱就往身上蹦，赶也赶不走，妇人就好玩了这些飞虫……提着来要给庄之蝶看，就发现了这一幕……见庄之蝶伤心落泪，也不敢戏言……妇人说："这阿灿肯定是爱过你的，女人就是这样，爱上谁了要么像扑灯蛾一样没死没活扑上去，被火烧成灰烬也在所不惜；要么就狠了心远离，避而不见。你俩好过，是不是？"庄之蝶没有正面回答，看着妇人却说："宛儿，你真实地说说，我是个坏人吗？"妇人没防着他这么说，倒一

时噎住，说："你不是坏人。"庄之蝶说："你骗我，你在骗我！你以为这样说我就相信吗？"他使劲地揪草，身周围的草全断了茎。又说："我是傻了，我问你能问出个真话吗？你不会把真话说给我的。"妇人倒憋得脸红起来，说："你真的不是坏人，世上的坏人你还没有见过。你要是坏人了，我更是坏人。我背叛丈夫，遗弃孩子，跟了周敏私奔出来，现在又和你在一起，你要是坏人，也是我让你坏了。"妇人突然激动起来，两眼泪水。庄之蝶则呆住了，他原是说说散去自己内心的苦楚的，妇人却这般说，越发觉得他是害了几个女人，便伸手去拉她，她缩了身子，两个人就相对着跪在那里哭了。[1]

人物行为、对话是以如此不带景深的白描方式叙述，有一种陈腐、酥麻、抽离意识深度的"春宫话"风格。有趣的是，由于历史感的介入，我们在阅读传统说部作品时，对类似的叙事方式并无陈腐之感，因为它正是彼时彼地文化风俗的自然产物。而贾氏如此道来，实质上却是一种叙事方式的跨时空"引用"行为——当代的文化、风俗和精神形态与说部时代相比，皆已世异时移，"直接挪用"便成为不自然的。但贾平凹的"新说部体叙事"佯装

---

[1] 贾平凹：《废都》，北京出版社1993年，第418页。

自然，而对其与当代语境的错位忽略不计。这错位恰恰形成了他的风格，并赋予其小说以强烈的文化和审美特异性。但是，这种刻意"去西方化"的写作是否使贾平凹的作品获得了更独特的个人性？更新鲜的感受力？更蓬勃的想象力？更敏锐和深刻的精神洞察力？对此我并不乐观。相反，对"民族性"的刻意强调与追寻，前设性地在文本形式和思维方式上努力于"中西之别"，已成了紧箍在贾平凹头上的咒语，一个先验的精神之"圈"，抑制了这位作家的精神自由。

7

"我觉得文学更要究竟人的本身。人是有许许多多的弱点和缺陷的，比如嫉妒呀，吝啬呀，贪婪呀，虚伪呀，等等等等。这类小说，或许说任何新的小说，却都是应该有着民族的背景。""这么多年，西方现代派的东西给我影响很大。但我主张在作品的境界上，内涵上一定要借鉴西方现代意识，而形式上又坚持民族的。""日本的川端康成是这样，大江健三郎是这样，马尔克斯也是这样，这些大师之所以为大师，是他们成功了，而我们仅仅是意识到还没有完成自己独特的写作。""必须加入现代，改变思维，才能用现代的语言来发掘我们文化中的矿藏。现代意识的表现往往具有具象的、抽象的、意象的东西，更注重人的心理感受，讲究意味的形式，就需要把握原始与现代的精神契合点，把握如何地去诠释传统。一部好的作品关键在于它给人心灵深处唤起了多少东西，不在乎读者看到了多少，在乎于使读者想起了多少。"[1]

需要把以上所引和贾平凹的作品对照来读，它至少可以使我们免于把其作品中一些极不悦目的特征，归因于作者下意识的"嗜痂成癖""阴暗心理"和"病态人格"等私德因素。一切都是有意为之——他意欲自己的作品成为省察国人弱点和缺陷的一面镜子，是以《废都》之后不见了他早期的纯净诗意，反被丑陋、肮脏和琐碎的意象充满。这是贾平凹基于自身对现实的认知与责任感而形成的"审丑"美学，是他对"现代意识"的理解与实践。但由于其作品几乎消弭了写作主体和叙述对象之间的观照距离，使"审丑"的"审"已让人无法觉察，而只剩了"丑"，以至于其生命感常与明清说部"宣扬秽德"的"猥黩"相近。

在文本形式上，贾平凹做出了多层面的本土化探索：吸收话本小说的"散点叙事"手法，但撤掉了"说书人"的台子及其高腔大嗓；撤掉了因明确的表演性质而设置的章回，而多编织流荡漫漶的网状结构，"说平平常常的话"；人物无深度思维活动，只显现其行为言语；采取明

---

[1] 胡天夫：《关于对贾平凹的阅读》，见贾平凹《病相报告》，上海文艺出版社2002年。

清世情小说的叙事框架,"大率为离合悲欢及发迹变态之事……描摹世态,见其炎凉"(鲁迅:《中国小说史略》,第十九篇),又间以"命意在于匡世"的谴责小说笔法,以形象塑造而非抽象议论的方式"揭发伏藏,显其弊恶,而于时政,严加纠弹"(同上,第二十八篇);不时"魔幻"一下,但为了避免"不够中国",也将其处理成乡俗巫蛊,为民间所习见……在这一幅幅透着颓败古意的当代风俗画里,贾平凹试图埋下一个个催人警醒的危机陷阱。是的,是土质的陷阱。不是耀亮于天际并照人前行的信号弹。他寄望于摔跌的痛感带给阅读者以清醒,而不要闪亮的光弹予人的炫目。他怕读者误以为那是狂欢胜利的礼花。必须杜绝希望的幻念。必须攫住绝望的真实。这才是最深刻的认识。唯有深刻的真实,才能抵达文学的至境。这种逻辑的极端之作,便是2005年出版的长篇小说《秦腔》。

8

《秦腔》忧思深广,叙事繁密,绘就了一幅乡土中国之传统崩溃、精神离散的末世图景。在这部最大程度地"还原生活"的作品里,创作主体拒绝对"真实"动用任何刀斧。小说以疯子引生为叙述人,让人物、生活直接说话——人物是那种真实得好像非由作者塑造、而是从现实"掉"进了小说里的人物,生活是那种细节高度遵循常理、整体则疯狂不可理喻的生活。表面上看,小说常玩一些"真魂出窍"、魔形幻影、颠三倒四的叙事游戏,似乎十分的"超现实",然而它大体可因叙述人的"疯"而自洽,同时,其本质也无非是现实生活的投射而已。

小说的整体,是对乡村"日子"的结构性模仿。这"日子",在以清风街夏氏家族为重心的世俗关系网络中缓慢沉滞地展开。它一扫既往乡土文学的牧歌情调,从一开始就散发出鄙俗腌臜的土腥味,进而层层深入地复现乡村日常生活的烦冗面目。它的烦冗是熬心的,磨人的,无意义的,被抛弃,无光亮无尽头而令人发疯的。阅读此书需高度的耐心和意志,写作此书呢?恐怕需要超人的耐心和意志吧?更得加上入木三分的世俗洞察力。这个看似不加营构的文本层次繁复,难以描述,只好生硬地理出如下意义线索:

a. 关于权力等级秩序的集体无意识:这是笼罩全书的心理基调,它透过疯子引生的眼睛,看见从清风街出去的名作家夏风娶了这里最美丽的女人白雪;看见夏家从人上人的显赫走向衰落;看见不同身份的同村人的丧仪和装裹也分三六九等;看见夏君亭的强与秦安的萎,看见夏天义家的狗也只和乡政府的狗谈恋爱……小说在无数细节上提醒着权力等级意识对人物行为、处境的决定和影响。

b. 土地的衰败与道德的崩解：小说塑造了夏天义这个"当代愚公"，他对蚕食耕地、无人稼穑始终无法释怀，在和夏君亭关于"清风街村如何发展"的角力中失败之后，他向天挑战，"逆历史潮流而动"，带着仅有的两个追随者疯子引生、哑巴孙子和一条狗，到七里沟淤地种庄稼。崖崩让夏天义葬身土下，暗示着土地最终的衰败命运。而"顺应历史潮流"建了农贸市场的君亭，后来免不了只是个酒楼上寻欢的腐化干部；曾经的淳朴农家女，也因了"市场经济"在乡村的蔓延而出卖己身。与贾平凹早期讴歌商业文明之进步不同，现在的贾平凹则把城市—商业文明描述为道德崩解的渊薮。

c. 秦腔没落，传统逝去：夏天智这个整天在马勺上画秦腔脸谱的小学校长，在家事凄凉的境况里郁郁而终；白雪这个"菩萨一样"美丽的女人，也终落得剧团解散、四乡走穴、家庭解体的凄惶。她和夏风生了个没有肛门的畸形丑儿，作者在此埋藏何种寓意？小说多处照抄秦腔曲谱，想是欲为濒临消亡的秦腔多一个埋尸处？清风街人越来越爱流行歌曲甚于秦腔，白雪象征的土地美德渐渐沦亡。

d. 农民的卑微与重负：农民狗剩率先在国家"退耕还林"地的树苗间种了菜被罚款二百，因交不起罚款而喝农药自杀。夏天智去责问乡长，乡长说："这是在开会！"民官视民命如草芥之状，跃然纸上。书的后半部分叙述

"年底风波"，借着村干开会将农民负担项目一一列举，村干们到贫困农民家抢粮抢物以充税费，如狼似虎的逼税图呼之欲出……对底层农民的卑微和重负，作家以平淡琐碎的叙事表达其悲天悯人的同情。

e. 人心的贪婪：贾平凹最擅长写人的吝啬贪婪。夏天礼平日吝啬，常暗以银元换钱，以致被抢遭打，死不瞑目，但当银元相碰的声音响起时，他的双眼立即闭合。梅花因贪黑车票钱致丈夫受罚，需五千元钱给上善去打点，她却犹豫："五千元呀?!"贪吝之状形神毕现。

f. 爱之无能：小说里疯子引生是最富激情的人物，但他既无世俗资格去爱白雪，又无精神语言表达此爱，而只能诉诸千百种波涛汹涌、暗昧不洁的生理感受。"爱"在这个泼烦腌臜的世界里，显得如此多余与无能。引生自阉是"爱之无能"的剧烈表达。

…………

贾平凹一直致力于给文本注入多义性，在《秦腔》里更是如此。塑造人物和叙述事件时，他会同时将几条意义线索埋在一人、一事之内。比如写夏天义时，a、b并举，写夏天智则a、b、c、d齐奏，写白雪，b、c、f交织，写引生，则a、b、d、f合鸣……小说的形象世界，因此而血肉饱满，其内涵主旨，亦更加含混难辨。

关于"生存之烦"的密集叙事覆盖了这些线索。作家有意不加拣择，把当下乡村生活的"本相图式"巨细靡遗地复制出来，排除掉任何可能的形上空间；完全从外部描述人物实实在在的言语和行动，不展现人物的任何精神活动（叙述人自身不可避免，然而他的精神活动亦极其直白，多诉诸动作）；时常让人物分泌秽物或遭遇秽物，以此种对读者的感官刺激，来外化人物的尴尬情境或龌龊意识；以传统说部特有的白描笔法，把人物的私人事件和公共事件都作"家长里短""人情世故"化的"私性"处理，一如这些事在乡村所发生的形式本身，从而消除虚夸化的"宏大叙事"与深度化的"悲剧叙事"的任何可能性……这一切手段，都是为了"真实"，为了"究竟人的本身"。

贾平凹的确抵达了真实。那是"社会"的现实层面的真实，以及"人心"的社会层面的真实。那是"物质性写作"抵达的"世相"真实。在这种"真实"面前，贾平凹的写作显现出完全的精神被动性，作家的主体意志强度为零。

需要说明的是，此处所言"作家的主体意志"，非指作家在作品中直接现身说话、申明主旨，而是指在虚构过程中，作家对人物的个性、境遇和命运的安排，对叙事语调、叙述视角和故事走向的选择，必定暗含了其对世界的整体判断与意愿。贾平凹的《秦腔》在判断和反映"真实"的同时，却泯灭了"意愿"——那是主体意志虚无化的自我取消。它的文学结果,便是一种物质化语言观的形成——作品的语言只为"还原真实"而生,每一字句自身未能获得自主性,未能分享源自作者"精神自我"的灵性、直接性和对于心魂的触动力,而是老老实实作为营造"真实世界"的一砖一瓦、构成"潜在意义"的零部件而存在。它们疲惫,灰暗,尘满面,似乎已走到了可能性的尽头。在对外部世界单向度的无限描摹之中,作家的主体意志遭到了窒息与囚禁。如何解救精神的囚徒?抑或无可解救?对此问题的回答方式,划出了艺术的"复调性"与单向性的分野。

9

从《废都》到《秦腔》,贾平凹的小说写作走了一条"直面真实,立此存照"的扎实道路。这位当代中国写实功力堪称翘楚的作家,对不堪热爱的生活饱含了虔诚的敬意,其笔下形象,似乎皆是他长久体验和结识的对象,充满无可湮灭的真切质感,也反射出其批判精神的光芒。我们能够看到,强大的否定性思维赋予了贾平凹洞见现实黑暗的清醒力量,但是,也取消了他对抗黑暗、自我拯救的主体意志。绝对的"否定性",这意识世界的靡菲斯特,它杜绝虚伪的幻念,但也否定上帝的真实。"上帝",这个比喻的说法,祂的又一名称叫作"存在本身",乃是一切存在物赖以存在、赖以获取意义和价值的源泉。这源泉滋养着肯定性思维，赋予人拯救自身、自由创造的原动力。显然，这种肯定性思维在贾平凹那里受到了靡菲斯特的抑制。他有些屈服于它的淫威之下。由于片面现代主义的轰鸣，他误把靡菲斯特的声音当作了最高的真理。"真实！真实！丑陋的真实才是世界最终的面目！"他以为握住了那真实，他便得到了最后的升华。他忘了世界上还有别的选择，黑暗的真实并非定于一尊的真理。如果他放眼于宇宙，当会相信创造者唯有兼具肯定与否定，才能既看破丑，又创造美，如同唯有上帝和魔鬼俱在，世界才能日以继夜，生生不已。

贾平凹需要唤醒他心中软弱的上帝。他应该知道，靡菲斯特的独角戏已快要唱完。这个魔鬼并非对什么都不屈服。当它把一切都认作虚无，它便最终屈服于宿命，于是它露出了创造力衰竭的惨相。上帝这时必须从睡榻上坐起，否则，一个死寂的世界将如何向未来运行？

2006年3月27日凌晨写毕

文学批评家在个人的超功利创造力与人类社会的功利目的之间,扮演一种至关重要的角色。

丙辑

道德焦虑下的反抗与救赎
关于林贤治的知识分子研究

自由是困苦的,它是一粒沉重的种子。

——尼·别尔嘉耶夫

何以如此

别尔嘉耶夫在他优美的《俄罗斯思想》一书里这么说起别林斯基:"别林斯基,作为典型的知识分子,一生都力图实现一种极端主义的世界观。对于富有热情和感性气质的他来说,认识与受苦是同一件事……他探索真理,'固执、激动而又节奏甚快'……对他来说,文学批评只是体现完整世界观的手段,只是为真理而斗争的手段。"[1]

如果仅考虑别林斯基在俄罗斯民族的崇高而又颇具争议性的地位,把林贤治和他相类比显然不够妥当。但是只用这些语词来形容林贤治的特点,却是够妥当的。与19世纪后半期的俄罗斯知识分子有点相似,林贤治来自乡村(南方的),而不是都市。他的原初情感和价值取向来自土地——这感伤主义的策源地,抒情诗的源头,苦难、善良和蒙昧的发生所。在他最敏感的青春时期,因为父亲的缘故而受到了永生难忘的关押和批斗,这段苦痛的经历决定了他后来的思想立场。也是从那时起,"鲁迅"作为独立自由人格的化身得到了他全身心的认同、理解和仿效,同时也给了他孤独的乡村岁月以无尽的力量和温暖。这位前农民和乡村医生直到三十多岁——那是80年代初期——才由于若干首新诗的发表而来到广州,从此开始了他编辑和写作的知识分子生涯(见散文集《平民的信使》等)。因此他的心理和文化背景主要来自乡村的生活经验和对于西方人文著作的阅读经验,于是俄罗斯思想的抒情气息和道德主义倾向先验地决定了他的思想结构;同时,因为他在城市中的工作性质和经常遭遇到的问题,鲁迅的思想也无时不是他思考的起点、评判的参照和前往的归宿。

---

1 [俄]尼·别尔嘉耶夫:《俄罗斯思想》,三联书店1995年8月北京第1版,第57页。

作为知识分子,诗人"出身"使林贤治无论在任何时期的写作都带有强烈的感情色彩和鲜明的道德立场,以至于他在90年代末备受瞩目的文化批评《胡风集团案:20世纪中国的政治事件和精神事件》(1998年)、《五四之魂》(1999年)、《五十年:散文与自由的一种观察》(2000年),也因为此种特点而毁誉参半。"毁"者从知识的角度指出其观点和论证有"学理缺陷";"誉"者则认为他的写作终于显现出缺席太久的知识分子的批判精神和道义力量。无论是毁是誉,林贤治的知识分子研究在90年代末中国知识界的重要性却是公认的。因为他深深地触到了历史的痛处。

"堂吉诃德"

他深深地触到了历史的痛处,那就是"知识分子"。在中国,直到21世纪初才出现带有一定现代色彩的"知识分子"——那种以独立的身份并借助知识和精神的力量,对社会表现出强烈的公共关怀、体现出一种公共良知、有社会参与意识的文化人。"知识分子"与"权力"的紧张关系一直是中国社会最敏感的主题之一。有人说过,知识分子终将走向言说自己。这当然不是因为自恋,而是由于知识分子的境遇能最集中地体现其所处时代和地域的政治形态、精神气候及文明类型——一个社会如何对待文明和文明的承载者,能标志出它是一个文明社会还是一个蒙昧社会；同时，知识分子自身在特定历史中的心理和行为方式也是一笔极其重要的精神遗产——这遗产也许因镌刻着知识者的尊严而光荣，也许因记载着知识者的恐惧、屈服和自我贬抑而耻辱。但无论光荣或耻辱，面对这历史、这遗产时终需勇气——因为它一方面需要触痛权力结构绵延至今的深刻禁忌，另一方面则需要触痛知识分子自身那矛盾脆弱而又饱受煎熬的心灵。"耻辱者"的"手记"（摩罗语）不是那么容易写就的。但是林贤治却致命地写了，不冷静地、"无距离"地，"介入"地写了。我们看到他无论是言说鲁迅、顾准、陈寅恪，还是在追寻"五四之魂"、分析"胡风集团案"、探讨"散文与自由"的关系，都一如一位当事者，时刻在以反抗的姿态发出峻切、急迫和呼号的声音，这声音在专业化的、物质主义的20世纪末，听起来很有些"堂吉诃德"的味道。

"堂吉诃德"作为一种评价总是有着截然相反的含义。作为褒扬之义时，意味着一种清醒、勇敢而笃定的理想主义；作为嘲讽之义时，则意味着一种背时、多余而倒退的阻碍势力。这世界总是不停地宣布着某某事物"背时"的消息——比如，据说因为"西方中心论"已经"过时"，所以"科学""民主""自由"等话语也毫无疑问地"过时"了；比如，因为现在是一个金碧辉煌的物质主义时代，所以谈论"良知""道义""社会责任"之类精神价值就是无可救药地"背时"了；再比如，因为

"专业化""个人化"是大势所趋,所以"公共关怀""社会参与""道德追问"之类也就迂阔得可以了……但是,真的是"背时"了吗?还是从来都没有扎下根来、从没有真实地存在过?是已经"多"得变成了非扳倒不可的"压力",还是"少"得从未在普泛的层面上被准确地理解?中国历来缺少的不是善于审时度势的趋时者,而是发自衷心、始终如一的堂吉诃德。他们构成了文明的真正根柢。

道德

和俄罗斯知识分子相似,林贤治是位道德冲动极强的知识分子。这种道德与中国传统知识分子的"正统道德"的不同之处在于:后者的道德存在于"忠孝节义""克己复礼"的说教之中,强调对"天地君亲师"这类权威力量的忠诚与顺从,强调个人、个性对权力结构最大限度的泯灭或趋附。这种"正统道德"经过新包装后,就变成了"齿轮和螺丝钉"说,"为……服务"说,"皮毛"说,等等。经济大潮兴起之后,出现了两种相反相成的道德:一是敌视世俗观念和世俗欲望的"圣人道德""清洁的思想",它的禁欲主义和设置他人生活的"纪律"特征其实是"传统道德"的直接延续;一是敌视精神价值和个人独立性的"犬儒道德",它虽然经常以"时尚""另类""非主流"之类的"开明"面貌出现,但是当它把

"伪崇高"和"真道德"一道调侃、将"欲望游戏"和"自由精神"混为一谈、把物质化目标宣称为生命的唯一价值时,它实际上已经毫无"另类精神"可言,而仅仅是这个权力——商业化社会之权威观念的甜蜜玩偶而已。在禁锢自由的意义上,"圣人道德"和"犬儒道德"的作用是相同的,只不过禁锢的方面是一个圆环的两半罢了。

与"正统道德""圣人道德"和当前流行的"犬儒道德"都不相同,林贤治在写作中体现和呼唤的道德,是一种反抗和叛逆的道德,是个人独立和尊严的道德,是追求人的公正与爱的道德。他也认为道德的写作必须是"个人化写作",只是这种"个人化"和当前文坛所流行的内涵相迥异:"真正的个人化写作,是叛逆的,反方向的。"他认为我们的文学之所以缺少真实、勇气和创造力这些最重要的道德,是因为"没有生命和思想的投入,没有倾斜,没有偏激,没有锋锐的集中,因而没有抗击力和穿透力;没有感受到匮乏和空缺,没有必要的补充,因而无法形成流动的风暴;没有渴望,没有探索,因而没有崇高、辽阔与渊深"。他引用法国理论家戈德尔曼的话以表明自己的观点:"我曾稍稍改动过一下帕斯卡的话说:'个人必须超越到个人之上。'意思是:人只有在把自己想象或感觉成为一个不断发展的整体中的一部分,并把自己置于一个历史的或超个人的高度时,他才能成为真正的人。"因此一个艺术家无论在权力社会还是商业社会,都只能是"一个问题人物，一个反抗社会的批判性个人"。[1]

当文坛主流在小资情调的酒吧间里精致细巧地喁喁低语，并将之描述为真实的历史和现实之时，林贤治在僻远之处提出了另外一些尖锐的道德问题：在这片土地上，为什么有一种价值总是夭亡？为什么有一种个人总是失败？为什么有一种命运总是无法摆脱？为什么有些过往之物总是沉陷在历史深处，好像从未存在？为什么有些荒谬之物却总是现身于现实的光环之中，就像永恒的真理？正如美国哲学家希尔斯所说：我们生活在过去的掌心中。问题的答案就存在于历史。我们的现在，仅仅是历史的一段延续、一个投影而已。因此，用心灵和智慧去打捞历史、追问历史，就成为一个知识分子真正的道德实践。

方法

正是为此，林贤治由一位创作家变成了一位"业余的"文学史家，从事着打捞和探险的工作，并确立了自己的研究方法——"个案研究"和"整体性观察"的方法。

这种工作最初是从80年代中期他写作《人间鲁迅》开始的，对他来说，这是对鲁迅精神思想的一次毫无保留的体验与经历。在第三部《横站的士兵》中，他详细梳理

---

[1] 林贤治：《五十年：散文与自由的一种观察》，见《书屋》2000年第3期，第74页。

了鲁迅与"左联"领导及其成员发生龃龉、冲突的原由和过程,对郭沫若、周扬、徐懋庸等左翼作家在当时的历史和文化情境中的思想倾向、思维方式、立身行事做了力求真实的还原,这也从一个侧面反映出中国的"左翼"社会思想和文艺思想从最初即已烙上的教条主义、权威主义和大一统的胎记,这胎记是后来在新中国将要发生的一切政治事件和精神事件的伏笔。

90年代前期,林贤治比较引起注意的文学和文化批评有《略论秦牧》《两个顾准》《文化遗民陈寅恪》等文章。这些知识分子"个案"虽然个个不同,但是林贤治所运用的标准却是相同的,那就是知识分子的人格独立性、创造性,以及自由、科学、理性的现代精神。用这个标准评价所论及的对象,必会得出和以往定论截然不同的结论,这在《略论秦牧》一文中表现得尤其明显。在他看来,秦牧并非文学史家所艳称的"散文大家",而是"一个思想贫乏而语言平庸的作家"。他之所以获得了与其实际水准不相符的地位,是因为"中国现当代文学史的写作有两个死结:一是降低了标准,一是放大了成就"。"一个统一有序的社会,必然要成批生产与之相适应的作家……而且,必然要从中推举出某位代表人物,极力竖作优秀的典型,以期群体仿效,免得标新立异。制造优秀,是政治手段在文学方面的运用，是政治入侵文学的众多现象之一。"[1]

林贤治大规模地突入历史深处，还是从《胡风集团案：20世纪中国的政治事件和精神事件》一文开始，并在此明确地提出了知识分子研究的"个案"与"整体性观察"相结合的方法。他说："要充分了解中国的知识分子，必须重视个案研究，重视个体心态——人格的研究。知识分子人格的建构或重构，如果不是在批判和自我批判两个层面上同时进行，即如沙上建塔，顷刻便坏。"但是他并不主张仅仅孤立地追究知识分子个人的道德问题，认为"在追究个人责任的时候，决不要因此转移了大的目标。认识和改造人格赖以产生的环境，与人格自身的完善是有机地联系着的。如果舍弃了对社会环境的追问，而专注于个人道德的完善与否，最终也只能使知识分子保持了'慎独'而失去现代的意义，人格也将是不完整的"。[2]

因此，他抛开了其他胡风研究者致力于描述"事件怎样发生"的方式，而是着眼于在"社会整体"中探究"事件何以如此发生"。他把分析的视界从"知识分子"扩展到整个社会权力结构——如"权力与文学""周扬与宗派主义""中国作家与精神气候"等几个层次，从这座"精

---

[1] 林贤治：《守夜者札记》之《略论秦牧》，青岛出版社1998年12月第1版，第205页。

[2] 林贤治：《胡风集团案：20世纪中国的政治事件和精神事件》，《黄河》杂志1998年第1期。

神金字塔"的塔顶、塔腰和塔基逐级解剖开去，使形成知识分子人格—心理的外在环境和行为动因得以揭示。在剖析这场事件中的两个核心人物胡风与舒芜的时候，林贤治一反以往凌厉、"不宽容"的"苛评者"形象，表现出极其客观、善解的史家态度，对于胡风的秉承"五四"自由精神，与他在体制内寻求安身立命之所的渴望之间的矛盾，对于舒芜作为"叛卖者"和"受害者"的双重身份，以及他晚年"回归五四"的精神救赎行动和推卸个人道德责任的内心掩蔽行为之间难解的纠缠，都做出了富有说服力的呈现。文中指出："倘使'冤案'代替了悲剧思考，便容易把灾难局限于个人范围，'小集团'范围，而抹杀了知识分子精神遭受公开扼杀的事实……从根本上排除了将苦难化为精神资源的可能性……阿多诺说：'让苦难有出声的机会，是一切真理的条件。'然而，我们抛弃了真理，不信任真理，我们事实上至今仍然在逃避理性和良心的责问。"可以看出，林贤治这种打捞苦难、分析苦难的写作是有着强烈的道德内驱力的，它是在富于延续性的历史中的一种自觉的救赎行为——在这一行为中，他试图重新继承已经中断数十年的现代启蒙传统，重新建立与"五四"精神的有机连接，重新追索真理，以走向对理性与良心的真实皈依。

这种"有机"和"综合"的研究方法也体现在发表于2000年的10万字长文《五十年：散文与自由的一种观察》

上面。它是林贤治用自己的标准与方法写成的一部当代散文史，这个标准被他概括起来就是：自由感，个人性与悲剧性。他把新中国五十年的散文创作状况从总体到个体分别以形象的"根""干""枝叶"的形式来论述，其实是把文学研究置于中国当代社会整体中进行考察的方式的象征。他认为，中国当代文学包括散文在内，五十年间之所以收获到这样的成果，是有"根"可寻的，那就是意识形态灌输、行政管理体制、出版管理体制、评奖机制等一系列规范作家头脑的"体制性因素"。随着不同的历史时期政治精神气候的变迁，散文的创作状况也在不断地变化着，其变化有大致的线索，是为"干"。到"枝叶"的部分，他对三代作家的创作进行了细致的评点。对于享有极高声誉的王蒙、贾平凹、余秋雨、张承志等人，从文本质地、文化意识到人格精神诸方面的缺陷，他都做出了入木三分的剖析。对中青年作家王小波、苇岸、一平、筱敏、刘亮程为当代散文做出的贡献和注入的活力，给予了高度的评价。

在这篇长文中，林贤治再次明确提出了文化和文学史研究的"整体性"方法："其实，更接近本质的观察是带整体性的观察。没有孤立的事物。譬如文学的自由，相应于人类的远大理想，而就精神创造的要求而言，它是无限的；但是，如果指的是它的现实处境，创造主体的权利，形式的选择，它是有限的，受到不同程度的制约和压迫。一部文学史，正是在这自由的无限和有限的张力变化中展开。"因此，他非常认同本雅明的说法："不是要把文学作品与它们的时代联系起来看，而是要与它们的产生，即它们被认识的时代——也就是我们的时代——联系起来看。这样，文学才能成为历史的机体。使文学成为历史的机体，而不是史学的素材，乃是文学史的任务。"（本雅明：《文学史与文学》）林贤治对此进一步加以引申："文学史在描述文学的基本事实，并且对此做出具体的评估之后，余下的工作，其实自始至终贯穿一致的工作，即在于探索和阐发人类生存的意义。生存是目下的生存。本雅明所以把历史同时代联系起来，就是这个意思。所有立足于批判和变革的战士，都是这个意思。在这一最高意义上说，文学史就是自由史，自由精神的蒙难史和解放史。"

林贤治的"个案研究"和"整体性观察"相结合的方法，在揭示事实的同时，也提供了一种完整连绵的历史纵深感，一个观照历史与现实的道德维度，一种虽被羞于言说却生命久长的精神价值。毫无疑问，它们正是为当下文坛所稀缺的。毫无疑问，在很多人那里，它们一点也不讨人喜欢。

知识和道德

不喜欢有很多种原因。有的是从既得利益者的角度，反对对现实进行本质性的批判；有的是出于犬儒主义的嗜好，厌烦超越性的道德话语；有的则是因为对知识分子所扮演的角色，和林贤治有不同的理解。这最后一种情况，可以概括为一个问题：在这个时代，知识分子究竟应该是"知识人"还是"道德人"？这是值得讨论的。

林贤治显然更强调知识分子的道德功能——良知，战斗精神，坚决不妥协的立场。虽然林贤治是以知识梳理的方式表达道德的态度，但是他也的确存在着一种泛道德的倾向——有时会把知识问题归结为道德问题，将知识批判化为立场批判，并对之论是非，做褒贬。例如，在他的长文《五四之魂》中，他这样论及顾准的思想："顾准介绍英国的政治制度时，着重的是议会民主，亦极少谈及个人自由问题。这种有意无意的忽略，说明顾准的关切点，仍然在国家而不是社会，反映了一个曾经作为国家领导干部和高级'幕僚'的知识分子的人生履痕。"这种道德评价大大降低了对顾准思想评论的有效性。与其说顾准没有谈及个人自由问题是由于他根深蒂固的"幕僚"习气，不如说是由于他受到该问题论域本身的限制。因为"政治学"和"伦理学"是不同的，前者是一门"技术性"和"操作性"的学科，"道德"是它的前提，而不是讨论范畴本身；后者则是"价值性"的学科，"道德"（其中包括"个人自由意识"）是它讨论的中心范畴。顾准介绍英国政治制度显然是以政治学角度进行的，这和他的"身份无意识"没有关系，也不能据此判断他忽略"个人自由"意识。鲁迅是有强烈"个人自由意识"的代表，针砭时弊，批判社会，是因为他是一位文学家，不负有思考完善的社会体制之责。但是鲁迅不能涵盖一切，"批判"也不能代替知识分子的另一种功能——思考一种保障每个个人的权利不受强权侵害的更进步和更完善的建制。这种思考很容易被道德化的知识分子指认为"政客"行为，但显然不是如此。任何社会都必须有知识者提供一些建设性方案，以保障社会沿着理性的方向运转。如果这些方案被执政者所蔑视和践踏，那不是知识分子的责任——只是知识分子有责任与这种反智主义进行批判与斗争；但是如果全体知识分子从未提供过这种方案，而只是一味进行道德的批判，那么不仅会削弱其批判的有效性，同时也会成为知识分子的失职。

因此，林贤治的泛道德批判方式在有力地提醒着良知存在的同时，也会有简化问题的危险。因为历史和现实不仅是心灵的运动，而且也是物质的变更；不仅是道德的存在，而且也是知识的实践；不仅是价值领域的斗争，而且也是技术领域的操作。如果**仅止于**让思想的触角在价值领域里做善恶是非的判断——进而，如果把应从知识和经验的层面来认知的事物当作道德评判的对象来看待，并在此画上句号，而拒绝在操作层面将人类的历史经验不厌其烦地化作改进现实的实践性知识，并予以真正的身体力行，那么人类的现实状况就不会有真正的改观。

因此，套用西方那句"把恺撒的还给恺撒，把上帝的归于上帝"，这里要说："把知识问题归于知识，把道德问题归于道德。"也许这是林贤治的文化批判带给我们的又一启示。

2000年7月

当此时代，批评何为？
郭宏安的《从阅读到批评》及其他

现在，似乎很难找到比文学批评更衰落的职业——如果它真的成了职业的话。这是全球化、数字化、大众化、商业化、网络虚拟化、科技万能化的时代，是人类精神客体化的时代，是渴求"物"及关于"物"的一切知识的时代，是一切拥有"客观"研究范畴的学科时代，唯独不是文学批评的时代。文学批评，这种致力于理解人类精神内在性的工作，随着"精神内在性"的枯竭而面临着空前的荒芜。人们看起来已不需要内在的精神生活，不需要文学，因此，更不需要文学批评。幸存的大师面对陌生的世界，为自己不识时务的长寿而羞愧；往昔的经典只有做成"最快的慢餐",才可能被公众品尝;新艺术不再依据形式和深度,建立等级的金字塔;文学的古老标准虽未完全废弃,但追求完美的创作却被毫不留情地淹没在"点击率写作"之间……在这"主体被黜"的时代,继"上帝死了""人死了""作者死了""文学死了"的"预言"之后,宣布"文学批评死了"也是顺理成章、不在话下的事。

但是,也许可以反向看待这一境遇。也许接二连三的精神讣告只是主体贫乏的招认而已——精神的无穷向度还未得以展开,就被贸然宣判了死刑。如果我们不认为客体世界是不可忤逆的,结果会怎样?如果我们坚持精神的自由,满足精神的欲求,探索精神的宇宙,结果会怎样?这些问题似乎与文学批评无关,却是思考她的生命力与可能性的前提。在人类精神生活的大背景中观照文学批评的使命与前途,或许是"拯救"文学批评的一种方法。从郭宏安先生的著作《从阅读到批评》中,我看到了这方法。

《从阅读到批评》的副标题为"'日内瓦学派'的批评方法论初探",勾勒20世纪30至80年代该学派的批评方法和精神轨迹。"日内瓦学派"既非索绪尔创立的日内瓦语言学派,也非皮亚杰创立的日内瓦心理学派,它被加上了引号,表明该词的"姑妄称之"而非"名副其实"的性质。因所谓学派者,皆有共同的纲领、理论或倾向,有一个或数个导师或精神领袖,有弟子,有共同致力的出版物或文化机构,而被称作"日内瓦学派"的批评家群体却是松散自由、各行其是、也否认这个称谓的,只不过他们多任教于日内瓦大学,都认为"文学是人类的一种意识现象,文学批评就是一种关于意识的意识"[1],因此,他们的批评是"意识批评"(有时也称"主题批评"或"认同批评")。但他们的批评意识、方法和风格又各有不同,唯一的共同点是:每个人都是个性独特的文体家,"他们的人生经验都通过阐释投射在他们的批评文字之中"[2]。所以,"日内瓦学派"与其说是一个自觉的批评流派,不如说是一个被动的既成事实。也正因如此,《从阅读到批评》并未对"日内瓦学派"作抽象的概括与评价,而是具体呈现被外界归入该"学派"的文学批评家马塞尔·莱蒙(Marcel Raymond)、阿尔贝·贝甘(Albert Béguin)、乔治·布莱(George Poulet)、让·鲁塞(Jean Rousset)和让·斯塔罗宾斯基(Jean Starobinski)的批评观念和方法。他们的批评建树在我国素少介绍,郭宏安先生的精审研究填补了这一令人遗憾的空白。

五位批评家中,最年长的马塞尔·莱蒙生于1897年,最年轻、也是唯一在世的让·斯塔罗宾斯基生于1920年,

---

[1] 郭宏安:《从阅读到批评》,商务印书馆2007年9月,第1页。

[2] 郭宏安:《从阅读到批评》,第45页。

他们影响的黄金时代在20世纪六七十年代,彼时,大师云集,思潮迭起,过往的经典和新生的杰作交相辉映,严肃的社会文化运动如火如荼,人们还生活在相信深度且有深度可信、追寻意义且有意义可寻的世界里。在如此年代的如此文化语境中,对艺术作品进行"创造性阐释"的"日内瓦学派"才会大行其道。这些批评家出于对艺术创造力的信仰,主张面对作品时首先采取退让、谦逊、丧我的态度,或者说,首先成为艺术的"爱好者",即"有爱的能力、对艺术品显示其在场、全身心地承受其作用的一些人"[1],他们怀抱着"一种穿透性的同情"(马塞尔·莱蒙语),在"综合的直觉"中全面"接受"作品,探求其生命力的核心,寻求与创作主体的意识遇合,最后,揭开作品形式的秘密,达致对文学艺术的哲学的理解。

因此可以说,这是一个拒绝依附于任何理论和方法的批评家群体。虽然他们在批评实践中不拘一格地运用各种方法,却终是为了实现对文学作品"形式真实"的深切品尝和"精神本体"的独特认识,为了揭示"个人的真理"。正如让·斯塔罗宾斯基所言:"文学是'内在经验'的见证,想象和情感的力量的见证,这种东西是客观的知识所不能掌握的;它是特殊的领域,感情和认识的明显性有

---

[1] 郭宏安:《从阅读到批评》,第86页。

权利使'个人的'真理占有优势。"[1]

一位学者对研究对象的选择，必隐含着他对自身内在需要和时代真实需求的双重回应，也隐含着他的行动方向与价值观。与矢志改造现实、致力于"实学"研究的学者不同，郭宏安先生的翻译和研究始终在诗学和精神哲学的范畴之内——从他的译介研究对象夏多布里昂、司汤达、波德莱尔、加缪乃至"日内瓦学派"等不同时代的作家和批评家身上，可以看出他们都是既整体观照人类现实、又恪守文学本体界范的诗哲。他们在文学与现实之间建立了恰当的距离——既让后者不断质疑、辩难、冲击前者，又让前者将此冲击不断化作思想、形式与美学的进展，并以此种进展的历久弥深的化学作用，来滋养和完善后者。因此，这不是一个淡漠封闭、明哲保身的文学家群落，而是对人类社会之改进抱有既热诚又超功利态度的精神群体，也是对人类的精神生活、文明前景抱有深切责任感的群体。如果我们把郭宏安先生所有的翻译作品、研究著作作一整体俯瞰，便会发现他一直沉默地置身于这一精神群体中，始终未曾游离。

基于此种深隐不露的价值信念，郭宏安先生对"日内瓦学派"批评方法论的呈现，也因此并不仅仅侧重于"知识"和"技巧"的层面，而是通过复述、分析和阐释这些

---

[1] 郭宏安：《从阅读到批评》，第262页。

批评家对文学与批评本体的诗性和哲学思索,来唤醒阅读此书的人们思考三个根本性问题:1. 文学批评的精神源泉是什么?2. 文学批评的精神使命为何?3. 文学批评究竟如何接受、阐释和评价作品?

诚然,三个问题没有标准答案,不同的回答将造就不同的文学批评。在此三问题中,对问题1的回答是最根本的。一个文学批评家汲取何种精神源泉,直接决定其对自身精神使命的期许,也决定其批评方法与实践。如前所述,文学批评是"对意识的意识",因此文学批评是主观性的。这种主观性,是科学性和历史性之外的一种认识特性,它存在于官能的直觉体验与理性的分析判断的交叉地带,它是艺术之母与哲学之父的后裔。不同的哲学建立了不同的精神—价值秩序,衍生出不同的文学批评观。哲学对文学批评最直接的作用,在于它赋予后者一种"世界总体性"的图景和意识,由此,文学作品的精神内容、艺术形式及其价值,才能在一个深具根基的秩序中得以评价和揭示。

在哲学家们早已判定"哲学之死"和"形而上学之死"的世纪,仍侈谈"哲学""秩序""世界总体性",似乎在痴人说梦。但悖论的是,宣判"哲学之死"的依然是哲学,对世界之分裂性的描述,也是基于对"总体世界"观察的结果。将个别事物置于一个价值总体之中进行感知和判断,即是一种哲学思维。对文学批评而言,这一"价值总体"不存在于"客体世界",而是存在于"人"自身,存在于人所拥有的意义与自由。正如别尔嘉耶夫所说:"哲学不但想发现意义,它也希望意义获得胜利。哲学不能容忍世界给定性的无意义,它或者企图向另一个世界,向意义的世界突破,或者发现智慧,这智慧给世界带来光明,并改善人在世界中的生存。所以,最深刻、最具独特性的哲学都在现象的背后发现了本体、物自体,在自然界必然性的背后发现了自由,在物质世界的背后发现了精神。"[1] 人的存在意义在于他／她是精神的存在,个体的存在,创造力的存在,对此岸世界不满并渴望发现一个自由而完美的彼岸世界的存在。文学批评的精神源泉,即在这种立足于"个人"的精神自由的哲学。

20世纪后半叶,随着社会学、马克思主义、精神分析学说、结构主义等"决定论"的学科理论与文学批评的杂交,将文学文本作为社会——历史症候进行分析的"文化研究"大行其道,反决定论的、以文学作品的精神独特性为本位的文学批评则日渐式微。几十年间,此种整体化、泛政治化批评主流的文化后果已经显现,那就是文学艺术创造力的日渐平庸、匮乏与趋同。虽然这一后果的责任不能完全由主流批评趋势所承担,但是创造行为若长久

---

[1] 别尔嘉耶夫:《末世论形而上学》,张百春译,中国城市出版社2003年,第2页。

缺少深邃的、个体性的注视与对话，其衰竭速度加剧也属必然。因此，"日内瓦学派"批评的恒久意义即在于：它对文学艺术基于个体精神哲学的诗性观照，为精神创造力提供了赖以滋生的营养土壤；同时，它也提醒文学批评家在个人的超功利创造力与人类社会的功利目的之间，扮演一种至关重要的角色：他／她应以揭示创造力的隐秘，绘制其美景，激发生命力的闪电，投身精神的冒险，来对当代社会的功利偏颇提出异议、发出警告，并"探寻能够超越一时之社会需求及特定成见的某种价值观"（哈罗德·布鲁姆语）。这是文学批评在此功利时代，不可替代的精神使命。

在此种精神使命之下，文学批评家如何接受、阐释和评价作品？——基于个体精神自由的哲学意识，文学批评应致力于对创造行为的理解和发现，而非从自身理论方法出发，对阅读对象进行随心所欲的"取证"与"审判"。

"审讯式批评"恐怕是中西文学批评的通病。因此，郭宏安先生在勾勒马塞尔·莱蒙的批评实践时，强调"体验"是莱蒙最根本的方法，他反对以审讯者的姿态、通过一种有成见的阅读来控制和俯视对象，反对将作者和作品作为刻板的真理之证明来对待。他认为文学作品不是物质材料，而是一个生命，"应该试着与它生活在一起，在自己身上体验它，但是要符合它的本性"。因此文学批评"是一种体验的结果，是一种试图完成作品的结果，说得更明确些，是一种在其独特的真实上、在其人性的花朵上、在其神秘之上的诗"[1]。这部诗篇建立在对作品的精神、细节、语言、节奏、风格特性的体验和捕捉之上，但它的终点并非像俄国形式主义文论家那样，只是为了"科学地"认知作品的"艺术形式"，而是为了说出对文学艺术的哲学的理解，切中与生命现实息息相关的精神要害。

"哲学的理解"对文学而言，即是揭示文学作品的个体精神现实与世界之整体性的独特关系，揭示"诗"与"人"的行动和意义的关系。郭宏安先生在介绍马塞尔·莱蒙的名著《从波德莱尔到超现实主义》时指出，此书虽在结构上梳理了自波德莱尔开始，分别出现的经马拉美到瓦莱里的"艺术家"传统，和经兰波到后来冒险者的"通灵者"传统，但作者却声称"本书的目的并不在于讲述历史的顺序"，而是"在于描绘现代诗人在如何把诗变为一种'生存的行动'的冒险或悲剧中所经历的欢乐和痛苦"[2]。在概括此书的终结部分时，郭宏安意味深长地阐释了莱蒙的这一思想，它对今日中国诗人、艺术家依然富有启示："诗以一种明确的力量深入我们的内心，搅动了我们全部的生命甚至我们的智力，但是，如果诗绝对地封闭于外界，没

---

[1] 郭宏安：《从阅读到批评》，第89页。
[2] 郭宏安：《从阅读到批评》，第60页。

有丝毫的意识,全部地退入无意识、梦和自由的想象之中,那就会……留不下任何痕迹,所以,'诗不是形而上学,它首先是一支歌','它可以被培养,但它首先是自发的,必须活着,必须存在'"。因此,诗人的使命"在于克服外在世界和内在世界的二元论,在自己身上培育对于外与内、它们之间的应和、它们最终融合为一种混沌深邃的统一体的形而上的认同感"。而诗的本质,则是"一种根本的不安,与一种对我们的文明的压迫和谎言所具有的忧患意识相关联"[1]。

其实,不仅诗人需要"克服外在世界和内在世界的二元论",文学批评也同样如此。它要见证"个人的真理",但如果这种"真理"不能回应人们在时代生存里发生的普遍困惑,不能对人类的精神生活构成影响,那么文学批评必将沦为一种贫乏狭窄的知识生产,无论它为自己所做的辩护多么动听,也无法逃避"赘物"的命运。因此,是否和如何以理解、丰富人类精神的"个体性"与"内在性",来参与人类的共同命运,是一个批评家需要终其一生来回答的问题。

为了回应这一问题,在介绍阿尔贝·贝甘(1901—1957)的批评方法时,郭宏安强调这位"日内瓦学派"批评家"参与"和"介入"的思想与捍卫艺术独立性的

---

[1] 郭宏安:《从阅读到批评》,第76—77页。

思想之间巨大的张力。在批评伦理上,阿尔贝·贝甘认为文学批评家应"介入"和"参与"人类生活:"他应该与时代休戚与共,在面对美学价值本身的时候,他会思考,与社会现状、当前历史、文明演变、人类思想可望取得的进步或者应当保存的传统相比,他的美学的、知识的、精神的标准有什么价值。"[1]但是,在批评实践中,贝甘则激烈捍卫文学艺术的个人性与独立性:"至于有些人想在文学作品与其社会影响,或在短暂的斗争的作用之间建立一种必要而充分的联系,那么,这种联系在艺术、创作或想象力面前则是另一种恐怖主义的行为,那是一种本质上最自由的人类行动屈服于一种否定它、贬黜它的原则。我并不是想说,艺术的独立性使它拥有自己的领域,这个领域与人类为改善把他们汇聚在一起的社会而做的共同努力毫无关联,恰恰相反,这种努力远不是受到一种盲目服从于它的目的的奴性文学的支撑,而是它只能得益于一种完全独立的创造活动的研究、进展和实现。"[2]在贝甘这里,文学批评的责任伦理与自由伦理看似矛盾,实则统一,只是要诉诸后者对人类精神的化学作用来实现前者:"作品的神秘就在这种双重倾向:忠于自己和渴求对话……那种希望得到交流并孕育着创造行为

---

[1] 郭宏安:《从阅读到批评》,第153页。
[2] 郭宏安:《从阅读到批评》,第140页。

的东西,并不属于观念、计划、意图、集体意志的范畴,要不是它涉及的首先恰恰是非共性的事物的话,交流的愿望是不会如此强烈的。同样,这种个人的秘密由于一下子无法确定而不为社会所取,直至某一时刻,它具体成形,并为他人吸收,对许多人或所有的人来说,此时它便可能成为一种激发因素和活性酶。文学所以能社会化,是因为文学行为是难以预料的,爆炸性的,独立于外界愿望的。"[1]

在参与人类共同命运的精神实践中,文学批评家必得成为外部世界和内在世界全方位的洞察者,而非某一方面的机械专家。他／她既需要主观诗性的直觉,又需要客观知识的苦行;既需要观察者的审慎理性,又需要行动者的热诚担当……由此,他／她方能实践一种超越知识狭隘性的完整的批评。而"完整的批评"如何可能?另一位"日内瓦学派"批评家让·斯塔罗宾斯基有言:"完整的批评也许既不是那种以整体性为目标的批评(例如俯瞰的注视所为),也不是那种以内在性为目标的批评(例如认同的直觉所为),而是一种时而要求俯瞰时而要求内在的注视的批评,此种注视事先就知道,真理既不在前一种企图之中,也不在后一种企图之中,而在两者之间不疲倦的运

---

[1] 郭宏安:《从阅读到批评》,第137—138页。

动之中。"[1] "正是与外界的关系决定了内在性。……如果没有与世界、与他人的关系，主观性就什么也不是。"[2]

对文学批评家而言，探讨一种普遍性的原则与方法是容易的，要将此原则与方法实践于自身文化语境中，则是困难的，对中国文学批评家而言，尤难。因为在我们这里，不得不首先面对巨大的文化历史分裂，它使"整体性俯瞰"几不可能。何故？"整体"是当下语境和历史传统的总和。因历史传统的断裂和当代意识的模糊，我们对于"历史"的自我认知已经发生障碍，对于"当代"的自我意识依旧残缺不全。顾随说："当以近代头脑读古人书。"[3] 此言已蕴涵要对中国传统文化进行"完整的批评"的思想。问题是我们至今尚未形成坚定的"近代头脑"，以致一旦读古人书，我们的头脑便被拖回到古代去。回到古代有何不好？这涉及一个基本的价值判断："古代"与"现代"的本质分野，在"个体自由"的位置不同——前者是个体自由从属于威权和整体的时代，后者是个体自由作为人类行动之先决条件的时代。国人现代意识模糊，自我意识残缺，皆因对"个体自由"的暧昧态度。由于观念核心不坚牢，与之相应的当代精神因此瘫软，"历史"因此

---

1 郭宏安：《从阅读到批评》，第243—244页。

2 郭宏安：《从阅读到批评》，第279页。

3 顾随：《驼庵诗话》，《顾随全集》第3卷，河北教育出版社2000年12月，第68页。

不能被"当代"目光所穿透,"当代"亦无法在"历史"面前完整现身,"历史"和"当代"双重观照的失落,导致中国文学批评的"整体性俯瞰"落空。可以说,"中国古典文学""中国现代文学"和"中国当代文学"的命名不仅是简单的时间区分,更意味着文化—精神—意识形态的迥然分野。如何超越这种分野,以个体精神自由的哲学目光,穿透历史的文化遗产和当下的精神生产,是中国文学批评家共同面临的精神挑战。

2008年5月写毕

首版后记

瑞士批评家阿尔贝·贝甘说过大意如此的话：有那么一种批评家，他／她的所有作品都是一种私人日记，一种在三重对话中探索和定位的日记——首先是和自己，其次是和他／她所亲近的人，最后是和世界上最伟大的创造者。在我看来，再也没有比"私人日记"的说法，更能准确击中批评者自我与其文字之间的血肉关系了，而这也正是文艺批评予我的乐趣所在。显然，对规范化和客观化的学院标准而言，这种观念意味着学问的歧途。但我以为文艺批评的本质不是学问，而是哲思；它的起点和终点不是知识之钙化，而是心灵之开放。因此，批评者的使命是与自我和他人的创造力对话，与其置身的精神现实对话，更重要的是，借助批评对象这一触媒，与最伟大的创造者所开启的无限可能性对话。由此，批评者、创作者和阅读者共同经历着某种精神内在性的唤醒。

这本书集拢了我从2002年10月至今所写的九篇作家、文论家和导演专论，此前，它们曾陆续发表在《当代作家评论》《南方文坛》《山花》和《中国图书评论》等杂志。这些批评对象，或位居"主流文坛"的制高点，或被称作"非主流""异数""文坛外高手"，但于我而言，他们都意味着当代中国心灵的不同侧面。揭示这些侧面，探讨他们与社会—历史和最高之"在"的关系与距离，及其创造力的方式与深度，是我批评的初衷。但与此初衷相比，这些文章似乎只是证明了本书作者之无能。如果说它们还有什么可取之处，那么可能就只存在于贯穿其中的某种鲁直的诚意。我不是职业批评家，充其量只能算一个批评票友，于编辑报纸副刊之余，在几位师友和编辑家的纵容之下，开始不知深浅的言说之旅。既然此一言说不受职业要求的驱迫，它便听从了我内心深处的意义焦虑的驱使，怀着参与和介入精神现实的目的，化为迂阔繁复而没有眼色的写作。

众所周知，由于中国当代文艺已从精神创造的领地，蜕变为利益切割的场所，因此从西方汉学家到国内一般公众，普遍认为这里的文艺不值得严肃对待；若是有人严肃对待，则难免被认为是一片虚空，一场捕风。但是就我的感知经验看来，这种基于道德优越感的抽象否定无益于我们自身创造力的生成。创造只有在高级意义体的长久注视之下，才可能自我完善。文艺批评就是这种"注视"。如果它一直草率从事，那么被扼杀和淹没的将是真正的创造者。而他们之所以被如此对待，竟只因为他们与艺术的谋利者共存于同一空间，这实在有欠公平。因此，负责任的文艺批评，需要与同一语境的创造者深入对话——分享他们的经验，探知他们的盲点，与他们一道，辨认自我的困境和未来的图景。

基于以上理由，我将自己思索的结果集成这本《捕风记》——算是既自叹徒劳，又颇有些敝帚自珍的意思罢。其中，《不冒险的旅程》是我第一篇"正式"的文学批评，探讨了中国作家在当下社会中，承担真实与平滑写作之间的两难。以"不冒险"命名王安忆的创作，意在指出这位被经典化的作家在两难之中的选择，和她为此选择所付出的道德与艺术的代价。其余各篇文章，写于不同的时间，不同的情境，都不轻松，却很愉快——因我总是乐于把每一个审美判断，与对意义和自由的丈量联系在一起。这是一种任性，也是一种原则。

感谢恩师刘锡庆先生多年前的宽纵与垂范，使我卑微的写作得以真实地开头。感谢出版家尚红科先生和作家徐晓女士的慷慨支持，使此书得以出版。也感谢所有帮助过我的师友——前路漫漫，但愿有一天，我们能在一个自由而幸福的地点，彼此倾谈。

2011年6月2日，于北京

后记

《捕风记》曾于2011年由浙江大学出版社出版。此次增订，挪去了评论王小波杂文的《反对哲人王》（归入另册），增加了一篇早年的评论和2011年后写的几篇文章，重新编排，说明如下：

甲辑是关于四位戏剧家的评论，他们是：契诃夫，彼得·汉德克，林兆华，过士行。

乙辑是关于八位小说家／诗人的评论，他们是：朱西甯，木心，莫言，王小妮，止庵，林白，王安忆，贾平凹。

丙辑是关于两位文学学者的评论，他们是：林贤治，郭宏安。

契诃夫、汉德克、王小妮和止庵的评论后面，各附了一篇书评或文本细读；文学家木心的评论后面，附上了一篇悼文。以此补充对作家们的理解。

此书距上次出版，时间已过去十一年。如今重读，竟有点不胜今昔之感。一些观点，一些引文，一些拯救之方，当年曾全身心地拥抱它们，现在看来，却有将相对性事物绝对化和偶像化的嫌疑。但我并未修改。存下一个真实的过往，也许并非毫无意义。

我该如何描述这变化？也许，只是更彻底地拒绝了任何意义上的相对主义，而确认了一个绝对的事实，那就是：爱、意义、自由和永恒对人类的光照，是永不改变的。无论世界向何方坠落，我们只要仰望，终必得着。

惟愿读者诸君能一同启程，前往探究这好得无比的奥秘。

李静

2022年6月25日，于北京

單讀

One-way Street

I FEAR LIFE
03　THE LEGACY OF WANG XIAOBO

我害怕生活
03　王小波的遗产

李静 著

上海文艺出版社

图书在版编目（CIP）数据

我害怕生活 / 李静著 . -- 上海：上海文艺出版社，2022
（单读书系）
ISBN 978-7-5321-8341-8

Ⅰ . ①我… Ⅱ . ①李… Ⅲ . ①文艺—作品综合集—中国—当代 Ⅳ . ① I217.2

中国版本图书馆 CIP 数据核字 (2022) 第 096390 号

发 行 人：毕　胜
责任编辑：肖海鸥
特约编辑：赵　芳　节晓宇　罗丹妮
营销编辑：高蒙蒙
书籍设计：李政坷
内文制作：李俊红　李政坷

书 名：我害怕生活（全 5 册）
　　　（01《必须冒犯观众》，02《捕风记》，03《王小波的遗产》，
　　　 04《致你》，05《戎夷之衣》）
作 者：李静
出 版：上海世纪出版集团　上海文艺出版社
地 址：上海市闵行区号景路 159 弄 A 座 2 楼　201101
发 行：上海文艺出版社发行中心
　　　上海市闵行区号景路 159 弄 A 座 2 楼 206 室　201101　www.ewen.co
印 刷：山东临沂新华印刷物流集团有限责任公司
开 本：1230×880mm　1/32
印 张：45.75
字 数：765 千字
印 次：2022 年 9 月第 1 版　　2022 年 9 月第 1 次印刷
ISBN：978-7-5321-8341-8/I.6583
定 价：268.00 元（全 5 册）

告读者：如发现印装质量问题，影响阅读，请与出版社发行部门联系调换。

目录

001　海绵记

039　关于王小波的否定之否定

057　王小波与柯希莫男爵

069　王小波：智慧的诗学

073　反对哲人王

087　有关"王小波的科学精神"

091　王小波的遗产

097　怎样看待王小波的遗产？

101　"文坛中人"对王小波的一般看法

111　遥寄一位沉默的说话者

115　王小波与纪念日

123　"真理本身也许就很有趣"

129　王小波退稿记

141　从《红拂夜奔》到《秦国喜剧》

149　后记

海绵记

写在王小波诞辰70周年和忌辰25周年

001 义人死亡,

无人放在心上;

虔诚人被收去,

无人思念。

——《以赛亚书》57:1

人活在世界上就像一些海绵,生活在海底。海底还飘荡着各种各样的事件,遇上了就被吸附到海绵里,因此我会记得各种事情。

——王小波《我的阴阳两界》

我现在的记性很差，昨天的事可能今天就忘记了，但年轻时与我的心灵渴求相关的事，一些最微小的细节，我都还记得。

二十四岁时，我认识了作家王小波；二十六岁时，他倏尔辞世。我只是他众多相识者中的一个，但他对我的意义却迥然不同——这一点，他在世时我就知晓。但也只是知晓而已，我并未善用那段时光更深地理解他和他的作品——以为理解的时间多得是。

不久前读约翰·班扬的自传《罪魁蒙恩记》，对那朴素自由的文体颇为神往，就忍不住东施效颦，写出记忆的片段，以防遗忘侵蚀。

1. 从十三岁到二十六岁，我一直被无法克服的抑郁和孤僻所困扰。生日跟我同月同日的爱因斯坦说，他的童年和青年时代生活在孤独与煎熬之中，愈到中年，愈对生命甘之如饴。这段话安慰我活下来——起码争取熬到中年。青春不好过。我像个长期溺水的人，将阅读、寻师、恋爱、交友当作意义的救生圈。研究生二年级的一天，我在北师大图书馆里逡巡，拣起一本《东方》杂志，读目录，见一作者名叫"王小波"，文章标题为"中国知识分子该不该放弃中古遗风"，觉得有趣——这是北宋的绿林好汉带着中古的记忆，来打量当下的中国知识分子吗？就坐下读了起来。边读边觉得更有趣。那种假装懦弱其实坚定、假装愚傻其实智慧的幽默感与尊严感,我在中国作家的文字里从未见过。文章结尾,介绍了这位作者:王小波,自由撰稿人,美国匹兹堡大学东亚研究硕士,现居北京。这像一道闪电。我想,我要认识这个人,认识他,我就得救了。同时绝望地想到,这完全不可能。我的性格是那么内向封闭,连同班同学都不很认识,何况这遥远的星辰。

2. 但生存的欲望逼迫我不得不做本不敢做的事。1995年6月,研二快要结束,次年就要毕业,我必须有一个实习记录,就两眼一抹黑地闯进《中华读书报》,请求实习。主编收下了这个木讷的实习生,交给编辑派活。其时北京知识界正热火朝天地准备第四次世界妇女大会,编辑给我几本女性研究的书,说,你去采访一下作者们,写个综述吧。翻开其中的一本,是李银河的《生育与村落文化》,在该书序言的结尾,她感谢"我的丈夫王小波,他的统计学造诣帮助了我"(大意)。我的眼前再次划过闪电。电话李银河老师,约好去她家的采访时间,她正要挂断电话,我喊道:"您等一下!""啊?还有事吗?"我听见自己声音颤抖:"您序言里感谢您的先生王小波,他是……在《东方》杂志发表文章的王小波吗?""是呀,是他,你读过他的文章?"我强自镇静:"我读过他在《东方》上的所有文章。""我会告诉小波的,他一定高兴。"放下电话，如在梦中，恐惧着即将来临的采访。

3. 约完采访，见《中华读书报》上发表了王小波的文章《迷信与邪门书》，才知这里也有编辑记者认识他。我默默听着他们的议论。那时三卷本的《柯云路生命科学文化》火爆异常，大众为"大气功师""人体特异功能"神魂颠倒，理工科出身的王小波甚感荒谬，遂应邀写作此文。"这种流行性的迷信之所以可怕，在于它会使群众变得不可理喻。这是中国文化传统里最深的隐患……作家应该有社会责任感，不可为一点稿酬，就来为祸人间。""为祸人间"四个字语气很重，但也有点《西游记》的味道。

4. 去采访之前，不知谁给了我一本1995年第3期《读书》，上有王小波的《花剌子模信使问题》。"据野史记载，中亚古国花剌子模有一古怪的风俗，凡是给君王带来好消息的信使，就会得到提升，给君王带来坏消息的人则被送去喂老虎……敏锐的读者马上就能发现，花剌子模的君王有一种近似天真的品性，以为奖励带来好消息的人，就能鼓励好消息的到来，处死带来坏消息的人，就能根绝坏消息。另外，假设我们生活在花剌子模，是一名敬业的信使，倘若有一天到了老虎笼子里，就可以反省到自己的不幸是因为传输了坏消息。""假设可以对花剌子模君王讲道理，就可以说，首先有了不幸的事实，然后才有不幸的信息，信使是信息的中介，尤其的无辜。假如要反对不幸，应该直接反对不幸的事实，此后才能减少不幸的信息。但是这个道理有一定的复杂性，不是君王所能理解。"文章有一种驱逐恐惧的人格力量。是什么在驱逐恐惧？求真之理性。恐惧什么？老虎笼子。它在说：一个事实，只要它存在，你就当承认而不是隐瞒——即使你被关进了老虎笼子；另外，即使你不能阻止君王将信使关进老虎笼子，起码你自己不要编织老虎笼子。在我惶恐幽闭的青春岁月，除了书本，还没有一个活人亲自对我这样说话，并以他的幽默宣示，他不会因威压而动摇自己的信念。啊，虽然我还没有见到这人，还没听见他这样说话，但我从文字中感到，他必是如此。啊，我就要验证这一切了，我感到日夜不安。

5. 1995年7月的一个星期天上午，我坐在北京西三环外岭南路一所民宅的厨房里，采访社会学家李银河。她的丈夫王小波正在书房里接待《人民日报》的记者。银河老师的内容已采完，那边还在继续。我也有一个题目采访王老师，但那更像个借口。我一边和银河老师聊王小波文章的读后感，一边等待。李老师开心地替丈夫接受了我的膜拜：哎呀，你可真有眼光，我发现好几个中文专业的人特欣赏我们小波的文章，是因为你们对语言更敏感吧？我说，主要是，一读王老师的文章就想笑，不只是觉得逗，还感觉这人很……勇敢。这时，走廊响起趿拉趿拉的脚步声，一个女孩背着包走出来，肯定是那位记者了，后面是一高大的男子，穿白汗衫，长及膝盖的灰色大短裤，拖鞋，彬彬有礼地送女孩走到门口，道了再见。"小波，你的热心读者来了！"银河老师招呼道。我强忍紧张，站起身来问候。他皮肤微黑，头发蓬乱，气质懒洋洋，目光里带着敏感而冷静的审视。"你好，"下唇厚，牙齿雪白，声音低沉节制，有一种朴素的洋派，以后在电话里会经常听到，"抱歉啊，让你坐厨房里这么久"。他俩引我走进书房：沙发，茶几，一个书柜，书柜对面靠墙是一台式电脑，电脑旁是一打印机——其时正有一场关于"作家换笔（即从手写变为电脑打字）会不会影响写作质感"的争论（真是个争论的年代啊），这里一望即知王老师的看法。他虽然看起来懒洋洋的，但仍给我一种精神抖擞、士气高昂的印象。这印象与一两年后他的精神状态反差大极。

6. 坐在沙发上，先履行采访步骤。我问他怎么看文化圈的"人文精神"大讨论。他淡淡地说，"人文精神"不该是某种被提倡的精神，某些繁复肃穆的道德教条。与其在那召唤什么人文精神，不如去探索真理，而真理也许是简单、有趣而直接的。此言令我这多愁善感的文科生大受震动。在他看来，真理是客观存在，而非由人主观定义，真理不因我们是否高兴、是否承认而改变——接受这一点，才是知识分子的道德所在。这与当时的学者作家喜谈道德而又无力持守道德、且道德价值因时因势而变的思维路径，截然不同。在他谈论的过程里，经常出现"我老师说……"这个句型。后来，他索性拿出一本《西周史》给我看——作者许倬云就是他念兹在兹的老师。可惜其时我对历史既无知识也乏兴趣，无法做出叶公好龙的样子，翻了下，就干巴巴地说，我还没读过您的《黄金时代》呢，主要是，不知去哪儿找。于是他蹲下身，打开书柜，在最底层掏了会儿，掏出一本金黄封面的《黄金时代》来，递给我。我说：您签个名吧！他拿起圆珠笔："李静小姐惠存　王小波"。落款没写时间，可见他很少这样。那是我第一次请作家为我签名。收起书，我毫不含蓄地表达了对他文字的喜爱之情，他面露欣然而害羞之色，说："我老师说我还得炼字。"望着他，我承认，自己想象中器宇轩昂的知识精英王小波，远不如眼前这位不修边幅、不够振奋的隐士带劲儿。

7. 中午了，银河老师说，咱们出去吃饭吧。我没有客气推辞，下楼，推着自行车，跟他俩去饭馆。他问起我读书的院校，现在的状况，我说，明年就要研究生毕业了，工作去向还不知道，就先实习着吧，有户口的工作不太好找。他说，不要求户口的话，有意思的工作还是很多的。顿了下，他说，你不一定非得找有户口的工作吧？我含糊应着，不好意思说"我缺少安全感，还是想找个解决户口的工作"，感觉自己是一只走地的家禽，徒有翅膀，已丧失飞翔的想望。

8. 在饭馆里，我们一边吃饭，一边闲聊，无拘无束的气氛解除了我身上抑郁的魔咒，话多起来。我说，生活里也处处是花剌子模信使问题呀——比方说我的好朋友明明变胖了，可我告诉她说你太胖啦，别再吃那么多啦，她就很不高兴，说不想再见到我，就跟花剌子模君王不想见到坏消息信使一样。王小波笑道，你别呀，说一个女孩胖，人家得多伤心呀。我暗忖，看来在生活里，朋友间，他并不用批判性思维，这种思维只用来面对公共事务。又问起他如何看待柯云路，他的原话我已记不得，但意思还记得：柯云路用好几本书为伪科学张目，当然是一桩丑闻；但更令人遗憾的是他的小说，《新星》《夜与昼》之类写得很糟，着实让人物原型蒙羞。此话怎讲？原来，《新星》里李向南的原型，竟然是他的亲戚，哈哈。

9. 因为都采访过王小波，我和记者祝晓风也能聊上几句，一聊，脸上就都不由自主地泛起"独得之秘"的神情，肖夏林看见就会说："嘿，他俩又聊王小波呢。"有一天，祝晓风给我看他收到的王小波来信，一封是给他的，一封是写给柯云路托他代转的。后面这封信可以看出王小波的性格："柯云路先生，您好。感谢你的来信，但恐怕我不能如你所期望的那样，支持你的那种探索，而且这种态度毫无动摇的迹象。不过我也乐意和你做一番认真的交谈。如先生所言，在特异功能领域里有些江湖骗子，先生的工作与他们不同，是抱了真诚的态度。我觉得起码在一个方面先生和他们做的事是一样的，那就是否定理性的权威，反对知识的延续性。""中国人里知道柯云路，知道《新星》的人多；知道爱因斯坦和相对论的人少。我认为这是一件绝顶悲惨之事，当然，这罪不在你。不过你应该因此而慎重一些。"在得罪人与得罪理之间，王小波选择前者。但他的论争风格并非刀笔吏式的，而是一种寓犀利直率于柔韧有礼的英伦随笔风。

10. 回来读《黄金时代》，我被这小说的语言和写法大大震惊：

> 实际上我什么都不能证明，除了那些不需证明的东西。春天里，队长说我打瞎了他家母狗的左眼，使它老是偏过头来看人，好像在跳芭蕾舞。从此以后他总给我小鞋穿。我想证明我自己的清白无辜，只有以下三个途径：
>
> （1）队长家不存在一只母狗；

（2）该母狗天生没有左眼；

（3）我是无手之人，不能持枪射击。

结果是三条一条也不能成立。队长家确有一棕色母狗，该母狗的左眼确是后天打瞎，而我不但能持枪射击，而且枪法极精。

……陈清扬又从山上跑下来找我。原来又有了另一种传闻，说她在和我搞破鞋。她要我给出我们清白无辜的证明。我说，要证明我们无辜，只有证明以下两点：

（1）陈清扬是处女；

（2）我是天阉之人，没有性交能力。

这两点都难以证明。所以我们不能证明自己无辜。我倒倾向证明自己不无辜。

读这些段落，先是笑死，然后满口苦味。明明是小说，是叙事，却取逻辑证明的形式，语言坚硬、简洁、中立、无情。"1、2、3"的条件罗列、"以下三种途径"、"该母狗"等论文体用语，跟所述事件捕风捉影的荒唐性质（队长出于个人好恶而认定是王二射瞎了他的母狗，陈清扬因美貌而被猜想为破鞋）之间，形成怪诞的反差。这种表现荒诞境遇的黑色幽默手法是如此原创和奇崛，以至于我像个第一次买彩票就中了头奖的傻瓜，憘然确认，我遇见了真正的小说大师，而不只是以文章的人格力量点亮我灵魂的随笔作家。这个叫王小波的人，与我学过的中国当代文学史里所有的作家都不一样——他的"内容和形式"达到了饱满的统一，指向一种自由而负重的艺术，同时也昭示一种自由而负重的人格。这是一个迷惘的年轻人以寻求拯救和医治的心灵确认的。她认得出有力和无力，真光与假光，这是因为她自己无力，目盲，需要支撑搀扶。她一直将指望的目光投向文学，而文学一直沉默，终于借着王小波，回应了她。读完《黄金时代》，我向报社提出，要给"其人其见"栏目做一篇王小波的专访。我得到了批准。

11. 1995年11月，我第二次来到王小波的家。我们像熟人一样打了招呼。他问，领导表扬你了吧？这是一种含蓄的夸奖，表明他看了我发在读书报上的几篇报道。在此期间，发生了一次小小的默契。在一篇报道综述里，我引用了他的一段文字："知识分子可以干两件事：其一，创造精神财富；其二，不让别人创造精神财富。中国的知识分子后一样向来比较出色，我倒希望大伙在前一样上也较出色。"包含这段话的那篇文章署名文思，但我认为如此行文者，必是王小波，不会有第二人，就和他确认，果然。为此，他大概颇有些知己之感。而这次专门的采访，我本想探究一下《黄金时代》里的原始素材，并印证一下他的经历"不比杰克·伦敦少"的传闻，但是收获甚微。他不爱聊这些，说自己的经历平淡无奇，用不了一个上午就可说完。于是我像个心无旁骛的好学生，围绕当时的热门话题和他的文学观念问了问。他就谈起了莎士比亚、卡夫卡和卡尔维诺。我说，卡尔维诺那本《我们的祖先》我有，可惜只读了《分成两半的子爵》。他遗憾地看着我，说，怎么不读完呢。我羞愧地想到，自己心里有许多书单，明知道它们比为了写论文而读的书好上一万倍，可就是没花时间，浅尝辄止，生命就这样浪费在平庸的书和无味的论文上。他接着说，莎士比亚的作品是灿烂完美的，我甚至觉得，它们比人类本身还要灿烂和完美。这些作家的作品才是人类智慧的结晶，是让我感到人世无限美好的东西。作家的责任，就是创造出这样的东西来，别的都不值一提。他的目光清澈诚实，使我感到，他的力量不是源于自我称王的欲望，而是相反，它来自超越自我的谦逊和对更高智慧的渴慕。这谦逊和渴慕最终也不是为了荣耀自己，而是为了看见广大的人类和真正的真理。因这感动，虽然采访不算成功，我心中还是欢悦。后来写出一篇访谈，有感于他心灵的自由，将标题取为"飞翔的游戏"。文章最终不知何因，没能刊出。今年这旧稿跳了出来，我将它改名为"真理本身也许就很有趣"，录进电脑以存照。

12. 1995年底，我在《中华读书报》结束了实习，写毕业论文，找工作。一日，走过一个报刊亭，那里正售卖新年贺卡，就站住，一张可爱的卡片跃入眼帘：一棵大树上，一对憨态可掬的小熊紧紧相拥，树后是一轮巨大金黄的月亮。很像王小波李银河。就买了，写上一句话——王老师，李老师：看见这对小熊，想起了你俩。祝新年快乐！寄往岭南路30号院北京科委宿舍。卡片投进邮筒时，心中黯然：不知未来的饭碗在何方，也许从此与两位老师再无交集。

13. 1996年6月，《北京文学》的执行主编章德宁录用了我，要我负责文学批评和诗歌栏目，小说也可以约。我写信给王小波："王老师：我可能要从您的作品爱好者升格为文学责编了。我已到《北京文学》当编辑。把最好的小说留给我吧！"他回我一封短信，告我一个新电话号码。打过去，是银河老师接的，和她闲聊几句，说到媒体上对王朔的批评，银河老师也谈起她读到的，被小波老师在旁低声止住："别说了，人家王朔是好人。"此后，从他俩这里听到好几次"某某是好人"这种朴实无华的句子，听起来很不知识分子，却显现出一种纯真的心肠。

14. 我在《北京文学》策划的第一个选题是女性文学批评。除了学院派批评家，我还想约请文风通透的王小波。就电话问他,对女性文学有无可谈的?《中华读书报》上《从〈赤彤丹朱〉想到的》那篇,写得太有意思了。他说,我其实没怎么读过中国当代女作家,也没有她们的书。我说,我这有几本,给您带过去读读看?若觉得有话可说,您就写写吧。他说,那好吧。1996年8月,依着王小波在电话里告知的地址,我第一次去西单教育部大院他的住所拜访。那是一座筒子楼一楼朝南的一间屋,光线暗淡,家具简陋,最显眼的仍是电脑、打印机和书柜,是他母亲宋华女士的房子,他在此处和北京科委宿舍之间往返居住。来这边,是为了照顾他的母亲。我给他带去了陈染的《私人生活》、林白的《青苔》和胡晓梦的散文集。他问:这是女性文学代表作啦?我说,算不上代表作,但是陈染的《私人生活》今年很火,起码是重要作品啦。他说,好,我读读看。我问他最近写了什么小说?他说,写了几部长的,大概文体实验搞得有点儿走火入魔了,编辑们不收。还有说是看出了政治影射的,不敢用——我有那么无聊吗?用文学搞影射。他自嘲地笑起来。我说我能看看吗?虽然《北京文学》发不了太长的,可就是好想看啊。他打开电脑,打印了长篇小说《红拂夜奔》。

15. 在等待文章的日子里,我发现自己忽略了一件事:《北京文学》的稿酬很低,千字五十元。对经常合作的作家,这一点无须说明,但对初次合作、以稿酬维生的王小波，不告诉他这一点有失周到——虽然我的确不觉得他会因此拒绝我的约稿。于是想要补偿这亏欠。取稿的日子近了，我在电话里约好时间，对他说："开工资了，我请您吃饭！"他没有推辞。于是第二次去教育部大院。他说，除了你拿来的，我还读了几本女作家的书，感觉林白写得不错，王安忆很有专业精神，但陈染的《私人生活》呢，我写了篇批评。他一边打印文章，一边把友人寄给他的繁体字版卡尔维诺《未来千年文学备忘录》递给我翻，说，卡尔维诺讲了好小说的几要素——轻逸、迅速、确切、易见、繁复，起初我以为一篇小说只要有一种要素很杰出就是好的，读完我知道，他的意思是要同时具备这几要素；我有的长篇，写得太繁复了，有点儿过头了。（我记住了这本小薄书的名字，1997年辽宁教育出版社万有文库一出，我就买了来。）他又把打出来的文章递给我——《〈私人生活〉与女性文学》，很短，我就现场读完。作者先是以小说家举重若轻、化繁为简的笔法，指出《私人生活》在叙事逻辑上的软肋，最后从陈染提出的"女作家可以在男人性别停止之处开始思索"，讨论这样一个问题：女性写作能否以文化相对主义的名义，拒绝文学标准的统一裁判？他的立场是："文化相对主义的观点，在文学领域也不可滥用，它会把文学割碎。"读到最后，我还是笑了起来，为作家难以压抑的幽默本能。那段话是这样的："作者写出文学未曾表现的一种文化特异性，会是有趣的，但又不一定会好。举例来说，假设有种肉冻似的海洋生物有思维的能力，在大海中漂浮了亿万年。我们把它们中的一个捞了出来，放进鱼缸，给它一支笔，可以想见，它能写出些有趣的东西，但未见得好，虽然它们在陆生动物停止的地方开始思考，也不见得是好小说家。除非它对文学有些了解，有一些写作的经验——假如我们承认有好和坏，那就必须承认在文化的特异性之外，还有一个统一的文学标准，由这个标准来决定作品的好和坏。"虽然我是女性，但不得不同意王小波的这个看法。文学创作不是权利斗争的领域，正义与美，运行的是两种律法。单拿出"女性"二字在文学中说事，对女作家的创造力来说，不是个好消息。

16. 到了晚饭时间，我说，走，我请您吃饭。小波老师说，我来吧。我说，不行，这次必须是我。他说，那你跟我来。就把我领到大木仓胡同外一个样子跟食堂差不多的又大又便宜的饭馆。他点了一盘鱼香肉丝，一个青菜，就不让再点了。我问，您靠稿费生活可还行？他说，还凑合吧，我也不需要花什么钱。我问，您《黄金时代》以后的那些小说，不能出书吗？写得多好啊。他说，转了几家出版社，都没消息，可能人家担心销路吧。为什么好东西要有这样的命运呢？我发出了天问。他不语。我终于难以启齿地点题道：王老师，我上次忘了和您说，我们杂志稿费可低了……他毫不介意地说了句没事，就问我，诶，你自己不写东西吗？你也会写吧。我说，我想写，从小就想写，可直到现在也什么都没写，而且越来越不敢写。他问，为什么不敢写。我说，说不清，就是害怕，怕写不好。他问，你想写什么呢？我更不知从何讲起，说，您的文章里经常引用福柯说，"通过写作可以改变自我"，这也是我老想写点什么的原因。我想要改变自我，因为不喜欢这个自我。可是，小说需要描述一个外部的世界，而我的阅历太简单了，写不出什么值得写的外部。我只对内在世界感兴趣，只想把我的内在写出来、救出来，却没这个本领。而且内在这个东西，你越使劲儿盯它，越混沌一片，不值一提。他说，写小说需要的是想象力，想象力却是在不断写作里训练出来的，你先写，别吓唬自己。他的眼神充满期待，似在说，这是一项值得全部投入的事业，一起做吧。那种渴求同道的表情也似在告诉我，他的写作有多么寂寞，而寂寞是必须忍受也值得忍受的。

17. 读完《红拂夜奔》，实在喜爱，就提交给领导，虽然知道《北京文学》从不发长篇，但抱了一个幻想：也许能为极好的作品开个特例呢？当然未遂。但是领导说，如果做成一部三万字的中篇，还是可以的。我很挣扎要不要跟王老师提出这个请求，最终，禁不住成为《红拂夜奔》责编的诱惑，电话了他。沉默片刻，他说，好吧，两周后给你。语气萧索。

18. 两周后，我去取这稿子。打印时，他说，电脑老了，可也舍不得扔，这是我姐夫送给我的。他的二姐夫是一位企业家，十分支持这位小舅子的写作，1989年曾为他出资在山东文艺出版社出版了《唐人秘传故事》（书名本为"唐人故事"，可能为了销路，编辑加上"秘传"二字）。小波老师这次看起来郁郁寡欢，没有了我初见他、妻子在身旁时的晴朗快乐。此时银河老师正在英国访学，大姐、二姐、哥哥、弟弟都在美国工作，只有他自己在北京写作过活，照顾母亲。我问他，最近可写新小说了。他摇摇头，说，写作没状态，我妈老抱怨我不给她好好做饭，我连活都懒得活，怎么好好给她做饭呢。我感到胸口如受重锤，难以呼吸，想要安慰，却无可安慰，便问，银河老师在英国好吗？他说，还行吧，忙忙碌碌的，她是那边的穷人，我是这边的穷人。穷也没什么，只要能随心所欲有滋有味地写就好，但好像并不能。我想说，您其实可以不穷，甚至可以很有钱。您不是能自己编写中文输入软件吗？为什么不去卖钱？您不是很有才华吗，您又那么逗，随便写写喜剧片，电视剧，嘻嘻哈哈的小说和文章，钱不是跟捡来的一样吗，为什么不？只能说，和赚钱相比，您更喜欢受这难以名状的罪。但是我什么也没说。

19. 取稿回来，将这压缩版《红拂夜奔》再次送审。眼前总是小波老师抑郁不欢的神情，就写信给他，大意是，那部完整的《红拂夜奔》打印稿给了我在人民大学读研的朋友看，他已被迷倒，又将此稿传给室友，其着迷大有传染病之势。无论世事如何，您的作品我们只要读到，就会雀跃，所得欢乐是那些出版发表畅通无阻的作品不能比的。信中又向他发出新的稿约：现在的文学杂志都追中篇小说，不拿短篇小说当回事，其实短篇小说最考验技巧了，《北京文学》愿意反着来，在搞一个"短篇小说公开赛"，您也参加吧！因为深恐再像《红拂夜奔》那般辜负他，就硬了硬脸皮和心，说，只是您的短篇小说，只好，别那么刺激啦。几天后，他回我一封短信：最近记性很差，好像得了早老性痴呆，连身份证都找不着了。短篇小说我可以写。一切都会好的。

20. 过些天，副主编开会回来说，咱们挨批了，上期发的某篇小说里不是有个黄色笑话？讲夫妻同房，不小心戴了个扎着牙签的避孕套，结果孩子生下来时，打着伞。上级领导说，这篇小说格调低下，以后杂志不许再发类似作品。当然了，讽刺性太强的作品更不行。执行主编就把我叫过去：所以，《红拂夜奔》不能发了，这里不只有性，更有讽刺，发它就是顶风作案啦。我默默地想，一部大作，就这样牺牲在无聊作品的"犯罪阴影"下。给小波老师打电话，告诉他这个坏消息。他沉默片刻，说，没事的。聊起银河老师的学生在某单位干得难过，跟他诉苦，他也无可奈何。然后说：为什么你们这些好孩子，都没个好工作呢？我心中羞惭，无言以对。后来，我曾写过一篇《王小波退稿记》，记述了《红拂夜奔》在我手中饱受摧折的历程。那是一个文学杂志编辑愧疚而羞耻的记录。这件事成为多年以后我写作《秦国喜剧》的直接而持久的推动力。剧本写完，加了一句题记："此剧中，'菜人'形象的灵感来源于自由作家王小波的长篇小说《红拂夜奔》。感谢他毕生的写作予我的启示。"无论如何，写了比不写好过些。《秦国喜剧》2015年底完稿，2017年第1期《戏剧与影视评论》发表，2017年7月由易立明导演，首演于北京中间剧场，距此事发生，已过去二十年。

21. 稿件交接之前，有时会给小波老师打个电话，闲聊一会儿。有一次，我问了他一个心中盘桓已久的问题：您的小说无论如何荒诞，都是有社会指向的，意义感强烈的，善良的，甚至是太善良和太关怀人的；可现在无论西方还是中国的纯文学，流行的却是反故事也反意义的文学，表达虚无的文学，似乎写这些、这么写才是超越时空的，永恒的，那您怎么安置自己的作品呢？您不怕它们过时吗？他想了下，说，如果未来的文学是你说的那样，那我就安于成为众多文学中不重要的一种。

22. 还有一次，我问，您觉得自己最适合写长篇、中篇还是短篇呢？他说，中篇。为啥不是长篇？他笑了笑：长篇需要好记性，你需要记住写过的每一条线索，每一个暗示。我现在记性已经不好了，埋下的东西没准儿过几天就忘了，我又不能每天开始写作前就回看写过的。另外，长篇需要作家包罗万象的兴趣，我的兴趣太集中，没那么广泛。他问我在看什么书。我说，博尔赫斯，不知为什么，他的小说里有一股测不透的神秘又宁静的忧伤，让我不由自主地沉浸，连它想要说什么都不想弄明白。他说，这正是我不喜欢博尔赫斯的地方，他的小说里有一种幽闭和死亡的味道。他也不喜欢张爱玲，也是同样的理由——幽闭。

23. 过了些天，去教育部大院取小波老师的短篇小说。依旧是打印了，我立刻看，小波老师则看我的反应。这篇小说题为"夜里两点钟"，是个套层结构：一个小说总也出版不了的北京作家，夜里两点钟睡不着，就在电脑里乱写一通；写的是十年前他在美国当穷学生时，也是夜里两点钟睡不着，和邻居、理科穷博士小宋在厨房里聊天，聊小宋的一个来路不正的亲戚如何靠"拣旅馆"连蒙带骗发了财；和小宋聊天的时候，他又想起前一年冬天跟妻子和哥哥游玩时，遇见了一条哲学博士毕业、自称老子信徒的"垃圾虫"，此人的境遇使"我"的博士哥哥立刻决定不做学问,改行去做生意。小说在此处局部地流露了作者本人的心事:"但我不信他(指'垃圾虫'——李注)真有这么达观,因为一说到出书,他嘴里就带'他妈的'。尽管是老子的信徒,钱对他还是挺有用处。我现在也想说句他妈的,我有好几部书稿在出版社里压着呢,一压就是几年,社里的人总在嘀咕着销路。要是我有钱,就可以说,老子自费出书,你们给我先印出来再说——拿最好的纸,用最好的装帧,我可不要那些上小摊的破烂。有件事大家都知道:一本书要是顾及销路的话,作者的尊严就保不住了。"读完小说,我有点悲从中来。不是不好。结构精巧,语言轻盈,有奇闻,有谐谑。但显然,小波老师是为了"不为难"我而写的它。我最热爱的《黄金时代》《红拂夜奔》里的幽默、反讽和自由奔放的想象力,因我的约稿请求而收束。他在骨子里是马克·吐温、萧伯纳式的作家,擅长击打冒犯最强大的自由之敌。当这冒犯方向被他愿意支持的小编辑所"喝止",他只好转向次级攻击目标——不公正的经济秩序对文化的贬抑。这就像一个善良而调皮的孩子为了稚气未脱的新班主任不至于哭鼻子,违逆天性而装乖。我这是在做什么呢。

24.《夜里两点钟》畅通无阻地在《北京文学》1997年第1期发表出来。自此,我不再向小波老师出题约稿,只讨他未发表的作品看。有一天,我读完了中篇小说《似水柔情》。这小说的独特处，不在于它当时尚属禁忌范畴的"同志"题材，而在于它揭示了作家阿兰与警察小史之间，其性爱规驯关系的颠倒所隐含的权力关系的溶解。作家阿兰这个人物也引出一个套层结构：他本人因受凌辱和摧残而成为gay（在行为上，他又是个bisexual，因为他娶了受尽凌辱的女同学"公共汽车"）的历史，以及他的小说所讲述的"衙役与女贼"之间施虐与受虐的故事。可以说，《似水柔情》是一则权力寓言，主人公所遭受的社会—历史含义的凌辱与摧残，直接外化为长大成人后反常态的性取向。因此，这作品不只有"新奇之观"，更是心理分析、性—社会—历史透视和站在被侮辱与被损害者一边的侠骨柔肠的合一。我忍不住电话小波老师，聊了聊读后感，听得出他很开怀。我问，这小说和您跟银河老师对男同性恋的社会调查，有关系吧？他说是。您很同情"同志"们的境遇？他说，当然了。同性恋分境遇型和天生的。境遇型是后天环境迫使他成为同性恋。天生的，就是生来如此，不是他自己选择的，因此强迫他结婚生子，会令他非常痛苦。接着他说笑起来："有时搞调查，会感到很受挫折。有一次我去一个有名的同志厕所，进去的时候，同志们听见脚步声都满怀期待扭头往外看，看见了我，就都立刻把头缩了回去……"我想象这喜剧场景，大笑不已。"不过，有一回一个同志来我家接受访谈，住了下来，我才知道，我其实也挺有魅力……"这回他笑出声来。"然后呢?"我十分好奇。"然后,我抱歉地拒绝了他。"哈哈。

25. 过了几天,他告诉我,他编剧、张元导演的《东宫·西宫》在阿根廷电影节得了个最佳编剧奖。我向他道贺,他却并不欢欣。

26. 他的《思维的乐趣》在北岳文艺出版社出版了,有几本样书。他问:你要吗?我说:当然!他说,下午几点几点,在西单公交车站交接吧。我说,好。下了班,从和平门骑车往西单站,远远看见小波老师正拿着一份报纸,低头在读。我说:嗨!王老师!他抬头,嘴巴一咧,一笑,把书交给我。他问,你去哪。我说,回家,平安里。他说,我回西边(即北京科委宿舍——李注),可以同路走一段。我问,出新书高兴吗?他说,小册子而已,小说还是出不来。我说,那您也要写新小说呀,一定要写呀,您写得那么好!他说,争取吧,最近觉得老得厉害,有点写不动。我没有留心这句话。此前他说过几次"我觉得自己老了",那是身体不适的含蓄表达,而我充耳不闻,只是想,这么高大健壮一个人,还挺多愁善感。那个傍晚亦如此,我只是边走边觉得很快乐:我认识一位天才的作家,他幽默,热诚,素朴,像是这个世界美好的证明。他视我为友,我值得为此好好活下去。

27. 1997年3月的一个星期天下午,我在北大北门的风入松书店参加一套诗集的首发式。诗人云集,摩肩接踵,彼此寒暄。我身边的热闹劲儿平息了,一个熟悉的声音在头顶响起:"李静,你好。"抬头,是小波老师,不禁开心地喊出来。他的眼睛亮亮的,笑着说,你的熟人很多啊。我说,嗨,责编诗歌栏目,得认识一些诗人啊,您怎么也来啦?他说,出版社社长是我朋友,喊我来的。聊了几句,首发式开始,就分散开,各坐各的位子。听了一阵,越来越不吸引人。我看小波老师双臂拄膝,神情漠然,一副忍受的样子。他也看向我,我们彼此示意,就悄悄离开座位,拿了书,走出来。我依然推了自行车,我们边走边聊。他问我最近在忙什么,我说,有报纸约稿子,在写小文章。他说,你不是说,想写小说吗?那是我很久以前说过的了,他还记得,用这忍不住失望的语气。我说,我试啦,但一篇完整的都写不出,我觉得自己缺很多东西。他说,多写,慢慢总会写好的。我不好意思说,我的短文章一写就能发出来,比摸黑写那不一定成功的小说,更容易得肯定,而我需要人的肯定,等我这不自信的心稍有支撑,我就一心一意写小说,写出一部拿得出手的,给您一个惊喜,再劳您教我更上层楼。就像您杂文里谈到的古希腊人,一个人在一块蜡板上划出美妙的线条,放在另一人家里,那人看见,就在上面划出更美妙的线条,又送回去——就这样不断往还,彼此切磋。多美妙。

但我什么也没说,以为未来将有许多机会,交换惊喜。

28. 1997年4月2日下午,我坐在教育部大院那筒子楼单间里,翻看小波老师刚办来不久的货车驾驶执照。"实在混不下去了,我就干这个。"他对我说。他说话有时半真半假。我想他的意思是:不一定真去干货车司机,但若凭真心写字维持不了生存,最悲观的路也不过如此。我对这位未来的货车司机表示了祝贺,就拿了他送我的《小说界》1997年第2期(那上面有他的小说《红拂夜奔》),告辞出来。他提起一只旧塑料暖瓶,送我走到院门口。他说:"再见,我去打水。"然后,我向前走,他向回走。当我转身回望时,看见他走路的脚步很慢,衣服很旧,暖瓶很破。那是作家王小波留给我的最后的背影。那时我想起他跟我说过的两句话。一句是:"我的大半生都在抑郁中度过。"一句是:"我是一个自由主义者。"在凝望他背影的瞬间,我似乎咀嚼出这两句话之间必然的关系。但那只是一瞬间的事,然后我就快乐地想:在这个沉闷无聊的世界上,还有这样一个智慧而有趣的人,是多么好呵!

29. 1997年4月12日晨,请了一天病假的我去上班。女同事兴奋地对我说:"你知道吗?王小波死了!""你说什么?""王小波,你的作者王小波,死了!"我感到迟钝,耳鸣,木沉沉,像有一支永不抵达的箭,向我的大脑缓缓射来。"不可能。""真的,你看北青报!"她把报纸摆在我面前。白纸黑字。但也许只是一个充满恶意的梦。我走出办公室,来到街上,等着有人将我唤醒。

30. 很久之后,我回到办公室,对执行主编说,请您同意我在下一期做个王小波纪念专辑,也许文学圈会觉得他不够重要,不够资格,但请相信我,这会在历史上留下痕迹的。二十五年后的此时,回想起那个二十六岁的小年轻对身经百战的老编辑说出"历史痕迹"这样的词,不禁哑然。章老师同意了。午休时,我赶往教育部大院王小波母亲宋华女士的家。李银河老师走出来抱住我,放声大哭。

31. 去八宝山参加小波老师的告别式,买了一束白百合。花店老板说,今天是谁走啊,人缘儿这么好,花都不够卖了。进告别厅,一个戴眼镜的男子对我说,我是王晨光,王小波的弟弟,你先进来看一眼吧。我将花束摆在小波老师的手边,看他涂着红嘴唇的妆容,感到陌生。贝多芬《葬礼进行曲》响起,吊唁者排起长龙,大约三百余人。如此多人以他为友,为何他看起来却形单影只。(一年之后,王晨光在美国被一黑人割颈而去世。)

32. 听了两场他的追思会。黄集伟说,他在公主坟一座商厦乘上行的滚梯，见到王小波从对面乘下行的滚梯，手揣在裤兜里，无所事事闷闷不乐的样子，他没敢打扰。这是最后一次见到他，后悔没有打声招呼，聊上几句。王小波的小学女同学，健壮，粗朴，看起来像是一位工人，说，几年前，她把搬家的消息告诉了小波，他就赶来帮忙，将装满家具的板车骑到新居，又帮她和家人装卸，跟"文革"时当工人干活没有两样。她哭道，从不知他有那么重的先天性心脏病，只是看他嘴唇发紫，以为是抽烟抽的。也看他骑车吃力，以为是写作久了，身体弱了。我脑补这位作家热心劳苦骑着板车的样子，心中掠过他的那些"看起来不像好人"的智慧文字，不知为何，感到完美。

33.《北京文学》1997年第7期出来了，有一个"王小波纪念小辑"，刊发他在世时就已送审通过的《万寿寺》第七章，李银河的《〈绿毛水怪〉和我们的爱情》，我的《王小波的遗产》。《万寿寺》的男主角是个失忆的人，在第七章的末尾，主人公叙述道："没有记忆的生活虽然美好，但我需要记忆。"

34. 许多天，也许是几个月以后，我发现，根深蒂固在身上十几年的抑郁和愧疚感，突然消失。我的那双时刻盯着自己杂芜卑微的内在、给自己定罪的眼睛，看向了外面。我看见那里站着一个更有意义的仇敌，一个庞然大物，它吞噬了我的光源。我对自己说，自此，它也是我的仇敌，我将为此写作，别的都不值一提。我不让自己感觉到，这么想，也许是因为能救自己。

35. 一个抑郁青年精神自救的第一步，是设立一个奋斗目标。我在本子里写道：要写一本王小波传记，要读他的所有作品，明白它们与他的生命经历之间，有何联系。自从他轰动的死，他的书稿再不积压，《黄金时代》《白银时代》《青铜时代》《黑铁时代》《地久天长》争先恐后火速出版。读完他早年的中篇小说《绿毛水怪》和《地久天长》，我捕捉到一个隐秘的信号，自认为找到了王小波何以成为王小波的关键线索。

36. 《绿毛水怪》写于1970年代前期：男主人公陈辉和女主人公妖妖彼此之间有纯真的精神恋情，但各自插队，天各一方。妖妖病死，化身为绿毛水怪，陈辉在海边礁石上遇见她，相约次日中午在此重聚，陈辉将吃下妖妖带来的化身之药，共赴海底。但次日陈辉发烧，没能聚首，自此他孑然一身，再也没见过水中的妖妖。《地久天长》发表于1982年，写云南插队知青小王和大许都恋慕女知青邢红，三人结成了一个志同道合、抵制指导员恐吓统治的小同盟。邢红得脑瘤病逝，小王大许哀痛欲绝，分了邢红的骨灰，各自走向新的生活。两部小说都写到精神之恋，都写到生离死别，都写到死别后彻骨的哀痛。我想，王小波的青年时代必发生过一段这样的恋情，那女孩必定也是死去了，这致命的丧失使青年的他彻悟了一样东西，令他成为这样的作家。这是一个奥妙的主题，我想起跟王老师夸口"想写小说"，那就写这么一篇吧。

37. 又过了些时，我读到约瑟夫·康拉德的《罗曼公爵》，开心又沮丧地感到，康拉德已成功地写过这个主题。在这里复述一下这篇小说，也许不是无益的：S家族年轻的罗曼亲王被巨大的悲痛击中——他那美丽高贵的妻子在与他共度了两年的美好时光之后，突然重病死去了。她是给他带来全部幸福的人，现在却已把他的幸福全部带走。每个人都看出了这一点，每个人都为他叹惜，除了他自己。他终日沉默不语，策马游荡在他的庄园四周的森林里。有一天，他忽然看见一支队伍蜿蜒前行，那是波兰百姓自发组织的反抗沙俄侵略的起义部队。这位在彼得堡的上流社会颇受尊崇的波兰贵族，当天写信辞去了他在沙俄禁卫军中的职务。他再次在森林里游荡，思索。后来对他的御马总管说："我要悄悄离开这儿了。我前去的地方，有一个比我的悲痛更响亮但又很相似的声音在召唤我。"他悄悄离开家，背叛了自己的阶级，投奔那支起义部队去了。他被俘受审时，拒绝以"因妻子病重而失去理性"开脱自己，平静宣告："我参加民族起义，是出于我的信念。"后来，S家族的任何一支亲王，都以"出于信念"作为家徽的题铭。多年服刑之后，他回到波兰女儿的庄园，并未深居简出，而是成了左邻右舍的热心朋友。

38. 我感到，这位罗曼亲王的心理机制，与王小波极为一致。多年以后，我向银河老师求证，小波老师青年时代可有过一位精神恋人，并且重病死去？她说，还真有一位，她是得脑瘤去世的。我想起罗曼公爵在森林里游荡时思索的："这土地是他的；那位他热爱的女子也曾经是他的，可是死神把她从他的手里夺走了。她的死使他精神上受到极大的震动；打开了他的心扉使他面对一种更巨大的悲痛，打开了他的思路使他进行了更广阔的探索，打开了他的眼界使他看见了过去的一切，也看见了面前存在着另外一种爱，这种爱虽然充满痛苦，但也和他曾经寄以幸福而终于失去的爱一样，带有神秘的不可抗拒的力量。"对王小波来说，那位女孩的死也必使他看见"更大的悲痛"和"另外一种爱"——对真理、自由和智慧的爱（这是他和她共同所爱的），以及这些宝贵之物被隔绝于"沉默的大多数"（也永远隔绝于死去的她）所令他感到的愤怒与悲哀。爱的痛失与重生，使他像罗曼公爵一样发誓此生都将奋起抗敌，这敌人就是扼杀真理、自由和智慧的野蛮力量。这就是为什么他的文字既有义无反顾的反讽杀伤力，又有温柔深醇的大爱热肠之原因。

39. 2005年4月11日是王小波的八周年忌辰，我的前同事、时任鲁迅博物馆馆长的孙郁先生和我说，要做一个王小波生平展，要我帮忙采访一下小波老师的母亲宋华和大姐王小芹，存一些资料。我欣然从命，去到宋华阿姨家。那部从未实现的《王小波传》已迢遥如星，见证我的软弱和惧怕。

40. 大姐王小芹说，在他们弟兄姐妹五个（大姐王小芹，二姐王征，大哥王小平，王小波，小弟王晨光）里，小波在家最不受重视，小弟王晨光犹如凤姐，娇宠最多，嘴巴最甜，七八岁时就会说："妈，你爱吃什么告诉我，我让王小波买去。"小波由此养成低调的性格，身体也不好——骨头软，得经常吃钙片，心脏闭锁不全，医生说大了就好了，也没好。他是哥哥的跟屁虫，幼儿园里的呆子，小时候喜欢蹲在墙根晒太阳。脾气倔，小学时老师提问，他就是不回答。后来才发觉他很聪明，说任何事情，角度和语言都跟别人不一样。喜欢说笑话、背书，喜欢滑稽、有趣、好玩的东西，喜欢听相声，爱恶作剧——有一回买了666，把红星楼（教育部的老办公楼，因楼顶有红星而得名——李注）的下水道点燃，熏那楼里上班的人。他的幽默并非遗传，父亲王方名是逻辑学家，存书多，很严肃，小波倒是看了不少父亲的书。他从云南农场写信回来，家人才发现他的幽默感。问他那边伙食怎样？

他写:"茄子下来整天吃茄子,韭菜下来整天吃韭菜,后来见了茄子韭菜都不想吃。"他在云南农场得了很重的肝炎,只好回京。户口随身揣着,不能落户,人称"口袋户口",毫无前途,他也不想,就躲在小黑屋里写小说。后来,他被妈妈转到山东牟平县青虎山落户。那地方艰苦,蚊子能把人吃光。当地人把他当客人,给他做舍不得吃的腌臭带鱼,以致他后来再也不吃海鲜。他的户口转回北京后,就在街道的钢锉厂和一些街道大妈一起工作。恢复高考后,他想考中央戏剧学院的戏剧文学系,因为拒绝照"两个凡是"写戏,没能考取。后来就考了中国人民大学的商品学系。他的思维能力强,动手能力不行,做实验笨手笨脚,同学都怕他把实验室炸掉。刚上大学时,他当班里的生活委员,把钱放兜里只是一个动作,随后就忘。他没有什么金钱概念,喜欢写就一直写,不去工作、不要孩子也要写。李银河真是慧眼识珠,脱俗有主见,就凭《绿毛水怪》手稿认定了他的才华,一直支持他。因此小波在美国都没怎么打工,打一点也是为了"深入生活"。他的思想一直"没入套"。他的世俗地位一直在冷眼旁观的边缘,不拔尖,没人捧,没人吹,所以他能写出这样的东西。

41. 王小芹说,小波善良,所有家人都得到了他的帮助。王小平、王晨光和她出国,小波每人资助2000美元。她的儿子姚勇（原水木年华乐队成员，后经营科技公司——李注）是小波带大的，情如父子，小波对他精神和物质的关爱都极慷慨。小波和母亲说不上有共同语言，但独自承担了照顾之责，放弟兄姐妹去海外各自生活。若不为母亲，他就陪李银河一起去英国访学了。若如此，他也不会去世。他待朋友也义气。在云南当知青时，听说一友生病，立马启程，翻山越岭，林中时有虎啸，吓得他战战兢兢，走了三昼夜终于抵达，见朋友已好，立即返回。他在美国和加拿大朋友众多。弟弟王晨光遇害后，所有起诉、举证等烦难之事，皆是小波朋友热心相助。他们感念他从前的友爱，就在此事上报答一二——虽然那时小波已离世。他真是特别善，从没恨过什么人。连个叫化子，他都对人家很好。谁要是对他不好，他也就幽默一下，憨憨一笑。

42．他的母亲宋华女士说：小波身高1米83，可能是O型血。要我看，五个孩子干的活不一样，都好，现在我也没觉得他是最棒的。他和他二姐王征是姥姥带大的。（王小芹插话：我和弟弟王晨光最要好，我俩在家里的阳光地带；小波和他二姐最要好，他俩在家里的阴影中，不得烟儿抽。小波和他大哥小平也最好。）小波是家里的老四，对父母来讲，已经不新鲜了。我们和孩子都没有卿卿我我的。我没遭难，因为出身好，做事踏实。他爸爸不太平，出身、性格都是不太平的因素。1985年9月3号，王小平才去美国一礼拜，他爸爸就去世了。我没告诉小波，是他的英国同学看到报上消息，问小波，小波打电话问我，这才告诉他。他立刻哭了。小波性格憨厚，小时候，他舅舅叫他"傻波子""老波子"。他不喜欢表功，从没说过是他照顾我。我身体好时，给他做饭。他不吃早饭，爱抽烟。有病不看，有病也不说。他的书，有的我觉得还好，有的我觉得……我劝他，你注意点，历史上有文字狱。其实他的文章说的都是实话，很多话他都没敢开说呢。他小时候，看法就和别人不一样。"文革"时，教育部大院有一大字报《牛头·马面·判官》，讽刺了两派争斗。人就追查这是谁写的，说这是"新三家村"啊。1996年小波才告诉我，那是他写的，漫画也是他画的。"文革"时要是查出来，不打死他才怪。他调皮归调皮，可从没打过老师。

43. 此后，过去了许多年，几乎每年我都写一篇关于王小波的文字。2017年后，我不写也不读他了，投身别样的精神生活。今年4月11日，是他忌辰25周年，5月13日，是他诞辰70周年，我重新捧起他的《黄金时代》和《沉默的大多数》，想看看自己的感受有何不同。果然，我变了，也没变。我清晰地看见他在我生命中的印记，也模糊地望见他未及展现的可能。我竟才意识到，在《黄金时代》里，是陈清扬而非王二，更接近王小波的内在自我。作品有意滤去情爱，惟留性爱，只为探究那禁忌处处的时代环境下，一个女子"因性生情"的身心历程。此荒诞痛楚历程之揭示，如在医学实验室解析人体组织切片，极其理性又极其疯狂。作家的诗意和激情，与他的科学理性主义之间臻于极致的张力与平衡，令人惊叹。自此之后，王小波的天平向科学和理性偏重而去——那是他的信仰，因反抗荒谬和桎梏而生，他的生命亦献祭于此。我忍不住揣想：假如他有一颗强健的心脏，假如他的岁月继续绵延，他的写作是否会迎来新的飞升？他是否会从"黑铁时代"的悲观里仰起头，看见他早年看见的众星、众星之上的奥秘？他后来的作品里是否会不只有绝望、否定、审判与义怒，亦会有盼望、肯定、恩典与赞美，对那至高奥秘的赞美？不知为何，我觉得会的。

44. "他无佳形美容；我们看见他的时候，也无美貌使我们羡慕他。他被藐视，被人厌弃；多受痛苦，常经忧患。他被藐视，好像被人掩面不看的一样；我们也不尊重他。"（《以赛亚书》第53：2-3）文学的真理与生命的真理，何其相通。文学之子与拯救世界的弥赛亚，其"受死"与"复活"在人心中所做的工，多像影子与本体之关联。天赋奇才的王小波，却是世俗世界的"失败者"。自由幽默笑谑的智者，却是敏感善良憨厚的痴人。支撑凄惶软弱的年轻人逃出生天的"救生员",却是即便无处可逃、也要永不屈服的"取死者"。"一粒麦子不落在地里死了,仍旧是一粒;若是死了,就结出许多子粒来。"(《约翰福音》12:24)王小波的死与生,在我的个人生命中确曾运行了这一原理。相信这也是在许多人身上发生过的故事。谁能理解这奥秘?当我们理解之时,或许就会明白,文学的确是公正的游戏,值得人忘我,亦可期待它参与救赎。

2022年4月9日

关于王小波的否定之否定

一很asshole之想法

1987年,身在美国的王小波给他的画家好友陈少平写了封信,信中对比利时皇家现代画廊将前辈大师与后来者作品并陈的做法,大发感慨:"先至者备尝寻求表达自己之痛苦,后来者乘乱起哄架秧子。愚弟自信对现代艺术的真谛已知其中之味矣。盖道德非艺术,摹仿者非艺术。艺术只是人的感受与不同的表达方式。艺术需要一种伟大的真诚,为中国人所缺少者……我发现中国的文人……口头上自称后生小子,而无不以宇宙的中心自居。无论作文作画，只是给出自己伟大的现世证明。或者在自己道德崇高上给出证明，或者在自己清高上给出证明，或于自己谙熟别人不懂的东西上给出证明。"他还谈到未来的写作："我亦有一很asshole（'屁眼'之意，他说美国有人办谦卑学习班，让骄傲的学员认识到自己只是个asshole）之想法，有朝一日写完很多书，出不出且另论，反正写出来了，而且自信写得极好，岂不可以兴高采烈，强似眼下没得吹也。相信高更梵高等asshole行将就木之时亦是如此想。因为书好不好与画好不好，乃是有千真万确的标准的，我对此已有极大的信心。但是书写得好与画画得好，不一定能捞到油水。要捞油水尚要另一类功夫。以弟之见当然要两全其美。于前者要尽力争取，后者当然也不死心，只可惜希望渺茫也。"

此后十年，王小波归国写作，满怀信心、不计油水地向他心中的艺术标准虔诚进发，现实也如他所料地以"渺茫希望"回报了他。这渺茫持续到1997年4月11日凌晨，他心脏病突发，悄然离世。

偶像的诞生及其黄昏？

如你所知，这不是故事的结束，而只是个开头。死亡是一场核裂变，将一个人的精神能量急骤而炫目地播散。为什么如此？正如他的长篇小说《红拂夜奔》所说："卫公死了，这就意味着从此可以不把他当作一个人，而把他当作一件事。"由于王小波成了"一件事"，他在世时四处碰壁的作品便迅即出版，时至今日，每年都有不同版本的文集出版流布。十几二十几岁的年轻人滋滋有味地读着，咂嘴连连，"好看好看"，殊不知这位伯伯的书之所以好看，就因为他写作时从不考虑"出得出不得"，以至于只要他活着，还是"一个人"，就几乎出不得。

最先敏感到王小波话语方式之开启性的是一些自由主义人文学者。王毅先生这样回忆他1998年主编《不再沉默——人文学者论王小波》一书的起因："1990年代中国思想界出现一个低潮，人们忽然失去了原来的言说方式，急需一种新的方式把人们从失语状态下解救出来，王小波的杂文和小说，就提供了这种新的方式。他没有选择像陈寅恪、顾准那种殉道者式的生存和言说，而是走上了一条'两边开满牵牛花的路'，这是一条'简单'的求得精神自由、心灵自由和人性自由的路，适合更多的人去走。"此书集结了当时国内最有分量的思想界人物如李慎之、王蒙、秦晖、朱正琳、许纪霖、汪丁丁、陈家琪、何怀宏、李银河、艾晓明、崔卫平等，从文学、哲学、历史和社会学等多个视角分析了王小波作品的思想和形式。"王小波热"最早即以这种理论形态开始，并最终成为1990年代以后中国最重要的精神景观之一。一个作家以付诸生命的文学实践触及精神的现实，并由此而超越文学的边界，启示人们去建立更富个体意识、科学态度和创造精神的思想趣味与价值观,这是"王小波热"最主要的内涵。

在王小波深受思想界、大众媒体和普通读者认同的同时,"文坛的沉默"成为他逝世十五年间不断被提起的公案,这一现象引来一些文学界人士的不满:"王小波的死成了反证文坛'衰落'与'麻木'的证据,并成了一个'示威'事件。""因褒扬王小波而产生的对'文坛'的指责,是对中国文学体制的指责,对文学体制背后的国家体制的指责,还是对某些文坛领袖的指责?或者说,对中国文化的指责?""这种对抗性的强调,并没有让文坛真正变得宽容,也没有改变'文学场域'的利益游戏规则,反而使主流意识形态的'甄别器官'更加敏锐,在增加媒体的'话语能量'的同时,增强了文学体制本身的警惕性。"[1]

这位论者像所有政治妥协主义者一样,希望以文学体制的接纳来确立王小波的文学地位,却害怕媒体的"过激"言论产生"反作用"。实际上并非如此。关于王小波的传记写作虽无进展,但他的兄长王小平今年出版的回忆录《我的兄弟王小波》甫一面世,即受瞩目。关于他的文学史叙述依旧阙如,但以他为题的学术、学位论文却逾百篇,三联书店出版的《六十年与六十部——共和国文

---

[1] 房伟:《十年:一个神话的诞生》,《山东社会科学》2006年第9期。

学档案》(中国社会科学院文学研究所当代室著,2009年)一书中,《黄金时代》和《我的精神家园》作为其中的两部年度作品,被中肯地评价(杨早撰写)。天津人民出版社也出版了《王小波研究资料》上下卷(中国小说学会主编、韩袁红编,2009年),将他与沈从文、王蒙、莫言、余华等"正统"作家并列。房伟的《文化悖论与文学创新——世纪末文化转型中的王小波研究》作为第一部王小波研究专著,2010年由上海三联书店出版。无论王小波本人是否喜欢,他已成为文学的"民间意见"进入并影响文学评价体系的一个案例。

王小波幽默反讽的言说方式、古今对话的文体样式受到了新世代青年的狂热追摹,与此同时,他嬉戏禁忌、伸张自由的精神内核却因风险过高而被有意无意地回避,甚至连叙述他生前的窘况,也会被视为不堪承受之重:"如果总是讲述王小波生前的不如意,那谁还敢继续走他的路呢?"一位"80后"记者忧心忡忡地问我。年轻人既爱王小波式的智慧,又怕这种智慧给自己带来麻烦。如果前方有一个油水大大的保险,那么他们都愿意做他。问题是,王小波不是这样炼成的。王小波的同义词,就是不计利害的"冒险"二字。哲学家怀特海说得好:"没有冒险,文明便会全然衰败。"

盛极必衰,物极必反——我指的是王小波这种持续十五年被批量模仿、反复评说的状况。一些文坛新贵因此对他的存在感到不胜其烦。他们一边勤奋创作广纳粉丝，一边把王小波视作已被超越、亟需砸掉的过时偶像：

青年作家冯唐："文字寒碜、结构臃肿、流于趣味、缺少分量是王小波的四个不足。""小波的文字，读上去，往好了说，像维多利亚时期的私小说，往老实说，像小学生作文或是手抄本。""几十年后，如果我拿出小波的书给我的后代看，说这是我们时代的伟大杰作，我会感觉惭愧。"(《王小波到底有多么伟大》，《高中生之友》中旬刊，2018年第9期。)

青年作家阿乙："王小波的小说倒没给我留下太多印象。""在今天，我对王小波基本没有感情。而且我觉得自己在二十六岁前的阅读状态基本是一种有毒状态。""后来我也在他的文本里读到他的优越感。我也不觉得他留下了什么典型的文学形象，他的文本留下的都是三个字：王小波。也许他和鲁迅一样，在针砭时弊上有突出贡献，但从求知层面说，他误人不浅。今天如果我的朋友还在看这类杂文，我会低看他好几眼。"(《26岁之后不再读王小波》，《人物》2012年第4期。)

青年作家蒋一谈："王小波的文学缺乏善，缺乏发自内心的悲悯。""王小波的文学同样缺乏美。王小波的写作方式是单调的，他乐于重复自己……""王小波的文字遗留下什么写作遗风？戏谑、阴郁、残暴、血腥、玩世不恭……"(《遗憾的中国时间》，《人物》2012年第4期。)

…………

一言以蔽之:"小波往矣,数风流人物,还看今朝。"

果真如此吗?——到底是"江山代有才人出",还是"后来者乘乱起哄架秧子"?

这是一个问题。

反讽的道德

在探讨这个问题之前,我先谈谈王小波的小说——不聊他的杂文,它们毕竟通俗易懂,少有歧义,且本人已专文谈过——倒不是怕阿乙先生低看。

王小波的小说写了什么?怎么写的?此二问题决定一部作品的价值。如用一句话概括,那么可以说:他的小说以一个个全新之人荒诞而悲观的经历,揭示了权力控制与个体自由的紧张关系——这是千古国人的恒久困境。

关于权力控制的主题,不少当代中国作家已有触及。但王小波与其他作家的不同在于:后者多将权力本身描述为"恐怖巨兽",王小波则描述为"滑稽怪物";后者侧重表现权力控制对"化内之民"造就的等级秩序、生存恐惧、心理同化力与价值虚无感,王小波则侧重表现权力控制对"个性之人"自由创造力的扼杀、真实人性的扭曲和历史真相的掩盖;后者创造的世界是严肃沉重而窒息可怕的,王小波创造的世界则是荒诞轻逸而毫不可怕的;后者的叙述视点多为无能为力的整体性的平民视点，王小波的叙述视点则是拒绝生活于"设置"之中的个体性的"新人"视点；后者揭示权力横暴导致的"活着"的困难，王小波揭示权力控制导致的智慧的匮乏；后者的核心焦虑是生存与奴役，王小波的核心焦虑是存在与自由；在揭示权力罪孽时，后者的叙述本身或多或少都烙印着"权力巨兽"的精神创伤与思维同构性，而王小波的叙述则隐含了与权力系统迥然相悖的精神路径与价值源泉——以独立运用个人理性和创造力，追寻存在的真实与自由。这样一个克服了重力和恐惧的世界，实是王小波解放性的心理力量的外化。此种力量超乎道德，但其作用却首先是道德性的——它启示读者在妄图统治的"滑稽怪物"面前，首先拥有独立判断的头脑和拒绝服从的勇气。

王小波的小说有一醒目的特征，即其价值观念和美学趣味的皮里阳秋现象——在经验自由主义的启蒙理性与后现代色彩的叙事技巧之间，在丰饶坚韧的自由意识、批判精神与天马行空的冷嘲热讽、恶意戏谑之间，在意义承担者的品性与玩世不恭者的调性之间，运行着一种欲彰弥盖的反讽的魔术。有犬儒主义者认他为亲戚，有救世主义者以他为犬儒，都是以魔术为实相，被他骗过了。

克尔凯郭尔曾如此解释反讽："根本意义上的反讽的矛头不是指向这个或那个单个的存在物，而是指向某个时代或某种状况下的整个现实。"（［丹麦］克尔凯郭尔：

《论反讽概念》，中国社会科学出版社2005年12月版，第218页。）"反讽者时时刻刻所关心的是不以自己真正的面貌出现，正如他的严肃中隐藏着玩笑，他的玩笑里也隐藏着严肃；这样，他也会故意装作是坏人，尽管他其实是个好人。我们不得忘记，对于反讽来说，道德的规定其实是太具体了。"（同上，第220页。）

对于反讽者王小波来说，"道德的规定"即是真实而绝妙地捕捉中国精神传统中"自由之敌"的幽灵，及其在历史、现实造作的错乱荒谬，而排除任何的虚矫。因此，他自承的使命不是挽悼与哭泣，而是否定与摧毁。他最终的用意也绝非自证与自炫，而是清算与启示。"谁要是受不了反讽来算清这笔账，啊，那他就太不幸了！作为消极的东西，反讽是道路。它不是真理，而是道路。"（出处同上，第248页。）"反讽分别是非、确定目标、限制行动范围，从而给予真理、现实、内容。它责打、惩罚，从而给予沉着的举止和牢固的性格。反讽是个严师，只有不认识他的人才害怕他，而认识他的人热爱他。"（出处同上，第283页。）反讽诉诸幽默，也诉诸超我的、整体性的感受力和想象力。不懂幽默的作家，便无法领会亦正亦邪、寓热于冷的反讽；没有超我而单"以宇宙的中心自居"的作家，更不能明了反讽者将时代之病与救赎之忧熔为作品骨骼的雄心。关于此点，提请冯唐、阿乙和蒋一谈先生注意。

写了什么？

王小波的小说创作，经历了从早期的"生命驱动"到成熟期的"思想驱动"的过程。

1. 来自另一谱系的早期作品

整个1970年代的手稿时期直到1982年中篇小说《地久天长》在《丑小鸭》杂志发表，属于王小波创作的早期阶段。对比"文革"时期的官方文学和1977年之后的中国新时期文学，会感到王小波的早期作品是来自另一个谱系，另一种头脑。它们流淌着奥维德、马克·吐温和萧伯纳的血液，怪诞变形、温暖诗意而又幽默毒舌。这些小说取材于知青生活（《战福》《这是真的》《这辈子》《绿毛水怪》《地久天长》）、民间传说（《歌仙》）、城市日常（《变形记》）、心中幻梦（《我在荒岛上迎接黎明》），手法多变，清新质朴，人物在日常逻辑中行事，却在可能性的尽头突然发生奥维德式的变形——人变驴、变狗、变绿毛水怪，或男女互变……赤子柔肠和顽童心性主宰了这些作品，全无革命意识形态的规驯烙印。尼采曾言"在自己的身上克服一个时代"，诚如是。

荒蛮时代，如此心灵怎样长成？在写于1970年代前期的《绿毛水怪》里，少年男主人公陈辉和女主人公妖妖在中国书店里找到了自己钟爱的书，实际上，这是王小波少年时代的局部书单：安徒生的《无画的画册》（"谜一样的威尼斯，日光下面的神话境界！"），马克·吐温的《哈克贝利·费恩历险记》（"妙不可言！"），卡达耶夫的《雾海孤帆》（"马上就看得入了迷"），《小癞子》《在人间》（"世界上的好书真多哇！"），陀思妥耶夫斯基的《涅朵奇卡·涅茨瓦诺娃》（"我永远也忘不了叶菲莫夫的遭遇，它使我日夜不安。并且我灵魂里好像从此有了一个恶魔，它不停地对我说：人生不可空过，伙计！可是人生，尤其是我的人生就要空过了，简直让人发狂。"），莱蒙托夫（"不朽的抒情短诗"），普希金（"她喜欢普希金朴素的长诗，连童话诗都喜欢"）；他对《短剑》《牛虻》有所保留（"后来我们长大了，这些书看起来就太不足道了，可是当时！"）；对《南方来信》《艳阳天》之类的书（"呵……欠!!"），田间、朱自清、杨朔这样的作家（"妖妖，你叫我干什么？你干脆用钢笔尖扎死我吧！"），"我"绝然掉头而去。

《猫》《绿毛水怪》和《地久天长》至今撼动人心。《猫》表面上写的是一只只被挖去双眼的小猫和叙述人从哀怜、震惊到妥协、合流的变化过程，实是一篇追究残暴、拷问良心的慈悲之作。《绿毛水怪》和《地久天长》书写了至真至纯、天人永隔的爱恋，不事声张却离经叛道的精神生活，其清新决绝的人性视角，轻柔敏感的心灵世界，栩栩如真的魔幻／写实手法，拥有穿透时光的魅力。

两篇小说都是"相恋的精神同谋与整个荒谬世界相抗衡"的故事,到王小波的创作成熟期,这一故事遂发展成为一个叙事模型。

2. 艺术纯熟的《唐人故事》

《唐人故事》初版于1989年(出版时名为《唐人秘传故事》,"秘传"二字系编辑所加),是王小波第一本公开出版的中短篇小说集,已是一部艺术纯熟之作,延续了鲁迅《故事新编》古今对话、以今拟古的叙事传统。

与鲁迅的老成气质不同,《唐人故事》弥漫着强烈的童话气息。这些"唐代人物",主体性极其丰盈,游戏精神高度充沛,乖张有趣,怪念迭出,多是女贼男盗不伦之徒,常有打赌竞赛捣乱之举。故事的每一处转折,完全不靠这些人物在紧急情境中的被动起落(这种情况基本不存在),而是往往由类似这样的句子来完成:"他起初想……后来又改了主意……"也就是说,是人物内心的自主对话造成了情节的突转。这一做法在效果上稚拙可掬,在回味上却寓意无穷,《夜行记》最为典型:书生与和尚在山路上同行谈天,书生一言不合就想拿弹弓射死和尚,因未能得逞而反思自己的言行逻辑;和尚则想通过露两手吓跑书生以劫财色,也因未能得逞而反思自己不该抢劫;最后二人互剖心迹,成了最好的朋友 —— 这是一个自由主义者戏谑化地讲述心怀偏见的博弈者如何在受到挑战后进行自我反思，最后回归理性的故事。《立新街甲一号与昆仑奴》里，每一句"这种感觉，古今无不同"，即实现一次高效率的时空转换，同时为全篇确立了诗的节奏。《红线盗盒》中，红线这个精灵古怪的小蛮婆，彻底颠覆了象征着等级、官本和男权的薛嵩的权威，这一颠覆也释放出阅读者对"阴暗传统"的攻击快感。《红拂夜奔》（后来长篇小说《红拂夜奔》的雏形）的伪史插叙和故事悬念相映成趣，漫画夸张的人物和精神自由的主题相互彰显。而《舅舅情人》，则是我所见到的关于"暗恋"的小说中最奇特的一部。谁能说清小女孩和王安之间"绿色的爱"到底为何物？作者似乎在说：这是一种纯粹的精神之爱，女孩得到了她对此爱的验证，就离开了王安的生活，王安的妻子也得以释放回家与他团聚，还改正了自己爱吃醋的毛病。十足的大团圆结尾。

童话都是大团圆结尾。这一时期的王小波愿意孩子似的相信：阴暗滞重的世界终将没落，美好的自由将如不竭的清泉，洗去人类的贫乏与忧郁。

3. 思想驱动的"时代三部曲"

中篇小说《黄金时代》的诞生，标志着王小波写作成熟期的到来。"时代三部曲"乃是"思想驱动"之作，王小波的想象力在其中显现出不同的形态。

"黄金时代"系列带有强烈的怪诞现实主义色彩。

《黄金时代》《似水流年》《革命时期的爱情》等作品，讲述了一个个怀抱罗素式哲学态度的主人公，在"文革"时期的荒诞遭遇。他们智力超群，求知若渴，内心叛逆而与世无争，只想在平淡的人生中，不受愚弄，得见真相，追求"于人无害"的极端体验——科学或写作的胜境。但此一合理欲望却时时遭受"革命"的"浪漫逻辑"的摧折。王二们时时抽离情感与是非，刻刻处于旁观和自省的状态，以便像科学家一样把置身的现实当作认知的客体。于是我们看到，主人公一直极尽精确、价值中立地以"科学方法论"经历着他的生活，却如同与一道道古怪的逻辑证明题劈面相逢——演算者竭心尽力遵循科学的步骤，可推导出的合理结论，却与现实提供的荒诞答案大相径庭。当此之际，生活的荒谬本质被突然裸裎，而孵育此类生活的那种精神结构和决定力量，也从出人意料的角度遭遇了追问与袭击。

C. P. 斯诺说："应当把科学同化为我们整个心灵活动的重要组成部分，正如运用于其他部分一样地自然而然。"是的，当科学成为王小波"自然而然"的"心灵活动"而非心灵之外的研究工具时，它便化作他观察现实的视角、立场、价值参照和修辞方法。出身理工农医的中国作家并不少，但与科学之间建立起如此水乳交融的"心灵关系"并发展出独特的文学表达式者，目前唯王小波一人而已。

在此后"青铜时代"所囊括的三部长篇小说中，王小波的叙事走向了诗化、寓言化和象征化。《寻找无双》借助王安寻找表妹无双而不得的故事，探讨谎言社会的共谋式遗忘；《红拂夜奔》则以流氓天才李靖变成皇帝御用工具的故事，表现知识分子在反智社会中的尴尬处境，以及"有趣"在权力操弄下变为"无趣"的过程及其文化—心理机制；《万寿寺》则用薛嵩迎娶红线的故事，描述"诗意"的生存状态与传统的阴暗力量之间微妙而剧烈的战斗。

在这些作品中，王小波将他对现实、历史、传统的总体判断毫不生硬地转换成直观、怪诞而欢蹦乱跳的形象，并让其随意出入他的叙事空间。为了保证叙事的自由，他在几乎所有小说里都设置了一个积极的叙事人王二，作为作家自我的一些分身，"王二"的现实状态和心理活动决定了整部小说的叙述内容与时空秩序。

举个《红拂夜奔》的例子：该小说讲的是中国古代数学史教师王二（他因为做着"在宋词里找出相对论，在唐诗里找出牛顿力学"的"研究工作"，在大学里领一份薪水）在业余时间一边证明费尔马定理，一边写一部关于李靖与红拂的小说。这部"小说"遍布着奇崛怪诞的意象情境和密集强烈的意义指涉，每破译一处，读者便会心微笑一下：关于李靖为了糊口，不得不把费尔马定理的伟大证明写进春宫小人书，以及他毫无功利之心的发明专利最后都被大唐皇帝买了用作杀人的武器；关于李靖为皇帝设计了使人聪明的"风力长安"、使人勇敢的"水力长安"和使人愚蠢的"人力长安"三个建都方案,以及在皇帝故意选择了使人愚蠢的"人力长安"后,他如何完善了使人更加愚蠢的各项制度;关于为了吃香喝辣、甘愿养肥变成皇帝佳肴的"菜人",以及监控李靖跟踪失利不得不被批量砍头的公差;关于寻找有趣的红拂厌倦了无趣的贵妇生活,却连自杀都得向朝廷申请指标,以及除了假正经就不知如何生活的虬髯公在熬成了扶桑国的总领导以后,变成了一条猥琐阴暗的大鳊鱼……每一个人物,每一个空间,每一条故事线,都是对文明痼疾与现实荒谬的反讽性隐喻,而整部作品,则是关于智慧生命遭受反智权力摧残荼毒的绝妙寓言。

"白银时代"系列是王小波写作生涯中最后的完整作品,叙事的动作性微弱到极点,色调也空前灰暗,这是由作品的主题和题材决定的——关于"写作"或"创造"本身遭遇阉割的故事。中篇小说《未来世界》《白银时代》《2015》和《2010》,事件都发生在未来时代,主人公都是作家、画家(知识分子、艺术家),其行动内容都是写作、画画这种抽象而静态的行为,但它们却衍生出一种根本的戏剧性——主人公想象和创作的世界与现实世界的"不允许"之间永远的冲突。"我们总是枪毙一切有趣的东西。这是因为越是有趣的东西,就越是包含着恶毒的寓意。"(《白银时代》)作家将层出不穷的精神阉割和制度禁忌化身为"施虐／受虐"的刑罚游戏、"常装／易装"的变态嬉玩以及"跟踪／反跟踪"的谍战剧码，将权力控制的专断禁锢化为夸张的仪式和黑色的喜剧。权力的规驯与惩罚，最终由于阳物巨大的受罚者欢天喜地的配合，而成为一场普天同庆的狂欢和事与愿违的捣乱。权力对智慧的围追堵截最终化为玩笑一场。但这却是玉石俱焚的玩笑。从叙事的沉重而轻快的双重性中，我们听到了创造者凋零的悲歌和自由的梦呓。

标准

行文至此，便该回答前面提出的问题：冯唐、阿乙、蒋一谈先生对王小波的差评，到底表明"江山代有才人出"，还是"后来者乘乱起哄架秧子"？本人遗憾的答案是：后者。

将三位先生的小说和王小波的放在一起，如下疑问萦回再三：他们果真读过他的作品吗？若未读过，岂可妄言？若真读过，他们说的可是真话？若非真话，岂可欺人？若是真话，他们的评判标准是什么？

如前所引，王小波早说过写作的好坏有"千真万确的标准"，冯唐后来毫无新意地祭出了"文学金线说"，其实讲的是同一常识：文学自有其不可移易的价值标尺——文字的好坏，情感的真假，想象力的凡异，洞察力的强弱，思想结构的繁简，精神骨格的高下……三位青年作家虽各有所成，但在评判前辈王小波时，却未能显示出透彻的理解与公正的考量，相反，只是言必己出，非其所是。

还是回到王小波本身吧。作为他长久的读者，我怀念他写作的巅峰时期。那时他作品的欢快节奏和滂沛想象令人沉醉。但才华的喷薄需要爱的回应与智的砥砺，需要"看见"与"交流"的良性循环。当这种期待长久落空，而禁制的面孔又成为他最后日子里最重要和最日常的内容时，"自由之敌"也就变成他唯一的主题。这主题窒息想象，干涸情感，因此，他人生的绝笔，是未竟的《黑铁时代》。从中我们能看到这位伟大的反讽者在孤独无援的苦痛里，最后的抗争与不变的意志，看到他写给未来的遗嘱：即便无处可逃，也要永不屈服。

2012年7月30日初稿
2022年4月12日修订

王小波与柯希莫男爵

在探讨王小波形象时,我总会想起卡尔维诺《树上的男爵》里两个有趣的怪人:一个是"树上的男爵"柯希莫,一个是强盗贾恩·德依·布鲁基。柯希莫在十二岁时厌倦了地上的生活而跑到了树上,在树上学习阅读,长大成人,急公好义地参与各种人间事务,可就是一会儿也不要过地上的生活,最后攀上热气球坠海而死。他的墓碑上写着:"柯希莫·皮奥瓦斯科·迪·隆多 —— 生活在树上 —— 始终热爱大地 —— 升入天空。"贾恩·德依·布鲁基是个老百姓听见他名字就打战的强盗,和柯希莫结识后,就整日躲在山洞里心无旁骛地看小说,他以前的同伙却打着他的旗号到处害人。贾恩对喜欢的小说抱有致命的好奇心，这天他从前的两个部下找上门来，抢下他手里的书，威胁他必须去抢税务官家里的税款，否则他们就一页页烧掉他正在看的理查森的《克拉丽莎》。贾恩现在不怕没命，就怕不能知道《克拉丽莎》的结局，只好去了。其时他已变成一个不会作恶的多愁善感之辈，到税务官家里比画了一番，便束手被擒。贾恩不在乎怎么判决他——他知道等着他的是绞刑，而一心想的是由于不能读书，这些日子将在牢里空过了——那部小说只读了一半。好在柯希莫替他解决了难题，天天站在监狱外面的树上念给他听。在行刑的那一天，他还差菲尔丁一部小说的结尾没有读完。当绞索套上贾恩的脖子时，柯希莫出现在他面前的树上。

"告诉我他的下场。"犯人说。

"把这样的结局告诉你，我很难过，贾恩。"柯希莫回答，"乔纳丹最后被吊死了。"

"谢谢。我也是这样。永别了！"他自己踢开梯子，被勒紧了。

在我看来，王小波就是那位"树上的男爵"柯希莫，对"大地上的事情"一清二楚，热心参与，但他一刻也未离开"树上"——那是他毕生的立场，让自己超越在人类的陈规所构成的思维边界——"地面"——之上。柯希莫的"心中有一个关于人类社会的理想。每次当他着手把人们联合起来……他就在那棵树上演讲,总是会产生一种密谋的、宗派的、异端的气氛,在这种氛围中他的话题很容易从具体讲到一般,从关于从事一种手工技艺的简单规章制度浑然不觉地谈起建立一个公正、自由、平等的世界共和国的蓝图"。这是一段有趣的描述,使我想起王小波生前,在我和他几次有限的会面里,也弥漫过这种不法分子暗自接头的诡秘而"异端的气氛"。这种气氛源于对不能以"合法"面目出现的某种美好事物的相同爱好——爱好者对这种事物既抱有顽固的信念,又对它目前难以改变的压抑处境(包括自己)感到可笑,"诡秘而异端的气氛"即由此而来。这种美好的事物,用卡尔维诺的话说叫作"天空",用王小波的话说,叫作"智慧"。柯希莫临死之前也要攀上热气球飞上天空,这种姿态和毕生追求智慧的王小波相比,有最大的神似之处。

至于强盗贾恩,我认为许多自觉的"王小波追随者"(借用《南方周末》2002年4月11日提出的一个概念)和他有最大的神似之处。而归根到底,这也是和王小波的神似之处:在遇见柯希莫之前,贾恩孜孜于夺取世俗的财富;遇见柯希莫之后,贾恩沉迷于虚幻的精神世界,将一切俗念置之度外;即使死神降临,也不能扑灭他对这"精神世界"的好奇心。我这么说便陷入了一种逻辑上的混乱:到底王小波像柯希莫,还是像贾恩?到底我们像贾恩,还是像王小波？其实我的意思是说：谁像谁并不重要，重要的是卡尔维诺揭示了人性之中这一不朽的天真——一个人一旦纵身跃入"智慧"的天空，他就会最大限度地超越自我，超越功利，超越一切人为设置的价值樊篱，而将自我全部投入于不可遏止的认知与创造冲动之中。这就是贾恩临终前"谢谢。我也是这样。永别了！"的动人之处。这也是柯希莫、贾恩、王小波和"王小波追随者"的最大神似之处。人类一旦专注于纯粹的认知和创造，他就会超越一切思维的边界，在追求智慧的道路上做出更加自由和美好的事情。王小波以他卓异的写作，在中国实现和提醒了人之存在的这一可能，同时，他也一直用他素朴、睿智而节制的声音，试图把这种超越精神从倾听他的人们心中唤醒。在以实用功利主义和泛道德主义为主流价值观的中国，建立和实践与之完全相反的超越实用功利和道德判断的"认知与创造"价值观，是王小波终其一生的道德践履。

在王小波这里，"智慧"首先意味着"认知"，也就是了解世界的本真。既了解自然世界的本真——它属于自然科学的领域，又了解人类社会的本真——它属于人文的领域。只有不断认知本真，才能不断超越陈规和成见所构建的各种思维边界，我以为这是他所有文本的潜台词。他坚持这样一个常识：无论自然科学还是人文领域，探求本真的认知活动都必须"价值中立"。即便是为了捍卫"民族自尊心",也不能背离这一原则,把本民族的文化缺陷以"文化相对主义"的名义说成某种"文化特异性",嗜痂成癖,进而加以美化(见《"行货感"与文化相对主义》《洋鬼子与辜鸿铭》《智慧与国学》等)。作为小说家,"价值中立,追求本真"的认知原则远非王小波的文学实践,却是他的文学伦理,这一文学伦理叫作"见证"——见证历史的真实境况,确切地说,见证"精神历史"的真实境况。"如果决定这样去写似水流年,倒不患没的写,只怕写不过来。这需要一支博大精深的史笔,或者很多支笔。我上哪儿找这么一支笔?上哪儿去找这么多人?就算找到了很多同伴,我也必须全身心投入,在衰老之下死亡之前不停地写。这样我就有机会在上天所赐的衰老之刑面前,挺起腰杆,证明自己是个好样的。但要作这个决定,我还需要一点时间。"(《似水流年》)

王小波以想象力、夸张、荒诞、狂欢、诗意与黑色幽默,而非以忠实于"生活原貌"的记录修辞法,来实现"见证"的伦理。这是他的超越"德性思维"的意图在文学中的现实化。在小说里,他着眼于"个人"在错乱的环境中理性蒙受的损伤、创造力遭受的毁灭以及健康自然的生命状态受到的扭曲,他揭示出这种损伤、毁灭和扭曲所导致的逻辑上的荒谬和理性上的可笑,并以此给予支撑中国几千年(而不只是那个浩劫年代)的反智主义思维以重重一击。而道德的沦落和情感的哀伤,作为理性错乱的结果，只是他举重若轻的小说的微弱余音，但它在敏感心灵中激起的巨大波澜，却远非抒情感伤的文学所能达到。

这种"见证的文学"里有许多精致变幻的文学技巧，其最惊人和独特的一种便是归谬法，即从一个假定其为真的前提出发，经过周密合理的逻辑推论，最后得出一个离奇的结论；由这结论的离奇，使人意识到前提的荒谬与错误；由前提的荒谬与错误，一整套煞有介事的价值体系便得以土崩瓦解，从而在客观上收到"黑色幽默"的效果。将逻辑科学的基本手法如此应用在文学的领域，是王小波在文学上的创举。

举例来说，他的中篇小说《似水流年》写到了一位从美国留学归来想要报效祖国的李博士："李先生告诉我说，他在大陆的遭遇，最叫人大惑不解的是在干校挨老农民的打。当时人家叫他去守夜，特别关照说，附近农民老来偷粪，如果遇上了，一定要扭住，看看谁在干这不屑而获的事。李先生坚决执行，结果在腰上挨了一扁担，几乎打瘫痪了。事后想起来，这件事好不古怪。堂堂一个doctor，居然会为了争东西和人打起来，而这些东西居然是些屎，shit！回到大陆来，保卫东，保卫西，最后保卫大粪。'如果这不是做噩梦，那我一定是屎壳郎转世了！'"一种只有人在"做噩梦"或者"屎壳郎转世"时才能成立的现实，该是多么的荒谬呢？

王小波后来的小说离开了"文革"题材，转向了"唐人故事"和"未来世界"，表明他已放弃以书写"现实生活场景"来认知和见证历史的意图。有论者据此认为他"从此回避《黄金时代》提出的重大命题""转向对小趣味的关注""要戏谑，要游戏，要操作"（杨健：《中国知青文学史》），我以为这种评价是不准确的。题材虽换，主题未改，而想象力的天空则得以极大的拓展，作为厌倦重复、真正对叙事的"无限可能"抱有雄心的小说家，这一点无疑对王小波具有更大的诱惑力。

想象力对王小波而言，是一个天马行空的领域，但是正如形式主义文论家巴赫金所指出：小说作为一种"社会性杂语"，是"社会性对话的参与者""是对话的继续，是一席对语"，而不是一个从庞杂的社会现实中分离出去的封闭审美空间。如果的确存在一些作为"封闭的审美空间"的小说，那也是"社会性对话"的另一种方式，即"不与对话"。后新时期以来的"先锋小说""私人化写作"就是这种"不与对话"的文学。探讨这种文学"不与对话"的成因、机制和后果，会是一件有趣的事。由最初的"不与合作的缄默"发展为后来的"安全的市场准入"，直至成为一种新的天经地义的"文学本体论"，"不与对话的文学"的功能和身份已经发生了喜剧性的变化。可以解释的是，正是这种文学的"不与对话性"，或者说"不及物性"，构成了中国当代"先锋文学"的主流特征，所以王小波的"对话性"的"先锋文学"，一直在现有的文学格局里无法安置——因为一种内容如此"清晰"（而不是流行的混沌和晦涩）、空间如此广大（而不是流行的驰骋于原子化的私人领域）、手法又如此前卫（甚至比许多前卫的小说还前卫）的文学，实在让习惯了既有的内向的"腹语"的文学体式的批评家们陷入失语。

因此，需要指出的是，王小波的想象力虽然天马行空，但它一直受到他的"见证"和"对话"意识的支配。这种"见证"和"对话"，与其说是出于道德的冲动（索尔仁尼琴式的），不如说是出于"认知的冲动"，出于对智慧的追寻，出于对"成为一个富有创造力的个人"的祈愿。智慧和创造，是王小波的终极价值，但他强调，要获得这两种东西，就必须突破一切思维的禁区，必须直面一切真实的境遇，必须超越所有的价值边界。在长篇小说《寻找无双》序言中，他明确地说："在我看来，一种推理，一种关于事实的陈述，假如不是因为它本身的错误，或是相反的证据，就是对的。无论人的震怒，还是山崩地裂，无论善良还是邪恶，都不能使它有所改变。唯其如此，才能得到思维的快乐。而思维的快乐则是人生乐趣中最重要的一种。本书就是一本关于智慧，更确切地说，关于智慧的遭遇的书。"

小说讲了这样一个故事：唐代建元年间，王仙客到长安寻找表妹无双，想要娶她为妻。第一次找进来时，坊里的人们都表示既不认识他，也根本没听说过有什么无双。至于他说的那座空院子，他们说那是一座废尼庵。王仙客毫不放弃，查明那个院子根本不是废尼庵，坊间人又改口说那是一座空道观，以前住着一个淫荡的女道士鱼玄机，后因其打死自己的使女而投案自首，结果被处死。"寻找无双"的主线这时被鱼玄机的故事岔开，王仙客自身的角色也开始分裂，他在人们的舆论中变成了鱼玄机的老相好，同时他自己也在想象中扮演着对鱼玄机施淫施虐的牢头角色。他迷失于这种幻觉中，分不清自己是谁，也拿不准无双是否存在。后来，无双的使女彩萍的出现唤醒了他的记忆，他和彩萍住进那座空院子，真实的记忆才渐渐苏醒——他的确有一个表妹无双，且她就住过这里，她去哪儿了？王仙客和彩萍在坊间大耍"流氓行径"，才逼得道貌岸然的老板们告诉他事实真相：原来某一年无双一家被皇帝指为附逆的罪人，男的被杀，女的被卖，无双被带进掖庭宫了。知道了无双的去向，王仙客便重又踏上寻找的旅途，虽然他很难找到。

整部小说叙事繁复，线索错综，人物夸张多变，风格谐谑多姿，但却直指有关记忆与遗忘、见证与遮蔽、智慧与蒙昧、反抗与合谋、真与伪等多重复合的严肃主题。这个状似戏说的故事"发生在一个逼人装傻、不傻不足以生存的荒诞情境里"，"失踪的无双是一个事实，涉及到已知与未知，寻求无双的过程是由已知推及未知。这一认知能力,是我们所说的智慧。可是智慧如何能生长呢?所有的知情人都不说实话",而只维护着一种"瞒"和"骗"的生活。(艾晓明:《寻找智慧》)

但是,只要王仙客坚持这种对智慧的寻求,他就会无限地接近真相,他就会因为接近真相而自觉地成为权力愚弄的反抗者。他的出发点既不是寻求一种政治,也不是寻求一种道德,而是寻求无穷无尽的智慧、自由、爱与美。雅斯贝尔斯这样概括苏格拉底:"这里我们发现一条规则,它不是什么狂热,而是对摆脱伦理教条的最大渴望。这条规则是:坚持你的心灵对一种绝对的开放。"王小波笔下的主人公"作为他的第二自我"(李大卫语),也是如此。他们永远是僵化秩序的捣蛋鬼(看看那一个又一个王二吧),他们永远是内心炽热的创造狂(看看发明开平方根机、证费尔马定理的李卫公,看看为迎娶红线打造囚车的薛嵩),他们在这个世界上永远戴着两张脸:一张是玩世不恭、歪歪扭扭的"坏种"的脸,他坏给皇帝、警察、军代表和道德教师看;一张是爱意澎湃、智慧勃发的至善的脸,他"善"给红拂、红线、陈清扬和白衣女人看——不,不只是给她们看,他把自己完全地献给她们,她们这智慧、有趣、性与美的化身,他的心灵所永远为之开放的"绝对"。

这真是中国文学里从未存在过的主人公,正如王小波是中国文化里从未存在过的作家一样。在这块难以超越的土地上，王小波偏偏超越在传统的边界之上，彻底摧毁了"智慧"在"道德"面前与生俱来的原罪感，这是他作为杰出作家无比卓异的道德实践。关爱大地的柯希莫男爵升上了天空，热爱智慧的王小波则为年轻的后来者永远开启了智慧和有趣之门。即便他已离去，这扇大门也永不会关闭。

2002年4月16日

王小波：智慧的诗学

在王小波生前，我曾经告诉他，读他的作品时总是忍不住要笑，他面呈腼腆的得意之色。然后我问他自己写时笑不笑，他摇摇头："我笑不出来。"

举例来说，在他的小说《革命时期的爱情》里讲了这样一件事：军训教导员给大家做忆苦报告，讲到一个风雪的除夕之夜，他和姐姐出去讨饭，忽然在白雪覆盖的路上捡到一只烤白薯。拿回家来一咬，哪里是烤白薯，分明是一根屎橛子。会后大家就该屎橛子展开讨论，"我"说："这说明在万恶的旧社会，穷人不但吃糠咽菜，而且还吃屎喝尿。"X海鹰批评"我"觉悟太低，她发言道：

那根屎橛子是被一个地主老财拉在那里的，而且蓄意拉成一个烤白薯的样子，以此来迫害贫下中农。换言之，有一个老地主长了一个十分恶毒的屁眼，需要把他揪出来。然后"我"议论道："对于屎橛子能做如此奇妙的推理，显然是很高级的智慧，很浪漫的情调。不必实际揪出那个老地主，只要揭穿了他的阴谋，革命事业已经胜利了。而认真调查这个屎橛子，革命事业却有可能失败。"读到这里时我狂笑不止，折服于王小波的黑色幽默。他就是这样让人在笑声中认识到荒谬的本质的。在笑声中，幽默成就了智慧对野蛮的胜利。但是我知道他自己确实笑不出来。正如他在另一篇小说《似水流年》中所说："在我看来，人生最大的悲哀，在于受愚弄。"在他把智慧的笑声抛洒给旁观者时，他自己承受的是生命荒芜、智慧受辱的悲哀。他正是在对这种悲哀的一再回味中，形成了自己独特的艺术伦理——为智慧而生，也为智慧而死；凡背离理性、扼杀智慧者，皆在他反讽之枪的射程之内。因此，描写智慧的处境，呼吁智慧的尊严，是王小波所有写作的主题，这使他的小说呈现出与现实对话的形态；同时，出于对智慧的痴迷和实践，他力求"穷尽形式的一切可能性"，从而在他的小说中遍布精致繁复的技巧，这又使他接近于一个唯美主义者。

如果我们对中国文学的精神气质有一个整体的把握，那么就会明白，王小波为中国文学贡献了一个罕有而又亟需的精神维度。这样说决不是感情用事的夸大其词，而是出于一种不愿矫饰的诚实态度。中国文学的传统就是关注现实人生，与中国哲学一道，把思考人事作为自身唯一的使命。因此，我们的文化传统是以道德化（儒）和顺生论（道）为主体的。这种传统在经历了"五四"、抗战、内战、新中国成立、反"右"、"文革"、新时期、"后新时期"以后，仍然顽强地成为当代主流文学的精神，并形成了以感伤、教化和现世主义为主的美学风格。从根本上说，这种传统致力于生命的存活和权力的维系，缺少一种不计利害得失地探寻客体奥秘的精神冲动和心智能力——而这恰恰就是王小波为之生也为之死的智慧。智慧以主角的身份进入了王小波的小说，王小波的小说以被主流文学人视而不见、被真正的智慧爱好者争相传诵的传奇身份进入了当代文学史，这一事实使我们更加清晰地看到了王小波为中国文学贡献的精神维度——自由、理性、幽默与反讽，或可称之为智慧创造精神。她是健康的人类应当具有而中国文化传统与现时文学却无力提供的精神财富。因为几千年来的匮乏，我们几乎丧失了渴望创造和欣赏智慧的能力。王小波坎坷不平的被接受的历史，就证明了这一点。

我曾经去拜访过一位中年知识分子，彼时他正在读王小波的《红拂夜奔》。他的样子看起来很气愤，指着书中的一段说："岂有此理！荒唐无礼！历史小说怎能写成这种样子!"我仔细一看,那一段是这么写的:"(李卫公)晚上回了家以后……就跑到小酒馆或土耳其浴室一类的地方,和波斯人、土耳其人,还有其他一些可疑人物讨论星相学,炼丹术等等,有时还要抽一支大麻烟。那种地方聚集着一些自以为是知识分子的人,而且他们每个人都自以为是世界上最后一个知识分子。那些人都抽大麻,用希腊语交谈,搞同性恋;除此之外,每个人都像李靖一样招人恨。他们就像我一样,活着总为一些事不好意思,结果是别人看着我们倒觉得不好意思了。"一幅将格林威治村、土耳其浴室和古长安融为一体的儿童漫画。《红拂夜奔》就是一个智慧的游戏、思考的玩笑和想象力的结晶,用王小波的话说,它体现了"一种破茧而出的努力"。面对这样的读者,我无言以对。我怎能对他说"人类需要享受宇宙的广大和想象力的自由,而王小波就是这样一个自由的创造者"?

但是我相信,在时间面前,智慧是不朽的。因此,虽然王小波再也收不到我们对他的怀念与敬意,虽然文坛的"执法人"还未看到王小波的意义和价值,然而时间会代替我们判断这一切。

1997年10月

反对哲人王

重读王小波杂文

王小波（1952年5月13日——1997年4月11日）用杂文表达他的"信"，以小说承载他的"疑"。20世纪90年代后期以来，这位"文坛外"作家黑色幽默的文学风格和爱智恶愚的价值信念对国人影响日深，他所凝聚的精神能量，在当下话语空间中日益彰显，并将深刻地影响中国的未来。但也正因王小波"超文学"的影响力，他作品的"文学性"反倒成为屡遭争议的话题——在一些文学研究者的描述里，他是被中国思想界和大众传媒按需塑造、联手推出的一个自由主义文化偶像，其符号价值远高于文学价值。我不认为这是一个确切公正的判断。相反，正是文学魅力、精神人格与思维智慧的"三位一体",构成了王小波的作品,并沉默地召唤着后来者走上他的"牵牛花之路"。这是一个长久的历程,现在还刚刚开始。生命之血写就的文字,必不会被生命所辜负——宇宙的公正,绝非转瞬即逝的人世浮嚣所能湮没。

王小波一生写作了以"时代三部曲"(《黄金时代》《白银时代》《青铜时代》)和《唐人故事》等为代表作的30余部长中短篇小说,150余篇、35万字的杂文随笔,以及舞台剧本、电影剧本和社会学著作(与李银河合著)等多种文类。杂文随笔乃是王小波小说写作的余墨,也是他参与生活的方式——他以此表明"对世事的态度","这些看法常常是在伦理的论域之内"[1]。他申明,在此领域里,首先要"反对愚蠢",因为"在我们这个国家里,傻有时能成为一种威慑";其次,他"还想反对无趣,也就是说,要反对庄严肃穆的假正经"[2]。"假如一个社会的宗旨就是反对有趣,那它比寒冰地狱又有不如……罗素先生说,参差多态乃是幸福的本源——弟兄姐妹们,让我们睁开眼睛往周围看看,所谓的参差多态,它在哪里呢。"[3]

当代杂文乃是针砭时弊、干预社会、关切民生的一种

---

[1] 王小波:《〈思维的乐趣〉自序》,见《王小波文集》第4卷,中国青年出版社1999年9月,第338页。以下对王小波的引文皆据此书,均只注篇名和页码,不具书名。

[2] 王小波:《沉默的大多数·序言》,第2—3页。

[3] 王小波:《沉默的大多数·序言》,第3—4页。

文类，王小波杂文的卓异之处在于：他以独有的声腔和文体，把"智慧"和"有趣"破天荒地纳入社会伦理论域，同时，他也一再把道德判断转换为智力判断，由此突破了社会伦理探讨的单一道德向度："伦理道德的论域也和其他论域一样，你也需要先明白有关事实才能下结论，而并非像有些人想象的那样，只要你是个好人，或者说，站对了立场，一切都可以不言自明。"[1] "智慧"作为蒙昧之敌，在王小波的作品里受到了无以复加的拥戴——它成为道德的前提，更是道德本身，而与道德灌输势不两立："假设善恶是可以判断的，那么明辨是非的前提就是发展智力，增广知识。""我认为低智、偏执、思想贫乏是最大的邪恶。""假如上帝要我负起灌输的任务，我就要请求他让我在此项任务和下地狱中做一选择，并且我坚定不移的决心是：选择后者。"[2] 在在显示出他毫不退却的启蒙主义者立场。

在启蒙主义屡遭清算的今日，重温"启蒙"的如下原则也许不失公平："启蒙肯定理性，认定一己以及共同生活的安排，需要由自我引导而非外在（传统、教会、成见、社会）强加；启蒙肯定个人，认定个人不仅是道德选择与道德责任的终极单位，更是承受痛苦和追求幸福的最基本的单位；启蒙肯定平等，认定每个人自主性的

---

[1] 王小波：《道德保守主义及其他》，第80—81页。

[2] 王小波：《思维的乐趣》，24—25页。

选择，所得到的结果，具有一样的道德地位；以及启蒙肯定多元，肯定众多选项。"[1]启蒙信念贯穿着王小波的写作，但他几乎不用这一居高临下的词语，而是以中性的"智慧"一词代替。在他那里，"智慧"非关中国传统式的机诈权谋、兵法思维，而与古希腊哲人"探寻万物之理"的超功利求索同义："追求智慧与利益无干，这是一种兴趣。"[2]"很直露地寻求好处，恐怕不是上策。"[3]"智慧永远指向虚无之境。从虚无中生出知识和美；而不是死死盯住现时、现事和现在的人。"[4]而追寻智慧之路，"用宁静的童心来看……是这样的：它在两条竹篱笆之中。篱笆上开满了紫色的牵牛花，在每个花蕊上，都落了一只蓝蜻蜓……维特根斯坦临终时说：告诉他们，我度过了美好的一生。这句话给人的感觉是：他从牵牛花丛中走过来了。虽然我对他的事业一窍不通，但我觉得他和我是一头儿的。"[5]他用如此不竭的热情，恳请读者看到：智慧乃是人类幸福的源泉和爱的渊薮。

王小波的每篇杂文皆是他与社会思潮直接碰撞对话的结果，概括起来，大体涉及五个范畴：

---

[1] 钱永祥：《纵欲与虚无之上——现代情境里的政治伦理》，转引自崔卫平：《海子与王小波》，见于《当代作家评论》2007年第2期。

[2] 王小波：《智慧与国学》，第107页。

[3] 王小波：《智慧与国学》，第106页。

[4] 王小波：《跳出手掌心》，第64页。

[5] 王小波：《我的精神家园》，第311—312页。

针对20世纪90年代"人文精神讨论"中,知识分子话语凸显的权威欲和泛道德化倾向,王小波申明了他对知识分子环境与责任的看法——知识分子的职责是"面向未来,取得成就"[1],而非成为辅助权力统治、营造精神牢笼、专事道德判断的"哲人王"。"在我看来,知识分子可以干两件事:其一、创造精神财富;其二,不让别人创造精神财富。中国知识分子后一样向来比较出色,我倒希望大伙在前一样上也较出色。'重建精神结构'是好事,可别建出个大笼子把大家关进去,再造出些大棍子,把大家揍一顿。"[2]对知识分子来说,"不但对权势的爱好可以使人误入歧途,服从权势的欲望也可以使人误入歧途"[3]。至于能否创造、创造什么,则主要取决于知识分子"周围有没有花剌子模君王这样的人"[4]("花剌子模君王"的典故出自王小波著名的《花剌子模信使问题》一文,用以喻示无法面对真相、压抑精神自由的反智权力者——李注)。只要这种压抑自由的反智环境存在着,则知识分子为了保全自身,多数人当然会变得"滑头"。由此可以逆推出一个结论:若有人发现自己被"花剌子模君王"关进了"老虎笼子",

---

1 王小波:《跳出手掌心》,第65页。
2 王小波:《道德堕落与知识分子》,第70—71页。
3 王小波:《理想国与哲人王》,第117页。
4 王小波:《花剌子模信使问题》,第46页。

则可以断言，他是个真正的知识分子[1]。反智威压固然可怕，但是，"只要你不怕做烤肉，就没有什么阻止你说俏皮话"[2]——王小波如此表述才智之士对人类精神事业的生死相许，同时也含蓄表达了他的个人信念。《思维的乐趣》《花剌子模信使问题》《中国知识分子与中古遗风》《道德堕落与知识分子》《知识分子的不幸》《跳出手掌心》《论战与道德》《理想国与哲人王》等为此一论域的代表之作。

针对国学热、文化相对主义和狭隘民族主义的泛滥，王小波立足于个人自由、平等和创造的立场，批判中国传统文化的根本弊病——"中国文化的最大成就，乃是孔孟开创的伦理学、道德哲学……这又造成了一种误会，以为文化即伦理道德，根本就忘了文化该是多方面的成果——这是个很大的错误"[3]。孔孟哲学"拢共就是人际关系里那么一点事"[4]，不能容纳整个大千世界，更不能指望它去拯救全世界——这种想法纯粹是民族虚荣心的产物。他还援引古今大量的荒诞事实和荒谬思路，指出中国传统的思维方式有急功近利的倾向；中国文化对于物质生活的困苦，提倡了一种消极忍耐的态度；中国的文化传统里没有平等——从打孔孟到如今，讲的全是尊卑有序，

---

1 王小波:《花剌子模信使问题》，第50页。
2 王小波:《文明与反讽》，第356页。
3 王小波:《我看文化热》，第84页。
4 王小波:《我看国学》，第103页。

这也是为什么中国无法产生科学的原因……面对甚嚣尘上的国学热，王小波果敢做出诛心之论："儒学的魔力就是统治神话的魔力。"[1]"这些知识的确有令人羞愧的成分，因为这种知识的追随者，的确用它攫取了僧侣的权力。"[2]现在我们需要警惕的是，"僧侣的权力又在叩门"[3]。此语衡之今日，依然令人心惊。《智慧与国学》《对中国文化的布罗代尔式考证》《文化之争》《"行货感"与文化相对主义》《人性的逆转》《警惕狭隘民族主义的蛊惑宣传》等是此一论域脍炙人口的名篇。

针对90年代国内外盛行的"'文革'是一场实现激进民主、抵抗资本主义和'现代性'的伟大实验"这一"新马"派论断，王小波用黑色幽默的笔法，直接诉诸自己创伤荒谬的"文革"经验，将这一浩劫对个人价值、自由、智慧和道德的戕害，举重若轻地勾勒出来。需要注意的是，王小波的反思并非对"文革"作一时一事的具体评价，而是对浩劫背后反智主义文化逻辑的彻底清算。同时，有些篇章还探讨了这样的问题：无论社会环境如何荒谬残酷，个人都需对自己的行为负责，这是人之为人的底线，绝非把责任推卸给"那个时代"所能了事；个人也时刻拥有选择沉默和保持人性的机会，只要他能抵御

---

[1] 王小波：《文化之争》，第86页。

[2] 王小波：《文化之争》，第89页。

[3] 王小波：《文化之争》，第90页。

"话语权"的诱惑，站在"沉默的大多数"一边。《沉默的大多数》《积极的结论》《一只特立独行的猪》《肚子里的战争》《弗洛伊德和受虐狂》等是代表之作。

有关文学、艺术、科学和人文的一般性观念探讨，在王小波杂文随笔中也占据相当大的比例。有感于中国纯文学的幽闭、世故和说教，王小波尖锐批评其"无智无性无趣"，坦陈自己的文学观与之相反——智慧、性爱和有趣，是他写作的价值前提，"我总觉得文学的使命就是制止整个社会变得无趣"[1]。这是因为，"有趣是一个开放的空间，一直伸往未知的领域，无趣是个封闭的空间，其中的一切我们全部耳熟能详"[2]。他自承他的小说是对人的生存状态的反思，"其中最主要的一个逻辑是：我们的生活有这么多障碍，真他妈的有意思。这种逻辑就叫做黑色幽默"[3]。《关于格调》《〈怀疑三部曲〉序》《我的师承》《我为什么要写作》《文明与反讽》《有与无》《我的精神家园》《生活和小说》等是此一论域的代表作。有感于社会学研究（让他感到切肤之痛的是他和李银河共同参与的同性恋研究）过程中的阻力与禁忌，他申说人文研究的诚实原则，代表作有《〈他们的世界〉序》《诚实与浮嚣》等。有感于我国文化和出版"就低不就高"、将成人当幼童来对

---

[1] 王小波：《文明与反讽》，第358页。

[2] 王小波：《〈怀疑三部曲〉序》，第332页。

[3] 王小波：《从〈黄金时代〉谈小说艺术》，第319页。

待的内在逻辑，他提出知识环境的成熟原则，指出"科学和艺术的正途不仅不是去关怀弱势群体（此处的'弱势群体'指才智方面，非指物质生存能力方面。——李注），而且应当去冒犯强势群体"[1]。"现代社会的前景是每个人都要成为知识分子，限制他获得知识就是限制他的成长。"[2] 此论题的代表作有《摆脱童稚状态》《椰子树与平等》《艺术与关怀弱势群体》等。

在漫谈大众文化和中西日常生活时，揭示隐含其中的传统价值观的压抑性，张扬个人尊严、自由与创造力，也是王小波杂文的重要方面。这些文章为报刊专栏而写，皆短小精悍，举重若轻，直捣问题的核心。例如，他用设问句回答为什么中国没有科幻片："我这部片子，现实意义在哪里？积极意义又在哪里？"[3]——在如此刻板诉求下是不可能产生自由游戏的科幻电影的。从春运高潮的种种窘况中，他感到中华文化传统里没有"个人尊严"的位置，"一个人不在单位里，不在家里，不代表国家、民族，单独存在时，居然不算一个人，就算是一块肉。这种算法当然是有问题"[4]。他从对 Internet "不良信息"的控制，步步后退地推导假设，最后引申出一个冷峻的道德难题：在

---

[1] 王小波：《艺术与关怀弱势群体》，第452页。

[2] 王小波：《摆脱童稚状态》，第260页。

[3] 王小波：《中国为什么没有科幻片》，第415页。

[4] 王小波：《个人尊严》，第485—486页。

看似"与己无关"的他人权利屡遭压缩之时，你是否可以无愧地赞成这种压缩？"五十多年前，有个德国的新教牧师说：起初，他们抓共产党员，我不说话，因为我不是工会会员；后来，他们抓犹太人，我不说话，因为我是雅利安人；后来他们抓天主教徒，我不说话，因为我是新教徒……最后他们来抓我，已经没有人能为我说话了。"[1]王小波的答案不言自明。

因坚决反对伪道学、假正经，王小波一口咬定他的杂文"也没什么正经"。但综上所述可以见出，他的杂文不但"正经"，而且简直可以说是布道——布爱智恶愚之道，布精神成熟与自由创造之道。他的杂文游走于个体与人类、外向与内省、幽默与严肃、情感与理智、常识与哲学、逻辑与悖谬……的多重张力之间，形成了他风格独具的"小波体"。

"小波体"的布道一反惯常说理文章独白式的教师口吻，而用和读者平等聊天的"说书人"口气行文；一反直接说理的中心化论证方式，而以"去中心化"的曲线叙事与故实暗寓，将他的道理、意图点到为止。此种写法的背后，是王小波对个人理性的信赖和对教条灌输的拒绝。他的文章往往以自身经历或一个故事开篇，经过出人意料的联想、类比或逻辑推论，导向一个貌似怪诞、引人深思的

---

[1] 王小波：《从Internet说起》，第396页。

结论。比如《沉默的大多数》是这么开头的："君特·格拉斯在《铁皮鼓》里，写了一个不肯长大的人……"[1]《思维的乐趣》的第一句话："二十五年前，我到农村去插队时，带了几本书……"[2]《花剌子模信使问题》起首便是："据野史记载，中亚古国花剌子模有一古怪的风俗……"[3]看文章的开头和行文的过程，读者无法猜测他最终意图何在，但正是这种摇曳生姿的叙事和意图不明的悬念，引人读毕全文，领会他的谛旨——然而他并不言之凿凿地宣称此一谛旨绝对正确，而只是给阅读者提供一个伦理选项，选择与否全在阅读者自己。这是一位自由主义者的文体态度。顽皮的小说笔法与简朴的哲学思维交互穿插，使他的伦理之辩成为一场清新的旅行。

幽默思维是王小波杂文最魅人之处，它在逗人大笑之际，凸显现实生活的荒谬逻辑，从而爆发出醒世的力量。幽默是内庄外谐，既需以温和宽厚的态度作底，又需有发现"理性倒错"的毒眼和制造"反转突变"的巧智。幽默之"笑"往往产生于对比——经验理性和荒谬现实的对比，僵硬理念和真实经验的对比，惯性思维与意外现实的对比……但这些"对比"唯有以波澜不惊、不动声色的"突转"方式出现，才能产生幽默感。王小波是发现"倒

---

[1] 王小波：《沉默的大多数》，第5页。

[2] 王小波：《思维的乐趣》，第19页。

[3] 王小波：《花剌子模信使问题》，第45页。

错"和制造"突转"的高手。比如,他讽刺文化生产者为了拒斥批评而把自己的动机神圣化,"就像天兄下凡时的杨秀清"[1],笔锋一转,提起北方小城的一群耍猴人:"他们也用杨秀清的口吻说:为了繁荣社会主义文化,满足大家的精神需求,等等,现在给大家耍场猴戏。我听了以后几乎要气死——猴戏我当然没看。我怕看到猴子翻跟头不喜欢,就背上了反对社会主义文化的罪名……"[2]针对以"格调"之名阉割真实表达的文艺假正经,王小波举电影《庐山恋》为"格调高雅"的范例:"男女主角在热恋之中,不说'我爱你',而是大喊'I love my motherland!'场景是在庐山上,喊起来地动山摇,格调就很高雅,但是离题太远",这是因为,"当男主角……对着女主角时,心中有各种感情:爱祖国、爱人民、爱领袖、爱父母,等等。最后,并非完全不重要,他也爱女主角。而这最后一点,他正急于使女主角知道。但是经过权衡,前面那些爱变得很重,必须首先表达之,爱她这件事就很难提到……我记得电影里没有演到说出'I love you',按照这种节奏,拍上十几个钟头就可以演到……"[3]以一本正经的态度罗列个体情感之上的假正经枷锁,并以假正经逻辑对男女主角的处境进行貌似严肃的思考,已经让人对荒谬的

---

1 王小波:《论战与道德》,第76页。
2 同上。
3 王小波:《关于格调》,第350页。

现象忍俊不禁，最后"不经意"抛出的这句"拍上十几个钟头就可以演到"，则彻底把假正经之庄严肃穆颠覆干净，还其可笑面目。

逻辑思维是"小波体"的躯干部分，效果最强烈者莫过于逻辑归谬法——从一个错误的前提出发，经过煞有介事的逻辑推衍，最后得出荒诞的结论，由此揭示出前提的荒谬之处。仍以《关于格调》为例，王小波从格调最为"高雅"、主张男女授受不亲的孟子说起："孟子说，礼比色重，正如金比草重。虽然一车草能比一小块金重，但是按我的估计，金子和草的比重大致是一百比一……这样我们就有了一个换算关系，可以作为生活的指南……"[1]接下来他又引入了"定类""定序""定距"和"定比"四种科学分类法，对"格调"内部"礼"与"色"之比例进行了"细致推算"："一份礼大致等于一百份色。假如有一份礼，九十九份色，我们不可从权；遇到了一百零一份色就该从权了。前一种情形是在一百和九十九中选了一百，后者是从一百和一百零一中选了一百零一。在生活中，做出准确的选择，就能使自己的总格调得以提高"[2]。经过这么一番精密的"逻辑论证"，假正经的"格调"说便不攻自破了。

此外，逻辑的客观、明晰与层层推进的力量，构成

---

1 王小波：《关于格调》，第349页。
2 同上，第350页。

了王小波每篇杂文的骨骼，同时，它也为读者搭建了一个间隔激情、理性判断的空间。在这一切的背后，是求真的科学精神、求善的理想主义和求美的诗意心灵的结合，由此可以见出作家王小波辽阔超越的精神视野。对于我们时代所遭逢的重大精神主题，他剑走偏锋地直面、分享并承担在他的作品中，他的批判理性、幽默天才、自由信念和智性思维构成了这些作品难以抗拒的魅力，这也是他引起国人如此持久而强烈共鸣的原因。作为一位文化精英主义者和政治平民主义者，他的杂文深深关切"自由创造"与"权力压抑"之间的紧张关系。他揭示了我们生活中一个习焉不察的真理：权力罪孽的本质不在遥不可及的宏大方面，而在它对每个人的自由创造力的无形戕害——个人创造力乃是个人与宇宙、有限与无限、虚空与意义的真实连接点，吞噬它，等于吞噬掉人之为人的根本理由。

王小波的杂文就这样无意间扮演了"重估一切道德"的角色，并提醒人们在智慧的增进中孕育勇气与救赎。这种提醒的背后，涌动着连他自身也无法解释、无法证明的先验存在——一种无目的、无对象、无止歇的大爱。正是此爱，造就了他的智慧与成熟，并将它们缓缓传递至我们的手中。

2007年9月

有关"王小波的科学精神"

编辑先生要我谈谈"王小波的科学精神",这真是个好话题,因为它可以澄清一些似是而非的想法。比如说,有人认为"科学精神"就是为了国富民强而刻苦学习科学知识的精神,但在王小波看来,其实不是的。再比如说,有人觉得"科学精神"就是把神秘多姿的大千世界解释成"1、2、3"的刻板习惯,在王小波看来,其实也不是这样的。还比如说,有人以为"科学精神"就是专属于科学家的某种精神,在王小波看来,事实更非如此。他说过:"有科学的技能,未必有科学的素质,有科学的素质,未必有科学的品格。科学家也会五迷三道。"

当然，王小波的这些话是说在1995年，那时他针对的不是五迷三道的科学家，也不是陷入迷信之中的普通百姓，而是由于他认为，"一个人胸中抹煞可信和不可信的界限，多是因为生活中巨大的压力。走投无路的人就容易迷信，而且是什么都信……比方说，让我是个犹太人，被关在奥斯维辛，此时有人说，他可以用意念叫希特勒改变主意，放了我们大家，那我不仅会信，而且会把全部钱物（假如我有的话）都给他，求他意念一动……所以我对事出有因的迷信总抱着宽容的态度"。（不过他还是觉得，"虽然原因让人同情，但放弃理性总是软弱的行径"。）他最不能放过的，是那些跟"装神弄鬼，诈人钱物"的巫婆神汉差不多的文化骗子，"为了一点稿酬就来为害人间"的"生命科学大师"。既然这些人在著书立说时传播邪道，他也就用同样的方法为科学辩护。

王小波为科学辩护的主题之一，是"怎样看待科学"。"我的老师说过，科学对中国人来说，是种外来的东西……始则为洪水猛兽，继而当巫术去理解，再后来把它看成一种宗教，拜倒在它面前。他说这些理解都是不对的，科学是个不断学习的过程……我所能补充的只是：除了学习科学已有的内容，还要学习它所有、我们所无的素质。"何谓"科学的素质"？那就是平等和自由。"科学和人类其他事业完全不同，它是一种平等的事业。真正的科学没有在中国诞生……是因为中国的文化传统里没有平等：从打孔孟到如今，讲的全是尊卑有序。上面说了，拿煤球炉子可以炼钢，你敢说要做实验验证吗？你不敢。炼出牛屎一样的东西，也得闭着眼说是好钢。在这种框架之下，根本就不可能有科学。"而"科学的美好，还在于它是一种自由的事业……参与自由的事业，像做自由的人一样，令人神往"。科学不会因为某位领导要倡导一个某某学，就会说这个某某学是真正的科学。"科学就是它自己，不在任何人管辖的范围之内。"所以，一个人即使对科学技术并无太多了解，也会因为他一生捍卫自由、平等和真理，而成为一个具有科学精神的人；相反，我们说某位造诣颇深的科学家没有科学精神，则可能是因为他在权力面前修改了自己正确的结论。

王小波为科学辩护的主题之二，是"学习科学的出发点是什么"。"现在的年轻人大概常听人说，人有知识就会变聪明，就会活得更好，不受人欺。这话虽不错，但也有偏差。知识另有一种作用，它可以使你生活在过去、未来和现在，使你的生活变得更充实、更有趣。这其中另有一种境界，非无知的人可解。不管有没有直接的好处，都应该学习——持这种态度来求知更可取……抱着封闭的态度来生活，活着真的没什么意思。"在他看来，求知是为了满足好奇心，是为了尽一切可能求得对宇宙万物的丰富了解。以功利的态度学习科学，就使科学变了味，跟一把刀子、铲子差不多，最后沦为工具。

因此或许可以说,"王小波的科学精神"并非多么了得和深奥,仅仅是一种生活的态度而已,但这种生活的态度,却是要良知和勇气垫底的。而良知和勇气貌似也没什么了不起,就像王小波这个人,穿着一身平常的衣服,平淡地穿行于这个城市之中。

1997年11月

王小波的遗产

1997年4月2日,我坐在王小波君的家里,翻看他刚办来不久的货车驾驶执照。"实在混不下去了,我就干这个。"他对我说。我看了看他黑铁塔似的身躯,又想了想他那些到处招惹麻烦的小说和杂文,觉得他这样安排自己的后半生很有道理。于是我对这位未来的货车司机表示了祝贺,然后,拿了他送我的《小说界》第二期(那上面有他的小说《红拂夜奔》),告辞出来。他提起一只旧塑料暖瓶,送我走到院门口。他说:"再见,我去打水。"然后,我向前走,他向回走。当我转身回望时,我看见他走路的脚步很慢,衣服很旧,暖瓶很破。

那是王小波君留给一个热爱智慧和有趣的年轻人的最后的背影，一个寥落、孤独而伤感的背影。那时我想起他跟我说过的两句话。一句是："我的大半生都在抑郁中度过。"一句是："我是一个自由主义者。"在我凝望他背影的瞬间，我似乎咀嚼出这两句话之间必然的关系。但那只是一瞬间的事，然后我就快乐地想：在这个沉闷无聊的世界上，还有这样一个智慧而有趣的人，是多么好呵！

十几天后，在贝多芬的《葬礼进行曲》声中，我来向这位独一无二的作家朋友做最后的告别。我呆呆地望着他四周的鲜花和人群，问自己：如果世界上没有了这个智慧而有趣的人，我还能不能一如既往地热爱它？我闭上眼睛，不敢回答。

王小波君离去得太早了！他还没来得及把自己最卓越的想象力和创造力铸造成他最满意的作品，就匆匆地走了。正如他突然在中国文坛上横空出世一样，他又突然寂静无声地消隐在苍茫的天际。谁也无法理解，造化这么干，到底是为了什么？

现在，我们只能强忍着哀痛，来面对他留给我们的至真至美的遗产。那是不多的几本书，难得的好文字——小说集《黄金时代》《白银时代》《青铜时代》和杂文集《思维的乐趣》。有的书已经出了，有的正在出。有的原先散落在各种报刊上，有的只存在他的电脑里。他本打算接着写《黑铁时代》的，但上帝的召唤太急迫，此刻他只能坐在天国的键盘边，把它们叮咚地敲响。

而我们的耳边仍在回荡他那独一无二的声音。那是一个特立独行的中国知识分子的声音，同时也是一个既不庄重又不雅驯、闹腾得天翻地覆的捣蛋鬼的声音。这个声音令我们大笑，因为它幽默、有趣；也令我们流泪，因为那幽默是黑色的，那有趣的背后却盘踞着无边而滞重的无趣。那片无边而滞重的无趣是他的仇敌，也是他此生抑郁和孤独的根源。为了与这个仇敌对着干，他放弃了一切从它那里获得安适的可能，冷静而从容地坐在它的对面，做鬼脸，说俏皮话，把它从庄严的宝座上提溜下来，让大家看清楚它到底有多傻，有多疯。

在我们这个吵吵嚷嚷、动辄反目成仇的文化圈，还有谁只为一个抽象的仇敌而拼杀、而愤怒、而冷笑的吗？有，那就是王小波。他的仇敌是什么？——那片无边而滞重的无趣是什么？是我们严重畸形的文化心理与文化现实。孔子说：久居鲍鱼之肆，不闻其臭。当我们置身于畸形的文化现实中时，往往不闻其臭；王小波却不能。他经历过最疯狂的年代，也见识过最理性的文明，他认定：追求智慧和有趣，乃是人类前途之所系。这一真理的背后，是对理性、自由、个人的独立与创造的极度高扬。

这本应是人之为人的一个最基本的起点，一个最简单的共识，然而在我们的时空下，它的存在却异常脆弱。它被数千年来延续至今的反智主义、实用功利主义和假正经包围着。王小波的不可替代，在于他始终以嬉戏禁忌的方式，毫不退缩地向这种无趣而强势的存在讨还这个起点和共识。他的做法是与这种无趣反其道而行之：他厌恶我们的文化中"无智无性无趣"的部分，于是在他的小说中，就充满了智慧、性爱和有趣的想象。被一些人叫好、又被另一些人非议的《黄金时代》《红拂夜奔》就是这样的作品。他鄙弃束缚自由的功利主义、道德教条和假正经，于是就在他的一切文字中布满放肆的比喻和辛辣的反讽，让没滋没味的生命变个味道。他常常引用罗素先生的话，以明心志："须知参差多态，乃是幸福的本源。"他还说："我认为脑子是感知至高幸福的器官，把功利的想法施加在它上面，是可疑之举。有一些人说它是进行竞争的工具，所以人就该在出世之前学会说话，在三岁以前背诵唐诗……还有人认为，头脑是表示自己是个好人的工具，为此必须学会背诵一批格言、教条——事实上，这是希望使自己看上去比实际要好，十足虚伪。""假如上帝要我负起灌输的任务，我就要请求他让我在此项任务和下地狱中做一选择，并且我坚定不移的决心是：选择后者。"

在这个智慧而有趣的人眼中，最难容忍的是我们这个民族的文化虚荣心和对真实的虚弱的承受力。对这种畸形文化心理的抨击，使他招致各方（尤其是新潮的"新保守主义者"）的诟病——说他"民族虚无主义"者有之，说他"自辱心态"者有之。而他何尝以把自己的民族文化说得一无是处为乐？他唯愿自己的这副烈药有助于消杀病瘤，换取健康，以使我们在人类文明的舞台上，有本事和别人来个真刀真枪的竞赛，这岂不比整天空喊"让我们的文明来拯救全世界"实在得多？但遗憾的是，花剌子模国王的耳朵只听得进"聪明人"的花言巧语，却容不得"傻子"的一句真话。几千年来，一贯如此。

然而，这对一个"傻子"来说，又有什么伤害呢？"只要你不怕做烤肉，就没有什么阻止你说俏皮话。"(《文明与反讽》)这句话是王小波君一生的自画像——他拿了匹兹堡大学的学位却放弃了有保障的工作；他才华横溢却拒绝发出他不感兴趣的声音；他乐于发出的声音却常常不能给他带来利益，因而直到他去世，仍是个"凑合着过日子的人"。他毕生都坐在这个窘困、孤独的烤架上，说着卓越的俏皮话。这俏皮话是他留给我们的遗产，里面包含了他卓然独立的智慧和幽默，以及无比丰富的想象力与创造力。在他的遗产面前，我们应当说，王小波君是这个传统的异端，但更应是令她惊喜和骄傲的收获。站在这一收获的阶梯上，我们可以望到更遥远的方向。

1997年5月4日

怎样看待王小波的遗产？

王小波一生只写作杂文随笔和小说剧本，以及协助李银河做的少量社会学调查。关于如何看待王小波的遗产，在他逝世八年后评价日益多元，这可以从4月24日举行的"王小波与青年文化"研讨会上（见2005年4月25日《新京报》）见出。但我认为再多元，也不能离开"王小波是一位作家"这一事实。如果将对思想家或人文学者的专业诉求加诸王小波，就如同要求一朵玫瑰花成为牡丹花一样不切实际。

王小波杂文是否只传播了文明世界的普遍常识？是的。他的杂文是否因此可以被评价为肤浅的？不。王小波在杂文中创造性地使用逻辑归谬法，张扬智慧和有趣，申说平等与自由，赞美科学和艺术，反对狭隘民族主义、伪科学、假正经、实用功利和愚昧盲从——其价值不在于他讲的这些尽人皆知的道理本身，而是在于他讲道理的方式改变了中国人固有的德性、混沌、矫情和自满的思维习惯，而激发了一种智性、逻辑、幽默和不满的新思维，以及关于平等自由、特立独行的价值观念。王小波将人类社会的普遍共识表达得如此迷人，以至于让人觉得，不接受这些美好的事物简直是不可思议的。中国人总是习惯于将人类的正面高贵价值描述成挣扎和战斗的产物，某种令人不快和回避的负担，但是王小波让人知道，智慧、有趣、自由、平等、科学、艺术之所以是好的，乃因为它们是能给人带来快乐和幸福的事物，人应当出于生命的本然需求去追求，而不是为了使自己在别人看起来是个好人去追求。他用自己发明的独特文体，让漂泊无依、充满怀疑的人们继续漂泊和怀疑，但却不是绝对虚无主义的怀疑，而是对摧残人之真、人之智、人之美的那些看似自古皆然的事物的怀疑，怀疑之后方能自由。在获得了充分的自由意识之时，他主张向未知的世界快乐进发，而非为回不到处女地式的精神家园愁肠百结。

　　王小波的小说主要讲述了性爱、智慧和有趣在中国的奇特境遇。这是中国文学里从未出现过的主题，而他讲述这一切时所用的手法,也是中国文学里未曾有过的。王小波借鉴20世纪的西方文学技巧,但其价值源头却来自古希腊和西方文艺复兴时期的人文主义思想,这是他与中国现实进行真实对话之后选择的结果。他的小说主人公是一群具有高度精神同一性的人,充满自嘲地怀疑这个充满悖谬的世界。王二、李卫公们的精神谱系,可以和阿里斯托芬的《鸟》、拉伯雷的《巨人传》、布尔加科夫的《大师和玛格丽特》、尤瑟纳尔的《苦炼》、卡尔维诺的"祖先三部曲"以及贡布罗维奇的《费尔迪杜凯》相接。这些人物洋溢着自由的人类明晰于自身价值立足点的自信,他们与世界的紧张关系,乃是由于创造和求知的冲动受到层出不穷的戕害而起。他们的确缺少现代主义以来人类拥有的分裂体验和虚无情愫,但谁又能说唯有分裂和虚无才是唯一的真理呢?迪伦马特有言:"诚然,谁认识到这个世界的无意义,无希望,谁就会完全绝望。但这一绝望并不是这一世界的结果。相反地,它是个人给予世界的回答;另外的人的答复可能会不是绝望的,可能会是个人决定容忍这一我们生活于其中的世界,就像格利弗生活在巨人之中一样。他也实现了时间的距离,他也退后一两步来测定他的敌人,准备自己和敌人战斗呢还是放他过去。这仍然可以显示出人是个勇敢的生物。"

毫无疑问,王小波的小说,就是那种"显示人是个勇敢的生物"的小说。当然，除此之外，世界上还有无数其他类型的小说。"须知参差多态，乃是幸福的本源"，须知王小波只是探求了属于他自己的那一份可能性，如果到他那里寻求所有的可能性却失望而归，那不是王小波的问题，而是寻求者的问题。神也不能包治百病，何况王小波。

2005年4月25日

"文坛中人"对王小波的一般看法

子非鱼给我布置了一个作业：在王小波先生五周年忌辰的时候，采访文坛大腕对他和他的作品的看法，因为这一直是王小波评论中缺少的一块。考虑到此项工作很能"填补空白"，我头脑一热就答应了。直到打了一圈电话以后我才后悔不已：找这个麻烦干嘛。总结起来作家们的意见有如下二种：1. 王小波的东西我没怎么看过，就别在他的忌辰胡说了吧。梁晓声、刘震云、格非、毕飞宇等作家如此表示。"出于对逝者的敬意，像'我不喜欢他的东西'这种话，现在也是不宜说的。"其中的一位谨慎地说道。2. 现在他已经这么热闹了，我就不说了吧！这是王朔的原话。在经历了大腕们不约而同的沉默之后,《花腔》的作者河南青年作家李洱却给了我一个认真的回答,电话里他的声音清晰平静:

纪念王小波的一个前提是不能神化王小波。神化就不是纪念。如果王小波活着,他还会继续往前走,而不会在他已有的成就面前止步。我认为王小波是个天生的、典型的作家,他的细节、他的感觉的尖锐、疼痛和看法的刁钻,他的进入事物细部并把缝隙打开的能力,都令我赞叹。他的小说写得比我好。他在文体上有建构性,实现了他洒脱自由的个性和风格,在《黄金时代》里他还比较拘谨,到《青铜时代》就完全放开了,他解构了以往的小说文体,这种解构本身就是建构。总的说来,他的小说成就比他的随笔大得多,他的随笔并非不可替代,但小说是。就他的思想来说,我以为他并没有什么创见。他主张回归常识和人类基本的伦理关系,但他并未建构一种新的伦理关系。有无可能建立一种自由主义的、有限制的、负责任的、让个人在个人—时代—历史的三维空间中成为一个健康亮点的新的伦理关系?我觉得他没有回答这个问题。王小波强调每个人都有消极自由的权利,其中包括个人在历史中缺席的权利,但是在纪念他的时候如果过于强调这种消极自由，我认为在这个个人责任感普遍丧失的时代是有害的。我还认为，现在纪念王小波最好的方式，应该是从他止步的地方往前走。

采集文坛多家"名门正派"之看法的初衷看似没有实现，其实已经实现了，那就是——多数人对王小波没有看法，因为"不感兴趣"。小波先生生平最反感灌输，现在我拿他到处去问人——而且是对他不感冒的人，也不啻一种变相的灌输，他若知道，一定不会原谅我。意识到这一点，我便立刻将余下的注意力投入到已有的评论文本上，梳理一下对他确"有看法"的文坛中人的看法。之所以要"文坛中人"的看法，是因为五年以来"文坛外"的声音一直较大，从信息全面性的角度来说，需要有个"矫枉过正"。

根据我掌握的材料，"正统"的文坛中人在小波先生辞世后写过文章的有：王蒙，刘心武，陈村，林白，李大卫，韩东。除林白以外，其余五位都是以"智性写作"为特征的作家，大概在精神气质和思维方式上与王小波有息息相通之处。林白写《我与王小波》，是感于他生前曾撰文《艺术与关怀弱势群体》的义举——她写的《一个人的战争》当时被有的评论者指斥为"准黄色"的"坏书"，在舆论上给她造成很大的压力，"素不相识的王小波在这个时候站出来为我辩护，使我感到这个世界除了辱骂和中伤，也仍有良知的声音，是一个值得好好生活下去和写作下去的世界"，反映了王小波为人的一个侧面。王蒙的文章《难得明白》[1]是这几篇中最长的，运用"借他人酒杯浇自己块垒"的手法，着重评价了王小波在人文精神讨论中反对"泛道德化"的文化立场的重要价值，指出"当某一种'瞎浪漫'的语言氛围成了气候成了'现实'以后，一个敢于直面人生直面现实讲常识讲逻辑的人反而显得特立独行，乃至相当'浪漫'相当'不现实'了"。这位被批评为"过于聪明的中国作家"的老作家，评论王小波时相当诚恳："王显然不是老好人，不是没有锋芒，不是过于聪明的中国作家。但是他的最刻薄的说法也不是针对哪一个具体人或具体圈子，他的评论绝无人身攻击。更重要的是，他争的是个明白，争的是一个不要犯傻不要愚昧不要自欺欺人的问题……王进行的是智愚之辨，明暗之辨，通会通达通顺与矫情糊涂迷信专钻死胡同的专横之辨。"

但王小波在文坛真正的知音却是青年作家李大卫。在他的未受足够重视的短文《祭王小波》[2]中，他几乎概括了王小波艺术和思想的最主要的精髓。他认为王小波小说的"最大意义在于为中国文学提供了一个诗学意义上的全

---

[1] 见《不再沉默》，王毅主编，光明日报出版社1998年8月第一版。
[2] 见《浪漫骑士：记忆王小波》，艾晓明、李银河主编，中国青年出版社1997年7月第一版。

新谱系。王小波的小说兼有约翰·欧文式的残忍幽默,卡尔维诺式的奇观场景以及翁贝托·艾科式的杂学旁收。可以说他是塞万提斯、拉伯雷和马克·吐温的精神嫡裔。王小波笔下的王二……作为作者的第二自我,永远处于对世界的认知冲动和对人类有限性的反省之间的紧张关系中。而这一紧张关系导致的人类处境的悲喜剧,在既有的中国文学中一向缺乏探讨……作为一个真正意义上的人文主义者,王小波是中国话语空间中目前仅见的一例,其首要标识是对蒙昧主义彻底的批判态度。从他的写作中可以看到一个人对世界强烈的好奇心,并以青春期顽童的方式对人类的愚昧言行进行恶作剧。这是一个文艺复兴式的人物,其丰富的感性和发达的判断力之间实现了高度的平衡……王小波是智者,但更是勇者。当一个人具备了如此智性和勇气,我想应该称他为英雄。或者说,他是以反英雄的方式企及英雄的境界,并使自己的全部作品汇集成为一个时代的神话"。这位有着王小波气质的新生代作家如今也已远离文坛,移居美国,不知是否还在锻造他为之痴迷的汉语小说艺术。

当代文坛大规模关注王小波的行动是在由朱文发起、整理的《断裂:一份问卷和五十六份答卷》[1]中,朱文提的问题是:"你觉得陈寅恪、顾准、海子、王小波等人是

---

1 见《北京文学》1998年第10期。

我们应该崇拜的新偶像吗？他们的书对你的写作有无影响？"五十几位新生代作家对于前半部分问题，有约一半的人表示：喜欢王小波的书，但他不是偶像，对写作也没有影响；另一半人则表示：他们不可能是偶像，也没有影响，因为不了解他们。韩东则激愤地说："陈寅恪、顾准、海子、王小波是90年代文化知识界推出的新偶像，在此意义上他们背叛了自身，喂养人的面包成为砸向年轻一代的石头。对于活着并埋头工作的艺术家而言他们更像是呼啸而过的噪音。"

在文学批评界，艾晓明是唯一一位在王小波生前就撰写了多篇小说评论的学者，也是王小波乐于与之交流的知音。《我所认识的"王二"及其"风流"传奇》《革命时期的心理分析》《重说生命、死亡与自由》《寻找智慧》《穷尽想象》《爱情最美好之处》《思维的乐趣》《地久天长》《关于〈黑铁时代〉及其他小说遗稿》……其中多篇在王小波生前就发表在海外的报刊上，有的则由于是面对手稿写作的评论而当时未能发表。这些文章的特点在于：它们深入到小说文本的形式和意义的内部，忠实地"复述"小说的情节和意蕴——因为她知道，王小波的小说之所以不被接受，是因为人们难以理解它们的刁钻古怪后面到底藏了些什么，她写评论就是为了排除人们对王小波的"理解障碍"。"智慧在哪里？不仅人人说假话，而且人们根本就不愿拥有感受真实的能力。他们有意装傻，自觉地勾销了真与假、愚蠢与智慧的界限。这样,寻找无双的故事从传奇中离析出来,成为现代人精神遭遇的魔幻投影。它揭露了现代社会的某个特殊阶段,道德败坏、人心沦丧的状况。如果不存在真诚和善良,那么任何悲剧都无人作证,任何悲剧的主人公都可能……成为那个众口一辞不承认其存在的无双。这就叫睁眼说瞎话。"[1]她就这样平易而深入地解读了王小波的每一部作品。

崔卫平是另一位评论王小波非常到位和专业的学者,她的长文《狂欢・诅咒・再生》运用巴赫金的形式主义理论妙趣横生地分析了《黄金时代》的文体,她问:受过良好的学术训练、极力主张文明精神的王小波何以写出文词鄙俗、"格调不高"的小说呢?回答是:"显然,光是具备某种才华是不够的,这里需要的是更高程度的自觉意识,对于历史和民族命运的深刻自觉。"她指出王小波的"某种眼光贯穿到作品的一切方面,渗透于场景、人物、动作、结构、语言、细节、穿插、隐喻等从局部到整体的全部形态,从而形成完全是统一的、一致的效果","可以说他富有天才地抵达和完成了一种对中国读者来说还是比较陌生的狂欢性文体,提供了用汉语写作

"文坛中人"对王小波的一般看法

[1] 艾晓明:《寻找智慧》,见《浪漫骑士》。原载于香港《大公报》1997年1月13日,原题为《新无双传》。

的狂欢体小说"。[1]

向来以严肃冷峻著称,且自认为"我不喜欢幽默"的思想评论家林贤治在他著名的长文《五十年:散文与自由的一种观察》里,把王小波的杂文随笔作为单独的一节加以论述,指出:"幽默,玩笑,在中国作家中并不显得匮乏;在90年代,甚至因此酿成一种可恶的风气。幽默而可恶,就因为没有道义感,甚至反道义。能够把道义感和幽默感结合起来,锻炼出一种风格,不特五十年,就算新文学运动以来的近百年间,也没有几个人。鲁迅是惟一的。王小波虽然尚未达到鲁迅的博大与深刻,但他在一个独断的意识形态下创造出来的'假正经'文风,自成格局,也可以说是惟一的,难以替代的。"[2]

此外,自由撰稿人张远山的《王小波论:化腐朽为神奇的想入非非》,周泽雄《关于王小波的调查报告》,学者丁东、谢泳的《论自由撰稿人——以王小波为例》,在坊间和网上有着广泛的影响。发表在"王小波在线"网站上的张伯存六万余字长文《王小波新论》,则是近年来王小波研究成果的一个重要结晶。全文分为"一、反抗奴役:王小波的人生哲学及其小说的精神特征;二、阴阳两界:王小波的精神结构及其小说的结构模式;三、躯

---

[1] 崔卫平:《狂欢·诅咒·再生——关于〈黄金时代〉的文体》,见王毅主编:《不再沉默》。

[2] 见《书屋》2000年第3期。

体 刑罚 权力 性;四、死刑游戏 狂欢化诗学 笑谑传统;五、一个后现代主义文本的解读;六、世纪绝响:王小波杂文的思想意蕴和艺术特征;七、王小波和自由主义传统及世纪末文化纷争"七个部分,对作为一个立体的精神存在的王小波进行了全方位的剖析,认为"如果用一句话概括王小波的人生及创作,那就是:星光照彻黑夜"。

需要指出的是:到目前为止,网上已有三万多处关于王小波的网站、网页和文章(还会不停地诞生新作),它们既表明王小波精神辐射力的广度与深度,同时也表明一种成熟的理性精神在民间的真正苏醒(当然也存在功利化的恶俗仿制倾向)。但从这些文章的准确性、深刻性和艺术性看来,并未超过四年多前出版的纪念文集《不再沉默》和《浪漫骑士》。《不再沉默》汇集了李慎之、王蒙、朱正琳、许纪霖、汪丁丁、陈家琪、何怀宏、秦晖、戴锦华、艾晓明、崔卫平、李银河、王毅等国内一流的人文学者,有的还是王小波的亲人、密友,既极其熟悉王小波的"原态"因而不会虚渺夸张,又拥有深厚的专业背景因而能够从各种角度进行思想和艺术的深入探究。《浪漫骑士》作为研究王小波的第一手资料尤为可贵,遗憾的是关于他生平的史料仍嫌不足,这方面的缺憾也许只有到"相关各界"对他的文学贡献有了充分共识之后才能弥补。

此外,本文略去了一些"批评性"评论,典型的比如

"文坛中人"对王小波的一般看法

王小波的兄长王小平对他的《白银时代》和《黑铁时代》"观念填不满形式"的批评，秦晖对于他作为批判现实主义作家其批判现实"慢半拍"的批评，都是些中肯的评论；还有《我们选择什么？我们批判什么？——从昆德拉到哈维尔》（见《北京文学》1999年第一期）一文对王小波之"冷"的批评，以及王晓华《王小波杂文的思想渊源、意义与局限》（见"世纪中国"网站）一文对王小波"破坏性多于建设性""缺少生态主义思维""他所信奉的自由主义暗藏着一种独断论""由于经验主义对常识和利害的强调，而无法实现人类的一些超越性价值"（限于篇幅，引号里的内容为笔者所概括——李注）等，也是有代表性的批评，在此不作详细介绍。

2002年4月

遥寄一位沉默的说话者

那个叫王小波的人离开这个世界已经一年多了。他的名字由一年前随便一个人的嘴里，潜入今天不那么多的人的内心。今天，一些人把内心的话说出来，集成了一本名叫《不再沉默——人文学者论王小波》（王毅主编，光明日报出版社1998年8月）的书，以献给那个为"沉默的大多数"代言而又沉默地离世的人，和他的心灵的朋友们。

如果说去年各大媒体上掀起的"王小波热"，是源自各界人士的情感认同和多多少少的商业动机，那么今年的这本《不再沉默》，则是人文学者对于王小波思想史和文学史意义的理性评价。正如主编王毅先生在序言中所说：王小波"原本秉承的是陈寅恪和顾准他们'独立之精神和自由之思想'的血脉"，却"在接武前人的同时，又尝试演奏陈寅恪、顾准等人以后的乐章"，他"再也不会把回身走上十字架认定为这说话的最终结局。相反，他憧憬和努力探索着的，是能够走出一条两边都开满牵牛花的路"，他的心智"重新展现出人对未来的颖悟、对新的和美的文化形态之创造力这一'智慧'的本真意义"。

翻读这本书，不仅是在温习一份生命永存的智慧，还能听到对这份智慧的广阔的理解。一年多以来（从王小波逝世那天起），我们不断看到一些"准王小波"的话语方式出现在各类文字中，也时常能听到正统的文坛中人对他居高临下、不以为然的评判，更不断目睹被王小波针砭过的现象一再出现：从一些知识分子对自由主义、资本主义和现代性的"超前"批判，到大学生与大学者的文化相对主义和狭隘民族主义的泛滥，其逻辑、胸襟和思想的扭曲，既令人感到思想倒退的悲哀，又使人自恨无王小波之才，难以继续发出那种幽默智慧洞见超凡的公义之音。而《不再沉默》的出现，则是对这份焦虑的慰安。它使我们相信，清新自由的思想不死，但需要我们自身的顽强践履，言行一致。"当今的中国，自由主义缺的不是学理，而是实践……即便我们写不出罗尔斯、哈耶克那种层次的理论巨著，我们也可以实行'拿来主义'；但倘若我们干不了甘地、哈维尔等人所干之事,那是决不会有人代替我们干的。"在专断与恐惧相伴相生的土地上,"'消极的'自由必须以积极的态度来争取,低调的制度必须用高调的人格来创立,为了实现一个承认人人都有'自私'权利的社会,必须付出无私的牺牲,为世俗的自由主义而斗争的时代需要一种超越俗世的'殉教'精神"(秦晖:《流水前波唤后波》)。也许这的确是对王小波的意义的确切评价。

但我知道,这本书不仅仅是对一个逝去的非凡生命所表达的敬意,它也表明当代中国知识界的角色自觉。"有一天有许多话要说的人,常默然地把许多话藏在内心;有一天要点燃闪电火花的人,必须长期做天上的云。"(尼采)有一天,当我们的智慧能创造出我们希望的一切时,一定仍会想起那个沉默的说话者,想起那片翻滚的天上云。

1998年12月

王小波与纪念日

"混账东西"的纪念

王小波曾写过一篇题为《电视与电脑病毒》的文章,对电视节目围着节日纪念日打转的现象痛心疾首,大意是说:中国电视编导的脑子里总有一本日历,每到一个节日或纪念日,就要放一些和该日子有关的电影或歌曲,结果把电视节目搞得没滋没味的。"有些日子所有的频道都在闹日本鬼子——当然,这些鬼子和汉奸最后都被抗日军民消灭了,但这不能抵偿我看到他们时心中的烦恶:有个汉奸老在电视屏幕上说:太君,地雷的秘密我打听出来了——混账东西,你打听出什么了?从我15岁开始,你一直说到了现在!"

王小波虽然绝顶聪明,可是他肯定想不到自己如此早逝,更想不到每当他的忌辰,就会有人在媒体上纪念他——我相信他如能预见到这一点,定会想办法长生不死,以免因为他自己的缘故,出现他最"烦恶"的情形。这样的情形已有七年,而且看起来没有结束的势头。如果他的在天之灵能对我们说话,恐怕他的话会很不客气:"混账东西,纪念了七年,你们都纪念出什么了?从我死的那天开始,你们一直纪念到了现在!"当然这种可能性很小,因为平时待人接物,他总是个谦谦君子,所以他的语气可能是这样的:"求你们别一到4月11日就说我了,我简直快羞死了。"十有八九会是如此。他既然讨厌人家把许多偶像强加给他,他必也不愿把自己变成偶像强加到别人的头上。他作为一个一生反对各种政治强制、文化强制和道德强制的人,一定最反感听到这样的话:"看看人家王小波是怎么做的,再看看你们!"把自己变成一个令他人自惭形秽的榜样,无疑会是他最为诅咒的事。

但是关于纪念他这件事,我恐怕会这样劝他:如果一个时代、一些人,一到某个日子就自发而非强制地纪念某人,便表明该时代该人群最缺少和需要那个人。人们要通过"纪念"这种仪式化的行为,来强调己之所需与己之当为。如果有一天王小波式的力量不再稀奇,我们自然就不会再纪念你了。他听了这番话,也许会心里稍安,就不那么反感我们了。而只有他不反感了,作为粉丝的我才能安下心来写作此文。因此还请读者朋友原谅我把文章的头开得这么长。

我们这些人

接着我想说说为什么老是我们这些人在纪念他。所谓"我们这些人",就是年龄段在"70后"前后的一些人,再扩展些,就是生于60年代到80年代的一些人。记得第一本纪念文集《浪漫骑士》和第一本评论集《不再沉默》都是由年龄与小波相仿的学者主编或撰写的,之后,在话语空间里一直念叨不休的,就是"70后"与"80后"了,甚至还有了个小波君一听其名必会昏迷的网站"王小波门下走狗大联盟",以及一本据说有"小波风"的小说集《一群特立独行的狗》,来向他致敬。——顺便说一句,不管这个"门下走狗"多么事出有典,总归不那么"王小波";况且"走狗"的"走"有"跟随"意,即便是"一条"也不能算"特立独行",更何况是"一群"。"一群狗"而曰"特"立"独"行,未免对一个词的使用太强其所难,即便是戏仿"一只特立独行的猪",也仍是如此。

对不起,又扯远了。其实我的意思是说:"70后"一代之所以不停地追念王小波,只能说明一件事:自他逝去之后，我们既未能找到与他的智慧、理性、魅力及健全程度不相上下的精神兄长，自己也没能成为与他不相上下的成熟的个人。我不能不悲哀地说：在王小波的身后，勇敢、坚韧而智慧的自由知识分子群落不但没有壮大，反而日渐萎缩；而一茬茬披着"小波型"修辞外衣的自鸣得意而又脆弱不堪的"自由分子"，倒是多了起来。"王小波"的语义符码被迅速地肤浅化和时尚化，以至于一些有着逆反心理的"精英"，甚至羞于再提王小波之名。这真是不幸的事。

心肠与智慧

经过七年的时间，我们这些受过王小波作品哺育的人，已从不谙世事的二十几岁，迈进略经风雨的而立之年。对于王小波留下来的精神遗产，我终于知道了要把它分为两个部分：王小波心肠与王小波智慧。没有前者，绝无可能产生后者，任何一位可以抛掉前者而直取后者的努力，最后收获的精神格局可能都会极其微小。类似的情形，我们可以从"剥离技巧"的中国当代新潮文学中看到。以前人们对"王小波智慧"谈得较多，在经历了这个国家诸多或大或小幸与不幸的事件、旁观了知识界一场又一场归于泡沫的论争之后，我认为现在更需要留意"王小波心肠"。前几年曾经激动过我们的一些知识精英，近年的所言所行之所以言不及义无有所指，自然与知识储备的老化和问题意识的弱化大有关系，但更重要的是由于衮衮诸公缺少如王小波那般真诚、善良、大爱且勇敢的古道热肠。

想必王小波不会同意我的有泛道德化嫌疑的解释，但我仍是以为，一个知识分子在拥有足够智慧的前提下，一旦有了这样的心肠，他才会对他人的境遇苦乐抱有感同身受的理解，并且产生表达的力量和勇气，有了理解和勇气，他在人文研究中才可能获得敏锐深刻的问题意识，在文学创造中才可能传达悲天悯人的深情高致。在智力相当的情况下，正是这最朴素的心肠，划出了不朽与速朽的分界。也正是这素朴之物，最无法取巧和作假，它一旦与心智的运动相结合，便会使人的创造力迸发出震撼灵魂的光芒。《圣经》中有大意如下的话：凡要保存性命的，反要失掉它；凡要失掉性命的，反要得着它。这句话的前半句，最适合说给那些一心想给自己树碑立传、什么好处都想得的人听，无论官员政客，还是知识分子；后半句，悄声说给小波听就行了——其间道德、利益与身后荣辱的能量守恒和转化原理，恐怕不是他所屑于证明的。然而我们这些生者若是不知，就未免太过昏聩了。

他唯一的忧虑

王小波总是说：我唯一忧虑的，是我不够聪明。他从不忧虑自己不够善良，因为他觉得善良这东西实在太过基本，没有难度，属于"良知"范畴。按照《辞海》的解释，"良知"乃指天赋的道德善性和认识能力。天生就有的好心肠自然不必强调，他只忧虑人类后天努力才能获得的东西——聪明与智慧——会随时消亡。他的二百多篇杂文反复絮叨的无非是一个道理：这世界若想变好，必须医治愚蠢。为此他不惜耐下性子，用古今中外、尤其"大跃进"和"文革"中的诸多荒诞故事，苦口婆心地规劝国人不要重蹈愚蠢的覆辙。现在看来，他所担心的"愚公移山"式愚蠢似乎快要过去了，但是《寻找无双》里王仙客在长安城所遭遇的愚蠢却远未过去——那就是不敢直面真实历史与现实、不敢承担个人权利与责任的愚蠢。如果说防止"愚公移山"的愚蠢只要大力发展工具性智慧就可完成，那么杜绝王仙客所遭遇的愚蠢则需要更全面的智慧——除了动用工具理性，更要动用价值理性。

价值理性是在良知指引下的智慧，此一理性的衰弱，必会导致人的全面退化，其结果是满大街行走着既无美感也无责任感的市侩小人。有一点王小波没有提到：良知即便是天赋的基因，遇到极其恶劣的环境也会变异衰减，其脆弱程度甚至高于"智慧"。良知在这世上若真的化为乌有,那么再高的"智慧"也只能为恶了。我看在某些特定的空间里,一些强人的确运用着滤去了良知的高超智慧,来尽可能地阻止"沉默的大多数"获得识别真假、善恶、智愚与好坏的包含良知的普通智慧,智慧和技术若落到这种人手里,天下势必会傻子恶人横行。因此,若真想告别愚蠢,恐怕仅有智慧还不够,还得加上"勇敢",即不怕为遭遇不幸不平不公不义的人——不管这人是别人还是自己——说话和做事的素质。有了勇敢而智慧的素质,才能有良性公共空间的形成,个人才能摆脱孤立无援的原子化境地,而逐渐建立一个按照人道准则而非丛林规则运行的社会。

一句话:智慧固然重要,但是在一个是非颠倒的世界,真诚、善良、大爱和勇敢的好心肠却是同样重要的。这是王小波,我精神的兄长,在他的纪念日暗示给我的东西。他还暗示我:社会的健全与进步,只能诉诸每个公民自身的努力与觉醒,若寄望于充当"王者师",则一切必会归于虚妄。这大概是王小波与他的师祖胡适以及一些胡适弟子的不同之处。

2004年4月2日

"真理本身也许就很有趣"

初知"王小波"其名,是在《东方》杂志。记得那篇文章看了令我捧腹,捧腹的瞬间却琢磨了一件挺严肃的事。是什么事我忘了。后来陆陆续续地读他的杂文,都是捧了腹之后又严肃地想了事儿,方知这是他为文的风格:将看起来一本正经的荒唐事跟一件一点儿也不正经的荒唐事(常常是不知打哪儿淘换来的邪门传说)作比附,让人顿时了悟那正经玩意儿的荒唐性质,"噗嗤"一下乐出声来,瞬间粉碎其假模假式的庄严。这种"王小波式幽默"在《东西方快乐观区别之我见》《花剌子模信使问题》诸文中渐露峥嵘,使得文化界颇多文字敏感者一听见"王小波"三个字,便竖起耳朵,两眼放光——不管是青眼有加者,还是大不以为然者。

显然,小说《黄金时代》的作者已成了一个被公认为"有趣"的人,正如他认为"真理本身也许就很有趣"一样。当然,我不是说王小波和真理一样。我是说,"有趣"已经和王小波有了生死不渝的交情,这一点,恐怕王小波和王小波的读者都不会有什么异议。

于是我去采访王小波。他四十多岁,高大威猛,穿着一身黑色运动服接待了我。这位下笔要多疯有多疯、要多辣有多辣的自由写作者,说起话来却一点儿也不疯,也不辣,相反,看起来蔫蔫的,像是有点儿萎靡不振——可能是为了说话省点劲儿,也可能他觉得没什么事值得大惊小怪的。可是他说出来的话,却总是有那么点儿不正规。

问了些他的生活经历,他回答得很简约。见我有点儿尴尬,他就说:"我把这辈子的经验都说完,也用不了一个上午,真的。"

"您现在写什么呢?"望着他把轰鸣着的音响和打字机都关掉,我问道。

"写历史小说。或许不该叫历史小说。卡尔维诺《我们的祖先》算历史小说吗?"

"不算吧。一个子爵被劈成善恶两半之后各干各的,这种故事不能算历史小说吧。"我摇头。

"那我写的也不叫历史小说。其实是对唐传奇的翻写，被我翻得面目全非了。我还写过'未来小说'，有一篇发在今年的《花城》第三期，叫《未来世界》，有评论家称它为'科幻小说'，我特不满意。总之，现在我写小说完全避开现时和都市，把时空放在遥远的过去或未来的子虚乌有上。"他缓缓说道。

"您为什么逃离现实生活呢？您的《黄金时代》不是写得挺好的吗？"

"写《黄金时代》的时候，心里有一股愤懑，我是被这股愤懑推着写出来的。可我也不能老为同一件事愤懑呀，愤懑完，还得继续往下走呀。"

"知青生活之后，还有当下的城市生活，为什么这种题材很少出现在您的作品里呢？"

"我不喜欢在小说里出现现时和城市，因为它们本身就意味着一些影影绰绰的要求——严密，正规，按部就班。很多读者喜欢与他们的生活合拍的作品，我看那没劲。说实话，我觉得城市生活十足没意思，再把这种索然无味的痛苦生活在作品里重复一遍？我可不干。小说的目的就是创造与这种现实绝对不同的另一个世界，就像卡夫卡、卡尔维诺这样的作家——人类现实生活里没有的形象，他们给'做出一块'，这才是真正让人着迷的东西。但你能说他们'逃离现实生活'吗？恐怕不能吧。可他们作品的外在形态的确与生活的逻辑无关，这时他们就获得了创造的自由。这话可能有点儿离经叛道：创造的源泉不是生活，精确点说，不是现实生活的逻辑和形态，而是作家的创造力和想象力。当然，文学与生活的关系自有一番繁琐的道理，一两句话说不清楚。"

"您似乎更注重文学的美学方式，那您不认为文学应当有一些'负担'吗？——近的比如说现实现世的关怀，远的比如说'人类的终极关怀'。您不觉得伟大的作品无一例外地体现了后边的这种'关怀'吗？"

"这个，我是这么看，"王小波想了想，说，"有些作品也许它没有主动'关怀'什么，但它呈现出人类的灿烂和完美，甚至它比人类本身还要好，比如莎士比亚戏剧。这时候不是他的作品对人有什么用处，而是人类对他的作品有什么用处，一切都为他的创造物的美满而存在。可与此同时，它们的确不经意地自由地'关怀'了许多东西。我想，写作的美好首先在于驱动思维的创新，突破现实的授命。我写古代写未来，也是出于'自由发挥'这种严肃的动机。我越来越想当一个地道的作家，不想写迁就读者的'现实性作品'。那样的话，不就——媚俗了么。"此时，他倒是一脸严肃的。

"您是'第三种人'吧，"我笑道，"既不像满脸肃穆的人文学者那样大呼精神价值的重建，又不投进大众趣味的怀抱里，多孤独。"

"我觉得，提倡和呼吁什么——比如人文精神吧，肯定比写出一部精妙的作品省劲儿。可是好作品的力量却

126

比'提倡和呼吁'更大，也更有说服力。另外，对于文坛上那种忧心忡忡的调子，我没有同感——可能和我理工科出身有关，我不认为文学在没落，而是正在辉煌。要我说，人文精神就是伸向未来的雄心壮志。现代小说虽然精品寥寥，但它们的紧凑、精当和深刻却远胜过古典。将来，文学的路也会是这样上升。"

1995年11月

作者注：近日发现几页旧稿纸，是1995年11月在《中华读书报》实习时所写，已忘记为何没有发表。现在看来，写得的确不够好。因为是关于王小波的回忆，就抄录在电脑里。问的和答的，如今看来都是常识。之所以那样问，那样答，恐怕出于彼时环境和论题的需要——当时最热的话题，是关于"人文精神"的讨论，王小波对那种泛道德主义的论调颇不以为然。值得记念的是这位作家在与一个报社实习生的交流中，显现出来的赤诚无拘的胸襟和性情。自此，我便以他为师，虽然关于这一点，我从未和他说起过，并且学得一点儿也不好。

2022年3月14日

王小波退稿记

此文写于十年前，一直放在电脑里未曾示人。那时坊间流行一个说法：关于王小波的悲情，是文坛之外不明就里的人们虚构出来的，他的作品发表不顺，也不是什么"文学体制"造成，只是凑巧而已。于是有此文。大概写时只求一吐块垒，写完又觉得无甚必要，就收起来了吧。而今重翻时，"王小波"三个字竟有古董之感，反倒觉得不妨给读者看看了。

——2013年12月28日题记

多数人知道小说家王小波，是在他的逝后。在他生前即知悉和喜欢此君的人，多是因为他的杂文和随笔，它们发表在当时的《读书》《东方》《三联生活周刊》和《南方周末》之类的报刊上。有那么些嗅觉刁钻的家伙，只要读到了他的一篇文章，就开始猎狗似的搜寻这个名字，逢人便问他的轶事，万一搜到他的文字——譬如鄙人，常常是在图书馆——就会满脸傻笑举起杂志箭步蹿到椅子前，先是光速看完，然后蚁速重读，边读边从喉咙里发出憋不住的"咯咯"之声，全然不顾周遭人等"你有病吧"的鄙弃眼神。倘若遇到同好，那脸上的微笑可就高雅多了：诡秘，暧昧，莫逆，悄声唧咕一番，互告此君新作行踪，微微点头，再向图书馆或报刊亭迤逦而去。

其实谈王小波用不着跟地下党似的——他又不是被禁作家。当年贾平凹的《废都》被禁时，同宿舍议论吵嚷的声音还不照样快把屋顶掀翻了？诡秘完全是出于下意识，隐含着某种对开心宝藏悄悄品哑的欲望。似乎它是一件天外飞来之物，如果大肆声张，它就倏地飞走了。我们可不想这么快让它飞走。哎呀，从没有哪个中国作家让我们这么开怀大笑过，笑完，静下来，感到有种力量悄悄潜入了内心。曾经觉得王朔挺逗的，可是和王小波比起来，他顶多就是一撒娇不停肩膀柔嫩需要呵护的小弟弟。王小波不同。这位仁兄肩膀宽，有担待，虽是满脸坏笑，却是内心温醇，天地动摇不改英雄本色。我们猜，大概是因为

130

他害怕过于受人尊敬，才那么不正经的。

待后来我到一家报社做实习记者，终于找到采访机会与他相识，才明白了何谓"文如其人"。初见的场景已多次对人讲过，在此不赘。采访结束时，我央他送我一本《黄金时代》。他在书柜底层掏啊掏，掏出一本来。我说"您签个名"，他签名："李静小姐惠存　王小波"。回来才注意到连个落款时间都没有，可见他很少做这事。

彼时我正读中国当代文学研究生，看惯了"正宗纯文学"的中国当代小说，刚读他的，真是不习惯。瞧《黄金时代》的开头："我二十一岁时，正在云南插队。陈清扬……有一天……从山上下来，和我讨论她不是破鞋的问题……她要讨论的事是这样的：虽然所有的人都说她是一个破鞋，但她以为自己不是的。因为破鞋偷汉，而她没有偷过汉。虽然她丈夫已经住了一年监狱，但她没有偷过汉。在此之前也未偷过汉。所以她简直不明白，人们为什么要说她是破鞋。如果我要安慰她，并不困难。我可以从逻辑上证明她不是破鞋。如果陈清扬是破鞋，即陈清扬偷汉，则起码有一个某人为其所偷，如今不能指出某人，所以陈清扬偷汉不能成立。但是我偏说，陈清扬就是破鞋，而且这一点毋庸置疑。"直白，粗鲁，却又饶舌，学者范儿，貌似"文革"期间小流氓泡妞的故事，却不能一目十行一泻千里地看完。相反，它既硬实又跳跃，既好笑又悲伤，既费脑子又费心，一会儿都疏忽不得。我习惯了中国当代小说是一股气体，至少是液体，读起来顺顺溜溜毫不费劲，到得结尾处，发一声"人生不过如此"的轻轻叹息，作罢。同样是现代汉语，怎么此人的小说却忽然有了瘦骨嶙峋的梁架呢？从梁架踩上去，看到的风景不是三姑六婆张长李短，而是一个我以为纯文学"不该关心"的范畴——政治、社会、文化荒诞可笑而又害人不浅的疾病。但他分明没说它们。他只是写了几个阴阳怪气的人物。但我分明看到了这一切。他关心的主题过时了吧？或者说，在未来更加完善的社会里，这些主题必定会过时吧？我暗想。纯文学要想避免过时的不幸，就该写普遍的人性啊。我琢磨。普遍的人性是什么呢？三姑六婆张长李短啊，那才是民间社会永恒的主题哦。我的"中国当代纯文学"常识告诉我。

但是，读完这本小说集，关于小说的好坏，我已有了另外的看法。非常奇怪，外国小说没给过我这么强的刺激。是他的小说让我明白了：一个从精神到技巧都已成熟且个性独异的作家，在处理中国题材时可以做得多么有趣，多么刻骨。因此，当我研究生毕业，走进供职的文学杂志社那神秘昏黑的半地下室时，是自以为怀揣珍宝而来的——看吧，我会给你们带来从未见过的牛×作者，牛×小说，你们会因为他的到来，对这个新来的小编辑刮目相看的！

对我来说，那是一段把编辑工作当事业的时期。那家杂志1980年代是新派文学重镇，由于历史原因，1990年急转直下，更像是延续"十七年"社会主义现实主义文学风格的据点。1996年我去时，执行主编刚刚上任，也正是她拍板留下我这个毕业生的。她试图让这本杂志从刻板形象里走出来，鼓励每个编辑去挖最好的作者最好的作品，不设限制。我于是打了鸡血似的先给王小波写了封信："王老师：我可能要从您的作品爱好者升格为文学责编了。我已到《北京文学》当编辑。把最好的小说留给我吧！"

之后给他打了个电话：您手头有无存货？他不紧不慢地答曰：有一堆压箱底的，你有时间过来拿吧。1996年还没有普遍的互联网，写信靠寄，编辑取稿要去作者家——假如着急的话。

1996年8月，我开始工作后对他的第一次拜访，地点是在西单老教育部大院一座筒子楼一楼的一间宿舍。这是他母亲的房子。那时他和妻子李银河住在西三环外岭南路的一套单元房里，他为了照顾母亲，在西单和岭南路之间两边跑。我走进筒子楼的走廊时，他正在房门口的煤气灶前烧水，头发乱蓬蓬的，抬头看到我，嘴巴一张，一咧："请进。"

屋子很暗，计有一桌一椅一床一书柜，一台针式打印机。他请我坐下，略略闲聊了几句。他刚看完港台版的卡尔维诺《未来千年文学备忘录》（内地1997年由辽宁教育出版社出第一版），对其中的"轻逸"和"繁复"之说深有体会，至于小说"迅速""确切"和"易见"的特质，他也心有戚戚："卡尔维诺的意思是：这五种品质应该同时存在于一部小说中，而不是单独分散在不同的小说里。"我问他觉得自己的小说达标程度怎么样？他说：写了几部长篇，有的实验性太强，好像有点"繁复"过头了，试过几家杂志社和出版社，都不接受；还有的被认为思想有问题，"有一编辑说我在小说里搞影射，还猜出了在影射谁，我有那么无聊吗？"他无奈地苦笑。我说能把"思想有问题"的小说给我看看吗？我怎么专好这一口儿呢？他给逗乐了："行，你拿去看看，发不发都没关系，长篇哈，光这篇幅你们那儿就够呛。"我说先看看吧，万一头儿也喜欢，开个特例也说不定。

房间里响起针式打印机的"吱吱"声，灰黑色的字一行行从针孔下流出，打印纸连绵不绝地翻转，长得像折叠的哈达。声音停止时，他把那厚厚的一摞从纸页折叠处轻轻撕下，交到我手里。低头一瞧，扉页上写着，"红拂夜奔"。

我拿回家就看，边看边怪笑不止，急得我先生在一旁百爪挠心，坐立不安。他是我文学趣味的同谋，只要他在某处发现了王二的文章，必给我通风报信，或是念给我听。这回是我看完一章，就给他一章，他那边也传染病似的笑将起来。话说李卫公发明了开平方根机，却没人买他的专利，最后只好卖给皇帝老儿用来打仗杀人。战场上，该机器摇出来的全是无理数，谁都不知道怎么躲。兵士们有的死在根号2下，有的死在根号3下，无不脑浆迸流……整部小说天马行空，怪谈密布，一会儿笑得我岔气，一会儿又抑郁得窒息，真不知那些怪诞的场景是怎么被他想出来的。看完，我兴奋得在家里拍桌子打板凳：《红拂夜奔》必须发出来！必须！要是这样的作品都不能发表，那要杂志社出版社干吗？就为了发那些偷情过日子钩心斗角的无聊故事吗？不可以，不可以！我那二十五岁的头脑充满想当然的真理，并且想不出它们有何理由不变成现实。

上班后，先给我更加热爱的作家打了个电话，赤裸裸地表达了对《红拂夜奔》的膜拜之情，电话那边是一阵害羞而开怀的沉默；然后写了张热情澎湃的稿签，把小说提交上去，静等领导回音。过了月余，执行主编叫我去她的办公室。一摞厚厚的稿子放在我面前，上边别着稿签。我心凉了半截。"《红拂夜奔》非常精彩。"她说。我一块石头落了地。"可是，太长了。咱们是月刊，没法发长篇，你能不能请作者压缩一下？""压缩到多长？""三万多字吧。"十八万字的原著，压缩到三万字……也就是个梗概。但总比不发好。终审说能发三万多字，那起码这三万多字的发表是有保障的。"好的，我跟作者商量一下。"

我给他打了个吞吞吐吐的电话：您的《红拂夜奔》，那什么，别的杂志可能会用吗？他慢悠悠道：这稿周游各大杂志一两年了，怎么会忽然就能用了呢，你那也没戏了吧？我：也不是全没戏，有……六分之一戏吧。他：怎讲？我：头儿说，我们这儿只能发它六分之一那么长啊。他：三万字？我：嗯，三万多字，您，您能压缩到这么长吗？我等着他发出冷嘲，但是没有。他顿了片刻，声音低沉得像是发自腹腔："我试试吧。"

两周后，我从他那里拿到了压缩版。拿掉了王二那条现实线，反复回旋的交响乐一样的结构不见了，成了一个李靖红拂的精悍故事，依然很逗，寓意犹在。我赶紧提交上去，等待刊发的好消息。而他的原稿被我贪污，传给一个在人民大学读研的朋友。他读完，声称"三月不知肉味"，又给同宿舍的哥们传看，一时间在那个小范围内，"无人不谈王小波"。我把这个消息反馈给他，看得出他很开心。这就是他逝世后图书宣传语上"他的作品以手稿的形式在高校里流传"的由来。

又过了两周，主编把我叫到她的办公室，又一摞稿子放在我面前，是那个压缩版。我的心揪了起来。她面带无奈的愠色，说刚开完会回来，挨了严厉的批——因为××的小说里讲了个关于牙签和避孕套的黄色笑话，便斥本刊为格调低下，警告以后发表的小说里不许再有"黄色"内容，更不许有"挑衅性"的思想倾向。"不许，是怎么个不许呢？"我暗忖。1999年5月，我知道了什么叫"不许"，也知道了执行主编若不妥协，更将无所作为，这本杂志也将重回1990年的模样。但这是后话了。1996年11月的那个下午，我只期待主编的冒险。但她说道："这个《红拂夜奔》，没有性是不能成立的，没有挑衅性的思想，更是不能成立的，所以……"她求助似的望着我，我望着半地下室的窗外。地面上行人的小腿匆匆摆动，随地吐痰之声此起彼伏。我感到胸闷。

"假如发了，会怎样呢？"我绝望地不知趣起来。

"发了，就是'顶风作案'呗。以后的限制会更多，直到变回60年代的杂志为止。"她看我的眼神，让我觉得她不是领导，而是我的同命鸟。在以后的岁月里，这个永远带着女孩神情的美丽女人，一直与我保持着亦师亦友的关系。她让我明白何谓"韧"，何谓"妥协"，何谓不能"妥协"的"底线"。如果你不让我发表自己主张和喜欢的东西，那么我也不发表我毕生反对的东西——这就是底线。1996年11月，两个在底线边缘挣扎的文学编辑，默默地合伙宣判《红拂夜奔》压缩版在本刊物的死刑。

"那么，作者是白费力气了。"这个念头让我虚脱。我该怎么面对我心爱的作家？在我的蛊惑下，他花了两周时间肢解自己的心血之作。他在肢解的时候一定狠狠诅咒过自己——如此迁就，无非为了发表。发表是为了什么呢？在他逝后，我读到他的一段话："人在写作时，总是孤身一人。作品实际上是个人的独白，是一些发出的信。我觉得自己太缺少与人交流的机会——我相信，这是写严肃文学的人共同的体会。但是这个世界上除了有自己，还有别人；除了身边的人，还有整个人类。写作的意义，就在于与人交流。因为这个缘故，我一直在写。"也因为这个缘故，他听从了一个初出茅庐的小编辑的指手画脚，在本该创作的时日，删削自己天才的作品——为了它能被读到，为了天涯海角的心有灵犀者能与他相视莫逆，如见另一个自己。那时他压在箱底的作品太多了:《红拂夜奔》《万寿寺》《似水柔情》《东宫·西宫》……每一部都巧思密布，心血用尽，每一部都发不出来。

我又去了他家，说是取稿。在等待《红拂夜奔》回音的日子里，我跟他约了个短篇，参加本杂志的"短篇小说公开赛"。约稿时我像根老油条似的提醒他："求您，这回写篇老实点的、俺们能发的吧！"到了他家，他把《夜里两点钟》打印出来给我看。看完，我不留神叹了口气。唉，一个作家在自由状态和"警告状态"下的写作，竟会有这么大的不同！可能怪谁呢？是我要他写"老实的""能发的"作品呀。而他是为了帮我的忙，才答应下来的。

"这种有损尊严的东西，我以后再也不写了。写多了就成没滋没味的人了。"敏感的他看了我一眼，说道。"最近杂文也得收着写，这不能说那不能提的，有几个朋友看了几篇，都说不如以前有意思了。以后我宁可写有滋有味发不出来的东西，也不写自我约束得不成样子的文章了。

本来你是个挺有滋有味的人，却让朋友觉得你这人没滋没味的，那干嘛呀。"啊，时隔六七年，我还能记得他这些话。"有滋有味"这四个字一直嵌在我的脑子里。

"不管怎样，这篇是铁定能发的，"我说，"不过，《红拂夜奔》……"

"还是发不了。"

"嗯。"我低下头去，"杂志刚挨了批，因为牙签和避孕套什么的……"我大体说了几句。

他咧嘴笑了起来，是感到了极大的荒诞的那种笑。

"真是很抱歉，让您浪费那么多时间……"

"没什么的。"他说。神情淡然。

此后，他陆续给我看他发不出来的作品。抱着微茫的希望，我隔段时间就向编辑部提交一部，计有：中篇小说《似水柔情》，舞台剧本《东宫·西宫》，长篇小说《万寿寺》的部分章节。除了《万寿寺》的第七章被同意留用，其余都被退了回来。同性恋题材是不能在文学期刊上发表的。《万寿寺》的文体实验太极端了。嗯，不过第七章挺有诗意，作为对作者的鼓励，留下吧。

1997年4月11日，王小波离开了这个世界。《万寿寺》第七章作为本刊"王小波纪念小辑"的一部分，得以发表。"时代三部曲"在5月13日他的四十五岁生日那天，举行了首发式。我把书拿回家，先读《白银时代》。这是一个作家在"写作公司"里的故事："将近中午时，我去见我的头头，呈上那些被我枪毙过的手稿。打印纸上那些红色的笔迹证明我没有辜负公司给我的薪水——这可是个很大的尸堆！那些笔道就如红色的细流在尸堆上流着。我手下的那些男职员们反剪着双手俯卧在地下，扭着脖子，就如宰好的鸡；女职员倒在他们身上。我室最美丽的花朵仰卧在别人身上，小脸上甚是安详——她虽然身轻如燕，但上身的曲线像她的叙事才能一样出色……她们在我的火力下很性感地倒地，可惜你看不到。我枪毙他们的理由是故事不真实——没有生活依据。"这真是个熟悉的场景，他的作品就是这样在我的笔下中枪倒地。是的，连理由都一样："故事不真实——没有生活依据。"你知道，他习惯了说反话。

2003年1月

从《红拂夜奔》到《秦国喜剧》

在座的各位可能都知道《红拂夜奔》,这是王小波的一部了不起的长篇小说,他也有一部同名的中篇小说,写在这部长篇之前。《秦国喜剧》是个什么鬼?这是我在不久前刚刚发表的一部话剧剧本。把它放在王小波的这部旷世巨著后面,没有相提并论的意思,我只是想跟各位分享一个经验——关于王小波开启了一条怎样的写作道路,而这条道路又如何影响了后来的写作者,比如我——这样的一个经验。

1

先说说我是怎么结识王小波的。如果不结识他这个人，可能我不会成为这样的一个"王小波主义者"——哈，请用一点幽默感来理解这个词。

初读王小波，是在1994年，当时我正在北师大读研究生，是个紧张抑郁、特想寻求意义归宿的"90年代青年"。有一天翻《东方》杂志，发现有个作者跟北宋的农民起义领袖王小波重名，就好奇地看了下，这一看，就放不下了，有一种——怎么说呢，这个说法有点可笑，但就是这样的——有一种醍醐灌顶、找到了"精神导师"的感觉。那篇文章题目叫《中国知识分子该不该放弃中古遗风》，读到这段话我就开始大笑不止："现代中国的知识分子，相比之下中古的遗风多些，首先表现在受约束上。试举一例，有一位柯老说过，知识分子两大特征，一是懒，二是贱……三天不打，尾巴就翘到天上去了。他老人家显出了学官的嘴脸。前几天我在电视剧《针眼儿胡同》里听见一位派出所所长也说了类似的话，此后我一直等待正式道歉，还没等到。"那种假作正经、出人意料的幽默，清明质朴、思维奇巧的风格，勇敢担当、戏弄威权的顽皮——那种从其他作家和学者那儿很难看到的自由、成熟而又强健的人格，从这篇随手写出的杂文里不经意地散发出来，吸引了我——一个二十出头就活得不耐烦的年轻人。那时我的性格抑郁内向得吓人,却产生了一个更吓人的念头:无论如何,我要认识这位王小波。好像我的"得救",我能否摆脱那种无休无止的灰暗抑郁,完全取决于是否认识他一样。

1995年,我到一家报社实习,终于找到了一个同时采访王小波和李银河老师的机会。李银河老师身材小巧快言快语,王小波老师身材高大低调害羞。当时有一场声势浩大的"人文精神"大讨论,我问王老师的看法,他说:"我喜欢追求真理,因为真理最终是简单、有趣而且新奇的。有些人把又复杂又呆板的道德教条叫作真理,我不能同意。"明确表示对这场讨论泛道德化倾向的不以为然。应我的强烈要求,他从书柜底层扒出了一本自己的小说集《黄金时代》签名赠我,说:"小说写得不够好。我老师许倬云批评我,还得炼字。"

第二次采访他,是专门请他谈谈自己的经历和写作经验。他只用几分钟就谈完了自己,看我期待没能满足的神情,他说:"我的大半生经验用不了一个上午就能讲完。我不大会讲这些。"后来聊起我们都喜欢的莎士比亚和卡尔维诺时,他的话才像滔滔江水一样。他说:"他们的作品才是人类智慧的结晶,是让我感到人世无限美好的东西。作家的责任,就是创造出这样的东西来,别的都不值一提。"他的文字自由不羁个性张扬,他的人却心怀敬畏毫不自恋,跟如今只要一开口就满怀崇敬地"我我我"的精英们迥然不同。

研究生毕业后,我到一家文学杂志当编辑,于是我从王小波的铁杆粉丝,"升格"为他的文学责编——偶尔电话,约稿,取稿,聊天,读他还没发表的作品,看看哪些能在我的杂志上发。他给我的第一部作品,就是长篇小说《红拂夜奔》——可能我是为数不多的读到《红拂夜奔》打印稿的人吧。读完,我感到一个文学编辑的意义,就在于能把这样天才的作品从自己的手中发表出来。

但我终于没能成为这样的编辑。因为90年代文学期刊的种种发表限制,更因为我所在杂志的限制格外严格,我曾请王小波两次压缩这部作品,最终还是没能发表它。它的删节本,是在《小说界》杂志发表的。我和王小波见的最后一面,就是1997年4月2日,去他那儿取走刊登《红拂夜奔》的杂志。

当他去世后,每想到我曾那样浪费过一位天才作家的时间和心力,让他亲手肢解自己心爱的作品,我就感到无法挽回的歉疚。后来,我也开始了自己的批评和创作,我也程度不同地经受了他曾经历的。于是,这件事在我的心中,慢慢成为一个寓言——一个关于创造力和幽默感在我们历史中的独特境遇的寓言。

这种歉疚,这个寓言,在我心里积压了十多年的时间,一直在寻找表达的方式。当我写完话剧《大先生》的时候,我想:好了,我会写戏了,这就是我的表达方式了,我可以把那个压迫我十多年的寓言,用话剧讲述出来。这部话剧,就是《秦国喜剧》。

2

《秦国喜剧》是个怎样的故事呢?它讲的是战国末年的秦国咸阳,有一部喜剧家喻户晓,一票难求。它是这么火爆,以致惊动了法家思想家、秦王的红人、客卿韩非。他把这部戏调进秦宫,请秦王嬴政和大臣李斯一同观赏。于是戏班班主和他的弟子们,跟秦王和他的权臣们之间,发生了一连串的故事⋯⋯

你们一听就知道,这是个胡扯的故事。战国末年中国的戏剧并没成形,秦王嬴政和韩非、李斯也没地儿去看这么一出子虚乌有的戏。他们更不会这么说话:

韩非　同一个故事,有人听了会笑,有人听了会哭,有人听了犯困,有人听了想杀人⋯⋯端看听众是什么人,他站在什么位置上。

墨离　接受美学。这门课你当年可没我成绩好。

韩非　不,是接受政治学。在我的倡导下,秦国已不存在美学而只有政治学了,这你都不知道?

墨离　不知道。久不在学术圈,我可真是落伍了。

这种以今拟古、古今对话的写法，在鲁迅小说集《故事新编》、迪伦马特的话剧《罗慕路斯大帝》里已经存在过，王小波的长篇小说《寻找无双》《红拂夜奔》和《万寿寺》则把它们发挥到了极致，我的《秦国喜剧》可以说是这条脉络上的一个作品。

我要招认这部戏中来自王小波的部分。剧中火遍咸阳城的那部喜剧，那个戏中戏，它的灵感来自王小波《红拂夜奔》里的"菜人"。小说里写道："隋炀帝在位时，常在洛阳城外招募菜人，应募者可以从城外搬到城里住些日子，有吃有喝有房子住。等到他养得肥胖，皇帝大宴各国使节时，就给他脑后一棒，把他打晕，然后剥去衣服，洗得干干净净，在身上抹上番茄酱，端上桌去招待食人生番。"这个形象，在《秦国喜剧》中被发展为一个象征——一个男人为了自己的老婆孩子能享受人上人的物质生活，报名成为菜人，供国王享用。侠客要解救他，却被他痛恨和拒绝——他和吃他的国王才是一条心呢。这个戏中戏确立，整部戏才有了着落。

这属于细枝末节。在大的方向上，王小波给我的启示是：有一种想象力，不是由具体的生命经验驱动的，而是由抽象的思想本身驱动的。这里所谓的思想，不是现成的哲学表述，而是作家对自我、时代、世界以及自身文化传统的独特的、整体性的回应。这种回应不是结论，而是无解的困惑，它驱动作家的想象力去建造一个象征的世界，并衍生其中的人物和故事——这种人物和故事摆脱了自然形态，而更带有变形的"人造"色彩，但其中流淌的情感却是丰沛自然的。这是一种杂糅的后现代写作手法，但支撑它的却是关怀个人价值与自由的现代人文主义思想。这一写作道路，是王小波回应现实和历史作出的选择，它给了我受用终生的启发。

一个作者亲口招认自己的文学渊源，是一件有损他／她虚荣心的事，也可能是给自己脸上贴金的事。无论你们怎么看，我都愿意像王小波在《我的师承》里那样，坦言自己的师承——我的第一位文学老师，就是他。这并不意味着要照搬他的手法，复制他的思想。不。有句老话："学我者生，似我者死"——它揭示了前辈道路的启示性与创作者自身的原创性之间，并行不悖的关系。作家最终要成为他自己，但他需要诚实面对自己的来路和源泉。

因此，我感谢自由作家王小波。感谢他的写作，开启了我精神的天空与道路。

（此文为《三联生活周刊》LIFE+演讲稿）

2017年3月30日

后记

想要给王小波写一本书的念头,从他逝世的1997年就有了,拖到2022年,貌似实现了这个心愿,其实并未。想象中的那本书,充满穷根究底而来的生动细节和缤纷谜底;眼前这本小册,则是在岁月的沉淀中被动形成的,是命运对一个人行动力与觉知力的判决。我曾为此深感沮丧。但写完《海绵记》后,忽然明白,那本书没能写成是有原因的,或许也是最好的安排:我并未获得站在作家王小波之外、之上来打量他的灵性视点,并未完成画一幅灵魂肖像须有的精神准备。若"知其不可为而为之",恐怕错得更远。

但关于王小波,终究想有一本自己的书——不只因为他对我影响至深，更由于在这个愈来愈少提起他的时代，我反倒愈发想要提起他。但也只是"想"而已。实现这个愿望，编成这本小册，却是由于王家胜先生的灵感。他翻了一遍整套书稿，建议道：把关于王小波的文章单独成册吧。事就这样成了。

这些文字写于1995年到2022年，大体内容如下：

《海绵记》《王小波退稿记》《"真理本身也许就很有趣"》源自我对作家王小波的接触与回忆；

《关于王小波的否定之否定》总括地谈他的小说，《反对哲人王》总括地谈他的杂文，《王小波与柯希莫男爵》《王小波：智慧的诗学》《有关"王小波的科学精神"》《王小波的遗产》《怎样看待王小波的遗产》《王小波与纪念日》诸篇，是不同时间里，对他不同侧面的诗学伦理的看法；

《遥寄一位沉默的说话者》《"文坛中人"对王小波的一般看法》勾勒学界与文坛对他的不同评价；

《从〈红拂夜奔〉到〈秦国喜剧〉》，显示他的写作对我个人的影响。

王小波不是完美而广阔的作家，但却有力而不朽。他给中国文学带来了解放性的笑声。这本小书，略略表达我对他文学遗产的感激之情。

李静

2022年6月26日

單讀

One-way Street

I FEAR LIFE
04　A LETTER FROM "I" TO "THOU"

致你

我害怕生活
04
致你

李静 ○ 著

上海文艺出版社
Shanghai Literature & Art Publishing House

图书在版编目（CIP）数据

我害怕生活 / 李静著. -- 上海：上海文艺出版社，2022
（单读书系）
ISBN 978-7-5321-8341-8

Ⅰ.①我… Ⅱ.①李… Ⅲ.①文艺－作品综合集－中国－当代 Ⅳ.① I217.2

中国版本图书馆 CIP 数据核字 (2022) 第 096390 号

发 行 人：毕　胜
责任编辑：肖海鸥
特约编辑：赵　芳　节晓宇　罗丹妮
营销编辑：高蒙蒙
书籍设计：李政坷
内文制作：李俊红　李政坷

书　名：我害怕生活（全 5 册）
　　　　（01《必须冒犯观众》, 02《捕风记》, 03《王小波的遗产》,
　　　　 04《致你》, 05《戎夷之衣》）
作　者：李静
出　版：上海世纪出版集团　上海文艺出版社
地　址：上海市闵行区号景路 159 弄 A 座 2 楼　201101
发　行：上海文艺出版社发行中心
　　　　上海市闵行区号景路 159 弄 A 座 2 楼 206 室　201101　www.ewen.co
印　刷：山东临沂新华印刷物流集团有限责任公司
开　本：1230×880mm　1/32
印　张：45.75
字　数：765 千字
印　次：2022 年 9 月第 1 版　　2022 年 9 月第 1 次印刷
ISBN：978-7-5321-8341-8/I.6583
定　价：268.00 元（全 5 册）

告读者：如发现印装质量问题，影响阅读，请与出版社发行部门联系调换。

目录

甲 辑

003　安吉，哦，安吉

023　姥姥

043　可怜她只是一个小小的猫咪

055　俊蔚

067　亲爱的徐晓

079　他已去到永远的光里

085　穿越黑暗的玻璃

101　在愧疚而清洁的微光中

131　致你

乙 辑

163　探究写作不快乐的根源及应当快乐之理由

173　磨刀霍霍

185　子曰

195　一个流氓的诞生

201 寒冬的哭泣

205 2008年5月19日14点28分

209 香格里拉的云

215 结婚

219 童心的天空

223 体验几个动词

229 不幸的事

233 难说的事

237 关于死

丙　辑

243 雾都孤儿

249 囚禁

253 感激

259 回放

273 应许

这是一场旷日持久的"爱的工程",
可能你活着时看不到有些事的完工,
但它绝不会烂尾。

甲辑

安吉，哦，安吉

安吉让大自然穿过她的身体。她的眼睛透明，尖锐，看见D城的海滩，浪，礁石，人家的炊烟，老人亮晶晶流泪的小眼睛，孩子的摔跤——孩子摔在地上，为了救护小手不惜以头抵地呢，她都写信告诉我。她的语句里滚动着阳光和海风，速度也像风一样。我看见她在奔跑，影子轻盈，无羁，四处飞扬。在她安静的时候，就像莲花静静开放。一只鹰从我面前的山坡上投下一片张狂的黑影，自由自在的慵懒的黑影。就像我。但其实我不喜欢鹰的样子。如果有一朵莲花能飞得和鹰一样高，我一定最爱那朵莲花。我坚决地认为，安吉就是那朵会飞的莲花，所以我告诉她，我爱她。

她曾对我说过那句话。九年前，在高三暑假，在她写给我的第一封信里，她平静地对我说：你记得那首英文歌吗？——I love you more than I can say. 那是我一直想唱给你听的歌。读到这里时，我正走在从收信室回家的路上。我的脸一下子热了起来，和夕阳的温度一样。我抬头四顾，慌乱地飞跑，浓荫匝地的树木从我身边飞驰而过，一直奔向天边。啊，那个假期，等她信的假期，我开始青春往事的假期。

隔壁班的女孩，安吉。我本来不认识她。我谁也不敢认识。我的十四岁到十八岁生活在青春期的黑暗中。一生中什么时光最难熬？就是黑暗的青春时期。最无助，最寂寞，最贫乏。那四年我的日记里充斥着这样的自问：

1. 我活着令自己快乐吗？不。
2. 我活着能给别人带来快乐吗？不。不仅不能，还让人心烦和讨厌。
3. 我现在活着能给人类做贡献吗？不。
4. 有人爱我吗？这个问题使我犹豫了一下。爸爸妈妈，可能还有哥哥。虽然哥哥跟我吵架，挖苦我，但我死了他也不一定不难过。
5. 假如你死了，除了家里人，还会有人难过吗？不。

我望着最后一个"不",常常心如刀绞。我当时以为,是否应当活下去,完全取决于最后那个问题。只有这个问题才代表我的价值。一头母猪也会对她崽子的死感到哀恸,但其他的猪却是无动于衷。如果我的死使大家无动于衷,我也就只是一头猪。一头猪还有什么脸混迹在人群里呢?所以,活着还是死去,对我已不是一个问题。在斗争了两年以后,在十六岁高一的一个下午,我撒谎逃学,来到海边。

小城的海滨器量狭小,就像这个地方的气质。海岸线封闭而短,海水平静驯服,听话地舔着金黄的沙滩。我在岸边徘徊,继续我的问题:

6. 假如你死了,会有人高兴吗?会。

7. 你有把握将来对人类做不出贡献吗?无。

8. 在谁也不知你是谁的时候就死去,你认为值得吗?不。

9. 在还不知道什么是美好的生活,还没有人真正地爱你的时候就死了,你甘心吗?不。

在抛出最后一个否定词后,我就不在岸边徘徊了。老实说,还因为我对家乡的海一直感到扫兴。我认为在它里面自杀一点气魄也没有——没有浪涛轰鸣、雪花飞溅匹配我的痛苦,没有浩荡的风烘托我的决绝,死得不是太没有境界了吗？即使我重新获得活下去的念头，也不能归功于"大海的启示"，它那沉闷的样子也只能使我更沮丧，更绝望——天啊，我还要忍受多少无爱的日子，才能见到光明！而且，谁能保证有一天我真能够获得希望的爱呢？那不是一场冒险吗？如果我到了风烛残年还不知道什么是爱，不就白白忍受了如此漫长的痛苦时光？到那时再回首往事，岂不后悔莫及吗？但是，但是，万一呢？为了那个万一，我受苦是值得的啊！

在我二十七岁的一天早晨，我和安吉回忆了一会儿高中时代。我说："高中对我来说是个痛苦的时期，痛苦的渊源却在童年。"她眉毛一抖，不解地问："孩子会有真正的痛苦吗？"她又问："即使现在，你想起来还是痛苦的吗？"

我点点头。现在，我已经长大。我懂得在潮湿发霉的时候走进太阳地里晒晒。我知道主动索取阳光。我终于知道阳光是什么样子。那是我在漫长的童年期一直为之哭泣和饥渴的一切。一直哭泣，小小的孩子竟遍尝哀怨的滋味。一个瑟索的小灵魂，张着嘴，伸着臂，在永无尽头的夜风中号泣。孤单的小灵魂，她居然不知道迈开双腿去寻找和得到。她像一只铁铸的花苞，意识到自己是坚硬的铁，以为无法开放。但是她又坚决认为自己是一朵花，等着开放的那一天。她是这样焦急和无能为力，并且恐惧——害怕自己最终没能开放成一朵灿烂的花,就变成一块乌黑的废铁。在所有的恐惧之上,她还有一个最深的恐惧——她害怕被摧残,她害怕凋零——这时她又以为自己是一朵正常的脆弱的花了。

孩子的痛苦是最深的痛苦。这痛苦是种子,随着年龄的增长长成参天大树,增添着内容,但那最初的核是童年埋下的。也许这核只是个虚空,打开它,里面空无一物。可是你没看见一股有毒的气体飞出来,消失在你呼吸着的空气中?那个毒,很可怕,因为它无形,你说不清楚,现在却也不会觉得它可怕。但是对一个孩子,那个毒却意味着时时都可能把她毁灭。

我给安吉讲了个故事:有一个奴隶,一直遭到主人的鞭打,恐惧已经深深植入他的内心。有一天,主人说:我不再打你了,但将有一把剑始终悬在你的头顶,如果你抬头,它就会掉下来砍掉你的脑袋。因此你必永远低头耕耘,不可抬头。奴隶听从他的话,这样做了,直到一天,他忽然听见天上自由的鸽子的哨鸣,忘记了警告,抬起头来。他看见晴空,太阳,鸽子,云彩,世界是自由的景象。没有主人,也没有剑。他试着奔跑,呼喊,歌唱,伸开双臂旋转着舞蹈。没有人管他,没有灾难降临。他感到自己被欺骗了。他恼怒。他要寻找主人复仇。他找遍全世界,没有人见过他。这个人,这个奴役他的人并不存在。他大声向天怒吼,诅咒使他白白经受无价值的奴役的厄运。难道我就这样糊涂地空过了最灿烂的青春？！我的青春，她本应充溢着最甘甜的美酒，现在却充满卑屈的回忆。甚至连回忆也没有。我竟已习惯了低头向着大地，不习惯天空。这大地，不是作为力量的源泉的大地，而是我眼里孤立的一粒粒沙子，一块块粪土，一片片枯叶。它们冷漠地散落着，相互没有关系。我和它们也没有关系。我们都是被宇宙抛弃的尘埃。他痛苦地喃喃低语。

我告诉安吉："每个人都可能是恐惧的奴隶。恐惧，你懂吗？它不一定产生于你的外面。"

我告诉安吉："你就是那只使我忘却恐惧的自由鸽子。那时你的哨鸣使我神往。"

我的恐惧来自哪里？它有多大的重量？它有多少资格值得被清算？它是一个了不起的敌人吗？如果它不是一个了不起的敌人就不值一提吗？这世界何时能根除等级制——甚至恐惧方面的等级制？在致命的恐惧中，我内心的一部分——那份与生俱来的安详，是什么时候失掉的？怎样失掉的？我的余生是否要一直在张皇失措中度过？

我不知道。我默不作声。就像在童年，我默不作声。他们看我默不作声，觉得这孩子怪好玩的。他们不知道我一直在问：给我快乐的爸爸妈妈在哪里？我是谁你知道吗爸爸？我是谁你知道吗妈妈？我是谁你知道吗姥姥？我是谁你知道吗奶奶？什么让我快乐你们知道吗？什么让我害怕你们知道吗？你们在意什么能告诉我吗？你们不高兴什么能告诉我吗？我在这里跑来跑去你们看到了吗？我哇哇大哭你们听到了吗？我在这里，一个四岁的小丫头，眼睛亮亮地睁着，等着被你们注意，等着被你们抱起，等着你们看我的眼神像看着一颗夜明珠。啊一颗夜明珠。

但我不过是一颗玻璃球，大人们眼里的玻璃球。我被一只只巨大的手拿着，弹来弹去，和别的玻璃球相撞。他们很忙，都在尽责任，自认为很称职——对于一个小孩，他们觉得尤其称职。这两个小孩，她和她的哥哥是这么小，他们不饿不冷就不会有别的要求了。他们，我善良的爸爸妈妈，就是这么想。他们想象不出我们小孩子的愿望。我这个小孩子，起初还和别的小孩一样，有很多明确的愿望——比如让他们抱，让他们乐呵呵地看着我撒欢，让他们以为世上只要有我这个小绒球就够了；比如在我挨欺负的时候他们为我撑腰，在我想吃一小块蛋糕的时候他们就欢天喜地地给我买那么一块；比如我想和小冬疯跑的时候就放我跟他一起疯跑，我想穿一种拉带子的黑色小布鞋就给我穿。但是我的爸爸妈妈，这两个善良的人：他们不抱我；他们也很少看我，他们愁眉不展焦虑不安，看我的眼神好像在看着一个虚空；在我和哥哥挨别的孩子欺负的时候，他们惩罚我们，为了证明自己和教会我们以克己的美德；他们把蛋糕放在姥姥和奶奶那儿，让我们等着吃她们省下来的半块。于是慢慢地我就什么愿望也不再有了，产生不出来了。哦我善良的爸爸妈妈，他们把我交给姥姥管，把哥哥交给奶奶管，然后妈妈和姥姥在一起，爸爸和奶奶在一起。然后我们两个小孩就很少碰面，各自跟着老太太过孤寂的生活。

你觉得不可理喻吗安吉？我的爸爸妈妈是这世上无以复加的孝子孝女。他们都是被守寡的母亲抚养大，母亲们以她们的辛苦和威严建立起崇高的律令，以致我善良的爸爸妈妈会认为，一旦她们的要求，哪怕是微小的要求，没能被满足，就是对她们恩情的彻底辜负——那恩情，是先在的，不能被测量的，如果有测量的念头，就是丧尽天良。于是我的姥姥和奶奶，两个被儿女宠坏的老太太，都提出同样的要求——要和自己的女儿（儿子）一起过；而其实，姥姥还有三个儿子，奶奶还有两个女儿。于是我善良老实的爸爸妈妈就和他们各自的妈妈一起过，而他们自己的家庭——有着他们夫妻两个和儿子女儿的家庭，却消失了，虽然它的名义并未解体。

一个孩子可以习惯任何东西，甚至这样一个奇怪的家庭模式——没有男人，没有别的小孩，只有一个坚定的老太太，一个善良软弱的中年女人，一个四岁的小女孩，静悄悄的没有声音。偶尔爸爸来，我就分外地不适——我心慌、战栗，觉得他随时有理由给我一脚。因为他的脸色是如此阴沉，好像酝酿着万钧雷霆，而这一切又像是因我而起——如果没有我这个除了吃饭什么也不会的小孩就好了。如果我很会唱歌跳舞就好了，会做鬼脸也行，或者会说很多话会打闹，都行。但是我不会，别的孩子都会。我只会干干净净坐在小板凳上，照姥姥吩咐的样子做。如果我不这样做，她就会打我的后脑和屁股。我已经很习惯这样做了，但我老是觉得，有别人在时，我不应该这样，我应该像别的小孩子一样活泼，霸道，神气活现，只有那样，才是好样的，才是真正的小孩子，才是被娇宠的小孩子。而我是多么渴望被娇宠啊！可我又是多么呆板，卑小，战战兢兢，多么"不值得"和"不应该"被娇宠啊！在爸爸这个陌生的男人面前，我就是这样感到羞愧。在陌生的大人面前，我更要感到羞愧——他们居然要用笑眯眯的感兴趣的目光看着我！那是应该给"我"的吗？他们一定是认错了，以为我是别的活泼，霸道，神气活现的小孩子！他们一定是照着那样的小孩给予的目光和笑容！如果我不是那样的小孩，如果我辜负了他们的目光和笑容可怎么办呢？如果他们要我还，我拿什么还呢？如果我还不出，他们一定会换了冰冷严厉的目光看我了！啊那可怎么办呢？我一定要装成他们喜欢的小孩样，不让他们失望！我就做出欢天喜地的样子，撒欢的样子，能说会道的样子——而其实，那都是我想象别的小孩会有的样子，不是我本来的。我本来是什么样子？也并不是姥姥要我做出来的规矩样子，而是有一种我从未表现过的样子，要命的是我想不起来了。

啊，我本来的样子丢失了，安吉！那个不知"愧感"为何物的心安理得的样子。那个目中无人自得其乐的样子。那个有愿望又能实现愿望的舒展快活样子。那个信马由缰自由自在的样子。你的样子。我从童年就丢失了！

我只具有了紧张的样子。什么都叫我紧张。因为我不知道什么时候在大人眼里会犯错误。如果我和别的孩子在一起玩，姥姥就呵斥我"野丫头"；如果我自己在地上玩土，姥姥会打我的手；如果我站在一边看大人搬东西，舅舅就大吼"一边去，别碍事"；如果我看见一个叔叔却没问候，爸爸会斥责我"没教养"；如果我吃了奶奶给的一小块点心，姑姑会嘀咕"白瞎了"；如果我穿了姥姥做的黑布鞋在街上走，别的小孩就起哄我是"老太太"；如果我不要穿这双鞋，妈妈就训我"小孩子不懂艰苦朴素"……

啊，安吉，我的姥姥奶奶爸爸妈妈姑姑舅舅都是善良的人，老实的人，他们如此老实和善良，以致他们全都生活不顺遂，不快乐，被暗算和欺压。他们在争取自己的生存权利时，总要被蛮横的上司或同事击败。他们在我这个不满六岁的小孩面前谈论他们彼此的失败，牢骚，痛骂，以为我一个孩子听不懂。他们不知道，我听得比谁都清楚，也比谁都绝望，好像掉进了漆黑的深渊里。在我掉下去的时候，没有一双手能有力地把我拉回。没人能保护我。啊安吉，在我六岁的一天早晨，妈妈和姥姥都站在窗外和人聊天，好像什么也没有发生，我却独自躺在炕上偷偷地哭泣，以为天就要塌下来，我们马上就要死去。我一边绝望，一边沾沾自喜，因为我知道一个大秘密，悲惨的秘密，其程度已超过我的年龄所能承受，但是我却独自承受了，这是多么的了不起，尽管我就要毁灭，可是我了不起。

啊，我善良老实的长辈们，你们善待每一个你们认识的人——高贵的和卑微的人，对你们重要和不重要的人，除了我这个小孩。一个小孩和一条小板凳有什么区别呢？和一只小狗有什么区别呢？它们是一样什么都不懂。泰戈尔在他的《新月集》里替一个孩子写道："妈妈，如果我不像一个天使，如果我是一条小狗，你还会这样爱我吗？"我知道，如果我是一条小狗，妈妈就不会爱我了。而作为一个小孩，妈妈会给我她认为的爱——她作为母亲应尽的义务。啊义务，这是我善良的长辈们贯穿一生的核心词。这是他们的高贵之处——即使他们过得拮据，不如意，也要对他们负有责任的人尽义务，对求助于他们的人慷慨相助。在70年代前期，我的虽是沈阳农学院毕业却被分配到海滨小城当中学教师的妈妈，一个月有三十元的收入，要养活三口人，和资助时时造访的穷亲戚。爸爸也差不多。可能那时绝大多数中国人都是这样。在我童年的印象中，成年人的表情都是肃杀而严峻的，他们很少有人不是肩扛一座山的样子。那座山就叫"义务"。他们上要对领袖尽义务，中要对父母和爱人尽义务，下要对孩子尽义务。生活如果只剩下了义务，这日子就没法高兴。如果成年人没法高兴，孩子自然也就没法高兴。但是，我的同龄人却是在嬉闹和欢笑中长大的。他们对家中的忧患一无所知。他们要么像羊群一样被大人放到外面去疯跑，要么和有童心的爸爸一起做手工，玩游戏。上学以后，他们也会因为快活得过了头，被老师斥为"没心没肺"。我却不同。用大人的话说，我总是"像个小大人"。他们是用赞美的口吻说的，指的是我习惯性的默不作声的思考神情，好像"很懂事"似的。他们不知道这是沉闷灰暗的气氛留下的痕迹。

沉闷灰暗这东西是怎么来的？只要一个人从小就在意志强硬的成年人的掌握之中，直到他已习惯被掌握，直到他已依赖他这种习惯，直到他除了这种习惯之外什么念头也没有，他就是一个灰暗沉闷的人了。这样，他的一生都是在照着那人的意志行事。他悄悄望着那人，揣摩着：你需要我做什么？你不要我做什么？我怎样才能让你满意？我怎样你才能不怪我？除此之外，他自己没有别的愿望。这是一个奴隶的思考习惯。奴隶诞生在幼年。幼年，妈妈溜出家门和同伴疯玩，被姥姥揪着小辫骂回来，鞋底在妈妈的后脑上啪啪作响。只要妈妈对姥姥稍有违逆，妈妈的后脑就要啪啪作响。除此之外，姥姥疼爱她，抚养她长大。妈妈就这样被姥姥成功地掌握在手里，直到成年，直到陪伴她去世。

姥姥也这样复制我。直到有一天，我被送进幼儿园，我发现自己真正害怕的竟是那些和我一般大的孩子。我吓得哇哇大哭，再也不要去。我自愿放弃了梦寐以求的和他们疯跑的机会。因为我发现自己并不会疯跑，我发现自己更擅长和一个老太太在一起，因为她那里没有陌生的东西。啊熟悉的一切多么让我安然，虽然没有趣，但是不费力，不危险，一切井然有序。陌生的世界多危险，多凌乱，多么令我心惊胆战……我，一个六岁的小女孩，已没有能力从那个生气勃勃的世界获得乐趣。这时候姥姥不必再看管我。她已成为我依恋的人，她已成为我的意志，她已像我的空气。她在我深感漫长的岁月里一度成为"世界—他人"的象征。"世界—他人"，就是这样强硬乖张，有恩于我，又须臾不可离开。我一直隐隐觉得：一旦违逆它，一旦离开它，就会发生我难以预见的事，就会大祸临头，就会于心有愧。

安吉，哦，亲爱的安吉，别怪我这样枯燥沉闷地讲述童年。在我讲述的时候，你是否也在心头讲述你阳光灿烂的童年？你和姐姐弟弟们自由玩耍，跑到山上去，跑到小河里去。什么天气在哪里能采到蘑菇你都知道。各种野花的名字你也叫得上来。你甚至还能躺在草地上，要躺多久

安吉，哦，安吉

就躺多久！还有爸爸，他带领你们游泳滑冰车。虽然家很穷，但是妈妈爱唱欢乐的二人转，有时还能变出一大盆面包来，给你们一个大惊喜。

安吉，亲爱的安吉，我们这两个小孩一点也不一样。不一样的小孩在十六岁时相遇了。一个低头耕耘的奴隶听见天上自由鸽子的哨鸣。啊她抬头望见了你，你这只洁白自由的鸽子，你这个安吉。

你穿着火红色带白条的运动衣站在跳远起跑线上。别的运动员在你身后做准备活动。整个操场的眼睛都在看你。我坐在广播台上播音，整个操场都回荡着我的声音。你肯定也听到了。你也会知道那是我。但是你不知道我在离你不远的台子上悄悄注视你。

轻的风刚好拂起你的短发。你从容地活动了几下腰腿，开始助跑，起跳，两腿在空中交叉划动一下，轻轻落进沙坑里。金色的沙浪腾起一片喝彩声。你又跑回到起跑线，清秀的脸上是满不在乎的神情，那神情构成了一股遥不可及的英气。啊你怎么会对这一切满不在乎呢——这些惊奇的注视，这些折服的喝彩？正是这个神情引起我的注意。这个神情，出现在你这个身体轻盈、英姿飒爽的女孩脸上，使我觉得不寻常。然后，你扭头向左、向右望了一下，目光的变幻像闪电一样快。其实那只是随便的一个动作，没有内容，也和我没有关系。但是我灰暗的心却突然颤抖，就像一重厚厚的石门被闪电訇然劈开，幽暗的洞府顷刻间洒进一道金色的光芒。金色的，光芒。这个东西，从童年时代起我就不懂得，现在，我十六岁了，高一了，仍旧不懂。这十六年，我没发生过故事，所以我比小时候没有任何改变。唯一的不同是，小时候可以把自己藏起来，藏在姥姥和妈妈的身后，现在却只能把自己裸露在人群里，强忍着恐惧。金色的，光芒。同学们起初还以为我就是它，因为我学习好啊。但不是。我这个第一名从来都龟缩在角落里，即便我的形象被迫出现在众人的中心，我的心也是龟缩在角落里。就像此时，我被迫坐在台上播音，心却一直想逃开。但是你金色的光芒洒进来了，也闯进来一个轻盈的精灵。这没有什么好解释的，就是你那么一瞥——它也并不是瞥向我。就是那个神态聚集起你一向禀有的美感，在我注意你的一瞬爆发出来。然后，它笼罩在我的头上，将我解放。"美"解放了我，你相信吗？——轻盈健美的身体在和谐中展示着它的青春、速度和力量，而眼神却同时泄露出灵魂的自由、机敏和纯洁，还有浪漫和有趣——让人感觉你是个脑子里有稀奇古怪小花样的人，你会说让人意想不到的话，还会送给人奇迹。安吉，你相信吗？在那一刻，我领略了你的这一切。然后，我意识到自己十六岁了，我也同样拥有着青春。

而我这个十几岁的孩子已经忘记了自己的年岁，无望地忍受着灰色的时光流逝。没有一件事大得足以震碎我业已形成的生命节奏，一个衰朽老人般的生命节奏。它没有起伏，没有颜色。我的记忆是黑白两色，模糊一团，没有声音。我也许看起来和别的孩子没什么两样：一样稚嫩的脸，声音，一样上学，下学，一样吃饭睡觉，甚至是一样乐意举手发言，开会演讲什么的。从小学到高中。再没有比这个孩子的经历更平稳和易于把握的了，她一直老老实实，成绩优异，艰苦朴素，不搞早恋，简直是同龄人的楷模。我知道大家都是这样看我的。我知道我从未跟她说过话的邻班安吉也这样看我。我知道自己就是这样单调，以致我只能成为那些生命丰盈的同龄人的楷模。教导主任在揪住一个梳披肩发穿牛仔裤的女同学时，常常这样说："臭美能顶学习好吗？你什么时候见过静同学像你这么臭美来着？可她是咱县的第一名。"老师在抓住早恋的同学，抓住疯玩的同学，抓住上课偷看三毛琼瑶的同学时，都会把我作为一个不幸的对比对象，一个榜样，一个概念，一个教育制度的胜利成果，来展览。

几年以后，我读到了卡夫卡的《变形记》，格里高利内心毫不惊奇地变成了一只大甲虫，它被观看，被驱逐，它笨重地躲避，它的后背嵌进去一只别人扔向它的大苹果，它难受极了，但是毫无办法。我懂得大甲虫格里高利。我就是大甲虫格里高利——我不知道自己怎么就变成了这么一副样子，可我已经是这副样子了，我无力改变。我十几岁的生命里除了这些黑白展览没有别的。除了枯燥的教科书没有别的。我知道可以有一些更有意思的事，比如野游，运动，画画，捣捣乱，说说怪话什么的。我也想过那样做，我也试图开始过。但是刚要开头，我就觉得不对劲，自己移了位，我会在别人眼里显得怪异，我害怕大家怪异的眼神，不，与其那样，还不如忍受灰色的生活更让我自如。尽管无趣，但是不会引起注意。啊我是这样害怕被注意——因为引人惊奇而被注意，以致我宁可闭眼忍受将我吞噬的一切。

但是我发现了你，安吉，你是那样引人惊奇，所有的人都看着你，都为你鼓掌欢呼，都对你无限憧憬，你却若无其事，好像你没听见，好像你已习惯，好像一切都不能把你改变。你继续迈着从容的脚步，走向你自己选择的地方。你的表情是一如既往地漫不经心，似乎没有什么能打扰你，似乎没有什么会惊吓你，你的宁静、活力和自由与生俱来，也永远不会离开。然后就是那随意的一瞥，然后，你进行下一次试跳。

从此我的内心生活改变了，安吉。我所忍受的灰暗的生活不再平静。我依旧打扮得灰秃秃的，依旧是一本正经的平板表情，依旧孤单游荡，没有朋友——我的同学被我的孤僻吓跑了。但是我在内心过着另外一种生活。我在心里规划和描述我的未来——我决定毕业以后就变成另外一个样子，当我有了那个样子的时候我就如何快乐，如何自由，如何拥有爱。当我拥有了那个样子的时候，我就走向你，对你说：安吉，我想成为你的朋友很久了，你愿意有我这个朋友吗？

这个未来支撑我活下来。在学校的每一天，我都在孤独中快撑不住了，想要毁灭，想要死掉，我就用这个未来喂养自己。你这样安吉会瞧不起的。我对自己说。安吉只能跟意志强大的人做朋友。安吉蔑视猥琐的家伙。安吉蔑视胆小鬼。我告诉自己。我要成为意志强大的人，舒展自如的人，有趣的人，这样才配做安吉的朋友。啊做安吉的朋友多么幸福和自豪！邻班的虹和羚多么自豪！她俩总是在上操时和安吉在一起，互相抬杠，打闹，可谁也说不过安吉，她的话来得最快，也最怪，噎得她俩总要掐她的脖子。我站在不远处，假装看着别的地方，但我的耳朵长长地伸向安吉。我让她的跃动给我的灰色画布涂上彩色。我让安吉进入我的想象之中，成为我梦寐以求的灵魂知己，在那里我和她进行天马行空的交谈。有时我被这种精彩的交谈惊呆了：啊两个人之间是可以这样说话的！如果可以这样说话，那我也是会说和愿意说的！可实际上，我多么不会和人交谈！我佩服那些能说会道的女生，她们扎在一起，总有无穷无尽的消息要发布！我却生活在"必然"之中，永远没有新鲜事可讲。这让我自卑极了。我只有缩在一边，独来独往。有时，我也当众演讲，这是因为，演讲也是独自一人的事，抽象的事。还因为，演讲使安吉能够看见我。我尽量把演讲词句和音调打磨得圆润自然，感情真挚，使它像一封温馨的信，寄自我，抵达安吉。

高中快毕业了，我的同桌需要到邻班同学的寝室去，安吉也住在那儿。我说：我陪你去吧。我们走进那间寝室。安吉躺在二层铺，双脚高高架在被子上。她看见我，眼睛一亮。我在一边听同桌说话，好像等着要走的样子。这时安吉的声音在我头顶响起："你总是这么敏感吗？"安吉说："我们聊聊好吗？"我的心颤了一下，又颤了一下，我的心说：啊，我们就要成为朋友了吗？这么早吗？我还没来得及变成另外一个样子呢。但是我点点头，迫不及待。

夜晚，我们走到操场上去。安吉拉着我的手。我知道我们会成为好朋友的。安吉说。从入学典礼的那一天起，我就知道。安吉说。那天，你代表新生上台发言。你经过我的身边，穿着白色的衣服，一飘一飘地走上台去。那时，我就知道。从你孤独的神情里，我就知道，从你后来被大家传来传去的作文里，我就知道，你是我最好的朋友。我比你自己还要知道你，我永远不会失去你。

安吉，哦，安吉，那个晚上我们才十八岁，那个晚上我们对过去无从了解，对未来也一无所知，但是我们却好像什么都了解，什么都知道。我们的生命就像那晚的月光，纯洁澄澈，浩浩荡荡，向宇宙的深处流淌。那个晚上像一个梦，一个誓言，告诉我们彼此就是未能实现的自己，彼此一生不会相忘。然后我们分手，然后我们远离，然后我们走进各自不同的故事，尝遍各种滋味，似乎一切都是为了这一天，二十七岁的这一天，你敲开我的房门，我们再次相遇。

1998年7月

姥姥

姥姥在九十四岁高龄去世。在她九十四岁生日那天，我不假思索地拒绝了参加她的生日宴，为了能够和丈夫以及我们的朋友一起回到北京——为了上班，更为了那个旅途的愉快和不孤单。我迫不及待地离开了希望我留下来和她吃生日宴的唠唠叨叨的姥姥，心情松弛，如释重负。那一天是1998年阴历四月初八。在阴历五月十八那天早晨5点钟，姥姥像每天一样起床，洗漱，把头发梳得整整齐齐，然后在屋子里走了几圈。半小时后，在轻微的挣扎和呻吟声中，姥姥突然而又安详地离开了这个世界。

接到母亲的传呼时我无动于衷。坐在回兴城的火车上我无动于衷。到家里，面对姥姥的遗像时我依旧无动于衷。我机械地跪下来，遵照妈妈的吩咐，焚香，叩头，烧纸。在众人的注视下，我做不出一副悲痛欲绝的样子，虽然于情于理我都应该那样。我感到心硬邦邦的，甚至有一种罪恶的解脱之感。母亲终于解脱了。我忍不住这样想。我望着姥姥的遗像，跟她活着时一模一样，戴着眼镜，抿着嘴唇，挑剔、高兴而专注地望着我，就像每次我从北京回来，她看我第一眼时的样子。甚至好像她还在病理性地不停摇着头，一如生前。做完这一切，我离开这间狭小的"灵堂"——她生前的卧室，到另外一个房间吃饭。大家都静悄悄的。二舅打破了沉闷的气氛，故作欢愉地说："实在太突然了。你姥生日那天吃东西还特别香呢。最爱吃肥肉，狼吞虎咽地连吃了好几片。好像几辈子没吃东西似的。这才几天？"这时候，我的泪才默默地流下来。我放下筷子，跑到走廊，拼命地抽泣，空虚之感溢满胸膛。我要见到姥姥，但是我已没地方可去。如果我从北京背回很多的萨其马，她将再也吃不到。如果我长得胖些，或变得更漂亮，她也不再能为我高兴。我还没来得及挣很多的钱，给她过一个与她的高龄相称的生日。还没来得及让她知道，现在我已真的长大，生活挺快乐。甚至我离开家乡以后，都没有心平气和地跟她好好唠一回嗑。我以为这些事都来得及做，只要下回。我甚至有过这种错觉：姥姥会永远活着。因为从我记事时候起，她就是这个样子，现在她还是这样,并且将永远这样下去。让她高兴的机会永远都会有,永远来得及。但现在看来不是这样。

自从我有记忆,就有姥姥的存在。她是一个干净利落的老太太,头总是晃个不停,脑后梳一个小纂儿,裹一双小脚。妈妈上班时,她在家带我。那时我两三岁,家里静悄悄的,姥姥颠着小脚在屋子里忙来忙去,擦洗家里几样粗糙的"家具",扫地,烧水。屋子里没有一丝灰尘。屋地是泥土的,因为年久和清洁,地面的一个个小凸起都亮晶晶的,用鞋底摩擦时发出哗啦哗啦的声音。那时我对姥姥的两个特点一直感到神秘:一是她的小脚,一是她的不停摇头。为什么是这样?这个问题我憋了好几岁,直到我有充分的语言能力问她并听懂她的回答。总结起来对话应该是这样的:

"姥姥,你的脚为什么是这个样子?"

"裹过呗。"

"怎么裹?"

"用布的边儿,把脚心切过,再这样缠住,缠它十几天……"姥姥一边说,一边用手往脚上比画,我想象着白布的边缘像刀一样划过脚心,划出一道伤痕,并固定住,直到柔嫩的足骨弯曲,变形,把脚的中部挤压出一道深深的沟壑,才放开。想到这里我的后背就冒出一股凉气,直到脸上也起满鸡皮疙瘩。

"疼吗？"

"能不疼吗？"

"那时你多大？"

"六七岁吧。"

"为啥那么小就裹脚？"

"人大了脚也大了，还不好裹。大脚丫头找不着好婆家。"

"你愿意裹脚？"

"谁愿意呀。傻子才愿意呢。"

"那你还裹？"

"不裹就挨打呀。小孩总拧不过大人。"

"有死也不肯裹的女孩吗？"

"有啊。等我出嫁以后，听说我们村一个十三岁的丫头就没让裹。她把裹脚布剁成几截，自个儿偷摸跑了。听说是闹革命去了。"

"你为啥总摇头？停不下来吗？"

"这是落下来的一个毛病。你姥爷死后，我天天疑心家里闹鬼，得了精神病。病好了，这个毛病却没好。"

"为什么怕鬼呢？即使有鬼，那也是我姥爷呀，你见到他应该高兴才对。"

姥姥使劲晃头，这次是表示否定的意思。

"你不喜欢我姥爷？"

"啥喜欢不喜欢的，就是过日子呗。"

我一直有这种印象：姥姥是个自豪的老太太。因为年纪小，我无法理解她为什么总是如此自豪。我家既没有什么本领比别人高强的地方，也没有比别人家日子更好过。我家恐怕是我们这个大"向阳院"里最穷的，也是唯一租房的外来户。与姥姥自豪的神情相反，妈妈总是谦卑的表情，看起来很宁静，可我觉得她时刻有不安之感——似乎她时刻担心被外界责问和侵犯，也时刻准备有求必应。在我们这个女性的"三口之家"中，姥姥的权威至高无上，家里的事情都由她做出决定。但我总是觉得——这时我还很小，五六岁的样子——由一个没有文化的老太太掌握我们的方向实在风险太大，如果问题出现，她很难给我们以有力的保护。况且，我知道别的孩子家里都是有文化的大人管家，老人只是被赡养的人，这样看起来，别人的家显然比我们的家强大。这使我很自卑。我不明白为什么沈阳农学院毕业的妈妈——她可是我们兴城县为数不多的大学毕业生之一啊——跟我一样，像个孩子似的对姥姥言听计从，更要命的是，姥姥没有给我智慧的印象，只是她很坚强，很善良，也很严厉，而我觉得这些优点不足以领导我们母女俩安全地渡过难关。如果遇到难题怎么办呢？至于是什么难题，我也想象不出来，但我总是有这点忧虑。

等我长得稍大些，上了小学，姥姥开始给我断断续续讲她这一辈子。我才渐渐明白她自豪感的来由。姥姥生于辽宁锦县（现在叫凌海）的普通农家，似乎有兄弟姐妹——肯定是有姐妹，家境不太富裕但过得去。年轻时很漂亮——她自己是这样说的，并引村中俗语为证："看谁没看够？张家二丫头。"姥姥本家姓张，她行二。从姥姥留下的她最年轻的照片来看，她没有夸大其词：照片上的姥姥已五十多岁，身后站着二十岁的妈妈，姥姥的嘴唇紧闭，形状性感，眼睛很亮，很大，挑战似的盯着前方，由此可以想见她年轻时的神采。这样漂亮的姑娘，自然很多媒婆来说合。她的父母选中姓静的这家，是因为媒婆称这个小伙是个买卖人，家里如何日子好过，姑娘过去如何一辈子享福。姥姥的父母是轻信的人（这一点遗传到了我这一代），没有去静家调查，就做主把女儿嫁了过去。到了姥爷家，姥姥才发现上了一个大当：姥爷家徒四壁，没有一亩田产，应该算是佃农；所谓"买卖人"者，只是姥爷因为家里太穷，急于还债，只好给一个商人当学徒而已。这使姥姥懊恼不已，因此从她名叫"静张氏"开始，就和姥爷有感情的裂痕。但是嫁鸡随鸡，姥姥迅速接受了婆家一贫如洗的现实，并着手改变现状。她练就一副织布的好手艺，织得又快又好。几年下来，她用卖布的钱买下了好几亩地，家里也添置了一些东西。到划分家庭成分时，姥姥家成了中农——如果姥姥不那么能干，也许会使自己的家庭成为更革命的贫雇农阶级。而那些年，姥爷锲而不舍地做着买卖，直到他认为自己的确没有经商才能才罢手,最后他盘算了一下:输赢相抵,没赚一分钱。因为姥爷事业的失败,姥姥在家一直很硬气,丈夫和孩子都听她的号令——江山是她打下的啊。这是姥姥自豪的第一个缘由。

姥姥自豪的第二个缘由,是自己的孩子比同村的任何一家都有出息。她有三个儿子,一个女儿,一个比一个出众:大儿子参加了地质队,成了正儿八经的工人,定居在山东,姥爷也跟着住了过去(由此可见姥姥姥爷感情一般);二儿子过几年也招工到沈阳,去吃了商品粮;再过几年,三儿子考上了中专,毕业后在兴城的地质勘探队机关当了技术干部。家里只剩下姥姥和读初中的妈妈,太过冷清,无依无靠,就把姥爷从山东叫了回来。但是不久之后姥爷就因患肺结核不治而去世。按照"夫死从子"的千年古训,姥姥被认为应该带着女儿住进某个儿子家。但是姥姥不愿归附到城里任何一个儿子家——因为婆媳之间的天敌关系,她不想让自己以投奔者的姿态出现在任何一个儿媳面前;于是她发挥了自己作为母亲的威力——把最听话最孝顺的大儿子从山东叫回来,让他放弃地质队的工作,回家种田,赡养老母。大舅默默地听从了,不顾大舅妈的责骂哭喊,举家迁回锦县,重新成了贫贱辛劳的农民,侍奉于姥姥膝前。但是大舅回来不久,姥姥由于对姥爷鬼魂的恐惧而神经紊乱,只好和妈妈一起到沈阳二舅家治病,离开了为她而舍弃城市户口的大舅,再也没有回来。（多年以后，大舅在六十多岁悲惨地死去。这件事直到姥姥去世，大家也没让她知道。想起这个故事我就想放声大哭——而这个故事和大舅身在农村日子拮据有关，如果他生活在城里，惨剧就不会发生。）从此妈妈在沈阳读书，考上了大学。于是姥姥又有了新的理想：等妈妈大学毕业，离开儿媳和女儿一起过。妈妈大学快毕业的时候，舅舅的好友——我的爸爸几百里迢迢地从兴城赶来追求她，妈妈提出了嫁给他的条件：必须同意结婚后和姥姥一起过。妈妈那时是个文静美丽的女孩，爸爸按捺不住心中的爱慕，毫不犹豫地答应了。于是大学毕业后妈妈带着姥姥一起来到兴城，和爸爸成立了家庭。姥姥的理想实现了，她又可以理直气壮地过日子，不用再顾忌儿媳的脸色。和其他战战兢兢、大气儿也不敢出的老太太相比，这一点足以让她自豪。

但是两年多以后，奶奶也从黑龙江赶到兴城。爷爷去世了，按照自古以来的规矩，她应该跟唯一的儿子一起过。虽然她还有两个女儿，且大姑夫还是孤儿，但是她一定要按规矩做，她认为只有这样才是模范的人。而且她一直愤愤不平的是：凭什么是儿媳的妈妈而不是自己跟心爱的儿子过？家自古以来就是男人的，如果儿媳的妈妈掌握了家中大权，这个家岂不成了外姓人说了算？就冲这一点，她也要争一争。于是我们的家成了两个老太太争夺控制权的战场。争执的结果是两个老太太各不相让，而她们的孩子也都坚定地站在各自母亲的一边。事情就是这样：只要有一方站在自己母亲的一边，因为自尊和对公平的要求，另一人肯定也会如此，于是恩爱散尽，一场分裂不可避免。但是当时我和哥哥都已出世，爸爸妈妈认为孩子不能缺父少母，于是采取了一个折衷方案：各自跟自己的母亲过，一人带一个孩子，但是不离婚。因为奶奶的正统观念，她要拥有家族的"根"，于是带走了哥哥，而对我这个孙女始终不屑一顾，直到我长大，直到她去世。我最深的记忆是：我上了初中以后（那时因为住房原因，姥姥只好住进三舅家，我和妈妈则"回归"到"爸爸家"），一次妈妈病了，奶奶煎了两个荷包蛋，一个夹给妈妈，一个夹给哥哥，妈妈问为什么没有我的，奶奶笑着说：丫头不配吃鸡蛋。妈妈把鸡蛋夹给我，我一下把它扔在地上。这件小事给我造成很大的创伤，因为那时我还是个孩子，一切自信皆源于大人给我的疼爱和肯定，而那一时刻我的自信被摧毁了。我想：我一定是个卑贱的孩子，否则怎会连奶奶都这样对我呢？从此，我对这位规矩繁多的老太太一直敬而远之。同时，因为是奶奶当家的缘故，我又时刻觉得自己无法不受到她的控制和伤害，而这一切妈妈是无能为力的。

姥姥就不同了。她没有重男轻女的观念，甚至可以说是个女权主义者。于是在我和奶奶成为"一家人"的最初时期，我时常怀念与妈妈姥姥共度的时光。那段十三岁以前的单调日子突然变成我的缅怀凭吊之地。我试图回忆一些愉快的场面，以安慰眼前的悲伤，但是很徒劳。记忆里并不曾留存喜气洋洋快乐至极的场面，只有姥姥年复一年劳碌的身影。她颠着小脚买菜，颠着小脚洗洗涮涮。她老是推着一辆绿色小木车去买粮，小车尾部卡有一块黑色小木板，那是我的座位，座位对面的空地用来放米袋。从两岁到四岁，我就坐在这辆小车上跟着姥姥去买粮。我记得一路上很多大人乐呵呵地看着我，他们对姥姥说这个坐在米袋对面的小孩长得真干净，真机灵。姥姥就晃着头也自豪地看着我。坐在小木车上的经历恐怕是我童年时期最明媚的时光。其余的时间，我处在姥姥严厉的管制下，几乎没有娱乐，没有色彩和喧闹。姥姥有洁癖，于是她也不准我玩土，不准我抓地上任何觉得好玩的东西。她独自一人，于是也不许我找同龄的小伙伴一起玩，也不准我把他们带回家。记得小学二年级的一天，我放学没有回家，偷偷跑到同学家里，和她一块儿大吃她家黑皮白瓤的冻梨，姥姥忽然从天而降，出现在我的面前。我没有告诉她我去哪儿，她也从没来过这个同学家，怎么会找到这里呢？我还没有从惊讶中苏醒，后脑已挨了重重的三下。然后她一边责骂我没心没肺无情无义居然忍心把她一个人扔在家里，一边把我推搡回去。后来我问她怎么会找到刘凌梅家，她得意地说：我寻思，你挂在嘴上的同学我一家一家地找，准没跑，我就一路问下来，这不，最后在刘凌梅家找到你。天哪，姥姥简直像个大侦探！其时她已七十多岁，和那双小脚相比，身体笨重得可怕。可是她居然宁可摔倒也要把我拎回家，就像看管小时候的妈妈一样。她的这种冲动为何如此之强？长大以后，我问姥姥这个问题，她说是为了让我陪着她。我接着问：我陪着你令你很高兴吗？她摇摇头，说，我陪着她，既不使她高兴，也不使她不高兴，但是如果我不陪着她，她就非常不高兴。为什么你会非常不高兴呢？我问。我养活你图什么？不就是图你长大了陪着我吗？这就是姥姥的单纯之处——她怎么想的，就怎么说，不会找出一些让我感激涕零的虚伪理由。但我觉得这个明白的答案太过冷酷，让我伤心。后来的事实证明，姥姥并不像她说的那样——当我长大，生活和工作在北京，每年回去看望她时，她都是那么高兴，没有因为我不天天陪她而愤恨。但是在那些假期里，如果我哪天没有去看她，她就仍会像从前一样怒气冲天，头因为生气而晃得更加厉害。她为什么会这样？我的答案是：她的一生都为自己的子孙做出了牺牲，她也就忍受不了他们对她有所保留，有所他爱。她毫无保留地爱自己的孩子，是因为这些孩子**属于**她自己。如果某个孩子没有按照期待报答自己，如果他的独立性使他不再属于她，她就会万分委屈，就会觉得白白付出了"恩情"，因为她没"得着济"（东北方言，"得济"一般指长辈得到了晚辈某种形式的报答）。直到现在，我还能听到一些母亲声泪俱下地对长大成人的儿女们喊道："早知道你这么忘恩负义，当初还不如一把把你掐死！"这种巨大失望背后的真实情感是可怕的。"母爱"和"恩情"此刻并非是天然无私的情感（如果说有"私"的话，它应该只为有益于被爱的对象本身而存在），而变成了一种长期的"感情贷款"，也许有时是"高利贷"。"母爱是无私的"，果真每个母亲都是如此吗？

但是，我又感到，这样说姥姥和无依无靠的母亲们同样残酷。难道她自己不是一无所有吗？一个一无所有的人难道不应该想办法保全自己吗？如果她保全自己的办法是病态的，使无辜的人受到了摧残，那么这是她自己的错，还是一个复杂的整体的错？残酷导致残酷，冷漠衍生冷漠，罪恶繁殖罪恶，每一个空白的个人，哪怕像姥姥这样沉默卑微的个人，在受到摧残时都会无意识地变成了一个摧残者，在她力量所及的范围之内，她施加给她所爱的人以她曾经承受过的东西。不，这不是报复，只是因为她以为这一切都是好的，因为在她被人这样对待时，她被告知这是好的。她相信这些。孩子老老实实干干净净规规矩矩是好的。不乱跑能听话是好的。忍受无趣寡淡没有奇思异想是好的。不讲究穿着不"臭美"不引起别人的邪念打扮得灰秃秃平板板是好的。永远守在父母膝前尽忠尽孝是好的。服从他人和克制自己是好的。这是姥姥从她的上辈人那里全盘继承来的价值观念，也许是她生命中被灌输的最主要的"文化"。她没有别的途径接受更迥异于此的文明，她敞开生命迎接的就是这些东西。于是她把这些东西一点一点传授给妈妈，后来，传授给我。

姥姥不用言传，而用身教。她用行动来给我划出边界，就像孙悟空用金箍棒划出的圆圈，一旦我一只脚迈出圈子，就有烈焰火舌蹿出，吓得我不敢走出半步。姥姥用偶尔的打骂、呵斥、盯视、不悦的脸色使我明白我不该做什么，该做什么。我不该做那些我感到有趣却"没用"的事，而应该做那些虽然无趣却"很有用"的事。比如我和小伙伴们无拘无束地疯玩，就是没用的事，我要养一只被人抛弃的小狗也是没用的事；而待在家里哪怕和她相对无言什么也不干，也是有用的事，帮她做做家务更是有用的事。我一向是个急于让人满意的孩子，在我们的三人世界中，还有什么比让姥姥满意更重要的事情呢？于是在我十三岁以前的日子里，我慢慢地只做姥姥认为应该做的事，杜绝了她认为不应该做的事。以至于在姥姥鞭长莫及的地方，我也遵守这一戒律。不是我从心里愿意，而是那些戒律已形成我的习惯，一旦离开这个习惯，我就不知所措，无地自容。慢慢地，我的快乐、自由和个性的河流枯竭了。或者，对于这三种事物来说，我的心灵从一开始就是一片荒漠。如果说在我后来的岁月里慢慢长出了一点儿这样的东西，那只能是我比较幸运的结果。而我认识和听说过无数幼年家庭不幸的孩子，他们长大以后继续沿着那个扭曲不幸的轨道滑行着，走向寂静，走向孤独，走向绝望和毁灭。他们总是带有孤僻木然的特征，与快乐的人群格格不入，似乎是他们主动远离了众人，其实他们比谁都渴望友谊，渴望善意和交流。但是正常而快乐的人们嫌恶他们，掩着鼻子绕道而行——是啊，谁也没有义务充当慷慨好施者，向自己并不喜欢的人施舍友谊和同情，谁也不应该对他人有所指望，而只能通过自己的努力跨越深渊。但是，对于这些分外敏感的心灵来说，他人的嫌恶是他们继续沉沦的推动力。我不知道这些不幸者都是在何种成年人的教育下长大，但是我知道他们所接受的教育都是剥夺自由和快乐的教育。他们幼年的氛围残酷，寡淡，麻木，充满大人膨胀而无理性的强制。在他们还是一张白纸的时期，他们毫无防备和选择地形成了这种注定不幸的生命原型。如果他们没有获得健康的抗争力量——这种力量来自对另外一种充满人性和快乐的文明的渴望——他们的一生都将被这个该死的原型毁掉。传播这个原型的人，既是害人者也是被害者，他们行动的结果令人憎恶，他们本人却令人同情。在我长大以后，在姥姥活着的时候，我曾一直以为，姥姥充当的就是这样的角色。

但是现在，姥姥不在了。我上面叙述和分析她的文字如此冷静，以致使我感到自己的冷血和罪恶。我是在她的抚养下长大的，她和妈妈一起，为我的吃饭、穿衣、起早上学、生病吃药，耗尽心血。我的眼前仍晃动着她颠着小脚摇着头不停忙碌的臃肿身影。我仍能看见她戴着一千度的老花镜定定看我的关切神情。她深深地看着我，对妈妈说：红梅又发愁了。这孩子老发愁，应该到医院看看。她听广播，听到有关心理调节的专题，很兴奋，对我说：红梅，你有"脑烦"的病，匣子里说这是个病呢，你应该好好看看。那时我已十五六岁，不和姥姥住在一起，幼年的封闭终于演变成青春期极度的心理抑郁，暴躁，孤僻，脆弱，自卑，我觉得姥姥这个最亲近的人的关心，对我是那么多余，无用，不着边际。我大声吼道：什么"脑烦"！你才"脑烦"呢！我干嘛找人看病？我就是这个德性！你看我别扭吗？那你就别老让我来看你啊！姥姥惊愕地看着我，半天没有说话。这个厉害的老太太，这个我小时候稍没礼貌就要教训我的老太太，低下头去，用衣袖擦了擦眼角。她大概感到，我这个没有快乐的女孩，比她这个无望的老太太更加无望。她只需安稳地住在温暖的家里不慌不忙地等待死神的到来，而我却还有那么漫长的道路要走，就凭我这个样了，我将忍受多少苦楚才能走到生命的尽头啊！这时她对我的担心胜过了我带给她的伤心。于是她更加坚定地听广播，对心理卫生的节目倾尽全力，然后她磕磕绊绊地向妈妈复述，命令妈妈照她说的来治疗我的疾病。

此刻，我望着姥姥的遗物发呆。那是一件深灰色带大襟的棉布外罩，姥姥穿了很多年，褪了色，两只袖子的臂弯处还有两块布连接的痕迹。我想起整理遗物的那天，大家把姥姥所有的东西放在一起，有两个银手镯，一串"驱邪"和挖耳朵用的小小的银质"七星剑"挖耳勺，以及两条小褥子和小被子，几件旧的内衣、毛衣和外罩。只有这些。除了手镯和"七星剑"，其余的东西都要烧掉。姥姥在世上的痕迹，就要在顷刻之间彻底消失。这就是一个生活了九十四岁的生命？这就是生养了四个孩子子孙满堂的姥姥？这就是抚养我长大的坚强又爱管闲事的姥姥？这就是给予我深重的恩情与创痛的人？这就是我曾经相信她会永远活着的人？这就是她留下的？……

我抓住这件深灰色的罩衫，放进口袋里。这是姥姥生前几乎天天穿的衣服。几乎她的每件衣服都是这种颜色。我要留着它，就像姥姥还在我的身边。直到这时，我才知道姥姥的衣服是这么少，这么旧，我直想哭。姥姥活着时，因为行动不便从不出门，就不要任何新衣物。妈妈给她买了一次，她几天没有跟妈妈说话。于是我们就都很听话了，再不给她买衣服。但是，这些洗得发白的寥落的布衣服却把我的心揪紧，告诉我九十四岁的姥姥得到的爱太不够，太潦草，她潦草地对待了自己，我们也尾随着潦草地对待了她。也许我们也没有不潦草地对待自己。我们就这样潦草下去，直到把生命熬到尽头了事。九十四岁的痕迹应该堆满好几个房间，应该每个物件上都有一个故事。我们应该一边整理它们，一边叙述主人的一生，以此完成对她的祭奠。但是，这么快，大家都默不作声，似乎在急于把这件多余的事办完，然后开始自己崭新的生活。这些破旧而重复的物件，似乎在告诉大家，它们的主人是一个没有故事的生命，一个不值得留恋的生命，一个长还是短都无所谓的生命。而这个生命就是抚育我也伤害我的姥姥，就是无人为她的生命见证的姥姥。

我把姥姥的衣物叠好，包起来，和亲戚们到荒凉的大路口上去。其时已暮色四合。依据我们那里的习俗，我们应当在这样的时间和地点烧掉姥姥的遗物。三舅点起了火。空气里一股焦烟味，火苗微弱，但毕竟使夜明亮起来。不知为什么，我忽然想起姥姥去世前讲给我的另外一件事。

那时姥姥还是一个年轻的姑娘。有一天，一个同样年轻的小伙子来到她家，拜见她的父母。他说他是河北的一个买卖人，他是来求亲的，想娶张家的二姑娘为妻。你怎么知道要娶我家老二呢？我们并不认识你，你好像也不是村里哪家的亲戚。姥姥的父亲说道。因为……我在村里住的这几天，老是听人说起二姑娘。小伙子腼腆地答道。说起什么？姥姥的父亲大声问。说……您家的二姑娘长得俊俏，好看。小伙子的声音更低了。这时一直在里屋偷听的姥姥按捺不住心中的狂跳，大大方方地走出来，经过客人坐着的堂屋，走到院子里，去看晒在外面的被子。在她跨出门槛的瞬间，她假装朝客人这边扭扭头，甩了甩辫子，她的目光与那个年轻男人的目光霍然相撞，她看见他含笑的倾慕的眼睛。姥姥感到脸上很热，站在屋外的太阳底下有点发晕。忽然她听见父亲在屋里拍案大怒：你就是冲着这个要娶我家姑娘啊！我怎么能把闺女嫁给你这样的花花肠子呢？抱歉，我不能答应你。小伙子满面羞惭地走出屋门，走出院子，在他最后跨出院门的时候，他又深深地看了姥姥一眼，往下拉了拉头上的礼帽，转身而去。在姥姥去世四个月以前，她以九十三岁的高龄对我讲起这桩七十多年前的往事，那一瞬间的往事。那个小伙长得帅吗？我问。长得挺好的，以后我再也没见过那么帅的男人。嗯，寰还能和他比一比。姥姥说。寰是我的丈夫，姥姥非常喜欢他。我终于知道了姥姥为什么喜欢他。姥姥讲这件事时，躺在床上，闭着眼睛，表情平静，她不知道把一个瞬间铭记七十多年是一个奇迹。七十多年里，她发生了多少事？她的如花的容颜要经受多少摧残才变成如今的皱纹满面？她的热烈的心承受过多少煎熬才变成现在的干如枯井？不，她永远都没有干如枯井，她一直在用生命中唯一的明媚来滋润一生的枯萎，一直到最后的时刻。

我还记得她每天都兴致勃勃地艰难地走到阳台上去，看看阳台上的花，看看楼下一成不变的风景。在我看来，那些是一成不变的，但是姥姥总有新发现。她要告诉我建筑工地又新添了几个小伙子，谁谁走路的姿势是多么的逗，谁谁的媳妇新穿了一件大红外套是多么的漂亮。每当我又要离家回京的时候，我都会看见姥姥的摇摇晃晃的头出现在北阳台上，我就冲她招招手；等我走到南面时，我又看见她锲而不舍的摇摇晃晃的头出现在南阳台上，我就又招招手，冲她微笑。我看见她默默地看着我，就像一尊摇晃的雕像。

我从不知道姥姥的一生发生过多少故事，我没有问过。我想，她也许就是没有故事的罢。关于姥姥，一切似乎都已经结束了，忘记了，消失了。一切似乎都从未存在过。在思念姥姥的日子里，我并不回忆，无法回忆，于是只能想象她年轻时的样子。想象她和那个倾慕她美貌的小伙子一起，走在北方乡村五月的田野上，脸上是灿烂的笑容。

1999年2月

可怜她只是一个小小的猫咪

本来我并不敢养猫。多年前高中时代养过一个月的小猫，爱不释手，却有一天猫咪走失，使我足有三日以泪洗面，于是决心从此再不养猫。还有一重原因：我的丈夫和婆婆都不喜欢猫，婆婆又和我们住在一起，因此成家好几年也没见猫的影子。但我终于还是下了决心抱来这只小猫，是因为有一天，那可怜的"争自由"的思想突然在心中蠢蠢欲动：整日"自由自由"地挂在嘴边，却连自己养只小猫的自由都不能有，岂非言行不一，可悲至极？于是我对我的坚决反对养猫的丈夫说：你总不能让自己老婆做个言行不一的知识分子吧？想来我们都何等鄙视这等小人，到而今却因为一只小猫的缘故自己也栽在这里，岂不为天下笑？——虽然我是个小人物，天下之大谁知道我是谁？更谈不上"为天下笑"了，但丈夫还是认为我说得在理：虽然天下人不知道咱是谁，可咱自己得严格要求自己，于是只好赞同。于是我们就把这只小猫欣然抱回家，一进门，丈夫对婆婆道："给你抱来个孙女！"婆婆笑看了这纤弱的小动物一眼，什么也没说。

猫咪抱来的时候才一个月大，只有一拃长，毛色品种毫无惊人之处，只是普通的黑灰与浅褐色相间的虎皮纹中华田园猫，但从鼻子到肚皮都是白的，一下子就有了娇嫩可怜的外貌。要猫之前朋友问："有什么要求？"我说："只要不是黑猫就行。""品种呢？""不讲品种，最普通的小猫就可以！"我不喜欢"养宠物"的说法，更不喜欢"养宠物"还讲品种，这和领养小孩一个道理。于是2001年7月30日这天，我有了一只看起来最普通的小猫。但是我觉得她最漂亮。

先是得取名字。我不喜欢给猫取十分雅致的名——什么"楚楚"之类，太雅致，喊起来不能表达我那爱她的暖融融而迫切的心。我想叫她最通俗的称呼"宝宝"，这个词叫起来时心里涌起的喜悦和因爱而荡起来的心痒之感，最合我的意。可是老公二弟的孩子我已叫她宝宝了，若这两个孩子同时在我家里，便不好区分了。叫她"乖乖"也很贴心的，但是朋友的猫咪也叫"乖乖"，实在有抄袭之嫌。后来我观察到小猫有一习惯：睡觉时专喜欢睡在沙发缝中间——不是睡在横缝里，就是夹在纵缝里。我家的布艺沙发缝儿较宽，而猫咪又实在是小，小身体刚好嵌进缝里面，她又喜欢仰面睡，四肢像人似的垂放着，有时两只前爪还蒙住小脸，如人以手捂脸，十分憨态可掬。遂给她取名"缝缝"。然后是确立家庭关系——我和她以母女相称，其他人则依此类推。

俗话说"老公是人家的好，孩子是自己的好"。对待老公，这话不能让他听见；对待缝缝，我的心情就是如此——永远觉得自己的猫咪胜过世上任何一只别的猫咪，不管你是波斯猫，还是俄罗斯蓝猫，还是什么价值连城的××猫，我看总不敌我家缝缝天资聪颖，活泼有趣。在我眼里，她的一举一动都属"异秉"，一颦一笑都别有深意，以致一有闲暇，我就会在她后面亦步亦趋，大呼小叫，而丈夫此时便大呼后悔："你看看，你看看，养一只猫咪的精力，足够养一个孩子！我们生个孩子吧？把猫咪送人！"我很高兴他终于能把动物和人等量齐观了，但他也只是在"猫和小孩给我们带来的麻烦是一样的"这个意思上来"等量齐观"而已，最终的结论仍然是："那还不如要个小孩呢？"因此我机警地表扬了他观念上的进步，同时坚决地拒绝了他要把猫送人的企图，并与他打赌：如果我讲出一个好的故事，你就不再表示对缝缝的恶意，如何？他点头称是，于是我讲道：

可怜她只是一个
小小的猫咪

从前——也就是二十多年前吧，有一个总喜欢说谎的小男孩，经常被严厉的父母打骂。——这么说，这个男孩不是父母亲生的咯？——不对，他的确是这对父母亲生的。——那为什么他老是被打骂呢？——因为他总是说谎。——那他为什么老是说谎呢？——因为他总是被打骂。——那什么时候是个完呢？——没个完。——那怎么办呢？——忍着呗，凉拌。

"等我长大了，就一切都好了，我要长到三层楼房那么高，再也没人敢欺侮我。哼，我的爸爸也就只到我的腿肚子，见了我就吓得发抖，他只会对我说：'孩子，我再也不打你啦！我从前也是不该打你的呀！我做错啦！'我呢，我就对他说：'现在已经不是你还打不打我的问题，而是我到底还打不打你的问题。看在你是我爸的面子上，我就不打你啦！快从我这儿走开吧！'他吓得灰溜溜地走开了，从此再也不敢正眼看我。"男孩跪在阴暗的小屋里，恨恨地想象着。他的小屁股刚刚被父亲的大脚踢过，还在热辣辣地痛呢，他的膝盖也因为下跪一小时的命令而酸楚。但是这热辣辣的想象已经足以抚慰他的一切痛楚，他本来打算流出的眼泪也一下子流了回去，脸上露出了欢欣鼓舞的表情。这时候他的父亲刚从外面走进来，看见他没心没肺的高兴样子，不禁怒从心头起，抬手就是一耳光，然后数落道："我狠狠地教训你，就是希望你成材，长大了好给爸爸妈妈报仇！让那些欺侮过你爸爸妈妈的坏蛋，将来因为你的缘故而见到我们就瑟瑟发抖，膝盖发软！就像你现在见到我就瑟瑟发抖，膝盖发软一样！爸爸妈妈的生活就是毁在这几个畜生的手里，不报复他们，我们一辈子都不甘心！报复他们的希望就寄托在你的身上，可是你不争气，永远都没长进！你总是东游西荡，净发展些没有用处的爱好，喜欢些没有用处的东西！总是做错事，总是说谎！我见到你这样，就压不住心中的火气！就忍不住要打你！如果你把所有的心，都用在于将来有用的事情上，做个听话的孩子，学习好的孩子，争到一个好的前程，爸爸妈妈就不会再打你！因为你会实现爸妈一辈子的理想！我们是爱你的，是担心你的将来的，这些你一点都不知道么？"

这少年一个字一个字地听懂了父亲的话，终于知道自己受苦的原因，乃在于那几个他不知道他们是谁也不知道他们究竟干了些什么的坏蛋，于是那受到暴力伤害的小心灵就一下子转移了愤怒。他想，这一定是个血海深仇，他一定要照爸爸说的做，他一定丢掉他所有没用处的爱好——比如画画，比如搜集烟盒，比如养鸽子，比如买连环画……投身到他一向很厌恶的学习里面去。这时候他才注意到，他的父亲原是得了很重的心脏病，已经衰弱不堪了。对于父亲死亡的恐惧与想象，从此常常侵入他的梦境，取代了他以前关于蜻蜓、蝴蝶和鱼的梦。他曾经梦见自己是一条鱼，从他阴沉的父母跟前游开，自由自在地游进一望无际的大海里去，游，永远都不回来，只向前面色彩斑斓的鱼群游去。但是现在他的梦境完全改变了。他总是做关于捆绑的梦，战争的梦，抢夺的梦，小动物被利齿撕开的梦，每个梦都鲜血淋漓。有一次他梦见自己被一个魔法变成了一只灰色的老鼠，被一只黑猫追得抱头鼠窜，最后还是被它摁在爪下。黑猫盯着他，眼睛在夜色里闪着绿火，张开嘴，白色的尖牙齿向他伸来。"啊——"他大叫一声，在深夜中醒了过来。睁开眼睛，他又"啊——"地惨叫，因为果然有一只来历不明的黑猫，在黑暗中坐在他的身上，向他眨着发出绿光的眼，并以爪子抓挠着他的脸。

猫是邪恶的动物，否则，它的眼睛为何会在深夜里发出鬼火一样的绿光呢？其次，猫是没用的动物，它既不能像狗一样看家，也不能像猪一样卖肉，更不能像鸡一样生蛋，就算它能抓老鼠吧，可现在哪里有老鼠让它抓呢？所以，它有什么存在的理由呢？这个少年因为那一次梦境的创伤，对猫有了根深蒂固的恶意，于是他把这恶意又总结成说得出口的理由，随身携带在他以后的岁月里。直到他娶了妻，直到妻想要养一只猫，直到猫来到了自己的家，这些理由便又和过去的记忆一起死灰复燃起来。他看见一只猫，便会看见自己的悲惨的过去。而最悲惨的过去在于，当他长到足够大，他便问他的妈妈（他的父亲已经因为心脏病而去世几年了）：那过去的仇家是谁,他们做了哪些对不起我们的事?我要考一个将来可以当官的大学,毕业后好回乡整治他们。妈妈说了那几个人是谁——那是几个管人事的小官;说了他们做过的事——在爸妈结婚以后,不管怎样申请,他们就是让他俩在说短不短、说长不长的距离分居两地,以致有时爸爸要骑几个小时的自行车回家,住一晚后又骑几个小时的车回去;在全体都涨工资的时候,他们就是不给大学毕业的爸爸涨,以致爸爸在忍受着贫穷的煎熬的同时,还承受着被打入另册的屈辱。——就这些么?——就这些。

多年以后,这当初的少年感到生命的绝妙的讽刺。——就是这么几个微不足道的小人,做了今天看来这么微不足道的小事,就把他父亲的命送了去,把他的母亲变成一个充满仇恨的人,把他的记忆染成绝望的深灰色,把他的生命变成毫无生趣的早熟。他那酝酿了许多年的很有审美价值的悲壮心情,一下子化成毫无美感可言的尘埃齑粉。他想:为什么会这样呢?为什么会这样呢?一切都是那么没有价值,没有美感——生命,死亡,仇恨,恐惧,悲伤,快慰,梦想,现实,以及这一切的源头,都是那么卑小得说不出口,那么莫名得毫无根由。你说那几个毁了父母生活的人有什么其来有自的害人的原因吗?真的没有。他们也一定这样地害过别的人。你说他害那别的人有什么其来有自的原因吗?真的没有。也许他们自己也这样地被害过。害人和被害是否已经变成他们心灵的不可或缺的习惯？就像仇恨已经变成父母亲的心灵里不可或缺的习惯？或者就像猫总是习惯于寻找啮咬之物，刀总是习惯于寻找砍切之物一样？是的，是的，就这么简单，一切就在这么简单、这么无趣、这么无价值的缘由里毁掉了。死去的父亲不再复生，灰暗的时光不会倒流，母亲的那因为仇恨而加深的皱纹不会抚平，自己的满是暴戾和恐惧的童年也不会重过。一切最珍贵的，一切最应该美好的，就这样毫无缘由地毁掉了——毁灭的时候毫无声响，凭吊的时候没有去处，想讨还的时候找不到欠债者，要痛哭的时候觉得可笑……

这真是惨痛的过去。他想斩断一切和过去的关联，而这只突然闯进自己家里的小猫，却让他不能够。

我的故事讲完了。寰点点头，沉默了一会儿，说：故事是不错，你好像在讲我。只是我不喜欢猫，并没有这么深刻的原因呢。我只是不喜欢而已，我只是嫌它扰乱了我们两个亲密的生活。

我说：我知道是这样。只是为了减轻你不喜欢缝缝而给我带来的伤害，我一定要找到一个说得出口的理由，否则，我该怎么原谅你呢？而如果不能原谅你，我又怎么能恢复快乐的生活呢？我的生活便被毁掉了，仅仅因为一只可爱的猫咪。如果一只小猫咪就能毁掉我们六年的生活，我会多么恼恨自己的昏聩！

寰定定地看着我，笑了起来：你真让我感动呀，居然这样誓死捍卫你爱的东西！

我说：不是东西！是缝缝！

哦？你也说缝缝不是个东西？我看也是！那咱马上把它送人吧！

你敢！我立刻河东猫吼，如母猫护着小猫。

缝缝对她的妈妈爸爸之间激烈的战斗浑然无觉。因为刚吃完我给她切的鸡肝，她正在精力充沛地与一只弹簧老鼠作战。玩累了，她便坐到窗台上去，出神地向窗外的四环路上凝望，其神情俨然一位世界上权力最大、身份最高贵的主人。

2001年9月8日　北京稻香园

在9月中旬的某一天，我忽然觉得自己的心苍老了起来，连步履都透出中年女性的持重，大概与几十天来以"缝缝之母"身份自居有关。遂对寰和他的母亲宣布：我不当缝缝的妈妈了！我要做她姐！其他人依此类推！并列举了如下好处：1. 我和寰会感到重获了青春；2. 寰多了一个小姨子，可弥补他一直没有小姨子的情感缺憾；3. 免得每当我对缝缝说"爸爸如何如何"时，他不友好地大吼："谁是她爸爸？！"

可怜她只是一个小小的猫咪

但是婆婆不同意自己做缝缝的阿姨，认为自己已经六十来岁，只做一个仨月猫娃的阿姨实在有失身份，还是做奶奶为妥。我觉得也是，遂确立如下原则：各论各辈，不必一统。

10月底，我的父母亲来京。我和缝缝的对话中便涉及"姥姥""姥爷"的话题，父亲听到便提出抗议："我才不当猫姥爷哪！你还是赶快给我们生个真孩子，让我们当个真姥姥、真姥爷吧！"父亲的这种态度和他对缝缝的不以为然有关，他认为缝缝既没有洁白高雅的毛色，又不是什么名贵品种，正面看起来尚可，后面看简直就是一只驼色的大耗子。可是与她相处两天，父亲即被其天真聪慧打动——尽管她不是可恨地把线团骨碌在地，就是要野性发作咬人一口，但她总是跟在人后、对我们的一切行为都深加探究的好奇表情，谁也无法抵挡。于是父亲很乐于当这个"猫姥爷"了。吃完晚饭，父亲总是坐在椅子上，怀抱小腿乱蹬的猫咪，一阵一阵地喊着："缝缝儿！缝缝儿！"有时，他转过身来，由衷地对我说："这个缝缝儿，嘿嘿，这个小缝缝儿！"

2001年11月5日补记

三年前，婆婆有了自己的房子，家里就只剩下缝缝、缝缝姐和缝姐夫三个人。大了，她已懒得多了。婆婆也变成个爱猫的老太太。每次去看她,她都会问:"缝缝咋样?"听见我说"挺好的",她的脸上便会浮现深深的笑纹。

2006年7月9日再补记

2020年10月27日下午3点25分,陪伴我十九年的猫女儿缝缝,因肾衰在芭比堂动物医院康普利德分院去世。

2021年5月12日最后补记

俊蔚

这个十四岁少年的名字我居然忘不掉。不，将近四年过去了，俊蔚如今已十八岁。十八和十四的区别就像长翅膀的蝴蝶和蠕动的幼虫之间的区别，如果幼虫永远长不出翅膀，那可怎么办？对于俊蔚的十八岁，我一直有这样的担忧，所以我不敢想象。而他十四岁的笑声却依然响在耳边，那还是一个快活的年纪。

在俊蔚快活的年纪，我成了北医三院住院部的11层22床，住在他的隔壁。那是1995年3月下旬。刚住院那几天，每到午睡正酣的时候，我都要被一阵雷鸣般的哭声震醒。哪家的孩子在哭？大人也不管管。病友回答说：是李俊蔚，一个台湾的男孩子，得了先天性鱼鳞病，在这儿长年包房治病。父母都在台湾，这里只有一个保姆照料他。多大了还这么哭？我气愤地嘟囔。咳，都十四了，长得却跟七八岁的小孩一样。也难怪他，摊上这么个病谁不难过？病友的语气充满同情。我不知道什么是"先天性鱼鳞病"，只觉得这个声源甚是讨厌。

这天，我换药经过李俊蔚的房间，着实被吓了一跳。一个瘦小的男孩站立在门口，背微驼，梗着脖子，穿着一身薄薄的棉布花睡衣。而我那时还穿毛衣毛裤呢。古怪的是他的脸。这张圆脸上结满透明的黄痂，还有丝丝血迹渗出，甚至还露出粉红色的嫩肉。脖子上也是这样！他抬手擦了擦鼻子。天哪！那是什么手！简直是鹰爪！我甚至看见白花花的角质物就长在他的双手上！这个男孩骨碌碌转动着圆圆的大眼睛（只有这双眼睛是漂亮的，但是它们未免太大太亮了），看着我，发出低沉沙哑的声音："你是谁？"我的心吓得怦怦直跳，不知该怎样回答。这时他又说："我叫李俊蔚。"他看我不说话，就又对我说："我在这里等我的班主任老师。""你在哪个学校上学？"我问。"一个小学。我上小学三年级。""噢。""我喜欢我的老师。一会儿你就会见到她。"正说着，一个四十多岁的女人从走廊尽头走了过来，身材匀称，笑意盈盈，轻柔地叫着："俊蔚，又淘气了吗？""嘻嘻，没有，这个阿姨给我做证。"他指着我说。

李俊蔚认为他已经和我认识了。老师走了以后，他就跑到我的病房里来，坐在我床前的椅子上，只轻轻坐了一个边儿。我说："别客气，坐得舒服点儿。"他摇摇头："不敢坐得面积太多，我的屁股会疼。"他挽起袖口给我看："我的皮肤跟你们的皮肤不一样。你们有皮肤，我没有，我只有一层蛋白膜，膜下面就是嫩肉……我生下来就这样。""所以你的身体怕压怕磨？""对呀。我不敢穿太厚重的衣服，不能穿皮鞋，不能坐硬凳子，不能躺硬板床。我还怕洗澡……洗澡最痛了。""那你不冷吗不穿厚衣服？""不冷。我为什么长得这么矮？因为我特别能耗热量，能发热。所以我不怕冷。当然太冷我也要穿棉衣。在台湾我就不用穿。"俊蔚连珠炮似的介绍自己。我看见他的手臂也和他的脸一样，到处是角质物和血迹，心里不禁一凛。

但是俊蔚的样子看起来一点也不发愁。他只是兴致勃勃地问我："你猜猜我的老师？""猜她什么？""什么方面都行。只要你猜得对，我就佩服你。""嗯——她的丈夫一定是个军官。"我调动起我的直觉，开始胡说八道。"咦？真厉害！你怎么知道？你是个女巫吗？"俊蔚瞪大眼睛喊道。"告诉我，你会算命！""是啊，我会算命。""那，你给我算算吧。"他把鹰爪一样的手伸到我面前。

"你想知道什么？"我问。

"我的命运是什么样子？"长得像个八岁男孩的十四岁李俊蔚说。

我认真地看了看，然后对他说："对不起李俊蔚，你的掌纹都给遮住啦，你的命运是个神奇的秘密。我们需要耐心地做些别的事，等待它自然显现。"

"什么时候才显现呢？"

"等你的病好了，茧掉了，命运就能显现啦。"

"那，你说是不是有人生下来就很倒霉的？人有没有不幸的事？"

我觉得对他很难回答，只好狡猾地问："你说呢？"

"我说有啊。比如说我做错了事让妈妈骂，我觉得好倒霉。"

我深深看了他一眼，他单纯的眼神在游离。这个小孩，这个内心沉重的小孩说话多么会"避重就轻"。

我就叹了一口气，对他说："俊蔚，其实我这个人怪倒霉的。我有种预感，将来会得一场可怕的大病呢。想起来我就害怕。"

他马上从凄然的神情里解脱出来，一脸的惊慌和安慰："阿姨，不会的，你没事。有什么感觉你不要想它。不要去想它，它就像没有一样了。你只要想着好玩的东西，时间就会过得很快。"

俊蔚虽然病情超级严重，难倒了所有中外专家，可他一点也不多愁善感，大有举重若轻、与苦难共舞的气概。这个小孩以"超级玩家"著称，顽皮外向得很。他和所有的医生护士、男女病友都很要好。那些严厉傲慢的护士小姐虽和我们横眉冷对，可是见了俊蔚却都笑逐颜开，像宽容的姐姐对待捣蛋的弟弟，提醒他吃药，睡觉，洗澡，换药。台湾来了电话，也唤他来接。至于这一层的病房，则完全对俊蔚开放。他可以随便出入任何一间屋，和任何一位病友聊天，和任何人交换连环画、游戏机、歌曲磁带之类五花八门的玩物。不过也有个别面目凶悍的病友拿他开玩笑，粗声大嗓地吆喝他："李俊蔚，以后不许到我房里来！你身上臭不知道吗？"的确，他因为不敢频繁洗澡，身上的角质物有时会发出不太好闻的怪味。我每听到这样的玩笑，都觉得刺痛。可俊蔚好像一点儿也不在乎，依然兴高采烈地从这屋串到那屋，搜集可能有的全部快乐。他叽叽嘎嘎的大笑声能撑破所有的病房，钻进我们的耳朵；他歪歪斜斜但迅捷异常的身影总是晃荡在走廊上，晃向作为"李阿姨"的我或他的"李姐姐""李奶奶"那里，消磨一阵跳棋、扑克牌或电子游戏；间或跑回去吃他丰盛异常的每日六顿饭，然后沉入不时会发出剧烈嘶喊的动荡梦乡。

俊蔚害怕上学，常常借故逃课——简直不是"常常"，而是"长长"。方法很简单：只需晚上11点睡，早上自然9点才醒。他就对保姆姐姐说："姐姐，我的身上破了，好痛。"那声音属于七岁的男孩，娇娇的，哑哑的，让人心疼。于是他得到了大赦。他不必穿着母亲特制的软毡鞋，在行人怪异的眼光中踽踽而行了，不必去坐硌屁股的木板凳，不必接受老师温柔的抚慰和同学耐心的怜悯了，更不必去做令他头痛的算术题。这一光芒万丈的前景足以使他赖在床上，和他那个不太干净的熊猫娃娃拥抱两小时。中午11点，我们开午饭的时候，游戏明星李俊蔚的早餐开始了——他的保姆姐姐从餐馆给他买来了糖醋里脊或红烧鱼什么的。待他吃饱喝足，便会跑到我的房间里来，兴致盎然连珠炮似的问："你中午吃什么饭？什么菜？吃几两？"

我就拿饭盒给他看：白菜氽丸子，二两米饭。

他咂咂嘴巴，挤挤眼睛，说道："不好吃。再说，这么少怎么够？我比你多吃好几倍，还是很快就饿。"

讨论完吃饭问题，他就要征得我的同意，翻弄我从学校宿舍带来的每样东西：一个手掌游戏机，一个单放机，罗大佑的两盘歌带，几本书，一些糖果，几双没拆封的水晶丝袜。他把书拨弄到一边去，用手摸了摸新丝袜，又轻轻碰了一下我脚上的袜子，触电一样把手缩回去，大叫道："哎呀，我从来没有碰过它，以后再也不要碰！"就又恢复成小孩状，左手抱起游戏机和单放机，右手拿起罗大佑的磁带，说："阿姨，借我玩好不好？"我故意不答应。他急得抓耳挠腮，最后急中生智，说："我给你写一张借条，一定还你，还不行吗？"我说："写吧。"

他那爪子状的手艰难地抓起笔，沉思片刻，歪歪扭扭地写道："如果俊蔚把你的机子用坏了，我就倍你一台机子。李俊蔚。"我把"倍"字划掉，改成"赔"，再指给他看。可是我看他心情很黯然，并没有好好学那个字，大概是觉得我这个人真不够意思，已经是好朋友了，借他东西居然还要开借条，对他一点都不信任。

过了两天，俊蔚把罗大佑的磁带还回来。他指着歌词问我："'玉山白雪飘零'，玉山在台湾吗？"

"是呀，笨蛋。"

"玉山是不是最高的山？"

"是台湾最高的。世界上最高的山峰是珠穆朗玛峰。"我认真地告诉他。

"珠……什么峰在哪儿？离北京远不远？"

"不算太远。怎么啦？"我笑着问他。

"山上是不是有好多雪？"

"对呀。"

"那，它会倒吗？"

"也许会，"我笑起来，"你想干嘛？"

"那，它倒了的话，会不会压到北京这边来？"

我被这天才绝顶的问题逗得捧腹大笑，望着他那紧张不安的小脸，我想，要是上帝看到了多好啊，他定会修改对孩子俊蔚的残酷决定。

"快告诉我，会不会嘛！"他气急败坏地跺脚。

"不会不会。它怎么能忍心把俊蔚压在底下呢？俊蔚还有那么多好玩的东西没玩过呢。"

他这才咧嘴一笑，说了句："瞎掰。"

俊蔚只要能找到玩伴，就等于拥有了快乐的一天。而他几乎每天都这么快乐。我的同屋病友是一个刚入学的女大学生，俊蔚叫她"李姐姐"。当我沉浸在小说中而"李姐姐"正热火朝天地打着游戏机的时候，这小鬼头出现了。

"陪我玩嘛。"他说。

我俩不作声。

他拉拉我的袖口，又拽拽"李姐姐"的衣襟，哀求道："李阿姨，李姐姐，陪我玩扑克嘛。"

"用什么作见面礼？"我问。

"三个大鞠躬！"

"鞠吧。""李姐姐"说。

"好！"那穿着花睡衣的小身体欢天喜地地深深弯了三下，于是妙龄的"李阿姨"和"李姐姐"心甘情愿地到走廊上陪这位超级明星打牌。

打了一会儿，俊蔚突然问我的病友："李姐姐，你喜欢李阿姨吗？"

"喜欢呀。"

"那，她喜欢成为你的朋友吗？"

我心里一暖，笑着问他："俊蔚，我喜欢成为你的朋友吗？"

他低下头来，嘟哝道："就是啊，我不知道，所以我要问李姐姐。"

俊蔚赢了。他唱起歌来发泄他心中的狂喜："阿里，阿里巴巴，阿里巴巴是个快乐的青年，噢噢噢噢，芝麻开门芝麻开门！"一米四的小身躯扭股糖似的乱扭一气，浑然不觉身后的椅子已被挪了窝，多亏叔叔手下留情，没让他坐个要命的"屁股墩儿"。否则他非得在床上呼天抢地地趴一个礼拜不可。

俊蔚又赢了。他看见李姐姐笑靥如花，李阿姨顺手把一块糖塞进他的嘴巴。而离我们不远的地方，几位病友正安详地和护士小姐聊天。走廊里灯光温柔，人声喁喁，像个家庭。俊蔚动情地大喊："世界真美好，这地球千万不要爆炸！"

这个小孩虽然贪玩，但是从来不任性，很敏感，有时识趣得让人心酸。他时而叫我姐姐，时而叫我阿姨，我命令他叫"阿姨"，他就乖乖地叫"阿姨"；他要我陪他玩，如果我说"不"，他便无声地走开，去找别的乐子，这时候我就深悔拒绝了这颗柔弱而充满渴望的心。我说"俊蔚你好笨呀"，他便说"对，我好笨儿"；我说"你好可爱，俊蔚"，他就将信将疑地："我好可爱吗？"

有时他来到我的房间，正赶上我的同学来看我。他们像被怪物惊吓了一样的神情很快被俊蔚觉察到，从此只要他探头看见有人来，就悄悄躲到别的病房去。

但是如果我的男朋友来，他就会很感兴趣地过来凑热闹。他审视地看看寰，然后把手中的彩色游戏机拿给他，说："你会玩吗？"见寰打的成绩并不好，他就自己打一通，指给他看："你瞧，这么一会儿，我就比你的分数高。"然后他就走了，在走廊里发出瓮声瓮气的声音。

等寰离开以后，他跑来问："他是你的男朋友吗？"

"小孩子，问那么多干嘛？"

"哼，他肯定是，"俊蔚说，"他长得挺帅的，是不是？"

"嘿，小小年纪，关心的事还挺多。还不乖乖做功课去！"我凶巴巴地吼道。但是我心里害怕俊蔚的年龄，十四岁的年龄。他的疾病只是给他的年龄化了一个童年的妆而已。他快长大了。这对他多么可怕。

有时，俊蔚给我讲台湾的家人。他说，他有一个上大学还在服兵役的哥哥，很健康很英俊，还有一个漂亮的妹妹，小学快毕业了。爸爸是干什么的，妈妈是干什么的，讲过一些，我都已忘记。他说，爸爸妈妈哥哥妹妹带着他到公园去玩，到游乐场去玩，到郊区的岩溶洞去玩，他见到许多有趣的东西，他很高兴。他一想到那些游玩的地方，就好高兴。他说哥哥在谈恋爱，可是他没见过哥哥的女朋友。妹妹那么漂亮，一定有许多小男孩喜欢她。我细细端详了一下俊蔚的脸，其实他的五官也很好看。如果他是个健康的小孩，现在也到了偷偷喜欢女孩子的年龄。他会把情书写了一封又一封，被老师发现，被要求作检查，可是心里还是按捺不住灼热的狂喜。他是个会讨人喜欢的聪明男孩，他一定有本事让他喜欢的小姑娘同意陪她一起放学回家，如果路过有垂柳和花朵的小河边，他便提议坐下，让她听听他满脑子有趣的怪念头。

但是俊蔚一听见是台湾妈妈来的电话，就会冲着话筒大喊一声："我不要听！"然后"啪"的挂断。

过了二十天，医生告诉我两天以后可以出院了。被俊蔚听见，他就跑过来问："阿姨，你真的要出院了吗？"

"是呀，祝贺我吧。"

"我不。"

"你愿意我跟你一样，也住两年院呀。"

"是啊，阿姨，陪我住两年院好不好？"

"不好。"

"为什么？"

"两年以后你就长大了，不再是现在这样。我喜欢你现在的样子。"

"不，两年以后我也是这个样子。我会模仿！模仿得和现在一模一样！"俊蔚瞪大眼睛说。

我出院那天，到俊蔚的房间告别。他闭着眼睛，好像在睡觉。我唤他醒醒，我说："俊蔚，李阿姨要走啦，你不想再跟她说两句话吗？"他仍旧闭着眼睛，眼皮跳了跳，背过身去。

今天已是将近四年以后。我的家已搬到离北医三院600米远的地方。但是我不敢到医院里打听俊蔚的消息。也许四年的时间里医学的发展突飞猛进，"先天性鱼鳞病"不再是个难题。也许它依旧让人一筹莫展。也许俊蔚早已离开这里，他们也没有他的消息。也许他们有俊蔚的消息，却是我害怕知道的那种……我害怕最后这个可能，所以我不去问。

四年里发生了无数的事情，我结识了无数的人。他们健康。病弱。幸运。卑微。高贵完整。低贱下流。平淡自足。永不满足。他们构成我生活的环境，我需要与他们经常打交道。但是当我独自一人时，一切远去，寂静的声音拂去幸运者的面孔。一个无辜的孩子浮现在我面前。他从未要求来这世间，但是他却无法选择地来了，携带着无法解脱的永恒刁难。为什么是这样？没有人能回答我。这时我很想知道，上帝是否真的存在。

1999年1月9日

亲爱的徐晓

徐晓个子不高,嗓音沙哑,烟不离手,气度不凡。只要她愿意,讲起话来是娓娓动人的。

初相识时,我夸她:"您可真像杜拉斯。"

她美滋滋的。

熟了,我说:"其实杜拉斯特好色。"

她眼镜框后面亮晶晶的小眼睛迷离了下:"那还真有点像呢。"

我认为,凡能目光迷离者,必为好色之徒。我还认为,作家无论男女,不好色不会是好作家。当然,好色又分两种:贾宝玉型和薛蟠型。前者是好作家,后者是坏作家。

我面无愧色地认为，徐晓和我，都应归于好作家之列。原因是一样的——我们都有一颗宝二爷的灵魂，目迷于色而止于礼。

因了这点志同道合，虽然她长我十七岁，却彼此以"亲爱的"相称，一遇家常烦心事，必相互倾吐和安慰。我没叫过她"徐老师"，急了就喊："徐晓，快开门！"

不管对方年龄多大，她喜欢人家直呼她名。不是平易近人，她只是怕老。

有一次她忿忿然对我说："坐地铁，居然有人给我让座，难道我是老太太吗？！"

还有一次她更不爽："有个记者，把我叫成谁了你猜？"

"谁呀？"

"许医农！"

许医农先生也是位德高望重的编辑家，也身材瘦小，也热情似火，也短发，只是，她老人家七十开外了。

我只好用她们共同的特征来安慰她，然后提升到一个理论高度："也许你和许先生对他来说只是个符号呢？也许他从没仔细看过你俩呢？"

"那更可气！"

哈哈，"女人"二字是徐晓的阿喀琉斯之踵。假如有两顶高帽请她选择："肝胆相照的女侠"，or "有魅力的女人"？她一定毫不迟疑地直奔后边那顶而去。

小女人在行的,她都在行。她爱美,穿的衣服都有点小讲究,风格介于都市休闲和波希米亚之间,以墨绿色和绛红色为主,以在日坛商务楼淘到几百块钱一件的漂亮外套为荣。眼光狠毒,不爱夸人,偶尔夸我一句:"你这裙子挺时髦呀!"那准是我花了肉痛的价钱买的。

她会化妆,且对我的不会化妆,很是鄙夷。有一年我在南方得了个文学奖,她也替一个朋友领奖,于是得以同行。下午颁奖式,中午她来我房间检查我的装扮。我穿了条黑色连衣裙,竭尽所能地抹抹脸。她果断把我按在椅子上:"这样不行。不画眼睛怎么行。"

"我眼睛不能进东西。"

"那也得画画眼线呀。"

"我受不了眼线笔进眼皮!"

"别眨眼。"她硬擒住我的脑袋,画好眼线,又在眼周不知怎么鼓捣了一番。我跑到卫生间照了照镜子,忍不住哼起歌来夸自己:"乌溜溜的黑眼珠和你的笑脸……"

"披上这个。"她把一条黑边黑底、金黄淡粉团花的重磅真丝披肩披给我,和我一起走进会场。"漂亮啊!"朋友们赞道。只要是三人以上场合,我说话准不利落,但那个有她作伴杂念丛生的下午,我过得很是安然。

她是个美食家,无争议好厨子。徐记红烧肉,是宇宙最美红烧肉,其制胜秘笈在于喜怒无常,就地取材。有一回她到一位艺术家家里商量事，顺便做这道菜。没黄酒了，而她的红烧肉是只用黄酒不加水的。咋整？主人还在书房里闲侃，这边来不及采办。只见她一声不响，打开一瓶XO，"哗"的倒进砂锅里，大火烧开，小火慢炖，一会儿工夫，一股反传统的肉香就弥散在餐厅里。

至于徐晓家的情景，常常是这样的：客人们在客厅里或坐或站，高谈阔论，徐晓则一边和小时工在厨房里埋头苦干，一边跟大家伙儿尽情说笑。待饭菜齐备，落座桌边，众鸿儒立刻变得不甚高明，议题常常以形而上始，以形而下终，最后归结为：徐晓，开家"徐记私房菜"吧！每天只做一桌，提前一个月预订！价位定得高高的，人数限得低低的！口碑传播，越传越火！劫富济贫，以少胜多！这样大家蹭饭更没负担了……但经多方论证，最后看清了利害：徐晓一旦专职厨务，受害人是蹭饭的我们呀。于是私欲占了上风，提议终被搁置。

吾虽手笨，却很上进，吃多了她的菜，便忍不住见贤思齐，学她一道。忘了某个细节，立即电话相问。不忙时她挺耐心，若碰上她忙正事，那可要忍受她的呵斥："记性不好，还不记菜谱！你看谁谁谁都是记我菜谱的！"脾气之坏，令人发指。不过只一小会儿，我就忘了。

她的专业主义是极其严厉的。第一次来我家下厨，见我炒菜烧汤居然用同一炒锅而把汤锅闲置一边，就如遭遇世上最野蛮的暴行，涨红脸，一声吼："下回再见你用一个锅炒菜做汤，我就不来了！""哗"，把水倒进水槽里。

她固然擅长做菜，可也偶有失手的时候。即便失手，在厨艺小白的我面前依然顾盼自雄。她总是标榜自己如何自卑，至少在做饭这件事上，我没看出来。有一次她教我做荷包蛋炒丝瓜，我正佩服她真有灵感——鸡蛋居然不打散，直接炒荷包蛋耶（后来才注意到，人家饭馆都那么做），却见她"哗"的倒多了酱油，整盘菜瞬间黑乎乎矣。她面不改色心不跳，尝了一口，诲我不倦："味道还是不错的。记住了，炒这菜不要放盐，只放酱油就好。"此事让我明白一个道理：弱国无外交，爱拼才会赢。

她貌似精明强干，其实晕得离谱。"哎呀！我车钥匙不见了！""哎呀，车钥匙呢？""哎呀，我是不是没拔车钥匙？"每次上车之前，她必在乱成一团的背包里一通猛找。此时我就怒从心头起……转瞬便低头：谁也别嫌谁，我也这样……

两人一起晕，终于晕出点事来。我家新房子要装修，她跑来出主意。"厅里整面墙你可以做书架呀，用石膏做假墙，把大芯板包好了嵌石膏里，又简单，又好看。一会儿你去我家看看，我就是这么装的。"她比比画画，踌躇满志，把背包挂在客厅的暖气片上，跟我进了里间。盘桓一圈，我们兴冲冲欲关门下楼，去她那刚装修好的家。她又开始在背包里找了，这次是："咦，我的钱包呢？钱包呢？"钱包里有她的身份证和刚领的三千多块钱。大门虚掩，看来是进了人。门外，一个包工头模样的男人坐在隔壁家门口，他说，他没进来，也没见人进来。

于是去派出所报案。警察来楼里查看一番，无果。直等到半夜，给警方留下电话，我们还是开车去她家。"来，看看我的书墙！"进了门，她又兴冲冲起来，带我楼上楼下参观，得意洋洋报账："整个装修才花了不到八万呀。"

"唉，可惜我那房，出师未捷先丢钱，不好意思……"她现出不足挂齿的神情：这算什么，某年月，在哪哪，和谁谁，愣是那么丢的，丢了那么多……一桩桩一件件听起来离奇至极，借此暗示：相比之下，此乃数额最小、最合情理之丢也，即便不额手相庆，至少也不必介怀啊。

后来，我家书架也用了石膏墙。

有那么些年，她默默赞助一些乡村图书馆。她先联系需要图书的边远单位，然后自己捐款，有时也跟企业主们商谈，他们总是迅速而情愿地把善款委托给她买书捐赠。她到各大出版社买下一至三折的积压经典书，有些出版社尊敬她的用途，索性白送。待书积累到足够多，她就打包邮寄。一个冬日，她问我要不要跟她一起干点体力活，我说好啊，上了她的蓝色POLO。车里塞满了吃她嘴短的"伙食团"成员——不是诗人就是学者，知道要干苦活儿了，都把自己打扮成民工兄弟的样子。整个上午，我们在一间尘土飞扬的仓库里搬书包书捆书，空气不好，很少说话，那种纪律感，勾起我小学冬天时排队到玉米地里割茬子的惨痛记忆。中午去一家小餐馆吃饭，她尽点些炝炒土豆丝手撕莲白之类，请大家吃了个素饱。我暗想，她干这事也有好几年了，才第一次动用我，那之前她得组织多少劳动力呀？都从哪儿找来的呀？后来知道，书太多时她才找人帮忙，平时她都自己干。可是，她腰椎病很重呀。

我跟她在一起时多聊些鸡毛蒜皮，这种雷锋型故事若非被我撞见，她是不会说的。因为它们太"感动中国"了？她做习惯了？她害羞？不知道。2008年汶川地震时，我看多了新闻感到郁闷，就拨她电话。她接听得急匆匆，只说我在北川，回头打给你，便无消息。多日之后回京告我，她募了两火车皮的书，我电话时她正在灾区忙着分发呢。"谁让你送书的？""自己呀。""怎会想到送书呢？""某某某在灾区当志愿者，告诉我灾民吃喝不愁，只愁孩子们没书看。"这个永动机一样的女人，那些天往来奔突于各大出版社，一周之内募了几十万册书。书有了，她傻了：怎么运呀？没有机构理睬这事。于是去火车站直接找灾区线的货车列车长，软磨硬泡，终得同意。又发动了几个大学生，把书运上车。联络好北川的交接人，她遂带了一位老友那颇有厌世之心的抑郁女儿，直奔北川。后来我见过这个80后女孩，目光犀利，眼含谑意，似在随时嘲笑他人之伪,大学学的是园林,毕业后无聊游荡,无所事事,北川之行后,准备报考日本的园林专业研究生:"咱这儿的园林忒难看了,我受不了啊,不能老这样啊。"

我暗笑:徐晓做事,真能一箭好几雕——救灾也就罢了,还顺手当心理医生。

丈夫周郿英去世时,徐晓只有四十来岁,儿子周易然——小名娃娃——六岁。听多见多了寡母与儿子相依为命纠结终生的故事,她决定消灭这种悲剧于萌芽状态。从小学开始,儿子就被她送进寄宿学校,只周末接回家。她从不在他面前多愁善感,也绝不引发他的感伤倾向。她更像个斯巴达式的父亲,不动声色地培育他的智识和责任感。不是对母亲的责任感。她觉得对儿子说教——妈妈含辛茹苦多不容易啊,长大你要报答啊孝顺啊——特别猥琐。是一种普泛的对待他人的责任感。徐晓的客厅里,义士高人常年不绝,社会发生了什么,该如何看待和对待一个人,这男孩从小即耳濡目染了。我见到娃娃时他才上初中,一年年见他长大,从娃娃脸,到一脸络腮胡子,戴着帽子,标准的导演相,沉稳,严肃,已褪尽同龄人的脆弱孩子气,成了有担待的男子汉。

多年来,徐晓会不时播报娃娃近况。他高中时,她说:"娃娃组了个乐队,去西单地下通道献艺去了。他们把琴盖盖上，免得行人经过时给钱。他们不要钱。他们只是喜欢唱歌。"

后来娃娃去纽约上大学，暑期回来，带着表弟去西北。"拍片子去了。拍西北一个乡村小学，那儿特穷，娃娃心里难受。"

对儿子的未来，徐晓的态度倒很现实，完全是"穷则独善其身，达则兼济天下"的路数。她要求娃娃先解决好生存问题，再追求他认为的艺术。其实她自己也是如此——她从来都是一边出色地务着正业，一边侠肝义胆。

以上是我从2014年12月8日到20日之间，断断续续写的文字——是11月26日中午之后的日子里，我记忆中的徐晓。二十几天后，我们重聚。

我是个胆怯怠惰之人，走在河边怕湿鞋，想看风景嫌路远，却又偏偏关心世事。我常自问：你与世界之间，究竟是何关系？我有个猫女儿名叫缝缝，无论我洗衣做饭上厕所，她都整日跟着；无论屋里屋外有何动静，她都竖起耳朵。她神情严肃，目光深邃，似乎全世界的安危，都系于她的身上。她也经常表现出走四方的欲望，门一打开，她便一个箭步蹿了出去，试试探探，蹑手蹑脚，还没走到电梯口，就喵喵着像是受了天大委屈似的，颠颠儿跑回家。每当此时，我都不禁黯然想道：我与世界之间的关系，叫缝缝。

在这种叶公好龙的关系中，可以说徐晓解救了我。

我自忖，跟她交往，其实带有某种自我疗愈的企图。不是说徐晓可做我的心理医生，而是，她给我打开了一扇窗，行动的窗。

多年来，我受困于写作与行动之间的矛盾。确有那种行动写作两不误的全能型作家，但我显然不是。我知道，即便完全放下笔，投身于济世行为，我也肯定做不好。我没有这种天赋。我是个吃力的人。分外笨手笨脚的人。多余人。

写作和关于写作的一切思维活动，使我成为无力行动却对行动深怀敬意渴念的人。世上当然有满意于行动力丧失并以此为写作之前提的作家，他／她的自洽也使他／她自信专注，硕果累累。但我显然也不是这种类型。我对创作者在世间所处的旁观位置，深怀罪疚之心，无法摆脱。

徐晓解决了我的难题。她给我讲故事——她的，别人的。简直不是她找故事，而是故事找她。我贪婪地听她讲，这种倾听在自我意识稍强的人那里，是不可接受的。但我没问题。我有一种移情的习惯，视她为另一个自我——那个冒险和行动的自我，那个敢于生活、故事成堆的自我，她是不敢生活、故事匮乏的我的反面。由此，我体验、想象、虚构行动者的世界。

行动与写作，永难合一。对行动者来说，行动就是他／她的写作。对写作者来说，写作就是他／她的行动。我常常以此宽慰自己，为自己苍白而怯懦的生命辩护，忍耐故事与经验的残缺。在伯格曼的《第七封印》里，瘦骑士眼睁睁看着无辜女孩被当作引来瘟疫的巫女，扔上火刑堆。面对教士和群众的滔滔民愤，他未置一词，转身离去，突然思索着女孩灵魂的归属。

这是写作者，广言之——创造者真实的肖像。

2014年12月

他已去到永远的光里
怀童道明先生

童道明先生是个会讲故事的人。开会了,别的评论家说观点,到了童先生,他就微仰起头,缓缓开口,空气里骤然腾起诗意的回忆的负氧离子,沙哑的嗓音像磁针转在老唱片上。会议室静悄悄的,我们都沉浸在这从容轻缓的声音里。童先生的故事讲完了,观点也就说完了——诚挚,善意,洞见,含蓄蕴藉的忠恕之道,尽在其中。

童先生讲述的都是别人的故事,很少讲到他自己。像是急于弥补什么难以忍受的痛憾似的,在童先生离去之后,我去他的文字里找他,找他的故事——权当补上最后那次相约而未能实现的倾谈。

的确找到了一些。我讶然看到，在童先生的记忆里，没有阴沉怨怒的石头，只有爱与感激的花瓣：

七十多岁的时候，他忆起幼年的一个晚上——他突然醒来，发现母亲不在身边，惊恐，从床上爬起，却见年轻的母亲在灯光下悄悄伏案写诗。夜，灯，母亲与诗，在这幼童空白的灵府中刹那间融为一体。这美丽的剪影抚慰了他的一生。成人之后，他一直生活在文学的幸福中，犹如幸福地生活在母怀中。他的文字轻柔温暖，好似母亲的不忍之心。

童先生的姨母很爱他。当他七十八岁的时候，这位几近失智的老太太过一百零四岁生日，儿孙们把满头银发的童先生拉到她面前，考她：这是谁？她立刻回答："我姐姐的孩子。"她经常把童先生的好几本书抱在膝头，别人问她：这是谁写的？她立刻回答："我姐姐的孩子。"

七十多岁的时候，童先生仍记念自己的高中语文老师李慕白——李老师在1950年代的作文课上反对假大空的"新八股"，批评小童同学的作文错字太多，给出便于畅快发挥自由感受的作文题目，提倡"辞达而已矣"……"文革"来临，"右派"李老师和妻子双双自杀。后来，李老师的女儿——演员李婉芬写了部话剧《老师啊，老师》，以父亲为原型，由北京人艺演出。童先生记下了这一切。

他对一部苏联剧本《工厂姑娘》心怀感激。1970年，童先生下放到河南息县的干校劳动，除了四卷毛著和一本语录书之外，还偷偷带去了这个剧本。在繁重而无意义的劳动间歇，他反复偷阅，烂熟于心，遏止不住翻译的冲动。终于趁请假去信阳看病之机，躲在招待所，三天内将它译完。诊断结果出来了——严重的"强直性脊椎炎"，他却毫不在意，只为译出这样的句子而欢喜：

> 爱情可不是长椅上的声声叹息
> 爱情也不是月光下的双双倩影

那时，他想出了一个道理：在"文革"里当知识分子是很难的，但让一个已经是知识分子的人不再当知识分子，那可能是更难的。

他想念诗人卞之琳先生。卞先生逝世后，年轻同事张晓强告诉他："卞先生喜欢吃马铃薯片。""为什么？""他喜欢听马铃薯片咬碎时发出的响声。"童先生怔住了，写下一句话："卞先生好寂寞。"这是童先生的心。他能听见别人听不见的声响。那声响静默而疼。

从1980年代中期到2012年，每年的大年初三下午2点左右，童先生都给于是之先生拜年。从于先生任北京人艺院长时，到退休后，到患了阿尔茨海默症，到无知无觉地躺在北京协和医院的病床上，童先生每年都准时出现在他身旁。每当他走进病房时，夫人李曼宜女士都对于先生喊："老童来看你了！"有时于先生毫无反应，有时会有两滴泪,从半闭的眼睛滑落到脸颊上。2013年初,于是之先生逝世。他的灵车缓缓绕行首都剧场一周,向他倾情毕生的北京人艺作最后的告别。这提议,是知交童道明先生做出的。没有什么比此举更合乎于是之先生的心意,也更能安慰世人。"我像爱俄国作家契诃夫那样地深爱着于是之。""能够得到于是之老师的信任,说明我做人还是及格的,因为是之老师能够非常敏锐地发现一个人身上的庸俗。"是的,一个人爱他的朋友可以如此之深,以至于让他成为衡量自己的标尺。

在童先生的感激名单里,有一个被反复提及的名字——拉克申。他是童先生留苏时期的老师,是他唤起了童先生对契诃夫的爱,他的一句临别赠言"童,不要放弃对于契诃夫和戏剧的兴趣",引领了这位中国留学生的一生——爱恋、研究、传播契诃夫。写《契诃夫传》,翻译契诃夫的剧作、小说和书信,到了晚年小宇宙爆发,身体力行戏剧创作,单是契诃夫题材,就写了三部曲——《我是海鸥》《爱恋契诃夫》《契诃夫与克妮碧尔》,这是童先生的半生。

可以说,若没有童先生,契诃夫戏剧在中国不会如此深入人心。我们对契诃夫戏剧的爱,是伴随着童先生沙哑的嗓音和温暖的微笑的。他的所有言说,重中之重不在那些技巧分析,而在这样一句话:"想把契诃夫当作自己的戏剧导师的人,便要把'像契诃夫那样地去爱人'奉为自己的一个道德使命，努力做个善良的人。"他还发明了一句响当当的格言："善良是一种生产力。"

想必许多文学人并不认同这种关于"善"与"爱"的说教，嫌它太过简单，不能解释契诃夫作品丰富多变的人性光谱，也无法应对普遍黑暗的现代经验。但是，假如你深入研究过契诃夫那使徒般的一生与他的文学创作之间水乳交融的关系，或者假如你从自身的创作中，体会过"善""爱""良心"在人性理解力与想象力上的惊人作为，你就会认同童先生的"善"与"爱"的动力学。因为善能理解和想象形形色色的恶，恶却不能理解和想象哪怕一丁点儿的善。如同"光照在黑暗里，黑暗却不接受光"。（《约翰福音》1：5）

现在，那位一直以爱、以善、以感激、以良心行事的温暖的老人，去到永远的光里了。我很想念他。惟愿所写的文字，能不负他的教诲。

2020年2月13日

穿越黑暗的玻璃

家里有一只带把手的玻璃水罐,一半透明,一半毛玻璃,外壁印着一束红白相间的百合花,法国货,美而厚朴。二十多年了,搬了四次家,打碎了无数杯盘,唯有这只罐还好好的,一直默默盛着水,使我心里安稳。那个送这礼物给我的人,仍在眼前笑眯眯的——他打开简净的纸盒,里头躺着六只娇憨的小杯子和这只憨厚的大罐子:"送给你和小费的,祝你们白头偕老啊。"那时我二十出头,研究生二年级,与寰的恋爱谈得漫长,仍愿彼此相守,于是登记结婚了。于是他送了这精致实用的结婚贺礼。这美而厚朴的水罐,自此便沉默结实地陪伴着我们的生活。我认为它会一直陪伴下去，即使不常看着它，它也不会破碎和消失，就像送这礼物的人一样。反正我是一直这么想的。直到2017年1月15日下午，我被告知：这个想法是不对的。那个人，那个笑眯眯祝福我们的人，我的导师刘锡庆先生，不打招呼、毫无预兆地离开了，破碎了，消失了，永不回来。

跟师母通完电话，视线模糊，茫然大恸，执拗地寻索导师的痕迹。嗯，水罐还在。他的书还在。2011年7月26日与寰一起，和导师师母、宗芳斌师兄一家以及葛海亭师弟的餐后合影还在：每个人都笑呵呵的，似乎未来还有无数这样的日子，想聚多久就聚多久。

我不敢确定自己有多了解锡庆师。我生命中的困惑和痛苦不曾都与他谈起，他与我也未曾。我不知他人生的危机时刻为何，他于我亦不知。我甚至都未对他表达过此种好奇，他于我亦没有。更甚至，身为他的学生，我都未曾深究过他投身多年的写作学和散文学，他于我亦不曾表示过此种期许。二十四年的师生关系，在毫无压力的和风暖阳中度过，连阴天毛毛雨都稀少。一切似乎是过于必然了，就像一部手法老派的文学作品，缺少陌生化，令人熟悉安适而又昏昏欲睡。我对人谈起锡庆师时，会说：他是个德行高洁温厚宽容的好人，我爱他像爱父亲一样。这话里有亲情，也有迁就——他像父亲一样于我亲，于我有恩，他已尽己所能地对学生好，因此我不能要求更多了。"不能要求更多"这句话里，已隐含了对这种过于"必然"的关系的些许疲惫罢。

直到有一天，死亡裂开无法跨越的深渊，陌生化视角突然出现，我才看见，这过于"必然"的师生关系里，那永存于心的部分。

我没看过心理医生，但以我的心理体验和粗浅的心理学知识，可以断定：从初三到大学，我一直患有不轻的青春期抑郁症——绝望，沮丧，自我厌恶，无法与人交往，无法集中注意力，感到被全人类抛弃……但可怕的是：我必须考研。为什么呢？心理健康独立自主的女权主义者必对这理由嗤之以鼻：我的男友寰已毕业留京，他是我与世界之间唯一的通道。只有在他的目光中，我才不那么惶恐，才可以勉强活下去。为了"活下去"，我必须考研，留在北京。不能本科毕业去工作吗？不能，我害怕工作。我也不可能找到留在北京的工作。这个抑郁笨拙的大三女生没有任何选择，只有——"必须考研"。

考谁的研呢？茫然中，想起不久前见到的场景：一位高大魁梧的教授和三位英气勃勃的研究生师兄走在黄叶铺地的银杏路上，讨论着什么。我听不见他们说话，但喜欢他们言之有物的神情，以及这种神情透露出来的无拘无束的精神关系。雅典学园的林荫道上，柏拉图和他的学生们也是这样边走边谈的吧……嗯,雅典学园,我喜欢。

那位教授就是刘锡庆先生,那三位幸运的男生是他的研究生。刘先生没给我这届本科生上过课,但北师大中文系学生没有不知道他的。系里的名教授分两种:一种是名师高足,比如陆宗达先生的弟子王宁教授,李何林先生的弟子王富仁教授,黄药眠先生的弟子王一川教授,启功先生的弟子赵仁珪教授和郭英德教授,等等;一种靠自我修为,比如中国当代文学教研室的刘锡庆教授和任洪渊教授。任教授是诗人,思维奇崛,才气磅礴,教我们这届,直接勾起我的创作欲和对当代文学的兴趣,但我考研这年他不招生。刘教授是学者,他的名望由传说构成:1980年代,他在电视上给全国数百万电大学员授课,他写的教材动辄发行几百万册;他在上海的万人体育场讲授写作课,全场鸦雀无声座无虚席,他则气定神闲举重若轻……我准备考研的1992年,刘锡庆教授已转向中国当代文学研究,但他80年代的光环依然耀眼,令我感到,要想被他从无数考生中注意到,真是需要投胎转世。学兄学姐出主意:近水楼台先得月,你先去认识一下刘先生,让他对你有个印象嘛。如果是坏印象可怎么办……别想它,闭眼去试试,见人总比去死容易些。

大三下学期末,1992年的一个夏日,我强忍恐惧,站在刘先生的家门前。这是我上大学以来第一次去老师家,还是这样一位素不相识却命运攸关的老师。那位高大魁梧的教授来应门了，方脸，笑眯眯，眼镜片后的目光是蔼然的审视。落座，聊了几句闲话，刘先生便问我：本科毕业论文打算写什么题目？

我：关于新写实小说的。（也许稍需解释一下"新写实小说"：它是1980年代末至1990年代初，大众读者被先锋小说"看不懂"的形式实验吓跑之后，由刘恒、池莉、方方、刘震云诸作家开启的小说潮流。他们回到"看得懂"的写实传统，但也并非经典崇高的现实主义，而是普通人视角，零度情感，写生活的柴米油盐灰暗琐碎，由此，伪理想主义的道德幻象被打碎，人生被描述为一场场卑微虚无的苟活。）

刘先生：你怎么看这种小说？

我：我觉得新写实小说的人生态度，和中国的道家传统一脉相承……

刘先生：哦？为什么？

我：嗯，我这么想是因为……《道德经》《庄子》和新写实小说让我感到了一种共通的东西……一种否定和取消生命意志的东西，让我感到憋闷。

刘先生：诶，这观点蛮新颖的，还没有批评家谈过，你可以写进论文里。

刘先生接着提起苏童、叶兆言等作家的新历史小说，谈到他们的创作观念：作家不必依赖外部的生活阅历，也不必深究历史的细节，只要他有独特内在的生命体验，把叙事空间"做旧",外化出这些体验来,就是新历史小说了。

他:你觉得这种写法怎么样?

我:这个……这个写法,好像比较适合我这样的人……

他:为什么?

我:因为,因为我也没什么阅历,也没有历史的学问,可我好像蛮有内在体验的……

他被意外地逗乐了。我感到不再紧张,稍稍舒展了打结的神经,继续跟他谈下去:

——老师,为什么我有内在的体验呢,因为我从十四岁开始就每天想到死,之所以强忍着活下来,是因为我还不知生命的甜味,还不甘心死而已,其实我已历尽磨难……

——哦?什么磨难呢?

——不敢动弹,不敢自由,不敢生活的磨难。不知所措自我厌恶一成不变贫乏空洞的磨难。老师,我就像被下了紧箍咒,被一种与生俱来的恐惧攫住,凝固。我多希望有个具体的磨难,能震碎我充满恐惧的生活!因为我是这样地不敢生活……假如我写小说,我就写一个不敢自由的人获得自由的故事。但怎样获得自由呢,老师,您知道么……

——自由……我们这代人也不得自由,但跟你的相比，是另一个故事。你的故事我没有体会，但可以试着理解……

——假如您理解卡夫卡的大甲虫格里高利，您就能理解我……我就是那只后背嵌着苹果、无处藏身的大甲虫……它的路，没有来处，没有尽头，真怕我的生命一直这样下去啊……

我呆呆地坐着，在脑子里，跟眼前这位温和微笑的长者排演神经兮兮的剧本。啊，我是那么紧张，内缩，怕人，却不知为何不太怕他，几乎可以镇定地跟他说话，而且想多多说话。但是，但是我不能太占他的时间，不能太讨厌，我得走了。于是我突兀地起身告辞。他把我送到门口，笑眯眯地："好好准备吧，祝你一切顺利。"

1993年9月，我成为刘锡庆先生的研究生。同入师门的，还有师兄师姐师妹各一枚。平生第一次有了一个小小的精神共同体，我慢慢有点开心起来。我们时常一起到导师家去，开怀大笑，轻松畅聊，锡庆师像个宠孩子的好父亲，笑眯眯地听我们说话，不时地评点几句。我的那个紧绷、自卑而鲁莽的自我，在他那儿变成了"敏感""锐利""真""有才气""有个性"——其实，那是我想成为的，但在他的目光里，却是已经存在的。在他长久创造的毫无苛责、爱意盈满的氛围中，那个抑郁内缩的女生，感到许多温暖和安全。

锡庆师多年被学生环绕，深知这些"长身体"的年轻人有多穷，多馋，于是留我们吃饭。记得第一次开伙，众师兄姐妹都宣称会做菜，我认领了西红柿鸡蛋汤。眼见我把切好的葱花西红柿直接丢进锅中冷水，他一声断喝，救出西红柿，一边把汤做完，一边对我摇头叹息："你这个书呆子呀，女孩儿家不能啥菜也不会做呀，否则你男朋友多可怜呀。"师兄师姐妹的手艺也好不了多少。那顿饭，几乎每道菜都以我辈的咋咋呼呼始，以锡庆师的力挽狂澜终。

自此，我们便盼着导师"召见"。其他专业的同窗被导师召见时都会忐忑不安，我们不。如果一个月了导师还不张罗，我们就会嘴里淡出鸟来。于是师兄语重心长地喊上我们："走，去导师家请教一下。"于是我们浩浩荡荡地去"请教"。于是导师再也不让我们荼毒食材，都是师母下厨，我们跟他聊天。于是师母做完满满一桌京味菜，喊我们入座："你们慢慢吃慢慢聊啊，我还有事出去一下。"于是我们心安理得地跟导师大碗喝酒，大块吃肉，抚今追昔，谈天说地，放心地认为师母真的"出去办事"了。1993年到1996年，我们不知在锡庆师家进行了多少顿问学与解馋相结合的"教学相长"。

有些聊天给我印象甚深。有一次，锡庆师说某位学生学问很好，只可惜太安于象牙塔中，而真正的文学人，那是要有真切的生命体验和历史经验的，重大的历史事件是应当在场的，别人的转述都是二手的，你只有亲临第一现场，才能看到真实的众生，真实的中国，这样，你才能历练出自己独有的洞察力和历史意识来。因此，锡庆师劝导那位学长离开书桌，到当时的大事现场去观察和感受。"重要的历史时刻，你要敢于在场，敢于做见证——当然，你要尽量保护好自己，别做无谓的牺牲。"他对这位学长说。他把这话重复给了我们。这时的锡庆师不再笑眯眯。他在强调精神创造力的原则。创造的基座则是真。真则带来风险。而他不主张任何回避风险的平安——虽然他爱我们。

有时，锡庆师会对我们谈及一些老先生。1990年代初的北师大中文系，早已不是老先生们的中文系。钟敬文、启功先生还健在，但已不再授课。他们住在师大北边的小红楼里，履行着圣诞老人式的职责——硕士生毕业时，会被允许穿着硕士服，每人单独和两位老人家合影一张，算是这名校名系赠给毕业生的一份临别土产——两位老先生的形象，是唯一一点传统的印记了。给本科生讲课的是中青年教授，从他们那里，很难听到黎锦熙、刘盼遂、黄药眠、谭丕模、穆木天、陆宗达、李长之先生们的旧消息，甚至连名字也不大提起。直到锡庆师教了我们，才稍稍知道一点老先生们的当年事。

锡庆师1938年生于河南滑县,父亲是物理学教授;1956年考入北师大中文系,1960年毕业留校,老先生们的课他都上过。教古典文学的谭丕模先生衣着考究,湖南口音,上课只讲他的讲义里没写的内容,若课已讲完,还没到下课时间他也照样下,绝不走形式;1958年出国访问,他与郑振铎先生一同遭遇空难。这已算是"善终"。王国维先生的弟子刘盼遂先生,衣着打扮像个农民,经史子集无所不通,年轻时著述颇丰,1949年后述而不作,讲课风趣,与人为善,从未树敌。因家住校外,被34中的红卫兵小将抄走所有善本书,并施以打骂凌辱,他的儿女向北师大筹委会求救,领导们置之不理,刘先生遂被头朝下摁在水缸中溺死。以评论鲁迅著称的李长之先生,才气勃发频出新著,只因一篇温和的杂文,被打成"右派",饱受类风湿病折磨的他,被罚常年清扫厕所和楼道,一趟一趟,一瘸一拐,去倒大便纸;捱到新时期,得以平反和落实待遇,先生却已丧失研究和写作的智力体力,病逝于北医三院……

锡庆师讲这些时,面色平静,语调和缓,时不时会冒出几个尖利的词,那是指向读本科时的自己——"那时我就是个十足的庸众,傻瓜,没头脑,没勇气,冷眼旁观被批判的老先生们,同情,害怕,又觉得挺新鲜"。

我们四人的研究方向,都是在餐桌上跟导师确定的。

锡庆师的研究领域在当代散文，但他并不要求我们跟着他研究散文——一切只需凭自己的兴趣。我和师兄的研究方向是当代小说，师姐研究报告文学，师妹研究当代散文。一次，当我们煞有介事地边吃喝边说"研究"这"研究"那时，锡庆师幽幽地来了句："其实，一流才华搞创作，二流才华才做研究呢。"此话引来一片静默。那您算几流呢……我们又是在做什么……"你们啊，不要整天埋在论文里。将来能创作就尽量创作，只有创作里才有真自由，真生命。即便你们真去搞批评做研究了，也得有点创作经验才能说到点子上。"可是导师啊，假如我们都去争当"一流人物"，只创作，不研究，将来谁继承您的衣钵？谁能在学术界说：我是刘锡庆先生的学生？您将很快销声匿迹，就像您从未存在。那时您怎么办？老师，您这不是"罗慕路斯大帝自毁罗马"嘛？

"无所谓。虚荣浮名都是给人看的，没有意义。你们只管发挥自己的才能就是。假如你们真喜欢做研究，那也要做有才华有创见的研究。盲从权威、故弄玄虚是不行的，离经叛道、敢做异端才有出息。搞文学就得有点异端精神，平庸是最大的不道德。"说着，锡庆师笑眯眯地夹起一根京酱肉丝，放进嘴里。这使从未出过校门的我下意识地以为，"异端精神"是极容易而又受欢迎的，是理应被无条件鼓励和接纳的，平常得跟京酱肉丝相仿。我的写作本来就有点任性，在锡庆师"没有不允许，没有不可能"的宽纵下，愈发放肆起来：角度、观点和行文求尖求险，只要能自圆其说，导师皆会认可；若语言漂亮，文体别致，他就毫不吝啬地大赞了。"在艺术的王国里，是没有平庸者的户口的。"这是他的口头禅。啊，我真喜欢这个老头——心肠那么仁厚，脾气那么温和，却对一切不拘成法之物敞开心胸，对艺术平庸横眉立目。我贪婪地将此照单全收，滋养未来的岁月。

研究生毕业后，我做了十几年的文学批评。断断续续产量很低，但总想尽力遵循恩师无言传递的道德律令。对作家作品的解读和评价，竭力听从内心的直感，不去顾盼权威的颜色，这跟锡庆师诚实笃定的潜移默化大有关系。

后来，当我真的因为在写作上有了点儿"异端"气息而如遇鬼打墙时，才知道，那种对宽容拥抱的预期，全是上学时锡庆师给"惯"出来的——其实世上并无几人像他那样鼓励冒险，宽纵刁钻。但这宽纵给我胆气，助我不因为自己是"少数"，而"识相"地修改自己的本性。

这种"惯着"，有时会有点"婆婆妈妈"。刚工作的那几年，我有过一段恣意妄为、压力巨大的编辑生涯，锡庆师虽道义上赞成，却也担心会给我带来厄运。他曾悄悄嘱托我的一位领导："这孩子性子直，认死理儿，容易出事，你要保护她。"多年以后，领导已不是我的领导，才告诉我这件事。

评论写久了,总觉得有种能量如不释放便会成毒——也不知是不是锡庆师当年那句"一流才华搞创作,二流才华做研究"在潜意识里作祟。从2009年开始,我停止了批评写作,受一位导演之邀,着手以鲁迅为主人公的话剧创作。整整三年的时间,煎熬于题材的浩瀚、写法的茫然和性质完全不同的写作转换带来的不适。每年锡庆师从珠海回来(2000年后,锡庆师去珠海创办北师大珠海校区中文系,并在那边授课,每到春末至冬初在京),都会小心翼翼地问我:写得怎样啦?

我(欲哭无泪):不会写,写不出……

他(笑眯眯地):鲁迅是个坑,明白人都不会往里跳,只有你不知天高地厚傻大胆儿,才敢接这活儿。可也说不准呢,你的思维一向挺怪,不走正路,也许能写出来……嗯,你肯定能写出来,千万别灰心!

我:因为我"不走正路",所以能写出鲁迅……老师,您这是怎么评价……鲁迅呢?

他:反正就是这么个意思,别怕,你能行。

2012年,话剧剧本《鲁迅》完成,通篇弥漫着《野草》气。锡庆师是《野草》专家,我把剧本给他看,心里惴惴,不敢问他看法,一直以为总有机会详谈。此后他从珠海回,便是小心翼翼地问我:话剧什么时候演啊?我一直支支吾吾。约稿的导演已放弃执导此剧，要靠我自己的力量把它搬上舞台，那几乎是天方夜谭了。

历经难与外人道的波折，终得到慷慨无私的助力，《鲁迅》改名为《大先生》，定于2016年3月31日至4月3日在北京国话剧场首轮演出。那些天我焦虑地发朋友圈。锡庆师不用微信，我不敢告诉他这个消息。演砸怎么办？观众哗哗退场怎么办？何况还可能有其他的风险……七上八下，坐立不安，电话响了，是锡庆师从珠海打来。他从师母那儿知道了此剧的演出消息。我像是抓住了救命稻草："老师，我这回要丢人啦！"

他：折腾了六年，你够有韧劲的，能演出来就是成功啊！

我：演出只剩四天了，可我还不知舞台呈现最后是什么样子。这戏的每一步，都太拧巴太未知太折磨人了……

他：把心放在肚子里。你已尽了最大努力，可以坦然了，其余的交给天意吧！

电话打完，我看见寰在擦眼睛。这个十三岁就失去了父亲的人，对父爱般的温暖，比我更敏感。

每年春末至冬初，锡庆师和师母都从北师大珠海校区回到北京住。我们这些蹭了他无数顿美餐的学生们，开启了每年轮流坐庄请恩师师母吃饭闲聊的模式。最后一次是去年8月,我和师兄师姐发现,导师整餐饭几乎不发一言,问他问题,他只以最少的字回答。往年见面他也话少,但是笑眯眯而满足地看着我们,慈父的温暖眼神我们知晓。这次变了。和沉默同时的,是些微陌生的淡漠。他的心里在想些什么?我们没有来得及追究他想些什么,我们只是欢乐地说:明年10月21日,就是导师八十大寿了,一定要大操大办好好庆贺一下!这时,终于见到锡庆师露出慈父般满足的笑颜,嘴上却说:"别麻烦啦。"那是我们看见的,他最后的微笑。

又是一个春天了。又是导师和师母从珠海返京的日子。但是我们再也见不到他了。像是强迫症似的,在家里,我总是忍不住去看他送我的那只水罐,生怕它也有什么不测。还好。它依旧美而厚朴,清水满盈。一如他的灵魂,清澈坚实,穿越黑暗。

2017年4月22日

在愧疚而清洁的微光中

大二下学期的中国当代文学课,终于是任洪渊先生讲授了。一个瘦小精悍的中年人立于讲台,脸庞似削,目光如电,一口清亮的川普时而平缓,时而激越,出口成诵。坐在座位上,我想起大一下学期,讲文学概论的罗钢教授为了让我们领会"何为自由体新诗",就念了一首当代汉诗:"大地初结的果实和我脑中未成形的幻想／一齐在太阳下饱满地灌浆……"在大家一脸懵的静默中,罗老师问:"你们知道是谁写的吗?"谅我们也不知道,他就从椅子里站起,在黑板上写下三个字:任洪渊。"这是一位在台湾很受关注的大陆诗人("在台湾很受关注"是那个时代进入殿堂的标志性评语——作者注），他就在我们中文系任教。"同学们炸了。"他教哪门课？""能教我们吗？""上哪找他的诗？"……一群天南海北的井底之蛙初会于名师云集的北师大中文系，其不开眼的嘴脸就是这样的。

大二上学期讲中国当代文学的老师，板书有个习惯：俩字一行。因此我很怕他讲到名字是三个字的作家。比如"周立波"吧，他就会一行写"周立"，再另起一行："波"。如果下一个作家是柳青呢？板书就会顺下来："波柳"，再另起一行："青"。一堂堂课下来，这板书就像一列列坦克，无情碾压我对文学的渴慕。我是为了当作家才报考北师大中文系的呀，可一入学，系主任对我们说什么？"中文系不是培养作家的，是培养文学研究者的。""文学研究者"……什么叫"文学研究者"……茫然四顾，不甘心地在任课教师中寻找文学的光芒，创造的灵晕……结果呢？找到了研究文学的两字一行板书先生。

幸亏任洪渊先生出现，才及时挽救了"文学创作"和"北师大中文系"之间行将破裂的关系。任老师符合我们所有关于"文学家"的想象：灿烂的才华，喷薄的诗情，孤高的性格，锐利的谈吐……但女生们莫名悲悯地认为，"才子佳人"这个神话，在任老师这里是绝不可能成为现实的，因为它实在太古典、太虚假了，与他示范给我们的现代美学不符。不久，我们就在课堂上听到他讲女神妻子

F. F. 对自己诗学的开启……好吧，好好记笔记吧。

不知何故，女生宿舍开始流传一本文学杂志，上有任洪渊老师的自供情史《我的第二个二十岁》。如此好的八卦素材岂能错过？我排队等候，拿到便读：

"又是这双眼睛看着我。最早的黑陶罐，洪水后存下的一汪清莹。"

诗人的情话不寻常。他不说这双"眼睛"是美的，而将大洪水和挪亚方舟的典故暗置其中，暗喻这双"眼睛"是涉过人类滔天大罪（"洪水后"）的原初的纯真（"最早的黑陶罐""清莹"），承载着他的救赎。真是无所不用其极的颂赞呀，哪个女子扛得住？

"那是1976年4月的一次'大批判会'。我们来到世界的唯一目的和意义，只是为了给一个伟大的思想做一次渺小的证明，十二亿分之一的证明。我们因为有自己的美，智慧，想象，激情，生来就有罪了。我们是如此害怕自己，害怕安娜·卡列尼娜的让人不能不回头的眼光，害怕蒙娜·丽莎的谜一样的微笑，害怕罗丹的空白了身躯和四肢的无名无姓的《思》。出于恐惧，我们招来红卫兵……禁书，焚画，毁雕塑，为了禁住她颠覆一切的蛊惑的影子。"

谁能将情话和历史反思，结合得如此天衣无缝？谁能用如此透明的寥寥数语，在个人和历史之间无界穿行，将以人为神——且只以某个人为神的时代里精神的压抑和自由的渴望，表达得如此由内而外，举重若轻，直击本质？在我狭窄的视野里，没有，一个也没有。

读完文章，我的八卦之心消退无踪，对文学写作的敬畏之情油然而起：即使再私人化的素材，也要受精神之火的淬炼；即使再单纯的表象，也要显现背后灵性的源泉；即使再复杂的思想，也要穷尽语言表达的一切可能，使思想的深邃跟文字的敛净成正比——否则，不要写。此文传递的沉默的教导，无言的戒律，威慑了我的一生。

由于从初中即已开始的漫长难愈的抑郁倾向，我的一切行动皆是在有意无意地寻求精神的拯救和治疗——小到读一本书，写一篇论文作业，大到恋爱，交友，寻师。我渴望有一道光，将自己从深渊里打捞出去。渴望奇迹降临，震碎那个自我窒息的玻璃罩。

可以期待而又不必自己争取的唯一奇迹，恐怕就是任洪渊老师的课了。他能做什么呢？我甚至不敢和他说一句话。可是，他有词语。他的词语点燃和照亮了他自己，这是显然的。他生于1937年，其时已五十四岁，但他的语言全无从"文革"中匍匐过来的痕迹（"我没有进入那个年代的词语"，他说），反而有着青春的骄傲和奇崛（是的，

90年代，青春还是敢于骄傲奇崛的）："生命的影子并不具有影子的生命。艺术只崇拜唯一的，却十分轻蔑第二个。"能这样说话的人，难道不是自由的吗？难道我不该循着他的词语，找到我的词语，把自己救出去吗？我就是这样带着治病救己的心理，听他的课。"生命""原创力""创造性的""第一次命名""身与头""头与心"……是任老师随身锦囊里的关键词，它们于我，是重造生命的力。

如今中文系出身的学者，十分轻蔑中国当代文学，认为这是不学之徒的寄居地，弃暗投明之前沾染过这个专业的，再也不愿提及。但对三十年前的我来说，中国当代文学是任洪渊老师勾勒的图景：它充满了感性的奇遇和理性的冒险，是西方传统和中国诗学激烈碰撞之地，是以创造为第一推动力、正在诞生和形成的新天新地。与做学问、"研究文学"相比，我感到参与构造这图景更有魅力——也许它的活力能治愈我的抑郁，使我换一个人；而做学问不能。于是我决定报考中国当代文学研究生——虽然我这一届，任老师不招生。

1993年北师大中文系中国当代文学专业的考研试卷上有一道题：试论老舍《茶馆》结尾，"撒纸钱"这场戏的生命含义。本人一向老实木讷，却决定在此刻奉行机会主义：我认出了这道题，它洋溢着任老师的风格，那么它也很可能是任老师来判，我要——赢他的高分！忘了都写些什么，只记得是在考场中恣意忘形地"写作"，而非"答题"：用了忧郁的笔调，将纸钱和白雪、生和死、路和坟，交织在一起。

复试时，任老师在场。他矜持地打量我三秒钟，说："把《茶馆》那道题写成了文章的，是你？"我木讷地点点头。我想告诉他，我是个投机押宝的赌徒。我还想告诉他，我一直将他的课当作救生筏。但还是沉默了。我的性格没有能力完成这段对话。这是我当他学生以来的第一次"对话"。于是他扭过脸去，激情洋溢地对招生导师刘锡庆先生说些让我不好意思的话。

自此，我是刘锡庆先生弟子，也常到任洪渊先生家做客。

去任老师家的第一目的，当然不是讨论诗歌，而是去查看对照他的神话主人公——那位让他感到"蒙娜丽莎的笑在她的唇边，没有成灰"的夫人F.F.，让他"天空的那么多月亮，张若虚的，张九龄的，李白的，苏轼的，一齐坠落"的女儿T.T.。她们究竟是何样女子？本届中国当代文学研究生认为，此问题是我们亟须解决的首要问题；去任老师家探访以了结此问，是吾专业近水楼台的一大福利，不可不用，必须快用。

眼睛黑亮的小学生T.T.给我们开了门，就飞速地跑开了。亭亭玉立穿着浅蓝色真丝袍子的师母F.F.迎了出来，用沉稳悦耳的女中音招呼我们。任老师也从书房走出。笼罩在神话中的一家三口被我们尽收眼底。关于任老师新近出版的《女娲的语言》，我们展开了神不守舍、准备不足的交谈。

回宿舍的路上，我们慨叹道：师母小芳美是美，女儿汀汀可爱是可爱，我们却已无法从她们身上看到更多。因为我们走不出任老师的目光。我们再也不会把她们和路上偶遇的美女娇娃等量齐观。她们将永远是任老师笔下的F. F. 和T. T.，闪着神话的光晕。

任老师的当代诗歌解读课是在北师大老主楼（如今已是一片平地）六楼的当代文学研究室，先生一人，弟子五六人，围桌而坐，闲谈模式。他手捧一个带盖的大玻璃杯，稠密的绿叶杯中翻舞，说渴了，喝一口，偶或把误入口中的茶叶吐回杯子，盖上盖，接着讲。他的思维从一个意象跳到另一个意象，话题则是哲学性的，我们经常接不住。

"为什么艾略特说'过去因现在而改变'，传统因今天而改变，为什么？你们谈一谈？"他问。

我们的阅读量填不满这个问题。

这样的挫折甚多，于是我老老实实把他的《女娲的语言》从头到尾读了一遍。他的语言有一种钻石般的坚硬质地和晶莹光泽，显示以"智"穿透"情"，而非从"情"升华到"智"的思维：

在这块土地上，我们生存的困境，不在于走不走得进历史，而在于走不走得出历史。我们的生命只是复写一次历史而不是改写一次历史。这是我们独有的第三悲剧。我们总是因为寻找今天的历史而失掉历史的今天。总是那些埋葬在秦汉古墓中的人物使我们生活在秦与汉，而不是我们把秦汉人物召唤到今天。总是他们改变了我们的面影身姿语言，而不是我们改变了他们的面影身姿语言。我们总是回到历史中完成自己，而不是进入今天实现自己。我们的生命在成为历史的形式的同时丧失了今天的形式。

那时，我还不知道用遗望历史的"当代性的暴政"一词来向这段话提问，更不知道"我们的生命只是复写一次历史而不是改写一次历史"这句话，究竟有几重含义。这吸食了"我们"生命的"历史"，是本真的吗？还是被谁出于自己在"今天"的欲望而"改写"了呢？这个没有足够的自由意志"实现自己"的"我们"是谁？那随己意改写历史、又迫使我们"复写"这"被改写的历史"的，又是谁？ta的那个"我"就是自由的吗？还是ta也被什么"历史"的幽灵操纵了呢？我不知道。我只知道，任老师的言说是关于"第一次""第一个""创世记"的狂想曲，关于"我"的主体性的交响乐。对于自我从未被建立而只是被摧毁的我来说，这是一个福音，一种信仰——对创造力的信仰。至于创造力的根基在何处，我后来与任老师的答案不同。但那时，他是将沉沦于生命深渊中的我打捞出来的人——用他的言说和写作。他的思维方式对我有意想不到的治疗作用。它制止我漫漶泛滥的抑郁情绪，而竭力从思维底部建立起坚硬的地基，以使感性的自我不至坍塌。同时，他诗学中的紧张感——那种与伟大先哲一较高下的创造力竞争，将我焦灼的注意力从日常的琐碎荒芜引向更有价值的精神领域。他那陈言务去、从意象直抵形而上、自律到几近自虐的语言方式，再次惊吓和淬炼了我：面对语言时，你须挖掘自我的全部潜力，探求表达的最高可能——这是他身体力行的写作律令。

他的两首"月亮诗"也照亮了我。一首是喜剧——写于1988年的《月亮，一个不能解构的圆》，灵感来自一则科学预言："荷兰天文学家克费德追踪着一颗流星的轨迹：它将在1992年1月7日前击碎月亮的上半（？）。"诗人遥想了预言成真的图景：

> 半个月亮　永远半个
> 我向前望着我的　背影
> 一个圆的残缺
> 半个月亮的圆

力　都已弯曲成圆的

轨道　我等着一个坠毁的星

逃出一个圆又击落一个圆　撞破我的

　　月

　　年

接下来的诗句，揭示了伟大诗人在人类的精神天空中恒星般的力量，和作者自身作为诗人的信念：

可惜没有一颗星的速度

能够飞进李白的天空

他的每一轮　明月

照　旧圆

我永远热爱这一句。尽管预言没有成真，现实的明月和李白的明月都好端端挂在人类的头顶，使这首回应之诗有了喜剧色彩，但它吹响了创造者得胜的号角——精神的光芒在物质宇宙的无情巨变面前，将无损分毫。

另一首则是悲剧。1969年7月20日，美国阿波罗11号飞船上的宇航员踏出人类在月球上的第一步；1985年，诗人以《最后的月亮》，完成他与"月亮上的第一步"的对话：

几千年　地球已经太重

> 承受我的头脑
>
> 还需要另一片土地
>
> 头上的幻想踩成现实　承受脚
>
> 我的头该靠在哪里
>
> 　　人们望掉了一块天空
>
> 　　我来走一块多余的大陆

　　这首诗显示何为"诗人独有的视角"。当举世都为人类登月而欢呼时，唯有诗人在哀悼——"头上"皎洁了数千年的"幻想"被"脚"踩成了"现实"，成为一块像地球一样平常、可行走其上的"多余的大陆"。"最后的月亮"，阿波罗登临之前那夜的月亮，"比夹在唐诗宋词里的／许多　月／还要　白"。最后的浪漫之白。告别的悲伤之白。自此，被困在地上的"我"永远"失去了　一块逃亡的／圆"——曾经任凭不可企及的神话、想象和思念驰骋其上的"圆"。人多么需要一个"不可企及之物"来承载寄托，而圆缺变幻的月亮又是多么完美的承载者！当"不可企及"变成"触脚可及"，划时代的幻灭来临了："缀满一代一代／圆圆缺缺的　仰望／突然断落在我的夜里"。诗人用一首短诗，揭示科学—行动带来的进步—贫乏，与未知—灵性所孕育的神秘—丰饶之间，永远的张力与悖论。

　　一个人如何敞开自己的生命，与辽阔的历史—当代一文化同在？如何敞开自己的写作，跟"与己无关"的"他者"做灵魂的对话？他的"月亮诗"提供了方法。此前，我习惯了诗是一种微观的生命样态：有形象，有根须，有呼吸，有情感，哪怕反抒情，也是一种情感。但任老师的诗不是这样。它们多由意象直接跃向观念与哲思，由此爆发出意志与认知的激情——来自"头"而非"心"的激情。显然，他的诗属于极少数派。对多数人来说，激情属于心，用以作诗；理性属于头，用以哲学。但任老师让哲学的头激动了起来——日神饮了酒神的酒，思维穿透直觉而起舞，而非直觉先于思维而舞，或只有直觉之舞，思维原地踏步。这使得他的诗虽坚硬却具有开启的能力，与我后来喜爱的彼得·汉德克的戏剧性质相仿。我曾赞叹汉德克深具"那种哲学的本能，那种将理念的骨骼化作创造之血肉的本能"，任老师亦如是。他是第一个向我启示"灵智"的写作道路的人。

既然看到了光，就想用他的诗学填充我心中最深的黑洞。

1993年到1996年读研期间的大学校园，弥漫着萎靡混沌的气息。谁也不知道"我从哪里来，要到哪里去"，也不再流行思考这种问题。诗歌不再是时代冠冕。诗人的光环逐渐暗淡。新时代的文化英雄们一视同仁地嘲笑着真假正经，任何一种"严肃"都为人所不齿。一批知识分子遂奋起讨论"人文精神",并将"反对崇高""精神堕落""犬儒主义"的指控加给了时代新宠王朔。但道德姿态下的价值内核是什么?意义与自由的源泉在哪里?让一个人战胜虚无和哄笑的精神支撑在哪里?却也没人说得出。

感觉自己就像纪德的《伪币制造者》里无力自卫的小波利——他因受不了"现代主义者"日里大尼索的嘲弄,开枪自尽。我呢,也找不到安然活着的理由。耳边尽是解构者的哄笑声,令我羞愧欲死。一个下午,任老师点评完我的论文作业,就酝酿结束的气氛,我却坐着不动。

"任老师……"我嗫嚅着。

"嗯?"

"您觉得,活着……有意思吗?"

"什么?"他大概不信,会听到这个问题。

"嗯,我是说……让您不断地想要'创造''创世记''第一次命名'的,让您相信'生命不能被照亮,只能自明'的,是什么呢?如果一个人,她自己没有力气'自明',怎么办呢?如果她连自己的生命都感到没有存在的价值,那还怎么去创造呢?"

"你为什么这样看待自己的生命呢?"他大概感到了,这是个笨拙的求救信号。

"我刚读完王朔的小说集……感到一种富有魅力的残忍和凶猛,将我讨厌的东西变得可笑……可同时,不知道为什么，它使我看自己也是讨厌和可笑的……这是一种压倒性的力量，这种发出哄笑又讨人喜爱的残忍和凶猛，做了这个时代的主人，不但戏弄我讨厌的东西，也戏弄一切严肃、干净、认真的东西，我感到亲近、合乎本性的东西……这使我感到孤单，像丧家犬，跟一切都无份，只活在一片哄笑声中……我试图用您的诗学跟这笑声对抗，但是没有用。'创造？自明？第一次命名？你说什么呢？你能说人话吗？'耳边都是这种声音。一切都是虚无，都是可笑。我想把严肃、干净、认真像铠甲一样穿在身上，去抵抗那哄笑声，却做不到，因为我不知道严肃、干净、认真的理由是什么？那不过是我的喜好罢了，并不一定是个真理。就像残忍、凶猛、哄笑虽不是我的喜好，却不一定不是真理一样。因为毕竟我没办法证明，虚无是不对的。相反，似乎所有事实都在证明，一切都是虚无。那么他们就是拥有真理的一方吧？可我又不喜欢这个真理。我怎么办呢？我无法让自己面目全非，去适应这个真理。但是，我自己的面目是什么？在这样的自我厌弃中，我已失去了自己的面目……任老师，我的脑子很乱，我整天想的就是这种东西，感到一切都没有意义。我没法像您说的那样'自明'和'创造'，因为我里面没有光，也不知道光在哪里……我不知道该怎么办……您听不见这种哄笑声吗？您……您怎么办呢……"

奇怪的是，任老师毫不奇怪地听着我的语无伦次，露出悲哀的神情。

"……怎么办呢？只有忍耐，不期待分食的光荣。听我们自己里面的声音。如果你听不见，至少，你知道自己不会长出咬人的牙，不会把残忍、凶猛、哄笑，加给和你一样痛苦的人。"

他说这话时，我想起他书里的句子："那是1966年可怕的夏天……我害怕被斗，更害怕斗人，做一个观斗者我尤其感到痛苦。我只能三者择一，选择第三种，没有第四种角色留给我。怯懦，清醒的怯懦：人的一切都已丧失。"

每个时代都有我们无力改变又必须忍耐的。他秉持一种"消极的道德"，在它愧疚而清洁的微光中，坚守自己的创造。我至今相信这种"消极"比道德高调的"积极"可靠得多。当积极的道德红利（无论属于哪一方）被支取得狼藉遍地时，我感激这微光的烛照，并且谨记：在时代的喧嚣里，"不期待分食的光荣"。

研究生毕业后，我到《北京文学》杂志社工作了四年。曾以"静矣"署名，责编他的长文《语言相遇：汉语智慧的三度自由空间》。任老师大为高兴，筹划着出版《墨写的黄河》，用一篇对话录作序言，邀我跟他对谈。

我哪有"对谈"的功底，顶多当个发问者。对话持续了十几个上午，最后由任老师定稿。免不了谈到他没评上教授的原因，我问他有没有意识到自己的文章和学院派论文最根本的区别，他就说出了一段著名的自我概括："你知道我十分厌弃'书房写作''图书馆写作'，你不觉得由书本产生的书本太多了？我想……从身体到书本。我想试试，把'观念'变成'经验'，把'思索'变为'经历'，把'论述'变成'叙述'，是不是理论的一种可能。我在寻找一种语言方式，把哲学、诗、历史、文化等等重新写成自由的散文。说'重新'，是因为我们已经有过先秦散文，尤其是庄子散文。"

可见他的雄心。任老师文体意识极强，且一以贯之。他厌弃"图书馆写作"，可他谈罗兰·巴特、德里达，谈尼采、叶芝、弗洛伊德、加缪、马尔库塞，谈"词语红移的曹雪芹运动"，无不来自图书馆而又融化图书馆，化字为血，让古今中西的大哲随着他的"生命／文化"二元主题而起舞。这是他的"汉语改写西方诸神"运动。既然是"改写"，就不必追究他阅读的"西方诸神"究竟是"译本"还是"原著"，就像我们不必追究赫尔曼·黑塞是否读过《老子》原文、埃兹拉·庞德是不是读过唐诗原文一样。他的汲取和改写，源自他对"文化自我"的更新意志。他所谓"许多人在现代—后现代的话语中找回了他人的什么，我却要在现代—后现代话语中丢掉我们的什么"，正是此意。

因此，他虽然一再慨叹"梵语的佛曾被改写成汉语的禅，拉丁语的基督却再也不能被改写成汉语的什么了"，却并非讳疾忌医的"本土文化神圣论"者，而是直捣中国传统的核心病灶："青铜文化的压迫，不在远古……而在我们每个人的身躯上。《易》文本复写着一代又一代中国人……《易》'弑佛'——拒绝侍佛的彼岸，天国，来生，他身，再一次肯定人的此岸，现世，今生，本身，却更加不敢面对人自身的苦难、罪恶与地狱。中国文化的诗、书、乐、画，半哲学，准宗教，从此全部拥挤在'空'与'无'的相同的超越上，不能再超越，除了一千年又一千年的重复。"因此，他宣告："是到了我们长出19世纪理性的头，和解放被青铜文化压迫在20世纪身躯里的生命力的时候了。"

他用一以贯之的哲学眼光和语言方式，回顾和打量任何事物。那时的我，不耐烦读"过来人"沉重而琐碎的回忆录，但愿意听他谈那个荒谬的年代："比起我们1957年低头的一代，叱咤风云的红卫兵真的是昂首的一代吗？他们可能是历史上唯一的一批永远跪在地上的造反者。在一本红书的庇护下他们残暴得何等卑怯！除了天天重复、人人重复那唯一的一本书上的字，他们十年的喧哗中竟没有一个自己的词！"

我从未听人这样谈论个人与历史——从词语—语言的角度，进入到生命与智慧的深处，而不仅仅是情感和道德的深处。我也从未听人这样谈论词语和语言——它们不再冰冷抽象,而如此深刻地嵌进个人与历史之中。

对话中,他反复说起"侧身"一词。他终其一生没有"正面走来",而是在所有时代"侧身而过":他在自己的时代——1957年、1966年主动选择"侧身而过","让'巴金批判小组'的才子才女们去'独领风骚'吧";到1970年代末1980年代初,二十多岁的北岛领衔"崛起的诗群"正面走来,他是其中唯一的"两个二十岁"的诗人,沉默地"侧身"在边缘;1986年以后,高喊"Pass北岛"的"第三代"诗人们也成群结队正面走来——他则"侧身"在队伍外面冷静审视……他反复说出这个词,是为自己注定的历史位置而唏嘘?还是甘愿为自己的选择承受形单影只的命运?也许,二者皆有吧。

我钦佩他的胸襟。对于"Pass北岛"的喧嚣,他全然反对:"谁能Pass他们?他们做了本应由我们这一代人做而没有做、不敢做的事情……是他们延续了'五四'新文学的传统,并且,因为他们,西方现代文学的中国回声才没有因穆旦们的沉默而成绝响……这是不能随意Pass的。"

对提出"Pass论"的"第三代"诗人,他直言不讳又留有余地:"第三代是标榜个人写作的一代,也可能是失语的一代……尽管他们孤独地说着相同的语言,'独语'成了'共语','个人写作'成了'群体写作'……但他们中间还是出现了卓尔不群的写作者。"

我问他:很少有人注意你匆匆而过的侧影,多孤独啊……你从自己所有的侧面中找到了什么？

他平静地答道："找到了自己，看见了自己的正面——这还不够吗？"

转眼间十几年过去，我的谋生之地也从杂志社到了报社。几乎每年都会与任老师见面，彼此谈起文学、时世、近况，使我感到时间是静止的——我认识他时他就是如此敏锐赤诚，现在还是如此，并且将永远如此下去，多么好啊，永远的第二个二十岁。

却也会为他心痛。他的创造能量像瑰丽的焰火，渴望一片盛放的天空。但他没有领地和天空的管辖权，难以避免地，他会寄望领主们提供燃放点。但领主们总是另有安排——酒吧，商场，餐馆，霓虹灯……总之，任老师的大部分焰火只能躺在自己的笔下和心中。假如他不曾为说服领主们而奔走，会怎样？必有更多更瑰丽的焰火被他默默造出。是的，必会如此。

聊完自己的近况，他会问我又写了什么。

我说，在写一点作家论，就像您总想避免沾上"学院气"，我也总想避免沾染"文坛气"。

他说，不沾染文坛气，又要做批评，那是免不了得罪人的。

我说，得罪人倒没什么，可投入赤诚若只落个得罪人，就毫无价值。几乎没有圈子外的好读者愿意读批评文章——因为没有什么让他们牵挂的作品,使他们关心对这作品的评论,这才是文学批评的可悲之处。

何必看着别人写不好,在那干搓手呢?他说。重要问题也不可能透过对次要作品的批评,得到深刻的探讨。创作是创造生命,是在生活,批评么,毕竟是二手生活了。还是创作吧。

我会的,只是现在觉得还没有被充满。我说。

后来,真的放下文学批评,心无旁骛地写话剧了。2016年3月底,我编剧的《大先生》几经辗转,在北京首演,遂邀请任老师和师母来国话剧场看戏。舞台是一把巨大的血红座椅,椅上顶天立地着一个巨人半身像,像的头是空的,里面也有一把血红椅子。戏剧起始,穿长衫的鲁迅在弥留之际,被地狱使者换上白衬衫牛仔裤,扔到巨椅上。整部剧就是鲁迅的临终意识流。剧场效果让任老师大为感奋,给我打来长长的电话。他将编剧和导演的意图一览无余,我蓦地感到,在他的注视下,我和导演、演员的一切付出都值得了。

《大先生》研讨会上,他关于"椅子"的谈论,我仍记得:"椅子,自然比锁链近人,而且诱人,但是戏中椅子的寓言,不是空位、缺位——这不够,要去掉这把椅子,毁掉这把椅子。没有椅子就不会有椅子上的自我囚禁,也不会有椅子下面的膜拜或者是跪拜。无椅子的解放和自由。世上有很多椅子。李静去椅子——椅子就是位置，留下位置，也就是留下位置上的囚禁和位置下的膜拜与跪拜。去掉位置才是真正的自由。"

次年，我编剧的《秦国喜剧》上演，邀任老师和师母来中间剧场观看。这部剧是纯粹的反历史叙事，讲战国末年，一个戏班班主如何因自己创作的"菜人"（"菜人"者，用为菜肴之人也）喜剧，在秦王嬴政和韩非李斯的帮教下，反复修改，身陷囹圄，最后脱身的故事。三场戏中戏分别被导演以京剧、二人转和音乐剧的形式演出，观众看得欢乐异常。演出结束后，大雨倾盆，直至夜半。正担心任老师和师母能否安然开车到家，他打了电话来，声音雀跃："这个戏，没有受到历史的捆绑，反而把历史重新解构、重新组合了，让历史和想象成了新的材料，构筑你的'永远现在时'的生命世界。从这个作品看，你真的自由了！祝贺你！"

现在想来，这"免于历史捆绑"的疫苗，诚然是在我二十多年前做他学生的时候种下的。

——为什么没有告诉任老师这句话？为什么没有？

——因为我是个自我陶醉虚荣迟钝的傻瓜。

2019年的中秋节和教师节挨得很近，我和师姐王向晖（即王陌尘）相约，一起去看任老师。我热烈地盼着和他见面交谈，因为几天前读他的自选集《任洪渊的诗》，读到了《1967，我悲怆地望着我们这一代人》：

  我悲怆地望着我们这一代人

  虽然没有一个人转身回望我的悲怆

  我走过弯下腰的长街，屈膝跪地的校园

  走过一个个低垂着头颅的广场

  我逃避，不再有逃遁的角落

  …………

  谁也不曾有等待枪杀的期许

  庄严走尽辞世的一步，高贵赴死

  不被流徙的自我放逐

  不被监禁的自我囚徒

  不被行刑的自我掩埋

  阳光下，跪倒成一代人的葬仪

  掩埋尽自己的天性，天赋和天姿

  无坟，无陵，无碑铭无墓志

  没有留下未来的遗嘱

  也没有留下过去的遗址

…………

> 不能在地狱门前，思想的头颅
>
> 重压着双肩，不惜压沉脚下的土地
>
> 踯躅在人的门口，那就自塑
>
> 这一座低首、折腰、跪膝的遗像
>
> 耻辱年代最后的自赎

这是八十岁诗人的忏悔录和自画像。向谁忏悔？为谁自画？向自己的良心，为未来的孩子。

人到中年的我，已不再能置身事外地看待这首诗——它已然也是替我写的。在这个时代里，我何尝不是那样一尊"低首、折腰、跪膝"的塑像呢。这才是历史与自我的悲剧。我想跟任老师聊聊这些。

见面时，依然是聊文学，时世，彼此近况，他依然是敏锐赤诚的"第二个二十岁"。中午，师生三人出北师大东门，走过街天桥，到同春园吃饭。任老师拒绝搀扶，走过街天桥时，步履加倍轻盈，我们都赞他身体超好，跟我们上学时状态一样。他开怀，一直说一直说，桌上美食似乎是些耽误说话的物体。他谈到他上大学时，周末会在父亲的老朋友——一位部长家里度过。那似乎是父亲向他补偿父爱的唯一方式。有时他也参加达官贵人及其子女亲眷们的舞会。他的舞跳得不错。他因此明白了阿尔别宁——莱蒙托夫《假面舞会》里虚无而酷忍的男主人公。他也因此知晓了舞厅内外两个世界的巨大反差。

这时我才意识到，任老师是个老牌的"红二代"。上学时竟全没注意。他如何长成一个跟自己的出身无关的人？

他说，因为痛苦的童年。

1937年他出生时，共产党员父亲在蹲国民党的监狱。他六岁时，母亲改嫁他人——娶她的，是一直暗恋她的国民党军官。他选择在奶奶身边度过孤苦的童年。他十三岁时，在武汉为官的父亲（"文革"时，这位父亲要为自己在1930年代的被捕和释放而百口莫辩，饱受折磨）把他和奶奶接来，与自己的新家庭共住。缺失父爱母爱的早年，使他终其一生都是个极力自我喂养、却又饥渴于爱的孩子。（师母对我如此慨叹。）他的母亲（被他称为"一个30年代新女性"）和父亲的命运，早早为他彰显了人生与历史的荒诞。在他的第三人称自传里，这些只写了寥寥几笔，却堪称一部大戏：

> 一个30年代新女性的二次选择，简直是一场布莱希特式的演出：舞台景深的文昌阁影，时近时远，在舞台一侧，他的母亲，18岁，到成都一座监狱为第一个丈夫送饭，无须暗转，30岁，到同一座监狱为第二个丈夫送饭。对称的，在舞台另一侧，他的父亲，前半生中的10年，在秘密的追捕、囚禁中，同样无须暗转，后半生中的10年，在公开的审查、批斗中。

而被这舞台两边抛出的孤独，把他保护在舞台的外面。

那时，他的自传只写了几章。我和向晖此起彼伏地催促他："您放下所有其他的事，先把这自传写完吧！这一定是您一生里最辉煌、读者最多的作品！"

他露出得意的笑容："好，听你们的。写完这个，我还有小说要写呢。"

创造的火焰在他的双眼里跳动不息。

2020，大疫之年，内心的剧情颠簸不堪。先是什么也写不下去，后来只想着为这一年写点什么。正煎熬着，6月2日清晨，突接师母微信，告知任老师已胃癌晚期，住进了北大国际医院。我不敢相信自己的眼睛。怎么会？！去年9月他还神采飞扬！电话向师母求证，无可更改：是的，胃癌晚期。

脑中空白，茫然四顾，向谁求救？唯有跪下，切切祷告。

啊，求你记念你说过的话。你说："你们祈求，就给你们；寻找，就寻见；叩门，就给你们开门。"那么，我现在就祈求：求你医治任洪渊老师，赐给他得救的时间。求你亲自叩他的门，使他认识你的真理，得到在你里面的新生命。也求你赐我能力和勇气，向他传得救的好消息。

中午，给任老师打电话。他的嗓音沙哑细弱："李静，你不要难过，我是唯物论者，能平静地接受死亡。还剩下不多的时间，我要把我的自传写完。还有一件事，我想托付你，等我们见面谈……你不要忧伤，关键是，在死亡到来之前，把事情安排好。"

"好的，任老师，"我感到喉咙滞塞，"您好好休息，到时我也跟您谈一件事……"

从未如此功利地渴望全能者对肉体生命的拯救，也从未如此清晰地想起那些关于神迹奇事的见证。我将请求任老师，只要他对至高者说："我不知道你是否存在，但假如你存在，请你医治我，让我经历你。"什么都有可能发生。

6月5日下午，我和向晖师姐去北大国际医院看望任老师。他住一个单间，一位男护工在尽心照料。躺在床上，本就瘦小的躯体在棕色条纹被单下像是瘦了一半，白色的长寿眉显得更长了。他不能吃什么，早晨半碗疙瘩汤，中午一碗粥，打营养针。刚抽取腹水，在等待检查结果。

他已将文集出版之事交托给沈浩波师弟。对我，他说："有这么几个人，在我走后，你通知他们，如果他们愿意，可以写一点诚实真挚的文章。"人数不多，是他的朋友，弟子，忘年交，他以为知音的人。他感念地一一细数他们对自己的帮助，一起共度的欢乐，像知足的富翁数点金子。我把这些名字记住，不争气地泪如雨下——为人世，也为自己，对他的亏欠。他反过来劝慰道："不要忧伤，我只是在最坏地打算，坦然地治疗。我先把事情交代好，再专心致志把自传写完。"

奇怪地，我的勇气突然丧失，只软弱地说了一句"我会为您祷告的……"就再也不能说出那想好的话。因为他听到"祷告"二字而突然锐利冷淡的目光？因为他的这些交托所暗示的，对可见人世的全部专注与信仰？因为身边惊讶地看着我的师姐和护工？因为病房的寂静？总之，我默默把话咽了回去，寄望于下次见面，或者再打电话时。

告别，没有合影，也没有握手。有意地做成绝不是最后一面的样子。彼此像是都相信未来还有许多日子。走出病房，来到楼下，我和向晖相拥而泣。夕阳的光线柔和金黄，不久它将速速沉落。

回来后，我酝酿跟任老师通一个长电话。

——你一定要说吗？一个声音问。

——是的，一定要说。

——为什么呢？

——因为这不止关乎他现世的存活，更关乎他永远的生命。

——这仅仅是你个人的信仰而已，为何强加给你的老师呢？

——因为，我知道这是真的。还因为，我老师已经没有时间求证了。就算他压根儿不信，他可以试！他可以证伪！他实在没有时间了！

——你打算跟他谈什么呢？

——谈谈人的罪，奇妙的恩，谈谈悔改和得救。他将因此得医治，得重生。我就不再怕他死去。因为他将有永恒。

"死啊，你得胜的权势在哪里？

死啊，你的毒钩在哪里？"

——他是坚定的人文主义者，只信仰人的自由和尊严。他怎能在生命的最后时刻，向无法证明其存在的上帝屈膝呢？他即使死去，也不会再向任何力量屈膝。这是一生的价值和尊严问题。你和他谈，徒增尴尬和隔膜而已。

这声音如此强硬，使我一直延宕跟任老师的通话。每隔几天，我微信问师母，老师的状况如何。师母说，因北大国际医院有新冠感染病例，他已转院到北京大学首钢医院，正在全力以赴口授自传，让她转告亲戚们，不要电话他、看望他，他没有时间接受慰问。

我似乎更有了延宕的理由。

8月12日8点左右，我下定决心：马上给任老师打电话，尴尬就尴尬吧！隔膜就隔膜吧！瞬刻，电闪雷鸣，大雨如注。我又松了一口气：这种天气打手机有点儿危险，明天吧。

8月13日上午，天气晴好，我手机静音写剧本。休息时看了下短信，如坠深渊，是汀汀的："我父亲昨晚21:49

走了。他走得平静安详。"

我该如何原谅自己？！啊，我的神我的神，我该如何补救？！

假如不到宇宙史的150亿年，银河繁星的密度和引力，就不会正好把我的太阳和地球和伴月转动在今天这样的时空方位、远近、轨道与周期里。*选定150亿年的是谁？* 假如太阳不是把地球抛在14959.8万公里远的阳光下，假如地球再靠近太阳，赤道早就融掉两极的冰雪，热死了夏天；或者相反，太阳再远离地球，两极的冰雪就将漫过赤道，冻死冬天。不能想象没有夏没有冬没有四季的生命，*选定14959.8万公里的是谁？* 假如碳核的内部激活点，不是非常在常态之上的7.653百万电子伏特，就永远不会合成碳核，碳，有机化合物，地球上就永远不会有第一点绿，第一朵红，第一滴血，第一次摇撼地球的性冲动，第一个呼喊的词。7.653引人遐思，而非7.653拒绝冥想。*选定非常的7.653百万电子伏特的是谁？* 再假如光速不是29万公里／秒，就不会有我的星光月光的诗意，而且最根本的，就不会有星月同辉的我的目光、灵视与神思，就不会有人与宇宙相同的时间方向与空间维度，当然，也就不会有我的"视通万里"与"思接千载"。29万公里／秒的光速是一切信息的极限。跑不出光速的人，选定29万公里／秒的又是谁？

是谁在无穷数中选定了这一系列常数值，选定了人？又选定人来选定什么？

在任老师辞世七个月后，在一篇写于2007年的文章里，我突然翻到他的这段话。十几年前，他就触摸过这个神秘的问题。但那时，我没有读懂。

没有人知道，弥留之际的灵魂里究竟发生了什么。也许就在那最后几秒钟，他写过的这些句子，他提出的这些疑问，突然回到他的意识中，使他截获一个神秘而确切的答案：唯有造物主！所有这一切精妙的数字，居住着生命的地球在浩瀚宇宙里如同被精密微调的奇妙存在，绝无可能由偶然造成！也许他瞬刻之间领悟了这奥秘，于是向至高者转回。于是TA说：天地都废去，我的话不会废去。凡祈求的，就得着；寻找的，就寻见；叩门的，就给他开门。来，我已开门，与我同行。

"他走得平静安详。"我深信，我的老师此刻在天国里。

2021年4月8日

致你

无待无垠、纯全无方之"你",充溢穹苍之"你"……

不可思议的,我们栖居于万有相互玉成的浩渺人生中。

——马丁·布伯《我与你》

1

亲爱的你:

我是在一块晃动开裂的土地上给你写信。我本想在孤单恐惧中呼求你,但现在,却迫不及待要把一个好消息告诉你——它借着一些眼泪传递给我,我却要用它赞美你。

这事发生在昨天。芬姐正擦洗我家厨房时,接到一个老太太的电话。她是芬姐的老主顾,一个八十来岁的孤独老妇——她有儿子、儿媳和孙子,但不爱他们,不想他们,他们也很少看她。对,她就是这样的人:谁也不爱,谁也不想,不缺钱,不快乐,肥胖,高血压,腿脚不便。一年多来,她总在夜里听到隔壁有小男孩哭泣的声音,喊饿的声音,这哭叫令她痛彻心扉,急于把好吃的送给他,只是碍于半夜三更,不好意思敲人家的门——对儿子和孙子,她也不曾这样柔肠百转。一个白天,芬姐正好在,老太太又听见男孩哭了,要她去看看。芬姐就去隔壁看,发现那是个正在装修的空房子。她到楼上楼下相应位置看,也没有什么男孩。芬姐毛骨悚然。后来她偷偷给老太太的儿子打电话,含蓄地告诉他,去照顾一下自己的妈妈。儿子给妈妈雇了个保姆。不到一个月,保姆被老太太打发走,"嫌她吃得太多"。但老太太依赖芬姐,每周要她去两次。芬姐把她搀到轮椅上,推着她出去遛弯,买菜,回来打扫房间,给她洗脚。我问芬姐为何对这乖僻的老太太如此耐心,她说:"不得对得起人家的钱?"哦,要对得起钱——顶靠谱的商业伦理。

昨天,芬姐擦洗我家厨房时,接到老太太的电话,声音很大：芬啊，我摔在地上了，你在哪儿呢？你能不能过来一趟，扶我起来？

芬姐说，我这儿离你家三公里，我可以过去，可我没带电池，我怕电动车去了你家再去别处，回家电就不够用啊！

失望的老太太：啊，那我问问物业能不能过来，物业有我房门钥匙。

芬姐挂了电话，继续默默擦洗。我说，要是需要，你去照顾老太太吧，我这儿不要紧。

芬姐摇头：我怕我的车，电不够用。

过了会儿，电话又响，是老太太：物业的人把我扶起来了，没事啊。

芬姐工作完，穿上鞋子，背好背包，对我说，好了啊，我走了。我的近视眼觉得她脸上的表情似乎不对。走近她，果然，她紧绷着脸，正试图阻止自己的眼泪，但泪还是簌簌落下。"啊，你哭了？"我抚摸她的肩膀，不知如何安慰。实际上，是惊诧多过抚慰。她为什么哭？使她产生如此激情的因素是什么？是真心惦念那个老太太——一个本来冷漠乖僻的老雇主、有钱也不幸福的天罚者，此刻却楚楚可怜如婴儿？是老太太第一时间不向儿子、物业而向她求助，这一行为所暗示的跨越阶层、血缘、金钱和性情的依赖？是常受怜悯俯视的她终于获得了怜悯俯视他人的机会——这被怜悯者无论从哪个物质和社会层面都比她优越，此刻这优越却终于坍塌成脆弱无助的惨相？……

我容易激动的心和惯于分析的头脑分裂地运转着，找不到合适的言语。

"她儿子怎么这样！"终于，芬姐哭出声来，"他老妈多可怜，他也不多来看看！也不说陪老妈住一宿……我的车，我的破车！我偏偏今天没带替换电池！我要是去她那儿，我就回不了家……回不了家啦！"啜泣，喘息，眼泪。气闷，急切，绝望。我忽然明白了老太太电话的真实用意。她孤独，需要芬姐，只相信芬姐，她在找借口让芬姐过去，多给她一点儿踏实的安慰。因为显然，不是只有芬姐能扶她起来，物业就可以做到。这看起来多事的电话，其实是一个坚硬乖僻的老人在茫茫人世所能发出的最信靠的交托、最软弱的呼求，芬姐领会了，却没能回应这交托和呼求，她为此而自责，而苦痛。她貌似在生主顾儿子和电动车的气，其实在生自己的气。这是一次忘我的生气。这是出于舍己又自恨不能舍己的生气。但是她说不出这感受。但是她的眼泪替她说出。她的眼泪和愤郁一瞬之间穿透我，让我蓦然看见你的光亮。

没错，那是你的光亮，在她的眼泪里。此刻，我依然坐在你的光中，我的石头心在融化，软得像一颗果冻。这颗果冻想要拥抱更多的石头和果冻。

这就是好消息。你一定早已知道，可我还是忍不住告诉你。在这讲诉里，得安慰的是我，不是你。

感谢你，我爱你。

想念你的　我

2021年9月1日

2

你好呀，

我好吗？不，我不好。

最近又被抑郁侵蚀。我似乎走进一个没有窗户的房间，里面只有我自己。我看不见别人，别人也看不见我。我听不见别人，别人也听不见我。我像死了一般。即使走在街上，走在单位，坐在剧场，坐在聚会的家人中，依然如此。我已和他人隔绝。

——你需要别人吗？

——我不想承认我需要，但实际上，我需要。

——你爱别人吗？

——我以为我爱，但实际上，并不真的爱。

——你需要别人什么呢？

——我需要……人的爱。

——你需要他们的爱，却不爱他们？

——呃，如果他们爱我，那我也可以爱一爱他们的。

——你认为，爱是一种交换？

——理论上，不应该，实际上，却是的。

——很好，你是个明白人。按照交换法则，总得有一方先付出，另一方再回报。你愿意先付出吗？

——不，我不愿意。凭什么呀。

——那你得有东西吸引人先对你付出咯，那东西一定是你优于别人的。那是什么呢？美貌？

——不，我没有美貌。

——年轻？

——不，我已不年轻。

——金钱？

——不，我没什么钱。有钱太俗。

——权力？

——不，我是个无权之人。权力是罪恶的渊薮。

——名声？你这么清高的人，一定有令人景仰的名声喽？

——不，我没有名声。我又不是明星，不是有天才会搞事的艺术家，不是烈士，更不是网红，哪能有什么名声。

——那么，你拿什么吸引人家迈出爱的第一步呢？

——呃，不知道。

——那就先不考虑别人，想想你自己吧，爱自己有时也挺管用。你爱自己的什么呢？

——谁都会有一点头脑，一点个性，一点才华，一点良心，所以，这些不足以令我爱自己。

——据说，每个人都可以做自己的太阳，自己发光，你也试试？

——我试过，并且知道：这是一句最虚妄的口号。尼采是老实人，试过之后，他疯了。

——那你还有什么办法呢？

——没有了。

——那，你就无怨无悔地死了吧。

这声音循循善诱，逻辑严谨，我差点着了它的道儿。这时，你的好朋友S来了。他深深看了我一眼，就知道我心里很不平安，但也不问什么，只是跟我缓缓讲述一只狗给他的启示。

那是一只他在小区里散步时遇见的狗，当时他心里正焦躁烦忧。你知道，他因为爱你的缘故，创办了一个心理援助公号，集结几位志同道合的心理咨询师，在周日为一些特殊人群做免费的心理咨询。一个月前，一个咨询者给他发去一条愤怒的微信：你们中心的某某咨询师竟跟我收取费用！你们不是免费援助吗？怎么能挂羊头卖狗肉，当婊子立牌坊，以公益之名，行买卖之实？！我要告你们诈骗性收费，让监管部门取缔你们的营业资格！

S说，他们这个纯公益的合作小组，无非是想给一些有经济困难的人士提供免费的心理援助，若因为这个人的投诉,背上非法牟利的罪名,那可真是冤枉透顶。S问那位受指责的心理师——他的团队伙伴,究竟发生了什么?此人对那投诉者也是一肚子火儿:"他不管外面好几个预约等候的,跟我说个没完,已经超了半小时,我就提醒他,该结束了,外面还有人等呢,咱下次再说。他说我的问题没聊透,你别想让我走。我火了,说,你要这样,就得收费另约了哈。他问,怎么收费?我说,一小时八百。他就骂我公益援助是假,招揽生意是真。我不分辩,只是不再给他咨询。想不到他怀恨在心,竟要对咱们全体小组成员下手。"

S在投诉者和小伙伴之间奔走调停,谋求相互谅解。但投诉者不依不饶,要求小伙伴道歉赔偿;小伙伴说他无理取闹,拒绝低头服软。投诉者发出最后通牒:给你们三天时间,不按我的要求办,就去告你们非法牟利,反正我闲着也是闲着。看他不达目的不罢休的做派,S知道,他必说到做到。

在最后期限的前一天,S在小区无能为力地散步。他为人性的狰狞感到沮丧。本想和小伙伴一起,为有需要的人群做点力所能及的服务,接受服务的不感激也就罢了,居然反咬一口。同伴也真是的,你为何不能宽容一个穷乏人呢?我们本不就是为了让他们知道,这世界并非完全冷酷无情吗?非弄得反目成仇、违背初衷才罢休。他真是心灰意冷,那曾经沸腾的爱,已像一丝若断若续的轻烟，即将熄灭了。这时，他看见一只和主人一起溜达的小狗。

S说，那是一只温顺沉默的黄毛柴犬，被一个心事重重的女孩牵着。它一边满脸关心地仰望自己的主人，一边颠颠儿走着，忽前忽后，忽左忽右，偶尔舔一下女孩的脚。它的眼神、它整张脸上的表情满是专注、热切、担心，恨不得要说出安慰的话来。几个牵着泰迪或博美或吉娃娃的男女从女孩身边走过。那些小狗或欢快，或天真，或懵懂，也一心一意地跟着它们的主人。女孩坐在台阶上，抱住柴犬的脖颈。柴犬激动得呼哧呼哧，拼命舔着女孩的脸、肩、背。此情此景，让四十多岁的S悄悄流下泪来。他说，他从小柴犬的身上刹那间得了安慰。因为那时他看见了你，确切地说，看见了你的美意：连一只小狗和另一只小狗都是不同的——不同的样子，不同的性格，不同的眼神和表情，不同的回应主人的方式……每一只小狗，都是唯一的小狗。他抬眼望向四周：每一朵花，都是唯一的花。每一只鸟，都是唯一的鸟。何况最像你、分得你灵性的人。每一个人，都是既陷在罪中又时有光辉的人。都是不可替代的人。都是至为宝贵的人。都是可能奔向你的人。都是唯一的人。你绝不强迫任何一个人听从你。你只是照着ta的个性，怀着无法测度的爱和忍耐，启示ta，等待ta，直到ta突然领受启示，认识了你，然后急不可待地奔向你。这是你爱人的方式。"我当效法你的方式。"S望着那只由你差遣的小狗，恍然悟道。

于是，他拿出手机，打给投诉者和他的伙伴，邀请他们来咖啡馆坐坐。这个正在失业、婚姻危机的投诉者，这个父亲刚刚罹患癌症的小伙伴，不都是我的弟兄吗？不都是经历了独属于他自己的人生，受了我所没有经验过的苦楚，既不信又渴望某种永不朽坏、永不暗淡、永不变冷的爱吗？啊，我凭什么恼怒他们呢？我凭什么忘记了自己一直葆有从你而来的这种爱，却不把它传递出去呢？S默默对你说道。

S没有告诉我，他和那"两位弟兄"都说了什么，以至于他俩握手和解。"一切只因为，爱的源头在工作。"他只简单地说了这么一句，就请我注意你借着那只小狗，带给他的启示——他要借着这件事，扑灭我的孤单，沮丧，不时冒出来的对死的渴望。

"这只小狗提醒我，要爱别人，"S对我说，"但是它也提醒你，要爱自己。"

亲爱的你，是否和我一样嗅到了鸡汤的味道？前面他的叙述，已让我隐隐感到这危险，当他说到"爱自己"，我实在忍不住了："啊，我可不像你那两位冲动的兄弟。我是个心智成熟的人，不需要精神按摩。我的病，对话疗法没法治，有药可以吃一点。"我说。

"吃药没用，"S斩截地说，"你的病在于，你和TA之间的通道被堵塞了，我来帮你疏通一下。"

"咱们还是回到那只小狗。当我想到'每一只小狗都是独一无二不可替代的小狗,每一个人更是不可替代至为宝贵的人',这个判断里既包括他人,也包括自己。这意思是:我要在造物主赐予我的爱里,既爱别人,也爱自己。

"这'爱自己'的意思是,我欣然接纳TA所给我的一切没有被'罪'玷污的特质,即使它们在世人眼中是不好的。比方说,我生来肥胖,或生来脑瘫,或生来貌丑,我生在贫民之家,没机会受好的教育,没有威风凛凛的社会资源,没有卓越骄人的天赋才干,没挣来许多钱,没握有许多权……没有任何在世人眼中看为优胜和成功的东西,相反,我就是个不折不扣的普通人,失败者,倒霉蛋。但在造物主眼中,这样的我和世人眼中的任何卓越者有着同等的道德地位,同样被TA所爱。甚至,我若受苦更多,却仍葆有洁净热情的心,TA对我的爱会多过那些世间的幸运儿。因为TA知道,我的心比那幸运儿更谦卑,更宽广,更如炼净的精金。"

"TA更爱受苦之人?证据是什么?"

"我不说这证据在天上,在将来,只说现时。这证据也不在现时TA回报ta以苦尽甘来的安逸尊荣和'经济自由',而在这儿:ta此时此刻虽处于物质和社会资源的匮乏之中,却仍葆有良心的平安、生命的成熟、感受力的丰沛、爱人之心的炽盛,并有脱离罪恶捆绑、不为生存忧虑的心灵自由。这是祝福万物同时祝福自己的自由，是类似诗人之眼的那种自由——随时随地发现、赞美、歆享世间每个事物那令人惊奇的唯一性。TA格外爱ta的证据，就在于ta格外受到光照而拥有的灵性自由。这自由不从金钱堆积的闲暇而来，而从负重之际对TA的仰望而来。这自由不来自'仓廪实而知礼节，衣食足然后知荣辱'，相反，将'物质丰裕'作为追求自由的前提，作为衡量文明程度和个人素质的标准，正是撒旦的诡计：它知道唯有如此，人才能老老实实典当头脑、良心、身体和时间，供它驱使，并在仓廪衣食和真理自由之间出现张力时，理直气壮地站在前者一边，迅速遗忘和抛弃后者。真理中的自由不接受任何物质限定，因为她不从地上来，而从天上来，从TA超越于万物的爱和公义而来。当然，地上还有另一种抄袭神性的撒旦：它也反对'仓廪实而知礼节'，也声称人要'狠斗私字一闪念'，也号召人不要追求利益，只去献身真理。但它的意思是：你不要为自己追求利益，你要把追求它的利益作为你献身的真理……我是不是跑题了？"

"貌似跑题了，但却帮我看清了我的问题。一切都可归于一个问题。一切都是老问题。谢谢你提醒我。你不必担心我的求生意志不足了。"

经验丰富的心理师S深深看了我一眼，就放心地走了。

亲爱的你，感谢你差遣他来启示我，就像你差遣那只小狗去启示他一样,哈哈。

突然想通的 我
2021年9月10日

3

你好,

想念你。最近和一个三十来岁的朋友谈起你,无论如何都很难让他明白你,我感到沮丧。就想起去年发生的一件小事,那时的我几乎和现在的他一样呢。现在,我要向你讲讲那件事,好恢复我容易受挫的信心。

那是一个周末的傍晚,我开车,带着女友N和我们共同的朋友S来我家坐。其时我们三人在合著一本书,名叫《共同体的生活》,快收尾了,总觉得缺一个既日常又引人共鸣的案例,于是碰头一起商量。车快开到地下车库时,不得不停下,因为入口处新安装的自动起降闸关着。前头的司机们纷纷下车,第一辆车的车主是个精干的少妇,正跟闸门前的物管员理论:

"你给我开开,让我进去,免得拦住后面的车。"

"不行,你这车牌扫描通不过,不能让你进。"

"我是业主,我早晨离开还没事呢,晚上回来就进不去自己的车位了?我花物业费是为了让你拦着我的?"

"不是我不让你进，你的车扫描通不过怪谁？谁知道你是不是业主？你不是业主怎么能随便进车库？万一丢车谁负责？"

"嚯，我在这儿住了十年，突然连业主都不是了？就因为我没去物业重新上报车号？"

"对啊，谁让你不按规定上报车号？"

"没人通知我呀，你们物业干嘛吃的，这么重要的事，不挨家上门通知？"

"我们在微信群里通知了！你问问后边的业主，是不是都在群里知道了？"

此时我后面的车已排成长龙。焦急的车主们站出来，纷纷响应物管员："没错，我们都知道！你不看微信怪谁呀？赶紧把车挪一边，先让我们进去！"

女子怒了，索性把车熄了火："还有没有天理了？我们家没人在业主群里，也没人拉我们进去！怪就怪你们物业通知不到位，后果凭什么要我承担？！"

一个留寸头的车主："这算什么了不得的后果？无非是你先把车挪一边儿，现在去物业报一下车号，就这么点小事，你非横这儿耽误大伙儿时间，还有没有公德呀？"

女子对那车主："你少来道德绑架！不公平的事没落到你头上，你才随口说便宜话！就你这素质，将来你家失火都没人救你信不信？！"

寸头车主："你特么咒谁呢？你特么要不是女的我抽

你信不信?闭上臭嘴,赶紧挪车!"

物管员看着业主的内讧,嘴角弯起一丝笑。

我就看不得他这副心机得逞的样子,走过去对他说:"你们啊,有责任通知到每个业主去物业重报车号,她没收到通知,是物业失责吧?你就该赶紧弥补,放她进去。"

物管员:"那不行!咋能一开始就坏了规矩?我放她进去,还放不放其他不守规矩的?都放,新规定还咋执行?业主的车辆安全谁保障?"

戴眼镜的车主:"起草规定之前,你们征求业主同意了吗?我们没同意,就用这规定限制我们?"

物管员:"这也是为了业主的车辆安全呀!"

留寸头的车主:"有规矩总比没规矩好。有了规矩就得执行!"

穿唐装的车主(对女车主):"您看看,就因为您一个人在这儿较劲,院儿外马路都堵了,耽误多少人办事儿?有必要吗?您还是讲点儿大局观,把车挪开,给大家伙儿行个方便,啊?"

女车主:"事情到了这一步,更不能挪车了。这一挪等于承认拥堵都是我的责任了!这罪过我不能担!(指着物管员,对所有人)谁的责任谁来负!你们找他说!"

此时物业负责人带着五个保安威风凛凛地来到。

负责人:"有话好好说!为了大家方便,您先把车挪一边儿,咱先解决拥堵问题,好吧?"

女车主："挪车可以，你们物业先在这儿对大家承认：是你们工作失误导致我车开不进去，导致交通拥堵，不是我的问题。"

负责人："这我们不能认。是您的车牌子没通过扫描，您要违反规定强行进入地库，造成了交通拥堵。"

女车主倚着车门："既然你们这么不讲理，那就怪不着我了。"

…………

车辙辘式的争论愈演愈烈：女车主要她的公道，物业公司要它的权威。还有一个宏大主题若隐若现：为了咱整个小区的生活质量和安全秩序，是不是得设计一个基于业主利益而非物管员方便的物业设施管理条例？这条例应由谁授权和起草？由谁表决通过？由谁保障其运行？物业公司有权不经业主同意，就将这一切程序大包大揽，强制业主服从吗？……这时我们才发现：住了十年的小区，业主委员会成员竟然是物业公司指定的！而物业公司是开发商指定的，这一点我们买房的时候就知道而且同意——不同意就不能买房，而以我们当时的经济条件，这个小区的房子只能是我们的不二选择……

当我们讨论得毫无头绪的时候，院外的汽车喇叭声震天。两名交警拨开人群，来到女车主和物业负责人面前。后者将交警拉到一边，低声嘀咕片刻，交警走向女车主："麻烦您把车挪到右边，先让别的车过去。"

女车主迟疑了一下，声音尽量坚决："物业不认错，我不能挪车。"

交警："您和物业之间的矛盾，不在我们的调解范围。我们的职责是维护交通秩序。您的车堵在车库入口，已经影响了小区外的道路交通。怎么着，要不我帮您挪车？"

警帽下不怒自威的眼神，周围寸头、唐装和众业主的催促，终于击垮了女车主。她默默打开车门，坐进去，启动车，挪到右车道。

围拢的车主们回到自己的车里。

"傻×！"

"还得来硬的。"

"给脸不要脸。"

"瞎较劲有什么好？"

……

交警站在女子的车边。车闸开启。物业胜利了。我是第八个开进地库的。我看着女车主被人竖中指隔窗而啐的情景，不禁叹了口气，对N和S说："瞧瞧，先天不足的小区，不合理的规章制度，搞得业主遇事就内讧，物业越来越膨胀——简直不是物业为业主服务，反倒是业主为物业服务了。不成立真正的业委会监督物业，不把小区的各项制度健全了，施行了，这问题永远解决不了。可业主心不齐呀，这事根本做不成……"突然，一个主意涌上心头："你们觉不觉得，这事还挺适合做咱们书里案例的？"

S大为赞成："着啊，既日常又象征，我看可以！"

上楼，进家门，泡了茶，N说："好是好，可我们要借它说什么？"

我："这还不明显吗？我们小区——一个小小的'地缘共同体'；业主和物业公司——以雇佣契约维系共同体运转的权利双方；今天的恶性冲突——表明原有契约因不合理而失效，需要建立新的公平契约；物业胜利，业主失败——表明权利关系颠倒，主人的权力和权利被窃取。出路：小区必须制度革新，重订契约，业主委员会必须重新选举，物业公司必须更换，只有这样，业主才能成为有尊严、有自由的业主，这个小共同体才能成为我们真正的家园。"

N："你的结论是：必须先有好制度，才能有好的共同体，才能有好的人。"

我："耶。"

N："可是，好制度从哪儿来呢？"

我："人建立的呀。"

N："什么样的人建立的呢？"

我："当然是，既洞察人性恶，又晓得如何限制这种恶的好人啦。"

N："这种好人从哪儿来呢？拿你们小区来说，你们的业主是这样的人吗？"

我："你刚才看到了，多数不是，他们的素质跟物管员差不多。"

N："所以，他们怎能给小区建立什么好制度呢？"

我："那……就注定没戏了呗。鸡生蛋，蛋生鸡。坏环境催生坏人，坏人使环境更坏，就这样坏坏循环，彻底腐烂。我们小区的未来就是这样。等将来我有钱了，就搬到优质社区去，眼不见为净。"

N："哈哈，你想用'制度决定论'给这个案例开药方，自己却都觉得行不通，对读者又有什么益处呢？"

我："启发他们思考啊！我们也就是谈谈而已，实践的事，留给别人吧。"

S："我们主张的东西，应当是我们自己能够做到而且对人有益的，否则没有说服力。写这个案例，可以先不考虑'社区共同体未来往何处去'这种大命题，只对读者提个小问题：今天的这场拥堵，怎么避免？换作你是那位女车主，你会怎么做？"

我："换成我，可能会出于从众心理，不等交警来就从了，拥堵不会那么严重。但我会自恨软弱，会呼吁读者：不要像案例中的寸头车主和唐装车主一样，跟物业一唱一和；要站在女车主一边，帮她摇旗呐喊，战胜物业，这样，业主的权利才不会被僭取。因为我们每个人都是自己生命、财产、权利的'业主'，我们随时可能遭遇侵害我们权益的'物业'。你说呢？你会怎么做？"

S："我啊，我会立刻主动把车挪到右车道，避免这场拥堵。因为这不仅事关我个人的权利和面子，还牵连到后面、院外的车，多少人急着赶路，要办各自的急事啊。"

我："你这是在倡导一种'凡事屈从'的行动观，只会纵容物业挟持群众，在业主头上作威作福。我为什么主张写这个案例？我是要请读者思考：我们这些普通人面对随时可能侵犯我们的强悍者时，该怎么做，才能既保存自己，又能让这世界更好一点？或者用一句时髦话吧：我们该怎么做，才算在过一种'正当生活'？你该回答的是这个问题。"

S："我就在回答这个问题呀。在我挪车之后，我要去物业公司重报车号，温和地提醒他们的疏失，建议他们未来工作当有的方式。即使他们听不进，我也既不敌视他们，也不惧怕他们，而是日复一日，把他们当作成长不够但会继续成长的邻居来和睦相处，慢慢彼此了解，相互影响。

"推而广之，我认为这就是生命和良心更成熟的普通人、'弱势者'，面对生命和良心尚不成熟的'对立面'——那些试图将不合理之事硬加给我们的强悍者时，所当采取的态度。这与弱者出于恐惧而屈从强力不同。这是精神自由的人，不再偶像化地看待制度、权力和权利，而采取的积极行动——爱，和睦，忍耐，影响，改变，以善胜恶。人若将制度、权力和权利偶像化，就会产生一些虚妄的意识。

"比如，握有权柄的一方会认为，我是你所有权利的源泉，我可以把它恩赐给你，也可以将它收回归我，无论怎样你都该顺从。承受治理的一方则认为，你既然统御了所有的资源和权柄，你就当负一切责任，而我没有任何责任；所有的罪过和败坏都是你的，而我没有任何罪过和败坏；我存在的意义就在于现世的公平和权利（自己的和他人的），如若从你那里得不到，那么我存在的意义就在于公开声讨和谴责你；如若公开不可以，那么我存在的意义就在于私下声讨和谴责你；除此之外，不存在其他领域的清理和拯救，若以为有，那是逃避真相的自欺欺人。此时也会出现一个意识的分岔，一部分承受治理者认为：或许存在其他领域的清理和拯救，但它未必能得到权力者的赞许——那可就太危险了，它不会成功，所以努力也没用，我更愿意平静度日，以私下的声讨和谴责来彰显我清醒高贵、绝不同流合污的道德价值。

"总之，我们倾向于认为，自己与他人权利的公正获取、能达成这获取的制度建构，以及与此相关的道德言说，才是生命意义唯一的起点，也是唯一的归宿。无数的道德故事和训诫塑造了我们这一信念。我们没想过，这权利（无论自己的还是别人的）、制度和道德如若成为人奋斗的终点，它就会成为被膜拜的偶像，我们就会成为这偶像的奴隶，只定睛于此，只以此为义，昏蒙了自由的眼睛。

"实际上，个人权利及其争取过程若不能在公共领域里实现和彰显，则私人领域里对它的主张、憧憬和谈论就没有意义，因这谈论不能建造生命，也不能滋润灵魂，它只映射物质领域的斗争痕迹。即便它在公共领域得以实现和彰显，也没有终极的价值，只有起点的意义。人是如此高贵的存在，以至于任何相对、有限之物被认作终极价值时，都会败坏人。所以，圣化这种权利斗争（现实的或想象的），其实是把相对性的事物绝对化和偶像化，它的结局只能是虚无主义。即便这虚无有其道德的初衷，秉有悲剧的美感，依然改变不了它结不出果子的本质。什么样的存在才应当被绝对、神圣地看待，并能从TA结出精神的果子？只有那绝对、超越而无限的'真理本体'才可以，相对性的事物只可安放在相对性的领域。"

我感到这话蛮有道理，听起来却有些刺痛。许多年来，我都坚信自己毫无问题，问题只存在于我的外面——强悍者，谎言者，又蠢又坏者，以及他们联手建造的坏机制。我认为得救的唯一途径，就在于机制、环境、外部世界的改良，而我写作的意义，就在于为这改良加添自己精神的砖瓦。S却告诉我，这个立足点错了，我只是个虚无的偶像崇拜者，真是情何以堪。我闷闷地说道："既然得救的途径不在外部世界的改变，那在哪里呢？你言之凿凿地暗示还有'其他领域的清理和拯救'，请明示，那是什么？"

S:"哈哈别急呀。既然我们不是权力和资源的支配者,就不要装作他们,只从制度、权力和权利的角度来思考。我们应当在我们的自由意志能够奏效的领域——生命和良心的领域,思考和行动。刚才的拥堵事件,其实是所有当事人——无论物业还是业主——在这领域里生病的表征。我们现在要想的是,如何在生命和良心的领域里医治自己。只有先医治自己,才能医治环境。"

我有点生气:"比我良心坏的人多得是,凭什么要我先医治自己?应该先治最坏的人才对!"

S:"你若以为只有先追究大恶的责任,才能改正你自己的小恶,你就不比大恶更好。你若因为世界是个大垃圾场,你就不清理自己家里的纸屑和烂菜叶,你就是个假装干净的人。不是吗?你为什么不可以先把自己家里打扫干净,布置鲜花,成为大垃圾场里的第一块净土呢?你为何不先让自己良心无亏呢?

"问题在于我们并不真的知道何为'良心无亏'。我们对自己良心状况的评估,只是来自与他人的比较。总有比我们坏得多的人,让我们想给他们上一课。我们对自己的道德无能并不真正知晓。相反,我们认为自己完全知道何为正义,且把这'知道'混同于'做到',并自以为义。我们并不认为'知道'而不'做到'是一种良心的疾病,因为所有人都是这样。我们还以自己'知道'而别人'不知道',或自己'做到的多'而别人'做到的少',

而睥睨他们。这同样是良心的变质。因为我们泯灭了爱和谦卑,而把知识变成凌虐的刀剑,去砍削和蔑视别人的尊严;把义举变成放债的资本,去催取和享用别人的感激。一旦我们觉得自己是如此高尚、完美、智慧、正直,以至于可以傲视芸芸众生,值得被人顶礼膜拜,我们的良心就被虫蛀了。

"所以,最需要医治的首先不是我们自己的良心吗?但如何医治呢?我们须先知道何为'无亏的良心',才能医治自己的亏欠。如何知道呢?答案不在我们自己的身上,也不在世上的任何道德楷模那里。一切相对、有限的存在都不能提供答案。只有那绝对、超越的不可名状者,那颗无限的心灵,真理的本体,才可以。"

我:"你前面说的我都懂,最后这句听得很懵——太抽象太神秘了吧。"

S:"如果把'不可名状者''无限的心灵''真理的本体'这些词换成'你',是不是好一点?"

我感到需要表现一下自己的哲学素养:"就是马丁·布伯《我与你》中的那个'你','永恒之你'?"

S:"回答正确。"

我可不是好糊弄的:"创造者,启示者,拯救者,超越了一切相对性人格的'绝对人格'?"

S:"加十分。"

我:"可,这到底啥意思?我就没想明白过。"

S："靠想是想不明白的，任何间接、繁复、理论化的思维和知识都无法帮你明白。你只有直接和TA建立人格对人格、生命对生命、真切鲜活的'我—你'关系，无限地领受，无限地得救，无限地被宽恕、被爱、被更新，你才能明白。这个咱就先不纸上谈兵了，你以后定会体验得到。我只想说，当'我—你'真正相遇时，你才会幡然醒悟何为'无亏的良心'，并明白自己根本做不到——尽管你一直被人看作挺好的人。你会感到一种愧疚、急切而喜悦的动力催促你，竭力纠正和避免自己的罪错，看见他人的需要，爱、拥抱、原谅你遇见的所有人，包括自己的'对立面'。于是你开始卸掉你心中的怒气、怨气和戾气，甚至你以前所珍视的'批判性'都会变成末后的选项。你只带着肯定性的渴望，不计较自己在他人眼中的大小、尊卑、先后，只要是建造生命和滋润灵魂的事，于人有爱、有益、公正的事，无论言语还是行为，你都乐意做。所有人都是你的兄弟姐妹，即使他在所谓的'敌对阵营'中，即使他得罪过你或可能得罪你，你仍旧看他是可以得救的人。这就是我说的'其他领域的清理和拯救'。这是一场旷日持久的'爱的工程'，可能你活着时看不到有些事的完工，但它绝不会烂尾。"

我："'你将黄金世界预约给我们的子孙了，可是有什么给我们自己呢？'鲁迅这句话是引用阿尔志跋绥夫的，我改动一下问问你。"

S："和虚无主义者理解的'牺牲'不同，'爱的工程'不剥夺我们什么，反而给予我们一切——付出即是受益，建造即是居住，迈出了第一步即是抵达了永恒的终极。这一切都发生在灵魂里。也许你需要逆着自己的性子，忍耐艰难困苦欺压凌辱剧痛丧失，但尾随而至的良心的甘甜，会让你确认自己得到了一步到位的拯救。"

我用怀疑的眼光看着他。

S回应我的怀疑："我的过去你知道。我没有唱高调，没有说谎。"

是的我知道。他没有唱高调，没有说谎。

但是，我还有一个问题："你说你'原谅了所有遇见的人'，但是有些人，你是没有权利原谅的。你明白我说的是什么。"

S："明白。对这些人，'原谅'的意思是：我决定不去自己伸冤。我决定此生，我的手上，不沾任何血。也许有些人自己悔罪，那他就应当被原谅。也许有些人至死不悔，那么他良心的溃烂本身，就是他此生遭受的惩罚。在意义的终极处，还有更高的惩罚。"

在原理上，我同意他的观点。但是，还有最后一个问题："你的这些理念是动人的，可做了又能怎样呢？如果只是行动者自己心理感觉良好，世界却没有任何变化，那和心灵鸡汤有什么两样呢？"

在旁边一直埋头翻书撸猫的N，突然打破了沉默：

"不，静，你别轻看生命和良心本身那种轻柔的力量。我出于好奇，正在水培一枚牛油果核。它的壳又滑又硬又厚实，直径三厘米。我按着指点，给它接了一玻璃杯水，在它略软的底部扎进去四根牙签，竖立着放进水杯里，让水没过果核的三分之一。最初一周没有什么动静，我只是两天换一次水，保持那个水位。第二周，薄薄的果核皮开始裂出比发丝还细的纹路，并且裂纹越来越多。第三周，果壳本身开始有裂缝，似乎每天的缝隙都大一点，又似乎没什么变化，我怀疑它死了。第四周，给它换水时，发现整个果壳竟彻底裂开，露出一抹绿芽！我才知壳是那么硬，那么厚，如同一块石头的切面，那柔弱的绿芽就站在'石头'中央，胖胖的短根怯生生地伸出果壳底部。我看着这绿芽和根的奇迹，震撼得不敢喘息——生命那伟大的奥秘，竟以如此平凡的面目静悄悄地临到我：恒久忍耐的柔弱之力无所不能！这力量来自哪儿？怎么发生的？她究竟是一种怎样不可思议的微波，以机械物理学无法解释的能量，持之以恒地轻轻摇撼，缓缓推挤，慢慢生长，终于洞穿牛油果壳那石头般厚硬的铠甲？！

"这不是孤立的植物学奥秘，而是'永恒之你'赐予生命的普遍法则，是这伟大的法则构造了宇宙的秩序。它与趋向封闭、死亡和毁灭的熵增法则截然相反，并总是最终战胜后者。

"人只要愿意，也能这样。我一个朋友的朋友，本是一个打架斗殴、强横无理的精壮青年，听不进任何良言相劝——就像那枚果壳厚硬的牛油果核；他当兵时因为一个偶然的事故，成为高位截瘫——就像那牛油果核略软的地方被扎进了牙签；他在医院躺了两年，离不开呼吸机，一动不能动，也不能说话，只能对着汉语拼音表眨眼，由妈妈拼写出他想说的每个字，总算是有了点希望之光——如同果核皮裂出了细细的纹理；慢慢地，他能说话了，朋友送他一台微型呼吸机，他出院了，他躺在床上，鼻子插着氧气管，嘴巴能叼着细棍在电脑上触屏写字，能在B站发视频了，网友们发现了他，和他交流了——如同牛油果壳有了细细的裂纹；一位心理医师找到他，给他做心理辅导，带他学习心理学，他的良心复苏，开始爱这世界，不再想自杀——如同牛油果壳彻底破裂，长出了嫩芽和根；他自学了心理学，考取心理咨询师资格，一些家长从网络上找到他，带着十几岁的孩子（就像他当年打架斗殴的年纪）到他家，做面对面的心理辅导，他帮到了孩子们，他由此得了真正的安慰、自由和释放——就像那牛油果的嫩芽已长成幼苗；我知道，他将来必能帮助更多人，必能得更大的自由和释放——就像那幼苗长成大树，结出更多美味的牛油果。

"就是这样。每个人，无论他多么刚硬多么'坏'，都埋藏着得救的可能，就像牛油果核里隐藏着持久而柔弱的能量。但需要有人去扎牙签，换水，把它放在阳光下，这样，嫩芽才能破壳而出，长成大树，结出果子来。对这个青年而言，他的妈妈、朋友和突然出现的心理医师，以及后来找他做心理咨询的家长和孩子们，就是那阳光、牙签和水。就是这样，人和人，只有处在灵魂'相遇'的关系中，才能真地活过来。就是这样，生命和良心的领域能发生所有的奇迹。"

亲爱的你，我的记忆可能变形，但去年的那件事，那场谈话，将我引向了你，却是真的。啊，真希望我和这位三十来岁的朋友也能进行类似的谈话。但这谈话之所以能发生，是因为N和S不用言辞而是用活出来的生命，在我不知道的时候就默默说服了我。但愿我对这位朋友，也能这样。

谢谢你倾听我。

爱你的 我

2021年12月17日

在防止不幸和杜绝过错的岁月中,
她感到自己没有成长地衰老了。
她没想过这会是她最大的不幸与过错。

乙
辑

探究写作不快乐的根源及应当快乐之理由

这位女友不经敲门就闯进我的家,坐在我面前道:"好朋友,我坐会儿就走,你听我把这篇儿话说完。说完,也许我就会快乐许多。"

我本想如此批评她这自私自利的想法:"哦,浪费我半天时间,只为你自己'快乐许多'呀?"但想到我不少的好朋友就是因被我这自以为无恶意的刀子嘴所伤,一个个离我而去的,还是吸取一点教训吧。再说,"倾听"在这个时代里已荣升为寥若晨星的美德之一,虽然我自己很少碰到,可也不能老让别人重复我的遭遇呀?于是我爽快地点点头,给她倒了杯茶,说:"好呀,说吧,说吧,我一定好好听着。"

"是写作方面的事。"她说。

"哦,写作的事。"

"我很想知道自己为什么越来越习惯把写作当作一件不快乐的事,咬牙捏鼻皱眉跺脚地去完成。当一篇文章的最后一个句号'啪'的敲完,救命的阳光才算穿窗而入,照亮我在写作过程中煎熬得日渐黑暗的内心。'黑暗的内心'是什么意思呢?一只幼猫在主人夫妇睡觉的时候被关在卧室外的黑夜里,它的内心就一定十分之黑暗:'喵,实在太可怕了,喵,这么大的黑屋子就我一个人,喵,一会儿所有的大妖怪都要跑来吃我了,喵,天快亮吧,主人快出来吧,我实在熬不住啦。'对我来说,许多时候写字儿的心境就和这只没出息的小猫相仿:小猫咪总是盼着主人把它抱到卧室去,我总是盼着手头的文章像天上掉下来的馅儿饼自动完成。两者之间的最大相同处,就是精神的等待状态,就是精神都受到了奴役。前者受奴役是因为猫咪没有自己生存的能力,后者受奴役是因为我让自己的精神陷入被动。我不知道自己的精神是何时何地和怎样开始被动的,我跟你说这些,很有寻找'阿里阿德涅线头'的意思,我真希望能够找到它,这样我便能恢复写作的自由和快乐。"她忽闪着眼睛,让那些啰里啰嗦的书面语从嘴巴里骇人听闻地汩汩流出,我知道她的眼前已经没有我,她已经沉入到她的那个无比熬人的文字世界去,沉入到她的苦恼中去。

"我想我在中学时代一定是立过写作的大志的，为什么会立这个志，一定是因为那时候觉得写作能带来快乐。那时我以为，写作最大的快乐就在于一个人能够堂而皇之地倾诉。有些话，如果你说出来，就会被当作神经病，但写出来却不会，相反，人们会把这些字儿视作'创造的结晶'而致以相当的敬意。那个时候我就亲眼见过一位高我两级的学兄，成天把自己打扮成为人所不齿的叫花子的样子，但在朗诵了两首自作的诗歌以后就被大家奉若神明。这件事启发我得出这样的结论：如果一个人性格抑郁不善交流，那她就写作，通过写作她可以倾吐郁结，拥有朋友。后来我知道这个想法是一个阴郁孤僻、没有朋友的女少年——我很难为情把'少女'这个酸溜溜的称呼用在自己身上——情急之下的白日梦，格调太过低下。我学习着认为写作不应用于如此自私的目的，它还应肩负一些了不起的使命。也许道理是这样的吧？但是经过几年漫无边际的字斟句酌，我现在又改主意了，我觉得中学时代的想法至少有一部分是对的：写作从根本的意义上说，应该给人带来快乐——无论对作者还是对读者。至于是哪种层次的快乐，问题就很复杂，而我喜欢王小波曾经反复重申的一个概念：有趣。有趣就一定能带来快乐。至于是哪种意味和层次的有趣，当然又是一个复杂的问题，它还牵扯到具体的个人趣味和广义的文化差异之类。现在个性意识发达得很，每个人都在嚷嚷自己与众不同，但是人类总会在一定的范围内有些共识。当然这么说又扯远了，而且不够有趣，我还是得把注意力放在探讨'写作不快乐的根源'上，而且要尽量说得有趣。"你的确应该说得有趣些，否则我就睡着啦，自己跟自己这么较劲，难怪写得不快乐呢。我心里暗想。

"不快乐在哪里呢？第一不快乐，在于不自由。想得不自由，写得不自由。当然不自由有许多外在因素——一旦我们意识到某些思想触碰了这些因素，敲键盘的手指便面临三种选择：1. 索性绕开；2. 用曲笔；3. 不顾一切，照直了说。照我看，1太没出息，3写了等于没写，因为它不能进入公共领域。于是只好走2的道路，而这就造成一种不自由。

"但是把'不自由'完全归结于外面的限制，是真正的推托之辞。我的问题更多地在我的头脑和心灵里面，在我的身体里面。我的问题在于我内心的警察太多。各方各面的警察，他们把我盯死，他们让我迟疑，他们使我瞻前顾后，自我怀疑，屈从权威，面面俱到，最后自我打消，彻底泄气了事。"

我同情地望着她。我不知道自己的目光是否也像一个警察。

"当我试图写一篇小说的时候，马上会有几十位警察先生跳出来指挥我的方向：

"'向左转！左转！你看鲁迅就在这边！加缪也在这边！君特·格拉斯也在这边！杜拉斯也在这边！所有你喜欢的拉斯都在这边！你要写什么？还不是同情弱者，批判社会，反抗强权！文学首先要政治正确！文学首先是一种道德！这一点你千万不要忘记啊！'

"'哎呀错啦，你应直行！应直行！把反讽的刀子狠狠插入敌人的心脏！什么是敌人？难道你还不清楚什么是敌人吗？你所厌恶的一切——愚蠢、无趣、谎言、不公正……难道你没见过拉伯雷是怎么扎人的？马克·吐温是怎么说笑话的？哈谢克是怎么捣蛋的？奥威尔和布尔加科夫是怎么刻毒的？王小波是怎么坏笑的？这是一个智力的天地！笑的王国！自由的乐土！快来，到这里来！'

"'他们说的都是大而无当的废话，你要右转！右转！你不觉得一个女人家思考那些自由啊公正啊什么的十分可笑么？关键是个人化！要优雅！要有品位！要知道哪里的冰激凌好吃！要知道什么牌子的香水最适合自己！要知道穿什么样的内衣最性感！要写这些怡情冶性的东西！要表现你的女人气质！要么你另类一点也行！要么你流氓一点也行！只要是个人化的就行！只是不要去思考什么社会！什么苦难！什么正义！什么人性！世界上根本就没有人性，只有兽性！苦难即活该！正义即蒙人！社会即兽群出没的场所！这些至理名言只要你铭记在心并付诸行动，我保你成为传世的大作家！'

"'快倒车！倒车！倒车！不要被那些大词蒙蔽了心灵！不要被时尚的玩意儿迷住了双眼！不要老考虑文学外面的世界！要进入到艺术里面来！重要的是人性的律动！重要的是进入人性的澄明世界里！重要的是情感！你怎样指挥情感的缤纷的跳舞？你怎样认识不同身份和处境的人物的内心世界？你准备好了吗？没有准备好就不要动手！'

"'写小说不需要看好多的书！不要过多地受书本的影响！就看你自己的感受！自己的经历！自己的观察！你对这个世界的了解到了什么程度？到了什么境界？想明白了没有？没想明白！你远远没想明白！你远远不了解这个世界！你甚至根本不知道注意生活的细节！你像一个无根的孤魂！你还根本不具备写作的条件！'

"'必须把所有的名著非名著看尽！你的眼前才能清晰地呈现已经存在过的所有道路！你才能够做出真正自觉的选择！否则，你就是一头盲目的困兽！你就是一个可怜的野蛮人！你是因为无知而写作，而不是因为智慧而写作！你看的书还很不够！还很不够！你还根本不能写作！'

…………

"如果一个人充分了解自己的特性，就会选择一个方向照直开去。我呢，我觉得自己各方面的气质都有一点，便往各个方向都试一试。试甲的时候：'哎不对不对，人家某某某已经这样写过了！'一个警察喊道。试乙的时候：'这样不好，这样不好！某某处理得比你高明得多，你得好好学一学！'又一个警察喊道。这样，当我写作的时候，我会一面痛惜自己把时间都浪费在制作这种不成熟的可怜文字上，那么多好书却躺在书架上没来得及看；一面还在心虚生活浅陋没有经验，如何能够去写表达对这个世界的看法的小说？写小说之日就是从经验到书本全面怀疑自己之时，如同被九百九十九双眼睛钉住后背，其直接后果就是：迄今为止我写了数不清的小说开头，却仅有少得可怜的结尾。那些断尾巴蜻蜓无助地躺在我的电脑里，无时不在抗议我这个施虐狂。可当我索性关掉电脑，拿起书本时，又开始惭愧自己毫无创造，是个只会索取不会奉献的笨人。我从小学习成绩好，怎能活着活着竟堕落成一个笨人？是可忍孰不可忍！于是又奋而起身，打开电脑……一句话，写字儿与不写字儿的过程都如同撒癔症，像你这样懂得快乐的健康人一定会嗤之以鼻。"

看来她内心的郁结释放得差不多了，她开始关心我的感受了。好在我觉得她虽有喋喋不休之嫌，可毕竟有点想法。敢把这些莫名其妙的想法对着朋友抖搂出来，也算是一个勇者，于是我安慰她道："我怎么会嗤之以鼻呢？我只是觉得你表达之外的事情想得太多罢了，这样会很累。"

"可如果我不想明白这些，我会不踏实的，会更累的。我跟你说，更不快乐的时候是写评论。这时候脑中不但有上面那些抽象的警察，还有不少具体的警察——我

探究写作
不快乐的根源
及应当快乐
之理由

的朋友,我的非朋友,我的敌人:某某是个轻松幽默的人,我很看重,他会怎么看这篇庄严肃穆的文章?某某是个严肃而唯美的人,我很尊敬,他会怎么看这个冷嘲热讽的东西?这里批评了'某某主义',那个主义里我认识的某某肯定很不高兴;那里批评了某某现象,为该现象鼓吹的某批评家一定气得眼睛都绿了吧?也许他们一边生气还一边想:这个无名小卒有什么资格在我面前指手画脚?这个无名小卒敢藐视我的权威?这个无名小卒闻起来气味不对……必须承认,我之所以耳边会有这些嗡嗡声,乃是因为我性格的缺陷使然——我太过软弱,认识自己和别人又不够透彻,对任何他人的想法都太过看重,即便对那些自己并不看重他们、他们也并不看重自己的人们也是如此。好在这种软弱随着我对自己理当坚持什么逐渐明了,已经日渐消退,那些具体的警察,尤其是那些志同道不合的具体警察的声音也越来越微小——见鬼去吧,你们。我写作,完全不是为你们而写,你们怎么可能不从我耳边走开呢?我写作,完全不是面向你们狭窄的天地,你们怎么可能还在我的视野中出现呢?我写作,完全不遵循你们成功的路径,完全看透你们声名的败絮其中的本质,你们怎么可能还在我心中留有一席之地呢?如果有一天,我的耳边没有一个具体警察的声音出现,那么我一定是进入了一种快乐绝顶的写作,这种写作的境界如此崇高,只服从自己的心灵。而这个心灵,她又不是一个武断的东西，她形成于自己的生命，形成于自己所倾慕和投身的那种价值。如果没有修炼好，那价值就会变成抽象的警察。如果修炼得好，那价值就化成生命的不竭的源泉。"说到这里，她的声音竟像在唱歌了，那是福至心灵的一种声响。

"哎呀，我的好友！跟你说了这么一长篇儿的话，我真有畅快的感觉了！我说着说着才知道：写作不快乐的根源，乃在于内心的警察太多——除了上述的警察，还有诸如逻辑的警察，学理的警察之类……如果写作变成在警察们的各种指令下，一个妥协和修理自己的过程，那么写作肯定是毫无乐趣可言！相反，心智在选择词语的举棋不定中耗空了自己，时光流逝，智慧和知识并未增长，却只余一点乏善可陈、换了谁都能写的文字作为时间的痕迹，这实在是一件可哀的事情！因为意识到它的可哀，意识到了受警察的牵制而使精神遭奴役的可耻，那不快乐便加倍地浓重。

"而写作却应当是快乐的！因为写作的目的是自由而不是奴役。是飞翔而不是坠落。是更新文明而不是复写文明。是创造自己的所知所感而不是验证和追随别人的所知所感。写作是说自己想说的话而不是说警察认为应该说的话。写作是明知幼稚但还是要说，因为她知道在说话的途中创造的图像便会渐趋完美。对自卑者来说，写作是一种自我肯定的勇气。对自恋者来说，写作是学会谦卑的路径。对所有人来说，写作来自自我又超越自我，她使人意识到人类文明的浩瀚无尽。她可以学习无数的技艺但不可被技艺淹没，可以学习无数的知识但不能被知识压迫，可以领略各种思想但不可被思想所箝制。内在精神在斗争和纠缠之后重获自由，那种自由所产生的表达欲，绝非最初的倾诉欲可比。这是开放的世界和无穷的宇宙任我翱翔的自由，但首先，是掌握了翱翔之可能的自由。写作因此面向未知而有趣的世界，写作也因此面向流逝的韶光，无尽的文明，那些记忆中永难消逝的面孔，以及从未谋面的远方的陌生人。现在，我告诉自己：我的写作将与这些相伴，它会是一个充满快乐与悲伤的旅程。但永远不会是被奴役的旅程。"不得不承认，我很同意她所说的话。

2001年9月

磨刀霍霍

栓叔扛着锄头，走在回村的路上。如果栓叔活到现在，他就不用扛着锄头，呼哧呼哧地走在路上了。他的女儿桔黄会说：爸，我和大龙去果园就行了，你在家看着珊瑚做功课吧。可十五年前，栓叔种的是庄稼，也没有大龙和珊瑚。所以，栓叔只能愁眉苦脸地走在回村的路上，肩扛着锄头。

他妈巴子的。栓叔咕哝道。栓叔是很郁闷的。天气是这样热，穿背心都热。虽然热天对自己的肺气肿有好处，可是，对心情没好处。栓叔很郁闷，这全村都知道。他妈巴子的。离家越近，栓叔越咕哝。这个王八羔子要是还躺在炕上，我就用锄头锄他，就像锄地头的草一样。栓叔下决心似的往土路边上吐了口痰。他还叫儿子吗？他简直是我爷爷，不，我祖太爷爷。他妈巴子的。栓叔右手的大拇指堵住了右鼻孔，往地上擤了下鼻涕。瞧他那双死鱼眼，也是留不住媳妇的料。找媳妇，找媳妇，你还有脸说？你四十岁的人了，有能耐自个儿找啊？找你爹要媳妇，你爹连饭都吃不上，你和你那个小孽种还得我养活呢，你的三个妹妹还没嫁人呢，找你爹要媳妇？妈了个巴子的。栓叔抹了下鼻子。你再提这个茬儿，老子今儿个就锄了你。栓叔黑着脸，走进院门。

栓叔总是这么黑着脸，走进院门的。宣传都习惯了。栓叔就宣传这么一个孙子。宣传。宣传。这个名儿还是他那个不要脸的妈起的呢。那个妈，长得一张倭瓜脸，没啥文化，可形势跟得紧。生他时，正赶上宣传什么来着？反正就叫了他"宣传"。"赵宣传"，按说应该把名字给他改了。娘都偷着跟了别人，撇了孩子扔了丈夫，还留她起的名字？太没志气了。再说同学都笑他——"照着宣传什么呀？"都问。可是，唉，这样的光景，没闲心弄这些。在没闲心的心情中，转眼宣传就十四了。

"爷，回来了？"宣传把锄头接过来，竖在院墙脚。这孩子会来事，比他爹强多了，就是不太勤快。像他妈。栓叔瞥了宣传一眼，径直走进屋里。不像他爹就行。

儿子并没有躺在炕上。栓叔的黑脸白了一些，皱纹也松弛下来。

他想问宣传：你爹呢？可又觉得不好意思。爷儿俩除了干嘴仗，是从不说话的。仇人一样。邻居们都知道。邻居们的娃子要是不听话，家长就会这样谴责他们："难道你要像大梁那样气死我们吗？""难道你们要做大梁那样连媳妇都拴不住的废物吗？"其效果胜过任何其他的说教。

桔黄把饭桌摆上炕，端上来一碟盐水豆，一大盆烀茄子，一碗大酱。二十三岁的桔黄，像一棵粗壮的高粱，神情却很淡漠。也该嫁人了。栓叔望着桔黄，心里说。还有二十二岁的老二和二十岁的老丫头，都该嫁人了。一晃的工夫，闷声不响的，就都大了。栓叔盘腿坐在炕头，用手撮着烟卷。丫头们都嫁了人，家里就剩下三条光棍了，算上宣传。唉，宣传还小呢，不能叫光棍。宣传可不能当光棍。光棍可不是好当的，上辈子没积德的，这辈子才当光棍哩。老天让他尝尝没有女人的滋味。宣传是好孩子，嘴巴灵，心眼多，会算计，将来不会吃亏。这样的娃子，女人愿意跟。不像他爹，窝囊，比我还窝囊。要不那娘们也不会跑。

宣传娘跟人私奔的时候，宣传只有两岁。那时候，大梁是个壮小伙子。很傻的壮小伙子。能干活，也爱干。就是怕媳妇。那个倭瓜脸媳妇。就她那张倭瓜脸，还嫌婆家穷。一骂穷，大梁就很老实。媳妇让他往东，他不敢往西。让他打狗，他不敢撵鸡。可媳妇还是让他欢喜。每天，从地里回来，吃饭；吃完饭，熬天黑。天一黑，他就忙着和媳妇干那事儿。干出了小宣传，大梁像得了巨大成就，就不怎么忙那事儿了。

直到那天，八点多了，还不见媳妇回来。全家都出去找，邻居也帮着找。粪坑都掏了，没找着。后来发现赵保财家雇的小木匠也没了影，大伙才明白。小木匠是哪儿人？找他家去！大伙嚷嚷。没用的赵保财，雇的木匠哪儿人都不知道。找遍天下的木匠？放你娘个屁。你找找看。栓叔听着大伙的七嘴八舌，觉得胸闷。瞧瞧儿子大梁，惨白着脸，蹲在地下，他不禁怒火中烧，一脚把他踹在地上。栓叔带着痰气的声音全村都听得见：你个废物！媳妇都看不住！天天都干嘛吃了？嗯？！你裆上的东西白长了？嗯？！你爹穷了一辈子，好不容易给你熬出个媳妇，你还让她跑了？嗯？！

栓叔意识到，那夜是大梁一生的转折点，也将是他一生的转折点——将把他带到一个更不快乐的人生。栓叔从没总结过，但是他明白，转折点的种类不外乎两种：从一个穷得叮当响的光棍，变成一个雇得起木匠的一家之主，像赵保财那样的，这是一种转折点，福气的转折点；从一个没病没灾、有老婆照应的大男人，变成一个病恹恹的孤老头子，像自己这样的，也是一种转折点，这是倒霉的转折点，折在老婆五十岁过世的时候。他想不到自己这辈子碰上了两个转折点，而且都是第二样。他有点恨。恨谁呢？他这满腔的仇恨找不着主儿。大女儿才十一，老二才十岁，老丫头才八岁。一家子的活儿，除了自己，就是大梁和他媳妇了。可现在，媳妇跑了，大梁的精神支柱也就塌掉。这一家子的重担，就落在他老栓一个病歪歪的孤老头子身上。妈了个巴子的。栓叔茫然四望，想找一个出气的地方，瞥见的却是没边没沿的苦，累，穷，和孤单。怨不得别人，也找不得别人说。他只是气不忿：儿媳妇咋那么没人心？儿子咋那么不中用？

那夜以后的大梁，好像换了一个人。他不再天蒙蒙亮就爬起来，等着吃饭，然后扛起锄头，哼着小曲儿，往地里溜达。他要大睡，睡到日上三竿，睡到他爹中午回来。他躺着，等着爹破口大骂，然后开始他一天的第一项工作：针锋相对、沉着冷静的反击斗争。大梁的嘴巴是练出来了，喜怒不形于色的本事也有了。栓叔说："你个废物，白吃饱。"大梁就说："对嘛，啥种结啥瓜。我是你的种，咋能不废物。"然后仰天长叹："我咋是你的种啊！"栓叔说："不劳动者不得食，你要想吃饭，就给我下地去。"大梁就说："我身体没力气，饿肚皮不是社会主义。"然后就主动出击："你土埋半截子了，没女人就没女人。我还不到三十，女人的滋味还没尝够哩。要不是你这个窝囊爹，我也不会是今天这样。"栓叔劳作了一辈子，可没有让自己的脑子得到过足够的劳作，所以嘴巴就跟不上，也没雄辩的道理反击儿子的混账说法。他只是感到狂暴的愤怒像台风一样，冲进了衰老的心脏和残破的肺。"妈了个×的，我整死你得了！没良心的东西！我累死累活地养活你们，还挨你们的骂！我把那粮食喂狗，他还冲我摇摇尾巴哩！喂了你们，就得了这个骂？！"栓叔在狂怒之中捕获到一股虚无的情绪，这情绪使他愤怒的对象由单数扩散为复数，扩散到所有的子女和孙子的身上。桔黄、老二和老丫头就都惭愧地低下了头，深恨自己不该生在世界上。

然而不管怎样的怒骂，痛打，大梁是回不到原来的大梁了。除非给他再熬个媳妇。可是，哪儿那么容易的？栓叔家的穷，大梁的癞子名声，已经彻底断了这希望。在彻底的无望中，大梁日益变得无耻。

在一个中午以后，栓叔就再也无法克制对自己这唯一一个儿子的厌恶之情。

那个炎热的中午，栓叔一进外屋，就听见男人的呻吟，干那事儿的呻吟。妈巴子的，他还够有本事的。大白天，真不要脸。栓叔咳嗽了一声，礼貌地等了一袋烟的工夫，才推门进了屋里。他看见大梁一个人赤条条地躺在炕上，眼睛瞪着自己白浆浆的手指，肚皮上，也是一摊白色。屋里没有别人。栓叔盯着大梁，大梁也把目光对准了栓叔，笑吟吟的。正午的阳光透过窗棂晃着栓叔的眼睛，一股浑浊的火从胸中涌向栓叔的喉际，变成了一声绝望的怒吼："你……你……你还是不是个人哪！"浑浊的老泪顺着他沟壑纵横的脸流了下来。大梁却还是笑着,一边擦着肮脏而又日渐干枯的身体,一边说:"你不给我解决,我就自己解决。咋样?给我解决了吧?"

"好!妈了个×!爹给你解决!从根儿上解决!"栓叔转身到锅台旁拿了菜刀,朝大梁的那个地方砍去。大梁轻巧地躲开,抓住栓叔操刀的手腕,把擦身的破布扔到栓叔的鼻子底下。

妈巴子的,简直是畜生。十二年以后,栓叔坐在炕上,抽着烟,想起那一幕,肺部就会像个不中用的风箱,呼哧呼哧。桔黄把高粱米饭端到栓叔面前,说:"先吃吧,爹。"栓叔想说:"等会儿你哥。"但把话又咽了回去,只说:"再待会儿。"

待了会儿,栓叔听见大梁哼哼唧唧地进了院,进了屋,走到炕边,走到他面前。他抬头瞟了大梁一眼,见大梁也在似笑非笑地望着他。桔黄、老二、老丫头和宣传也都站在炕沿旁边。栓叔说:"站着干嘛,上炕,吃饭。"端起碗,先扒了一口。

在沉默中,一家子吃了一会儿。桔黄没话找话地说:"赵保亮家的今儿个生了。"

"丫头小子?"老二做出挺好奇的样子。

"小子呢。"

"第二胎,生个小子,心就落底了。小菊还是能够。"老丫头发挥道。

"小菊哪有宣传他妈能够。宣传他妈头胎就是儿子。咱村也没有几个像宣传他妈那么能够的。"大梁嚼着高粱米饭,兴高采烈地说。

宣传偷偷瞥了爷爷一眼。爷爷的脸色又在发黑。于是他就狠狠地剜了一眼自己的爹。

"大梁,你就不能要点儿脸。"栓叔瞪着大梁,拿筷子的手哆哆嗦嗦的。

"爹,我不能。"

"人活一张脸,树活一张皮。你也是四十岁的人了,当孩子爹也有十四年了,咋就活不出个人样。"

"爹,人样是啥样?在咱家活了四十岁,我还没见过哩。"

"你……你个王八羔子!"栓叔"啪"地把碗蹾在桌上,高粱米饭粒溅了大伙一脸。栓叔的黑脸涨得紫红。

"对!我是王八的羔子!可王八羔子还有母王八陪着哩!我这么一天到晚地过,连个母王八都没有,我还不如一只王八羔子哩!对吧,宣传?你爹还不如一个王八羔子哩!"大梁慈爱地摸了摸宣传的脑袋。宣传厌恶地躲开了。

"哥,别说啦。"桔黄捅了大梁一下。她发现爹的脸已经紫黑到了极限。

"凭啥不让我说?"大梁一甩袖子,眼盯着栓叔,"告诉你,老头子,我这四十年已经受够了你。家不管多穷,可总得有个乐儿。我得着什么乐儿了?妹子们得着什么乐

180

儿了？我好不容易有了宣传他娘，有了点乐子，可她又把这乐子带跑了！她为什么跑了？还不是觉不着乐儿吗？还不是觉得跟小木匠比跟我有乐儿吗？为啥她这么觉得？她嫌咱家闷得慌！为啥咱家闷得慌？那是因为你呀！老头子！你那张黑脸从我生下来就开始沉着，好像我欠你八百吊似的，谁看了心里不堵得慌？！我是你儿子，堵得慌也得在家待着；她可没义务陪到底！你老是说，有本事自个儿找媳妇！凭啥我自个儿找媳妇？你给赶跑的，你得给我追回来！你追不回来，得给我赔一个！听明白没有？赔一个！"大梁瞪着血红的眼睛，嘴边冒着白沫，剜心的话语连珠炮一般，朝栓叔的头顶轰去。

"好你个王八羔子啊！"栓叔狂叫一声，把盛着高粱米饭的碗砸在大梁的脸上。

血，顺着大梁的鼻孔流淌下来。大梁抹了一把，欣赏着手上的血迹。他飞快地下了地，骨碌着大眼睛四处寻找。他蹿出屋子，来到当院。栓叔以为他是怕了，要逃，心想要彻底教训教训这个狗娘养的，也跟着来到当院。大梁看见了竖在墙角的锄头，眼睛一亮，一把抄起来，举过头顶。

"好小子！你有种，往你爹脑袋上砸！来呀！砸！"栓叔指着自己的脑袋，喊道。

"老家伙！你甭以为我下不了手啊！你要是不跑，我可真砸啦！"

桔黄、老二、老丫头和宣传在烈日下已经看呆了。他们没闹明白，事情怎么就到了这一步。

"好你个窝囊废啊！你没本事留住媳妇，没本事下田种地，可有本事欺负你爹！你生下来的时候，我就该把你闷死！你会吃饭的时候，我就该把你饿死！你该娶媳妇的时候，我就该不给你娶啊！你个小王八羔子！"栓叔声嘶力竭地骂着，骂得大梁的脸扭曲如蛇。大梁再也不顾忌什么，举起锄头，朝栓叔身上砸去。

栓叔"噌"的一闪身，躲过了这次恩断义绝的袭击。大梁真成了畜生了啊！他已经不再管我是不是他爹了啊！他真要杀我了啊！这个祸害，让全家不得安宁的祸害啊！真不如早除了他啊！栓叔一边被这些绝望的念头折磨着，一边在院子里奔跑着，躲避大梁疯狂的追杀。大梁是疯了，他举着锄头，在烈日下，追赶他白发苍苍的父亲，一心要让他死。他的妹妹和儿子是傻了，呆呆地望着眼前的情景，毫无反应。

突然，栓叔蹲下身，回手抓住大梁的手腕，把锄头的一端攥在手里，大喊："宣传，快来帮爷一把！把锄头给我抢下来！"

宣传闪电一样蹿过来，夺下大梁手中的锄头。

"宣传，给我砸！砸死他！往死里砸！快！除了这个祸害！"栓叔气喘吁吁地嚷道。

宣传咬紧牙，举起锄头，照准父亲的头，一下子猛砸下去。

很闷的一声响，大梁倒了下去。宣传又往父亲的头上砸去，一股红色和白色混合的液体，从大梁的后脑涌了出来。脸朝下，大梁一动不动。

"活过来，咱家就再也没个好了。"宣传说着，朝父亲的头上砸了第三下。一个深深的洞，出现在大梁的后脑勺上。

宣传吁了口气，回头望着爷爷。望着三个姑姑。望着地上的爹。苍蝇欢快地在大梁的脑袋上盘旋，时而落下，吸食着新鲜的血。

栓叔蹒跚到大梁的身体前，蹲下，把手指伸到大梁的鼻孔底下。没有气息。彻底的没有。死了。这个祸害，再也不会闹得大伙儿鸡犬不宁。三个女儿要出嫁。宣传要娶媳妇。现在，这个家干干净净的，再也没有讨人嫌的地方。可惜，宣传还有点小，得他大姑照应着。桔黄还厚道，会照应他的。

"大梁是我杀的。"栓叔说。他望着三个女儿，她们正直呆呆地盯着兄长的尸体。这个从没有被她们当兄长看的兄长，他死了。

"宣传，你爹是我杀的。这个，你要记住。"栓叔摸着宣传的脑袋。宣传瞅着自己的手。是这双手，送走了自个儿的爹。

栓叔走进屋里，收拾了几件衣服。也没啥衣服，都是十几年前的，那时候老伴还在，是老伴给做的。老伴一没,就没穿过新衣服了。没有袜子。没有就没有吧。

"桔黄,你哥的后事,只好你料理了。我去自首。"栓叔说。

走到院门口的时候,栓叔转过身,对宣传说:"你才十四,一定给我好好活着。你爷今年六十四,够了。"

法院根据栓叔的供认和对八台子村的调查,判处栓叔无期徒刑。村民们都说:想不到老栓老实巴交的人,却要在监狱里咽气。果然,两年以后的冬天,栓叔在监狱里咽了气。死于肺气肿。

收尸的那天,桔黄和她的小妹妹一起去了监狱。屋里寒气森森,一张旧床单盖在栓叔的身上,双脚露在外面。一双结满老茧的光着的脚。桔黄说,她不知道爹没有袜子,每次见他,都穿着鞋,看不见脚。

今天已经是栓叔去世十三年以后了。他的三个女儿早已成家。就连宣传都已长成一个高大的汉子,娶了妻,生了子,做了建筑队的包工头。据说,他常打老婆。据说,他在醉酒的时候,就骂骂咧咧的,骂世道不公,骂人心不古,骂他没得好死的爹和当过罪犯的爷爷,给他自己的英名抹了黑。

1997年7月

子曰

这天晚上。在所有地点。所有人。他们在交谈。

1

"陶"酒吧。时髦男女五六人,24—32岁不等。

山羊(黯然神伤地):一件事,天大的事,发生了,你们能猜得到吗?

笨牛:我从来不猜。都等着别人告诉我。

百灵(对笨牛):要是告诉你的是谣言呢?

笨牛：那就等着辟谣呗。

麻雀：敢情笨牛是装笨啊。

狐狸：这一点我早就看出来了。

刺猬：所以该把所有的笨牛都杀掉。韩国人就是这么干的。

笨牛：那是因为人家那儿有了口蹄疫。

刺猬：你比口蹄疫还招人恨呢。

笨牛：我怎么了我？招谁惹谁了？都冲着我来？都这么咬牙切齿的？

百灵：今儿个大家气儿不顺。你先委屈点吧。

笨牛：我不干。凭什么呀。上完班躬累的，来这儿就图个高兴。不高兴我找你们干吗？还不如找我老婆呢。

麻雀：别打岔，今儿咱谈点严肃的。是时候了。

狐狸：要不天天穷泡也忒没劲了，来点严肃的今儿个。咱山羊开了个好头——说吧山羊，出了什么大事了？

百灵：每天的大事多了去了，不过是得装点儿糊涂罢了。可今儿咱不想装糊涂，说，山羊，有什么大事？

山羊：大事是……（热血沸腾地张了张嘴，举头四顾，但瞬间就垂下头来，堕入根深蒂固的习惯之中）我家的沙皮狗豆豆……呜呜……病了。

众人（恼怒地，感到受了愚弄地）：我操山羊，涮人呢你！我揍你丫的！

2

表兄妹俩。表兄家。

"什么?你想写小说?先把床上功夫练好吧。这是我的肺腑之言。"

"另外,你还要知晓所有酒吧的名字和地点,熟记几样洋酒的名字和颜色,提及高档香水和高档时装品牌时你要表现得既深谙此道而又漫不经心……当然以你的生活水平要达到这一点挺难的,所以得找几本时尚杂志好好看看。"

"千万别不小心把老舅是下岗职工这件事说出来。要表现得好像一个劳动人民都不认识。要颓废得好像一摊屎。然后我给你在杂志上发一发。然后我发动几个哥们儿给你写两篇评论。没准儿能火。"

"别那么心不在焉的!别把我的建议当作耳旁风!要记住'功夫在诗外'的古训!"

"……可是你拿什么谢我呢?说实在的我捧你这件事对我来说索然无味,它破坏了我一向的游戏规则。"

"别再跟我谈写作了好不好?还这种题材!矿工偷吃鸡饲料有什么稀奇的?我还时不时地想吃两个玉米面窝头呢!不都是玉米面的吗?像你这种劳苦大众的思路想在今日文坛上混呀,难!"

"文坛时尚化了你不知道?加劲儿闹几次'行为',再瞒几岁,你就成文学新新新人类的代表了,我也顺便捞个文学新新新人类的领袖当当。看来你只能这么报答我了。"

沉默,女孩子的哽咽声。男声有所节制和松缓:"表妹,把眼泪擦干,忘了他吧。(凝重的停顿)记性太好将使你犯下不可饶恕的罪孽。"

3

"××研究会"举行的小型酒会。学者十来人。

伦理学家A(对翻译家B):今天是不该喝酒的,但是我想醉一场。你呢老兄?
翻译家B:同感啊,老兄。
伦理学家A:那就醉一场吧,老兄。我从来没有醉过呢。醉是什么?醉是和最清醒、最本质、最纯粹的意识在一起。醉是把平常故意忘掉的事想起来。醉是"说",是废黜平常在嘴边把门的卫兵,是敞开心的大门……(将一杯白酒一饮而尽)我想敞开心的大门。
翻译家B:那就敞开吧,老兄。人总会有憋不住的一天的。

哲学教授C（看着他俩）：您二位好像很激动啊。老A，别忘了今天的聚会是讨论你的建议，你得先谈谈《良知与国民的精神结构》这本书的整体思路。

经济学家D：然后我也要谈谈国民的精神结构和社会效率的关系。

文学史家E：这个角度好，很好。

社会学家F：不错是不错，但是不是一定要做？太大众化，不算什么学术成果。

历史学家G：此言差矣，老F。不管怎么说，不同学科的学者就一个主题共同写一本书，在国内还是第一次。（仰头，憧憬地）足够在思想史上留下一笔了。

政治学者H：这本书的题目伦理学气味极浓，我说老A，别光顾了喝酒，发表一下你的高见。

伦理学家A（冷笑了一下）：我的高见是：咱们——不，我——十足虚伪，还有什么资格讨论"良知与国民的精神结构"？笑话。

政治学者H（自信而又矛盾地）：不能这么说啊，老A！我们还算是最清醒的一群人吧！我们写的文章对国人还算是有启发吧！我们已经最大限度地给他们提供了有关现实的知识，告诉了他们人类最普泛的价值原则，这还不够吗？（痛苦地转向A）你觉得我们还能承担更多吗？

伦理学家A（不回答H，对大家）：刚才老B给我讲了一个卡珊德拉的故事，我觉得有趣。老B，您再讲一遍，给大伙分享分享。

翻译家B：大家早就耳熟能详了，讲它干嘛。

众人：别谦虚，讲讲吧，讲讲。

翻译家B：好吧。说是特洛伊战争打到后来，阿耳戈斯人久攻不下，俄底修斯想出了木马计：匠人们造出一匹巨大的木马，让阿耳戈斯最勇敢的武士钻进马肚子里，然后把它停在特洛伊城外的海滩上。他们派英雄西农施展巧舌，说服特洛伊人相信这木马是阿耳戈斯人献给雅典娜的祭品，可以搬进城去。几乎所有特洛伊人都相信了西农的话，都急着要这件巨大的令人开心的玩具，即便拉奥孔刺向马腹时发出空洞的响声大家也充耳不闻，即便搬动木马时里面发出金属碰撞的声音他们也充耳不闻。他们被围困了十年，失败的情绪在他们的心头笼罩了十年，他们太急于相信这胜利是真的了，太急于认为所有的危机都已经过去。只有预言家卡珊德拉拥有洞见未来的才能——她经常说出真实的话，但是她的话从来不为人所信。这一次她看见了特洛伊城即将毁灭的前兆，马上从宫殿里奔出，一边疾走一边呼喊："特洛伊要毁灭了！烧掉那木马还来得及！我闻见了血腥的味道杀伐的气息！那气息就来自那马腹里！烧掉那木马！我们就会改变神降给我们的厄运！"没有人听从她的话。"啊！我就知道，即使我说出一千个最准确的预言，也不会有人相信其中的一个！因为你们都被怯懦和贪婪蒙蔽了双眼！因为国王需要证明他的权威，将士需要证明他们并非无能！你们需要一个美妙的假象来满足自己的虚荣，但是你们不知道展示假象的过程正是把你们一个个送进坟墓的过程！天啊，复仇女神的脚步是不可逆转的！你们将覆亡在她疯狂的笑声里！"卡珊德拉激烈的呼喊不但没有引起特洛伊人的警觉，反而招致所有人无情的嘲笑。但卡珊德拉的预言还是实现了。特洛伊城毁于木马。

文学史家E：故事的确有趣，也的确不新鲜。

哲学教授C（自言自语，不让别人听见）：不，很新鲜！足够我写一本《卡珊德拉神话》的！如果写得好，真可与加缪的《西西弗斯神话》相比肩！啊哈，这可是融合了中国人独特体验的一部著作！足够赢得所有国际同行的尊重和青睐！如果辞采漂亮没准能成为一本高档畅销书！啊哈！……

社会学家F（自言自语，不让别人听见）：我应该回去做一个课题，就叫"中国的卡珊德拉群落研究"，会在国际上有影响的，会引起广大读者的共鸣的……

心理学家I（自言自语，不让别人听见）：应该建立一门

"特洛伊心理学",从几个线索进行分析:1.一匹巨大的木马突然静静地矗立在城外,这件事难道不够蹊跷吗?为什么特洛伊人却放弃了最起码的追究,而听信从敌人阵营里来的逃犯的话?2.马腹的异响如此明显,为什么会逃过特洛伊人的耳朵?3.卡珊德拉以前说过的无数预言都已被现实所证实,人们已因没有采纳她的建议而遭受过重大的损失,为什么还不吸取教训,不听一听她这次的警告,及早防范毁灭的降临?嗯,这再次证明了我所发现和命名的"危机时刻信息筛选心理机制"是正确的……

历史学家G(扫兴地):我们虽然可以从神话中追索历史的踪迹,但是这个故事本身却没有学术价值。还是谈一谈"良知与国民的精神结构"吧……

伦理学家A:良知与国民的精神结构的关系就是一杯水和一场大火的关系一杯水固然救不了这场火但是你不泼出去这杯水却是有罪的来大家干杯吧和天上的亡灵一起干杯权当是干一杯良知的水……

4

秘室。一位黑衣男人坐在宝座上,一手拿着鞭子,一手抚摸着一个跪在他脚边的男人的头。其他男人都浑身赤裸，颈套项圈，跪在宝座的下面。

黑衣男人：就这样存在。

跪在他脚边的男人：是，主人，就这样存在。

跪在下面的男人：是，就这样存在，伟大的主人。

2000年4月

一个流氓的诞生

我坐在公共汽车上,看见路边一个民工模样的人手里攥着两只擦汽车用的暗红色线掸子,冲着因为红灯而在他身边停下来的出租车连连挥舞,还弯腰对司机说着什么。显然,司机没有理会他的大力推荐,强忍着提防和不耐烦的情绪听他聒噪,一俟绿灯亮,就赶忙把车开走。汽车一走,他就直起腰来,冲着车的背影满不在乎地吐口痰。如此几次都是这样。他头发蓬乱,脸如锅底,身上穿了一件因肮脏而呈土灰色的破棉袄,和这座城市空气的颜色混为一体。他长长的红色线掸子像一面不屈不挠的旗帜,飘扬在越来越深的暮色里。他的打扮很像一个"盲流",但他的神情和方式却像一个流氓，而他做的事情则表明，他除了是个通过劳动来谋生存的人，什么也不是。显然他意识到来来往往的行人都在看他，所以他的样子越来越吊儿郎当，越来越像在和司机搞恶作剧，结果他的努力越来越徒劳。在我注意他的这段时间，他一只掸子也没有卖出去。但是看起来他满不在乎，一点儿也不着急，一点儿也不发愁他的晚饭，对这个城市一点儿也不恐惧。好像他已经看透了它，好像他已经没有别的目标，好像他在这里只是为了给这个金碧辉煌的城市添点恶心。他的神态似乎在宣布着这一切。

但是我知道，他并不是这样想。他的梦想是一天卖三千把掸子，卖好多好多钱，让自己神气活现像个老板。如果他是个儿子，他就想给爹娘一大把让他们看了眼晕的钞票。如果他是个丈夫和父亲，他就要给老婆买几身最漂亮的衣裳，给儿子买他想吃的所有东西。他心里想的是这样。但是他怎么敢让别人知道他是这样想的呢？他有什么资格和本钱这样想？如果他的同乡知道了，不笑掉大牙才怪！张保财想当老板呢！就他那熊样，在北京，要饭的都比他有钱，比他体面，他还想当老板！他也不撒泡尿照照。他们会这样说。他也不敢让这个城市的体面人看出来他的想望。他们看他那认真规矩的样子，会怎么想？会想：这个社会渣滓还挺有追求呢！可他再追求，也还是个社会渣滓呀！

他很了解这个世界上的人。从他的农村老家出发,他闯过大江南北,受尽各种人的眼色。他认为他知道自己是个什么东西。他认为他就是别人眼里的那个东西,虽然这个东西和在家里的时候不完全一样。在农村家里,虽然很穷,可是人家把他看成一个人,起码和他们一样的人,有点面子。可是到了外面,他就没有一点面子。他说不清是因为什么。当他一无所有、灰头土脸地出现在城市的大街上,走过衣履光鲜的都市男女的身边,他就觉得自己很没有脸,很贱。他很想找个感到自己有用的地方,可是找不到。包工队还需要劳动力吗?火车站需要扛包的吗?工厂需要看门的吗?搬家公司需要工人吗?他问。去去去,我们自己的人还不知道往哪儿塞呢!他被一次又一次粗暴地骂了出来。起初他感到脸上火辣辣的,想找个地缝钻进去。见得多了,就无所谓。他不会再想:你就不能好好跟我说话吗?你吃了枪药吗?你对狗还比对我客气呢!他不会这么想了。他觉得这么想很可笑。呸,死尿,你也配这么想!他骂自己。死尿,将来你发达了,你不就也能那么气派吗?你被人骂,是因为你不够气派。你气派了,第一件事就是要这样骂骂别人,让他们知道你的厉害,让他们知道你可不是不会厉害。他这么想了一会儿,感到很舒服。从这一刻起,他养成了一副涎皮赖脸的表情。他觉得这样做人就比较自在了。一个人如果觉得不自在,是因为他追求太高,没有找对生活的位置;一旦他找对生活的位置，他就会感到很自在。现在他觉得找对了生活的位置，很有点沾沾自喜。他想：以前我为什么害怕这个城市的体面人呢？因为我也想学着他们的体面样，可是人家不让我学。现在我不想体面了，我就是个邋遢鬼，我就是个流氓，他们能把我怎么着？他们敢瞧不起我吗？他们要是敢，我就往他们身上擦鼻涕。我就踹他们。我就揣一把菜刀，在他们眼前晃。他们就会吓得尖叫起来，拔腿就跑。胆大的能把警察叫来。那就蹲局子呗，局子有吃有喝，打骂两下也没什么要紧；要遣送回乡也没啥，大不了再回来。一个只有一条命的人还有啥惧怕的？古人说得好：脑袋掉了碗大个疤。

由此，一个惧怕城市的人被城市所惧怕。他发现人们看他的目光有所变化。原先是鄙夷嘲弄的表情，现在是提防躲避的表情。原先他在人们眼里是一条摇尾乞怜的癞皮狗，现在人们看他是一个可怕的大毒疮。癞皮狗谁都可以踢上一脚，大毒疮可是谁都不敢碰。虽然两者都讨人嫌，但是毕竟后者的待遇更高些。于是他的日子越来越好过：他看别人的时候，那人不看他。在公共汽车上，他故意往漂亮的姑娘身边蹭，他看见姑娘皱皱眉，把身子挪向一边，也是不敢看他。他再蹭，姑娘就逃到别的地方去了。他感到很得意。他想：北京也不过如此，人的胆子就像鸽子蛋那么大。你想怎么捏弄他就可以怎么捏弄他，屁都不敢放。他想：人就得把自己豁出去，就得不要脸，才能活人。这是一条重要的经验,是我的立身之本。我要是有个儿子就好了。他想。我就把这个经验告诉他,他就一辈子不愁没有饭吃,不愁没有便宜占。这可是传家宝哩。我一定要有个儿子。儿子再生儿子,我们就是个流氓家族。整个世界就是我们的财产。我是流氓我怕谁?这话谁说的?简直我肚子里的蛔虫。

在这座城市的巨大裂隙里,飘浮着无数这样面目模糊的人。体面人叫他们流氓,他们自己也是这么认为的。他们好像地底下冒出来的幽灵 —— 来路不明,去向不定,散发着令人不安的气息。没有人问他们:你们在过着怎样的生活?你们想过怎样的生活?你们怎会过上了这样的生活?每个人都疲于奔命,都如枪弹上膛,都如笼中困兽,挣扎在自己的生存线上。我们互相提防,互相抢夺,互相仇视,互相暗算,把世界变成了一座大监狱。我们把自己关在里面,这时候,正人君子和流氓,没有区别。

1998年11月

寒冬的哭泣

微明的暮色中,我从朋友的家中走出,回小城里我自己的家。三个开电三轮的车夫在楼下等着生意。我问其中的一个:"去242多少钱?""四块。""你真敢开价,三块好不好?我是坐三块钱车来的。"我练习着毫不客气的讨价还价。在我们小城,亲友告诉我,花钱时一定要还价,而且要"横",这样就理直气壮,就显得你很知情,他们就不会欺你。果然,车夫一声不吭地打开车门。

透过透明的塑料遮篷,我看见熟悉的小城在寒风中颤抖。每年春节,我都要从北京回到小城,一日比一日凋败的小城,目睹它在冷风中的颤抖。它战栗的样子总要冲走我和家人相聚的欣喜。商店的顾客越来越少，物价越来越低，人们越来越闲，被"买断工龄"的前国家职工在大街上无所事事地游荡，有的钻进人家里去赌钱。大街两旁有两个行业人满为患：拉车的和擦皮鞋的。年轻的男人和女人黑污着面颊，迎上前来问你："小姐，要擦皮鞋吗？"那些坐下来享受服务的人们，都是些更年轻的男孩女孩，头发油光光的，衣服笔挺的，眯着眼睛，叼着烟卷，把脚伸给那些"卑下者"，脸上是得意洋洋和主宰一切的神情。小城里弥漫着荒凉肃杀的气息。没有生龙活虎的身影，没有充满梦想的目光。奄奄一息的小城，没有时间滑过的小城，你为什么会是这样？被上帝遗弃的城，我想为你哭泣。

饥饿的城，所有的饭馆都空荡荡，昏黄的灯光照着里面一两个幸运的顾客。他们幸运，因为他们下得起饭馆。车夫的破棉袄像一面战争中的旗帜，破棉絮和破旧的袄面分别在冷风中翻动。忽然想到：他可曾吃过晚饭？他可会觉得寒冷？我将付给他的三块钱可够他进饭馆里吃一碗热汤面？不，他不会进饭馆的。他要回家吃几毛钱的一顿饭，剩下的几个子儿要留给孩子交学校里记不住名字的这费那费。吃完饭，他会继续奔波在路上。

贫乏的城，几万人的城里居然找不到一家像样的书店。车夫经过了"鸿鹄书店"。那是小城最大的书店，陈列着从小学到高中的复习资料。这些枯燥的玩意儿是最好卖的玩意儿。孩子买回这些东西，窘迫的父母会眉开眼笑："咱丫头知道用功了。"如果孩子抱回去的是本《简·爱》，就会换来一顿臭骂："爱什么爱？你爹的血汗钱是让你爱来爱去的？下回再买这么没用的东西，我就打死你！"于是再没有孩子知道《简·爱》的故事。孩子们一本正经地重复着大人的论调：××是有用的，可以要；××是没用的，不能要。一个又一个物质的孩子长大成人，生活在这座凋敝的小城里，或者到远方，带着这座小城干枯的逻辑。

车夫开车的姿态令人怜悯。但我知道有三种因素使这种感情显得荒诞：

1. 车夫自身的灵魂也许并不像他的处境那样包含着动人的悲剧力量，但是怜悯者总是倾向于认为被怜悯者自身也有一颗忧伤而高贵的灵魂，能和自己的情感产生默契和呼应。这只是一种抒情的习惯而已，也许被怜悯者的灵魂和那些专横贪婪的暴发户没什么两样。把悲剧性的身份等同于一种悲剧性的人格而大加喟叹和怜惜，实际上喟叹的也许只是自己的情感和想象。

2. 无论车夫拥有着怎样的灵魂，他的境遇都是令人心酸下泪的。

3. 心酸下泪和同情怜悯对他的境遇没有丝毫的改善。这只是一种无效的情感，如果被对方知道，则会成为一种令人惊诧和可笑的东西，或者是一种侮辱和负担。

精神对于物质世界的脆弱性质于是显现出来：在这个时刻，精神活动与物质苦难是不可沟通的，它的丰富与辽阔不能把生存的苦难减弱一丝一毫，而只能使彼此感到更加孤独无助。同时，物质的饥渴和匮乏本身就会造成一种精神的苦难——精神因为缺少丰富和立体的滋养而变得日益荒漠化。对于无垠的荒漠而言，绿洲只是一个嘲讽般的梦想。

——只要你坐车时多给他点钱就够了。没错，就这么简单，我也是这么想的。我能做到的只是下车之后改了主意，付给他多于三块钱的车费。我看见他的脸上掠过一丝惊喜，然后，他破旧的棉袄就消失在夜色中。

1999年1月

2008年5月19日14点28分

　　看一眼手机,14点20分。穿过社区的十字路口,但见三三两两的汽车驶过。路西北有一家麦当劳和一座物美超市,门前停着几辆车,购物者稀稀落落地出入。路东南是一排小型商铺,门前一对青年男女在打羽毛球。几个闲人从店里踱出,站在一旁看热闹,且朝四周张望。我怀疑他们不是为了看打羽毛球而来到门外的。我怀疑他们和我一样,在悄悄等待着什么。为了不让人看出在等待,于是就假装去等别的东西——比如我,我站在公交站牌底下,一直做出等车的样子,一任车们在身边停下,又开走。

　　街道很平静。一对老夫妻从我身后蹒跚而过。三个建筑工人风一样疾走。五个穿着深色西装的小伙子来到了路口。一个白衣女孩夹着块彩色大纸板从我身边行过。麦当劳忽然传出一个青年男子的广播声："各位顾客，为了表达对四川汶川大地震遇难同胞的哀思，从现在起，本店停止营业三分钟，让我们起立，为灾区的亡灵默哀，愿……愿他们一路走好。"掏出手机：是的，现在是2008年5月19日14点28分。

汽车不是在这一时刻戛然停驶的。十字路口，它们一辆辆，似乎有点犹豫，有点害羞，缓缓滑行，渐次停稳。片刻，"滴——"声齐鸣，粗细高低不一。所有行人止步。白衣姑娘在我身旁放下纸板，立正，垂头。那五位西装小伙依然笔直站在路口。打羽毛球的青年和他们的观众，静立在楼前。他们的表情有些哀戚，也有点似笑非笑——那是鲜有仪式的人们不知所措而又倍感新奇的反应。不过，此刻也有争分夺秒的人——两个骑电动自行车的中年男子，在从未如此静穆无碍的街上疾驰而过。

三分钟汽笛长鸣，因音调不变而显得漫长凄厉。"滴——""呜——"之音直抵上苍，一如祈祷，一如哭泣：

安息，天堂里的孩子，愿你们抱着心爱的玩具，不时回到父母的梦中；

安息，天堂里的父母，愿你们保佑人间的孩子，早日抚平心灵的伤痛；

安息，天堂里的爱人，愿你们温暖牵挂的视线，给心碎的孤侣以生命的勇气；

安息，天堂里的兄弟姐妹，愿你们依旧在我们左右，给我们世上的长途以手足情深的安慰……

安息！所有已达天堂的灵魂，未曾谋面的至亲！你们猝不及防的离去，烙在我们灼痛的记忆里，无法消失。

安息……但是，我们这些活着的人，我们怎能，怎么才能让天上的亡灵获得安息？

我们自己的心，如何安息？

2008年5月20日

香格里拉的云

你们这群人从不抬头好好看我。只知道看雪山，看草甸，看花海，看牦牛，看寺庙，看古城，看藏族纳西族傈僳族跳舞，看金沙江，看腊普河，看碧塔海，对了，还看猴，萨玛阁的滇金丝猴。你们不知道，其实是猴看你们——毛色如熊猫、红唇如少女的猴们骑在树上，看着谷底这几十号人坐趴蹲站，抻颈举首，屏息凝神，丑态百出地盯着自个儿这边，简直笑破了肚皮，有的笑得顺着树干就故意出溜下来，于是你们低声惊呼："嘘——出来了出来了！"嘘什么嘘，那是猴们愿意让你看见，你还当是自己发现的哪……

有时你们也是看我的，看得很专注，很急切——清晨，天蒙蒙亮，几十只相机对着我，咔嚓咔嚓，边照边说："云彩呀，快躲一边去吧，别挡住太阳，别让我们白来一趟，别不给我们看梅里雪山的日出呀……"

瞧瞧，你们就是这样对我的，作为回报，我就没给你们看梅里雪山金顶。如果你们不这样说，如果你们相信我，我定会化作一条最长最白的哈达，挂在王子梅里的颈上；给太阳腾出空来，让他发出金辉；给蓝天辟出地儿来，让她映着梅里的白袍……但是那日，我受到了打击，脸色铅灰，身形臃肿，盘桓在梅里的胸前，只许他露出一片银光闪烁的冰川，逗你们眼馋。"好美的冰川！"你们大惊小怪地叫嚷。——小意思，这才哪儿到哪儿。你们会更急着看梅里的金顶吧？你们会留下来，看不到就不走吧？你们会虔诚等待吧？对最美的神山，虔诚等待是值得的……那我就慢慢变白，变薄，变轻，慢慢把梅里的头巾掀开给你们看……

啊，天神哪，地母呀，那些乘坐大巴而来的旅客，真是世间最薄情的行者！他们不但没有留下来，反倒更加迅速地离开了！他们边上车边说："总算来看了梅里雪山。"大言不惭！这也叫看了梅里雪山？没有信仰的人是多么不可救药哇，连近在眼前的美景都等不及看完。红尘男女，你们急甚？日光之下，并无新事。你们急匆匆赶去拾拣的，无非是前人吐出的甘蔗渣而已；可如果你们在神山之侧驻停，静听，自由的神灵就会降临在你时时更新的心上——你们何不试试这甜蜜的滋味，而赶去抢甘蔗渣呢……唉，我在这世上游荡了千万年，从来万物静好；可自从人类发明了钟表，这世界就堕落了……随你们去吧，随你们消失在垃圾场里吧，随你们……三辆大巴迂曲爬行于环山路，如三只憨愚的甲虫。天地寥阔，寂静无人，众峰连绵的高原赤裸在阳光下，睡着了。蓦地，环路转弯处站立一人，如天地间唯一之人，脸膛黧黑，笑容满溢，向大巴挥舞着手臂……车里有个敏感的人，为这景象所震惊，于是她一直向窗外望——望着那人，直到他变成一个看不见的黑点，变成消逝在另一个世界的短促歌声……无端的热诚，源于无边的寂寞吧？世间最无瑕的情感，总是这样被轻易地抛撒和辜负……她叹了口气，停止俯瞰，抬头望天……她看见了我。

　　终于有人好好看我了。那就给你们好好看看。你们这些城市里被灰云捂惯了的可怜虫，突然来到香格里拉，来到离太阳最近的地方，都有些轻微的眩晕和色盲。你们居然指着我说："从来没见过这么蓝的天，这么大、这么多、这么白的云！"不解风情的家伙，难道我只是白色的吗？只是大、只是多吗？我是豪爽，挥霍，变幻不定……你可见哪两片云的颜色是相同的？形状是一样的？高度是相等的？姿态是固定的？你看那苍绿草甸上、晶蓝天空下，有波翻浪涌的，有万兽狂奔的，有静若处子的，有动如脱兔的，有慵懒安卧的，有疾走如风的……或月白，或玉白，或冰白，或纸白，或灰白……或银灰，或蓝灰，或金属灰，或兔毛灰，或薄暮灰……皆是我，皆非我。世代生于斯土的人们，抬头望无时不在而无时不变的我，最懂得何谓恒久，何谓无常。因之他们很乖，顺从无常的意志。因之他们不驯，灵魂里骨头坚硬。亦因之，他们卑顺健勇而慷慨好客——萍水的客人来时，敬酒，唱歌，跳浑朴的舞；相逢的客人走时，他们紧紧拥抱，依恋祝福……当然，这是你们有情的说法，听来在理，可你们转身即忘……这日黄昏，你们到了维西塔城的响古龙潭，休憩，喝茶，看雪山圣泉积成的潭，看潭里游的洁净透明的鱼，看养鱼开店、身着盛装的纳西一家人忙来忙去，心里美得飘飘欲仙，纷纷大叫："上酒来！"淳朴爱笑的纳西老板娘把服务员指挥得团团转：快往各桌上青稞酒，上生虹鳟鱼片，多多地上啊，他们城里见不着这么干净的鱼，唉，这些可怜的孩子，你看他们馋得，快，快上……

这人间俗景，我看多了，见怪不怪。我高步天上，不动声色，正应了那句——"天地不仁，以万物为刍狗"……我俯瞰这群尘网中人，看着你们走进"独克宗"古城阿布老屋时的大惊小怪：那藏屋墙板，四十年前"造反有理"的标语依稀可辨，厅堂里巨大铁锅乃"大锅饭"时代所遗；听主人阿布旺堆老汉谈古论今，你们方知这个现名

"香格里拉"曾名"建唐"之地，四十年前寺门前碧波千顷的拉姆央措亦被"填湖造田"……你们唏嘘不已，不禁用了疼惜的眼光重看此城：湖在人工修复，佛殿栉比鎏金，僧侣络绎，游人如织；古城的石板路坑洼不平，那或许是故意的；路旁小酒吧朴拙天真，但愿那主人，心中有神……一切似乎什么都发生过……一切似乎什么都没有发生……

你们人类的心思，就是这样——有时像我一样飘忽轻快，自由自在，有时则自找苦吃，重若铅石。因了这个弱点，你们才不得超脱，无法永生。也因了这个弱点，你们才更像人，而不是云。

不过我还是喜欢做云，香格里拉的云……皆因此处，天道轮回，生生不息；山川静默，包容万有。

2007年6月8日

结婚

女孩楠楠五岁了，站在玩具商店的大橱窗边，会被大人买走——她实在长得跟洋娃娃一模一样！一张圆苹果脸，大眼睛深深凹进去，黑睫毛长得直往上卷。小嘴巴闭紧的时候，中间要凸起一个小尖儿。

静子喜欢一个孩子，会到心里发痒的程度。楠楠就会让她心里发痒。就是因为她的凹眼睛，卷睫毛，和嘴巴上的小尖儿，使静子感到一种顽皮的美感。静子就喜欢逗她，直到她哇哇大叫忍无可忍，静子再把她哄乐。

静子觉得楠楠这孩子奇妙极了。她好像冥顽不灵——她一点也不在乎，或者说感觉不到别人对她怎样。一百个人宝贝似的看着她,给她好吃的,给她好穿的,她可能也不会欢天喜地,她依旧要跑,要闹,要找些莫名其妙的东西,要躲到一边去。可她又是个直觉的精灵——她喜欢在一起的人,静子都能感觉到一个喜悦、通畅、有趣的"场"。

这天静子结婚,楠楠也被妈妈带去参加婚礼。静子穿着一条长极了的红色筒裙,滚红边的黑短上衣,梳一个蝴蝶形晚妆髻,很美丽。楠楠一反往常的矜持,围在静子身边"阿姨阿姨"地叫。静子六岁的胖外甥也被妈妈从沈阳带过来了,也跟在后面"老姨老姨"地大叫。平常胖外甥可高傲啦,见到叔叔阿姨就要把大胖脑袋仰到天上去,好像谁也没看见。

客人们都被招待完,静子就坐下来休息,吃东西。楠楠噔噔噔跑过来,靠到静子的腿上,大眼睛转来转去地望着她,嘻嘻笑。

"今天谁结婚呀,阿姨?"这小孩,还会明知故问呢。

"你不知道吗?"

"你呀。"

"知道你还问?"

"我……我想逗你玩。"

静子欢喜得把她抱了起来。

"楠楠,你觉得结婚好不好哇?"

楠楠点点头。

"你想结婚吗？"

楠楠点点头。

"你想好跟谁结婚了吗？"

楠楠指了指静子的胖外甥。这个胖家伙正在旁边大嚼油炸食品，什么也没听见。

静子大笑起来。楠楠羞红了脸，忸怩地低下头。

"为什么要跟他结婚啊？"

"因为他，他好玩。"

静子把外甥王肯拉过来，问他："楠楠给你当媳妇，要不要啊？"

王肯笑嘻嘻地，低头，又摇头。楠楠低头玩自己的胖手，很难为情的样子。

"奇怪，楠楠不够漂亮，配不上你这个胖小伙吗？"

王肯摇头。

"告诉老姨，因为啥？"

"我才不要她呢。她是小地方的，我是大城市的。"说罢，王肯晃着胖乎乎的大脑袋，扬长而去。

静子回头看女孩楠楠。她正眨着亮亮的大黑眼睛，笑嘻嘻地要求静子：

"阿姨，给我夹八爪鱼。我最爱吃它啦。"

1996年

童心的天空

走在北京的街上,我渴望看到一双清澈的儿童的眼睛。我碰到一个三岁的孩子在林荫路上摇摇摆摆地走着,她的眼睛是清澈的,带着微蓝色,像晴朗的清晨的天空。她不时抬起脑袋,眯起眼睛追逐从树枝间漏下的阳光,于是她的朝天梳起的小辫子就撅向地面。一阵鸽哨从身后的远处响起,她仰头找啊找,想知道是什么东西发出这样好听的声音。她的身子向后越来越弯,终于她跌坐在地上,眼睛睁得大大的,仍是惊奇的神情。

我继续向前走,碰上一群十二三岁的男孩。他们在路上吵吵嚷嚷,用一种介于儿童和成人之间的沙哑嗓音。他们的眼睛黑白分明，闪烁不定地关注着路边飞驰而过的轿车。他们都穿着帅气的夹克衫、牛仔裤和高帮旅游鞋，做出酷酷的帅哥样子。"我妈给我买了双一百块钱的鞋，我看都没看，喊，一百块钱，您答对要饭的哪？""嘿，我妈跟我说了，你想要什么都可以给你，没别的，你将来出息了找个好工作就成。我觉得也对，咱别瞎玩啦，好好学，将来找个工作，再当个大老板让人听咱们的，不比什么都强？你们说呢？"在一个温暖的春天的下午，一群本该讨论探险、捣蛋和玩耍的男孩子，却在一本正经地说着四十岁的话，我再细看看他们的眼睛，发现它们其实是灰蒙蒙的，就像被工厂的浓烟污染的天空。

我漫无目的地朝前走去，从一个正在打手提电话的男人身边走过，他那双布满血丝的眼睛流露着似笑非笑的神情；我从两个热烈聊天的中年妇女身边走过，她们用严厉而苛刻的眼神盯着我这个擦身而过的年轻人；迎面走来一个戴着眼镜、衣着朴素、若有所思的中年男子，他的眼神疲惫而专注，望着某个虚无的方向；后面跟着一位步履蹒跚的老人，他的双眼蒙着白翳，浑浊而苍凉，似在茫然寻觅一个可以接纳他的地方……我从这些成年人的目光中走过，就像走在一片灰色的天空下。没有阳光的天空，空气里飘浮着尘埃、废气和硫酸雨——那些永远萦绕在他们心间的事，那些钱，那些房，那些前途，那些欺骗和斗争。它们在我的身边发出嘈杂的声响，使我感到恐惧。

　　我并不恐惧它们会吞没我。我恐惧那个三岁的女孩，会在她童年的某一天，看见我现在看到的一切。我更恐惧的是，当她看到这一切时，会感到由衷的喜欢，就像那些十二三岁的大哥哥们已经做到的那样。那时，她将不再听到蓝天上鸽哨的音乐，她的眼睛也不再清澈得微蓝。她将永远头顶着浓烟滚滚的灰色天空，眼望着地面，埋头走那条愈来愈窄的人世之路。我感到恐惧。

　　为什么不给孩子一片澄净的蓝天？啊，不，为什么不远离我们自己的灰色天空，而回到孩子蓝色的晴空下？为什么我们不陪伴她，陪伴她一起发现已被我们遗忘的彩虹、童话和音乐，陪伴她飞翔在童心之中？天空像创世之初那样蓝，在那里我们会重新长出一双童真的眼睛，一切都散发着新鲜的气息。

1997年3月

体验几个动词

徘徊

日子在一天天地流逝。我依然徘徊在存在与消失之间。每当我打开家门，总是寻找一些变化的痕迹。可是，没有，什么也没有。床依然在老地方，桌子还是桌子。我梦想床上坐着一只突兀的大黑熊，对我露出雪白的牙齿。哪怕桌上放着一封字迹陌生的信也好，只要它来自陌生的远方。可是，没有。这时我只能笑笑，笑自己这些廉价的幻想。我像一个无所事事的人，渴望发生一些不劳而获的奇迹。

为什么我总是在大地上茫然游荡？为什么我总是沉默不语？为什么我想投身世界之中，却只能侧身观望？为什么我永远在观望？

观望的时候我惊慌失措。首鼠两端。举棋不定。两手空空。时间在我的指间流过。皱纹就要爬上我的额头。可我仍是这个世界上的空气：无形，无影，无声。我要你看见我。我要你听见我。我要你知道我在这里，目光穿过凝固的时间与流动的空间，与你相遇。我不要深陷在徘徊的黑洞中。我不要未看之前就已盲目，未说之前就已喑哑，未死之前就已死去。我不要。

我只想说一些话，让我的语言创造一个更令人惊奇的世界。

发生

有些事已经发生了，却好像从未发生过。一阵风吹过来后，谁知道曾经有哪阵风吹过？一个浪打在舷边，谁记得是哪个浪曾在眼前溅落？可是，就这样不留痕迹地发生了。

我无法阻止自己发生一些看不见的事。那些擦肩而过的吸引，那些智慧与灵魂的默契，那些目光，那些声音，那些梦想，那些逃避，都在说发生了一件事，一件让我战栗、狂喜和恐惧的事，一件必须阻止它发生的事。是的，必须阻止。我阻止了。可是当时光冲走了往昔的一切,我试图从这条河流中打捞青春的遗迹时,却找不到一丝真实的证据。那些吸引,那些默契,那些目光和声音,那些梦想与逃避,我还记得吗?你还记得吗?此时你睡在哪条街道边的哪座老房子里,或者哪座天堂的哪位天使家?而我又坐在哪张桌子旁怀想着哪一段看不见的时光?我知道吗?你知道吗?那些曾经发生在我心里的事,它们是否也曾发生在你的心里?那些我竭力寻找的往事,是否你也在竭力寻找?当我找不到它们的时候,是否能在你这里找到?

我无法停止发问,正如时光和记忆无法留下已经发生的一切。

摧毁

我感到自己必须摧毁一些东西。血红的夜空抛下灼热的雨,闪电是这夜空的伤口。我就是那个伤口。我把沉闷而血腥的夜空撕碎,我让大雨下得更自由,我还让霹雳的声音打得更恐怖。在我的亮光中,大地上的房屋恐惧地战栗着,大地上的树木却在沉醉忘形地摇摆。万物都到了敏感的时刻,在一束强光的照耀中,它们迅捷地裸露出自己的本质。那是怎样的一个狂欢的瞬间!垂死的宁静被我摧毁,天空和大地却获得了自由和生机。这辉煌的摧毁!所有的枷锁都被打碎，我的灵魂破茧而出，在天地之间恣意飞翔，化为太阳、星辰、彩虹和风雨。如果没有这摧毁，我会是什么样子呢？我只能是匍匐在大地上的一株枯瘦的衰草而已。这可赞美的摧毁！

我沉浸在对摧毁的想象中。所有的犹疑、耽溺、逃避和停歇，所有黏稠的思绪，在这种想象中化作烟尘。我敞开自己的生命，迎接摧毁的时刻不断莅临。那也是我新生的时刻。

怀念

你在那里一切都好吗？我在这里一点也不好。我不太习惯这个世界已经没有你。你肯定想不到我会这样吧。因为，在你那里，我算是谁呢？我只是一个微小的过客而已。也许你说你不这么想。也许你想都没想。这没什么。关键是，你在那里吗？你在哪里？

你留在尘世上的书我正在看。当你还在这里的时候，我对它们没太在意。我以为时间还多着呢，我以为时间多得能让你看到我写的书。我天天兴高采烈地这么想，想有一天能得到你的夸奖。

即使有一天，我做得足够好，得到了全世界的夸奖，我也会转身回望那个世界，听听你的回答。如果你说"不好"，我就重做，直到你满意为止。

想知道这是为什么吗？因为你影响了我的灵魂。因为你使我知道，人的灵魂原来可以这么真，这么美。这是我获得生命以来最感恩的事情。这使我对人世不那么失望。真的，认识你以前，我对它是失望的，但是认识了你，我就一点也不失望了。可你一下子就走了。

我曾经想：我竟然从没真心怀念过一个人。现在我想：我宁愿从未怀念过一个人。我愿意所有美的灵魂就活在我身边，展示存在的希望。我害怕自己遗忘长逝者的美丽，而只记住尘世的肮脏。我害怕忘记你。忘记你，我就会忘记自己承诺给自己的使命。与其这样，不如不活。

什么能够安慰我对你的怀念？也许我只有像你那样活着，成为我所怀念的你。只有这样，我才能对这个世界抱有希望。

1997年3—5月

不幸的事

我们这一群反抗者,围坐在桌边吃晚餐。我们一边剥着毛豆喝着啤酒一边谈起另外一些比我们不幸的反抗者。这种场景真是不幸的。

他说他最大的恐惧就是成为世界的旁观者,为此他不停地说话和行动,不停地从一个地方流浪到另一个地方,不停地交游、争吵和背叛,不停地犯下无数过错。他说他此前最大的愿望就是穷尽人生的无限可能,而现在则有些心灰意冷,因为人生的可能也就不过如此。她听着他的话,觉得自己真是不幸的。她曾经和他有着同样的愿望,但她并没有行动过，洁身自好的习惯最终让她选择了冷眼旁观。在防止不幸和杜绝过错的岁月中，她感到自己没有成长地衰老了。她没想过这会是她最大的不幸与过错。

时刻在自己的空间里与一个丑的灵魂共处，实在是不幸的。你假装没看见那种丑，假装无忧和快乐，假装爱和怜悯，假装得连自己都相信了，这又是多么的不幸。

卡夫卡的小说来源于"自己是个没人需要且碍手碍脚的人"的意识。他的小说是这种不幸的分泌物。从这一点上说，我可算作一个女卡夫卡——当然，是个尚未分泌小说的女卡夫卡，只在不幸的程度上与他等同。这真是一件更不幸的事。

可不是吗，卡夫卡如果不写作，他就一无是处；他如果没有写作才能而只有一颗敏感的心，等着他的只有自杀。

更不幸的是，文学史居然认为他象征了一个时代。也许因为这个时代的每个人都认为自己是弃儿？上帝的弃儿吗？如果人还能够想到上帝，他就不是真正的弃儿。

看见一只流浪的野猫而不能把她带回家喂她吃东西、给她洗澡，是件不幸的事。

看见地铁里一位头发花白、衣衫褴褛的老太太在拾破烂而无力帮助她,是件不幸的事。

想到自己的亲人也在承受各自的贫困而无力帮助他们,是件不幸的事。

想到自己也是无助的,想到钱是很难赚的,想到因为钱而不自由,是件可厌倦的事。

出门遇不见几张喜欢的面孔,是件不幸的事。

那些把俗物当真的人派头很足地喷着烟圈,我以为他们是不幸的。

女人写作品,男人写评论,我以为是不幸的。把女作家的外貌作为评论的一部分,且是评论中最具辞采和智慧的一部分,我以为是更不幸的。

没有很多的记忆,我以为是不幸的。

没有勇气产生愿望,因而也不再为愿望所推动去惊天动地地做事,且总是先做生命里最次要的事,总是把最想做的事推给明天,或者总是美其名曰"在做准备",我以为是不幸的。

时刻觉得各种威胁、嘲讽、蔑视、敌意和不确定性盘踞在周围,所以不得不关闭自己敏感的神经回应系统,故意堵塞视听和故意变得迟钝,我以为这是不幸的。但其实这只是表面现象。真实的状况是:一切微妙都已尽收眼底，只是自卑自怯，无力回应。为了增强对敌意的承受力而表现出像傻瓜一样的迟钝，这种境况是不幸的。天长日久，被迫的迟钝就变成了迟钝的习惯，而这是最不幸的。其实那些能够在任何时候把自己的敏感流露出来的人，是受宠和强大的，因而也是有侵略性的。但是你完全可以不理会他们，你也完全可以这样。为什么自卑和自怯呢？回溯到童年是无益的。

到处是与己无关的谈笑，这种感觉是不幸的。你吃东西，喝酒，看街景，因为你并不关心他们所关心的。你心想：我为什么要坐在这里呢？是为了了解生活罢了，而生活不过是一堆垃圾而已。得到这个结论，你感到身为人类真是不幸的。

2002年6月17日

难说的事

等心情坏到不能再坏,等黑到了伸手不见五指,等所有的依赖都失去,等绝望到了彻底,你就开始快乐起来了。

你以为这快乐是一种粉饰太平的东西,后来发现不是的。

你开始认真起来了,发现还真有那么回事。

真有那么回事吗?可能吧。

最高明的骗术,居然在自己的手里。你暗想。

走下大巴,走向地铁,目光掠过大街上欲望奔流的面孔，你忽然决定放弃。

这个念头如同大麻，击穿你滞重的神经。极乐来临，身轻如羽。

"字付大儿看：盐菜与黄豆同吃，大有胡桃滋味。此法一传，吾无遗恨矣。"金圣叹临终家书，大有胡桃滋味。

让文字代替自己犯罪，这个念头怎么样？我看"挑战极限"的作品就是这么回事。

孤僻、神经质和诗人气质的人都惧怕科学，到底是怎么回事？

科学是外向的世界，他们则生活在内心之中，他们感到外面的世界无从把握，而他们又必须有所把握，于是文字成了他们的救生圈。"弱者型大师"就是这么回事。他们的文字是"为自己"的分泌物。

但是，文字又能为谁呢？

但是，你怎能指望一个羸弱的灵魂拥有真正的力量呢？

他们可能很美，可能很暴力，可能很有想象力。他们可能走进了你从未抵达过的世界。但是，他们缺少爱的能力。

我不愿意看到他们和我一样的弱。

但是，如果你把他们纯然当作欣赏对象来看待，一切又都有趣起来了。

吴小莉在广告里斩钉截铁地说:"把握先机,才能先声夺人。"这俗话竟是不错的,可验证在任何实际的领域。比如,你之所以灰头土脸,就是因为你从不动身猎获足够多和足够超前的信息。

这是一个需要形形色色的"知识"的时代,不管你的知识多么冷僻和边缘,总比一个空洞的价值论者、一个议论家有价值。

什么是"有价值"呢?有时候,就是卖个好价钱。

什么都可以卖出好价钱,只要你有事——不管是好事坏事美事丑事五颜六色的事污七八糟的事八九不离十的事还是荒诞离奇的事。

在这个时代,经历即财富。如果你只有纯洁的经历,那你就歇菜吧,闭嘴吧,居家过日子吧,别在外头混啦。

这是一个不能容忍"空白"和"停顿"的时代。不管你有什么货色,先给我放这儿再说,别在那儿瞎琢磨。

如果你迟迟疑疑忐忐忑忑心怀洁癖,那你就自生自灭去吧,自言自语去吧,让寂寞立刻把你杀——死、杀死吧。

如果连寂寞都杀不死你,那你就不会死了。

由于长期的服从，长期的乖，长期按照被给定的轨迹滑行，长期进行无效的阅读和思考，她感到自己大脑的沟回越来越少，越来越浅，记忆力减退，反应力减弱，内心空空荡荡。

她忽然发现：自己竟然从未先"想要做一件事"，然后根据想做的事情去寻找材料。而是一直相反：眼前有什么材料，然后根据它凑合着去做一件事。几乎一直如此。

她就这样凑合着走过三十年了。一直未作自己的主人。

所以她总是长着一张仓皇无助的面孔。

她决定从下一秒钟开始告别自己的这张面孔。

2002年6月

关于死

死是什么?死只有和爱在一起,我才懂得它的意思。当然,这看起来是个陈腐的说法。她脸色苍白,对我说道。

但是,懂得它的意思的时候,我的愿望就是死。她说着,望着窗外不相宜的晴朗天气。

当然,现实的举动是哭泣。不停地哭泣,不出声,但是泪水滔滔,想要洒落漫山遍野,有时候天晴,有时候天阴,有时候雷声在天际隐隐滚过,一切似乎隐藏着变化的征兆。她边哭边想:也许变化正在发生,等我哭完,会发现一切都已不同,死去的只是一个噩梦,而我爱的那人却仍在生活。因此她不敢停止哭泣,她怕这唯一的希望会随着泪水的止息而消失。于是她就哭下去，就像世人眼里的一个白痴，无所顾忌地哭下去，她边哭边走在大街上，四月的春风拂着她泪流满面的脸，桃花残酷地怒放，而她知道一切皆已被死神注定。

当然这样也可能：她不停地哭泣，是为了倾听心脏彻底碎裂的声音，因为这声音在彻骨的"空"中是她唯一的实有。她祈祷自己先碎掉心，然后整个身体都迅速彻底地碎掉。这样她就不再疼痛，而和她爱的那人在一起，这个想法竟使她轻快。

还可能是这样：她无法止住哭泣，因为她无法停止想象她爱的那人死去的过程。那个窒息和挣扎的过程使她心痛如绞，耳边回荡着他求生的惨叫，这种惨痛使她无法解脱。他居然这样惨酷地离开人世，这种惨痛使她无法解脱。

…………

她走在这城市的大街上，忽然觉得活着是一种难以忍受的酷刑。而在不久以前，当她和他一起走在这条街上时，她却快乐得想要长生不死。那时她还希望这条街没有尽头，以让他们的漫步没有尽头。但是现在，她觉得它未免太长了，长得她再也走不动。她看着他曾经经过和看过的街景，心里产生了不可克服的绝望。这个城市的一切将不再被他看见，这个城市该是多么空空荡荡呵。而整个尘世也是如此。

有时候，她会想起一个同样让人爱得心痛的人在六十多年前写给他的狱医的话，写完这段话不久，他就被处死了。那段话是这样的：

> 如果人有灵魂的话，何必要这个躯壳；
> 但是，如果没有的话，这个躯壳又有什么用处？
> 这并不是格言，也不是哲理，而是另外有些意思的话。

这是一个有力量的逻辑，足以支撑他慷慨赴死。但是对于仍拖着躯壳活在世上并且无法求证灵魂之有无的爱他的人来说，这个逻辑又有什么用处？

只有冷笑。发出冷笑的是安排这一切的死神，以及从未品尝过爱的生者。

2002年3月16日

请让我坚信这应许／凭它入睡

丙辑

奥立弗与狄克

"你可不能说

瞧见我来着,狄克

我是跑出来的

他们打我

欺负我,狄克

我要远远离开这儿

去寻找生路

我自己也不知道上哪儿

你的脸色真难看!"

"我听见大夫告诉他们

我快要死了

看到你 我很高兴

亲爱的奥立弗

不过你别耽搁

快走吧!"

"不,不,我要跟你告别了再走

我还会来看你的,狄克

我知道

我们一定

能见面

你一定

会好起来

你一定

能幸福快乐!"

"希望能这样

不过只能

在我死了以后

我知道大夫的话是对的,奥立弗

因为我老是梦见

天国和天使

老是梦见

醒来时从不曾出现的

和善面孔

吻我一下吧,再见

亲爱的奥立弗

愿上帝保佑你!"

这话出自一个

幼童之口

这是奥立弗生平第一次听到

别人对他的祝福

从此以后

无论生活多么艰难困苦

无论命运如何多舛善变

他始终没有忘记

这句话

狄克与班布尔先生

"我但愿

哪位会写字的

能代我在一张纸上

写几句话

把它

折起来

封好

等我被埋到地下以后

为我收藏着

"我想告诉可怜的

奥立弗·退斯特

我非常爱他

一想起他

在黑夜里流浪

没有亲人

没有依靠

我就常常坐下来

一个人

淌眼泪

"我想告诉他，"

那孩子把两只小手

紧紧握在一起

怀着炽热的感情

"我宁可

趁年纪很小的时候

死去

也不要长大成人

变成老头儿

我怕 那样的话

我那进了天国的小妹妹

也许会把我

忘掉 或者

不再像我

如果我们在那里见面还都是

小孩

可就快乐多了！"

班布尔先生

把说话的小孩从头到脚

打量了一番

惊讶之状

无法形容

"他们都是一路货，曼太太

那个无法无天的奥立弗

把他们

全带坏了

快把他带下去

我瞧着他

心里就有气！"

狄克

马上被带下去

锁在

煤窖里

再也没能见到他亲爱的朋友

奥立弗

　　2007年1月2日，录狄更斯《奥立弗·退斯特》最铭感于心的两段，稍加变更，排列成"诗"。我爱狄更斯，哪怕他只写出这两段。

囚禁

为你我已被囚禁两年

为你我自己囚禁自己

不写一个字,不说一句话

我为你哭过,笑过,爱过,恨过

我曾经雄心勃勃

而今只剩意志消沉

为我原地不动的踏步和摇摆

为我空耗了七百多个日夜的青春

我不怨你

只怨自己迟钝无能

我不知通向你的路口到底在哪里

每踏上一块土地都以为那是路

盘桓数月,不过抵达一片新的废墟

可我无法熄灭这心里的光焰

无法停止对你的寻找

为了拯救我,也……

也许只是为了拯救我

这不是一个难以启齿的目的

亲爱的

请像救助那向你求助的青年一样

救助我!

给我一个启示!

只要一个!

我写下这些贫血的句子

从埋没我的土地挖一小孔

我已很久没有声音

我的心房只回荡你的声音

后来它们也模糊一片

不知何去何从

为给一个自由战士塑像

我自己却沦为囚徒

这是一个多么讽刺的悖论

但愿这悖论里有一个真正的启示

2010年10月

感激

253　　哈金说

他问过许多女人

童年幸福吗

她们摇摇头

童年里只有劳苦、耻辱和伤害

她们的性格因此坚硬脆弱

她们一生不知幸福的滋味

我想起自己的童年

父母亲逆来顺受呆若木鸡

就像侏儒一家来到巨人国

不知如何保护哥哥和我

唯一能做的

就是曝于风霜任人欺凌

竭力把自己

做成巨人的一顿可口荤腥

这记忆令我深感羞耻

但我忽然忆起那些瞬间：

独眼的表舅给我做

会翻筋斗的孙悟空

和声音清晰的纸电话

他还会算命

可我不想听

周大爷绰号"老稀粥"

他喝着小酒命我围坐

我吃着他的花生豆

听他讲铁扇公主

被孙猴儿搅得肚痛打滚儿

二郎神在一座庙前

捉不到狡猾的老孙

却从庙后的旗杆

察觉这泼猴的破绽

成年时再读《西游记》

总有"老稀粥"的酒香飘起

那是幸福的标记

睡觉时妈妈躺在

哥哥和我之间

哥哥要妈拉拉手

我要妈妈摸摸腿

妈妈同时满足了我们

我立刻甜美地睡去

只要有我们仨

就有幸福的滋味

若黑脸爸爸不再出现

幸福无疑更加完美

但小学时图画作业

却让我哭天抢地

老师要我们画张飞脸谱

第二天上学必须交出

却偏逢家中夜里停电

水彩在嘎斯灯下鬼影幢幢

死一般的恐惧攫住了我

啊第二天交不出作业可怎么活

爸爸说你放心睡吧

明天早晨包你满意

早晨醒来我不敢问

默默穿好衣服来到桌前

天哪

我从不知道爸爸是个画家

纸上的张飞红脸黑髯

只差发出一声嘶喊

以后所有满足虚荣之事

都由爸爸来做

三舅每年春节前

都买来一箱烟花

我度日如年

眼巴巴盼着除夕快来吧

火焰的魔法

虽没有想象的盛大

第二年仍盼

奇迹开花

姥姥做的蒸肉

海米和肉瓜香

世上最香的香

我木头般的亲人哪

你们没有教会我幸福

却在命运的悲风中

为我撑起破碎的窝棚

你们软弱无依

却已倾尽全力

我都已收到

我长得还好

我在漫长的岁月里

不公地怨着你们

因为一句别人的追问

因为一杯手边的美酒

心中才霍然涌起

这陌生的感激

2018年1月8日

18.

今天，2020年4月8日
武汉解封了
朱一龙吃热干面的照片刷屏了
哑了76天的轮渡汽笛又响了
园丁给花草树木剪枝浇水
有人骑车，有人散步，有人遛狗
而你
已不在了

17.

今早做了个开心的梦

梦里我紧紧抱着你哭

对你说我真坏我怎么梦见你死了

老天爷啊谢谢你幸亏这只是个梦

你笑着擦去我脸上的泪

我也笑着抓紧你的手

就这样笑啊笑啊笑醒了

今天是女儿生日

问她要什么礼物

她低声说要爸爸回来

以为我没听见

赶紧擦干双眼

16.

今天，你走了整整一个月

依旧孤单一人挤在殡仪馆里

听说逝者的骨灰

目前都是骨灰袋存放

我不敢相信

打了电话去问

竟然是真的

再问何时能领回你的骨灰

殡仪馆要求社区安排

社区说等通知

具体时间不知道

那些领骨灰的人们

由单位或社区陪同

没有哭声，不许拍照

微博里那张排长队等骨灰的照片

被删了又删

15.

去医院三楼

想领回你的物件

领回你最后时光的记念

护士说为了消毒它们都已焚烧

只剩下这张薄薄的表格

我把它紧紧抱在怀里

我要抱你回家

14.

朋友打电话

说给我找了位心理医生

我谢绝了她的好意

只想在黑夜里静静坐着

很静很静的那种

为什么所有疼痛都急于清扫

它是你给我的遗物

我要好好存留

13.

从没处理过活鱼

干了两个钟点

以前都是你的活儿

我只负责要求口味

厨房狼藉一片

忍不住嚎啕大哭

12.

早起把阳台好好收拾一番

此前为打造这个闲暇之地

你给我做了花架

买了个小沙发，小圆桌

你说冬天这里晒太阳最舒服啦

平凡日子想心思努力过

这是你经常说的

隔离期已过

我把十三岁的女儿接回家

她问：

有个同学失眠了好几天

该怎么调整呢

我知道这是说她自己

只是她不想让我知道

孩子啊

求求你，不要这样坚强

11.

这几天都有邻居按门铃

送青菜，送水果

楼下的老妈妈送了肉

因为她们看我没在群里接龙买菜

隔着楼道问：

家人都好吗

还好，婆婆住院

公公和老公隔离

马上可以回家了

好啊

愿你们一切安好

10.

今天是你的生日

不敢看新闻

瞧着每天那么多治愈出院的

除了羡慕还有点嫉妒

到了饭点，站在阳台

望着

别人两口子在厨房忙进忙出

原来

这才是真正的幸福

9.

连着好几天坐在你的车里发呆

今天中午又坐了会儿

睡着了

忽然觉得脸上湿冷

分不清雨水还是泪水

关上车窗又想睡

隐隐听到吵架声

一个大妈要出门买东西

门口保安不同意

大妈骂：人都要闷死了

哪有那么吓人的事！

突然

我好羡慕她

8.

在家自动隔离

哪哪都是你的影子

乱扔的手机线

永远不摆放整齐的拖鞋

沙发角落的臭袜子

婆婆瘫坐在床上

呆看桌上的全家福

哭得嘶哑的嗓子

偶尔发出几声啜泣

7.

在医院等了4小时

殡仪馆车才来

说车快满了

只能接一位遗体

我继续在医院的走廊等待

今后相见只能在梦里

最后一程

多陪你一会儿是一会儿

6.

在ICU坚持20多天

你还是走了

女儿没有了爸爸

婆婆没有了儿子

我坐在马路上哭喊：

该怎么办啊

到底怎么做

才能让这一切回放呢

说不出话

却要不停地接电话：

你先生多少号确诊

家属有没有近距离接触

如果有，千万不要回小区

你要配合我们的工作

回到家

小区单元楼门赫然贴着：

无疫门洞

罪人们还在安稳吃喝

并不怕冤死的亡灵

天天等在他们的梦里

5.

2020年2月6日夜

那位医生去世了

眼泪不能停止

他是像你一样的好人

又普通，又温暖

他的妻子今夜怎么过呢

4.

你住在武汉肺科医院

反复高烧

我们没有吃野味

周边朋友也没有

我们一直积极生活

响应国家安排

3.

终于联系上定点医院

谢谢大家的关心帮助

2.

今天早上你说胸闷

高烧依然不退

像是呼吸衰竭的早期

看肺部CT

高度怀疑新冠病毒感染

打了120

没有卫计委电话他们不出车

出车了也找不到接收医院

打武汉市卫计委电话，市长热线

打不通

难道要我们在家等死吗

谁来救救我们

1.

2003年之前

你一直在北京做事

因为非典

回家待了几个月

我和你姐姐在医院同事

你没事就来找姐姐

就这样我们认识了

后来你总说

虽然少挣几个月钱

但找到一个好媳妇

赚大发啦

05年结婚

06年有了女儿

一切平淡安稳

我们以为

会一直一直这么过下去

        END.

2020年4月10日,

据武汉女子Adagier的新浪微博构作

应许

缝缝儿　收

缝儿

这是第一个

给你写诗的上午

再有五个半小时

你就离开妈妈整整两周

2020年10月27日15点25分

芭比堂动物医院康普利德分院

妈妈永远失去了你

对永远这个词

妈妈有些犹豫

既然信上帝

将来就可能重聚

虽然关于动物的复活与永生

那本书的暗示并不清晰

这念头令妈妈的悲伤

起伏不定

一个声音说：

你的缝儿已到神的怀里

相信吧，神爱她

一定多于你爱她

另一个声音说：

缝儿已到了永远虚空之地

此去一别，便是永别

你所亏欠的，将永远亏欠

昨夜怎么也睡不着

你往常睡觉的地方

右手边的被子上

空空荡荡

妈妈不知如何求告

如何粘合这破碎的心脏

实在无法

妈妈就默祷：

神啊，

你是爱，是善，是全能的

你说过

当那日来临

你将擦去你孩子

所有的眼泪

那么你也必将擦去

孩子我的泪

我为缝缝儿流过的泪

当缝儿欢蹦乱跳来到我面前

你就彻底擦去了这眼泪

神啊

这是你的应许

请让我坚信这应许

凭它入睡

缝儿

妈妈就这样赖上了神

和祂的应许

神的世界广漠无边

妈妈的悲伤

在祂眼里比得上一粒沙吗

不，你错了

一个声音说：

在神

骄傲的帝国不过是一粒沙

一颗流泪的沙

却被祂托在掌心里

缝儿，昨夜

妈妈就是这样入睡的

2020年11月10日

單讀

One-way Street

I FEAR LIFE
05　THE COAT OF RONG YI

戎夷之衣

我害怕生活
05
戎夷之衣

李静 ○ 著

上海文艺出版社
Shanghai Literature & Art Publishing House

图书在版编目（CIP）数据

我害怕生活 / 李静著. -- 上海：上海文艺出版社，2022
（单读书系）
ISBN 978-7-5321-8341-8

Ⅰ. ①我… Ⅱ. ①李… Ⅲ. ①文艺—作品综合集—中国—当代 Ⅳ. ① I217.2

中国版本图书馆 CIP 数据核字 (2022) 第 096390 号

发 行 人：毕　胜
责任编辑：肖海鸥
特约编辑：赵　芳　节晓宇　罗丹妮
营销编辑：高蒙蒙
书籍设计：李政坷
内文制作：李俊红　李政坷

书　名：我害怕生活（全 5 册）
　　　　（01《必须冒犯观众》，02《捕风记》，03《王小波的遗产》，
　　　　04《致你》，05《戎夷之衣》）
作　者：李静
出　版：上海世纪出版集团　上海文艺出版社
地　址：上海市闵行区号景路 159 弄 A 座 2 楼　201101
发　行：上海文艺出版社发行中心
　　　　上海市闵行区号景路 159 弄 A 座 2 楼 206 室　201101　www.ewen.co
印　刷：山东临沂新华印刷物流集团有限责任公司
开　本：1230 × 880mm　1/32
印　张：45.75
字　数：765 千字
印　次：2022 年 9 月第 1 版　2022 年 9 月第 1 次印刷
ISBN：978-7-5321-8341-8/I.6583
定　价：268.00 元（全 5 册）

告读者：如发现印装质量问题，影响阅读，请与出版社发行部门联系调换。

目录

003　第一幕
023　第二幕
047　第三幕
073　第四幕

105　麦子落在盐碱地，又能如何
　　　——《戎夷之衣》创作谈
113　《我害怕生活》总后记

你里头的光若黑暗了,那黑暗是何等大呢!

——《马太福音》6:23

[时间]

公元前256年,至公元前220年

[主要人物]

石辛,出场时二十岁,齐国人,戎夷弟子

戎夷,四十五岁,齐国义士,墨家弟子,石辛的师父

淳于蛟,出场时四十多岁,戎夷的墨家师弟,楚国大司马

芙蓉，出场时十五岁，戎夷的女儿

淳于嫣，出场时十八岁，淳于蛟的女儿

孟还，戎夷弟子，石辛的大师兄，出场时二十多岁

吕章，戎夷弟子，石辛的二师兄，出场时二十多岁

[**其他人物**]

白德，秦将

秦始皇，由饰演淳于蛟的演员扮演

老陈，鲁城百姓

老田，鲁城百姓

老熊，鲁城百姓

淳于蛟副将，淳于蛟的随从，众楚兵，鲁城众百姓，书记员，淳于嫣的丫鬟，众秦兵，老年石辛的随从，吕章的家臣，秦始皇的宫女，刽子手等

第一幕

A1

[字幕：A1，鲁城。

[大雪后的鲁城。城门由两位全副武装的鲁国士兵颇有仪式感地缓缓开启。穿着铠甲的孟还与吕章走出，出门口往右转，边走边说话。

吕章　好大一场雪呀。

孟还　下了一天一夜。

吕章　耽误了师父的行程。

孟还　也正好拦阻了楚军。

吕章　不知师父带着石辛师弟几时能到。

孟还　咱就在这城门边候着，几时到，几时接。

吕章　师哥，不瞒你说，我这心里直扑腾。

孟还　扑腾个啥？

吕章　（欲言又止）唉，需要师父坚固一下咱的信心。

孟还　（点头）说实话，我有时也会想：咱墨家军，是不是有病？楚国三十万大军压境啊！这弱小的鲁国国都，军队和百姓搁一块儿也就八万人，咱墨家军总共不超过两千人，这不鸡蛋碰石头嘛？可咱和师父领受过鲁人的侠义心肠，人家有难，咱岂能坐视不管。

吕章　师父带咱们这些年东奔西走，去过多少国家，认识多少人？越是认识这些人啊，越是惦念他们。要不咱怎会一定要带着师父的救守草图，来打前站？离家之前，跟我爹辞行，他气得要命，问我：你犯啥神经病？你送死图个啥？我不认识你这不孝的儿子！

孟还　（模仿戎夷的口气）"不图啥，只因咱是兼爱非攻的墨家。"

吕章　（模仿戎夷的口气）"因为反对打仗，只能去帮挨打的。"

孟还　这些是师父经常说的。师父在，我就踏实。

吕章　那三十万楚军的统帅淳于蛟，不也就是咱戎夷师父的师弟嘛。

孟还　师兄收拾师弟，妥妥的。就像师兄我收拾你，小菜一碟。（作势欲打状，乌鸦从头顶大叫一声飞过，在孟还头顶淋了泡屎，他有点尴尬地抹了一把）瞧，连老鸹都偏爱师兄我。

吕章　哈哈哈，让你吹牛！

　　〔二人往远处望望，又向四围瞅瞅，发现身穿白色里衣的一具尸体，靠坐于离城门有一段距离的右侧城墙下（观众席方向的右侧），与白雪浑然一体。身体上几乎没有雪，显然有人把雪从他身上扑落，并把他移到这个不显眼的位置。孟还和吕章奔到尸体前，大惊，不敢相信自己的眼睛。

孟还　师父？？

吕章　师父？！

孟还、吕章　师父！！！

孟还　怎么回事？（摸了摸戎夷身上单薄的里衣）师父的棉衣呢？

吕章　（站起身，转圈寻看）石辛师弟呢？啊？石辛哪去了？

　　〔鲁城各色人等从城里往外走，看见戎夷尸体和孟还吕章，围了过来。

鲁国人甲　这是哪位？为啥穿这么少？

孟还　（哭）他就是戎夷义士，我师父！鲁城人千等万等，等的就是他啊!

众人　啊……

鲁国人甲　我们鲁城救守力量的布置,不就是照着戎夷义士的图做的吗?

吕章　是啊!(哭)师父!

鲁国人乙　这戎夷义士……怎么会……这样待在这儿?啊?

鲁国人丙　看来冻了一宿了,生生冻死的啊!

鲁国人丁　昨夜城头谁巡视的?不见有人来吗?戎夷义士到了,肯定会叫门的呀!

鲁国人戊　一定是看着雪大,觉得不会有人来,就睡安稳觉去了!

鲁国人甲　这还了得!大敌当前,夜里城门都不好好把守,致使义士冻死城外!呈请王上,必须追究责任,从严治罪!

鲁国人乙　昨夜风雪大,守城兵士听不见叫门声,倒也可能的……

[石辛身穿两件棉衣、肩背行囊和剑、手持铁锹上。见众人聚集在戎夷尸体旁,赶紧隐藏,偷听动静。

吕章　事有蹊跷。师父的棉衣不见了,随从他的石辛师弟也不见了。这说明啥?

孟还　石辛谋杀了师父,还偷了师父的棉衣!肯定还偷了救守图！（果断站起，拔出剑来）师门不幸，大敌当前之际，却先要寻找石辛这个凶手，给师父报仇！

吕章　慢！师父武艺高强，怎么可能被石辛谋杀？况且师父身上没有打斗伤痕，像是纯然冻死的。

孟还　但石辛和师父的棉衣、救守图一起消失了，是何缘故？即使不是石辛谋杀，师父的死也一定跟他有关系。吕师弟，你和这几位乡亲抬着师父遗体进城，将凶信告知众弟兄，再画几张石辛的头像张挂四门，追拿他。我带领大家先在城外四处搜寻，绝不能放过石辛这小子！

吕章　好！一定把石辛这败类抓到，问个清楚！绝不能让师父不明不白地死去！

007　　［吕章和鲁国人甲乙丙抬着戎夷的尸体，进城。

余剩的众人　走！抓石辛！

　　［孟还带鲁城人搜寻着，下。只剩石辛一人躲在角落里，无力地跪坐下来，埋首于双手中。铁锹滑落在地。收光。

A2

　　［字幕：A2，楚军军帐。

第一幕　　［楚军军帐，肃杀安静。一身金色铠甲的淳于蛟坐在大帅椅中，手中拿一张白绢图仔细观看。两侧站立着副将和楚军士兵。五花大绑、穿着一层棉衣（前场穿在外面的那件棉衣已经不见）的石辛跪在地上。

淳于蛟 （专注地看了会儿白绢图纸，石辛身体颤抖，不安地等待）这是鲁城的救守图，字迹熟悉，很像我当年的师兄戎夷的手笔。（对左右）你们听说过戎夷吗？

副将甲 （结巴）听、听说过，齐国有名的墨、墨、墨家义士，刚刚刚……

副将乙 大司马，刚刚探子来报，说有一个叫戎夷的齐国武人，本是来援助鲁国、跟咱作战的，今早却死在了鲁城门外，随从他的弟子好像叫石辛的，不知去向。十有八九，此人就是那弟子。

副将甲 （不太高兴）我刚……刚想说。

副将乙 谁让您嘴巴忒利落呢。

淳于蛟 （和气而难以捉摸地对石辛）这位客人，他们说得可对？你叫石辛吗？

［众将士为"客人"这个词哄笑起来。

石辛 是的师叔，正是……正是辛儿啊。

副将甲 改、改口改得挺……快。

副将乙 一听您说"戎夷师兄"，他这"师叔"就叫开了。

副将甲 还、还"辛儿"，哈哈哈哈！

淳于蛟　好啦好啦，不要取笑我远来的师侄。左右，给我的辛儿师侄松绑，赐座。

［楚兵甲给石辛松绑，楚兵乙搬了个木墩，放在石辛面前。石辛坐下，惊怕交加之后，松弛，落泪。

石辛　师叔，救救孩儿！

淳于蛟　要我救你什么呢？

石辛　别……别杀我，我真的不是鲁国探子。

淳于蛟　哟，这可不好说。

石辛　（出溜着又跪在地上）师叔，我真的不是鲁国探子！

淳于蛟　怎么证明这一点呢？就凭你自己说？

石辛　您您您两年前还见过辛儿呢，您不记得啦？

淳于蛟　两年前？

石辛　嗯嗯！两年前，您代表楚国出使齐国时，到过我师父戎夷家！您当时接见了师父和我们师兄弟，还拍着我的肩膀对师父说："这小伙不错，将来出了师，到楚国跟师叔干吧！"同去的还有您女儿淳于嫣，她还跟我和芙蓉聊过天呢！

淳于蛟　芙蓉？

石辛　就是我师父的女儿，当时我们仨聊得……

淳于蛟　嗯，想起来了。我记得这次不太愉快的会面。因为我一直拿你师父寻开心，他就不太高兴。（对左右）你们知道，有一种人缺乏幽默感，整天真理在

　　　　手正义在胸毫不妥协的样子，其实呢，无非是用批判别人来掩盖自己人生的失败。所以呢，你就得撩撩他。人啊，还是要宽容，顺势，不能走绝路，否则，你看看这下场……

石辛　　是啊师叔，我师父他的确有点……（又觉得不太合适）不过他对我挺好的。

淳于蛟　他对你挺好的？那你怎么这样对他？

石辛　　啊？

淳于蛟　他独自死了，你却拿了他的救守图消失了。（停顿，变了脸色）你为什么谋杀师父？莫非你是那种人人得而诛之的恩将仇报之辈？左右，把这狼心狗肺的东西推出去，斩了！

二楚兵　是！

　　　　〔二楚兵上前，狠狠抓起石辛，欲推往场下。

石辛　　（魂飞魄散）不是啊不是啊师叔！辛儿绝对没有谋杀师父！恩师武艺超绝，就算辛儿良心被狗吃了，真要谋杀师父，那也是万万做不到的呀！

淳于蛟　哦？（制止楚兵）那你说实话，你师父怎么死的？你为什么带着救守图离开他？嗯？

石辛　　是因为……（边说边想，但竭力不让人看出他是在想）二十多天前，我和师父从临淄出发，顶风冒雪，想要早日赶到鲁城，以便和墨家军及鲁城军民一起……备战。直到昨夜终于赶到鲁城门外，却赶上闭门时分。风雪大，叫不开门，我们师徒二人就在城门洞避雪，以等天亮开城。怎奈我师父他……他半夜就冻病了，通身火热，没到天明，就病逝了。（难过状）我怕师父救守图丢失，就背在了身上，想等开了城门后，寻师兄禀告凶信，安葬师父。不料却被他们误解，以为我是杀害师父的凶手，四处缉拿我。师侄无法辩白，只得逃走。本想远离这是非之地，随便在哪儿找个工作，不想途中被师叔部下抓获……就……就是这么回事。

淳于蛟 你师父是冻病亡故的？

石辛 是的！

淳于蛟 据说他死时只穿着一件里衣？他的棉衣呢？

石辛 （神色略不自然，但竭力自然）可能……被需要的路人扒下来自个儿穿上了吧，天这么冷，谁会浪费一件棉衣呢。

淳于蛟 可惜啊，一位名扬天下的国士，就这样无声无息地走了。虽然他是我的对手，但我淳于蛟仍为师兄的死，感到可惜。

石辛 （哭，脱口而出）是啊，我对不起师父……

淳于蛟 为什么？

石辛 （一愣）啊？我……（哭）我应该把自己的棉衣脱下来给师傅穿，把他暖过来啊！

淳于蛟 那你为何没这么做？

石辛　啊？

淳于蛟　（站起身，慢慢走到石辛面前）你不知道他比你更值得活下去，比你值得一万倍吗？

石辛　知道！师侄知道！可师父他……他不要啊！他是真正的义士，一生舍己爱人，怎么会在严寒中接受徒弟的棉衣呢！

淳于蛟　这就是他的不对了。（拍了拍石辛的肩膀）起来，辛儿，别哭了。一个人对自己的价值，要清楚。他当然比你值得活下去。可是他若不坦率承认这一点，不抓住活下去的机会，不采取行动，（微微停顿）那就怪不得你，知道吗？

石辛　（颤抖着站起来，与淳于蛟四目相对）谢……谢师叔！

淳于蛟　咱可以再进一步假设。（盯着石辛）就算你师父把他的棉衣让给了你，而把自己冻死了，你也不必歉疚，知道吗？（停顿，轻拍一下石辛的肩膀，石辛颤栗了一下）相反，我要是你的话，我会……怎么说呢，（指着心口）我会有点儿恶心。他这是陷我于不义啊！噢，他死了，一了百了，被人追思景仰歌颂怀念，我呢？我成什么人了？以后人一提起我石辛，就切齿痛恨万众声讨恨不能扔一泡屎在我身上。我招谁惹谁了？（对石辛）你是自愿来支援鲁国的吗？

石辛　不，不是，只是身为徒弟，不好不跟从师父。

淳于蛟　不来鲁国，会有鲁城门外挨冻这出戏吗？

石辛　不会。

淳于蛟　你可能安安稳稳待在家里，烤个羊腿，喝个小酒，滋润着呢。是谁让你成了道德上的罪人？嗯？

石辛　是……（把要说的话咽了下去）

淳于蛟　辛儿，师叔知道你是厚道人，不喜欢说恩师的坏话。创伤需要时间来抚平。（搂着石辛的肩膀，来到帅案前）别想这些啦。来，先跟师叔好好聊聊这张救守图吧，你师父跟你讲解这些符号的意思了吗？

石辛　（深深地挣扎于说还是不说）嗯……

淳于蛟　（脸色一沉，手按剑柄）没关系，说还是不说，你一定要出于自愿。

石辛　呃……

淳于蛟　（拔出剑来，将面前的茶壶扫落于地，壶碎。众楚军也发出"仓啷啷"的拔剑声，那是死亡脚步逼近的声响。淳于蛟盯着茶壶碎渣）来人，把这没用的东西收拾了，扔出去！

一楚兵　是！

〔楚军一边慢慢拾起茶壶碎片，一边威胁地狠狠盯着石辛。死一般的寂静。石辛颤抖。

石辛　（颤栗）师叔，我师父讲了这些符号的意思！

淳于蛟　哦？

石辛　他……他还画了两张一样的图，鲁城里的师兄们也有一张！

淳于蛟　干嘛用呢？

石辛　师父让师兄们先带一张图到鲁城，依图布置防守器械和兵士，训练鲁军和百姓。他自己随身携带一张，随时修改，就是这。

淳于蛟　改动大吗？还能不能还原？

石辛　改动不大，还能还原。

淳于蛟　（停顿）那我们只好知己知彼，百战不殆喽。（二人四目相对）鲁城能否攻得下，要看师侄你了。此仗我们必胜。胜利之后，论功行赏，包你大好前程！

石辛　谢师叔！

〔石辛满怀恐惧和指望，与淳于蛟默默对视，收光。

B1

〔字幕：B1。A1、A2　两年前的秋天，临淄，戎夷家的后院。

〔戎夷家后院，师徒习武之地。石辛、芙蓉、吕章和师兄甲乙在此练功，戎夷扳着石辛的手臂，指导着。孟还急匆匆走进来。

孟还　师父，淳于师叔带着女儿在客厅里候着您了。一帮子人哪，好大的排场。

戎夷　（对众弟子）记住，以后你们不准叫淳于蛟师叔，听见了？

芙蓉　为啥呀爹，淳于叔叔不是您师弟吗？

戎夷　以前是我师弟，自从他在楚国担任大司马，四处攻伐，兼并弱小，就不再是了。这次出使齐国，我知道他葫芦里卖什么药。（对孟还）你请他到后院来。

孟还　是。

〔孟还下。

石辛　（小声对芙蓉）哇，楚国大司马耶，师父接都不接一下。

芙蓉　哈，你还不了解我爹吗？（从袖中掏出一只木雀）辛哥哥，木雀又飞不了啦，右边翅膀总打不开。

石辛　我看看。

〔孟还引淳于蛟和淳于嫣及众随从上。

淳于蛟　（穿着黑地金色花纹的官袍，满面春风地上）哈哈哈，戎夷师兄，多年不见，你还是这样热心授徒，师弟我真是敬佩呀！

戎夷　（冷淡地）淳于大司马过奖了，我只是在做自己喜欢的事情罢了。

〔芙蓉和淳于嫣不理会大人间的对话，热切地抱在一起。

芙蓉　嫣姐姐！

淳于嫣　芙蓉妹妹！

芙蓉　好多好多年不见了，好想你呀！

淳于嫣　可不，六年啦，我们分别时还是小孩子呢。手里拿的什么？

芙蓉　哈，会飞的木雀，石辛哥哥给我做的，被我玩坏啦，正修呢。喏，你们认识一下！石辛师兄，淳于嫣姐姐。

石辛　（被淳于嫣豪奢炫目的气度所震慑，拘谨地作揖）淳于小姐好。

淳于嫣　（居高临下地打量一眼石辛）你好。给师妹做手工呢？

石辛　啊，三年前跟师父学木工时，做的第一件东西，挺笨挺丑的，您见笑了。

芙蓉　我就喜欢这木雀笨笨的样子。

淳于嫣　（拿在手里摆弄）是挺好玩的哈。哼，我爸怎么不带徒弟？害得没人给我做这么贴心的东西。

芙蓉　（有点紧张，欲拿回）可惜它坏啦，右翅膀打不开了。

淳于嫣　（不给，继续摆弄）缺陷也是一种美呀。

淳于蛟　嫣儿，没礼貌，不先问候戎伯伯。

淳于嫣　戎伯伯好！

戎夷　嫣儿都不敢认了，打扮得跟贵公主一样。

芙蓉　淳于叔叔好！

淳于蛟　芙蓉侄女也成大姑娘了。师兄，不是师弟说你，女孩家，也得给打扮打扮哪，不能因为师嫂去世，女儿就当男孩养。嫣儿，给你芙蓉妹妹带的礼物呢？

淳于嫣　哦，漂亮首饰！（拉芙蓉的手）妹妹，跟我拿去。

　　［淳于嫣拉着芙蓉下。戎夷和淳于蛟相对无言，淳于蛟尴尬环顾的目光落在石辛身上。

淳于蛟　（没话找话）这位是师兄的爱徒啰？

戎夷　嗯，最小的徒弟石辛。

石辛　（对金光闪闪的淳于蛟敬畏地）师……师叔好。

　　［戎夷干咳了一声。

石辛　淳于大司马好！

淳于蛟　哈哈哈哈！为何改口呢？你不该叫我师叔吗？嗯？（拍拍石辛的肩膀）小伙子不错，将来出了师，到楚国跟师叔干吧！包你做到右司马！啊？哈哈哈哈！

石辛　（本能地，小声）谢……（意识到不对，也开始咳嗽起来）

淳于蛟　诶？临淄今天有雾霾吗？你们师徒老咳嗽？（对自己的随从）啊？哈哈哈哈！

众随从　哈哈哈哈！

戎夷　淳于大司马光临寒舍，有何见教呢？

淳于蛟　师兄啊，什么大司马小司驴的，这么叫好没意思。难道我就不能和你叙叙兄弟之情，不配当你师弟了吗？

戎　夷　不是不配。布衣戎夷跟淳于大司马在师道上已无交集，又何必硬拧在一处呢。

淳于蛟　这话怎么听着有点儿……啊？哈哈哈哈！

众随从　哈哈哈哈！

戎　夷　怎么听着有股子酸葡萄味儿？大司马想多了。葡萄的酸甜，只对狐狸有意义，对一头牛来说，可能啥也不算吧。

淳于蛟　（鼓掌，竖起大拇指）无论世风多么功利，我的师兄永远不变。师弟就敬你这一点！可我不明白，到底什么事让师兄对我如此……如此严肃？我可从来没损害过你的利益。从来没有。相反，好事儿我处处想着你。此次面见齐王，我还大大地举荐你呢，我……

戎　夷　哈哈，哈哈哈哈！

淳于蛟　师兄笑什么？

戎　夷　淳于大司马啊，你还是回楚国好好当你的大司马吧，啊？戎夷就不留你了。你不懂我，我不懂你，鸡同鸭讲，咱俩真没法聊。

淳于蛟　什么意思？

戎　夷　是不是对你淳于蛟来说，只有损害了你的个人利益，才算损害你？

淳于蛟　难道你不是吗？

戎夷　也可以说"是"吧——要是我的"个人利益"你能理解的话。

淳于蛟　你的个人利益是什么？

戎夷　一切。一切都是我的利益。唐国作为唐尧后裔的国，它好端端地在那儿就是我的利益，却被你率领的楚军给灭了。陈国保留着虞舜的宗祠，它漂漂亮亮地待着也是我的利益，却被你率领的楚军给毁了。杞国居住着大禹的后裔，它气定神闲地存在还是我的利益，却被你率领的楚军给吞了。宋国是师祖墨子的祖国，它的独立和完整更是我的利益，却被你率领的楚军给平了。[1] 自从你去楚国谋了大司马的职位，就忙着怂恿和满足楚王的野心，四处攻伐，吞并弱小。可这些小国不是因为昏庸暴虐才弱小，恰恰相反，它们是温柔节制的礼仪之邦，它们的百姓安居乐业，它们没有扩张的贪欲——它们是因为这些而弱小。而你，就像狮子扑向小鹿、小羊、小猫一般，咬断了它们的喉管。你的牙沾了多少血，你算过吗？这些血滴到土里，发出多少哀嚎，你听见过吗？下一步，你就要把手伸向鲁国

---

[1] 唐国、陈国、杞国、宋国分别在公元前505年、前479年、前445年、前286年亡国，剧中寓言化地处理了这些国家的亡国时间与原因。

了，别以为我不知道。你这次来，就是要说服齐王在你攻打鲁国的时候，至少保持中立，最好帮你一把，而且齐王答应了。你来我这儿，也是要探我的底，看能不能把我和我的门徒也争取到你那边，我没说错吧，淳于大司马？

淳于蛟 （盯视戎夷）你的情报工作做得不错啊，戎师兄。你敢监视齐王？

戎夷 不用我监视，自有不想让你得逞的人，晓得该将此事告诉谁。

淳于蛟 那又如何呢？戎义士？你能阻止我吗？

戎夷 即使我现在不能阻止你，将来也能阻止你。（停顿）你总会被阻止的。你若一直这样，结局会很惨。

淳于蛟 是嘛？那，咱走着瞧喽。

〔石辛一直在旁呆看，无所措手足。芙蓉戴着淳于妈送她的项链、头饰和耳环，跟淳于妈一起笑着跑上。

淳于妈 快让大家看看，你有多漂亮！

芙蓉 爹，我好看吗？淳于叔叔，辛哥哥，怎么样？

淳于蛟 美！这才是女孩家的模样。再配上漂亮裙子更好了。

石辛 好……好看。

戎夷 马上给我摘了！矫揉造作，珠光宝气，成什么样子！

芙蓉 （懵了）爹！

淳于蛟　师兄，你这就不对了。咱俩之间的事，你冲孩子撒什么气？

戎　夷　（平静地）芙蓉，听爹的话，把首饰摘掉，还给人家，这不适合你。

芙　蓉　爹……（慢慢摘下耳环、项链和头饰）

淳于蛟　嫣儿，我们跟戎夷叔叔告辞。

淳于嫣　好的。可是芙蓉妹妹，我也想跟你要个礼物，留点念想呢。

芙　蓉　行，只要你喜欢。

淳于嫣　（停顿）把你那只木雀送我吧，好吗？

芙　蓉　啊……（慢慢从袖中抽出木雀）这是辛哥哥三年前，我娘去世的时候，为了安慰我，给我做的。它陪我熬过了最伤心的日子，整整三年啦……

021　淳于嫣　是呀，也该换换主人了。何况，它又坏了，让你的辛哥哥给你另做一只新的嘛，（对石辛）行吗？辛哥哥？（嘟起嘴）嗯？好嘛，芙蓉妹妹？你知道我的脾气。我要是看上一样东西却拿不到啊，会生病的，会病得很重很重。（向木雀伸过手去）

芙　蓉　（松手，眼泪夺眶而出）嗯，我知道。嫣姐姐，木雀交给你了，你……好好待它呀。

淳于嫣　（接过木雀，得胜地）当然啦，你放心吧。

　　　　［石辛站在这四人中间，一脸茫然。芙蓉的手无力地垂下，首饰掉在地上。

第二幕

023　A3

〔字幕：A3。A1、A2 的两年后，鲁县尹大堂。

〔被楚国征服的鲁城已成为鲁县。石辛坐在县尹大堂书案后，一个书记员坐在旁边，卫士站在两厢。孟还披枷戴锁，站在堂中。

石辛　（看了看孟还，又看卷宗，念）"人犯孟还，墨家信徒，戎夷弟子，齐国人氏，本与鲁地毫无瓜葛。两年前充任墨家军头目，率领鲁人死守鲁城，负隅顽抗我大楚正义之师。怎奈螳臂当车，一败涂地。鲁国灭亡后，该犯潜入民间，广收门徒，以兴办义学之名，帮助鲁人从事复国谋反活动，散布诽谤抹黑言论，在广大百姓中影响恶劣。经举报，该犯被我司迅速擒获，呈请县尹大人对其罪行详加审问，以作判决。"（停顿，看了看孟还）孟犯。

［孟还直视石辛。石辛脸上掠过不自在的表情，强自镇定。

石辛 有没有说错你？有冤情就申诉，本官会为你主持公道。（停顿）假如你有立功表现的话，不但可以既往不咎，更有大好前程等着你。

孟还 怎么才能立功呢？

石辛 （得胜、鄙夷、默契地）立功啊，很简单。第一，你要认罪，承认以往的言语行动的确是诽谤抹黑，图谋造反。第二，你要表示从今以后痛改前非，重新做人。第三，（停顿）你还有哪些同党，他们如今躲在何处，你需从实招来。

孟还 这样啊，那我举报一个人吧。

石辛 请讲！

孟还 此人姓石，名辛，从前也是墨家弟子，现在摇身一变，坐在鲁城大堂上。谁知道他将来会不会因为什么好处，又变了？这么摇摆不定的家伙，对他主人最危险了。

石辛 （一拍惊堂木）孟还，你大胆！你污蔑！！（对书记）这段儿不用记！

孟还　哈哈哈，我说错了吗？好在我不想叫你师弟。

石辛　孟犯，本官行得正，坐得端，你休想陷害我！

孟还　嗯，但愿你对"端正"二字没啥误解。

石辛　闭嘴！谁给你的权力评判本官？！你要做的是坦白交代：这两年，你和你同伙都干了哪些损害大楚的阴谋勾当？他们现在何处？你老实回答，争取宽大处理才是正道！

孟还　我和同伴做的事，没什么需要宽大处理的。

石辛　你们以兴办义学为名，阴谋复国，反抗大楚！

孟还　没有反楚复国这回事，兴办义学倒是真的。因为鲁国啊，它是礼仪之邦……

石辛　还说没有阴谋复国！开口闭口鲁国！（对书记）记上！（对孟还）鲁国已经不存在了，现在是鲁县！鲁县！

孟还　啊鲁县……不是我对国朝更替有啥兴趣哈，只是这个鲁县叫起来真心不顺口。我是说啊，这鲁……鲁县它是礼仪之……之县，连穷人都受不了自个儿孩子是文盲，也受不了孩子没本事，所以呢，我就和师弟们兴起义学，免费教贫家的孩子识字、读书、习武、做木工，就像你当年跟从戎夷师父一样。（石辛不自在地咳了起来）啊不好意思，我不是故意提起戎夷师父的。

石辛　免费教学？经费谁给的？谁是后台老板？

孟还　我们从富户人家接一些木工订单，能养活自己，不需要额外经费。

石辛　免费教学，是何机心？

孟还　机心么，就是教孩子们从小懂得什么是义，什么是不义，做个健全人，（停顿）以免紧要关头，做违背良心的事。

石辛　（脸色难看）教学就教学，你何故诽谤朝廷？

孟还　诽谤朝廷？这是没有的事。

石辛　敢说没有？传证人！

〔衙役带上三个中年百姓。

石辛　你们可认得对方？

孟还　（看着他们仨）老熊，老田，老陈，你们干啥来了？

〔三人躲闪孟还的目光。

石辛　好。（对三个百姓）你们说，孟犯这两年，主要做些什么？可有危害朝廷的勾当？

〔三个人相互推脱一番，最后老陈被推搡着上前一步。

老陈　启禀大人，孟先生他……

石辛　孟犯。

老陈　孟犯他……他这两年虽说教了我儿子读书，写字，习武和木工手艺，可我儿子却只能简单做个桌椅板

凳，复杂的家具仍不会做！（沉默）

石辛　完了？

老陈　呃，这说明孟……孟犯的教学质量有待提高！

（沉默）

石辛　完了？

老陈　完了，大人。

石辛　你俩还有什么补充？

［老熊推老田上。

老田　启禀大人，孟先……孟犯这两年虽说教了大人孩子们一些小本事，可他功大于过，利大于弊！

石辛　功大于过，利大于弊？

老田　啊不对，过……过大于功，弊大于利！

石辛　比如说呢？

老田　比如说，我本来不识字，他就教了我一些字，可有些词我仍不会用，他也不耐心解释清楚。

石辛　哼，看出来了。就这些？

老田　就这些。

石辛　（对老熊，二人对眼神）你呢？无关紧要的就不要说了。

老熊　启禀大人！这孟犯罪大恶极，死有余辜！

石辛　哦？具体说来！

老熊　先不说他教授武功是多么三心二意，也不说他教授木工是多么不卖力气，只说他教孩子们读书写字时夹带私货，毒害心灵吧。

石辛 哦？请讲！（对书记员）认真记！

老熊 有一天，正巧我没事，也去跟着孩子们一起听课，就听见他明目张胆地攻击大楚。

石辛 怎么攻击呢？（对书记员）记清楚！

老熊 他说："现在有一个人，进了人家的园子去偷桃子李子，大伙儿知道他不对。又有一个人，偷了人家的鸡鸭猪狗，大伙儿也知道他不对。还有一个人，偷了人家的马和牛，那就更知道他不对。更有一个人，他杀了个无辜的人、抢了人家的皮衣、夺了人家的刀剑，那就更不得了，全天下的人都知道他是不义的罪人。可这人再不义，能有攻伐一个无罪的国家更不义吗？那可是杀了成千上万无辜的人啊！可这样的事，却没人说它错，反倒普天下都称赞这打了胜仗的国君。这说明啥？说明人并不真懂义和不义的区别。这就好比一个人，见了一丁点儿黑说是黑，见了巨多无比的黑，就管它叫'白'一样，这个人是黑白不辨、是非不分啊！"（停顿）孟先生，我没学错吧？

孟还 没错，你记性很好。

老熊 县尹大人，孟犯在大楚刚刚征服鲁地一年多就说这话，是什么意思？

石辛 孟犯，你回答这个问题。

孟还　石县尹，老熊，这段话，你们不知道出自哪里吗？

老熊　出自你的嘴巴。

石辛　当然知道，这是《墨子·非攻》里的一段。

孟还　戎夷师父给我们讲过的。

石辛　（脸色难看）嗯。但现在已不适合再讲了。你再讲，显然是别有用心了。

孟还　真理是时装还是磐石？

石辛　小心，别搬石头砸了自己的脚。

孟还　伤脚比伤头好。

石辛　你说谁伤头？

孟还　当然是你。石辛，两年过去了，武功盖世的戎夷师父，为什么是穿着一件里衣冻死的？死前是什么情形？天下人不得而知。但天下人都知道，你石辛盗取了师父的救守图，卖师求荣，投靠淳于蛟，致使鲁城失守，鲁国沦陷，如今臣服在楚国的铁蹄下。你是靠着出卖良心，换来了鲁县尹的官职。楚国是靠着收买良心，换来它在鲁国的统治。这些都不会长久。人或许会因为软弱而屈服，可老天爷却从不软弱，也从不屈服，祂最终会用你做过的事来报应你。你和你的头要小心！（对老熊）老熊，你也要小心！

老熊　我……我不用你管！

石辛　（脸色苍白）左右。

众卫士　有！

石辛　孟犯阴谋反楚，证据确凿，将他押送法场，立即斩首！

众卫士　是！

　　　　[众卫士欲推孟还下场。芙蓉急上。

芙蓉　刀下留人！

孟还　芙蓉？

石辛　（按捺激动）芙……这位民女，报上名来。

芙蓉　民女戎芙蓉见过县尹大人！

石辛　何事上堂？

芙蓉　县尹大人，求你放过孟师兄！他没有犯罪！

石辛　孟犯是你……什么人？

芙蓉　我的师兄。

石辛　只是师兄？

芙蓉　也是你的师兄。

石辛　……都是过去的事了。

芙蓉　（停顿）过去的事，就都可以忘记吗？县尹大人？

石辛　（情绪波动，停顿，使劲冷下脸来）戎小姐，此事证据确凿，由不得我。

芙蓉　（泪如泉涌）求求你。

孟还　芙蓉师妹，不许求这个丧了良心的东西！你，多多保重！

石辛　（停顿）推出去，斩首！

〔卫兵推孟还下场。

芙蓉 （身体如同被冻住，轻声）石辛，石辛，你的心，果然是石头做的啊。

〔游魂一般下场。

石辛 （失神地）退堂。

〔众人全部退下，石辛独自一人坐在案几后面发呆。

〔意念中的淳于蛟慢慢走上。

淳于蛟 干得好。孩子，你长大了。

〔天幕处，站着身穿白色里衣的戎夷。石辛和淳于蛟都回头，沉默地看着他。

A4

〔字幕：A4。A3三个月后，楚国都城陈，淳于蛟家的后花园。

〔后台响着官员们寒暄和闲聊的声音。石辛从左台侧上了几步，向舞台后部的空秋千椅张望。见那里无人，他又缩回来，拿出一幅白绢信笺，看了几眼。他又张望，淳于嫣和侍女上。淳于嫣坐在秋千椅上，侍女跪下，给她裙下的裤脚系紧，站起，推了她的靠背一下，她开始荡着玩儿。石辛充满欲望地看着她，片刻，走出，假装没看见她，

  手持着信,边走边看,不时摇头叹息,抹泪。

淳于嫣　石县尹,干嘛呢?

石辛　(假装才看见)啊,淳于小姐!这么巧!

淳于嫣　怎么不跟我爹他们聊天啦?过节才回一趟京城,文武百官见一面不容易呀。

石辛　我听见老人家们在谈淳于小姐的终身大事,不便窥探,就出来了。

淳于嫣　哈哈,我这老姑娘啊,太让我爹操心了。

石辛　哪里的话,您是花季少女好不好。

淳于嫣　有二十多岁的花季少女吗?

石辛　当然,最好的年华啦。您比四年前我们在临淄见面时,还要美。时间啊,对有的女孩是刑具,对有的女孩呢,是最高明的化妆师,给她增添的不是衰老,而是一种智慧的美。什么老姑娘啊,求您了,可别再自黑啦!我都能想象,您从十二三岁开始,就一直不停地拒绝啊拒绝,谁也看不上,都拒绝累了。(停顿,绝望的倾慕状)是啊,这地上的俗物,有谁能配得上您呢。

淳于嫣　(受用无比地)你可真会说话,阅人无数了吧。

石辛　哪里,我也就……纸上谈兵。(一副要把信藏起来的样子)

淳于嫣　看什么呢,愁眉苦脸的?还想藏起来?

石辛　啊,没什么。

淳于嫣　给我。

石辛　一封信，不能看的。

淳于嫣　别人不能看，我还不能吗？给我！

石辛　特别是您，才不能看。

淳于嫣　（从秋千椅上下来）这太岂有此理了，快给我看看！（不容置疑地伸出手）

石辛　真的不能……

淳于嫣　（从石辛手里抢走信，对侍女）天有点凉，你去给我拿件斗篷来。

侍女　是。

　　　［侍女下。

淳于嫣　（坐在秋千椅上，念）辛哥哥……

　　　［芙蓉走出，向石辛说话。这是石辛编造的书信里虚构的芙蓉，神气看起来与前几场判若两人。

芙蓉　辛哥哥，见字如面。以为三个月前公堂相见，就是永别了，没想到你还能想起我这个妹妹。不必为我爹和孟还师兄道歉。我爹就是这样的人，即使不是你，任何一个别的弟了陪伴他，最后也是那个结局。我不只是说我爹死这件事，还有你献出救守图的事。没错，任何人都会做你这样的选择。谁不想要活下去？谁不想好好活下去？淳于叔叔既然给了你这个机会，你当然要抓住。你的选择合乎正常的人性。相反，倒是我爹不大正常。他想当圣人，想当英雄，结果害得我孤苦伶仃。

至于孟还师兄，你误会了，他不是我的未婚夫。我没有未婚夫。你知道我为什么没有。你是遵照楚国的法律杀他的，又不是捏造事实陷害他，为何感到不安？何况他在大堂上出言不逊，差点陷你于死地，你这样对他已很宽宏了。我说"你的心是石头做的"，是因为还不知道此事的前因后果，希望辛哥哥不要介意。

你和淳于嫣有来往吗？我不想叫她姐姐。她抢走了我在世上最珍爱的东西——你给我做的那只小木雀，也抢走了我的心。自从与你分别，我的心就一直空落落的。没有任何人能取代你在我心中的位置。淳于嫣善待那只木雀了吗？肯定不会。她这个人，得不到的东西才是好的，到手的东西就扔掉。从小就是如此，从小就和我争竞。好在你到不了她的手。永远也到不了。因为你是我的。

啊，好想时光倒流到七年之前，你我初相见。那时你十五岁，我十二岁。你给我做了平生第一只木雀。你清澈的眼睛望着我，好像要望一生一世。

我也忘不了两年多前，你、我和我爹唯一也是最后一次，从临淄出发，走到兰城的一路。途中还有一支可爱的插曲。那时我们多么纯洁呀，真想那样一直走下去。可现实是，你们把我送到兰城，就继续上路，走向鲁城了。我们各自的人生，也从此改变。

你会来兰城看我吗？我们会把没走完的路，一起走下去吗？

芙蓉妹妹敬上。

［芙蓉消失。淳于嫣拿着信，陷入沉思。

石辛　对不起淳于小姐，冒犯到您了。

淳于嫣　没有。当然没有。

石辛　把信还我吧。

淳于嫣　（不给）你怎么想？

石辛　什么？

淳于嫣　对芙蓉，你怎么想？

石辛　很矛盾。她很依恋我，我……

淳于嫣　你也依恋她。（满怀醋意地）你是她的嘛。

石辛　怎么说呢？我不忍心伤害她，毕竟朝夕相处了五年。

淳于嫣　你们是不是已经……（站起来，露出那种尽在不言中的表情）

石辛　没有没有！师父家教严谨，怎么可能！

淳于嫣　你喜欢她漂亮。

石辛　还行吧。

淳于嫣　她性格也好。

石辛　挺乖的。

淳于嫣　哼，从小啊，大人们就说：芙蓉比嫣儿漂亮。芙蓉比嫣儿好心。芙蓉比嫣儿聪慧。芙蓉比嫣儿可爱。芙蓉芙蓉芙蓉……

石辛　是啊，我们师兄弟，没一个不喜欢芙蓉的。

淳于嫣　（脸色更难看）你也是？

〔石辛不置可否，看起来在默认。

淳于嫣　你打算怎么办？

石辛　我这次来，是想跟王上请假。

淳于嫣　干嘛？

石辛　去兰城，迎娶芙蓉。

淳于嫣　（气愤而发狠地）哈哈，哈哈哈哈！

石辛　淳于小姐……

淳于嫣　果然，你是她的了？

石辛　我们……早有约定了。

淳于嫣　（停顿）要是我不许你去呢？

石辛　（苦涩状）淳于小姐，石辛这么卑微的人，您操什么心啊。

淳于嫣　（停顿）我，可以使你不卑微啊。

石辛　您别拿小人物开玩笑……

淳于嫣　我说真的呢。（坐回秋千椅，摇荡，回味信里的话）我倒要看看，能有什么东西，到不了我的手。

石辛　她一小姑娘的话，您别当真。

淳于嫣　我不也是小姑娘吗？（用脚撩拨石辛朝服的下摆，

又荡回去）你对我，难道就……

石辛　我……怎么敢呢?（单膝跪下，秋千荡回来时，顺势握住淳于嫣的脚踝）我甚至不如您鞋底的微尘，还能有幸被您踩在足下。

淳于嫣　（闭目，轻声）芙蓉，你看见了吗?

　　[石辛跪吻淳于嫣的足踝。

石辛　（轻声）淳于小姐，求您不要折磨我……

淳于嫣　（娇弱无力地闭目靠坐在秋千椅里，享受这芙蓉得不到的石辛的膜拜，轻声）我，怎么折磨你了?

石辛　（轻声）明明不可能，却让我不可自拔地迷恋您……

淳于嫣　（轻声）为什么不可能?

石辛　（痛苦状）因为，我对芙蓉有承诺，也因为……

淳于嫣　承诺?（睁开眼，轻声）扶我下来。（石辛缓慢地站起身，搀扶淳于嫣从秋千椅中下来）走，找我爹去，谈谈我们的事。

石辛　我们……的事?

淳于嫣　对，我们的事。（停顿）跟你和芙蓉的事比起来，怎么样?

石辛　我……我没想过，我不敢想。

淳于嫣　放胆想呢?

石辛　（停顿）像我日思夜想的那样想吗?

淳于嫣　你日思夜想的，不是芙蓉吗?

石辛　（停顿）不，只有不敢想的，才会日思夜想。

淳于嫣　那是怎么想呢?

石辛　（靠近淳于嫣，拥她入怀，轻声）这样想。（轻吻淳于嫣）

　　　［淳于嫣热烈地回吻。石辛轻轻放开淳于嫣。

石辛　可是，淳于师叔不会同意的。

淳于嫣　在我这儿，没有我爹不同意的事。

石辛　（含情脉脉地看着淳于嫣）淳于小姐，石辛粉身碎骨，也无法报答你的深情厚意……

淳于嫣　叫我嫣儿。

石辛　（停顿）嫣儿。

淳于嫣　哎。

　　　［光渐暗，凝成一束，照在石辛似笑非笑的脸上。他扭头，望向天幕，与身穿白色里衣的戎夷对视。暗。

B2

　　　［字幕：B2。A1时间的十天之前。从齐国去往鲁国的路上。

　　　［一条土路，路侧有一可坐着歇脚的大石。芙蓉追石辛跑上，二人各自背着行囊，石辛手里拿着一片白绢，绢上写着字。

石辛　（念着白绢上的字）"亲爱的小木雀：你离开我两年了，一切都好吗? 我不太好。我爹在去鲁国的路上。你爹辛哥哥也在去鲁国的路上。很快，就会只剩我一个人了。"

芙蓉　（又羞又急地追赶）辛哥哥，还我！

石辛　（念）"你呢？没有我的陪伴，是不是也很孤单？毕竟我们一起生活了三年呢。我娘去世之后，你陪我最多啦。是你用笨笨的拼命翱翔的翅膀，帮我抬起头来看见天空和太阳，并且想道：娘在天上看我呢，我应该对她笑才对。从此，我又会笑了，谢谢你。为了你，我也要谢谢辛哥哥。"

芙蓉　别念啦！快还我！

石辛　（念）"可是辛哥哥很快就要跟我爹一起，去帮鲁国人抗楚啦。这一去，可能再也回不来了。我将永远是一个人，就像远方的你一样。好在我们终有一天，会在天上见的。那是个老天爷掌管的、温暖快乐的地方，我爹，我娘，辛哥哥，你和我，想在一起多久就多久。不像这个世界，充满不想要的离别。小木雀，为了团聚的那天，你一定好好的呀……"（读完，愣住）

芙蓉　（又羞又急又难过）辛哥哥，你怎么这样！

石辛　（不认识似的看着芙蓉）芙蓉妹妹……

芙蓉　（把白绢抢回来，塞进袖口，羞红了脸）以后我写字的时候，不许偷看！

石辛　（停顿）以后？以后哥想偷看也偷看不着啦。

芙蓉 （明白这话的含义，呆住，泪水滑落，扑进石辛的怀抱里）辛哥哥！

石辛 好妹妹，不哭。

［芙蓉继续哭。

石辛 傻妹妹，你心里是存了多少眼泪呀。

芙蓉 （啜泣）好希望这是个梦啊，我不哭了，梦就醒了，你……你和我爹就……就都回家了。

石辛 （停顿）放心，我会回家的。

芙蓉 （啜泣）别骗我啦。我知道你们不会回来了，永……永远不会回来了。

石辛 （看向前方）前面的路口，往左是齐国的兰城，往右是鲁国的鲁城。一会儿我和师父先把你送到兰城你姨家，然后再折到鲁城去，（停顿）我们就从此别过了。

芙蓉 （又哭）辛哥哥！

石辛 好妹妹，哥真想好好照顾你，照顾你一生一世啊。

芙蓉 （哭）哪还有一生一世，什么叫一生一世啊……

石辛 一生一世啊，就是一个男人在十五岁的时候，给一个女孩做了只小木雀；在他八十五岁的时候，他还在给那女孩做小木雀。那女孩呢，虽然已经头发花白，皱纹满面，可仍是他的小女孩。

芙蓉 （啜泣）那是将来，天上的事啦。

石辛 哪有天上？只有人间。我要在人间陪着你。（停顿，

040

放开芙蓉）芙蓉妹妹。

芙蓉　嗯？

石辛　我要向你坦白。

芙蓉　坦白什么？

石辛　本来，我就不想跟师父在鲁城打仗的。

芙蓉　啊？

石辛　我不想做没有结果的事，不想明知失败还要去争取。我想为了自己，好好活着。

芙蓉　（呆住）你……这样打算的？

石辛　（停顿）可我现在改主意了。我要为了你，为了给你挣一份大大的荣耀，去奋斗。

芙蓉　你……

石辛　只有这样的我，才能配得上这样的你。

芙蓉　（茫然地，虚脱地）可是……

　　　［戎夷背着行囊，手持白绢地图上。

戎夷　你俩走得够快的。（沉浸在思考的兴奋中）辛儿，我这救守图，又有了修改啦。

芙蓉　（吃力地冷静着）爹，辛哥哥他不想去鲁城打仗，你不该强迫他去。

戎夷　辛儿，是吗？

石辛　嗯……

戎夷　（失望地，但讲原则地）怎么不早说？去鲁国打仗是自愿的，行义，须出于本心。

石辛　我知道,我是想陪您到了鲁城再说……

戎夷　你想去哪?

石辛　秦国。

戎夷　那个虎狼之国?一直虎视眈眈想要吞吃天下的国?

石辛　我没想那么多。只要它能实现我的个人理想就行。

戎夷　什么理想?高官显爵,富贵终生?

石辛　我原来是想为自己奋斗,但现在我变了。我要为了芙蓉,为了将来和她一起过上好生活,去秦国闯一番事业。(停顿)毕竟您只有这么一个女儿,说实话,如果您为鲁国捐躯,将来谁照顾她呢?

戎夷　(停顿)辛儿,你知道我为什么和淳于蛟断绝师兄弟关系吗?

石辛　知道。因为他背叛了墨家兼爱非攻的信仰,为楚国四处征战。

戎夷　秦国比楚国还要暴虐贪婪十倍。

石辛　明白。可是,您就为了大义不管自己的女儿吗?这对芙蓉,公平吗?

戎夷　你要照顾芙蓉?

石辛　是的。

戎夷　照顾她一辈子?

石辛　没错。

戎夷　所以你不去鲁国抗楚?

石辛　可以这么说。

戎夷　所以你要去一个比楚国还暴虐的国家建功立业?

石辛　这……

戎夷　这逻辑不太对吧? 辛儿,假如你真为了芙蓉,或者哪怕你不为了芙蓉,只为自己而不去鲁国打仗,去别国做事,为师都没意见。只是,你不可去楚国,也不可去秦国,不可去任何侵犯别国的国家效力,否则,你不是我的弟子。(对芙蓉)芙蓉,你若跟从这样的男人,我也不认你这个女儿。

芙蓉　爹……

石辛　师父,难道您真相信弱能胜强?您真看不出天下大势?楚国早晚要灭了鲁国。秦国早晚要灭了韩赵魏燕楚齐,最后统一天下。个人是渺小的,胳膊是拗不过大腿的,这就是弱肉强食的世界。谁先投靠强者,谁就等于先有了一大笔原始股,就等于拥有了幸福的生活!您真不希望女儿跟着徒儿,有个幸福发达的将来吗?

戎夷　(才认识这徒儿似的,辛辣地)辛儿,你平时不言不语的,心思却明白得很呢!

石辛　(没听明白)师父过奖……

戎夷　芙蓉,你怎么想?

芙蓉　爹,这世上除了你,就是辛哥哥陪我最多了……真不想孤单地活着呀……(停顿,难过地)可是辛哥哥,你现在的表情,为什么跟你笨笨的小木雀越来越不像了呢?

石辛　妹妹,人总要长大的。

芙蓉　当小孩子也一样可以活呀。(停顿)辛哥哥,你还记得咱们在临淄的邻居李叔叔吗?

石辛　记得,他是从秦国搬来的儒生。

芙蓉　他跟我说过为什么离开秦国,那个理由吓死人。

石辛　怎么?

芙蓉　他说,秦国只许拜王,不许拜天,甚至不可以抬头望天。

石辛　那又怎样?

芙蓉　怎样?那人活着还有什么意思?有什么盼望?我就永远见不到我娘,更见不到能跟祂说出所有心事的温暖慈爱又公正的老天爷了,那多可怕!

石辛　你,跟老天爷说心事?

芙蓉　对啊。

石辛　他回答你吗?

芙蓉　当然啦。

石辛　他怎么回答你?

芙蓉　祂安慰我,让我心里好受些。

石辛　他长啥样?白胡子老头,还是红胡子老头?

芙蓉　别瞎说!我虽然看不见祂,可能感觉到祂。第一回感觉到祂,是我娘刚过世的时候。我想娘实在想得不行,又不知跟谁说,就跪下来对祂说:老天爷啊，你是慈爱的，你是怜悯的，求你告诉我娘，我可后悔说她做的裙子不好看呢。我可后悔因为说裙子不好看，把她气哭了呢。求你替我擦干她的泪吧，求你告诉她，我喜欢她做的那条浅蓝色裙子，我现在天天穿着它，很怕把它穿坏了。求你告诉她，我想把从前气她的事儿都抹去，请她原谅我，行吗？老天爷？要是行的话，求你让我的心觉得轻快些，别老让它像裂了一样疼，行吗？老天爷？我就跪在地上这样求，把憋在心里的话都跟祂说了。过了一会儿，很神奇地，我的心真的轻快起来，温暖起来，心里的那条裂缝，真的不疼了。我就知道，老天爷祂听了我的求告，安慰了我。

［芙蓉说话时，戎夷一直观察着石辛的反应。

045　石辛　（感动而又不以为然地）嚯，我还以为是我安慰了你呢，敢情没我啥事。

芙蓉　你……当然也安慰了我，你就是老天爷派来安慰我的。祂也一定会安慰你，爱你。（停顿）辛哥哥，为了祂的缘故，真的不要去秦国。

石辛　（停顿）我再想想吧。好妹妹，我和师父先送你去兰城。

芙蓉　（泪又流下）……嗯，好的。

戎夷　（走着）辛儿啊，看见了吗？（意味深长地）前面就是岔路口了。

石辛　看见了,师父。(停顿)我们,先走吧。

　　　〔灯光渐收。黑暗中,响起芙蓉的歌声:"妈妈呀,看见小木雀了吗?这是我呀,我来看你啦……"

第三幕

A5

［字幕：A5。A4的十三年后。蕞城。

［一座城池。城上高扬着一面黑旗，上书血红的"秦"。城下有一座军帐，帐外挂着土黄色旗，上书黑色的"楚"。城上秦将白德拿着喇叭，对城下的合纵联军喊话。

白德　楚、赵、魏、韩、燕的将士们，辛苦了！你们勾心斗角成立的合纵联军，该散伙了吧？你们机关算尽的攻秦计划，该收摊儿了吧？你们在这儿猛攻了二十天，结果呢？我大秦的汗毛一根未动，你们死伤了多少？有数吗？诶呀妈呀，尸首味儿可真大，要不要我派人替你们收收啊？

各国将士们，亲爱的同行们！人的生命只有一次，站在胜利者的一边才是明智！历史的前进方向已经很清楚了！秦国统一天下的大势是拦不住的！考验你们眼光的时候到了！识时务者为俊杰！我代表秦王陛下，向你们发出热烈的邀请——

[面无表情的秦国士兵从城楼上一右一左垂下两条巨大的布幅，右条幅上书："投降+见面礼"，左条幅上书："=高官显爵"。

白德　看见了吧？事情就是这么个事情。合纵联军的同行们，好好想想吧？假如你们投降，请带着见面礼来，我们热烈欢迎。啊？哈哈哈哈！坐等你们的好消息哟！咱们，回见！

[城头收光，白德和众秦兵下。

[楚军统帅淳于蛟的帐内，光亮，五十多岁的淳于蛟来回踱步，三十五岁的石辛佩剑进帐。

石辛　岳丈大人。

淳于蛟　（一种既不见外又保持威仪的表情）嗯。将士们情绪怎样？

石辛　粮草不足，伤亡惨重，有点儿沮丧。

淳于蛟　接下来楚军怎么办，你有什么想法？（警惕而不露声色地）带着剑干嘛，放一边儿，坐会儿，咱爷俩好好聊聊。

石辛　……是，岳丈大人。（把剑靠在桌边，坐下）我没啥想法……听您的。

淳于蛟　你总是这个样子。能不能有点儿主见？

石辛　我觉得……（照本宣科地）各国应该团结一心，鼓舞士气，强秦不破，我们每个国家都不安全……

淳于蛟　这是外交辞令，扯淡时候用的。你心里真这么想？（打量石辛）哼，我没看出你有这个血气。

石辛　（忍辱地闭了闭眼睛）我觉得，咱大楚国应该保存实力，悄悄撤军，让其他四国先在这儿扛会儿。留得青山在，不怕没柴烧。就算合纵联军打败了秦国，最后各国还是要决一雌雄，由最强的那个统一天下。与其傻傻为他国打头阵，不如先给咱自家保存实力。

淳于蛟　（些微赞许地）嗯，这还算个思路。怕就怕所有国家都这么想啊，到时候秦国拉拢一个，打击一个，各个击破，咱大楚迟早也得玩儿完。

石辛　大楚有英明神武的岳丈大人在，不会的。

淳于蛟　（受用地）你呀，就会拍马屁。（沉吟地）这时候，我倒有点儿怀念你戎夷师父呢，他要是在，肯定会率领天下义士抵抗强秦的。

石辛　是啊，起码可以当一阵子炮灰。

淳于蛟　哈哈哈，辛儿，亏你还是他徒弟。

石辛　我真正的师父是您。

淳于蛟　做人的学问，多着呢。（停顿）最近嫣儿有信来吗？

石辛　（脸色不易觉察地阴沉）昨天接到她一封信，她问父亲大人好。

淳于蛟　（意味深长地）你俩可要和睦啊。我那个丫头，我了解，她的确有她的毛病。那个姓赵的，我既然把他发配到西南去了，你也该消消气。

石辛　（勉强地）我没事，岳丈大人。

淳于蛟　怎么不叫我"爹"呢？十几年了，还这么生分。

石辛　……爹。

淳于蛟　这么多年，你和嫣儿连个一男半女都没有。等仗打完了，你回去娶个妾，生几个娃！嫣儿要敢吃醋说半个"不"字，看为父我不收拾她！人生一世，东征西讨，图什么？还不是为了光宗耀祖，儿孙满堂，红火风光？

石辛　……没关系的，爹。

淳于蛟　不过话说回来，辛儿，你也要争气啊。到现在为止，你独立带兵打过一回漂亮仗吗？这次合纵攻秦，我本想给你一个证明自己的机会，让你单独率军跟燕国和赵国呼应，老夫则率军跟魏国和韩国呼应，成夹击之势，直捣咸阳。这次若打了胜仗，你就有了立足的资本。将来楚国统一天下，你石辛也是功勋卓著，谁敢小看？可你就是死活不敢单独率军！结果贻误战机，致使秦国这么猖狂！老夫说句难听话：你若不是我淳于蛟的女婿，能当上大楚国的右司马？（弦外有音地）就你这点本事，到秦国试试看？你是比得了王翦，及得上蒙恬，还是赛得过白起？你去了，早被秦王嚼得骨头渣儿都不剩了。（停顿）年轻人啊，要懂得珍惜。三心二意，东张西望，没事儿就跳槽啊移民啊，下场不会好。你说呢？

石辛　岳丈大人说的是。

　　　［马佚跑进帐中。

051 马佚　（哭音儿）大司马，您快来看看，您的马快不行了！

淳于蛟　哦？（对石辛）你在这儿等会儿！我去去就回！

　　　［淳于蛟和马佚下。石辛拾起剑，手按剑柄，在淳于蛟的大帅椅上坐下，看他桌子上的白绢地图，满脸恼恨和思虑。戎夷穿着单薄的白色里衣，无声无息地走近他。

戎夷　不，不要这样。

石辛　不要哪样？

戎夷　你手按剑柄之后，接下来要做的事。

石辛　师父，您该赞成我才对。身为您的墨家师弟，他淳于蛟背叛了兼爱非攻的师训，投靠楚国，四处开战，兼并弱小，站在墨家的对立面。

戎夷　就像你一样？

石辛　（脸色难看）师父，您说话也忒难听了。

戎夷　你和淳于蛟是同路人。你们这路人，总会死在你们这路人手里。

石辛　我不会。我知道怎样保护自己。

戎夷　咱俩打赌？

石辛　我才不跟死人打赌呢。不吉利。

戎夷　辛儿，听为师的，别杀淳于蛟，劝他不要撤军，一定跟其他四国精诚联合，从函谷关背面切断秦军的粮草供应。再坚持二十天，你们肯定胜利。胜利之后，各国敬天爱人，谨守边界，彼此和睦，永不开战。珍惜最后的机会吧，强秦是虎狼之国，它一旦统一天下，你们所有人都有罪受的。

石辛　别人受不受罪我管不着，反正我不会。在秦国，只要你一直立功，就一直有赏赐，高官显爵，富贵一生。

戎夷　你靠什么立功？你跟淳于蛟不一样，人家会打仗。你呢？靠你肯听话？靠你出卖人？你能保证自己一直有得卖吗？

石辛　（忍无可忍地拔剑出鞘）戎夷！你不要倚老卖老，

出言不逊!

戎夷 （往剑尖上凑）来呀？刺呀？好徒儿？

石辛 （收剑入鞘）哼！

戎夷 心意已决喽？

石辛 已决。

戎夷 （冷笑）那就祝你好运，祝你无悔，石右司马！

石辛 借您吉言喽！（打量着戎夷）师父，下次您露面时，能不能穿件儿棉衣？老这身打扮，好像控诉我似的。

戎夷 不是我不穿，是你看不见我穿。不是我控诉你，是你自己控诉自己。

石辛 （捂住耳朵）够啦够啦！您甭说绕口令了！

［淳于蛟回帐，看石辛的样子，有些诧异。戎夷笑着撞了下淳于蛟，后者看不见他，浑然不觉。戎夷慢慢下。

淳于蛟 辛儿，谁说绕口令了？

石辛 啊？没，没什么，我在练习……怎么跟官兵们说这事。

淳于蛟 什么事？

石辛 咱们先撤军的事啊。

淳于蛟 你真觉得联军没戏？我刚刚想了一下，也许五国可以精诚联合，从函谷关背面切断秦军的粮草供应……

石辛　岳丈大人，楚军死了三万人了！不能再耗下去了！（假装倾听）哎呀，您的马还是叫声不对，真不行了？

淳于蛟　（看向帐外）是吗？

〔石辛举剑刺向淳于蛟的后背。

淳于蛟　辛儿，你？？？（扑倒）

石辛　我？我谢谢您。（蹲跪在淳于蛟尸体前，欲割其头）很好的见面礼。

〔一缕微光照在石辛扭曲的笑脸上，他侧着头，与天幕尽头身穿白色里衣的戎夷对视。收光。

A6

〔字幕：A6。A5的两年后，鲁城外战场。

〔天幕处有土堆和沟壑。低沉的战鼓声。三十七岁的石辛与四十来岁的白德身穿铠甲上，二人边走边谈，看起来面和心不和。

白德　石大人。

石辛　白将军。

白德　您能解释这事吗？我们秦军十五万，你们楚军二十万，却败给了我们。

石辛　谁们楚军？

白德　哈哈哈，开个玩笑啦。您投奔秦国两年多了——

您提着淳于蛟人头求见我的情景，还在眼么前儿呢，可不知为什么，我老把您当成楚国人。

石辛　哼哼，没关系啦，好在王上不像您。否则，他老人家怎会委派我来督察您呢。

白德　不为别的，只因我白德太会打仗了。

石辛　您意思，王上多疑，不信任您？

白德　我可没这意思哈！我是说王上宅心仁厚，在以战功论贵贱的秦国，还想着给不太会打仗的臣子分口饭吃，这得多体恤人心呀，啊？哈哈哈哈！

石辛　（冷冷地）是啊，王上如太阳，照好人，也照歹人；照谦卑忠诚的人，也照居功自傲的人。这是任何国家的君王都不能比的。

白德　啧啧啧，真是术业有专攻啊！这么漂亮的话，我们大老粗可说不出。

石辛　哼，言由心生。

［秦国士兵押解着楚军战俘，陆续从台左上，从二人前方绕行到右，再走向天幕处。

白德　听说石大人十多年前，在这鲁县当过楚国的县尹？

石辛　不错。

白德　这么说来，这些俘虏，也是您当年治下的百姓，或百姓的后人喽？

石辛　可以这么说吧。

白德　（啧啧连声，讥刺地）您居然能提出活埋他们，也算是大义灭亲了。

石辛　为了秦国的统一大业嘛，这点忠心是要有的。

白德　其实，表忠心的方式多种多样，倒也用不着这么绝。

石辛　哟，您动了恻隐之心了？

〔五十多岁的老熊被秦军押解着，经过石辛面前。老熊认出了石辛，连忙跪下。

老熊　石大人！石大人救命！

石辛　你是谁？

老熊　我是老熊啊！

石辛　老熊？

老熊　十几年前，您在这儿审理孟还谋反案的时候，我是证人啊！

石辛　证人？哪个证人？

老熊　就是证明孟犯以《墨子·非攻》攻击大楚的那个证人！因为小的作证，那反贼才被斩首！您还奖励小人一柄宝剑呢！

石辛　有这么回事？

老熊　有啊！您贵人多忘事……（哭）石大人，看在小的当年忠心耿耿尽职尽责的分儿上，您饶小的一命吧！

〔石辛沉吟着。

老熊　（磕头如捣蒜）哪怕您让小的牵马坠镫，吃屎喝尿都行！啊？石大人，求您开恩，看在故人的分儿上，饶小的一条狗命……

石辛　我送你的剑还在吗？

老熊　在在在！（指向一秦兵）在那位军爷手里！

石辛　（对秦兵）拿来。

[秦兵递上剑。

石辛　（端详剑）保存得不赖啊。

老熊　石大人赐的恩物，小的天天擦拭！

石辛　需要磨磨了。

[石辛抬手，将剑刺入老熊的身体。

老熊　石大人，你……！（死去）

白德　石大人，你这是干什么？好歹他也曾对你有用啊。

石辛　一次性用品，都是用完即抛的。（对秦兵）拖走。

[秦兵将老熊尸体连同尸体上的剑拖走。

白德　啧啧啧，石大人，你够狠。

[一秦军军官上。

军官　石大人，白将军，俘虏们都站好了，等您们示下。

石辛　可以埋第一批了。

白德　慢。

石辛　怎么？

白德　楚军既已投降，鲁城就是秦国领土了。对已降之军，可以视作归顺的子民，让他们活命。毕竟二十万人呢，一旦属于秦国，那也是不小的生产力呀。

石辛　白将军虽然说得在理，但这鲁人跟一般俘虏有所不同。

白德　怎么？

石辛　我做过鲁城县尹，对这儿的百姓相当了解。这鲁人啊，反复无常，最不驯服——表面守着孔孟之道，谦恭有礼，骨子里看哪国都是野蛮人，他们才瞧不起你呢。

白德　瞧不起人，就该被埋吗？（指桑骂槐地）我也有瞧不起的人，莫非也要埋我不成？

石辛　白将军，不要偷换概念。

白德　石大人，别的事我都可依你，但坑埋俘虏之事，恕白某人不能从命。

石辛　您总得说个理由，将来我也好禀明王上。

白德　实不相瞒，自从二十年前，我叔父白起将军被先王赐死之日，就传下一个家训：白家子孙，再不能像他在长平之战一样坑杀俘虏。

石辛　长平之战彪炳史册，白起将军坑杀四十万赵国俘虏，是空前恐怕也绝后的战功啊，他何故传此家训？

白德　叔父被先王赐死之前，呼天抢地，想不通战功卓著的自己为何这个下场。在拔剑自刎的前一秒，他恍然大悟，对身旁守候的白家人说："我的确该死！因为我曾用欺诈的手段，坑杀了本不该死的长平四十万赵国俘虏。是他们的冤魂在向我索命。以后凡是白家后人，若打了胜仗，万不可再做坑杀俘虏之事，否则，不得好死！"

石辛　当年白起将军坑杀俘虏是有原因的呀。长平属于上党，此地先前就曾被秦国攻陷，可上党人却不归顺秦国，反投向赵国。白将军担心这些俘虏反复无常，重演当年背叛的把戏；可把俘虏带回秦国吧，四十万降军数目太大，秦军hold不住。白将军反复掂量，本着秦国利益至上的原则，才决定坑杀俘虏。这有什么错呢？

白德　此中对错，唯有老天可以裁夺。

石辛　白将军，秦国只有王，没有天，这一点您忘了吗？

白德　这个，我知道。可是没办法，谁让我姓白呢？我总不能违抗家训，遭受咒诅吧。

059　石辛　您意思是，叔叔比王上大喽？

[空气有点儿凝固。两个秦兵抬上一座戎夷的雕像。

秦兵　启禀石大人、白将军，我们在鲁城门外，发现了这座雕像，鲁城百姓叫他戎夷。不少人在他前面祭拜，群情激昂，声音震天，说要继承这戎夷的遗志，反抗强秦，光复鲁国。我们恐怕生出乱子，就将这像抬来，请大人和将军定夺。

白德　（看像）戎夷是谁？穿着里衣，身上盖着雪，挺生动啊。

石辛　（老大不自在）哼，他是个不安分的墨家弟子，本是齐国人，却在楚国攻打鲁国的时候，跑来要帮鲁国人抗楚。他到鲁城的那夜，天降大雪，城门紧闭，他没能叫开门，就生生冻死了。（停顿）所以啊，人不能逆势而为，逆了，就是这个下场。

白德　不管怎样，他倒是一条仁义汉子。

石辛　仁义？哼！所谓的仁义汉子，也有想吃人的时候。

白德　石大人所指何事？好像您很了解这位戎夷呢。

石辛　（尽量自然地）我认识戎夷临终前陪在他身边的一位弟子。据他讲，这位所谓的义士为了不被冻死，差点杀了弟子，抢下他的棉衣。

白德　可他最后却是穿着一件里衣冻死的，就像这个雕像一样，对吗？看来他的弟子武艺比他高强，反倒把他的棉衣抢走了？

石辛　呃……说来话长，有机会我再给您讲。（对秦军）把这石像，扔进坑里。

[秦军听从。

石辛　白将军，还是把俘虏们，埋了吧？

白德　我不同意。

石辛　您也看到了，鲁城人在戎夷像前集结，反秦之意昭然若揭。如不坑杀这二十万战俘，任其存活，将来必成秦国大患。

白德　石大人，您在玩一个危险的游戏。今日之事，与我叔叔当年何其相似——不同的只是鲁城与长平，二十万与四十万。若让历史悲剧重演一次，不单对我，对您也不会有好结果。

石辛　悲剧还是喜剧，咱走着瞧。

白德　您是不见棺材不落泪呀。（对侍卫）去，端盆水来。

石辛　你干嘛？

〔侍卫端一铜盆上。

白德　（洗手）石大人，我在这盆中洗手：二十万楚军埋，还是不埋，您决定，与我无干。OK？

石辛　哼，你这是自欺欺人。只要你没成功阻止我的坑杀令，这活埋俘虏的功劳，你就有分儿；你我的名字，也会一起记在史册上。（停顿）可说实话，人只有短短一辈子，史册又算得了什么呢？

白德　好，那您，请便。（白德做出投降的手势，下）

石辛　（对众秦兵）埋。

〔身穿白色里衣的戎夷，此刻站在天幕处，即将被坑杀的楚军俘虏身边。秦兵将俘虏推入坑中，铲土，俘虏们只有头露在舞台地面。戎夷孤单地站在坑沿，与石辛对视。光暗。

B3

[字幕：B3。B2的几天之后。鲁城门外。

[大雪纷飞的夜，城门紧闭。戎夷和石辛步履艰辛地踏雪而上。石辛走到城门前，砸门。

石辛　开门！开门啦！我们是墨家援军！快开门！

[无人应。石辛继续砸门。

石辛　鲁国弟兄们，你们的援军到了，还不快出来迎接！

[无人应。

石辛　师父，您跋涉几百里支援他们，换来的却是这。

戎夷　（看了石辛一眼，明白石辛"您"字传递的信息）不碍事，先坐下歇歇。

[石辛往空空的干粮袋里掏了半天，掏出两块萝卜干，递一块给戎夷。

石辛　师父，干粮吃完了，只剩这点萝卜干，您就着雪吃吧。

戎夷　（没接）我不饿，你吃。（从怀中取出白绢的救守图，就着雪光看起来）

石辛　等城门打开，我把您送进城，我就去……魏国。

戎夷　嗯，不去楚国和秦国就好。

[石辛凑近。

石辛　这个图有啥啊，您老是看来看去的。

戎夷　你看哈，我没来鲁城之前，没考虑到南城墙的两座城门竟然是这样的,所以守城的器械布局和兵力安排就得改……

石辛 （无心于此,垂涎于另一块萝卜干）您真不饿啊,师父?

戎夷 不饿,你吃吧。（专注地指着图）淳于蛟很快就要带领楚军来到城下。我了解他的套路。他肯定会把帅帐安置在这儿,把骑兵安置在这儿,把步兵安置在这儿。

石辛 （开吃另一块萝卜干,不热心地敷衍）嗯嗯……妈的,咋还不开门啊。这鲁城人心里就没个数,明知道您这两天可能会到,也不留个人听城门动静。

戎夷 风雪太大,他们可能听不见。

石辛 （瑟缩地）周围连个旅店也没有,太特么落后了。

戎夷 开战在即,坚壁清野,城外肯定什么都没有。

石辛 真想走回早晨出发的那个旅店啊,可四十里路,又没有干粮,怎么走得动呢?咱俩非累死在路上不可。

戎夷 那就坐着,等天亮开城吧。

石辛 嗯,只能这样了。

［灯渐暗。

［一阵潮水般的巨响漫过舞台。光突亮,戎夷艰难地醒来,原来是梦里的声音。

戎夷 （看石辛闭目僵坐，靠着城门）辛儿，辛儿！醒醒！不能睡过去，睡过去就醒不来了！

石辛 嗯。（依然睡）

戎夷 （拼尽力气大喊一声）辛儿，开门啦！吃饭啦！

石辛 （立刻站起）啊，去吃饭！

戎夷 哈哈，去吧，也给为师弄点饭来。

石辛 （茫然看着周围，口齿含糊不清）啊，师父，城门还关着啊。

戎夷 （抓住石辛的手）辛儿，你这手，简直是一块冰啊。

石辛 师父，我是一块会说话的冰。

戎夷 这样不行，咱们肯定会冻死的。

石辛 冻死就冻死吧，您干吗叫醒我啊。死在美梦里，总比醒来没救强。

戎夷 为师也做了个梦。

石辛 我梦见一个人，像淳于蛟，又不像淳于蛟。他穿着一身金光闪闪的袍子，迈着威风凛凛的步子，他的手也是金子的。他走到哪儿，哪儿就变成了金子。他走向我，伸手拍了拍我的肩膀，我感到半身发麻，金光万丈，马上就要变成一座金像了，您喊醒了我。

戎夷 （停顿，忧心而反讽地）好有前途的梦啊。

石辛 您梦见啥啦？

戎夷 我梦见黑色的大洪水冲过来，淹没了所有人，淹没了你，我，芙蓉，淹没了鲁国人，楚国人，韩国人魏国人赵国人燕国人齐国人……水没到了脖子，把为师憋醒了。

石辛　这啥意思啊？

戎夷　黑色的洪水，就是秦国。秦国啊，将是比楚国更大的祸害。

石辛　师父，您为啥老跟秦国过不去。

戎夷　你听说过齐王命令齐国人，只许拜王，不许拜天了吗？

石辛　没有啊。

戎夷　你听说过楚王命令楚国人，只许拜王，不许拜天了吗？

石辛　也没有啊。

戎夷　可是秦王居然敢命令秦国人，只许拜王，不许拜天。

石辛　拜王还是拜天，有啥要紧？天就是那么个高高远远冷冷的跟咱没啥关系的天，拜它不拜它，又能怎样？

戎夷　辛儿，你错了。天虽然是高高的，远远的，却不是冷冷的，也不是跟咱没关系。祂是老天爷啊，祂的心里火热，有一杆秤。每个人都逃不过这杆秤。祂会按你的心思意念所作所为对待你，分毫不差。

石辛　您真逗，跟芙蓉一样，开口闭口"老天爷"长"老天爷"短的。可是多少人干了缺德事，却升官发财，子孙满堂？多少人行侠仗义，却穷困潦倒，自身难保？这时候老天爷在哪儿呢？远的不说，就拿您和淳于蛟比吧。您身体力行兼爱非攻的墨家师训，为了受到威胁的鲁国百姓出生入死，可老天爷赏您什么了？您不过是有点儿名气的一介布衣而已，还可能冻死在你要救的这座城门外。那淳于蛟呢，虽然背叛墨家，四处攻伐，可老天爷又罚他什么了？人家威风八面，有权有势，连各国君王都敬他三分。老天爷在哪儿呢？真有老天爷的话，我看祂也只是站在淳于蛟一边。赢家通吃啊，师父，从地上到天上，赢家通吃。

戎夷　（深深地看着石辛）辛儿，咱爷儿俩在一起五年，还赶不上今儿晚上我对你的了解呢。感谢老天爷安排了这场大雪啊。（停顿，暗自决断地，引人悬念地）一场决定你我命运的大雪。

石辛　您啊，不了解年轻人。这样您怎么把握时代的脉搏？怎么做出正确的选择？这样可不行。这样您就out了。

戎夷　幸亏你给我普及了常识。

石辛　这是徒儿应该做的。

戎夷　（关切地看着石辛）可是，你这样想这样做的话，不怕失去平安吗，辛儿？

石辛　平安是啥？保全性命？

戎夷　不一定。

石辛　吃饱穿暖？

戎夷　不一定。

石辛　荣华富贵有权有势？

戎夷　不是。

石辛　名满天下受人敬重？

戎夷　不是。

石辛　那我要平安干啥呀，失去就失去吧。

戎夷　（看着石辛，良久）虽然你巴望的东西可能一样也得不到，但平安却有一个真正的好处。

石辛　（期待地）啥？

戎夷　（仰头望着飘雪的天空）你看这雪，这地。假如每片雪花都是有灵性的小生命，那么她们完好无缺地落在地上，不被踩踏，不被融化，是不是就很重要？如果真的做到了，那么这地是不是就很满足？平安，就是这地的感觉：因为完完整整地守护了每片小雪花，所感到的坦然和满足。

石辛　您是说，当弱者大救星的那种感觉？

戎夷　（摇头）不，但凡看得见的荣耀，包括美名，尊敬，都不是真正的平安。（指着心）平安是这里头的状况。你良心里飘着的小雪花，是不是每一片都安然无恙？是，你就会有坦然满足的感觉，也就有了平安。要是你为了外面的利害、荣耀、一时的口舌之快，踩踏了一些，融化了一些，把雪花变成了污水，你就不再坦然满足，也就失去了平安。当然，这件事只有两个人知道：你自己，和老天爷。

石辛　这样啊。（陷入沉思）

戎夷　（紧追不舍地）怎样啊？

石辛　啊？

戎夷　你觉得为师说得对吗？

石辛　这……

戎夷　怎么想就怎么说呗，跟平常一样。

石辛　那我说了哈。首先，我不认为真有老天爷。其次，如果我因为行仁义却穷困潦倒自身难保，就不可能感到平安。我认为平安首先是，你得能活下来。其次是，当上人生赢家。你赢了，你被人崇拜、羡慕、围绕，你才能平安。（尖利的北风呼号，蜷起身子，哭腔）诶呀妈呀，冻死我啦。还人生赢家呢，我怕咱都活不过今晚啊。

戎夷　怎么才能活下来呢？

石辛　再有件儿棉衣啊！穿上足够的棉衣，才能不被冻死。

戎夷　怎么才能再有件儿棉衣呢？

石辛　求老天爷！（向天祈祷）老天爷啊！求你让他们打开城门，把我们师徒二人放进去吧！如果不能，那就求你停了风雪，掉下一件，啊不，两件棉衣吧，我和我师父一人一件！你要是掉下棉衣来……最好再掉两个馅儿饼……我就信你！（闭眼等待片刻）您看，您信靠的老天爷，既没为您，也没为我，掉下一件棉衣来，您还说祂心肠火热呢。

戎夷　祂的火热不在这儿。（停顿）不过我俩中间，倒是有一个人有机会，多一件棉衣呢。

石辛　（突然意识到什么，恐惧地）谁？

戎夷　我的棉衣给你，你就多一件。你的棉衣给我，我就多一件啊。

石辛　（不自然地笑）不，这不可能。徒儿怎么能要师父的棉衣呢。

戎夷　徒儿也可以把棉衣给师父啊。

石辛　那我怎么办？（惊恐地）您不会吧？

戎夷　不会什么？

石辛　抢徒儿的棉衣？

戎夷　不会。

石辛　那就好。

戎夷　如果徒儿肯把棉衣献给师父的话。

石辛　凭什么？

戎夷　凭什么？凭我是你师父，你理当孝敬。凭你师父我是著名的国士，我活下来，能救鲁城八万人的性命。鲁城不降，鲁国就不会屈服，一个礼乐之国就得到了拯救，普天下都会听到自由的消息。此后，我还会说服各国联合起来，抗击强秦。这虎狼般的秦国一旦得胜，整个天下都将是一座大监狱。我的使命，就是让天下人逃出这监狱。我是为了这个使命舍不得死。你呢？你能做什么？你活下来若走正路，顶多就是个守法良民，带着芙蓉过好自己的小日子。走邪路，你可能丧失底线，为了一己私利，做尽伤天害理的事。为了把邪恶消灭在萌芽状态，为师就该消灭你。这逻辑是不是很严密啊？乖乖把棉衣脱下来，给为师穿吧？啊？辛儿？

石辛 （退得老远）你你你……你这个人好可怕！

戎夷 有啥可怕？

石辛 你满口道德仁义，一肚子自私自利！你打着伟大崇高的旗号，干灭绝人性的勾当！

戎夷 这样才能当上"人生赢家"啊。怎么样，成全师父吧？

石辛 （凄厉地）不！

［石辛魂飞魄散地逃跑。戎夷追。二人边跑边说。

戎夷 好徒儿，听话！把棉衣脱下来！

石辛 我才不！你这个恶魔！

戎夷 你跳不出为师的手掌心！

石辛 你不怕老天爷罚你吗？你不怕坏了良心、失去平安吗？

戎夷　首先，我认为没有老天爷。其次，我要是因为行仁义而穷困潦倒自身难保，就不可能感到平安。

石辛　啊，你这个老妖！你倒是学得快！

戎夷　对，要善于向年轻人学习！谢——谢——好——徒——儿——

[戎夷抓住石辛。

戎夷　好徒儿，脱下棉衣，免得为师动手。

石辛　没门儿！你个假道学！我才不会让你得逞！有本事你杀了我！有本事你穿上滴血的棉衣！

[戎夷抽出刀来，压在石辛的颈上。

戎夷　为了鲁城八万百姓，为了鲁国和普天下的自由，为师只好，不客气了。

[收光。

第四幕

A7

〔字幕：A7。A1的三十五年后。齐国都城临淄，吕章的将军府客厅。

〔厅堂墙上挂着戎夷画像，画像前，年近六旬的吕章站着，五十五岁的石辛跪着。吕章的家臣和石辛的随从，各自站在自己主人的一边。气氛十分凝重。

吕章 （冷冷地）起来吧，石大人。你是代表秦国出使齐国的，这样跪着，有失国格。

石辛　（长跪不起）不，我首先是齐国人，戎夷师父的弟子，你的师弟，其次才是秦国的使臣。三十五年了，师父的死像块沉甸甸的石头，压得我喘不过气来。多少次梦见他，向他请罪。多少次我向老天爷求告，请祂让时光倒流，让我回到那个雪夜的鲁城门外，我就可以强迫师父穿上我的棉衣，由我去死。这样，师父就可以去救鲁城人，去救天下人，一切也许就不是今天的样子。

吕章　今天的样子？今天的样子不正如你所愿吗？韩国、赵国、魏国、楚国、燕国，先后都被秦国灭掉了，只差我区区齐国，秦国就统一天下了。你石辛石大人是秦王眼前的红人，只需坐等未来的封赏了，怎么反倒不高兴"今天的样子"了？

石辛　（缓缓站起，面向观众）吕师兄啊，我们三十五年没见面，你不了解师弟的心啊。（对随从）你们下去吧，我和吕将军好好叙叙旧。

　　〔众随从下。有一个人深深回看了石辛一眼。

石辛　吕师兄，我们可否推心置腹谈一谈？（以眼神示意吕章的家臣）

吕章　你们歇息吧。

　　〔众家臣下。

吕章　（冷冷地）有什么话，说吧。

石辛　可以坐会儿吗？

吕章 （冷冷地）坐吧。

　　　［二人落座。

石辛 （深情地看了看吕章）吕师兄，三十五年，真是一眨眼呀。我们在师父家分别时，你我都青春年少，这一晃，土埋到脖子啦。想当年，你，我，孟还师兄，其他师兄，还有芙蓉，都在师父家的后院儿练功。师父那时就说，你功夫最好，也最有将才。果然，你现在做了齐国大将军，整个齐国的军队都归你调遣。

吕章 师父还说，孟还是个忠烈之士，会为自己的信仰殉道。果然，他殉了道。但师父想不到的是，他殉在了自己的另一个弟子手里。

石辛 （停顿）我知道，即使我有一百张嘴，一千个理由，也不能为杀死孟还师兄申辩。

吕章 没关系，张开你的一百张嘴，摆上你的一千个理由，看看哪张嘴哪个理由，可以让你杀害孟师兄这件事，显得合情合理。

石辛 我……

吕章 时间太久了，害的人太多了，想不起来了？

石辛 不……

吕章 说吧，说说你的理由。

石辛 ……因为，按当时的情形，我不杀孟还师兄，我就得被淳于蛟杀死。（看着吕章）我知道师兄你怎么想。你会想：你为什么贪生怕死？墨家门徒、戎夷弟子都是为义而死，岂能为了自己活命，就去杀人？而且杀的还是义士？还是自己的师兄？（跪下）师兄啊，我这戴罪之身，现在也是这么想的。可我当时太年轻啦！我才二十二岁呀！我还不甘心死！我还有好多欲望啊！（流泪）谁知道血债的滋味这么难受……多少个夜里，噩梦连连……多少个白天，一个个幻影在眼前晃……简直生不如死啊，生不如死！（将剑抽出，举过头顶）师兄，今天见你，我就是回家了。我欠的两条命——师父的，师兄的，二罪归一，你就替我还了吧！（仰望空中）师父啊，师兄啊！求你们恕我的罪！辛儿来赔罪啦！（引颈就戮状）

［吕章接过石辛的剑，看了他一会儿，举剑一挥，石辛闭眼。吕章将剑停在石辛的颈项上，又垂下手臂。

吕章　起来吧。

石辛　为什么？

吕章　两国相争，不斩来使。杀你事小，秦国得了发兵齐国的理由，事大。我岂能为了私人意气，毁掉齐国。

石辛　师兄是为了爱国之念……（慢慢起身）

吕章　当然。

石辛　你是不会原谅师弟了。

吕章　我没有权利,替死去的师父和师兄原谅你。

石辛　可是我要做一件事,来赎自己的罪。

吕章　怎么?

石辛　(低声)十日之内,秦国就要集中全部兵力,攻打齐国西部边境,请师兄务必做好准备。齐国存亡,在此一战。

吕章　我凭什么信你?

石辛　你可以不信。那就当什么也没听到吧。师弟告辞了。

吕章　不送。

石辛　(走两步,停住)呃……师兄,你还有……芙蓉的消息吗?

吕章　有。

石辛　哦?她在哪儿?

吕章　临淄。

石辛　她也该,儿孙满堂了吧。

吕章　没有。她没嫁人。

石辛　她……怎么过呢?

吕章　她做着类似师父的事。

石辛　(停顿)哦。

吕章　想见她?

石辛　(想了下,伤感地摇了摇头)不,不了。知道她一切都好,就好。

吕章 （看了看石辛）还有一个人，也在临淄。

石辛 谁？

吕章 淳于嫣。

石辛 （漠然地）哦。她也好吧。

吕章 不太好。孤苦伶仃的，芙蓉有时会照看她一下。

石辛 唔。（失神地站着）

吕章 （停顿）你再坐会儿吧。

　　［正中石辛下怀，赶紧坐。

吕章 这姊妹俩，现在感情还不坏。

石辛 哦……（不知怎么继续这个话题，停顿）师兄的孩子们，都大了吧。

吕章 孙子孙女都五个了。（停顿）你两个儿子在秦国少年得志，我听说了。

石辛 得什么志，就是年少轻狂，缺少管教。也怪我东奔西走，太忙。

吕章 这几年，我经常会想：我们这代人都老了，我们要留下一个什么样的世界，给子孙后代呢？你想过吗？

石辛 说实话，很少想。

吕章 该想了。

石辛 问题是，不归我们想啊。我们算什么？我们不过是小人物，各自王上的一枚棋子罢了。我想让天下百姓安居乐业，人人得到公平正义，可我有这个权力吗？没有。秦王、齐王才有。

吕章　我们总说自己是小人物，其实，不过是方便推卸责任罢了。

石辛　我们又有什么办法呢？

吕章　担当自己的责任，凭良心做事。

石辛　太抽象了，具体点？

吕章　照着老天爷的心意做事。

石辛　唉，又是"老天爷"……师父，芙蓉，孟还师兄，你，总口口声声"老天爷老天爷"的，可老天爷到底在哪呢？

吕章　祂在天上，也在我们心里。

石辛　在我们心里？

吕章　其实你明明知道老天爷在你心里，只是你觉得祂比秦王更好得罪，祂给你的东西比你想要的，更不重要罢了。

石辛　师兄的话，越来越难懂了。

吕章　其实，你什么都懂，关键看你怎么选择。

石辛　选择……

吕章　现在，天下只剩两个国家：秦国和齐国。秦国如狼似虎，领土上，想吞灭齐国，文化上，消灭诸子百家。齐国呢，却像待宰羔羊一般，王上软弱，幻想着秦王能开恩，放他一马。但怎么可能呢？贪心的人从不停脚，你必须与他争战。我现在要做的，就是率领齐军，誓死抗秦，让齐国尽可能长久地存在下去，让被秦王驱逐毁灭的诸子百家，在这儿开花结果。

石辛　那，我能做什么？

吕章　创造秦王的失败。

石辛　怎么创造？

吕章　老天爷在上，告诉我真实的出兵信息，不要放烟幕弹，否则……

石辛　否则，我不得好死。师兄，我说的都是真的：十日之内，秦国会将全部兵力压在齐国的西部边境，以求"首战即终战"。做好一切准备吧，祝齐国好运。

吕章　（二人起身，相互抱拳）那就，谢谢师弟了。

〔光渐暗，最后一束光照在石辛神秘莫测的脸上。石辛侧转头，与厅堂上戎夷的画像对视。收光。

A8

〔字幕：A8。A7的一年后，鲁城，秦王朝的一间囚室。

〔石辛披枷戴锁站在一只带轮的铁笼里。秦始皇身穿金色的长袍，慵懒地斜倚在笼子外面一张带轮的软榻上，手握一个案卷在看。一个宫女跪在榻前，给他捶腿。卫士站在两侧。秦始皇由淳于蛟的饰演者扮演。

秦始皇 （看着案卷，饶有兴趣地念）"我首先是齐国人，戎夷师父的弟子，你的师弟，其次才是秦国的使臣。三十五年了，师父的死像块沉甸甸的石头，压得我喘不过气来……"

石辛 （跪下）圣上，微臣冤枉啊！

秦始皇 怎么冤枉啦？

石辛 （哭腔）千古奇冤啊圣上！微臣竭忠尽智，肝脑涂地，岂敢有一丝一毫的谋反之心？那所谓的罪状，全是诽谤！这诽谤者，定是去年随我出使齐国的一个随从！求您让他与我当面对质！

秦始皇 这话不是你说的吗？（继续念）"这样，师父就可以去救鲁城人，去救天下人，一切也许就不是今天的样子。""今天的样子"，就是朕造成的样子，看来你很不满意啰？

石辛 圣上，那些话都是逢场作戏，是为了得到吕章将军的信任啊圣上！我后面还说了更诚恳的话呢，微臣真是拼尽了全部演技，差点儿掉了脑袋，才打动了吕章啊！否则，他怎会最终相信微臣，把全部齐军集中在西部边境？我秦军怎么可能如此轻而易举地从齐国北部长驱直入呢？啊啊，圣上，现在吕章已经被杀，齐王建也死了，齐国彻底灭亡了，整个天下，都是圣上、都是秦国、啊不——秦朝的了！微臣对圣上的统一大业，即便没有功劳，也有苦劳，没有苦劳，也断不至于死罪呀！求陛下开恩，释放微臣吧！您让我做什么，我就做什么！您让我咬谁，我就咬谁！我愿意做陛下的一条狗，啊不，一条虫！只要您让我活着就行！只要您让我活着！恳求陛下，开恩啊！！！

（叩头如捣蒜）

秦始皇 （换了个更舒服的姿势倚着软榻，示意宫女）这儿，对，对……（欣赏着石辛的哀求）朕让你做什么，你就做什么？

石辛 是啊，圣上！

秦始皇 朕让你做的，你都做了。

石辛 的确啊，圣上！

秦始皇 实在完美，有时还超额完成。

石辛 没错啊，圣上！

秦始皇 你为了朕四处说谎，你的谎言也是那么完美。

石辛 嗯嗯！圣上！

秦始皇 那为什么朕还要杀你呢？你以为朕真的相信你谋反吗？

石辛 （哭）陛下圣明！陛下知道微臣一片忠心，绝不谋反！

秦始皇 呵呵，忠心这东西你肯定是没有的。但朕知道，借你一万个胆子,你也不敢谋反。因为你没这本事。可朕为什么要以谋反罪杀你呢?你懂吗?

石辛 (哭)陛下,微臣不懂啊!

秦始皇 因为呀,你的用处已经到头啦。

石辛 (伏地,哭)陛下!不能啊陛下!

秦始皇 一次性用品,都是用完即抛的。

石辛 (愣住,觉得这话似曾相识,大哭)圣上!!!

秦始皇 但垃圾也要回收再利用不是?这朝廷啊,总有蠢蠢欲动想谋反的人,你得杀只鸡,吓吓猴。杀谁呢?杀白德将军,会有人替他喊冤。杀你,却没有,全都赞成。那朕何不送个顺水人情,大快人心一下呢?你说是不是啊,石爱卿?

石辛 圣上!您不能这样绝情啊!

083 秦始皇 "绝情"?你我之间,是明码实价的交易,有什么"情"可绝呢?对了,看这个记录,你对你那个什么戎夷师父,倒是一片深情呢。

石辛 陛下,那是臣在演戏啊陛下!

秦始皇 也怪了:你跟别人演戏的时候,总是那么声情并茂,有血有肉。你跟朕说所谓真话的时候,却是那么言语无味,面目可憎。怎么,朕比不上你那戎夷师父吗?他是谁呀?

石辛 陛下,他是微臣青年时代的师父,一个墨家弟子,讲什么兼爱非攻、舍己爱人那一套,专门帮弱者对付强者，帮小国抵挡大国，一辈子不识时务，逆历史潮流而动！否则，微臣也不会离开他！

秦始皇 哼哼，鲁城门外的雕像，就是他啰？

石辛 是的陛下，鲁城人贼性难改！微臣当年和白德将军，曾下令将戎夷雕像和二十万楚军一起埋葬。谁知十几年过去，雕像埋了一个，又出来一个，死灰复燃，屡禁不止。陛下，只要您赦臣死罪，臣可用余生看守鲁城，一旦这雕像出现，臣立即将其掩埋，并会将雕刻这像、树立这像的人，禀告官府，斩草除根！保证它不在市面上惑乱人心！

秦始皇 啧啧啧，石爱卿，您这贪生怕死的精神，真是可歌可泣呀。只要能活着，干什么都可以。

石辛 （哭）圣上，微臣并非贪生怕死，只是贪恋圣上的光辉啊！

秦始皇 （欣赏，摇头慨叹）唉，你这拍马屁的功夫，也是登峰造极，前无古人啦。杀了你，人间就绝了一门艺术了。可惜呀，可惜！

石辛 求圣上留下微臣，普及这艺术！

秦始皇 哈哈！哈哈哈哈……石爱卿，你简直是一次又一次刷新朕的想象力！朕就知道能从你这儿得到快乐，但想象不到会这么快乐！这也是朕为什么要在巡游泰山之后，杀你之前，特来观赏你的原因。

（笑出泪来）哈哈，哈哈哈哈哈！

石辛　（哭）求陛下开恩啊！陛下，求您别杀我……

秦始皇　石爱卿，为了让你安心，你的妻儿老小，也会随了你去阴间团聚。你的家产充公，留着将来赏赐那些最像你的人。毕竟长江后浪推前浪嘛，你这前浪不走，后浪也没机会呀。

石辛　不！！圣上！！！您不会的！！！！

秦始皇　对了，百姓中有个传说，说你人如其名，长了颗石头心。真有这么回事吗？

石辛　不是的，圣上！微臣长的是肉心！肉心啊！

秦始皇　（若有所思地摇摇头）不一定吧……这个咱俩都说了不算，还得让事实说话。怎么让事实说话呢？石爱卿？（停顿，看着石辛）

石辛　圣上饶命啊！！圣上！！！

秦始皇　当然是通过实证啦：你的死刑因此比较简洁，不像车裂啊、凌迟啊那么繁琐——你只是剜心。这样，谜底就揭晓了。它看起来是一场刑罚，其实呢，是朕求真好奇的一场科学实验。（赞叹）两全其美啊，石爱卿，你真是个有益于全人类的人，这一点，很像你师父。

石辛　（哀嚎）圣上，您不要开玩笑啊！！！

秦始皇　开玩笑？不，朕从不开玩笑。（停顿，对狱辛）你们，押他下去，行刑。

石辛 （发出肝胆俱裂的惨叫）不要啊！圣上！！圣上饶命啊！！！

〔秦始皇做了个代表"胜利"的V字手势，斜卧在榻上，被侍卫推至场下。带刀的刽子手推着石辛的带轮囚车绕场而行。天降大雪。鲁城城门的布景推上。鲁城众百姓上，围着石辛的囚车，众声喧哗，其中有老陈和老田。个儿矮的老田翘脚看，看不见。老陈个儿高，看到了。

老陈 想不到啊，想不到。

老田 真是他吗？

老陈 千真万确，石头的石，辛苦的辛。

老田 什么样儿了？

老陈 老啦！要不是牌子上写着他名字，根本认不出来！

老田 还那么威风吗？想想三十多年前鲁城大堂上，他让咱俩作伪证陷害孟先生，那是何等气焰！

老陈 再想想二十年前，他在鲁城城门外下令活埋二十万楚军，那又是何等嚣张！完了，皇上一声令下，他就死球了！

老田 老话儿怎么说的？"人在看，天在做！"

老陈 （无奈地看着老田）老田啊，你啥都好，就是拽词儿拽不对。

老田 啊啊……反正心情就是这么个心情。

刽子手的声音 让开！

［人群呼啦一下散开，石辛的囚车和刽子手显露出来。

刽子手　在场的，有石犯的亲友来送行吗？还有最后几分钟，可以说说话，递杯酒！

［刽子手将石辛推出囚车，捆在一根柱子上。众百姓议论纷纷。

百姓甲　没有！

百姓乙　他家不是灭门吗？哪会有人看他？

百姓丙　这么恶贯满盈的东西，谁给他送行！

百姓丁　做人啊，别太绝，别以为没有老天爷。

［人声嗡嗡，群情沸腾。石辛木然看着这大快人心的仇恨之海，终于知道什么叫"弃绝"。

刽子手　没人来？没人来哈？石犯……（欲举刀）

087　芙蓉的声音　等等！

［五十岁出头的芙蓉和淳于嫣相携着疾上。芙蓉与石辛四目相对。静场。

石辛　芙……芙蓉？

芙蓉　是我。

石辛　（露出孩子气的笑容）原来，你老了是这样儿啊。

芙蓉　五十三啦，还能什么样。

石辛　你来，看看我的下场？

芙蓉　我和嫣姐一起来的。

［淳于嫣走上前。

淳于嫣　石辛！你也有今天！（啐了石辛脸上一口）这是替我爹啐你！（又啐了一口）这是我啐你！你这个无耻的骗子！！凶手！！！你打着芙蓉的旗号，竟用一封假信骗取我的心！你阳奉阴违心狠手辣，竟对我爹下那样的毒手！（仰脸向天）老天有眼哪哈哈，老天有眼！爹！你的仇就要报了！骗你杀你的，骗我毁我的，就要偿命啦！哈哈哈哈！

石辛　（万念俱灰地微笑）啐吧。芙蓉妹妹，你也一起。最该啐我的，是你。

芙蓉　（摇头，从背囊里取出一个酒杯，一个拧得很紧的酒壶，拧开，倒酒在杯子里，递到石辛的唇边）辛哥哥，喝口酒吧。

石辛　（深深看着芙蓉，一饮而尽）好酒。多谢了。

芙蓉　（又倒一杯，递到石辛唇边）再来一杯。

石辛　（再次一饮而尽）真甜啊，就像四十年前，我们放飞小木雀时，闻到的青草味儿。

芙蓉　（又倒一杯，递到石辛唇边）再喝一杯吧。

石辛　（又一饮而尽）妹妹，我的身子，像要飞起来了。

芙蓉　飞吧，飞吧，快飞吧，这样，你就看不见刀子，看不见血了。你就不疼了。你就睡了。

石辛　妹妹啊，为什么可怜我？这世上唯一有资格恨我、审判我的，就是你啊。

芙蓉　（停顿）没错，我恨过你。直到得知这消息之前，我都在恨你。可我没有资格审判你。能审判你的，只有老天爷。

石辛　老天爷……（抬头望天）果真有老天爷吗？

芙蓉　若没有老天爷，你怎会在这儿受罚。

石辛　可是，还有罪过比我更大的皇上呢，没谁比他杀人更多！你的老天爷怎么不罚他？

芙蓉　他，自有他的日子。

石辛　但愿。

芙蓉　辛哥哥，假如老天爷审判你，问你说：恶贯满盈的罪人哪，你这辈子做过的最不后悔的事，是什么？你怎么回答祂？

石辛　（想了下）最不后悔的事，只有一件。

芙蓉　是什么？

石辛　十五岁到二十岁的时候，我陪伴过一个失去母亲的小女孩。我给她做过一只小木雀。我曾经让她悲伤的脸上露出了笑容。

芙蓉　（泪如雨下，停顿）假如祂接着问：你这辈子如此做人，如此下场，后悔吗？你怎么说？

石辛　（想了想，平静地）不，我不后悔。

芙蓉　即使等着你的是地狱，是永远烧你的烈火，是你求死不能，也不后悔？

石辛　（定睛看着芙蓉，绝望而又哑然失笑地）你的表情，可真像师父啊，跟他最后的样子一模一样……

芙蓉　告诉我,你和我爹最后在一起的时辰,到底发生了什么?

石辛　(回想)最后的时辰啊……

　　　[灯光变幻,众百姓、刽子手、淳于嫣下。只有老年石辛和芙蓉留在舞台上。转台将他们转至台侧。雪继续下。转台将鲁城城门转了个个儿,二十岁的石辛和四十五岁的戎夷站在鲁城门外,戎夷的剑压在青年石辛的颈项上。没有时间间隔,直接进行B4。

B4

　　　[字幕:B4。时间接B3,鲁城门外。

戎夷　(将剑压在石辛的颈项上)为了鲁城八万百姓,为了鲁国和普天下的自由,为师只好,不客气了。

石辛　(闭眼)杀了我吧,假道学!就算你给普天下带去了自由,那自由也是脏的,因为上面有我的血!我的血!你的良心永远不会安宁!

戎夷　看来你什么道理都懂啊,这时你讲良心了?能记住你的话吗?

石辛　哼!(哭)记住有什么用!

戎夷　(剑在石辛的颈上加了力道,似乎马上就要刺进去)脱掉棉衣,你还能多活一会儿。不脱,立刻死在剑下。

［石辛见戎夷没有放下剑的意思，乖乖地、慢慢地脱掉棉衣，扔在雪地上。

戎夷　捡起来。

［石辛捡起棉衣。

戎夷　给我穿上。

［戎夷一手持剑，伸出另一臂，石辛哆嗦着帮他把棉衣袖套进手臂。

戎夷　（穿上石辛的棉衣，看着战栗的他）感觉怎么样啊？

［石辛瑟索不语。

戎夷　是不是特羡慕我这个人生赢家呀？嗯？

石辛　（瑟索，大哭）呜呜呜，老妖，算你狠！

戎夷　你为什么脱下棉衣受这罪呢？忍一下我的剑，让为师背负血债一辈子不舒服，不比你现在挨冻强多了？

石辛　（哭）哼，多活一秒是一秒。

戎夷　（看着石辛）很快，你的血管就会像冻河一样凝固，不再给全身输送热量了。（抚摸石辛的手臂）你的皮肤，会变成冰冷的铁片。你的大脑，慢慢地不会再有任何念头。最后，你会以怕死鬼的身份，平静无比硬邦邦地，去见老天爷。

［石辛微弱地嘤嘤哭泣。

戎夷　记住你身体的感觉。

〔石辛气若游丝地哭泣。

戎夷　记住人生赢家是怎样剥夺了你的棉衣。

〔石辛若有若无地哭泣。

戎夷　记住怕死鬼死到临头时，蒙受的羞辱。

〔石辛无声。

戎夷　当然，你若换个想法，这羞辱就会变成光荣，为师也能从自私的人生赢家，变成"必须如此"的义士。

石辛　（气息微弱）你……你鬼话连篇。

戎夷　（莫测而反讽地）只要你这么想：我石辛在服从一种数学，正义的数学——八万大于一。鲁城八万人，我石辛，一个人。用数学来衡量，我师父也应当且必须穿上我的棉衣，冻死我。他这么做是不是不道德？是不是有罪孽？嗯，是有那么点儿。但这对师父来说，是一种多么崇高的牺牲！他本不怕死，可为了救八万鲁城人，他放弃了自我完善的机会，自觉地担起道德上的罪孽。这是多么伟大的犯罪！我要歌颂这个罪！我要为自己成了这牺牲的一部分，心怀感激！将来师父救鲁成功时，人们可以在我坟前献花，称我为牺牲的义士。对，这样很好，我要自觉地献出我的棉衣，让师傅替我为正义和自由而战！（停顿）怎么样？你这么想一下，好不好？

石辛　呸！你让我恶心！

戎夷　甘心这样死吗？

石辛　（口齿不清地）甘心个屁。

戎夷　（停顿，扶住石辛肩膀，为他揉搓手臂）既然如此，醒醒吧？（把他从地上拉起来）活动一下！让暖气回到身上！（拽着他跌跌撞撞地走，突然，将石辛抱在怀里）

石辛　（口齿不清地）老妖，你干嘛……

戎夷　（把石辛的棉衣脱下来，披在他身上）干嘛？教训你。

石辛　（立马获得了超常的敏感，将棉衣压在身上）还我了？可惜……我要冻死了……

戎夷　是吗？那还是给我吧。

石辛　不！！！

　　　［石辛以惊人的敏捷和速度，边穿上棉衣边踉跄地跑起来。戎夷在后面故意慢慢追。

戎夷　你跑什么？

石辛　不能再让你抢下来。

戎夷　我要想抢，会把它还你吗？

石辛　谁知道你犯了什么神经病。

戎夷　你停下。

石辛　我不。

戎夷　你不停，就没有第二件棉衣穿。

石辛　哪儿来的第二件棉衣，老天爷又不会下给我。

戎夷　不，祂会下给你。

　　　［戎夷停步，脱下棉衣，抛向空中，正好缓缓落在奔跑的石辛头顶。石辛接住棉衣，呆住了。

戎夷　穿上。

石辛　为什么？（停顿）你真疯了？

戎夷　权当为师疯了吧。

　　　［石辛赶紧穿上戎夷的棉衣。

石辛　别反悔哈。（难以置信地体验了一会儿）真暖和啊。（看着戎夷）你有取暖大法吧，所以你不需要这件儿棉衣？

戎夷　（停顿）嗯，我有取暖大法。要不要了解一下？

石辛　（拿定主意绝不脱下棉衣）哼，说说无妨。

戎夷　这取暖大法的核心要义是：用雪花定律，代替正义数学。（坐在城门洞下）

石辛　（小声）都是活见鬼的话。

戎夷　你说什么？

石辛　（跳得远远的）啊没，没什么。

戎夷　（停顿，对天说话）老天爷啊，徒儿不懂我的话，但是你懂。你究竟要我救八万鲁城人，还是救徒儿一个？这八万人里，有义士，有恶棍，有不好不坏的人。徒儿是什么人？也许他是个自利贪生之辈，也许将来他可能去行大恶。我能否为了救那八万人，取这可能的恶人的棉衣，夺他的性命？听起来是个一本万利的选择。可是你用这场雪告诉我：不能，绝不能。我一旦杀了这可能的恶人，义士戎夷就必会成为一个真正的魔鬼。这是我刚刚知道的。刚才，当我假装夺他棉衣教训他的时候，我感觉自己真成了生杀予夺的天神。我就知道：一旦我当过一次神，就会上瘾，想要永远当神。就像我抬起脚，践踏第一片雪之后，我一定会继续迈步，践踏无数片雪。你赐给我的平安，那因为守护每片雪花而来的、洁白无瑕的平安，就永远失去了。此后，魔鬼会住在我心里。我会在夺了徒儿性命之后，打着更加正义的旗号，去夺更多人的性命。我会成为我当初所反对的人，你眼里的罪人。（停顿）老天爷啊，感谢你赐给我的平安，我会持守到见你的时候！感谢你把持我的手，让我不至于犯罪！感谢你呀，仁义慈爱的老天爷！（对天敬拜，欢喜快乐）

〔城里响起遥远的打更声，四下。

戎夷　还有两个时辰，才能打开城门。

〔石辛起劲儿地活动身体，不做声。

戎夷　辛儿。

〔石辛戒备地看着戎夷，不做声。

戎夷　辛儿？

石辛　干嘛?

戎夷　过来。

石辛　我不。

戎夷　怕我又夺你棉衣?

石辛　哼,你啥事干不出来?

戎夷　(惨然一笑)这就是我们相处五年,你对为师的了解?

石辛　(哭腔)你刚才,已经面目全非。

戎夷　你要是能一直记得刚才你我之间的对话,为师就算没有白死。

石辛　死?你不还活得好好的吗?(看了一眼身上戎夷的棉衣,不太自在地)你不是,有取暖大法嘛?

戎夷　来,为师教你活命之法。过来呀。

［石辛戒备地蹭过来,离他还是有一点距离。戎夷从背囊里取出救守图,把剑扔到石辛脚下。

戎夷　靠近我。(石辛收了剑,蹲在他身边)喏,你看这鲁城救守图。这些符号的意思,一会儿为师慢慢告诉你。这些,是跟你师兄们拿走的草图不一样的地方,后修改的。明早你进城之后,把图交给你孟还吕章师兄,让他们照此布置兵力器械。

石辛　可是……假如明早……您不在了……

戎夷　不是假如,是肯定,明早我就不在了。

石辛　师父……(把手按在戎夷的棉衣上,做出脱的架

势，又无力地垂下来）

戎夷　别斗争啦，你还给为师，为师也不会穿的。

石辛　（匍匐在地）师父……师父的恩情，徒儿没齿难忘。

戎夷　（拍了拍石辛的肩膀）起来。

石辛　可师父，假如明早您不在了……我却活着……师兄们责问我，我怎么说？

戎夷　（看着石辛）你既然活下来，什么压力不得担当呢？

石辛　（干涩地）好的，师父。

[二人沉默片刻。

戎夷　（哼一支歌）"妈妈呀，看见小木雀了吗？这是我呀，我来看你啦……"

石辛　（接着哼）"孩子呀，妈妈看见你啦。好好的呀，可别受伤呀……"（停）师父。

戎夷　嗯？

石辛　这是芙蓉哼的歌。

戎夷　嗯。

石辛　（停顿）您放心，我会对芙蓉好的。

戎夷　是吗？

石辛　是。

戎夷　你对老天爷发誓。

石辛　（跪下）老天爷啊，我发誓，我会娶芙蓉，照顾她一辈子。

戎夷　如若不然……

石辛　如若不然,老天爷你让我不得好死!

戎夷　还有一事,你一定要做到。

石辛　什么?

戎夷　将来,绝不投靠楚国和秦国。

石辛　好的,一定。

戎夷　你对老天爷发誓。

石辛　(跪下)老天爷啊,我发誓,将来绝不投靠楚国和秦国。如若不然,我不得好死!

〔光打在老年石辛和芙蓉的身上。青年石辛和戎夷停住不动。

老年芙蓉　你发誓的时候,是当真的吗?

老年石辛　发誓时当真,还是不当真? 全看以后的运气。有的人运气好,不用受罪就能守住誓言。我呢,只能说运气不够好,对,运气不够好……

〔灯光变幻。钟敲五下,五更天了。戎夷身穿白色里衣,孤单地坐在城门下,身上落了一层雪。青年石辛在离他很远的地方跺脚、蹦跳。

戎夷　(寒冷使他口齿有些含糊)辛儿,告诉你个秘密:其实冷是个暂时现象。过一会儿,就不冷了。你的皮肤像一层厚棉被,盖着它,你会感到暖烘烘的,只想睡觉……

石辛　(敷衍地)您睡吧,睡吧,说话多累呀。

戎夷　睡着之前，有几句顶重要的话，说给你。你知道为师为啥要你一定远离楚国和秦国吗？

石辛　（敷衍地）因为它们攻打别的国家。因为您是墨家弟子。

戎夷　因为啊，它们就想成为这场止不住的大雪。只不过，它们的雪是黑色的。那黑雪分分秒秒地压下来啊，压住人，压住树，压住动物，压住房子，压住田地，压住山，压住河，压住海……我们抬头看，天好像也被它们压住了，因为天也是黑色的，你仰头找啊找，找不见太阳，也找不见月亮和星星……什么都找不见……这世界只是黑，只是冷……一切都被冻僵了，没一个活物……最糟的是：你看不见一切被冻僵……你的眼睛没瞎，但跟瞎了一样……你的喉咙没哑，但跟哑了一样……起初你还有瞎了哑了的感觉，后来，连这也没有了，因为你的眼睛和脑子空空如也……黑雪啊，就这么一直下个不停……时间好像冻住了，空气也没有了，你不再是个活物……等所有人、所有动物都不再是活物，这场黑雪就成功了……因为它要的就是一个没有一丝活气儿的天地，一个只有它自己的天地……假如你不阻止的话，这就是未来的天下将要成为的样子……这就是为师一定要你给两个师兄送救守图、一定要你远离楚国和秦国的原因……懂了吗？辛儿，懂了吗……

石辛 （一直跺脚，或原地跑步，或伸展运动，敷衍地）懂了啊，师父。

［光照在老年石辛和老年芙蓉身上。

老年芙蓉 （抬头望天，轻声地）爹，你的预言说中了。我们已经在这场黑雪里了，憋闷，好憋闷啊……（转向石辛）辛哥哥，你，真听懂我爹的话了吗？

老年石辛 懂，又有什么用呢？人总得活命啊。

老年芙蓉 可怜我爹，就这样被你辜负。（顿住，冷冷地）他最后还说了什么，你还记得吗？

老年石辛 他最后啊……

［柔和的光洒在戎夷身上。光线的流动和变化显示时间又过了一段。石辛已躲在戎夷的视线不及之处。

戎夷 （身上的雪更厚了，声音低沉飘忽）辛儿，不知为什么，我想起八年前的秋天。那时你还没来我这儿学艺，你师母还活着，芙蓉只有九岁，我带着她们娘俩和你众师兄，一起来鲁国游学。我们在鲁城附近的一个村子住了段时间。白天，我们帮村民们秋收，晚上，全村人聚在某个弟兄家的大院儿里，吹拉弹唱讲故事，然后疲惫快活地睡去。真快活呀，好像天上的日子也不过如此。可是有一天，村里来

100

了条大汉。那时大家伙儿都下了田,只有你生病的师母带着芙蓉,还有我们借住的主人家——一对老夫妻,留在村里。老爹见院里进来个男人,就让女人们躲起来。他问这人,要做什么?大汉说,他听说这院里来了个齐国美女,还带着个漂亮小妞,他要带她们走。老爹说,她俩不在这儿,下田去了。大汉扇了老爹一耳光,拔出刀来按在他胸口,说:"你蒙傻逼呢?你敢以为爷爷是傻逼?嗯?"老爹说:"是啊孩子,你太傻了。""你为啥说我傻?""因为你喜欢干伤天害理的事儿。你不怕老天爷罚你吗?""老天爷?我要报复的就是老天爷!凭啥他让别人有媳妇有娃,有朋友有家,却让我受穷,娶不起媳妇生不了娃?凭啥?!我就伤他的天害他的理了!我就用刀劈他了!我就抢别人的女人了!他能罚我吗?!有本事他立马让雷劈了我呀?!"他用刀向天乱砍。老爹说:"你这些冤屈啊,也怪你,也不怪你,但怪不到老天爷。你跟王上嚷嚷比跟我嚷嚷管用。""我见不着王上,再说了,见了王上保不齐我小命儿就没了,但我可以自己找公平。把那女人给我,否则,要你老命!"老爹说:"你要了我命,就能放过那齐国女人和孩子吗?"汉子愣了:"你跟这娘们啥关系?你要为她死?"老汉说:"她官人是我好朋友。对,我可以为她死。我死了，你就空手离开村子吗？"汉子愣了，想了下，说："行啊。"老汉说："成交。"就将胸口撞向汉子的刀。汉子看着血泊里的老人，默默离开了院子。你师母把这一切看在眼里。她想冲出去换下老爹，可她看到芙蓉惊恐懂事的小脸儿……更可能，她是本能地害怕……她就僵住了。（停顿）三年之后，我们走过许多地方，帮了许多人，也被许多人帮，你师母还是倒下了。临终前，她说："我终于解脱啦，终于放下老爹给我的担子啦。你一定替我担下去呀，直到担不动了为止，好吗？"（停顿，对天）芙蓉娘，我一直记着你的话呢，现在，我也担不动啦，终于要休息啦。你在老天爷身边还好吗？我来，看你啦。（垂下头，安详地进入长眠）

〔灯光同时照在老年石辛和老年芙蓉的身上。

老年石辛 这是师父最后对我说的话。

老年芙蓉 （停顿）你就用这样的一生，回报了他。

老年石辛 （慢慢露出顽梗的笑容）这样的一生？除了结尾欠佳，这样的一生没什么不好。毕竟，我多活了几十年。我经历的，我有过的，是师父短暂虚幻的一辈子想也想不到的。他享受过千万人跪在他面前瑟瑟发抖的感觉吗？他品尝过一千年的龟血掺着一百年的醇酒，从喉咙滚过、在体内流过的滋味吗？没有，可怜的师父，他一生一世什么荣耀也没有。（想了想）至于我人生的结尾究竟如何，还真说不定。在下一个朝代的史书里，石辛可能是个光荣的名字。他将作为第一个受到暴君秦始皇迫害的重臣，记载在史册上，供人千古传颂。这是可能的……不，这是一定的！这样，我的一生堪称完美！用这么完美的一生来回报师父，不是很值得吗？你说呢？芙蓉妹妹？你说呢？啊？哈哈，哈哈，哈哈哈哈！

[刽子手走上前来。

刽子手 时间到，亲友退后！（持刀，扎向石辛的胸口，动作凝固）

老年石辛 师父，我来了！老天爷啊，让我瞧瞧，你到底长什么样儿！

老年芙蓉 石辛！可怜的石辛！万劫不复的石辛啊！

[强光闪耀，照在老年石辛顽梗、讥笑、恐惧相交织的面容上，在越来越强烈的恐惧表情中定格。暗场。出字幕，一个字一个字地敲出来，有打字机的噼啪声：
十年后的夏天，秦始皇病死于东巡途中。为了隐瞒他死去的消息，掩饰他腐尸的臭气，他的近臣买了一车更臭的鲍鱼盖在他的尸体上，臭气熏天地颠簸

着回到了咸阳。

又三年,秦二世胡亥和嬴姓宗族全部被起义军所杀,秦朝覆亡。

[收光。

> 2020年6月19日—9月30日,初稿
>
> 2021年2月8日,二稿
>
> 2021年2月13日,三稿
>
> 2021年6月9日,四稿
>
> 2021年12月20日,定稿

麦子落在盐碱地,又能如何

《戎夷之衣》创作谈

2017年底,偶然翻读钱穆先生的《墨子·惠施·公孙龙》,被他引用的一个故事吸引:

> 戎夷违齐如鲁,天大寒而后门,与弟子一人宿于郭外。寒愈甚,谓其弟子曰:"子与我衣,我活也;我与子衣,子活也。我国士也,为天下惜死;子不肖人也,不足爱也。子与我子之衣!"弟子曰:"夫不肖人也,又恶能与国士衣哉?"戎夷太息叹曰:"嗟乎!道其不济夫!"解衣与弟子,夜半而死。弟子遂活。

这是《吕氏春秋·恃君览第八》里的故事，我记不起钱先生的原话是怎么说的，大意是：这故事表明兼爱舍己之墨家的道德窘境——能救人，却不能救自己。

对此解读我有未搔到痒处之感，但震惊于如此简短的故事却隐含如此深刻的悖论：对舍己为人的道德之持守，反成就了一场"道德的逆淘汰"——死去的是义士，活下来的却是"不肖人"，一如历史现实时常上演的剧情。

但问题在于：也只能如此。若义士因受衣而存活，"不肖人"因让衣而冻死，那义士还是义士吗？他岂不成了打着义士旗号的伪善者，比"不肖人"更坏？此即道德的悖论——道德者只能以自我牺牲去保存"弱道德""非道德"和"不道德"者，并任由后者自发完成道德的转化或不转化；道德者若致力于自我保存，必走向自己的反面。"一粒麦子不落在地里死了，仍旧是一粒；若是死了，就结出许多子粒来。"（《约翰福音》12：24）

问题在于：麦粒若落在盐碱地里怎么办？它还会结子粒吗？若会，那是怎样的子粒？若不会，那么我该如何看待"麦粒白白死在盐碱地"这件事？这看法隐含着人当如何行事为人，如何承受信与疑，如何看待罪与义。这不是一个小问题。

将这疑问融于"戎夷解衣"的故事，我要探究：戎夷这粒麦子，在"不肖的弟子"这块盐碱地上，结出了另一粒戎夷吗？这弟子活下来后，他的余生将怎样度过？他将怎样回应戎夷舍命披在自己身上的这件棉衣？

一个人的棉衣和另一个人的余生，就这样紧紧地焊接在一起。此间的戏剧性，真是莫测。我被它吸引。

故事只有两个当事人：戎夷和弟子。戎夷死了，故事被流传下来。只有一种可能：它是被那弟子传开的。这弟子是在什么场合、什么心境下，讲述这故事？

无论弟子如何度过自己的一生，最后，他还是以公开传扬戎夷的义举，来安放自己的良心。戎夷的牺牲终于没有被辜负。麦粒结出了更多的麦子。

真是个抚慰人心的好故事。暗淡的现实需要这故事。

于是，我打算这么写：敷演那弟子——我给他取名石辛——充满不义的一生，在受到逼迫的最后时刻，戎夷之衣奇妙地照亮了他，使他以最终的义举和故事的讲述，回报戎夷的牺牲，完成自我的救赎。一个好莱坞式的光明结尾。

微博和微信里，隔一阵就会因发生某件事，人们激动地转发一句评论："为众人抱薪者，不可使其冻毙于风雪。"

但事实多半是：又一位"抱薪者"已"冻毙于风雪"。

遇见"戎夷解衣"的故事前，我也会这样慷慨激动一番。遇见这故事之后，模型就很简单，亦无可辩驳：我们都是石辛——穿着为我而死的戎夷们的棉衣，或无可奈何，或理直气壮地，原样苟活。还是忘掉那个人和那棉衣吧，否则，我们如何能问心无愧地生存。

但我们或可退而求其次：以谴责自己的软弱，获得良心的代偿，进而取得些许道德优越感——毕竟，还有人不懂得自责嘛。

我们最多能做到如此。我们无法做得更多。我们无非都是，罪与死的奴仆。

无论我如何努力，都无法写完那个"抚慰人心的好故事"。

刺激我重新构思"戎夷之衣"的，有两件事。

一是江歌案。2016年11月3日凌晨，留日女学生江歌被同学、好友、室友刘鑫（现已改名刘暖曦）的前男友陈世峰杀害在自己的寓所门前。此案的"罪魁"，是江歌的善良。她本独自租房安然居住，因同情刘鑫不堪前男友骚扰，慨然收留她同住了两个月。又因同情，她在11月3日凌晨陪刘鑫从地铁站走回自己的寓所——此时刘鑫已接到陈世峰的恐吓微信，但她并未将此危险告知江歌。二人在公寓楼道与持刀的陈世峰相遇，刘鑫走在前面，迅速躲进屋内并锁住房门，致使身后为她劝阻陈世峰的江歌无法进行逃生，反被陈堵在门前，砍中颈部十几刀。陈世峰逃走。江歌流血过多而死。案发后，刘鑫不与江歌母亲江秋莲见面，不满足后者想要从她处了解女儿死因的愿望。相反，她恼怒于自己姓名出现在新闻中，威胁江歌母亲若再有她的新闻，她将不配合警方调查。在江歌去世后的时日里，刘鑫从未表达感恩与愧疚之意，相反，她在微博中不时咒骂揶揄江歌母亲。2019年，刘鑫改名刘暖曦，继续兴致勃勃、攻击江母的网红生涯。（2022年1月10日上午，江歌案一审判决：被告刘暖曦于判决生效之日起十日内，赔偿原告江秋莲各项经济损失496000元及精神损害抚慰金200000元，并承担全部案件受理费。刘暖曦不服，提起上诉。2月16日，青岛中级人民法院二审开庭，刘暖曦应诉，认为自己没有过错，不应承担民事赔偿责任。此案经过4小时审理，宣布休庭，将择期宣判。——2022年4月21日，作者补记。）

一是科幻作家刘慈欣和科学史学者江晓原关于"吃人"问题的辩论。2007年，在成都白夜酒吧，刘慈欣向江晓原提出一个假设：如果世界末日，只剩下他俩和现场的一位主持人美女，"我们三人携带着人类文明的一切，而我们必须吃了她才能够生存下去，你吃吗？"江晓原说，他肯定不会吃。刘慈欣说，可是全部文明都集中在我们手上，"莎士比亚、爱因斯坦、歌德……不吃的话，这些文明就要随着你这个不负责任的举动完全湮灭了。要知道宇宙是很冷酷的，如果我们都消失了，一片黑暗，这当中没有人性不人性。只有现在选择不人性，将来人性才有可能得到机会重新萌发"。江晓原回应道："如果我们吃了她，就丢失了人性，一个丢失了人性的人类，就已经自绝于莎士比亚、爱因斯坦、歌德……还有什么拯救的必要？"刘慈欣的设问，则可用他小说里的一句话概括："失去人性，失去很多。失去兽性，失去所有。"当我知道这场争论的时候，已是2019年。

刘暖曦（刘鑫）所行和刘慈欣所言，使我重新思考石辛这个人物的道德特质，以及戎夷这个人物的行动边界。立此存照。

留心观察周遭的现实，时常感到一种令人惊异的单面性。我们所目睹的恶，往往是毫不犹豫、首尾一贯、简捷高效的。绝无良心的纠结。所有决定，皆明确无误地出发于自利自保自我膜拜之心。木心诗《剑桥怀波赫士》有云："一从没有反面的正面来／另一来自没有正面的反面"。这种简捷高效毫无挣扎的恶，或可以"没有正面的反面"名之。

在如此恶者身上，休想看到刚刚完成谋杀的麦克白式的内心争战："我仿佛听见一个声音喊着，'不要再睡了！麦克白已经杀害了睡眠'，那清白的睡眠……""这是什么手！嘿！它们要挖出我的眼睛。大洋里所有的水，能够洗净我手上的血迹吗？不，恐怕我这一手的血，倒要把一碧无垠的海水染成一片殷红呢。"

自我审判的麦克白，只能产于被耶稣基督十字架上的救赎之血浇透的土地。逃避"拯救"而一味"逍遥"的传统，只会为"恶"提供无尽的借口。

我们需要对脚下的土质，有清醒的认知。

勿以如此立体的良心自谴，美化一往无前的恶者。

勿以恶者遍布地面，而不信天上有不灭的光。

也许这是我在《戎夷之衣》里唯一能做的事。

2022年1月10日写毕

2022年4月21日改定

《我害怕生活》总后记

这套集子，缘于友人罗丹妮和王家胜的美意。对待文字，丹妮是一团火，随时感应，随时欢欣、席卷、拥抱或疏离。家胜则如磐石，沉稳地施行他的眼光和主见。两位目光如炬的编辑说要给我出"文集"，着实令我深感惶恐——作为写作者的我尚在形成之中，远未到以此种形式论定和总结的时候。但丹妮安慰道：表示"总结"的文集很多，可表示"开始"的文集很少，咱们做一套吧。此语卸下了我的重担，却是编辑者冒险的开始。感谢他们二人为此书付出的智慧、勇气与劳作。感谢李政坷先生的精心设计——文集名和各分册封面的书名，皆由他以刻刀木刻而成，这实在是创作激情所驱动的书籍设计。感谢止庵先生关键时刻的热诚赐教。感谢陈凌云先生和吴琦先生的大力支持，以及单读编辑部的赵芳、节晓宇的辛勤工作。也感谢上海文艺出版社的同仁们。此书即将付梓之际，深念往昔一些编辑家师友在写作路途中的激励与成全，亦在此致谢，他们是：章德宁，林贤治，孙郁，林建法，徐晓，王雁翎，张燕玲，沈小兰，尚红科，陈卓。

感谢家人，以及所有扶助过我的师友。感谢读者，恳请你们的批评指正。

李静

2022年8月9日，于北京